历朝通俗演义

民國通俗演義

蔡东藩 许廑父◎著

上册

中共中央党校出版社

图书在版编目（CIP）数据

民国通俗演义 / 蔡东藩　许廑父著．—北京：中共中央党校出版社，2017.2

ISBN 978-7-5035-6016-3

Ⅰ．①民…　Ⅱ．①蔡…　Ⅲ．①章回小说 - 中国 - 现代　Ⅳ．① I246.4

中国版本图书馆 CIP 数据核字（2017）第 044272 号

民国通俗演义

策划统筹　井　琪
责任编辑　冯　研
版式设计　李　灵
责任印制　宋二顺
责任校对　王　微
出版发行　中共中央党校出版社
地　　址　北京市海淀区大有庄 100 号
电　　话　（010）62805821　（010）62805037
　　　　　　（010）62806200　（010）62805036
传　　真　（010）62881868
经　　销　全国新华书店
印　　刷　三河市恒彩印务有限公司
开　　本　787 毫米 ×1092 毫米　1/16
字　　数　1080 千字
印　　张　97
版　　次　2017 年 9 月第 1 版　2017 年 9 月第 1 次印刷
定　　价　338.00 元

网　　址：www.dxcbs. net　　**邮　　箱**：cbs@ccps.gov.cn
微　信 ID：中共中央党校出版社　　**新浪微博**：@ 党校出版社

出版说明

蔡东藩先生从1915年开始创作《清史通俗演义》。此后历经十年，先后完成《元史通俗演义》《明史通俗演义》《民国通俗演义》《宋史通俗演义》《唐史通俗演义》《五代史通俗演义》《南北史通俗演义》《两晋通俗演义》《前汉通俗演义》《后汉通俗演义》等，世称《历朝通俗演义》。《西太后演义》乃蔡先生续《清史通俗演义》之作，40回，此次出版，附于全套之末，独立为一部。遂共12部，22册。

《历朝通俗演义》本着“以正史为经，务求确凿，以轶闻为纬，不尚虚诬”的原则，主本信史，旁征野史，取材审慎，观点平实，内容丰富，叙述有法，用语雅洁，理趣兼备，堪为通俗史著的经典。可谓举凡朝代更替、君臣事迹、历史事件、人物风骨尽在其中。一部通俗史在手，中国历史了然于胸，读之可明盛衰之道、兴替之理。在极其重视史料的真实性之外，蔡东藩先生讲史又极具故事性和趣味性，《历朝通俗演义》不但可以作为历史学的参考书，更可作为历史爱好者的枕边书、休闲书。

本套书始由上海会文堂新记书局陆续印制出版，至1926年全部出齐。初版为石印线装本，至1935年，会文堂进行改版，改为铅印，分为44册，增补了许廑父续写的《民国通俗演义》后40回。此次出版，是以会文堂新记书局1935年铅印本为底本，将繁体竖排改为简体横排。在编辑校核过程中，我们尽量保持原书风貌，仅对个别的错字、别字和标点做了修改和调整。蔡东藩先生自己所做的注释、夹批和尾批，我们全部按原文保留，并且做了字体和版式的变化，方便读者阅读。本套丛书皆采用大字排版，精心设计，疏朗有致，望能给读者带来舒适、愉悦的阅读体验。

自 序 一

治世有是非，浊世无是非。夫浊世亦曷尝无是非哉？弊在以非为是，以是为非，群言庞杂，无所适从，而是非遂颠倒而不复明。昔孔子作《春秋》，孟子距杨墨，笔削谨严，辩论详核，其足以维持世道者，良非浅鲜，故后世以圣贤称之。至秦汉以降，专制日甚，文网繁密，下有清议，偶触忌讳，即罹刑辟。世有明哲，亦何苦自拚生命，与浊世争论是非乎？故非经一代易姓，从未有董狐直笔，得是是非非之真相。即愤时者忍无可忍，或托诸歌咏，或演成稗乘，美人香草，聊写忧思，《水浒》、《红楼》，无非假托，明眼人取而阅之，钩深索隐，煞费苦心，尚未能洞烛靡遗，而一孔之见，固无论已。今日之中华民国，一新旧交替之时代也，旧者未必尽非，而新者亦未必尽是。自纪元以迄于兹，朝三暮四，变幻靡常，忽焉以为是，忽焉以为非，又忽焉而非者又是，是者又非，胶胶扰扰，莫可究诘，绳以是非之正轨，恐南其辕而北其辙，始终未能达到也。回忆辛亥革命，全国人心，方以为推翻清室，永除专制，此后得享共和之幸福，而不意狐埋狐搰，迄未有成。袁氏以牢笼全国之才智，而德不足以济之，醉心帝制，终归失败，且反酿成军阀干政之渐，贻祸国是。黎、冯相继，迭被是祸，依次下野。东海承之，处积重难返之秋，当南北分争之际，各是其是，各非其非，豆萁相煎，迄无宁岁，是岂不可以已乎？所幸

《临时约法》，绝而复苏，人民之言论自由，著作自由，尚得蒙约法上之保障。草茅下士，就见闻之所及，援笔直陈，言者无罪，闻者足戒，此则犹受共和之赐，而我民国之不绝如缕，未始非赖是保存也。窃不自揣，谨据民国纪元以来之事实，依次演述，分回编纂，借说部之体裁，写当代之状况，语皆有本，不敢虚诬，笔愧如刀，但凭公理。我以为是者，人以为非，听之可也；我以为非者，人以为是，听之亦可也。危言乎？卮言乎？敢以质诸海内大雅。

中华民国十年一月古越东帆自识于临江书舍。

自 序 二

《民国通俗演义》，一至三集，吾友蔡子东藩所著。蔡子嗜报纸有恒性，蒐集既富，编著乃详，益以文笔之整饬，结构之精密，故成一完善之史学演义，出版后不胫而走遍天下。会文堂主人以蔡作断自民九，去今十稔，不可以无续，乃商之于余，属继撰四五两集，自民九李纯自杀案始，迄民十七国民政府统一全国为止，凡四十回为一集，每集都三十万言。余无似，年来奔走军政界，谋升斗之食，笔政久荒，俗尘满腹，而资料之采集，又极烦苦，率尔操觚，勉以报命，宁贻笑于大方，恐取诮于狗尾，蔡子闻之，得毋哂其谫陋?

民国十八年五月东越许廑父。

目　录

第一回　揭大纲全书开始
乘巨变故老重来

鄂军起义，各省响应，号召无数兵民，造成一个中华民国。甚么叫作民国呢？“民国”二字，与“帝国”二字相对峙。从前的中国，是皇帝主政，所有神州大陆，但教属诸一皇以下，简直与自己的家私一般，好一代两代承袭下去。自从夏禹以降，传到满清，中间虽几经革命，几经易姓，究不脱一个皇帝范围。小子生长清朝，犹记得十年以前，无论中外，统称我国为大清帝国。到了革命以后，变更国体，于是将“帝”字废去，换了一个“民”字。“帝”字是一人的尊号，“民”字是百姓的统称。一人当国，人莫敢违，如或贤明公允，所行政令，都惬人心，那时国泰民安，自然致治。怎奈创业的皇帝，或有几个贤明，几个公允，传到子子孙孙，多半昏愦糊涂，暴虐百姓，百姓受苦不堪，遂铤而走险，相聚为乱，所以历代相传，总有兴亡。

天下无不散的筵席，从古无不灭的帝家。近百年来，中外人士，究心政治，统说皇帝制度，实是不良，欲要一劳永逸，除非推翻帝制，改为民主不可。依理而论，原说得不错。皇帝专制，流弊甚多，若改为民主，虽未尝无总统、无政府，但总统由民选出，政府由民组成，当然不把那昏愦糊涂的人物，公举起来。况且民选的总统，民组的政府，统归人民监督；一国中的立法权，又属诸人民，总统与政府只有一部分的行政权，不能违法自行，倘或违法，便是叛民，民得弹劾质问，并可将他捽去。这种新制度，既叫作民主国体，又叫作共和国体，真所谓大道为公，最好没有的了。原是无上的政策，可惜是纸上空谈，不见实行。

小子每忆起辛亥年间，一声霹雳，发响武昌，全国人士，奔走呼应，仿佛是痴狂的样儿。此时小子正寓居沪上，日夕与社会相接，无论绅界学界，商界工界，没一个不喜形于色，听
2. 得民军大胜，人人拍手，个个腾欢，偶然民军小挫，便都疾首蹙额，无限忧愁。因此绅界筹饷，学界募捐，商界工界，情愿歇去本业，投身军伍，誓志灭清，甚至娇娇滴滴的女佳人，也居然想做花木兰、梁红玉，组织甚么练习团、竞进社、后援会、北伐队，口口女同胞，声声女英雄，闹得一塌糊涂。还有一班超等名伶、时髦歌妓，统乘此大出风头，借着色艺，醵赀助饷，看他宣言书，听他演说谈，似乎这爱国心，已达沸点，若从此坚持到底，不但衰微的满清容易扫荡，就是东西两洋的强国，也要惊心动魄，让我一筹呢。中国人热度只有五分钟，外人怕我甚么，况当时募捐助饷的人物，或且藉名中饱，看似可喜，实是可恨。老天总算做人美，偏早生了一个孙中山，又生了一个黎黄陂，并且生了一个袁项城，趁这清祚将绝的时候，要他三人出来作主，干了一番掀天动地的事业，把二百六七十年的清室江山，一古脑儿

夺还，四千六百多年的皇帝制度，一古脑儿扫清。我国四万万同胞，总道是民国肇兴，震铄今古，从此光天化日，函夏无尘，大家好安享太平了。当时我也有此妄想。

谁知民国元二年，你也集会，我也结社，各自命为政党，分门别户，互相diss诽，已把“共和”二字，撇在脑后。当时小子还原谅一层，以为破坏容易，建设较难，各人有各人的意见，表面上或是分党，实际上总是为公，倘大众竞争，辩出了一种妥当的政策，实心做去，岂非是愈竞愈进么？故让一步。无如聚讼哓哓，总归是没有辩清，议院中的议员，徒学了刘四骂人的手段，今日吵，明日闹，把笔墨砚瓦做了兵械，此抛彼掷，飞来飞去，简直似孩儿打架，并不是政客议事，中外报纸，传为笑谈。那足智多能的袁项城，看议会这般胡闹，料他是没有学识，没有能耐，索性我行我政，管甚么代议不代议，约法不约法，党争越闹得厉害，项城越笑他庸骙，后来竟仗着 3.
兵力，逐去议员，取消国会。东南民党与他反对，稍稍下手，已被他四面困住，无可动弹，只好抱头鼠窜，不顾而逃。袁项城志满心骄，遂以为人莫余毒，竟欲将辛苦经营的中华民国，据为袁氏一人的私产。可笑那热中人士，接踵到来，不是劝进，就是称臣，向时倡言共和，至此反盛称帝制。不如是，安得封侯拜爵？斗大的洪宪年号，抬出朝堂，几乎中华民国又变作袁氏帝国。偏偏人心未死，西南作怪酝酿久之，大江南北统飘扬这五色旗，要与袁氏对仗。甚至袁氏左右，无不反戈，新华宫里，单剩了几个娇妾、几个爱子，算是奉迎袁皇帝。看官！你想这袁皇帝尚能成事么？皇帝做不成，总统都没人承认，把袁氏气得两眼翻白，一命呜呼。祸由自取。

副总统黎黄陂援法继任，仍然依着共和政体，敷衍度日。

黄陂本是个才不胜德的人物，仁柔有余，英武不足；那班开国元勋及各省丘八老爷又不服他命令，闹出了一场复辟的事情。冷灰里爆出热栗子，不消数日，又被段合肥兴兵致讨，将“共和”两字，掩住了“复辟”两字。宣统帝仍然逊位，黎黄陂也情愿辞职，冯河间由南而北，代任总统，段居首揆。西南各督军又与段交恶，双方决裂，段主战，冯主和，府院又激成意气，弄到和不得和，战无可战，徒落得三湘七泽，做了南北战争的磨中心，忽而归北，忽而归南，扰扰年余，冯、段同时下野。

徐氏继起，因资望素崇，特地当选，任为总统。他是个文士出身，不比那袁、黎、冯三家，或出将门，或据军阀，虽然在前清时代也曾做过东三省制军，复入任内阁协理，很是有点阅历，有些胆识；究竟他惯用毛锥，没有甚么长枪大戟，又没
4. 有甚么虎爪狼牙，只把那“老成历练”四字，取了总统的印信，论起势力，且不及段合肥、冯河间。河间病殁，北洋派的武夫系自然推合肥为领袖，看似未握重权，他的一举一动，实有足踏神京、手掌中原的气焰。隆隆者灭，炎炎者绝，段氏何未闻此言？麾下一班党羽，组成一部安福系，横行北方，偌大一个徐总统，哪里敌得过段党。段党要甚么，徐总统只好依他甚么，勉勉强强的过了年余，南北的恶感始终未除，议和两代表，在沪上驻足一两年，并没有一条议就，但听得北方武夫系及辽东胡帅，又联结八省同盟，与安福系反对起来，京畿又做了战场，安福部失败，倒脸下台，南方也党派纷争，甚么滇系，甚么桂系，甚么粤系，口舌不足，继以武力。蜂采百花成蜜后，为谁辛苦为谁甜。咳！好好一座中国江山，被这班强有力的大人先生，闹到四分五裂，不可究诘，共和在哪里？民主在哪里？转令无知无识的

百姓，反说是前清制度没有这般瞎闹，暗地里怨悔得很。小子虽未敢作这般想，但自民国纪元，到了今日，模模糊糊的将及十年，这十年内，苍狗白云，几已演出许多怪状，自愧没有生花笔、灿莲舌，写述历年状况，唤醒世人痴梦。篝灯夜坐，愁极无聊，眼睁睁的瞧着砚池，尚积有几许剩墨，砚池旁的秃笔也跃跃欲动，令小子手中生痒，不知不觉地检出残纸，取了笔，醮了墨，淋淋漓漓、潦潦草草地写了若干言，方才倦卧。明早夜间，又因余怀未尽，续写下去，一夕复一夕，一帙复一帙，居然积少成多，把一肚皮的陈油败酱，尽行发出。哈哈！这也是穷措大的牢骚，书呆子的伎俩，看官不要先笑，且看小子笔下的谰言！以上这二千余言，已把民国十年的大纲，笼罩无遗，直是一段好楔子。

话说清宣统三年八月十九日，湖北省会的武昌城，所有军士竟揭竿起事，倡言革命。清总督瑞澂及第八镇统制张彪，都行了三十六着的上着，溜了出去，逃脱性命。从革命开始，是从直溯本源。革命军公推统领，请出一位黎协统来，做了都督，黎协统名元洪，字宋卿；湖北黄陂县人，曾任二十一混成协统领。既受任为革命军都督，免不得抵拒清廷，张起独立旗，打起自由鼓，堂堂整整，与清对垒。第一次出兵，便把汉阳占住，武汉联络，遂移檄各省，提出“民主”两字，大声呼号。清廷的王公官吏吓得魂飞天外，急忙派陆军大臣荫昌，督率陆军两镇，自京出发，一面命海军部加派兵轮，饬海军提督萨镇冰督赴战地，并令水师提督程允和带领长江水师，即日赴援。不到三五日，又起用故宫保袁世凯为湖广总督，所有该省军队及各路援军，统归该督节制，就如荫昌、萨镇冰所带水陆各军，亦得由袁世凯会同调遣。

看官！你想袁宫保世凯，是清朝摄政王载沣的对头，宣统嗣位，载沣摄政，别事都未曾办理，先把那慈禧太后宠任的袁宫保黜逐回籍，虽乃兄光绪帝一生世不能出头，多半为老袁所害，此时大权在手，应该为乃兄雪恨，事俱详见《清史演义》。本书为《清史演义》之续，故不加详述，只含混说过。但也未免躁急一点。袁宫保的性情，差不多是魏武帝，宁肯自己认错，闭门思过？只因载沣得势，巨卵不能敌石，没奈何退居项城，托词养疴，日与娇妻美妾诗酒调情、钓游乐性，大有理乱不知、黜涉不闻的情状。若非革命军起，倒也优游卒岁，不致播恶。及武昌起义，又欲起用这位老先生，这叫做退即坠渊，进即加膝，无论如何长厚，也未免愤愤不平，何况这机变绝伦的袁世凯呢？单就袁世凯提论。因此书章法要请此公作主，所以特别评叙。且荫昌是陆军大臣，既已派他督师，不应就三日内复起用这位袁宫保，来与荫昌争权，眼见得
6. 清廷无人，命令颠倒，不待各省响应，已可知清祚不腊了。这数语是言清廷必亡，袁项城只贪天之功，以为己力耳。

清廷起用袁公的诏旨传到项城，袁公果不奉诏，复称足疾未愈，不能督师。载沣却也没法，只促荫昌南下，规复武汉。荫昌到了信阳州，竟自驻扎，但饬统带马继增等进至汉口。黎都督也发兵抵御，双方逼紧，你枪我弹，对轰了好几次，互有击伤。萨军门带着海军，鸣炮助威，民军踞住山上，亦开炮还击，萨舰从下击上，非常困难，民军从上击下，却很容易。突然间一声炮响，烟迷汉水，把萨氏所领的江元轮船，打成了好几个窟窿，各舰队相率惊骇，纷纷逃散，江元舰也狼狈遁去，北军顿时失助，被民军掩击一阵，杀得七零八落，慌忙逃还。两下里胜负已分，民军声威大震。黄州府、沔阳州、宜阳府等处，乘机响应，遍竖白旗。到了八月三十日，湖南也独立了，

清巡抚余诚格遁去。九月三日，陕西又独立了，清巡抚钱能训自刎不死，由民军送他出境。越五日，山西又独立了，清巡抚陆钟琦阖家殉难。嗣是江西独立、云南独立、贵州独立、民军万岁、民国万岁的声音，到处传响，警报飞达清廷，与雪片相似，可怜这位摄政王载沣，急得没法，只哭得似泪人儿一般。

内阁总理庆亲王奕劻、内阁协理大臣徐世昌，本是要请老袁出山，至此越加决意，同在摄政王载沣前力保老袁，乃再命袁世凯为钦差大臣，所有赴援的海陆各军，并长江水师，统归节制。又命冯国璋总统第一军，段祺瑞总统第二军，也归袁世凯节制调遣。老袁接着诏命，仍电复："足疾难痊，兼且咳嗽，请别简贤能，当此重任"等语。将军欲以巧胜人，盘马弯弓故不发。那时清廷上下越加惶急，亟由老庆同徐世昌写了诚诚恳恳的专函，命专员阮忠枢赍至信阳，交与荫昌，令他亲至袁第，当面敦促。荫昌自然照办，即日驰往项城，与老袁晤谈，缴出京信，由老袁展阅。老袁瞧毕，微微一笑道："急时抱佛脚，恐也来不及了。"荫昌又提出公谊私情，劝勉一番，于是老袁才慨然应允，指日起程。荫昌欣然告别，返到信阳州，即电达清廷。略曰"袁世凯已允督师，乱不足平，惟京师兵备空虚，自愿回京调度，藉备非常"等语。清廷即日颁旨，令俟袁世凯至军，即回京供职。

这道命令下来，荫昌快活非常，乐得卸去重担，观望数日，便好脱罪。偏是前敌的清军闻袁公已经奉命，亲来督师，没一个不踊跃起来，大家摩拳擦掌道："袁宫保来了，我辈须先战一场，占些威风，休使袁公笑骂呢。"先声夺人。原来光绪季年，袁世凯曾任直隶总督，练兵六镇，布满京畿，如段祺瑞、冯国璋等，统是袁公麾下的将弁，素蒙知遇，感切肌肤，将弁如此，兵士可知。后来冯、段之推奉袁氏即寓于此。冯、段两人当下商议，决定冯为前茅，段为后劲，与民军决一胜负。

冯国璋即率第一军南下，横厉无前，突入滠口，民军连忙拦截，彼此接仗，各拚个你死我活，两不相下。嗣经萨镇冰复率兵舰，驶近战线，架起巨炮，迭击民军，民军伤毙无数，不得已倒退下来。冯军遂乘胜追杀，得步进步，直入汉口华界，大肆焚掠，好几十里的市场，都变做瓦砾灰尘。这时候的冯军，非常高兴，抢的抢，掳的掳，见有姿色的妇女，便搂抱而去，任情淫乐。咎归于主，冯河间不得辞过。正在横行无忌，忽接到袁钦差的军令，禁止他非法胡行，冯军方才收队，静待袁公到来。不到一日，袁钦差的行牌已到，当由冯国璋带着军队，齐到车站恭迎。不一时，专车已到，放汽停轮，国璋抢先趋谒，但见翎顶辉煌的袁大臣刚立起身来，准备下车，“翎顶辉煌”四字，寓有微意。见了国璋，笑容可掬，国璋行过军礼，即引他步下车台，两旁军队，已排列得非常整肃，统用军礼表敬。袁钦差徐步出站，即有绿呢大轿备着，俟他坐入，由军士簇拥而去。小子有诗咏袁钦差道：

奉命南来抵汉津，丰姿犹是宰官身。
试看翎顶遵清制，阃外争称袁大臣。

欲知袁钦差入营后事，且看下回说明。

前半回为全书楔子，已是借他人酒杯，浇自己块垒，满腹牢骚，都从笔底写出，令人开卷一读，无限欷歔。入后叙述细事，便请出袁项城来作为主脑，盖创始革命者为孙、黎，而助成革命者为袁项城，项城之与民国，实具有绝大关系，自民国纪元，以迄五年，无在非袁项城一人作用，即无非袁项城一人历史，故著书人于革命情事，已详见《清史演义》者，多半从略，独于袁氏不肯放过。无袁氏，则民国或未必成立，无袁氏，则民国成立后，或不致扰攘至今，成也萧何，败也萧何，吾当以此言转赠袁公。书中述及袁氏，称号不一，若抑若扬，若嘲若讽，盖已情见乎词，非杂出不伦，茫无定据也。

第二回　黎都督复函拒使
吴军统被刺丧元

却说袁钦差世凯，既到汉口，当然有行辕设着，暂可安驻；入行辕后，不暇休息，即命冯国璋引导，周视各营，偶见受伤兵士，统用好语抚慰，兵士感激得很，甚至泣下。及袁钦差返寓行辕，各国驻汉领事陆续拜会，谈及汉口焚掠情形，语多讥刺。袁钦差点首会意，待送客出营，便召国璋入辕，与他密语道："此次武汉举事，并不是寻常土匪，又不是甚么造反，我闻他军律严明，名目正大，端的是不可小觑。眼光颇大。前日荫大臣受命南下，路过彰德，曾到我家探问，我已料此番风潮愈闹愈大，不出一月，即当影响全国，所以与荫谈及，临敌须要仔细，千万勿可浪战。今果不出所料，那省独立，这省也独立，警报到耳，已有数起。似你带兵到此，夺还汉口，想必杀掠过甚，以致各国领事也有不平的议论，可见今日行军，是要格外谨慎哩。"国璋闻言，不由得脸色一红，半晌才答道："革命风潮闹得甚紧，汉口的百姓也欢迎革命，不服我军，若非大加惩创，显见我军没用，恐越发闹得高兴了。”袁钦差拈须微笑道：“杀死几个小百姓，似乎是没甚要紧，不过现在时势，非洪、杨时可比，满人糊涂得很，危亡在即，可不必替他出力，结怨人民，且恐贻累外交，变生意外。据我的意见，不如暂行停战，与他议和，若他肯就我范围，何妨得休便休，过了一年是一年，且到将来，再作计较。”前数语是项城本心，后数语乃暂时敷衍。国璋道：“宫保所嘱，很是佩服，但我军未经大捷，他亦未必许和呢。”冯妇尚思搏虎。袁钦差叹道：“我本回籍养疴，无心再出，偏老庆、老徐等硬来迫我，没奈何应命出山。荫午楼脱卸肩仔，好翩然回京了。午楼即荫昌别字，卸事回京，由此带过。我却来当此重任，看来此事颇大费周折哩。”

正说着，外面又递入廷寄，内称：“庆亲王奕劻等，请准辞职，着照所请。庆亲王奕劻，开去内阁总理大臣；大学士那桐、徐世昌，开去协理大臣。袁世凯着授为内阁总理大臣。该 11.
大臣现已前赴湖北督师，着将应办各事，略为布置，即行来京组织内阁”等语。袁钦差瞧毕，递示国璋道：“没事的时候，亲贵擅权，把别人不放在眼里，目下时势日迫，却把千斤万两的担子，一层一层的，压到我们身上，难道他们应该安乐，我等应该吃苦么？”怨形于辞。言毕，咨嗟不已。国璋也长叹了好几声，心也动了。嗣见老袁无言，方才别去。

袁钦差踌躇一会，方命随员具折，奏辞内阁总理；并请开国会，改宪法，下诏罪己，开放党禁等情。拜疏后，复闻上海独立，江苏独立，浙江独立，又是三省独立。不禁眉头一皱，计上心来，当下令随员刘承恩致书鄂军都督黎元洪，筹商和议。承恩与元洪同乡，当即缮写书信，着人送去。待了两日，并无复音；又续寄一函，仍不见答。清廷已下罪己诏，命实行立宪，宽赦党人，并拟定宪法信条十九则，宣誓太庙，颁告天下；且促袁世凯入京组阁，毋再固辞，所有湖广总督一缺，另任魏光焘。魏未到任以前，着王士珍署理。袁钦差得旨，拟即北上，启行至信阳州，再命刘承恩寄书黎督，缮稿已竣，又由自己特别裁酌，删改数行。其书云：

叠寄两函，未邀示复，不识可达典签否？顷奉项城宫保谕开：刻下朝廷有旨，一下罪己之诏，二实行立宪，三赦开党禁，四皇族不闻国政等因，似此则国政尚有可挽回振兴之期也。遵即转达台端，务宜设法和平了结，早息一日兵争，地方百姓早安静一日。否则势必兵连祸结，不但荼毒生灵，縻费巨款，迨至日久息事，则我国已成不可收拾之国矣。况兴兵者汉人，受蹂躏者亦汉人，反正均我
12. 汉人吃苦也。弟早见政治日非，遂有终老林下之想，今因项城出山，以劝抚为然，政府亦有悔心之意，即此情理，亦未尝非阁下暨诸英雄，能出此种善导之功也。依弟愚见，不如趁此机会，暂且和平了结，且看政府行为如何？可则竭力整顿，否则再行设策以谋之，未为不可。果以弟见为是，或另有要求之处，弟即行转达项城宫保，再上达办理。至诸公皆大才榱桀，不独不咎既往，尚可定必重用，相助办理朝政也。且项城之为人诚信，阁下亦必素所深知，此次更不致失信于诸公也。此三语想由项城自己添入。并闻朝廷有旨，谅日内即行送到麾下，弟有关桑梓，又素承不弃，用敢不揣冒昧，进言请教，务乞示复，诸希爱照！

此书去后，仍然不得复音，接连是广西独立，安徽独立，广东独立，福建独立，风声鹤唳，草木皆兵，自武昌革命以来，先后不过三十日，中国版图二十二省，已被民军占去大半。当时为清尽命的大员，除山西巡抚陆钟琦外，见前回。只有江西巡抚冯汝骙、闽浙总督松寿，余外封疆大吏，不是预先逃匿，就是被民军拘住，不忍加戮，纵他出走。还有江苏巡抚程德全、广西巡抚沈秉堃、安徽巡抚朱家宝等，居然附和民军，抛去巡抚印信，竟做民军都督；甚至庆亲王的亲家孙宝琦，本任山东巡抚，也为军民所迫，悬起独立旗来，东三省总督赵尔巽，籍隶汉军，竟为国民保安会长，成了独立的变相；直隶滦州军统张绍曾，又荷戈西向，威逼清廷速改政体；新授山西巡抚吴禄贞，且拥兵石家庄，隐隐有攫取北京的异图。真是四面楚歌。那时身入漩涡的袁钦差，恰也着急起来，再令刘承恩为代表委员，副以蔡廷干，同往武昌，与黎都督面议和约，自己决拟入都，整装以待。过了两日，方见刘、蔡二人狼狈回来；急忙问及和议，二人相继摇首，并呈上复函，由袁披阅。其词云：

慰帅执事：袁字慰庭，故称慰帅。迩者蔡、刘两君来，备述德意，具见执事俯念汉族同胞，不忍自相残害，令我钦佩。荷开示四条，果能如约照办，则是满清幸福。特汉族之受专制，已二百六十余年，自戊戌政变以还，曰改革专制，曰预备立宪，曰缩短国会期限，何一非国民之铁血威逼出来？徐锡麟也，安庆兵变也，孚琦炸弹也，广州督署被轰也，满清之胆，早经破裂。以上所叙各事，俱见《清史演义》。然逐次之伪谕，纯系牢笼汉人之诈术，并无改革政体之决心。故内而各部长官，外而各省督抚，满汉比较，满人之掌握政权者几何人？兵权财权，为立国之命脉，非毫无智识之奴才，即乳臭未干之亲贵；四万万汉人之财产生命，皆将断送于少数满贼之手，是而可忍，孰不可忍？即如执事，岂非我汉族中之最有声望、最有能力之人乎？一削兵权于北洋，再夺政柄于枢府，若非稍有忌惮汉族之心，已酉革职之后，险有性命之虑。他人或有不知，执事岂竟忘之？何曾忘记。自鄂军倡义，四方响应，举朝震恐，无法支持，始出其咸同故技，以汉人杀汉人之政策，执事果为此而出，可谓忍矣。

嗣又奉读条件，谆谆以立宪为言，时至二十世纪，无论君主国、民主国、君民共主国，莫不有宪法，特其性质稍有差异，然均谓之立宪。将来各省派员会议，视其程度
14. 如何，当采何种政体，其结果自不外“立宪”二字。特揆诸舆论，满清恐难参与其间耳。即论清政府叠次上谕所云，试问鄂军起义之力，为彰德高卧之力乎？鄂军倘允休兵，满廷反汗，执事究有何力以为后盾？

今鄂军起义只匝月，而响应宣告独立者，已十余省，沪上归并之兵轮及鱼雷艇，共有八艘，其所以光复之速而广者，实非人力之所能为也。我军进攻，窃料满清实无抵抗之能力，其稍能抵拒者，惟有执事，然则执事一身，系汉族及中国之存亡，不綦重哉！设执事真能知有汉族，真能系念汉人，则何不趁此机会，揽握兵权，反手王齐，匪异人任。即不然，亦当起中州健儿，直捣幽燕。渠何尝不作此想，特不欲显行耳。苟执事真热心满清功名也，亦当日夜祷祝我军速指黄河以北，则我军声势日大一日，执事爵位日

高一日，倘鄂军屈服于满清，恐不数日间，飞鸟尽，良弓藏，狡兔死，走狗烹矣。早已见到，不烦指教。执事犯功高震主之嫌，虽再伏隐彰德而不可得也。隆裕有生一日，戊戌之事，一日不能忘也，执事之于满清，其感情之为如何？执事当自知之，不必局外人为之代谋。同志人等，皆能自树汉族勋业，不愿再受满族羁绊，亦勿劳锦注。

顷由某处得无线电，知北京正危，有爱新氏去国逃走之说，果如是，则法人资格丧失，虽欲赠友邦而无其权矣，执事又何疑焉？窃为执事计，闻清廷有召还之说，分二策以研究之：一清廷之召执事回京也，恐系疑执事心怀不臣，藉此以释兵权，则宜援“将在外，君命有所不受”之例以拒之；二清廷果危急而召执事也，庚子之役，各国联军入京，召合肥入定大局，合肥留沪不前，沈几观变，前事可师。所惜者，合肥奴性太深，仅得以文忠结局，了此一生历史，李氏子岂能终无余憾乎？元洪一介武夫，罔识大义，惟此心除保民外，无第二思想，况执事历世太深，观望过甚，不能自决，须知当仁不让，见义勇为，无待游移。《孟子》云：“虽有智慧，不如乘势，虽有镃基，不如待时。”全国同胞，仰望执事者久矣，请勿再以假面具示人，有失本来面目，则元洪等所忠告于执事者也。余详蔡、刘二君口述，书不尽言，惟希垂鉴！

袁钦差阅毕，毫不动色，惟点了好几回头，知己相逢，应该心照。嗣见刘、蔡二人尚站立在侧，便与语道：“他不肯讲和，也就罢了，我便要启程赴京，你两人收拾行李，一同北上，可好么？”二人正在听命，忽由随役递呈名刺，报称第一军统领段祺瑞求见，袁钦差即命传入。彼此相见，行过了礼，祺瑞先开口道：“闻宫保已拟北上，祺瑞特来恭送，并乞指教。”袁钦差道：“革命风潮，闹得这么样大，看来是不易收拾。中外人心，又倾向革命，冯军一入汉口，稍行杀掠，各领事已有烦言，你想现在的事情，还好任情办去么？”祺瑞道：“京中资政院，已奏请惩办前敌将帅，闻已交宫保查办，不知宫保究如何作复？”袁钦差微哂道：“一班老朽，晓得甚么军情，华甫也太属辣手，我已向他交代过了。”冯国璋字华甫。老袁袒护冯国璋，已见言外。祺瑞道：“可笑这吴禄贞，是革命党中健将，朝廷不知为何令抚山西，他带了山西革命军，还到石家庄，把京中输运的军火子弹多半截留，反说是仰体朝廷德意，消弭战祸，保全和平，并请诛纵兵烧杀的将帅，以谢天下，这真是出人意料的事情。现闻已在途被刺，连首级都无从着落呢。”吴禄贞被刺事，亦从老段口中带出。袁钦差不待说毕，便道：“这等人物，少一个，好一个，横直是乱世魔星，不足评论。”祺瑞听他言中有意，便不再说下去。袁氏何意？看官试猜。但听袁钦差又与语道：“芝泉，祺瑞字。你是我的故交，我此次被逼出山，又要赴京，你须要助我一臂哩。”祺瑞拱手道：“敢不惟命是听。”种种后文，均伏于此语中。袁钦差道：“如此最好，我要起程了。”当下与祺瑞携手出辕，上舆告别。祺瑞仍在后送行，一直到了车站，俟袁钦差舍舆登车，一去一留，方才分手。

看官听着！小子前著《清史演义》，于吴禄贞事未曾详叙，此书既从段祺瑞口中叙出，应该将吴事表明，补我从前缺略，且与袁项城亦隐有关系，更不能不特别从详。本书于各省革命，俱从略笔，独详吴事者以此。

吴禄贞，字绶卿，湖北云梦县人，曾在湖北武备学堂肄业，由官费派学东洋。庚子拳乱，革命党人唐才常发难汉口，禄贞方在日本学习士官，潜身归来，据住大通，为唐声援。唐败被杀，禄贞仍遁入日本，后投效东三省，大著才名，得操兵柄。寻为延吉厅边务大臣，与日本办理间岛交涉，精干明敏，日人不能逞，以功洊升副都统，未几任第六镇统制。他本蓄志革命，欲借着兵力，乘机举事，会鄂军起义，遂自请率军赴敌。清廷颇怀疑忌，令随荫昌南下，许荫昌便宜行事，如果察有异图，立杀无赦。禄贞以荫昌偕行，料知所愿难遂，乃托疾不往，嗣因滦州军威逼立宪，有旨令禄贞往抚，禄贞到了滦州，却在军前演说，大致谓："革命利益，满、汉均霑。"说得汉人非常赞成，就是军伍中有几个满人，也不觉被他感化，当下集众定议，入驻丰台，拟逼清帝逊位。不意清廷已有所闻，调集京奉路线列车，留京待命，一面令禄贞移剿山西。

禄贞因计不得行，乃率部众赴石家庄，自己轻车简从，径入山西省城，与山西民军会商，拟纠合燕晋诸军，协图北京，且截取清军南下的辎重，做为自己的军需。匆匆返石家庄，偕詹随员在车中拟稿，只说是山西就抚，电达清廷。甫到车站，突有兵士上车，向禄贞屈膝道贺。禄贞见兵士肩章，书"第十二协"字样，坦然不疑；正欲启问，那兵士从靴内拔出匕首，向前直刺。禄贞忙离座格拒，詹又大呼乞救，不防兵士愈来愈众，各持枪攒击禄贞，禄贞虽然骁勇，究竟敌不住多人；况且枪弹无情，扑通扑通的数声，已将一位革命的英雄，送入鬼门关去，头颅都不知下落。詹随员逃避不及，也吃了好几个卫生丸，与吴统制同登冥箓。生死相随，可谓至友。

看官！这第十二协军队，究系何人统辖？原来就是吴禄贞部下的军队，协统叫做周符麟，与禄贞含有宿嫌，禄贞本奏请黜周，公牍上陈，偏遭部驳，周仍虚与委蛇，至是竟遣旗兵刺死禄贞。或谓："由清军谘使良弼，遗周二万金，令他把禄贞刺死，免滋后患。"或谓："为袁钦差所忌，恐他先入京师，独操胜算，转令自己反落人后，无从做一番事业，所以密嗾周符麟，除去一个好敌手。"后人编著《民国春秋》，尝于辛亥年九月十六日，大书特书道："袁世凯使人暗杀吴禄贞于石家庄。"《民国春秋》曾载入《大同报》。小子也不暇深考。但有一诗吊吴军统云：

拚将铁血造中原，勇士何妨竟丧元？
但若暴徒非虏使，石家庄上太含冤。

吴军统已死，袁钦差即启程北上，京内的王公大臣都额手称庆，差不多似救命王到来。欲知后事，试看下回。

18.

冯、段二人，是项城心腹，故本书开始，即将二人特别提出。微冯、段，项城固无自逞志也。若与黎都督议和，项城不过暂时敷衍，并非当时要着，但黎督复书，实已如见项城肺腑，推项城之意，亦必谓黄陂实获我心，特未尝明言耳。刘书毫无精彩，不过与黎书互有关系，故特附录，明眼人自能知之。至吴禄贞之被刺，是否由项城主使，至今尚无实证，惟《大同报》所载之《民国春秋》，已归咎袁氏，想彼或有所见，并非曲意深文。吴谋若行，则北京早下，清帝亦早逊位，何待项城上台，今日之民国，或较为振刷，亦未可知，是著书人之特载吴禄贞，固具有微意，不第补前著《清史演义》之阙已也。

第三回　奉密令冯国璋逞威
举总统孙中山就职

却说京内官民，闻袁钦差到京，欢跃得甚么相似，多半到车站欢迎。袁钦差徐步下车，乘舆入正阳门，当由老庆、老徐等极诚迎接，寒暄数语，即偕至摄政王私邸，摄政王载沣也只好蠲除宿嫌，殷勤款待。请他来实行革命，安得不格外殷勤？老袁确是深沉，并没有甚么怨色，但只一味谦逊，说了许多才薄难胜等语。语带双敲。急得摄政王冷汗直流，几欲跪将下去，求他出力。老庆、老徐等又从旁怂恿，袁乃直任不辞，即日进谒隆裕后，也奉了诚诚恳恳的面谕，托他斡旋。袁始就内阁总理的职任，动手组织内阁，选用梁敦彦、赵秉钧、严修、唐景崇、王士珍、萨镇冰、沈家本、张謇、唐绍怡、达寿等，分任阁员，并简放各省宣慰使，拣出几个老成重望，要他充选。

看官！你想当四面楚歌的时代，哪个肯来冒险冲锋，担此重任？除在京几个人员无法推诿外，简直是有官无人。而且海军舰队及长江水师又陆续归附民军，听他调用，那时大河南北，只有直隶、河南两省，还算是没有变动。大江南北，四川又继起独立，完全为民军所有。只南京总督张人骏，将军铁良，提督张勋，尚服从清命，孤守危城。江苏都督程德全，浙江都督汤寿潜，又组织联军，进攻南京。上海都督陈其美且号召兵民，一面援应江、浙联军，一面组合男女军事团，倡义援鄂。枕戈待旦，健男儿有志复仇，市鞍从军，弱女子亦思偕作。彼谈兵，此驰檄，一片哗噪声，遥达北京，已吓得满奴倒躲，虏气不扬。语有分寸，阅者自知。

袁总理迭接警耗，前称袁钦差，此称袁总理，虽是就官言官，寓意却也不浅。默想民军方面，嚣张得很，若非稍加惩创，民军目中，还瞧得起我么？我要大大的做番事业，必须北制满人，南制民军，双方归我掌握，才能任我所为。隐揣老袁心理，确中肯綮。计划既定，便与老庆商议，令他索取内帑，把慈禧太后遗下的私
20. 积，向隆裕后逼出，隆裕后无法可施，落了无数泪珠儿，方将
内帑交给出来，袁总理立饬干员，运银至鄂，奖励冯国璋军，并函饬国璋力攻汉阳。国璋得了袁总理命令，胜过皇帝诏旨，遂慷慨誓师，用全力去争汉阳。

汉阳民军总司令黄兴，系湖南长沙县人，向来主张革命，屡仆屡起，百折不挠。黎都督元洪与他素未识面，及武汉鏖兵，他遂往见黎督，慨愿前驱，赴汉杀虏。是夕，即渡江抵汉阳，汉阳民军与清军酣战，已有多日，免不得临阵伤亡，队伍缺额，就令新募兵充数。新兵未受军事教育，初次交锋，毫无经验，一味乱击，幸清军统冯国璋守着老袁训诫，未敢妄动，所以相持不决。至袁令一下，他即率军猛进，围攻龟山。民军总司令黄兴督师抵敌，连战两昼夜，未分胜负。不意冯军改装夜渡，潜逾汉江，用着机关大炮，突攻汉阳城外民军。民军猝

不及防，纷纷倒退。黄兴闻汉阳紧急，慌忙回援，见汉阳城外的要害，已被清军占住，料知汉阳难守，竟一溜烟地逃入武昌。下一“逃”字，罪有攸归。龟山所有炮队，失去了总司令，未免脚忙手乱，一时措手不迭，便被冯军夺去。汉阳城内随即溃散，眼见得城池失守，又归残清。等到武昌发兵往援，已是不及，黎都督不免懊悔，但事已如此，无可奈何，只得收集汉阳溃军，加派武昌生力军，沿江分驻，固守武昌。黄兴见了黎督，痛哭移时，拟只身东行，借兵援鄂，黎督也随口照允，听他自去。黄兴实非将才。

这时候的冯国璋，已告捷清廷，清廷封国璋二等男，国璋颇也欣慰，便拟乘胜再下武昌，博得一个封侯拜相的机会。当下派重兵据住龟山，架起机关大炮，轰击武昌。武昌与汉阳只隔一江，炮力亦弹射得着，幸亏武昌兵民日夕严防，就是有流弹抛入，尚不过稍受损伤，无关紧要；沿江上下七十余里，又统有民军守着，老冯不能飞渡。只汉阳难民，渡江南奔，船至中流，往往被炮弹击沉，可怜这穷苦百姓，断股绝臂，飘荡江流；还有一班妇女儿童，披发溺水，宛转呼号，无从乞救，一个一个的沉落波心，葬入鱼鳖腹中。马二先生，何其忍心。各国驻汉领事见了这般惨状，也代为不平，遂推英领事出为介绍，劝令双方停战。自残同类，转令外人出为缓颊，煞是可叹。国璋哪肯罢休，只说须请命清廷，方可定夺，一面仍饬兵开炮，蓬蓬勃勃地放了三日三夜，还想发兵渡江，偏偏接到袁总理命令，嘱他停战，冯国璋一团高兴不知不觉地消磨了四五分，乃照会英领事，开列停战条件，尚称：“民军为匪党。”并有“匪党须退出武昌城十五里，及匪党军舰的炮闩，须一概卸下，交与介绍人英领事收存”等语。英领事转达黎督，黎督复交各省代表会公决。

原来独立各省已各举代表，齐集湖北，拟组织临时政府，以便对内对外，本意是择地武昌，因武昌方在被兵，不得安居，暂借汉口租界顺昌洋行，为各省代表会会所。各省代表见了冯国璋停战条款，统是愤懑交加，不愿答复。嗣恐英领事面子过不下去，乃想出一个用矛制盾的法儿，写了几条，作为复词。内开虏军须退出汉口十五里以外，及虏军所据的火车，应由介绍人英领事签字封闭。极好的滑稽答复。这种绝对不合的条款，怎能磋磨就绪？惟老冯也不好再战，暂行停炮勿攻，待有后命，再定计议。乐得逍遥。忽接到江南急电，江督张人骏、将军铁良、提督张勋等，统弃城出走，南京被民军占去。接连又奉袁总理电命，停战十五日。于是按兵不动，彼此夹江自守，暂息烽烟。

22. 小子且将南京战事续叙下去。江督张人骏，本也是个模棱人物，只因铁良是满人，始终辅清，张勋虽是汉族，却因受清厚恩，不敢背德，定欲保全江宁，对敌民军，所以各省纷纷独立，惟南京服从清室，毫无变志。江南第九镇统制徐绍桢，时已反抗清廷，任为宁军总司令，发兵攻击南京，初战不利，退回镇江，旋经浙军司令朱瑞、苏军司令刘之洁、镇军司令林述庆、沪军司令洪承点、济军司令黎天才，齐集镇江，与宁军一同出发，再捣南京，张勋却也能耐，带着十八营防军，与联军交战数次，互有杀伤。嗣因联军分头进攻，一个效忠清室的张大帅，顾东失西，好似一个磨盘心，终日在南京城下，指麾往来，闹得人困马乏，急忙电达袁总理，请他速发援兵。谁知这袁总理并无复音，再四呼吁，终不见报。袁总理已叫你拱让，你何苦硬要支持？未几，济军占领乌龙山、幕府山，浙军亦占领马群孝陵卫一带，又未几，浙军复进夺紫金山，会同镇军、沪军，攻克天保城。张勋屡战不利，反丧了统领王有宏，没奈何退入朝阳门，专令城内狮子山守兵开炮击射联军。哪知狮子山上的兵士已有变志，所发诸炮，都是向空乱击，毫无效力，城外最要紧的雨花台，又被苏军夺去。张勋力竭计穷，先嘱爱妾小毛子收拾细软，由部众拥护出城，自己亦率了残兵二千人，与张人骏、铁良等开了汉西门，乘夜走脱，联军遂拥入南京城，欢呼不已。南京踞长江下游，倚山濒水，向称为龙盘虎踞的雄都，民军席卷长江，必须攻克南京，才得作为根本重地。适值汉阳为清军所得，两方面胜负相同，各得对等资格，那时和议问题，方好就此着手了。实皆不能出老袁意中。

袁总理世凯，与清摄政王载沣，面和心不和，便乘此下手，欲逼载沣退归藩邸，但形式上不便强逼，只把重大的问题推到载沣身上去，自己不肯作主。载沣实担架不起，情愿辞职归藩。庆亲王奕劻虽已罢去总理，遇着紧要会议，总要召他与闻，他便在隆裕后面前，力保袁总理能当重任，休令他人掣肘。隆裕后究是女流，到了没奈何时候，明知袁总理未必可靠，也只好求他设法，索性退去摄政王，把清廷一切全权，托付袁总理。全权付与，还有甚么清室江山。袁总理遂命尚书唐绍怡，做了议和代表，且与唐密商了一夜，方令启程南下。一夜密商，包括后来无数情事。各省代表会闻北代表南来，公推伍廷芳为民军代表，酌定上海地点，与北代表会议。两下里只约停战，未及言和。那革命党大首领孙文已从海外回国，来任临时总统，开创一个中华民国出来。笔大如椽。

孙文字逸仙，号中山，广东香山县人，少时入教会学堂读书，吸受欧化，目击清政日非，遂倡言革命；嗣复往来东西洋，结合中国游学生，组织同盟会，一心与满清为难，好几次运动革命，统归失败。俱见《清史演义》。至是民军起义，把中国二十二省的舆图，得了三分之二，不禁宿愿俱慰，奋袂回国。看官试想，中国革命，全是他一人发起的效力，此番功成回来，宁有不受人欢迎么？

先是黄兴到沪，拟召江、浙军援鄂，会因鄂军与清军议和，彼此停战，乃将援鄂事暂行搁起。至南京已下，各省代表均自汉口移至南京，道出沪上，拟选举正副元帅，为他日正副总统根本。当下开会公举，黄兴得票最多，当选为大元帅，黎元洪得票居次多数，当选为副元帅。哪知江、浙联军啧有烦言，多半谓汉阳败将怎能当大元帅的职任？况黎都督是革命功首，反令他屈居副座，如何服人？遂纷纷电达沪渎，不认黄兴为大元帅。此即为军人干涉立法权之始。但各代表推选不慎，也是难免指摘。
24. 各省代表束手无策，只好再行酌议，拟将黎、黄两人易一位置。黄兴闻联军不服，即日离沪，只致书各省代表，力辞大元帅当选，并推举黎元洪为大元帅。各代表得了此书，乐得顺风使帆，以大元帅属黎，副元帅属黄，惟会议时有一转文，黎大元帅暂驻武昌，可由副元帅代行大元帅职权，组织临时政府。公决后，即由各代表派遣专足，欢迎副元帅移节江宁，一面与行政机关接洽，在江宁预设元帅府，专待黄副元帅到来。不意黄副元帅竟尔固辞，至再三敦促，仍然未至。有几个革命党人与黄兴素来莫逆，竟跑入代表会所，狂呼乱叫，拍案痛詈，略称：“举定的正副元帅，如何易置？显是看轻我会中好友，你等名为代表，试为设身处地，一位大元帅，骤然降职，尚有面目来宁，组织临时政府么？”此是政党纷争之始，愈见选举不慎之弊。说得各代表俯首无言，待他舌干口渴，方设词劝慰，将他请出。

党人恨恨而去。

各代表忍气吞声，面面相觑，忽闻孙中山航海到来，已抵吴淞口，亏得他来解围。大众方转忧为喜，即开了一个欢迎会，去迓中山——中山于十一月初六日到沪；遂把大元帅副元帅的问题，搁过一边，一心一意地推举孙中山为临时大总统。初十日开会投票，每省代表，一票为限。奉天代表吴景濂，直隶代表谷钟秀、张铭勋，河南代表李槃，山东代表谢鸿焘，山西代表景耀月、李素、刘懋赏，陕西代表张蔚森、马步云，江苏代表袁希洛、陈陶怡，安徽代表许冠尧、王竹怀、赵斌，江西代表林子超、赵士壮、王有兰、俞应麓、汤漪，浙江代表汤尔和、黄群、陈时夏、陈毅、屈映光，福建代表潘祖彝，广东代表王宠惠、邓宪甫，广西代表马君武、章勤士，湖南代表谭人凤、邹代藩、廖名搢，湖北代表马伯援、王正廷、杨时杰、胡瑛、居正，四川代表萧湘、周代本，云南代表吕志伊、张一鹏、段宇清，联翩到会，依法投票。全是表面文章。开箱检视，总数只有十七票，倒有十六票中，端端正正地写着“孙文”二字，大众欢呼“中华共和万岁”三声，自是中华民国临时总统，产生大陆，成为开辟以来第一次创局。大书特书。孙文辞无可辞，勉允就职，当准于辛亥年十一月十三日，即阳历新正月一日，为临时总统莅任，中华民国纪元的吉期。

先是鄂军起义，用黄帝纪元，因黄帝为汉族远祖，兴汉排满，不得不溯源黄帝，所以檄文起首，称为黄帝纪元四千六百零九年；至造成民国，拟联合汉、满、蒙、回、藏五族，成一大中华，不应再存种族的形迹，乃改用民国纪元。且因世界各国，多用阳历，也只好随众变通，藉便交际；可巧总统选出，又适当阳历残年，为此种种理由，才有此特别更改。话休烦叙。并非烦文，实为通俗教育起见。

且说中华民国元年元月元日，当选临时大总统孙文，由沪上乘着专车，赴宁受职，火车上面，遍悬五色旗，随风送迎。这五色旗寓着五族共和的意义，系江、浙联军光复南京后，由都督程德全及湖南志士宋教仁等，创造出来，后来遂定为国徽。武昌起义，用铁血旗，即十八星旗。滇、黔、粤、桂独立，袭用同盟会之青天白日旗。各省独立，统用白旗。故本书特揭五色旗之缘起。是日午前，车抵南京，政学军商各界，统到车站欢迎，驻宁各国领事亦到来迎接。各炮台，各军舰，各鸣炮二十一门，表示欢忱。孙文下车，便改乘马车至临时总统府，即日行就职礼。各省代表暨海陆军代表齐集，军乐声与欢呼声、舞蹈声，和成一片。待众声少止，乃由孙文宣读誓词，词曰：

26. 倾覆满洲专制政府，巩固中华民国，图谋民生幸福。此国民之公意，文实遵之，以忠于国。至专制政府既倒，国内无变乱，民国卓立于世界，为列邦公认，文当解临时大总统之职，谨以此誓于国民。数语已载《清史演义》，因所关重大，用特复录。

各省代表因他宣誓已终，遂捧授大总统印信，由孙文接受加仪，那时宁军总司令徐绍桢又由各代表公推，令进箴颂，乃琳琳琅琅的宣读起来。正是：

元首退居公仆列，国民进作主人翁。

欲知所读何词，且至下回续叙。

本回所叙各事，多载入《清史演义》，而此复复述者，以事关重大，《清史演义》中不可无是文，《民国演义》中，尤不可无是文也。妙在事实从同，运笔不同，两两对勘，不嫌重复，反增趣味，且有彼详此略、彼略此详诸异点，置诸《清史演义》宜如彼，置诸《民国演义》宜如此，此妙手之所以不涉拘墟也，阅者鉴之，应不河汉余言。

第四回　复民权南京开幕
抗和议北伐兴师

却说宁军司令徐绍桢，因临时大总统孙文就职，遂由各省代表委托，转达民意，朗读颂词道：

维汉曾孙失政，东胡内侵，淫虐华夏，帝制自为者垂三百年，我皇汉慈孙，呻吟深热，慕法兰西、美利坚人平等之制，用是群视众策，仰视俯画，思所以倾覆虐政，恢复人权，乃断头揕胸，群起号召，流血建义，续法、美人共和之战史。今三分天下，克复有二，用是建立民国，期成政府，拣选民主，推置总统。佥意能尊重共和，宣达民意，惟公贤；廓清专制，巩卫自由，惟公贤；光复禹域，克定河朔，举汉、满、蒙、回、藏群伦，共覆于平等之政，亦惟公贤。用是投匭度情，征压纽之信，众意所属，群谋佥同。既协众符，欢欣拥戴。要知我国民久困钤制，疾首蹙颎，望民主若岁，今当公轩车莅任，苍白扶杖，子女加额，焚香拥彗，感激涕零者何也？忭舞自由，敦重民权也，用是不吝付四百兆国民之太阿，寄二亿里山河之大命，国民之委托于公者，亦已重哉。继自今惟公翼翼，毋违宪法，毋拂舆意，毋任威福，毋崇专断，毋昵非德，毋任非才，凡我共和国民，有不矢忠矢信，至诚爱戴，轩辕、金天，列祖列宗，七十二代之君，实闻斯言。代表等受国民委托之重，敢不尽意，谨致大总统玺绶，俾公发号施令，崇为符信，钦念哉！

读毕，由孙大总统答词，略谓："当竭尽心力，勉副国民公意。"各代表及海陆军代表又欢呼中华民国万岁，中华民国共和万岁，中华民国四万万同胞万岁。两阶军乐又鞺鞺地奏了一回，然后大众鞠躬告别。

过了三天，再选举副总统，黎都督元洪当选；复著手组织内阁，暂仿美国成制，不设总理，先集各代表议定法度，分作九部，每部设总长一人，次长一人，由孙总统提出望重名高的人物，请代表团投票取决，得多数同意，乃经总统委任。

此次是中华民国第一次组织内阁，当任黄兴为陆军总长，蒋作宾为次长，黄钟瑛为海军总长，汤芗铭为次长，伍廷芳为司法总长，吕志伊为次长，陈锦涛为财政总长，王鸿猷为次长，王宠惠为外交总长，魏宸组为次长，程德全为内务总长，居正为次长，蔡元培为教育总长，景耀月为次长，张謇为实业总长，马和为次长，汤寿潜为交通总长，于右任为次长。

政府的行政机关已经组成，乃由各代表组织参议院，每省中选出三人，公议法律，作为中华民国的立法机关。政法两项，并行不悖，先择民国最要紧的条件，提出施行。第一件是外交，由临时大总统咨照各国，凡革命以前，清政府所欠外债，归民国承认偿还，从前中外约款仍然履行，各国侨民一体保护，信教悉许自由，外人得此照会，却也悦服。第二件是内治，下剪辫令，改拜跪礼，所有从前大人老爷的称呼，以及山、陕教坊乐籍，与浙绍惰民丐籍及浙、闽棚民，广东蜒户等，一体革除，实行共和制度，撤消阶级。至若刑法一端，虽已设司法部，一时未及编制，且因军务未竣，暂行军律，由陆军总长颁布临时军律十二条，凡任意掳掠、强奸妇女、焚杀平民，及未奉长官命令，擅封民房财产、硬夺良民财物等五条，最为大罪，犯即枪毙。勒索强买，与私斗伤人，这二条论情抵罪。还有五条，是私入良民家宅、行窃赌博、纵酒行凶及各种滋扰情形，均酌量罚办。此外一切政策，由各部总长颁布意
30. 见，逐渐进行。惟教育一项，至应改良，所有大小所堂改名学校，各种教科书饬各书局及各校教员，酌量编辑，小学校中准男女同学，期合共和宗旨。其余各节，亦略有变通，小子也不及细述了。此系民国创造的政治，不能不揭要叙明。

惟是满清政府，尚兀立北京，直隶、河南未曾独立；山东旧抚孙宝琦忽附和民军，忽服从清室，仿佛有两张面孔，两副心肠；还有辽东三省，也是首鼠两端；西域的新疆省及内外蒙古、青海、西藏三部，路途遥远，声息未通；就是一早光复的山、陕两省也被清军袭击，屡电达南京政府，火速乞援。临时大总统孙文，及九部阁员不得不亟筹统一的办法。

时清议和代表唐绍怡与民军代表伍廷芳，已会议了好几次，伍代表先提出和议大纲，约有四条：一是废除满清政府；二是建立共和政府；三是优给清帝岁俸；四是满人除在新政府

效力外，凡年老穷苦的人，均优给赡养。这数条说将出来，与唐代表意不相合。唐代表受着清廷命令，南下议和，就是有志共和，一时也不便推倒满清，遂与伍代表辩驳数次，仍主张君主立宪。伍代表当然不允，嗣经彼此磋磨，定了一个通融的法儿，拟立时召集国会，将君主民主问题，付诸公决，当由双方签字。再议国会办法及开会地点，伍主上海，唐主北京；伍主每省选派代表三人，唐初意未协，旋亦照允，惟地点尚未议定，电达袁总理定夺。袁总理复电，不特反对上海开会，并云“各省代表，只有三人，不足取信大众。唐使不候电商，径行允协，未免越权，本总理碍难承认”云云。无非为一己计。看官试想！唐使南来，明明是袁总理的全权代表，当两代表相见时，已经换验文凭，确有“全权”字样。乃因这国会人数由唐签定，竟遭袁总理驳斥，还有甚么全权可言？唐代表即日辞职，由袁总理致电伍廷芳，直接议和。

正在辩论的时候，忽闻南京已组织新政府，选孙文为临时大总统，黎元洪为临时副总统，不由的惊动了老袁，正副总统都被他人取去，安得不惊。立即电达南方，诘问伍代表。略云：

> 国体问题，由国会解决，现正商议正当办法，自应以全国人民公决之政体为断。乃闻南京忽已组织新政府，并孙文受任总统之日，宣示驱逐满清政府，是显与前议国会解决问题相背，特诘问此次选举总统，是何用意？设国会议决为君主立宪，该政府暨总统，是否立即取消？务希电复！

伍代表接到此电，亦拟就复稿，拍致袁总理道：

现在民军，光复十七省，不能无统一之机关，在国民会议未议决以前，民国组织临时政府，选举临时大总统，此是民国内部组织之事，为政治上之通例。若以此相诘，请还问清政府，国民会议未决以前，何以不即行消灭，何以尚派委大小官员？又前与唐使订定，谓国民会议，取决多数，议决之后，两方均须依从。来电所诘问者，请还以相诘，设国会议决为共和立宪，清帝是否立即退位？亦希答复为盼！

袁总理瞧这电文，免不得气愤起来，当下四处拍电，饬新授山西巡抚张锡銮速带三镇全军，往攻娘子关，进窥太原；故陕督升允由甘肃募军，由平凉窥陕西乾州；再调河南清军西薄陕西潼关；皖北清藩倪嗣冲进驻颍亳；南京败逃的提督张勋，
32. 由徐州招集散军，攻入宿州，随处牵制民军，大有以力服人的威势。暗中却仍令唐绍怡，寓居沪上，作局外的调停，仍与伍代表密商，不使南北决裂。一面硬逼，一面软做，老袁确有手段。南京政府颇有些为难起来，各省代表团恐临时政府为和议所误，行文严诘，日促进兵。山西都督阎锡山又飞书求救，接连是娘子关失守，太原失守，数次警电，络绎传来。陕西潼关民军，始挫终胜，虽幸得击退清军，究竟还是危险，也屡电告急，皖、徐一带又有不安的消息，于是南京政府揭示进兵的方法，派鄂、湘民军，为第一军，向京汉铁路前进；宁、皖民军为第二军，向河南前进，与第一军约会开封、郑州间；淮阳民军为第三军，烟台民军为第四军，向山东前进，约会济南；秦皇岛合关外各民军为第五军，山、陕民军为第六军，向北京前进，若第一、二、三、四军，进行顺手，即与第五、六军会合，共捣虏廷。再由临时大总统孙文檄告北方将士，其文云：

民国光复，十有七省，义旗虽举，政体未立，凡对内对外诸问题，举非有统一之机关，无以达革新之目的，此临时政府，所以不得不亟为组织者也。文以薄德，谬承公选，效忠服务，义不容辞，用是不揣绵薄，暂就临时之任，藉维秩序而图进行，一俟国民会议举行之后，政体解决，大局略定，敬当逊位，以待贤明。区区此心，天日共鉴。凡我同胞，备闻此言。惟是和平虽有可望，战局尚未终结，凡我籍隶北军诸同胞，同是汉族，同为军人，举足重轻，动关大局，窃以为有不可不注意者数事，敢就鄙意，为我诸同胞正告之：此次战事迁延，亦既数月，涂炭之惨，延亘各地，以满人窃位之私心，开汉族仇杀之惨祸，操戈同室，贻笑外人，我诸同胞不可不注意者此其一；古语云："民之所欲，天必从之"，是知民心之所趋即国体之所由定也，今禹域三分光复逾二，虽有孙、吴之智，贲、育之勇，亦讵能为满廷挽既倒之狂澜乎？我诸同胞不可不注意者此其二；民国新成，时方多事，执干戈以卫社稷，正有志者建功树业之时，我同胞如不明烛几先，即时反正，他日者，大功既定，效用无门，岂不可惜？我诸同胞不可不注意者此其三。要之义师之起，应天顺人，扫专制之余威，登国民于衽席，此功此责，乃文与诸同胞共之者也。如其洞观大势，消释嫌疑，同举义旗，言归于好，行见南北无冲突之忧，国民蒙共和之福；国基一定，选贤任能，一秉至公，南北军人，同为民国干城，决无歧视。我诸同胞当审斯义，早定方针，无再观望，以贻后日之悔，敢布腹心，惟图利之！

为这一篇宣告书，北方将士亦蠢蠢欲动，南方各省都督更跃跃欲战，军书旁午，战电纷驰，北伐北伐的声音喧腾大陆，且把袁世凯骂得一文不值，不是说他满奴，就是詈他汉贼；肄业学校的学生，也情愿抛书辍学，倡合一个北伐团；醉心文明的女子又情愿浣粉洗脂，组成一党北伐队；还有学生卫兵，女子精武军，及男女赤十字会，名目繁多，数不胜数。就是梨园名角，楚馆歌娼，也想卸下这优孟衣冠，跳脱那平康贱里，投入甚么北伐团、北伐队，去当一会北伐英雄、北伐英雌。端的是乘盾为荣，执桴而起，班超投笔，大丈夫安用毛锥？木兰从征，新国民休轻巾帼。仿佛一个大舞台。似乎直捣黄龙，指顾间事。

各国侨商见时势危迫，恐碍商务，大众联名发电，直致清廷，要求他早改国体，安定大局。偏清亲贵载涛、载洵、载
34. 泽、溥伟、善耆，与良弼、铁良等，结成一个宗社党，极端反对民军，一意主战，且有宁赠友邦，不给汉人的呆话。宗社党自此出现。当下开了几次会议，把变更国体的问题，誓不愿行，任他如何请求，如何决裂，只有背城借一，与国存亡。恐怕是大言不怍。良弼尤为激烈，力请隆裕太后易和为战，并斥袁总理负国不忠，立应罢斥。隆裕后踌躇未决，袁总理已得着信息，即奏请辞职退居。复旨尚未下来，甘肃、新疆，已递到警报，甘肃总督长庚、新疆将军志锐，均被革命军杀死，接连是蒙古活佛、西藏喇嘛也宣布独立，把清廷简放的驻守大臣，一律驱逐出境。

看官！你想隆裕太后，生平虽几经患难，要没有这般危急，当此一夕数惊，哪得不令她吓煞？左思右想，无可奈何，只好去请老庆商量。老庆心目中，只有一个袁世凯，仍是坚持

原议，并把曾国藩封侯故事引述一番。世凯是姓袁，并不姓曾。隆裕后以满清宗室，总要算老庆阅历最深，比不得一班粗莽少年，空说大话，毫无实用。少年原不足恃，老朽亦属无用。当下令老庆往留老袁，且封袁一等侯爵。袁总理不愿就封，并整顿行装，似乎要归去的模样，急得老庆苦口挽留，才得他勉强应允，惟侯爵决不肯受。想做总统，想做皇帝，岂侯爵所能羁留？俟老庆别后，沉吟了好半晌，乃自拟密电，飞寄唐绍怡，唐接电后，往谒伍代表，谈及老袁密电中事。伍代表复转电孙总统，孙总统微微一笑，遂命秘书拟好电文，即致袁总理道：

> 北京袁总理鉴：文前日抵沪，诸同志属组临时政府，文义不容辞，只得暂时担任。公方以旋乾转坤自任，即知亿兆属望，惟目前地位，尚不能不引嫌自避，故文暂时承乏，而虚位以待之心，终可大白于将来。望早定大计，以慰四万万人之渴望。

原来袁总理的密电中，是要孙中山让位与他，他才肯赞成共和，推翻清室，做一出民国开幕的新戏。孙中山顾全大局，竟坦白无私，甘心让位。于是这位袁总理，遂放胆做去，演出许多把戏来。曾记得古诗一首，很好移赠老袁，诗句便是：

> 周公恐惧流言日，王莽谦恭下士时。
> 向使当年身便死，一生真伪复谁知？

毕竟袁总理如何处置，且待下回表明。

南北议和，而孙中山航海来华，即组织临时政府，似乎行之太急，然非有此仓猝之组织，则选议员、开国会，待诸何时？延长一日，则中国即不安一日，且若国会果成，南北必大肆运动，不免有道旁筑室之嫌，此组织南京政府，不可谓非南方党人之捷足也。唐代表议和被斥，即行辞职，看似袁、唐暗中冲突，实仍一致进行。袁总理心中，本挟一惟我独尊之见，意欲借共和捷径，为皇帝之过渡，既避篡逆之恶名，复得中外之美誉，种种作用，无非期达目的，唐代表辈，实为所利用耳。北伐一段，写得如火如荼，初不值老袁一哂。孙中山之甘心让位，亦知南北之未必相敌，经著书人一一叙来，不但事实了然，即如各人心理，亦跃然纸上。

第五回　彭家珍狙击宗社党
段祺瑞倡率请愿团

却说临时大总统孙文，致电袁世凯，有虚位以待等语。袁总理才放下了心，只表面上不便遽认，当复致一电道：

孙逸仙君鉴：电悉。君主共和问题，现方付国民公决，无从预揣。临时政府之说，未敢预闻。谬承奖诱，愧不克当。惟希谅鉴为幸！

这电文到了南京，孙总统又有复电云：

电悉。文不忍南北战争，生灵涂炭，故于议和之举，并不反对。虽君主民主，不待再计，而君之苦心，自有人谅之。倘由君之力，不劳战争，达国民之志愿，保民族之调和，清室亦得安乐，一举数善，推功让能，自有公论。文承各省推举，誓词俱在，区区此心，天日鉴之。若以文为诱致之意，则误会矣。

袁总理既得此电，料知孙文决意让位，并非虚言，遂至庆亲王私邸，密商多时。略谓："全国大势，倾向共和，民军势力，日甚一日，又值孙文来沪，挈带巨资，并偕同西洋水陆兵官数十员，声势越盛。现在南京政府已经组织完备，连外人统已赞成。多半是乌有情事，老袁岂真相信？无非是恫吓老庆。试思战祸再延，度支如何？军械如何？统是没有把握。前数日议借外款，外人又无一答应，倘或兵临城下，君位贵族，也怕不能保全，徒闹得落花流水，不可收拾。若果到了这个地步，上如何对皇太后？下如何对国民？这正是没法可施哩。"老庆闻到此言，也是皱眉搓手，毫无主意；随后又问到救命的方法。袁总理即提出"优待皇室"四字，谓："皇太后果俯顺舆情，许改国体，那革命军也有天良，岂竟不知感激？就是百世以后，也说皇太后皇上为国为民，不私天下。似王爷等赞成让德，当亦传颂古今，还希王爷明鉴，特达宫廷。"前恫吓，后趋承，老庆辈安得不入彀中？老庆踌躇一会，方道："事已至此，也没有别的法子，且待我去奏闻太后，再行定夺。"袁总理乃告别出邸。

过了一日，即由隆裕太后宣召袁总理入朝。袁总理奉命即往，谒见太后，仍把变更国体的好处说了一番，太后泪落不止。袁总理带吓带劝，絮奏了好多时，最后闻得太后呜咽道："我母子二人，悬诸卿手，卿须好好办理，总教我母子得全，皇族无恙，我也不能顾及列祖列宗了。"凄惨语，不忍卒读。袁总理乃退了出来，时已晌午，乘舆出东华门，卫队前拥后护，警备甚严；两旁站着兵警，持枪鹄立，一些儿不敢出声。至行到丁字街地方，忽从路旁茶楼上面抛下一物，约离袁总理乘车数尺，一声爆响，火星直迸，晦气了一个卫队长，一个巡警，两匹坐马，轰毙地上。还有兵士十二人，行路三人，也触着烟焰，几乎死去。无妄之灾。袁总理的马车，幸尚不损分毫，他坐在马车上面，虽亦觉得惊骇，面目上却很镇静，只喝令快拿匪徒。卫队不敢少慢，即似狼似虎的，跑入茶楼，当场拿住三人，移交军警衙门，即日审讯，一叫杨禹昌，一叫张先培，一叫黄之萌，直供是抛掷炸弹，要击死袁总理。待问他何人主使，他却不发一语，随即正法了案。阅者细思此三人，果属何党？或谓由宗社党主使，或谓由革命党主使。迄今尚属存疑。

袁总理始终不挠，遂拟定优待皇室等条件，一份内呈，一份外达。隆裕太后再开皇族会议，老庆等已无异辞。独良弼愤愤不从，定要主战。那时袁总理得了此信，颇费踌躇，暗忖了半天，不由得自慰道："如此如此，管教他死心塌地。"遂暗暗的设法布置，内外兼施。过了数天，忽由民政大臣赵秉钧趋入通报道："军咨使良弼，已被人击伤了。"袁总理道："已死么？"开口即问他死否，其情可见。秉钧道："现尚未死，闻已轰去一足，料也性命难保了。"袁总理又道："敢是革命党所为么？"秉钧道："大约总是他们党人。"袁又问曾否捉住？秉钧又道："良弼未死，抛掷炸弹的人，却已死了。"袁总理叹道："暗杀党煞是厉害，但良弼顽固异常，若非被人击死，事体也终办不了。"言下明明有喜慰意。秉钧道："此人一死，国体好共和了。"袁总理又道："你道中国的国体，究竟是专制的好，共和的好？"秉钧道："中国人民，只配专制，但目下情势，不得不改从共和，若仍用专制政体，必须仍然君主。清帝退位，何人承接？就是有承接的人也离不了莽、操的名目。依愚见想来，只好顺水推舟，到后再说。"袁总理不禁点首，又与秉钧略谈数语，彼此握手告别。赵秉钧系袁氏心腹，故特从此处插入。

看官！你道这清宗室良弼，究系为何人所击？相传是民党
彭家珍。家珍四川人，曾在本省武备学堂毕业，转学东洋，归
充四川、云南、奉天各省军官，久已有志革命，至武昌起义，
他复奔走南北，鼓吹军士。既而潜入京师，赁居内城，购药自
制炸弹，为暗杀计。适良弼统领禁卫军，锐意主战，乃决计往
击良弼。自写绝命书一函，留存案上，然后改服新军标统衣
饰，徐步出门，遥看天色将晚，径往投金台旅馆，佯称自奉天
进京，有要公进内城，命速代雇马车，赴良弼家，投刺求见。
阍人见名刺上面，写着“崇恭”两字，旁注“奉天标统”四字，
当将名刺收下，只复称：“大人方入宫议事，俟明晨来见便了。”
家珍道：“我有要事，不能少待，奈何？”一面说着，一面见阍
人不去理睬，复跃上马车，至东华门外静待。约过半小时，见
40. 良弼乘车出来，两旁护着卫队，无从下手，乃让良弼车先行，
自驱车紧随后面，直至良弼门首，见弼已下车，慌忙跃下，取
出“崇恭”名片抢步求见。良弼诧异道：“甚么要公，黉夜到
此？明日叙谈罢。”说时迟，那时快，良弼正要进门，猛听得
一声怪响，不禁却顾，可巧弹落脚旁，把左足轰得乌焦巴弓，
呼痛未终，已是晕倒。只有这些本领，何苦硬要主战。卫士方拟抢护，
又是豁喇一声，这弹被石反激，转向后炸，火光乱迸，轰倒卫
士数名，连家珍也不及逃避，霎时殒命。良弼得救始醒，奈足
上流血不止，急延西医施救，用刀断足，血益狂涌，翌日亦
死。死后无嗣，惟遗女子三人。且家乏遗赀，萧条得很。度支
部虽奉旨优恤，赙金尚未颁发，清帝即已退位，案成悬宕，良
女未得分文，后由故太守廉泉夫人吴芝瑛，为良女慰男请恤。
呈词中哀楚异常，才博得数金赡养。良弼虽反抗共和，然究是清室忠

臣，且廉洁可敬，故特笔表明。这且搁下不提。

且说良弼被炸，满廷亲贵，闻风胆落，躲的躲，逃的逃，多半走离北京，至天津、青岛、大连湾，托庇外人租界，苟延生命；所有家资，统储存外国银行，经有心人确实调查，总数得四千万左右。不肯饷军，专务私蓄，仿佛明亡时形状。大家逍遥海上，单剩了一个隆裕太后及七岁的小皇帝，居住深宫，危急万状。小皇帝终日嬉戏，尚没有甚么忧愁。独隆裕后日夕焦烦，再召皇族会议，竟不见有人到来。接连又来了一道催命符，由内阁呈入，慌忙一瞧，但见纸上写着：

> 内阁军咨陆军并各王大臣钧鉴：为痛陈利害，恳请立定共和政体，以巩皇位而奠大局，谨请代奏事。窃维停战以来，议和两月，传闻宫廷俯鉴舆情，已定议立改共和政体，其皇室尊荣及满、蒙、回、藏生计权限各条件，曰大清皇帝永传不废；曰优定大清皇帝岁俸，不得少于四百万两；曰筹定八旗生计，蠲除满、蒙、回、藏一切限制；曰满、蒙、回、藏，与汉人一律平等；曰王公世爵，概仍其旧；曰保护一切私产，民军代表伍廷芳承认，列于正式公文，交万国平和会立案云云。电驰报纸，海宇闻风，率土臣民，罔不额手称庆，以为事机至顺，皇位从此永保，结果之良，轶越古今，真国家无疆之休也。想望懿旨，不遑朝夜，乃闻为辅国公载泽，恭亲王溥伟等，一二亲贵所尼，事遂中沮，政体仍待国会公决，祺瑞自应力修战备，静候新政之成。惟念事变以来，累次懿旨，莫不轸念民依，惟国利民福是求，惟涂炭生灵是惧；既颁十九信条，誓之太庙，又允召集国会，政体付之公决；又见民为国本，

宫廷洞鉴，具征民视民听之所在，决不难降心相从。

兹既一再停战，民军仍坚持不下，恐决难待国会之集，姑无论牵延数月，有兵溃民乱、盗贼蜂起之忧，寰宇縻烂，必无完土。瓜分惨祸，迫在目前。即此停战两月间，民军筹饷增兵，布满各境，我军皆无后援，力太单弱，加以兼顾数路，势益孤危。彼则到处勾结土匪，勒捐助饷，四出煽扰，散布诱惑。且于山东之烟台，安徽之颍、寿境界，江北之徐州以南，河南之光山、商城、固始，湖北之宜城、襄樊、枣阳等处，均已分兵前逼。而我皆困守一隅，寸筹莫展，彼进一步，则我之东皖、豫即不自保。虽祺瑞等公贞自励，死生敢保无他，而饷源告匮，兵气动摇，大势所趋，将心不固，一旦决裂，何所恃以为战？深恐丧师之后，宗社随倾，彼时皇室尊荣，宗藩生计，必均难求满志。即拟南北分立，勉强支持，而以人心论，则西北骚动，形既内溃；以地理论，则江海尽失，势成坐亡。祺瑞等治军无状，一死何惜，特捐躯自效，徒殉愚忠，而君国永沦，追悔何及？甚非所以报知遇之恩也。况召集国会之后，所公决者尚不知为何项政体？而默察人心趋向，恐仍不免出于共和之一途，彼时万难反汗，是徒以数月水火之患，贻害民生，何如预行裁定，示天下以至公？使食毛践土之伦，歌舞圣明，零涕感激，咸谓唐虞至治，今古同揆，不亦伟哉！

祺瑞受国厚恩，何敢不以大局为念？故敢比较利害，冒死陈言，恳请涣汗大号，明降谕旨，宣示中外，立定共和政体，以现在内阁及国务大臣等，暂时代表政府，担任条约国债及交涉未完各事项，再行召集国会，组织共和政府，俾中外人民，咸与维新，以期妥奠群生，速复地方秩序，然后振刷民气，力图自强，中国前途，实维幸甚，不胜激切待命之至，谨请代奏！

隆裕太后一气览毕，已不知落了多少珠泪，及看到后面署名，第一个便是第一军总统官段祺瑞，随后依次署列，乃是尚书衔古北口提督毅军总统姜桂题，护理两江提督张勋，察哈尔都统陆军统制官何宗莲，副都统段芝贵，河南布政使帮办军务倪嗣冲，陆军统制王占元、曹锟、陈光远、吴鼎元、李纯、潘矩楹、孟恩远，河北镇总兵马金叙，南阳镇总兵谢宝胜，第二军总参议官靳云鹏、吴光新、曾毓隽、陶云鹤，总参谋官徐树铮，炮台协领官蒋廷梓，陆军统领官朱泮藻、王金镜、鲍贵卿、卢永祥、陈文运、李厚基、何丰林、张树元、马继增、周符麟、萧广传、聂汝清、张锡元，营务处张士钰、袁乃宽，巡防统领王汝贤、洪自成、高文贵、刘金标、赵倜、仇俊恺、周德启、刘洪顺、柴得贵，陆军统带官施从滨、萧安国一古脑儿有四五十人。到了结末几个姓名，已被泪珠儿湿透，连笔迹都模糊起来。

隆裕后约略看毕，便把这来折掷在案上，竟返入寝宫，痛声大哭。一班宫娥侍女，都为惨然。又经窗外的朔风，猎猎狂号，差不多为清室将亡，呈一惨状。帝王末路，历代皆然，如清室之亡，尚是一个好局面。自是隆裕太后忧郁成疾，食不甘，寝不安，镇日里以泪洗面，把改革国体问题，无心提起。一夕，正假寐几上，忽由太保世续踉跄趋入，报称："太后，不好了，段祺瑞等要进京来了。"隆裕太后不觉惊醒，忙问道："段祺瑞么？他来京何事？"世续道："他有一本奏折，请太后明鉴。"隆裕后未曾瞧着，眼眶中已含了多少泪儿，及瞧完来奏，险些儿晕厥过去。看官！你道他是甚么奏辞？待小子录述出来，奏云：

> 共和国体，原以致君于尧、舜，拯民于水火，乃因二三王公，迭次阻挠，以至恩旨不颁，万民受困。现在全局危迫，四面楚歌，颍州则沦陷于革军，徐州则小胜而大败，革舰由奉天中立地登岸，日人则许之，登州、黄县独立之影响，蔓延于全鲁，而且京、津两地，暗杀之党林立，稍疏防范，祸变即生。是陷九庙两宫于危险之地，此皆二三王公之咎也。三年以来，皇族之败坏大局，罪难发数，事至今日，乃并皇太后皇上欲求一安富尊荣之典，四万万人欲求一生活之路，而不见允，祖宗有知，能不恫乎？盖国体一日不决，则百姓之困兵燹冻饿，死于非命者，日何啻数万。瑞等不忍宇内有此败类也，岂敢坐视乘舆之危而不救乎？谨率全军将士入京，与王公痛陈利害，祖宗神明，实式凭之。挥泪登车，昧死上达。请代奏！

最后署名，除段祺瑞外，无非是王占元、何丰林、李纯、王金镜、鲍贵卿、李厚基、马继增、周符麟等一班人物，隆裕后也不及细阅，只觉身子寒战起来，昏昏沉沉，过了半晌，方对世续道："这，怎么好？怎么好？"世续支吾道："国势如此，人心如此，看来非改革政体，不能解决了。"隆裕后道："古语说得好，'养兵千日，用兵一时。'不料我国家费了若干金银，养了这班虎狼似的人物，偏来反噬，你想可痛不可痛呢？"并非将士之过，隆裕后也未免诬人。世续道："太后须保重玉体，勿过伤心！"隆裕后流泪道："我悔不随先帝早死，免遭这般惨局。"

说至此，又把银牙一咬，便道：“罢，罢！你去宣召袁世凯进来。”世续奉命去讫，约半日，即见心广体胖的袁总理，随世续入宫。“心广体胖”四字，形容得妙。这一来有分教：

一代皇图成过去，万年创局见今朝。

欲知袁总理入宫后事，且看下回再表。

统观本回各情事，无一非袁世凯所为，袁世凯之被炸，当时群料为良弼所使，吾谓实袁氏自使之耳。良弼之被炸，则谓由民党彭家珍，吾谓亦袁氏实使之。不然，何以袁氏遇炸而不死，良弼一炸而即死乎？或谓杨禹昌、黄之萌、张先培三人被逮以后，并未供言袁氏指使，岂死在目前，尚无实供求生之理？不知此正见袁氏之手段。袁氏后日，杀人多矣，即受袁氏之指使，而被人杀者亦多矣。问谁曾实供袁氏乎？闻袁氏平生举动，得达目的，不靳金钱，然则买人生命，以金为鹄，贪夫殉财，何所惮而不为也？若段祺瑞之领衔请愿，不待究诘，已共知为受命老袁，书中内外兼施四字，已将全情表明，寡言胜于多言，益令人玩味无穷云。

第六回　许优待全院集议
允退位民国造成

却说清太保世续召袁总理世凯入宫，当由隆裕后问及优待条件，曾否寄往南方？袁总理答云：“未曾。”明明是欺弄孤儿寡妇，安有外人尽知，尚说未曾寄往耶？隆裕后凄然道：“这个局面，看来是难免了，烦你寄去交议罢。”袁总理道：“事关重大，且再商诸近支王公，再行定夺。”何必做作。隆裕后道：“近支王公，多半远扬，还有甚么可议？”说罢，掩面悲啼，袁总理也顾不得甚么，竟大踏步出宫，电致南方伍代表去了。已达目的，乐得趾高气扬。

是时南京各省代表团，已依临时政府组织大纲，召集参议员，于民国元年正月廿八日开参议院正式成立大会。开会前一日，适有数大问题发生，足为中华民国前途之障力。先是各省代表集会汉口，已有未曾独立的省份，如直隶、奉天等代表，有无表决权，应付讨论。卒因群议纷纭，仓卒不及表决，所以组织临时政府，选举正副总统，无论该省是否独立，既称代表，皆得投票，初无歧视，及参议院将要开会，议员中有提出原议，略言："直隶、奉天等议员，不得有表决权。"直隶议员谷钟秀、奉天议员吴景濂等，抗论不服，相继辞职，旋经各省议员调停，方彼此一律，权限从同。南北议和，已将就绪，不日即可统一，还要彼此龃龉，自生恶感，真正令人不解。次日开会，各省议员，联袂偕来，虽未满额，已过半数，临时大总统孙文亦曾莅会，国旗招飐，军乐悠扬，大众欢欣鼓舞，俨然有一种共和的气象。

嗣是逐日会议，倏逾兼旬，忽闻新政府未经院议，擅将汉冶萍煤矿公司抵质借款，全院议员大哗，严辞责问。原来临时政府成立，命将各省赋税暂行豁免，一时没有进款，那出款却格外浩繁。陆军财政两部，拟发军需八厘公债票，经参议院通过施行，未见成效。嗣商诸大公司内管理人，暂借国民名义，将私产抵押外国款项，转贷政府，于是苏路公司及招商局先后抵质为短期借款的抵押品。参议院也无异议，惟新政府尚嫌未足，复将汉冶萍煤矿公司抵借日本款五百万圆，这汉冶萍公司的资本，是清邮传部大臣盛宣怀要占大半，盛氏以铁路国有政策，激起民变，致兴革命军。详见《清史演义》。清廷已将他罢职，民军又拟将他资产籍没，急得老盛没法，竟去投效日本，愿与日人合办，想仗这日本商标，保护私产，复讨好临时政府，愿将该公司抵款五百万圆，救济新政府的眉急。

陆军总长黄兴以军饷急需，不暇交参议院公决，只与临时大总统孙文商妥，径由大总统及陆军总长秘密签字，连财政总长陈锦涛也未得与闻。此举未免违法。后被参议院察悉，立刻咨照政府，诘他"抵押借债，何故不付参议院议决，擅自签字"等语。政府答称："由私人押借，与国家无涉。且款项亦未缴齐。"潦潦草草地说了数语，参议院议员竞责政府遁辞，愈觉不平，再请政府切实答复。政府复答称：“汉冶萍公司，系由私人资格，与日本商订合办，尚未通过股东会，先由该公司借日款五百万圆，转借与临时政府，请求批准。现只交到二百万圆，本总统正恐外人合股，不无流弊，正拟取消这事，所以未经交议。”湖北参议员刘成禺、张伯烈、时功玖等，攘臂起诉，极言政府擅断擅行，愤极辞职，立回湖北原籍，运动本省临时省议会，另行组织临时国会，与南京临时参议院抗衡。临时参议院成立，未及一月，即成决裂，此即中华民国不祥之兆。政府乃将汉冶萍公司罢押。临时参议院亦驳斥湖北省议会，为法外举动，当然无效。特举此数事，见得中国共和之难成。正在喧闹的时候，伍代表已交到优待清室等件，立待议妥，大众乃将余事搁起，专心致志的公议要项。但见第一行写着道：

48. （甲）关于大清皇帝优礼之条件。

大众瞧这十余字，各哗声道：“清帝退位，清室已亡，还有甚么大不大。说得有理。就是‘优礼’的‘礼’字，亦属不合。”一议员道：“竟改作‘清帝退位后优待之条件’便好了。”又有一议员道：“‘退’字不如‘逊’字，俾他留点面目，何如?”当下大众赞成，遂由主稿员另纸写出，系“（甲）关于清帝逊位后优待之条件”，写毕，再将原稿看了下去，系是：

第一款，大清皇帝尊号，相承不替，国民对于大清皇帝，各致其尊崇之敬礼，与各国君主相等。

大众复道：“不妥不妥。清帝已经退位，我辈国民，还要去尊崇他做甚么？”乃经大众悉心参酌，改为：“清帝逊位之后，尊号仍存不废，以待外国君主之礼相待。”再看第二款云：

第二款，大清皇帝岁用，每岁至少不得短于四百万两，永不得减额。如有特别大典，经费由民国担任。

大众磋议，改四百万两为四百万圆，“特别大典”二语删去，乃复由主稿员写下道：“清帝逊位之后，每岁用四百万圆，由中华民国给付。”再看第三款列着：

第三款，大内宫殿或颐和园，由大清皇帝随意居住，宫内侍卫护军官兵，照常留用。

大众又道：“清帝既已退位，大内宫殿，不应久居。”一议员应声道：“何不叫他还居颐和园？”旁又有一议员道：“颐和园规模弘敞，殿阁巍峨，令他居住，还是便宜了他。”连颐和园都不肯与居，清室末路，也属可怜。大众道：“既议优待，就留些余地便是。”乃改为：“清室逊位之后，暂居宫禁，日后移居颐和园，侍卫照常留用。”至第四款是：

第四款，宗庙陵寝，永远奉祀，由民国妥慎保护，负其责任，并设守卫官兵，如遇大清皇帝恭谒陵寝，沿途所需费用，由民国担任。

大众道：“清帝谒陵的费用，如何要民国担任？倘他借谒陵为名，日日嬉游，我民国当得起这许多供奉吗？此款前半截尚可通融，下三语尽可删却。”乃改定：“清室逊位后，其宗庙陵寝，由民国妥慎保护。”复看第五款云：

第五款，德宗崇陵未完工程，如制敬谨妥修，其奉安典礼，仍如旧制，所有经费，均由民国担任。

这一款却没人反对，只酌改数字，作为：“清德宗崇陵未完工程，如制妥修。其奉安典礼，仍如旧制，所有实用经费，均由中华民国支出。”至第六款云：

第六款，宫内所用各项执事人员，均由大清皇帝留用。

大众道：“清宫旧用阉人，我民国尊重民权，当然不准有这腐竖，须要载明方好。”即改为：“宫内所用各项执事人员，得照常留用，惟以后不得再招阉人。”再看下去：

第七款，凡属大清皇帝原有之私产，特别保护。

此款也没甚异议，不过窜易字句，变为：“清帝逊位之后，其原有私产，由中华民国特别保护。”及看到第八款，没有一人赞成，议决作废。看官！你道原稿第八款，是写着甚么？乃是：

第八款，大清皇帝有大典礼，国民得以称庆。

依情理上论来，清帝已经退位，中国人民不服清帝管辖，所有清室典礼，与国民何涉？应该将此款删去。到了第九款，大众又抗论起来，但见原稿上写着：

第九款，禁卫军名额俸饷，仍如其旧。

原来禁卫军是保护清宫，因有此制。清帝退位后，须移居颐和园，禁卫军理应裁去。但从前这班军人，靠着军饷过活，此时遽议裁汰，恐他游骑无归，转成寇盗。当经各议员裁酌，改为："原有之禁卫军，归中华民国陆军部编制，其额数俸饷，仍如其旧。"统计甲种九款，改为八款，下文是：

（乙）关于皇族待遇之条件。

第一款，王公世爵，概仍其旧，并得传袭。其袭封时，仍用大清皇帝册宝，凡大清皇帝赠封爵位，亦用大清皇帝册宝。

大众议决，皇族的"皇"字，改作"清"字。条文中只用首二语，以下尽行删去。第二款云：

第二款，皇族对于国家之公权，与国民同等。

这条经大众增改，定为："清皇族对于中华民国国家之公权及其私权，与国民同等。"再看下文第三四款。

第三款，皇族私产，一体保护。

第四款，皇族免兵役之义务。

这两条不加删改，惟于“皇族”上各加一“清”字。统计乙种共四款，下文为丙种条件，共计七款，原文云：

> （丙）关于满、蒙、回、藏各族待遇之条件。
>
> （一）与汉人平等；（二）保护其原有之私产；（三）王公世袭，概存其旧；（四）王公中有生计过艰者，应设法拨给官产，作为世业，以资补助；（五）先筹八旗生计，于未筹定之前，八旗官兵俸饷，仍旧支放；（六）从前营业居住等限制，一律蠲除，各州县听其自由入籍；（七）满、蒙、回、藏原有之宗教，听其信仰自由。

七款均不必更改，但就第四款中删一“应”字，第五款中，改“官兵”为“官弁”。条件已终，全体议决，再由主稿员依次誊正。惟末文尚有结尾数语，又由各议员修正通过，原文为：“以上条件，列于正式公文，照会各国，或电达驻荷华使，知会海牙万国平和会存案。”改正为：“以上条件，除丙款各条另行宣布外，余均列于正式公文，由中华民国政府，照会各国驻北京公使。”

全文俱已缮清，即咨照临时政府，转交伍代表电达北京。袁总理瞧阅一周，便呈入隆裕太后。隆裕后又召见各近支王公及各国务大臣，咨询优待条件事宜。应召的人很是寥寥，惟醇王载沣等到来。会议多时，或谓：“皇室经费，必须四百万两，分文不能短少。”这是夺利。或谓：“皇帝尊号相承不替数字，定须增入。”这是争名。或谓：“各种条件，统应增损。”恼动了隆裕太后，不觉欷歔道：“大事已去，只争了一些小节，亦属无益。咳！我列祖列宗创造经营，得了中国一统江山，煞是艰苦，不意传到我辈子孙，无材无力，轻轻地让与别人，教我如何对得住先人呢？”说毕，哽咽不已，载沣等亦愧悔交集，各带惨容。始终以一哭了之。隆裕后又道：“庆亲王到哪里去了？为何此时尚不见来？”正忆念间，忽见老庆伛偻趋入，脸上尚带烟容。想是大吸阿芙蓉膏，因此来迟。当由隆裕后与他商议，老庆细阅优待条件，亦没甚异议，不过于“相承不替”一语，亦主张加入。隆裕后乃转嘱袁总理，令他致电南京政府，争此四字。怎奈南方回电，坚不承认。袁总理入宫面复，请太后自行定夺。隆裕后道：“为这四字，决裂和议，倘或宗庙震惊，生灵涂炭，不更令我增罪吗？依他便了。”这却是仁人之言。袁总理道：“且再与近支王公熟商。”隆裕后不待说毕，便道：“他们多半不在京师，就是留着，也是不中用的人物，你不妨作主办理，日后必无异言。”袁总理唯唯退出，即欲拟旨，只因逊位的“逊”字，有碍清帝体面，且会议时候，皇族中亦有异论，乃酌改一“辞”字，与南方电议允洽，敦请老袁出山，总算争得此一字。便草定懿旨三道，呈入宫中，请隆裕太后及宣统帝盖用御宝。宣统帝不识不知，当然由太后作主，含泪钤印，统共盖讫，就于清宣统三年十二月二十五日，即中华民国元年二月十二日，颁布天下。谕云：

朕钦奉隆裕太后懿旨，前因民军起事，各省响应，九夏沸腾，生灵涂炭，特命袁世凯遣员，与民军代表，讨论大局，议开国会，公决政体。两月以来，尚无确当办法。南北睽隔，彼此相持，商辍于途，士露于野，徒以国体一日不决，故民生一日不安。今全国人民心理，多倾向共和，南中各省，既倡议于前，北方各将，亦主张于后，人心所向，天命可知，予亦何忍以一姓之尊荣，拂兆民之好恶，是用外观大势，内审舆情，特率皇帝将统治权归诸全国，定为共和立宪国体，近慰海内厌乱望治之心，远协古圣天下为公之义。袁世凯前经资政院选举，为总理大臣，当兹新旧代谢之际，宜有南北统一之方，即由袁世凯组织临时政府，与民军协商统一办法，总期人民安堵，海内乂安，仍合汉、满、蒙、回、藏五族完全领土，为一大中华民国，予与皇帝得以退处宽闲，优游岁月，长受国民之优礼，亲见郅治之告成，岂不懿欤？钦此！

还有两道谕旨，一道是颁布优待条件，一道是饬文武官吏，各循职守，毋生异论。是日北京遍悬五色旗，民国南北统一,二百六十八年的清室，已成过去的历史。临时大总统孙文
54. 复提出最后的协议五条，交伍代表转达北京，条款列着：

（一）清帝退位，由袁同时咨照驻京各国公使，请转知各国政府，现在清帝已经退位，或转饬旅沪领事转达亦可。

（二）同时袁须宣布政见，绝对赞同共和主义。

（三）文接到外交团或领事团通知清帝布告后，即行辞职。

（四）由参议院举袁为临时总统。

（五）袁被举为临时总统后，誓守参议院所定之宪法，乃能授受事权。

伍代表即日发电，由袁世凯接着，已是满意，自然没有意

外的争执了。小子有诗咏道：

帝运告终清祚覆，中华一统共和成。
如何尚逐中原鹿，攫得全权始撤兵？

欲知老袁答复的电文，且从下回接阅。

此回为化板为活文字，优待清室等条件，已见《清史演义》，而此书亦万不能不录。经作者一番熔化，觉得各条文字，煞费磋磨；且于清室提出原稿，亦曾载及，愈见当时改正，不可谓非参议员之功。至叙及临时政府，与参议院之关系，是为南京组织政府三月内之举动，亦可留作一段话柄，固非漫无抉择，随笔铺叙已也。后文述及隆裕后盖印，以及孙总统提出协议，无非为老袁属笔，总结一诗，具见大意。皮里阳秋，可于此书证之。

第七回　请瓜代再开选举会
迓专使特辟正阳门

却说清内阁总理袁世凯，已奉隆裕太后懿旨，令他组织临时政府。上加“清内阁总理”五字，义微而显。后由南京临时总统孙文交伍代表电达老袁，老袁心满意足，即日复电云：

南京孙大总统、黎副总统、各部总长、参议院同鉴：共和为最良国体，世界所公认，今由帝政一跃而跻及之，实诸公累年之心血，亦民国无穷之幸福。大清皇帝既明诏辞位，业经世凯署名，则宣布之日，为帝政之终局，即民国之始基，从此努力进行，务令达到圆满地位，永不使君主政体，再行于中国。大众听着。现在统一组织，至重且繁，世凯极愿南行，畅聆大教，共谋进行之法。只因北方秩序，不易维持，军旅如林，须加部署，而东北人心，未尽一致，稍有动摇，牵涉全国。诸君皆洞鉴时局，必能谅此苦衷。至共和建设重要问题，诸君研究有素，成竹在胸，应如何协商统一组织之法，尚希迅速见教！

临时总统孙文既接此电，当向参议院提出辞职书，其文云：

中华民国临时大总统孙咨：前后和议情形，前已咨交贵院在案，昨日伍代表得北京电云云，又接北京电云云。两电见前，均从略。本总统以为我国民之志，在建设共和，倾覆专制，义师大起，全国景从。清帝鉴于大势，知保全君位，必然无效，遂有退位之议。今既宣布退位，赞成共和，承认中华民国，从此帝制永不留存于中国之内，民国目的，亦已达到。当缔造民国之始，本总统被选为公仆，宣布誓书，以倾覆专制巩固民国图谋幸福为任。誓至专制政府既倒，国内无变乱，国民卓立于世界，为列邦公认，本总统即行辞职。现在清帝退位，专制已除，南北一心，更无变乱，民国为各国承认，旦夕可期。本总统当践誓言，辞职引退，为此咨告贵院，应代表国民之公意，速举贤能，来南京接事，以便解职。附办法条件如下。

临时政府地点，设于南京，为各省代表所议定，不能更改。辞职后，俟参议院举定新总统，亲到南京受任之时，大总统及国务各员，乃行解职。临时政府约法，为参议院所制定，新总统必须遵守颁布之一切法律章程。此咨。

又有荐贤自代咨文，词云：

今日本总统提出辞表，要求改选贤能。选举之事，原国民公权，本总统原无容喙之地。惟前使伍代表电北京，有约以清帝实行退位，袁世凯君宣布政见，赞成共和，即当提议推让。想贵院亦表同情。此次清帝逊位，南北统一，袁君之力实多，其发表政见，更为绝对赞同共和。举为总统，必能尽忠民国。且袁君富于经验，民国统一，赖有建设之才。故敢以私见贡荐于贵院，请为民国前途熟计，无失当选之人，大局幸甚！此咨。

这两篇咨文，到了参议院，各议员一律可决，定于二月十五日，开临时大总统选举会。届期这一日，孙总统率各部总长，及各将校，共谒孝陵。孝陵即明太祖墓，在南京朝阳门外，当钟山南麓，由孙总统主祭，宣告汉族光复，民国统一。司祝官读罢祭文，两旁奏起军乐。悠扬中节，遐迩传声，军士数万，无不腾欢，各国领事携手临观，亦啧啧称赏。祭礼已毕，再返临时总统府，行庆贺南北统一共和成立礼，先由军士开炮，鸣了一十七响，乃由孙大总统就位，依次奏乐唱歌，各部总次长随班就列，向孙总统鞠躬表敬，孙总统亦答礼如仪，随即向大众演说道："清帝退位，南北统一，这皆由无数志士，无数义师，用无数热肠铁血，掉换出来。但北京一方面，全赖袁公慰庭，惨澹经营，方得成功，是袁公实我民国至友，民国成立以后，不应将他忘怀。今日参议院选举总统，若果袁公当选，想必能巩固民国。况前日得他复电，曾有永不使君主政体再现中国之语，他是当代英雄，日后宜不食言。不要相信他，恐怕有些靠不住。惟临时政府地点，仍须设立南京。南京是民国开基，长此建都，好作永久纪念，不似北京地方，受历代君主的压力，害得毫无生气，此后革故鼎新，当有一番佳境。我虽解任，总是国民一分子，仍愿竭尽绵薄，为新政府效力，耿耿此心，还祈公鉴!”演说毕，但听得一片拍掌声，震动耳鼓。复奏军乐数通，益觉洋洋沨沨，响彻云霄。礼成，全体三呼民国万岁，方才散去。

下午参议院开会，选举总统，共得十七省议员，各投一票，计十七票，投票结果，统是“袁世凯”三字，全场一致，当选袁世凯为民国第二任临时大总统，随即电达北京，请袁来宁就职。孙总统亦以个人名义，电达北京，略谓“临时政府，已报告参议院，提出辞职书，并推荐袁为总统，惟袁公必须先至共和政府任职，不能由清帝委任组织。若虑北方骚扰，无人维持现状，尽可先举人才，电告临时政府，即当使为镇抚北方的委员”云云。

看官！你想老袁的势力，全在北方，若要他南来就职，明明是翦他羽翼，他本机变如神，岂肯孤身南下，来做临时政府的傀儡么？语语见血。当下来一复电，由孙总统译阅云：

清帝辞位，自应速谋统一，以定危局，此时间不容发，实为惟一要图，民国存亡，胥赖于是。顷接孙大总统电开提出辞表，推荐鄙人，属速来宁，并举人电知临时政府，畀以镇安北方全权各等因。世凯德薄能鲜，何敢肩此重任？太属客气。南行之愿，前电业已声明，然暂时羁绊在此，实为北方危机隐伏，全国半数之生命财产，万难恝置，并非因清帝委任也。孙大总统来电所论共和政府，不能由清帝委任组织，极为正当，现在北方各省军队，暨全蒙代表，皆以函电推举为临时大总统，清帝委任一层，无足再论。此语隐隐自命。然总未遽组织者，特虑南北意见，因此而生，统一愈难，实非国家之福。若专为个人责任计，舍北而南，则实有无穷窒碍。北方军民意见，尚多纷歧，隐患实繁。皇族受外人愚弄，根株潜长，北京外交团，向以凯离此为虑，屡经言及。又举外人，抵抗南京。奉、江两省，时有动摇，外蒙各盟，迭来警告，内讧外患，递引互牵。若因凯一去，变端立见，殊非爱国救世之素志。若举人自代，实无措置各方面合宜之人。明明谓舍我其谁。然长此不能统一，外人无可承认，险象环集，大局益危，反复思维，与其孙大总统辞职，不如世凯退居。盖就民设之政府，民举之总统，而谋统一，其事较便。今日之计，惟有南京政府，将北方各省及各军队妥筹接收以后，世凯立即退归田里，为共和之国民。当未接收以前，仍当竭智尽能，以维秩序。总之共和既定之后，当以爱国为前提，决不欲以大总统问题，酿成南北分歧之局，致资渔人分裂之祸，恐怕言不顾行，奈何。已请唐君绍仪，代达此意，赴宁协商。绍仪即绍怡。前避宣统帝溥仪名，因改仪为怡，此次清帝退位，仍复原名。特以区区之怀，电达聪听，惟亮察之为幸！

孙总统接电后，再赴参议院核定可否，全院委员长李肇甫及直隶议员谷钟秀等，以“临时政府地点，不如改设北京，意谓临时政府，为全国视听所关，必须所在地势，可以统驭全国，方能使全国完固，且足维系四万万人心，我民国五大民族，从此联合，作为一个大中华民国。前由各省代表，指定临时政府地点，设在南京，系因当时大江以北，尚属清军范围，不能不将就办理；目今情异势殊，自应相时制宜，移都北方为要”。言亦有理。有几个议员与他反对，仍然主张南京，当用投票表决法，解此问题。投票后，主张北京的有二十票，主张南京的只有八票，乃从多数取决，复咨孙总统。无如孙总统的意见，总以南京为是，援临时政府组织条例，再交参议院复议。原来临时政府大纲中，曾有临时大总统，对于参议院议决事件，如未以为然，得于具报后十日内，声明理由，交会复议。组织临时政府大纲，前因暂行制，故特从略，此次为交议事件，因特别提出。

参议院接收后，再开会议，除李肇甫、谷钟秀数人外，忽自翻前议，赞成南京，不赞成北京，彼此争论起来，很是激烈。旋经中立党调和两造，再行投票解决，结果是七票主张北京，十九票主张南京，似此重大问题，只隔一宿，偏已换了花样，朝三暮四，令人莫测。中国人心之不可恃，一至于此。孙总统既接到复议决文，自然再电北京，请袁世凯即日南来，并言当特派专使，北上欢迎。袁乃复电云：

昨电计达。嗣奉尊电，惭悚万状。现在国体初定，隐患方多，凡在国民，均应共效绵薄。惟揣才力，实难胜此重大之责任。兹乃辱荷参议院正式选举，窃思公以伟略创始于前，而凯乃以铨材承乏于后，实深愧汗。凯之私愿，始终以国利民福为归，当兹危急存亡之际，国民既以公义相责难，凯敢不勉尽公仆义务？惟前陈为难各节，均系实在情形，素承厚爱，谨披沥详陈，务希涵亮！俟专使到京，再行函商一切。专使何人？并何日启程？乞先电示为盼。肃复。

又致参议院电文云：

昨因孙大总统电知辞职，同时推荐世凯，当经复电力辞，并切盼贵院另举贤能，又将北方危险情形，暨南去为难各节，详细电达，想蒙鉴及。兹奉惠电，惶悚万分，现大局初定，头绪纷繁，如凯衰庸，岂能肩此巨任？乃承贵院全体一致，正式选举，凯之私愿，始终以国利民福为归。当此危急存亡之际，国民既以公义相责难，凯何敢以一己之意见，辜全国之厚期？惟为难各节，均系实在情形，知诸公推诚相与，不敢不披沥详陈，务希涵亮！统候南京专使到京，商议办法，再行电闻。略去电而详复电，为下文伏笔。

62. 当袁世凯电辞总统，又电受总统的时候，临时副总统黎元洪也有辞职电文，拍至南京参议院。二月二十日，参议院又开临时副总统选举会，投票公决，仍举黎当选，全院一致。黎以大众决议不便力辞，也即承认。袁、黎心术之分，可见一斑。于是南京临时政府遂派遣教育总长蔡元培为专使，副以汪兆铭、宋教仁等。适唐绍仪来宁，知已无可协商，亦愿同专使北行。启程时，先电告北京，遥与接洽。

自二月二十一日，使节出发，至二十七日，到了北京。但见正阳门外，已高搭彩棚，用了经冬不凋的翠柏，扎出两个斗方的大字，做为匾额。这两大字不必细猜，一眼望去，便见左首是“欢”字，右首是“迎”字。“欢迎”两字旁，竖着两面大旗，分着红黄蓝白黑五色，隐寓五族共和的意思。彩棚前面，左右站着军队，立枪致敬，又有老袁特派的专员，出城迎迓，城门大启，军乐齐喧，一面鸣炮十余下，作欢迎南使的先声。极力摹写，都为下文作势。蔡专使带同汪、宋各员，与唐绍仪下舆径入，即由迎宾使向他行礼。两下里免冠鞠躬，至相偕入城，早有宾馆预备，也铺排得精洁雅致，几净窗明，馆中物件，色色俱备，伺役亦个个周到。外面更环卫禁军，特别保护。蔡专使等既入客馆，与迎宾使坐谈数语，迎宾使交代清楚，当即告别，唐绍仪也自去复命了。

是晚即由京中人士，多来谒候。寒暄已过，便说及老袁南下的利害，一方面为迎袁而来，所说大略，无非是南方人民，渴望袁公，袁能早一日南下，即早一日慰望等语。一方面是有所承受，特来探试，统说北京人心，定要袁公留住，组织临时政府，若袁公一去，北方无所依托，未免生变。且元、明、清三朝，均以北京为国都，一朝迁移，无论事实上多感不便，就是辽东三省，与内外蒙古，亦未便驾驭，鞭长莫及，在在可忧，理应思患预防，变通办理为是。双方俱借口人心，其实人民全不与闻，统是孙、袁两人意见。彼此谈了一会，未得解决，不觉夜色已阑，主宾俱有倦容，当即告别。蔡专使均入室安寝。翌晨起床，大家振刷精神，要去见那当选的袁大总统了。正是：

专使徒凭三寸舌，乃公宁易一生心。

毕竟袁世凯允否南行，且至下回再表。

孙中山遵誓辞职，不贪权利之心，可以概见，而必请老袁南下，来宁就职者，其意非他，盖恐袁之挟势自尊，始虽承认共和，日后未免变计耳。然袁岂甘为人下者？下乔入谷，愚者亦知其非，况机变如老袁者乎？蔡专使等之北上，已堕入老袁计中，老袁阳表欢迎，阴怀谲计，观其迭发数电，固已情见乎词，而南方诸人，始终未悟，尚欲迎之南来，吾料老袁此时，方为窃笑不置也。袁氏固一世之雄哉！

第八回　变生不测蔡使遭惊
喜如所期袁公就任

却说蔡专使元培，与汪兆铭、宋教仁二人，偕谒袁世凯，名刺一入，老袁当即迎见。双方行过了礼，分宾主坐定，略略叙谈。当由蔡专使起立，交过孙中山书函及参议院公文，袁世凯亦起身接受，彼此还座。

经老袁披阅毕，便皱着眉头道："我日思南来，与诸君共谋统一，怎奈北方局面，未曾安静，还须设法维持，方可脱身。但我年将六十，自问才力，不足当总统的重任，但求共和成立，做一个太平百姓，为愿已足，不识南中诸君，何故选及老朽？并何故定催南下？难道莽莽中原，竟无一人似世凯么？"听他口气，已是目无余子。蔡专使道："先生老成重望，海内久仰，此次当选，正为民国前途庆贺得人，何必过谦？惟江南军民极思一睹颜色，快聆高谈，若非先生南下，恐南方人士还疑先生别存意见，反多烦言呢。"老袁又道："北方要我留着，南方又要我前去，苦我没有分身法儿，可以彼此兼顾。但若论及国都问题，愚见恰主张北方哩。”这是老袁的定盘星。

宋教仁年少气盛，竟有些忍耐不住，便朗声语袁道：“袁老先生的主张，愚意却以为未可。此次民军起义，自武昌起手，至南京告成，南京已设临时政府及参议院，因孙总统辞职，特举老先生继任，先生受国民重托，理当以民意为依归，何必恋恋这北京呢?”老袁掀髯微哂道：“南京仅据偏隅，从前六朝及南宋，偏安江左，卒不能统驭中原，何若北京为历代都会，元、明、清三朝，均以此为根据地，今乃舍此适彼，安土重迁，不特北人未服，就是外国各使馆，也未必肯就徙哩。”宋教仁道：“天下事不能执一而论。明太祖建都金陵，不尝统一北方么?如虑及外人争执，我国并非被保护国，主权应操诸我手，我欲南迁，他也不能拒我。况自庚子拳乱，东交民巷，已成外使的势力圈，储械积粟，驻兵设防，北京稍有变动，他已足制我死命。我若与他交涉，他是执住原约，断然不能变更。目今民国新造，正好借此南迁，摆脱羁绊，即如为先生计，亦非南迁不可，若是仍都北京，几似受清帝的委任，他日民国史上，且疑先生为刘裕、萧道成流亚，谅先生亦不值受此污名呢。”语亦厉害。

老袁听到此言，颇有些愤闷的样子，正拟与他答辩，忽见外面有人进来，笑对宋教仁道：“渔父君！你又来发生议论了。”教仁急视之，乃是唐绍仪，也起答道：“少川先生，不闻孔子当日，在宗庙朝廷，便便言么?此处虽非宗庙朝廷，然事关重大，怎得无言?”原来宋教仁号渔父，唐绍仪号少川，所以问答间称号不称名。蔡专使等均起立相迎。绍仪让座毕，便语道：“国都问题，他日何妨召集国会，共同表决。今日公等到此，无非是邀请袁公，南下一行，何必多费唇舌?袁公亦须念他远来，诚意相迓，若可拨冗启程，免得辜负盛意。”倒是一个鲁仲连。袁世凯乃起座道：“少川责我甚当，我应敬谢诸公，并谢孙总统及参议员推举的隆情，既承大义相勉，敢不竭尽心力，为国图利，为民造福，略俟三五天，如果北方沉静，谨当南行便了。”说毕，即令设席接风，盛筵相待，推蔡专使为首座，汪、宋等依次坐下，唐绍仪做了主中宾，世凯自坐主席，自不消说。席间所谈，多系南北过去的事情，转瞬间已是日昃，彼此统含三分酒意，当即散席，订了后会，仍由老袁饬吏送蔡专使等返至客馆。

汪兆铭语蔡专使道：“鹤卿先生，你看老袁的意思，究竟如何？”蔡字鹤卿，号孑民，为人忠厚和平。徐徐地答道：“这也未可逆料。”宋教仁道：“精卫君！你看老袁的行动，便知他是一步十计，今日如此，明日便未必如此了。”见识甚明，故为老袁所忌。蔡专使道：“他用诈，我用诚，他或负我，我不负他，便算于心无愧了。”纯是忠厚人口吻。宋教仁复道：“精卫君！蔡先生的道德，确是无愧，但老袁狡狯得狠，恐此番跋涉，未免徒劳呢。”汪兆铭亦一笑而罢。兆铭别号精卫，故宋呼汪为精卫君。各人别字，陆续点明，又是另一样文法。等到夜膳以后，闲谈片刻，各自安睡。正在黑甜乡中，寻那共和好梦，忽外面人声马嘶，震响不已，接连又有枪声弹声，屋瓦爆裂声，墙壁坍塌声，顿时将蔡专使等惊醒，慌忙披衣起床，开窗一看，但见火光熊熊，连室内一切什物，统已照得透亮。

正在惊诧的时候，突闻哔啦啦的一响，一粒流弹飞入窗中，把室内腰壁击成一洞，那弹子复从洞中钻出，穿入对面的围墙，抛出外面去了。蔡专使不禁着急道：“好厉害的弹子，幸亏我等未被击着，否则要洞胸绝命了。”汪兆铭道：“敢是兵变吗？”宋教仁道：“这是老袁的手段。”一针见血。正说着，但听外面有人呼喝道：“这里是南使所在，兄弟们不要啰唣。”又听得众声杂沓道：“甚么南使不南使！越是南使，我等越要击他。”一宽一紧，写得逼肖。又有人问着道：“为甚么呢？”众声齐应道：“袁大人要南去了。北京里面，横直是没人主持，我等乐得闹一场罢。”蔡专使捏了一把冷汗，便道：“外面的人声，竟要同我等作对，我等难道白白的送了性命吗？”宋教仁道：“我等只有数人，无拳无勇，倘他们捣将进来，如何对待？不如就此逃生罢。”言未已，大门外已接连声响，门上已凿破几个窟窿，蔡、汪、宋三使，顾命要紧，忙将要紧的物件，取入怀中，一起儿从后逃避，幸后面有一短墙，拟令役夫取过桌椅，以便接脚，谁知叫了数声，没有一个人影儿。分明是内外勾通。可巧墙角旁有破条凳两张，即由汪、宋两人携在手中，向壁直捣，京内的墙壁多是泥土叠成，本来是没甚坚固，更且汪、宋等逃命心急，用着全力去捣这墙，自然应手而碎，复迭捣数下，泥土纷纷下坠成了一个大窦，三人急不暇择，从窦中鱼贯而出，外面正是一条逼狭的胡同，还静悄悄的没人阻住。分明是畀他去路，否则还有何幸。

蔡专使道：“侥幸侥幸！但我等避到哪里去？”宋教仁道：“此地近着老袁寓宅，我等不如径往他处，他就使有心侮我，总不能抹脸对人。”汪兆铭道：“是极！”当下转弯落角，专从僻静处走。汪、蔡二人本是熟路，一口气赶到袁第，幸喜没人盘诘，只老袁寓居的门外已有无数兵士站着，见他三人到来，几欲举枪相对。宋教仁忙道：“我是南来的专使，快快报知袁公。”一面说着，一面向蔡专使索取名刺，蔡专使道：“阿哟！我的名片包儿，不知曾否带着？”急急向袋中摸取，竟没有名片，急得蔡专使徬徨失措，后来摸到袋角，还有几张旧存的名片，亟取出交付道："就是这名片，携去罢。"当由兵士转交阍人，待了半晌，方见阍人出来，说了一个"请"字。三人才放下了心，联步而入，但见阶上已有人相迎，从灯光下望将过去，不是别人，正是候补总统袁世凯。

三人抢步上阶，老袁亦走近数步，开口道："诸公受惊了。"他却是步武安详呢。宋教仁即接口道："外面闹得不成样子，究系匪徒，抑系乱军？"老袁忙道："我正着人调查呢。诸公快请进厅室，天气尚冷得紧哩。"蔡专使等方行入客厅，老袁亦随了进来。客厅里面，正有役夫炽炭煨炉，见有客到来，便入侧室取茗进献。老袁送茗毕，从容坐下道："不料今夜间有这变乱，累得诸公受惊，很是抱歉。"宋教仁先答道：又是他先开口。"北方将士，所赖惟公，为甚么有此奇变呢？"老袁正要同答，厅外来了一人，报称："东安门外及前门外一带，哗扰不堪，到处纵火，尚未曾罢手呢。"老袁道："究竟是土匪，还是乱兵？为甚么没人弹压？"来人道："弹压的官员并非没有，怎奈起事的便是军士，附和的乃是土匪，兵匪夹杂，一时无可措手了。"老袁道："这班混账的东西，清帝退位，还有我在，难道好无法无天么？"宋教仁又插嘴道："袁老先生，你为何不令人弹压呢？"老袁答道："我已派人弹压去了，惟我正就寝，仓卒闻警，调派已迟，所以一时办不了呢。"蔡专使方语道："京都重地，乃有此变，如何了得，我看火光烛天，枪声遍地，今夜的百姓，不知受了多少灾难，先生应急切救平，方为百姓造福。"始终是忠厚之谈。老袁顿足道："正为此事，颇费踌躇。"言未已，又有人入报道："禁兵闻大人南下，以致激变，竟欲甘心南使……"说至"使"字，被老袁呵叱道："休得乱报！"来人道："乱兵统这般说。"老袁又道："为甚么纵火殃民？"来人又道："兵士变起，匪徒自然乘隙了。"老袁遂向蔡专使道："我兄弟未曾南下，他们已瞎闹起来，若我已动身，不知要闹到甚么了结。我曾料到此着，所以孙总统一再敦促，我不得不审慎办理。昨日宋先生说我恋恋北京，我有甚么舍不掉，定要居住这京城哩？"言毕，哈哈大笑。计划已成，安得不笑。

宋教仁面带愠色，又想发言，蔡专使以目示意，令他止住。老袁似已觉着，便道："我与诸公长谈，几忘时计，现在夜色已深，恐诸公未免腹饥，不如小饮数杯，聊且充腹。"说至此，便向门外，呼了一声"来"字，即有差役入内伺候。老袁道："厨下有酒肴，快去拿来！"差役唯唯而退。不一时，就将酒肴搬入，由老袁招呼蔡专使等入座饮酒。蔡专使等腹中已如辘轳，不及推辞，随便饮了数杯，偶听鸡声报晓，已觉得天色将明。外面有人入报："乱兵已散，大势平静了。"老袁道："知道了。"显是皇帝口吻。差役又入呈细点，由宾主随意取食，自不消说。老袁又请蔡专使等入室休息，蔡专使也即应允，由差役导入客寝去了。

次日辰牌，蔡专使等起床，盥洗已毕，用过早点，即见老袁踉跄趋入，递交蔡专使一纸，便道："蔡先生请看。天津、保定也有兵变的消息，这真是可虑呢。"蔡专使接过一瞧乃是已经译出的电报，大致与袁语相似，不由得皱动两眉。老袁又道："这处兵变，尚未了清，昨夜商民被劫，差不多有几千人家，今天津、保定又有这般警变，教我如何动身呢？"蔡专使沉吟半晌道："且再计议。"老袁随即退出。

自是蔡专使等便留住袁宅，一连两日，并未会见老袁，只由老袁着人递入警信，一是日本拟派兵入京，保卫公使，一是各国公使馆也有增兵音信。蔡专使未免愁烦，便与汪、宋二人商议道："北京如此多事，也不便强袁离京。"宋教仁道："这都是他的妙计。"蔡专使道："无论他曾否用计，据现在情势上看来，总只好令他上台，他定要在北京建设政府，我也不能不迁就的，果能中国统一，还有何求？"和平处事，是蔡使本旨。汪兆铭道："鹤卿先生的高见，也很不错呢。"是夕，老袁也来熟商，无非是南下为难的意旨，且言"保定、天津的变乱比北京还要厉害，现已派官往理，文牍往来，朝夕不辍，因此无暇叙谈，统乞诸公原谅，且代达南方为幸"。蔡专使已不欲辩驳，便即照允，竟拟就电稿，发往南京，略叙北京经过情形，并言"为今日计，应速建统一政府，余尽可迁就，以定大局"云云。已堕老袁计中，然亦无可奈何。

孙中山接到此电，先与各部长商议，有的说是袁不能来，不如请黎副总统来宁，代行宣誓礼；有的说是南京政府，或移设武昌，武昌据全国中枢，袁可来即来，否则由黎就近代誓。两议交参议院议决，各议员一律反对，直至三月六日，始由参议员议决办法六条，由南京临时政府，转达北方，条件列下：

（一）参议院电知袁大总统，允其在北京就职。（二）袁大总统接电后，即电参议院宣誓。（三）参议院接到宣誓之电后，即复电认为受职，并通告全国。（四）袁大总统受职后，即将拟派国务总理及国务员姓名，电知参议院，求其同意。（五）国务总理及各国务员任定后，即在南京接收临时政府交代事宜。（六）孙大总统于交代之日，始行解职。

六条款项，电发到京，老袁瞧了第一条，已是心满意足，余五条迎刃而解，没一项不承诺了。三月初十日，老袁遂遵照参议院议决办法，欢欢喜喜的在北京就临时大总统职。是日，在京旧官僚，都跄跄济济，排班谒贺。蔡专使及汪、宋二员，也不得不随班就列。鸣炮奏乐，众口欢呼，无容琐述。礼成后，由老袁宣誓道：

民国建设造端，百凡待治，世凯深愿竭其能力，发扬共和之精神，涤荡专制之瑕秽，谨守宪法，依国民之愿望，达国家于安全完固之域，俾五大民族同臻乐利。凡此志愿，率履勿渝。俟召集国会，选定第一期大总统，世凯即行辞职，谨掬诚悃，誓告同胞！

72. 宣誓已终，又将誓词电达参议院，参议院援照故例，免不得遥致颂词，并寓箴规的意思。小子有诗咏道：

几经瘏口又哓音，属望深时再进箴。
可惜肥人言惯食，盟言未必果盟心。

毕竟参议院如何致词，且从下回续叙。

北京兵变，延及天津、保定，分明是老袁指使，彼无词拒绝南使，只得阴嗾兵变，以便借口。不然，何以南使甫至，兵变即起，不先不后，有此险象乎？追观于帝制发生，国民数斥袁罪，谓老袁用杨度计，煽动兵变，焚劫三日，益信指使之说之不诬也。本回演述兵变，及袁、蔡等问答辞，虽未必语语是真，而描摹逼肖，深得各人口吻，殆犹苏长公所谓想当然耳。至袁计得行，南京临时政府及参议院议员，不能不尽如袁旨，老袁固踌躇满志矣。然一经后人揭出，如见肺肝，后之视袁者，亦何乐为此伎俩乎?

第九回　袁总统宣布约法
唐首辅组织阁员

却说南京参议院，既得袁世凯电誓，遂公认他为大总统，又循例致词道：

> 共和肇端，群治待理，仰公才望，畀以太阿。筚路蓝缕，孙公既开其先；发扬光大，我公宜善其后。四百兆同胞公意之所托，二亿里山河大命之所寄，苟有陨越，沦胥随之。况军兴以来，四民辍业，满目疮痍，六师暴露，九府匮竭，转危为安，劳公敷施。本院代表国民，尤不得不拳拳敦勉者，《临时约法》七章五十六条，伦比宪法，其守之维谨！勿逆舆情，勿邻专断，勿狎非德，勿登非才。凡我共和国五大民族，有不至诚爱戴，皇天后土，实式凭之。谨致大总统玺绶。俾公令出惟行，崇为符信，钦念哉！

先是各省代表会组织临时政府，曾议《组织法大纲》，共四章二十一条，此次军事告竣，应酌量修改，较前详备。向来中国史上，并没有民主政体，可以仿行，一旦创造起来，毫无依据，只好查照外洋的共和国，做了蓝本，参互考订。目下外国共和，要算法、美两国，制度最良。法国的法制，内阁分设各部，推老成硕望的人物，做内阁总理，负全国行政上的责任，总统是没有大责任的，政法家称他为内阁制。美国的法制，内阁也由各部组成，只是没有总理，要总统自担行政上的责任，政法家称他为总统制。为一般国民输进普通法律知识。《南京临时政府组织大纲》，是采用美国制度，因为鄂军起义，各省联络，与美利坚十三州联合抗英是差不多的形势，所以南京临时政府不设内阁总理，专归总统担负责任。到了南北统一，须建为单纯的国家，美制殊不相合，乃改采法国的内阁制度，一来好集权中央，二来好翼赞元首，实欲箝制老袁，所以利用法制。大家视为良法，所以前次电约六款，已有拟派国务总理的条件。连前回条件中文亦补释明白，义不渗漏。且因袁总统就职在即，各议员协力修改，斟酌了二三十日，经两三次属草，方将全案修成，共得七章五十六条，函达老袁，老袁并无异言，此时只好承认。即于就职第二日，宣布出来。全文如下：

中华民国临时约法

第一章　总纲

第一条，中华民国，由中华人民组织之。

第二条，中华民国之主权，属于国民全体。

第三条，中华民国领土，为二十二行省、内外蒙古、西藏、青海。

第四条，中华民国，以参议院、临时大总统、国务员、法院行使其统治权。

第二章　人民

第五条，中华民国人民，一律平等，无种族、阶级、宗教之区别。

第六条，人民得享有下列各项之自由权：(一) 人民之身体，非依法律，不得逮捕拘禁，审问处罚；(二) 人民之家宅，非依法律，不得侵入或搜索；(三) 人民有保有财产及营业之自由；(四) 人民有言论著作刊行，及集会结社之自由；(五) 人民有书信秘密之自由；(六) 人民有居住迁徙之自由；(七) 人民有信教之自由。

第七条，人民有请愿于议会之权。

第八条，人民有陈诉于行政官署之权。

第九条，人民有诉讼于法院，受其审判之权。

第十条，人民对于官吏违法损害权利之行为，有陈诉于平政院之权。

第十一条，人民有应任官考试之权。

第十二条，人民有选举及被选举之权。

第十三条，人民依法律有纳税之义务。

第十四条，人民依法律有服兵之义务。

第十五条，本章所载人民之权利，有认为增进公益，维持治安，或非常紧急必要时，得依法律限制之。

第三章　参议院

第十六条，中华民国之立法权以参议院行之。

第十七条，参议院以第十八条所定各地方选派之参议员组织之。

第十八条，参议员，每行省、内蒙古、外蒙古、西藏各选派五人，青海选派一人，其选派方法由各地方自定之。参议院会议时每参议员有一表决权。

第十九条，参议院之职权如下：（一）议决一切法律案；（二）议决临时政府之预算决算；（三）议决全国之税法币制及度量衡之准则；（四）议决公债之募集及国库有负担之契约；（五）承诺第三十四条、三十五条、四十条事件；（六）答复临时政府咨询事件；（七）受理人民之请愿；（八）得以关于法律及其他事件之意见建议于政府；（九）得提出质问书于国务员并要求其出席答复；（十）得咨请临时政府查办官吏纳贿违法事件；（十一）参议院对于临时大总统，认为有谋叛行为时，得以总员五分之四以上之出席，出席员四分之三以上之可决弹劾之；（十二）参议院对于国务员认为失职或违法时，得以总员四分之三以上之出席，出席员三分之二以上之可决弹劾之。

第二十条，参议院得自行集会开会闭会。

第二十一条，参议院之会议，须公开之，但有国务员之要求，或出席参议院过半数之可决者，得秘密之。

第二十二条，参议院议决事件，咨由临时大总统公布施行。

第二十三条，临时大总统对于参议院议决事件，如否认时，得于咨达后十日内声明理由，咨院复议。但参议院对于复议事件，如有到会参议员三分之二以上，仍执前议时，仍照第二十二条办理。

第二十四条，参议院议长由参议员用记名投票法互选之，以得票满投票总数之半者为当选。

第二十五条，参议院参议员于院内之言论及表决，对于院外，不负责任。

第二十六条，参议院参议员，除现行犯及关于内乱外患之犯罪外，会期中非得本院许可，不得逮捕。

第二十七条，参议院法由参议院自定之。

第二十八条，参议院以国会成立之日解散，其职权由国会行之。

第四章　临时大总统副总统

第二十九条，临时大总统副总统由参议院选举之，以总员四分之三以上出席；得票满投票总数三分之二以上者，为当选。

第三十条，临时大总统代表临时政府，总揽政务，公布法律。

第三十一条，临时大总统为执行法律，或基于法律之委任，得发布命令，并得使发布之。

第三十二条，临时大总统统率全国陆海军队。

第三十三条，临时大总统得制定官制官规，但须提交参议院议决。

第三十四条，临时大总统任命文武职员，但任命国务员及外交大使公使，须得参议院之同意。

第三十五条，临时大总统经参议院之同意，得宣战媾和及缔结条约。

第三十六条，临时大总统得依法律宣告戒严。

第三十七条，临时大总统代表全国，接受外国之大使公使。

第三十八条，临时大总统得提出法律案于参议院。

第三十九条，临时大总统得颁给勋章，并其他荣典。

第四十条，临时大总统得宣告大赦特赦，减刑复权，但大赦须经参议院之同意。

第四十一条，临时大总统受参议院弹劾后，由最高法院全院审判官互选九人，组织特别法庭审判之。

第四十二条，临时副总统于临时大总统因故去职，或不能视事时，得代行其职权。

第五章　国务员

第四十三条，国务总理及各部总长，均称为国务员。

第四十四条，国务员辅佐临时大总统，负其责任。

第四十五条，国务员于临时大总统提出法律案，公布法律，及发布命令时，须副署之。

第四十六条，国务员及其委员得于参议院出席及发言。

第四十七条，国务员受参议院弹劾后，临时大总统应免其职，但得交参议院复议一次。

第六章　法院

第四十八条，法院以临时大总统及司法总长分别任命之法官组织之。法院之编制，及法官之资格，以法律定之。

第四十九条，法院依法律审判民事诉讼及刑事诉讼，但关于行政诉讼，及其他特别诉讼，别以法律定之。

第五十条，法院之审判，须公开之。但有认为妨害安宁秩序者，得秘密之。

第五十一条，法官独立审判，不受上级官厅之干涉。

第五十二条，法官在任中不得减俸或转职，非依法律受刑罚宣告，或应免职之惩戒处分，不得解职。惩戒条规，以法律定之。

第七章　附则

第五十三条，本约法施行后，限十个月内，由临时大总统召集国会。其国会之组织及选举法，由参议院定之。

第五十四条，中华民国之宪法，由国会制定，宪法未施行以前，本约法之效力，与宪法等。

第五十五条，本约法由参议院参议员三分之二以上，或临时大总统之提议，经参议员五分之四以上之出席，出席员四分之三之可决，得增修之。

第五十六条，本约法自公布之日施行。

约法颁布，《临时政府组织大纲》当然废止。袁总统遂依
80. 《临时约法》第四十三条，任命国务总理，组织新内阁。当下留意选择，拟将国务总理一职任用唐绍仪，可见唐是老袁心腹。惟《临时约法》第三十四条，总统任命国务员须得参议院同意，袁总统不便违法，遂电致参议院议决。参议员闻任唐绍仪，多半赞成，当即通过，电复袁总统。袁即任唐为国务总理。唐亦直任不辞，当奉袁总统命令，由北京至南京，组织国务院。唐忽提出修改官制，拟易九部为十二部，除外交、内务、财政、陆军、海军、司法、教育七部，仍然照旧外，独分实业为三部，一是工业，一是商业，一是农林，交通却分作两部，一是交通，一是邮电。邮电即交通之二大部分，如何分析。两部分做五部，本来是没甚理由，不过南北统一，两方统有要人，各思垄断部职，仍然不脱升官发财的思想，如何改良政体？唐绍仪身为总理，不能单顾一方，反弄得左右为难。他于没法中想了一法，便拟添

置几个部缺，位置南北人员。况提出官制，必须经过参议院议决，倘或议员反对，当然不能成立，自己亦可援为口实，免多怨望，这也是唐总理取巧的方法。开手便想取巧，如何办得美善。果然参议院不能通过，只准分实业为两部，一部是工商，一部是农林，邮电仍并入交通部，不必分离。自是九部改作十部，三月二十九日，唐绍仪莅参议院，宣布政见，并提出各部总长名单，请求同意。各议员取单公阅，但见上面开着：

外交总长　陆征祥　内务总长　赵秉钧　财政总长　熊希龄

陆军总长　段祺瑞　海军总长　刘冠雄　司法总长　王宠惠

教育总长　蔡元培　农林总长　宋教仁　工商总长　陈其美

交通总长　梁如浩

这十部总长名单内，只有蔡长教育与前相同，王宠惠尚是旧阁人物，惟改外交为司法，其余一律易人。段祺瑞、刘冠雄、赵秉钧，纯是袁系人物，当然是老袁授意。陆征祥素无党派，熊希龄属新组的统一党，详见下文。宋教仁、陈其美两人与蔡、王向系同志，均入同盟会。唐绍仪本属旧官僚派，因思想颇趋文明，前次南下讲和，与同盟会中人颇相融洽，至组织内阁时期，又新加入同盟会，时人遂称他为同盟会内阁。重要位置俱属袁系，称为同盟会内阁，实不副名。嗣经参议院投票表决，只有梁如浩未得同意，余均多数赞同。

唐遂退出参议院，即日驰电北达。次日，即由袁总统正式任命。各部俱已得人，交通总长一缺，尚属虚位，暂命唐总理兼署。唐内阁算完全成立了。那时第一次临时总统孙文，应该践约辞职，便于四月初一日，亲至参议院，行解职礼，自然又有一番宣言。小子有诗赞孙中山云：

功成身退不贪荣，让位非徒践夙盟。
细数年来诸巨子，如公才算是真诚。

欲知孙中山如何宣言，容俟下回续录。

《临时约法》，为中华民国宪法之嚆矢，其间虽经袁氏废弃，然帝制隳，袁氏毙，而约法复活。是民国之尚得保存，全赖约法之力，故本书不能不备录全文，所以存国典也。唐绍仪奉袁氏命，组织新内阁，观其提出阁员名单，如内务，如陆海军，实握全国枢纽，而皆为袁氏心腹，教育、司法、农林、工商四部，为袁氏所轻视，则属诸同盟会中。是唐氏固受袁指使，明明一袁系人物，谓为袁系内阁也可，谓为同盟会内阁，固不可也。老袁一登台，便已隐植势力，唐氏反为其鹰犬，我为唐氏计，殊不值得云。

第十回 践夙约一方解职
借外债四国违言

却说孙中山在南京，闻袁氏受职，唐阁组成，遂莅参议院辞职；又把生平积悃及所有政见，宣布出来，作为临别赠言的表意。各议员分列座席，屏息敛容，各聆绪论，并令书记员出席登录，随听随抄，将白话译作文言道：

> 本大总统于中华民国正月一日，来南京受职，今日为四月一日，至贵院宣布解职，为期适三个月。此三月中，均为中华民国草创之时代。当中华民国成立以前，纯然为革命时代，中国何为发起革命？实以联合四万万人，推倒恶劣政府为宗旨。自革命初起，南北界限，尚未化除，不得已而有用兵之事。三月以来，南北统一，战事告终，造成完全无缺之中华民国，此皆全国国民，及全国军人之力所致。在本总统受职之初，不料有如此之好结果，亦不料以极短之时期，能建立如此之大业。本总统于一个月前，

已提出辞职书于贵院，当时因统一政府未成，故虽已辞职，仍执行总统事务。今国务总理唐绍仪，组织内阁已成立，本总统自当解职，今日特莅贵院宣布。但趁此时间，本总统尚有数语，以陈述于贵院之前。

中华民国成立之后，凡为中华民国国民，均有国民之天职。何谓天职？即促进世界的和平是也。此促进世界的和平，即为中华民国前途之目的。依此目的而行，即可以巩固中华民国之基础，盖中国人民，居世界人民四分之一，中国人民，若能为长足之进步，则多数共跻于文明，自不难结世界和平之局。况中国人种，以好和平著闻于世，于数千年前，已知和平为世界之真理。中华民国有此民习，登世界舞台之上，与各国交际，促进和平，即是中华民国国民之天职。本总统与全国国民，同此心理，务将人民之智识习俗，及一切事业，切实进行，力谋善果。本总统解职之后，即为中华民国之一国民，政府不过一极小之机关，其力量不过国民极小之一部分，大部分之力量，仍全在吾国民，本总统今日解职，并非功成身退，实欲以中华民国国民之地位，与四万万国民，协力造成中华民国之巩固基础，以冀世界之和平。望贵院与将来政府，勉励人民，同尽天职。从今而后，使中华民国，得为文明之进步，使世界舞台，得享和平之幸福，固不第一人之宏愿已也。

词毕，大众相率拍手，毋容絮述。孙中山遂缴出临时大总统印，交还参议院，参议院议长林森，副议长王正廷，即令全院委员长李肇甫接受大总统印信，一面由林议长做了全院代表，答复孙中山，大约亦有数百言，小子又录出如下：

中华建国四千余年，专制虐焰，炽于秦政，历朝接踵，燎原之势，极及末流，百度隳坏。虽拥有二亿里大陆，率有四百兆众庶，外患乘之，殆如摧枯拉朽，而不绝如缕者，仅气息之奄奄。中山先生，发宏愿救国，首建共和之纛，奔走呼号于专制淫威之下，濒于殆者屡矣，而毅然不稍辍，二十年如一日。武汉起义，未一月而响应者，三分天下有其二，固亡清无道所致，抑亦先生宣导鼓吹之力实多也。当时民国尚未统一，国人急谋建设临时政府于南京，适先生归国，遂由各省代表，公举为临时大总统。受职才四十日，即以和平措置，使清帝退位，统一底定，迄未忍生灵涂炭，遽诉之于兵戎。虽柄国不满百日，而吾五大民族所受赐者，已靡有涯涘；固不独成功不居，其高尚纯洁之风，为斯世矜式已也。今当先生解临时大总统职任之日，本院代表全国，有不能已于言者。民国之成立也，先生实抚育之；民国之发扬光大也，尤赖先生牖启而振迅之。苟有利于民国者，无间在朝在野，其责任一也。卢斯福解职总统后，周游演述，未尝一日不拳拳于阿美利加合众国，愿先生为卢斯福，国人馨香祝之矣。

孙中山欢谢议员，鞠躬告退。各议员再表决临时政府地点，准将南京临时政府，移往北京，南京仍为普通都会。由袁总统任命前陆军总长黄兴为南京留守，控制南方军队，一面召唐绍仪回京。唐以交通一席不便兼理，复提出施肇基总长交通，交参议院议决，得多数同意，乃电请袁总统任命。十部总长已完全无缺，唐总理遂邀同王宠惠等，启程北行。惟陈其美曾为沪军都督，自请后行，闻他醉心杨梅，所以长愿南居。唐不能相强，即日北去。参议院各议员，亦于四月二十九日联翩赴都。副总统黎元洪亦请解大元帅职，另由袁总统改任，属领参谋总长事。所有前清总督巡抚各名目，一律改为都督。内而政府，外而各省，总算粗粗就绪。

惟蒙、藏两部一时尚不暇办理，但由袁总统派员赍书，劝令取消独立，拥护中央。是时英、俄两国，方眈眈逐逐，谋取蒙、藏为囊中物。活佛、喇嘛毫无见识，一任外人播弄，徒凭袁总统一纸空文，岂即肯拱手听命，就此安静么？都为后文埋线。袁总统也明知无益，不得已敷衍表面，暗中却用着全力，注意内部的运用。第一着是裁兵，第二着是借债，这两策又是连带的关系。看官试想，各省的革命军，东也招募，西也招集，差不多有数十百万，此时中央政府完全成立，南北已和平了事，还要这冗兵何用？况袁总统心中，日日防着南军，早一日裁去，便早一日安枕。裁兵原是要策，但老袁是从片面着想，仍未免借公济私。但是着手裁兵，先需银钱要紧，南京临时政府已单靠借债度日，苏路借款、招商局借款、汉冶萍公司借款，共得五六百万，到手辄尽；又发军需八厘公债票一万万元，陆续凑集，还嫌不敷。唐绍仪南下组阁，南京政府已承认撤消，惟所有一切欠款，须归北京政府负担，南京要二三百万，上海要五十万，还有武昌一方面，也要一百五十万，都向唐总理支取，说是历欠军饷，万难迁延。唐总理即致电北京，嗣得老袁复电，并不多言，只令他便宜行事。无非要他借外债。急时抱佛脚，不得不向外国银行，低头乞贷，于是四国银行团，遂仗着多财善贾的势力，来作出借巨款的主人翁。

甚么叫作四国银行团呢？原来清宣统二年，清政府欲改良币制及振兴东三省实业，拟借外款一千万镑。英国汇丰银行、法兰西银行、德华银行、美国资本团，合资应募，彼此订约，称为四国银行团。嗣经日、俄两国出头抗议，交涉尚未办妥，武昌又陡起革命军，四国银行，中途缩手，只交过垫款四十万镑，余外停付。至民国统一，袁世凯出任临时总统，他本是借债能手，料知上台办事，非钱不行，正欲向银行团商借。巧值四国公使应银行团请求，函致老袁，愿输资中国，借助建设，惟要求借款优先权。老袁自然乐从，复函慨许，且乞先垫款四十万镑，以应急需，过后另议。银行团即如数交来，会唐绍仪以南方要求，无术应付，也只好电商四国银行团，再乞垫款，数约一千五百万两，南方需求总数，不过五六百万两，乃乞借须加二倍，可见民国伟人，多是乱借乱用。

银行团却也乐允，惟所开条件，既要担保，又要监督，还要将如何用法，一一录示。唐绍仪以条件太苛，不便迁就，遂另向华比银行，商借垫款一百万镑。比利时本是西洋小国，商民亦没甚权力，不过艳羡借款的利息，有意投资，遂向俄国银行及未曾列入团体的英法银行互相牵合，出认借款，议定七九折付，利息五厘，以京张铁路余利，作为抵押。唐绍仪接收此款，遂付南京用费二百三十万两，武昌一百五十万两，上海五十万两，其余统携至北京。不消几日，就用得滑塌精光，又要去仰求外人了。如此过去，何以为国。

哪知四国公使已来了一个照会，略言“唐总理擅借比款，与前时袁总统复函，许给借款优先权，显然违背，即希明白答复”等语。袁总统心中一想，这是外人理长，自己理短，说不出甚么理由，只得用了一个救急的法儿，独求美公使缓颊，并代向英、德、法三国调停。美公使还算有情，邀了唐总理，同去拜会三国公使。唐总理此时也顾不得面子，平心息气的，向各使道歉，且婉言相告道："此次借用比款，实因南方急需，不得不然。若贵国银行团等，果肯借我巨资，移偿比款，比约当可取消。惟当时未及关照，似属冒昧，还求贵公使原谅。"英、德、法三使，还睁着碧眼，竖着黄须，有意与唐为难，美公使忙叽哩咕噜地说了数语，大约是替唐洗刷，各使才有霁容，惟提出要求三事：一是另订日期，向四国银行团道歉；二是财政预算案，须送各国备阅；三是不得另向别国，秘密借款。唐总理一一承认，各公使最后要求，是退还比款，取消比约二语，也由唐总理允诺，才算双方解决，尽欢而散。

袁总统兀坐府中，正待唐总理返报，可巧唐总理回来，述及各使会议情形，袁总统道："还好还好，但欲取消比约，却也有些为难哩。"唐总理道："一个比国银行，想总不及四大银行的声势，我总教退还借款，原约当可取消。"袁总统点头道："劳你去办就是了。"唐总理退出，即电致华比银行，欲取消借款原约。

比国商民，哪里肯半途而废？自然反唇相讥。唐总理出尔反尔，安得不免人讥骂？唐氏无可奈何，只得仍托美公使居间，代为和解，美使与英、德、法三国，本是一鼻孔出气，不过性情和平，较肯转圜。并非格外和平，实是外交家手段。他既受唐氏属托，遂与英、法两使商议，浼他阻止与比联合的银行，绝他来源，一面与比使谈判，逼他停止华比银行的借款。比公使人微言轻，自知螳臂当车，倔强无益，乐得买动美使欢心，转嘱比商取消借约。比商虽不甘心，怎奈合股的英法银行已经退出，上头又受公使压力，不得已自允取消，但索还垫款一百万镑。唐总理乃与银行团接续会议，请他就六星期内，先贷给三千五百万两，以后每月付一千万两，自民国元年六月起，至十月止，共需七千五百万两，俟大借款成立，尽许扣还。不意银行团狡猾得很，答称前时需款，只一千五百万两，此番忽要加添数倍，究属何用？遂各举代表出来，竟至唐总理府中，与唐面谈。

唐总理当即接见，各代表开口启问，便是借款的用途。唐总理不暇思索，信口答道："无非为遣散军队，发给恩饷哩。"各代表又问及实需几何，唐复答道："非三千万两不可。"各代表又问道："为何要这么样多？"唐总理道："军队林立，需款浩繁，若要一一裁并，三千万尚是少数，倘或随时酌裁，照目前所需，得了三五百万，也可将就敷衍哩。"这数语是随便应酬的口吻，偏各银团代表疑他忽增忽减，多寡悬殊，中国之受侮外人，往往为口头禅所误。不禁笑问道："总理前日曾借过比款一百万镑，向何处用去？"唐将付给南京、上海、汉口等款额一一说明，并言除南方支付外，尽由北京用去。各代表又道："贵国用款，这般冒滥，敝银行团虽有多款，亦不便草率轻借，须知有借期，必有还期，贵国难道可有借无还吗？"应该责问。唐总理被他一诘，几乎说不出话来。德华银行代表即起身离座道："用款如此模糊，若非另商办法，如何借得？"唐总理也即起立道："办法如何？还请明示。"德代表冷笑道："欲要借款，必须由敝国监督用途，无论是否裁兵，不由我国监督，总归没效。"唐总理迟疑半晌道："这却恐不便呢。"各代表都起身道："贵总理既云不便，敝银行团亦并非定要出借。"一着凶一着，一步紧一步。言毕，悻悻欲行，唐总理复道："且再容磋商便了。"各代表一面退出，一面说着道："此后借款事项，也不必与我等商量，请径向敝国公使，妥议便了。"数语说完，已至门外，各有意无意的鞠了一躬，扬长竟去。借人款项，如此费力，何不自行撙节？

唐总理非常失望，只好转达袁总统，袁总统默默筹划，又想了一计出来。看官道是何计？他想四国银行团既这般厉害，我何不转向别国银行暂去乞贷呢？此老专用此法。计划已定，便暗着人四处运动，日本正金银行、俄国道胜银行，居然仗义责言，出来辩难。他说："四国银行团既承政府许可，愿出借款，帮助中国，亦应迁就一点，为何率尔破裂？此举太不近人情了。"这语一倡，英、美两公使不免恐慌。暗想日、俄两国从中作梗，定是不怀好意，倘他承认借款，被占先着，又要费无数唇舌。只此借款一项，外人已各自属目，况比借款事，较为重大呢。当下照会临时政府，愿再出调停，袁总统也觉快意，只自己不便出面，仍委唐总理协议。唐总理惩前毖后，实不欲再当此任，只是需款甚急，又不好不硬着头皮，出去商办，正在徬徨的时候，凑巧有一替身到来，便乘此卸了肩仔，把一个奇难的题目交给了他，由他施行。繄何人？繄何人？正是：

会议不堪重倒脸，当冲幸有后来人。

欲知来者为谁，且至下回说明。

孙中山遵约辞职，不可谓非信义士，与老袁之处心积虑，全然不同，是固革命史中之翘楚也。或谓中山为游说家，非政治家，自问才力不逮老袁，因此让位，是说亦未必尽然。顾即如其言以论中山，中山亦可谓自知甚明，能度德，能量力，不肯丧万姓之生命，争一己之权位，亦一仁且智也。吾重其仁，吾尤爱其智。以千头万绪棼如乱丝之中国，欲廓清而平定之，谈何容易？况财政奇窘，已达极点，各省方自顾不遑，中央则全无收入，即此一端，已是穷于应付，试观袁、唐两人之借债，多少困难，外国银行团之要挟，又多少严苛，袁又自称快意，在局外人目之，实乏趣味，甫经上台，全国债务，已集一身，与其为避债之周赧，何若为辟谷之张良，故人谓中山之智，不若老袁，吾谓袁实愚者也，而中山真智士矣。

第十一回　商垫款熊秉三受谤　拒副署唐少川失踪

却说国务总理唐绍仪，正因借款交涉，受了银行团代表的闷气，心中非常懊恼，凑巧来了一个阁员，看官道是何人？便是新任财政总长熊希龄。希龄字秉三，湖南凤凰厅人，素有才名，时人呼为熊凤凰，此时来京任职，当由唐总理与他叙谈，把借款的事件，委他办理。熊亦明知是个难题，但既做了财政总长，应该办理这种事情，诿无可诿，当即允诺。唐总理遂函告银行团，略说："借款办法，应归财政总长一手经理。"银行团复词照允，于是与熊总长开始谈判。熊总长颇有口才，凭着这三寸不烂的慧舌，说明将来财政计划，及大宗用途与偿还方法，统是娓娓动人。

银行团代表允先付垫款若干，再议大借款问题，惟遣散军队时，仍须选派外国军官，共同监督。说来说去，仍是咬定"监督"二字，外人之不肯少让，可见一斑。经熊总长再三辩论，再四磋商，方议定中外两造，各派核计员，每次开支，须由财政部先备清单，送交核计员查核，核计员查对无误，双方签押，始得向银行开支。惟银行团只允先付三百万两，分作南北暂时垫款，支放军饷，但亦须由洋关税司，间接监视，以昭信实。至大借款问题，须俟伦敦会议后解决，看官！你想这三百万两小借款，既须由核计员查对，又须由税务司监视，核计员与税务司统是洋人参入，显见得洋人有权，中国无权。临时政府两手空空，也顾不得甚么利害，只好饮鸩止渴，聊救目前。借债者其听之！当下由熊总长至参议院，与各议员开谈话会，讲论此事。议员聚讼纷纭，未曾表决。熊总长返至内阁，即受总统总理密嘱，与银行团草定垫款合同共七章，嗣为参议院闻知，即提出质问。唐总理与熊总长，不得不据情答复。略云：

> 垫款为借款之一部分，拨付垫款三百万，又为垫款中之一部分，既非正式借款，即不应有此条件。无如该团以拨付垫款，既已逼迫，伦敦会议又未解决，深恐我得款后，或有翻悔，故于我急于拨款之际，要求载入七条于信函之后，当因南北筹饷，势等燃眉，本总理、总长迫于时势，不得不循照旧例，两方先用信函签字拨款，所拨之三百万两，不过垫款之一部分，为暂时之腾挪，且信函草章，并无镑价折扣利息抵押之规定，不能即谓为合同，故于签字以前，未及提出交议，还希原谅！此复。

参议员接此复文，仍有违言，大致以此项条件，虽系草章，就是将来商订正式合同的根据，若非预先研究，终成后患；乃复提出请愿书，要求总统提出草合同，正式交议。袁总统允准，遂将草合同赍交参议院，咨请议决。议员会议三日，各怀党见，没甚结果。唐总理、熊总长再出席宣言，略谓：“垫款条件，参议院未曾通过，伦敦会议，亦无复信，虽尚有磋商的机会，惟外人能否让步，实无把握。贵院能先对大纲，表示同意，再行指出应改条文，本总理等必当尽力磋商，务期有济。”各议员一律拍掌，表示赞成。

于是共同讨论，絮议了好多时，方由议长宣布意见，谓：“垫款一节，既属目前要需，不能不表示同意。但所开草合同七条，如所订核计员查对，及税务司监视，有损国权，应由政府与银行团，再行磋商，挽回一分是一分，不必拘定某条某句，使政府有伸缩余地，当不致万分为难了。”唐、熊两人巴不得参议院中，有此一语，遂将彼此为国的套语，敷衍数句，即行去讫。

94. 过了数天，由江南一方面，来了两角文书，一角是达总统府，一角是交参议院，内称“垫款章程，不但监督财政，直是监督军队，万不可行，应即责令熊总长取消草约，一面发行不兑换券，权救眉急，并实行国民捐，组织国民银行，作为后盾”等语。书末署名，乃是南京留守黄兴。接连是江西、四川等省，均通电反对。袁总统置诸度外，参议院也作旁观，只有这位熊凤凰，刚刚凑着这个时候，不是被人咒骂，就是惹人讥评。做财政总长的趣味，应该尝些。他愤无可泄，也拟了一个电稿，拍致各省道：

> 希龄受职，正值借款谈判激烈，外人要求请派外国武官监督撤兵，会同华官点名发饷，并于财政部内选派核算员，监督财政，改良收支，两次争论，几致决裂，经屡

次驳议，武官一节，乃作罢论，然支发款项，各银行尚须信证，议由中政府委派税司经理。至核算员，则议于部外设一经理垫款核算处，财政部与该团各派一人，并声明只能及于垫款所指之用途，至十月垫款支尽后，即将核算处裁撤，此等勉强办法，实出于万不得已，今虽拨款三百万两，稍救燃眉，然所约七款大纲，并非正式合同，公等如能于数月内设法筹足，或以省款接济，或以国民捐担任，以为后盾，使每月七百万之军饷，有恃无恐，即可将银行团垫款借款，一概谢绝，是正希龄之所日夕期之也。希即答复！

各省长官接到熊总长这般电诰，都变做反舌无声，就是大名鼎鼎的黄留守，也变不出这么多银子，前时所拟方法，统能说不能行，要他从实际上做来，简直是毫无效果，因此也无可答复，同做了仗马寒蝉。近时人物，大都如此，所以无一足恃。熊总长复上书辞职，经袁总统竭力慰留，始不果行。再与银行团磋议，商请取消核计员及税司监视权，银行团代表以垫款期限，只有数月，且俟伦敦会议后，如何解决，再行酌改云云。看官听着！这伦敦会议的缘起，系是四国银行团借英京伦敦为会议场，研究中国大借款办法及日、俄加入问题。

小子于前回中，曾说日俄银行出来调解，他的本旨，并非是惠爱我国，但因地球上面，第一等强国，要算英、法、俄、美、日、德六大邦，英、法、美、德既集银行团，日、俄不应落后，所以与四国团交涉，也要一并加入。强中更有强中手。四国团不便力阻，只得函问中政府，愿否日、俄加入。中政府有何能力，敢阻日、俄，况是请他来的帮手，当然是答一“可”字。

哪知俄人别有用意，以为此项借款不能在蒙古、满洲使用，自己方可加入。明明视满、蒙为外府。日本亦欲除开满洲，与俄人异意同词。各存私意。四国团当然不允，且声言："此次借款，发行公债，应由本国银行承当，英为汇丰银行，法为汇理银行，德为德华银行，美为花旗银行，此外的四国银行及四国以外的银行，均不得干预。"这项提议，与日、俄大有妨碍，日、俄虽加入银行团，发行债票，仍须借重四国指定的银行，与未加入何异，因此拒绝不允，会议几要决裂了。法国代表从中调停，想做和事佬，怂恿五国银行团代表由伦敦移至巴黎，巴黎为法国京都，当由法代表主席。法代表亦自张势力。磋商月余，俄国公债票得在俄比银行发行，日本公债票得在日法银行发行。至日、俄提出的满、蒙问题，虽未公认，却另有一种条件订就，系是六国银行团中，有一国提出异议，即可止款不借，此条明明为日、俄留一余地，若对于中国，须受六银行监督，须用盐税抵押。

彼此议定，正要照会中国，适中政府致书银行团，再请垫款三百万两，否则势不及待，另筹他款，幸勿见怪。银行团见此公文，大家疑为强硬，恐有他国运动，即忙复书承认，即日支给。也受了中国的赚，但得握债权，总占便宜。中政府复得垫款。及挨过了好几天，六国银行团遂相约至外交部，与外交总长陆征祥晤谈，报告银行团成立。越日，又与陆、熊两总长开议借款情形。陆总长已探悉巴黎会议，所定条件，厉害得很，遂与熊总长密商，只愿小借款，不愿大借款，熊总长很是赞成，当下见了银行团代表，便慨然道："承贵银行团厚意，愿借巨款，助我建设，但敝国政府，因债款已多，不敢再借巨项，但愿仿照现在垫款办法，每月垫付六百万两，自六月起，至十月止，仍照前约办理便了。”看官！你想六国银行团，为了中国大借款，费尽唇舌，无数周折，才得议妥，谁料中国竟这般拒绝，反白费了两月心思，这班碧眼虬髯的大人物，哪肯从此罢休，便齐声答道：“贵政府既不愿再借巨款，索性连垫款也不必了。索性连六百万垫款，也还了我罢。”陆、熊两总长也自以为妙计，那外人的手段，却来得更辣。陆总长忙答辩道：“并非敝国定不愿借，但贵银行团所定条件，敝国的人民决不承认，国民不承认，我辈也无可如何，只好请求垫款，另作计划罢了。”银行团代表见语不投机，各负气而去。

陆、熊两总长以交涉无效，拟与唐总理商议一切。唐总理已因病请假，好几日未得会叙，两人遂各乘马车，径至唐总理寓所。名刺方入，那阍人竟出来挡驾，且道：“总理往天津养病去了。”去得突兀。两人不禁诧异，便问道：“何日动身，为何并不见公文？”阍人只答称去了两日，余事一概未知，两人方怏怏回来。

看官！你道这唐总理如何赴津，当时京中人士统说是总理失踪，究竟他是因病赴津呢？还是另有他事？小子得诸传闻，唐总理的病，乃是心病，并不是甚么寒热，甚么虚痨。原来唐总理的本旨，以中国既行内阁制，所有国家重政，应归国务员担负责任，因此遇着大事，必邀同国务员议定，称为国务会议。偏偏各部总长意见不同，从唐总理就职后，开了好几次国务会议，内务总长赵秉钧未见到会，就是陆海军总长，虽然列席，也与唐总理未合，只有教育总长蔡元培、司法总长王宠惠、农林总长宋教仁，与唐总理俱列同盟会，意气还算相投。又有工商次长王正廷，因陈其美未肯到京，署理总长也与唐不相反对。交通总长施肇基与唐有姻戚关系，自然是水乳交融。此外如外交总长陆征祥，是一个超然派，无论如何，总是中立。财政总长熊希龄是别一党派，异视同盟会，为了借款问题，亦尝与唐总理龃龉，恐非全为党见。唐总理已是不安，而且总统府中的秘书员、顾问员，每有议论，经总统承认后，又必须由总理承认，方得施行，否则无效，那时这班秘书老爷，顾问先生，都说总统无用，全然是唐总理的傀儡。

看官！试想这野心勃勃的袁项城，岂肯长此忍耐，受制于人？况前此总理一职，有意属唐，无非因唐为老友，足资臂助，乃既为总理，偏以背道分驰，与自己不相联属，遂疑他为倾心革党，阴怀猜忌。其实唐本袁系，不过为责任内阁起见，未肯阿谀从事，有时与老袁叙谈，辄抗争座上，不为少屈。老袁左右，每见唐至，往往私相告语道："今日唐总理，又来欺侮我总统么？"后来断送老袁的生命，也是若辈酿成。

98. 一夕，唐谒老袁，两下里争论起来，老袁不觉勃然道："我已老了，少川，你来做总统，可好么？"唐本粤人，字少川，老袁以小字呼唐，虽系老友习惯，然此时已皆以总统总理相呼，骤呼唐字，明明是满腹怒意，借此少泄，语意尤不堪入耳，气得唐总理瞠目结舌，踉跄趋出，乘车回寓。冤冤相凑，距总统府约数百步，忽遇卫队数十人，拥护一高车驷马的大员，吆喝而来。唐车趋避稍迟，那卫队已怒目扬威，举枪大呼道："快走！快走！不要恼了老子。"

唐不待说毕，忙呼车夫让避。至大员已过，便问车夫道："他是何人？"车夫道："他是大总统的拱卫军总司令段大人。"唐总理笑道："是段芝贵么？我还道是前清的摄政王。"牢骚之至。既而回至寓中，不由得自叹道："一个军司令，有这么威风，我等身为文吏，尚想与统率海陆军的大总统，计较长短，正是不知分量了。我明日即行辞职，还是归老田间罢。”乐得见几。继又暗忖道：“我友王芝祥，将要到京，来做直隶都督，他一到任，我的心事已了，便决计走罢。”

原来北通州人王芝祥，曾为广西藩司，广西独立，芝祥为桂军总司令，率兵北伐。及到南京，南北已经统一，唐绍仪南下组阁，旧友重逢，欢然道故，自不消说。直隶代表谷钟秀等，时在南京，愿举芝祥为本省都督，浼唐入白袁总统。唐返京，即与老袁谈及，袁已面许，乃电促芝祥入京。唐总理正待他到来，所以有此转念。过了数日，芝祥已在江南，遣还桂军，入京候命。唐总理与王见面，自然入询老袁，请即任王督直，发表命令。哪知袁总统递示电文，乃是直隶五路军界反对王芝祥，不令督直。又是老袁作怪。唐总理微哂道：“总统意下如何？”袁总统皱眉道：“军界反对，如何是好；我拟另行委任便了。”唐总理道：“军人干涉政治，非民国幸福。”老袁默然不答。唐总理立即辞出，到了次日，即由总统府发出委任状，要唐总理副署盖印。唐总理取过一瞧，系命王芝祥仍返南京，遣散各路军队，不由得愤愤道：“老袁欺人太甚，既召他进京，又令他南返，不但失信芝祥，并且失信直人，这等乱命，我尚可副署么？”言已，即将委任状却还，不肯副署。嗣闻老袁竟直交王芝祥，芝祥即往示唐总理。唐总理益愤懑道：“君主立宪国，所发命令，尚须内阁副署，我国号称共和，仍可由总统自主么？我既不配副署，我在此做甚么？”芝祥去后，即匆匆收拾行囊，待至黎明，竟出乘京津火车，径赴津门去了。小子有诗咏唐总理道：

辞官容易做官难，失职何如谢职安。

双足脱开名利锁，津门且任我盘桓。

唐总理赴津后，如何结果，且看下回说明。

本回叙述垫款，为下文善后大借款张本。外款非不可借，但今日借债，明日借债，徒为一班武夫所垄断，满贮囊橐，逍遥自在，铁血之光，化作金钱之气，徒令全国人民，迭增担负。读史至此，转叹革命伟人，日言造福，不意其造祸至于如此也。袁总统心目中，且以依赖外债为得计，意谓外债一成，众难悉解，受谤者他人，而受益者一己，方将尽以英镑、美元、马克、法郎为资料，买收武夫欢心，拥护个人权力，亦知上下争利，不夺不餍乎？唐总理就职，未及百日，即与老袁未协，飘然径去，唐犹可为自好士，然一番奔走，徒为袁总统作一傀儡，唐其未免自悔欤？

第十二回　组政党笑评新总理
嗾军人胁迫众议员

却说唐绍仪既赴天津，方具呈辞职，呈文中亦不说甚么，但说“因感风寒，牵动旧疾，所以赴津调治，请即开职另任”云云。袁总统当发电慰留，并给假休养，暂命外交总长陆征祥代任总理，一面遣秘书长梁士诒，赴津劝驾。唐决意辞职，再具呈文，托梁带回。袁已与唐有嫌，还愿他做甚么总理，不过表面上似难决绝，因做了一番挽留的虚文，敷衍门面。唐已窥袁肺腑，怎肯再来任事？老袁以为情义兼尽，由他自去，随即批准呈文，改任总理。

相传唐驻津门数月，乘舟南归，途中遇刺客黄祯祥，为唐察破，幸得免刺。唐问系何人所使，祯祥爽然道：“我与君并无夙仇，今日奉极峰命，来此行刺，但看君来去坦白，我亦不忍下手，否则已早行事，恐君亦未能免祸呢。”此人尚有天良。唐乃答道：“你既存心良善，我也不必深究，只烦你寄语极峰，休要行此鬼蜮伎俩。他欲杀人，人亦将杀他，冤冤相报，莫谓天道无知呢。”老袁果闻言改过，当不至有后日事。祯祥唯唯自去，唐始安然南下，语且休表。

且说国务总理一职，因唐已辞去，当然需人接任，袁总统属意陆征祥，仍援《临时约法》第三十四条，提出参议院，求议员同意。陆字子欣，江苏上海人，曾为广方言馆毕业生，嗣奉调出洋，才气飙发，为历任公使所倚重，不数年洊升参赞，继充荷兰公使，又继任海牙平和会专使。至民国第一次组阁，因他是外交熟手，遂召他回国，令为外交总长。陆性和平，且无一定的党派，因此老袁欲令他继任。这时候的参议院中，议长林森回籍，副议长王正廷署理工商次长，两人统已出院，乃改举奉天吴景濂为议长，湖北汤化龙为副议长，议员约数十人，却分作好几党。据政治家研究，以为外洋立宪国，没一国不有政党，没一国不有数政党，因为国家的政要，容易为一偏所误，所以政治家各张一帜，号召徒党，研究时政，彼有一是非，此亦有一是非，从两方面剖辩起来，显出一个真正的是非，方可切实履行，故外人有愈竞愈进的恒言。从前满清预备立宪，我国人已模仿外洋，集会结社，成一政党的雏形，甚么宪友会，甚么宪政实进会，已是风行一时。到了民国初造，最彰明较著的党员，就是革命党，革命党的起手，便是同盟会。同盟会中的重要人物，第一个是孙文，称作总理，第二个是黄兴，称作协理，其次即为宋教仁、汪兆铭等，统是会中的干事员。自革命告成，会中人变为政党，宣布党纲，共有九条：（一）是完成行政统一，促进地方自治；（二）是实行种族同化；（三）是采用国家社会政策；（四）是普及义务教育；（五）是主张男女平权；（六）是厉行征兵制度；（七）是整理财政，厘定税则；（八）是力谋国际平等；（九）是注重移民开垦事业。依这九大党纲看来，俨然有促进大同的气象。

其后有浙人章炳麟、苏人张謇发起的统一党，还有宪友会化身的国民协进会，以及湖北人主动的民社，共计三部分，或是前清的硕学通儒，或是前清的旧官故吏，起初是各行各志，后来并合为共和党，也有一种党义，略分三则：（一）是保持全国统一，取国家主义；（二）是以国家权力，扶持国民进步；（三）是应世界大势，以平和实利立国。这三条党义，隐隐与同盟会反对，时人称同盟会为民权主义，共和党为国权主义。未几，又有统一共和党出现，即由滇人蔡锷、直人王芝祥等组织而成，他有十余条党纲：（一）是画定行政区域，实谋中央统一；（二）是厘定税则，务期负担公平；（三）是注重民生，采用社会政策；（四）是发达国民经济，采用保护贸易政策；（五）是划一币制，采用金本位制；（六）是整顿金融机关，采用国家银行制度；（七）是振兴交通，速设铁道干线；（八）是实行军国民教育，促进专门学术；（九）是振刷海陆军备，采用征兵制度；（十）是保护海外移民，厉行实边开垦；（十一）是普及文化，融合国内民族；（十二）是注重外交，保持国家对等权利。统观这十二条党纲，是国权与民权俱重，介在同盟会、共和党的中间，仿佛是折衷主义，但总与两党若合若离。

参议院中的议员，就是由这三党中选举出来。当时参议院内，除西藏议员尚未选派外，共一百二十一席，同盟会、共和党，各得四十余席，统一共和党，也得三四十人。一百二十一席中，分了三个党派，若四万万人，不知要多少党派。此次由袁总统提出陆总理，同盟会中极端反对，自在意中，惟共和党人已受袁总统笼络，愿表同意，且代为运动，把统一共和党员也联为一致，因此全院投票，只同盟会议员否决，余皆投同意票。陆总理得多数赞成，当即通过。隔了一宿，即有大总统命令发出，特任陆征祥为国务总理。唐内阁变为陆内阁，所有从前的国务员，因与唐氏有连带关系，提出辞职。交通总长施肇基第一个上辞职书，是唐氏戚属的关系。袁总统立即批准，教育总长蔡元培、司法总长王宠惠、农林总长宋教仁、未到任的工商总长陈其美，及署长王正廷，依次辞职。是唐氏同党的关系。袁总统概不慰留，一律准请，财政总长熊希龄，见阁员多半辞去，也不好恋栈，照例递呈辞职，偏亦邀老袁批准，只得卸职退闲。熊虽与唐氏绝无关系，但亦非袁系人物，故准他辞职。独内务及陆海军三部总长，依然就任，寂无变动。个中情由，不言而喻。

袁总统乃另索夹袋中人物，提交参议院议决，财政总长，拟任周自齐；司法总长，拟任章宗祥；教育总长，拟任孙毓筠；农林总长，拟任王人文；工商总长，拟任沈秉坤；交通总长，拟任胡维德，先将名单发交陆总理，令至参议院宣布，征求同意。陆总理不置可否，惟命是从，唐组织阁员，半由唐氏自己主张，至陆氏组阁，已全属老袁授意。当即乘了马车，至参议院。

全院议员共表欢迎，总道他是历任外交，必多经验，且才名卓越，应有特别政见，因此大家起敬。待陆登演说坛时，拍手声与爆竹相似，劈劈拍拍的有好几千声，到了声浪渐息，大家都凝神注意，侧着耳朵儿，恭聆伟论。形容尽致。

哪知陆总理是善英语，不擅长国语，数典忘祖，中国的西学家，每蹈此弊。开口时已支支格格，说不出甚么话儿，至表述阁员的时候，他却发出大声道："有了国务总理，断不可无国务员，若国务员没有才望，单靠着一个总理，是断断不能成事的。鄙人忝任总理，自愧无才，全仗国务员选得能干，方可共同办事，不致溺职，现已拟有数人，望诸君秉公解决。譬如人家做生日，也须先开菜单，拣择可口的菜蔬，况是重大的国务员呢。”说至此，全院并没有拍掌声，只听有人嬉笑道：“总理迭使外洋，惯吃西餐，自然留意菜单，我等都从乡里中来，连鱼翅海参，都是未曾尝过，晓得甚么大菜。”这边的笑语未绝，那边的笑语又起，复说道：“想是总理的生辰，就在这数日内，我等却要登堂祝寿，叨光一餐。想总理府中的菜单，总是预先拣择，格外精美哩。”挖苦太甚。陆总理并非痴聋，听到这等讥评，不觉面红耳赤，暗想：“外人何等厉害，却没有这般嘲笑，今到此地，偏受他们奚落，这真是出人意外呢。”事非经过不知难。当下无意演说，竟自下台，勉强把名单取出，交给议长，自己垂头丧气，踱出院门，乘舆竟去。总算跳出是非门。

各议员由他自行，并没有一人欢送，反大家指手划脚，说短论长，统说：“民国初立，草昧经营，全靠有才干的总理，才能兴利除弊，今来了这等人物，要做总理，此外还有何望？”同盟会员格外愤激，便道：“我等原是不赞成的，不知同院诸君，何多投同意票，莫非已受他买嘱么？”共和党及统一共和党，听了“买嘱”二字，自然禁受不起，便与同盟会员争闹起来，霎时间全院鼎沸，几成一个械斗场。好一班大议员。议长吴景濂见秩序已乱，慌忙出来禁止，并摇铃散会，大众方一哄而散。

次日，复开会表决国务员，仍用投票的老法儿取决可否。及开箧审视，纯是不同意票。同盟会员又出席道：“今日同院诸君，完全投不同意票，显见得人心未泯，公论难逃。但总理已经任命，就是易人提出，恐仍是这等腐败人物，果欲改弦易辙，必须釜底抽薪，劾去老陆方好哩。”

大众颇也赞成，遂提出弹劾总理案，公拟一篇咨文，送入总统府，老袁置诸高阁，陆征祥过意不去，呈请辞职。老袁不许，只另拟了几个人物，再交参议院议决，财政总长，改拟周学熙；司法总长，改拟许世英；教育总长，改拟范源濂；农林总长，改拟陈振先；工商总长，改拟蒋作宾；交通总长，改拟朱启钤；因恐参议院仍未通过，先遣人讽示议员。果然各议员不肯赞同，仍然拒绝，老袁智虑深沉，并没有一点仓皇，暗地里却布置妥当。不到一日，军警两界，遍布传单，大约说是："内阁中断，急切需人，参议院有意为难，反令我辈铁血铸成的民国，害得没政府一般，若长此阻碍政治，我等只有武力对待的一法。"这数语一经传布，都城里面，又恐似前次的变乱，吓得心胆俱裂。就是参议院中，也递入好几张传单，竟要请一百多个议员，统吃卫生丸。这议员是血肉身躯，哪一个不怕弹丸？镇日里缩做一团，杜着门，裹着足，连都市上也不敢出

头。只有这些肝胆，何如不做议员。

老袁暗暗欢慰，一面办好十多桌盛席，邀参议员入府宴会。始用硬力，继用软工，真好手段。各议员不好坚拒，又不敢径去。大众密议多时，方公决了一个"谢"字。袁总统料他胆怯，遂遣秘书长梁士诒往邀，各议员见梁到来，才敢应允。出院时由梁前导，大家鱼贯后随，一同到总统府。此时的梁财神，好似护法韦驮。袁总统也出来周旋，殷勤款待，到了就席的时候，却令梁秘书长等相陪，自己踱了进去。酒过数巡，由梁秘书长略略叙谈，表明总统微意，各议员哪敢再拒？自然唯唯连声，到了酒酣席散，又见袁总统出谈，说了几句费心的套话，各议员很是谦恭，并表明谢忱，乃一齐告别。徒令老袁暗笑。

越宿，复投票表决阁员，除蒋作宾一人外，得多数同意。嗣又由总统府提出刘揆一，充任工商总长，又经参议院通过，

遂俱正式任命，陆内阁乃完全成立了。惟陆征祥以日前被嘲，未免惭忿，因托病请假，自入医院，不理政务。自此国家重事，均由总统府取决，从前的国务会议，竟移至总统府去了。总统权力，日以加长。同盟会员为军人所逼，不得已通过总理及阁员，但心中总是不服，未免发生政论，谓军警不应干预政治，且遍咨各省都督，浼他进陈利弊。袁总统乃颁发通令二道，一是劝诫政党，一是谕禁军警，本旨在注重前令。由小子次第录出。其劝诫政党云：

民国肇造，政党勃兴，我国民政治之思想发达，已有明征，较诸从前帝政时代，人民不知参政权之宝贵者，何止一日千里。环球各国，皆恃政党，与政府相须为用，但党派虽多，莫不以爱国为前提，而非参以各人之意见。我国政党，方在萌芽，其发起之领袖，亦皆一时人杰，抱高尚之理想，本无丝毫利己之心，政见容有参差，心地皆类纯洁。惟徒党既盛，统系或歧，两党相持，言论不无激烈，深恐迁流所及，因个人之利害，忘国事之艰难。方今民国初兴，尚未巩固，倘有动摇，则国之不存，党将焉附？无论何种政党，均宜蠲除成见，专趋于国利民福之一途。若乃怀挟阴私，激成意气，习非胜是，飞短流长，藐法令若弁髦，以国家为孤注，将使灭亡之祸，于共和时代而发生。揆诸经营缔造之初心，其将何以自解？兴言及此，忧从中来。凡我国民，务念阋墙御侮之忠言，懔同室操戈之大戒，折衷真理，互相提携，忍此小嫌，同扶大局，本大总统有厚望焉！此令。

又谕禁军警云：

军人不准干预政治，迭经下令禁止在案，凡我军人，自应确遵明令，以肃军律。闻近日军界警界，仍有干涉政治之行为，殊属非是。须知军人为国干城，整军经武，日不暇给，岂可旷弃天职，越俎代庖，若挟持武力，率意径行，万一激成风潮，国家前途，曷胜危险？至警界职在维持治安，尤不应随声附和，致酿衅端。除令陆军、内务两部传谕禁止外，特再申告诫，其各守法奉公，以完我军警高尚之人格！此令。

看官阅此两令，当时总以为言言金玉，字字珠玑，哪知袁总统的本意，却自有一番作用，小子也到民国五年，才知老袁命令，隐寓轻重呢。正是：

掩耳盗铃成惯技，盲人瞎马陷深池。

袁总统已胁服议员，又有一番手段，遣散各方军队，巩固中央政权，欲知详情，再阅下回。

“政党”二字，利害参半，若为智识单简，血气未定之人物，一经结党，必予智自雄，利未获而害先见。故政党之名，行于文化优美之国，或可收竞争竞进之效，否则难矣。我国人民，罕受教育，道德学问，多半短浅。致以政党之名，反为枭雄所利用，其反对者适受其侮弄而已。若夫内阁改组，易唐为陆，尚为老袁之过渡人物，袁之进步在此，政党之退步亦在此，逐回细阅，耐人寻味不少云。

第十三回　统中华釐订法规
征西藏欣闻捷报

却说民国初造的时候，独立各省，军队林立，一省的都督，差不多有三五人，江南越加纷扰。苏州都督程德全是官僚革命，总算从前清蜕化而来；还有上海都督陈其美、镇江都督林述庆、清江都督蒋雁行、扬州都督徐宝山，统是独张一帜，好似多头政治一般。至南北统一，南京临时政府已移往北京，南方的军队应归裁并。袁总统即命前陆军总长黄兴，留守南京，办理撤兵事宜；且派遣王芝祥助黄为理。于是各镇都督，次第撤消，黄留守也办理就绪，当即电请销职。袁总统却复令缓撤，并派陆军次长蒋作宾驰往商办。先遣王芝祥，继遣蒋作宾，纯是老袁的做作。嗣因黄去志甚坚，再电解职，乃派江苏都督程德全，到宁接收；并令黄留守计日来京，商议政要；且因孙中山游历各省，到处演说，鼓吹民生主义，也未免有些尴尬，遂亦致电相邀，令他入都备询。一面正式任命各省都督，兹将民国元年七月以后的都督姓名，列表如下：

直隶都督	冯国璋	奉天都督	赵尔巽
吉林都督	陈昭常	江苏都督	程德全
江西都督	李烈钧	福建都督	孙道仁
湖南都督	谭延闿	河南都督	张镇芳
陕西都督	张凤翙	新疆都督	杨增新
广东都督	胡汉民	云南都督	蔡　锷
黑龙江都督	宋小濂	安徽都督	柏文蔚
浙江都督	朱　瑞	湖北都督	黎元洪兼领
山东都督	周自齐	山西都督	阎锡山
甘肃都督	赵惟熙署	四川都督	尹昌衡
广西都督	陆荣廷	贵州都督	唐继尧署

这二十二省的都督，有易任的，有仍旧的，有几个是革命前的老官僚，有几个是革命后的新统领，这也不必细表。

袁总统又规定任官等级，援例公布，凡最高职员，如国务总理，暨各部总长，及各省都督等，均称特任。特任以下，分作九等，一、二等为简任官，三、四、五等为荐任官，六、七、八、九等为委任官。又制定勋章等级，大勋章为总统佩带，上刻日月星辰山龙华虫宗彝藻火粉米黼黻十二章，其下亦分作九等，均刻嘉禾，第以绶色为别。陆海军勋章，独用白鹰、文虎两种，亦分作九等，视绶色为等差。勋章以外，又有勋位，大勋位为首，依次至勋五位为止。余如国务院官制，及各部官制，一一酌定，次第颁行。所有国徽，除以五色旗为国旗外，海军仍用青天白日旗，陆军曾用十八星旗，至此加列一星，变作十九星旗，商旗适用国旗，就是五色旗。所有礼节，男子礼为脱帽鞠躬，大礼三鞠躬，常礼一鞠躬，寻常相见，只用脱帽礼。女子礼大致相同，惟不脱帽，专行鞠躬礼。另订衣冠仪式，绘图晓示，惟军人警察，另有特别礼仪，不在此限。

陆军官制分三等九级，上等称将官，中等称校官，初等称尉官，各分上、中、少三级，军士分上士、中士、下士，兵卒分上等兵、一等兵、二等兵，军队编制，每步兵十四人为一棚，三棚为一排，三排为一连，四连为一营，三营为一团，二团为一旅，二旅为一师，把前清镇协标队的名目，一律改称。师即镇，旅即协，团即标，营即队。海军官制，略有同异，如军医、军需、造械、造舰等官，有总监、主监、上监、中监、少监等名目，与陆军不同。编制法以舰为别，亦与陆军异制。他如学校系统，分作四级，首大学，次中学，又次为高等小学，最下为小学。后改称国民学校。小学校四年毕业，高等小学校，三年毕业，中学校四年毕业，大学本科，三年或四年毕业，预科三年。旁系为师范学校，及实业学校，专门学校，大致为四年或三年毕业。

至若法院规则，分作四级三审，大理院为法院最高机关，下为高等审判厅、地方审判厅、初级审判厅，是为四级，由初级审判厅起诉，不服判决，得控诉地方厅，地方厅的判决，再或不服，得上告高等厅；高等厅判决，已成定案，不得再诉大理院。惟自地方厅起诉，不服判决，得经高等厅至大理院，是为三审。所应由初等厅起诉，或由地方厅起诉，法律上另有规定，不暇絮述。但诉讼条规，有刑事、民事二种，刑事条件，是被告应该惩罚，不得不求国家惩罚，所以亦称为公诉。民事条件，是被告未必犯罪，但侵害个人利益，请求司法官代判赔偿，所以又称为私诉。刑法分主刑及从刑，主刑分五等，死刑最重，次为无期徒刑，又次为有期徒刑，又次为拘役、为罚金。从刑分二等，（一）是褫夺公权，（二）是没收。这种制度，统是行政上、司法上的关系，一般人民，应该晓得大略，小子不能不粗举大纲。是谓通俗教育。

还有立法机关，是共和国中最要的根本，从前由代表会组织参议院，是创始的暂行规模，此时国家统一，应由参议院改为国会，且《临时约法》中第五十三条，曾有限十个月内，召集国会的明文，袁总统不能违约，参议院也不能缓议，因此逐日开会，议决国会组织法及参议院众议院议员选举法。国会组织法共二十二条，大要用两院制，便是参议院及众议院。参议院议员由各省省议会选出，每省十名。蒙古选举会得选出二十七名，西藏选举会得选出十名，青海选出三名，中央学会也得选出八名，华侨得选出六名，共二百九十四人。众议院议员由各地人民选举，每人口满八十万，得选一议员，人口多寡不一，议员也多寡不等，拟定直隶省四十六名，奉天省十六名，吉林省十名，黑龙江省十名，江苏省四十名，安徽省二十九名，江西省三十五名，浙江省三十八名，福建省二十四名，湖北省二十六名，湖南省二十七名，山东省三十三名，河南省三十二名，山西省二十四名，陕西省二十一名，甘肃省十四名，新疆省十名，四川省三十五名，广东省三十名，广西省十九名，云南省二十二名，贵州省十三名，蒙古二十七名，西藏十名，青海三名，共五百九十五人。参议员任期六年，每二年改选三分之一，众议员任期三年。两院议员的职权，一是建议，二是质问，三是查办官吏纳贿违法的请求，四是政府咨询的答复，五是人民请愿的受理，六是议员逮捕的许可，七是院内法规的制定。至若预算决算，及议定宪法，概由两院合办。两院议员，须各有过半数出席，方得开议，议案须得过半数同意，方得决定，可否同数，由议长取决。每岁会期，计四个月，若大事不及裁决，得以展期，这是国会组织法的大略。

惟两院议员的选举，统用单记名投票法，从多数取决。参议员由省议会选举会选出，毋庸细表，众议员由人民公选，分选举及被选举两种资格，选举人专属民国国籍的男子，年满二十一岁以上，备有四项资格的一项，才有选举权。看官道是哪四项资格呢？一是年纳直接税二元以上；二是值五百元以上的不动产，蒙、藏、青海得以动产计算；三是在小学校以上毕业；四是与小学校以上毕业的资格。被选举人亦属民国国籍的男子，惟年龄须满二十五岁以上。蒙、藏、青海更须通晓汉语。若适罹刑法褫夺公权，及宣告破产，并有精神病，吸鸦片烟，与不识文字，均不得有选举权及被选举权。现在陆海军充役的军人，与在征调期间的续备军人，现任行政司法及巡警，或僧道及其他宗教师，均停止选举权及被选举权。蒙、藏、青海惟军人停止选举权及被选举权，余项不用此例。小学校教员，各学校肄业生，停止被选举权。办理选举人员，于选举区内，亦停止被选举权。又分初选复选两项手续，初选以县为选举区，当选人名额，定为议员名额的五十倍，复选合若干初选区为选举区，即以初选的当选人为选举人，被选人却不以初选当选人为限。每届选举，无论初选复选，各设监督员。初选监督以各该区的行政长官充任，复选监督以全省的行政长官充任。蒙、藏、青海，只一次选举，不分初选复选。这是两院议员选举法的大略。还有省议会议员选举法，大致与众议院议员选举法略同。

各项选举法，经参议员议决，咨送袁总统，袁总统当即公布，且由内务部规定选举区，一一颁示，正在筹备进行，非常忙碌的时候，忽由四川都督尹昌衡连电报称西藏乱耗，影响全局，自请督师西征。袁总统准如所请，命他出征西藏，所有川督印信，暂交胡景伊护理。尹督遂率二千五百人，向西出发，浩荡前进。想步年羹尧后尘。先是清光绪末年，西藏教主达赖喇嘛曾入京觐见，受封为西天大善自在佛，并加诚顺赞化名号。会值光绪帝与慈禧太后先后逝世，达赖讽经超荐，效劳了好几日。两宫安葬，达赖回藏，为俄人所诱，有意生乱，清廷将他削去封号，用兵撵逐，并命驻藏大臣，另立达赖喇嘛。这事尚未就绪，中国已起革命军。退位的达赖，手下有一参谋，系俄国人，素得达赖信任，前曾为达赖所遣，往俄京圣彼得堡，传递密约事件，此次闻内地各省，大半独立，遂极力为达赖谋覆西藏。达赖乃回入藏境，逐去清廷简放的官吏，也居然独立起来，且欲尽杀驻藏的汉人。亏得陆军统领钟颖，率兵至拉萨，竭力保护，镇压藏番，达赖始不敢妄动。

川督尹昌衡从权委任，令钟颖为西藏行政使。后来华兵与藏人屡生冲突，英兵以保护侨商为名，进兵藏边，尹督遂电告北京，请任钟颖为办事长官，俾专责成。袁总统即如言任命。但藏番总歧视华人，随你钟长官威权并用，始终不肯就范。华兵在拉萨开会，登场演说，不知如何得罪了藏人，竟致两造决裂，激动兵戈。藏人各处响应，把华兵困住拉萨，一面分道扬镳，西侵后藏，东寇里塘。后藏的江亚，竟被陷没。里塘在打箭炉西，虽为驻藏大臣往来驿道，奈与四川省会，相距遥远，守兵寥寥无几，猝遇藏人到来，慌忙敛兵固守，飞书乞援，谁知远水难救近火，镇日里待援未至，只好弃了里塘，奔还内地。藏人既将里塘占去，复乘势欲夺巴塘，川边大震。尹都督乃自请出师，奉命允准，并加授镇抚使。

尹遂率军西征，途次接巴塘捷报，心下稍慰。又行了两三日，克复里塘的喜信，也由探马报到。原来边军统领顾占文，因里塘失守，加意防备，四处派遣心腹，暗探藏人消息。到了七月初旬，探得藏人出攻巴塘，分两路进兵，一队从大路攻击，扬旗呐喊，堂堂皇皇，一队从小路潜行，越山过岭，似偷鸡吊狗一般。藏人颇也知兵。那时顾统领察破诡谋，当即将计就计，阳遣兵截住大路，自己却带着精锐，至小路旁看定要隘，分兵四伏。藏人那里防着，只从崇山峻岭中绕越而来。大众争先恐后，毫无纪律，那边有几十人，这边也有几十人，但凭着两只脚，随路乱走，将到大朔山侧，天色将晚，遥望前面，只有参天的古木，遍地的蔓草，隐隐衔着一个夕阳，掩映满山秋色。烘染语亦不可少。此时也无暇浏览，但蓄着一股锐气，急行上前，暗想越过了山，便是巴塘，好在沿途平稳，并没有华兵拦阻，此去出其不意，攻其无备，眼见得巴塘要隘，唾手得来。

正在趾高气扬的时候，猛听得一声号炮，震得山谷俱鸣，木叶乱下，大众齐声叫道："不好了！不好了！"言未毕，已见华兵四处杀来，枪声劈拍不绝，无从躲避。大众顾命要紧，觅路四窜。巴塘也不要了。不意窜到东边，竟遇着一阵枪弹，晕倒了好多人，折回西边，又碰着一队华兵，恶狠狠地过来，好像饿鹰逐鸡，猛虎噬羊，稍稍失手，便被他打倒地上，生擒活缚的拖了过去。有几个仗着蛮力，拼命突围，总算死了一半，逃了一半。顾统领乘胜追赶，顺着路竟到里塘，里塘已虚若无人，当由顾军踹入，立将里塘收复。正拟出击大路上的藏兵，可巧藏人已闻小路败报，踉跄逃还。顾统领麾军杀出，吓得藏人没路乱跑，大路上的官军又同时赶到，一场合剿，杀死藏人数百名，只有命不该绝的藏人，才得逃脱。

顾统领即遣人告捷，当由尹都督接着，非常欣慰，遂至打箭炉驻节。打箭炉系四川西徼，为川藏往来孔道，清季已改为康定府治，蕃汉杂居，相安成俗。尹都督就此驻扎，免不得游览风景，极目遐天；偶然见了许多蛮女，丑的丑，妍的妍，两两相较，有几个姿色秀媚的蛮姝，越觉得天然丰韵，面不粉而白，口不脂而红，眉不黛而翠，更有一种苗条态度，楚楚可人，或在藤峡棘穴旁，招集三数姊妹花，着吉莫小靴，低唱蛮歌，高扬巾帕，飘飘乎若神仙中人。看官！你想这豪宕不羁的尹都督，哪能不牵入情丝，触生美感，当下搜采数姝，令充下陈，几乎把这蚕丛路，变做了鸾栖林。乐不思蜀。小子有诗咏道：

犵花獝草也风流，别有柔情足解忧。
自古英雄多好色，小蛮尚在且勾留。

藏事未了，鄂中又出有异闻。待小子下回续叙。

民国初年，为釐定法规时代，公布各法，自有专书，非本书所应殚述。但本书亦寓通俗教育，所有普通各法规，为一般人民所应略晓者，固不得不粗举一斑，揭而出之，俾阅者得助见闻，正灌输知识之嚆矢也。国会组织法，及各议员选举法，不略蒙藏，政府固为统一藩部起见，而著书人即随笔叙下，写入藏事，此又为文字中绾合之法。尹都督自请征藏，俨然有终军请缨气象，而一逢蛮女，即取充下陈，虽情场花月，无玷英雄，而于军纪上不无妨害，寓讥于褒，作者其固有隐旨乎！

第十四回　张振武赴京伏法
黎宋卿通电辨诬

却说各省的军队，自经袁总统通电裁并，给饷遣散，往往游骑无归，所在谋变。有几处尚未裁遣，即已秘密开会，再图革命，如南京驻扎的赣军、苏州的先锋三营、滦州的淮军马队、山东省城的防兵、奉天大北关外的旧混成协第三标、安徽北门外的先锋队第一营、芜湖屯驻的卢军、滁州第一团七八两连兵士，陆续哗变，幸经各处长官，立时剿抚，均归平定。

惟湖北为革命军发起地，余风未泯，喜动恶静，不但乱兵生事，甚至司令军官等，亦屡思自逞，尝谋独立。兵犹火也，不戢自焚，古人之所以三致意者在此。襄阳府司令张国荃，不服省垣编制，擅杀调查专员周警亚，拥兵为乱，经黎都督元洪派兵兜剿，国荃方自知不敌，窜向郧阳，沿途劫掠，蹂躏了好几处；复由官兵追剿，方才散逸。既而军官祝制六、江光国、滕亚纲等人又煽惑军界，托词改革政治，谋推翻军政民政二府，破坏各司，幸被黎都督察觉，即调集近卫军及警察分头缉捕，将祝、江、滕三人拿获，并搜出檄文布告、文书名册、徽章令旗、传单愿书等项，证据昭然，三犯无可抵赖，遂申行军律，一概枪毙。越日，复在汉口法租界搜获乱党多名，黎都督不欲深究，惟出示剀切劝告，并将搜出名册，立即销毁，免得株连。

未几，又报省城兵变，第一镇二协三标军士，因刘协统勒令退伍，遂致大哗，统至军械房抢夺子弹，且击毙军官二名。楚望台军械所守兵，亦闻声响应，持械出所，拦守通湘、起义二城门。黎都督闻警，亟饬各军飞往弹压，把乱兵尽行围住，一面派唐、黄两参谋，偕同黎统制，步入围中，剀切劝导，嘱将首犯指出，余均免罪，并允将刘协统撤换。乱兵方唯唯应命，当场指出首犯陈兆鳌，由黎统制饬兵缚住，讯实正法。

黎都督经此数变，自然格外小心，日夕侦察，旋闻军务司副司长张振武及将校团团长方维，潜蓄异志，煽乱各军，前次祝制六、滕亚纲的变乱，亦由张、方二人主动，遂不动声色，宣召二人入署，嘱他调查边务。二人当面不好违慢，只得惟命是从。黎都督送客出厅即密电到京，拍致袁总统。袁总统亦即复电，任张振武为蒙古调查员，张、方是心腹至交，当密商了两三次，初意欲逗留鄂中，嗣因黎都督再三促行，虽明知他是调虎离山的计策，也一时不敢发难，便向督署辞行。不怕他不入死路。黎都督当命方维随往，适合张振武本意，遂邀同方维启程北上。

嗣复潜自回鄂，更邀将校十三人，一同到京，仍与方维聚会，就京城前门外西河沿旅馆寓宿。甫隔一宵，方维等在寓安居，张振武却入城游览。不意时方晌午，突有军警百余人，闯入旅馆，径至方维寓室，辟门竟入，方维惊问何事？一语未终，已是铁链上头，将他锁住。将校等各思抗拒，当由来兵与语道："君等无罪，罪止张、方。但奉命邀君同往，一经质证，保可无事，若君等定要反抗，莫怪枪弹无情。"语至此，各拔出手枪，向将校对着，作欲击状。将校等莫不畏死，忙说是情愿同行。方维还要喧嚷，军警等毫不理睬，但将他牵入内城，拘禁军政总执法处。其余将校分别解交外城军政、执法两局。张振武尚在未知，正思回寓午餐，徐步从前门出来，刚刚望着城阃，不图兜头来了军官，猝然问道："你是张振武么？"振武方应声称"是"。那军官已将他扭住，更有兵弁过来，把他两手反缚，他连声诘问情由，军官答称："奉令前来，拿你到总执法处，你到后自有分晓。"振武无法可施，只好由他牵往。及至军政总执法处，见方维也被拘禁，越觉惊慌，正思详问颠末，那执法官已传令上堂。振武且走且呼，口中连称冤枉，但见执法官高坐堂上，拍案喝道："休要瞎闹！你自己犯法，尚称冤枉么？"振武道："我等所犯何罪？"执法官道："有黎都督电文到来，我读与你听，你且仔细听着！"黎电从此处叙出，前文妙有含蓄。语毕，即朗读黎电道：

张振武以小学教员，赞成革命，起义以后，充当军务司副司长，虽为有功，乃怙权结党，桀骜自恣，赴沪购枪，吞蚀巨款。当武昌二次蠢动之时，人心惶惶，振武暗中煽惑将校团，乘机思逞，幸该团员深明大义，不为所惑。元洪念其前劳，屡与优容，终不悛改，因劝以调查边务，规划远谟，于是大总统有蒙古调查员之命。振武抵京后，复要求发巨款设专局，一言未遂潜行返鄂。观此数语，见得京、鄂两处已密布侦探，将张、方二人行踪，探得明明白白，张、方自己尚如睡在梦中。本书前文亦未尽说明，至此方才揭出。飞扬跋扈，可见一斑。近更蛊惑军士，勾结土匪，破坏共和，倡谋不轨，狼子野心，愈接愈厉，假政党之名义，以遂其影射之谋，借报馆之揄扬，以掩其凶顽之迹，排解之使，困于道途，防御之士，疲于昼夜。风声鹤唳，一夕数惊。赖将士忠诚，侦探敏捷，机关悉破，泯祸无形，吾鄂人民，胥拜天使，然余孽虽歼，元憝未殄，当国害未定之秋，固不堪种瓜再摘；以枭獍习成之性，又岂能迁地为良？元洪爱既不能，忍又不可，回腹荡气，仁智俱穷，伏乞将张振武立予正法，其随行方维，系属同恶相济，并乞一律处决，以昭炯戒。此外随行诸人，有勇知方，素为元洪所深信，如愿归籍者，请就近酌给川资，俾归乡里，用示劝善罚恶之意。惟振武虽伏国典，前功固不可没，所部概属无辜，元洪当经纪其丧，抚恤其家，安置其徒众，决不敢株累一人。皇天后土，实闻此言。元洪藐然一身，托于诸将士之手，阘茸尸位，抚驭无才，致令起义健儿，夷为罪首，言之赧颜，思之雪涕，独行踽踽，此恨绵绵。更乞予以处分，以谢张振武九泉之灵，尤为感祷。临颖悲痛，不尽欲言。

读毕，又宣布袁大总统命令，略云：

查张振武既经立功于前，自应始终策励，以成全人。乃披阅黎副总统电陈各节，竟渝初心，反对建设，破坏共和，以及方维同恶相济。本总统一再思维，诚如副总统所谓爱既不能，忍又不可，若事姑容，何以慰烈士之英魂？不得已即著步军统领军政执法处总长，遵照办理。此令。

命令宣毕，吓得张、方两人面如土色，没奈何哀求道：“这是黎副总统冤诬我的，还求总长呈明总统，乞赐矜全。”执法官微笑道：“令出如山，还有甚么挽回，想你两人总有异谋，所以黎副总统电请大总统正法的。”言罢，即将两人绑出，同时枪毙。尚有将校十三人，一律释出，给发川资，仍令回鄂。十三人得了性命，即日离京南下，自不消说。惟张、方系革命党人，党员闻他正法，不免兔死狐悲，遂相率哗噪，声言：“张振武功大罪轻，就使逆谋昭著，亦当就地处决，何必诱他入京，立置死地，这明是内外暗合，有意苛求。”当时有杀非其道，杀非其时，杀非其地，共计三大诘难，电达全国。黎副总统几成怨府，也令秘书员撰成通电数篇，陆续发布。最后这一篇，洋洋洒洒，约有千余言，小子不忍割爱，录述如下。其文云：

连日函电纷驰，诘难群起，前电仓猝，尚未详尽。报告政府书，复未赍到，诚恐远道不察，真相愈湮，敢重述梗概，为诸公告。张振武初充军务司副长。汉阳失败，托词购枪，留函径去。当命参议丁复生，追至上海，配定式样，只限购银二十万两，乃擅拨买铜元银四十万，仅购废枪四千枝，子弹四百万，机关枪三十六枝，子弹二百万，枪械腐窳，机件残缺，有物可查，设有战事，贻害何堪设想？且除买械二十六万余外，另滥用浮报三十二万，无账二万，尚借谭君人凤五万，陈督复来电索款，均系不明用途，有账可稽，罪一；南北统一，战事告终，振武由沪返鄂，私立将校团，遣方维往各营勾串，募集六百余人，每名二十元，鄂军屡次改编，该团始终不受编制，兵站总监兵六大队，已预备退伍，伊复私收为护卫队，拥兵自卫，罪二；二月二十七日，串谋煽乱，军务部全行推倒，伊复独任方维，要挟留任，复谋杀新举正长曾广大，经元洪访查得实，始将三司长悉改顾问，罪三；冒充军统，夤夜横行，护卫队常在百人以外，沿途放枪，居民惶恐，每至都督府，枪皆实弹，罪四；护卫队屡遣解散，抗不遵命，复擅抢兵站枪枝粮饷，藐无法纪，罪五；强调铁路立中小火轮，勾串军队，夤夜来往，罪六；暗煽义勇团长梅占鳌，增加营数，诱命石龙岩往联领事团，许事成任为外交司长，该员等不为所动，谋遂无成，罪七；革命后广纳良女为姬妾，内嬖如夫人者，将及十人，叶某及鲁某，皆女学生，复伙串某报鼓吹，颠倒黑白，破坏共和，罪八；民国公校开校，当众演说，革命非数次不成，流血非万万人不止，摇动国本，骇人听闻，罪九；亲率佩枪军队，逼迫教育司，勒索学款，挟之以兵，罪十；令逆党方维，勾串已革管带李忠义，及军界祝制六、滕亚纲、姜国光、谢玉山、刘起沛、朱振鹏、江有贵、黄耀生，暨汉口土匪头目王金标，分设机关，密谋起事，并另举标统八人，伊为原动，大众皆知，虽名册已焚，祝、滕正法，刘、朱尚寄监可质，罪十一；机关破露，移恨孙武，复密遣四十人，分途暗杀，罪十二；前次所购机关枪弹，除湖北实收外，近证之蓝都督报告，接济之账，尚匿交机关枪多枝，子弹三万粒，私藏利械，图谋不轨，罪十三；此次电促赴京，实望革心向善，乃叠据侦探报告，伊以委命未下，复图归鄂，密遣党羽，预归布置，复查悉函阻将校团，不得退伍，武汉一隅，关系全局，三摘已稀，岂堪四摘！罪十四；此外索款巨万，密济党援，朘削公家，扰乱秩序，种种不法，不胜枚举。元洪荐充大总统高等军事顾问，并有蒙古调查员之命，无非追录前功，冀挽将来，犹复要索巨款，议设专局，又在上海私文屯垦事务所，月索千余元，凡此诸端，或档案具在，或实地可查，揭其本末罪状，实属无可宽容。诸公老成谋国，保卫治安，素为元洪所钦佩，倘使元洪留此大憝，贻害地方，致翻全局，诸公纵不见责，如苍生何？

顾或有谓杀非其地，杀非其时，杀非其道者，责以法理，夫复何辞？然此中委曲，尚有万不获已之衷，为诸公未悉者。武昌当革命之余，丁裁兵之会，地势冲繁，军心浮动，振武暗握重兵，潜伏租界，一经逮捕，立召干戈，既祸生灵，更酿交涉，操切偾事，谁尸其咎？况北京为民国首都，万流仰镜，初非邻省，更异敌邦，明正典刑，昭示天下，揆诸名义，似尚无妨，此不获已者一；振武席军务长之余焰，凭将校团之淫威，取精用宏，根深柢固，投鼠忌器，人莫敢撄，卷土重来，拥兵如故，狼子野心，更无纪极，前此以往，杀既不敢，后此以往，杀更不能，千里毫厘，稍纵即逝，先此不谋，噬脐何及？况谋叛民国之犯，果有确据，随时皆可掩捕，此不获已者二；振武分遣党羽，密布机关，奸谋败露，应命赴京，更怀疑惧，居则佩刀盈室，出则荷枪载途，京鄂之使，不绝于道，心机叵测，消息灵通，一电遥飞，全国窥变，联电请求，举兵要挟，虽有国典，亦无所施，况振武现参军政，遥领兵权，绳以军法，洵为允当，且北京军事裁判，尚未完全，南中军法会议，已非一次，询谋佥同，始敢出此，此不获已者三。

元洪数月以来，踌躇再四，爱功忧乱，五内交萦，回肠九转，忧心百结，宁我负振武，无振武负湖北，宁取负振武罪，无取负天下罪，封臂疗身，决蹯卫命，冒刑除患，实所甘心。夫汉高、明太，皆以自图帝业，屠戮功臣，越践、吴差，皆以误信谗言，戕害善类，藏弓烹狗，有识同悲。至若怀光就戮，史不论其寡恩，君集被擒，书不原其战绩，矧共和之国，同属编氓，但当为民国固金瓯，不当为个人保铁券。元洪念彼前劳，未忍悉行诛罚，安此反侧，复未稍事牵连，遂致日前两电，词多含蓄，迹似虚诬，又何怪诸公义愤之填胸，而责言之交耳也？伏思元洪素乏丰功，忝窃高位，爱民心切，驭将才疏，武汉蠢动，全楚骚然，商民流离，市廛凋敝，损失财产，几逾巨万，养痈成患，责在藐躬，亡羊补牢，泣将何及？洪罪一也；洪与振武，相从患难，共守孤城，推食解衣，情同骨肉，乃恩深法弛，背道寒盟，瘏口罔闻，剖心难谅，首义之士，忍为罪魁，同室弯弓，几酿巨祸，洪实凉德，于武何尤？追念前功，能无陨涕，洪罪二也；国基初定，法权未张，凡属国民，应同维护，乃险象环生，祸机迫切，因养指失肩之惧，为枉寻直尺之谋，安一方黎庶之心，解天下动庸之体，反经行政，贻人口实，洪罪三也。有此三罪，十死难辞，纵诸公揆诸事实，鉴此苦衷，曲事优容，不加谴责，犹当跼天蹐地，愧悔难容；况区区此心，不为诸公所谅乎？溯自起义以来，戎马仓皇，军书旁午，忘餐废寝，匆匆半年，南北争议，亲历危机，蒙藏凶顽，频惊噩耗；重以骄兵四起，伏莽潜滋，内谨防闲，外图排解；

戒严之令，至再至三，朽索奔驹，幸逾绝险。积劳成疾，咯血盈升，俯仰世间，了无生趣。秋荼尚甘，冻雀犹乐，顾瞻前路，如蹈深渊，自时厥后，定当退避贤路，伫待严谴，倘有矜其微劳，保此迟暮，穷山绝海，尚可栖迟，汉水不波，方城如故，虽死之日，犹生之年。世有鬼神，或容依庇，百世之下，庶知此心。至张振武罪名虽得，劳勚未彰，除优加抚恤，赡其母使终年，养其子使成立外，特派专员，迎柩归籍，乞饬沿途善为照料，俟灵柩到鄂，元洪当躬自奠祭，开会哀悼，以慰幽魂。并拟将该员事略，荟萃成书，请大总统宣示天下，俾晓然于功罪之不掩，赏罚之有公，斗室之内，稍免疚心。泉台之下，或当瞑目。临风悲结，不暇择言，瞻望公门，尚垂明教！

这电发出，张振武罪状确凿，就是他的同党，也不能替他强辨，渐渐地群喙屏息了。小子有诗叹道：

有功宜赏罪宜诛，不杀奸人曷伏辜？
试看鄂中传电后，胪陈劣迹岂全诬？

谣言既靖，京鄂无惊，前总统孙中山，由沪赴京，又有一番热闹的情形，且至下回再叙。

张振武首犯也，方维从犯也，张、方二人之被杀，后人多归狱袁、黎，亦以袁为主动，黎为被动。然观黎督通电，则张振武之劣迹昭彰，固有应杀之罪。方维虽附和党同，宜从末减，然除恶未尽，适为后患，杀之亦是也。他人徒阿徇所好，必以袁好杀，黎滥杀，目为寻仇诬陷，顾何以黎电传布，历述振武十四罪状，而他人不能为之一一辩驳乎？周公杀管、蔡，且无损元圣之名，于袁、黎乎何尤焉？故本回全录黎电，以见张、方之当诛，不得以此强诬袁、黎，论人必公，吾于此书见之。

第十五回　孙黄并至协定政纲
陆赵递更又易总理

却说孙文卸职后，历游沿江各省，到处欢迎，颇也逍遥自在。嗣接袁总统电文，一再相招，词意诚恳，乃乘车北上，甫到都门，但见车站两旁，已是人山人海，拥挤不堪。几乎把这孙中山吓了一惊。嗣由各界代表，投刺表敬，方知数千人士，都为欢迎而来。他不及接谈，只对了各界团体，左右鞠躬，便已表明谢忱。那袁总统早派委员，在车站伺候，既与孙文相见，即代达老袁诚意，并已备好马车，请他上舆。孙文略略应酬，便登舆入城。城中亦预备客馆，作为孙文行辕。孙文住了一宿，即往总统府拜会。袁总统当即出迎，携手入厅。彼此叙谈，各倾积愫。一个是遨游海外的雄辩家，满望袁项城就此倾诚，好共建共和政体；一个是牢笼海内的机谋家，也愿孙中山为所利用，好共商专制行为。两人意见，实是反对，所以终难融洽。因此竭力交欢，几乎管、鲍同心，雷、陈相契，谈论了好多时，孙文才起身告别。次日，袁总统亲自回谒，也商议了两三点钟，方才回府。嗣是总统府中，屡请孙中山赴饮，觥筹交错，主客尽欢，差不多是五日一大宴，三日一小宴的模样。好一比拟，就老袁一方面，尤为切贴。席间所谈，无非是将来的政策。

老袁欲任孙为高等顾问官，孙文慨然道："公系我国的政治家，一切设施，比文等总要高出一筹，文亦不必参议。但文却有一私见，政治属公，实业属文，若使公任总统十年，得练兵百万，文得经营铁路，延长二十万里，那时我中华民国，难道还富强不成吗？"孙中山亦未免自夸。袁总统掀髯微笑道："君可谓善颂善祷。但练兵百万，亦非容易，筑造铁路二十万里，尤属难事，试思练兵需饷，筑路需款，现在财政问题，非常困难，专靠借债度日，似这般穷政府，穷百姓，哪里能偿你我的志愿呢？"孙文亦饶酒意，便道："天下事只怕无志，有了志向，总可逐渐办去。我想天下世间，古今中外，都被那'银钱'二字困缚住了。但银钱也不过一代价，饥不可食，寒不可衣，不知如何有此魔力？假使舍去银钱，令全国统用钞票，总教有了信用，钞票就是银钱，政府不致竭蹶，百姓不致困苦，外人亦无从难我，练兵兵集，筑路路成，岂不是一大快事么？"袁总统徐徐答道："可是么？"

孙文再欲有言，忽有人入报道："前南京黄留守，自天津来电，今夕要抵都门了。"袁总统欣然道："克强也来，可称盛会了。"克强系黄兴别号，与孙文是第一知交，孙文闻他将到，当然要去会他，便辍酒辞席，匆匆去讫。袁总统又另派专员，去迓黄兴。至黄兴到京，也与孙中山入都差不多的景象，且与孙同馆寓居，更偕孙同谒老袁，老袁也一般优待，毋庸絮述。惟孙、黄性情颇不相同，孙是全然豪放，胸无城府，黄较沉毅，为袁总统所注目，初次招宴，袁即赞他几经革命，百折不回，确是一位杰出的人物。袁之忌黄，亦本于此。黄兴却淡淡地答道："推翻满清，乃我辈应尽的天职，何足言功？惟此后民国，须要秉公建设方好哩。"袁又问他所定的宗旨，黄兴又答道："我国既称为民主立宪国，应该速定宪法，同心遵守，兴只知服从法律，若系法律外的行为，兴的行止，惟有取决民意罢了。"后来老袁欲帝，屡称民意，恐尚是受教克强。老袁默然不答。黄兴窥破老袁意旨，也不便再说下去。

到了席散回寓，便与孙文密议道："我看项城为人，始终难恃，日后恐多变动，如欲预为防范，总须厚植我党势力，作为抵制。自唐内阁倒后，政府中已没有我党人员，所恃参议院中，还有一小半会中人，现闻与统一共和党双方联络，得占多数，我意拟改称国民党，与袁政府相持。袁政府若不违法，不必说了，倘或不然，参议院中得以质问，得以弹劾，他亦恐无可奈何了。"黄兴却亦善防，哪知老袁更比他厉害。孙文绝对赞成。当由黄兴邀集参议员，除共和党外，统与他暗暗接洽。于是同盟会议员及统一共和党议员，两相合并，共改名国民党。一面且到处号召，无论在朝在野，多半邀他入党。

袁总统正怀猜忌，极思把功名富贵笼络孙、黄两人，先时已授黄兴为陆军上将，与黎元洪、段祺瑞两人同日任命，且因孙文有志筑路，更与商议一妥当办法，孙意在建设大公司，借外债六十万万，分四十年清还。袁总统面上很是赞成，居然下令，特授孙文筹划全国铁路全权，一切借款招股事宜，尽听首先酌夺，然后交议院议决、政府批准等情。嗣复与孙、黄屡次筹商，协定内政大纲八条，并电询黎副总统，得了赞同的复词，乃由总统府秘书厅通电宣布。其文云：

民国统一，寒暑一更，庶政进行，每多濡缓，欲为根本之解决，必先有确定之方针。本大总统劳心焦思，几废寝食，久欲联合各政党魁杰，捐除人我之见，商榷救济之方。适孙中山、黄克强两先生先后莅京，过从欢洽，从容讨论，殆无虚日，因协定内政大纲；质诸国院诸公，亦翕然无间。乃以电询武昌黎副总统，征其同意，旋得复电，深表赞成。其大纲八条如下：

（一）立国取统一制度。（二）主持是非善恶之真公道，以正民俗。（三）暂时收束武备，先储备海陆军人才。（四）开放门户，输入外资，兴办铁路矿山，建置钢铁工厂，以厚民生。（五）提倡资助国民实业，先着手于农林工商。（六）军事、外交、财政、司法、交通，皆取中央集权主义；其余斟酌各省情形，兼采地方分权主义。（七）迅速整理财政。（八）竭力调和党见，维持秩序，为承认之根本。

此八条者，作为共和、国民两党首领与总揽政务之大总统之协定政策可也。各国元首与各政党首领，互相提携，商定政见，本有先例。从此进行标准，如车有辙，如舟有舵，无旁挠，无中专，以阻趋于国利民福之一途，中华民国，庶有豸乎！此令。

政纲既布，孙文以国是已定，即欲离京，便向袁总统辞行，启程南下。独黄兴尚有一大要事，不能脱身，因复勾留都门，稽延了好几日。看官！道是何事？原来陆总理征祥，屡次请假，不愿到任，袁总统以总理一职关系重大，未便长此虚悬，遂与黄兴谈及，拟任沈秉坤为国务总理，否则或用赵秉钧。注意在赵。沈曾为国民党参议，黄兴因他同志，颇示赞成。旋与各党员商议，各党员言："沈初入党，感情未深，且系过渡内阁，总理虽是换过，阁员仍是照旧，若为政党内阁起见，须要全数改易，方可达到目的，若只得一孤立无助的总理，济甚么事？"黄兴听到这番言语，很觉有理，遂搁过沈秉坤，提及赵秉钧。赵是个极机警的朋友，当唐绍仪组阁时，他一面巴结袁总统，一面复讨好唐总理，竟投入同盟会中，做一会员。有此机变，所出后成宋案。黄兴明知他是个骑墙人物，但颇想因这骑墙二字，令他两面调停，免生冲突，所以也有意异他上台。中了人家的诡计。各党员恰表赞同，乃共同议决，由黄兴转告老袁，袁得此信息，暗暗心喜，遂将赵秉钧的大名开列单中，赍交参议院，表决国务总理的位置。院中议员，国民党已占了大半，还有一小半共和党，就使反对赵秉钧，也何苦投不同意票，硬做对头，因此投票结果，统是"同意"二字，只有两票不同意。这两票可谓独立。总理决议复咨袁总统，袁总统即正式任命，所有阁员，毫不变动。惟外交总长，初拟陆总理自兼，至此陆已解职，另选一个梁如浩，也得由参议院通过，令他任职。

黄兴乘势遍说各国务员，邀入国民党。司法总长许世英、农林总长陈振先、工商总长刘揆一、交通总长朱启钤，均填写入国民党愿书。教育总长范源濂本隶共和党，至是闻黄兴言，左右为难，乃脱离共和党籍，声明不党主义。财政总长周学熙亦赞成国民党党纲，惟一时未写愿书。黄兴又进告袁总统，劝他做国民党领袖。看官！你想这老袁心中，本与国民党有隙，令他入党，分明是一桩难事，但又不好当面决绝，左思右想，得了一个法儿，先遣顾问官杨度入党，阴觇虚实。

那杨度别号晳子，籍隶湖南，是个有名的智多星。他在前清时代，戊戌变法，常随了康有为、梁启超等，日谈新政，康、梁失败，亡命外洋，他也逃了出去，与康、梁等聚作一堆，开会结社，鼓吹保皇。到了辛亥革命，乘机回国，得人介绍，充总统府的顾问。特别表明，为后文筹安会张本。他仗着一张利口，半寸机心，在总统府中厮混半年，大受老袁赏识。就是从前蔡使到京，猝遭兵变，也是杨皙子暗中主谋，省得老袁为难。此番又受了老袁密嘱，令入国民党，他比老袁还要聪明，先与国民党中人往来交际，讨论党纲。国民党员抱定一个政党内阁主义，杨度矍然道："诸君的党纲，鄙人也是佩服，但必谓各国务员，必须同党，鄙意殊可不必。试想一国之间，政客甚多，有了甲党，必有乙党，或且有丙党丁党，独中央政府，只一内阁，如必任用同党人物，必难久长。用了甲党，乙党反对，用了乙党，甲党反对，还有丙党丁党，也是不服。胶胶扰扰，争讼不休。政策无从进行，机关必然迟滞，实是有弊少利，还须改变方针为是。"国民党员不以为然。杨度又道："诸君倘可通融，鄙人很愿入党，若必同执成见，鄙人也不便加入呢。"国民党员不为所动，竟以"任从尊便"四字相答。杨度乃返报袁总统，袁总统道："且罢，他有他的党见，我有我的法门，你也不必去入他党了。"用软不如用硬。

黄兴闻老袁不肯入党，却也没法，只在各种会所，连日演说，提倡民智。袁总统尝密遣心腹，伪作来宾，入旁听席，凡黄兴所说各词，统被铅笔记录，呈报老袁。老袁是阳托共和，阴图专制，见了各种报告，很觉得不耐烦，嗣后见了黄兴，晤谈间略加讥刺。就是赵内阁及各国务员，形式上虽同入国民党，心目中恰只知袁总统，总统叫他怎么行，便怎么行，总统叫他不得行，就不得行，所以总统府中的国务会议，全然是有名无实。后来各部复派遣参事司长等，入值国务院，组织一委员会。凡国务院所有事务，都先下委员会议，于是国务总理及国务员，上承总统指挥，下受委员成议，镇日间无所事事，反像似赘瘤一般。想是乐得快活。

时人谓政党内阁，不过尔尔。黄兴也自悔一场忙碌，毫无实效，空费了一两月精神，遂向各机关告辞，出都南下。及抵沪，沪上各同志联袂相迎，问及都中情形，兴慨然道："老袁阴险狠鸷，他日必叛民国，万不料十多年来，我同胞志士，抛掷无数头颅，无数颈血，只换了一个假共和，恐怕中华民国从此多事，再经两三次革命，还不得了呢。"黄克强生平行事，未必全惬舆情，但逆料老袁，确有特识。各同志有相信的，有不甚相信的，黄兴也不暇多谈，即返长沙县省亲。湘中人士拟将长沙小南门改名黄兴门。黄兴笑道："此番革命，事起鄂中，黎黄坡系是首功，何故鄂中公民未闻易汉阳门为元洪门呢？"辩驳甚当，且足解颐。湘人无词可答。不料过了两日，"黄兴门"三字，居然出现，兴越叹为多事。会值国庆日届，袁总统援议院议决案，举行典礼，颁令酬勋。

孙文得授大勋位，黄兴得授勋一位，嗣复命兴督办全国矿务，兴又私语同志道："他又来笼络我呢。"正是：

雄主有心施驾驭，逸材未肯就牢笼。

黄兴事且慢表，下回叙国庆典礼，乃是民国周年第一次盛事，请看官再阅后文。

孙、黄入京，为袁总统延揽党魁之策，袁意在笼络孙、黄，孙、黄若入彀中，余党自随风而靡，可以任所欲为，不知孙、黄亦欲利用老袁，互相联络，实互相猜疑。子舆氏有言：“至诚而不动者，未之有也，不诚而能动者，亦未之有也。”袁与孙、黄，彼此皆以私意交欢，未尝推诚相待，安能双方感动乎？黄克强推任赵内阁，尤堕老袁计中，赵之入国民党，实为侦探党见而来，各国务员亦如之，黄乃欲其离袁就我，误矣。总之朝野同心，国必治，朝野离心，国必乱，阅此回可恍然于民国治乱之征矣。

第十六回　祝国庆全体胪欢
窃帝号外蒙抗命

却说武昌起义的时期，为阴历辛亥年八月十九日，就是阳历十月十日，民国既改用阳历，应以十月十日为纪念日。袁总统当将是案咨询参议院，经各议员议决，以阳历十月十日为国庆日。南京政府成立，系阳历正月一日，北京宣布共和，系阳历二月十二日，两日为纪念日，均举行庆典。每岁届国庆日，即双十节。应举行各事如下：

（一）放假休息。（二）悬旗结彩。（三）大阅。（四）追祭。（五）赏功。（六）停刑。（七）恤贫。（八）宴会。

民国元年十月十日，国庆期届，即举行庆祝礼，是日改大清门为中华门，门外高搭彩楼一座，内悬清隆裕太后退位诏旨，赵总理秉钧派内外两厅丞，作为代表，行中华门开幕礼。各署各团体代表均到场庆祝，兴高采烈，旗鼓扬休。一面在祈年殿建设祭坛，追祭革命诸先烈，由赵总理代表总统，临坛主祭。祭仪概照新制，祭文仍仿古体，其文云：

维民国元年十月十日，临时大总统袁世凯，谨遣代表赵秉钧，具牺牲酒醴，致祭于革命诸先烈曰："荆高之殁，我武不扬，沉沉千载，大陆无光。时会既开，国风丕变，帝制告终，民豪聿见，神皋万里，禹迹所区，谁无血气，忍此濡需？矫首仰天，龙飞海啸，雷震电激，日月清照。蹉跎不遂，委骨荒埏，壮心未已，毅魄长留，嗟我新民，毋忘前烈！煜煜国徽，自由之血。革故既终，鼎新伊始，灵爽既昭，勗哉君子！尚飨。"

祭毕退班，再由袁大总统亲行阅兵礼。兵队共到一万二千名，拱卫军六千，禁卫军三千，游缉队一千，补充队一千，就总统府门外设台。袁总统戎服佩刀，登台兀立，所有陆军总长以下，统在台下站定。各军士由东辕进，从西辕出，行列井井，毫不凌乱。历一时许，各队俱已过去，袁总统方才下台，入府休息。各员均退至国务院，国务院中设茶话会，就厅前搭一彩棚，饰以松柏，下列几案数十，茶点齐备。参议院议员、各行政机关上级官吏、各省代表、中外新闻记者及京城著名绅董等，均就席与会。就是各国公使及外宾，亦乘兴参观。还有内蒙古活佛章嘉及甘珠尔瓦两呼图克图，呼图克图为大喇嘛名号，亦作胡克图，蒙、藏、青海皆有之。时适来京谒见总统，因亦得列入会中。

可巧天朗气清，日高秋爽，宾僚联翩戾止，端的是国门集祜，全体胪欢。既而日光晌午，客兴犹浓，院中备有午席，便请大众同餐，饮的是旨酒，吃的是佳肴，虽称是寻常筵席，计算代价，差不多要费千金。里面虽是奇穷，外面总要阔绰。午后席散，宾僚陆续回去，那军警两界，却来继续宴会，夜餐又有数十席，统吃得醉饱欢呼，无情不惬。

前门外的琉璃厂工艺局一带地方，独辟一个共和纪念会场，乃是革命党人发起，会场左右门及正门，均扎松花牌楼，场内亦有彩棚数处，内设陈列馆、运动场、演剧场等。陈列馆内的物品系革命时的图印旗帜、衣服关防文件及诸烈士生前死后的照像。运动场内，施演竞走诸技。

演剧场内，所演皆革命新剧。场中并设祭坛，供祀诸先烈牌位。最精雅的，是用五彩扎成，叠起一座黄鹤楼，高接云表，蔚为大观。无非皮相。除初十日正式会外，复继续开会两日。十一日章嘉活佛到会，令随从喇嘛讽经，追荐先烈。夜间有会员组织提灯会，备办各种花灯，募集青年童子，提灯出游，前导军乐，后护马队。先至中华门行鞠躬礼，嗣由大街直赴天坛，适四川公会，亦制成方式白灯，上书川省诸先烈姓名，同时并至。双方至天坛会齐，大放烟火。霎时间烟焰冲霄，就火光里面，现出各种革命战剧，仿佛枪林弹雨，依稀楚界汉河。大众见所未见，诧为奇逢，无论男女老幼，一时麇集，几乎满城不夜，举国若狂，小子也说不胜说。

惟袁总统以民国创造，煞费经营，除追祭先烈外，所有留在的伟人，理应旌赏，特授前总统孙文，副总统黎元洪大勋位，唐绍仪、伍廷芳、黄兴、程德全、段祺瑞、冯国璋，均勋一位，孙武勋二位，给国务总理一等嘉禾章，各部总长二等嘉禾章。外如各省都督民政长及民国有功人士，都酌给勋章，或陆军衔秩有差。只闻赏功，未闻恤贫，总是百姓吃亏。且以武昌为起义地，特派代表朱庆澜，先日赴鄂，致祭先烈。参议院代表汤化龙与朱同行。

既到武昌，巧值各省都督也有代表派来，就前清万寿宫改设会场，踵事增华，不亚首都。但见场中陈设，光怪陆离，彩楼广筑，四围组不老之松，巨额高悬，数字织长青之柏，还有五色电灯，五彩花朵，掩映增光，排叠成锦，中供诸烈士牌位，由各代表排班致祭。黎副总统早派代表蔡济民，主持一切，祭礼告备，先后宣读祭辞，全场行三鞠躬礼。至奏过军乐，才行散班，统赴宴会场就宴。

还有一种特别的纪念，系是从前受伤的军士，尚在病院养痾，至是令各穿军服，佩挂黄绫，标明姓氏，及某战受伤，伤在某处等字样，舁以彩扎椅轿，导以军乐，游行全城，俾士民参观，感念不忘。黎副总统又有一篇演说辞，浼蔡济民在场宣读，大致是："共和未奠，责在后死。"说得非常痛切，小子因纸短言长，不遑殚述，看官如欲览全文，请向黎副总统文牍中随时披阅，好在坊间都有专书出售，不烦小子费手了。可略即略，免惹人厌。

武昌以外，要算上海，此外各省，亦无不同时庆祝，随处悬着五色旗，各地挂着五彩灯，都道是五族一家，普天同庆。极盛难继，为之奈何？哪知西藏的独立并未取消，外蒙古的独立非但不肯取消，且居然在库伦地方设立政府，推哲布尊丹巴为帝，改元共戴，立起一个蒙古帝国来。蒙古立国，成吉思汗有灵，恰也心慰，可惜国不成国，几同瞎闹。这哲布尊丹巴系是何人？就是外蒙教主，居住库伦，向来扬名中外的活佛。活佛本没有甚么枭雄，而且双目失明，差不多是个无知动物，不是活佛，直是死佛。惟他的妻室扣肯儿具有三分姿色，心中又是多生一窍，格外比蒙人聪明。就中有个亲王杭达多尔济，素出入活佛帐中，与佛妻扣肯儿，很是莫逆。大约是结欢喜缘。扣肯儿哄动活佛，把政权委任杭达，杭达得了重权，遂主张联络俄人，反抗中国。俄政府正窥伺蒙古，得了这个消息，格外心欢，当将国中土产，遗赠活佛及杭达，连扣肯儿处也特地进送一份。活佛等自然惬意，便遣杭达至俄京，道达谢忱。俄政府又甚表欢迎，至杭达返至库伦，巧值武汉革命，当即怂恿活佛，宣布独立，并逐去清办事大臣三多。

辛亥年十一月十日，活佛哲布尊丹巴在库伦举行正式即位礼，自称皇帝，建元共戴，比袁皇帝著了先鞭。也仿袭前清官制，分设各都，并置内阁总理。总理一缺，本拟任杭达亲王，因杭达通晓外事，改任外部，别用松彦可汗为总理。松彦可汗本名海珊，系东蒙喀尔沁旗人，曾犯案奔俄，熟习俄语，嗣至库伦，为杭达所引用，又令陶什陶总统军事。陶什陶系东三省著名胡匪，东省悬赏缉捕，他遁入俄境，辗转至库伦，杭达闻他善战，因荐握军权。此外还有图什公、崔大喇嘛、达赖贝子、那木萨赖公等，分掌部务。统是一班好脚色。并聘俄员里斯克拂为军事顾问官，寻复延俄人马司哥顿为财政顾问官，一切措置，惟俄是从。一面派人游说各旗，劝令附和外蒙，喀尔喀四部本归活佛管辖，当然服从。惟内蒙、东蒙、西蒙诸王公，与中国感情较密，尚未肯尽附外蒙。

杭达亲王闻中国革命，将还罢手。南北有议和消息，恐和议成后，必加诘责，不如预先布置，结俄为援，当下呈明活佛，自充正使，另派奚林丹定亲王为副，带了贡献物品，起程赴俄。俄政府闻他到来，格外厚待，特派外部人员萨沙诺夫殷情招接，并导他谒见俄皇。俄皇下座慰劳，握手言欢。好买卖来了！杭达即敬献金佛一尊，名马十头，作为贽仪。蒙古地图，何不尽行献出？俄皇收受后，再命外交大臣，陪他筵宴。席间谈及外蒙独立情形，当由杭达当面请求，一是要俄国接济军械，二是要俄国借给款项。萨沙诺夫一一承认，且愿为代致中国，通告北京政府，提出蒙古独立，不准中国干涉。杭达喜欢得了不得，恨不得在萨沙诺夫前拜跪下去，磕着几个响头，还是向扣肯儿前磕头，却赠你特别禁脔。若对俄外部磕头，简直是要你的命。于是谢了又谢。萨沙诺夫果有信实，一俟杭达等离俄，即电致驻华俄使，转达北京政府，提出三大要求，列款如下：

> （一）中国许蒙古完全行政主权。（二）蒙古地方，中国不得驻兵设官及开垦。（三）抚慰此次服兵之华人。

140. 这时候的中华民国，方在草创，南北尚未统一，自然无暇答复。至袁世凯就任总统，杭达已回库伦，当由蒙古国内阁大臣名义，电达北京，布告正式独立，并贺袁总统就任。袁总统得电后，两复活佛，劝令取消。活佛也两复袁总统，一说是业经自主，如何取消？二说是请商诸邻邦，杜绝异议。袁总统以“邻邦”二字，分明是指俄罗斯，拟俟内事粗定，再与俄人协商。哪知活佛一方面，竟煽动西蒙各旗，攻占科尔多，复嗾使东蒙各旗，攻占呼伦城，且勾通科尔沁右翼前旗札萨克郡王乌泰，称兵内犯，侵扰洮南府。袁总统乃飞饬东三省各都督，派兵出剿。一场鏖战，始将乌泰逐窜索伦山，随即下令革去乌泰世爵，另任镇国公衔鹏束克，署理札萨克。

惟对于内外蒙古，仍用羁縻手段。国庆期内，内蒙活佛章嘉与甘珠尔瓦呼图克图翊赞共和，入京觐见；袁总统特别优待，即加封章嘉徽号，用“宏济光明”四字，且准他沿用前辈所得黄轿九龙坐褥，并赏穿带膝貂褂，特给银一万圆。甘珠尔瓦呼图克图也得邀封“圆通善慧”名号，赏穿带膝貂褂，赏银与章嘉活佛同例。内蒙各旗，总算被袁总统笼络住了。老袁无非此术。袁总统又令蒙藏事务局总裁贡桑诺尔布，致书内外蒙古及前后西藏，劝他归附民国，同造共和。前藏达赖喇嘛恰也乖巧，暗思尹昌衡驻扎川边，巴塘、里塘等处得而复失，不如暂行答复，阳奉阴违为是，当下复函通款，声言内附。当经袁总统还给封号，仍封为诚顺赞化西天大善自在佛。接连是东蒙古十旗王公，也函复政府，愿发起蒙旗会议，解释共和真理，藉泯猜嫌。袁总统闻报，特派蒙古科尔沁亲王、兼任参议员阿穆尔灵圭及吉林都督陈昭常、东三省宣抚使张锡銮，相偕赴会，会所在长春道署，各旗王公陆续到来，统共得四十人。会议了三四天，当由政府三委员，提出意见如下：

（一）请各王公赴各本旗劝慰，力陈五族共和之利益。（二）请内外蒙务即取消独立。（三）如能效忠民国，或从事宣慰，蒙古早日取消独立者，由政府格外奖叙。（四）请各王公宣告民国对于蒙古固有权利，概不剥夺。（五）凡蒙古所借外债，均归民国担保归还。

五条以外，还有议案十条，亦开列下方：

（甲）蒙边要隘地点，许政府派兵镇驻。（乙）蒙王无论向何国借款，非经中央政府允准，不得实行。（丙）取消独立后，请大总统颁发特别优待蒙人条件。（丁）蒙人不准私将产业抵押外人，以保领土。（戊）蒙人举办新政，准由政府许可。（己）创办华蒙联合会，以敦感情。（庚）组织蒙文报，以开民智。（辛）蒙人改用五色国旗，以符国体。（壬）蒙人应遵民国法律。（癸）蒙人练兵所需枪械，概由各省都督代购，不准私运。

各旗王公，均表同情。政府三委员返报袁总统，满望从此进行，得将蒙、藏两大部收归宇下，实践五族一家的本旨。不意十一月九日，竟由驻京俄使，来了一个照会，说是正式通告。外交部接着，慌忙展阅，不瞧犹可，瞧着这照会中的全文，几把那外交总长梁如浩，吓得瞠目伸舌，险些儿成了痴呆病。小子有诗叹道：

莫言世界尽强权，胜负只争一着先。
试忆中西交涉事，昧机多半是迁延。

毕竟照会中有何紧要，且至下回交代。

民国第一届国庆日，举行祝典，号称极盛，自是而后，逐年减色，至民国四年双十节，袁氏欲行帝制，竟停止庆祝宴会。外人谓吾中国人，只有五分钟热诚。即以逐年之国庆日观之，已可觇华人程度。彼美利坚之七月四日，法兰西之七月十四日，全国庆祝，迄今犹昔，何吾国人之有初鲜终，一至于此乎？若夫蒙、藏两区为英、俄二国所播弄，向背靡常，反复不一，而袁氏且只事羁縻，仍袭用前清迁延政策。迨至一纸飞来，全国惊诧，始悔前此因循之失计，不亦晚乎？特揭之以儆将来。

第十七回　示协约惊走梁如浩
议外交忙煞陆子欣

却说驻京俄使，致照会与外交部，看官！道是何等公文？乃是数条俄蒙协约。其文云：

前因蒙人全体宣告，决意欲保存其国于历史上原有之治体，故华官华军被迫退出蒙古境外，哲布尊丹巴被推为蒙古人之君主。前此之中蒙关系，于是断绝。现在怀念以上所述之事，并念俄、蒙人民历年彼此和好之睦谊，且鉴于正确指定俄、蒙通商之必要，兹由全权俄使廓索维慈，与各全权蒙使，订定下开各款：

（一）俄政府愿帮助蒙古，俾得保存其所设之自治制度，与主有蒙古人军队之权利，及不许华兵入其领土，华人殖居其地之权利。

（二）蒙古君主与蒙古政府，仍往日之旧愿，于其主有之境内，准俄民与俄国商务，享附约内开之各种权利利益，又允此后他国人民之在蒙古者，如给以权利，不得多过俄民所享有者。

（三）倘蒙古政府，鉴于有与中国及其他别国，订立条件之必要，此项新约，无论若何，不得侵犯本约及附约内开各款，非有俄政府之允许，亦不得修正之。

（四）本协约自画押日起，发生效力。

据这四条约文，简直是将蒙古地方完全为俄人势力圈，并与中华民国绝对脱离关系，还有附约十七条，更将蒙古种种利益，统为俄人所享有，小子本不愿再录，因关系国际上的大交涉，并以后迭经磋议，俄人终未肯取消协约，以致外蒙问题，始终未有结果，这是我中华民国的国耻，不能不录述全文。我国民听者！附约云：

第一条，俄人在所有蒙古各地，得自由居住移动，并经理商务制作及其他各事项。且得与各个人各货行及俄国、蒙古、中国暨其他各国之公私处所往来，协定办理各事。

第二条，俄人无论何时，将俄国、蒙古、中国暨其他各国出产制作各货运出运入，免纳出入口各税，并自由贸易。无论何项税课捐，概免交纳。

第三条，俄国银行，得在蒙古开设分行，与各个人、各处所、各公司会社，办理各种款目事项。

第四条，俄人可用现钱买卖货物，或互换货物，并可商明赊欠。惟蒙古各王旗，及蒙古官帑，不能担负私人借款。

第五条，蒙古政府不得阻止蒙人、华人与俄人往来，约定办理各种商业；并不得阻止其在俄人处服役。又蒙古域内，无论何种公私公司会社，或各处所，各个人，皆不得有商务制作专卖权。惟未定此约以前，已得蒙古政府许可，于定限未满前，仍得保存其权利。

第六条，俄人得在蒙古境内，约定期限，租买地段，建造商务制作局厂，或修筑房屋铺户货栈，并租用闲地开垦耕种，惟不得以之作谋利之举。即买而转卖，所谓投机事业者是。此种地段，必须按照蒙古现有规例，与蒙古政府妥商拨给。其教务牧场地段，不在此例。

第七条，俄人得与蒙古政府协商，关于享用矿产森林渔业，及其他各事业。

第八条，俄国政府得与蒙古政府协商，向须设领事之处，派设领事。

第九条，凡有俄国领事之处，及有关俄国商务之地，均可由俄国领事，与蒙古政府协商，设立贸易圈，以便俄人营业居住，且专归领事管辖。无领事之处，归俄国各商务公司会社之领袖管辖。

第十条，俄人得自行出款，于蒙古各地及自蒙古各地至俄国边各地，设立邮政，运送邮件货物。此事与蒙古政府协商办理，如须在各地设立邮站，以及别项需用房屋，均须遵照此约第六条定章办理。

第十一条，俄国驻蒙古各领事，如须转递公件，遣派信差，或别项公事需用时，可用蒙古台站，惟一月所用马匹，不过百只，骆驼不过三十只，可勿给费。俄领事及他办公员，亦可由蒙古台站行走，偿给费用。其办理私事之俄人，亦得享此利益，惟应偿费用，须与蒙古政府商定。

第十二条，凡自蒙古域内，流至俄国境内各河，及此诸河所受之河流，均准俄人航行，与沿岸居民贸易。俄政府且帮助蒙古政府，整理各河航路，设置各项需用标识等事。蒙古政府当遵照此约定章，于此河沿岸，拨给停船需用地段，以为建筑码头货栈，及预备柴木之用。

第十三条，俄人于运送货物，驱送牲只，得由水陆各路行走，并可商允蒙古政府，由俄人自行出款，建筑桥梁渡口，且准其向经过桥梁渡口之人，索取费用。

第十四条，俄人牲只于行路时，得停息喂养，如停留多日，地方官并须于牲只经过路程，及有关牲只买卖地点，拨给足用地段，以作牧场。如用牧场过三月之久，即须偿费。

第十五条，俄国沿界居民，向在蒙古地方，割草渔猎，业经相沿成习。嗣后仍照旧办理，不得稍有变更。

第十六条，俄人与蒙人、华人往来，约定办理之事可用口定，或立字据，其立约之人，应将契约送至地方官查验，地方官见有窒碍，当从速通知俄领事，互商公判。总之关于不动产事件，务当成立约据，送往蒙古该管官吏，及俄国领事处，呈验批准，始生效力。如遇有争议，先由两造推举中人，和平解决，否则由会审委员会判决。会审委员会，分常设、临时两项，常设会审委员会，于俄领事驻在地设置之，以领事或领事代表及外蒙古政府之代表，有相当阶级者组织之。临时会审委员会，于未设领事之处，酌量事件之紧要，始暂开之。以俄领事代表，及被告居留或所属蒙旗之蒙古代表组织之。会审委员会可招致蒙人、华人、俄人为会审委员会之鉴定人。会审委员会之判决，如关于俄人者即由俄领事执行，其关于蒙人、华人者，由被告所属或所居留之蒙王执行之。

第十七条，本约自盖印日起，即发生效力，约章用俄、蒙两文作成二份，互行盖印，在库伦互行交换。

外交总长梁如浩模模糊糊地看了一会，也无暇一一研究，只觉得满纸俄人，不但中国不在话下，就是外蒙古人，也一点儿没有主权，不禁呆呆地发了一回怔。继思如此大事，不先不后，偏在自己任内，闹出了这等案件，教我如何办理？当下搔头挖耳地想了多时，竟转忧为喜道；“有了！有了！”外部人员起初见他毫无主意，嗣闻得“有了！”两字，想他总有一番大经济、大政策，是以君子之腹，度小人心。只是不好动问，背地里瞧他行动。他却不慌不忙，取了俄使的通告，径向总统府中去了。已经成见在胸，自可不必着忙。

过了两天，都门里面，并不见梁总长的踪迹，旁人还猜他在总统府中，密商对俄方法，谁知他已托病出都，竟另寻一安乐窝，闭户自居。那总统府中，只有一纸辞职书，说是“偶抱采薪，不能任事，请改命妥员继任”等语。亏他想了此计。袁总统付诸一笑，遂另简相当人物，百忙中觅不出人才，惟前任国务总理陆征祥是个外交熟手，还好要他暂时当冲，因再令赵总理秉钧提交参议院表决。各议员闻俄、蒙交涉正在紧迫，也一时不便否认，况除陆征祥外，并没有专对能员，不得已表示同意。前此否认国务总理，今此承认外交总长，彼议员自问，恐亦当失笑也。于是陆征祥复受任为外交总长办理俄、蒙交涉。方拟好对俄照会，不承认俄蒙协约，遣人递往俄国公使馆，忽接到热河都统昆源急电，开鲁县被蒙匪攻入，全城失守了。

原来开鲁县在热河北境，旧系内蒙古阿鲁、科尔沁、东西札鲁特三旗地，自清光绪季年，收入版图，改为直隶属县，此次东札鲁特协理官保扎布受外蒙古煽惑，勾结东西札鲁特、科尔沁各旗，攻占开鲁，驱逐汉民，且纵兵焚杀，惨无人道。热河都统昆源飞电乞援，袁总统即派姜桂题率领毅军十四营，驰往援剿，一面令外交总长陆征祥速与俄使交涉。看官！你想俄政府方怂恿外蒙，出兵内犯，怎肯出尔反尔，取消俄蒙协约，把外蒙送还中华呢？俗语所谓猫口里挖鳅？他自与外蒙活佛订约后，外蒙的军队，要依官教练，外蒙的国交要俄官主持，外蒙的土地作为借款的抵押，外蒙矿产归俄公司开采，外蒙兵饷归俄银行发放；还要设统监，逐华侨，割让乌梁海一带，种种要索，得步进步。哲布尊丹巴帝号自娱，毫无知识，所任用的杭达多尔济，甘心卖国，把俄人要约各条，有允诺的，有不允诺的，始终是恳俄人援助，且派陶什陶简率精锐，充作先驱，并拟定四路进兵，一路沿科布多阿尔泰山，直犯新疆，一路由东蒙廓尔罗斯，直犯吉、黑，一路向绥远、归化，直犯山西，一路向热河直冲北京，四路中以吉黑热河为主队，蒙兵不足，借用俄兵。螳螂捕蝉，不知黄雀之乘其后。开鲁失守，便是进兵热河的嚆矢。袁总统既派毅军北征，复命参谋、陆军两部筹划防守事宜，并饬东三省边防及西域边防，与东蒙、西蒙、中蒙各处边防，一律戒严。此时奉天都督赵尔巽已辞职回京，想亦与梁如浩同意。当命宣抚使张锡銮续任，会同吉、黑两督整备军队，俟春暖冰融，酌量进行。嗣因内蒙古乌兰察布盟，偶有烦言，乃再由国务院申喻蒙旗道：

现在五族联合组织新邦，务在体贴民情，敷宣德化，使我五族共享共和之福。前据绥远城将军张绍曾电呈乌兰察布盟扎萨克等来文，以共和为扰害蒙古，抛弃佛教，破坏游牧，请民国内务部嗣后关于饬令遵行新政怪异各事件，暂行停止等语。查优待蒙回藏民族条件第七条，蒙、回、藏原有之宗教，听其信仰，是宗教申明信仰，何有抛弃之事？第二条保护原有私产，是产业申明保护，何有破坏游牧之事？又参议院议决公布待遇蒙古条例第一条，中央对于蒙古行政机关，不用殖民等字样，第二条各蒙古王公原有之管辖治理权一律照旧，是皆重在维持蒙古原有权利，何有扰害之事！又原电该盟呈内指除藩属名称为混乱蒙人种族一节，查宣布共和，迭经申明联合汉、满、蒙、回、蒙五大族为中华民国，名为蒙族何有诬为混乱？至不用理藩字样者，所以进为平等，免致待遇偏畸，中央刻又复封达赖，振兴黄教，各呼图克图来京及助顺者均加进封号，优予礼赉，蒙、回王公之赞同共和者亦并优进爵秩，民国优待蒙、回、藏各族，崇重宗教，实有确征，无非欲同我太平，安生乐业。惟该盟原呈，既多有误会，自应赶为宣播，以释群疑，即由国务院将优待蒙、回、藏各族条件，待遇蒙古条例，及复封达赖扎赉各呼图克图优进各王公爵秩等公布命令，译成各体合璧文字，刊刻颁发各旗各城，榜示晓谕，俾众周知。

岁月磋跎，年关将届，中央政府为了俄蒙问题，尚忙碌不了，迭开总统府会议、国务院会议，自袁大总统以下及所有国务员，谈论了好几天，筹划不出甚么妙计。最苦恼的是外交总长陆子欣，他既要想出议案，复要对付外使，焦思竭虑，瘏口哓音。小子当日，曾闻陆总长提议方法，共分甲乙两项如下：

（甲）对于俄蒙协约之交涉，共分四条：

（一）蒙古为中国领土，无与外国缔结条约之权。（二）库伦为外蒙之一部分，不能代表全蒙。（三）活佛专掌宗教，无与外人交涉之权。（四）取消俄蒙协约，另订中俄条约。

（乙）对于中俄交涉之提议，共分八条：

（一）蒙古之领土权，完全属于中华民国。（二）除前清时代已有之大员三人外，民国不再添派官吏。（三）民国得屯兵若干，保护该处官吏。（四）民国为保护侨居该处华人起见，得酌置警察队于该处。（五）将蒙古各官有之牧场，分赠蒙古王公，以示优待之意。（六）各国人不得在蒙古驻屯各种团体，且不得移民。（七）蒙古若未经民国许可，不得自由开垦开矿筑路。（八）蒙古与他国所订协约，一概作为无效，此后蒙古若未得民国政府同意，所缔之约，亦皆不能发生效力。

陆总长提议后，大众相率赞成，正拟往会俄使，开始谈判，不意驻京英使复递照会至外交部，催复日前要求条件。怪不得梁如浩逃走。正是：

朔漠方愁尘雾黯，欧风又卷海涛来。

毕竟英使照会，为着何事，待至下回表明。

本回详录俄蒙协约，为国际上交涉之要案，即为国耻中重大之问题。相传俄、蒙交涉酝酿已久，民国元年九月间，我国政府中，已有主张提出抗议者，外交总长梁如浩方才就任，托言事未确实，延不果行，迨协约发表，乃潜身出走，上书辞职，身任外交者果如是乎？既而俄、库相联发兵东犯，袁总统虽遣师防剿，而仍抱定一羁縻政策，名为慎重，实亦迁延。外交以兵力为后盾，徒恃一总长陆子欣，其果能折冲樽俎乎？民国初造，已泄沓如此，可为一叹！

第十八回　忧中忧英使索复文
病上病清后归冥箓

却说俄蒙交涉，尚无头绪，英公使又来一照会，催索要求条件。看官不必细猜，便可知是西藏交涉了。先是英国驻京公使曾奉到英政府训令，向中国政府提出抗议书，外交总长梁如浩得过且过，并没有放在心里，因此未曾答复。至此英使又来催逼，俄要规取蒙古，英自然觊觎西藏。乃由外交部检出原书，内开五大条件云：

（一）中国不得干涉西藏之行政，并不得于西藏改设行省。

（二）中国政府不得派无制限之兵队，驻扎西藏各处。

（三）英国现已认定中国对于西藏有宗主权，应要求中国改订新约。

（四）英政府前曾遵据条约，特设通信机关，后经中国军队擅行截断，以杜绝印藏之交通。

（五）如中国政府不承认以上各条件，英国政府亦绝不承认中华民国之新共和政府。

陆征祥览毕全文，暗想五条件中，只第三、四条，尚可答辩，此外三条，关系甚是重大，虽比俄蒙协约稍为简单，但欲争回西藏领土权，亦很费事。况中俄交涉，正当紧急，专顾一面，尚恐不及，偏又来了这道催命符，这正所谓祸不单至呢。当下皱着双眉，踌躇了好一会，才到总统府中，呈明袁总统。袁总统方阅外电，面上恰含有三分喜容，一见陆征祥入内，便起身邀坐，征祥行礼毕，尚未开口，袁总统已笑语道："日前科布多全境，已报克复，今又得热河来电，开鲁县也克复了。"说毕，即将电文递示。陆征祥接过一瞧，无非是各军会攻，毙匪颇众，余匪败走，复将开鲁克复等情。随笔带过蒙事，是省文之法。因将电文复缴案上，随答袁总统道："东西蒙尚称得手，外蒙或容易办理，但英使又来要求藏事，为之奈何？"袁总统道："日前有抗议书到来，我已与英使朱尔典说明，俟俄、蒙交涉就绪即当酌商，难道今又来催逼么？"袁与英使朱尔典氏交好颇密，故借口中叙出。陆征祥闻言，便即取出照会，呈与袁总统详阅。袁总统阅毕，便道："他既如此催逼，我不能不答复了。明日开国务会议，酌定复词，可好么？"征祥唯唯而出。次日复至总统府，各国务员也陆续到来，会议半日，方裁决答复各词，大致如下：

（一）中国按照一千九百零六年之中英西藏条约，除中国外，其他国皆无干涉西藏内政之权，今谓中国无干涉西藏内政之权，理由甚无根据。至于改设行省一事，为民国必要之政务，各国既承认中华民国，即不能不承认中国改西藏为行省。况中国对于西藏，并无即时改设行省之意，此中颇有误会。惟现在中国认定不许其他一切外国，干涉西藏之领土权及其内政。

（二）查中国并无派遣无制限军队驻扎西藏之事。惟按照一千九百零八年之通商条约，英国以市场之警察权及保护印、藏交通委任于中国，故中国于西藏紧要各处，当然派遣军队。

（三）中英关于西藏之交涉，已经两次订立条约，一切皆已规定明确，今日并无改订新约之必要。

（四）中国政府从前并无有意断阻英、藏交通之事，以后更当加意保护，断不阻碍英、藏交通。

（五）承认中华民国是另一问题，不能与西藏问题，并为一谈，深望英国先各国而承认中华民国。

复书发出，交付英使馆，英使朱尔典氏当去呈报英政府，一时未有复文。中国政府乐得眼前清净。嗣由川边镇抚使尹昌衡来电，报称：川边肃清。政府诸公越觉心慰。袁总统也放下了心，好安稳过年了。怎奈蒙、藏两区，风潮暗紧，哲布尊丹巴原顽抗如故，就是达赖喇嘛，已复原封，心下尚是未足，也想与库伦活佛同做皇帝。皇帝是人人要做，怪不得汉高有言，今而知皇帝之贵。外蒙得此消息，乘机遣使，到了西藏，先拟迎达赖至库，共商独立事情。达赖不肯应允，乃协议彼此联络，双方称帝。当订定蒙藏协约九条，其文云：

（一）西藏国皇帝达赖喇嘛，承认蒙古构成独立国，且将一千九百十一年十一月九日所宣言之黄教首领哲布尊丹巴喇嘛，认为蒙古国皇帝。

（二）蒙古皇帝哲布尊丹巴喇嘛，承认西藏构成独立国，且承认达赖喇嘛为西藏国皇帝。

（三）蒙、藏两国和衷共济，互行咨询，以讲求黄教繁荣之方法。

（四）蒙、藏两国将来若有内忧外患时，互相援助，永矢不渝。

（五）两国政府对于游历领土之公私人，互相设法保护。

（六）两国政府自由贸易产物及家畜，从新设立商业机关。

（七）所有商业上债权，以政府及商业机关所承认者，定为有效。若未经允许而争讼者，两国政府决不考察。但缔结本条约以前之买卖，暨因本条约第七条结果被损害者，按照政府所规定，可以要求代偿。 155.

（八）若将本条约再行修订时，由两国简派代表，预先规定日期及地点，以便协商。

（九）本条约自签约之日起，发生效力。

下文署明年月日，一是西藏子岁十二月四日，一是蒙古共戴二年十二月四日。原来西藏仍沿用阴历，民国元年，岁次壬子，所以西藏称为子岁。外蒙古已建年号，所以直书共戴二年。外国新闻纸上已是刊录全文，明明白白，中国政府尚谓未得确实报告，且过了新年，再作区处。于是全国舆论多抱不平，有几省激烈的将士，也欲投袂请缨，通电全国，主张武力解决；今日说要征蒙，明日说要征藏，甚至招兵募饷，枕戈待命，那袁总统却从容镇静，不肯轻动；且令国务院电饬各省将吏，严戒躁率。又抬出总统名义，申令各都督，教他防范军人，毋惑浮言。

当时热心边事的人物，统说袁总统专务羁縻，太属畏葸，其实老袁方面，也自有一种难处。自从六国银行团，与熊总长等会议借款，始终无效，连每月垫款数百万两，也未肯照允，借款谈判，竟至中止。应十一回。熊希龄旋即辞职，应十二回。袁总统虽已照准，乃命经理借款事宜，与继任总长周学熙等，向六国团声明别借，另外设法，暗托顾问洋员莫理逊，赴英运动，借到伦敦债款一千万镑，议定本年交三百万镑，明年交七百万镑。以盐课作押，利息五厘，因此政府用款才有来源，勉强度日。补出此条，才得归束第十一回文字，否则民国下半年如何过日，连我也生疑问了。惟借款陆续到手，即陆续用去，一些儿没有余积，哪里来的闲款，可拨付军饷征剿蒙、藏？这是袁总统自知为难，也似哑子吃黄连，说不出的苦衷，看官也须原谅三分呢。

熊希龄既办到借款，尚是留住都门，待至年暮，袁总统因热河紧急，恐昆源无能，办不下去，当将昆源召还，改任熊为热河都统，熊即告辞去讫。转瞬间已是民国二年，元旦这一日，系南京临时政府成立的纪念日，各处机关，统行休假，除悬旗结彩外，却也没有甚么大典。南京成立政府，与北京却是无涉。过了数日，惟将各海关监督、各省司长及司法筹备处长，任用了许多人员。又改府州厅为县，划一各省行政官厅、警察官厅，以及文官任免法、文官考试法与惩戒甄别各法，并外交官服制、陆海军服制，蒙、回、藏王公爵章等件，公布了许多规则，小子也不胜记忆，但略述数项名目，算作随录，挂一漏万，看官休笑。本书以演述大事为主，各种法规自有专书可稽，阅者应知分晓。

惟山西观察使张士秀及旅长李鸣凤，盘踞河东，居然拥兵自卫，潜谋独立，经都督阎锡山委任南桂馨为河东筹饷局长，并令解散该处军队，劝导张、李二人。张、李不肯从命，反将南桂馨拘住严行拷掠。阎督闻报，即电报中央，经袁总统派委第一旅长孔繁蔚前往接管军队。张、李复抗不承认，竟将孔旅长逐出。张士秀自为民政长，李鸣凤自为都督，于年内宣言独立。袁总统乃饬参谋、陆军两部派兵往剿，正月初旬，由陆军部派驻保定第六旅长鲍贵卿，及驻潼关统领赵倜，各率所部军前往河东。

看官！试想这河东一隅能有多大凭借？张、李二人，能有多大本领？螳臂当车，自不量力。后来赵军一到，张、李知不能抗，束手归命，被赵统领拘禁起来押解进京，褫职治罪，便算了案。河东事关系稍大，所以随事插入。就是蒙古问题，经陆总长提出议案，与俄使商榷一番，并无效果。不过双方议定，各不进兵，再期磋商就范，免至决裂。

一天过一天，已到二月十二日了，这日为北京政府成立期，也曾由参议院议决，作为纪念日。应十六回。各衙署放假休息，自不消说，惟袁总统纪念旧勋，特授梁士诒、胡惟德、姜桂题、段芝贵等，均勋二位；谭学衡、熙彦、王占元、曹锟、陈光远、李纯、倪嗣冲等，均勋三位；吴景濂、汤化龙等，一等嘉禾章；那彦图、张勋等，亦一等嘉禾章；杨度、阮忠枢、叶恭绰等，二等嘉禾章。无非因南北统一，著有勋绩，所以酌量酬庸。何不于元旦赏功，必待至二月十二日耶？

又越三日，系阴历正月十日，为清隆裕太后万寿节，袁总统特遣梁士诒为道贺专使，赍送藏佛一尊及联额数幅，并总统放大相片一座，相片上署“袁世凯敬赠”五字。这是何意？前用军役导着，后由梁士诒乘着黄舆，昂然前进，直至乾清门前，方才下舆，徐步入内，至上书房。清总管内务府大臣世续出来迎接，导入乾清宫正门，殿宇依然，朝仪已改。梁财神至此，未知有今昔之感否？隆裕太后端坐殿上，两旁虽有侍女护着，并清室近支王公两旁站立，怎奈望将过去，只觉得一片萧飒气象，更兼隆裕后形容憔悴，带着好几分病容，见了梁士诒，尤不禁触目心伤，几乎忍不住两行珠泪。梁士诒却从容不迫，行了三鞠躬礼，又呈递国书，内称：“大中华民国大总统，谨致书大清隆裕太后陛下，愿太后万寿无疆。”前见某报中，载着慈禧太后万寿时，把“无疆”之“疆”字，训作“疆土”之“疆”，不料至此，竟成实践。隆裕太后答词，由世续代诵，略称“万寿庆辰，承大总统专使致贺，感谢实深”云云。世续念一句，隆裕太后泪下一行，等到世续念毕，隆裕太后的面上，已不啻泪人儿一般。梁士诒亦看不过去，当即退出。嗣闻隆裕太后瞧着袁世凯相片，益觉怨恨交集，恸哭了一昼夜。次日即卧床不起。原来隆裕太后自诏令退位后，心中悒悒不欢，尝谓“孤儿寡妇，千古伤心，每睹宫宇荒凉，不知魂归何所”等语。袁总统曾否闻知？以此积成肝郁，尝患呕逆。至民国二年正月中，胸腹更隆然高起，日渐肿胀，经御医佟质夫、张午樵二人诊治，稍觉轻减。二月十五日御殿受贺，起初却还有些兴致，嗣见梁使到来，用着外国使臣觐见礼节，免不得悲从中来。且宗室王公大臣，多半避匿，不肯入贺，既无赏赐，又无优差，贺他做甚么？殿中不过寥寥数人。看官！你想人非木石，到这地步，能不格外伤心么？古人说得好：“忧劳所以致疾”，况隆裕太后已有旧恙，自然愁上加愁，病中增病。或谓："万寿节内，天气晴暖，宫中所用薰炉，热气太高，感受炭气，因致病剧。"其实隆裕后致死原因，并不是伤热症，却是袁总统送她归阴的。直言不讳。

徐世昌尚为清室太保，因监督崇陵工程，崇陵即清德宗陵。久在京外，此次闻故后病笃，乃入宫谒见，且力辞太保职务。隆裕后再三慰留，甚至哽咽不能成声了。徐亦陪了三四点老泪，至退出后，即往谒袁总统，备陈清后病重形状。袁总统再嘱徐为代表，入宫慰问，隆裕后闻了"袁总统"三字，几似勾命的无常，"阿哟"一声，昏晕过去。好容易叫她醒来，尚是喘个不住。徐世昌瞧这情形反一时不能脱身，只好与世续、绍英提议隆裕后身后处置，一面叫入宣统帝，令他侍立床侧。二月二十一日，隆裕后已是弥留，到了夜间，回光返照，开眼瞧见宣统帝在侧，不觉呜咽道："汝生帝王家，一事未喻，国已亡了，母又将死，汝尚茫然，奈何奈何？"说至此，喉间又哽咽起来，好一歇复发最后的凄声道："我与汝要永诀了。沟渎道涂，听你自为，我不能再顾你了。"言讫，已不能言。世续入省数次，但见隆裕后双目直视，口中很想说话，偏被痰塞住喉中，只用手指着宣统帝，眼眶间尚含泪莹莹，霎时间阴风惨栗，烛焰昏沉，有清末代的隆裕太后，竟两眼一翻，撒手归天去了。陆续写来，不忍卒读。小子有诗叹隆裕太后道：

孤儿寡妇总心伤，到死犹留泪两行；
让国终存亡国恨，徒劳后史费评章。

清后已逝，一切丧葬事宜，待小子下回再表。

蒙事方迫，藏事随之，一波未平，一波又起，难以袁总统之雄鸷，陆总长之才辩，卒不能屈服英、俄，弱国无外交，良可痛慨。若隆裕太后之病逝，实为袁总统一人逼死。石勒谓大丈夫行事当磊磊落落，不宜效曹孟德、司马仲达，欺人孤儿寡妇，狐媚以取天下，袁总统其有愧斯言乎？总之对内勇，对外怯，为中国人之陋习。阅蒙、藏诸要约而不变色者，凉血动物是也。阅隆裕太后之病逝，而不伤心者，吾谓与凉血动物，相去亦无几耳。

第十九回　竞选举党人滋闹
斥时政演说招尤

却说清隆裕太后病逝，乾清宫内当然料理丧仪，大殓后停柩体元殿。清宫内瑾、瑜、珣、瑨四妃于前晚闻信，均欲进宫询问，因神武门已闭，竟不得入。翌晨方得进宫，见故后遗骸已在体元殿停灵，并不哭泣，且指遗骸道："你也有今日么？"无非妇女心肠。言讫后，向世续等问话，多方诘责，百般挑剔。世续等莫明其妙，徒嗟叹了好几声。还有一班小太监，乘着丧乱机会，纷纷搬运珍宝物件，连夜不绝。世续也弹压不住，穷极计生，便声言道："袁总统已派段芝贵入宫，他系军人，看你等这般纷扰，将要军律从事呢。"宫监们听到此语，方渐平静，但检点宫中失物，约已值价洋十万元。世续一面治丧，一面请袁总统派员入宫，帮同料理。袁总统乃派荫昌、段芝贵、孙宝琦、江朝宗、言敦源、荣勋等数人，前往帮办，并命国务院发出通告二则，依次录述如下：

据清室内务府总管报称，二月二十二日丑时，隆裕皇太后仙驭升遐等语，当经派员查检，医官曹元森、张仲元等所开脉方，俱称虚阳上升，症势丛杂，气壅痰塞，至二十二日丑时，痰壅薨逝。敬维大清隆裕皇太后，外观大势，内审舆情，以大公无我之心，成亘古共和之局，方冀宽闲退处，优礼长膺，岂图调摄无灵，宫车宴驾？此四语好似挽联。追思至德，莫可名言。凡我国民，同深痛悼。除遵照优待条件，另行订议礼节外，特此通告！

兹值大清隆裕皇太后之丧，遵照优待条件，以外国君主最优礼待遇，议定各官署，一律下半旗二十七日，左腕围黑纱。即民国制定丧礼。自二月二十二日始，至三月二十日止，以志哀悼，特此通告！

162. 此外派员致祭，复令各部院长官，亦亲往祭奠，并开国务院特别会议，查照优待清室条例，所有崇陵未完工程，应如制妥修，需用经费，均由中华民国支出。隆裕后祔葬崇陵，更兼赞助共和，有功民国，一切丧葬礼节，务须从优，费用归民国担任。会议已定，提交参议院，当然通过。自是清宣统帝归瑾、瑜两太妃抚育，后事如何，后文再行记录，暂且慢表。隆裕后赞成共和，不忍以养人者害人，可算聪明妇女，故于病逝时，特别加详。

且说国会组织法及各议员选举法，已公布多日，元年残腊，袁总统发布正式召集国会令，令曰：

正式国会召集之期，依照约法，以十个月为限。民国元年八月，业将国会组织法，暨参议院、众议院议员选举各法，公布施行在案。民国正式国会，为共和建设所关，本大总统躬承我国民付托之重，迭经饬由国务总理、内务总长督令筹备国会事务局，及各该参议院议员选举监督，众议院议员选举总监督，选举监督等，分别妥速筹备。并先后制定参议院、众议院各选举日期令，俾各依限进行。自约法施行以来，现已十个月届满，据国务总理、内务总长呈具筹备国会事务局呈称“众议院议员复选举，除据报延期各省份外，余均于民国二年一月十日遵令举行，其参议院议员选举，亦将次第遵令举行”等语，本大总统深维我中华民国缔造之艰难，夙夜兢兢，未敢以临时期内，稍涉暇逸。兹幸国会议员已如法选出，亟应依照约法，下令召集。自民国二年一月十日正式开会召集令发布之日起，限于民国二年三月以内，所有当选之参议院议员，及众议院议员，均须一律齐集北京，俟两院各到有总议员过半数后，即行同时开会。至关于国会开会之筹备事项，应由国务总理、内务总长督饬筹备国会事务局，速为筹备完全。共和政治之良否，政府固有完全之责任，而尤以正式国会为莞枢。一德一心，共图盛业，斯则本大总统代表我汉、满、蒙、回、藏五大民族，所馨香祷祝以求之者也。此令！

又令各省行政长官，定期召集省议会议员，其文云：

各省省议会议员选举法，业经本大总统于民国元年九月公布施行，嗣复制定省议会议员第一届选举日期令，迭饬各该选举总监督，依限办理在案。现在各省省议会议员复选举，除据报延期各省份外，余均遵令举行，自应饬由各省行政长官，分别召集，为此通令各该省行政长官，自令到之日起，即先行发布省议会议员召集令，凡复选未经据报延期各省份，限于民国二年二月十日以前召集。其已经据报延期各省份，限于该省省议会议员复选举行后，由该省行政长官，酌定日期召集，各该省议会议员，均一律依令齐集省城，俟该省议会到有总议员三分之二以上时，即行开会。开会之翌日，即先举行参议员选举，以重要政。此令！

这两令公布后，各省办理选举事宜，有几区已了手续，有几区尚在未了，惟因党派不同，竞争甚烈，或用强力胁迫，或用金钱买嘱，或用情面恳托，选举人受这三种运动，不管他是甚么党派，只好依着投票，有时强力相等、金钱相等、情面相等，反使选举人左右为难，往往因投了甲票，未投乙票，投了丙票，未投丁票，甲丙果然被选，乙丁竟致向隅，于是乙丁不肯罢休，当场哗扰，甚且强夺投票匭，或捣毁投票所，搅得他秩序紊乱，票纸散失，令他再行选举，非运动到手，总不甘心。当议决选举法时，亦曾料到此着，将选举诉讼事件，及选举犯罪条例，尽行规定，预为防范；偏中国是个章程国，形式上很觉严密，实际上绝少遵行，以致选举风潮，屡见迭出。中国人之无公德心，于此可见。说将起来，令人可叹。

看官试想！选举法为甚么设立？原是国成民主，应归人民立法，但人民很多，不是个个能立法的，又不是个个好去立法的，由是令选举代表，拣出几个熟习政治、晓得利弊的人物，使他当选，作为全国或全省的立法员，凡是众望所归，定然有些才识，这是外洋立宪国的良法，偏被我中国仿行，第一届选举，便生出无数情弊。袁政府得此报告，因严命遵守法律，且令初复选监督，摘录刑律第八章，关于妨害选举之罪各条，揭示投票所，又就投票所周围，临时增派警兵，保持秩序，后来举正式总统，便用军警强迫，虽是老袁专制手段，也是各议员自己所致。各选举区，才得稍稍平静，只暗地里仍然运动，各立党帜，各争党权。

其时国民党最占多数，次为共和党，另外又有两党出现，一叫做民主党，一叫做统一党。俗语说得好："寡不敌众"，民主、统一两党，新近组织，人数尚少，敌不过国民党，就是共和党人，也不及国民党的多数，因此国会议员，至总选举后，多半是国民党当选。袁总统最忌国民党，探得参众两院中，国民党议员，占得十分的六七，逆料将来必受牵制，遂想出密谋，将国民党中的翘楚，赏他一颗卫生丸，免得他来作怪，这真古人所谓釜底抽薪的计策。痛乎言之！

看官你道何事？待小子续叙出来。前任农林总长宋教仁，卸职后，为国民党理事，主持党务，他本是湖南桃源人，字遯初，亦作钝初。别号桃源渔父。十二岁丧父，家甚贫窭，因有志向学，肄业武昌文普通学堂。在校时已蓄革命思想，联结同志，嗣被校长察觉，把他斥退，他遂筹借银钱，游学东洋。适值孙文、黄兴等组织同盟会，遂乘势入为会员，襄办民报，鼓吹革命。后与黄兴等潜入中国，一再举事，均遭失败，乃定议在湖北发难，运动军队，计日大举。武昌起义，实受革命党鼓吹，他便是党中健将，奔走往来，不辞劳苦，卒告成功。至孙文回国，设立南京政府后，曾受任为法制院院长，凡临时政府法令多是他一手编成。继念南北未和，终难统一，乃偕蔡元培、汪兆铭等同赴北京，迎袁南下。会值京津兵变，袁不果行，仍就职北京。唐绍仪出组内阁，邀他为农林总长，经参议院通过，就职不过两月，唐内阁猝倒，遂连带辞职。他经此阅历，已窥透老袁心肠，决意从政党入手，四处联络，把共和、统一党员，引入同盟会中，携手联盟，同组为国民党，当由党员共举为党中理事。既而回籍省母，意欲退隐林泉，事亲终老，偏偏党员屡函敦劝，促他再往北京，维持党务。他本是个年少英雄，含着一腔热血，迭接同党来函，又不禁意气飙发，跃跃欲动；况自二次组阁，新人物多半退闲，满清官僚，死灰复燃，袁总统的野心，已渐渐发现出来，所有政府中一切行动，统不能慰他心愿。

看官！你想这牢骚抑郁的宋先生，尚肯忍与终古么？略述宋渔父历史，笔下亦隐含愤慨。正拟别母启程，江南国民党支部，因南方当选国会议员，将启程北上，电请他到宁一行，筹商善后意见，他即匆匆摒挡行车，别了母妻，抽身而去。从此与家长诀。道出沪上，闻教育总长范源濂辞职回杭，他欲探悉政府详情，即由沪至杭，与范相晤，范约略与谈，已不胜感愤。嗣范约与作十日游，遂出钱塘门，涉西湖，登南高峰，东望海门，适见海潮汹涌，澎湃而来，即口占五绝二首道：

日出雪磴滑，山枯林叶空。徐寻屈曲径，竟上最高峰。

村市沉云底，江帆走树中。海门潮正涌，我欲挽强弓。

此诗大有寓意。

游杭数日，余兴未尽，催电交来，乃别范返沪，由沪至江宁。时民国二年三月九日，江南国民党支部开会欢迎。借浙江会馆为会场，会员共到三千余人。都督程德全到会为主席，程因口疾未愈，托人代为报告。略谓“宋君从事革命，已有多年，所著事迹，谅诸君应已洞鉴。此次宋君到此，本党特开会欢迎，请宋君发表政见，与诸君共同研究”云云。报告已毕，即由宋登台演说，大众除拍掌欢迎外，统静心听着，并由记录员一一笔述。宋所说的是俗语，记录员所述的是文言，小子将文言照录如下：

民国建设以来，已有二载，其进步与否，改良与否，以良心上判断，必曰不然。当革命之时，我同盟诸同志，所竭尽心力，为国家破坏者，希望建设之改良也。今建设如是，其责不在政府而在国民。我同盟会所改组之国民党，尤为抱极重之责任，断无破坏之后，即放任而不过问之理。

现在政府外交，果能如民意乎？果能较之前清有进步乎？吾欲为诸君决断曰：“不如民意之政府，退步之政府。”今次在浙江杭州，晤前教育总长范源濂君，范云：“蒙事问题，尚未解决，政府每日会议，所有磋商蒙事者云，与俄开议乎，与俄不开议乎二语。”夫俄蒙协约，万无听其迁延之理，尚何开议不开议之足云？由此可见，政府迄今并未尝与俄开谈判也。各报所载，皆粉饰语耳。如此政府，是善良乎？余断言中华民国之基础，极为摇动，皆现在之恶政府所造成者也。今试述蒙事之历史：当民国未统一时，革命摇乱，各国皆无举动，盖庚子前，各强皆主分割，庚子后，各强皆主保守，即门户开放、机会均等、领土保全之主义。此外交方针，各强靡不一致，此证之英日同盟，日美公文，日俄、日清、英俄等协约，可明证也。

故民国扰攘间，各强并无举动，时吾在北京，见四国银行团代表，伊等极愿贷款与中国，且已垫款数百万镑，其条件亦极轻，不意后有北京兵变之事，四国团即取消前约，要求另议。自后内阁常倒，兵变迭起，而外人遂生觊觎之心矣。去年俄人致公文于外交部，谓：“库伦独立，有害俄人生命财产，请与贵国协商库事。”外交部置之不答，而俄与库自行交涉，遂成协约。至英之与西藏，亦发生干涉事件，现袁总统方以与英使朱尔典有私交，欲解决之，此万无效也。盖蒙事为藏事之先决问题，蒙事能决，则藏事将随之能决。若当俄人致公文与外交部时，即与之磋商，必不致协约发现也。此后之外交，宜以机会均等为机栝，而加以诚意，庶可生好结果。

内政方面，尤不堪问。前清之道府制，竟然发现；至财政问题，关于民国基础，当岁原议一万万镑，合六万万两，以一万万两，支持临时政府及善后诸费，余五万万两，充作改良币制，清理交通，扩充中央银行，处理盐政，皆属于生利之事业。及内阁两次改组后，而忽变为二千五百万镑，主其议者，盖纯以为行政经费，其条件尤为酷虐。一盐政当用外人管理，到期不还，盐政即归外人经管，如海关例，盐债为惟一之担保品，今欲订为外人管理，则不能再作他次抵押，将来之借款，更陷困难。且用途尽为不生利之事业，幸而未成，万一竟至成立，则国家之根本财政，全为所破坏矣。

现正式国会将成立，所最纷争之要点，为总统问题，宪法问题，地方问题。总统当为不负责任，由国务员负责，内阁制之精神，实为共和国之良好制也。国务员宜以完全政党组织之。混合、超然诸内阁之弊，既已发露，无庸赘述。唐内阁为混合内阁，陆内阁为超然内阁。宪法问题，当然属于国会自订，无庸纷扰。地方问题，则分其权之种类，而为中央地方之区别，如外交、军政、司法、国家财政、国家产业及工程，自为中央集权，若教育、路政、卫生、地方之财政、工程产业等，自属于地方分权，若警政等，自属于国家委任地方之权。凡此大纲既定，地方问题，自迎刃而解。惟道府制，即观察使等官制，实为最腐败官制，万不能听其存在。现在国家全体及国民自身，皆有一牢不可破之政见，曰维持现状，此语不通已极，譬如一病人已将危急，医者不进以疗病药，而仅以停留现在病状之药，可谓医生之责任已尽乎？且自维持现状之说兴，而前清之腐败官制、荒谬人物，皆一一出现。故维持现状，不啻停止血脉之谓，吾人宜力促改良进步，方为正当之政见也。

余如各项实业、交通、农林诸政，不遑枚举，聊举一愚之词，贡诸同志。

总计演说时间，约二小时，每到言语精当处，拍手声传达户外。及宋已下坛，又有会中人物，亦登坛演说数语，无非说是："宋君政见，确切不移。"转瞬日暮，当即散会。

驻宁数日，又复莅沪，随处演说，多半指斥时政，滔滔数万言。致死之由。北京即有匿名书，驳他演说各词。复有北京救国团出现，亦通电各省，斥他荒谬。统是袁政府主使。他又一一辩答，登报答复。未几来了袁总统急电，邀他即日赴京，商决要政。时人还道老袁省悟，将召宋入京，置诸首揆。就是他自己思想，亦以为此次北行，定要组成政党内阁，不负初衷，乃拟定三月二十日，由沪上启行，乘车北上。是时国会议员，次第赴京，沪宁车站中，已设有议员接待室。宋启行时，适在晚间十时许，沪上各同志相偕送行。就是前南京留守黄兴，亦送至车站，先至议员接待室中，小憩片时。至十时四十分，火车已呜呜乱鸣，招客登车，宋出接待室，与黄兴等并行至月台，向车站出口处进行。甫至剪票处，猛闻豁拉一声，骨溜溜地一粒弹子，从宋教仁背后飞来，不偏不倚，穿入胸中。正是：

讵意沪滨遭毒手，哪堪湘水赋招魂。

未知宋教仁性命如何，且至下回续叙。

170.

乡举里选，昉自古制，而后世不行，良由古时选举，已多流弊，后人不得不量为变通，非好事蔑古也。至近十余年间，因各国选举法之盛行，遂欲则而效之，岂今人之道德，远胜古昔耶？观民国第一届选举，已是弊端百出，各党中人，往往号召同志，竞争选举，实则良莠不齐，多半口与心违。揣其愿望，除三数志士外，无非欲扩张势力、把持权利而已。宋教仁为国民党翘楚，观其行迹，颇热心政治，不同贪鄙者之所为。江宁演说，语多精到，然锋芒太露，英气未敛，言出而众怨随之，卒受刺于暴徒之手。读是回，乃叹先圣讷言之训，其垂戒固深且远也。

第二十回　宋教仁中弹捐躯
应桂馨泄谋拘案

却说宋教仁由沪启行，至沪宁铁路车站，方拟登车，行到剪票处门口，忽背后来了一弹，穿入胸中，直达腰部。宋忍痛不住，即退靠铁栅，凄声语道："我中枪了。"正说着，又闻枪声两响，有二粒弹子，左右抛掷，幸未伤人。站中行客，顿时大乱。黄兴等也惊愕异常，慌忙扶住宋教仁，回出月台，急呼车站中巡警，速拿凶手。哪知四面一望，并没有一个巡士，句中有眼。但见外面有汽车一乘，也不及问明何人，立即扶宋上车，嘱令车夫放足了汽，送至沪宁铁路医院。至站外的巡警到来，宋车已去，凶手早不知去向了。当时送行的人，多留住站中，还望约同巡士，缉获凶手；一面电致各处机关，托即侦缉。只国民党干事于右任送宋至医院中。

时将夜半，医生均未在院，乃暂在别室少待，宋已面如白纸，用手抚着伤处，呻吟不已。于俯首视他伤痕，宋不欲令视，但推着于首，流泪与语道："我痛极了，恐将不起，为人总有一死，死亦何惜，只有三事奉告：一是所有南北两京及日本东京寄存的书籍，统捐入南京图书馆。二是我家本来寒苦，老母尚在，请克强与君，及诸故人替我照料。三是诸君仍当努力进行，幸勿以我遭不测，致生退缩，放弃国民的责任。我欲调和南北，费尽苦心，不意暴徒不谅，误会我意，置我死地，我受痛苦，也是我自作自受呢。”直言遭难，古今同慨。于右任自然允诺，且勉强劝慰数语。

未几医生到来，检视伤处，不禁伸舌，原来宋身受伤，正在右腰骨稍偏处，与心脏相近。医生谓伤势沉重，生死难卜，惟弹已入内，总须取出弹子，再行医治。当经于右任承认，即由院中看护士舁宋上楼，至第三层医室，解开血衣，敷了药水，用刀割开伤痕，好容易取出弹子，弹形尖小，似系新式手枪所用。宋呼痛不止，再由医生注射止痛药水，望他安睡。他仍宛转呻吟，不能安枕，勉强挨到黎明，黄兴等统至病室探问，宋教仁欷歔道：“我要死了。但我死后，诸公总要往前做去。”热诚耿耿。黄兴向他点头，宋复令黄报告中央，略述己意。由黄代拟电文，语云：

北京袁大总统鉴：仁本夜乘沪宁车赴京，敬谒钧座，十时四十五分，在车站突被奸人自背后施枪，弹由腰上部入腹下部，势必至死。窃思仁自受教以来，即束身自爱，虽寡过之未获，从未结怨于私人。清政不良，起任改革，亦重人道，守公理，不敢有一毫权利之见存。今国基未固，民福不增，遽尔撒手，死有余恨。伏冀大总统开诚心，布公道，竭力保障民权，俾国家得确定不拔之宪法，则虽死之日，犹生之年，临死哀言，尚祈鉴纳！

稿已拟定，黄兴即出病室，着人发电去了。嗣是沪上各同志，陆续至病院探望，宋皱眉与语道：“我不怕死，但苦痛哩。出生入死，我几成为习惯，若医生能止我痛苦，我就死罢。”各同志再三劝慰，宋复瞋目道：“罢了罢了，可惜凶手在逃，不晓得甚么人，与我挟着这等深仇？”是极痛语。各人闻言，统觉得酸楚不堪，遂与医士熟商，请多延良医，共同研究。于是用电话徧召，来了西医三四人，相与考验，共言肠已受伤，必须剖验补修，或可望生。于右任乃语同人道：“宋君病已至此，与其不剖而死，徒增后悔，何如从医剖治罢。”各人踌躇一番，多主开割，于是再舁宋至第二层割诊室，集医生五人，共施手术。医生只许于右任一人临视，先用迷药扑面，继乃用刀解剖，取出大肠，细视有血块瘀积，当场洗去，再看肠上已有小穴，急忙用药线缝补，安放原处，然后将创口兜合，一律缝固，复将迷药解去。宋徐徐醒来，仍是号痛，医生屡用吗啡针注射，冀令神经略静，终归乏效，且大小便流血不止，又经医生检视，查得内肾亦已受伤，防有他变。延至夜间，果然病势加重，两手热度渐低，两目辄向上视。黄兴、于右任等均已到来，问宋痛楚，宋转答言不痛，旋复语同人道：“我所欲言，已尽与于君说过，诸公可问明于君。”语至此，气喘交作，几不成声。继而两手作合十形，似与同人作诀别状；忽又回抱胸际，似有说不尽的苦况。黄兴用手抚摩，手足已冰，按脉亦已沉伏，问诸医生，统云无救，惟顾宋面目，尚有依依不舍的状态。极力描写死状。黄兴乃附宋耳与语道：“遯初，遯初，你放心去罢，后事总归我等担任。”宋乃长叹一声，气绝而逝，年仅三十二岁。惟两目尚直视未瞑，双拳又紧握不开。

一班送死的友人，相向恸哭。前沪军都督陈其美亦在座送终，带哭带语道："这事真不甘心，这事真不甘心！"大家闻了此语，益觉悲从中来，泣不可抑。待至哭止，彼此坐待天明，共商殓殡事宜，且议定摄一遗影，留作纪念。未几鸡声报晓，晨光熹微，当即饬人至照相馆，邀两伙到来，由黄兴提议先裸尸骸上身，露着伤痕，拍一照片。至穿衣后，再拍一照，方才大殓。此时党员毕集，有男有女，还有几个日本朋友，也同来送殓。衣衾棺椁，统用旧式。越日，自医院移棺，往殡湖南会馆。来宾及商团军队，共到医院门首，拥挤异常。时至午后，灵柩发引，一切仪仗，无非是花亭花圈等类，却也不必细述。惟送丧执绋，及护丧导灵，人数约至二三千名，素车白马，同遵范式之盟，湘水吴江，共洒灵均之泪。会值潇潇春雨，凛凛悲风，天亦同哀，人应齐哭，这也不在话下。

惟自凶耗传布，远近各来函电，共达沪上国民党交通部，大致在注意缉凶，兼及慰唁。袁总统亦迭发两电，第一电文云：

> 上海宋钝初先生鉴：阅路透电，惊闻执事为暴徒所伤，正深骇绝。顷接啠电，啠字是韵母，为简文计，即以韵母某数，作日子算。方得其详。民国建设，人才至难，执事学识冠时，为世推重，凡稍有知识者，无不加以爱护，岂意众目昭彰之地，竟有凶人，敢行暗杀，人心险恶，法纪何存？惟祈天相吉人，调治平复，幸勿作衰败之语，徒长悲观。除电饬江苏都督、民政长、上海交涉使、县知事、沪宁铁路总办，重悬赏格，限期缉获凶犯外，合先慰问。

越日致第二电，系由上海交涉使陈贻范，已电达宋耗，乃复致唁词云：

宋君竟尔溘逝，曷胜浩叹！目前紧要关键，惟有重悬赏格，迅缉真凶，彻底根究。宋君才识卓越，服务民国，功绩尤多，知与不知，皆为悲痛。所有身后事宜，望即会同钟文耀即沪宁铁路总办。妥为料理。其治丧费用，应即作正开销，以彰崇报。连录二电，亦具微意。

自是江苏都督程德全，民政长应德闳，通电地方官一体协拿，限期缉获。上海县知事及地方检察厅，统悬赏缉捕。黄兴、陈其美等又函致公共租界总巡卜罗斯，英国人。托他密拿，如得破案，准给酬劳费一万元。沪宁铁路局亦出赏格五千元。沪上一班巡警及所有中外包探，哪个不想发些小财？遂全体注意，昼夜侦缉。天下无难事，总教有心人，渐渐地探出踪迹来了。先是宋教仁在病院时，沪宁铁路医院忽得一奇怪邮信，自上海本部寄发，信外署名系铁民自本支部发八字，信内纯是讥嘲语。略云：

钝初先生足下：鄙人自湘而汉而沪，一路欢送某君，赴黄泉国大统领任。昨夜正欲与某君晤别，赠以卫生丸数粒，以作纪念，不意误赠与君，实在对不起了。虽然，君从此亦得享千古之幸福了。因某君尚未赴新任，本会同人，昨夜曾以钜金运动选举，选举结果，则君最占优胜，每票全额五千元，故同人等请君先行代理黄泉国大统领，俟某君到任后，自当推举你任总理。肃此恭祝荣禧，并颂千古！救国协会代表铁民启。

看这函中文字，已见得此案凶犯不止一人，且仍匿迹租界中。函内“误赠”二字，实系乱人耳目。所云某君，亦并非有特别指定，意在恫吓国民党中要人，令勿再为政党竞争。或谓国民党首领就是孙、黄二人，是时孙文正往游日本，只黄兴留沪，函中所云某君，分明是暗指黄兴，也未可知。此数语为补叙孙文行踪，所以带及。总之，此案为政治关系，无与私怨，当日的明眼人，已窥测得十分之五了。故作疑案。

二十三日晚间，上海租界中，正在热闹的时候，灯光荧荧，车声辘辘，除行人旅客外，所有阔大少红倌人等，正在此大出风头，往来不绝，清和坊、迎春坊一带尤觉得车马盈途，众声聒耳。这一家是名娼接客，卖笑逞娇，那一家是狎客登堂，腾欢喝彩。还有几家是贵人早降，绮席已开，不是猜拳喝酒，就是弹唱侑宾，管弦杂沓，履舄纷纭。

突来了红头巡捕数名，把迎春坊三四弄口，统行堵住。旋见总巡卜罗斯与西探总目安姆斯脱郎，带着巡士等步入弄中，到了李桂玉妓馆门首，一齐站住。又有一个西装人物，径入妓馆，朗声呼问。当由龟奴接着，但听得“夔丞兄”三字。龟奴道：“莫非来看应大老么？”那人向他点头，龟奴又道：“应老爷在楼上饮酒。”那人不待说毕，便大踏步上楼，连声道：“应夔丞君！楼下有人，请你谈话。”座上即有一人起立，年约四十余岁，面带酒容，隐含杀气，便答言：“何人看我？”那人道：“请君下楼，自知分晓。”于是联步下楼，甫至门首，即由卜总巡启口道：“你是应夔丞么？去！去！去！”旁边走过巡士，即将应夔丞牵扯出来，一同至总巡房去了。这一段文字，写得异样精采。

这应夔丞究是何人？叙起履历，却也是上海滩上大名鼎鼎的脚色。他名叫桂馨，却有两个头衔，一是中华民国共进会会长，一是江苏驻沪巡查长，家住新北门外文元坊，平素很是阔绰，至此何故被捕？原来就是宋案牵连的教唆犯。画龙点睛。宋案未发生以前，曾有一专售古玩的贩客，姓王名阿法，尝在应宅交易，与应熟识有年。一日，复至应家，应取出照片一张，令他审视，王与照片中人绝不相识，顿时莫明其妙。应复言："欲办此人，如能办到，酬洋千元。"王阿法是一个掮客，并不是暗杀党，哪里能做这般事？当即将照片交还，惟心中颇艳羡千金，出至某客栈，巧遇一友人邓某，谈及应事。邓系辽东马贼出身，颇有膂力，初意颇愿充此役，继思无故杀人，徒自增罪，因力却所请。两下里密语多时，偏被栈主张某所闻，张与国民党员素有几个认识，遂一一报知。国民党员乃诘邓及王，王无可隐讳，乃说明原委，且言自己复绝，并未与闻。当由国民党员嘱他报明总巡，一俟破案，且有重赏。

这王阿法又起了发财的念头，遂径至卜总巡处报告。卜总巡即饬包探侦察，返报应在迎春坊三弄李桂玉家，挟妓饮酒。总巡乃亲由出门，领着西探总目等，往迎春坊，果然手到擒来，毫不费力。应桂馨到了此时，任他如何倔强，只好随同前往。到了捕房内，冷清清的坐了一夜。回忆灯红酒绿时，状味如何？

翌日天明，由卜总巡押着应桂馨，会同法捕房总巡，共至应家，门上悬着金漆招牌，镂刻煌煌大字，便是江苏巡查长公署及共进会机关部字样。"巡查长"三字，是人人能解，共进会名目，就是哥老会改设。哥老会系逋逃薮，中外闻名，应在会中做了会长，显见得是个不安分的人物。卜总巡到了门前，分派巡捕多人，先行把守，入室检查，搜出公文信件甚多，一时不及细阅，统搬入箧内，由法总巡亲手加封，移解捕房。一面查验应宅住人，除该家眷属外，恰有来客数名，有一个是身穿男装的少妇，有一个是身着新衣、口操晋音的外乡人，不伦不类，同在应家，未免形迹可疑，索性将所有男客尽行带至法捕房，所有女眷，无论主客，一概驱至楼上小房间中，软禁起来，派安南巡捕看守。

原来上海新北门外，系是法国租界，所有犯案等人，应归法巡捕房理值，所以英总巡往搜应家，必须会同法总巡。英人所用的巡役，是印度国人，法人所用的巡役，是安南国人。解释语亦不可少。至应宅男客到捕房后，即派人至沪宁车站，觅得当时服役的西崽，据言："曾见过凶手面目，约略可忆。"即邀他同入捕房，将所拘人犯，逐一细认，看至身着新服口操晋音的外乡人，不禁惊喜交集，说出两语道："就是他！就是他！"吓得那人面如土色，忙把头低了下去。小子有诗叹道：

昂藏七尺好身躯，胡竟甘心作暴徒？
到底杀人终有报，恶魔毒物总遭诛。

毕竟此人为谁，容至下回交代。

宋教仁为国民党翘楚，学问品行，均卓绝一时，只以年少气盛，好讥议人长短，遂深触当道之忌，遽以一弹了之，吾为宋惜，吾尤为国民党惜。曷为惜宋？以宋负如许之不羁才，乃不少晦其锋芒，储为国用，而竟遭奸人之暗杀也。曷为惜国民党？以党中骤失一柱石，而余子之学识道德，无一足与宋比，卒自此失败而不克再振也。若应夔丞者，一儇薄小人耳，为鬼为蜮，跖蹻犹耻之，彼与宋无睚眦之嫌，徒为使贪使诈者所利用，甘心戕宋，卒之阴狡之谋，漏泄于一贩客之口，吾谓宋死于应，为不值，应败于贩夫，亦不值也。然于此见民国前途，殊乏宁日矣。

第二十一回　讯凶犯直言对簿
延律师辩讼盈庭

却说沪宁车站的西崽，审视捕房人犯，指出凶手面目。那人不禁大骇，把头垂下，只口中还是抵赖，自言："姓武名士英，籍隶山西，曾在云南充当七十四标二营管带。现因军伍被裁，来沪一游，因与应桂馨素来认识，特地探望，并没有暗杀等情。"法总巡哪里肯信，自然把他拘住。但武士英既是凶手，何故未曾逃匿，却在应宅安居呢？说将起来，也是宋灵未泯，阴教他自投网中，一命来抵一命。可为杀人者鉴。

原来武士英为应所使，击死宋教仁，仍然逃还应家。应桂馨非常赞赏，即于二十三日晚间，邀他至李桂玉家，畅饮花酒。此外还有座客数名，彼此各招名妓侍宴。有一李姓客人，招到妓女胡翡云。胡妓甫到，才行坐定，即有中西探到来，将应桂馨拘去。座客闻到此信，统吃了一大惊；内有武士英及胡翡云，越加慌张。武士英是恐防破案，理应贼胆心虚，那胡翡云是个妓女，难道也助应逞凶么？小子闻得胡应交情，却另有一番缘故。

应素嗜鸦片，尝至胡妓家吸食。他本是个阔绰朋友，缠头费很不吝惜，胡妓得他好处，差不多有万金左右，因此亲密异常，仿佛是外家夫妇。此日胡妓应召，虽是李客所征，也由应桂馨代为介绍。李客闻应被拘，遂语胡妓道："应君被拘，不知何事？卿与他素有感情，请至西门一行，寄语伊家，可好么？"李客不去，想亦防有祸来。胡妓自然照允。武士英亦插嘴道："我与她同去罢。"自去寻死。于是一男一女，起身告辞，即下楼出弄，坐了应桂馨原乘的马车，由龟奴跨辕，一同到了应宅。方才叩门进去，那法租界中西探二十余名，已由法总巡电话传达，说是由英总巡转委，令他们至应宅看管。他们乘着开门机会，一拥而入，竟将前后门把守，不准出入。

胡翡云头戴瓜皮帽儿，梳着油松大辫，身穿羔皮长袍，西

缎马褂，仿效男子装束，前回所说的男装女子，就是该妓。解明前回疑团。她与武士英同入应宅，报明桂馨被拘，应家女眷还道是因她惹祸，且问明武士英，知她是平康里中人，越加不去睬她。她大是扫兴，回出门房，欲呼龟奴同去，偏为西探所阻，不令出门，她只得兀坐门房，也是冷清清的一夜。总算是遥陪应桂馨。次日，英法两总巡俱到，见门房内坐着少妇，不管她是客是主，竟驱她同上楼房，一室圈禁。胡翡云叫苦不迭，没奈何捱刻算刻；就是饮食起居，也只与应宅媪婢，聚在一处。真叫做平地风波，无辜受苦哩。受了应桂馨许多金银，也应该吃苦几日。

又过了一天，法总巡带了西探三名，华捕四名，并国民党员一人，又到应宅搜查，抄得极要证物一件，看官道是何物？乃是五响手枪一柄，枪内尚存子弹二枚，未曾放出，拆验枪弹，与宋教仁腰间挖出的弹子样式相同，可见得宋案主凶，已

经坐实，无从抵赖了。主凶还不是应桂馨，请看下文便知。是日下午，即由法国李副领事、聂谳员，与英租界会审员关炯之及城内审判厅王庆愉，列坐会审。凶犯武士英上堂，起初不肯供认，嗣经问官婉言诱供，乃自言本姓本名，实叫作吴福铭，山西人氏，曾在贵州某学堂读书，后投云南军伍，被裁来沪，偶至茶馆饮茶，遇着一陈姓朋友，邀我入共进会。晚上，同陈友到六野旅馆寓宿，陈言应会长欲办一人。我问他有何仇隙？陈言："这人是无政府党，我等将替四万万同胞除害，故欲除灭那厮，并非有甚么冤仇。"我尚迟疑不决。次日，至应宅会见应会长，由应面托，说能击死该人，名利双收，我才答应了去。到行刺这一日，陈邀我至三马路半斋夜餐，彼此酒意醺醺，陈方告诉我道："那人姓宋，今晚就要上火车，事不宜迟，去收拾他方好哩。"说毕，即潜给我五响手枪一柄。陈付了酒钞，又另招两人，同叫车子到火车站，买月台票三张。一人不买票，令在外面看风。票才买好，宋已到来，姓陈的就指我说："这就是宋某。"后来等宋从招待室出来，走至半途，我即开枪打了一下，往后就逃。至门口见有人至，恐被拘拿，又从朝天放了两枪，飞奔出站，一溜风回到应家，进门后，陈已先至，尚对我说道："如今好了，已替四万万同胞除害了。"应会长亦甚赞我能干，且说："将来必定设法，令我出洋游学。"我当将手枪缴还陈友，所供是实。问官又道："你行刺后，曾许有酬劳否？"武言："没有。"问官哼了一声，武又道："当时曾许我一千块洋钱，但我只拿过三十元。"问官复道："姓陈的哪里去了？叫甚么名字？"武答道："名字已失记了。他的下落，亦未曾知道。"问官命带回捕房，俟后再讯。所获嫌疑犯十六人，又一一研讯，内有十一人略有干连，未便轻纵，余五人交保释出，还有车夫三人，也无干开释。

法总巡复带同探捕等复搜应宅，抄出外国箱及中国箱各一只，内均要件，亦饬带回捕房。越宿，再行复讯。又问及陈姓名字，武士英记忆一番，方说出“玉生”两字，余供与昨日未符，但说：“与应桂馨仅见一面，刺宋一节，统是陈玉生教导，与应无涉等情。”这明是受应嘱托。问官料他狡展，仍令还押。胡翡云圈住应宅，足足三日三夜，亏得平时恩客记念前情，替她向法捕房投保，才得释放。翡云到处哭诉，说是三日内损失不少，应大老曾许我同往北京，他做官，我做他家小，好安稳过日，哪知出此巨案，我的命是真苦了。这且搁过不提。

且说应桂馨被押英捕房，当下卜总巡禀请英副领事，会同谳员聂榕卿，开特别公堂审问，且令王阿法与应对质，应一味狡赖。英副领事乃将应还押，俟传齐见证，再行复讯。王阿法著交保候质。是时江苏都督程德全，以案关重大，竟亲行至沪，与黄兴等商量办法。孙文亦自日本闻警，航归沪渎，大家注意此案，各在黄公馆中，日夕研究。陈其美亦曾到座，问程督道：“应桂馨自称江苏巡查长，曾否由贵督委任？”程德全道：“这是有的。”黄兴插口道：“程都督何故委他？”程德全半晌道：“唉！这是内务部洪荫芝，就是洪述祖所保荐的。”黄兴点头道：“洪述祖么？他现为内务部秘书，与袁总统有瓜葛关系，洪为老袁第六妾之兄，故黄言如此，详情悉见后文。我知道了。这案的主因，尚不止一应桂馨呢。”程德全道：“我当彻底清查，免使宋君含冤。”黄兴道：“但望都督能如此秉公，休使元凶漏网，我当为宋渔父拜谢哩。”说着，即起向程督鞠躬。程督慌忙答礼，彼此复细谈多时，决定由交涉使陈贻范函致各国总领事及英法领事，略言“此案发生地点，在沪宁火车站，地属华界，所获教唆犯及实行犯，均系华籍，应由华官提讯办理，请指定日期，将所有人犯，及各项证据解交”等情。陈函交去，英领事也有意承认，惟因目前尚搜集证据，羽党尚未尽获，且俟办有眉目，转送中国法庭办理，当将此意答复。

陈交涉使也无可如何，只好耐心等着。法领事以应居文元坊，属法租界管辖，当提应至法廨会审。英领事不允，谓获应地点，在英租界中，须归英廨审讯，万不得已，亦宜英法会同办理。华人犯法，应归华官办理；且原告亦为华人，案情发生又系华地，而反令英法领事，互夺裁判权，令人感喟无穷。法领事乃允将凶犯武士英，转解至公共租界会审公堂，听候对质。当由法捕房派西捕五人，押着武士英，共登汽车，送至公廨。

武身穿玄色花缎对襟马褂，及灰色羊皮袍，头戴狐皮小帽，由两西探用左右手铐，携下汽车，入廨登楼，静候传讯，武并无惧色。反自鸣得意道：“我生平未曾坐过汽车，此次为犯案，却由会审公堂，特用汽车迎我，也可算得一乐了。”送你归天，乐且无穷。那应桂馨愈觉从容，仗着外面的爪牙，设法运动，且延请著名律师，替他辩护。于是原告工部局代表，有律师名叫侃克，中政府代表，由程都督延聘到堂，亦有律师，名叫德雷斯；被告代表且有律师三人，一名爱理司坦文，一名沃克，一名罗礼士。这许多律师，没一个不是西洋人。临审时，应、武两犯虽曾到庭，问官却不及讯问，先由两造律师，互相辩驳，你一句，我一语，争论多时，自午后开审，到了上灯，律师尚辩不清楚，还有甚么工夫问及应武两犯，只好展期再讯。武仍还押法捕房，应亦还押英捕房。至第二次开审，宋教仁的胞叔宋宗润自湘到沪，为侄伸冤，也延了两个律师，一名佑尼干，一名梅吉益，也统是西人，律师越请越多了。无非畀西人赚钱。

嗣是审讯一堂，辩诘一堂，原告只想赶紧，被告只想延宕，就是应武二犯，今朝这么说，明朝那么说，也没有一定的口供，应且百计托人，往法捕房买嘱武士英，叫他认定自己起意，断不致死，并以某庄存银，允作事后奉赠。武遂翻去前供，只说杀宋教仁乃我一人主见，并没有第二人，且与应并未相识，日前到了应家，亦只与陈姓会面。陈名易山，并非玉生。及问官取出被抄的手枪，令武认明，武亦答云："不是，我的手枪曾有七响，已抛弃在车站旁草场上面。"至问他何故杀宋，他又说："宋自尊自大，要想做国务总理，甚且想做总统，若不除他，定要二次革命，扰乱秩序，我为四万万同胞除害，所以把他击死。他舍去一命，我也舍去一命，保全百姓，却不少哩。"只此数语供词，已见得是政府主使。问官见他如此狡辩，转诘应桂馨。应是越加荒诞，将宋案关系推得干干净净。那时未得实供，如何定案？程德全、孙文、黄兴等，乃决拟搜集书证，向法捕房中，索取应宅被搜文件。法捕房尚未肯交出，忽国务院来一通电，内述应桂馨曾函告政府，说是近日发现一种印刷品，有监督议院政府，特立神圣裁判机关的宣告文，词云：

呜呼！今日民国，固已至危险存亡之秋，方若婴孩，正当维护哺养，岂容更触外邪？本机关为神圣不可侵犯之监督议院政府之特别法庭，凡不正当之议员政党，必以四万万同胞公意，为求共和幸福，以光明公道之裁判，执行严厉正当之刑法，使我天赋之福权，奠定我庄严之民国。今查有宋教仁莠言乱政，图窃权位，梁启超利禄薰心，罔知廉耻，孙中山纯盗虚声，欺世误国，袁世凯独揽大权，有违约法，黎元洪群小用事，擅作威福，赵秉钧不知政治，罔顾责任，黄克强大言惑世，屡误大局；其余汪荣宝、李烈钧、李介人辈，均为民国神奸巨蠹。内则动摇国本，贻害同胞，外则激起外交，几肇瓜分。若不加惩创，恐祸乱立至，兹特于三月二十日下午十时四十分，将宋教仁一名，按照特别法庭，于三月初九日，第一次公开审判，由陪审员蒋圣渡等九员，一致赞同，请求代理法官叶义衡君判决死刑。先生即时执行，所有罪状，另行宣布，分登各报，以为同一之宋教仁儆，以上开列各人，但各自悛悔，化除私见，共谋国是而裕民生，则法庭必赦其既往，其各猛省凛遵！切切此谕。

这电文传到沪上，杯影蛇弓，愈滋疑议。无非是乱人耳目。既而国民党交通部又接得匿名信件，约有数通，多半措词荒谬，不值一笑。内有一函略通文墨，节录如下： 185.

敬告国民党诸君子！自内阁一翻，尔党形势，亦甚支绌矣。讵图不自销匿，犹生觊觎，教仁樗材，引类招朋，冀张其政党内阁之说，吾甚惑焉。夫吾人所欲甘心于尔党者，承宗指孙。与道周指黄。二人。一濂乌足？指宋。然非先诛濂，恐无以儆余子，爰遣奇士试其锋，设诸子悔祸有心，幡然改计，吾又何求？倘其坚抱政党内阁之旨，谬倡平民政治之说，则炸弹手枪，行将遍及。水陆江海，坑尔多人，人纵不恤其私，犹不思既称巨子，当建伟业，苟留此身，终有树立。管夷吾不羞小节，曷不师之？至侈言议员多出尔党，南方不少民军，试问军警干涉之单朝传，参议员夕皆反舌，汉阳师徒之锋少挫，黄司令已遁春申。此四语全是老袁得意事，已不啻自供招状。凡此秽迹，独非尔党往日之事乎？总之殷鉴未遥，前车宜鉴，此时苟避匿以让贤，他日或循序而见举。诸子方在青年，顾不必叹河清也。吾人素乐金革，死且不厌，非欲效孔璋之檄，暴人罪状，乃姑说生公之法，冀感顽石。久闻尔党济济，当有达材，试念忠告，勿作金夫！

统观全书，无非是设词吓迫的手段，蛛丝马迹，隐隐可寻，大家揣测起来，已知戕宋一案，与袁政府大有关系。并由法捕房传出消息，所抄应宅文件，内与洪述祖往来信札，恰是很多。又经程都督邀同应民政长，共至沪上调查，电报局中取

应犯送达北京电稿，一一校译，不但与洪述祖通同一气，就是国务总理赵秉钧，也与应时常通信，电文多从密码，且有含糊影响等词。程、应两人又会同地方检察厅长陈英，仔细研求，展细寻译，那密码中的语意，已十得七八，乃电致内务部，请将洪述祖拘留，事关嫌疑，须押至备质等语。谁知洪述祖已闻风飏去，部复到沪，又由程督电呈袁总统，请他饬令严拿。袁总统也居然下令，略言：“内务部秘书洪述祖，携带女眷一人，乘津浦车至济南，由济南至浦口。此人面有红斑黑须，务饬地方官一体严拿！”其实是一纸空文，徒掩耳目，那阴谋诡计的洪杀坯，早已跑到青岛，托庇德胶州总督宇下，安心享福去了。谁令飏去，隐情可知。

此外有自北京来沪的人物，甚么侦探长，甚么勤务督察长，统说是考查宋案而来，亦未尝为宋尽力。恐是为应尽力。最

注目的，是总统府秘书长梁士诒，及工商总长刘揆一，匆匆南下，又匆匆北去。刘与孙、黄见了一面，返至天津，称疾辞职。或谓刘已洞悉宋案真相，不愿在恶政府中，再行干事，以此托故求归。彼此聚讼，疑是疑非，且不必说。惟程、应、孙、黄等人，屡与领事团交涉，要求交出凶犯及一切证据。北京的内务部、司法部也电饬陈交涉使，嘱“援洋泾浜租界权限章程，凡中国内地发生事件，犯人或逃至租界，捕房应一体协缉，所获人犯，仍由中国官厅理处等情。照此交涉，定可将此案交归华官，依法办理”云云。陈贻范接到此文，自然与英法领事，严重交涉。英法两领事，却也无从推诿，只好将全案人犯及证件移解华官。当由上海检察厅接收，把凶犯严密看管。才过数天，即由看守所长呈报，凶手武士英即吴福铭，竟在押所暴死了。正是：

为恐实供先灭口，只因贪利便亡身。

欲知武士英身死情形，待至下回分解。

武士英一傀儡耳，应桂馨亦一傀儡也，两傀儡演剧沪滨，而主使者自有人在。武固愚矣，应焉得为智乎？不惟应武皆愚，即如洪述祖、赵秉钧辈，亦不得为智者。仁者不枉杀，智者不为人利用而枉杀人。何物枭雄，乃欲掩尽天下耳目，睽婺噬人耶？应犯所陈神圣裁判机关宣告文，夹入袁、黎诸人，显是欺人之计。至若匿名揭帖之发现，借刺宋以儆孙、黄，同是一手所出，故为此以使人疑，一经明眼人窥透，盖已洞若观火矣。故本回叙述，虽似五花八门，要无非一傀儡戏而已。傀儡傀儡，吾嫉之，吾且惜之！

第二十二回　案情毕现几达千言
宿将暴亡又弱一个

却说凶手武士英，自从西捕房移交后，未经华官审讯，遽尔身死，这是何故？相传武士英羁押捕房，自服磷寸，即自来火柴头。因致毒发身亡，当由程都督、应民政长等，派遣西医，会同检察厅所派西医，共计四人，剖验尸身，确系服毒自尽。看官试想！这武士英是听人主唆，妄想千金，岂肯自己寻死？这服毒的情弊，显系受人欺骗，或遭人胁迫，不得已致死呢。但是他前押捕房，并未身死，一经移交，便遭毒手，可见中国监狱不及西捕房的严密，徒令西人观笑，这正是令人可叹了。

闲文少叙。且说程德全、应德闳等，与检察厅长陈英连日检查应犯文件，除无关宋案外，一律检出，共同盖印，并拍成影片，当下电请政府，拟组织特别法庭，审讯案犯，当经司法部驳还。孙文、黄兴等闻得此信，便请程、应两长官，将应犯函件中最关紧要，载入呈文，电陈政府。程、应不能推辞，即一一列入，电达中央道：

前农林总长宋教仁被刺身故一案，经上海租界会审公堂，暨法租界会审公堂，分别预审暗杀明确，于本月十六十七两日，先后将凶犯武士英即吴福铭，应桂馨即应夔丞，解交前来，又于十八日由公共租界会审公堂，呈送在应犯家内，由英法总巡等搜获之凶器，五响手枪一枚，内有枪弹两个，外枪弹壳两个，密电本三本，封固函电证据两包，皮箱一个，另由公共租界捕房总巡，当堂移交在应犯家内搜获函电之证据五包，并据上海地方检察厅长陈英，将法捕房在应犯家内搜获之函电证据一大木箱，手皮包一个，送交汇检。

当经分别接收，将凶犯严密看管后，又将前于三月二十九日，在电报沪局查阅洪、应两犯最近往来电底，调取校译，连日由德全、德闳，会同地方检察厅长陈英等，在驻沪交涉员署内，执行检查手续。德全、德闳均为地方长官，按照公堂法律，本有执行检查事务之职权，加以三月二十二日，奉大总统令，自应将此案证据逐细检查，以期穷究主名，务得确情，所有关系本案紧要各证据，共同盖印，并拍印照灯，除将一切证据，妥慎保存外，兹特撮要报告。

查应犯往来电报，多用应、川两密本。本年一月十四日，赵总理致应犯函“密码送请检收，以后有电，直寄国务院可也”等语。外附密码一本，上注“国务院，应密，民国二年一月十四日”字样。应犯于一月二十六日，寄赵总理，应密，径电，有“国会盲争，真相已得，洪回面详”等语。二月一日，应犯寄赵总理，应密，东电，有“宪法起草，以文字鼓吹，主张两纲，一除总理外，不投票，一解散国会。此外何海鸣、戴天仇等，已另筹对待”等语。二月二日，应犯寄程济世转赵总理，应密，冬四电，有“孙、黄、黎、宋，运动极烈，民党忽主宋任总理，已由日本购孙、黄、宋劣史，警厅供钞，宋犯骗案，刑事提票，用照辑印十万册，拟从横滨发行”等语。

又查洪述祖来沪，有张绍曾介绍一函，洪、应往来案件甚多，紧要各件撮如下：二月一日，洪述祖致应犯函，有“大题目总以做一篇激烈文章，乃有价值”等语。二月二日，洪致应犯函，有“紧要文章，已略露一句，说必有激烈举动，弟须于题前径密寄老赵，索一数目”等语。二月四日，洪致应犯函，有“冬电到赵处，即交兄手，面呈总统，阅后色颇喜，说弟颇有本事，既有把握，即望进行等语，兄又略提款事，渠说将宋骗案及照出之提票式寄来，以为征信。弟以后用川密与兄”等语。二月八日，洪致应犯函，有“宋辈有无觅处，中央对此，似颇注意”等语。辈字又似案字。二十一日，洪致应犯函，有“宋件到手，即来索款”等语。二月二十二日，洪致应犯函，有“来函已面呈总统总理阅过，以后勿通电国务院，因智赵字智庵。已将应密电本交来，恐程君不机密，纯令归兄一手经理。请款务要在物件到后，为数不可过三十万”等语。应犯致洪述祖“川密，蒸电有八厘公债，在上海指定银行，交足六六二折，买三百五十万，请转呈，当日复”等语。三月十三日，应犯致洪函，有“民立报馆名，系国民党所设。记遯初在宁之说词，读之即知其近来之势力及趋向所在矣。事关大计，欲为釜底抽薪法，若不去宋，非特生出无穷是非，恐大局必为扰乱”等语。三月十三日，洪述祖致应犯“川密，蒸电已交财政总长核办，偿止六厘，恐折扣大，通不过，毁宋酬勋位，相度机宜，妥筹办理”等语。三月十四日，应犯致洪述祖“应密，寒电有梁山匪魁，四处扰乱，危险实甚，已发紧急命令设法剿捕之，转呈候示”等语。三月十七日，洪述祖致应犯“应密，铣电有寒电到，债票特别准何日缴现领票，另电润我若干，今日复”等语。三月十八日，又致应犯川密，寒电应即照办”等语。三月十九日，又致应犯电，有“事速照行”一语。三月二十日，半夜两点钟，即宋前总长被害之日，应犯致洪述祖“川密，号电有二十四分钟所发急令，已达到，请先呈报”等语。三月二十一日，又致洪“川密，个电有号电谅悉，匪魁已灭，我军无一伤亡，堪慰，望转呈”等语。三月二十三日，洪述祖致应犯函，有“号个两电均悉，不再另复，鄙人于四月七号到沪”等语。此函系快信，于应犯被捕后，始由邮局递到。津局曾电沪局退回，当时沪局已将此送交涉员署转送到德全处。各函洪称应为弟，自称兄

又查应犯家内证据中，有赵总理致洪述祖数函，当系洪述祖将原函寄交应犯者，内赵总理致洪函，有“应君领纸，不甚接头，仍请一手经理，与总统说定方行”等语。

又查应自造监督议院政府神圣裁判机关简明宣告文，誊写本共四十二通，均候分寄各处报馆，已贴邮票，尚未发表，即国务院宥日据以通电各省之件，其余各件，容另文呈报，前奉电令，穷究主名，必须彻底讯究，以期水落石出，似此案情重大，自应先行撮要，据实电陈。

除武士英一犯，业经在狱身故，由德全等派西医会同检察厅所派西医四人剖验，另行电陈，应桂馨一犯，迭经

电请组织特别法庭，一俟奉准，即行开审外，余电闻。

这电去后，袁总统并未复电，连国务总理赵秉钧，也不闻答辩一辞。总统、总理，俱已高枕卧着，还要答复甚么？于是上海审判厅开庭，传讯应犯，应犯仍一味狡赖。是时两造仍请律师，改延华人，原告律师金泯澜到庭要求，必须洪述祖、赵秉钧两人，来案对簿，方得水落石出，洞悉确情。乃由检察厅特发传票，令洪、赵两人来沪质审。看官！你想洪述祖已安居青岛，哪肯自来投网？至若堂堂总理赵秉钧，更加不必说了。惟各处追悼宋教仁，如挽词演说等类，多半指斥政府，就是沪上各报纸，也连日讥弹洪、赵，并及袁总统。赵秉钧自觉不安，呈请辞职，奉令慰留，宋案遂致悬宕，应犯仍羁狱中，惟所有株连的人物，讯系无辜，酌量取保开释。

192. 国民党中，以老袁袒护洪、赵，想从根本上解决，不单就宋案进行，正在大家筹议，忽北京又来一凶讣，前镇军统领加授陆军上将衔林述庆，又暴卒于京都山本医院中。国民党又弱一个。

林述庆表字颂亭，福建人，曾在陆军学堂毕业，清季任南京三十六标第一营管带，有志革命，入为同盟会会员。辛亥夏，调驻镇江，武昌起义，上海光复，他亦率军响应，为上海声援，嗣被举为镇军都督，创立军政府，招集长江清舰队十余艘，助攻江宁，直扑天保城，猛攻七昼夜，身先士卒，亲冒矢石，卒将岩城据住。至江宁城破，又首先入城，各军共服他勇敢，推为南京都督，严饬军纪，不准滋扰。既而总司令徐绍桢入城，即固辞督篆，让位畀徐。自统军出驻临淮关，预备北伐，日夕绸缪。南京临时政府，任他为总制北伐各军。未几南北统一，决意归田，居闽数月，由袁总统策令，授陆军中将，旋加上将衔，召他进京，充总统府高等军事顾问。他已怀着功成身退的念头，复电告辞，嗣复得黎副总统来电，劝他北上，且说："国家多难，蒙事日亟，壮年浩志，幸勿销沉，请再为国立功，俟内外乂安，方可息肩"等语。数语也不啻催命符。这电一来，顿令血战英雄，跃然复起；遂摒挡行李，登程北上。既见袁总统，谈及蒙古问题，决意主战。在老袁的意思，无非是笼络人才，欲使天下英雄，尽入彀中，可以任所欲为，并不是决意征蒙，特地起用，故将委他重权。所以前席陈词，反多逆耳，表面上虽支吾过去，心理上却妒忌起来。他见老袁不甚合意，遂辞出总统府，本思即日南旋，因念外蒙风云，日迫一日，既已跋涉至京，应该做些事业，立些功名，当下奔走都门，号召同志，组织征蒙团及军事研究社，一面再上呈文，自请征蒙，袁总统束诸高阁，并不批答。同志举他为筹边会副会长，他暂任数日，旋即去职，另与王芝祥、孙毓筠等，建设国事维持会，把一种忧国的思想，随时流露，无论诗酒游宴及到会演说，统是慷慨激昂，饶有贾长沙、陈同甫的态度。又蹈宋渔父复辙。怎奈袁总统是最忌名豪，遇着关心政治，痛论时弊的人物，第一着是设法笼络，第二着是用计歼灭，宋教仁已催归冥箓，还有宋教仁第二，哪里肯听他自由呢？

四月初八日，林允梁士诒邀请，赴将校俱乐部会宴；酒酣耳热，畅谈衷曲，免不得醉后忘情，论及时事。今夕止可谈风月，谁教你论及时事？及至兴尽归来，便觉畏寒，次日加剧，即至山本医院调治，将过一星期，忽满身统起红泡，泡破即流血不止，四肢都是奇痛，次日病势尤笃，延请中外名医，入院诊视，大都束手无策。勉强捱延了一天，红泡变成紫色，未几又转成黑色，小便溺血，霎时弥留。孙毓筠适在侧探病，林握孙手，太息道：“国势危险，一至于此，本想与诸共同心协力，保持国家，怎奈二竖为灾，竟致不起。”言至此，不禁涕泪满颐。孙尚再三劝慰，林又呜咽道：“甫逾壮年，即要去世，我不过做了半个人，徒呼负负，君须为我遍告同志，努力支持为要。”孙又问及家事，他竟不能再言，奄然而逝。死后七窍流血，浑身皆黑，仿佛是中毒情形，享年亦只三十二岁。与宋渔父年龄适符，真是无独有偶。当由国事维持会员，替他成殓，讣告全国。其文云：

北京国事维持会本部孙毓筠、王芝祥、杨曾蔚、温寿泉，致黎副总统各都督并各师长旅长，各党本部，国事维持会支部，及孙中山、黄克强两先生各报馆电。本会理事林君述庆，体质坚强，志愿弘毅，比来尽瘁国事，未尝告劳，忽于本月初十日，感患痘症，即入山本医院诊治，病势险恶，药石无灵，竟于十五夜子刻长逝。林君十年前，在江南军界，提倡革命，备历艰险，百折不挠；前年九月，在镇江举义，联合各军，光复金陵，厥功最伟。南北统一后，自请解职，高风亮节，海内同钦。乃天不佑善人，竟罹暴疾，赍志以终。

当此国基未固，人才消乏之秋，逝者如斯，将谁与支撑危局？泰山梁木，同人等悲不自胜，现定于二十六日，在湖广会馆开追悼大会，特通电告哀。凡我同志，谅无不失声一恸，但林君身后萧条，经毓筠等为之料理成殓，灵柩暂厝城外广慧寮中，如蒙赐赙，请寄东安门外本会本部事务代收，并以奉闻。

林去世后，时人多疑他中毒，特至山本医院访问病状。据医生言：“林自十三日入院，十五夜逝世，病名叫做天然痘。”访员又谓：“死后惨状，究是何因？”医言：“病菌有强弱，林君所染，系最强的病菌，冲裂血管，因致七窍流血，至若遍身皆黑，是染疫致死的常例，不足为奇。”访员又道：“照此说来，林君的病症，果非中毒吗？”医生微笑道：“林死后，来院访问，不止一人，统疑林是中毒。林症甚凶，种种谣言，原是难免，惟确系痘症，并无他项可疑的事情。即如陆军部方君，乃自美国归来的中医，多人诊断，统无异词，是已无可疑余地了。”小子以为死无对证，究竟中毒与否，也不敢妄断。以不断断之。惟稽勋局长冯自由呈请政府，说他“勋劳卓著，现在京病故，请即照本局规则，优给恤金年金，并请将事迹宣付史馆立传”，总算邀老袁批准照行。小子有诗叹道：

赏功罚恶本常经，谁料无辜受暗刑？
自古人生谁不死，狂遭毒手目难瞑。

宋、林相继逝世，京中正齐集议员，行国会开幕礼，一切详情，容后再表。

据程督应民政长电文，是戕宋一案，实由政府造意，已无疑义。即是以推，是林之暴亡，不为无因。刺死一宋，又毒死一林，亦何其辣手耶？或谓汉高、明太，得国以后，皆屠戮功臣，欲为子孙除害，不得不尔。讵知此系专制时代之君主，容或有是惨剧，业已承认共和，国成民主，正当推诚布公，与天下以更新之机，何苦为此鬼蜮情形，草菅人命乎？否则不愿民主，竟作君主，长枪大戟与反对者相角逐，成即帝王，败为寇贼，亦英雄豪杰之所为。且糜烂一时，治平百载，亿兆人或当忍此巨痛，交换太平。宁必不可，而竟出此下策，以求逞于一朝，卒之亦同归于尽，人谓其智，吾笑其愚！

第二十三回　开国会举行盛典
违约法擅签合同

却说中华民国的国会，自元年冬季，由袁总统颁布正式召集令，至是国会议员，统已选出，会集京都，准于二年四月八日，行国会第一次开会礼。参议院本有房屋，仍在原所设立，众议院乃是新筑，规模颇觉宏敞，足容千人。因此参议院议员，统至新筑的众议院中，静待开会。当由筹备国会事务局员，先行报告国会成立，参议员报到，共一百七十七人，众议员报到，共五百人，虽尚未达全数，已有大半到场，应如期行开会礼。当下高悬国旗，盛列军乐，自国务总理以下，凡所有国务员，尽行莅会。还有政府特派员，亦来襄礼。各人统至国旗下面，向国徽行三鞠躬礼。当推议员中年齿最长的杨琼为临时主席，宣读开会词。词云：

维中华民国二年四月八日，为我正式国会第一次开院之辰。参议院众议院各议员，集礼堂，举盛典，谨为词以致其忱曰：视听自天，默定下民，亿兆有与于天下，权舆不自于今人。帝制久敝，拂于民意，付托之重，乃及多士。众好众恶，多士赴之；众志众口，多士表之。张弛敛纵，为天下控；缓急疾徐，为天下枢。兴欤废欤，安欤危欤，祸福是共，功罪之尸，能无惧哉？呜呼！多难兴邦，愓厉蒙嘏，当兹缔造，敢伸吾吁。愿我一国，制其中权，愿我五族，正其党偏。大穰旸雨，农首稷先。士乐其业，贾安其廛，无政不举，无隐不宣。章皇发越，吾言洋洋。遡听远慕，四邻我臧。旧邦新命，悠久无疆。凡百君子，孰敢怠荒？

宣读已竟，应由袁总统宣告颂词，偏这一日，袁总统说有要务，无暇到会，只遣秘书长梁士诒来作代表，赍致颂词。

198. 第一届国会开幕，老袁即告回避，其厌弃国会之心，已属了然。梁乃宣读颂词道：

中华民国二年四月八日，我中华民国第一次国会，正式成立，此实四千余年历史上莫大之光荣，四万万人亿万年之幸福。世凯亦国民一分子，当与诸君子同深庆幸，念我共和民国，由于四万万人民之心理所缔造，正式国会，亦本于四万万人民心理所结合。则国家主权，当然归之国民全体。但自民国成立，迄今一年，所谓国民直接委任之机关，事实上尚未完备。今日国会诸议员，系由国民直接选举，即系国民直接委任，从此共和国之实体，借以表现，统治权之运用，亦赖以圆满进行。诸君子皆识时俊杰，必能各抒谠论，为国忠谋，从此中华民国之邦基，益加巩固，五大族人民之幸福，日见增进。同心协力，以造成至强大之民国，使五色国旗，常照耀于神州大陆，是固世凯与诸君子所私心企祷者也。谨致颂曰："中华民国万岁！民国国会万岁！"

颂词读毕，大礼告成，国务总理国务员及政府特派员，统行辞去，各议员亦出了会场。依据《临时约法》第二十八条，将前时参议院解散，因即至参议院中，行解散礼。是日美利加洲的巴西国，电达国务院，承认中华民国，都下人士，欢欣鼓舞，统说是："民国创造，立法机关，至此成立，巴西承认民国，又适当国会成立的日期，为列强公认的先声，真是内治外交，渐臻完善，我中华民国的声威，将从此照耀神州，应了袁大总统的颂词呢。"人心无不望治，独有三数强有力者，尚在思乱，真是没法。两院议员，兴高采烈，统要选举正副议长，作为全院的主席。

无如议员共分四党，一是国民党，一是共和党，一是民主党，一是统一党，各党员都想争长，哪一党肯落人后？国民党人数最多，几有压倒两院的气势，余三党不肯降服，势必与国民党为仇。民主党为前清时代老人物，如各省谘议局及联合会人员，统共凑集，多是有些闻望，含有民党性质，与政府不相为谋。统一党是最近组织，就是袁政府手下健将，实不啻一政府党。至若共和党缘起，小子已于一十三回中表过，他本抱定国权主义，与国民党人向居反对地位。第一十九回中，已将数党提明，惟各党宗旨，未曾悉叙，故再行表出。三党宗旨，虽是不同，但仇视国民党的心理，却是一致，因此互相联结，渐渐地合并拢来，加以统一党帮助政府，隐受袁氏密嘱，吸合余党，张大势力，得与国民党相抗，甚且欲推倒国民党。国民党昂然自大，哪知暗地密谋？开会这一日，统一党议员，尚不过二三十人，过了数天，议员陆续到来，补足全额，问将起来，多是统一党人员，几增至一百有余。自是众议院内，三党合并，与国民党声势相等。惟参议院中，还是国民党员占着多数。为了两院议长问题，运动至二十日，选举至两三次，方将议长选出。参议院的议长，是直隶人张继，本属国民党；众议院的议长，是湖北人汤化龙，本属民主党，国民党一胜一败。副议长一席，参议院中选定王正廷，众议院中选定陈国祥，倒也不在话下。

惟两院竞选议长的时候，袁总统趁他无暇，竟做了一种专制的事件，未经交议，骤行签字，于是两院议员，发生异议，议员与政府反对，议员又与议员反对，胶胶扰扰，几闹得一塌糊涂。看官道是何事？原来就是银行团的大借款。特别注重。承接一十一回及一十八回中文字。自伦敦借款贷入后，六国银行团啧有烦言，以盐课已抵还前清庚子年赔款，不应再抵与伦敦新借款，嗣经外交部答复，略言："前清所抵赔款的盐税，彼时每年所收，只一千二百万两，现已增至四千七百五十万两，是除一千二百万两外，羡余甚多。前为旧额，今为新增，两无妨碍。"六国银行团乃再拟磋商，袁总统正苦无钱，巴不得借款到来，可济眉急。运动正式总统，原是要紧。因嘱财政总长周学熙申议借款事宜，拟将原议六万万两减作二万万。银行团复要求四事：(一）从前垫款，暨现今大借款，应将中国全国盐务抵押，聘用洋人管理，除还本付利外，倘有余款，仍听中国自由支用。(二）中政府应请借款银团指定洋员，在财政商办处，期限五年，凡关财务岁入等事，须备政府顾问。(三）中政府应自行聘用洋人，与财务商办处代表洋人，于取银票面签字，随时取用借款，并聘用稽核专门洋人若干，稽核借款账目，分别公布中外，又借款兴办实业，应用银团所认为适当专门洋人，监理事业。（四）银行既代中国出售巨款债票，若票卖完，中政府不得另借他款，以致市面牵动。

这四条要请前来，周学熙因他条件过严，特开国务院会议，自拟借款大纲五条，提交参议院议决。大纲五条列下：

第一条　中国自行整顿盐务，惟制造盐厂及经收盐税之处，中国可酌量自聘洋人，帮同华人办理。所收盐税，可交存于最妥实之银行，以备抵还借款之本息。

第二条　借款用途，以经参议院议决之款目为准则，其表面之签字，应由财政总长自委一中国人，与六国团代表一人，会同签字。

第三条　稽核账目之事，归入中国审计院办理。中国对于借款一部分之用账，可兼备华洋文册据，华洋员同押。

第四条　中国以后兴办实业，如需借款，只可商聘洋技师，按照普通合同办理。

第五条　此项借款债票，未售完之前，倘中国续借款项，如六国团条款与别家相同，可先尽六国团承办。但在本合同以前所订之借款合同条件，仍得继续进行，不受本条件拘束。

参议院议员看到这种条件，共说此是政府报告文，并非特别提案，有甚么紧要，定需会议？嗣因周总长一再催迫，乃将五条大纲逐一研究。尚可照此进行，无大损害，遂一律认可了事。谁知已堕入计中。周学熙复与银行团会议数次，始终无效。幸伦敦借款，逐月得数十万镑，还可勉强支持，所以挨延过去。哪知英使竟来一照会，声言如民国元年终日，中国不将从前赔款借款，一概结清，决将作抵的厘税厘金等，实行收没。好借人债者其听之！俄使亦主张同意，幸法使康悌及日本银行代表小田切转圜，与中政府重开谈判。当由英使代表银行团，向赵总理周总长提出数条：（一）要委定办理借款的专员；（二）要取消伦敦新借款的优先权。新借款条约中，载有中政府如须借款，本银行团与别团所开之条件相同，应得有优先权。赵周两人转报老袁，袁总统即委周为办理借款专员，一面与伦敦新银行团，取消优先权成约。伦敦新银行团，怎肯应允，周却想出妙法，要求伦敦新银行团于元年期内，再借一千万镑，还要将明年应付的七百万镑并在年内拨付，才好偿还一切欠款，无庸与六国商借。且债票宜速即销完，免与他团借债有碍，否则请将明年二月应付的二百万镑，尽年内付讫，其余五百万作罢，打销前约，并取消优先权，由中国予以赔偿。

看官！你想这种论调，明明是强人所难，伦敦新银行团一时交不出这么巨款，又经英政府与他反对，处处掣肘，只得承认后一层办法。周总长乃与他磋商赔款的数目，无非畀他续给二百万镑中，多了一个折扣。总是中国吃亏。一面与六国银行团正式开议，自元年十一月二十七日起，至十二月下旬，大致就绪，借额本定二千万镑，因伦敦新借款中，减去五百万镑，须转向六国银行团添借，乃拟定为二千五百万镑，共计二十一款。最紧要的，是第二款、第五款、第六款、第十四款、第十七款五条。第二款是指定用途；第五款是声明盐务稽核处办法；第六款是盐款未足以前，应加入他项，为暂时抵押品；第十四款是支款时，应照新定审计处规则办理；第十七款是续借或另借的限制。此外都是普通条件，大约是利息折扣等类。当由国务总理赵秉钧运动参议院议员，商定秘密会议，借人款项，何须秘密。再令财政总长周学熙到院报告，但将紧要条件交议，余只以普通二字含混过去，并无原文。议员已心心相印，还有甚么反对。惟第五款须用华洋稽核员，汪议员荣宝提议，谓："本款可无删改，最为上策，否则作为附件；万一银行团不肯照允，亦只可随便将就罢了。至如普通条件，亦未尝详诘全文，但把无庸表决四字，作为全院通过的议案。"无论要件与非要件，总教随便通过，民国何必需此参议员。

周总长即报告袁总统，老袁自然惬望，将要与银行团订约签字。忽银行团以欧洲金融偶遭紧急，须要加添利息，原议五厘，现要再加半厘。袁总统以吃亏太甚，又暂从迁延；另咨各国公使，要求赔款欠款等，一概展期，约有三种办法，或展期一年，或将积欠数目，作为短期公债，分五年清还，或俟大借款成立后，才行清偿。照会交去，俄公使首先拒绝，简直是无一承认。法使与俄使本是一鼻孔出气，当然不从。独英使朱尔典氏赞成末项，愿归入大借款下划付，各公使俱挟私见，并非英使爱我，不然，何以前日要悉数归还耶？并代为疏通俄法二使，决从此议。俄法二使已无违言，英使又函致中政府，先须聘定洋员，充任稽核，由六国公使通告六国团，然后借款合同，方可签押。于是由周总长出面，聘定洋员三名，一系意人，一系德人，一系丹麦人。法使又出来作梗，谓："意大利、丹麦两国，并未列入银行团，在银行团中洋员，只一德人，既已拟聘非银行团的洋员，何为延及德人？若延及德人，何以不聘我法人？且未聘及英俄美日人？"中政府又是一个漏洞，多被法使指摘。这数语照会政府，政府又撞了一鼻子灰，只好另提出再借问题，申告银行团。嗣美公使复出来调停，谓："中国只聘一人为会办，由银行团推举，另用各国洋员为顾问，毋庸列入合同。既免纷竞，又易办到。"周总长很表赞成，奈五国公使不肯允诺，须各国各用一人，美使调停无效，竟电达本国，欲退出银行团，美总统威尔逊氏竟如美使意见，宣布远近。略云：

> 美国资本团，曾应政府之请，加入中国借款，今复询问本政府，如仍愿该团加入，须明白申请，始允遵行。本政府以该借款条件，近于干涉中国行政之独立，且其中之抵押品及办法，陈废苛重，若本政府从而怂恿，则负责无有已时，实有背吾美立国主义。本政府不愿负此责任，决议不再提出申请，惟愿以合于中国自由进化，不背吾美素行主义之方法，扶助中华民国，凡可以裨益寓华美民之法制，本政府当竭力赞助也。特此宣言！

自此书宣布后，五国银行团经一极大的打击，共疑美国脱离团体，必为单独行动起见，将来中国利益恐被美国占尽，不由得惊上加惊，忧上加忧，甚至自相疑忌，竟欲解散。各公使顾全利益，亟命银行团自相联合，将承借股份，重行支配，且把要求条件，稍示让步。袁政府待款甚殷，也顾不得甚么主权，除聘定德人为国债局员外，改聘英人为盐务稽核员；并用法人俄人为审计顾问官。双方会议，渐得允洽，利息仍照前五厘，债票价格，拟定百分之九十，由银行团扣去六成，付与中国净额，实得百分之八十四。利息在二分以上，较诸民间进出，还要加倍。期限定四十七年，还本由第十一年起，每年递还总额，至第四十七年偿清，合同上仍二十一款。条文琐碎，不及细载。

袁总统不再交议院议决，即令国务总理赵秉钧、外交总长陆征祥、财政总长周学熙，于四月二十四日，在草合同上签字。越二日，在正合同上签字，又因急急需用，不及待各国发售债票，先向银行团商明，垫款二百万镑，另订垫款合同，利息七厘，即在大借款项下，尽先拨还。千波万折的大借款，至此成立，共计二千五百万镑，约合华币二万五千万元。小子有诗叹道：

不为埃及即波斯，监督重重后悔迟。
何故枭雄专借债？甘将国柄付人持。

借款已定，两议院俱未接洽，忽由袁总统发一咨文，传达议院，各议员共同瞧着，免不得惊诧起来。究竟咨文如何说法，且待下回表明。

国会初次成立，各议员即互生党见，至如举一议长，且需二三十日，倘政府中有重大议案，试问将议至何日，方可表决乎？议员如此倾轧，实为老袁所窃笑，而大借款即自此进行，未经议院表决，骤行签字，袁已目无国会矣。然袁之玩弄议员，固不啻掌中小儿，而对诸外人，则亦未免为所玩弄。且以此款巨息重之款项，经千波万折而成，乃由彼任意挥霍，毫不顾惜，一人之耗用无穷，四万万人之负担亦无穷，言念及此，窃不禁痛恨交并矣。

第二十四回　争借款挑是翻非
请改制弄巧成拙

却说袁总统既得大借款，所有订约签字诸手续，已经告竣，乃咨参众两议院，请他备案，国会是议案处，如何变作备案处。其文云：

临时大总统咨：本年四月二十六日，据国务总理赵秉钧、外交总长陆征祥、财政总长周学熙呈称：窃维六国银行团借款，先后磋商，已逾一年，上年九月间，曾经国务会议，拟定借款大纲，于十六十七两日，赴参议院研究同意，以为进行标准，唇焦舌敝，往复磋磨。直至岁杪，合同条议，大致就绪，当于十二月二十七日，出席参议院，先将特别条件，逐条表决，复将普通条件，全体表决，经均通过，正拟定期签字，该团忽以原议五厘利息，借口巴尔干战事，欧洲市场银根奇紧，要求增加半厘，只得暂行停议。惟是赔洋各款，积欠累累，一再愆期，层次商展，追呼之迫，等于燃眉，百计筹维，无可应付。数月来他项借款，悉成画饼，美国既已出团，而其余五国，仍未变易方针，大局岌岌，朝不保夕，既无束手待毙之理，复鲜移缓就急之方。近接各省都督来电相迫，如江苏程都督电，毋局于一时之毁誉，转为万世之罪人，安徽柏都督电，借款监督，欠款亦监督，毋宁忍痛须臾，尚可死中求活等语，尤为痛切。迫不得已，而赓续磋商，尚幸稍有进步，利息一节，该银行团允仍照改为五厘，其他案件，亦悉如十二月二十七日通过参议院之原议。事机万变，稍纵即逝，四月二十二日，奉大总统命令，五国银行团借款合同，任命赵秉钧、陆征祥、周学熙，全权会同签字，此令。等因，遵于二十四日，与该银行团双方签订草合同，复于二十六日，签订正合同，彼此分执存照，以免复生枝节。理合将华洋文合同各照备二份，并附用途单二份，呈请大总统鉴核，俯赐咨交议院查照备案，以昭信守等情。查此项借款条件，业于上年十二月二十七日，由国务总理暨财政总长，赴前参议院出席报告，均经表决通过，并载明参议院议事录内，自系当然有效，相应咨明贵院查明备案可也。此咨。

两院议员看到这项咨文，都生惊异。参议院中是国民党声势最盛，专防袁政府违法擅行，此次遇着此案，不待再议，即复咨政府，谓：“大借款合同，未经临时参议院议决，违法签字，当然无效。”众议院于五月五日开会，质问政府，请他解释理由。是时国务总理赵秉钧，以宋案既犯嫌疑，大借款又同签字，万不能免国会的攻击，即于五月一日，决然辞职，径赴天津。袁总统也知他微意，给他假期，暂令段祺瑞代理。

段任陆军总长，本与外交财政不相干涉，至如签字命令，更觉是没有关系，不过已代任国务总理，无从趋避，只好出席答复。众议员当面责问，段言：“财政奇绌，无法可施，不得已变通办理，还请诸君原谅！”各议员哗然道：“我等并非反对借款，实反对政府违法签约，政府果可擅行，何需议院！何需我等！”原是无需你等。段亦不便强辩，只淡淡的答道：“论起交议的手续，原是未完，论起财政的情形，实是困极，鄙人于借款问题，前不与闻，诸君不要怪我；如可通融办理，也是诸君的美意，余无他说了。”还是忠厚人口吻。言毕自去。

众议员聚议纷纭，或说应退还咨文，或说应弹劾政府，有一小半是拥护政府，不发一言，当由议长汤化龙提出承认不承认两条，付各议员投票表决，结果是不承认票，有二百十九张，承认票只五十三张。想总是统一党人所投。因即决议，不承认这大借款，拟将咨文退还。惟统一党系政府私人，暗替政府设法，与共和党民主党密商数次，劝他承认。两党尚觉为难，袁总统默揣人情，多半拜金主义，遂阴嘱统一党员，用了阿堵物，买通两党。果然钱可通灵，两党得了若干好处，遂箝住口舌，不生异议，且与统一党合并为一，统名进步党。想是富贵的进步，不是政治的进步。只国民党议员，始终不受笼络，再三争执。进步党由他喧哗，索性游行都市，流连花酒，把国事撇诸脑后。得了贿赂，乐得使用。

国会中出席人数，屡不过半，只好关门回寓，好几日停辍议事。国民党忍无可忍，乃通电各省都督民政长，请他主持公论，勿承认政府借款。进步党也电致各省，说是：“政府借款，万不得已，议院中反抗政府，不过一部分私见，未足生效。”

就是财政总长周学熙，又电告全国，声明大借款理由，略言："政府借款，实履行前参议院议决的案件，未尝违背约法。"于是循环相攻，争论不已。各省都督民政长，有袒护政府的，有诋斥政府的，惟浙江都督朱瑞，有一通电，颇中情理。小子浙人，尚记在脑中，请录与看官一阅。电词云：

窃维共和国家，主权在民，国会受人民之委托，为人民之代表，畀以立法之权，使其监督政府。其责至重，其位弥尊。吾国肇建以后，几历艰难，始克睹正式国会之成立，国内人民，罔不喁望。盖以议院为一国大政所自出，凡政府之措施，必依院议为证据，两院幸已告成，则凡关于国家存亡荣悴诸大问题，皆可由院一一解决，以副吾民之意。

自开会以来，所议者为借款一事，轩然大波，迄今未已。夫借用外债，关系国家之财政，国民之负担，其为重要，何俟申论？国会诸君，注意于兹，卓识可佩。惟是国基未固，时艰日亟，借款以外之重要事项，尚不一而足，有等于此者，且有远甚于此者，例如选举总统，制定宪法诸事，皆急待讨论，未可搁延，今以借款一案，争论不休，致使尺寸之时光，骎骎坐逝，揆诸时势，似有未宜。且借款一事，据院内宣言，并不反对，所研究者惟在此次政府之签约，是否适法。夫欲知政府之签约，是否适法，但须详查前参议院之议事录，并证诸前参议院当事之议员，自可立为解决，无待烦言。此数语亦袒护政府。乃各持所见，异说蜂起，甲派以之为违法，乙派则以之为适法，迷离惝恍，闻者惊疑。且丙党议员通电，谓："政府违法签约，已经多数表决，勿予承认”，而丁党议员来电，则谓：“不承认政府签约之议，并未经多数通过，不能生效。”于是此方朝飞一电，谓彼党故事推翻，而彼方复夕出一文，谓此党横加诬罪。一室自起干戈，同舍俨同敌国，非仅骇域中之观听，亦虑贻非笑于外人。以国会居民具尔瞻神圣庄严之地，而言词之杂出如此，其何以慰人民瞩望之殷耶？

尤有不能已于言者，院内之事件，须于院内解决之，不特法理之当然，亦为各国之通例。若夫院内之事，而求解决于院外，瑞诚不敏，未之前闻。应该驳斥。今两院议员诸君，以借款一事，纷纷电告各省都督民政长，意将诉诸公论，待决国人，在诸君各有苦衷，当为举世所谅，第各都督民政长，或总师干，或司民政，与国会权责各殊，不容干越，虽敬爱议院诸君，而欲稍稍助力，法律具在，其道无由。窃以院内各党，对于国家大事，允宜力持大体，取协商之主义，若惟绝对立于相反地位，则不能解决之事件，将继此而日出不穷。

今日之事，特其嚆矢耳。夫院内之问题，而院内不能解决之，虽微两院诸君之诉告，窃虑将有院外之势力，起而解决之者。以院内之事，而以院外势力解决之，法宪荡然，国何以淑？循是以往，则国内之事，行见为国外势力所主宰矣。诚然，诚然。神州倘遂沦胥，政党于何托足？皮之不存，毛将安附？以我两院诸君之英贤明达，爱国如身，讵忍出此乎？

窃愿两院诸君，念人民付托之殷挚，民国缔造之艰难，国会地位之尊崇，讨议大事，悉以爱国为前提，手段力取平和，出言务求慎重，各捐客气，开布公心。庶几国本不摇，国命有托，内无阋墙之举，外免豆剖之忧，则我全国父老子弟，拜赐无既矣。瑞身膺疆寄，职有专司，对于国会事件，本应自安缄默，第既辱两院诸君雅意相告，瑞赋性戆直，情切危亡，用敢以国民资格，谨附友朋忠告之谊，略贡愚者一得之言。修词不周，尚希亮察！

这道通电，虽是骑墙派的论调，但议案是立法根本，本与行政官无涉，如何要都督民政长出去抗议，这正是多此一举呢。各都督中，惟江西都督李烈钧、安徽都督柏文蔚、广东都督胡汉民，素隶国民党籍，闻政府违法借款，极力指斥。为后文伏案。国民党议员，仗着三督声威，纷争益盛，不但驳政府违法，并摘列合同内容严酷的条件，谓为亡国厉阶，决不承认。无如政府既联络进步党，与国民党抗衡，众议院连日闭会，反致另外议案，层叠积压。各省拥护政府的都督，又电告议院，斥他负职，国民党自觉乏味，乃与进步党协商，但教政府交议，表面上不侵害国会职权，实际上亦未始不可委曲求全，否则全院议员，俱蒙耻辱等语。进步党员独谓借款签字，已成事实，即使交议，亦是万难变更，不如姑予承认，另行弹劾政府，方为正当，国民党也无可奈何，只好模棱过去，承认了案。惟参议院强硬到底，终不肯承认借款，袁政府竟不去睬他，一味地独行独断，随时取到借款，即随时支付出去，乐得眼前受用，不管日后为难。

当时有一个湖北商民，名叫裘平治，他于宋案及大借款期内，默窥袁总统行为，无非是帝王思想，若乘此拍马吹牛，去上一道劝进表，得蒙老袁青眼，便是个定策功臣，从此做官，从此发财，管教一生吃着不尽。见地甚高，可惜还早一些。计划已定，只苦自己未曾通文，所有呈文上的说法，如何下笔，想了一会，竟一语也写不出，猛然想到有个知己朋友，是个冬烘先生，平日谈论起来，尝说要真命天子出现，方可太平，他既怀抱这种经济，定能做这种绝好文字，当下就去拜访，果然一说就成。那冬烘先生，颇知通变达权，却把“皇帝”两字，不肯直说，只把暂改帝国立宪，缓图共和政体两语，装在呈文上面，以下便说总统尊严，不若君主、长官命令，等于弁髦，本图共和幸福，反不如亡国奴隶，曷若酌量改制等语。却是一个老作手。最后署名，除裘平治外，又捏造几个假名假姓，随列后面。这便叫做民意。

裘得了呈文，忙跑至邮政局中，费了双挂号的信资，寄达北京。自此日夕探望，眼巴巴的盼着好音，就是夜间做梦，俨然接到总统府征车，来请他作顾问员。挖苦得妙。

一日早晨，尚在半榻间沉沉睡着，忽有一人叫着道：“裘君！裘先生！不好了，袁总统要来拿你了。”裘平治被他唤醒，才答道：“袁总统来请我么？”还是未醒。那人道：“放屁！是要拿你，哪个来请你？”裘平治道：“我不犯甚么罪，如何要来拿我？敢是你听错不成？”那人道：“你有无呈文到京？”裘平治道：“有的。”那人便从袋中取出新闻纸，掷向床上道：“你瞧！”裘乃披衣起床，擦着两眼，看那新闻纸，颠倒翻阅，一时尚寻不着，经来人检出指示，乃随瞧随读道：

> 共和为最良之政体，治平之极轨，中国共和学说，酝酿于数千年前，只以压伏于专制之威，未能显著。近数十年来，志士奔呼，灌输全国，故义师一举，遂收响应之

功，洵为历史上之光荣，环球所敬叹。本大总统受国民付托之重，就职宣誓。深愿竭其能力，发扬共和之精神，涤荡专制之瑕秽，永不使帝制再见于中国，皇天后土，实闻此言。仿佛是猪八戒罚咒。乃竟有湖北商民裘平治等，呈称："总统尊严，不若君主，长官命令，等于弁髦，国会成立在即，正式选举，关系匪轻，万一不慎，全国糜烂，共和幸福，不如亡国奴隶，曷若暂改帝国立宪，缓图共和"等语。谬妄至此，阅之骇然。本大总统受任以来，自维德薄能鲜，夙夜兢兢，所以为国民策治安求幸福者，心余力绌，深为愧疚。而凡所设施，要以国家为前提，合共和之原则，当为全国人民所共信。不意化日光天之下，竟有此等鬼蜮行为，若非丧心病狂，意存尝试，即是受人指令，志在煽惑。如务为宽大，置不深究，恐邪说流传，混淆视听，极其流毒，足以破坏共和，谋叛民国，何以对起义之诸人，死事之先烈？何以告退位之清室，赞成之友邦？兴言及此，忧愤填膺，所有裘呈内列名之裘平治等，著湖北民政长严行查拿，按律惩治，以为猖狂恣肆，干冒不韪者戒。此令！

裘平治一气读下，多半是解非解，至读到严行查拿一语，不由得心惊胆战，连身子都战栗起来，便道："这……怎么好？怎么好？"末数语也未及看完，便把新闻纸掷下，复卧倒床上，杀鸡似的乱抖。谁叫你想做官发财？还是来人从旁劝道："三十六著，走为上著，袁总统既要拿你，你不如急行走避，或到亲友家躲匿数天，看本省民政长曾否严拿，再作计较。"裘平治闻言，才把来人仔细一望，乃是一个经商老友，才嘘了一口气道："承兄指教，感念不浅，但外面的风声，全仗你留意密报，我的家事，亦望老友照顾，后有出头日子，当重重拜谢呢。"那人满口应允，裘平治忙略略收拾，一溜烟的逃去了。后来湖北省中，饬县查拿，亦无非虚循故事，到了裘家数次，觅不着裘平治；但费了几回酒饭费，却也罢了。这是善体上意。小子有诗叹道：

一介商民敢上呈，妄图富贵反遭惊。
从知祸福由人召，何苦营营逐利名。

裘平治终未缉获，袁总统亦无后命，那参议院中，又提出一种弹劾案来。毕竟弹劾何人，容至下回分解。

违法签约，司马昭之心，路人皆知。为国会议员计，力争无效，不如归休，微特进步党趋炎附势，为识者所不齿，即如国民党员，叫嚣会场，无人理睬，天下事可想而知，尚何必溷迹都门，甘作厌物耶？朱督一电，未必无私，而指摘议员，实有独到处，特录之以示后世，著书人之寓意深矣。裘平治请改政体，实存一希倖之心而来，经作者描摹尽致，几将肺肝揭出，袁总统通令严拿，原不过欺人耳目，然裘商已几被吓死矣。是可为热中者戒！

第二十五回　烟沉黑幕空具弹章
变起白狼构成巨祸

却说河南地方，是袁总统的珂里，袁为项城县人氏，项城县隶河南省，从前鄂军起义，各省响应，独河南巡抚宝棻，是个满洲人，始终效顺清廷，不肯独立，学界中有几个志士，如张钟瑞、王天杰、张照发、刘凤楼、周维屏、张得成、冯广才、徐洪禄、王盘铭等，极思运动军警，光复中州。嗣被宝棻侦悉，密遣防营统领柴得贵，带着营兵，把所有志士，一律拘获，陆续枪毙。外县虽几次发难，亦遭失败。惟嵩县人王天纵，素性不羁，喜习拳棒，尝游日本横滨，遇一女学生毛奎英，为湖南世家子，一见倾心，愿附姻好，结婚后，携归砀山，共图革命，叙及王天纵，不没毛奎英，是寓男女平权之意。乃招集徒党，日加训练，每遇贪官污吏，常乘他不备，斫去几个好头颅，里人称为侠士，清廷目为盗魁。

宣统三年七月，曾有南北镇会剿的命令，统领谢宝胜，亲率大兵，与王天纵鏖战数次，终不能越砀山一步。既而武昌事起，黎都督派人至砀山，约为声援。豫省诸志士又奔走号呼，举他为大将军，他即整旅出山，往洛阳进发。沿途招降兵士数千人，声势大振。

嗣接陕西都督急电，以潼关失守，邀他往援，他又转辔西上，夺还潼关，再回军进河南界，拔阌乡，下灵宝、陕州，直达渑池，适清军云集，众寡悬殊，两下里血战六昼夜，不分胜负。忽得南北议和消息，有志士刘粹轩、姬宗羲、刘建中及护兵徐兴汉等，愿冒险赴敌，劝导清军反正，谁知一去不还，徒成碧血。清军复巧施诡计，竟臂缠白布，手执白旗，托词投诚，驰入王军营内，捣乱起来。王猝不及防，慌忙退兵，已被杀死二千多人，几至一蹶不振。幸退屯龙驹寨，重行招募，再图规复，方誓众东下，逾内乡、镇平各县，得抵南阳，闻清帝退位确信，乃按兵不动。寻因宛城一带，兵匪麕集，随处劫

掠，复出为荡平，暂驻宛城。未几，袁总统已就职北京，饬各省裁汰军队，就是王天纵一军，亦只准编巡防两营，余均遣散。王乃酌量裁遣，退宛驻淅。插此一段，实为王天纵着笔。

惟河南巡抚宝棻不安于位，当然卸职归田，继任的便是都督张镇芳。镇芳是老袁中表亲，向属兄弟称呼，袁既做了大总统，应该将河南都督一缺，留赠表弟兄，也是他不忘亲旧的好意。语中有刺。怎奈张镇芳倚势作威，专务朘削，不恤民生，渐致盗贼蜂起，白日行劫，所有掳掠奸淫等情事，每月间不下数十起，报达省中。那老张全不过问，但在卧榻里面，吞云吐雾，按日里与妻妾们练习那小洋枪、水洋炮的手段。也算是留心军政。全省人民，怨声载道，无从呼吁。长江水上警察第一厅厅长彭超衡，目睹时艰，心怀不忍，乃邀集军警学各界，列名请愿，胪陈张镇芳六大罪案，请参议员提前弹劾。请愿书云：

为请愿事：河南都督张镇芳到任经年，凡百废弛，其种种劣迹，不胜枚举，特揭其最确凿者六大罪状，为贵院缕陈之：

（一）摧残舆论。河南处华夏之中心点，腹地深居，省称光大，正赖舆论提倡，增进人民知识，而张镇芳妄调军队，逮捕自由报主笔贾英夫，出版自由，言论自由，皆约法所保障，该督竟敢破坏约法，其罪一。

（二）甘犯烟禁。洋烟流毒，同胞沉沦，民国成立，首悬厉禁，皖之焚土，湘之枪毙，鄂之游街，普通人民，均受制裁，而镇芳横陈一榻，吞吐自如，不念英人要挟，交涉棘手，倚仗威势，醉傲烟霞，其罪二。

（三）纵军养匪。河南土匪蜂起，民不堪命，镇芳手握重兵，不能克期肃清，亦属养匪殃民，况复纵抚标亲军在许、襄骚扰，巡防第一第八两营，在汝、川、襄、叶等处，私卖军火，与匪通气，兵耶匪耶，同一病民，其罪三。

（四）任用私人。李时灿侵蚀学款，反对共和，人咸目为大怪物，迭经各界攻击，而镇芳初任之为秘书，继荐之长教育，恐学界有限脂膏，难填无穷欲壑；且反对共和之贼，厕身教育，不过教人为奴隶，为牛马，士林前途，无一线光明，其罪四。

（五）蔑视法权。镇芳有保护私宅卫队百名，系伊甥带领，倚乃舅威势，因向项城县知事关说私情，未准其请，胆敢带领卫队，捣毁官署，殴辱知事。夫知事一县之长官，行政之代表，伊甥竟以野蛮对待，而镇芳纵容不究，弁髦法令，其罪五。

（六）草菅人命。袁寨炮队曾拿获行迹可疑之人七名，送项城县讯问，供系谢保胜溃军，并无他供。迨后病毙一名，逃脱二名。所有樊学才四名，仍然在押。朱春芳硬指为伊子朱树藩枪毙案中要犯，串通议员夏五云，贿赂张镇芳，竟下训令，饬项城知事，不问口供，枪毙樊学才四名，军民冤之。夫专制时代无确实口供，尚不轻斩决，而镇芳惟利是图，竟以三字冤狱，枉毙人命，其罪六。

综以上六罪，皆代表等或出之目睹，或调查有据者也。素仰贵院代表全国，力主公论，不侵强权，是以代表羁住他乡，不忍乡里长此蹂躏，为三千万人民呼吁请命，伏祈贵院提前弹劾，张贼早去一日，则人民早出水火一日，不胜迫切待命之至。须至请愿者。

218. 参议员览到此书，未免动了公愤，河南议员孙钟等，遂提出查办案，当由大众通过，寻查得六大罪案，凿凿有据，乃实行弹劾，咨交政府依罪处罚。看官！你想张都督是总统表亲，无论如何弹劾，也未能动他分毫；又兼袁总统是痛恨议员，随你如何说法，只有“置不答复”四字，作为一定的秘诀。张镇芳安然如故，河南的土匪，却是日甚一日，愈加横行。鲁山、宝丰、郏县间，统是盗贼巢穴，最著名的头目，叫做秦椒红、宋老年、张继贤、杜其宾及张三红、李鸿宾等，统是杀人不眨眼的魔王。就中有个白狼，也与各党勾连，横行中州。

闻说白狼系宝丰县人，本名阆斋，曾在吴禄贞部下做过军官。吴被刺死，心中很是不平，即日返里，号召党羽，拟揭竿独立。会因南北统一，所谋未遂，乃想学王天纵的行为，劫富济贫，自张一帜。无如党羽中良莠不齐，能有几个天良未昧，就绿林行径中，做点善事；况是啸聚成群，既没有甚么法律，又没有甚么阶级，不过形式上面，推白为魁，就使他存心公道，也未能一一羁勒，令就约束，所以东抄西掠，南隳北突，免不得相聚为非，成了一种流寇性质。可见大盗本心，并非欲蹂躏乡闾，其所由终受恶名者，实亦为党羽所误耳。于是白阆斋的威名，渐渐减色，大众目为巨匪，号他白狼。大约说他与豺狼相似，不分善恶，任情乱噬罢了。

白狼有个好友，叫做季雨霖，曾为湖北第八师师长，前曾佐黎都督革命，得了功绩，加授陆军中将，赏给勋三位。民国二年三月初旬，湖北军界中，倡立改进团名目，分设机关，私举文武各官，遍送传单证据，希图起事，推翻政府，嗣由侦探查悉，报知黎都督，由黎派队严拿，先后破获机关数处，拘住乱党多名，当下审讯起来，据供是由季雨霖主谋。黎即饬令拘季，哪知季已闻风远飏，急切无从缉获，由黎电请袁总统，将季先行褫职，并夺去勋位，随时侦缉，归案讯办。袁总统自然照准，季雨霖便做为逃犯了。当时改进团中，尚有熊炳坤、曾尚武、刘耀青、黄裔、吕丹书、许镜明、黄俊等，皆在逃未获，余外一班无名小卒，统自鄂入汴，投入白狼麾下。

白狼党羽愈多，气焰越盛，所有秦椒红、宋老年、李鸿宾等人，均与他往来通好，联络一气。会闻舞阳王店地方，货物山积，财产丰饶，遂会集各部，统同进发。镇勇只有百余名，寡不敌众，顿时溃散。各部匪遂大肆焚掠，全镇为墟，复乘夜入象河关，进掠春水镇。镇中有一个大富户姓王名沧海，积赀百余万，性极悭吝，平居于公益事，不肯割舍分文，但高筑大厦，厚葺墙垣，自以为坚固无比，可无他虑。这叫做守财奴。贫民恨王刺骨，呼他为王不仁，秦宋诸盗，冲入镇中，镇民四散奔匿，各盗也不遑四掠，竟向王不仁家围住。王宅阖门固守，却也有些能耐，一时攻不进去。秦椒红想了一策，暗向墙外埋好火药，用线燃着，片刻间天崩地塌，瓦石纷飞，王氏家人，多被轰毙。群盗遂攻入内室，任情虏掠，猛见室中有闺女五人，缩做一团，杀鸡似的乱抖。秦椒红、李鸿宾等哪里肯放，亲自过去，将五女拉扯出来，仔细端详，个个是弱不胜娇，柔若无力，不禁大声笑道："我们正少个压寨夫人，这五女姿色可人，正是天生佳偶呢。"语未毕，但听后面有人叫道："动不得！动不得！"秦李二人急忙回顾，来者非谁，就是绿林好友白狼。秦椒红便问道："为甚么动不得？"白狼道："他家虽是不良，闺女有何大罪？楚楚弱质，怎忍淫污，不如另行处置罢。"强盗尚发善心。李鸿宾道："白大哥太迂腐了。我等若见财不取，见色不纳，何必做此买卖？既已做了此事，还要顾忌甚么？"说至此，便抢了一个最绝色的佳人，搂抱而去，这女子乃是沧海侄女，叫做九姑娘。秦椒红也拣选一女，拖了就走，宋老年随后趋至，大声道："留一个与我罢。"全是盗贼思想。白狼道："你又来了，我辈初次起事，全靠着纪律精严，方可与官军对垒，若见了妇女，便一味淫掠，我为头目的，先自淫乱，哪里能约束徒党呢？"又易一说，想是因前说无效之故，但语皆近理，确不愧为盗魁。宋老年道："据你说来，要我舍掉这美人儿么？"白狼道："我入室后，寻不着这王不仁，想是漏脱了去，我想将这数女掳去为质，要他出金取赎，我得了赎金，或移购兵械，或输作军饷，岂不是有一桩大出息？将来击退官军，得一根据，要掳几个美人儿，作为妾媵，也很容易呢。"无非掳人勒赎，较诸秦、李二盗，相去亦属无几。宋老年徐徐点首道："这也是一种妙策，我便听你处置，将来得了赎金，须要均分呢。"白狼道："这个自然，何待嘱咐。"

说毕，便令党羽将三女牵出，自己押在后面，不准党羽调戏，宋老年也随了出来。那时秦、李两部，早已抢了个饱，出镇去了。

白狼偕宋老年，遂向独树镇进攻。途次适与秦、李二盗相遇，乃复会合拢来，分占独树北面的小顶山及小关口，谋攻独树镇。时南阳镇守使马继增，闻王店春水镇，相继被掠，急忙率队往援，已是不及，复拟进蹑群盗，适接第六师师长李纯军报，调赴信阳，乃将镇守使印信交与营务处田作霖，令他护理，自赴信阳去讫。田闻独树有警，星夜往援，分攻小顶山小关口，一阵猛击，杀得群盗七零八落。白狼、李鸿宾先遁，宋老年随奔，秦椒红袒背跳骂，猛来了一粒弹子，不偏不倚，正中头部，自知支持不住，急令部匪挟着王氏女，滚山北走。官军奋勇力追，毙匪甚众。秦椒红虽得幸免，怎奈身已受伤，不堪再出，便改服农装，潜返本籍养病。不意被乡人所见，密报防营，当由防兵拿住送县，立处死刑。难为了王氏女。独白狼匿入母猪峡，与李鸿宾招集散匪，再图出掠，且挈着王氏三女，勒赎巨金。王氏父女情深，既知消息，不得已出金取赎。悖入悖出，已见天道好还，且尚有一女一侄女，陷入盗中，不仁之报，何其酷耶？白狼既得厚资，复出峡东窜，击破第三营营长苏得胜，径趋铜山沟。

团长张敬尧奉李纯命，往截白狼，不意为白狼所乘，打了一个大败仗，失去野炮二尊，快枪百余支，饷银六千元，过山炮机关枪弹子，半为狼有。于是狼势大炽，左冲右突，几不可当，附近一带防军，望风生惧，没人敢与接仗，甚且与他勾通，转好坐地分赃，只苦了数十百万人民，流离颠沛，逃避一空。小子有诗叹道：

茫茫大泽伏萑苻，万姓何堪受毒逋。

谁总师干驻河上，忍看一幅难民图。

张督闻报，才拟调兵会剿，哪知东南一带，又起兵戈，第六师反奉调南下。究竟防剿何处，待至下回再详。

王天纵与白阆斋，两两相对。一则化盗为侠，一则化侠为盗，时机有先后，行动有得失，非尽关于心术也。即以心术论，王思革命，白亦思革命，同一革命健儿，而若则以侠著，若则以盗终，天下事固在人为，但亦视运会之为何如耳。虽有智慧，不如乘势，诚哉是言也。惟都督张镇芳，尸位汴梁，一任盗贼蜂起，不筹剿抚之方，军警学各界，请愿参议院，参议院提出弹劾案，而袁总统绝不之问，私而忘公，坐听故乡之糜烂，是张之咎已无可辞，袁之咎更无可讳矣。于白狼乎何尤？

第二十六回　暗杀党骈诛湖北
讨袁军竖帜江西

却说国会成立以后，就是大借款案、张镇芳案接连发生，并不见政府有何答复，少慰人意；他如戕宋一案，亦延宕过去，要犯赵秉钧、洪述祖等，逍遥法外，都未曾到案听审。京内外的国民党，统是愤不可遏，跃跃欲动，恨不得将袁政府，即日推倒。奈袁政府坚固得很，任他如何作梗，全然不睬；并且随地严防，密布罗网，专等国民党投入，就好一鼓尽歼。为后文伏笔。

相传赵秉钧为了宋案，到总统府中面辞总理，袁总统温言劝慰道："梁山渠魁，得君除去，实是第一件大功。还有天罡地煞等类，若必欲为宋报仇，管教他噍无遗种呢，你尽管安心办事，怕他甚么？"处心积虑，成于杀也。赵秉钧经此慰藉，也觉放下了心，但总未免有些抱歉，所以托病赴津。那国民党不肯甘休，明知由老袁暗地保护，格外与袁有隙，两下里仇恨愈深。

忽京中来了女学生，竟向政府声明，自言姓周名予儆，系受黄兴指使，结连党人，潜进京师，意欲施放炸弹，击死政府诸公；转念同族相残，设计太毒，因此到京以后，特来自首；并报告运来炸弹地雷硫黄若干，现藏某处。政府闻报，立派军警往查，果然搜出若干军火，并获乱党数名，当命监禁待质；一面由北京地方检察厅，转饬沪上法官，传黄兴来京对质，命令非常严厉，一些儿不留余地。这也是可疑案件，黄兴欲击毙当道，何故遣一女学生，令人不可思议。黄兴自然不肯赴京。南方传讯赵秉钧，北方传讯黄兴，先后巧对，何事迹相类若此。

既而上海制造局发一警电，说道五月二十九日夜间，忽来匪徒百余人，闯入局中，图劫军械，幸局中防备颇严，立召夫役，奋力抵敌，当场击败匪徒，擒住匪官一名，自供叫做徐企文。看官记着！这夜风雨晦冥，四无人迹，徐企文既欲掩他不备，抢劫军火，也应多集数百名，为甚么寥寥百人，便想行险侥幸呢？想是熟读《三国演义》，想要学东吴甘兴霸百骑劫曹营故事。况且百余个匪徒，尽行逃去，单有首领徐企文却被擒住，这等没用的人物，要想劫甚么制造局。灯蛾扑火，自取灾殃，难道世上果有此愚人么？离离奇奇，越发令人难测。政府闻这警耗，竟派遣北军千名，乘轮来沪，并由海军部特拨兵舰，装载海军卫队多名，陆续到了沪滨，所有水陆人士，统是雄赳赳的身材、气昂昂的面目，又有特简的总执事官，系是袁总统得力干员，曾授海军中将，叫做郑汝成。大名鼎鼎。下如陆军团长臧致平，海军第一营营长魏清和，第二营营长周孝骞，第三营营长高全忠等，均归郑中将节制，仿佛是大敌当前，即日就要开仗的情形。都是徐企文催逼出来。

过了数天，袁总统又下命令，著将江西都督李烈钧、安徽都督柏文蔚、广东都督胡汉民，一体免职，另任孙多森为安徽民政长，兼署都督事，陈炯明为广东都督，江西与湖北毗连，令副总统黎元洪兼辖。这道命令，颁发出来，明明是宣示威灵，把国民党内的三大员，一律捽去，省得他多来歪缠，屡致掣肘。应二十四回。当时海内人士，已防他变，统说三督是国民党健将，未必肯服从命令，甘心去位，倘或联合一气，反抗政府，岂不是一大变局？偏偏三督寂然不动，遵令解职，江西、安徽、广东三省，平静如常。

惟湖北境内，屡查出私藏军械等件，并有讨贼团、诛奸团、铁血团、血光团等名籍，及票布旗帜，陆续搜出。起初获住数犯，统是被诱愚民及小小头目，后来始捕获一大起，内有要犯数名，就是刘耀青、黄裔、曾尚武、吕丹书、许镜明、黄俊等人，讯明后，尽行枪毙。未几，在武昌城内，亦发现血光团机关，派兵往捕，该犯不肯束手，齐放手枪炸弹，黑烟滚滚，绕做一团，官兵猝不及防，却被他击死二人，伤了一人。嗣经士兵愤怒，一齐开枪抵敌，方杀入秘室，枪毙几个党犯，有五犯升屋欲逃，又由兵士穷追，打死一名，捉住三名。当下在室内搜出文件关防，及所储枪弹等类，共计四箱，一并押至督署，由黎亲讯，立将犯人斩首。及检阅箱内文据，多半与武汉国民党交通部勾连，就是在京的众议员刘英及省议员赵鹏飞等，亦有文札往来，隐相联络。黎副总统遂派兵监守国民党两交通部，凡遇出入人员与往来信件，均须盘诘检查，两部办事人已逃去一空，几乎门可罗雀了。

既而襄河一带，如沙场、张家湾、潜江县、天门县、岳口、仙桃镇等处，次第生变，次第扑灭。某日，黎督署中，有一妙年女子，入门投刺，口称报告机密。稽查人员见她头梳高髻，体着时装，足趿革鞋，手携皮夹，仿佛似女学生一般，因在戒严期内，格外注意，遂先行盘诘一番，由女子对答数语，免不得有支吾情形。稽查员暗地生疑，遂唤出府中仆妇，当场搜检，那女子似觉失色，只因孤掌难鸣，不得不由他按搦。好一歇，已将浑身搜过；并无犯禁物件，惟两股间尚未搜及，她却紧紧拿住，岂保护禁脔耶？经稽查员嘱告仆妇，摸索裤裆，偏有沉沉二物，藏着在内。女子越发慌张，仆妇越要检验，一番扭扯，忽从裤脚中漏出两铁丸，形状椭圆，幸未破裂。看官不必细问，便可知是炸弹了。诡情已著，当然受捕，由军法科讯鞫，那女子却直供不讳，自称："姓苏名舜华，年二十二，曾为暗杀铁血团副头目，此次来署，实欲击杀老黎，既已被获，由你处治，何必多问。"倒也爽快。当下押往法场，立即处决，一道灵魂，归天姥峰去了。

嗣又陆续获到女犯两名，一叫周文英，拟劫狱反牢，救出

死党，一叫陈舜英，为党人钟仲衡妻室，钟被获受诛，她拟为夫报仇，投入女子暗杀团，来刺黎督，事机不密，统被侦悉，眼见得俯首受缚，同死军辕。实是不值。嗣复闻汉口租界，设有党人机关，即由黎副总统再行遣兵往拿，一面照会各领事，协派西捕，共同查缉，当拘住宁调元、熊越山、曾毅、杨瑞鹿、成希禹、周览等，囚禁德法各捕房，并搜出名册布告等件，内列诸人，或是议员，或是军警，就是从前逃犯季雨霖，亦一并在内，只"雨霖"二字，却改作"良轩"，待由各犯供明，方才知晓。黎副总统乃电告政府，请下令通缉，归案讯办。曾记袁政府即日颁令道：

据兼领湖北江西都督黎元洪电陈乱党扰鄂情形，并请通缉各要犯归案讯办等语。此次该乱党由沪携带巨资，先

后赴鄂，武汉等处，机关四布，勾煽军队，招集无赖，约期放火，劫狱攻城扑署，甚至时在汉阳下游一带挖掘盘塘堤，淹灌黄、广等七县，不惜拼掷千百万生命财产，以逞乱谋，虽使异种相残，无此酷毒。

经该管都督派员，在汉口协同西捕，破获机关，搜出账簿名册旗帜布告等件，并取具各犯供词，证据确凿，无可掩饰。查该叛党屡在鄂省谋乱，无不先时侦获，上次改进团之变，未戮一人，原冀其革面洗心，迷途思返，乃竟鬼蜮为谋，豺狼成性，以国家为孤注，以人命为牺牲，颠覆邦基，灭绝人道，实属神人所共愤，国法所不容。本大总统忝受付托之重，不获为生灵谋幸福，为寰宇策安全，竟使若辈不逞之徒，屡谋肇乱，致人民无安居之日，商廛无乐业之期，兴念及此，深用引疚，万一该乱党乘隙思逞，戒备偶疏，小之遭荼毒之惨，大之酿分割之祸，将使庄严灿烂之民国，变为匪类充斥之乱邦，谁为致之？孰令听之。本大总统及我文武同僚，将同为万古罪人，此心其何以自白？夷考共和政体，由多数国民代表，议定法律，由行政官吏依法执行，行不合法，国民代表，得而监督之，不患政治之不良。现国会既已成立，法律正待进行，或仍借口于政治改良，不待国会议定，不由国会监督，簧鼓邪词，背驰正轨，惟务扰乱大局，以遂其攘夺之谋，阳托改革之名，其实绝无爱国与政治思想。种种暴乱，无非破坏共和，凡民国之义，人人均为分子，即人人应爱国家，似此乱党，实为全国人民公敌。默念同舟覆溺之祸，缅维新邦缔造之艰，若再曲予优容，姑息适以养奸，宽忍反以长乱，势不至酿成无政府之惨剧不止。所有案内各犯，除宁调元、熊越山、曾毅、杨瑞鹿、成希禹、周览，已在汉口租界德法各捕房拘留，另由外交部办理外，其在逃之夏述堂、王之光、季良轩即季雨霖、钟勖庄、温楚珩、杨子鬯即杨王鹏、赵鹏飞、彭养光、詹大悲、邹永成、岳泉源、张秉文、彭临九、张南星、刘仲州等犯，著该都督民政长将军都统护军使，一体悬赏饬属严拿，务获解究，以彰国法而杜乱萌。此令！

此令一下，湖北各军界，格外严防，按日里探查秘密，昼夜不懈，黎副总统亦深居简出，非遇知交到来，概不接见，府中又宿卫森严，暗杀党无从施技。只民政长夏寿康及军法处长程汉卿两署内，迭遇炸弹，幸未伤人。还有高等密探张耀青，为党人所切齿，伺他出门，放一炸弹，几成齑粉；又有密探周九璋，奉差赴京，家中母妻子女，都被杀死，只剩一妹逸出窗外，报告军警，到家查捕，已无一人，但有尸骸数堆，流血盈地。自是防备愈密，查办益严，所有讨贼诛奸铁血血光各团，无从托足，遂纷纷窜入江西。

江西都督一缺，自归黎元洪兼任后，黎因不便离鄂，特荐欧阳武为护军使，贺国昌护民政长，往驻江西。除照例办事外，遇有要公，均电鄂商办。嗣由党人日集，谣言日多，江西省议会及总商会，恐变生不测，屡电到鄂，请黎莅任。这时候的黎兼督，不能离武昌一步，哪里好允从所请，舍鄂就赣呢？

会九江要塞司令陈廷训，连电黎副总统，极言“九江为长江要冲，匪党往来如织，近闻挟持巨金，来此运动，克期起事，恳就近速派军队，及兵轮到来，藉资镇慑”等语。黎副总统亟遣第六师师长李纯率师东下，一面密报中央，请再增兵江西，藉备不虞。袁总统即命李纯为九江镇守使，并陆续调遣北军，分日南下。哪知护军使欧阳武偏电达武昌，声言“赣地各处，一律安靖，何用重兵镇慑？现在北军分据赛湖、青山、瓜子湖一带，严密布置，断绝交通，商民异常恐慌，请即日撤回防兵，且乞转达中央，务期休兵息民”云云。黎得此电，不禁疑虑交并。这种把戏，一时却看他不懂。只好复慰欧阳，说明陈司令告急，因派李司令到浔，既据称赣省无事，当调李回防，但船只未到，军队未回以前，仍希转饬浔军，并地方商民，毋徒轻信谣言，致生误会为要。这电文甫经发出，不意陈廷训又来急电，说：“由湖口炮台报告，前督李烈钧带同外人四名，于七月八日晚间，乘小轮到湖口，会同九、十两团，调去工程辎重两营，勒令各台交出，归他占据，并用十营扼住湖口，分兵进逼金鸡炮台，且有德安混成旅旅长林虎等，亦向沙河镇北进，闻为李烈钧后援。事机万急，火速添兵。”

看这数语，与欧阳武所报情形，迥然不同，弄得黎副座莫明其妙。又电诘欧阳武，等他复电，竟有一两日不来。独镇守使李纯却有急电请示，据言：“李烈钧已占住湖口炮台，宣告独立。前代理镇守使俞毅及旅长方声涛，团长周璧阶等，俱潜往湖口，与李联兵，驻扎德安的林虎，亦前应李众，乱机已发，未敢骤退，请训示遵行。”那时江西兼督黎副总统已经瞧破情形，飞电令李纯留驻九江，毋即回军，复电致政府，详报护军镇守两使情状。政府即严诘欧阳武，欧阳武复电到来，略言“李烈钧确到湖口，九、十两团，虽为所用，幸两团以外，各处军队，未经全变。现已连日调集南昌，并开两团往湖口，竭力支持，荷蒙知遇，当誓死图报”云云。政府复据情电鄂，黎兼督又是动疑，忽传到讨袁军檄文，为首署名，就是总司令李烈钧，接连列名的，乃是都督欧阳武、民政长贺国昌、兵站总监俞应鸿等，所说大旨，无非是痛詈老袁。黎亦瞧不胜瞧，但就紧要数语，仔细一阅，略云：

民国肇造以来，凡我国民，莫不欲达真正目的。袁世凯乘时窃柄，帝制自为；灭绝人道，而暗杀元勋，弁髦约法，而擅借巨款。金钱有灵，即舆论公道可收买，禄位无限，任腹心爪牙之把持。近复盛暑兴师，蹂躏赣省，以兵威劫天下，视吾民若寇仇，实属有负国民之委托，我国民宜亟起自卫，与天下共击之！

黎阅至此处，将来文掷置案上，暗暗叹道："老袁却也专制，应该被他讥评，但他们恰也性急。前年革命，生民涂炭，南北统一，仅隔一年，今又构怨弄兵，无论袁政府根地牢固，一时推他不倒，就是推倒了他，未必后起有人，果能安定全国，徒令百姓遭殃，外人干涉。唉！这也是何苦生事呢！我只知保全秩序，不要卷入漩涡，省得自讨苦吃罢。"好算明见。正筹念间，李烈钧又有私函到来，接连是黄兴、柏文蔚等，也有电文达鄂。黎俱置诸不理，未几，得九江镇守副使刘世钧要电，请催李纯速攻湖口，又未几，得欧阳武通电，说"由省议会公举，权任都督，且指北军为袁军，说他无故到赣，三道进兵，具何阴谋？赣人愤激得很，武为维持大局计，不得不暂从所请"云云。又未几，得李纯急电，已与林虎军开战了。正是：

帷幕不堪长黑暗，萧墙又复起干戈。

欲知李、林两军胜负，容待下回表明。

是回为二次革命之发端，见得正副两总统，内外通筹，联为一体，专防国民党起事。周予儆之自首，得票传黄兴到京，所以抗宋案也，徐企文之攻制造局，得输运陆海军至沪，所以争先著也。赣皖粤三都督，尽令免官，所以报争款之怨，而弱党人之势也。一步紧一步，一着紧一着，此是袁总统无上兵略，而黎副总统即默承之，党人不察，徒号召党羽，散布鄂省，令几个好男女头颅，无端轻送。至图鄂不成，转而图赣，曾亦闻李纯已至，北军南来，要险之区，俱已扼守，尚有何隙可乘耶？或谓三督在位，尚有兵权，何不乘免官令下之时，联合反抗，宣告独立，乃迟至卸职以后，再行发难，毋乃太愚。是不然。袁政府既能撤除三督，宁不能防备三督？三督正因老袁之注意，姑为此寂然不动，遵令解职，待事过境迁，乃跃然而起，掩其不备。彼以为老袁已弛戒心，而谁料老袁之防，转因此而益切。十面埋伏，专待项王。袁之计何其巧乎？故予谓周予儆、徐企文辈，实皆受袁之指使，试悉心钩考之，当知予言之非诬矣。

第二十七回　战湖口李司令得胜
弃江宁程都督逃生

却说旅长林虎，本与李烈钧同党，李至湖口，早已暗招林虎，令率军前来援助。林即率众北行，逾沙河镇，直赴湖口，偏被九江镇守使李纯派兵堵住。至此见李纯一军，实是要着。李烈钧明知李纯前来，是个劲敌，早运动欧阳武，迫他撤回。李纯不肯回师，更兼北京政府及武昌黎兼督，都饬他留驻防变，所以养兵蓄锐，专待林虎到来，与他角斗。林虎既到湖口，怎肯罢休，便直逼李纯军营，开枪示威，李纯手下的兵弁，已是持枪整弹，静候厮杀，猛闻枪声隆隆，即开营出击。两下交战多时，不分胜负，各自收兵回营，相持不退。当由李纯分电告警，越日，即电传袁总统命令云：

前据兼领湖北江西都督事黎元洪，先后电称："据九江要塞司令陈廷训电，因近日乱党挟带巨资，前来九江湖口，运动煽惑，约期举事，恳请就近酌派军队，赴浔镇慑，即经派兵前往；嗣据江西护军使欧阳武电阻，已谕令前往军队预备撤回各营等语；兹又据黎兼督暨镇守使李纯，先后电陈，李烈钧带同外国人四名，于本月八号晚乘小轮到湖口，约会九、十两团团长。调去辎重工程两营，勒令各台交出，归其占领，以各营扼扎湖口，遍布要隘，分兵进逼金鸡炮台。德安之混成旅，并向沙河镇进驻。该镇南之赣军队，突于十二日上午八点钟开枪向我军进攻，且以湖口地方，宣布独立等情”，阅之殊深骇异。李烈钧前在江西，拥兵跋扈，物议沸腾，各界纷纷吁诉，甚谓李烈钧一日不去，赣民一日不安。本大总统酌予免官，调京任用，所以曲为保全者，不为不至。且为赣省计，深恐兴师问罪，惊扰良民，故中央宁受姑息之名，地方冀获敉安之庆。

不意逆谋叵测，复潜至湖口，占据炮台，称兵构乱，谓非背叛民国，破坏共和，何说之辞？可见陈廷训电称运动煽惑，约期举事，言皆有据。似此不爱国家，不爱乡土，不爱身家名誉，甘心畔逆，为虎作伥，不独主持人道者所不忍言，实为五大民族所共弃。值此边方多故，应付困难，虽全国协力同心，犹恐弗及，而乃幸灾乐祸，倾覆国家，稍有天良，宁不痛愤？李烈钧应即褫去陆军中将并上将衔，著欧阳护军使及李镇守使设法拿办，其胁从之徒，自愿解散，概不深究，如或抗拒，则是有心从逆，定当痛予诛锄。并著各省都督民政长，剀切晓谕军民，共维秩序，严加防范。本大总统既负捍卫国民之职任，断不容肇乱之辈，亡我神州。凡我军民，同有拯溺救灾之责，其敬听之！此令。

李纯阅罢，当即命令宣示军士，军士愈加愤激，即于是日夜间，摩拳擦掌，预备出战。到了天晓，一声令发，千军齐出，好似排山倒海一般，迫入林虎军前。林虎亦麾军出迎，你枪我弹，轰击不休，自朝至午，尚是死力相搏，两边共死亡多人，林军伤毙尤众。看看日将西昃，李军枪声益紧，林军子弹垂尽，任你著名闽中的林虎，也不能赤手空拳亲当弹雨，只好下令退兵。这令一下，部众慌忙回走，遂致秩序散乱，东奔西散，好似风卷残云，顷刻而尽。

李纯督军追了一程，方才回营，当即宣布告捷，时袁总统已任段芝贵为第一军军长，整队南下，来助李纯，归黎副总统节制，并命为宣抚使，与欧阳武等妥筹善后事宜。欧阳武已自做都督，岂老袁尚在未知？黎闻此令，当将欧阳武情状，据实电达中央，袁总统又下通令道：

共和国民，以人民为主体，而人民代表，以国会为机关。政治不善，国会有监督之责，政府不良，国会有弹劾之例。大总统由国会选举，与君主时代子孙帝王万世之业，迥不相同。今国会早开，人民代表，咸集都下，宪法未定，约法尚存，非经国会，无自发生监督之权，更无擅自立法之理，岂少数人所能自由起灭？亦岂能因少数人权利之争，掩尽天下人民代表之耳目？此次派兵赴浔，迭经本大总统及副总统一再宣布，本末了然。何得信口雌黄，藉为煽乱营私之具？今阅欧阳武通电，竟指国军为袁军，全无国家观念，纯乎部落思想，又称蹂躏淫戮，庐墓为墟等情，九江为中外杂居之地，万目睽睽，视察之使，络绎于途，何至无所闻见？陈廷训之告急，黎兼督之派兵，各行其职，堂堂正正，何谓阴谋？孤军救援，何谓三道进兵？

即欧阳武蒸日通电，亦云李烈钧到湖口，武开两团往攻等语，安有叛徒进踞要塞，而中央政府，该管都督，撤兵藉寇之理？岂陈廷训、刘世均，近在九江之电不足凭，而独以欧阳武远在南昌之电为足信？岂赣省三千万之财产，独非中华民国之人民？李纯所率之两团，独非江西兼督之防军？欧阳武以护军使不足，而自为都督，并称经省会公举，约法具在，无此明条；似此谬妄，欺三尺童子不足，而欲欺天下人民，谁其信之？

且与本大总统防乱安民之宗旨，与迭次之命令，全不相符。捏词诬蔑，称兵犯顺，视政府如仇敌，视国会若土苴，推翻共和，破坏民国，全国公敌，万世罪人，独我无辜之良民，则奔走流离，不知所届，本大总统心实痛之。若非看到后来，则此等命令，真若语语爱民。本大总统年逾五十，衰病侵寻，以四百兆人民之付托，茹苦年余，无非欲黎民子孙，免为牛马奴隶。此种破坏举动，本大总统在任一日，即当牺牲一切，救国救民，现在正式选举，瞬将举行，虽甚不肖，断不至以兵力攘权利。总统已是囊中物，安得不争？况艰辛困苦，尤无权利之可言。由总统过渡，即成皇帝，安得谓无权利？副总统兼圻重任，经本大总统委托讨逆，责有攸归，或乃视为鄂赣之争，尤非事实。仍应责成该兼督速平内乱，拯民水火，各省都督等同心匡助，毋视中华民国为一人一家之事，毋视人民代表为可有可无之人。你不如此，谁敢如此？我五大族之生灵，或不至断送于乱徒之手。查欧阳武前日电文，词意诚恳，与此电判若两人，难保非佥壬挟持，假借民意，俟派员查明，再行核办。此令！

令甲迭下，战衅已开，林虎军已经败走，李烈钧尚据湖口。段芝贵率兵南下，会同李纯军，一同进攻。黎副总统又拨楚豫、楚谦、楚同各兵舰，共赴九江，且委曹副官进解机关炮八尊，快枪五十支，子弹十万粒，径达军前，接济军需。看官！你想湖口一区，并非天险，李烈钧孤军占据，随在可危，怎禁得袁黎交好，用了全力搏狮的手段，与他对待呢。李烈钧自取败征。黄兴、柏文蔚、陈其美等，急欲援应李烈钧，分头起事，黄图江宁，柏图安徽，陈图上海。为牵制袁军计，当湖口交战这一日，黄兴已自上海到浦口，运动江宁第八师，闯入督署，胁迫程德全，即日独立，手中各执后膛枪，矗立如林，声势汹汹，嚣张得了不得。程德全未免心慌，但又无从趋避，只好按定心神，慢腾腾的走将出来问明何事。军士举了代表，抗言袁违约法，迹同叛国，应请都督急速讨袁，驱除叛逆等语。程德全迟疑半晌，方道："诸君意思，亦是可嘉，但也须计出万全，方好起事，目下尚宜静待哩。"言未已，蓦见有一革命大伟人，踉跄趋入，竟至程都督前，跪将下去，程都督猝不及防，还疑是一时看错，仔细一瞧，确是不谬，当即折腰答礼。

看官道来人为谁？就是前南京留守黄兴。突如其来。两人礼毕起来，方由程督问明来意。黄兴一面答话，一面流泪，无非是决计讨袁的事情。欲为伟人，必须具一副急泪。程督暗想，我今日遇着难题了，不允不能，欲允又不可，看来不如暂时让他，待我避至沪上，再作区处。计划已就，便对黄兴道："克强先生，有此大志，不愧英雄。但兄弟自惭老朽，眼前且有小恙，不能督师，这次起事，还是先生在此主持，我情愿退位让贤，赴沪养痾哩。”黄兴闻了此言，恰也心喜，假意地谦逊一回，至程德全决意退让，便直任不辞。程遂返入内室，略略摒挡行李，带了卫队数名，眷属数名，竟与黄兴作别，飘然而去。跳出是非门，最算聪明。黄兴便占据督署，总揽大权，除宣布独立外，凡都督应行事件，均由黄一手办理。

陈其美、柏文蔚等，闻兴已经得手，随即独立。陈在上海设立司令部，悬帜讨袁，柏由上海至临淮关，亦张起讨袁旗来。又是两路。又有长江巡阅使谭人凤及徐州第三师师长冷遹，均有独立消息，警报与雪片相似，纷达北京。袁总统即任张勋为江北镇守使，倪嗣冲为皖北镇守使，并特派直隶都督冯国璋为第二军军长，兼江淮宣抚使，指日南行。又恐两议院国民党员，导入党人，扰及都门，因特召卸任总理赵秉钧，命为北京警备地域司令官，陆建章为副，防护京师。前情后案，一笔勾销，赵秉钧又可出头。适程德全到沪，电达京师，报称江宁被逼情形。袁总统即指令程德全道：

据国务院转呈江苏都督程德全十七日电称：“十五日驻宁第八师等各军官，要求宣布独立，德全旧病剧发，刻难搘拄，本日来沪调治。”又应德闳电称“率同各师长移交都督府”等语。该都督有治军守土之责，似此称病弃职，何以对江苏人民？姑念该都督从前保全地方，舆情尚多感戴，此次虽未力拒逆匪，而事起仓猝，与甘心附逆者，迥不相侔。应德闳因事先期在沪，情亦可原。该逆匪等破坏性成，人民切齿，现在江西、山东两路攻剿，擒斩叛徒甚多，湖口指日荡平。张勋前队已抵徐州，著程德全、应德闳，即在就近地方，暂组军政民政各机关行署；并著程德全督饬师长章驾时等，选择得力军警，严守要隘，迅图恢复。

一面分饬各属军警，暨商团民团，防范土匪，保护良民。该都督民政长职守攸关，务当维系人心，毋负本大总统除暴安良之本旨。一俟大兵云集，即当救民水火，统一国家。该都督民政长，尚有天良，其各体念时艰，勉期晚盖！此令。

程应两人接到此令，就在上海租界中，暂设一个临时机关，办理事件。越宿即有江宁传来急报，南京四路要塞总司令吴绍璘、讲武堂副长蒲鉴、要塞掩护第二团教练官程凤章等，统被黄兴杀死。程应复联衔电达，袁总统即命将黄兴所受职位，一概褫去，连柏文蔚、陈其美二人，亦照例褫夺。并饬冯国璋、张勋两军，赶即赴剿，又有通令一道云：

前南京留守黄兴，自辞卸汉粤川路督办后，回沪就医，本月十二日，忽赴南京第八师部，煽惑军队，迫胁江苏都督程德全，同谋作乱。程德全离宁赴沪，黄兴捏用江苏都督名义，出示叛立，自称讨袁军总司令，其与湖口李逆烈钧电，有“江苏宣布独立，足为公处声援”之语。又迭派叛军攻击韩庄防营，遣其死党柏文蔚，盗兵临淮，陈其美图占上海，唆使吴淞叛兵，炮击飞鹰兵舰，在宁戕杀要塞总司令吴绍璘，讲武堂副长蒲鉴，要塞掩护团教练官程凤章等多人，并在沪声言外人干涉，亦所不恤，必欲破坏民国，糜烂生民而后快。逆迹昭著，豺虎之所不食，有昊之所不容。查黄兴亡命鼓吹，本以改良政治为名，乃凶狡性成，竟于已经统一之国家，甘心分裂，自南京留守取消以后，屡遣叛徒，至武汉起事不成；又遣暗杀党至京行刺被获，侵蚀南京政府公款，以纠合暴徒，私匿公债票数百万，派人运动各省军队，政府虽查获证据，未经宣布，冀其良心未死，或有悔悟迁善之一日，乃政府徒蒙容忍之名，地方已遭蹂躏之祸，该黄兴、陈其美、柏文蔚等，明目张胆，倒行逆施，各处商民，怨恨切骨，函电纷纷，要求讨贼。比闻金陵城内，焚戮无辜，又霸占交通机关，敲诈商人财物，草菅人命。因一己之权利，毒无限之生灵，播徙流离，本大总统恻然心痛，凡我军民怒目裂眦，著冯国璋、张勋迅行剿办叛兵，一面悬赏缉拿逆首。其胁从之徒，有擒斩黄兴以自赎者，亦予赏金。自拔来归者，勿究前罪。本大总统但问顺逆，不问党类，布告远迩，咸使闻知。

是时冯国璋、张勋等，奉令登程，先后南下。张勋越加奋勇，星夜向徐州进发，他因辛亥一役，被南军驱出南京，时时怀恨，此次公报私仇，恨不得插翅南飞，把一座金陵城，立刻占住。一到韩庄，正与黄兴派来的宁军，当头遇着，他即麾令全军，一齐猛击，宁军也不肯退让，枪炮互施。两军酣战一昼夜，杀伤相当，恼动了张勋使，张勋已加勋位，故称勋使。怒马出阵，自携新式快枪，连环齐放，麾下见主将当先，哪一个还敢落后？顿时冲动宁军，奋杀过去。宁军气力渐疲，不防张军如此咆哮，竟有些遮拦不住，渐渐地退倒下来。阵势一动，旗靡辙乱，眼见得无法支持，纷纷败走。张勋追至利国驿，忽接到邮信一函，展开一阅，内云：

张军统鉴：江苏、江西，相率独立，皆由袁世凯自开衅端，过为已甚。三都督既已去职，南方又无事变，调兵南来，是何用意？俄助蒙古，南逼张家口，外患方亟，彼不加防，乃割让土地与俄，而以重兵蹂躏腹地，丧乱国民，破坏共和，至于此极，谁复能堪？九江首抗袁军，义愤可敬，一隅发难，全国同声。公外察大势，内顾宗邦，必将深寄同情。克期起义。呜呼！

世凯本清室权奸，异常险诈，每得权势，即作好慝。戊戌之变，尤为寒心。前岁光复之役，复愚弄旧朝，盗窃权位，继以寡妇可欺，孤儿可侮，既假其名义以御民军，终乃取而代之。自入民国，世凯更无忌惮，阴谋满腹，贼及太后之身；贿赂塞途，转吝皇室之费。世凯不仅民国之大憝，且为清室之贼臣，无论何人，皆得申讨。公久绾军符，威重宇内，现冷军已在徐州方面，堵住袁军，公苟率一旅之众，直捣济南，则袁军丧胆，大局随定，国家再造，即由我公矣。更有陈者：兴此次兴师，惟以倒袁为目的，民贼既去，即便归田。凡附袁者，悉不究问。军国大事，均让贤能。兴为此语，天日鉴之，临颖神驰，伫望明教。江苏讨袁总司令黄兴叩。

张勋阅毕，把来书扯得粉碎，勃然道：“我前只知有清朝，今只知有袁总统，甚么黄兴，敢来进言？混账忘八！我老张岂为你诱惑么？”确肖口吻。遂命兵士暂憩一宵，明日下令出战。到了晚间，忽由侦卒走报，徐州第三师冷遹，来接应叛军了。张勋道：“正好，正好，我正要去杀他，他却自来寻死了。”小子有诗咏张勋道：

奉令南行仗节旄，乃公胆略本麄豪。
从前宿忿凭今泄，快我恩仇在此遭。

欲知此后交战情形，且至下回续叙。

李烈钧发难江西，已落人后，黄兴、柏文蔚、陈其美等，更出后着，如弈棋然，彼已布局停当，而我方图进攻，适为彼所控制耳。袁恐九江之乱，先遣李纯以镇之；防上海之变，更派郑汝成以堵之；张勋扼江北，倪嗣冲守皖北，已足制党人之死命；加以段芝贵、冯国璋之南下，为夹击计，前可战，后可守，区区内讧，何足惧耶？且所遣诸人，无一非心腹爪牙，而又挟共和之假招牌，保民之口头禅，笼络军民，安有不为所欺者？彼李烈钧、黄兴、柏文蔚、陈其美等，威德未孚，布置未善，乃欲奋起讨袁，为第二次之革命，适足以取败耳。惟程德全之弃江宁，尚为袁所不料，袁于此亦少下一着，袁殆尚有悔心乎？

第二十八回　劝退位孙袁交恶 告独立皖粤联镳

却说徐州第三师师长冷遹，闻宁军败退利国驿，忙调兵赴援，凑巧与张勋相遇。当下交战一场，还没有甚么损失，不意总兵田中玉，引济南军来助张勋，两路夹攻，杀得冷军左支右绌，只好弃甲曳兵，败阵下去。张、田合兵追赶，正值徐州运到兵车，在利国驿车站下车，来援冷遹，冷遹回兵复战，又酣斗多时，才将张、田两军击退。张军、田军分营驿北，冷遹收驻驿南。次日张勋军中，运到野炮四门，即由张勋下令，向冷军注射，这炮力非常猛烈，扑通扑通的几声，已将冷营一方面，弹得七零八落，冷遹还想抵敌，偏值一弹飞来，不偏不倚，正中胁前，那时闪避不及，弹已穿入胁内，不由得大叫一声，晕倒地上；经冷军舁了就逃，立即四散。张勋见冷营已破，方令停炮，所有驿南一带，已经成为焦土，连车站都被毁去。当由张军乘胜直进，竟达徐州，徐城内外，已无敌踪，一任老张占住。辫帅大出风头。

这时候的九江口，北兵大集，宣抚使段芝贵与李司令纯会商，用四面合攻计策，包围湖口，一面出示招抚，劝令叛军归诚，不念既往。李烈钧孤军驻着，几似身入瓮中，非常危险，好几次出兵进击，统被北军杀败，团长周璧阶见势已危急，竟向北军投诚，烈军愈加惶迫，飞向各处乞援。宁沪一带讨袁军，方公举岑春煊为大元帅，欲借岑老三宿望，号召各省，从速响应，岑模棱两可，起初欲由沪赴宁，嗣闻徐、浔两处均已失败，也弄得进退两难。多入漩涡。国民党首领孙文，恐党人一败，无从托足，亦思借前此重名，怂恿各省独立，当有通电拍发道：

北京参议院众议院国务院各省都督民政长各军师旅长鉴：江西事起，南京各处，依次响应，一致以讨袁为标帜，非对于国家而脱离关系，亦非对于北方而睽异感情，仅欲袁氏一人，辞大总统之职，并不惜牺牲其生命以求达之。大势至此，全国流血之祸，系于袁氏之一身。闻袁决以兵力对待，是无论胜败，而生民涂炭，必不可免，夫使袁氏而未违法，东南此举，谁为左袒？今袁氏种种违法，天下所知，东南人民，迫不得已，以武力济法律之穷，非惟其情可哀，其义亦至正。且即使袁氏于所谓违法，有以自解，亦决不至人民反对，遍六七省；人民心理之表见，既已如是，为公仆者，即使自问无愧，亦当谢职以平众怒，微论共和政体，即君宪国之大臣，亦不得不以人民好恶为进退。有如去年日本桂太郎公爵，以国家柱石，军人领袖，重出而组织内阁，只以民党有所不满，即翛然引去，以明心迹。大臣风度，固宜如是，何况于共和国之人民公仆，为人民荷戈以逐，而顾欲流天下之血，以保一己之位置哉！使袁氏而果出此，非惟贻民国之祸，亦且腾各国之笑。回忆辛亥光复，清帝举二百余年之君位，为民国而牺牲，当时袁氏实主其谋，亦以顾念大局，不忍生灵久罹兵革，安有知为人谋而不知自谋者？更忆当时，文受十七省人民之付托，承乏临时大总统，闻北军于赞成共和之际，欲举袁氏以谋自安，文即辞职，向参议院推荐袁氏，当时固有责文徇国民之意，而不顾十七省人民付托之重者。然文之用心，不欲于全国共和之时，尚有南北对峙之象，是以推让袁氏，俾国民早得统一。由是以观，袁不宜借口于部下之拥戴，而拒东南人民之要求，可断言矣。诸公维持民国，为人民所攸赖，当此存亡绝续之际，望以民命为重，以国危为急，同向袁氏劝以早日辞职，以息战祸，使袁氏执拗不听，必欲牺牲国家人民，以成一己之业，想诸公亦必不容此祸魁。文于此时，亦惟有从国民之后，义不返顾。临电无任迫切之至！孙文叩。

又电致袁总统云：

北京袁大总统鉴：文于去年北上，与公握手言欢，闻公谆谆以国家与人民为念，以一日在职为苦。文谓国民属望于公，不仅在临时政府而已，十年以内，大总统非公莫属，此言非第对公言之，且对国民言之。自是以来，虽激昂之士，于公时有责言，文之初衷，未尝少易。何图宋案发生，证据宣布，愕然出诸意外，不料公言与行违，至于如此。既愤且懑。而公更违法借款，以作战费，无故调兵，以速战祸，异己既去，兵衅仍挑，以致东南军民，荷戈而起，众口一词，集于公之一身。意公此时，必以平乱为言，姑无论东南军民，未叛国家，未扰秩序，不得云乱，即使云乱，而酿乱者谁？公于天下后世，亦无以自解。公之左右，陷公于不义，致有今日，此时必且劝公，乘此一逞树威雪愤。此但自为计，固未为国民计，为公计也。清帝辞位，公举其谋，清帝不忍人民之涂炭，公宁忍之？公果欲一战成事，宜用于效忠清帝之时，不宜用于此时也。说者谓公虽欲引退，而部下牵掣，终不能决。然人各有所难，文当日辞职，推荐公于国民，固有人责言，谓文知徇北军之意，而不知顾十七省人民之付托。

文于此时，迄不为动，人之进退，绰有余裕，若谓为人牵掣，不能自由，苟非托辞，即为自表无能，公必不尔也。为公仆者，受国民反对，犹当引退，况于国民以死相拚？杀一不辜，以得天下，犹不可为，况流天下之血，以从一己之欲？公今日舍辞职外，决无他策。昔日为任天下之重而来，今日为息天下之祸而去，出处光明，于公何憾？公能行此，文必力劝东南军民，易恶感为善意，不使公怀骑虎之虑。若公必欲残民以逞，善言不入，文不忍东南人民久困兵革，必以前此反对君主专制之决心，反对公之一人，义无反顾，谨为最后之忠告，惟裁鉴之！孙文叩。

看官！试想这袁总统世凯，是想把中华民国，据为一人的私产，子孙万代，世世传将下去，岂肯中道退位，听那孙文的言语。况且赣徐告捷，民党失败，正好乘此机会，将这等反对人物，一股脑儿驱杀出去，他好威福自专，造成一个大袁氏帝国，孙文、黄兴等人无权无势，硬想与他作对，转弄成螳斧当车，不自量力，区区几百个电文，济甚么事？反足令老袁暗笑呢。

果然电文一达，威令重来，撤销孙文筹办铁路全权，此外不置一词。好似不值答复。还有蔡元培、汪兆铭、唐绍仪等，冒冒失失，也电请老袁退位，袁总统乃答辩数语，略言："按照约法，及所宣誓言，须待正式总统选定，始能退位，不能照三数人私见，冒昧行事。"旋复下一通令，洋洋洒洒，约一二千言，小子因他言不由衷，不愿详录。但记得文中要语，很有几句好笔仗，大致谓"受事之日，父老既以此完全统一国家，托诸藐躬，受代之时，藐躬当以此完全统一国家，还诸父老，是用雪涕誓师，哀矜执讯，岂用黩武？实以完责。一俟凶慝荡平，国基奠定，行将自劾以谢天下"等语。大众见此通令，总道他语语真诚，言言痛切。而且正式总统，未知谁人？民国初造，元气未复，孙、黄等无端发难，酿成南北战争，甘为戎首，真是何苦？所以一般人士都望这次乱事，迅速荡平，各省都督，也多詈孙、黄为乱党，李烈钧、柏文蔚等为国贼，情愿荷戈前驱，为袁效力，比那辛亥革命，直不啻天渊远隔呢。大家都睡在鼓中。

惟安徽署督孙多森，接到江宁独立消息，颇为骇异。寻复得下关来电，谓"宁已独立，公自忖无军事学识，可将都督一席，仍让柏公。公如无反对意思，尚可公认为省长"云云。当下密电江宁，探问虚实。嗣得电复，果属确凿，并劝令即日独立。乃请省议会议长，及各军官到公署集议。大众以宁皖相连，宁既生变，皖先当灾，不如随声附和，维持现状为是。孙本袁总统心腹，到了这个地步，亦拿不住一定主意，只好说是未曾统军，不便督师，众议推师长胡万泰为都督，孙仍任民政长，宣布独立，并任宪兵营长祁耿寰，为讨袁总司令。

芜湖旅长龚振鹏，且先日揭独立旗，脱离中央关系，龚本瞧不起孙胡，所以省城尚未独立，他先独立起来。但皖省财政奇绌，饷项无着，芜湖独立，名义上虽是讨袁，心目中却是要钱。兵老爷致治不足，扰乱有余，吾为民国一叹。探得大通督销局，所存盐款，不下数十万金，便乘着黑夜，拔营尽起，齐向大通进发。督销局中的办事人员，已都到黑甜乡里，去做好梦，一声炮响，局门洞开，芜兵明火执仗，一拥而入，吓得全局司事，从睡梦中惊醒，只在被窝里乱抖，不知是甚么盗贼。那芜兵却不要人物，专要金银，四处寻觅，得了一个铁箱，立即打开，里面藏着，却有一大束钞票，几十包银圆，喜得芜兵眼笑眉开，你抢我夺，不到几分钟，已是搬得精光，呼啸一声，陆续出局。到了局外，忽有营兵前来拦截，差不多有二三百名。芜兵钱财到手，兴致勃然，当下勇气百倍，把手中所携的快枪，一齐放出，击死来兵一大半。有几个脚长手长的，急奔了去。芜兵方扬长回营。原来大通督销局附近，本有一营兵防守，骤闻局中有变，急来救护，哪知吃了一场大亏，冤冤枉枉的丧了若干性命，只剩了几十人，逃回省中，报明孙、胡两人。

省城兵备本虚，骤闻此警，惶急万分，孙又不愿独立，自思身入阱中，性命难保，不如赶紧逃避，乃薙发易服，步行出城，想是从曹阿瞒处学来。竟乘兵舰下驶去了。胡万泰闻孙失踪，也是立脚不牢，索性也背人私逃。省城无主，越加扰乱，经军、商、学各界会议，暂推祁耿寰护理都督，兼民政长。祁恐人心不服，遍贴通告，只说是奉柏总司令所委，暂行代理。甫经接印视事，已有旅长柴宝山出来反抗。祁知不为众所容，也即逃去。

柴宝山等正议改推都督，忽报柏文蔚到来。胡万泰亦随柏回省，乃出城欢迎，导柏入城。柏本在临淮关，自闻省城鼎沸，乘势南下，途次适遇胡万泰，遂相偕同行。一入省城，遂自任都督，兼掌民政长，调集军队，抵抗北军。孙多森逃至上海，电告北京。略称："被逼离皖，恳即另任都督，讨平乱党。"袁总统即将讨皖事务责成倪嗣冲。倪是老袁旧部，自然奋力报效，督兵进攻去了。

安徽以外，又有粤东都督陈炯明，亦响应宁、皖、赣各军，宣告独立。陈炯明本与孙、黄同党，闻黄兴已实行讨袁，即亲赴议会，演说袁总统罪状，拟即日出师北伐等语。议会中尚依违两可，不甚赞同。陈炯明勃然大怒，竟拔佩刀出鞘，掷置案上，声言不肯用命，立杀无赦。议员等被他一吓，哪个敢轻试刀锋，只好唯唯从命。炯明回署，即自称粤总司令，派兵往宁、赣等处，援助黄兴、柏文蔚等。但因兵饷缺乏，迫令远近商人助饷，各商锱铢必较，怎肯无故出钱，畀他弄兵逞志？遂陆续电达政府，请速发兵南征，保救商民。袁总统遂命龙济光为广东镇抚使，乃弟龙觐光为副，两龙本驻扎粤边，就近派剿，较为便捷；一面下一通令道：

迭据新加坡槟榔屿侨商，广州总商会，香港澳门各政党各行业商民人等，屡电称"本月十八日，都督陈炯明在议会拔刀，威逼议员，宣告独立，乞派兵挽救，速讨逆贼"等语。情形迫切，众口一词。广东经兵燹之后，疮痍未复，迭饬各师旅长等，严守秩序，保卫地方。不意陈炯明狼子野心，背国叛立，粤人水深火热，泣血椎心，披阅电文，不忍卒读。各该商民深明大义，任侠可风。陈炯明祸国祸乡，竟敢通电各省，措词狂悖，罪不容诛，应即褫去广东都督职官，并撤销陆军中将暨上将衔，着龙济光饬各师旅长，派兵声讨，悬赏拿办。其被胁之徒，但能立功自拔，概勿深究！此令。

此外还有湖南、福建二省亦相继独立。湖南都督谭延闿，福建都督孙道仁，本持中立态度无意决裂，怎奈军界欲起应孙、黄，同时胁迫。湖南举师长蒋翊武为总司令，福建举师长许崇智为总司令，害得谭、孙两督，无法可施，只好暂时从众，也张起讨袁旗来。最后是重庆师长熊克武，亦宣示独立。正是：

彼让此争徒自扰，南征北讨几时休。

以上所述，独立的省份，计不下五六省，袁政府遣兵派将，日夕不遑，倒也忙碌得很。欲知成败，且看下回。

语有云：“不可与言而与之言，失言。”孙文之劝袁退位，毋乃贻失言之讥乎？袁氏野心勃勃，宁肯退位？彼方为一网打尽之谋，而孙实堕其术，徒令撤销全权，目为乱党。假使袁氏后日，效曹操之欲为周文王，不思南面称帝，则假面目终未揭破，孙、黄遁逃海外，终为民国罪人，几何而不为天下笑也。柏文蔚、陈炯明辈，亦未免躁率取殃，意气之不可用事也如此。前车覆，后车鉴，愿执此书以告来者。

第二十九回　郑汝成力守制造局
陈其美战败春申江

却说袁政府派兵南下，首先注意的是宁、赣两路。李烈钧已入围中，虽有欧阳武等遥应南昌，已被北军遮断，宣抚使段芝贵及总司令李纯，步步进逼，还有陆军中将王占元及海军次长汤芗铭，会同水陆各军，同时进攻。旅长马继增、鲍贵卿等，奉段芝贵等派遣，分道攻击。马军从新港一带，率兵猛进，连夺要隘，占领灰山。湖口西炮台忙开炮轰击马军，马军仗着锐气，直薄炮台，前仆后继，冒烟冲突，又有外面军舰，连放巨炮，终将炮台轰破，守台各兵除倒毙外，尽行逃去，马军遂占住西炮台。鲍军由海军掩护，从官牌夹渡，至湖口东岸，与李烈钧部众激战，大获胜仗，乘势进据钟山，扑攻东炮台。可巧西炮台攻毁，东炮台知不可守，立即溃散。李烈钧势穷力蹙，遂弃了湖口，乘舟逸去。总计李烈钧起事，偶得偶失，先后不过十多日，湖口一带，已完全归入北军了。

袁总统闻捷大喜，即发犒赏银十万圆，赍交段芝贵量功颁赉；并称："天不佑逆，人皆用命，得此骤胜。恐是天夺之鉴，并非助彼除敌。并饬悬赏缉获李烈钧，所有商民，应责成段芝贵设法安抚，以副救民水火的本旨。满口仁慈。又因陆军少将余大鸿、参谋汤则贤，前时奉公至赣，道经湖口，为李烈钧部将何子奇所拘，一并杀害，投尸江流，应特别抚恤，并在受害地方，建祠旌忠"云云。段芝贵等自然照办，一面从湖口南下，往捣南昌去讫。

这时候的沪军总司令陈其美，已连攻制造局，三战三北，纷纷退至吴淞口。原来江宁独立，传檄各属，陈其美同时响应，已见上文。外如松江军队，蠢然思逞，即推钮永建为总司令，招添新军，挑选精壮，派统领沈葆义、田嘉禄等为师团各长，先行开往沪南，与北军决战。一到龙华，即在制造分厂门外，开了一阵排枪，先声示威，嗣即整齐军队，陆续进厂，厂中没人抗拒，当由松军检点火药子弹等箱，贴上封条，并在厂前高悬白旗，嘱令厂长等严加防守，即刻拔队赴沪。

制造局督理陈榥与海军总司令李鼎新，正接黄兴急电，请调北军离局，免致开衅，当已据实电达北京，请示办理。忽闻龙华药厂又被松军占领，顿露惊慌景象，所有全局办事员及工匠役夫等，走避一空。陈督理与李总司令筹商，急切不得良法，可巧郑汝成到来，见这情形，遂向李鼎新道："此处警卫全军，大总统本责成海军总司令完全节制，现在枪械均足，又有兵舰驻泊，足资防守，应该如何对付，当由总司令发布命令，未便一味游移。"李鼎新迟疑半晌，方道："昨已电达政府，请示办理了。"郑汝成又道："依愚见想来，政府命公留此，当然要公防护，就是汝成奉命前来，也应助公一臂，何必待着复电，再行筹备。明日有了复音，当不出我所料。"李鼎新复道：

"兵不敷用，奈何？"汝成道："不瞒公说，我已有电到京，请速派兵到此，尽可无虑。"李鼎新尚是愁容满面，只恐缓不济急。汝成又道："昨日沪上领事团，已有正式通告，无论两方面如何决裂，不能先行动手，否则外人生命财产，应归先行开战一方面，担任保险。我处有此咨照，那边应亦照行，想一时不致打仗，不过有备无患，免得临时为难。"李鼎新尚是踌躇，汝成不觉急躁道："汝成今日与公定约，公守军舰，我守这局，若乱党来攻，我处对敌，公须开炮相助。成败得失，虽难逆料，但能水陆同心，未必不操胜着呢。"历叙郑汝成谋划，确是有些智略，故二次革命之平定，当以江西李纯、上海郑汝成为首功。但为袁尽力，还是有掩盛名。李鼎新方才欣允，彼此约定，李即到海筹军舰中，自行筹备，这且慢表。

且说陈其美树帜讨袁，就在上海南市设一总司令部办事机关，所有旧部人员，次第到来，分任职务。且四处发出通告，遍贴街衢，大旨以起兵讨袁，义不得已，在沪商民，一应保护，并饬各营约束军队，严查匪类，另颁六言告诫，申定斩首等律，揭示军民人等，一体知悉。华界人民多数搬入外国租界，期避兵锋。吴淞炮台官姜文舟也受陈怂恿，宣布独立，划定战线，照会外国领事，一切军舰商舶，不得在战线内下碇，无论何人，亦不得入战线以内。战祸将开，风声日紧。至松军一到，自龙华药厂起，至日晖桥止，悉数布置，遍地皆兵。陈其美复商同商会董事李平书，令为保安团长，以王一亭为副，管理民政，保卫自安。上海城内各公署，无兵无饷，怎敢反抗陈其美，只好随声附和，独有郑汝成驻守制造局及海军各舰，不受陈其美运动。

北军逐日南来，统在局内屯驻，听郑汝成节制，局中原有的巡警卫队，俱被汝成遣出，免得生变。陈其美闻这消息，料他是个好手，不便轻敌，即与李平书、王一亭熟商，拟出三万金赆送北军，教他让给制造局。李平书本与郑汝成相识，便把这副担子挑在自己身上，邀同王一亭往制造局，入见郑汝成，略说："北军兵单孤立，南军四路合围，眼见这制造局要被南军夺去。平书为息战安民起见，已与陈其美商洽，愿馈北军三万金，统为赆仪，劝他北返。"说至此，猛听得一声呵叱道："我郑汝成奉大总统命令，来守此局，你奉何人命令，敢来逐我出境？我若不念旧交，先将你的头颅，枭示局门，为叛党鉴。混账糊涂，快与我滚出去罢！"李、王两人碰了这个大钉子，不禁面目发赤，仓皇退出，返报陈其美。陈乃决意开战，调集南军，拟专攻制造局，可巧驻宁福字营司令刘福彪将部众编作敢死队，带领至沪，与陈其美晤商，愿为攻击制造局的先锋。其美大喜，即令为冲锋队。还有镇江军、上海军及驻防枫泾的浙江军，一古脑儿凑将拢来，约有三四千人。镇、沪两军本无叛志，因黄兴借着程督名义，调拨该军，不得不奉命来前。浙江本未独立，所派枫泾防兵，实是防御沪党，不意为陈其美买通，也拨遣一队，助攻制造局。再加松江钮永建军、福字营的敢死队，共计得七千五百人，于七月二十二日夜间，由总司令陈其美发令，一律会齐，三路进攻，一攻东局门，一攻后局门，一攻西栅门。东局门最关紧要，即用敢死队猛扑过去。先放步枪一排，继即抛掷炸弹，蜂拥前进。局中早已预备，即开机关枪对敌，敢死队也用机关枪击射，相持不退。局内复续发步枪，继以巨炮，响震全沪，会西栅门外，又复起火，后局门外，亦起枪声，郑汝成分军堵御，连击不懈。

正在两军开战的时候，海筹军舰的李司令遵约开炮，向东西两面轰击，东轰镇军，西轰浙军，大半命中，镇、浙两军本无斗志，立即溃散。只有松军沪军及敢死队数百名，尚是死抗，未肯退回。转瞬间天已黎明，北军运机关炮过山炮等，一齐开放，松、沪军始不能支，逐渐退去。北军出局追击，因敢死队乱掷炸弹，异常猛烈，才停住不追。敢死队却自死了多人，总计敢死队六百五十名，战了一夜，伤亡了一大半。刘福彪大呼晦气，闷闷不已。

到了晚间，由吴淞炮台官姜文舟，拨调协守炮台的镇江军一营，到了上海，又由陈其美下令，再攻制造局，各军仍然会集，依了老法儿，三路并进，连放排枪，北军并不还击，直待敌军逼近，方将枪炮尽行发出，打得南军落花流水，大败而逃。刘福彪气愤填胸，当下收集溃兵，休息数小时，至二十四日午后，运到枪关大炮，猛攻制造局。

254. 北军亦开炮还击，福彪冒险直进，不防空中落下一弹，穿入左臂，自觉忍痛不住，只好逃往医院，向医求治去了。部下的敢死队，只剩了一二百人，无人统辖，统窜至北门外。

北门地近法界，安南巡捕奉法总巡命令，严行防守，偶见败军窜入，即猛放排枪一阵，把他击回，转入城内，抢劫估衣等店数家，由南码头凫水逃生，慌忙逸去。敢死队变作敢生队。

是日，有海舰一艘入口，满载华人，仿佛似铁路工匠模样，及抵沪登岸，统入制造局，外人才知是北军假扮，混过吴淞。局中得此生力军，气势愈盛。惟松军司令钮永建，迭接败报，即亲率部众二千名，直至沪南。郑汝成闻有松军续到，索性先发制人，立派精锐五百名，出堵松军。两下相见，无非是枪炮相遗。奋斗多时，互有伤亡，惟北军系久练劲旅，枪无虚发，松军渐觉不支，向西退去。北军方拟追袭，忽由侦卒走报，后面又有叛党来攻，乃急急回军，退入西栅。松军返身转来，复向西栅攻击，北军严行拒守。既而后面又迭起炮声，有一千余人新到，夹攻制造局。

看官道此军何来？乃是讨袁总司令陈其美由苏调来的第三师步兵，他由闸北河道，坐驳船到沪，随带机关枪炮，却也不少，所以一到战地，即枪炮迭施，隆隆不绝。北军并不与敌，只有海军舰上，开炮相击，亦没有甚么猛烈。苏军大胆前进，甫逼局门，不料背后猝闻巨响，回头一望，弹来如雨，不是击着面部，就是击着身上，接连有好几十人，中伤仆地。苏军料知中计，急忙退避。时已昏暮，月色无光，不觉仓皇失措，那局内又迭发巨炮，前后夹攻。大众逃命要紧，顿致自相践踏，纷纷乱窜。原来郑汝成闻苏军到来，即遣精兵百人，带着机关炮，埋伏局后，俟苏军逼近局门，伏兵即在苏军背后开起炮来，局中亦应声出击，遂吓退苏军，狂跑而去。西栅门外的松江军尚在猛扑，更有学生军六十名，力斗不疲，几把西栅攻入，凑巧军舰上开一大炮，正射着学生军，轰毙学生三四十人，余二十人不寒而栗。没奈何携枪败走，松军为之夺气。北军正击退苏军，并力与松军激战，松军死亡甚众，他只好觅路逃走；途次又被法兵拦住，令缴军械，始准放行。该军无法，乃将枪杆军装，一齐抛弃，才得走脱二十名。学生军逃至徐家汇土山湾，困乏不堪，为慈母院长顾某所见，心怀矜恻，各给洋五圆，饬令速返故里。惟所携枪械，当令交下。学生称谢去讫。自二十二日晚间开战，至二十五日，南军进攻制造局，已经三战三北，死的死，伤的伤，逃的逃，不复成军。亏得红十字会慈善为怀，除逃兵外，所有尸骸，代为收殓，所有伤兵，代为收治，总算死生得所，稍免残惨。但商民经此剧战，已是流离颠沛，魂上九霄了。

陈其美迭接败报，不得已招集散兵，令赴吴淞效力。惟前时临阵先溃，有逃兵二十四名，押往地方检察厅，此次散兵拟赴吴淞，即向检察厅索还被押兵士，以便偕行。厅长也算见机，立命释出，不意散兵闯入厅署，持枪威吓，竟将所有讼案缴款及存案物件，抢掠一空。该厅所属，有模范监狱，曾羁住宋案要犯应桂馨，至此也联络监犯，大起扰乱。狱官吴恪生力难镇慑，先偕应出狱，各犯亦乘势脱逃。城内秩序大乱，巡警亦无法拦阻。地方审判厅长索性将看守所中男女各犯，一齐释出，令他自去逃生。各犯都欢天喜地地携手同去。是时程都督德全及民政长应德闳，驻沪已一星期，惊魂甫定，且闻党人多已失败，乃联名发电，作为通告。其文云：

256. 德全德薄能鲜，奉职无状，光复以来，惟以地方秩序为主，以人民生命财产为重，保卫安宁，别无宗旨。不图诚信未孚，突有本月十五日宁军之变，维时事起仓猝，诚虑省城顷刻糜烂，不得不忍一时之苦痛，别作后图。苦支两日，冒死离宁。十七日抵沪后，即密招苏属旧部水陆军警，筹商恢复。众情愤激，询谋佥同，连日规划进行，布置均已就绪，兹于本月二十五日，即在苏州行署办事。近日沪上战事方剧，居民震骇，流亡在道，急宜首先安抚，次第善后，并在上海设立办事处，酌派人员就近办理。德闳遵奉中央命令，亦即在沪暂行组织行署，以便指挥各属，筹保卫而策进行。窃念统一政府，自成立以来，政治不良，固无可讳。惟监督之权，自有法定机关，讵容以少数之人，据一隅之地，诉诸武力，破坏治安？看他语意，全是首鼠两端。德全与黄兴诸人，虽非夙契，亦托知交，每见辄谆谆以国家大局为忠告。我未之闻。即党见之异同，个人之利害，亦皆苦口危言，无微不致。乃自赣军肇衅，金陵响应，致令德全两年辛苦艰难，经营积累，所得尺寸之数，隳于一旦。哀我父老，嗟我子弟，奔走呼号，流离琐尾，泣血椎心，无以自赎。德全等不知党派，不知南北，但有蹂躏我江苏尺土，扰乱我江苏一人，皆我江苏之同仇，即德全之公敌。区区之心，惟以地方秩序为主，以人民生命财产为重，始终不渝，天人共鉴。一俟乱事敉平，省治规复，即当解职待罪，以谢吾苏。敬掬愚诚，惟祈公鉴！程德全、应德闳叩。

自程督通电后，沪上绅商已知陈其美不能成事，乃就南北两方面，竭力调停，要求罢战。且硬请陈司令部迁开南市，移至闸北。陈其美忿气满胸，声言欲我迁移，须将上海城内一概焚毁，方如所请。红十字会长沈敦和前清时为山西道员，曾婉却八国联军，一意保护商民，晋人称他为朔方生佛。至此访陈其美，再三磋商，陈乃勉强允诺。适江阴遣来援兵二千余名，为陈所用，陈又遣令攻局。并雇用沪上流氓及东洋车夫，悉数助战。流氓车夫，也出风头。偏局中无懈可击，更兼外面军舰，用了探海电灯，了照交战地点，测准炮线，猛击敌军。敌军冲突多时，一些儿没有便宜，反枉送了许多性命。自二十五日夜半，战至天明，一律遁去。陈其美方死心塌地，将总司令部机关迁至闸北，只有钮永建倔强未服，尚欲誓死一战，到了二十八日，号召残军，且延聘日本炮兵，做最后的攻击。这次猛战，比前四次尤为剧烈，不但轰击制造局，并且轰击兵舰，炮弹所向，极有准则，竟把海筹巡洋舰，击一窟窿，就是守局的北军，也战死不少。北军未免着急，竟将八十磅的攻城大炮，接连开放，飞弹与飞蝗相似，打死钮军无数。

流氓尽行溃散，钮军也立脚不住，仍一哄儿散去。沪局战事，方才告终。小子时寓沪上，曾口占七绝一首云：

风声鹤唳尽成兵，况复连宵枪炮声。
我愧无才空击楫，江流恨莫睹澄清。

郑汝成既战胜南军，连章报捷，北京袁政府，又有一番厚赉，容至下回表明。

258. 上海宣告独立，除英美法租界外，只有一制造局，尚奉中央。孤危之势，可以想见，乃得郑汝成以守护之，卒能血战数日，战败敌军，是知用兵全在得人，得人则转危为安，不得人，虽兵多势盛无益也。犹忆前清拳匪之役，京中如载漪、董福祥等，用全力以攻使馆，不能损彼分毫，有识者知其必败。陈其美集数处之兵，攻一制造局，三战三北，甚至用流氓车夫为战士，欲以儿戏故技，恐吓北军，试思此时与袁军开仗，非清末可比，尚能以虚声吓退敌人乎？强弩之末，且不能穿鲁缟，况本非强弩，安能不折？是陈其美之弄兵，毋亦一董福祥之流亚欤？彼粗莽如刘福彪辈，徒有匹夫之勇，更不足道矣。

第三十回　占督署何海鸣弄兵
让炮台钮永建退走

却说袁总统闻沪上起衅，屡遣北兵至沪，助守制造局，且令郑中将汝成及海军司令李鼎新，协力固守，如有将士应乱图变，立杀无赦等语。郑汝成本服从中央，立将此令宣布，又调开原有警卫军，专用北军堵御。果然内变不生，外患尽却，当即连章报捷。袁总统即任郑为上海镇守使，并加陆军上将衔，颁洋十万元，奖赏守局水陆兵士。两个十万元，压倒赣、沪军，其如债台增级何？郑汝成遵令任职，一面将赏洋分讫。嗣闻沪上败军都逃至吴淞口，炮台官姜文舟已经遁去，由要塞总司令居正管辖。居正与陈其美等统同一气，自然收集败军，守住炮台。松军司令钮永建，与福字营司令刘福彪，先后奔到吴淞，与居正一同驻守。郑汝成、李鼎新等因吴淞为江海要口，决意调遣水陆军队，往攻该处，嗣闻海军总长刘冠雄由袁总统特遣，领兵南下，来攻吴淞炮台，于是待他到来，再议进取。暂作一结。

且说黄兴在宁，闻赣、徐、沪三路人马屡战屡败，北军四路云集，大事已去，暗想此时不走，更待何时，当下号令军中，只说要亲往战地，自去督战，但却未曾明言何处。七月二十八日夜半，与代理都督事章梓改服洋装，邀同日本人作伴，各手持电灯一盏，至车站登车，并拨兵队一连，护送出城，既到下关，赏给护送兵士洋二百元，兵士排队举枪，恭送黄兴等舍车登舟。俟他鼓轮下驶，才行回城。黄兴到了上海，拟与孙文、岑春煊等，商议行止。哪知上海领事团已转饬会审公廨，总巡捕房访拿乱党数人：第一名就是黄兴，余如李烈钧、柏文蔚、陈其美、钮永建、刘福彪、居正等统列在内。还有工部局出示，驱逐孙文、岑春煊、李平书、王一亭等，不准逗留租界，害得黄兴无处栖身，转趋吴淞口，与钮永建、居正会晤，彼此流涕太息。当由钮永建叙及：孙文、岑春煊俱已南走香港，陈其美亦不能驻沪，即日当迁避至此。黄兴道："全局失败，单靠这个吴淞炮台，尚站得住么？"钮永建道："在一日，尽一日的心，到了危险的时节，再作计较。"黄兴又未免嗟叹。在钮营内暂住一宵，辗转思维，这孤立的炮台，万不足恃，不如亡命海外，况随身尚带有外国钞票，值数万金，足敷川资，怕他甚么。主见已定，安安稳稳地游历睡乡，至鸡声报晓，魂梦已醒，他即起身出营，也不及与钮永建告辞，竟携着皮包，趋登东洋商船，航海去了。

看官！这讨袁总司令黄兴，是与袁世凯有仇，并非与领事团有隙，为何上海租界中也要拿他，他不得不航海出洋呢？原来旅京军界，恰有通电缉拿黄兴，袁总统愈觉有名，遂商准驻京各国公使，转令上海租界，一体协拿。小子曾记得军界通电云：

大总统副总统各省都督各使各军长旅长鉴：黄兴毫无学问，素不知兵，然屡自称总司令，俨然上级军官。凡为军人者，皆应有效死疆埸之精神，而黄兴从前于安南边境，屡战屡逃，其后广州之役，汉阳之役，其同党多力战以死，而黄兴皆以总司令资格，闻炮先逃，其同党之恨之者，皆曰逃将军。其人怯懦畏死，可想而知。其以他人性命为儿戏，又极可恨。此次乘兵谋叛，彼非不知兵力不足以敌中央，不过其胸中有一条三十六计走为上计之秘诀，一旦事机不妙，即办一条跑路，而其同谋作乱者，则任其诛锄杀戮，不稍顾恤，其不勇不仁，一至于此。苟非明正典刑，不足惩警凶逆。我军各处将领，于并力攻剿之外，并当严防黄兴逃走，多设侦探，密为防范，无使元凶逃逸，以贻他日生民之患。旅京各省军界人同叩。

261.

黄兴去宁，南京无主，师长洪承点，亦已遁走，代理民政长蔡寅亟请第八师长陈之骥，第一师长周应时，要塞司令马锦春，宪兵司令茅乃葑，警察厅长吴忠信及宁绅、仇继恒等，集议维持秩序，当议决七事：(一) 取消独立字样；(二) 通告安民；(三) 电请程都督回宁；(四) 电请程都督电达中央各省，转饬各战地一律停战；(五) 电请由沪筹措军饷来宁；(六) 军马暂不准移动，城内不准移出城外，城外不准移入城内；(七) 军警民团责成分巡保卫城厢内外。七事一律宣布，人心稍定。当派参谋盛南苕、军务课长王楚二人，往迎程督。地方团体，亦举仇继恒代表迎程。

哪知程督不肯回宁，且因第一师长洪承点已经出走，特派杜淮川继任。其时宁人已公举旅长周应时，接统第一师，当有电知照程督。程不但不肯下委，反将周应时的旅长，亦一并取消。于是军民不服，复怀变志。

及杜淮川到任，正值张勋、冯国璋二军由徐州而来，杜即往固镇欢迎。忽有沪上民权报主笔何海鸣，带领徒党百余人，闯入南京，竟占据都督府，宣布程德全、应德闳罪状，出示晓谕，恢复独立，只百余人，便可入城胡行，江宁城中的军吏，管甚么事？自称为讨袁总司令。黄兴之后，不意又有此人。正在组织司令部，第八师师长陈之骥方才到署，何海鸣降阶迎接。陈之骥笑语道："何先生！有几多饷银带来？"目的全在饷银，无怪扰乱不已。何答道："造币厂中，取用不尽。"之骥又道："有兵若干？"所恃惟兵，所畏亦惟兵。何复道："都督的兵，就是我的兵。"之骥便回顾左右道："这厮乱党，真是胆大妄为，快与我捆起来。"你前时何亦欢迎黄兴？左右闻命，立将何海鸣拿下，又将何党数十人，亦一并拘住。之骥复指何海鸣道："此时暂不杀你，候程都督示谕，再行定夺。"于是将何海鸣等羁禁狱中，再出示取消独立，全城复安。

既而南京地方维持会，向闻张辫帅大名，恐他军队到来，入城蹂躏，乃与商会妥议，公举代表，渡江谒冯军使，求保宁人生命财产，不必再用武力；且请转商张军，幸毋入城。冯军使国璋任职宣抚，却也顾名思义，准如代表所请，一一允诺。代表即日回宁，转告陈之骥，之骥亦亲往谒冯，接洽一切。不意第一师闻之骥出城，竟去抢劫第八师司令部，与第八师交哄起来。第八师仓猝遇变，敌不住第一师，一拥而出。第一师放出何海鸣，引至督署，复宣告独立起来。第一师如此行为，定是受何党运动。城内商民又吓得魂飞天外，大家闭市，连城门也通日阖住。何遂设立卫戍司令，并委任参谋各职，及旅团军官，又是一番糊糊涂涂新局面。仿佛戏场。阖城绅商，急得没法，只好邀集军人会议。怎奈军人纷纷索饷，声言有钱到手，便可罢休。是时宁城已罗掘一空，急切不得巨款，没奈何任他所为。何海鸣却用使贪使诈的手段，哄诱第一第八两师，扼守要害，有将来安乐与共等语。两师被他所惑，愿遵号令，只第八师的三十团不肯附和，由何勒令缴械，资遣回籍。自是南京又抵抗北军，冯、张两使，率军到宁，免不得又启战争了。这皆是程督所赐。

且说海军总长刘冠雄督领水师南下，因吴淞口被阻，绕道浦东川沙东滩登陆，迂道至沪，暂驻制造局，会晤郑汝成、李鼎新等，修舰整队，决意进攻吴淞炮台。当于八月一日，密令海筹、海圻各军舰，驶抵吴淞，距炮台九英里许，开炮轰击，炮台亦开炮相答。居正亲自在台督战，约一小时，未分胜负，两下停炮，越二日又有小战，由海圻兵舰，连开数炮，炮台亦还击多门，寻即罢战。又越三日，复由海圻、海容、海琛三舰，齐击炮台，有数弹击中台内土墙，泥土及黑烟飞腾空中。台上稍受损伤，连放巨炮相答，三舰又复驶回。

原来刘总长因吴淞一带留有居民，如用猛烈炮火，不免毁伤住宅，且探悉炮台守兵，饷需缺乏，军无斗志，不如静待敌变，然后一举可下，所以数次攻击，无非鸣炮示威，并未尝实行猛扑；一面转致程督德全，速劝吴淞炮台居正等，反正效力。居正、钮永建未肯听从，独刘福彪颇有异图，拟将炮台奉献，如何作敢死队头目？事被居正察悉，遽开炮轰击刘军，刘福彪仓皇溃遁，转投程督，情愿效劳。刘总长冠雄，得悉情形，遂调齐海陆大军，合作围攻计划。口外海军由刘自为总司令，口内舰队由李鼎新为总司令，江湾张华浜方面，派遣陆军进攻，由郑汝成为总司令，三路驰击，大有灭此朝食的形势。远近居民，逃避一空，就是沪渎一方面，距吴淞口四十余里，也觉岌岌可危，惊惶不已。

红十字会长沈敦和，特挽西医柯某，乘红十字会小轮，驰赴战地，拟劝钮永建等罢兵息争。适钮永建据住宝山城，暂设司令部机关，居正因钮知兵，已让与全权，钮遂为吴淞总司令。柯医借收护伤兵为名，竟冒险入宝山城，投刺司令部，进见钮永建。钮问及伤兵若干，柯叹道："尸骸遍地，疮痍满目，商业凋敝，人民流离，几至暗无天日，公系淞人，独不为家乡计么？"钮亦太息道："事已至此，弄得骑虎难下，就是有心桑梓，奈爱莫能助，如何是好？"柯遂进言道："公非自命为讨袁司令么？袁未遇讨，故乡的父老子弟，已被公讨尽了。公试自问，于心安否？"单刀直入。钮不禁失声道："然则君今到此，将何以教我？"柯答道："现赣、宁、湘、皖诸省，都被北军占了胜着，近日四路集沪，来攻吴淞，将军虽勇，究竟寡不敌众，难道能持久不败么？从前百战百胜的项霸王，犹且垓下遇围，不能自脱，今日的吴淞，差不多与垓下相似，今为公计，毋效项王轻生，不如全师而退，明哲保身。并且淞、沪生灵亦免涂炭，一举两得，想尊意当亦赞成。"语语中人心坎，哪得不令人服从？钮闻言心动，徐徐答道："君言甚是。北军如能不杀我部下，我岂竟无人心，忍使江东父老，为我遭劫么？"柯即答道："公何不开一条件，交给与我，我当往谒刘总长，冒险投递，就使赴汤蹈火，亦所不辞。"钮乃亲书条约，函封授柯，且语柯道："我与刘总长颇有交情，劳君为我介绍，致书刘公，别人处不必交他。"柯连声应诺，告辞出城，当下仍登小轮，驶赴海圻军舰。正值炮弹纷飞，两造酣战，柯即手执红十字旗，摇动起来，指示停战。

两下炮声俱息，柯乃得登海圻舰中，与刘总长协商。刘总长颇觉心许，遂将舰队驶回，复与李、郑两司令商议了两小时，彼此允洽。柯遂返报沈敦和，一面驰书宝山，请钮践言。钮复称如约，柯即于八月十三日，率救护队入宝山城，四面察看，已无兵士。及至司令部中，钮已他去，只留职员四人，与柯交接，并出钮所留手书，由柯展阅，书云：

永建无状，负桑梓父老兄弟，罪大恶极，百身莫赎。前席呈词，畅闻明训，甘践信约，不俟驾临，率卫队三百人，退三十英里。炮台已饬竖海军旗，以坚北军之信。钮永建临行走笔。

柯医阅罢，即返身至吴淞口，张着红十字旗，至炮台前，所有军官兵士等，除居正远飏外，已尽遵钮永建密令，归服北军，遂一齐欢迎柯医，且将炮闩脱卸，炮门向内，枪枝尽释。柯复为奖劝数语，大家悦服。柯乃亲登炮台，竖起红十字旗，旋见海圻各舰，率鱼雷艇入口，派五十人登台。外如海筹各舰，亦陆续驶来，共计八艘，悉数停泊炮台前。原守各军，擎枪示敬。刘总长立即传令，每门派水兵四人把门，余扎重兵分道防守。原有守将守兵，仍准协同守护，候大总统命令，再行核办。乃将红十字旗卸下，易用海军旗，当易旗时，全体军队均向红十字旗行三呼礼道谢。柯医与救护员等及水陆军合拍一照，留作弭兵的纪念，然后分途散去。柯医不愧鲁仲连。

刘总长即电告吴淞恢复情形，适值长江查办使雷震春及陆军二十师师长潘矩楹，奉中央命令，带兵到沪，由郑镇守使接着，详述吴淞规复，雷、潘等自然欣慰。惟雷、潘两人南下，本拟助攻吴淞炮台，及闻炮台已复，乃电呈袁总统，候令遵行。嗣得复电，命刘冠雄兼南洋巡阅使，雷震春为巡阅副使，所有潘矩楹部下全师，仍令归雷节制，出发江宁助剿。雷乃带领潘军，乘轮上驶去了。郑汝成送别雷、潘后，复接袁总统电令，严拿陈其美、钮永建、居正、何嘉禄等人，郑乃复分饬侦探，密查钮等踪迹，期无漏网。那时陈、居等或匿或逃，无从缉获，只钮永建卖让炮台，由宝山退据嘉定，尚拟募兵防守。为久占计，当由海军司令李鼎新及旅长李厚基，两路进击，钮永建始出走太仓，自知事不可为，竟乘美国公司轮船，飘然出洋。陈其美、居正等也陆续航海，统到外洋避难。既而李烈钧自南昌出走，柏文蔚自安庆出走，辗转出没，结果是亡命外洋。就是欧阳武、陈炯明等亦皆因政府悬赏缉拿，狼狈遁去。小子有诗咏道：

倏成倏败太无常，直把江淮作戏场。
毕竟谁非与谁是，好教柱史自评量。

欲知各党人出走详情，待至下回续叙。

徒以成败论人，原为一孔之见，不足共信，但如黄兴之所为，有奋迅心，无坚忍力。若程督德全，毋乃类是。至钮永建攻制造局不下，退据吴淞，犹能固守十余日，其毅力实可钦敬。独惜袁氏早存排除异己之见，在浔事未发之前，于沪、宁方面，已预为设防，致令未克成功，良可慨已！

第三十一回　逐党人各省廓清
下围城三日大掠

却说段芝贵、李纯等，既夺还湖口，即乘胜直捣南昌。适李烈钧收集败军，退守吴城，吴城系新建县乡镇，距南昌省城一百八十里，烈钧到此，即遣党人魏斯炅、曾经等，赴省城勒逼民财，输作军饷。省中商民，怨苦得了不得，统詈欧阳武勾引乱党，扰乱南昌，且因北京已传达命令，撤销欧阳武护军使，归段宣抚使李镇守使严行拿办。欧阳武不能安居，方拟出走，又值李烈钧的败信，陆续报到，他即收拾细软，一溜烟的遁去。哪知去了一个新都督，又来了一个老都督，老都督为谁？看官不必细问，就可晓得是李烈钧。李烈钧节节败退，竟至南昌，甫到城外，即令城外居民立即迁移，意欲坚壁清野，实行扼守。南昌商民越加惊慌，统说是李军入城，抗拒官军，势必全城糜烂，玉石俱焚，不得已浼商会总董，速派代表，往说李军，情愿集洋三十万圆，为李军寿，请他不要入城。当由烈钧允诺，收了银圆，移师万家浦，驻扎候战。李纯率同水陆各军，踊跃前来，烈钧下令迎击，免不得枪弹互施，无如兵已屡败，不能再振，一经战斗，好似秋风陨箨，旭日凌霜，烈钧支持不住，索性向南远窜。余众或逃或降，弄得干干净净。收束赣乱，且为前回补笔。李纯乃收军进城，出示安民，当下通电北京及各省道：

本月十八日，我军水陆进攻南昌，于聂家窑、罗口、高桥，与匪激烈战斗，其水道一股，击沉匪船七只，毙匪四百余人，俘获二十余人，陆路一股，毙匪六七百人，招降四营。余夺获小火轮三只，步枪五千余枝，山炮六尊。我军两路，共阵亡官兵数名，受伤一百余名，于是日晚完全占领南昌。我军入城，各界极表欢迎，现在一面安抚商民，一面分队追击溃匪，俾早全赣肃清，以安大局而慰廑系。特闻！李纯叩。

南昌既闻克复，安庆又报肃清。原来柏文蔚率同胡万泰，入据安庆，即在城外遍布兵队，严防倪军。寻闻倪嗣冲已攻克寿州，复下正阳关，直逼省城，胡万泰忽起变心，竟离了柏文蔚，自张一帜，且揭示柏文蔚五罪，函致议会商会，逐柏他去。统是一般墙头草。议会商会乃公举代表数人，劝柏退让，柏已形神俱丧，没奈何应允出城，径趋芜湖。胡万泰即取消独立，并亲赴九江，往谒段芝贵。不谒倪而谒段，想是与段有交。段委他收复大通、芜湖等处，另派旅长鲍贵卿往守安庆，段意亦不甚信胡。一面电告倪嗣冲。是时政府命令，已将安徽民政长兼署都督孙多森免官，特任倪嗣冲为安徽都督，兼民政长，催他晋省。倪乃电致胡万泰，说是不日就道，先派马统领联甲，率所部各营来省，一切军事计划，可与该统领商酌办理，胡即回省待马，并派旅长顾琢塘，带兵三营，往剿大通、芜湖等处，再与鲍贵卿商议，亦令他统率三营，前往接应。顾至大通，击逐乱兵，转攻芜湖，柏文蔚又自芜湖转赴南京，只留龚振鹏一军，夺力抗敌。顾琢塘、鲍贵卿等，先后到芜，相持未下。会马联甲已到安庆，复调旅长柴宝山助攻芜湖，龚振鹏自知不敌，乃率众遁去。芜湖独立，亦从此消灭了。

倪嗣冲安心至省，改任胡万泰为参谋长，把他师长一职取消，惟替他请命中央，给了二等文虎章，才算安了胡心。自此安徽平靖如常，不消细述。收束皖乱，亦是补叙之笔。福建都督孙道仁，闻赣、皖相继失败，马上转风，归罪许崇智，把他驱逐，即取消独立。当时袁总统已派员查办，既得取消独立的消息，便据实呈复，曾由袁总统下令道：

> 前据福建独立，当即饬员确切查明，兹据复称都督孙道仁，素明大义，倾向中央，惟师长许崇智，纠合乱党，冒孙道仁之名，妄称独立等情。查江宁乱党，冒程德全之名，安徽乱党，冒孙多森之名，均通称宣告独立。其实程德全、孙多森，并未与闻。闽省事同一辙，似此奸徒窃冒，眩惑视听，扰害治安，实属罪不容诛。著孙道仁督饬所部，迅平乱事，重悬赏格，将许崇智及其私党，严拿惩办，以伸法纪。仍责成该都督维持地方秩序，毋稍疏忽！此令。

孙道仁奉令后，益服从中央，解散讨袁同盟会，闽中也算无事。但闽、粤是毗连省份，闽省取消独立，粤东自受影响。第二师师长苏慎初，遂撵逐陈炯明，宣布取消独立。全城燃炮鸣贺，商会举苏为临时都督，方拟视事，忽军警不服，另举第一师长张我权为都督，苏即辞去。北京袁政府特任龙济光督粤，兼职民政长。龙遂督军东下，径赴省城。途次复接袁总统命令，以苏、张两师长各争权利，擅自督粤，着饬革军官军职，交龙济光认真查办，借儆效尤。当下传令至省，苏早远飏，张亦潜遁，军民等开城欢迎。龙即入城受任，粤东又安静了。闽、粤事也依次结束。

惟湖南军界，举蒋翊武为总司令，倡言北伐，首拟攻取荆、襄，开一出路，遂调动澧州、常德一带军队，进击荆属石首、公安二县。当由黎兼督元洪，檄令荆州镇守使丁槐，率兵抵御。湘军连战皆败，仍旧遁回。丁槐以职守所在，未便穷追，湖南独立如故。既而武昌城内的湖南旅馆，又隐设机关，

暗图起事，复被侦探报告黎督，捕戮了好几十人，内多湖南派来的秘党，明枪暗箭，始终无效。黎兼督以湘、鄂相连，湘省多事，终为鄂患，乃致书湖南都督谭延闿，劝他撤销独立。谭复书极为圆滑，略言“独立并非本意，不过为军界所胁，暂借此名，保护治安。鄂、湘唇齿相依，决不自相残杀，现已竭力防乱，静图报命”等语。及赣事失败，北军将移师南向，蒋翊武自知惹祸，偕死党唐蟒等，微服潜逃。就是长江巡阅使谭人凤，也先机遁去，湖南又平。

于是长江上下游，除熊克武据重庆外，只有江南一区，尚由何海鸣占住，未肯罢手。却似硬汉。何委唐辰为省长，刘杰为警察厅长，唐、刘常语人道：“做一刻算一刻，也管不到甚么成败呢。”何海鸣也存此想，不过北军尚未合围，且乐得统领孤军，做了几日总司令，逞些威风，也不枉一生阅历。苦我民

耳！况金陵虎踞龙蟠，素称险固，就使北军如何威武，也一时不能夺去，所以昂然自若，并不畏缩。冯、张二使，先派师长张文生、徐宝珍等，陆续进攻，鏖战数日，未能得手，反被狮子山上的大炮，击毙了好几百人。徐师长部下，如团长赵振东，连长黄得胜、王建德等，先后阵亡。连徐师长亦受微伤，抱病回扬。张勋闻报大愤，亲率全队渡江，且檄调沪上各兵舰，赴宁会攻。当下水陆夹击，得将紫金山占住，紫金山系江宁保障，既由张军占领，城中倒也恐慌起来。何海鸣只能笔战，不能兵战，特商同兵队，另举张尧卿为都督，统兵扼守。

张勋饬军扑天保城，把守军驱散，完全占领；乘胜攻雨花台，并由张勋自开条款，劝何海鸣等速降。适值柏文蔚已到江宁，城中复得一助，应上文。暗遣宁军出城，抄出张军背后，掩袭天保城，击伤张军多名，复将天保城夺去。这事恼动了张辫帅，再催冯军渡江助战。徐宝珍病已痊愈，也即重临战地，续用巨炮烈弹，扑击天保城，由徐亲自督战，锐气无前，杀退宁军，又把天保城攻克。可巧冯军前队，亦渡江南来，齐集聚宝门外，拟攻雨花台。张、徐两军亦进逼太平、朝阳两门。宁军更迭出战，都被击退。城外尸骸累累，不及掩埋，又经赤日薰蒸，臭烂扑鼻，真个是神人共恫，天地皆愁。张尧卿触目惊心，情愿卸职，将都督印信，让与柏文蔚。柏以兵单饷绌，不肯担任，经何海鸣从旁婉劝，勉强应允。但城中守兵，伤一个，少一个，城外的北军，却连日运至，昼夜围攻。紫金山及天保城的炮弹，纷纷向城内击射，似急风暴雨一般，猛不可当。城内兵民，一经触着，无不伤亡。何海鸣尚抖擞精神，镇日巡查，不敢少懈。怎奈军饷无着，按天向商会迫索。

看官！你想此时北兵压境，商旅不通，还有甚么现银，供他使用？只因被逼不过，今朝凑集千元，明朝掕挡百元，移解督署，终不敷用。柏文蔚睹这情形，已知朝不保暮，且登城四望，强敌如林，不觉欷歔太息，忧惧交并，便下城语何海鸣道："北军大队已到，将次合围，炮火又烈，城中乏饷，兵不应命，这是必败的形景，看来此城是万不可守了。"何海鸣勃然道："海鸣愿誓死守此，城存与存，城亡与亡。"言未毕，旁立张尧卿亦插口道："万一此城被陷，张勋入城，尚可与他巷战，并有炸弹队，可制敌命，想不至一败涂地呢。"柏文蔚默然不答，但摇首示意。越宿，即带领随从军队，潜出南门遁去。临行时仅留一函畀何海鸣道："金陵困守，终非久计，弟已出南门去了，君好自为之！"何海鸣见了此函，知他去意已坚，不再挽回，改推韩恢为都督，申誓死守。

既而冯国璋军、雷震春军，一齐到来，四面包围。雷军攻聚宝门，冯军攻水西门、旱西门，张军攻太平门，徐军攻仪凤门，还有下关停泊的兵舰，亦分两面助攻，枪声满地，炮火遮天，阖城绅商，统吓得魂不附体，只得仍举代表，劝何海鸣等让城，何及第八师兵士索银洋十万元，以八万助饷，二万作川资。可怜绅商已计穷力竭，一时筹不出十万金，再用全城公民名义，致书韩、何，略谓："若果筹款解散军队，自应陆续措交，或需补助军饷，亦应择地出城备战，不能闭城不出，使城内数十万生命，同归于尽。逐日搜括，人道何在？天理何存？"云云。何见书援笔批道："打一天要饷一天，打一年要饷一年，要活同活，要死同死，宁为共和死，不为专制活。"这批传出，大家又气又笑，顿时全城罢市，店门外面，多写着"本店收歇，人死财绝"八字。军士还疑他反抗，索性拣择殷实商民，斩门直入，抢掳一空。绅商急得没法，只好再浼商会代表，与何海鸣熟商，愿如前约筹赠十万圆，令他退出江宁。何海鸣乃愿为担保，总教有了银钱，无论退让与否，决不骚扰居民，商会即次第挪集，次第缴入，果然钱可通灵，得免抢劫。

到了八月二十九日，北军攻城益急，张勋又开受抚条件，招降何海鸣，何仍置诸不理。张尧卿托词募兵，混出城外，韩恢亦避匿不见。海鸣见已垂危，只催令商会缴齐款项，以便出走。商会已缴过七万，尚缺三万金，实是急切难办，不得已宽约数天，何海鸣乃将所有兵队，移扎城南，专等解款到手，便好一麾出城，避开死路。挨到九月一日，款项尚未缴齐，北军已经攻入，江宁城垣，被大炮轰开数丈，张、雷二军，首先拥进，分占富贵山、狮子山、北极阁及朝阳、太平各门。何海鸣尚率军来争，奈各无斗志，不过瞎闹片时，旋即溃遁。何亦驰出南门，飞窜而去，性命总算逃脱，后来也航海出洋，与一班亡人逋客，同作外国侨民去了。

张、雷二军就在城上遍插红旗，他也无暇追敌，竟借了搜剿的名目，挨门逐户，任情突入，见有箱笼等物，用刀劈开，无论银饼纸币，及黄白钗钿，统是随手取来，塞入怀中。老实得很。就是裘衣缎服，也挑取几件，包裹了去。倘或有人出阻，不是一刀，就是一枪。最可恨的，是探室入幕，遍觅少年妇女，一被瞧着，随即搂抱过来，强解衣带，污辱一番。宁人只望北军入城，可以解厄，不意火上添油，比前此何军在日，还要加几层淫凶，尤其是蓝衣辫发的悍卒，更属无所不为，于是大家眷属，多逃至西人教堂内，求他保护，西人颇加怜惜，允为收留，当时青年闺秀，半老徐娘，也顾不得抛头露面，相率奔入教堂。可奈堂狭人多，容不住许多妇女，先到的还好促膝并坐，后到的只有挨肩立着。是时天气尚炎，满堂挤着红粉，有汗皆流，无喘不娇，还防辫兵闯入，敢行无礼，偏辫兵不惜同胞，只畏异族，但至教堂外面，遥望窃视，究不敢进尝一脔。为渊驱鱼，为丛驱雀。此外是要杀就杀，要夺就夺，要抢就抢，要奸就奸，初一日已是淫掠不堪，初二日尤为厉害，至初三日简直是明目张胆，把民家商店的箱箧，尽行搬掠，甚至幼辈老媪，也受他糟踏一顿，总算是一视同仁，嘉惠同胞的盛德。有几个受害捐生，有几个见机殉节，香消玉碎，尽化冤魂，叶败花残，无非惨状。想当初扬州十日，嘉定三屠，也不过这般血幕呢！小子有诗慨道：

几经世变酿兵戈，猿鹤虫沙可奈何？
蒿目六朝金粉地，哪堪三日走淫魔。

274. 张、雷二军，淫掠三日，方有飞骑入城，申明军律，严禁骚扰。这人奉谁命令，且看下回分解。

利不百，不变法，功不十，不易俗，以清季之政令不纲，激成革命，一时之意气用事者，均以革命为无上美名，趋之若鹜。洎乎清帝退位，成为民国，而人民所受之痛苦，较前尤甚。利不胜弊，功不补患，盖已皆视革命为畏途矣。李烈钧、柏文蔚、黄兴诸人，推倒满清，方期享革命之幸福。而偏为袁世凯之违法专权，于是重起革命，动兵十数万，兴师六七省，但未达数旬，即成瓦解。以视辛亥之役，适得其反。斯盖一由民心厌乱，不愿再遭惨剧，一由未能明察袁氏之真相，致彼为倡而此未和，党人反成孤立，俄顷即败耳。

第三十二回　尹昌衡回定打箭炉
张镇芳怯走驻马店

却说张、雷二军，入南京城，淫掠三日，方有军令到来，严禁骚扰，违令者斩。何不早下此令。初三日傍晚，雷副使进城。淫掠少减。又越日，迎入张大帅，兵士俱遵约束，不敢胡行。当时江宁人民，疑张暗示兵士，劫淫三日，其实张在城外，并非没有军令，不过所有部众，阳奉阴违。至抢劫两日后，外国医院内，有一个马林医生，伤心惨目，乃至城外报告张勋，劝令尊重人道，严申军诫。张尚谓属部不至如此，惟派兵官入城弹压，再颁禁令。这时全城居户，已经十室九空，所有妇女人等，或死或逃，掠无可掠，淫无可淫，自然应令即止了。诠释透辟。

冯国璋亦率军进城，当即会同张勋、刘冠雄、雷震春等，联衔告捷，去电朝发，复电暮来。当奉袁总统命令云：

据江北镇抚使张勋、江淮宣抚使冯国璋、长江巡阅使刘冠雄、副使雷震春电陈攻克江宁情形，并督饬军队搜剿余匪等语。前因乱党黄兴等潜赴金陵，煽诱军队，迫胁独立。当饬张勋、冯国璋分路督兵南下，会合进攻，迨大军进克徐州，黄兴闻风潜逃，叛军反正，本大总统因不忍地方人民惨罹锋镝，特饬程德全从宽收抚，免烦兵力，贻祸生灵。旋据程德全电称"八月八日，乱党何海鸣赴宁，再谋独立，业经击退。乃第一、八两师，复被煽惑，何海鸣为伪总司令。又因第三十一团不肯附逆，互相激战，秩序大乱，请饬张勋、冯国璋速进，并派兵舰赴宁"等情。随饬张勋督率所部，会合第四师进讨。该叛兵凭险抵抗，复敢先开炮轰击，各军连日血战，紫金山、天保城诸要隘，次第占领。八月二十五日，攻入朝阳门，匪军囊沙叠垒，阻碍进行，相持数日，柏逆文蔚，复率大股匪军助守，随由冯国璋、刘冠雄督饬陆海军队，分头进攻，雷震春率兵援击。三十一日，各军约会前进。越日，张勋督队，首先架梯登城，会合第四师，分克朝阳、洪武、通济等门。第三师支队，由太平门攻入，进克狮子山，占领下关等处，第五师支队，攻克神策门。混成第二十九、二十团相继入城，分占富贵、骆驼等山，进据北极阁。雷震春会合第四师占领雨花台，由南门攻入，匪势不支，纷纷溃逃，擒斩无算。遂于九月一号，克复江宁。该使等调度有方，各将士踊跃用命，旬余之内，克拔坚城，良堪嘉奖。张勋晋授勋一位，冯国璋给予一等文虎章，刘冠雄特授以勋二位，雷震春特授以勋三位，用彰劳勚。其余出力人员，由该使查明请奖。伤亡官兵，分别优恤。被难商民，妥筹安抚，一面严捕乱党各首要，务获惩治，仍督饬各军队，查剿溃匪，肃清余孽，以靖地方。此令。

接连又有二电，一是程德全免去江苏都督官，一是任命张勋为江苏都督。张勋喜如所愿，甚为快慰。惟江宁百姓，受了张军的荼毒，无从控诉，只好向隅暗泣。偏有日本商人三名，也被杀害，且有被掠情事，日本岂肯甘休，当向政府严重交涉，一要政府谢罪，二要严办凶犯及该管官，三要重金抚恤及悉数赔偿。袁总统忙令李盛铎南下，查明情形，酌量赏恤；并饬张勋速查凶手，从严治罪；其约束不严的军官，立即参办。一面向日使道歉，日使又谈及江宁惨状，百姓遭难，要外人代言，尚说是共和时代，适令人笑。袁总统及复下令道：

自赣、宁倡乱以来，中央除暴救民，不得不派兵征讨。惟是行军首重纪律，所有各路军队，经过及驻扎处所，无论中外商民，生命财产，均须一律保护。其已被匪扰地方，目击疮痍，至可惨痛，尤应加意保卫，以重人道而肃军规。倘有残杀无辜，及肆意骚扰情事，不特败坏军人名誉，且大背本大总统救民水火之苦心。军律森严，断难宽贷。著各统兵大员，严申诫令，认真稽查！如敢违犯，立按军法从事，并将约束不严之该管官，分别参办，毋稍徇纵。此令。

这令一下，张勋也稍觉不安，且因冯军入城，秋毫无犯，宁人多慕冯怨张，免不得传入张勋耳中。于是张大帅也易威为爱，特派宣慰员十余人，挨门逐户，各去道歉，且出示晓谕军民，凡有收藏人民衣物等件，明明抢劫，如何说是收藏？限三日内缴至商会，逾限不缴，查出以军法从事。

越日，即有衣物抛弃路隅，由团防畀交商会。商会令失主认领，哪知所有各件，统是敝衣粗服，旧铜烂铁，不值多少钱文。小户人家出去检认，还有几件寻着；富家大户遣人往查，仍然一物没有，只好赤手空回。猫口里挖鳅，十得一二，已是幸事，还想甚么完璧？冯国璋、刘冠雄两人又奉命回任，雷震春代任巡阅使。江苏民政长改任韩国钧，应德闳免官，并督办皖北、江北剿匪事宜，东南一带，暂时敉平。话分两头。

且说四川陆军第三师师长熊克武，响应东南，占据重庆，宣告独立，本拟顺流而下，联络湘军，进窥湖北，不意湘军已取消独立，湖北边防，亦很坚固，几乎无隙可乘，乃遣弟克刚，偕党徒多人，携款至鄂，运动宜昌、施南军队。行经巴东县，为驻防该处第十团二营军队所获。营长殷炯即电达施、宜稽查使马骥云，又由马转报黎元洪。黎即复电，饬马讯实正法，于是克刚以下，统归冥府。未曾占一便宜，先把乃弟送终。是时袁总统闻熊克武已变，命黎调军西征，且会合滇、黔、湘三省，助剿重庆。川督胡景伊又遣兵出击，区区一个熊克武，怎敌得住五省人马，只好电告川省，自请求和。川督勒令交出乱首，方准代为调停，克武不从，乱首就是自己，叫他交出甚么？川军遂进逼重庆。黔督唐继尧亦派旅长黄毓成，率混成协一队援川。熊克武孤危得很，四处派人运动，终乏效果，只有川边经略使尹昌衡部下，充任军法局长张煦，被熊勾结，背尹起事。尹昌衡正出师驻边，留张煦驻丹巴县，照顾饷械。张煦竟鼓众应熊，自称川边大都督北伐司令，以第一团团长赵城为副都督，第二团团长王明德为招讨使，即将所部两营，及渝中党羽三千余众，编成混成旅，自丹巴兼程返泸，攻入观察使颜镡署中，劫掠一空。颜镡走免，尹昌衡的父母及一妹一妾，尚留寓泸城，均被张煦软禁起来，一面致书昌衡，迫令反抗中央，声言如不见从，当将他全家屠戮。

昌衡闻警，即率领数骑，驰回泸城，行近泸定桥，偏被张煦派兵截住，昌衡望将过去，该兵管带，系是周明镜，便大呼道："周管带，你如何反抗中央？"周明镜见是尹昌衡，却也不敢抗拒，便挺身上前，行过军礼，才答道："都督此来，莫非尚未闻独立么？"昌衡道："我正为独立而来，须知螳斧当车，不屈必折，试想东南数省，彼也讨袁，此也北伐，今闻已统归失败，难道我川省一隅，尚独立得住么？昌衡是本省人，做本省官，不忍我故乡父老，旧部弟兄，同归于尽，所以孤身来此，与诸君一白利害，听我今日，否亦今日，请你等自酌！"语颇动人。周明镜徐徐答道："都督嘱咐，敢不听从，请都督入营少憩。"昌衡便驰入军营，又谕兵士道："弟兄们来此当兵，在家的父母妻孥，都是期望得很，今朝望你做队长，明朝望你做团长，此后还望你连步升官，显扬门阀，岂可为了一时意气，自投死路，不顾家室。就是为义愤计，今日的事情，与前日亦大不相同，前日是满人为帝，始终专制，不得已起革命军；今日是共和时代，总统是要公举，做了总统，也是定有年限，任满便要卸职。况现在的袁总统，还是临时当选，不是正式就任，就是他违法行事，也不过几月而止，大家何苦发难，弄得身家两败。而且五省人马，相逼而来，眼见得众寡不敌，徒死无益，空落得父母悲号，妻孥痛泣呢。"说至此，几乎哽咽不能成声，泪亦为之随下。好一张口才，好一副容态。兵士闻言，不由得被他感激，统是垂头暗泣，莫能仰视。昌衡又朗声道："我言已尽于此，请弟兄们自行酌夺，从尹立左，从张立右。"居然欲摹效古人。大众都趋往左侧。

昌衡即发令东进，并将所说的大意，录述成文，到处张贴。行了五里，正到泸定桥，适值赵城、王明德率兵前来，扼住桥右。昌衡乃命周明镜出马晓谕，力陈利害。已有替身，不必再行冒险。赵城、王明德不肯服从，即命部众开枪，哪知部众已经离心，多是面面相觑，不肯举手。至赵、王再行下令，部众竟驰过了桥，投入昌衡军中。昌衡饬令归伍，拟督领过桥，不意骤雨倾盆，天复昏黑，从众声嘈杂中，猛听得有特别怪响，好似天崩地塌一般，急忙饬前队探视，反报桥梁木板，已被敌人拆断了。是时急雨少霁，昌衡即饬兵众修搭桥梁，渡桥追敌，且分三路搜寻。

到了翌晨，竟得拿住两个要犯，就是副都督赵城、招讨使王明德，昌衡本是熟识，也不暇细问，竟将他两人斩首，枭示军前。当下赴至泸城，那川边大都督北伐司令张煦，已是逃之夭夭，不知去向了。幸亏父母家属，不曾被害，总算骨肉团圆，阖家庆幸。昌衡复悬赏万金，饬拿张煦，张煦不杀昌衡家属，还是顾念旧情，胡必悬赏缉拿，不肯稍留余地。一面电达北京，详陈泸城肇乱及戡定情形。当由袁总统复电道：

前因川边泸城逆首张煦倡乱，业经饬令通缉，兹复据川边经略使尹昌衡电，续陈该逆详情，尤堪痛恨。该逆历受荐拔，充当要职，竟敢不顾大局，公然背叛，响应熊逆克武，捏令回泸，私称独立，攻扑观察使署，击散卫兵，劫质该经略父母家属，迫之为逆。抢劫商民，逼迫文武，带匪在泸定桥拦截攻击。使非该经略单骑驰入，劝导官兵，去逆效顺，则边局何堪设想。张煦应将所得陆军上校少将衔四等文虎章，一律褫革，各省务饬速缉，无论在何处拿获，即讯明就地惩办。该经略定乱俄顷，殊堪嘉尚，所请严议之处，仍予宽免。该处地方陡遭劫害，眷念商民，惄焉如捣，务望绥辑拊循，毋令失所，用副禁暴安民之意。此令。

张煦遁去，川边已靖，熊克武失了臂助，愈加惶急。黔抚派遣的黄毓成有意争功，不肯落后，遂步步进逼，转战直前，历拔綦江、熊家坪诸要隘，进捣重庆，川军亦自西向东，按程直达。黄毓成闻川军将到，昼夜攻扑，熊克武料难固守，竟夜开城门，潜自逃生。黔军一拥入城，除揭示安民外，立即电京报捷。袁总统自然心慰，免不得照例下令，令曰：

据贵州援川军混成旅旅长黄毓成电称，重庆克复等情，殊为嘉慰。此次熊逆克武倡乱，招诱匪徒，四出攻掠，蹂躏惨虐，殆无人理。该旅长督率所部，自入川境以来，与逆匪力战，先复綦江，进取熊家坪诸要隘，直抵重庆，匪徒惊溃，熊逆潜逃，地方收复，实属谋勇兼优，劳勚卓著。黄毓成应特授勋五位。此外出力员弁，一律从优奖叙，务令安抚商民，维持秩序，将地方善后事宜，商承四川都督胡景伊，妥为办理，期使兵燹遗黎，咸歌得所。师干所至，无犯秋毫，用副伐罪吊民之意。此令。前云救民水火，此又云伐罪吊民，老袁已自命为汤武矣，此即帝制发生之兆。

未几，又命黄毓成署四川重庆镇守使，川境亦一律肃清，这便叫做癸丑革命，不到两月，完全失败，所有革命人士，统被袁政府斥为乱党，下令通缉，其实都已远飏海外，借着扶桑三岛，作为逋逃渊薮去了。此外有河南新蔡县宣布独立，为首的叫做阎梦松，不到数日，即由省城派兵进攻，斗大孤城，支持不住，徒落得束手就擒，饮枪毕命。又有浙江省的宁波地方，由宁台镇守使顾乃斌，联络知事沈祖绵，及本地人前署浙江司法筹备处处长范贤方，倡言独立，响应民军，至赣、宁失败，顾等见风使帆，急将独立取消。时浙江都督朱瑞与顾乃斌稔有感情，代顾呈请，顾竟得邀宽免。范、沈二人，归地方官严缉，幸早远飏，免及于祸，甬案也算了结。是时柳州巡防营统领刘古香，被帮统刘震寰胁迫独立，设立北伐司令，募军起事。经广西都督陆荣廷，飞调军队进剿，当有驻柳税务局长黄肇熙，团长沈鸿英，密约内应，俟各军进攻，即开城纳入，当场格杀刘古香，刘震寰遁去，先后不过五日，已雾尽烟消了。

简而不漏，是叙事严密处。

独河南省内的白狼，本与党人不相联络，宗旨也是不同，只因黄兴据宁，却派人与他商议，约他一同讨袁，如得成事，即推他为河南都督，并给他军械及现银二万两，白狼势力愈厚，更兼河南各军，纷纷迁调他处，防剿民党，他益发横行无忌。田统领作霖献计张督，拟三路兜剿，张督不从，只信任旅长王毓秀，命为剿匪总司令，所有汝南一带防营，统归节制。王毓秀素不知兵，但知纵寇殃民，讳败为胜，因此白狼东驰西突，如入无人之境。还有甚么会匪，甚么捻股，甚么叛兵，均纠合一气，专效那白狼行为，掳人勒赎，所掠男女，称为肉票，一票或值千金，或值万金，随家估值，贵贱不一，惟遇着娇娃，总须由盗目淫污过了，方准赎还。璧已碎了，赎去何用？河南妇女，尚仍旧俗，多半缠足，一遇乱警，娇怯难行，可怜那良家淑女，显宦少艾，不知被群盗糟蹋了多少。缠足之害，可为殷鉴。而且到处焚烧，惨不忍睹。张督镇芳还讳莫如深，经河南议员彭运斌等，质问政府，方由老袁电饬张督，勒限各军平匪。张镇芳无可推诿，没奈何出城誓师，拟向驻马店进发。

白狼闻张督亲自督师，急忙招集悍党，会议行止。党目宋老年主战，尹老婆主退，独谋士刘生攘臂直前道："我等起事，已阅两年，名为劫富济贫，试问所济何人？徒令桑梓疾首，今惟速擒磔镇芳，谢我两河，然后南下皖、宁，联合民党，再图北伐，何必郁郁居此，苦我豫人。"此子颇具大志，可惜名字未传。白狼尚是迟疑，复由樊某卜易，南向西向俱吉，惟返里大凶。嗣后白狼之死，果蹈凶谶。狼意乃决，遂分悍党为三队，潜伏驻马店北面，专待张督到来。甫半日，果闻汽笛呜呜，轮机辘辘，有快车自南而至。前队的伏盗望将过去，见车内统是官军，料知张督已至，一时急于争功，不待快车到站，便大放枪炮，遥击车头。那时烟霾蔽天，响声震地，吓得车内的张镇芳魂不附体，幸亏卫队营长张砚田急忙勒车倒退，疾驶如飞。群盗追了一程，那快车已去得远了，乃退还驻马店。白狼顿足叹道："为何这般性急，竟失去张镇芳？"言毕，尚懊恨不已，嗣是率众东行，越西平、汝南、确山，进陷潢川、光山等县，乘势驰入皖境，捣破六安，拟由庐和下江宁；旋闻民党皆溃，第二师师长王占元且约皖军堵击，不由得太息道："我久闻黄兴大名，谁知他是百战百逃，不堪一试，直与妇人何异，能成甚么大事呢？"乃返身东行，窜入湖北去了。张督镇芳自被群盗吓退，一溜烟逃回省城，料知匪党难平，遂乞假进京。豫督一缺改为田文烈署理。小子有诗咏张镇芳道：

管领中州已数春，况兼守土是乡亲。
如何坐豢潢池盗，全局罗殃反脱身？

白狼未平，袁总统也不遑顾及，惟一意的筹备私事，演出许多花把戏来，且看下回方知。

借尹昌衡口中，叙述二次革命之非计，盖斯时袁政府之真相未露，伪共和之局面犹存，徒欲以三数人之言论，鼓动亿兆人之耳目，谈何容易？尹昌衡片言而周明镜倒戈，黄毓成一至而熊克武出走，至如新蔡、宁波、柳州诸处，倏起倏灭，尤觉无谓，是岂不可以已乎？且白狼一匪徒耳，名为劫富济贫，而一无实践，扰攘二载，毒遍中州，黄兴急不暇择，且欲联络之，是尤计之失者也。

第三十三回　遭弹劾改任国务员
冒公民胁举大总统

却说赣、宁起事的时候，曾由袁总统运动国会，请他提出征伐叛党的议案。那时参议院院长张继，已受国民党连带的嫌疑辞职而去。此外国民党议员，因赣、宁起事，屡战屡败，害得大家没有面目，你也出京，我也回籍，于是国民党失势，进步党愈占胜着。

袁政府本利用进步党，进步党也愿受指使，遂由汪荣宝、王敬芳两议员提出议案，咨请政府。大致说是“临时政府，曾按照《约法》，组织正当机关，此外有潜窃土地，私立名号，与政府反抗，就是背叛民国，为四万万人公敌。政府为维持国家生存起见，应适用严厉方法，对待乱党。本议院代表民意，建议如右，相应咨大总统查照施行”云云。两个议员，即可代表民意，若一位大总统，应该作民意代表了。

袁总统得此议案，越觉冠冕堂皇，竟饬北京检察厅，传讯国民党议员，谓：“黄兴是否党魁？党中人如与联络，应由政府取缔，否则由党人自行宣布，立将黄兴除名。”国民党议员无法可施，只好开会公决。有几个自愿脱党，有几个自愿去职，方在危疑交迫的时候，忽发现一种秘密条件，系是四月内的事情，至七月间才行宣露，为两院议员所得闻。

看官道是甚么秘事？原来大借款未成立以前，政府却向奥国斯哥打军器公司，密借款项三千二百万镑，约合华币三千二百万圆，实收额系是九二，担保品乃是契税，利息六厘。约中并附有特别条件，须以借款半数，由公司承购军械。赣军事未曾发生，已先借款购械，且严守秘密，老袁毕竟多智。双方早已签押，政府却讳莫如深，一些儿不露痕迹。等到百日以后，方由外人间接说起，传入议员耳内。议员闻这消息，无论是进步党与非进步党，统说政府违法，不得不向政府质问。政府无词可辨，只有搁起不答的一法。偏议员不肯罢休，接连递交质问书，那时政府无可抵赖，不得已实行承认。议员不便弹劾袁总统，只好弹劾国务员。

是时国务总理由陆军总长段祺瑞暂代，所有奥款交涉，尚在从前赵秉钧任内，与段无干；且因革命再起，军事彷徨，段任陆军总长，调遣兵将，日无暇晷，已由袁总统提出熊希龄继任国务总理，咨交两院议决。熊隶进步党，当然经议院通过，遂正式下令，调熊入京，任为国务总理。熊亦直受不辞，竟卸了热河都统的职任，来京组阁，适值借款外露，质问以后，继以弹劾，国务员乘势辞职，袁总统亦乘势照准，于是外交总长陆征祥、财政总长周学熙、司法总长许世英、农林总长陈振先、交通总长朱启钤，均免去本官，教育总长范源濂、工商总长刘揆一，早已辞去，部务由次长代理，未曾特任。内务总长一缺，本由赵秉钧兼管，赵去职改官后，亦只由次长暂代。惟陆军总长段祺瑞、海军总长刘冠雄，专司军政，于借款上无甚关系，所以自问无愧，绝不告辞。梳栉明白。

熊凤凰既经上台，改组阁员，当下与袁总统商议，除陆海军两总长一时不能易人，仍请段祺瑞、刘冠雄二人照旧连任外，外交拟任孙宝琦，内务拟任朱启钤，教育拟任汪大燮，司法拟任梁启超，农林拟任张謇，交通拟任周自齐，财政由熊自兼。即由袁总统提交议院，得多数同意，遂一一任命，只工商总长一缺，急切不能得人。特命张謇暂行兼任。张字季直，系南通州人，前清状元出身，向称实业大家，兼任工商，却也没人指摘，熊内阁便算成立了。

袁总统心中，以进步党本受笼络，偏亦因奥款发现，出来作梗，显见得两院议员，统是靠不住的人物，欲要自行威福，必撤销这等议院，方可任所欲为。洞见肺腑之谈。但此时不好双管齐下，只能一步一步的做去，先将国民党摔除，再图进步党未迟。乃通饬各省，如有国民党机关，尽行撤除；并因江西、广东、湖南三省议会，附和乱党，勒令解散，一面派遣侦骑，暗地探缉。适有众议院议员伍汉持，原籍广东，因受国民党嫌疑，愤然出京，行至天津，突被侦骑拿去，说他私通叛党，牵入军署，当即杀死。还有众议院议员徐秀钧，已回江西原籍，也被军人拘住，无非是罪关党恶，处死了案。就是参议院院长张继，也有通令缉拿，亏得他先机远引，避难海外，才得保全性命，涸迹天涯。袁总统又借着湖南会匪为口实，限制各省人民集会结社，特下一通令道：

湘省会匪素多，自叛党谭人凤设立社团改进会，招集无赖，分布党羽，潜为谋乱机关，于是案集如鳞之巨匪，皆各明目张胆，借集会自由之名，行开堂放票之实，以致劫案迭出，民不聊生。贻害地方，何堪设想。其余并有自由党人道会、环球大同民党诸名目，同时发生，举动均多谬妄。着湖南都督一律查明，分别严禁解散，以保公安。至此等情形，尚不止湖南一处，并着各省都督民政长，一体查禁。须知人民集会结社，本有依法限制之条，如有勾结匪类，荡轶范围情事，尤为法律所不容，切勿姑息养奸，致贻隐患。此令。

看官至此，稍稍有眼光的，已知袁总统心肠，是要靠着战胜的机会，变共和为专制，所有反对人物，统把他做匪类对待。从此民党中人，销声匿迹，哪一个敢向老虎头上去搔痒呢？惟一班袁氏爪牙，统想趁此时机，攀龙附凤，恨不得将袁大总统即日抬上御座，做个太平天子，自己也好做个佐命功臣。可奈老袁的总统位置，还是临时充选，不是正式就任，倘或骤然劝进，未免欲速不达，就是袁总统自己，也未便立刻照允呢。袁氏果欲为帝，吾谓不若早为，何必踌躇。于是大家议定，请国会先举正式总统，把袁氏当选，然后慢慢儿的尊他为帝。

两院议员已都怕惧袁政府声威，乐得敲起顺风锣，响应国门。只是大总统已须选出，大总统选举法，还未曾制定，这却不得不急事研究，先将选举法宣布，方好选举正式总统。先是国会开幕，曾有先举总统后定宪法的计划，但参考西洋各国，多半是宪法规定，才举大总统，若要倒果为因，理论上殊说不过去，因此拟先定宪法，后举总统。两院中的议员，便组织两个特别机关，一个是宪法起草委员会，一个是宪法会议，草创的草创，讨论的讨论，彼此各有专责，正在筹议进行。偏值赣、宁乱事，生一波折，好容易平定内讧，改造时势，议员为势所迫，幡然变计，遂于九月五日，由众议院开会投票，解决先举总统的问题。至开篋检视，赞成先举总统的，有二百十三票，不赞成的只有一百二十六票。再由参议院公决，也是赞成先举总统。是即上文所云敲顺风锣。乃复开两院联合会，商立大总统选举法。

原来总统选举法，本属宪法中一部分，宪法未曾制定，先将选举法提出另订，又是一种困难问题，但既有意迎合，索性通融到底，便决定由宪法起草委员会，草成宪法一部分的总统选举法。旋经宪法会议，各无异言，遂于十月四日，将《总统选举法》全案，宣布出来。其文如下：

中华民国宪法会议，谨制定大总统选举法，并宣布之。

大总统选举法

第一条　中华民国人民，完全享有公权，年满四十岁以上，并住居国内满十年以上者，得被选举为大总统。

第二条　大总统由国会议员，组织总统选举会选举之。

前项选举，以选举人总数三分之二以上之列席，用无记名投票行之，得票满投票人数四分之三者为当选。但两次投票，无人当选时，就第二次得票较多者二名决选之，以得票过投票人数之半者为当选。

第三条　大总统任期五年，如再被选，得连任一次。

大总统任满前三个月，国会议员，须自行集会，组织总统选举会，行次任大总统之选举。

第四条　大总统就职时，须为下列之宣誓。

余誓以至诚遵守宪法，执行大总统之职务，谨誓。

第五条　大总统缺位时，由副总统继任，至本任大总统任满之日止。

大总统因故不能执行职务时，以副总统代理之。

副总统同时缺位时，由国务院摄行其职务，同时国会议员，于三个月内，自行集会，组织总统选举会，行次任大总统之选举。

第六条　大总统应于任满之日解职，如届期，次任大总统尚未选出，或选出后，尚未就职，次任副总统亦不能代理时，由国务院摄行其职务。

第七条　副总统之选举，依选举大总统之规定，与大总统之选举，同时行之。但副总统缺位时，应补选之。

附则

大总统之职权，当宪法未制定以前，暂适用临时约法关于临时大总统职权之规定。

《总统选举法》，既经宣布，即于十月六日依选举法定例，组织总统选举会，借宪法会议议场，选举正式总统。第一次投票，袁世凯得票最多，只投票人数不满四分之三，作为无效。第二次投票，仍不足法定人数，虽票上多书“袁世凯”三字，终归无效。参议院议长已改选王家襄，因两次投票徒费手续，乃邀集两院议员，密与语道：“我看目下的时势，非举项城为总统恐不得了。况项城左右，统思乘此立功，推他为帝，据我愚见，不如速举项城为正式总统，免得君权复活。诸君洞明时局，谅也不以为谬呢。”恐仍由袁氏授意。各议员随口应允，到了第三次投票，还是袁世凯、黎元洪二人各占多数。再援照选举法第二条说明，行决选法。正拟写票投匦，忽有无数人士拥入议场，服饰鲜明，形容威赫，差不多如军队一般。经会长问明来由，大众齐声道："我等统是公民团，来观盛举，今日推选正式大总统，关系重大，总统贤良，统是诸君所赐，若选出一个不满人望的总统，将来国家扰乱，全是诸君的罪过，哼哼！我公民团是不应许的。与其后日遭灾，何如今日审慎。如或所举非人，诸君不得出议院一步，先此通告，休要见怪！"明明是袁民团，竟自称为公民，无怪来强奸民意。数语说毕，遂轩眉抵掌的环绕拢来，竟把会场内议员，包围至数十匝。简直是十面埋伏。众议员睹这情形，已窥透政府作用，没奈何各握住了笔，草草书"袁世凯"三字，投入匦中。待至检票唱名，自然票票是袁世凯，遂当场呼出，袁世凯当选为中华民国正式大总统。这十数字声浪，传将出来，便有好几万人的应声，回答转去，应声中恰是"大总统万岁"五字。

看官不必细问，便可知是公民团的应声了。公民团欢呼以后，一齐退出，又仿佛是得胜班师的形景。能够强迫议员，应推莫大功劳。越日，选举副总统，一次投票，即举出黎元洪。得票满法定人数，也没有甚么公民团来院强迫了。选举告终，当由国务院即日通电，布告全国道：

> 武昌黎副总统、各省都督、民政长、将军、都统、副都统、办事长官、经略使、镇边使、宣抚使、镇守使、宣慰使鉴：本日国会组织总统选举会，依法选举，临时大总统袁公，当选为大总统，特此通告，希转知省议会，并通电所属各县，一体知照。国务院印。

又由外交部长孙宝琦照会驻京各公使道：

为照会事：中华民国二年十月六日，经国民议会，依《大总统选举法》选举大总统，兹据议长报告，现任临时大总统袁世凯，当选为中华民国大总统，定于十月十日行就职礼。相应照会贵署理公使大臣、署理大臣查照，即希转达贵国政府可也。须至照会者。

这次袁总统正式莅任，一切礼节，已由国务院预先订定，“预先”二字，亦用得妙。格外隆备。正是：

政客低头甘听令，枭雄得志又登台。

欲知袁总统就职情形，且至下回再阅。

292.

熊凤凰就任总理，当时有人才内阁之称，其实袁总统意中，第借熊为过渡人物，并非实行信任，熊氏亦何苦身当其冲乎？况解散议会，杀害议员，种种违法举动，已露端倪，而熊氏适丁其时，将来为袁氏受过，已可预料。凤兮凤兮，何见几之不早也？至选举正式总统，再三迎合，尚受军队胁迫，若有洁身自好之议员，应亦先机远引，而乃甘入漩涡，沁沁伣伣，为国民羞，毋亦自轻声价耶？总之人生行事，多为利禄所误，恋恋于利禄中，必有当断不断之忧，迨至后来结果，仍然身名两隳，悔不可追，嗟何及乎！

第三十四回　踵事增华正式受任
争权侵法越俎遣员

却说中华民国二年十月十日，正值国庆令节，全国行庆祝礼，又经袁总统正式莅任，越觉锦上添花，喜气洋溢。老袁强迫选举，正为此日。当由国务院通告礼节，定于十月十日上午十时，前称国庆为双十节，此次应改呼三十节。大总统正式就职于太和殿。这太和殿的规模，很是弘敞，从前清帝登基以及元旦诞辰，受百官朝贺，统在这殿中行礼，袁总统就此受任，分明是代清受命的意思。一语道破。

是日，殿中已洒扫清洁，布置整齐，陈设华丽，一班伺候人员，早已穿好大礼服，趋向殿前，按班鹄立。好容易待至十时，方见大礼官入殿，导着一位龙骧虎步的袁总统，徐步而来。两旁奏起国乐，铿锵杂沓，谐成一片；接连是殿门外面，远远的鸣炮宣威，共计一百零一响。袁总统步上礼台，中立南向。侍从各官，联步随登，站立左右，国乐暂止。侍从官捧进誓词，由袁总统宣读告终，即有庆祝官趋至北面，行谒见礼，向袁总统一鞠躬，袁总统倒也答礼。侍从官再进宣言书，袁总统又照书宣读。读毕，庆祝官再行庆祝礼，向袁总统三鞠躬。袁总统也答礼如仪，乐又再作。掌仪官引导庆祝官退就接待室，大礼官引导袁总统还休息室，乐复暂止。既而大礼官出殿，接引外宾入礼堂，序次排立，复请袁总统出莅礼堂，南向正立。乐奏三成，袁总统再就礼台，由外交总长孙宝琦，邀同各国公使及参随各员，至礼台前，行鞠躬礼，袁总统也鞠躬相答。领衔公使代表外交团宣读颂词，满口是爱皮西提，经翻译员译作华文，方可作为本书的词料。词云：

君现被举中华民国大总统，本领衔公使代表外交团，来述庆贺之忱。新政体建设以来，此为第一次集会于中国正式庆日，借此各国公使，请大总统深信所祝，于此选举君为正式大总统，能为中国开始一新幸福时代之先步，且恪守条约及各项成例，不但能维持中国之平和，保持民国政府之稳健，并能保国内富饶之发达。各国于此举亦利助成，依中国情形如是，定望各本国政府与贵国政府，所有今日幸结接洽，将必日益亲密，谅于此情。各国公使，必承大总统贵重协助，外交团于今日欣祝大总统政治丕益，大总统福躬康乐！

领衔公使读毕颂词，袁总统亦亲诵答词道：

今日贵公使以本大总统被选为中华民国大总统，代表各公使惠临称贺，并承贵公使以被选正式总统，为中国开始新幸福之先步，致词推许。本大总统感谢之忱，实为无量。本大总统深愿履行条约，循守成例。与友邦敦睦，为惟一之基础，前在临时政府期内，固已早有明证，此后尤当竭其绵力，俾本国政府，与贵各国政府联络之感情，恳笃之交谊，日益亲密，有加无已。本大总统以保持和平，秩序发达，经济信用，为作新宗旨，贵各国公使热诚赞助，乐观厥成。本大总统深信彼此睦谊，即为他日永久不渝之征也。顺祝贵各国暨贵各公使绥福无疆！

袁总统读一句，翻译员亦译述一句，随读随译，一气读完。各公使均表满意，即率参随各员，复向袁总统鞠躬。袁总统答礼毕，各公使再行私觌礼，由大礼官依次引见，个个与袁总统握手，继以鞠躬。袁总统一一答礼，外交团退赴接待室。大礼官又导入清室代表世续，与袁总统相见，所有礼节及彼颂此答，大致与各国公使相同。世续退后，大礼告成，伺候各官，循例三呼，国乐以外，杂以军乐，仿佛有凤凰来仪，百兽率舞景象，引用《虞书》，妙不可阶。袁总统缓步下台，退至休息室小憩。是时袁总统心中应该快乐，吾谓其尚未满意。

约一小时，陆军总长段祺瑞戎服趋进，请袁总统莅天安门阅兵；袁总统又嘱外交总长孙宝琦，邀请各国公使及清室代表，同往校阅。各公使等自然乐从，于是袁总统前行，各公使等后随，还有一班伺候官员，鱼贯而出，统至天安门。门前早有座位设着，袁总统坐中，外宾坐左，陆军外交等坐右，一声令下，万卒齐来，先向上座参见，行过军礼，然后按着步伐，排齐行伍，把平时练习的技术，当场试演，俨然得心应手，纯熟无比。各公使却也称赏，袁总统格外嘉慰，越觉得笑容可掬，满面春风。骄态已露。至阅兵礼毕，座客尽散，袁总统即由天安门外，乘着礼车，返总统府去了。

到了下午，由总统府颁发命令，世续、徐世昌、赵秉钧，俱特授勋一位。世续系清室代表，如何也授勋一位。朱瑞、蔡锷、胡景伊、唐继尧、阎锡山、张凤翙、张锡鸾、倪嗣冲、张镇芳、周自齐、陈宧、汤芗铭，均授勋二位。蒋尊簋、孙毓筠、庄蕴宽，均授勋三位。张绍曾、陆建章，均授勋四位。屈映光授勋五位。王家襄、章宗祥，均给予一等嘉禾章。王家襄身为议员，得给嘉禾章，可见前回拟举袁氏，寓有隐衷。林长民、张国淦、施愚、王治馨、治格，均给予二等嘉禾章。顾鳌给予三等嘉禾章。荫昌给予一等文虎章。赵惟熙、陈昭常、宋小濂、张广建、唐在礼、张士钰、袁乃宽、李进才、江朝宗，均给予二等文虎章。总算赏赉优渥，内外蒙恩。

还有一种可喜的事件，自美洲各国，承认中华民国后，欧洲诸国尚是彷徨却顾，不肯遽认，至此闻正式总统，已经就任，于是俄、法、英、德、奥、意、日本及比、丹、葡、荷、瑞、挪等国，各于袁总统莅位这一日，赍致外交部照会，承认中华民国，愿敦睦谊；且由内务部、农林部、工商部、交通部，特颁通告，凡公共游玩等所，一律开放三日，任人游览，免收券费，大约是与民同乐的意思。应加断语，均为后文改图帝制伏笔。嗣是黎副总统及各省都督、民政长、将军、都统、副都统、办事长官、经略使、镇边使、宣抚使、镇守使、宣慰使等，无不上书肃贺，各表欢忱。又由国务院电达武昌，道贺黎副总统正式就职。各省官吏亦通电致贺。是时黎元洪已辞去江西兼督，保荐李纯署任，惟督鄂如故。他本是随遇而安，无心营兢，正式副总统一职，得不足喜，失不足忧，所以人家贺他，他只淡淡的答谢数语，也并没有甚么隆礼举行，只是吾行吾素罢了！黎之卒得保身，全亏是着。

且说《大总统选举法》自宪法会议议决，即直接宣布，并未经过袁政府手中。当时袁总统未免懊恼，以为国会专制，连自己的公布权都被夺去，将来制定宪法，均须由国会取决，事事不能自主，反做一个傀儡，如何了得。但因正式就职的期间，已预定在国庆日，倘或为此争议，势必选举延迟，辜负此良辰佳节，岂不可惜？自己尚未当选，已预定就职期间，真可谓满志踌躇。所以暂时容忍，就援照国会咨文，将总统选举法全案，刊登政府公报，即日宣布。至就任以后，遂咨照宪法会议，争回公布权，统共不下二千言，由小子节录如下：

为咨行事，查《临时约法》第十九条，内载参议院之职权，一，议决一切法律案；又第五十四条，内载中华民国之宪法，由国会制定；又第二十二条，内载参议院议决事件，咨由临时大总统公布施行，又第三十条，内载临时大总统公布法律等各语。凡此规定，均属前参议院在约法上议决法律，及制定宪法之职权范围。民国议会成立以来，依《国会组织法》第十四条之规定，民国宪法未定以前，《临时约法》所定参议院之职权，为民国议会之职权，则民国议会，无论系议决法律事件，抑系制定宪法事件，皆应以《临时约法》暨《国会组织法》所定程序为准，实无丝毫疑义。

乃本年十月五日，准宪法会议咨开：大总统选举法案，业于十月四日，经本会议议决宣布，并公决送登政府公报，为此钞录全案，咨达大总统，即希查照饬登等因前来。本大总统当以民国议会，前经议决，先举总统，后定宪法，系为奠定民国国基起见。本月四日，宪法会议议决大总统选举法案，来咨虽仅止声明议决宣布，并公决送登政府公报等语，显与《临时约法》暨《国会组织法》规定不符。然以目前大局情形而论，内忧外患，纷至沓来，友邦承认问题，又率以正式总统之选举，能否举行为断，是以接准来咨，未便过以《临时约法》及《国会组织法》相绳，因即查照来咨，命令国务院饬局照登，惟此项咨达饬登之办法，既与《约法》上之国家立法程序，大相违反。若长此缄默不言，不惟使民国议会，蒙破坏约法之嫌，抑恐令全国国民，启弁髦约法之渐。此则本大总统于宪法会议之来咨，认为于现行法律及立法先例，俱有未妥，不敢不掬诚以相告者也。

查民国立法程序，《约法》暨《国会组织法》，定有明文，一为提案，二为议决，三为公布，断未有但经提案议决，而不经公布，可以成为法律者，大总统选举法案，若为法律之一种，则依据《临时约法》第二十二条第三十条之规定，当然应由大总统公布。若为宪法之一部，则依据《临时约法》第五十四条之规定，虽应由民国议会制定，然制定权行使之范围，仍应以《国会组织法》第二十条之起草权，第二十一条之议定权为标准，断不能侵及于《临时约法》第二十二及第三十条之公布权。宪法会议，以此项宣布权，乃竟贸然行使，其蔑视本大总统之职权，关系犹小，其故违民国根本之约法，影响实巨。本大总统此次饬局照登，设我国民起而责以放弃职权之咎，固属百喙莫辞，而我最高立法机关，乃置现行《约法》及《国会组织法》于不顾，竟使本大总统不得不出于放弃职权之一途，恐亦非代表国民公意者所应出此也。何不早说？岂至此方才省悟乎？况民国肇造，二年于兹，宪法未施行以前，《约法》之效力，与宪法等。民国元年，前参议院议决《临时约法》时，业于是年三月十一日，咨送临时大总统公布有案。而《临时约法》第五十六条，并定有本《约法》自公布之日施行各明文。夫与宪法效力相等之约法，既经前参议院议决咨送大总统公布于前，则依照民国立法之先例，无论此次议定之大总统选举法案，或将来议定之宪法案，注意在此条。断无不经大总统公布，而遽可以施行之理。

总之民国会议，对于民国宪法案，只有起草权及议定权，实无所谓宣布权，此为《国会组织法》所规定，铁案如山，万难任意摇动。究竟本月五日来咨所称饬登之大总统选举法案，是否即应依照《约法》公布施行之规定办理？将来民国会议制定宪法案，应否依照《国会组织法》第二十条第二十一条之规定，以起草议决为限。事关立法权限，亟应咨询国会，从速答复，相应咨行贵会查照，依法办理可也。此咨。

宪法会议中接到此咨。统说是直接宣布，系各国通例，原无庸经过总统手续；且因宪法草案，正在裁定，大家悉心斟酌，忙碌得很，也无暇特别开议，答复总统。老袁静待两日，并不见有复文，遂欲越俎代谋，特饬国务院派员干涉。适值宪法起草委员会，开宪法草案三读会，突有八人陆续趋入，据言奉大总统令，来会陈述意见，并赍达总统咨文，请宪法会议查照施行。看官你道这八人为谁？就是施愚、顾鳌、饶孟任、黎渊、方枢、程树德、孔昭焱、余棨昌八人。一面递交咨文，由会中人员公阅，其文云：

查《国会组织法》，载民国宪法案，由民国会议起草及议定，迭经民国议会，组织民国宪法起草委员会，暨特开宪法会议。本大总统深惟我中华民国开创之苦，建设之难，对于关系国家根本组织之宪法案，甚望可以早日告成，以期共和政治之发达。惟查《临时约法》，载明大总统有提议增修《约法》之权，诚以宪法成立，执行之责，在大总统，宪法未制定以前，《约法》效力，原与宪法相等，其所以予大总统此项特权者，盖非是则国权运用，易涉偏倚。且国家之治乱兴亡，每与根本大法为消息，大总统既为代表政府总揽政务之国家元首，于关系治乱兴亡之大法，若不能有一定之意思表示，使议法者得所折衷，则由国家根本大法所发生之危险，势必酝酿于无形，甚或补救之无术，是岂国家制定根本大法之本意哉？本大总统前膺临时大总统之任，一年有余，行政甘苦，知之较悉，国民疾苦，察之较真。现在既居大总统之职，将来即负执行民国议会所拟宪法之责，苟见有执行困难，及影响于国家治乱兴亡之处，势未敢自已于言。况共和成立，本大总统幸得周旋其间，今既承国民推举，负此重任，而对于民国根本组织之宪法大典，设有所知而不言，或言之而不尽，殊非忠于民国之素志。兹本大总统谨以至诚对于民国宪法，有所陈述，特饬国务院派遣委员施愚、顾鳌、饶孟任、黎渊、方枢、程树德、孔昭焱、余棨昌前往，代达本大总统之意见：嗣后贵会开议时，或开宪法起草委员会，或开宪法审议会，均希先期知照国务院，以便该委员等随时出席陈述。相应咨明贵会，请烦查照可也。此咨。

会中人员阅毕，便语八委员道：“民国立法，权在国会，不受行政部干涉。诸公来此，未免违法，还请转达总统，收回成命。”八委员齐声道：“大总统尚有咨文在此，请诸君再阅，便可分晓。”言毕，又递交咨文一纸，由众议员续览一周，都不觉摇起头来。小子有诗咏袁总统道：

到底雄心未肯降，议围先遣五丁撞。
乃翁自命非凡品，国会从今莫语哤。

欲知咨文中如何说法，容待下回再详。

前半回叙袁氏正式就职，尽举当时礼节，揭出纸上，见得袁总统威仪烜赫，比前临时总统，已觉不同，即隐为后文帝制伏笔。后半回迭录两咨文，无非为推倒共和，改图专制张本。袁氏以国家宪法，定诸国会，一切不能自主，所以力争公布权，并遣八委员干涉立法，曾亦思今日之中华，固已为民主国体乎？既曰民主，则主权应操之于民，总统不过一公仆耳，乌得妄争主权耶？总之袁氏为帝之心，憧扰于中而不能自已，一经诸事顺手，便逐渐发现出来，作者不肯轻轻放过，故有闻必录，无隐不扬，若徒以抄胥目之，盖亦误矣。

第三十五回　拒委员触怒政府
借武力追索证书

却说众议员阅读袁总统咨文，又是长篇大论，洋洋洒洒的数千言，大致以《临时约法》，有好几条不便照行，须亟加修正。小子录不胜录，但记得当时有一清单，提出增修约法草案，就中有应修正者三条，应追加者二条，特照录如下：

应修正者三条。

（一）《临时约法》第三十三条　临时大总统得制定官制官规，但须提交参议院议决。

（修正）大总统制定官制官规。

（二）《临时约法》第三十四条　临时大总统得任免文武职员，但任命国务员及外交大使，须得参议院议员同意。

（修正）大总统任免文武职员。

（三）《临时约法》第三十五条　临时大总统经参议院之同意，得宣战媾和及缔结条约。

（修正）大总统宣战媾和及缔结条约。

应追加者二条。

（一）大总统为保持公安防御灾患，于国会闭会时，得制定与法律同效力之教令。

前项教令，至次期国会开会十日内，须提出两院，求其承认。

（二）大总统为保持公安防御灾患，有紧急之需用，而不及召集国会时，得以教令为临时财政处分。

前项处分，至次期国会开会十日内，须提出众议院，求其承诺。

是时宪法草案已拟定十一章一百十三条，大旨已定，不便变更。况且袁总统提出各条件，全然是君主立宪国的法例，与民主立宪，毫不相容。看官！你想这宪法起草委员及宪法会议中人，肯一一听命老袁，委曲迁就么？当下即向施愚、顾鳌等八人道："本会章程，宪法读草，只许国会议员列席旁听，此外无论何人，不得入席。今诸君来此，欲代大总统陈述意见，更与会章不符，本会但知遵章而行，请诸君自重。"施愚等再欲有言，那会员等已不去理睬，只管自己读法去了。施愚等奉命而来，趾高气扬，偏遭了这场白眼，扫尽面上光采，叫他如何不气？如何不恼？原是禁受不起。随即退出院中，回报袁总统，除陈述情形外，免不得添入数语，作为浸润。袁总统半晌道："我自有法，你等且退。"施愚等惟惟趋出，隔了一天，即由国务院发出袁总统电文，通告各省都督民政长，反对宪法草案，略云：

制定宪法，关系民国存亡，应如何审议精详，力求完善。乃国民党人，破坏者多，始则托名政党，为虎作伥，危害国家，颠覆政府，事实具在，无可讳言。

此次宪法起草委员会，该党议员居其多数，阅其所拟宪法草案，妨害国家者甚多。特举其最要者，先约略言之：立宪精神，以分权为原则，临时政府，一年以内，内阁三易，屡陷于无政府地位，皆误于议会之有国务员同意权，此必须废除者；今草案第十一条，国务总理之任命，须经众议院同意，第四十三条，众议院对于国务院，为不信任之决议时，须免其职，比较《临时约法》，弊害尤甚。各部总长，虽准自由任命，然弹劾之外，又有不信任投票一条，必使各部行政，事事仰承意旨。否则国务员即不违法，议员喜怒任意，可投不信任之票，众议员数五百九十六人，以过半数列席计之，但有二百九十九人表决，即应免职，是国务员随时可以推翻，行政权全在众议员少数人之手，直成为国会专制矣。自爱有为之士，其孰肯投身政界乎？

各部各省，行政事务，范围甚广，行政实依其施行之法，均得有相当之处分，今草案第八十七条，法院依法律，受理民事刑事行政及其他一切诉讼云云，是不遵《约法》，另设平政院，乃使行政诉讼，亦隶法院，行政官无行政处分之权，法院得掣行政官之肘，立宪政体，固如是乎？国会闭会期间，设国会委员会，美国两院规则内有之，而宪法上并无明文；今草案第五条，规定国会委员会，由参众两院选出四十人，共同组织之，会议以委员三分之二以上列席，三分之二以上同意决之，而其规定之职权，一咨请开国会委员会，一闭会期内，国务总理出缺时，任命署理，须得委员会同意，一发布紧急命令，及财政紧急处分，均须经委员会议决。此不特侵夺政府应有之特权，而仅四十委员，但得二十余人之列席，与十八人之同意，便可操纵一切，试问能否代表两院意见，以少数人专制多数人，此尤侮蔑立法之甚者也。文武官吏，大总统有任命之权，今草案第一百八、九两条，审计员由参议院选举之，审计院长，因审计员互选之云云。审计员专以议员组织，则政府编制预算之权，亦同虚设，而审计又用事前监督，政府直无运用之余地。国家岁入岁出，对于国会，有预算之提交，决算之报告，既予以监督之权，岂宜干预用人，层层束缚，以掣政府之肘？综其流弊，将使行政一部，仅为国会附属品，直是消灭行政独立之权。近来各省省议会，掣肘行政，已成习惯，倘再令照国会专制办法，将尽天下文武官吏，皆附属于百十议员之下，是无政府也。值此建设时代，内乱外患，险象环生，各行政官力负责任，急起直追，犹虞不及，若反消灭行政一部独立之权，势非亡国灭种不止。推你为帝，想国必不亡，种必不灭。此种草案，既有人主持于前，自必有人构成于后，设非借此以遂其破坏倾覆之谋，何至于国势民情，梦梦若是，但你也未必昭昭，奈何？征诸人民心理，既不谓然，即各国法律家，亦都訾驳，本大总统忝受付托之重，坚持保国救民之宗旨，确见此等违背共和政体之宪法，影响于国家治乱兴亡者极大，何敢缄默不言？

《临时约法》，临时大总统有提议修改《约法》之权，又美国议定宪法时，华盛顿充独立殖民地代表第二联合会议议长，虽寡所提议，而国民三十万人出众议员一人之规定，实华盛顿所主张。法国制定宪法时，马克马洪被选为正式大总统，命外务大臣布罗利，向国民会议提出宪法案，即为法国现行之原案。此法、美二国第一任大总统与闻宪法之事，具有先例可援。用特派员前赴国会陈述意见，以期尽我保国救民之微忱。草案内谬点甚多，一面已约集中外法家，共同讨论，仍当随时续告。各该文武长官，同为国民一分子，且各负保卫治安之责，对于国家根本大法，利害与共，亦未便知而不言。务望逐条研究，共抒谠论，于电到五日内，迅速条陈电复，以凭采择。

原来宪法草案的内容，袁总统已探听得明明白白，他因所定草案，仍然由《临时约法》脱胎，不过增修字句，较为详备，

并没有特别通融，所以极力反对。各省都督民政长，本是行政人员，当然不能立法，老袁并非不晓，但既为民选的总统，未便悍然自恣，不得不借重官吏，要他出来作梗，反抗立法机关，庶几借口有资，得以压倒国会。借刀杀人，是他惯技。各省都督民政长，见老袁正在得势，哪个不想望颜色，凑便逢迎？于是你上一篇电陈，我达一篇电复，或说是应解散国民党，或说是应撤销国民党议员，或说是应撤销草案，及解散起草委员会。就中有几个袁氏心腹，简直是主张专制，说是："国会议员，与逆党通同一气，莠言煽乱，颠倒黑白，不如一律解散，正本清源"云云。贡媚献谀，无所不至。袁总统接到这等电文，喜得心花怒开，忙邀入国务总理熊希龄及各部长等，商议撤销议员等事宜。熊总理等依违两可，乃由袁总统决定，分条进行，先命解散国民党及撤销国民党议员，于十一月四日下令道：

据警备司令官汇呈查获乱党首魁李烈钧等，与乱党议员徐秀钧等，往来密电数十件，本大总统逐加披阅，震骇殊深。此次内乱，该国民党本部，与该国民党国会议员，潜相构煽，李烈钧、黄兴等，乃敢据地称兵，蹂躏及于东南各省，我国民身命财产，横遭屠掠，种种惨酷情事，事后追思，犹觉心悸，而推原祸始，实觉罪有所归。

综核伊等往来密电，最为我国民所痛心疾首者，厥有数端：一该各电内称李逆烈钧为七省同盟之议，是显以民国政府为敌国；二中央派兵驻鄂，纯为保卫地方起见，乃该各电内称国民党本部，对于此举，极为注意，已派员与黄兴接洽，并电李烈钧速防要塞，以备对待，是显以民国国军为敌兵；三该各电既促李逆烈钧以先发制人，机不可失，并称黄联宁、皖，孙连桂、粤、宁为根据，速立政府，是显欲破坏民国之统一而不恤；四该各电既谓内讧迭起，外人出而调停，南北分据，指日可定，是显欲引起列强之干涉而后快。凡此乱谋，该逆电内，均有与该党本部接洽，及该党议员一致进行，并意见相同各等语，勾结既固，于是李逆烈钧，先后接济该党本部巨款，动辄数万，复特别津贴该党国会议员以厚资。是该党党员及该党议员，但知构乱以便其私，早已置国家危亡，国民痛苦于度外，乱国残民，于斯为极。

本大总统受国民付托之重，既据发现该国民党本部，与该党议员勾结为乱各重情，为挽救国家之危亡，减轻国民之痛苦计，已饬北京警备地域司令官，将该国民党京师本部，立予解散，仍通行各戒严地域司令官各都督民政长，转饬各该地方警察厅长及该管地方官，凡国民党所设机关，不拘为支部分部交通部，及其他名称，凡现未解散者，限令到三日内，一律勒令解散。嗣后再有以国民党名义，发布印刷物品，公开演说，或秘密集会者，均属乱党，应即一体拿办，毋稍宽纵。至该国民党国会议员，既受李逆烈钧等，特别津贴之款，为数甚多，原电又有与李逆烈钧，一致进行之约，似此阳窃建设国家之高位，阴预倾覆国家之乱谋，实已自行取消其《国会组织法》上所称之议员资格，若听其长此假借名义，深恐生心好乱者，有触即发，共和前途之危险，宁可胜言？况若辈早不以法律上之合格议员自居，国家亦何能强以法律上之合格议员相待？应饬该警备司令官，督饬京师警察厅，查明自江西湖口地方倡乱之日起，凡国会议员之隶籍该国民党者，一律追缴议员证书徽章。一面由内务总长，从速行令各该选举总监督暨初选举监督，分别查取本届合法之参议院众议院议员候补当选人，如额递补，务使我庄严神圣之国会，不再为助长内乱者所挟持，以期巩固真正之共和，宣达真正之民意。该党以外之议员，热诚爱国者，殊不乏人，当知去害群即所以扶持正气，决不致怀疑误会，借端附和，以自蹈曲庇乱党之嫌。该国民党议员等回籍以后，但能湔除自新，不与乱党为缘，则参政之日月，仍属甚长，共和之幸福，不难共享也。

除将据呈查获乱党各证据，另行布告外，仰该管各官吏，一体遵照。此令。

这令下后，不特国民党议员惊愕异常，就是别党议员，也有兔死狐悲的感慨，拟援据议院法，凡议员除名，须经院议决定一条，与政府辩驳。还有新行组织的民宪党，系拥护宪法草案，抵制政府干涉，共说袁总统能战胜兵戎，不能战胜法律，誓共同心力，与宪法为存亡，彼此抖擞精神，要与袁政府辩论曲直。已经迟了。哪知迅雷不及掩耳，就是下令这一日，下午四时，军警依令执行，往来如梭，彻夜不绝。看官道是何因？乃是向国民党议员各寓中，追缴证书徽章。议员稍一迟疑，便经那班丘八老爷，拔出手枪，指示威吓。天下无论何人，没有不爱惜身命，欲要身命保全，不得不将证书徽章，缴出了事。到了夜半，已追索得三百五十多件，汇交政府。哪知老袁意尚未足，再令将湖口起事前，已经脱党人员，亦饬令勒缴证书徽章。军警们不敢少懈，只好再去挨户搜索，敲门打户，行凶逞威。直到天光破晓，红日高升，方一齐追毕，又得八十余件，乃回去销差。不意政府又复下令，叫他监守两院大门，依照追缴证书徽章的议员名单，盘查出入。凡一议员进院，必须经过查问手续，确是单内未列姓名，方准进去。

看官！你想议院章程，必须议员有过半数列席，方得开议，起初追缴国民党议员证书徽章，尚止三百多件，计算起来，不过两院中的三分之一，及续行追缴八十余人，两院议员，已去了一半，照院章看来，已不足法定人数，如何开会议事？袁氏之所以必须续追，原来为此。因此立法部的机能，全然失去。就是命令中有递补议员一语，各省候补当选人，也相率视为畏途，不敢赴京。国会遂不能开会，徒成一风流云散的残局了。袁政府煞是厉害，见国民党议员，变不出甚么法儿，索性饬令各省将省议会中的国民党议员亦一并取消，小子有诗叹道：

大权在手即横行，约法何能缚项城？

数百议员齐俯首，乃公原足使人惊。

欲知袁政府后事，且至下回续表。

八委员之被拒，为国会正当之举动，狡如老袁，岂见不到此？彼正欲借此八委员，以尝试国会，无论被拒与否，总有决裂之一日，业已战胜敌党，宁不能战胜国会乎？追解散国民党，及追缴证书徽章，强权武力，陆续进行，于是拥护袁氏之进步党议员，亦抱兔死狐悲之感，欲起而反抗之，然已无及矣。观袁氏之令出如山，军警亦奉行惟谨。通宵追索，翌晨毕事，袁氏之威势，真炙手可热哉！然以力假仁，得霸而止，仁且未假，欲横行以逞己志，难矣。请看今日之域中，毕竟谁家之天下？

第三十六回　促就道副座入京
避要路兼督辞职

却说袁总统既削平异党，摧残议院，事事称心，般般顺手，当然有笼压全国，惟我独尊的气势。惟因云南都督蔡锷，于二次革命时，拟联合黔、桂等省，居间调停，主张两方罢兵，凭法理解决。事为袁氏所忌，遂召他入京，令黔督唐继尧兼署。还有湖南都督谭延闿及福建都督孙道仁，曾附和独立，图抗中央，虽事后取消，归罪他人，也不过是掩耳盗铃的计策，瞒不住老袁心目，袁总统遂将他免职，把湖南都督一缺，特任了汤芗铭，福建都督一缺，令海军总长刘冠雄兼代，后来且将这缺裁去，只设一民政长罢了。

三督既去，此外都俯首帖耳，不敢异词，只有国会中议员，还因法定人数，屡次缺席，未免啧有烦言。袁总统特创一新例，挑选了几个有名人物，组成议事机关，叫做政治会议，老袁既有言莫予违之意，何必设此机关，致多累赘。会长派任李经羲，又有梁敦彦、樊增祥、蔡锷、宝熙、马良、杨度、赵唯熙七人，同作襄议员，再由国务总理举派二人，每部总长举派一人，法官二人，蒙藏事务局，酌派数人，各省都督民政长，亦酌派数人，集中议政，算作国会的替身。一面授意各省长官，令他倡议遣散议员，取消国会，于是副总统兼领湖北都督事黎元洪，邀集各省都督民政长等，联名电致袁总统道：

大总统钧鉴：共和国家，以法治为归宿，当破坏之后，亟宜为建设之谋，所有应行法治，千端万绪，虽急起直追，犹恐不及。民国初创，以参议院为立法机关，而成立年余，制定法案，寥寥无几，惟以党争闻于天下，适为建设之障碍，决无进行之计划。中外士庶，乃移易其渴望之心，属诸国会，以为国会既成，必可将各项法制，依次制定。不意开会七阅月，糜帑数百万，而于立法一事，寂然无闻，欲仅如前参议院尚能立东鳞西爪之法，而亦不可得。民国前途，岂堪久待？盖因各议员被举之初，别有来由，多非人民公意之所推定，谓为代表，夫将谁欺？其有爱国思想者，固不乏人，而争权利，徇党见，置国家存亡人民死活于不顾者，反占优势。且人数过多，贤者自同寒蝉，不肖者如饮狂水，余旨盲从朋附，烟雾障天，虽有善者，或徒唤奈何，宁与同尽。上下两院，性质相同，无术调剂，因之立法成绩，毫无进步，中外援为诟病，国家日益阽危。上无道揆，下无法守。赖我大总统以救国为己任，毅然刚断，将乱党议员资格，一律取消，令候补当选人，以次挨补。顾候补人员，与前次人员，资格相同，无论一时断难如额，即使如额，而八百余人，筑室道谋，仍恐议论多而成功少。现在国本初定，重要法案，何止数百件？由今之道，以七阅月而未立一法，虽迟以百年，亦复何济？而强邻环伺，破产在即，岂从容高论之秋？我不自谋，必有起而代我者，欲不为人之牛马奴隶，何可得耶？元洪等行政人员，亦国民一分子，国苟不存，身于何有？苟利于国，遑论其他，用敢联名恳切大总统始终以救国为前提，万不可拘文牵义，以各国长治久安之成式，施诸水深火热之中华。

历考中外改革初期，以时势造法律，不以法律造时势。美为共和模范，而开国之始，第一次宪法，即因束缚政府，不能有为，遂有费拉德费亚会议修正之举。是役也，全体会员，无不有政治之经验，其会议之所议决，多轶出原有宪法范围以外，而自操制定宪法之全权，论者不诋为违法，先例俱在，可为明征。现在政治会议，已经召集，与美国往事由各州推举之例正同，请大总统饬下国务院，咨询各员以救国大计，若众意咸同，则共和政体之精神，即可因兹发轫。即例以南京政府以十四省行政官代表之参议院，其完缺大相悬殊，正与华盛顿修正宪法，若合一辙。元洪等承乏地方，深知民人心理，痛恶暴乱之议员；各国论调，亦极公允，我大总统何所顾忌而不为之所？文明国议员，无论何党，皆以扶持本国为宗旨，断无以破坏阻挠为能事者。现在国民党议员，悉经解散，其余稳健议员，素知自爱，闻已羞与哙伍，愤欲辞职。虽欲固结，已属无从。留此少数之人，既无成立之希望，应请大总统给资回籍，另候召集。各议员皆明达廉洁，决不恋恋于五千元之岁俸，而浮沉于不生不灭之间，以误国家大计。狂夫之言，圣人择焉，伏乞鉴核施行，民国幸甚！

副总统兼领湖北都督事黎元洪、署湖北民政长吕调元、直隶都督冯国璋、直隶民政长刘若曾、奉天都督兼署吉林都督张锡銮、奉天民政长许世英、吉林民政长齐耀琳、吉林护军使孟恩远、黑龙江护军使兼署民政长朱庆澜、江苏都督张勋、江苏民政长韩国钧、江北护军使蒋雁行、安徽都督兼署民政长倪嗣冲、署江西都督李纯、江西民政长汪瑞闿、浙江都督朱瑞、署浙江民政长屈映光、福建民政长汪声玲、署湖南都督兼理民政长汤芗铭、署山东都督靳云鹏、署山东民政长田文烈、河南都督张镇芳、河南民政长张凤台、山西都督阎锡山、山西民政长陈钰、陕西都督张凤翙、署陕西民政长高增爵、护理甘肃都督兼护民政长张炳华、新疆都督兼署民政长杨增新、四川都督胡景伊、署四川民政长陈廷杰、护理川边经略使颜镡、广东都督龙济光、署广东民政长李开侁、广西都督陆荣廷、广西民政长张鸣岐、贵州都督兼署云南都督唐继尧、云南民政长李鸿祥、贵州民政长戴戡同叩。

看官阅此电文，已见得各省长官，统是仰承意旨，不消细述。惟黎元洪系起义首领，本意在推翻专制，建设共和，此次袁总统摧残国会，明明欲回复专制，如何也随声附和，反领衔电达呢？古语说得好，“识时务者为俊杰”，大众既赞成袁氏，他亦不便硬行出头，与袁反对，乐得同流合污，做一个与时浮沉的俊杰呢。句中有眼。

不意通电未几，即来了参议院院长王家襄，口称奉总统密令，邀副总统入京，面商要略。黎元洪也不推辞，立将任中各项文书，委任民政长暂管，草草地收拾行装，随王北上，尚恐部下有变，佯言因公渡江，事毕返署，所以出城就道，行踪诡秘，连黎氏左右，也未尝预知情事。待至黎已到京，方闻袁总统下令，有云兼领湖北都督事黎元洪，因公来京，著段祺瑞暂代兼领湖北都督事。当时中外人士，莫明其妙，共疑政府有何大事，必须这黎副总统到京呢。嗣由小子底细调查，方知黎氏入京，段氏出镇，统含有特别关系，不是无故调动的。说来话长，待小子叙述出来。

原来袁氏倚黎、段为左右手，黎长参谋，段长陆军，遇事必内外筹商，谋定后动。黎、段亦矢忠矢慎，不敢有违，所以二次革命，黎为外护，段为中坚，终能指日荡平，肃清半壁。袁总统得此奇捷，未免顾盼自豪，尝语左右道："我略用武装，约叛党相见，不到两月，尽已平定，论起功力，不在拿翁下。拿翁即法国拿破仑。惟拿翁自恃武功，觊觎大宝，改变民主，再行帝政，我虽很加羡慕，但不欲轻效拿翁，致蹈覆辙呢。"自知甚明，何后来利令智昏？左右等惟惟如命，未敢妄赞一词，就中有一位跃跃欲逞的贵公子，听到此言，便迎机而入，婉进讽词，老袁掀髯笑道："汝欲我做皇帝么？但为事必三思后行，倘或骑梁不成，反输一跌，岂不是欲巧反拙么？"意在言外。于是这位贵公子，垂首告退。

看官道此人为谁？说是袁总统的长公子克定。画龙点睛。袁总统有一妻十五妾，子十五，女十四，惟长子克定为正室于氏所出，机警不亚乃父，幼时除读书外，辄好武事，及弱冠后出洋，赴德国留学，卒业陆军学校，至是归国已久，常思化家为国，一展所长。居然想做唐太宗。凑巧民国成立，乃父得为总统，他便想趁这机会，劝父为帝，好把一座锦绣江山，据为袁氏私产，偏乃父不肯遽为，日日延挨过去，自思光阴易过，何时得达目的？踌躇再四，无可为计，猛然想到故友阮忠枢，与段祺瑞向称莫逆，段握陆军重任，倘得他鼓吹帝制，号召军民，那时便容易成功了。

当下着人去招阮忠枢，忠枢为袁氏门下士，素与克定往来，一闻传召，立刻驰至。两下相见，当由克定嘱托一番，他即转往国务院，见段在列，乘间密语。谁料段不待词毕，便厉声道："休得妄言！休得妄言！"阮撞了一鼻子灰，返报克定，克定暗暗怀恨。段又出语人道："项城屡次宣言，誓不为帝，克定痴心妄想，一味瞎闹，岂不可笑？"这数语传入克定耳中，愈令懊恼，遂与袁乃宽密谋，挤排段氏。乃宽与克定同姓不宗，平时殷勤趋奉，颇得老袁欢心，遂认老袁为叔父行，小袁为兄弟行。这是姓袁的好处。老袁屡加拔擢，累任至陆军次长，凡段氏一切行为，乃宽无不洞悉，所以吹毛索瘢，得进谗言。老袁虽然聪明，怎奈一个令子，一个爱侄，日事絮聒，免不得将信将疑。段祺瑞素性坦率，未曾防着，只知效忠袁氏，有时袁总统与谈湖北军情，赞美黎元洪，祺瑞独说黎仁柔有余，刚断不足，袁亦叹为知言。黎氏生平颇合此八字品评。既而袁克定以段不助己，变计联黎，复遣人示意元洪，元洪不肯相从，所答论调，与段略同。克定乃密结爪牙，撺掇老袁，调黎入京，出段镇鄂，一是软禁元洪，缓缓的令他熔化，一是驱开祺瑞，急急的撤他兵权。煞是好计。黎、段非无知识，但立人檐下只好低头奉令，一往一来，仆仆道途，同做个现成傀儡罢了。黎元洪倒也见机，一经入京，便上书辞职，袁总统即日照准，不过温语答复，竭力敷衍。彼此情词斐亹，可歌可诵，小子不忍割爱，一并照录。曾记黎元洪的呈文道：

敬呈者：窃元洪屡觐钧颜，仰承优遇，恩逾于骨肉，礼渥于上宾。推心则山雪皆融，握手则池冰为泮。驰惶靡措，诚服无涯。伏念元洪忝列戎行，欣逢鼎运，属官吏播迁之众，承军民拥戴之殷。王陵之率义兵，坚辞未获，刘表之居重镇，勉负难胜。洎乎宣布共和，混一区夏，荷蒙大总统俯承旧贯，悉予真除。良以成规久圮，新制未颁，不得不沿袭名称，维持现状。元洪亦以神州多难，乱党环生，念瓜代之未来，顾豆分而不忍。思欲以一拳之石，暂砥狂澜，方寸之材，权搘圮厦，所幸仰承伟略，乞助雄师，风浪不惊，星河底定，获托威灵之庇，免贻陨越之羞。盖非常之变，非大力不能戡平，无妄之荣，实初心所不及料也。夫列侯据地，周室所以陵迟，诸镇拥兵，唐宗于焉翦靡。六朝玉步，蜕于功人，五代干戈，贻自骄将。偶昧保身之哲，遂丛误国之愆。灾黎填于壑而罔闻，敌国入于宫而不恤，远稽往乘，近览横流，国体虽更，乱源则一，未尝不哀其顽梗，僭莫惩嗟。前者章水弄兵，钟山窃位，三边酬诸异族，六省订为同盟，元洪当对垒之冲，亦尝尽同舟之谊。乃罪言弗纳，忠告罔闻，衷此苦心，竟逢战祸，久欲奉还职权，借资表率，只以兵端甫启，选典未行，暂忍负乘致寇之嫌，勉图扶杖观成之计。孤怀耿耿，不敢告人，前路茫茫，但蕲救国。今有列强承认，庶政更新，洗武库而偃兵，敞文园而弼教。处四海困穷之会，急起犹迟，念两年患难之场，回思尚悸。论全局则须第一统，论个人则愿乞余年，倘仍恃宠长留，更或陈情不获，中流重任，岂忍施于久乏之身？当日苦衷，亦难襮诸无稽之口，此尤元洪所冰渊自惧，寝馈难安者也。伏乞大总统矜其愚悃，假以闲时，将所领湖北都督一职，明令免去。元洪追随钧座，长听教言，汲湖水以澡心，撷山云而链性。幸得此身健在，皆出解衣推食之恩，倘使边事偶生，敢忘擐甲执兵之报。伏门待命，无任屏营！谨呈。

袁总统的复书，也是俪黄妃紫，绮丽环生。词云：

来牍阅悉。成功不居，上德若谷，事符往籍，益叹渊衷。溯自清德既衰，皇纲解纽，武昌首义，薄海风从，国体既更，嘉言益著。调停之术，力竭再三，危苦之词，书陈累万。痛洪水猛兽之祸，为千钧一发之防，国纪民彝，赖以不坠。赣、宁之乱，坐镇上游，匕鬯不惊，指挥若定。吕梁既济，重思作楫之功，虞渊弗沉，追论抟戈之烈。凡所规划，动系安危，伟业丰功，彪炳寰宇。时局初定，得至京师，昕夕握谭，快倾心膈。褒、鄂英姿，获瞻便坐。逖、琨同志，永矢毕生。每念在莒之艰，辄有微管之叹，楚国宝善，遂见斯人。迭据面请，免去所领湖北都督一职，情词恳挚，出于至诚，未允施行，复有此牍。语长心重，虑远思深，志不可移，重违其意，虽元老壮猷，未尽南服经营之用，而贤者久役，亦非国民酬报之心，勉遂谦怀，姑如所请。国基初定，经纬万端，相与有成，期我益友，嗣后凡大计所关，务望遇事指陈，以匡不逮。昔张江陵尝言："吾神游九塞，一日二三。"每思兹语，辄为敬服。前型俱在，愿共勉之！此复。

复词以外，即老老实实下一令道："兼领湖北都督事黎元洪呈请辞职，黎元洪准免本官。”正是：

功狗未嗥先缚勒，飞禽已尽好藏弓。

鄂督已更，又免去张勋本官，改任为长江巡阅使，另调冯国璋都督江苏，赵秉钧都督直隶，是何用意，容待小子下回表明。

黎之于袁，可谓竭尽所事，始终不贰者矣。癸丑之役，微黎阴助北军，则安能顺流无阻，先发制人？甚至撤销国会之议，黎亦不恤曲徇袁意，领衔电请，黎之忠袁如是，而袁独潜图帝制，甘心舐犊，遣人南下，召黎入京，阳加优礼，阴即软禁，好猜至此，而欲望人心之不解体，其可得乎？虽然，黎欲见好于袁，而卒为袁所卖，假使袁得永年，黎岂终能免祸乎？吾阅此回，殊不禁为黎氏惜焉。

第三十七回　罢国会议员回籍
行婚礼上将续姻

却说张勋本党附袁氏，从前袁世凯任直督时，奉清廷命募练新军，所有冯、段一班人物，统是练军中的将弁，张勋亦尝与列，受袁节制。所以张勋平日，除清廷皇帝外，只服从一袁项城，辛亥革命，张勋退出南京，虽是孤城受困，敌不住江浙联军，但也由老袁授意，为此知难而退。癸丑革命，张又为袁尽力，督兵南下，战胜异党，攻入南京，老袁特任他为江苏都督，明明是报功的意思。补叙明白。但张勋为人，粗鲁中含着血性，他自念半生富贵，统由清朝恩典，不过因时势所趋，无法保全清朝，没奈何推戴老袁，老袁只做总统，不做皇帝，还是有话可说，并非篡逆一流，为此仍然效命，惟背后的辫发，始终不肯薙去，却是不忘清室的标示。弃旧事新，已成通习，张辫帅犹怀旧德，我说他是好人。但老袁却为此一着，有些疑忌张勋，预恐帝制一行，他来反对，所以将他撤去督篆，调任散职，特令冯出督江，赵出督直，作为南北洋的羽翼。自是京都内外，统已布置妥当，就好慢慢儿的变更政体，开拓皇图，偏这两院议员，尚是睡在梦中，迭据一张没用的《临时约法》，指摘政府，迭加质问。真是盲人。那国务院讨厌得很，索性简截了当地答复数语。

看官道如何说法？他说："两院议员，既不足法定人数，当然停议，何能提出质问书？况大总统救焚拯溺，扶危定倾，确是当今第一位人杰，是非心迹，昭然天壤，更不便绳以常例"等语。简直视为汤、武。议员争他不过，只好将就过去。

一日又一日，已是民国第三年元旦，总统府中，热闹异常，外宾内吏，均去觐贺，差不多有九天阊阖，万国衣冠的盛仪。袁总统又把五等勋位及九等嘉禾文虎各章，给赏了若干功狗，算作良辰令节的点染品。受惠感德的人，讴歌不绝。独有人民向隅。转眼间过了十日，忽由袁总统颁下一令道：

本日政治会议，呈复救国大计咨询一案，据称：前兼领湖北都督黎元洪等原电，修正宪法一节，若指《约法》而言，应于咨询增修约法程序案内，另行议复，其对于国会现有议员，给资回籍，另候召集一节，应请宣布停止两院现有议员职务，并声明两院现有议员，既与现行《国会组织法》第十五条所载总议员过半数之规定不符，应毋庸再为现行《国会组织法》第二条暨第三条之组织。至如何给资之处，应由政府迅速筹划施行。是否回籍，可听其便，政府毋庸问及等语。本大总统详加披阅，该会议议复各节，与该前兼领都督黎元洪等，救国苦心，深相契合。原呈所陈大要，以为非速改良国会之组织，无以勉符尊重国会之公心，洵属度时审势，正当办法。

查两院现有议员，既与现行《国会组织法》第十五条所载总议员过半数之规定不符，应即依照政治会议议决宣布停止议员职务，毋庸再为现行《国会组织法》第二条暨第三条之组织。所有民国议会，应候本大总统依照《约法》，另行召集，此次停止职务各议员，由国务总理财政总长，迅将如何给资之处，筹划施行，余如该会议所陈办理。至两院现有议员，自宣布停止职务之日起，既均毋庸再为《国会组织法》第二条暨第三条之组织，一应两院事务，应由内务总长督饬筹备国会事务局，分别妥筹办法，免滋贻误，以副本大总统尊重国会之初意。此令。

还有一篇布告，是详述黎元洪等电请原文，及政治会议中呈复，无非说是约法不良，议员未善，应全体撤换，改新国会等情。其实是骗人伎俩，借此取消立法机关，免得节外生枝，牵掣行政，哪里还肯再行召集呢？政治会议诸公，自李经羲以下，也有一两个明白事理，阴怀愤恨，但看到黎元洪等原电，及老袁交议情形，已知木已成舟，不如顺风使帆，博得个暂时安稳；只晦气了这班议员，平白地丢去岁俸五千圆，徒领了几十元川资，出都回籍去了。双方挖苦。

是时袁大公子克定，默观乃父所为，明明是与自己的希望一同进行，黎既软禁，段又外调，所有阻碍，已经摔去，但只少一个位高望重的帮手，终究是未能圆满。他又与段芝贵商议，想去笼络江苏都督冯国璋。冯国璋的势力不亚段祺瑞，联段不可，转而联冯，也是一条无上的秘计。段芝贵的品行，清史上已经表见，他是揣摩迎合的圣手，敏达圆滑的智囊。既蒙袁公子垂询，便想了一条美人计来，与袁公子附耳数语。袁公子大喜过望，便托他竭力作成。看官试掩卷猜之，愈加趣味。段芝贵应命去讫。

原来袁总统府中，有一位女教授，姓周字道如，乃是江苏宜兴县人。她的父亲，曾做过前清的内阁学士。这女士随父居京，曾入天津女师范学校，学成毕业，雅擅文翰，喜读兵书，嗣因中途失怙，情愿事母终身，矢志不嫁。怎奈宦囊羞涩，糊口维艰，亲丁只有一弟，虽曾需次都门，也未能得一美缺，所以这位周小姐，不能不出充教席，博衣食资。袁总统闻她才学，特延入府中，充为女教员，不特十数掌珠，都奉贽执弟子礼，就是后房佳丽，亦多半向她问字，愿列门墙。袁三夫人闵氏，或云金氏，系高丽人，本末当详见后文。与周女士尤为投契，朝夕相处，俨同姊妹。书窗闲谈，偶及婚嫁事，三夫人笑语道："吾姊芳龄，虽已三十有余，但望去不过二十许人，摽梅迨吉，秾李余妍，奈何甘心辜负，落寞一生呢？"周女士年龄借此叙过。周女士道："前因老母尚存，有心终事，今母已弃养，我又将老，还想甚么佳遇？"三夫人道："姊言未免失察了。男婚女嫁，自古皆然，况太夫人已经仙逝，剩姊一身，漂泊无依，算甚么呢？"周女士丧母，亦随笔带过。这一席话，说得周女士芳心暗动，两颊绯红，不由得垂头叹息。三夫人又接着道："我两人分属师生，情同姊妹，姊有隐衷，尽可表白，当代为设法，玉成好事。"周女士方徐徐道："我的本意，不愿作孟德曜，但愿学梁夫人，无如时命不齐，年将就木，自知大福不再，只好待诸来生了。"三夫人道："哪里说来！当代觅蕲王，慰姊夙愿，何如？"周女士脉脉无言。

三夫人匆匆别去，即转告袁总统，袁亦愿作撮合山，但急切未得佳偶，因此权时搁起。可巧冯国璋在京，有时至总统府中，晤商要公，偶见一丰容盛鬋的周女士，不觉啧啧叹羡，讶问何人，袁总统触起旧感，即语国璋道："这是宜兴周女士，现在我处充女教习，博通经史，兼识韬钤，闻汝丧偶有年，我当为汝作伐，聘她为继室，倒也是一场佳话呢。"好一个冰上人。国璋答道："总统盛意，很是感佩，但国璋正室虽丧，尚有姬妾数人，豚儿亦已长大，自问年将半百，恐难偶此佳丽，为之奈何？"口中虽这般说，心中却早默认。袁总统道："周女士的年龄，差不多要四十岁了，与汝相较，亦不过相距十岁，你既如此说法，我待商诸周女士，再行定议便了。"国璋称谢而退。

未几，国璋出督江宁，各大吏祖饯都门，恭送行旌，段芝贵时亦在座，席间谈及周女士事，国璋掀髯笑道："讲到容貌两字，亦未必赛过西子、王嫱，可是人家学问，实在高出我一个武夫，我年已及艾，还有甚么不满意的事？不过这胡子还长得住否，实在是一个大问题。"得意语。言毕，鼓掌大笑，众亦随作笑声。段芝贵却从旁凑趣道："当日刘备娶孙夫人，洞房中环列刀枪，把刘备吓得倒退，冯公虽统兵有年，若好事果成，雌威不可不防哩。"国璋复笑道："言为心声，段君想是惧内，自己有了河东狮，尽管小心奉承，不要向他人代虑呢。"大家诙谐一番，兴阑席散。越宿，国璋即别友出都，自行赴任去了。段芝贵记在心里，适逢克定垂询，遂将现成的美人计，敬谨奉献。

一日，至总统府，便乘间禀明袁总统，袁总统道："我亦早有此想哩，只因国事倥偬，竟致忘怀，但两造的意思，究未知是否赞同？"段芝贵道："得大总统与他撮合，哪有不情愿之理？况两造感及玉成，将来总统有所指使，还怕他不内外效顺么？"袁总统频频点首。明人不必细说。一俟段芝贵退出，即嘱三夫人去作说客。三夫人笑着道："我已早代为说妥了。"袁总统即致函冯国璋，请践原约。国璋本已有心，自然返报如命，且择于民国三年一月十九日，行成婚礼。

到了一月十二日，袁总统即遣公子克定，及三夫人率领周家姻族，及主婚代表等，送周女士南下江宁。江宁铁路特备花车欢迎，沿路排列兵队，气象巍然。下关、江口一带，热闹异常。轮渡码头，悬灯结彩，并有松柏牌楼一座，上悬匾额，署“大家风范”四大字。两旁分列楹联，左首八字，是“天上神仙，金相玉质。”右首八字，是“女中豪杰，说礼明诗。”待周女士等渡江而来，各乘大轿入江宁城，当以鼓楼前交涉局为坤宅，门前亦设着松枝牌楼，特用五色电灯，盘出“福共天来”四大字。宅中陈设一新，尤觉光怪陆离，色色齐备。室中环列武装兵队，层层拥护，又特置布篷岗位数十所，屯驻警察，刀枪森耀，与昼间日光、夜间灯影，掩映生辉。都督府中人员，又稔知新人尚武，多派军服侍者，窗前阶下，荷枪鹄立，端的是文经武纬，灿烂盈门。极力描摹。到了十八日下午二时，移置妆具，由坤宅启行至都督府，前导军乐，引以红绸彩门，横书四字为“山河委佗”，左右对联，上为“扫眉才子，名满天下”，下为“上头夫婿，功垂江南”，闻说为旅宁同乡所送。此外尚有直隶女师范学校与高等女子小学教习学生，以及周女士闺友所赠诗章叙文颂词对联词曲，均用玻璃屏装饰，约计数十具。余如箱栊物件，却尚简朴，荆钗布裙，想见高风不比那小家妇女，专从服饰上着想哩。好女不穿嫁时衣，想周小姐深得此旨。

越日，即为婚期，坤宅因交涉局与都督府相去太远，移驻都督府西首花园内，专候冯都督亲迎。时当午后，冯都督着上将礼服，佩挂勋章，乘舆出辕，由大总统代表人、介绍人及司仪人、迎亲人等，拥着彩舆，并排着全副仪仗，偕冯都督同至坤宅。护兵杂沓，军乐喧阗，冯都督降舆入室，行过了亲迎礼，略用茶点，先行告别。过一小时，即由送亲人等，送彩舆至都督府，三星在户，百两迎门。司仪员先登礼堂，请冯都督出来，一面请新娘降车。舆门开处，但见一位华装炫饰，胡天胡帝的女娇娃，姗步下舆，身穿玄青色贡缎绣着八团五彩花的礼衣，下系绣金洒花的大红裙，宫额齐眉，遍悬珠勒，后面披着粉红纱，约长丈许，有侍女两人持着两端，随步而前。红纱上设一彩结，置于发顶，前悬两球，适垂前额，借以覆面。既入礼堂，与冯都督并肩立着，行文明结婚礼式，男女宾东西站立，先由大总统代表赍读颂词，新郎新娘遣人代诵答词，继由男女宾分致颂词，新郎新娘又遣人诵答如仪。司仪员乃唱新郎新娘行鞠躬礼，两下里对向鞠躬，至再至三，夫妇礼成。当由两新人对着代表介绍，鞠躬致谢。代表人、介绍人，依次答礼，然后男女亲族，各行相见礼，无非是按着尊卑，相向鞠躬。男女宾又各行贺礼，两新人亦依礼相答。笙簧并奏，鸾凤和鸣，两新人归入洞房，宾朋等俱退出礼堂，各至客厅中，欢宴喜酒去了。自此洞房叶好，合卺共牢，说不尽的枕席风光，描不完的伉俪恩爱。小子且作诗一首，作为本回的结束。诗云：

一番趣事话风流，尽有柔情笔底收。
为问江南新眷属，可将月老记心头？

袁克定等送亲毕事，相率返京，欲知后事，再阅下回。

立法机关，是民主国最要条件，此而可以停止，是已举民主政体，完全推翻，奚待筹安设会，洪宪纪元，方为鼓吹帝政乎？老袁行于上，小袁行于下，联黎联段，俱难生效，不得已转联老冯，周女士道如，守北宫婴儿之节，乃必为冯作伐，牵入政治漩涡中，枕席风光，虽饶趣味，然揆诸周女士之初志，毋乃未免渝节欤？一条美人计，究用得着否，试看后文便知。

第三十八回　让主权孙部长签约
失盛誉熊内阁下台

却说袁总统密图帝制，专从内政上着手，日事变更，亦无暇顾及外交，就中蒙、藏风云迄未解决，前藏达赖喇嘛屡生异图，办事长官钟颖亦连电乞援。袁总统饬令滇、蜀各军相继进征，不防英兵亦陆续入藏，驻华英使且向袁政府抗议，谓中国若增兵藏境，英政府非但不承认民国，且将派兵助藏，令他独立。全是强权。袁总统无法对待，只好停止滇、蜀各军，一面与达赖电商，撤还驻藏兵队，全藏应承认中国的宗主权。达赖总算照允。嗣是川、藏边境，暂息兵戈。尹昌衡亦奉召入京，撤去兵权。旋因尹擅纳蛮女，滋扰川边，竟加他罪名，拘禁起来，结果是褫职了案。总是一个刻薄手段。

还有俄蒙协约，前经外交总长陆征祥与俄使辩论数次，只争得一个领土权，另订中俄协约六条，并将俄蒙协约中所称附约十七条，作为中俄协约的附件，字句略加修改，所有“外蒙古政府”字样，均改为“外蒙古地方官”字样，算是保存国权的要点。当时政府曾提出国会，征求同意，众议院多进步党，赞助政府，权予通融；参议院多国民党，排斥政府，竟致否决。旋因赣、宁变起，不遑顾及此事。至民党失败，国会已成残局，俄使库朋斯齐，且提出协约四条，较原订六条，尤为严酷。库匪又连番南下，时来寻衅，防边各兵，屡与战争，互有胜负。会外交总长已改任孙宝琦，不得已与俄使交涉，另订协约五款，可巧国会停止，得由袁政府独断独行，款约如下：

（一）俄国承认中国在外蒙古之主权。

（二）中国承认外蒙古之自治权。

（三）中国承认外蒙古人享有自行办理自治外蒙古之内政，并整理本境一切工商事宜之专权。中国允许不干涉以上各节，是以不将兵队派驻外蒙古，及安置文武官员，且不办殖民之举。惟中国可任命大员，偕同应用属员，暨护卫队，驻扎库伦，此外中国政府，亦可酌派专员，驻扎外蒙古地方，保护中国人民利益，但地点应按照本文件第五款商订。俄国一方面，担任除各领事署拥卫队外，不于外蒙古驻扎兵队，不干涉此境内之各项内政，并不在该境有殖民之举动。

（四）中国声明承受俄国调处，按照以上各款大纲，以及一九一二年十月二十一日俄蒙商务专条，明定中国与外蒙古之关系。

（五）凡关于俄国及中国在外蒙古之利益，暨各该处因现势发生之各问题，均应另行商订。

此外又由外交总长孙宝琦照会俄使，另加声明道：

照得签定关于外蒙古问题之声明文件，本总长奉有本国委任，以政府名义，向贵公使声明各款如下：

（一）俄国承认外蒙古土地为中国领土之一部分。

（二）凡关于外蒙古政治土地交涉事宜，中国政府，允与俄国政府协商，外蒙古亦得参与其事。

（三）正文第五款所载随后商订事宜，当由三方面酌定地点，派委代表接洽。

（四）外蒙古自治区域，应以前清驻扎库伦办事大臣，乌里雅苏台将军及科布多参赞大臣所管辖之境为限。惟现在因无蒙古详细地图，而各处行政区域，又未划清界限，是以确定外蒙古疆域，及科布多、阿尔泰划界之处，应按照声明文件第五款所载，日后商定。

以上四款，相应照会贵公使查照，须至照会者。

照会去后，俄使也不复答复，是否承认，无从悬揣。不过外蒙古一部分，已不啻告朔饩羊，名存实亡了。回结前第十七回。老袁也没甚顾惜，但教皇帝做得成功，就是割去若干土地，亦所甘心，所以俄约告成，他尚喜慰，以为朔漠一带，免多顾虑，从此好一心一意的，改革内政，求吾大欲。当下令政治会议诸公，于立法机关以外，特设一造法机关。法可自造，何用机关。为增修《约法》，及各种法案的基础。议长李经羲以下，希旨承颜，即议定一《约法组织条例》，呈经袁总统裁夺，申令公布。凡约法会议的议员，仍参用选举方法，选举区划取都会集中主义。选举资格取人才标准主义。所以选举会只限都会。京师选举会只准选出四人，选举监督就是内务总长充任。各省选举会，每省只准选出二人，由各省民政长充选举监督；蒙藏青海联合选举会只准选出八人，由蒙藏事务局总裁充选举监督。全国商会联合会选举会只准选出四人，由农商总长充选举监督。选举人及被选举人，资格很严。选举人分四等：（一）曾任或现任高等官吏，通达治术；（二）由举人以上出身，夙著闻望；（三）在高等专门学校三年以上毕业，研精科学；（四）有万元以上财产，热心公益。被选举人只分三等：（一）曾任或现任高等官吏，确有成绩；（二）在中外专门学校，习过法律政治学，三年以上毕业；或曾由举人以上出身，通晓法政，确有心得；（三）硕学通儒，著述宏富，确有实用。这三项人当选以后，还须经过中央审查会，查系合格，方得给予证书，实任约法会议议员，正副议长，由议员互选，各置一人。遇有议决事件，必咨请总统裁可，才得公布。政府且得派员出席，发表意见，惟以不得加入议决为限。这等条例，明明是限制民意，集权政府，一时不便擅作威福，就借这非驴非马的法子，掩饰过去。还是多事。

寻又修正法制局官制，订定法律编查会规则，统是责成官长，不采公议。未几，又取消地方自治制。曾记民国三年二月三日，有一通令云：

> 地方自治，所以辅佐官治，振兴公益，东西各国，市政愈昌明者，则其地方亦愈蕃滋。吾国古来乡遂州党之制，啬夫乡老之称，聿启良规，允臻上理，要皆辨等位以进行，决非离官治而独立，为社会谋康宁，决非为私人攘权利。乃近来迭据湖北、河南、直隶、甘肃、安徽、山东、山西等省民政长电呈，佥以各属自治会，良莠不齐，平时把持财政，抵抗税捐，干预词讼，妨碍行政，请取消

改组等语，业经先后照准在案。

兹又续据热河都统姜桂题，电称承德县头沟乡议事会，私设法庭，非刑拷讯。湖南都督汤芗铭，电称湘省各级自治机关，密布党徒，暗中勾结，当乱党叛变，各会职员，跳荡诪张，或污伪命，自任中坚。且平时弁髦法令，鱼肉乡民，无所不至，请即行解散，以清乱源。山东民政长田文烈等，电称栖霞县乡民，因上下两级自治会，平日私受诉讼，滥用刑罚，集怨酿变，聚众围城，业已派队弹压。吉林民政长齐耀琳，呈称长春县议事会议决，不按法定人数，违反省行政官命令，把持税务，非法苛捐，冒支兼薪，并对于外交重事，公然侮辱。贵州民政长戴戡，电称黔省自治机关，由多数暴民专制，动称民权，不知国法，非廓清更始，庶政终无清肃之时。浙江民政长屈映光，电称浙省自治会，侵权违法，屡形自扰，请停止进行，另订办法各等情，本大总统深维致治之道，贵在无扰，革命以来，吾民两丁困厄，满目疮痍，每一念及，惄焉如捣。

似此骫法乱纪之各自治机关，若再听其盘踞把持，滋生厉阶，吏治何由而饬？民生何由得安？着各省民政长通令各属，将各地方现设之各级自治会，立予停办，所有各该会经管财产文牍，及另设财务捐务公所等项，由各该知事接收保管。会员中如有侵蚀公款公物者，应彻底清查，按律惩办。其从前由各该会擅行苛派之琐细杂捐，诸凡不正当之收入，并着各该县知事，详晰查报内务部，酌量核定。至于自治不良，固由流品滥杂，亦由从前立法未善，级数太繁，区域太广，有以致之。着内务部迅将自治制度，从新厘订，务以养成自治人才，巩固市政基础，为根本之救治，庶符选贤与能之古旨，渐进民治大同之盛轨。其自治制未颁定以前，各该地方官，尤宜慎选公正士绅，委任助理，自治会员中，亦不乏贤达宿望，并宜虚衷延访，勤求民隐，不得误会操切，致违本大总统惩除豪暴，保乂良善之本意。此令。

地方自治既已取消，各省都督民政长又推赵秉钧领衔，呈请将各省议会议员，一律停止职务。恐仍由老袁授意。袁总统复有所借口，又续下一令道：

据署直隶都督赵秉钧署直隶民政长刘若曾等电称，各省议会成立，瞬及一年，于应议政事，不审事机之得失，不究义理之是非，不权利害之重轻，不顾公家之成败，惟知怀挟私意，一以党见为前提。甚且当湖口肇乱之际，创省会联合之名，以沪上为中心，作南风之导火，转相联络，胥动浮言。事实彰明，无可为讳。有识者洁身远去，谨愿者缄默相安。议论纷纭，物情骇诧，而一省之政治，半破坏于冥冥之中。推求其故，盖缘选举之初，国民党势力，实占优胜，他党与之角逐，一变而演成党派之竞争，于是博取选民资格者，遂皆出于党人，而不由于民选。虽其中富于学识，能持大体者，固不乏人，而以扩张党势，攘夺权利为宗旨，百计运动而成者，比比皆是。根本既误，结果不良。现自国民党议员奉令取消以来，去者得避害马败群之谤，留者仍蒙薰莸同器之嫌。议会之声誉一亏，万众之信仰全失。微论缺额省份，当选递补，调查备极繁难，即令本年常会期间，议席均能足额，而推测人民心理，利国福民之希冀，全堕空虚。一般舆论，佥谓地方议会，非从根本解决，收效无期；与其敷衍目前，不如暂行解散，所有各省省议会议员，似应一律停止职务，一面迅将组织方法，详为厘定，以便另行召集，请将所陈各节，发交政治委员会议决等语。该都督所陈各节，自系实情，应如所请，交政治会议共同议决，呈候核夺施行。此令。

看官！你想政治会议诸公，都是一班明哲保身的人物，就时论势，已觉得各省议会，存立不住，索性撤掉了他，使老袁得称心如愿，因此呈复上去，只说各省电呈，实是不错。袁总统非常快活，遂名正言顺地将各省议会取消了。自是民意机关，摧残殆尽，就是司法一部分，也说因财政艰难，将初级审检厅，尽行裁去，并归县知事带管，于是行政权扩充极大，官僚派乘时得位，复借几种古圣先王的政治，缘饰成文，曲为迎合，如祭天祀孔制礼作乐等议论，盛倡一时。袁总统一一照准，说甚么对越神明，说甚么尊崇圣道。大祀典礼，概用拜跪，大有希踪虞夏，凌驾汉唐的规范。东施效颦，适形其丑。

惟内阁总理熊希龄，起初是一往无前，颇欲展施抱负，造成一法治国，所以一经就任，便草就大政方针宣言书，拟向国会宣布。偏偏国会停止，变为政治会议，熊复将大政方针，交政治会议审定。政治会议诸公，以内阁将要推倒，还有甚么责任内阁政策，可以施行，随即当场揶揄，加以讥笑。京内外人士，又因袁总统种种命令，多半违法，熊总理不加可否，一一副署，既失去官守言责的义务，有何面目职掌首揆，侈谈政治？从此第一流内阁的名誉，又变做落花流水，荡灭无遗。熊亦心不自安，提出辞职呈文，极力请去。何不早去？迟了数日，反害得声名涂地。袁总统批示挽留，只准免兼财政，另调周自齐署财政总长，仍兼代陆军总长，所有交通总长一缺，命内务总长朱启钤兼理。熊希龄决计告退，再行力辞，袁总统乃准免本官，令外交总长孙宝琦，兼代理国务总理。司法总长梁启超、教育总长汪大燮，因与熊氏有连带关系，依次辞职。袁复改任章宗祥为司法总长、蔡儒楷为教育总长，余部暂行照旧。小子有诗咏熊凤凰道：

不经飞倦不知还，凤鸟无灵误出山。
古谚有言须记取，上场容易下场难。

熊内阁既倒，熊希龄相率出都，忽有一急电到总统府，说有一现任都督，竟致暴毙了。究竟何人暴亡，俟下回再行揭载。

中国兵力，战强俄则不足，平库伦则有余，当库伦独立之日，正民国创造之时，设令乘南北统一，即日发兵，远征朔漠，内以掩活佛之不备，外以制俄焰之方张，则库伦不足平，而俄人自无由置喙矣。乃专为自谋，竟忘外患，因循久之，卒致俄人着着进行，不惜弃外蒙为瓯脱地，与彼定约。夫老袁既欲取威定霸，何对于外人，畏葸若此？而对内则又悍然不顾，肆行无忌，自国会停止后，而地方自治，而省议会，诸民意机关，如秋风之扫落叶，了无孑遗。然凤凰身为总理，不能出言匡正，且又恋栈不去，以视唐少川辈，有愧色矣。一失足成千古恨，熊亦自知愧悔否耶？

第三十九回　逞阴谋毒死赵智庵
改约法进相徐东海

却说暴病身亡的大员，并非别人，乃是现任直隶都督赵秉钧。秉钧本袁氏心腹，自袁氏出山后，一切规划，多仗秉钧参议，及晋任国务总理，第一大功，便是谋刺宋教仁一案，回应第二十回。他尝指示洪述祖，勾结应夔丞，实为宋案中的要犯。至赣、宁失败，民党中人，统已航海亡命，把这一桩天大的案件，无形打消，应夔丞也从上海监狱中乘机脱逃。应在上海溷迹数月，不便出头，自思刺宋一案，有功袁氏，不如就此北上，谒见老袁，料老袁记念前功，定必给畀优差，还我富贵。但自己与老袁未曾相识，究不便直接往见，凑巧赵秉钧调任直隶总督，正好浼他介绍，作为进身地步。一函密达，旋得好音，赵秉钧已替他转达老袁，召使北上，于是这钻营奔走的应夔丞，遂放心安胆，整备行装，乘津浦火车北上。既至天津，与秉钧相见，秉钧很是优待，一住数日，宾主言欢，彼此莫逆。应欲进谒总统，当由赵用电话，先向总统府接洽，然后送应出署，且派卫队送至车站，待应上车北驶，卫队方回署销差。

不到半日，忽由京津路线的车站，传达紧急电话，到了直督署中，报称应夔丞被刺死了。赵秉钧得此消息，吃一大惊，急忙复电，问系何人大胆，敢尔行凶？现在曾否拿住凶手？不料回电又来，说系凶手势大，不便拿讯。赵秉钧闻到此语，已瞧料了十分之九，只因良心上忍不过去，乃复传电话至总统府，向袁总统直接问话。袁总统直捷答复，但有“总统杀他”四字。秉钧又向电话中传声道：“自此以后，何人肯为总统府尽力。”连呼数声，简直是没人答应，秉钧亦只好掷下电筒，咨嗟不已。并非叹惜应夔丞，实是叹惜自己。原来袁总统惯使阴谋，仿佛当年曹阿瞒，有宁我负人，毋人负我的意思。他想应果来京，如何位置？不如杀死了他，既免为难，又可灭口，遂阴遣刺客王滋圃，乘了京津火车，直至津门，与应在车中相见，但说是奉总统命，特来欢迎。应夔丞快慰得很，哪里还去防备。不料到了中途，啪的一声，竟送应一颗卫生丸，结果了他的性命，车中人夫相率惊惶，王滋圃竟抬出“总统”二字，作为护盾。

当时京畿一带，听得袁总统大名，仿佛与神圣一般，哪个敢去多嘴？惟应夔丞贪慕荣利，害得这般收场，徒落得横尸道上，贻臭人间。渔父有知，应在泉下自慰曰：“应该如此。”赵秉钧自应被刺后，免不得暗暗悔恨，抑郁成疾，好几日不能视事，便电向总统府中，去请病假。袁总统自然照准，且饬遣一个名医，来津视疾。秉钧总道他奉命来前，定是高手，便令他悉心诊治，依方服药，谁知药才入口，便觉胸前胀闷；过了半时，药性发作，满身觉痛，腹中更觉难熬，好似绞肠痧染着，忽起忽仆，带哭带号，急思诘问来医，那医生已出署回京。秉钧自知中毒，不由得恨恨道："罢了罢了。"说到两个"罢"字，已是支持不住，两眼一翻，呜呼毕命。好至阎王殿前，与宋教仁、应夔丞、武士英等一同对簿。死后的情形，甚是可怕，四肢青黑，七孔流血，比上年林述庆死状，还要加重三分。

当下电讣中央，袁总统谈笑自若，只形式上发了一道命令，说他如何忠勤，给金治丧，算作了事。看官不必细问，便可知秉钧中毒，仍与应夔丞被刺一样的遭人暗算，不过夔丞被刺，是完全为宋案关系，杀死灭口；秉钧中毒，一半是为着宋案，一半是为着帝制。先是秉钧在京，尝恨东南党人，迭加诘责，曾语袁总统道："名为元首，常受南人牵制，正足令人懊恨，不如前时统领北洋，尚得自由行动呢。"袁总统点首无言。袁大公子克定疑他言外有意，隐讽老袁为帝，所以密谋禅袭，首先示意秉钧，不料秉钧竟不赞成。克定亦从此挟嫌，至夔丞刺死，遂向老袁前进谗，说他怨望。袁信以为真，适秉钧命数该绝，生起病来，遂暗嘱医生，赴津治病，投药一剂，即将秉钧活活治死，真个是杀人猛剂，赛过刀锯呢，话休烦叙。

且说约法会议，组织告成，于三月十八日开会，推孙毓筠为议长，施愚为副议长，把民国元年的《临时约法》，逐条修改，一意地尊重主权，划除民意，一面设平政院及肃政厅，规复前朝御史台规制，并组织海陆军大元帅统率办事处，将全国海陆兵柄，一古脑儿收集中央，于是召段祺瑞回京供职，另遣段芝贵署理湖北都督。是时白狼正驰突楚、豫，扰均州，窜淅川，勾结余党孙玉章、时家全、王成敬等，攻破荆紫关，意图西向。回顾第二十五回。袁总统既召祺瑞回京，复令他沿途缉匪，助剿白狼，这明是忌他督鄂，迫令交卸，又不愿他速回陆军本任，特令逗留京外，免来作梗。至护军使赵倜等已将白狼逼入西北，阵毙悍匪千余人，白狼势焰已衰，然后段祺瑞返入京师，再任陆军总长。这时候的约法会议，已经修正《约法》，由袁总统核定，照例公布了。

新《约法》共计十章，分列六十八条，就中所有文字，实是袁氏潜图帝制的先声，小子不能不录，《约法》如下：

第一章　国家

第一条　中华民国由中华人民组织之。

第二条　中华民国之主权，本于国民之全体。

第三条　中华民国之领土，依从前帝国所有之疆域。

第二章　人民

第四条　中华民国人民无种族阶级宗教之区别，法律上均为平等。

第五条　人民享有下列各款之自由权：

（一）人民之身体，非依法律，不得逮捕拘禁审问处罚；（二）人民之住宅，非依法律，不得侵入或搜索；（三）人民于法律范围内，有保有财产及营业之自由；（四）人民于法律范围内，有言论著作刊行，及集会结社之自由；（五）人民于法律范围内，有居住迁徙之自由；（六）人民于法律范围内，有信教之自由。

第六条　人民依法律所定，有请愿于立法院之权。

第七条　人民依法律所定，有诉讼于法院之权。

第八条　人民依法律所定，有诉愿于行政官署及陈诉于平政院之权。

第九条　人民依法律所定，有愿任官考试及从事公务之权。

第十条　人民依法律所定，有选举及被选举之权。

第十一条　人民依法律所定，有纳税之义务。

第十二条　人民依法律所定，有服兵役之义务。

第十三条　本章之规定，与海陆军法令，及纪律不相抵触者，军人适用之。

以上数条，多用法律二字，其时国会已废，即下文所定之立法院，后且未闻建设，徒以命令为法律，朝三暮四，民无适从，何民权之足言？

第三章　大总统提大总统于立法院之前，见得行政势力，重于立法。

第十四条　大总统为国之元首，总揽统治权。

第十五条　大总统代表中华民国。

第十六条　大总统对国民之全体负责任。

第十七条　大总统召集立法院，宣告开会停会闭会。

第十八条　大总统提出法律案及预算案于立法院。

第十九条　大总统为增进公益，或执行法律，或基于法律之委任，发布命令，并得使发布之。但不得以命令变更法律。

第二十条　大总统为维持公安，或防御非常灾害，事机紧急，不能召集立法院时，经参政院同意，得发布与法律有同等效力之教令，但须于次期立法开会之始，请求追认。若立法院否认时，即失其效力。

第二十一条　大总统制定官制官规，并任免文武职官。

第二十二条　大总统宣告开战媾和。

第二十三条　大总统为陆海军大元帅，统率全国陆海军，并定陆海军之编制及兵额。

第二十四条　大总统接受外国大使公使。

第二十五条　大总统缔结条约，但变更领土，或增加人民负担之条款，须经立法院同意。

第二十六条　大总统依法律宣告戒严。

第二十七条　大总统颁给爵位勋章，并其他荣典。

第二十八条　大总统宣告大赦特赦减刑复权，但大赦须经立法院同意。

第二十九条　大总统因故去职，或不能视事时，副总统代行其职权。

第四章　立法

第三十条　立法以人民选举之议员组织立法院行之。(立法院之组织，及议员选举方法，由约法会议议决之。)

第三十一条　立法院之职权如下：

(一) 议决法律；(二) 议决预算；(三) 议决或承诺关于公债募集及国库负担之条件；(四) 答复大总统咨询事件；(五) 收受人民请愿事件；(六) 提出法律案；(七) 提出关于法律及其他事件之意见，建议于大总统；(八) 提出关于政治上之疑义，要求大总统答复；但大总统认为须秘密者，得不答复之；(九) 对于大总统有谋叛行为时，以总议员五分之四以上之出席，出席议员四分之三以上之可决，提起弹劾之诉讼于大理院。

第三十二条　立法院每年召集之会期，以四个月为限，但大总统认为必要时，得延长其会期，并得于闭会期内，召集临时会。

第三十三条　立法院之会议，须公开之，但经大总统之要求，或出席议员过半数之可决时，得秘密之。

第三十四条　立法院议决之法律案，由大总统公布施行。

第三十五条　立法院议长副议长，由议员互选之，以得票过投票总数之半者为当选。

第三十六条　立法院议员于院内之言论及表决，对于院外不负责任。

第三十七条　立法院议员，除现行犯及关于内乱外患之犯罪外，会期中非经立法院许可，不得逮捕。

第三十八条　立法院法由立法院自定之。

第五章　行政

第三十九条　行政以大总统为首长，置国务卿一人赞襄之。

第四十条　行政事务，置外交、内务、财政、陆军、海军、司法、教育、农商、交通各部分掌之。

第四十一条　各部总长依法律命令，执行主管行政事务。

第四十二条　国务卿、各部总长及特派员，代表大总统出席立法院发言。

第四十三条　国务卿、各部总长有违法行为时，受肃政厅之纠弹，及平政院之审理。

第六章　司法

第四十四条　司法以大总统任命之法官，组织法院行之。

第四十五条　法院依法律独立，审判民事诉讼，刑事诉讼，但关于行政诉讼，及其他特别诉讼，各依其本法之规定行之。

第四十六条　大理院对于第三十一条第九款之弹劾事件，其审判程序，别以法律定之。

第四十七条　法院之审判，须公开之，但认为有妨害安宁秩序，或善良风俗者，得秘密之。

第四十八条　法官在任中，不得减俸或转职，非依法律受刑罚之宣告，或应免职之惩戒处分，不得解职。

第七章　参政院

第四十九条　参政院应大总统之咨询审议重要政务。(参政院之组织，由约法会议议决之。)

第八章　会计

第五十条　新课租税，及变更税率，以法律定之。(现行租税，未经法律变更者，仍旧征收。)

第五十一条　国家岁出岁入，每年度依立法院所议决之预算案行之。

第五十二条　因特别事件，得于预算内预定年限，设继续费。

第五十三条　为备预算不足，或于预算以外之支出，须于预算内设预备费。

第五十四条　下列各款之支出，非经大总统同意，不得废除或裁减之：(一)法律上属于国家之义务者；(二)法律之规定所必需者；(三)履行条约所必需者；(四)海陆军编制所必需者。

第五十五条　为国际战争或戡定内乱，及其他非常事变，不能召集立法院时，大总统经参政院之同意，得为紧急财政处分。但须于次期立法院开会之始，请求追认。

第五十六条　预算不成立时，执行前年度预算。会计年度既开始，预算尚未议定时亦同。

第五十七条　国家岁出岁入之预算，每年经审计院审定后，由大总统提出报告书于立法院，请求承诺。

第五十八条　审计院之编制，由约法会议议决之。

第九章　制定宪法程序

第五十九条　中华民国宪法案，由宪法起草委员会起草。（委员会以参政院所推举之委员组织之，人数以十名为限。）

第六十条　中华民国宪法案，由参政院审定之。

第六十一条　中华民国宪法案，经参政院审定后，由大总统提出于国民会议议决之。（国民会议之组织，由约法会议议决之。）

第六十二条　国民会议，由大总统召集并解散之。

第六十三条　中华民国宪法，由大总统公布之。

第十章　附则

第六十四条　中华民国宪法未施行以前，本约法之效力，与宪法等。（约法施行前之现行法令，与本约法不相抵触者，保有其效力。）

第六十五条　中华民国元年所宣布之清帝辞位后优待条件，清皇族待遇条件，满蒙回藏各族待遇条件，永不变更其效力。

第六十六条　本约法由立法院议员三分之二以上，或大总统提议增修，经立法院议员五分之四以上之出席，出席议员三分之二以上之可决时，由大总统召集约法会议增修之。

第六十七条　立法院未成立以前，以参政院代行其职权。

第六十八条　本约法自公布之日施行，民国元年三月十一日公布之临时约法，于本约法施行之日废止。

旧约法既废，新约法施行，便靠着三十九条新例，请出一位老朋友来，做了国务卿，看官道是谁人？就是清末的内阁协理徐世昌。抬出他的旧官衔，未免太刻。徐字菊人，东海人氏，世人叫他徐东海。他与袁总统系是故交，民国新造，他虽未曾登场，尚是留住都门，隐备老袁顾问，至此奉到袁总统命令，起初是上书告辞，只说是年衰力绌，难胜巨任，后经孙宝琦、段芝贵两人替总统代为劝驾，备极殷勤，那时这位徐菊老，幡然心动，也不暇他顾，居然来做国务卿了。当下将国务院官制，一律取消，特就总统府设一政事堂，由国务卿赞襄政务，承大总统命令，监督政事堂事务，国务卿以下，分设左右两丞，左丞任了杨士琦，右丞任了钱能训，并设五局法制局，机要局，铨叙局，主计局，印铸局。一所，各置长官，又选入参议八员，与议政事，这明明是置相立辅，惟王建国的意思。正是：

浊世复逢新魏武，泥人又见老徐娘。

国务卿以外，还有各部总长，亦略有更动，容待下回叙明。

应夔丞之被刺，与赵秉钧之暴亡，虽系由老袁辣手，然亦未始非赵、应之自取。杀人，何事也？与人无仇，而甘受主使，致人于死，我杀人人亦杀我，人能使我杀人，安知不能使人杀我？相去不过一间，赵秉钧特未之思耳。若废止旧《约法》，施行新《约法》，实是借此过渡，接演帝制。徐东海阅世已久，应烛几先，何苦受袁氏羁縻，甘居肘下耶？我为徐东海语曰："太不值得。"

第四十回　返老巢白匪毙命
守中立青岛生风

却说各部总长，由袁总统酌量任命，外交仍孙宝琦，内务仍朱启钤，财政仍周自齐，陆军仍段祺瑞，海军仍刘冠雄，司法仍章宗祥，农商仍张謇，惟教育总长改任了汤化龙，交通总长改任了梁敦彦。大家俯首听命，毫无异言。袁总统又特下一令道：

> 现在《约法》业经公布施行，所有现行法令，及现行官制，有无与《约法》抵触之处，亟应克日清厘，着法制局迅行，按照《约法》之规定，将现行法令等项，汇案分别修正，呈候本大总统核办。在未经修正公布以前，凡关于呈报国务总理等字样，均应改为呈报大总统；关于各部总长会同国务总理呈请字样，均应改为由各部总长呈请；关于应以国务院令施行事件，均改为以大总统教令施行。余仍照旧办理。此令。

据这令看来，大总统已有无上威权，差不多似皇帝模样，就是特任的国务卿，也是无权无柄，只好服从总统，做一个政事堂的赘瘤，不过总统有令，要他副署罢了。令出必行，还要甚么副署。嗣是一切制度，锐意变更，条例杂颁，机关分设，就中最注目的法令，除新《约法》中规定的审计院、参政院、次第组织外，还有甚么省官制，甚么道官制，甚么县官制，每省原有的民政长改称巡按使，得监督司法行政，署内设政务厅，置厅长一人，又分设总务、内务、教育、实业各科，由巡按使自委掾属佐理。道区域由政府划定，每道设一道尹，隶属巡按使，所有从前的观察使，一律改名；县置知事，为一县行政长官，须隶属道尹。且各县诉讼第一审，无论民事刑事，均归县知事审理。打消司法独立。至若各省都督，也一概换易名目，称为将军。都督与将军何异？无非因旧有名目，非经袁氏制定，所以有此更张。又另订文官官秩，分作九等：（一）上卿，（二）中卿，（三）少卿，（四）上大夫，（五）中大夫，（六）少大夫，（七）上士，（八）中士，（九）少士。不称下而称少，是何命意。此外又有同中卿、同上大夫、同少大夫、同中士、同少士等名称。秩同本官。少卿得以加秩，称为同中卿，故有同中卿之名。同上大夫以下，可以类推。他如各部官制，亦酌加修正，并将顺天府府尹改称京兆尹。所有大总统公文程式、政事堂公文程式及各官署公文程式，尽行改订。一面取消国家税、地方税的名目。甚么叫做国家税、地方税？国家税是汇解政府，作为中央行政经费，地方税是截留本地，作为地方自治经费。此次袁氏大权独揽，已命将地方自治制废撤无遗，当然取消地方税，把财政权收集中央，而且募兵自卫，加税助饷，新创一种验契条例，凡民间所有不动产契据，统要验过，照例收费；又颁三年国内公债条例，强迫人民出赀，贷与政府；还有印花税，烟酒税，盐税等，陆续增重，依次举行。民间担负，日甚一日，叫他向何处呼吁？徒落得自怨自苦罢了。

五月二十六日，参政院成立，停止政治会议，特任黎元洪为院长，汪大燮为副院长，所有参政人员，约选了七八十人，一大半是前朝耆旧，一小半是当代名流。袁总统且援照新《约法》，令参政院代行立法权，黎元洪明知此事违背共和，不应充当院长，但身入笼中，未便自由，只好勉勉强强的担个虚名儿，敷衍度日，院中也不愿进去，万不得已去了一回，也是装聋作哑，好像一位泥塑菩萨，静坐了几小时，便出院回寓去了。也亏他忍耐得住。袁总统不管是非，任情变法，今日改这件，明日改那件，头头是道，毫无阻碍，正在兴高采烈的时候，又接到河南军报，剧盗白狼，已经击毙，正是喜气重重，不胜庆幸，究竟白狼被何人击死？说来话长，待小子详叙出来。

白狼自击破紫荆关，西行入陕，所有悍党，多半随去，只李鸿宾眷恋王九姑娘，恣情欢乐，不愿同行，王成敬亦掠得王氏两女，此非王不仁女。左抱右拥，留寓宛东。当时白狼长驱入陕，连破龙驹寨、商县，进陷蓝田，绕长安而西，破盩厔，复渡渭陷乾县，全陕大震。河南护军使赵倜急由潼关入陕境，飞檄各军会剿，自率毅军八营，追击白狼。白狼侦得消息，复窜踞鄠县，大举入甘肃，甘省兵备空虚，突遭寇警，望风奔溃，秦州先被攻入，伏羌、宁远、醴县，相继沦陷，回匪会党，所在响应，啸聚至数万人。白狼竟露布讨袁，斥为神奸国贼，文辞工练，相传为陈琳讨曹，不过尔尔。居然大出风头。

嗣闻毅军追至，各党羽饱橐思归，各无斗志，连战皆败，返窜岷、洮。白狼乃集众会议，借某显宦宅为议场，狼党居中，南士居左，北士居右，其徒立门外。白狼首先发言道：“我辈今日，势成骑虎，进退两途，愿就诸兄弟一决。有奇策，可径献。赞成者击掌，毋得妄哗！”当有马医徐居仁，曾为白狼童子师，即进言道：“清端郡王载漪，发配在甘，可去觅了他来，奉立为主，或仍称宣统年号，借资号召。”此策最愚。言已，击掌声寥寥无几。白狼慨然道：“满人为帝时，深仁如何，虐待如何，都与我无干。但他坐他的朝，我赶我的车，何必拉着皇帝叫姐夫，攀高接贵呢。”旁边走过一个独只眼，绰号白瞎子，也是著名悍目，大言道：“还不如自称皇帝罢，就使不能为朱元璋，也做一个洪秀全。”此策却是爽快，然理势上却万不能行。狼党闻言，多半击掌。南士北士，无一相应。狼之谋士，且反对帝制。白狼笑道：“白家坟头，也没有偌大气脉，我怎敢作此妄想？”颇还知足。谋士吴士仁、杨芳洲献议道：“何不入蜀？蜀称天险，可以偏安，且前此得城即弃，实非良策，此后得破大城，即严行防守，士马也得安顿休息，养精蓄锐，静待时机，何必长此奔波呢？”为白狼计，要算上策。南士北士，全体击掌。惟狼党狼徒，相率寂然。芳洲又道：“富贵归故乡，楚霸王终致自刎；且樊生占易，返里终凶，奈何忘着了？”白狼瞿然道：“汝言极是，我愿照行。”语未毕，但听门外的狼徒齐声哗噪道：“就是到了四川，终究也要回来，不如就此回去罢。”士仁再欲发言，狼徒已竞拾砖石，纷纷投入，且哗然道：“白头领如愿入川，尽请尊便，我等要回里去了。”恶贯已盈，不归何待？白狼连声呵止，没人肯听，乃恨恨道：“都回去死罢。”乃径向东行。回匪会党，沿途散归，就是南北谋士，也知白狼不能成事，分头自去。狼众又各顾私囊，与白狼分道驰还。人心一散，便成瓦解。

白狼怏怏不乐，行至宁远、伏羌，遇着官军，再战再败，白瞎子等皆战死，惟白狼且战且走，驰入鄠县，又被赵倜追至，杀毙无算；转向宝鸡，又遭张敬尧截击；遁至子午谷，复被秦军督办陆建章攻杀一阵，那时白狼收拾残众，硬着头皮，突出重围，走镇安，窜山阳。鄂督段芝贵、豫督田文烈飞檄各军堵剿，部令且悬赏十万圆，购拿白狼。白狼越山至富水关，倦极投宿，睡至夜半，忽闻枪声四起，慌忙起床，营外已尽是官军，眼见得抵敌不住，只好赤身突围，登山逃匿，官军乘势乱击，毙匪数百人。比明，天复大雾，经军官齐鸣号鼓，响震山谷，匪势愈乱，纷纷坠崖。

看官道这支官兵，是何人统带？原来就是巡防统领田作霖。作霖奉田督命令，调防富水，随带不过千余人，既抵富水关附近，距匪不过十余里，闻镇嵩军统领刘镇华，驻扎富水镇，乃重资募土人，令他致函与刘，约他来日夹攻，土人往返三次，均言为匪所阻，不便传达。作霖正在惊疑，忽有一老翁携榼而来，馈献田军，且语作霖道："从前僧亲王大破长发贼于此，此地有红灯沟、红龙沟两间道，可达匪营，若乘夜潜袭，定获全胜。"乡民苦盗久矣。作霖大喜，留老翁与餐，令为乡导。黄昏已过，即令老者前行，自率军随后潜进。老翁夜行如昼，此老殆一隐君子。及至狼营，即由作霖传令，分千人为左右翼，冲突进去。果然狼营立溃，大获胜仗。嗣因兵力单弱，不便穷追，俟至天明，令军士击鼓，作为疑兵。连长鞠长庚率左翼抄出山北，巧遇镇嵩军到来，正要上山擒狼，哪知毅军尾至，错疑镇嵩军为匪，开炮轰击。镇嵩军急传口号，禁止毅军，毅军攻击如故，恼动了刘镇华，竟欲挥众返攻。白狼乘隙遁去。至田作霖驰至，互为解释，各军复归于好，那白狼已早远飏了。

但狼众经此一战，伤亡甚众，及遁至屈原冈，白狼检点党羽，不过三四千人，杨芳洲喟然道：“初入甘省，三战三胜，一行思归，四战四败。昔楚怀王不用屈原，终为秦掳，目今我等亦将被掳了。”白狼亦长叹道：“诸兄弟固强我归，使我违占愎谏，以至于此，尚有何言？”乃与宋老年等，再行东窜。赵倜、田作霖二军，昼夜穷追，迭毙狼众。

至临汝南半闸街东沟，与白狼相遇，飞弹击中狼腰，狼负伤入搭脚山，手下只百余人，又被官军围攻，越山北遁，返至原籍大刘庄，伤剧而亡。狐死正首邱，岂狼死亦复如是？党夥七人，把尸首掩埋张庄，狼有叔弟二人，知尸所在，恐被株连，潜向镇嵩军呈报。民国四年八月五日，分统张治功，掘斩狼首。特载年月日，为了结白狼一案。只说是派人投匪，乘间刺毙。刘镇华忙据词电陈，袁总统喜出望外，即下令嘉奖。哪知赵倜的呈文又复到来，声称白狼毙命情形，实系因伤致死，并非张治功部下击毙，田作霖、张敬尧禀报从同，乃再下令责罚张治功，褫去新授的少将衔及三等文虎章。刘镇华代为谎报，亦撤销新授的中将衔及勋五位，以示薄惩。所有余匪，着各军即日肃清。究竟白狼如何致死，尚没有的确凭证，无非是彼此争功罢了。论断甚是。

这时候的王成敬、李鸿宾，已被防营拿住，一体正法。王氏二女得生还，王九姑娘已生有子女各一人，也在匪穴中拔出，送还母家。王沧海扑杀九姑娘的子女，将她改嫁汝南某富翁，作为继室。王沧海毕竟不仁。某富翁甘娶盗妇，想也是登徒子一流。段青山、尹老婆、孙玉章等，统遭击毙。只张三红就抚陆军，宋老年流入陕境，往投旅长陈树藩，缴枪五十枝，得为营长。三年流寇，至是铲除，可怜秦、陇、楚、豫的百姓，已被他蹂躏不堪了。谁尸其咎。

袁总统以剧寇荡平，内政问题又复顺手，越加痴心妄想，要立子孙帝王万世的基业。但默念东西各邦，只承认中华民国，不承认中华帝国，倘或反对起来，仍不得了，再四图维，想出一法，拟腾出巨款，延聘几个外人，充总统府顾问员，将来好教他运动本国，承认帝制。可惜款项无着，所有国家收入，专供行政使用，尚嫌不足，哪里能供给客卿？于是又从筹款上着想，弛广东赌禁，设鸦片专卖局，又创行有奖储蓄票洋一千万元，储蓄票本，当时允三年后偿还，至今分毫无着，各省援以为例，仿造各种奖券，散卖民间，祸尤甚于赌博鸦片。作法于凉，弊将若何？真足令人慨叹。一面向法国银行商量，乞借法币一万五千万法郎，情愿加重利息，并让给钦渝铁路权。自广东钦州，至四川重庆。款既到手，乃聘用日本博士有贺长雄及美国博士古德诺等，入为顾问，加礼优待，正思借他作为导线，不料欧洲一方面，起了一个大霹雳，竟闹出一场大战争来。这场大祸，本与中国没甚关系，不过五洲交通，此往彼来，总不免受些影响。从理论上说将起来，欧洲各国，注力战争，不遑顾及中华，我中华民国，若乘他多事的时候，发愤为雄，静图自强，岂不是一个绝好机会？偏这袁总统想做皇帝，一味地压制人民，变革政治，反弄得全国骚扰，内讧不休，这正是中华民国的气运，不该强盛呢！绝大议论，声如洪钟！

且说欧洲战争的原因，起自奥、塞两国的交涉，奥国便是奥地利，与匈牙利合为一国，地居欧洲东南部，塞国便是塞尔维亚，在匈牙利南面，为巴尔干半岛中一小国。奥、塞屡有龃龉，暗生嫌隙，会当西历一千九百十四年，即中华民国三年六月二十八日，奥国太子费狄南至塞国斯拉杰夫境内，被塞人泼林氏刺死。波林氏实为祸首。奥皇闻这消息，怎肯甘休，当即严问塞国，要他赔偿生命，并有许多条件，迫塞承认，塞本弱小，不肯履行，奥遂向塞国致哀的美敦书，即战书。与他决裂。塞亦居然宣战，俄国亦下动员令，出来助塞。奥与德为联盟国，便请德帮助，抵制俄国。德皇维廉二世夙具雄心，遂欲借此机会，战胜各国，雄长地球，当下出抗俄国，与俄宣战。法国与俄国又夙缔同盟，当然助俄抗德，德复与法宣战，法、德两国的中间，夹一比利时国，向由列强公认，许他永久中立，此次德欲攻法，向比假道，比人不许，德军竟突入比境。英国仗义宣言，要求德皇尊重比利时中立，德皇全然不睬。那时英国亦欲罢不能，只好对德宣战。于是英、俄、法、塞四国，与奥、德两国，互动干戈，角逐海陆，争一个你死我活。日本与英联盟，也与德绝交。独美国宣告中立，其余各国，亦尚守中立态度，不愿偏袒。中国积弱已久，只好袖手旁观，严守局外中立，当由袁总统下令道：

我国与各国，均系友邦，不幸奥、塞失和，此外欧洲各国，亦多以兵戎相见，深为惋惜。本大总统因各交战国与我国缔约通商，和好无间，此次战事，于远东商务，关系至巨，且因我国人民，在欧洲各国境内，居住经商，及置有财产者，素受各国保护，并享有各种权利，故本大总统欲维持远东平和，与我国人民所享受之安宁幸福，对于此次欧洲各国战事，决意严守中立。用特宣布中立条规，凡我国人民，务当共体此意，按照本国所有现行法令条约，以及国际公法之大纲，恪守中立义务。各省将军巡按使，尤当督率所属，竭力奉行，遵从国际之条规，保守友邦之睦谊，本大总统有厚望焉。此令。

中立条规，共计二十四条，无非是对着交战国，各守领土领海界限，不相侵犯。所有彼此侨寓的兵民，不得与闻战事。各交战国的军队军械及辎重品，不得运至中国境内，否则应卸除武装，扣留船员。这系各国中立的通例，中国亦不过模仿成文，无甚标异。造法机关，只能对内，不能对外。只中国山东省境内，有一青岛，素属胶州管辖。光绪二十四年，因曹州教案，戕杀德国二教士，德国遂运入海军，突将青岛占去。嗣经清政府与他交涉，把青岛租借德国，定九十九年的租约，然后了案。此番德人与各国开战，日本与德绝交，遂乘机进攻青岛，谋为己有。

看官！你想青岛是中国领土，德人只有租借权，德既无力兼顾，应该归我国接收，如何日人得越俎代谋呢？袁总统一心称帝，有意亲日，竟任他发兵东来，袖手作壁上观。日人遂破坏我国中立，从胶州湾两岸进兵。小子有诗叹道：

大好中原任手挥，如何对外昧先机。
分明别有私心在，坐使东邻炫国威。

日本恃强弄兵，袁总统挟权胁民，彼此各自进行，又惹出种种祸事。天未厌乱，事出愈奇，小子演述至此，禁不住伤心起来，暂时且一搁笔。后文许多事实，待至下回续述，看官少安毋躁；小子即日赓续，再行宣布。

吾尝谓“权利”二字，误人不浅。白狼之甘心为盗，扰攘至三载，蹂躏至四五省，卒至恶贯满盈，身首异处，谁误之？曰“权利”二字误之也。袁总统之热心帝制，不惮冒天下之不韪，举误国病民诸弊政，陆续施行，谁误之？曰“权利”二字误之也。即如欧洲之大战争，震动全球，牵率至十余国，鏖斗历四五年，肝脑涂地，财殚力痡，亦何莫非“权利”二字误之耶？呜呼权利！吾阅此，吾不忍言。

第四十一回　谋世袭内府藏名
恋私财外交启衅

前回书中叙到欧战发生，中国宣告中立，日本兴兵至胶州湾，攻打德国租占的青岛。青岛原有德兵驻扎，约不过一二千人，明知众寡不敌，守不住这个青岛，但若拱手让人，殊不甘心。胶州总督系管辖青岛的德将，职守所在，当即下令拒敌。德人虽败，勇力可嘉。日本兵舰未能直入胶州湾，遂由龙口登岸，进兵潍县西境，抄入青岛背后，以便腹背夹攻。惟龙口、潍县等处，完全是中国领土，日兵进境，明是侵犯中立条规，袁政府与他交涉，他只自由行动，不肯撤回，但说是攻取青岛，仍为中国帮忙，俟得青岛后，当完全交还中国。

看官！你想天下人有这等侠义么？同是中国人，尚且争权夺利，互阋不休，况中日不相联属，怎肯把处心积虑的青岛谋取到手，还要完璧归赵呢？透彻之至。袁总统聪明过人，岂有不晓得的道理？惟势力既不及日本，更且想仰仗日人，赞助帝制，那时只好模糊过去，不过与日人划一战线，让他数十里中立地面，听令出入，战线以外，不得运兵。日人得了运兵路径，已是心满意足，当与袁政府约定，仗着一股锐气，夹攻青岛。德兵多方防守，相持至三月有余，两造伤亡，恰也不少。毕竟德人势孤力弱，弄得饷尽援绝，无法可施，不得已悬旗乞降，好好一个青岛，由德人经营十多年，建筑完固，至此国际纷争，竟被日人乘间占去了。为好拓地者作一棒喝。

袁总统也无心过问，按日里收揽大权，规复专制，所有新颁章程，又增添了若干条。就中有《立法院组织法》及《地方自治试行条例》，名目上是改良旧制，维持共和，其实是徒有虚名，掩饰人目。当时有一个在京人员宋育仁，居然倡议复辟，欲请出宣统帝来，仍登大宝。为文武二圣人先声。会被袁总统闻知，即下一申令，说他邪词惑众，紊乱国宪，著即驱逐回籍。就是王闿运、劳乃宣等，主张君主立宪，袁总统尚满口共和，自谓帝王总统，均非所愿。谁知他口是心非，暗地里却着着进行，到了三年十二月终旬，先改定《大总统选举法》，公布出来，录述如后：

大总统选举法

第一条　有中华民国国籍之男子，完全享有公权，年满四十岁以上，并居住国内满二十年以上者，有被选举为大总统资格。

第二条　大总统任期十年，得连任。

第三条　每届行大总统选举时，大总统代表民意，依第一条所定，敬谨推荐有被选举为大总统资格者三人。

前项被推荐者之姓名，由大总统先期敬谨亲书于嘉禾金简，钤盖国玺，密贮金匮于大总统府，特设尊藏金匮石室尊藏之。

前项金匮之管钥，大总统掌之。石室之管钥，大总统及参政院院长国务卿分掌之，非奉大总统之命令，不得开启。

第四条　大总统选举会，以下列各员组织之：

一　参政院参政　互选五十人。

二　立法院议员　互选五十人。

前项各款之互选，用记名连记投票法，以得票较多数者为当选，由内务总长监督之。

届组织大总统选举会，立法院在闭会期内时，以在京议员之名次在前者五十人，为大总统选举会会员。

第五条　大总统选举会，由大总统召集，于每届选举期前三日以内组织之。

第六条　大总统选举会，以参政院议场为会场，以参政院院长为会长。

参政院院长，如系副总统兼任，或有其他事故时，以立法院议长为会长。

第七条　选举大总统之日，大总统敬谨将所推荐有被选举为大总统资格者之姓名，宣布于大总统选举会。

第八条　大总统选举会，除就被推荐三人投票外，得对于现任大总统投票。

第九条　选举大总统，以会员四分之三以上到会，用记名单名投票法。得票满投票人总数三分之二以上者为当选。若皆不足当选票额时，就得票多数之二人行决选，以得票较多数者为当选。

第十条　每届应行选举大总统之年，参政院参政，认为政治上有必要时，得以三分之二以上之同意，为现任大总统连任之议决，由大总统公布之。

第十一条　大总统任期未满，因故去职时，应于三日内组织大总统临时选举会。

临时选举未举行前，大总统职权，由副总统依《约法》第二十九条之规定代行之。如副总统同时因故去职，或现不在京，及有其他事故，不能代行时，由国务卿摄行其职权。但第三条第一项第二项所规定之职权，不得代行或摄行。

第十二条　届行临时选举之日，由代行或摄行大总统之职权者，咨行大总统临时选举会会长，指任会员十人，监视开启尊藏金匮石室，恭领金匮到会，当众宣布。就被推荐三人中，依九条之规定，投票选举。

第十三条　现任大总统连任，或当选大总统继任，均应于就职时，为下列之宣誓。

余誓以至诚遵守宪法，执行大总统之职务，谨誓。

宪法未公布施行以前，前项誓词，须声明遵守《约法》。

第十四条　副总统之任期，与大总统同。任满时，由连任或继任之大总统推荐有第一条资格者三人，准用选举大总统之规定行之。

第十五条　本法自公布日施行。（本法施行之日，中华民国二年十月五日所宣布之大总统选举法废止之。）

依这选举法看来，是大总统一任十年，且得连任，或一次或两次三次，并未明定限制。试想做了大总统，已是年满四十，人生上寿，不过百年，若连任数次，便是终身为大总统了。释明上文第一、二、七、八、十三各条。后任的大总统，须由前任的大总统推荐三人，署名金简，密贮金匮，将来选举后任大总统时，除对于现任大总统，得票选举连任外，只有金简中所写的姓名，可以选举，此外不能羼入，照此制度，明明是总统得以世袭，如袁总统有子十余人，他若写着三个儿子的姓名，藏将起来，俟后任选举，总要把他三个儿子中，选出一人，否则惟有老袁永远活着，仍归他连任下去，别人是永世无望了。释明上文第三及十二各条。小子曾记前清雍正年间，雍正帝定立储法，默选储君，书名纳匣，藏在正大光明殿额的后面。袁总统做过前清大员，想是熟悉掌故，所以把雍正成制，抄袭了来。以袁总统比雍正帝，阴鸷相似，而胆略尚恐未逮。还有一篇告令，说明改正选举法，实为总统绝续时，预防争乱起见，小子也似信非信，只好付诸阙如。惟总统选举法，既已改定，袁总统应如法照行，他便就意中所爱的三人，书藏金匮，或说是黎元洪、徐世昌及袁大公子克定，或说是克定、克文、克良、克端等类，统是袁家公子。大约此说近是。但袁总统素好秘密，书藏时无人在旁，只由他一手做成，因此外人无从知晓，不过凭虚推测罢了。

隔了两天，复定出《国玺条例》。国玺分作三项，一为中华民国玺，凡遇国家大典礼大政事及国际交换国书等项，应用此玺；二为颁爵袭职，及封赠册轴等所用，叫做封策之玺；三为给予勋位勋章，及其他荣典文书等所用，叫做荣典之玺。此外加大总统印，陆海军大元帅印，一时不便称玺，仍然沿称为印，附入《国玺条例》中。改印为玺，非帝制而何？

光阴似驶，又是民国四年，元旦觐贺等礼仪，且不必说。惟袁总统把新颁官制，策令群僚，授徐世昌为上卿，杨士琦、钱能训为中卿，赵尔巽、李经羲加上卿衔，各部总长，除陆海军两部外，并授中卿，独章宗祥、汤化龙，资望稍轻，以少卿加中卿衔，梁士诒、周树模、汪大燮、贡桑诺尔布等，均授中卿，董康、庄蕴宽等，均授少卿。他如文官加给嘉禾章，武官加给文虎章，或酌授勋位，无非是施泽如春，有加无已的至意。语带双敲。一面令教育部整饬学校，提倡忠孝节义，所有小学校中，应读论、孟二书。列入科目，不得废经。一面颁附乱自首特赦令，凡在民国三年十二月前，所有附乱人等，或被胁，或盲从，均得向地方行政官署，悔罪自首，当由地方行政官呈请大总统特赦，给予免罪证书，回籍营业。总算皇恩浩荡。

是时白狼已平，余匪肃清，就是民党中人，亦无隙可乘，只有假借文字，诋毁老袁，也没有甚么效力。欧洲各国，日务战争，旧有中外交涉，尽行搁置，无暇向中国寻隙，美国虽守中立，未曾与战，但距华较远，又素抱和平宗旨，与中国没甚龃龉。只有东邻日本，眈眈在侧，自攻取青岛后，屯兵不撤，日夕绸缪，不但青岛领土权被他占去，就是青岛街市上，所有营业行政等权，亦归日人占领。袁总统得此消息，不由得吃了一惊。

看官道是何故？原来青岛中有一德华银行，前由德人经理，老袁曾存着巨款，约计二千万马克，马克，德币名。预备将来恢复帝制，提出使用。此次闻日人干涉营业，恐他囫囵吞去，无从追索，岂不是白费金钱，破坏好事？领土权可以抛弃，私款是万难割舍的！当下情急智生，亟通牒英、德、日三国，宣告撤销山东战域，牒文内列着三种理由，一是青岛战事，现已完毕，二是胶、莱、龙口各处情形，已甚安靖，三是中国应设兵防海，阻禁匪徒侵入胶、莱各处作乱，为此三大要件，不能不要求日本撤兵。

哪知牒文才发，日本政府却已有照会到来，他的照会中，却含混说着道："君有大志，何必亲近德意志，难道我大日本帝国，就不能作一帮手么？"隐隐约约，确是妙文！袁总统接阅照会，巧巧碰入心坎，踌躇了好一会，便邀请顾问员有贺长雄、西坂大佐等，秘密商议一番，托他电达本国政府，极力赞助，一面电嘱驻日公使陆宗舆，疏通日本内阁。

那时日本内阁首相名叫大隈重信，他本是个勋戚旧臣，外交能手，既得了这个消息，便视为奇货可居，当下提出元老院，议决二十一条件，向袁要索，作为日后的报酬。未曾出力帮助，先已要索酬金，求人者其鉴诸。看官曾否阅过清史？当中日战争以前，老袁曾任朝鲜公使，彼时屡与日本反对，遂酿成中日战事，害得丧师失律，割地赔款，才行了案。日人中岛端氏，且于民国二年冬季，著有《支那分割的命运》一书，日人称中国为支那。内述袁氏秘史，种种揶揄，几笑他一钱不值，难道老袁毫不记忆，毫无闻见，反欲向他求助么？若非利令智昏，何至于此？古语说得好："人必自侮，然后人侮。"袁氏为帝制起见，竟惹出二十一件大要挟来，小子有诗叹道：

欲成王道贵无私，知白何如守黑时。
只手难遮天下目，欺人反使别人欺。

毕竟二十一条件，说的甚么？待小子下回表明。

总统与皇帝，原是不同，但据袁氏之总统选举法，是已得任终身总统，且为世袭总统矣，与皇帝几无区别，宁必称帝而后快乎？总之袁氏心目中，全然不脱俗念，念兹在兹，曰惟帝制，释兹在兹，亦曰惟帝制。夫既欲为帝，即自称为帝可也，何必鬼鬼祟祟，向人求助，反为东邻所轻视乎？呜呼袁氏！为了帝制二字，憧扰胸中，欲为帝则恐人反对，不为帝又难餍私心，人欲胜，天理汩，而心力为之交疲矣。人谓袁氏智，袁氏其果智乎哉！

第四十二回　廿一款恃强索诺
十九省拒约联名

却说日本政府议决二十一条件，电致驻华日使。日使叫做日置益，接奉政府文件，即于民国四年一月十八日，亲至总统府，谒见老袁，彼此行过了礼，略叙寒暄，日置益便从袖中取出文件，当面呈递。袁总统接阅一周，不禁皱起眉来，摇首数次，口中却支吾道："这……这等条件，未免太酷，教敝国如何承认？"日置益从旁冷笑道："敝国上下，素疑总统为排日派，今始知言不虚传了。"故意翻跌。袁总统忙答辩道："敝国与贵国，是最近邻邦，同种同文，理应格外亲善，况我自受任总统，更思借重邻谊，作一臂助，为甚么说我排日呢？"情见乎词。日置益笑了又笑道："总统既有意结好，何不将敝国要求，完全承认，借明亲善的本心？"口中有力。袁总统皱着眉道："这事我不便作主，我是民国的总统，不是帝国的元首，可以随便签约的。"若为帝国元首，难道把中国领土，完全送日么？日置益复道："总统大志，敝国亦已深悉，倘或此次条约，总统不愿允从，非但有碍总统利益，就是为中国计，亦觉岌岌可危。即如中国乱党，多半寓居敝国，现正竭力进行，敝政府虽未表同情，但若总统不肯从敝国要求，敝国即不能限制乱党，后事如何，非敝政府所能悬揣。窃谓为总统利益计，为中政府利益计，总统必须允诺，否则敝国疑总统不肯顾全邦交，或更提出严厉条件，亦未可知，还请总统三思！”数语是暗攻袁氏阴私，纯用威吓手段。袁总统迟疑半晌，方道：“且与外交总长商议，再行答复。”日置益方起身告别。

隔了两天，日置益又访会外交总长孙宝琦，仍提交要求条件，且语孙总长道：“这事为两国利益起见，须守极端秘密，幸勿将条件内容，泄露别国。”孙总长问是何意？日置益正色道：“敝国人民，多言贵国用远交近攻的政策，亲近英、美，排斥敝国，所以极力反对，敝政府为顾全邦交起见，不忍决裂，为此命本驻使特进忠告，慎守秘密，毋得漏言。”袁氏惯用秘密，日本即以“秘密”二字作为要求，夫是谓之自取。孙总长无词可驳，只得惟惟如命，惟答言所交条件，应俟与总统熟商，方可定夺。日置益订明后会，告辞而去。看官！试想日本既野心勃勃，要求至二十一条件，何妨明目张胆，为甚么要守秘密呢？我亦要问。原来日本雄长亚东屡思并吞中国，奈因列强互峙，致多牵掣，眼看这锦绣江山，不能由他吞去，此次趁着欧洲战争，及袁总统谋帝乞助的时候，正好暗渡陈仓，硬迫中国允约。等到他国闻知，生米已做成熟饭，干涉也来不及了，这正是倭人的妙计！

孙总长既接收条件，当向总统府请示。袁总统乃召集国务卿等，先开秘密会议，大家看到条件，统是面面相觑，不敢发言。独段祺瑞奋然道：“这项条件，绝对是不能承认，不如却还了他，省却许多疑议。”是激烈派。袁总统嗫嚅道：“我国积弱得很，倘若一条不依，定致邦交决裂，酿成战衅，这却如何是好？”徐世昌方接口道：“折冲樽俎，责在外交，应由孙总长往会日使，婉言解释，表明为难情形，要他改换条约，方便磋商。”是持重派。孙宝琦闻到此言，暗暗心急，忙向袁总统道：“宝琦不才，恐难胜任，请大总统另简材能，宝琦情愿辞职。”这是无上的善策！袁总统顾宝琦道：“你若解职，何人可代？”孙宝琦答道：“不如陆子欣。”袁总统徐徐点首，并语徐世昌道：“且叫陆子欣出去当冲，何如？”徐世昌随口赞成，旋即散会。

越日，即调任孙宝琦为审计院长，改任陆征祥为外交总长。陆征祥也拟告辞，经袁总统召他入府，温言劝勉，并有许多密嘱，乃不得不勉为所难，即日就职，当下照会日使，约定二月二日，在外交部迎宾馆开非正式会议。外交总长陆征祥、次长曹汝霖及翻译各官，先行守候。过了午牌，方见日本公使日置益，带着参赞书记官，到了迎宾馆，两下开议。陆征祥词甚简单，但请日置益转达日本政府，改换条文。日置益不肯照允。曹汝霖方插嘴道：“贵公使洞明时势，晓达政体，应知中国已成民主国，政府是国民的公仆，若果遽允要求，必致激起国民反对的风潮，将来双方均有不便，还请审慎为是。”日置益微哂道：“中外人士，哪个不晓得袁总统独揽大权？今日为了两国交涉，反把国民作为后盾，岂非可笑？”乐得奚落。曹汝霖被他一驳，几乎无可解嘲，还是陆征祥接口道：“敝国若承认贵国条件，岂不要惹起他国交涉？但望贵国顾全友谊，休使敝国为难，敝国当深感厚情。”日置益又答道：“陆总长对此谈判，是否担任全权？抑须请示总统？”陆总长道：“今日与贵公使开谈，前已声明为非正式会议，不过先行讨论罢了。”日置益道：

“此项交涉，本驻使屡奉本国训令，要求贵国即予同意，今日既非正式会议，应请贵总长请命总统，速开正式谈判，以便早日解决，本驻使亦可复命销差了。”言至此，即起身离座道：“明日再会。”遂与参赞书记官等，扬长去了。

过了三日，日置益复至外交部，与陆总长谈判多时，毫无结果，日置益乃去。嗣是又隔十多天，彼此未曾晤谈。看官道是何因？原来英、法、俄各国，曾与日本订立协约，在欧战期内，日本不得独谋利益，此次日本与中国交涉，当然要据约质问。日政府答复各国，只开了十一条件，还有十条严重的条文，一律瞒住。日置益闻这消息，所以暂时搁着，不来催促，至日政府答复各国后，复至外交部反复劝诱，陆总长等仍不承认，到了三月三日会议，已是第六次了。日置益气焰汹汹，对着陆总长道：“本驻使与贵总长磋商，已经数次，迁延至一月有余，仍然是茫无头绪，莫非轻视敝国不成？即如条文中第一款，就是山东方面的问题，请速承认原案，将历年中德条约范围以内的权利，一概转给敝国，另订中日山东条约，了结目前的要案。”陆征祥淡淡答道：“山东问题，应俟欧战解决，再行提议，今尚不便。”说到“便”字，日置益已跃起道：“这话未免欺人了！眼前要案，尚待迁延，岂他国理应尊重，我日本独可轻蔑么？”陆总长正思答辩，日置益掉头不顾，悻悻径去。强国公使，如是！如是！

次日，日本政府才将二十一条件通告欧洲列强，大致说是“中日议约，中国全无诚意，因此追加条件，严重交涉”云云。自有此番通告，于是日本二十一条件登在外国新闻纸上。我国辗转译出，才识条件内容的真相。事关国耻，特全录原文如下：至此才录原文，著述者岂亦代守秘密耶？

中华民国四年一月十八日，日本公使日置益提出条件原文：分五号二十一款。

（第一号）日本国政府及中国政府，互愿维持东亚全局之和平，并期将现在两国友好善邻之关系，益加巩固，兹议定条款如下：（一）中国政府允诺日后日本国政府拟向德国政府协定之所有德国关于山东省所得各种权利利益让与等项，概行承认。（二）中国政府允诺凡山东省内，并其沿海一带土地及岛屿，概不让与或租与他国。（三）中国政府允准日本建造由烟台或龙口接连胶济路线之铁路。（四）中国政府允诺为外国人居住贸易起见，从速自开山东省内各主要城市，作为商埠。其应开地方，另行协定。

（第二号）日本国政府及中国政府，因中国向认日本国在南满洲及东部内蒙古，享有优越地位，兹议定条件如下：（一）两订约国互相协定，将旅顺、大连租借期 369.
限，并南满洲及安奉两铁路期限，均展至九十九年为期。（二）日本国臣民在南满洲东内蒙古，盖造商工业应用之房厂，或为耕作，可得其需要土地之租借权，或所有权。（三）日本国臣民得在南满洲东内蒙古，任便居住往来，并经营商工业等各项生意。（四）中国政府允将在南满洲及东内蒙古各矿开采权。至于拟开各矿，另行商订。（五）中国政府允于下开各项，先经日本国政府同意，然后办理。（甲）在南满洲及东内蒙古，允准他国人建造铁路，或为建造铁路向他国借用款项之时。（乙）将南满洲及东内蒙古各项税课作抵，向他国借债之时。（六）中国政府允诺如在南满洲及东内蒙古，聘用政治财政军事各顾问教习，必须先向日本国政府商议。(七)中国政府允将吉长铁路办理经营事宜，委任日本国政府，其年限自本年画押日起，以九十九年为期。

(第三号)日本国政府及中国政府，因现在日本国资本家，与汉冶萍公司有密切关系，愿增进两国共同利益，兹议定条款如下：(一)两缔约国互相约定，俟将来相当机会，将汉冶萍公司作为两国合办事业，并允如未经日本国政府同意，所有属于该公司一切权利产业，中国政府，不得自行处分，亦不得使该公司任意处分。(二)中国政府允准，所有属于汉冶萍公司各矿之附近矿山，如未经该公司同意，一概不准该公司以外之人开采。并允此外有所措办，无论直接间接，对该公司恐有影响之举，必须先经该公司同意。

370. (第四号)日本国政府及中国政府，为切实保全中国领土之目的，兹订立专条如下：中国政府允准，所有中国沿岸港湾及岛屿，概不让与或租与他国。

(第五号)(一)在中国中央政府，须聘用有力之日本人，充为政治财政军事等各顾问。(二)所有在中国内地所设日本病院寺院学校等，概允其土地所有权。(三)向来中日两国，屡起警察案件，酿成争衅，故须将必要地之警察，作为中日合办，或在此等地方之警察官署，聘用多数日本人，筹划改良中国警察机关。(四)由日本采办一定数量之军械。(譬如在中国政府所需军械之半数以上。)或在中国设立中日合办之军械厂，聘用日本技师，并采买日本材料。(五)允将接连武昌，与九江、南昌路线之铁路，及南昌、杭州间与南昌、潮州间之铁路权，许与日本国。

（六）在福建省内筹办铁路矿山及整顿海口（船厂在内），如需外国资本之时，先向日本国协议。（七）允认日本人在中国有布教之权。

如上所述，第一号分四款，是谋吞山东；第二号分七款，是谋占南满洲及东部内蒙古；第三号分二款，是谋并汉冶萍公司；第四号专件及第五号七款，简直是要将中国主权，让与日本，不啻为日本的保护国了。总括数语，以便国民记忆。

中国人民，多至四百余兆，虽有一大半愚弱，究竟还有几个热心的志士、勇敢的国民，一经览到二十一条件，群以为亡国惨兆，就在目前，于是奔走呼号，力图挽救，有刺血上书的，有断指演说的，有情愿毁家纾难，储金救国的；甚么抵制日货，甚么组织民团，闹得全国不安，差不多有天翻地覆的景象。就是外国舆论，亦多诋斥日本，说他非理要求。独袁总统高坐中央，从容自若，今日授几个卿大夫，明日颁几条新法例，几似确有把握，毫不张皇。

至三月五日以后，外交总长陆征祥等，邀日置益至署，开正式谈判。日置益咆哮如故，经陆总长等低首下心，愿将条款中第（一）（二）（三）号，酌量承认。日置益尚未肯甘休。各省人民，热度愈高，每日驰电到京，争请拒约。袁总统尚电饬各省官吏，令他严加取缔，所有议约事件，誓当力争，不轻承认。外交部亦电达各省，略言“日本条款，正在严重交涉，不肯放弃主权”等语。无如条约让步的消息，已约略传将出来，各省将军巡按使亦有些忍耐不住，便由江苏将军冯国璋联络十九省将军，一一具衔，电达中央。略云：

日款发生，亡国预兆。国家既处如此危险之地位，国璋等对于中华民国，同膺捍卫之责，义不容袖手旁观，一任神州之陆沉，且天下兴亡，匹夫有责，国璋等分属军人，必尽其军人救国之天职，凡欲破坏吾国领土之完全者，吾辈军人，必以死力拒之。诚能若此，何至亡国。中国虽弱，但其国民尚能投袂奋起，以身殉国，所望大总统与政府，群起严词峻拒，勿稍畏葸，我军民等当始终为后盾也。乞鉴察！

又电致外交部云：

中日交涉发生，各省人民，具爱国热心，纷纷电请拒绝，暨呈递条陈意见书者，计先后二百余起，不闻贵部一置可否于其间。在无知人民，议论纷纭，谓政府讳莫如深，甘心媚外。惟是外交公例，有应守秘密之义务，贵部核议之事件，固未便宣布国内，在贵部为国家代表，当交涉之冲，任交涉大事，应如何上保主权，下顾舆情，折冲樽俎，化干戈为玉帛，以慰京外人民之希望。迭据贵部宣言，亦明明自命为鞠躬尽瘁，严重交涉，不肯放弃主权之利。国璋等闻言之下，钦佩莫名，乃何以按之事实，迥不相同？全案尚未了结，而权利之丧失，已复不少，下此更不忍言。且国际交涉，为何等事？此次要索条件，又为何等事？岂得轻图一时之省事，贻中国将来莫大之隐忧？如果丧失主权，则日后国家沦于附属，所以为民国前途危，为贵部当局惜，而不能无疑焉。目前讨论条件，尚可以口舌力争，为杜弊防患之本，如使条约成立，则将来日人之照约行为，尚不知有何能力，足以制止？况在修正期限之时，岂容一味退让？想贵部办理交涉之初，具何等毅力苦心，以情理度之，必不出此。

然责备贤者，春秋之义，以贵部之明，或不至堕日人术中，质其条约上之精神，以为我允其要求，彼当为我保全领土之完全。然以中国水陆之广大，纵有事故，日人有何兵力，足以保我而无失？现邦交素睦，尚为此极酷烈之要求，一有微劳，势必无以复加，而问罪立至。用敢不揣冒昧，备词质问，并联合各省，联络防务，为外交后盾，望勿畏强御，按以公法，权以公理，和平解决，是所厚望。至内容如何办法，仍乞秘密示知，不胜翘企之至！

此外，如长江巡阅使张勋及广东惠州镇守使龙觐光等，亦均通电政府，决请拒约。还有陆军总长段祺瑞，且因中央电达各省，愤然主战。正是：

强权世界无公理，民国干城有武夫。

欲知袁总统如何主张，且至下回续叙。

日本公使日置益，提出二十一条件，不交我国外交部，竟面递袁总统，是已可见日人之用心，为袁氏称帝之交换条件，故直接与老袁交涉，不必依国际公法，须与外交部磋议也。迨袁氏以条件严酷，乃执“外交部”三字以相饷，而日使至外交部，即有秘密之嘱告，“秘密”，此二字中，非含有极大关系欤？且日使嘱守秘密，而老袁果惟命是从，双方会议数次，而全国人士，尚未知条件之内容，迨经外报宣布，舆论哗然，即官僚派人，亦多极力反对。试观十九省将军之联衔拒约，见得人心未死，公道犹存，为老袁计，不即当看风转舵，临崖勒马耶？乃及此而犹不悟，而袁氏真愚矣，而日人之威吓胁迫，乃因此而益甚矣。呜呼哀哉！是正民国之气数！

第四十三回　榻前会议忍辱陈词
最后通牒恃威恫吓

却说十九省将军及张巡阅使、龙镇守使等，联电中央，力请拒约。袁总统不得不答，当有复电宣布文：

电呈均悉。立国于此风云变态无常之世界，必具有一种自立不挫之精神，有自立不挫之精神，人虽谋我，焉能亡我？民国肇造，如初生之孩，资人扶助，庶无颠倒之患。各省将军受任以来，皆能以拥护共和为己任，热诚爱国为前提，洵民国之幸也。本大总统受国民之付托，惟有鞠躬尽瘁，死而后已，对于国家存亡重要之关系，讵敢忽略？仍是欺人语。日来中外对于中日交涉，尤多猜疑，忐忑不安，国民爱国之热诚，于此可见。惟天下自有公理，无论如何艰难解决之问题，持以公理，自能剖决。如金虽坚，炼之以火，未有不熔。但天下之大患，防不胜防，往往防之于此而漏之于彼，今日危难，不止一端，要惟同心相济，合力进行。而保护外人，尤宜谨慎，我尽东道之谊，斯无衅隙之生，误会消灭，国交巩固，各将军勿为疑似之言所动，是所至盼！

越数日，又有一告诫的电文云：

近来关于中日交涉，政府接到各省将军及师长等电报多起，均有所献替。此项电文，具征公忠。惟该将军既属军职，自应专致力于军事，越俎代谋，实非所宜。现在政府正殚精竭能，以解决此目前所遇之问题，虽不敢谓事事能取信于国民，但国家之利益，断无不保护惟谨。该将军等正宜尽心军事，不必兼顾外交。须可令尔秘密卖国！如有造谣生事者，仰该将军协同地方官禁止，至要勿误！

此外又有数电，无非说是“中日协商，渐就和平，可无他虞。各将军巡按使，总宜劝谕人民，持以镇静，一俟交涉解决，自当宣布内容”云云。就是外交部总次长，亦有公电传达，略称“前后会议，已历多次，现日使已允将条件寄回政府，请示修正，暂停谈判。昨至十三次会议，知全案确已修正，当即通融磋商，以期和平解决。京中报纸，及外间谣传，统属无凭，必待全案公布，是非乃定”等语。各省大吏及全国志士，接阅此等电文，才把一种激昂愤勇的气概，稍稍恬退。究竟日本是否让步，政府能否力争，大家还是疑信参半。

嗣经交涉了结，才识当时会议的情形，由小子依次演述。自初次谈判以迄第七次谈判，彼此争辩，茫无头绪，上文已约略叙明。至第八次会议，乃是三月九日，谈判进行，逐条讨论。陆总长征祥先提出第一号第一条，须俟至欧战平定，加入讲和大会，再行定议。且声言中国政府如承认第一条，须以交还胶澳为对待条件。日使日置益道："我国用兵胶澳，损失颇多，理应如何解决？"陆征祥答道："自贵国用兵青岛，敝国人民，损失甚巨，应向贵国索偿，难道还转加敝国吗？且战事已平，所有税关邮电，应照向来办法办理，军用铁路电线，即行撤废，租界外军队，先行撤回。到胶济交还时，租界留兵，亦应尽行撤去。"日置益微笑道："有这许多条件么？现且暂从缓议。请问这第一号第二条，是否允诺呢？"议入第二条。陆征祥道："第二条么？敝国允自行声明，不将山东沿海及岛屿让与他国。"日置益道："第三条呢？"入第三条。陆征祥道："第三条所说烟、潍或龙潍铁路，倘德国允抛弃借款权利，当先向贵国资本家商借；就是第四条商埠问题，敝国允自行添开罢了。"第三、四条，接连表过。日置益道："第一号共计四款，据贵总长意见，当转达敝国政府，请示定夺。惟第二号的条件，须完全允诺为是。"陆总长道："旅顺、大连湾的租借期，及南满洲的铁路权，前清已有成约，当可商量。惟安奉铁路，与该数处情形不同，不能援以为例。"议及第二号第一条。日置益忿然道："旅顺、大连等处，不过连类带及，此条注意，实为安奉铁路，若安奉铁路的租借期不肯允诺，何容向贵国要求？"陆总长再三辩论，日置益只是不从，嗣且攘臂起座道："此条不允，无须别论，当决诸兵力便了！"又肆恫喝。曹汝霖插口道："贵公使何必动怒，总可和平议决。"日置益道："这条不允，那条又不允，教我如何答复政府？且敝国上下，愤激得很，如不达目的，就使劳师费饷，亦所不惜。本驻使为全国代表，若事事通融，岂不要受全国唾骂么？"

陆总长到了此时，只得答应下去。日置益方才复座，问及第二、三条。陆总长道："南满洲可添开商埠，贵国人民，可与敝国合办农垦公司，若欲内地杂居，及土地所有权，是与我主权有碍，贵国政府，向来声言保全中国领土，此条件似违初意。"日置益道："我国并不要占你土地，不过令人民营业，较为便利罢了。"明是殖民，何得谓非占我领土？曹次长又应声道："如贵国人民，欲杂居内地，须归敝国管辖，贵国应撤回领事裁判权。"日置益又复摇首。陆征祥道："且先议下文各条。搁过第二条，转入第四、五、六、七各条。第四条的开矿权，除已探勘及开采各区，准可通融，惟须按照中国矿业条例办理，第五条略加更改，如敝国需借款造路，或抵借外债，可先向贵国资本家商议。第六条南满洲的顾问，尽先聘用贵国人，东部内蒙古，殊不适用。第七条吉长铁路，应改为全路借款，重订合同。"日置益闻言，又勃然道："第二号的要点，实在二、三两条，余外尚是枝叶，贵政府不允照办，敝政府万难容忍。就是这第三号的汉冶萍公司问题，与敝国人民有密切关系，倘贵政府倡言充公，或提议国有，或借第三国为抵制，实与敝国投资家，生出无穷危险，贵国亦须绝对承认此约，方免后虑。"陆征祥道："敝国政府，当声明不充公，不国有，不借用第三国外资，可好么？"说明第三号第一条。日置益道："第二条应如何解决？"陆征祥道："这条是又碍领土权，不便承认。"日置益复道："第四号第五号呢？"陆征祥迟疑半晌道："均不便承认。"撇去第四、五两号。日置益向外一望，天色已暮，便道："贵国太无诚意，看来此事是难了呢。"言毕，即起身别去。

过了一两日，闻日政府调集海军，准备出发，一面借换防为名，增派陆兵至山东、奉天，大有跃跃欲试的形势。袁政府未免心慌，只得质问增兵理由，再请日置益商议，迭经三次，无非为南满洲、东内蒙及汉冶萍公司诸条件，双方仍然未决。日置益乘马驰回，马忽跃起，竟将日置益掀下地来。亏得马夫将马带住，日置益才保全性命，但左足已是受伤，由仆役舁入使馆，卧床呻吟去了。人不如马。袁总统闻日使受伤，当遣曹次长汝霖向日本使署问疾，备极殷勤，日置益总算道谢，并言“日政府已停止派兵，只中政府须顾全邦交，毋再固执”等语。曹汝霖又道：“贵公使近患足疾，且待痊后再商。”日置益道：“敝国政府，日望贵国允诺，令我急速办了，我适患伤足，病不能行，还请贵政府原谅，会议地点，改至敝署方好哩。”曹汝霖道：“且请示总统，再行报命。”于是珍重而别。

越二日，日置益请参赞小幡为代表，至外交部为非正式会议，且约至日使署续议期间。陆总长以为未便，小幡不从，乃订定三月二十三日，开第十三次会议。届期陆、曹二人同往日本使馆。日置益尚高卧未起，两人忍气吞声，不得已至病榻前，与日置益晤商，世人称为榻前会议，便是此举。可耻！可叹！日置益坐在床上，向陆总长道：“本驻使已奉政府训令，第一号准示通融，第二号应一律求允，但敝政府为友谊起见，亦格外让步。内地杂居的日人，可服从中国警章税课，惟须由敝国领事承认；若关于土地诉讼等项，可由两国派员会审；土地所有权，改为永租。这是已让到极点，不能再让了。”承情之至。陆征祥再请修正，日置益频频摇首，且要求三、四、五号允诺。陆征祥告辞道：“且回去陈明总统，再议何如？”日置益点首示允。嗣后复在榻前会议两次，至日置益足疾渐愈，稍能起行，又在日使馆会议三次，都是因南满洲问题，中国允日人选采矿产九处，且开放满洲商埠，供日人贸易，并允杂居置地，惟关系诉讼案件，应归华官办理。日置益未肯允从。

转瞬间已是四月六日，日置益足疾全愈，乃重至外交部会议，所议仍为南满洲杂居问题，终未解决。越二日，又来会议，提出第五号问题。陆征祥因关系主权，婉词谢绝。又越二日，复开会议，仍要求解决第五号问题。陆征祥答言“贵国军械精良，不能受条约拘束，余难置议”云云。日置益终不肯少让。至四月十三日及十五日，复要索东蒙问题，应由中国予以南满相同的利益。陆征祥初未肯允，嗣允在东蒙开辟数处，日置益终未满意。临行时，且谓：“讨论已毕，不消再议，本驻使当详复政府，候令施行罢了。”这已是第二十四次会议，自散会后，停议了八九天，至二十六日下午，日置益复气宇轩昂，乘着马车，径至外交部，由陆总长等迎入。略写日使状态，已觉气焰逼人。日置益大言道：“现奉本政府训令，将所有全案，已加修正，若贵国再不允从，也无庸多谈了。”说至此，即取出日本政府修正案，递交陆总长，当由陆总长接阅，但见纸上写着：

第一号（第一款）仍前。（第二款）改为换文。彼此互换，因称换文。中国政府声明凡在山东省内，并其沿海一带土地及各岛屿，无论何项名目，概不让与或租与他国。（第三款）修正。中国政府允准自行建造由烟台或龙口接连胶济路线之铁路，如德自愿抛弃烟潍铁路权之时，可向日本资本家商议借款。（第四款）修正。中国政府允诺为外国人居住贸易起见，从速自开山东省内合宜地方为商埠。（附属换文）所有应开地点及章程，由中国政府自拟，与日本公使预先决定。

第二号（第一款）仍前。惟附属换文，旅顺、大连租借期，至民国八十六年，即西历一千九百九十七年为满期。南满铁路交还期，至民国九十一年，即西历二千零二年为满期。其原合同第十二款所载开车之日起，三十六年后，中国政府可给价收回一节，毋庸置疑。安奉铁路期限，至民国九十六年，即西历二千零七年为满期。（第二款）修正。日本臣民在南满洲为盖造商工业应用之房厂，或为经营农业，可得租赁或购买其须用地亩。（第三款）仍前。惟附带声明。前二款所载之日本国臣民，除须将照例所领护照向地方官注册外，应服从由日本国领事官承认警察法令及课税。至民刑诉讼，日本人为被告，归日本国领事官，中国人为被告，归中国官吏各审判。彼此均得派员到堂旁听。但关于土地之日本人与中国人民事诉讼，按照中国法律及地方习惯，由两国派员共同审判。俟将来该地方司法制度完全改良之时，如有关于日本国臣民之民刑一切诉讼，即完全由中国法庭审理。（第四款）改为换文。中国政府允诺日本国臣民在南满洲左开各矿，除已探勘或开采各矿区外，速行调查选定，即准其探勘或开采。在矿业条例确定以前，仿照现行办法办理。（一）奉天省本溪县牛心台石炭矿，本溪县田什付沟石炭矿，海龙县杉松岗石炭矿，通化县铁厂石炭矿，锦县暖池塘石炭矿，辽阳县起至本溪县止，鞍山站一带铁矿。（二）吉林省南部，和龙县彩龙、岗石炭矿，吉林县缸窑石炭矿，桦甸县夹皮沟金矿。（第五款）第一项改为换文。中国政府声明，嗣后在东三省南部需造铁路，由中国自行筹款建造。如需外款，中国允诺先向日本国资本家商借。第二项改为换文。中国政府声明，嗣后将东三省南部之各种税课（除已由中央政府借款作押之关税及盐税等类）作抵，由外国借款之时，须先向日本资本家商借。（第六款）改为换文。中国政府声明，嗣后如在东三省南部聘用政治财政军事警察外国各顾问教官，尽先聘用日本人。（第七款）修正。中国政府，允诺以向来中国与外国资本家所订之铁路借款合同规定事项为标准，速从根本上改订吉长铁路借款合同。将来中央政府，关于铁路借款附于外国资本家，以致现在铁路借款合同事项为有利之条件时，依日本之希望，再行改订前项合同。（中国对案第七款）关于东三省中日现行各条约，除本协约另有规定外，一概仍旧实行。关于东部内蒙古事项：（一）中国政府允诺嗣后在东部内蒙古之各种税课作抵，由外国借款之时，须先向日本国政府商议。（二）中国政府允
382. 诺嗣后在东部内蒙古需造铁路，由中国自行筹款建造，如需外款，须先向日本国政府商议。（三）中国政府允诺为外国人居住贸易起见，从速自开东部内蒙古合宜地方为商埠。其应开地点及章程，由中国自拟，与日本国公使商妥决定。（四）如有日本国人及中国人愿在东部内蒙古合办农业及附设工业时，中国政府应行允准。

第三号修正。日本国与汉冶萍公司之关系人，极为密切，如将来该公司关系人与日本资本家商定合办，中国政府，应即允准。又中国政府允诺，如未经日本资本家同意，将该公司不归国有，又不充公，又不准使该公司借用日本国以外之外国资本。

第四号修正。按左开要领，中国自行宣布，所有中国沿岸港湾及岛屿，概不让与或租与他国。换文。对于由武

昌联络九江、南昌路线之铁路，又南昌至杭州及南昌至潮州之各铁路之借款权，如经明悉他外国并无异议，应将此权许与日本国。（换文第二案）对于由武昌联络九江、南昌路线之铁路，又南昌至杭州及南昌至潮州之各铁路之借款权，由日本国与向有关系此项借款之他外国，直接商妥以前，中国政府应允将此权不许与他外国。换文。中国政府允诺凡在福建省沿岸地方，无论何国，概不允建设造船厂军用蓄煤处海军根据地，又不准其他一切军务上施设；并允诺中国政府，不以外资自行建设，或设施上开各事。

第五号改为陆总长言明如下：（一）嗣后中国政府认为必要时，应聘请多数日人为顾问。（二）嗣后日本国臣民，愿在中国内地，为设立学校病院，租赁或购买地亩，中国政府应即允准。（三）中国政府，日后在适当机会，遣派陆军武官至日本，与日本军事当局，协商采办军械，或设立合办军械厂之事。日置益公使言明如下：关于布教权问题，日后应再行协议。

陆总长阅毕全文，便向日置益道："我看这修正案中，有几件还应酌商，最难承认的，是原文第五号，改为本总长言明。本总长前请撤销五号，不便开议，经贵公使要求说明理由，方由本总长约略说及，提出数条，声明不便允诺的情形。今贵政府修正案，断章取义，误为言明，本总长碍难承认。"日置益道："这已是敝国政府最后的修正，务请允诺。如果全体同意，敝政府即可交还胶济了。"仍是诱迫。陆总长道："这非本总长所能专擅。"日置益道："请即转达贵总统，指日答复为要。"陆总长点首示允，日置益起身去了。

是夕，即闻山东、奉天两方面，又有日本派兵到，且有日本军舰，游弋渤海口外，人心惶惑，谣言益盛。经袁总统与陆总长等会议，复再行让步，承认数条，拒绝数条，至第五号仍完全拒绝。当于五月一日提交日使，并说明无可再让的理由。日置益道："是否最后答复？"陆总长道："这已是最后答复了。"日置益狞笑道："照敝国的修正案，贵政府尚难承认，我国将行最后的手段了。请贵政府莫怪！"陆总长也无可置辞，彼此告别。不料日本果然厉害，竟提出最后通牒来了。这最后通牒，差不多是哀的美敦书。即战书译文。小子有诗叹道：

前车已覆后车师，来日大难只自知。
试看扶桑最后牒，挟强胁弱竟如斯。

384. 欲知最后通牒的详情，请至下回再阅。

本回叙中日交涉之经过情形，历写口头辩论，及书面修正，简而能赅，不烦不漏，可为国民前车之鉴。且于外交总次长，忍辱状态，及日使日置益威吓手段，亦演写大略，跃然纸上。即如袁总统告诫电文，亦录叙篇首，中国不幸，遭此难题，极宜披示国民，共图抵制，而彼此鬼鬼祟祟，一私索，一私许，是何理由？岂民主国之政策，应如是乎？袁政府不足责，而吾国民之恇弱不振，或虚憍无能，亦当乘此反省，毋再蹈覆辙为也。

第四十四回　忍签约丧权辱国
倡改制立会筹安

却说日本政府，因中国未肯承认全案，竟用出最后手段，胁迫袁政府。自陆总长提交最后答复后，日本下动员令，宣言关东戒严。驻扎山东、奉天的日兵，预备开战，渤海口外的日舰，亦预备进行，各埠日商，纷纷回国，似乎即日决裂，各国公使亦多至外交部署中，探听消息，劝政府和平解决，幸勿开战。强国总帮助强国。袁总统却也为难，惟面上犹持一种镇静态度。总教皇帝做得成，余事固无容过虑。五月六日，由日使派人到外交部，提出一种警告书，内言非完全承认日本修正案，决提交最后通牒。袁政府不能决答，当于是日夜间，遣曹次长汝霖，用个人名义，访会日使，商议交涉，又承认了好几款。日置益不允。俟曹汝霖回署后，即于次日下午，由日置益带同馆员，至外交部迎宾馆，晤见陆、曹两人，亲递最后通牒。牒文写着：

今回帝国政府，与中国政府所以开始交涉之故，一则欲谋因日德战争所发生时局之善后办法，一则欲解决有害中日两国亲交原因之各种问题，冀巩固中日两国友好关系之基础，以确保东亚永远之和平起见，于本年一月向中国政府交出提案，开诚布公，与中国政府会议，至于今日，实有二十五回之多。其间帝国政府，始终以妥协之精神，解释日本提案之要旨，即中国政府之主张，亦不论巨细，倾听无遗。何时倾听，我未之见。其欲力图解决此提案于圆满和平之间，自信实无余蕴。自信已深，何肯退让？其交涉全部之讨论，于第二十四次会议，即上月十七日，已大致告竣。帝国政府统观交涉之全部，参酌中国政府议论之点，对于最初提出之原案，加以多大让步之修正，于同月二十六日，更提出修正案于中国政府，求其同意。同时且声明中国政府对于该案如表同意，日本政府即以因多大牺

牲而得之胶州湾一带之地，于适当机会附以公正至当之条件，以交还于中国政府。五月一日，中国政府对于日本政府修正案之答复，实与帝国政府之预期全然相反。且中国政府对于该案，不但毫未加以诚意之研究，且将日本政府交还胶州湾之苦衷与好意，亦未尝一为顾及。查胶州湾为东亚商业上军事上之一要地，日本帝国，因取得该地，所费之血与财，自属不少。

既为日本取得之后，毫无交还中国之义务。然为将来两国国交亲善起见，竟拟以之交还中国。何其客气？而中国政府不加考察，且不谅帝国政府之苦心，实属遗憾。中国政府不但不顾帝国政府关于交还胶州湾之情谊，且对于帝国政府之修正案，于答复时要求将胶州湾无条件交还，并以日德战争之际，日本国于胶州湾用兵所生之结果，与不

可避之各种损害，要求日本担任赔偿之责，其他关系于胶州湾地方，又提出数项要求，且声明有权加入日德讲和会议。明知如胶州湾无条件之交还，及日本担负因日德战争所生不可避之损害赔偿，均为日本所不能容忍之要求，而故为要求。且明言该案为中国政府最后之决答，因日本不能容认此等之要求，则关于其他各项，即使如何妥商协定，终亦不觉有何等之意味，其结果此次中国政府之答复，于全体全为空漠无意义。且查中国政府对于帝国政府修正案中，其他条项之回答，如南满洲及东部内蒙古，就地理上政治上商工利害上，皆与帝国有特别关系，为中外所共认。此种关系，因帝国政府经过前后二次之战争，更为深切。然中国政府轻视此种事实，不尊重帝国在该地方之地位，即帝国政府，以互让精神，照中国政府代表所言明之事，而拟出之条项，中国政府之答复，又任意改窜， 387.
使代表者之陈述，成为一篇空言，或此方则许，而彼方则否，致不能认中国当局者之有信义与诚意。此段直是训令。至关于顾问之件，学校病院用地之件，兵器及兵器厂之件，与南方铁道之件，帝国政府之修正案，或以关系外国之同意为条件，或只以中国政府代表者之言明，存于记录，与中国主权与条约，并无何等之抵触。然中国政府之答复，惟以与主权条约有关系，而不应帝国政府之希望。帝国政府因鉴于中国政府如此之态度，虽深惋惜，几再无继续协商之余地，然终眷眷于维持极东平和之帝国，务冀圆满了结此交涉，以避时局之纷纠，于无可忍之中，更酌量邻邦政府之情意，将帝国政府前次提出之修正案中之第五号各项，除关于福建互换公文一事，业经两国政府代表协定外，其他五项，可承认与此次交涉脱离，日后另行协商。因此中国政府，亦应谅帝国政府之谊，将其他各项，即第一号第二号第三号第四号之各项，及第五号中关于福建省公文互换之件，照四月二十六日提出之修正案所记载者，不加以何等之更改，速行应诺帝国政府。兹再重行劝告，对此劝告，期望中国政府至五月九日午后六时为止，为满足之答复，如到期不收到满足之答复，则帝国政府，将执认为必要之手段。合并声明。

陆曹两人，共同阅毕，不由得发了一怔，几乎目瞪口呆。怪他不得。还是曹汝霖口齿较利，便对日置益道："五号中所说五项，应即脱离，究竟是哪五项呢？"日置益道："就是聘用顾问，学校病院租用地，以及中国南方诸铁路，与兵器及兵器厂，暨日本人布教权。这五项允许脱离，容后协商便了。""容后协商"四字，又是后来话柄。陆征祥道："敝国与贵国，素敦睦谊，难道竟无协商的余地么？"日置益道："通牒中已经说明，敝政府不能再让。就使本驻使有意修正，也是爱莫能助了。"乐得客气。说毕即行。曹汝霖随送道："贵驻使是全国代表，凡事尚求通融一点。"日置益稍稍点头。到了次日，又至外交部中，递交说明书，内开七款如下：

（一）除关于福建省交换公文一事之外，所谓五项，即指关于聘用顾问之件，关于学校用地之件，关于中国南方诸铁路之件，关于兵器及兵器厂之件，及关于布教权之件是也。

（二）关于福建省之件，或照四月二十六日日本提出之对案，均无不可。此次最后通牒，虽请中国对于四月二十六日日本所提出之修正案，不加改订，即行承诺，此系表示原则。至于本项及（四）（五）两项，皆为例外，应特注意。

（三）以此次最后之通牒要求之各项，中国政府倘能承认时，四月二十六日对于中国政府关于交还胶州湾之声明，依然有效。

（四）第二号第二条土地租赁或购买，改为暂租或永租，亦无不可。如能明白了解，可以长期年限。且无条件而续租之意，即用商租二字亦可。又第二号第四条，警察法令及课税承认之件，作为密约，亦无不可。

（五）东部内蒙古事项，中国于租税担保借款之件，及铁道借款之件，向日本政府商议一语，因其南满洲所定之关于同种之事项相同，皆可改为向日本资本家商议。又东 389.
部内蒙古事项中商埠一项，地点及章程之事，虽拟规定于条约，亦可仿照山东省所定之办法，用公文互换。

（六）日本最后修正案第三号中之该公司关系人，删除关系人三字，亦无不可。

（七）正约及其他一切之附属文书，以日本文为正，或可以中日两文皆为正文。

日置益递交此书，也不再置一词，匆匆去讫。袁总统即召集要人，连夜会议，未得要领。越日上午，续议一切，亦不能决定。至下午二时，又召集国务卿左右丞各部总长，及参政院长黎元洪，并参政熊希龄、赵尔巽、梁士诒、杨度、李盛铎等，开特别会议。由陆总长先行报告，然后袁总统出席开议。

大众计无所出，惟陆海军总长与参政中的激烈人物，尚主张拒绝，宁可决裂。袁总统只沉着脸，淡淡地答道：“山东、奉天一带，已遍驻日兵，倘或交涉决裂，他即长驱直入，我将如何对待？实力未充，空谈何益？与其战败求和，不若目前忍痛，从前甲午的已事，非一般鉴么？”试问甲午之衅，谁实启之？今乃甘心屈辱，想是一年被蛇咬，三年怕烂稻索。徐世昌亦接着道：“越能忍耻，才得沼吴，现在只可和平了事，得能借此交涉，返求自强，未始不可收效桑榆呢。”语虽近是，无如全国上下，未肯卧薪尝胆奈何？大众闻言，不敢主战，随即多数赞成，决定承认。当由袁总统饬令备文答复，复经再三讨论，方拟定复文，派外交部员施履本，赍交日使察阅。日置益尚要求第五项下，添入“日后协商”四字，且言万不能省。施履本不能与辩，带还原书，乃再行改正。其文云：

390.

> 中国政府为维持远东和平起见，允除第五项五款，应俟日后另议外，所有第一、二、三、四项各款，及第五项关于福建交换文书之件，照日本二十六日修正案，及通牒中附加七条件之解释，即日承诺，俾中日悬案，从此解决，两国亲善，益加巩固。中政府爰请日使择日惠临外交部，整理文字，以便早日签定。此复。

复文缮就，即于五月九日，由陆总长征祥，曹次长汝霖，赴日本使馆，当面送交。还要亲手送去，真正可怜。过了一天，日使日置益赴外交部答谢。至十五日，日置益复至外交部迎宾馆，开条约会议，无非是照日本修正案，加入七条件解释，及各项来往照会，共同订定，作为中日合约。到了二十日，两造文书，统已办齐，乃商定二十五日，在外交部迎宾馆，彼此签字。约中署名，一面是大日本国大皇帝特命全权公使从四位勋二等日置益，一面是大中华民国任命中卿一等嘉禾勋章外交总长陆征祥，互相比较，荣辱何如？共计正文三份，换文十三件，换文即照会。小子前已叙录约文，看官即可复阅，毋庸一一重述了。应用简笔。袁总统恐丧失权利，或致众愤，除密电各省将军巡按使，劝令维持秩序，静图自强外，又下令约束军民云：

环球交通，凡统治一国者，莫不兢兢于本国之权利。其权利之损益，则视其国势之强弱以为衡。苟国内政治修明，力量充足，譬如人身血气壮硕，营卫调和，乃有以御寒暖燥湿之不时，而无所侵犯。故有国者诚求所以自强之道，一切疲玩之惰气，与虚憍之客气，有邱山之损，而无丝毫之益，所宜引为大戒。

我中国自甲午、庚子两启兵端，皆因不量己力，不审外情，上下嚣张，轻于发难，卒至赔偿巨款，各数万万，丧失国权，尤难枚举。当时深识之士，咨嗟太息于国之将亡，使其上下一心，痛自刻责，涤瑕荡垢，发愤为雄，犹足以为善国，乃事过境迁，恬嬉如故，厝火积薪之下，而寝处其上，酣歌恒舞，民怨沸腾，卒至鱼烂土崩，不可收拾。予以薄德，起自田间，大惧国势之已濒于危，而不忍生民永沦浩劫，寝兵主和，以固吾圉。民国初建，生计凋残，含垢忍辱，与民休息，而好乱之辈，又各处滋扰，为虎作伥。予以保国卫民，引为责任，安良除暴，百计维持。不幸欧战发生，波及东亚，而中日交涉，随之以起。外交部与驻京日本公使，磋商累月，昨经签约，和平解决。所有经过困难情形，已由外交部详细宣告，双方和好，东亚之福，两祸取轻，当能共喻。虽胶州湾可望规复，主权亦勉得保全，然南满权利，损失已多，创巨痛深，引为惭憾。己则不竞，何尤于人？我之积弱召侮，事非旦夕，亦由予德薄能鲜，有以致之。顾谋国之道，当出万全，而不当掷孤注，贵蓄实力，而不贵骛虚声。

近接各处函电，语多激烈，其出自公义者，固不乏人，亦有未悉实情，故为高论，置利害轻重于不顾，言虽未当，心尚可原。乃有倡乱之徒，早已甘心卖国，而于此次交涉之后，反借以为辞，纠合匪党，诪张为幻，或谓失领土，或谓丧主权，种种造谣，冀遂其煽乱之私。此辈平日行为，向以倾覆祖国为目的，而其巧为尝试，欲乘国民之愤慨，借簧鼓以开衅，极其居心，至为险狠。责人不

责己，如公道何？若不严密防范，恐殃及良善，为患地方，尤恐扰害外人，牵动大局。着各省文武各官，认真查禁，勿得稍涉大意，致扰治安。倘各该地方，遇有乱徒借故暴动，以及散布传单，煽惑生事，立即严拿惩办，并随时晓谕商民，切勿受其愚惑。至于自强之道，求其在我，祸福无门，惟人自招。群策群力，庶有成功。仍望京外各官，痛定思痛，力除积习，奋发进行。我国民务扩新知，各尽义务，对于内则父诏兄勉，对于外则讲信修睦，但能惩前毖后，上下交儆，勿再因循，自可转弱为强，权利日臻巩固。切不可徒逞血气，任意浮嚣，甲午、庚子，覆辙不远，凡我国民，其共戒之！此令。

此外又有外交部通电，陈述交涉经过状况，及颁布条约全

文，声言“征祥身任外交，奉职无状，一片爱国愚忠，未能表白于天下，特恳请大总统立予罢斥，另选贤能，以补前愆”云云。参政院长黎元洪，亦发一长电除自己引咎外，兼责典兵大吏，平日观望，且愿辞去参谋总长一职。还有陆军总长段祺瑞，复电言“始终主战，奈各部长及参政院诸公，多半主和，口众我寡，致蒙此耻，已呈请辞职避贤，免至积垢”等语。其他书函杂沓，不胜枚举，总之是民国以来第一种国耻，全体吏民，须时时记着，卧薪尝胆，发愤图存，我中华民国前途，或尚不至灭亡呢。大声疾呼，愿国民热度，勿再效五分钟！

自国家经此一蹶，总道袁总统惩前毖后，开诚布公，把一副鬼鬼祟祟的手段，尽行改变，一心一意地整顿起来。就是那当道诸公，也应激发天良，力图振刷，效那范蠡、文种的故事，生聚教训，徐图兴复。谁知总统府中，愈觉沉迷，京内外的文武官吏，依旧是攀龙附凤、颂德歌功，前时要求变政的人物，已尽作反舌鸟，呈请辞职的达官，又仍做寄生虫，转眼间桐枝叶落，桂树花荣，北京里面，竟倡出一个筹安会来。慨乎言之。这筹安会的宗旨，是主张变更国体，会中的发起人，乃是几个不新不旧、亦新亦旧的大名角，顿时惹起风潮，闹得四万万人民昏头磕脑，也不知怎样才好。小子有诗叹道：

亡羊思补已嫌迟，何事彼昏尚不知？
怪象日增名巧立，“筹安”二字向谁欺。

究竟这班大名角，是何等样人？待小子下回表明。

五九国耻之由来，孰使之？袁氏使之也。袁氏欲借日本以利己，日本即借袁氏以利国，出尔反尔，咎有攸归。观袁氏之约束军民，有云祸福无门，惟人自招。吾谓袁氏不必责人，第返而自责可耳。不然，约已成，权已丧，勉图补苴且不遑，尚欲潜图帝制为耶？观筹安会之发生，而袁氏之甘心媚外，其情弊愈不可掩矣。

第四十五回　贺振雄首劾祸国贼
罗文干立辞检察厅

却说筹安会发起，共有六人，这六人为谁？第一个姓杨名度，第二个姓孙名毓筠，第三个姓严名复，第四个姓刘名师培，第五个姓李名燮和，第六个姓胡名瑛。杨度是前清保皇党中翘楚，与康有为、梁启超等向是好友，革命以后，复夹入民党里面，嗣复得老袁信任，充参政院的参政。孙毓筠是革命健儿，辛亥一役，曾在安徽地方，出过风头，癸丑后，组织政友会，与国民党脱离关系，也充参政院参政的头衔。严复是素通英文，兼长汉文，从前翻泽西书，很有名望，因他是福建侯官县人，尝呼他为严侯官，此次袁总统创设参政院，采访通才，就把他网罗进去。刘师培前名光汉，博通说文经学，上海《国粹丛报》中，尝见他的著作，确是有些根底，袁总统也特地招徕，命他参政。李燮和乃陆军中将，革命时攻打南京，他曾与列。还有一个胡瑛，尝随宋教仁厮混几年，不知何故变志，也投入袁氏幕中。各叙履历，回应上文不新不旧亦新亦旧二语。这六人结做寅僚，镇日里聚首一堂，不是谈风月，就是论时事。可巧总统府中，有一位外国顾问官，系是美国有名的博士，叫做古德诺，他倡出一篇大文，历言民主政体不及君主政体。何不条陈本国，乃来倡导中国耶？杨度见了此文，得着依据，正好随声附和，借酬宠遇，当与孙毓筠、严复等五人，秘密商量，乘此出点风头，做一回掀天震地的事业。孙毓筠、严复等相率赞成，大家靠着十年芸窗的工夫，互凑几句强词夺理的文字，不到半日，已将宣言书及入会章程统行拟定，其词云：

我国辛亥革命之时，国中人民，激于情感，但除种族之障碍，未计政治之进行，仓猝之中，创立共和国体，于国情之适否，不及三思。一议既倡，莫敢非难，深识之士，虽明知隐患方长，而不得委曲附从，以免一时危亡之祸，故清室逊位，民国创始，绝续之际，以至临时政府正式政府递嬗之交，国家所历之危险，人民所感之困苦，举国上下，皆能言之，长此不国，祸将无已。近者南美中美二洲共和各国，如巴西、阿根廷、秘鲁、智利、犹鲁卫、芬尼什拉等，莫不始于党争，终成战祸。葡萄牙近改共和，亦酿大乱，其最扰者，莫如墨西哥，自爹亚士逊位之后，干戈迄无宁岁，各党党魁，拥兵互竞，胜则据土，败则焚城，劫掠屠戮，无所不至，卒至五总统并立，陷国家于无政府之惨象。我国亦东方新造之共和国，以彼例我，岂非前车之鉴乎？美国者，世界共和之先达也，美人之大政治学者古德诺博士，即言世界国体，君主实较民主为优，而中国则尤不能不用君主国体，此义非独古博士言之也，各国明达之士，论者已多，而古博士以共和国民，而论共和政治之得失，自为深切明著，乃亦谓中美情殊，不可强为移植。彼外人轸念吾国者，且不惜大声疾呼，以为吾民忠告，而吾国人士，乃反委心任运，不思为根本解决之谋，甚或明知国势之危，而以一身毁誉利害所关，瞻顾徘徊，惮于发议，将爱国之谓何？国民义务之谓何？我等身为中国人，民国之存亡，即为身家之生死，岂忍苟安默视，坐待其亡？用特纠集同志，组成此会，以筹一国之治安。将于国势之前途，及共和之利害，各摅所见，以尽切磋之义，并以贡献于国民。国中远识之士，鉴其愚诚，惠然肯来，共相商榷，中国幸甚。发起人杨度、孙毓筠、严复、刘师培、李燮和、胡瑛。

附筹安会章程

第一条　本会以发挥学理，商榷政论，以供国民之研究为宗旨。

第二条　愿充本会会员者，须具入会愿书，由本会会员四人以上之介绍，理事长之认可。

第三条　本会置理事六人，由发起人暂任，并互推理事长一人，副理事长一人。

第四条　本会置名誉理事若干人，参议若干人，由理事长推任。

第五条　本会置干事若干人，由理事推任之，其事务之分配，随时酌定。

事务所暂设北京石驸马大街。

宣言书及章程统已备齐，当即推杨度为理事长，孙毓筠为副，严复、刘师培、李燮和、胡瑛四人为理事，就在预定地点设立事务所，新开场面，悬起一块招牌，就是“筹安会”三大字。

京内人民还是莫明其妙，看那筹安会招牌，只道国中果然出了伟人，能把这风雨飘摇的民国，筹划得安安稳稳，倒也是千载一时的盛遇。后来看到宣言书，才识会中宗旨，要想改革国体，把袁大总统舁上台去，做一个革命大皇帝，于是一传十，十传百，统说这个筹安会，是产出皇帝的私窠子，将来是凶是吉，尚难分晓。

正在疑义未定的时候，那京中已是警吏如林，不准他街谈巷议，稍一漏言，便牵入警局，请他坐在拘留所中，多则几十天，少亦三五天，小百姓营业要紧，自然不敢多言，免滋祸祟。想袁氏应曰，余能弭谤矣，乃不敢言。有一班痴心妄想的人物，纷纷入会，都想做点投机事业，希图后来富贵。还有京内的新闻纸，甚么《民视报》，甚么《亚细亚报》，统为筹安会鼓吹，煌煌大字，逐日照登。隔了几日，忽由《顺天时报》中载出一篇贺振雄上肃政厅呈文，略云：

为扰乱国政，亡灭中华，流毒苍生，贻祸元首，恳请肃政厅长代呈大总统，严拿正法，以救灭亡而谢天下事。

窃闻天下兴亡，匹夫有责，奸奴误国，人得而诛，我古神州四千余载，君主相传，干戈扰攘，万民涂炭，四海疮痍，稽披历史，至为寒心。自唐、虞揖让，天下讴歌，暨汤、武征诛，人民杀伐，国无宁岁，民无安时。七雄相并，五霸竞争，秦吞六国，汉约三章，王莽出，光武兴，曹操称雄，司马逞智，南北六朝，梁、唐五代，陈后主，隋炀帝，武则天，安禄山，宋太祖，元世宗，明朱氏，清觉罗，各代君主，而今安在？惟留祸害，传染中华。自古愚人，相争相夺，称帝称王，因一时昏迷不悟，徒博眼前虚荣，而遗子孙实祸，诚可怜而可哀也。在昔闭关时代，相争相夺，犹是一家，今则环海交通，群雄眈视，一召灭亡，万劫难复。叔宝全无心肝，何至于此？

吾民国共和创造，未及五载，而沙场血渍，腥臭犹闻，人民痛苦，呻吟未已，我大总统手创共和，力任艰巨，四年以来，宵衣旰食，剑寝履皇，维持国政，整理军务，削平内乱，亲睦外交，不知耗多少心血，费几许精神，始克臻此治理。现方筹备国会，规定法院，整饬吏治，澄肃官方，惟日孜孜，不遗余力，民生国计，渐有秩序，四年之间，国是已经大定。内外官吏，诚能以国家为前提，辅弼鸿猷，绥厥中土，国力日见其发展，国基日见其巩固。而谓吾中国不适于共和，不能不用君主政体，真狗彘不识之语也。吾敢一言以告我同胞曰：有吾神圣文武之袁大总统，首任一期，规模即已大备，若得连任，国政即可完全，不十年间，我中华民国共和程度，必能驾先进之欧美，称雄地球。况我大总统高瞻远瞩，硕画伟谋，既铲除四千余载专制之淫威，开创东亚共和之新国，不独人民颂祷馨香，铜像巍峨，即世界各国，亦莫不钦仰其威信。何物妖魔，竟敢于青天白日之下，露尾现形，利禄薰心，荧惑众听，尝试天下，贻笑友邦。窥若辈之倒行逆施，是直欲陷吾元首于不仁不义之中，非圣非贤之类，蹈拿破仑倾覆共和，追崇帝制之故辙，贻路易十六专制魔王流血国内之惨状，其用心之巧，藏毒之深，喻之卖国野贼，白狼枭匪，其计尤奸，其罪尤大。

呜呼！国之将亡，必有妖孽，妖孽者谁？即发起筹安会之杨度、孙毓筠、严复、刘师培、李燮和、胡瑛诸贼也。振雄生长中华，伤心大局，明知若辈毒势弥漫，言出祸至，窃恐覆巢之下，终无完卵，与其为亡国之奴，曷若作共和之鬼，故敢以头颅相誓，脑血相溅，恳请肃政厅长，代呈我大总统，立饬军政执法处，严拿杨度一干祸国贼等，明正典刑，以正国是，以救灭亡，以谢天下人民，以释友邦疑义。元首幸甚！国民幸甚！谨上。

越宿，又有一篇李诲上检察厅呈文，亦登载《顺天时报》，但见上面录着：

为叛逆昭彰，摇动国本，恳准按法惩治，以弭大患
400. 事。窃维武汉首义，全国鼎沸，我大总统不忍生灵涂炭，出肩艰巨，不数月间，清室退位，以统治权授之我大总统，组织政府，定为共和国体。人心之倾向，于以大定，南北统一，当时我大总统就职宣言，曾经郑重声明，不使帝制复活。迨正式政府成立，世界友邦，遂次第承认。

民国三年五月公布《中华民国约法》，我大总统又谓谨当率我百职有司，恪守勿渝。三年十一月，宋育仁等倡为复辟之谬说，我大总统又经根据《约法》，严切申诫。国体奠定，既已炳若日星，薄海人民，方幸有所托命，虽内忧外患，尚未消弭，而我大总统雄才大略，硕画宏谟，期以十年，何患我国家不足比肩法、美？乃国贼孙毓筠、杨度、严复、刘师培、李燮和、胡瑛等，组织筹安会，其发词中，以共和国体，不适于吾国民情，历引中美南美诸

邦，以共和酿乱之故，指为前鉴，主张变更国体，昌言无忌，似此谬种流传，乱党必将乘机煽动，势必危及国家，万一强邻伺隙，利用乱党之扰乱，坐收渔人之利，而祸何堪设想。当国体既定之后，忽倡此等狂瞽之说，是自求扰乱，与暴徒甘心破坏，结果无殊。虽自诩忠爱，实为倡乱之媒，其罪岂容轻恕？赣、宁之乱，虽为暴民专制之征，而我大总统命将出师，期月之内，一律肃清。迄今暴徒敛迹，政治悉循轨道，此岂中南美诸邦之所可企及？安得以此颠破共和。

夫国体原无绝对的美恶，恒视时势为转移，吾国今后国体，果当何若，固不能谓其永无变更。但一日在共和国体之下，即应恪守约法，不能倡言君主，反对共和，以全国家之纲纪。且共和国家以多数之国民组织而成，即迫于时势之需要，有改弦更张之日，则国体之选择，当然由代表民意之机关，以大多数人民心理之所向决之。事势之所至，自然而然，决非少数妄人，所能轻议。今大总统德望冠于当世，内受国会之推戴，外受列强之承认，削平内乱，巩固国交，凡所以对内对外，不敢稍避险阻者，无非欲保全国家。今轻议变更国体，万一清室之中，或有一二无知之徒，内连乱党，外结强邻，乘机主张复辟，陷我大总统于至困难之地位，而国家亦将随之倾覆，该国贼等虽万死不足以蔽其辜。

伏查三年十一月二十四日申令有云，“民主共和，载在《约法》，邪词惑众，厥有常刑。嗣后如有造作谰言，著书立说，及开会集议以紊乱国宪者，即照内乱罪从严惩办，以固国本而遏乱萌。”明令具在，凡行政司法各机关，允宜一体遵守。今杨度、孙毓筠等，倡导邪说，紊乱国宪，未经呈报内务部核准，公然在石驸马大街，设立筹安会事务所，传布种种印刷物，实属弁髦法纪，罪不容诛。检察厅代表国家，有拥护法权惩治奸邪之责，若竟置若罔闻，则法令等于虚设，法之不存，国何以立？诲凛匹夫有责之义，心所谓危，不敢安于缄默，用特据实告发，泣恳遵照民国三年十一月二十四日申令，立将杨度、孙毓筠等按照内乱罪，从严惩治，以弭大患。国民幸甚！民国幸甚！

看官，你道这贺振雄、李诲两人，是何等出身？原来两人都籍隶湖南，贺振雄曾加入革命，颇有文名，至是留寓都门，不得一官，因此郁愤得很，特借这筹安会，畅骂一番，借发牢

骚。李诲是李燮和族弟，与燮和志趣不甚相合，所以也上书弹劾，居然有大义灭亲的意思。两人先后进呈，眼巴巴地望着消息，且各抄录数份，分送各报馆。哪知《民视报》、《亚细亚报》中，非但不登载原文，反各列一条时评，冷嘲热讽，讥诮他不识时务，迂谬可笑。确是迂儒，确是谬论。只有《顺天时报》，照文登录，一字不遗。想是挂外国招牌。过了一日，筹安会的门首，竟站着许多警兵，荷枪鹄立，盘查出入，似替那会中朋友竭力保护。贺振雄无权无力，只好闷坐寓中，长吁短叹。独李诲是曾任湖南省议员，且因他族兄列居显要，平时与京中大老，颇相往来，于是复上书内务部道：

孙毓筠等倡导邪说，紊乱国宪，公然在石驸马大街，设立筹安会事务所，如其遵照集会结社律，已经呈报贵

部，似此显违《约法》，背叛民国之国体，贵部万无核准之理，如其未经呈报贵部核准，竟行设立，藐视法律，亦即藐视贵部，二者无论谁属，贵部均应立予封禁，交法庭惩治。顷过筹安会门首，见有警兵鹄立，盘查出入，以私人之会所，而有国家之公役，为之服务，亦属异闻。若云为稽察而设，则贵部既已明知，乃竟置若罔闻，实难辞玩视法令之责。去岁宋育仁倡议复辟，经贵部递解回籍，交地方官察看。以此例彼，情罪更重，若故为宽纵，何以服人？何以为国？为此急不择言，冒昧上呈。

这呈文送入内务部，好几天不得音信，依然似石沉大海一般，惟闻总检察厅长罗文干，却挂冠去职，挈领眷属，出京回籍去了。洁身远引，吾爱之重之。原来罗文干身任厅长，平时颇守公奉法，备著廉勤，及闻筹安会设立，已骂杨度等为误国贼，有心讦发。可巧李诲的呈文又复递入，他读一句，叹一语，至读完以后，竟愤激得了不得，到司法部中，去谒司法总长章宗祥，略叙数语，便将李诲原呈奉阅。章宗祥披览后，忽尔皱眉，忽尔摇首，到了看毕，向罗文干冷笑道：“这等文字，睬他甚么？”罗文干听了此语，不禁还问道：“总长以筹安会为正当么？”章宗祥道：“国家只恐不安，能筹安了，岂不是我辈幸福？”罗文干越忍耐不住，又道：“他是鼓吹帝制的。”章宗祥道：“我与你同任司法，老实对你说，你我只自尽职务罢了。昨日内务总长朱桂莘，朱启钤字桂莘。也曾说李诲多事，把他呈文撕毁。罗兄，你想这事可办么？”李诲呈内务部文，就章宗祥口中叙明。说得罗文干哑口无言，迟了半晌，方答出一个“是”字。随即告辞归寓，踌躇了一夜，竟于翌晨起床，缮就一封因病告假书，着人送至办公处，一面收拾行囊，整备启行。等到乞假邀准，遂带着眷属数人，夤夜出京，飘然自去。小子有诗赞道：

举世昏昏我独醒，出都从此避膻腥。
试看一棹南归日，犹见清风送客亭。

罗厅长去后，在京各官，有无变动情形，且至下回再叙。

读贺振雄呈文，令人一快，读李诲呈文，令人愉快。贺呈在指斥筹安会，骂得淋漓酣畅，令杨度等无以自容，足为趋炎附势者戒。李呈则引证袁氏申令，阳斥筹安会，隐攻袁总统，非特杨度等闻而知愧，即老袁闻之，亦当忆念前言，不敢自悖。然而杨度等之厚颜如故，袁总统之厚颜亦如故，即达官显宦，俱置若罔闻，几不识廉耻为何事。于此得一罗厅长，能皭然不滓，引身自去，较诸彭泽辞官，尤为高洁。斯世中有斯人，安得不极力表扬，为吾国民作一榜样耶？

第四十六回　情脉脉洪姨进甘言
语詹詹徐相陈苦口

却说罗文干辞职后，帝制风潮，愈演愈盛。筹安会兴高采烈，大出风头，都中人士争称杨度等六人为筹安六君子，他亦居然以君子自命，按日里放胆做去。看官！试想这六君子有何能力，敢把这创造艰难的民国，骤变为袁氏帝国？难道他不管好歹，不计成败，一味儿地卤莽行事么？小子于前数十回中，早已叙明袁氏心肠，隐图帝制，还有袁公子克定，主动最力，想看官谅俱阅悉。此次杨度等创设筹安会，明明是袁氏父子嗾使出来，所以有这般大胆，但就中还有一段隐情，亦须演述明白，可为袁氏秘史中添一轶闻。别开生面，令人刮目。

老袁一妻十五妾，正室于氏，即克定生母，性颇端谨，克定欲劝父为帝，曾禀白母前，请从旁怂恿，不意被母谯呵，且密戒老袁，休信儿言。老袁有此妇，小袁有此母，却也难得。急得克定没法，转去求那庶母洪姨。洪姨是老袁第六妾，貌极妍丽，性尤狡黠，最得老袁宠爱，看官若问她母家，乃是宋案正凶洪述祖的胞妹。洪述祖字荫芝，幼年失怙，家世维艰，幸戚友介绍，投身天津某洋行写字间，作练习生。他资质本来聪明，一经练习，便觉技艺过人，洋行大班爱他敏慧，特擢充跑街一席。适老袁奉清帝旨，至小站督练新军，需办大批军装，述祖福至心灵，便设法运动，愿为承办。袁乃姑令小试，所办物品，悉称袁意，嗣是有所购置，尽委述祖。述祖遂得与袁相接，曲意承颜，无微不至。袁亦非洪不欢，竟命他襄办军务。既而述祖因发给军饷，触怒某标统，标统系老袁至亲，入诉老袁，极谈彼短，老袁未免动疑，欲将述祖撤差。述祖闻此音耗，几把魂灵儿吓去，后来想出一法，把同胞妹子盛饰起来，送入袁第，只说是购诸民间，献侍巾栉。美人计最是上着。老袁本登徒后身，见了这个粉妆玉琢的美人儿，哪有不爱之理？到口馒头，拿来就吞，一宵枕席风光，占得人间乐趣。

是时洪女年方十九，秀外慧中，能以目听，以眉视，一张樱桃小口，尤能粲吐莲花，每出一语，无不令人解颐。袁氏有时盛怒，但教洪女数言，当即破颜为笑，以故深得袁欢，擅专房宠。起初还讳言家世，后来竟自陈实情，老袁不但不恼，反称述祖爱己，愈垂青睐。爱屋及乌，理应如此。总计袁氏诸妾，各以入门先后为次序，洪女为袁篷室，已排在第六人，本应称她为六姨，老袁诫令婢仆，不准称六姨太，只准称洪姨太，婢仆等怎敢忤旨，不过戏洪为红，叫她作红姨太罢了。

洪姨亦知人戏己，阴愬老袁，袁即欲斥退婢仆，偏洪姨又出来解劝，令婢仆仍得留着，婢仆等转怨为德，易戏为敬，因此袁氏一门，由她操纵，无不如意。洪女确有权术，我亦非常佩服。克定知洪姨所言，父所乐从，遂入洪姨室，语洪姨道：“母知我父将为皇帝么？”开口便呼姨为母，确是洪姨太。洪姨不禁避座道：

“公子如何呼妾为母，妾何人斯？敢当此称？”克定道：“我父为帝，我当承统，将来当以母后事姨，何妨预称为母。”洪姨复逊谢道：“妾为君家一姬人，已属如天之福，何敢再作非分想？公子此言，恐反折妾的寿数，妾哪里承当得起？”克定道：“我果得志，决不食言。”说至此，即向洪姨跪下，行叩首礼。洪姨慌忙跪答，礼毕皆起。克定又道：“我父素性多疑，若非从旁怂恿，尚未肯决行帝制，还请母为臂助，方得成功。”又是一个母字，我想洪姨心中，应比吃雪加凉。洪姨道：“这事不应操切，既承公子嘱委，当相机进言，徐图报命。”克定大喜，又连呼几声母娘，方才退出。

这时候的洪姨太，已是喜出望外，便默默地想了一番，打定主意，以便说动老袁。每届老袁退休，絮絮与谈前史事，老袁笑道：“你不要做女博士，研究甚么史料？”洪姨装着一番媚容，低声语袁道：“妾有所疑，故需研究。”老袁道：“疑甚么？”洪姨道：“汉高祖，明太祖，非起自布衣么？”老袁应声道：“是的。”洪姨微笑道：“他两人起自布衣，犹得一跃为帝，似老爷勋望崇隆，权势无比，何不为子孙计，乃甘作一国公仆，任他举废么？”用旁敲侧击法，转到本题，确是一个女说客。老袁闻言，不由得心中一动，便道：“我岂不作此想？但时机未至，不便骤行。”洪姨道：“胜会难逢，流光易逝，老爷年近六十，尚欲有待，究竟待到何时？”老袁默然不答，只以一笑相还。是夜，便宿在洪姨寝室，喁喁密语，竟至夜半，方入睡乡。

翌日起床，出外办公，宣召杨度入对。杨度不知何事，急忙进谒，但见老袁揽镜捻须，一时不便惊动，静悄悄地立在门侧，至老袁已转眼相顾，方近前施礼。老袁命他旁坐，悄语道：“共和二字，我实在不能维持，你何不召集数人，鼓吹改制?”杨度愕然，半晌才答道：“恐怕时尚未至。”英雄所见略同。老袁又问道：“为甚么呢?”杨度道：“现在欧战未了，日本第五项要求虽暂撤回，仍旧伺机欲动，我国若有所变更，将惹起外人注目，倘日本复来作梗，为之奈何?”老袁捻须笑道：“日本果欲要挟，何事不可为口实，你亦太多虑哩。”杨度又道：“就使日本不来反对，也须预筹款项，才得行事。”老袁道：“这个自然，你明日再进来罢。”杨度奉命而出。

老袁复踱入内室，见众妾在前，好似花枝招展，环绕拢来，不由得自言自语道：“从前咸丰帝玩赏四春，我今日却有十数春哩。”满意语。众姨尚不知何解，独洪姨上前，竟跪称万岁。好做作。老袁一面扶起，一面大笑道：“我未为帝，呼我万岁尚早呢!”洪姨道：“势在必行，何必迟疑。”老袁又笑问道：“你可说出充足的理由么?”洪姨道：“理由是极充足了，万岁

爷在前清时代，已位极人臣，今出为民国元首，威足服人，力足屈人，赣、宁一役，就是明证。今若上继清朝，立登大宝，哪个敢来反抗?这是从声势上解释，已无疑义，若讲到情理上去，也是正当。前日隆裕后使清帝退让政权，另组共和政体，到今已是三年，我国未尝盛强，且日多变乱，是共和政体，当然是不适用。万岁爷果熟察时变，默体舆情，实行君主立宪，料国民必全体赞成，且与隆裕后当日让位的初衷，亦未尝相忤，何必瞻前顾后，迟迟勿行呢?况现在欧战未定，各国方自顾未遑，日本交涉，又已办了，万岁爷乘此登基，正是应天顺人的时候，此机一失，后悔何追。”巧言如簧，委婉动人。老袁听她一番议论，煞是中意，又见她笑靥轻盈，娇喉宛转，越觉得无语不香，无情不到，恨不得拥她上膝，亲一回吻，叫她一声乖乖。只因碍着众人面目，但笑向洪姨道：“算了，你真可谓女

辩士了。”众妾见了此态，也乘风吹牛，叫着几声万岁，老袁还不屑理她，一心一意的爱那洪姨，是夜又在洪姨处留宿。想为她奏对称旨，颁赏特别雨露去了。妙语如珠。

且说杨度既奉密令，即于次日复入总统府，当由袁总统接见，面交发款凭条二纸，计数二十万两。杨度领纸出来，款项既有了着落，又得古德诺一篇文字，作为先导，便邀集孙毓筠、严复等人，开会定章，悬牌开市。贺振雄、李诲等未识隐情，还要上呈文，劾六君子，真是瞎闹，反令杨度等暗中笑煞。嗣后闻贺振雄落魄无聊，反将他笼络进去，用了每月六十金薪水，雇他做筹安会中办事员。英雄末路，急不暇择，也只好将就过去。但前日吠尧，此日颂舜，人心变幻，如此如此，这也是民国特色了。拜金主义，智士所为，休要笑他。惟世道人心，究未尽泯，有几个受他牢笼，有几个仍然反对，旧国会议员谷钟秀、徐傅霖等，在上海发起共和维持会，周震勋、邹稷光等在北京发起治安会，接连是古伯荃上《维持中华民国意见书》，梁觉、李彬、刘世骀诸人，又纷纷弹劾筹安会员，朝阳鸣凤，相续不休。

还有参政严修，系老袁数十年患难至交，闻帝制议兴，不禁私叹道：“我不料总统为人，竟尔如此。近来种种举动，令我越看越绝望了。”及筹安会发生，谒袁力阻，情词恳挚，几乎声泪俱下。老袁亦为动容，随即答道：“究竟你是老朋友，他们实在胡闹，你去拟一道命令，明日即将他们解散便了。”严修惟惟而退，次日持稿请见，为总统府中司阍所阻。严修谓与总统有约，今日会谈，阍人大声道：“今晨奉总统命，无论何人，概不传见，请明日进谒罢。”想又为洪姨所阻。严修恍然大悟，即日乞假去了。

又有机要局长张一麐，也是袁氏十余年心腹幕友，此次亦反对帝制，力为谏阻，谓帝制不可强行，必待天与人归。老袁不待说完，便问何谓天与，何谓人归？张一麐道："从前舜、禹受禅，由天下朝觐讼狱，统归向舜、禹所在处，舜、禹无可推辞，不得已入承大位，这是孟子曾说过的，就是'天与人归'一语，孟子亦曾解释明白，不待一麐赘陈。"老袁点首道："论起名誉及道德上的关系，我决不做皇帝，请你放心。"尚知有名誉道德，想是孟子所谓平旦之气。一麐接口道："如总统言，足见圣明，一麐今日，益信总统无私了。"言毕辞出，同僚等或来问话，一麐还为老袁力辩，且云："杨度等设立筹安会，无非是进一步做法，想是借此题目，组织一大权宪法，若疑总统有心为帝，实属非是，总统已与我言过了，决意不做皇帝呢。"哪知已被他骗了。

410. 众人似信非信，又到徐相国府中探问消息。凑巧肃政史庄蕴宽从相国府中出来，与众人相遇，彼此问明来意。庄蕴宽皱着眉道："黑幕沉沉，我也是窥他不透，诸君也不必去问国务卿了。"大众齐声道："难道徐相国也赞成帝制么？"庄蕴宽道："我因李诲、梁觉等屡进呈文，也激起一腔热诚，意欲立上弹章，但未知极峰意见，究竟如何，特来问明徐相国。偏他是吞吞吐吐，也不是赞成帝制，又不是不赞成帝制，令我愈加迷茫，无从摸他头脑。"大众道："我等且再去一问，如何？"庄蕴宽道："尽可不必。我临行时，已有言相逼，老徐已允我去问总统了。"大众听到此语，方才散归。

看官，你道这国务卿徐世昌，究竟向总统府去也不去？他与老袁系多年寅谊，平素至交，眼见得袁氏为帝，自己要俯伏称臣，面子上亦过不下去，况此次来做国务卿，也是朋情难却，勉强担任，若拥戴老袁，改革国体，非但对不住国民，更且对不住隆裕后、宣统帝。不过他是气宇深沉、手段圆滑的人物，对着属僚，未肯遽表己意，曲毁老袁，所以晤着庄蕴宽，只把浮词对付，一些儿不露痕迹，老官僚之惯技。待送庄氏出门，方说一句进谒总统的话头，略略表明意见。是日午后三下钟，即乘舆出门，往谒袁总统。既到总统府，下车径入。老袁闻他到来，当然接见。两下分宾主坐定，谈及许多政治，已消磨了好多时，渐渐说到筹安会，徐世昌即逼紧一句道："总统明见究竟是民主好么？君主好么？"老袁笑着道："你以为如何是好？"还问一句，确是狡狯。徐世昌道："无论甚么政体，都可行得，但总须相时而动，方好哩。"老袁道："据你看来，目下是何等时候？"徐世昌道："以我国论，适用君主，不适用民主。但全国人心，犹倾向民主一边，因为民国创造，历时尚短，又经总统定变安民，只道是民主的好处，目下且暂仍旧贯，静观大局如何，再行定议。"语至此，望着老袁面色，尚不改容，他索性尽一忠告道："杨度等组织筹安会，惹起物议，也是因时候太早，有此反抗呢。"老袁不禁变色道："杨度开会的意思，无非是研究政体，并未实行，我想他没甚大碍，那反对筹安会的议论，实是无理取闹，且亦不过数人，岂就好算是公论吗？况我的本意，并不想做甚么皇帝，就是这总统位置，也未尝恋恋，只因全国推戴，不能脱身，没奈何当此责任，否则我已五十七岁了，洹上秋水，随意消遣，可不好么？"还要骗人。徐世昌道："辱承总统推爱，结契多年，岂不识总统心意？但杨度等鼓吹帝制，外人未明原委，还道是总统主使，遂致以讹传讹，他人不必论，就是段芝泉等随从总统多年，相知有素，今日亦未免生疑，这还求总统明白表示，才能安定人心。"这数语好算忠谏。老袁勃然道："芝泉么？他自中日交涉以来，时常与我反对，我亦不晓得他是甚么用意。他若不愿做陆军总长，尽可与我商量，何必背后违言，你是我的老友，托你去劝他一番，大家吃碗太平饭，便好了。"言毕，便携去茶碗，请徐饮茶。前清老例，主人请客饮茗，便是叫客退出的意思，徐世昌居官最久，熟练得很，当即把茶一喝，起身告辞。为此一席晤谈，顿令这陆军总长段祺瑞退职闲居，几做了一个嫌疑犯。小子有诗叹道：

多年友谊不相容，只为枭雄好面从。
尽说项城如莽操，谁知尚未逮谦恭。

欲知段总长退职情形，待至下回续表。

历朝以来诸元首，多自子女误之，而女嬖为尤甚。盖床笫之官，最易动听。加以狐媚之工，莺簧之巧，其有不为所惑者几希？袁氏阴图帝制，已非一日，只以运动未成，惮于猝发，一经洪姨之怂恿，语语中入心坎，情不自已，计从此决，于是良友之言，无不逆耳，即视若腹心之徐相国，亦不得而谏止之。长舌妇真可畏哉！一经著书人描摹口吻，更觉甘言苦口，绝不相同，甘者易入，苦者难受，无怪老袁之终不悟也。

第四十七回　袁公子坚请故军统
梁财神发起请愿团

却说段祺瑞自督鄂还京，虽仍任陆军总长，兵权已被大元帅摘去，他已怏怏不乐，屡欲辞职，至中日交涉，又通电各省，屡次主战，袁总统已加猜忌，至是闻徐世昌言，决意去段，只一时想不出替身，犹在踌躇未决。忽见长子克定自门外趋入，向他禀白道："筹安会中已通电各省，现已得几处复电，很加赞成，想此后办事，当不致有意外呢。他的原电交儿带来奉阅，爷可一瞧。"说着，便从袖中取出电稿，双手捧呈，但见起首列着，统是各省长官的头衔，接连是某某商会、某某教育会、某某联合会以及蒙古、青海、西藏等处，极至华侨处，亦俱列着。入后方叙及正文，插入筹安会通电，笔法一变。词云：

本会宗旨，原以讨论君主民主，何者适于中国。近月以来，举国上下，议论风起。本会熟筹国势之安危，默察人心之向背，因于日昨投票议决，全体一致，主张君主立宪。盖以立国之道，不外二端，首曰拨乱，次曰求治，今请逆其次序，先论求治，次论拨乱。专制政体，不能立国于世界，为中外之公言，既不专制，则必立宪，然共和立宪，与君主立宪，其义大异。君主国之宪政程度，可随人民程度以为高下，故英、普、日本，各不相同。共和国则不然，主权全在人民，大权操于国会，乃为一定不移之义，法、美皆如是也。若人民智识，不及法、美，而亦握此无上之权，则必嚣乱纠纷，等于民国二年之国会，不能图治，反以滋乱，若矫而正之，又必悬共和之名，行专制之实，如我国现行之总统制，权力集于元首一人，斯责任亦集于元首一人。即令国会当前，亦不能因责任问题，弹劾元首，使之去位。一国中负责任者，为不可去位之人，欲其政治进步，乌可得也？故中国而行前日之真共和，不足以求治，中国而行今日之伪共和，更不足以求治。只此二语，颇中肯綮。

惟穷乃变，惟变乃通，计惟有去伪共和，行真君宪，开议会，设内阁，准人民之程度，以定宪政，名实相符，表里如一，庶几人民有发育之望，国家有富强之机，此求治之说也。或曰："民权学说，不必太拘，即共和，亦可准人民程度，以定宪政，何必因此改为君主。"不知政党不问形式如何，但使大权不在国会，总谓之伪共和。因恋共和之虚名，不得已而出于伪，天下岂有以伪立国，而能图存之理？又况祸变之来，并此伪者亦必不能保存，何以故？君主国之元首，贵定于一，共和国之元首，贵不定于一，即不能禁人不争。曩者二次革命，即以竞争元首而成大乱，他日之事，何独不然？无强大之兵力者，不能一日安于元首之位，数年一选举，则数年一竞争，斯数年一战乱耳。彼时宪法之条文，议员之笔舌，枪炮一鸣，概归无效。所为民选，变为兵选，武力不能相下，斯决之于相争。墨西哥五总统并立之祸，必试演于东方。中原瓦解，外力纷乘，国运于兹，斩焉绝矣。未来之祸，言之痛心，即令今日定一适宜之宪政，纲举目张，百度俱理，他日一经战乱，势必扫荡无遗，国且不存，何云宪政？

救亡之法，惟有废除共和，改立君主，屏选举之制，定世袭之规，使元首地位，绝对不可竞争，将不定于一者，使定于一。是则无穷隐祸，概可消除，此拨乱之说也。本会以为谋国之道，先拨乱而后求治，我国拨乱之法，莫如废民主而立君主，求治之法，莫如废民主专制，而行君主立宪，此本会讨论之结果也。谨以所得布告于军政学商各界，及全体国民。筹安会。 415.

老袁阅罢，掷置案旁，且沉着脸道："这等书呆子，徒然咬文嚼字，有甚么功效？你以为各省军官，复电赞成，还道是天大的喜事？哪知我的身旁，如统领陆军的段祺瑞，尚且不肯助我，你想此事可能成功么？"克定正恨着老段，便道："陆海军权，已归属大元帅，谅老段亦无能为力，捽去了他，便易成事。"老袁道："我正为此踌躇，因恐把段撤去，继任非人，岂不要酿成兵变？"克定道："何不邀王聘卿出来，聘卿资格，较段为优，得他任陆军总长，何患军人不服？"老袁道："你说固是，倘他不肯出来，奈何？"克定道："待儿子亲往一邀，定当劝他受任。"老袁道："很好，你且去走一遭罢。"

看官，你道王聘卿是何等人物？他名叫士珍，与段同为北洋武备学生，惟段籍安徽，王籍直隶，籍贯不同，派系遂因之互异。前清时，士珍官阶高出段上，嗣与段先后任江北提督，有王龙段虎的名称。惟当小站练兵时，王、段两人同为老袁帮办，因此与袁氏亦有旧谊。至清帝退位后，士珍却无意为官，避居不出。既已高卧东山，不应再为冯妇。

此次克定奉命，径乘了专车，至正定县中，向王宅投刺，执子侄礼，谒见士珍。士珍不意克定猝至，本拟挡驾，转思克定远道驰至，定有要公，不能不坦怀相见。克定抱膝请安，士珍殷勤答礼，彼此坐定，先叙寒暄，继及国事。寻由克定传述父命，请他即日至京，就任陆军总长。士珍忙谢道："芝泉任职有年，阅历已深，必能胜任。若鄙人自民国以来，四载家居，无心问世，且年力亦日就衰颓，不堪任事，还乞公子转达令尊，善为我辞。"克定道："芝泉先生现因多病，日求退职，

家父挽留不住，只得请公出代，为恐公不屑就，特命小侄来此劝驾，万望勿辞。"段未有疾，克定偏会说谎，想是从乃父处学来。士珍只是不从，克定再三劝迫，一请一拒，谈论多时。士珍复出酒肴相待，兴酣耳热，克定重申父命，定要士珍偕行。士珍道："非我敢违尊翁意，但自问老朽，不堪受职，与其日后旷官，辜负尊翁，何如今日却情，尚可藏拙。"克定喟然道："公今不肯枉驾，想是小侄来意未诚，此次回京，再由家父手书敦请便了。"未几席散，克定遂告别返都，归白老袁，又由老袁亲自作书，说得勤勤恳恳，务要他出来相助。

克定休息一宵，次日早起，复赍了父书，再行就道，往至士珍家。士珍素尚和平，闻克定又复到来，不敢固拒，重复出见。克定施礼毕，即恭恭敬敬地呈上父书，由士珍展阅，阅毕后，仍语克定道："尊翁雅意，很是感激，我当作书答复，说

明鄙意，免使公子为难。”克定不待说毕，即突然离座，竟向士珍跪下，前跪洪姨，此跪士珍，袁公子双膝，未免太忙。急得士珍慌忙搀扶，尚是扯他不起，便道：“老朽不堪当此重礼，请公子快快起来！”克定佯作泣容道：“家父有命，此番若不能劝驾，定要谴责小侄。况国事如麻，待治甚急，公即不为小侄计，不为家父计，亦当垂念民生，一为援手呢。”责以大义，可谓善于说辞。说着时，几乎要流下泪来。士珍见此情状，不好再执己意，只得婉言道：“且请公子起来，再行商议。”克定道：“老伯若再不承认，小侄情愿长跪阶前。”于是士珍方说一“诺”字，喜得克定舞蹈起来，忙即拜谢，起身后，士珍乃与订定行期，克定即回京复命。越日，即由老袁下令，免段祺瑞陆军总长职，以王士珍代任。士珍亦于此日到京，入见老袁，接篆履新了。千呼万唤始出来。

老袁既得了王士珍，军人一方面，自以为可免变动，从此无忧，独财政尚是困难，所有运动帝制及组织帝制等事，事事需钱，非有大富翁担负经费，不能任所欲为。左思右想，尚在徘徊，凑巧有一位大财神登台，演一出升官发财的拿手戏，于是金钱也有了，袁老头儿也可以无恐了。

惟这大财神何姓何名？看官可记得前文叙过的梁士诒么？如梁山泊点将，又是一个登台。梁本为总统府内秘书长，足智多才，能探袁氏私隐，先意承欢，所以老袁非常器重。他遂结识了几个要人，招集了若干党羽，更仗那神通机变的手段，把中央政府的财政权，一古脑儿收入掌握。历届财政总长，无论何人，总不能脱离梁系，都中人士遂赠他一个绰号，叫做梁财神。但梁系粤人，附梁的叫做粤派，另有一派与他对峙，乃是皖派首领杨士琦。杨为政事堂左丞，势力颇大，联络多数旧官僚，与粤派分竖一帜，互相排挤。老袁素性好猜，忽而信梁，忽而信杨，杨既得志，梁渐失势，秘书长一职，竟至丢去。嗣又以搜括财政，不能无梁，复召为税务督办，梁仍靠着财力，到处张权。忽交通部中闹出一件大案来，牵连梁财神，梁正无法解免，常想寻个机会，迎合袁意，省得受罪，适闻老袁为财政问题，有所顾虑，他遂乘机而入，愿将帝制经费，一力承当。

看官！你道梁士诒绰号财神，果有若干私财，肯倾囊取出，替袁氏运动帝制么？无非从百姓身上，想出间接搜括的手段，取作袁氏用费，就算是理财能手。财神亦徒有虚名，究不能点石成金。但袁氏生平挥霍，视金钱若泥沙，甚么国民捐，甚么救国储金，甚么储蓄票价，还有种种苛税，种种借款，多被取用，消耗殆尽。此次梁财神出筹巨款，究从何处下手呢？原来京城里面，本有中国、交通两银行，归政府专办，平时信用，倒还

不失，梁为罗括现款起见，竟令两银行滥发纸币，举所有准备金，多运入袁氏库中，供袁使用。老袁倒也不顾甚么，但教有款可筹，便视为财政大家，佐命功臣，因此待遇梁士诒，比从前做秘书长时还要优渥，所有参案的关系，早已无形消灭了。

梁士诒复进见老袁，献上一条妙计，乃是“民意”二字。老袁愕然道：“你也来说民意么？糊涂似费树蔚，昨来见我，亦说是要顾全民意，究竟‘民意’二字，是怎么解释？我驳斥了数语，他竟悻悻出去，弃职回籍，若非是克定的连襟，我简直是不肯恕他呢。”费树蔚辞职事，就从此销纳进去。士诒不慌不忙，从容说道：“总统所说的费树蔚，是否任肃政史？”官衔亦随手叙明。老袁答了一个“是”字。士诒道：“树蔚所说，是顾全民意，士诒所说，是利用民意，同是‘民意’两字，用法却有不同呢。”老袁听了，不由得点首道“燕孙毕竟聪明，能言人所

未言。”我说你也毕竟聪明，能识燕孙隐语。燕孙即士诒表字。士诒道：“就借这‘民意’二字，号召天下，不怕天下不从。”老袁道：“谈何容易。”士诒道：“据鄙意看来，亦没有甚么难处。”老袁道：“计将安出？”士诒道：“总统今日，只管反对帝制，照常行事。士诒愿为总统效力，一面联络参政院，令作民意代表的上级机关，一面另设公民团，令作民意代表的下级机关，上下联合，民意便可造成。据士诒所料，不消数月，便可奏效。”老袁道：“我也并不欲为帝，无非因时局艰难，稍有举动，即遭牵制，你前日做过秘书长，所有外来文件，想亦多半过目，能有几件事不被反对吗？我现在所居的地位，差不多是骑虎难下，做也不好，不做也不好呢。”士诒道：“似总统英明圣武，何事不可为，要做就做，何必多疑。”一吹一唱，煞是好看。老袁道：“这便仗你帮忙呢。”士诒忙起身离座，应了几个“是”字，随即辞出，返至寓中，密请沈云霈、张镇芳、那彦图等到寓，会议了半日。沈云霈等统是赞成。

士诒又想了妙法，语沈云霈道：“足下系参政的翘楚，参政院中，目下已代行立法院，便是一个完全的民意机关，得足下提倡起来，怕不是全体一致么？”联合沈云霈便是此意。沈云霈道：“彼此都为公事，自当尽力。”“公”字应撤去右边。士诒又向张镇芳道：“公系贵戚，应比鄙人格外热心，我想现在的事情，最好是组织公民请愿团，无论官学商工，及男女长幼，统好入会，京内作总机关，外省作分机关，越多越好，不怕帝制不成。”张镇芳道：“闻筹安会中，现亦这般办法，向各省去立分会了。”士诒道：“要做皇帝，就做皇帝，还要说甚么筹安，空谈学理。俗语说得好，‘秀才造反，一世不成。’这就是筹安会的定评。我等设立公民团，竟从请愿入手，岂不是直捷痛快么？”要想盖煞筹安会，所以极力批驳。沈云霈等齐声道：“梁公卓见，的是高人一着，我们就这么办去，只这会长须借重梁公。”士诒道：“会长一席，我却不能承认，不瞒诸公说，我是要内外兼筹，未便专任一事，还请诸公原谅。”张镇芳道：“照此说来，请何人做会长？”士诒道：“沈公责无旁贷，副会长就请张、那二公担任，便好了。”沈云霈道：“会长须由会员全体推举，兄弟亦不便私相承认。”士诒捻着几根胡髭微微笑道：“不是士诒夸口，士诒要举老沈，会员敢另举他人么？”势焰可畏。云霈道：“且待开会再议。”士诒道：“明后日就可开会了。”言讫，数人复闲谈片时，一同散去。

过了两日，士诒已邀集若干会员，寻个公共处所，开起成立大会来。开会结果，举定沈云霈为会长，张镇芳、那彦图为副会长，文牍主任举了谢桓武，梁鸿志、方表为副，会计主任举了阮忠枢，蒋邦彦、夏仁虎为副，庶务主任举了胡璧城，权量、乌泽声为副，交际主任举了郑万瞻，袁振黄、康士铎为副。大家各认定职任，协力进行。当由文牍员拟定宣言书，由会长等鉴定。正要刊布，忽闻有一位御干儿，从湖北回京，也来协助帝制。正是：

到底义儿应尽义，且看功狗互争功。

欲知来者为谁，俟小子下回报名。

王聘卿退归原籍，家居不出，是民国中一个自爱人物，偏袁公子一再固请，至于情不能却，再出为陆军总长。似为友谊起见，不应加咎，但泄柳闭门，干木踰垣，隐士风徽，何等高尚。若徒徇私谊，转违公理，毋乃所谓不揣其本而齐其末者？冯妇下车，难免士笑，王聘老殆有遗憾欤？梁财神之品格本出王氏下，而智谋则过之，以如此机变才，倘加以德性，何难立大业于生前，贻盛名于身后，乃热心富贵，不惜为袁氏作伥，身名两裂，何苦乃尔？总之利禄二字，最足误人。能打破此关，方不致与俗同污，王聘卿且如此，而梁财神无论矣。

第四十八回　义儿北上引侣呼朋
词客南来直声抗议

却说上回所叙的御干儿，看官道是何人？就是当时署理鄂督的段芝贵。又是一个大名鼎鼎的人物。芝贵履历，前文亦已见过，为何叫他作御干儿呢？说来又是话长。小子援有闻必录的老例，把大略演述出来：

相传老袁当小站练兵时，芝贵官衔，尚不过一个候补同知。他在直隶听鼓，未得差遣，抑郁无聊，意欲投效老袁麾下，挽某当道替他吹嘘。老袁虽然收录，仍然置诸闲散，不给优差。适阮忠枢为袁幕僚，总司文案，芝贵遂与他结识，求为汲引。忠枢替他想一方法，教他秘密进行，定可得志。

看官道是何事？原来天津地方平康里，蓄艳颇多，韩家班尤为著名，阮忠枢备员军署，每当文牍余暇，辄邀二三友人，往韩家班猎艳，曾与歌妓小金红，结不解缘。小金红有一姊妹行，叫做柳三儿，色艺冠时，高张艳帜。阮得瞻丰采，也暗暗称羡，会老袁招阮私宴，醉后忘形，偶询及平康人物，阮即以柳三儿对。袁颇欲一亲颜色，只以身作达官，不便访艳。前清时犹有此碍，以视今日何如？当下与阮密商，拟乘夜阑人静时，微服往游。阮愿作导线，即与袁约定时间，届期先往韩家班，与柳三儿接洽，待到夜半，果见老袁易服而来，由阮呼三儿出见，佳丽当前，令人刮目。经老袁仔细凝视，果然是当代尤物，风韵绝伦。三儿亦眉挑目逗，卖弄风骚。月上柳梢头，人约黄昏后，差不多似此情景。两下倾心，一见如故。既而华筵高张，欢宴终夕，比至天明，袁偕阮返，犹觉余情未忘。嗣是暇辄过从，倍加恩爱，本欲替她脱籍，因恐纳妓招谤，或干吏议，所以迟迟未决。

阮忠枢窥透隐情，遂叫段芝贵代为赎身，间接献纳，不怕老袁不堕入彀中，格外青睐。芝贵得此教益，即依计而行，黄金朝去，红粉夕来，又有阮为绍介，潜送袁寓。柳三儿得为袁氏四姨太，段芝贵亦竟获优差，由袁下札，委任全军总提调，杨翠喜之献奉，想亦由此策脱胎。袁、段情谊，日久愈亲。每日早起，段又必诣袁问安，老袁戏语芝贵道："我闻人子事亲，每晨必趋寝门问安，汝非我子，何必如此。"芝贵道："父母生我，公栽培我，两两比较，恩谊相同，如蒙不弃，愿作义儿。"乐得攀援，莫谓小段无识。老袁听到此语，不免解颐一笑。芝贵只道袁已承认，竟拜倒膝前，呼袁为父。老袁推辞不及，口中虽说他多事，但已受了四拜，仿佛是认做干爷了。

后来老袁被谴，芝贵亦为杨翠喜事，挂名参案，革职回籍。见《清史》。至清室已覆，袁为总统，他自然重张旗鼓，又复上台，癸丑革命，平乱有功，旋即出督武昌，继段祺瑞后任。此次闻京中倡言帝制，就赶忙离了湖北，只说是入觐总统，拼命驰来。当下邀集朱启钤、周自齐、唐在礼、张士钰、雷震春、江朝宗、吴炳湘、袁乃宽、顾鳌等，密议鼓吹帝制，与筹安会分帜争功。可巧公民请愿团已经发现，料知梁财神势力不小，只好合拢一起，较为妥当。梁财神闻芝贵进京，亦知他是有名的义子，将来要升做御干儿，不得不与他周旋，融成一片。两情不谋而合，况是彼此熟识，一经会面，臭味相投，当即互相借重，定名为请愿联合会。那时请愿团的宣言书已经印就，由段芝贵等审视，见书面写着道：

民国肇建，于今四年，风雨飘摇，不可终日。父老子弟，苦共和而望君宪，非一日矣。自顷以来，二十二行省及特别行政区域，暨各团体，各推举尊宿，结合同人，为共同之呼吁，其书累数万言，其人以万千计，其所蕲向，则君宪二字是已。政府以兹事体大，亦尝特派大员，发表意见于立法院，凡合于巩固国基，振兴国势之请，代议机关，所以受理审查以及于报告者，亦既有合于吾民之公意，而无悖于政府之宣言，凡在含生负气之伦，宜有舍旧图新之望矣。惟是功亏一篑，则为山不成，锲而不舍，则金石可贯。同人不敏，以为吾父老子弟之请愿者，无所团结，则有如散沙在盘，无所榷商，则未必造车合辙。又况同此职志，同此目标，再接再厉之功，胥以能否联合进行为断。用是特开广座，毕集同人，发起全国请愿联合会，议定简章，凡若干条。此后同心急进，计日程功，作新邦家，慰我民意，斯则四万万人之福利光荣，非特区区本会之厚幸也。

末附有请愿联合会章程，共十一条，条文如下：

第一条　本会以一致进行，达到请愿目的为宗旨。

第二条　凡已署名请愿者，皆得为本会会员。

第三条　本会设职员如下：（一）会长一人，副会长二人，由会员中公举之。（二）理事若干人，由会员公推之。但各团体请愿领衔者，当然为本会理事。（三）参议若干人，由会长及全体职员会公推之。（四）干事分为文牍、会计、庶务、交际四科，各科主任干事一人，余干事若干人，由会长副会长合议推任之。

第四条　会长代表本会，主持办理本会一切事务。

第五条　副会长辅助会长，办理本会一切事务。会长有事故，副会长得代理之。

第六条　理事随时会商会长，办理本会特别要务。

第七条　参议随时建议本会，赞理一切会务。

第八条　干事商承会长，分科执行本会一切事务，其各科办事细则另定之。

第九条　本会开会，分为两种：（一）职员会得由会长随时召集之，（二）全体大会，遇有特别事故时，由会长召集之。

第十条　本会设事务所于安福胡同。

第十一条　本会章程，如有认为不适当时，得开大会，以过半数之议决修改之。

段芝贵等阅毕，便道："正副会长，可曾举定么？"梁士诒即申述沈云霈为会长，张镇芳、那彦图为副会长，余如文牍、会计、庶务、交际等员，亦一一说明。段芝贵道："甚好，就照此进行罢。我即拟返鄂，凡事应由诸公偏劳。"梁士诒道：

"这也不必过谦，但参议干事等员，尚须推选若干人。"段芝贵道："章程中应由会长等主持，但请沈会长与在会诸公推选便是。"沈云霈时亦在座，忙接口道："这也须大家斟酌。但会名既称为全国联合，应该将各省官民，招集拢来，愈多愈妙。此事颇要费时日呢。"段芝贵笑道："沈先生你真太拘泥了。各省官吏，哪一个不想上达？但用一个密电，管教他个个赞成。若是公民请愿，也很是容易，只叫各省官吏，用他本籍公民的名义，凑合几个有声望的绅士，联名请愿，便好算作民意代表了。老先生，你道真要令四万万人，悉数请愿么？"好简捷法子。梁士诒道："这话还是费事。依愚见想来，在京官僚，多是各省的阔佬，若教他列名请愿，并把自己的亲戚朋友，添上几十百个名儿，便可算数。难道他们的亲友，因未曾通知，定要来上书摘释么？"说毕，哈哈大笑。梁财神的妙法，又进一层。段芝贵道："话虽如此，但各省长官的推戴书，却也万不可少。还有各处报纸，乃是鼓吹舆情的机关，先须打通方好哩。"梁士诒道："香岩兄，段芝贵字香岩。你是个长官巨擘，何妨作各省的领袖。"段芝贵忙回答道："兄弟已密电各省将军，联衔请愿，惟复电尚未到齐，一俟组合，自当恭达上峰，只办事须有次序，先请改行君宪，后乃上书推戴，方是有条不紊呢。"梁士诒道："这个自然。若讲到报纸一节，京报数家，已多半说通，只有上海一方面，略费手续，现极峰已派人往沪，买嘱各报，并拟向上海设一亚细亚分馆，专力提倡。天下无难事，总教现银子，还怕甚么？"大家统鼓掌赞成。会议已毕，又由正副会长推选参议干事数人。经彼此认定，方才散去。段芝贵入觐老袁已不止一次，所有秘密商议，也不消细述，等到大致就绪，方出京还鄂去了。

嗣是以后，请愿书即联翩出现，都递入参政院。参政院中已由沈云霈运动成熟，自然陆续接收。参政院长黎元洪本心是反对帝制，但自己已被软禁，不便挺身出抗，只好假痴假聋，随他胡乱。那时梁士诒、杨度等，已先后到总统府中，报告若干请愿书。老袁很是欣慰，意欲令黎院长汇书进呈，好做民意相同的话柄。当下嘱托梁士诒等，往说黎元洪。黎元洪不肯照允，且上书辞参政院长及参谋总长兼职。经政事堂批示，不准告辞。是时武昌督军段芝贵已与各省将军联衔，电请变易国体，速改君主。这边方竭力请愿，那边忽现出一篇大文章，冷讽热刺，硬来作对。看官道是何人所作？乃是当代大文豪，即前任司法总长梁启超。梁自司法总长卸任，又由老袁任他为币制总裁，继复令入参政院参政。他见老袁热心帝制，不愿附和，即辞职出京，到了上海，即撰成一篇煌煌的大文，题目叫做《异哉所谓国体问题者》，综计不下万言。小子录不胜录，曾记有一段紧要文字，脍炙人口，特断章节录如下：

盖君主之为物，原赖历史习俗上一种似魔非魔的观念，以保其尊严。此种尊严，自能于无形中发生一种效力，直接间接以镇福此国。君主之可贵，其必在此。虽然，尊严者，不可亵者也。一度亵焉，而遂将不复能维持。譬诸范雕土木偶，名之曰神，异诸闳殿，供诸华龛，群相礼拜，灵应如响，忽有狂生，拽倒而践踏之，投诸溷牏，经旬无朕，虽复异取以重入殿龛，而其灵则已渺矣。譬喻新颖。自古君主国体之国，其人民之对于君主，恒视为一种神圣，于其地位，不敢妄生言思拟议，若经一度共和之后，此种观念，遂如断者之不可复续。

试观并世之共和国，其不患共和者有几？而遂无一国焉能有术以脱共和之轭，就中惟法国共和以后，帝政两见，王政一见，然皆不转瞬而覆也，则由共和复返于君主，其难可想也。我国共和之日，虽曰尚浅乎，然酝酿之则既十余年，实行之亦既四年。当其酝酿也，革命家丑诋君主，比诸恶魔，务以减杀人民之信仰，其尊严渐亵，然后革命之功，乃克集也。而当国体骤变之际，与既变之后，官府之文告，政党之宣言，报章之言论，街巷之谈说，道及君主，恒必以恶语冠之随之，盖尊严而入溷牏之日久矣。今微论规复之不易也，强为规复，欲求畴昔尊严之效，岂可更得？

是故吾独居深念，亦私谓中国若能复返于帝政，庶易以图存而致强，而欲帝政之出现，惟有二途：其一则今大总统内治修明之后，百废俱兴，家给人足，整军经武，尝胆卧薪，遇有机缘，对外一战而霸，功德巍巍，亿兆敦迫，受兹大宝，传诸无穷；其二经第二次大乱之后，全国鼎沸，群雄割据，剪灭之余，乃定于一。夫使出于第二途耶，则吾侪何必作此祝祷？果其有此，中国之民，无孑遗矣，而戡定之者，是否为我族类，益不可知，是等于亡而已。独至第一途，则今正以大有为之宜，居可有为之势，稍假岁月，可冀旋至而立有效，中国前途一线之希望，岂不在是耶？故以为吾侪国民之在今日，最勿生事以重劳总统之廑虑，俾得专精一志，为国家谋大兴革，则吾侪最后最大之目的，庶几有实现之一日。今年何年耶？今日何日耶？大难甫平，喘息未定，强邻胁迫，吞声定盟，水旱疠蝗，灾区遍国，嗷鸿在泽，伏莽在林，在昔哲后，正宜撤悬避殿之时，今独何心？乃有上号劝进之举。夫果未熟而摘之，实伤其根，孕未满而催之，实戕其母，吾畴昔所言中国前途一线之希望，万一以非时之故，而从兹一蹶，则倡论之人，虽九死何以谢天下？愿公等慎思之！

《诗》曰："民亦劳止，汔可小息。"自辛亥八月迄今，未盈四年，忽而满洲立宪，忽而五族共和，忽而临时总统，忽而正式总统，忽而制定约法，忽而修改约法，忽而召集国会，忽而解散国会，忽而内阁制，忽而总统制，忽而任期总统，忽而终身总统，忽而以约法暂代宪法，忽而催促制定宪法。大抵一制度之颁行，平均不盈半年，旋即有反对之新制度起而推翻之，使全国民彷徨迷惑，莫知适从，政府威信，扫地尽矣。今日对内对外之要图，其可以论列者，不知凡几，公等欲尽将顺匡救之职，何事不足以自效？何苦无风鼓浪，兴妖作怪，徒淆国民视听，而贻国家以无穷之戚也。

如上所述，十成中仅录一二，已说得淋漓爽快，惹起国民注目，老袁高坐深宫，或尚未曾闻知，那梁士诒、杨度等人，已见到梁任公启超号任公。这篇文字，关系甚大，虽欲设法驳斥，奈总未能自圆其说，足以压倒元、白。于是京城里面，也把梁任公大文，彼此传诵，视作圣经贤传一般，渐渐地吹入老袁耳中。老袁恨不得将梁启超当即捉来，赏他几粒卫生丸，只一时不好发作，意欲悬金为饵，遣人暗刺，又急切觅不到聂政、荆卿。黄金也有失色的时候，莫谓钱可通神。没奈何与梁士诒等商量，先令参政院汇呈请愿书。至请愿书已上，却派左丞杨士琦到参政院宣言，发表政见，竟反对帝制起来。小子有诗叹道：

分明运动反推辞，作伪心劳只自知。
南让者三北让再，许多做作亦胡为？

毕竟杨士琦如何宣言，待至下回说明。

文字之感人大矣哉！然亦有一言而令人感者，有数百言而终不足令人感者，盖情理二字，为之关棙耳。试观上回所录之筹安会宣言书，与本回之请愿联合会宣言书，毫无精彩，绝不足醒阅者之目。及梁任公所撰之文，仅录一斑，已觉戛戛生光，百读不厌，虽由文笔之明通，亦本理由之充足，故虽有御干儿之权力，及大财神之声势，反不敌一挂冠失职之文士。或谓任公之文，尚有保皇口吻，仍未脱前日私见，斯评亦似属允当。然观其譬喻之词，与推阐之语，实属颠扑不破，似此新旧互参之论说，无论何人，当莫不为之感动，是真一转移人情之妙笔也。惜乎言长纸短，犹未尽录原文耳。

第四十九回　竞女权喜赶热闹场
征民意咨行组织法

却说杨士琦奉袁总统命，到了参政院，发表政见。参政院诸公也未识他如何宣言，有几个包打听的人物，似已晓得士琦来意，是代袁总统宣言，不愿赞成帝制的。是日黎院长元洪亦得此消息，特来列席。诸参政亦都依席就位，专待士琦上演说台，宣讲出来。士琦既上演台，各席拍掌欢迎，毋庸细表。但见士琦取出一纸，恭恭敬敬地捧读起来，应该如此。其辞道：

本大总统受国民之付托，居中华民国大总统之地位，四年于兹矣。忧患纷乘，战兢日深。自维衰朽，时虞陨越，深望接替有人，遂我初服。但既在现居之地位，即有救国救民之责，始终贯彻，无可委卸，而维持共和国体，尤为本大总统当尽之职分。近见各省国民，纷纷向代行立法院请愿，改革国体，于本大总统现居之地位，似难相容。然本大总统现居之地位，本为国民所公举，自应仍听之国民。且代行立法院，为独立机关，向不受外界之牵掣，今大总统固不当向国民有所主张，亦不当向立法机关，有所表示。惟改革国体，于行政上有绝大之关系，本大总统为行政首领，亦何敢畏避嫌疑，缄默不言？以本大总统所见，改革国体，经纬万端，极应审慎，如急遽轻举，恐多窒碍。本大总统有保持大局之责，认为不合时宜。至国民请愿，不外乎巩固国基，振兴国势，如征求多数国民之公意，自必有妥善之上法。且民国宪法，正在起草，如衡量国情，详晰讨论，亦当有适用之良规，请贵代行立法院诸君子深注意焉。

杨士琦一气读完，当即退下演坛，仍归代表座席。黎元洪起向士琦道："大总统的宣言书，确有至理。"刚说到一"理"字，梁士诒已起立道："大总统的意思，无非以民意为从违，现在民意是趋向君宪，要大总统正位定分，所以纷纷请愿；本院主张，亦应当尊重民意呢。"说至此处，但听一片拍掌声，震响全院。黎元洪反说不下去，只好退还原座，默默无言。仍做泥菩萨。沈云霈接入道："大总统既有宣言书，本院自当宣布，倘国民仰体总统本意，不来请愿，也无庸说了，如或请愿书仍然不绝，还须想出一个另外法儿，作为最后的解决。否则群情纠纷，求安反危，如何是好？"梁士诒道："依愚见想来，不如速开国民会议，以便早日解决。"沈云霈道："国民会议，初选才毕，恐一时赶办不及呢。"仍是忠厚人口吻。士诒先向他递一眼色，然后申词解释道："事关重大，若非经国民会议，大总统亦不便轻易承认哩。"尚是伪言，休被瞒过。大众又多半拍掌，总算全院通过。杨士琦告辞而去，黎院长快快出门，乘车自回，余人陆续散归。

不到数天，请愿团又次第发生，除筹安会及公民请愿团外，还有商会请愿团，北京商会的发起人叫做冯麟霈，上海商会发起人叫做周晋镳。教育会请愿团自北京梅宝玑、马为珑等发起，北京社政进行会自恽毓鼎、李毓如发起，甚至北京人力车夫及沿途乞丐，也居然举出代表，上书请愿，这真是想入非非，无奇不有。又有一个妇女请愿团，发起人乃是安女士静生。雌风又大振了。这安女士是何等名媛，也来赶热闹场？小子事后调查，她是个山东峄县人氏，表字叫做慈红，幼读诗书，粗通笔墨，及长，颇有志交游，不论巾帼须眉，统与她往来晋接。而且姿色秀媚，言态雍和，所有闻名慕色的人物，一通謦欬，无不倾倒，并替她极力揄扬，由是安名日噪。当民国创造时，她尝高谈革命，鼓吹共和，如平权自由等名词，都是她的口头禅。她又自言曾游历外洋，吸入新智识，将来女权发达，定当为国效劳，可惜今尚有待，无所展才云云。为全国女学生写影。旁人听到此言，愈觉惊羡。庸耳俗目，无怪其然。未几，北上到京，充任某女校校长，至帝制发生，她以为时机可乘，也拟邀合京中女学校学生，组织一妇女请愿团。有人诘她忽言民主，忽言君主，前后悬殊，不无可鄙。她却嫣然一笑道："我等身当新旧过渡时代，断不能与世界潮流，倒行逆施。我有时赞成民主，有时赞成君主，实是另具一番眼光。随时判断，能识时务，方为俊杰，迂儒晓得甚么呢。"见风使帆，原是紧要。当下遂至交民巷中，觅了一间古屋，悬出一块木牌，上写"中国妇女请愿会"七字，并刊行一篇小启，颇说得娓娓可听。究竟是她手笔，抑不知是谁捉刀，小子也不必细查，但见她小启云：

吾侪女子，群居噤寂，未闻有一人奔走相随于诸君子之后者，而诸君子亦未有呼醒痴迷醉梦之妇女，以为请愿之分子者。岂妇女非中国之人民耶？抑变更国体，系重大问题，非吾侪妇女所可与闻耶？查《约法》向载中华民国主权在全国国民云云，既云全国国民，自合男女而言，同胞四万万中，女子占半数，使请愿仅男子而无女子，则此跛足不完之请愿，不几夺吾妇女之主权耶？女子不知，是谓无识，知而不起，是谓放弃。夫吾国妇女智识之浅薄，亦何可讳言？然避危求安，亦与男子同此心理，生命财产之关系，亦何可任其长此抛置，而不谋一处之保持也？静生等以纤弱之身，学识谫陋，痛时局之扰攘，嫠妇徒忧，幸蒙昧之复开，光华倍灿，聚流成海，撮土为山，女子既系国民，胡可不自猛觉耶？用是不揣微末，敢率我女界二万万同胞，以相随请愿于爱国诸君子之后，姊乎妹乎！盍兴乎来！发起人安静生启。

自这小启传布后，倒也有数十个女同志，联翩趋集，当拟定一篇请愿书，呈入参政院。惟妇女手续，未免少缓，因此请愿亦稍落人后了。接连又有妓女请愿团出现，为首的叫做花元春。好一个名目，应作花界领袖。花元春是京中阔妓，与袁大公子为啮臂交，大公子尝语元春道：“他日我父践天子位，我当为东宫太子，将选汝入宫，充作贵人，比诸溷迹风尘，操这神女生涯，谅应好得多哩。”闭置宫中，有甚么好处？元春微哂道：“妾系路柳墙花，怎得当贵人重选？但大公子既为大阿哥，如蒙不弃贱陋，得充一个灶下婢，也光荣得多了。”大公子喜甚，自是鸨母鸨儿等，均呼他为大阿哥，大公子亦直受不辞。会各处请愿团，先后竞集，不下数十处，袁大公子遂嘱花元春，发起妓女请愿团，借备一格。花元春自命时髦，乐得借这名目，出点风头，当向大公子乞得缠头，浼人撰了一篇稿子，刊发出去，遍散勾栏中。各妓女都向元春问讯，元春道："车夫乞丐，也都集会请愿，我姊妹们虽陷入烟花，难道比车夫乞丐还不如么？况袁皇帝登极，记念我们亦有微劳，当亦特沛恩施，岂非一纸书可抵万金么？"众妓闻言，喜欢无似，且闻她结交大公子，应有好消息微示，这种机会，千载一时，如何不赞成呢？当即推元春领名，托平时相识的文士，著成一篇请愿书，也投入参政院去了。花花色色，无不完备。

参政院收集请愿书，又是数十件，重复开会，集众议事。黎院长告假不到，由副院长汪大燮主席。开议后，意见不一，有说的应提前召集国民会议，有说的应另筹征求民意妥善办法。两下里议论纷歧，当由汪大燮决定，将两说统行存录，咨送政府，请总统自择。大众倒也赞成，汪大燮即提出两种议案，备好咨文，赍递政府。越日得总统咨复，当提交国民会议，征求正确民意。这复文既到参政院，当有一个参政员顾鳌，出来反对道："我是主张另筹办法，不主张国民会议的，试思国民会议，是民国约法机关，不应解决国体。且国民会议，人数无多，也不得谓为多数真正民意，无论对内对外，均是不相宜的。"言毕趋出，即往访沈云霈，申述成见。云霈道："我原说过国民会议是不甚妥当的，燕孙主张此说，我亦只好依议。"如云霈言，足见财神势力。顾鳌道："我们同去见他，何如？"云霈应允，遂与偕行。

既至梁士诒寓所，投刺入见。士诒迎入客厅，顾鳌即自述来意，士诒哈哈大笑道："我岂不知国民会议，是不能解决国体问题的？但总统既有命令，组织国民会议办法，应该将此层题目，先行做过，方不致自相矛盾。巨六兄，巨六即顾鳌字。你是个法律大家，谓国民会议，不宜解决国体，他人没有你的学问，总道是国体问题，当然属诸国民会议，否则设此何用。”一个乖过一个。云霈道：“今总统已有咨复，说是要提交国民会议，你想国民会议的议员，尚需复选，辗转需时，恐今年尚不能到京开会呢。”梁士诒道：“我有一个极妙的方法，现且不必发表，但教沈君就请愿联合会名义，要求参政院中，另订征求民意机关，且批驳国民会议为不合法，那时参政院总要续行开会，我好在会席间宣布意见。照我办法，今年内定可请极峰登位呢。”还想卖点秘诀，财神惯使机巧。沈云霈笑道：“我却依你，看你有法无法。”梁士诒道：“你且瞧着，决不欺你。”沈、顾二人，因即告别。

436. 沈云霈即属文牍员，撰成最后请愿文，要求参政院另议办法，并说国民会议，未便解决国体。这篇文字，赍达参政院，院中又要开会议决，黎院长仍然告假，免不得耽延一天。哪知请愿书陆续递入，都主张另订办法，副院长汪大燮，本是个通变达权的智士，明知老袁意思迫不及待，遂不俟黎院长销假，就召集诸人开会。梁士诒首先到院，沈云霈、顾鳌、杨度、孙毓筠等依次到来，当由汪大燮报告，说明接收请愿书件数，并言请愿书中，一致赞成另订征求民意办法。梁士诒起座道：“最好是开国民大会，就把国民会议议员初选当选人，选出国民代表，决定国体，一则范围较广，二则手续不烦，岂非是一举两得么？”原来是这个秘计。杨度忙抢着道：“梁参政所言甚是，不过由初选当选议员，选出国民代表，来京开议，仍需时日，这还该想一变通办法。”梁士诒道：“何妨由各省当选人，在本籍自由投票，似此征求民意，既普及国民全体，且免得远道濡迟，这是最好没有的了。”确是妙法。大众齐拍掌道：“好极，好极。”顾鳌道：“这也应拟定一个组织法，由本院咨请施行。”法律家所言，处处不离一法字。梁士诒道：“这个自然。”主席汪大燮亦插入道：“这须先推起草委员，拟定国民代表组织法，方可咨送政府。”梁士诒道：“这会名叫国民代表大会，会里的章程，就叫做国民代表大会组织法，可好么？”大众又拍手赞成。当下由主席推定起草委员，共计八人，便是梁士诒、汪有龄、施愚、陈国祥、江瀚、王劭廉、王树枏、刘若曾八大参政。八人认定起草，便即散会。不到三天，梁士诒等即到参政院，递交国民代表大会组织法的稿子，共十七条，由主席宣读后，又经诸人审查，略行参改，把十七条减为十六条，条文列下：

第一条　关于全国国民之国体请愿事件，以国民代表大会，代表国民全体之公意决定之。

第二条　国民代表，以记名单记投票法选举之，以得票比较多数者为当选。

第三条　国民代表大会，以下列当选人组织之：（一）各省各特别区域之代表人数，以其所辖现设县治之数为额；（二）内外蒙古三十二人；（三）西藏十二人；（四）青海四人；（五）回部四人；（六）满、蒙、汉八旗二十四人；（七）全国商会及华侨六十人；（八）有勋劳于国家者三十人；（九）硕学通儒二人。

第四条　各省及各特别行政区域之国民代表，由国民会议各县选举会初选当选之复选选举人，及有复选被选资格者选举之。

第五条　蒙、藏、青海、回部之国民代表，由国民会议蒙、藏、青海联合选举会之单选选举人选举之。

第六条　满、蒙、汉八旗之国民代表，由国民会议中央特别选举会，八旗王公世爵世职之单选选举人选举之。

第七条　全国商会及华侨之国民代表，由国民会议中央特别选举会，有工商实业资本一万元以上，或华侨在国外，有商工实业资本三万元以上者之单选选举人选举之。

第八条　有勋劳于国家者之国民代表，由国民会议中央特别选举会，有勋劳于国家者之单选选举人选举之。

第九条　硕学通儒之国民代表，由国民会议中央特别选举会，硕学通儒，或高等专门以上学校三年以上毕业，或与高等专门以上学校毕业有相当资格者，或在高等专门以上学校，充教员二年以上者之单选选举人选举之。(第五条至本条第一项之单选选举人，以依法经由全国选举资格审查会审查合格者为限。)

第十条　国民代表选举监督，依下列之规定：(一）各省以各该最高级长官，会同监督；(二）各特别行政区域地方，以该最高级长官监督之；(三）第三条第二、三、四、五款，以蒙藏院总裁监督之；(四）第三条第六、七、八、九款，以内务总长监督之。

第十一条　选举国民代表场所设于监督所在地，届选举日期，就报到之选举人由监督召集之，举行选举。(各省各特别行政区域，遇有必要情形，该监督得以关于国民代表选举事项，委托各县知事行之。)

第十二条　选举国民代表日期，由各监督定之。

第十三条　国民代表决定本法第一条事件，以记名投票结果，由各该监督报告代行立法院，汇综票数，比较其决定意见，定为国民代表大会之总意见。（前项之票纸，应于开票报告后，封送代行立法院备案。）（决定国体投票日期，由各监督定之。）

第十四条　决定国体投票之标题，由代行立法院议决，咨行政府，转知各监督于投票日，宣示国民代表。

第十五条　依本法所定，关于选举投票之筹备事宜，由办理国民会议事务局办理。

第十六条　本法自公布日施行。

这便是国民代表大会组织法全案，经全院通过，即添入一篇咨文，送交政事堂去了。这一咨有分教：

假托民权更国体，揭开面具见雄心。

未知袁总统曾否照允，容至下回再详。

前半回写安静生，下半回写梁士诒，余人皆宾也。安静生发起妇女请愿团，谓能识时务，方为俊杰，梁士诒则秘密设法，务使帝制之底成，是殆皆希宠求荣，投机营利者。夫礼时为大，能乘时而奋发，未始非一智士；然一存私见，则虽有时可乘，亦无非为揣摩迎合之流，不足为豪杰士。况袁氏之潜图帝制，固知其不可而为之者耶？民国成立，迄今未安，甚且日濒危险，盖由权利思想，中入人心，无论男妇，统挟一干利之念以行事，而于是气节扫地，廉耻道丧，国事从此泯棼矣。可悲可叹！

第五十回　逼故宫劝除帝号
传密电强胁舆情

却说袁总统接到参政院咨文，好似一服清凉散，把这盼望帝制的热心，安慰了许多，当命秘书员草定命令，颁布出来。有云：

> 参政院代行立法院，咨称：本院前据各直省各特别行政区域，内外蒙古、青海、回部、前后藏、满洲八旗公民、王公，暨京外商会、学会、华侨联合会等，一再请愿改革国体，当经本会开会议决，将请愿书八十三件，咨送政府，并建议根本解决之法，或提前召集国民会议，或另筹征求民意妥善办法。叠准大总统咨复，以国民会议议员复选报竣为期，以征求正确民意为准，以从宪法上解决为范围，具见大猷制治，精一执中，曷胜钦佩。而自本院咨送八十三件请愿书以后，复有全国请愿联合代表沈云霈等，全国商民冯麟霈，全国公民代表阿穆尔灵圭等，中国

回教俱进会，回族联合请愿团，暨回疆八部代表王常等，哈密、吐鲁番回部代表马吉符等，锡林果勒盟代表程承铎等，云南迤西各土司总代表邓汇源等，新疆、蒙、回全体王公代表，暨宁夏驻防满蒙代表杨增炳等，北京二十区市民董文铨等，北京社政进行会恽毓鼎等，南京学界丁伟东等，贵州总商会徐治涛等，筹安会代表杨度等，暨全国商会联合会蔚丰厚各处票商等，前后请愿前来，咸以为中国二千余年，以君主制度立国，人民心理，久定一尊，辛亥以后，改用共和，实于国情不适，以致人无固志，国本不安，诚由共和制度，元首以时更替，国家不能保长久之经划，人民不能定专一之趋向。兼之人希非分，祸机四伏，或数年一致乱，或数十年一致乱，拨乱尚且不遑，政治何由可望？南美、中美十余国，坐此扰攘，几无宁岁，而墨西哥为尤甚。四稔纷竞，五年相残，人民失业，伤亡遍地，前车之覆，可为殷鉴。

我国迭经变故，元气未复，国家政治，亟待进行，人民生计，亟待苏息，惟有速定君主立宪，以期长治久安，庶几法律与政治，互相维持，国基既以巩固，国势亦以振兴，全国人民，深思熟虑，无以易此。即外国之政治学问名家，亦多谓中国不适共和，惟宜君宪，足见人心所趋，即真理所在。全国人民，迫切呼吁，实见君主立宪，为救国良图，必宜从速解决，而国民会议，开会迟缓，且属决定宪法机关，国体未先决定，宪法何自发生？非迅速特立正大之机关，征求真确之民意，不足以定大计而立国本。再三陈请，众口一词。本院初以建议在前，复经大总统咨复，办法已定，不敢轻易变更。而舆论所归，呼吁相继，本院尊重民意，重付院议，佥谓兹事重大，自未便拘常法以求解决。

国家者，国民全体之国家也，民心之向背，为国体取舍之根本。惟民意既求从速决定，自当设法提前开议，以顺民意，与本院前次建议，所谓另筹妥善办法，以昭郑重者，实属同符。即与我大总统咨复，所谓国家根本大计，不得不格外审慎者，尤相脗合。谨按《约法》第一章第二条中华民国主权，本之国民全体，则国体之解决，实为最上之主权，即应本之国民之全体，兹议定名为国民代表大会，即以国员会议初选当选人为基础，选出国民代表，决定国体。似此则凡直省及特别区域，满、蒙、回、藏均有代表之人。征求民意之法，普及国民全体，以之决大计而定国本，庶可谓正大机关。而真确之民意，可得而见，较之国民会议为尤进也。兹据《约法》第三十一条之规定，于十月六日开会，议决国民代表大会组织法，经三读通过。现在全国人民，亟望国体解决，有迫不及待之势，相应抄录全案，并各请愿书，咨请大总统迅予宣布施行等因。除将代行立法院议定之国民代表大会组织法公布外，特此布告，咸使闻知。此令。

又令云：

参政院代行立法院，议定国民代表大会组织法，特公布之，此令。

这令一下，老袁已心满意足，料得皇帝一席，稳稳到手，便将民国四年的双十节，停止国庆纪念庆祝宴会；一面召梁士诒、江朝宗二人，入总统府秘密会议室，嘱咐了许多言语，叫他作为专使，即日去走一遭。两人唯唯听命，就去照办。看官道是何事？乃是令两人去逼清宫，撤去清帝名号，来做那袁皇帝的臣仆。第一出逼宫，早已演过，此时要演第二出了。

自隆裕皇太后病逝后，清宫里面，内事由瑾、瑜二太妃主持，外事由世续、奕劻、载沣等办理。宣统帝尚是幼年，除随着陆润庠、伊克坦等讲读汉、满文字外，无非踢皮球，滚铁圈，习那小孩子的玩意儿，晓得甚么大事；不过表面上存着帝号，满族故旧尚称他一声万岁。其实是宫廷荒草，荆棘铜驼，回首当年，已不胜黍离之感。袁氏若果明睿，试看清室模样，应亦灰心帝制。幸亏皇室经费，还得随时领取，聊免饥寒。不意梁士诒、江朝宗两人，一文一武，奉着袁氏的命令，竟来胁迫清室，逼他撤销帝号。世续接着与两人晤谈起来，世续依据优待条件，当然拒绝。恼动了江朝宗，竟用着威武手段，攘臂奋拳，似要赏他几个五分头，吓得世续倒退几步。还是梁士诒从旁解劝，教江朝宗不要莽撞，且请世续禀明两太妃，允否候复。财神脸总讨人欢。世续见梁士诒放宽一着，自然随声附和，说是禀过太妃，再行报命。两人方才回来，到总统府复旨。

老袁静待数日，不闻答复，正要遣原使催逼，忽见梁士诒报道："清庆王奕劻病殁了。"老袁道："何日逝世，我没有闻他生病，为何这般速死？"士诒道："闻他前日为废帝事件，入宫商议，大家哭做一团，想这老头儿伤心过甚，回家呕血，气竭身亡。"老袁道："莫非他拥护清室，不肯撤销帝号吗？"士诒道："他愿否撤销帝号，尚未曾探悉底细。"老袁道："我只教溥仪小子撤销帝号，并不要抄他老头儿家产，伤心甚么?”想是以己度人。士诒道：“这也怪他不得。”老袁道：“为甚么呢?”士诒道：“从前清帝退位，曾订有优待条件，说明清帝名号，仍不变更，今要他撤销帝号，未免有碍前约，帝号可废，将来各种条文，均恐无效，岂不要令他闷死吗。”老袁道：“天无二日，民无二王，我若为帝，难道溥仪尚得称帝么?”士诒道：“主子明鉴，天下事总须逐渐进行，现在令清室撤销帝号，不如令清室推戴主子，他既协同推戴，俟主子登了大宝，然后令他撤销帝号，那时名正言顺，还怕他反抗不成?”老袁闻言，不禁起座，抚士诒的右肩道：“你真是个智囊，赛过当年诸葛了。”士诒慌忙谢奖，几乎要磕下头去。老袁把他扶住，又密与语道：“这也要仗你去疏通呢。”士诒道：“敢不效力。”定策首功，要推此人。老袁又商及国民代表大会一事，士诒道：“这可令办理国民会议事务局，密电各省，指示选举及投票方法，定可全体一致，毋须过虑。”老袁点首，士诒乃退。

这办理国民会议事务局长，就是顾鳌，闻着这个消息，忙与梁士诒拟定秘密办法，禀明老袁，依次发电，通告各省将军巡按使，最关紧要的，约有数电，小子特摘录如下：

各省将军巡按使鉴：(中略) 查关于国民会议议员初选机宜，前经本局密电，申明办法，请转饬各初选监督照办在案，想各该初选监督，当能体会入微，善为运用。

目下情势，较前尤为紧要，应请贵监督迅即密饬所属各初选监督，对于该县之初选当选人，应负完全责任，尽可于未举行初选之前，先将有被选资格之人，详加考察，择其性行纯和，宗旨一贯，能就范围者，预拟为初选当选人，再将选举人设法指挥，妥为支配，果有窒碍难通，亦不妨隐加以无形之强制，庶几投票结果，均能听我驰驱。且将来选举国民代表，及选举国民会议议员，自可水到渠成，不烦缕解，此事实为宣布选举之最要关键，务希飞电各初选监督，慎密照办，其无通电地方，应即迅用密饬，加急星夜飞递，以免贻误。如实有赶办不及之处，即将初选酌量延期数日，亦无不可。倘或敷衍竣事，致令桀黠滥竽，则重咎所归，实在各该初选监督。再查国民代表选举，在各省系以各该最高级长官，会同监督之，此后凡关于国民代表选举事宜，如系军政同城，希即妥协密商办理，并饬知各该初选监督，一体遵照为要。

办理国民会议事务局印。

这道密电，已将选举方法指示明白。还有将《国民代表大会组织法》中有关运用各条，分别密示。开列如下： **445.**

（一）本法第一条所称国体请愿事件，以国民代表大会决定之等语。查此次国体请愿，其请愿书不下百起，请愿人遍于全国，已足征国民心理之所同，故此次所谓以国民代表大会决定云者，不过取正式之赞同，更无研究之隙地。将来投票决定，必须使各地代表，共同一致，主张改为君宪国体，而非以共和君主两种主义，听国民选择自由。故于选举投票之前，应由贵监督暗中物色可以代表此种民意之人，先事预备，并多方设法，使于投票时，得以当选，庶将来决定投票，不致参差。

（二）本法第二条，国民代表以记名单名投票法选举之，以得票比较多数者为当选等语。查此项代表，虽由各选举人选出，而实则先由贵监督认定。本条取记名单名主义，既以防选举人之支吾，且以重选举人之责任。惟既取多数当选主义，则必须先事筹维。贵监督应于投票之先，将所有选举人，就其所便，分为若干部分，随将预拟之被选举人，按各部分一一分配之，何部分选举何人，何人归何部分选举，均各于事前支配妥协，各专责成。更于投票时派员监视，更分别密列一单，密令照选，庶当选者，不致出我范围。

（三）本法第四条，各省各特别行政区域之代表，由国民会议各县选举会初选当选之复选选举人，及有复选被选资格者选举之等语。查本条所称复选选举人，与复选被选资格，实系两种资格，并非谓一人须兼有此两条件，本局曾于另电解释在案。本局之规定，其精神亦系为各监督留伸缩之微权。如果选举人报到甚少，不足以昭示大公，则由贵监督自行遴选合于复选被选资格之人，以充其数，庶决定投票日期，不致多所为难。

446.

（四）本法第十一条，所称届选举日期，就报到之选举人，由监督召集之，举行选举等语。查本条之规定，系因此次决定国体，事关国家大计，初选举行以后，即不可过为迟延，故届选举日期，只就报到之选举人召集投票，而不及员额之限制。且各选举人人数过少，各监督尚可援本法第十条后段之规定，以增其额数。惟形式上必须力求普遍，庶于此次设立国民代表大会之真意相符。

（五）本法第十二条，选举国民代表日期，由各监督定之等语。查此项选举，必须运动成熟，而后可以举行，预定时期，反多窒碍，故由各监督自定，以期伸缩自如。惟此项选举，事关国本，不能不力取整齐。若各省日期，过于悬绝，不特将来代行立法院咨行投票，难于汇综，而全国各匭，参差不齐，亦不足以聿新观听。应请贵监督将办理此事情形，随时电知本局，以便通盘筹酌，免误事机。特此电闻，即希查照。办理国民会议事务局印。

这时候的筹安会、联合请愿会，都已成为明日黄花，上下一心，专注意国民代表大会，就中最占势力的，要算梁财神。财神应到处欢迎。因联合请愿会及国民代表大会，统由他一力造成，所以他的一言一动，差不多是老袁代表。即如沈云霈、张镇芳、那彦图等，无一非附骥成名，时人称为十三太保，就是小子四十八回中所述，两派凑合的首领十三人。惟筹安六君子，除杨度、孙毓筠依附梁财神，尚有余焰外，余子已渐渐失势，就是筹安会门首，也没人过问，几可张罗。杨度看不过去，把“筹安会”三字的招牌取消了他，换了一个宪政协进会的牌号，悬将出来。大众厌故喜新，还道杨皙子多才多艺，又有甚么好法儿，免不得再去结好。后来探悉内容，仍是换汤不换药，自又掉转了头，从热闹中钻营去了。小子有诗叹道：

万恶都从无耻来，朝秦暮楚算多才。
如何鼎革维新后，尚集蝇蛆酿祸胎？

钻营自钻营，恬退自恬退，有好几个袁氏私交，不愿在帝制漩涡中，厮混过去，竟先后递呈辞职书。欲知姓甚名谁，俟至下回报闻。

国民代表大会，开手组织，即停止国庆日庆祝，并遣梁、江二人，至清宫迫除帝号，老袁岂自知死期将至，迫不及待，急欲窃帝号以自娱，如当日吴三桂之所为耶？庆亲王奕劻，为清室罪臣，即为袁氏功人，老袁闻其已死，绝不怜念，卖主者可援为殷鉴。本回虽随笔叙入，已可于言外见意。至梁财神之见识，尤高出老袁，袁不若新莽，而梁则过于刘歆，至若操纵选举，指示机宜，几欲令全国舆情，都入财神掌握。财神之才力，固可谓不弱矣，特无如天人之未与何也？

第五十一回　遇刺客险遭毒手 访名姝相见倾心

却说袁政府盛倡帝制，有几个老成练达的人物，料知帝制难成，先后递呈辞职书，出都自去。第一个便是李经羲，第二个便是赵尔巽，第三个便是张謇，这三位大老，统是袁氏老朋友，张謇与老袁，且有师弟关系，小子走笔至此，更不得不特别表明。忘师蔑友，越见得利令智昏。

袁总统世凯，籍隶项城，系前清河道总督袁甲三侄孙，侍郎保恒侄儿，父名保庆，也曾为江南道员。世凯少时，尝应童子试于陈州，府试考列前十名，到了院试，督学为瞿鸿禨，见他试文中不守绳墨，摈斥不录，世凯引为大恨。闻李鸿章总督直隶，即往投天津，执世家子礼，投刺进谒。李接见后，颇加赏识，给他差委。保恒得知消息，遂往见鸿章道："舍侄跅弛不羁，后恐败事，幸毋重用。"鸿章微哂道："尔何故轻觑尔侄？我看尔侄功名，将来定出尔我之上呢。"保恒乃退。两人所见。俱有特识。嗣是鸿章晤着世凯，奖励中兼寓劝勉，颇欲他陶冶成材，奈他是少年傲物，不肯就范。适吴军门长庆，驻师朝鲜，与袁氏向系世好，因此世凯复弃李投吴，吴又与语道："尔尚年少，应先读书，我幕府中多名士，尔可去问业，借聆教益。"世凯无奈，只好惟惟从命。

看官！你道吴幕中是何等名流？一是海门周家禄，一就是通州张謇。周见世凯文字，颇多奖词，独张謇不稍假借，批示从严。世凯又郁郁不乐。后来入跻显要，竟任直督，尝延周入幕，与张竟不通闻问。至清廷创议变法，世凯力请立宪。张乃致书与论宪政，始通款好。至是世凯为民国总统，张入任农商总长，新例上似分主辅，旧谊上总属师生。叙入袁张历史，具有关系。自从帝制风潮，日益澎湃，张却怀着旧交，入内规谏。偏偏忠言逆耳，反碰了一鼻子灰，那时无可恋栈，不如掉转了头，你走你的阳关道，我走我的独木桥，就是李经羲、赵尔巽

二人，也明知多言无益，索性归休。大家同一思想，遂密检行囊，混出京城，到了都门外面，方遣人赍送辞职书，婉言告别。只有国务卿徐世昌，一时不便脱身，权且挨延过去。

谁知都城里面的新闻，愈出愈奇，忽传段祺瑞有被刺情事，急遣人探听消息，回报段幸无恙，不过略受虚惊，所有刺客，也不知来历，无从究诘了。世昌暗暗点头，嗟叹不已。原来段祺瑞解职闲居，因恐为袁所忌，仍然留住都门，蛰伏不出。他素性向喜弈棋，除昼餐夜寝外，惟与一二知己，围棋消遣。某夕风雨凄清，旅居岑寂，他在书斋中兀坐，未免郁闷，随手就书架上，检出一本棋谱，借着灯光，留神展阅。约有一二小时，不觉疲倦起来，正思敛书就寝，忽听窗外的风声，愈加猛烈，灯焰也摇摇不定，几乎有吹灭形状，那门帘也无缘无故的揭起一角，仿佛有一条黑影，从隙窜入。说时迟，那时

快，他身边正备着手枪，急忙取出，对着这条黑影儿，扑的一响，这黑影儿却闪过一边，接连又是一响，那黑影儿竟向床下进去了。人耶？鬼耶？他至此反觉惊疑，亟捻大灯光，从门外唤进仆役，入室搜寻，四觅无人。又由他自掌洋灯，从床下一照，不瞧犹可，瞧着后，不禁猛呼道："有贼在此！"仆役等便七手八脚，向床下牵扯，好容易拖了出来，却是一个热血模糊的死尸，大家统乱叫道："怪极！怪极！"再从尸身上一搜，只有手枪一支，余无别物。祺瑞亦亲自过目，勉强按定了神，踌躇半晌，才语仆役道："拖出去罢，明晨去掩埋便了。"仆役不知就里，各絮语道："这个死尸，不是刺客，便是大盗，正宜报明军警，彻底查究为是。"祺瑞道："你们晓得甚么？现在的时势，多一事不如少一事，这死尸是为了金钱，甘心舍命，我今日还算大幸，不遭毒手。明晨找口棺木，把他掩埋，自然没事，倘有人问及，但说我家死了一仆，便好了结。大家各守秘密，格外加谨，此后有面生的人物，不许入门。如违我命，立加惩处，莫谓我无主仆情。"办法很是。仆役等方将死尸拖出院中，祺瑞申嘱仆役，不准多说，方携灯归寝去了。此夕想亦未必卧着。

翌日，仆役等奉命施行，舁出尸棺，就义冢旁掩埋了事。大家箝住了口，不敢多嘴。但天下事总不免走漏风声，段寓内出了此案，不消两三日，已传遍都中，惟刺客不知何人，从明眼人推测出来，已知他来历不小，暗地为段氏庆幸，且佩服段氏处置。段祺瑞经了此险，越发杜门谢客，遵时养晦，连几个围棋好友，也不甚往来了。过了数日，且托辞养病，趋至西山，觅室静处，不闻朝事。老袁还阴怀猜忌，密嘱爪牙，侦探他的行动。嗣闻他闭户独居，没甚变端，才稍稍放心。

惟山东将军靳云鹏，素附段氏，段既去职，靳失内援，遂南结江苏将军冯国璋，为自卫计。当时谣诼繁兴，竞说靳为段氏替身，冯靳相结，不啻冯段相联，渐渐地传入老袁耳中，于是忌段忌靳，并忌及冯。内饬长子袁克定，自练模范军，抵制段氏，外借换防为名，调陆军第四师第十师屯驻上海，第五师中的一旅，驻扎苏州；安武军的第一路，倪嗣冲属部。驻扎南京，无非是防冯为变，预加钤制的意思。防东不防西，仍是失着。

还有一位铁中铮铮的大人物，厕身参政，通变达权，惹起袁氏注目，日加疑忌，险些儿埋没英雄，坑死京中，这人非别，就是前云南都督蔡锷。绣幡开遥见英雄俺。锷自云南卸任，奉召入京，应三十六回。袁总统优礼有加，每日必召入府中，托言磋商要政，其实是防他为变，有意钤束。锷亦恐遭袁忌，自敛锋芒，每与老袁晤谈伪作呆钝，且自谓年轻望浅，阅历未深，除军学上略知一二外，余均茫昧，不识大体。老袁故意问难，锷亦假作失词，谁料老袁却善窥人意，暗地笑着，尝语左右道："松坡蔡锷字。的用心，也觉太苦了。古人说得好：'大智若愚，大巧若拙'，他想照此行事，自作愚拙，别人或被他瞒过，难道我亦受他蒙蔽么？"既是解人，何不推诚相与？左右凑趣道："谁人不愿富贵，但教大总统给他宠荣，哪一个不知恩报恩哩。"老袁点首无言，嗣是格外优待，迭予重职，初任为高等军事顾问，又兼政治会议议员及约法议员，更任将军府将军，继复为陆海军统率处办事员，又充全国经界局督办，并选为参政院参政。满拟把各项荣名，各种要任，笼络这滇南人杰。偏他是声色不动，随来随受，得了一官，也未尝加喜，添了一职，也未尝推辞，弄得袁总统莫明其妙。

一日，复召锷入府，语及帝制，锷即避座起立道："锷初意是赞成共和，及见南方二次革命，才知我国是不能无帝，当赣、宁平定后，锷已拟倡言君主，变更国体，因鉴着宋育仁已事，不敢发言，今元首既有此志，那正是极好的了，锷当首表赞成。”老袁听到此语，好似一服清凉散，吃得满身爽快，但转念蔡锷是革命要人，未必心口如一，乃出言诘锷道：“你的言语，果好作真么？如好作真，为甚么赣、宁起事，你尚欲出作调人，替他排解呢？”这一问颇是厉害。锷随口答道：“彼一时，此一时，那时锷僻处南方，离京很远，长江一带，多是民党势力范围，锷恐投鼠忌器，不得不尔，还乞元首原谅！”老袁听了，拈须微笑，随后与他说了数语，方才送客。这位聪明绝顶的蔡松坡，自经老袁一番诘问，也捏着一把冷汗，亏得随机答应，遮盖过去，免致临时为难。但羁身虎口，总未必安如泰山，归寓以后，满腹踌躇，自悔当时入京，未免卤莽，几不啻自投罗网，窜入阱中。况随身又带着家眷，若要微服脱逃，家眷势必遭害，左思右想，无可奈何，忽自言自语道：“呆了，呆了，孙膑遇着庞涓，足被刖了，还能脱身自由，我负着七尺壮躯，一些儿未曾亏缺，难道就不能避害么？”言毕，复想了一会，打定主意，方得安枕。

自此以后，遇着一班帝制派的人物，往往折节下交，起初与六君子十三太保等，统是落落难合，后来逐渐亲昵，反似彼此引为同调，连六君子十三太保也觉是错怪好人，自释前嫌，遂组织一个消闲会，每当公务闲暇，即凑合拢来，饮酒谈心。某夕，酒后耳热，大家乘着余兴，复谈起帝制来，蔡锷便附和道：“‘共和’两字，并非不良，不过我国人情，却不合共和。”说至此，即有一人接口道：“松坡兄！你今日方知‘共和’二字的利害么？”蔡锷闻声注视，并非别人，就是筹安会六君子的大头目，姓杨名度，表字晳子，再点姓名，令人记忆。当下应声道：“俗语有云：‘事非经过不知难’。蘧伯玉年至五十，才觉知非，似锷仅逾壮年，已知从前错误，自谓颇不弱古人，晳子兄何不见谅？”杨度又道：“你是梁任公的高足，他近日已做成一篇大文，力驳帝制，你却来赞成皇帝，这岂不是背师么？”借杨度口中，回应四十八回，且插叙梁蔡师生旧谊。蔡锷又笑应道：“师友是一样的人伦，从前晳子兄与梁先生，是保皇会同志，为甚么他驳帝制，你偏筹安，今日反将我诘责，我先要诘问老兄，谁是谁非？”以矛刺盾，巧于词令。杨度还欲与辩，却经旁座诸友替他两面解嘲，方彼此一笑而罢。

小子叙述至此，又不能不将梁、蔡两人，说明一段师生旧谊。原来蔡锷系湖南宝庆县人，原名艮寅，字松坡，髫年丧父，侍母苦读，十四入邑庠，旋至省城时务学校肄业。这时务学校，便是新会人梁启超所创办，梁见他聪慧能文，很加器重，他复喜读兵书，有志军学，尝自谓当学万人敌，不应于毛锥中讨生活。以此梁愈称赏，目为高弟。至戊戌变政，时务学校辍业，锷复借资往沪，就业南洋公学，毕业后，回至湖南，适唐才常遥应孙文，举义汉口，他颇与唐同志，竟去入党。不幸事机被泄，唐被逮戮，没奈何遁迹海外，径往东瀛。巧值梁在日本主撰新民丛报，闻高弟到来，殷勤接待，并为筹集学费，令入日本陆军学校。校中多中国人，半系膏粱子弟，见他衣服陋劣，均嗤为窭人子，他亦不屑与较，惟一意求学。嗣是益通战术，到了卒业以后，复航海西归，闻前时唐氏案中，未被株连，遂放着胆趋至广西，投效戎行，得为下级军官，历著成绩。时李经羲正巡抚广西，调入抚署，一见倾心，即任为军事参谋，兼练军学堂总办。一切筹划，无不建功。嗣随李调任云南，就新军协统的职任。云南起义，因大众公推，进为都督，送李出省，临别依依。蔡松坡有再造共和之功，故补述履历，应亦从详。

此次杨度诘问，尚是未释疑团，经他从容辩驳，反觉他理直气壮，无瑕可指。惟杨度尚是未服，慢慢的检出一张纸儿，递给蔡锷道："你既赞成帝制，应该向上头请愿，何不签个大名？"蔡锷接过一看，乃是一张请愿书，便道："我在总统面前，已是请愿过了，你要我签个名儿，有何不可？"遂趋至文案旁，提起湖南毛笔，信手一挥，写了"蔡锷"两字，又签好了押，还交杨度，大家见他这般直爽，争推他是识时俊杰，夸奖一番。是乃不入耳之谈。蔡锷复道："锷是一介武夫，素性粗鲁，做到哪里，便是哪里，不似诸君子思深虑远，一方面歌功颂德，一方面忧谗畏讥，反被人家笑作女儿腔，有些儿扭扭捏捏呢。"奚落得妙。杨度道："你何苦学那刘四，无故骂人，你既不喜这女儿腔，为何也眷恋着小凤仙呢？"点出小凤仙，叙笔不直。

大众闻了"小凤仙"三字，多有些惊异起来，正欲转问杨度，但听蔡锷回应道："小凤仙么？我也不必讳言，现在京中的八大胡同，车马喧阗，昼夜不绝，无论名公巨卿，统借它为消遣地，就是今日在座诸公，恐也没一个不去过的。但我去赏识小凤仙，也是比众不同，小凤仙的脾气，人家说她不合时宜，其实她也是呆头呆脑，不惯作妓女腔，与人不合，与我却情性相投，所以我独爱她呢。"杨度笑着道："这叫做情人眼里出西施哩。"大众道："看不出这位松坡兄，也去管领花丛，领略那温柔滋味。"蔡锷也微笑道："人情毕竟相同，譬如诸公赞成帝制，我也自然从众。古圣有言：'好德如好色。'难道诸公好去猎艳，独不许我蔡锷结识一妓么？"对杨度言如彼，对大众言如此，绝妙口才。大众复道："准你，准你，但你既赏识名姝，应该作一东道主，公请一杯喜酒。"语未毕，杨度又接口道："应设两席，一是喜酒，一是罚酒。"蔡锷道："如何要罚？"杨度道："行动秘密，有碍大公，该罚不该罚？"蔡锷道："'秘密'二字，太言重了，难道我去挟妓，定要向尊处请训。况你已经得知，如何算得秘密？不如缓一两天，公请一席罢。"大众拍手赞成，是时酒兴已阑，杯盘狼藉，便陆续离席，次第散归。

看官！欲知小凤仙的情由，小子正好乘间一叙。小凤仙是浙江钱塘县人，流寓京师，堕入妓籍，隶属陕西巷云吉班，相貌不过中姿，性情却是孤傲，所过人一筹的本领，是粗通翰墨，喜缀歌词，尤生成一双慧眼，能辨别狎客才华，都中人士，或称她为侠妓。蔡锷软禁京都，正具醇酒妇人计策，破掉那袁政府的疑心，既闻小凤仙侠名，遂易服为商贾装，至云吉班探访。小凤仙出来相见，便识他为非常人，略略应酬，即询及职业。蔡锷诡言业商，小凤仙嫣然道："休得相欺，奴自坠入火坑，接客有年，未尝有丰采似君，令人钦仰，今日可谓仅见斯人了。"几不亚梁红玉。蔡锷道："都门繁盛，游客众多，王公大臣，不知凡几，公子王孙，不知凡几，名士才子，不知凡几，我贵不及他，美不及他，才不及他，怎得谓仅见斯人？"凤仙摇首道："如君所言，均非奴意。试思举国委靡，国将不国，贵乎何有？美乎何有？才乎何有？奴独重君，因君面目中有英雄气，不似那寻常人士，醉生梦死呢。"妓寮中有此特色，不愧仙名。蔡锷闻言，暗暗称奇，但恐为袁氏指使，未便实告，只好支吾对付。小凤仙竟叹息道："细观君态，外似欢娱，内怀郁结，奴虽女流，倘蒙不弃，或得为君解忧，休视奴为青楼贱物呢。"蔡锷非常激赏，但初次相见，究未敢表示真相，经小凤仙安排小酌，陪饮数觥，乃起座周行，但见妆台古雅，绮阁清华，湘帘髹几，天然美好，回睹红颜，虽未甚妩媚动人，却另具一种慧秀态度，会被小凤仙瞧着，迎眸一笑，蔡锷颇难以为情，掉转头来，旁顾箱箧上面，庋阁卷轴，堆积如山，信手展阅，多是文士赠联，乃指小凤仙道："联对如许，何联足当卿意？"小凤仙道："奴略谙文字，未通三昧。但觉赠联中多是泛词，不甚切合，君系当世英雄，不知肯赏我一联否？"蔡锷慨允不辞。当由小凤仙取出宣纸，磨墨濡毫，随即镇纸下笔，挥染云烟，须臾即写好一联，但见联语云：

不信美人终薄命，古来侠女出风尘。

小凤仙瞧这一联，很是喜慰，便连声赞好；且云"美人侠女"四字，未免过誉。蔡锷不与多说，随署上款，写了"凤仙女史粲正"六字，再署下款。凤仙忙摇手道："且慢！奴有话说。"蔡锷停住了笔，听她道来。究竟凤仙所说何词，且至下回分解。

段祺瑞为袁氏心腹，相知有年，徒以帝制之反抗，至欲置诸死地，刺客之遣，非袁氏使之，谁使之欤？本回所述，虽未明言主使，而寓意自在言中，段氏之不遭毒手，正老天之使袁自省耳。袁氏不悟，复忌及蔡锷，杀之不能，乃欲豢之，豢之不足，乃更宠之。曾亦思自古英雄，岂宠豢所得羁縻乎？徒见其心劳日拙而已。然如蔡锷之身处漩涡，不惜自污，以求有济，亦可谓苦心孤诣，而小凤仙之附名而显，尤足为红粉生色。巾帼中有是人，已为难得，妓寮中有是人，尤觉罕闻。据事并书，所以愧都下士云。

第五十二回　伪交欢挟妓侑宴
假反目遣眷还乡

却说蔡锷停住了笔，静听小凤仙的话儿。小凤仙却从容道："上款蒙署及贱名，下款须实署尊号。彼此溷迹都门，虽贵贱悬殊，究非朝廷钦犯，何必隐姓埋名，效那鬼蜮的行径。大丈夫行事当磊磊落落，若疑我有歹心，天日在上，应加诛殛。"袁皇帝专知罚咒，凤儿莫非学来。蔡锷乃署名松坡，掷笔案上。小凤仙用手支颐，想了一会，竟触悟道："公莫非蔡都督么？"蔡锷默然。小凤仙道："我的眸子，还算不弱，否则几为公所绐。但都门系龌龊地方，公何为轻身到此？"蔡锷惊异道："这话错了，现在袁总统要做皇帝，哪一个不想攀龙附凤，图些功名？就是女界中也组织请愿团，甚么安静生，甚么花元春，统趁势出点风头，我为你计，也好附入请愿团，借沐光荣，为甚么甘落人后呢？"小凤仙嗤地一笑，退至几旁，竟尔坐下。蔡锷又道："我说如何？"小凤仙却正色道："你们大人先生，应该攀龙附凤，似奴命薄，想甚么意外光荣，公且休说，免得肉麻。”蔡锷又道：“你难道不赞成帝制么？”小凤仙道：“帝制不帝制，与奴无涉，但问公一言，三国时候的曹阿瞒，人品何如？”蔡锷道：“也是个乱世英雄。”小凤仙瞅着一眼道：“你去做那华歆、荀彧罢，我的妆阁中，不配你立足。”锦心绣口，令人拜倒。蔡锷道：“你要下逐客令了，我便去休。”言毕，即挺身出外。小凤仙也不再挽留，任他自去。蔡锷返寓后，默思：烟花队中，却有这般解人，真足令人钦服；我此次入京，总算不虚行了。

过了两天，又乘着日昃时候，往访小凤仙，凤仙见了，却故作嗔容道：“你何不去做华歆、荀彧，却又到这里来？”蔡锷道：“华歆呢，荀彧呢，自有他人去做，恐尚轮我不着。”小凤仙又道：“并不是轮你不着，只恐你不屑去做，你也不用瞒我呢。”可见上文所述，都是以假对假。蔡锷笑着道：“我也曾请愿过了，恐你又要讥我为华歆、荀彧呢。”小凤仙道：“英雄作事，令人难测，今日为华歆、荀彧，安知他日不为陈琳？”蔡锷一听，不由得发怔起来。小凤仙还他一笑道：“奴性粗直，挺撞贵人，休得见怪。”蔡锷道：“我不怪你，但怪老天既生了你，又生你这般慧眼，这般慧舌，这般慧心，为何坠入平康，做此卖笑生涯？”言至此，但见英宇轩爽的女张仪，忽变了玉容寂寞的杨玉环，转瞬间垂眉低首，珠泪莹莹。蔡锷睹此情状，不禁嗟叹道：“好个梁红玉，恨乏韩蕲王。”小凤仙哽噎道：“蕲王尚有，恨奴不能及梁红玉。”说到“玉”字，已是泣不成声，竟用几作枕，呜呜咽咽地哭起来了。感激涕零，宜作松坡知己。蔡锷被她一哭，也觉得无限感喟，陪了几点英雄泪。

凑巧鸨母捧茗进来，还疑是凤仙又发脾气，与客斗嘴，连忙放开笑脸，向锷说道：“我家这凤儿，就是这副脾气不好，还望贵客包涵。”口里说着，那双白果眼睛，尽管骨碌碌的看那蔡锷上下不住。无非是要银钱。蔡锷窥透肺肝，便道：“你不要来管我们。”一面说，一面已从袋中取出一个皮夹，就皮夹内检出几张钞票，递给鸨母道：“统共是一百元，今天费你的心，随便办几个小碟儿，搬将进来，我就在此夜餐，明天我要请客，你可替我办一盛席，这洋钱即可使用哩。”鸨母见了钞币，好似苍蝇叮血一般，况他初次出手，便是百元，正是一个极好的主顾，便接连道谢，欢天喜地地去了。

此时小凤仙已住了哭，把手帕儿揩干眼泪，且对着蔡锷道：“你明日要请何人？”蔡锷约略说了几个，小凤仙道：“好几个有名阔佬，可惜……可惜！”蔡锷道：“可惜甚么？”小凤仙道：“可惜我不配做当家奴。”蔡锷道：“我有我的用意，你若是我的知己，休要使着性子。”小凤仙不待说完，便道：“这便是我们该死，无论何等样人，总要出去招接。”说至此，眼圈儿又是一红。蔡锷道：“不必说了，我若得志，总当为你设法。”小凤仙又用帕拭泪道：“不知能否有这一日？我只好日夜祷祝哩。”蔡锷正欲问她履历，适鸨母已搬进酒肴，很是丰盛，鸨母又随了进来，装着一副涎皮脸儿，来与蔡锷絮聒，一面且谆嘱凤仙道：“你也有十六七岁了，怎么尽管似小孩子，忽笑忽哭，与人呕气。”小凤仙听到此语，就溜了蔡锷两眼。蔡锷便向鸨母道：“你不要替她担愁，你有事尽管出去，不必在此费神。”鸨母恐蔡锷惹厌，乃不敢多嘴，转身自去。到了门外，尚遥语小凤仙道：“你要殷勤些方好哩，休得慢客，若缺少甚么菜蔬，只管招呼便是了。”无非是钞票的好处。

小凤仙应了数声。蔡锷待她去远，竟屏退侍儿，立起身来，把门阖住。小凤仙道：“关了门儿，成甚么样？”蔡锷随答道："闭门推出窗前月，吩咐梅花自主张。"于是两人对酌，小语喁喁，复由蔡锷问及小凤仙履历，凤仙自言本良家子，因父被仇人陷害，乃致倾家破产，鬻己为奴，辗转入勾栏。起初负着志气，不肯接客，经鸨母再三胁迫，方与鸨母订约，客由自择，每月以若干金奉母。鸨母拗她不过，乃任她所为。不过随时监督，偶或月金不足，才与她唠叨数语罢了。小凤仙述毕，又不知流了若干泪珠，后复转询蔡锷意旨。蔡锷道："来日方长，慢慢儿总好说明。"小凤仙懊恼起来，竟勃然变色道："公尚疑我么！"语甫毕，竟忍痛一咬，嚼舌出血，喷出席上道："奴若泄君秘密，有如此血。"仿佛《花月痕》中的秋痕。蔡锷道："这又是何苦呢。我已知卿的真诚了，但属垣有耳，容待后言。"小凤仙乃徐徐点首，待至酒兴已阑，方由小凤仙启门，叫进两碗稀饭，蔡锷喝了几口，即便放下，当由侍儿绞给手巾，揩过了脸，随身掏出计时表仔细一阅道："时不早了，我要回寓哩。"小凤仙慨然道："儿女情肠，容易消磨壮志，我也不留你了。"至理名言，不意出于妓女。蔡锷道："明日复要相见哩。"小凤仙向他点头，锷即出门去了。

次日傍晚，又复到云吉班，由小凤仙接着，即问酒席有无备就，小凤仙道："已预备停当了，敢问贵客可邀齐否？"蔡锷道："即刻就来。"小凤仙即令鸨奴等整设桌椅，办齐杯箸，一刹那间，电灯放光，四壁荧荧，外面已有车马声蹴踏而来。蔡锷料知客至，正要出迎，但听得一人朗声道："松坡，你真是个诚实的君子，今宵践言设席哩。"蔡锷望将过去，乃是参政同僚顾鳌，便答道："巨六兄！你首先到来，也是全信，也好算一个诚实人哩。"语毕，便导引入室。小凤仙也出来应酬，顾鳌正要称赏，接连便是杨度、孙毓筠、胡瑛、阮忠枢、夏寿田等数人，陆续报到，由蔡锷一一导入。

杨度见了小凤仙，眼睁睁地看了一会儿，小凤仙反不好意思起来，只望蔡锷身边，闪将过去。蔡锷也已觉着，笑语杨度道："你想是认错了，这是小凤仙，不是小赛花。"阮忠枢即插嘴道："人家已吃醋了，皙子还要眈眈似贼，作甚么呢？"杨度方转向忠枢道："不信这个俏女郎，偏能笼络大蔡做一个臧文仲，真是匪夷所思。"蔡锷道："狗口里无象牙，你何为被小赛花所迷，演出一出《穆柯寨》？"插入谐语，随笔成趣。胡瑛道："我等是来吃喜酒，并不是来讨便宜，大家省说几句，还是事归正传为是。"于是相将入座。蔡锷随道："梁公为了何事，到此时还不见来？"杨度笑道："想是赴海龙王处借宝去了。"话未说完，外面已有人传入道，梁大人到了。财神爷到来，应另具一番笔墨。蔡锷忙自出迎。大家亦一律起座，但见硕大无朋的梁财神，大摇大摆地踱将进来，脸上已含着三分酒意，对着诸人道："我与敝友谈心，多饮几杯，累得诸君久待，抱歉异常。"大家都谦词相答。因台面已经摆齐，遂公推梁士诒坐了首席，财神居首，煞有寓意。余人依齿坐定，蔡锷乃坐了主席，招呼龟奴，呈上局票。各人都依着熟识的名妓，写入票中，独杨度握住了笔，想了一会，大家都道："皙子敢是怕羞，为何不写小赛花？"杨度不睬，随下笔写一"花"字，大众又道："写错了，写错了，'花'字在下，为何翻转头来？"正说着，杨度已接写"元春"二字。大众又道："这是袁大公子的禁脔，花界请愿团的首领，哪肯轻易到来？"杨度道："我去叫她，自然就来。"蔡锷亦凑趣道："元春不至，怎显得这位杨大人？"一是筹安会的领袖，一是请愿团的领袖，彼此同志，应当就征。待至列坐写齐，方交与龟奴，随票征召去了。

小凤仙即携着酒壶，各斟一杯状元红。梁财神发言道：“我等在此吃喜酒，恐蔡夫人又在寓吃冷醋，我却要请教松坡，如何调停？”暗映后文。杨度道：“这又是松坡的故事了，我也微闻一二。”蔡锷道：“男儿作事，宁畏妇人？”梁财神道：“这也休说！对着外面如此硬朗，一入闺中，恐闻了狮吼，便弄得没主张，或转向床前作矮人呢。”蔡锷愤然道：“梁公且看！我不是这般庸懦，已准备与她离婚。”顾鳌道：“你是结发夫妻，为甚么无缘无故，说起离婚两字来？若归我判断，简直不准。”胡瑛复插入道：“列位同来贺喜，为何说这扫兴话？且蔡君新得美人，正是燕尔的时候，我们应猜拳吃酒，贺他数杯呢。”孙毓筠、夏寿田等齐声赞成，遂由胡瑛开手，与蔡锷猜了数拳。余人挨次轮流，互有输赢。

刚刚轮完，只听门帘一响，走进了好几个粉头，各打扮得异样鲜妍，仿佛如花枝儿一般，钗光鬓影，脂馥粉香，正是目不胜接，鼻不胜闻。各粉头均依着相识，在后坐下，独杨度所叫的花元春还是未到。蔡锷笑道：“这花姑娘想又请愿去了，皙子今日恐要倒霉呢。”杨度道：“想不至此。”胡瑛道：“还不如再行猜拳，既贺了蔡松坡，也须续贺凤姑娘。况她的姊妹们，来此不少，何不叫她敬酒呢？”小凤仙连忙推辞，胡瑛不从，当更摆好台杯，令各粉头猜拳。顿时呼五喝六，一片清脆声，振彻耳鼓，钗钏亦激得铿锵可听。小凤仙输了几拳，饮得两颊生红，盈盈春色，蔡锷恐她不胜酒力，便语小凤仙道：“你素不善饮，我与你代几杯罢。”梁财神接口道：“不准，不准。”说着时，外面已报“花小姐到了”。足见声价。杨度喜慰非常，几欲出座欢迎，大众也注目门外，但见一个很时髦的丽姝，大踏步跨进门槛，见首席坐着梁财神，便先踱至梁座旁，略弯柳腰，微微一笑道：“有事来迟，幸勿见罪。”不向杨座前道歉，独至梁座前告罪，写尽妓女势利。梁亦拈须一笑，她乃慢慢的走至杨度身旁，倚肩坐下。杨度笑问道：“你有甚么贵干？”元春即接口道：“无非为着请愿事，与姊妹们续议进行，若非你来召我，我简直要告假呢。”杨度闻了此言，似觉得格外荣宠，连面上都奕奕有光。大家听了“请愿”二字，又讲到帝制上去，如何推戴，如何筹备，各谈得津津有味。蔡锷也附和了数语。孙毓筠向杨度道：“我等拳已轮遍，只有花小姐未曾轮过了。”杨度道：“阿哟，我几忘记了。”一心佐命，怪不得他失记。花元春却也见机，便伸出玉手，与全席猜了一个通关，复与小凤仙猜了数拳，略憩片刻，便起身告辞，竟自去了。梁财神目送道：“怪不得她这样身价，将来要备选青宫。应四十九回。今日到此，想还是皙子乞求来的。”杨度把脸一红，只托言酒已醉了。蔡锷随招呼进饭，一面令小凤仙斟酒一巡，算是最后的敬礼。大众饮干了酒，饭已搬入，彼此随意吃了半碗，当即散座。有洗脸的，有吸烟的，又混乱了一阵，各粉头陆续归去。自梁财神以下，也依次告归。

蔡锷一一送出，仍返至小凤仙室中。小凤仙道：“这等大人先生，有几个含着国家思想，令我也不胜杞忧哩。”蔡锷道：“天下兴亡，匹夫有责，这为我辈男子说的，与汝等何干？”小凤仙正色道：“我辈与汝辈何异？你莫非存着男女的界限，贵贱的等级么？但我闻现在世界，人人讲平等，说大同，既云平等，还有甚么男女的界限？既云大同，还有甚么贵贱的等级？你曾做过民国都督，岂尚未明此理？真正可笑。”蔡锷笑道：“算我又说错了，又被你指斥哩。”言毕欲行，小凤仙道：“夜已深了，不如在此权宿一宵。”蔡锷道：“我不如回去的好。”

正要出房，那鸨母已抢入道："我有眼无珠，不识这位蔡大人，现问明蔡大人的车夫，方才知晓，现已将车夫打发回去，定要蔡大人委屈一夜呢。"应上文蔡锷乔装。言至此，便将蔡锷苦苦拦住，锷乃返身入房，鸨母随入，向小凤仙道："你也瞒得我好，今日贵客到临，我才料这位大人，不在人下，亏得问明车夫，方知来历。凤仙，我今年正月中，与你算命，曾说你是有贵人值年，不意竟应着这位蔡大人身上呢。"蔡锷对她一笑，她复接连是大人长，大人短，说个不了，惹得蔡锷讨厌，便道："我就在此借宿，劳你费心一日，差不多到两句钟了，请去安睡罢！"鸨母乃去。未几，即令龟奴搬入点心数色，蔡锷复道："我已饱了，你们尽管去睡罢！"龟奴去后，小凤仙掩户整衾，不消细说，这一夜间，两人密叙志愿，共倾肺腑，锦帐绾同心之蒂，红绡证啮臂之盟，苏小小得遇知音，关盼盼甘殉志士，这真所谓佳话千秋了。

且说蔡锷自结识小凤仙，时常至云吉班戏游，连一切公务，都搁置起来。袁氏左右免不得通报老袁，袁总统叹道："松坡果乐此不倦，我也可高枕无忧，但恐醉翁之意不在酒，只借此过渡，瞒人耳目呢。"适长子克定在侧，即向他嘱咐道："闻他与杨晳子等日事征逐，你等或遇着了他，不妨与他周旋，从旁窥察。此人智勇深沉，恐未必真为我用，我却很觉担忧呢。"枭雄见识，确是高人一筹。克定惟惟从命。老袁又密遣得力侦探，随着蔡锷，每日行止，必向总统府报告。蔡锷早已觉着，索性花天酒地，闹个不休。并且与梁士诒商量，拟购一大厦，为藏娇计。凑巧前清某侍郎，赋闲已久，将挈眷返里，愿将住屋出售，梁即代为介绍，由锷出资购就。侍郎已去，锷即庀工鸠材，从事修葺，并索梁第的花园格式，作为模范，日夜监工，孳孳不倦。梁士诒密告老袁，老袁尚疑信参半，防闲仍然未懈。蔡锷乃再设一法，与娘子军商议密谋。

看官可记得上文离婚的说话么？蔡夫人吃醋一语，不过是梁士诒戏言，蔡锷竟直认不讳，且云已准备离婚。其实蔡夫人并非妒妇，不过因蔡锷溷迹勾栏，劝他保身要紧，不应征逐花丛。锷佯为不从，与妻反目，蔡夫人却也不解，还是再三规劝。锷越发负气，简直是要与决裂。蔡夫人不敢违抗，只好向隅暗泣，自嗟薄命。

一夕，蔡锷归寓，已过夜半，仆役等统入睡乡。只有夫人候着，锷一进门，酒气醺醺，令人难受。他夫人忍耐不住，又婉语道："'酒色'二字，最足戕性，幸君留意，毋过沉溺。"蔡锷道："你又来絮聒了，我明日决与你离婚。"夫人涕泣道："君为何人？乃屡言离婚么？妾虽愚昧，颇明大义，岂不知嫁夫随夫，从一而终？况君尚没有三妻四妾，妾亦何必怀妒，不过因君体欠强，当知为国自爱，大丈夫应建功立业，贻名后世，怎好到酒色场中，坐销壮志呢。"好夫人。蔡锷听了，不禁点首。随即出室四瞧，已是寂静得很，毫无声息，乃入室闭户，与夫人并坐，附耳密语，约莫有一两刻钟，夫人哑然失笑道："我不会唱新剧，奈何教我作伪腔？"蔡锷道："我知卿诚实，所以前次龃龉，不得不这般做作。现在事已急了，若非与卿明言，卿真要怪我薄幸。试想我蔡锷辛苦半生，赖卿内助，得有今日，岂肯平白地将你抛弃？不过卿一妇人，尚知为国，我难道转不如卿么？且醇酒妇人，无非为了此着，还乞卿卿原谅！"夫人道："至亲莫若夫妇，你至今日，才自表明，你亦未免太小心了。古人云：'出家从夫。'妾怎得不从君计？"不愧为蔡氏妇。蔡锷起座，向夫人作了一揖，夫人道："你又要做作了。"是夜枕席谈心，格外亲昵，彼此统嘱咐珍重，才入黑甜。

翌晨，蔡锷起来，盥洗已毕，即乘车赴经界局，召集属吏，议派员分至各省，调查界线，草议就绪，略进早膳，复赶车至总统府，投刺求见。侍官答言总统未起，锷故意作懊丧状，且语侍官道："我有要事面陈，倘总统起来，即烦禀报，请立传电话，召我到来。"传官应诺，锷乃自去。既而老袁起床，侍官自然照禀，老袁即命达电话，传至蔡寓。忽得回报云："蔡将军与夫人殴打，捣毁什物不少，一时不便进言，只好少缓须臾。"老袁闻这消息，正在怀疑，可巧王揖唐、朱启钤进谒，即与语道："松坡简直同小孩子一般，怎么同女眷屡次吵闹。汝两人可速往排解，问明情由。"

王、朱二人奉命，径诣蔡宅，但见蔡锷正握拳舒爪，切齿痛骂。蔡夫人披发卧地，满面泪痕，室中所陈品物，均已掷毁地上，破碎不全。装得真像。他二人趋入，婉言劝解，蔡锷尚怒气未平，向着二人道："我家直闹得不像了，二公休要见笑！试想八大胡同中，名公巨卿，足迹盈途，我不过忙里偷闲，到云吉班中去了几次，这个不贤的妇人，一天到晚，与我争论，今日更用起武来，敲桌打凳，毁坏物件，真正可恶得很，我定要收拾这婆娘，方泄此恨。"说至此，尚欲进殴夫人。王、朱二人慌忙拦阻，且道："夫妻斗嘴，是寻常小事，为何斗成这种样儿？松坡！你也应忍耐些，就是尊夫人稍有烦言，好听则听，听不过去，便假作痴聋便了，如何与妇女同样见识？"随语蔡寓婢媪道："快扶起你太太来。"婢媪等方走近搀扶，蔡夫人勉强起来，带哭带语道："两位大人到此，与妾做一证人，妾随了他已一二十年，十分中总有几分不错，谁料他竟这般反脸无情？况妾并不要甚么好吃，甚么好穿，不过因他沉溺勾栏，略略劝诫，他竟宠爱几个粉头，要将妾活活打死，好教那恩爱佳人，进来享福！两公试想，他应该不应该呢？”两人口吻似绘，想都就床第中预备了来。王揖唐忙摇手道：“蔡夫人，你亦好少说两句罢。”蔡夫人道：“我已被他尽情痛殴，身上已受巨创，看来我在此地，总要被他打死，不如令我回籍，放条生路。况他朝言离婚，暮言离婚，他是不顾脸面，我却还要几分廉耻，今日我便回去，免得做他眼中钉。”言已，呜咽不绝。

王、朱两人仔细审视，果见她面目青肿，且间有血痕，也代为叹息。一面令婢媪搀进蔡夫人，一面复劝解蔡锷。蔡锷只是摇头，朱启钤道：“家庭琐事，我辈本不便与闻，但既目睹此状，也不应袖手旁观。松坡！你既与尊阃失和，暂时不便同居，不如令她回去。但结发夫妻，总要顾点旧情，赡养费是万不可少呢。”是教你说出此语。蔡锷方道：“如公所言，怎敢不遵？
468. 这是便宜了这婆娘。”朱启钤还欲答言，只听里面复说着道：“我今日就要回去哩。”蔡锷愤愤道：“就是此刻，何如？”里面复答应道：“此刻也是不难。”蔡锷即从怀中取出钞票数纸，交与一仆道：“你就送这泼妇去罢！这钞票可作川资。”王揖唐道：“女眷出门，应有一番收拾，不比我们要走便走，你且听她。总统召你进府，你快与我同去。”蔡锷又故作懊丧道：“我为了这泼妇，竟失记此事了。”言毕，即偕二人出门，各自乘车，径至总统府去了。蔡夫人乘这时候，草草整装，带了仆妇数名，出都南下。小子有诗咏蔡锷的妙计道：

一枰下子且争先，况复机谋策万全。
身未离都家已徙，好教脱壳作金蝉。

蔡夫人既去，不必再表，下回且将蔡锷谒见老袁事，续叙出来。

本回全为蔡锷写照，即写小凤仙处，亦无非为蔡锷作衬。小凤仙一弱妓耳，宁真有如此慧眼，如此细心？况蔡锷怀着秘谋，对于一二十年之结发妇，尚且讳莫如深，直待遣归时始行吐露，岂仅晤二三次之小凤仙，反沥肝披胆，无隐不宣乎？著书人如此说法，实借小凤仙，以显蔡锷，且托小凤仙以讥劝进诸人，中间插入请客一段，并非无端烘染，至遣归蔡夫人一事，尤为真实不虚。

文生情耶？情生文耶？阅至此，令人击节称赏。

历朝通俗演义

民國通俗演義

蔡东藩◎著

中册

中共中央党校出版社

第五十三回　五公使警告外交部
两刺客击毙镇守官

却说蔡锷至总统府，当由朱、王二人，先行入报，并谈及蔡寓情形。袁总统道："我道他有干练才，可与办国家大事，谁知他尚未能治家呢。"慢着，你也未必能治家。当下传见蔡锷，锷入谒后，老袁也不去问他家事，但云："早晨进来，我尚未起，究竟为甚么事件，须待商议？"锷即以各省界划，亟待派员调查，应请大总统简派等情。老袁道："我道是何等重事，若为了经界事件，你不妨拟定数员，由我过印，便好派去。"锷乃应诺。老袁又顾及王、朱二人道："国民代表大会，究若何了？"朱启钤道："近接各省来电，筹备选举投票，已有端倪，不日当可蒇事了。"老袁又道："近省当容易了事，远省恐一时难了呢。"言已，向蔡锷注视半晌，王揖唐已从旁窥着，便道："省份最远，莫如滇南，松坡在滇有年，且与唐、任诸人素称莫逆，何勿致书一催，叫他赶办呢。"蔡锷便接着道："正是，锷即去发一密电，催他便了。"老袁道："闻上海的亚细亚报馆，屡有人抛掷炸弹，馆中人役，有炸死的，有击伤的，分明是乱党横行，扰害治安，实在要严行缉办，尽力芟除方好哩。”杀不尽的乱党，为之奈何。王揖唐道：“该报馆内总主笔薛子奇，曾有急电传来，该报于十月十日出版，次日晚间，即发生炸弹案，被炸毙命，共有三人，击伤约四五人，亏得没有重要人物。近日又发现二次炸弹，幸无伤害。该报馆日夕加防，中外巡捕，分站如林，想从此可免他虑呢。”亚细亚报馆炸弹案，借此略略叙过。老袁又道：“上海各报，对着帝制问题，不知若何说法？”王揖唐道：“闻各报也赞成帝制，并没有甚么异论呢。”老袁拈着须道：“人心如此，天命攸归，乱党其奈我何呢？”仿佛新莽。蔡锷听不下去，只托言出外发电，先行辞退。朱、王二人又颂扬数语，随即告辞。

蔡锷既出总统府，忙到电局中发一密电，拍致云南将军唐继尧及巡按任可澄两人，文中说是：“帝制将成，速即筹备”八字。这八字所寓的意思，是叫唐、任筹备兵力，并不是筹备选举，看官不要误会。只当时蔡锷发电，是奉袁氏命令，侦吏自然不去检查，况只说“筹备”二字，语意含糊得很，就使被人察觉，也没甚妨碍，自密电发出后，匆匆归寓，特嘱妥人王伯群密诣云南，叫他面达唐、任，速即备兵举义，自己当即日来滇，赞助独立等语。伯群去后，他稍稍放下了心，专意伺隙出都，事且慢表。

且说国务卿徐世昌，见袁总统一意为帝，始终不悟，意欲继李经羲、张謇诸人的后尘，洁身出京，免为世诟。但恐老袁猜忌太深，疑有他志，反为不妙，因此于无法中想了一法，借着“老病”二字，作为话柄，向袁请假。袁总统不得不准，且命他出赴天津，静养数天，俟旧病全愈，再行来京供职。这数语正中徐氏心怀，乐得脱离秽浊，去做几口闲散的人物。袁氏之命徐赴津，恐其联段为变，否则何必替他择地。这国务卿的职务，遂命陆征祥兼代。陆本是个好好先生，袁总统叫做什么，他也便做什么。过了两三天，又由总统府中，派委董康、蔡宝善、麦秩严、夏寅官、傅增湘等，稽查国民代表选举事务，一面催促各省，速定选举代表投票日期，及决定国体投票日期。当时函电纷驰，内出外入，无非是强奸民意的办法。董康、蔡宝善等，且因各省复报投票期间，迟速不一，复商令办理国民会议事务局，电咨各省，限定两次投票期间，自十月二十八日起，至十一月二十日止，不得延误。至最关紧要的又有两电，文字很多，小子但将最要数语，分录如下：

按参政院代行立法院原咨，内称：本月十九日开会讨论，佥以全国国民前后请愿，系请速定君主立宪，国民代表大会投票，应即以君主立宪为标题，票面应印刷君主立宪四字，投票者如赞成君主立宪，即写“赞成”二字，如反对君主立宪，即写“反对”二字。至票纸格式，应由办理国民会议事务局拟定，转知各监督办理。当经本院依法议决，相应咨请大总统查照施行等因，奉交到局。除咨行外，合亟遵照电行各监督查照，先期敬谨将君主立宪四字，标题印刷于投票纸，钤盖监督印信，并于决定国体投票日期，示国民代表一体遵行。

前电计达，兹由同人公拟投票后，应办事件如下：（一）投票决定国体后，须用国民代表大会名义，报告票数于元首及参政院；（二）国民代表大会推戴电中，须有恭戴今大总统袁世凯，为中华帝国皇帝字样；（三）委任参政院为国民代表大会总代表电，须用各省国民大会名义。此三项均当预拟电闻。投票毕，交各代表阅过签名，即日电达。至商军政各界推戴电，签名者愈多愈妙。投票后，三日内必须电告中央。将来宣诏登极时，国民代表大会，及商军政各界庆祝书，亦请预拟备用，特此电闻。

各省将军巡按使，迭接各电，有几个敬谨从命，有几个未以为是，但也不敢抗议，乐得扯着顺风旗，备办起来。谁知国内尚未起风潮，国外已突来警耗，日、英、俄三国公使，先后到外交部，干涉政体，接连是法、意两国，亦加入警告，又惹起一场外交问题来了。天下本无事，庸人自扰之。

相传五九条约，老袁违背民意，私允日本种种要索。应四十四回。他的意思，无非想日本帮忙，为实行帝制的护身符。

所以帝制发现，日使日置益氏，动身归国，中外人士多疑老袁授意日使，要他返商政府，表示赞同。但外交总长陆征祥及次长曹汝霖，并未受过袁氏嘱托，与日使暗通关节，此次闻着谣言，曾在公会席间，当众宣言道："中日交涉方了，又倡出帝制问题，恐外人未必承认，这个难题目，我等却不能再做呢。"这一席话，分明是自释嫌疑，偏被袁氏闻知，即取出勋二三位的名目，分赏陆、曹，不值铜钱的勋位，乐得滥给。并宣召两人入内，密与语道："外交一面，我已办妥，你等可不必管了。"陆、曹二人，唯唯而出，总道是安排妥当，不劳费心，哪知十月二十八日午后一点钟，驻京日本代理公使，暨英、俄两公使，同至外交部，访会外交总长。陆征祥当然接见，彼此坐定，即由日本代理公使开口道："贵国近日，筹办帝制，真是忙碌得很，但里面反对的人，也很不少，倘或帝制实行，恐要发生事变。现在欧战未了，各国都静待和平，万一贵国有变乱情形，不但是贵国不幸，就是敝国亦很加忧虑。本代使接奉敝政府文件，劝告贵国，请贵政府注意。”言毕，即从袖中取出警告文来，当由陆总长接着，交与翻译员译作华文。英公使徐徐说道：“日本代表的通告，本公使亦具同情。”俄公使也接入道：“日代表及英公使的说话，本公使也非常同意。”陆总长正要答话，翻译员已译完日文，交给过来，但见纸上写着：

中国近时进行改变国体之计划，今似已猛进而趋入实现其目的之地步。目下欧战尚无早了之气象，人心惶虑，当此之时，无论世界何处，苟有事态，足以伤害和平安宁者，当竭力遏阻，借杜新纠纷之发现。中国组织帝制，虽外观似全国无大反对，然根据日政府所得之报告，而详察中国之实状，觉此种外观，仅属皮毛而非实际，此无可讳饰者也。反对风潮之烈，远出人意料之外，不靖之情，刻方蔓延全国。观袁总统过去四年间之政绩，可见各省之纷扰情状，今已日渐平靖，而国内秩序，亦渐恢复，如总统决计维持中国之政治现状，而不改其进行之方针，则不久定有秩序全复，全国安宁之日。但若总统骤立帝制，则国人反对之气志，将立即促起变乱，而中国将复陷于重大危险之境，此固意中事也。

日政府值此时局，鉴于利害关系之重大，故对于中国或将复生之危险状况，不能不深虑之。且若中国发生乱事，不仅为中国之大不幸，且在中国有重大关系之各国，亦将受直接间接不可计量之危害，而以与中国有特殊关系之日本为尤甚。且恐东亚之公共和平，亦将陷于危境。日政府睹此事态，纯为预先防卫，以保全东方和平起见，乃决计以目下时局中大可忧虑之原因，通告中政府，并询问中政府能否自信可以安稳，达到帝制之目的。日政府以坦白友好之态度，披沥其观念，甚望中华民国大总统听此忠告，顾念大局，而行此暂缓改变国体之良计，以防不幸乱祸之发作，而巩固远东之和平。日政府故已发给必要之训令，致驻北京代理公使。日政府行此举动，纯为尽其友好邻邦责任之一念而起，并无干涉中国内政之意，并此声明。

陆总长览毕，竟发了一回怔，半晌才发言道："敝国政体，正待国民解决，并非定要改变。就是我大总统，也始终谨慎，不致率行，请贵公使转达贵国政府，幸毋过虑！"日代使哼了一声道："袁总统的思想，本代使也早洞悉了。中国要改行帝制，与仍旧共和，都与敝国无涉，不过帝制实行，定生变乱，据我看来，还是劝袁总统打消此念。贵总长兼握枢机，责任重大，难道可坐观成败么？"应被嘲笑。陆总长被他讥讽，不由得脸上一红，英公使复接着道："总教贵政府即日答复，能担保全国太平，各国自不来干涉了。"陆总长答声称"是。"日、英、俄公使乃起座告辞。陆送别后，返语曹汝霖道："总统曾说外交办妥，为何又出此大乱子？我正不解。"曹汝霖道："既有三国警告，总须陈明总统，方可定夺。"陆征祥道："那个自然，我与你且去走一遭，何如？"汝霖点首，遂相偕入总统府。

老袁正坐在怀仁堂，检阅各省电文，欢容满面，一闻陆、曹进谒，立即召见，便道："各省决定君主立宪，已有五省电文到来了。"陆、曹两人暗暗好笑，你觑我，我觑你，简直是不好发言。还是老袁问及，才说明三国警告事，并将译文递陈。老袁瞧了一遍，皱着眉道："日使日置益，已经承认了去，为什么又有变卦呢？"陆征祥道："他还要我即日答复哩。"老袁道："答复也没有难处，就照现在情形，据实措辞便了。且我也并非即欲为帝呢。"还要自讳。陆总长道："是否由外交部拟稿，呈明大总统裁夺，以便答复？"老袁道："就是这样办法罢。"陆、曹二人退出，当命秘书草定复稿，经两人略略修饰，复入呈老袁。老袁又叫他窜身数字，然后录入公牍，正式答复。其文云：

贵国警告，业经领会。此事完全系中国内政，然既承友谊劝告，因亦不能不以友谊关系，将详细情形答复。中国帝制之主张，历时已久。我国人民所以主张帝制者，其理由盖谓中国幅员广大，五族异俗，而人情浮动，教育浅薄。按共和国体，元首常易，必为绝大乱端，他国近事，可为殷鉴。不但本国人生命财产，颇多危险，即各友邦侨民事业，亦难稳固。我民国成立，已历四稔，而殷户巨商，不肯投资，人民营业，官吏行政，皆不能为长久计划。人心不定，治理困难，国民主张改革国体之理由，实因于此也。政府为维持国体起见，无不随时驳拒，乃近来国民主张之者，日见增加，国中有实力者，亦多数在内。风潮愈烈，结合愈众，如专力压制，不独违拂民意，诚恐于治安大有妨碍。政府不敢负此重责，惟有尊重民意，公布代行立法院通过之法案，组织国民代表大会，共同议决此根本问题而已。当各省人民，向立法院请愿改变国体时，大总统曾于九月六日，向立法院宣示意见，认为不合时宜。十月十日大总统申令，据蒙、回王公及文武官吏等呈请改定国体，又告以轻率更张，殊非所宜，并诫各选举监督，遵照法案，慎重将事。十月十二日，又电令各省选举监督，务遵法案，切实奉行，勿得急遽潦草各等因。足见政府本不赞成此举，更无急激谋变更国体之意也。

本国《约法》主权本于国民全体，国体问题，何等重大，政府自不得不听诸国民之公决。政府处此困难，多方调停，一为尊重法律，一为顺从民意，无非冀保全大局之和平也。大多数国民意愿，现既以共和为不适宜于中国，而问题又既付之国民代表之公决，此时国是，业经动摇，人心各生观望，政府即受影响，商务已形停滞，奸人又乘隙造谣，尤易惊扰人心。倘因国是迁延不决，酿成事端，本国人固不免受害，即各友邦侨民，亦难免恐慌。国体既付议决，一日不定，人心一日不安，即有一日之危险，此显而易见者也。当国体讨论正烈之际，政府深虑因此引起变故，一再电询各省文武官吏，能否确保地方秩序，该官吏等一再电复，佥谓国体问题，如从民意解决，则各省均可担任地方治安，未据有里面反对炽烈，情形可虑之报告，政府自应据为凭信。

至本国少数好乱之徒，逋逃外国，或其他中国法权不到之处，无论共和君主，无论已往将来，纯抱破坏之暴信，无日不谋酿祸之行为。然只能造谣鼓煽，毫无何等实力。数年以来，时有小乱发现，均立时扑灭，于大局上未生影响。现在各省均加意防范，凡中国法权不到之处，尚望各友邦协力取缔，即该乱人等，亦必无发生乱事之余地矣。当贵国政府劝告之时，各省决定君主立宪者，已有五省，各省投票之期，亦均不远。总之在我国国民，则期望本国长治久安之乐利，在政府则并期望各友邦侨民，均得安心发达其事业，维持东亚之和平，正与各友邦政府之苦心，同此一辙也。以上各节，即希转达贵政府为荷。

越数日，日本代理公使又到外交部，代表日本政府声言中政府答复文，甚不明了，请再明白答复。当经陆总长面答道：“目下国体投票，已有十多省依法办理，总之民意所趋，非政府所能左右，敝政府如可尽力，无不照办，借副友邦雅意”等语。欺内欺外，全是说谎。日代使乃去。嗣复接法、意两国警告文，大致与三国警告相同，又由外交部答复，只推到民意上去，且言：“政府必慎重将事，定不致有意外变乱，万一乱党乘机起衅，我政府亦有完全对付的能力，请不必代虑”云云。于是各国公使，乃暂作壁上观，寂静了好几天。各省投票，亦依次举行，全是遵照政府所嘱，硬迫国民代表，赞成君主立宪。袁总统方觉得顺手，快慰异常。

到了十一月十日晚间，忽来了上海急电，镇守使郑汝成被刺殒命，风潮来了。老袁不禁大惊。看官阅过前文，应知郑汝成为袁氏爪牙，老袁正格外倚重，为何忽被刺死呢？小子就事论事，但知刺客为王明山、王晓峰二人。当民国四年十一月十日，系日本大正皇帝登极期间，郑汝成为上海长官，例应向驻沪日本领事馆亲往庆贺。是日上午十时，郑汝成整衣出署，邀了一个副官，同坐汽车，向日本领事馆进发。路过外白渡桥，但听得扑的一声，黑烟迸裂，直向汝成面旁扑过，幸还没有击着，慌忙旁顾副官，那副官也还无恙，仍勉强地坐着，正要开口与语，哪知炸弹又复掷来，巧巧从头上擦过，汝成忙把头一缩，侥幸地不曾中弹，那粒炸弹却飞过汽车，向租界上滚过去了。两击不中，故作反笔。副官也还大胆，忽向怀中取出手枪，拟装弹还击，不防那抛掷炸弹的刺客，竟跃上汽车，一手扳着车栏，一手用枪乱击，接着数响，那副官已受了重伤，魂灵儿离开身子，向森罗殿上，实行报到；还有一个掌机的人员，也跟着副官，一同到冥府中去；只有郑汝成已中一弹，还未曾死，要想逃遁，千难万难，看那路上的行人，纷纷跑开，连中西巡捕，也不知去向，急切无从呼救，正在惊惶万分的时候，复见一刺客跃入车中，用着最新的手枪，扳机猛击，所射弹子，好似生着眼睛，颗颗向汝成身上，钻将进去。

看官！试想一个血肉的身躯，怎经得如许弹子，不到几分钟工夫，已将赫赫威灵的镇守使，击得七洞八穿，死于非命。了结一员上将。那时两个刺客，已经得手，便跃下汽车，觅路乱跑，怎奈警笛呜呜，一班红头巡捕及中国巡捕，已环绕拢来！将他围住。他两人手中，只各剩了空枪，还想装弹退敌，无如时已不及，那红头巡捕统已伸着蒲扇般的黑掌，来拿两人，两人虽有四手，不敌那七手八脚的势力，霎时间被他捉住，牵往捕房，当由中西谳官，共同审讯。两人直认不讳，自言姓名，叫做王明山、王晓峰，且云："郑汝成趋奉老袁，残害好人，我两人久思击他，今日被我两人击死，志愿已遂，还有甚么余恨？只管由你枪毙罢了。"谳官又问为何人主使，两人齐声道："是四万万人叫我来打死郑汝成的。"言已，即瞑目待死，任你谳官问长问短，只是一语不发。

当下由上海地方官等，飞电京都。老袁闻知，很是悲惜，即电饬上海地方官，照会捕房，引渡凶犯，一面优议抚恤，结果是王明山、王晓峰两犯，由捕房解交地方官问成极刑，枪决在上海高昌庙。郑汝成的优恤，是给费二万，赐田三千，又封他为一等侯爵。看官记着，这五等分封，便是郑汝成开始。小子有诗吊郑汝成道：

驻牙沪渎显威容，谁料仇人暗揕胸。
飞弹掷来遭殒命，可怜徒博一虚封。

郑汝成殒命后，隔了五六日，日本东京赤坂寓所，又有一个华人蒋士立，被击受伤。毕竟为着何事，且至下回表明。

五国警告，以帝制进行恐惹内乱为词，似为公义上起见，而倡议者偏为日本国。日使日置益氏，既与老袁订有密约，归国运动，何以日本政府，复命代理公使，严词警告耶？既而思之，各国之对于吾华，本挟一均势之见，袁氏独求日本为助，秘密进行，而英、俄已窃视其旁，默料日人之不怀好意，思有以破坏之，故必令日本之倡议警告，然后起而随之，此正各国外交之胜算也。袁政府方自信无患，而郑汝成之被刺，即接踵而来，刺客为王明山、王晓峰，虽未明言主使，度必为民党无疑。或谓由郑汝成之隐抗帝制，袁以十万金购得刺客，暗杀郑于上海，斯言恐属无稽。纣之不善，不如是甚，吾于袁氏亦云。而郑氏忠袁之结果，竟至于此，此良禽之所以择木而栖，贤臣之所以择主而事也。

第五十四回　京邸被搜宵来虎吏
津门饯别夜赠骊歌

却说蒋士立被刺东京，也因鼓吹帝制的缘故。当筹安会发生以后，不特中国内地，分设支部，就在日本国中，亦派人往设分会。蒋士立即为东京支部的头目，信口鼓吹，张皇帝政。看官！你想日本里面，是民党聚集的地方，他们统反对袁氏，自然反对蒋士立，当下有民党少年，寻至蒋士立寓所，赠他两粒卫生丸，一丸及胸，一丸及腹。幸亏蒋士立躲闪得快，只伤皮肤，未中要害，还算保全性命。侥幸侥幸。袁总统闻汝成刺死，士立受伤，不禁恨恨道："一不做，二不休，我便实行了去，看他一班乱党，究竟如何对待？"恐未能支持到底。正说着，忽见袁乃宽进来，乃宽与老袁同姓，向以叔侄相称，至是遂悄声低语道："侄儿特来报告一件要事。"老袁听不清楚，便厉声道："说将响来，亦属何妨。"乃宽尚柔声道："各省筹办投票，已统有复电，惟命是从，独滇省没有确实复电，闻蔡锷与唐、任二人勾通，叫他反抗帝制，这事不可不防呢！"老袁道："你有甚么真凭实据？”乃宽道：“凭据尚没有查着。”老袁不禁失笑道：“糊涂东西，你既未得凭据，说他甚么！”乃宽嗫嚅道：“他的寓所，应有证据藏着，何妨派人一搜哩。”老袁道：“若搜不出来，该怎样处？”乃宽道：“就是搜检无着，难道一个蔡松坡，便好向政府问罪吗？”老袁被他一激，便道：“既如此，便着军警去走一遭罢。”当下令乃宽传达电话，向步军统领及警察总厅两处，令派得力军警，往蔡寓搜查密件。

步军统领江朝宗及警察总厅长吴炳湘，哪敢违慢，即选派干练的弁目，会同两方军警，夤夜往搜。巧值蔡锷寄宿云吉班，蔡寓中只留着仆役，闻了敲门声响，还道是蔡锷回来，双扉一启，即有两个大头目，执着指挥刀，率众趋入，吓得仆役等缩做一团，不晓得他甚么来历。但见大众入门，并不曾问及主人，大踏步走近室内，专就那桌屉箱橱中，任情翻弄。那军警执着火炬，照耀如同白昼，忽到这处，忽到那处，目光灼灼，东张西顾，最注意的是片纸只字，断简残篇，约有两三个小时，并不见有甚么取出，只箱橱内有一小凤仙摄影，及桌屉内几张请客单，袖好了去，那时一哄而出。

仆役等才敢出头，大家哄议道：“京都里面，大约没有强盗，也差不多。若是强盗到来，何故把值钱的什物，并未劫去？这究竟是何等样人？”有一个老家人道：“你等瞎了眼珠，难道不看见来人衣服，上面都留着符号，一半是步军，一半是警察么？”大家又说道：“我家大人，并没有甚么犯罪，为何来此查抄？”老家人道：“休得胡说，我去通报大人便了。”当下飞步出门，竟往云吉班。适值蔡锷将寝，由老家人闯将进去。报称祸事，蔡锷吃了一惊，亟趿履起床，问明情由。经老家人略略说明，才把那心神按定，想了片刻，方道：“寓中有无东西，被他拿去?”老家人答言:“没有,只有一张照相片,被他取去,想便是这里的凤……”说到“凤”字,已被蔡锷阻住道:“我晓得了,你去罢,不必大惊小怪,我俟明天就来。”老家人退出,小凤仙忙问道:“为着何事?”蔡锷微笑道:“想是有人说我的坏话,所以派人往搜。”一猜就着。小凤仙急着道:“你寓内有无违禁文件?”蔡锷道:“你休担忧!我寓中只有几张《亚细亚报》,余外是没有了。”单说《亚细亚报》,妙极。小凤仙道:“朋友往来的书信,难道也没有么?”顾虑及此,也是解人。蔡锷低声道:“都付丙了。”预防久了。小凤仙道:“你的家人,曾说将照片取去,莫非就是我的摄影?”蔡锷道:“恐不是呢,如果取了去,我倒为你贺喜,此番要选入皇宫,去做花元春第二呢。”诙谐得妙。小凤仙啐了一声,随即就寝,蔡锷也安睡了。

到了次日,起身回寓,看那桌屉箱橱中,都翻得不成样

儿,仔细检点,除小凤仙的小影外,却没有另物失去。请客单原不在话下。他正想赴军警衙门,与他理论,巧值内务总长朱启钤着人邀请,遂乘车直至内务部。朱启钤慌忙出迎,彼此同入内厅,寒暄数语,便说起昨夜搜检的事情,实系忙中弄错,现大总统已诘责江、吴二人,并央自己代为道歉。蔡锷冷笑道:“难得大总统厚恩。惟锷性情粗莽,生平没有秘密举动,还乞诸公原谅!”朱启钤又劝慰了数语,并将小凤仙的照片,取还蔡锷,便道:“这个姑娘儿,面目颇很秀雅,怪不得坡翁见赏。”蔡锷道:“这乃是锷的坏处,不自检束,有玷官箴,应该受惩戒处分的。”朱启钤笑道:“现在已成了习惯,若为了此事,应受惩戒,恐内外几千百个官吏,都应该惩戒哩。”官吏都是如此,所以国不成国。说毕,又闲谈了一会,蔡锷随即告辞。后来探听得搜检事情,实是袁乃宽进谗,并与小凤仙有些关系。原来小凤仙经

蔡锷赏识，名盛一时，袁乃宽亦思染鼎，三往不见，遂愤愤道：“这个婆娘，不中抬举，你道蔡松坡年少多才，哪知他是个乱党呢。”当下越想越气，竟至袁氏前攻讦，不意落了个空，反被老袁训斥一顿。上文特揭小凤仙照片，便寓此意，但色为祸媒，不可不戒。

蔡锷自经此搜查，极思摆脱樊笼，遂往与小凤仙密商。小凤仙正坐在卧室，手中执着一书，静心阅着，俟蔡锷入房，才将书放下，立起身来，问及搜检事情。蔡锷略述一遍，随从案上取书一瞧，乃是一本《意大利建国三杰传》，便问小凤仙道：“此书的内容，你道可好么？”小凤仙道：“好得很，好得很，非是文不足传是人。”蔡锷道：“作书的人，便是前司法总长梁任公。”小凤仙道：“我也晓得他，可惜我不能一见。”蔡锷道：“他是我的师长哩。”小凤仙不禁大喜道：“他现在哪里？既与你是师生，求你介绍，俾我一见。”爱才如命。蔡锷道：“我师前日，曾到天津，畀我一书，说我若往津门，应过去叙谈一切。”小凤仙道：“那是好极的了，我明日便同你去。”蔡锷听了，想：“与他说明行径，转恐漏泄机关，致碍行动，不如到了天津，再说未迟。”随即接入道：“我就同你去罢！但我师正反对帝制，明日往访，却不宜外人知道呢。”小凤仙点首称是。是晚蔡锷回寓，略略收拾，也不与家人说明，仍往云吉班住宿。

次日午前，竟雇着一乘摩托车，先给车资，挈小凤仙上车同坐，招摇过市。故意令人共睹。行至前门外面，望见一所京菜馆，便与小凤仙下车，至馆中午餐。餐毕，两人出门，不再上摩托车，竟自向市中买些食物，缓步儿行至车站。可巧车站中正当卖票，蔡锷挨入人丛，买了两张票纸，偕小凤仙趋出月台，竟上京津火车。才经片刻，钲声一响，车轮齐动，飞似地去了。

那时虽有侦探在旁，但是奉令密查，不便出来拦阻，只好眼睁睁地由他自去，转身去报袁总统。老袁确是厉害，复遣密探到津，监伺蔡锷行动。蔡锷到津后，往访梁任公，已是南去，乃投宿某旅社，夜间与小凤仙说明行踪，拟即乘此南下。小凤仙对着蔡锷，沉沉地望了一会，不觉得情肠陡转，眼眶生红，半晌才说道："我与你拟同生死，你去，我便随你同行。"蔡锷道："我是要去督兵打仗的。"小凤仙忙接口道："你道我是个弱女儿，不能随你杀贼么？"事虽难行，语颇雄壮。蔡锷道："卿虽具有壮志，但此行颇险，若与卿同行，不但于卿无益，并且于我有害；不但于我有害，且阻碍共和前途，卿何必贪爱虚名，致受实祸。"小凤仙忍不住泪，带哭带语道："依这般说，简直是把我撇弃吗？"蔡锷道："卿何必自苦，他日战胜回来，聚首的日子正长哩。奈何作此失意语？"小凤仙才道："我虽是儿女子，也知爱国，怎忍令英雄志士，溺迹床帏？但此去须要保重，免我远念。想你即日就要动身，我便借此客馆中，备着小酌，与你饯别罢。"说着，即呼馆佣入内，令叫几样可口的菜蔬，及佳酿一壶，佣夫遵嘱去讫，须臾即送入酒肴，由两人对饮起来。絮絮言情，语长心重，到了酒酣耳热的时候，小凤仙复道："本拟为君唱歌饯行，但恐耳目甚近，不便明歌，你可有纸笔带来吗？"蔡锷说一个"有"字，即从袋中取出铅笔，及日记簿一本，递与小凤仙，小凤仙即舒开纤腕，握笔书词，词云：

（柳摇金）骊歌一曲开琼宴，且将之子饯。蔡郎呵！你倡义心坚，不辞冒险，浊着一杯劝，料着你食难下咽。蔡郎蔡郎！你莫认作离筵，是我两人大纪念。

（帝子花）燕婉情你休留恋！我这里百年预约来生券，你切莫一缕情丝两地牵。如果所谋未遂，或他日呵，化作地下并头莲，再了生前愿。

（学士巾）蔡郎呵！你须计出万全，力把渠魁殄。若推不倒老袁呵，休说你自愧生前，就是侬也羞见先生面，要相见，到黄泉。

小凤仙写着，蔡锷是目不转睛的，瞧她写下。口中接连赞美，看到末两阕，连自己也眼红起来。及至写完，纸上已湿透泪痕，小凤仙尚粉颈低垂，沉沉不语，好一歇方抬起头来，已似泪人儿一般，勉强说道："班门弄斧，幸勿见笑。"蔡锷此时，也不觉心如芒刺，一面携了手巾，替小凤仙拭泪，一面与语道："字字沉痛，语语回环，不意卿却具此捷才，真不枉我蔡松坡结识一场呢。"小凤仙恐未必能此，但余观近人著有《松坡轶事》，亦载入此词，想作者未忍割爱，故选录及之。小凤仙道："我已早知有今日了。这数阕俚词，预备已久，将来赓续了去，为君谱一传奇，倒也是一番佳话。但自愧才疏，有志未逮，俟君成功后，同续何如？"蔡锷道："好极，但我意须较为雄壮，莫再颓唐。"小凤仙接着道："英雄语自然不同。我辈儿女子，笔底下要想沉壮，也觉为难呢。"蔡锷道："你第一阕也雄壮得很；第二三阕前半俱佳，后半结语，似嫌萧飒，难道你我竟无相见期么？"小凤仙道："功成名立，偕老林泉，这是我的夙愿，诚能得此，那是莫大的幸福了。"造物忌才，怎肯畀你如愿。说着时，外面的报时钟，已接连敲了三下。蔡锷惊道："夜已深了，快收拾睡罢。"将残肴冷酒，搬过一边，随即睡下。

越宿起来，盥洗才毕，但见窗棂外面，已有人前来探望。

至开门出去，那探望的人，都扬长走了。蔡锷悄语小凤仙道："侦探又来了。"小凤仙道："这却如何是好？"蔡锷道："不要紧的，我自有计。"当下吃过点心，就取出纸笔。挥就一篇因病请假的呈文，用函固封，竟向邮局寄往京城。索性明报。他本有失眠喉痛诸症，索性借此机会，就日本医院医治，除每日赴院一次外，仍挟小凤仙作汗漫游。各侦探往来暗伺，了无他异，惟尚监伺左右，不肯放松。蔡锷佯作不知，背地里却与凤仙谋定，实行那金蝉脱壳的妙计。

一夕，与凤仙对坐，狂饮室中，议论风生，津津有味。俄而有拍案声，痛骂声，远达户外。各侦探忙去窃听，前一套说话，是评论花丛，后一套说话，是詈及正室。忽喜忽怒，仿佛是醉后胡言。未几竟叫作腹痛起来，连呼如厕。侦探疾忙避开，他即出室，令馆佣前导，一手抠衣，一手捧腹，向厕所去了。侦探未及尾随，并以厕所中无关机密，自然散去。

翌晨往视，还是户阒深扃，高卧未起，迟至午刻，方觉有人走动，重复窃窥，只见小凤仙起床，云鬟蓬松，尚未梳沐，待午餐已过，又约有一两小时，小凤仙整妆出门，携了皮夹，掩户自去。到了晚间，亦并未回来，次日也不见返寓。各侦探往问账房，账房亦没有知晓，大家动了疑心，启户入视，什物已空，只桌上留着一函，由司账展开一阅，乃是钞票数张，并附有一条，谓作房饭代价，顿时面面相觑，莫明其妙。连我亦是不懂。司账人虽然惊诧，但教钱财到手，倒也不遑细究。惟各侦探奉命前来，急得甚么相似，忙至车站探问，好容易查得小凤仙消息，已于昨晚返京，独蔡锷不知去向。奇极妙极。

看官！你道这蔡松坡究竟到哪里去了？他知侦探随着，万难南行，计惟东渡扶桑，迂道至滇，方可脱身，当日探得日本邮船，名叫山东丸，乘夜出口，遂借着腹痛为名，就厕后复退馆佣，即觑人不备，逸出后门，孤身赴港，登舟买票，竟往日本，真个是人不知，鬼不觉，安安稳稳地到了东瀛。其身虽安，其心甚苦。复续上呈文，电达京中。那时前呈已邀批发，给假两月。至续呈到京，老袁未免一急，但表面上不好指斥，只好批令调治就愈，早日回国，用副倚任等语。过了数天，又接到蔡锷手书，略云：

> 趋侍钧座，阅年有余，荷蒙优待，铭感次骨。兹者帝制发生，某本拟涓埃图报，何期家庭变起，郁结忧虑，致有喉痛失眠之症。欲请假赴日就医，恐公不许我，故微行至津东渡。且某之此行，非仅为己病计，实亦为公之帝制前途，谋万全之策。盖全国士夫，翕然知共和政体，不适用于今兹时代，固矣。惟海外侨民，不谙祖国国情，保无不挟反对之心，某今赴日，当为公设法而开导之，以执议公者之口。倘有所闻见，锷将申函钧座，敷陈一切，伏乞钧鉴！

老袁看毕，忍不住气愤道："瞒着了我，潜往东洋，还要来调侃我，真正可恨！我想你这竖子，原是刁狡极了，但要逃出老夫手中，恐还是不容易哩。"乃一面电给驻日公使陆宗舆，叫他就近稽查，随时报告，一面密派心腹爪牙，召入与语道："我看蔡锷东渡，托言赴日就医，其实将迂道赴滇，召集旧部，与我相抗，你等可潜往蒙自，留心邀截，他从海道到滇，非经蒙自不可，刺杀了他，免贻后患。"两路防闲，计密且毒，奈天不容汝何？遂厚给川资，遣他去讫。

是时杨度、阮忠枢等，闻小凤仙返京，即去探访详问蔡锷病况，及归国时期。小凤仙却淡淡答道："蔡老赴日养疴，早一日好，早一日归国，并没有一定期间。"阮忠枢道："闻你曾同赴天津，为何不偕往日本？"小凤仙道："他的结发夫妻，还要把他遣归，何况是我呢？"阮忠枢无词可答，遂与杨度同归，转报老袁，老袁道："同去不同来，分明是有别意，但我已摆布好了，由他去罢。"慢着！正是：

纵有阴谋如蝎毒，谁知捷足已鸿飞。

蔡锷已去，京中已产出一个短命皇帝来了。欲知详细，请看下回叙明。

490.

蔡锷一行，为再造共和张本，故二十五回中，已全力写照，本回复将京寓被搜，及津门话别事，竟体演述，不肯少略。盖一以见蔡锷之智，一以见小凤仙之慧，英雄儿女，自有千秋，而三叠骊歌，并为后文伏笔。至潜身东渡时，尤写得惝恍迷离，非经揭破，几令人无从揣测。作者述小凤仙语，谓非是文不足传是人，吾还以赠诸作者。

第五十五回　胁代表迭上推戴书
颁申令接收皇帝位

却说民国四年十一月中，正各省将军巡按使，制造民意，纷纷投票的时候，结果是全国代表，选就了一千九百九十三人。至解决国体，却是全体一致，赞成君主立宪。当下由各省驰电到来，京中一班攀龙附凤的人物，统是欢喜不尽。老袁此时不知喜欢得甚么相似。袁总统即命财政部连拨若干款项，寄交各省，作为各代表路费，即日到京，再由参政院中，举行全国国民代表大会，申决国体，及公上推戴书。哪知朱启钤、周自齐等，已早有密电传达外省，叫他预备国民推戴书。真会巴结。电文云：

各省将军巡按使鉴：国体投票解决后，应用之国民推戴文内，有必须照叙字样，曰：国民代表等，谨以国民公意，恭戴今大总统袁世凯为中华帝国皇帝，并以国家最上完全主权，奉之于皇帝。承天建极，传之万世。此四十五字，万勿丝毫更改为要。再此种推戴书，在国体未解决之前，希万分秘密，并盼先复。至奏折一切格式，均照旧例，惟跪奏改为谨奏。其他仪式，俟拟定再行通告。启钤、自齐、士诒、镇芳、忠枢、在礼、乃宽、士钰、震春、炳湘印。

自各省接到此电，便把那依样葫芦，描画起来，当将电文中四十五字，列入推戴书中，一字不易，再添了几句起末文，拍电进去。还有直隶巡按使朱家宝，居然首先称臣，于十一月二十八日，为着地方政务，上了三折，统是改呈为奏，起首称臣朱家宝，末称伏乞皇帝陛下圣鉴等语。未奉明令，即称帝称臣，可谓忠臣第一。老袁并不指斥，已是实行承认。转眼间又过十天，各省国民代表，均领了公文路费，陆续到京，各路火车，统有招待的专使，酬应非常周到。京城里面的招待所，更布置得装潢灿烂，目眩神迷。这等国民代表，趋入所中，几疑身到华胥，仿佛别有天地。到了十二月十一日上午九时，参政院中，召集全国代表一千九百九十三人，申决国体投票。各参政员全体到齐，只有黎元洪请假未到，院外大排军警，看似欢迎代表，实是监督代表。那一千九百九十三人，晓得什么玄妙，一个个鱼贯而入。到了会场，但见中间拥着两个大匭，左匭上贴着“君宪”两字，右匭上贴着“共和”两字，当有一班招待人员，与各代表附耳密谈。各代表均唯唯从命，大家领票照书，均向左匭投入，至开匭验票，左匭中一纸不少，足足有一千九百九十三票，统是赞成君宪。右匭中当然不必开验，便照例宣布：大众呼了三声“帝国万岁”。

参政员杨度、孙毓筠，就乘此提议道：“全国代表，既一致赞成君宪，应即奉当今袁大总统为皇帝。”大众拍手赞成。

杨度、孙毓筠又道："本院由各省委托，为全国总代表，尤应用总代表名义，恭上推戴书。"大众又一齐拍手。于是推秘书员起草，那秘书员成竹在胸，才高倚马，立刻草成八九百字，即向大众朗读道：

奏为国体已定，天命攸归，全国商民，吁登大位，以定国基，合词仰乞圣鉴事。窃据京兆，各直省，各特别行政区域，内外蒙古、西藏、青海、回疆、满蒙八旗，全国商会，及华侨有勋劳于国家，硕学通儒各代表等，投票决定国体，全数主张君主立宪，业经代行立法院咨陈政府在案。同时据京兆，各直省，各特别行政区域，内外蒙古、西藏、青海、回疆、满蒙八旗，全国商会及华侨有勋劳于国家，硕学通儒各代表等，各具推戴书，均据称："国民公意，恭戴今大总统袁公世凯为中华帝国皇帝，并以国家最上完全主权，奉之于皇帝，承天建极，传之万世"等因。兼由各国民大会委托代行立法院为总代表，以全国民意，吁请皇帝登极前来。窃维帝王受命，统一区夏，必以至仁复民而育物，又必以神武戡乱而定功。《书》云："一人有庆，兆民赖之。"《诗》曰："燕及皇天，克昌厥后。"盖惟应天以顺人，是以人归而天与也。

溯自清帝失政，民罹水火，呼吁罔应，溃决势成，罪已而民不怀，命将而师不武。我圣主应运一出，薄海景从，逆者革心，顺者效命。岌然将倾之国家，我圣主实奠安之。斯时清帝不得已而逊位，皇天景命，始集于圣主，我圣主有而弗居也。南京仓猝草创政府，党徒用事，举非其人，民心皇皇，无所托命，我圣主至德所复，迩安远怀，去暴归仁，若水之就下，孑然待尽之人民，惟我圣主实苏息之。斯时南京政府，不得已而解散，皇天景命，再集于我圣主，我圣主仍有而弗居也。民国告成，四方和惠，群丑窃柄，怙恶不悛，安忍阻兵，自逃复载。我圣主赫然震怒，临之以威，天讨所加，五旬底定，以至仁而伐不仁，盖有征而必无战。慕义向化者，先归而蒙福，迷复不远者，后至而洗心，皆我圣主实抚育而安全之。

斯时大难既平，全国统一，皇天景命，三集于我圣主，我圣主固执谦德，又仍有而弗居也。夫惟煌煌帝谛，圣人无利天下之心，而天施地生，兆民必归一人之德。往者国家初建，参议院议员，推举临时大总统，斯时全国人心，咸归于我圣主，国运于以肇兴。继此国会成立，参议院众议员，推举大总统，全国人心，又咸归于我圣主，国基于以大定。然共和国体，不适国情，上无以建保世滋大之弘规，下无以谋长治久安之乐利，盖惟民心有所舍也，则必有所取，有所去也，则必有所归。今者天牖民衷，全国一心，以建立帝国，民归盛德，又全国一心以推戴皇帝。我中华文明礼义，为五千年帝制之古邦，我皇帝睿智圣武，为亿万姓归心之元首。伏维仰承帝眷，俯顺舆情，登大宝而司牧群生，履至尊而经纶六合。轩帝神明之胄，宜建极以承天，姒后继及之规，实抚民而长世。谨奏。

读毕，大众无不赞成，即刻通过，复齐呼“皇帝万岁”三声。自九点钟起，至十一点半钟，已经手续完备，大众当即散会，回寓午餐去了。下午一点钟，秘书员已缮好奏折，即刻进呈，哪知奏折才呈，申令即下，却教他另行推戴，把那推戴书发还。还要装腔。其文云：

(上略) 查《约法》内载民国之主权，本于国民之全体。既经国民代表大会，全体表决，改用君主立宪，本大总统自无讨论之余地。惟推戴一举，无任惶骇。天生民而立之君，天命不易，惟有丰功盛德者，始足以居之。

本大总统从政，垂三十年，迭经事变，初无建树，改造民国，已历四稔。忧患纷乘，愆尤丛集。救过不赡，图治未遑，岂有功业足以称述？前此隐迹洹上，本已无志问世，遭遇时变，谬为众论所推，不得不勉出维持，舍身救国。然辛亥之冬，曾居政要，上无裨于国计，下无济于民生，追怀故君，已多惭疚。今若骤跻大位，于心何安？此于道德不能无惭者也。致治保邦，首重大信，民国初建，本大总统曾向参议院宣誓，愿竭能力，发扬共和，今若帝制自为，则是背弃誓词，此于信义无可自解者也。本大总统于正式被举就职时，固尝掬诚宣誓，此心但知救国救民，成败利钝不敢知，劳逸毁誉不敢计，是本大总统既以救国救民为重，固不惜牺牲一切以赴之。但自问功业，既未足言，而关于道德信义诸大端，又何可付之不顾？在爱我之国民代表，当亦不忍强我以所难也。

尚望国民代表大会总代表等，熟筹审虑，另行推戴，以固国基。本大总统处此时期，仍以原有之名义，及现行之各职权，维持全国之现状。除咨复代行立法院，并将国民代表大会，总代表推戴书，及各省区国民代表推戴书等件，送还代行立法院外，合行宣示俾众周知。此令。

杨度、孙毓筠二人，已预知申令即下，早已约定各省代表，再行到会，恭候圣旨。各代表似傀儡一般，随拨随动，到了傍晚，仍至参政院会齐。果然九天纶綍，宣布下来，大众恭读一遍，都有些疑惑不定。但听杨度宣言道："大总统盛德谦冲，所以有此申令，但全国民意，既趋一致，大总统亦未便过拂舆情，理应由本院再用总代表名义，呈递第二次推戴书。"大众复随声附和，仍推秘书起草。不料十五分钟的时候，便拟成二千六百多字的长文。圣主出世，应该有此奇才，曹子建且当拜倒。是时电灯四映，云集一堂，复由秘书朗声宣读，大众模模糊糊地听了一会，无非是甚么功烈、甚么德行，十成中只解一二，也都赞成了事，乃宣告散会，立即缮成第二次推戴书。次日即奉大总统申令云：

496. 据全国总代表大会总代表代行立法院奏称：窃总代表前以众议佥同，合词劝进，吁请早登大宝，奉谕推戴一举，无任惶骇等因。仰见圣德渊衷，巍巍无与之至意，钦仰莫名。惟当此国情万急之秋，人民归向之诚，几已坌涌沸腾，不可抑遏。我皇帝倘仍固执谦退，辞而不居，全国生民，实有若坠深渊之惧。盖大位久悬，则万几丛脞。岂宜拘牵小节，致国本于阽危？且明谕以为天生民而立之君，惟有功德者足以居之，而谓功业道德信义诸端，皆有问心未安之处，此则我皇帝之虚怀若谷，而不自知其㧑冲逾量者也。

总代表具有耳目，敢昧识知，请先就功烈言之：当有清末造，武备废弛，师徒屡熸，国威之不振久矣。我皇帝创练陆军，一授以文明国最精之兵法，铲除宿弊，壁垒一新。手订数条，洪纤毕备。募材选俊，纪律严明，魁奇杰特之才，多出于部下，不数年遂布满寰区，成效大彰，声威丕著。当时外人之莅观者，莫不啧啧称叹，而全国陆军之制，由此权舆。厥后戡定四方，屡平大难，实利赖之，此功在经武者一也。

及巡抚山东，拳匪煽乱，联军内侵，乘舆播迁，大局糜烂。惟我皇帝坐镇中原，屹若长城之独峙，匪乱为之慑伏，客兵相戒不犯，东南半壁，赖以保障。以一省之治安，砥柱中流，故虽首都沦陷，海内骚然，卒得转危为安，金瓯无缺。当是时也，构难虽曰乱民，而纵恶实由亲贵，不惩祸始，无从媾和，强邻有压境之师，客军无返旆之日，瓜分豆剖，祸迫眉睫，而元恶当国，莫敢发言。我皇帝密上弹章，请诛首罪，顽凶伏法，中外翕然，和局始克告成，河山得免分裂，此功在匡国者二也。寻授北洋大臣，其时风鹤尤惊，人心未靖，乃扫荡会匪，萑苻绝迹，廓清积案，民教相安。收京津于浩劫之余，返銮舆于故宫之内，遂复高掌远跖，厉行文明诸新政，无不体大思精，兼营并举，规模式廓，气象万千。论者谓我皇帝为中国进化之先河，文明之渊海，洵符事实，非等虚词，此功在开化者三也。

革命事起，风潮剧烈，不数月间，四方瓦解，皇室动摇，天意厌清，人心思乱。清孝定景皇后，知大势之已去，满族之孤危，痛哭临朝，几不知税驾之何所。斯时我皇帝改步，为应天顺人之举，躬自践阼以安四海，夫谁得而议之者！乃犹恪恭臣节，艰难支拄，委曲维持，以一身当大难之冲，几遭炸弹而不恤。孝定景皇后，乃举组织共和政府之全权，与夫保全皇室之微意，悉挈而付托我皇帝，始有南北议和，优待皇室之条件。人知清廷逊位之易，结局之良，而不知我皇帝之苦心调剂，固竭其旋转乾坤之力也。于是南北复归于统一，清室获保其安全，四万万之生灵，弗陷于涂炭，二万万之疆圉，得完其版图，于风雨飘摇之中，而镇慑奠安，卒成共和四年之政局。国家得与人民休养生息，不至沦胥以尽，此功在靖难者四也。

民国初建，暴民殃徒，攘臂四出，叫嚣乎政党议会，隳突乎官署戎行，挑拨感情，牵掣行政。我皇帝海涵天覆，一以大度容之。彼辈野心弗戢，卒有赣宁之暴动，东南各省，再见沉沦，幸赖神算早操，三军致果，未及旬月，而逆氛尽扫，如拉枯朽，遂得正式礼成，大业克跻，列邦交庆。彼辈毒无可逞，犹复勾结狼匪，肆其跳梁，大兵一临，渠魁授首，神州重奠，戈甲载櫜，卒使闾阎安堵，区宇敉宁，以臻此雍洽和熙之治。盖自庚子拳匪之乱，辛亥革命之变，癸丑六省之扰，皆足以颠覆我中国，非我皇帝，孰能保持镇抚，使四千年神明之裔，食息兹土，不致沦亡？此则我皇帝之大有造于我中国，而我蒸黎子孙所共感而永矢勿谖也，此功在定乱者五也。

不但此也，溯自通海以来，外交之失策，不可胜计，国际之声誉，几无可言。以积弱衰疲之国，孤立于群雄角逐之间，托势之危，莫此为甚。而意外变局，又往往无先例之可援，措置偶一失宜，后患不堪设想。惟我皇帝，睿智渊深，英谋霆奋，遇有困难之交涉，一运以精密之谟猷，靡不立解纠纷，排除障碍，卒得有从容转圜之余地。而远人之服膺威望，钦迟丰采者，亦莫不输诚结纳，帖然交欢。弭祸衅于樽俎之间，缔盟好于敦槃之际，此功在交际者六也。

凡此六者，皆国家命脉之所存，万姓安危之所系；若乃其余政教之殷繁，悉由宵旰勤劳之指导，虽更仆数之，有不能尽，我皇帝之功烈，所以迈越百王也。

请再就德行言之：我皇帝神功所推暨，何莫非盛德所滂流？荡荡巍巍，原无二致。至于一身行谊，则矩动天随，亦有非浅识所能测者。如今兹创业，踵迹先朝，不无更姓改物之嫌，似有新旧乘除之感。明谕引此以为惭德，尤见我皇帝慈祥忠厚之深衷，而不自觉其虑之过也。夫廿载以来，往事历历可征，我皇帝之尽瘁先朝，其于臣节，可谓至矣。无如清政不纲，晚季尤多瞀乱，庚子之难，一二童骏，召侮启戎，成千古未有之笑柄。覆宗灭祀，指顾可期，非赖我皇帝障蔽狂流，逆挽滔天之祸，则清社之屋，早在斯时。迨我皇帝位望益隆，所以为清室策治安者，益忠且挚。患满人之孱弱也，则首练旗兵；患贵胄之暗昧也，则请遣游历；患秕政之棼扰也，则厘定官制；患旧俗之锢蔽也，则订立宪章。凡兹空前之伟划，一皆谋国之前图。乃元辅见疏，忠谠不用，宗支干政，横揽大权，黩货玩戎，斫丧元气。自皇帝退休三载，而朝局益不可为矣。乃武昌难作，被命于仓皇之际，受任于危乱之秋，犹殷殷以扶持衰祚为念。讵意财力殚耗，叛乱纷乘，兵械两竭于供，海陆尽失其险。都城以外，烽燧时惊，蒙藏边藩，相继告警。而十九条宣誓之文，已自将君上之大权，尽行摧剥而不顾。谁实为之？固非我皇帝所及料也。 499.

后虽入居内阁，而祸深患迫，已有岌岌莫保之虞。老成忧国之衷，至于废寝忘餐，拊膺涕泣，然而战守俱困，险象环伏，卒苦于挽救之无术。向使冲人嗣统之初，不为谗言所入，举国政朝纲之大，一委元老之经营，将见纲举目张，百废俱举，治平有象，乱萌不生，又何至有辛亥之事哉？至万不得已，仅以特别条件，保其宗支陵寝于祚命已坠之余，此中盖有天命，非人力所能施。而我皇帝之极意绸缪者，其始终对于清廷，洵属仁至而义尽矣。夫历数迁移，非关人事，曩则清室鉴于大势，推其政权于国民，今则国民出于公意，戴我神圣之新君。时代两更，星霜四易，爱新觉罗之政权早失，自无故宫禾黍之悲。中华帝国之首出有人，庆睹汉官威仪之盛。废兴各有其运，绝续并不相蒙。况有虞宾恩礼之隆，弥见兴朝复育之量，千古鼎革之际，未有如是之光明正大者。而我皇帝尚兢兢以惭德为言，其实文王之三分事殷，亦无以加此，而成汤之恐贻口实，固远不逮兹。此我皇帝之德行，所为夐绝古初也。然则明谕所谓无功薄德云云，诚为谦抑之过言，而究未可以遏抑人民之殷望也。

至于前此之宣誓，有发扬共和之愿言，此特民国元首循例之词，仅属当时就职仪文之一。盖当日之誓，根于元首之地位，而元首之地位，根于民国之国体，国体实定于国民之意向，元首当视民意为从违。民意共和，则誓词随国体为有效，民意君宪，则誓词亦随国体为变迁。今日者国民厌弃共和，趋向君宪，则是民意已改，国体已变，民国元首之地位，已不复保存，民国元首之誓词，当然消灭。凡此皆国民之所自为，固于皇帝渺不相涉者也。以上歌功颂德之词，尚可勉强敷衍，至把誓词抵赖，亏他说得出，亏他推得清。

我皇帝惟知以国家为前提，以民意为准的，初无趋避之成见，有何嫌疑之可言？而奚必硁硁守仪文之信誓也哉？要之我皇帝功崇德茂，威信素孚，中国一人，责无旁贷。

昊苍眷佑，亿兆归心，天命不可以久稽，人民不可以为主。伏冀抝冲勉抑，渊鉴早回，毋循礼让之虚仪，久旷上天之宝命。亟颁明诏，宣示天下，正位登极，以慰薄海臣民喁喁之渴望，以巩我中华帝国有道之鸿基。代表不胜欢欣鼓舞恳款迫切之至，除将明令发还，本国民代表大会总代表推戴书，及各省区国民代表推戴书等件，仍行赍呈外，谨具折上陈，伏乞睿鉴施行等情。据此，天下兴亡，匹夫有责，予之爱国，讵在人后？但亿兆推戴，责任重大，应如何厚利民生？应如何振兴国势？应如何刷新政治，跻进文明？种种措置，岂予薄德鲜能，所克负荷？前此掬诚陈述，本非故为谦让，实因惴惕交萦，有不能自已者也。乃国民责备愈严，期望愈切，竟使予无以自解，并无可诿避。第创造宏基，事体繁重，洵不可急遽举行，致涉疏率应饬各部院就本管事务，会同详细筹备，一俟筹备完竣，再行呈请施行。凡我国民，各宜安心营业，共谋利福，切勿再存疑虑，妨阻职务，各文武官吏，尤当靖共尔位，力保治安，以副本大总统轸念生民之至意。除将国民代表大会总代表推戴书，及各省区国民代表推戴书，发交政事堂，并咨复全国国民代表大会总代表代行立法院外，合行宣示，俾众周知。此令。

小子随读随录，录毕后，禁不住惭愤起来，乃口占一绝道：

揖让征诛是昔型，六朝篡窃亦彰明。
如何下效河间妇，狎客催妆甘背盟？

老袁既接收帝位，遂有好几种做作施行出来，看官请续阅下回，便有分晓。

两次推戴书：统计不下三千余字，乃不到半日，即草缮俱竣，是明明预先备办，第临时揜人耳目而已。且袁氏尚未承认帝制，而我圣主我皇帝之词，连篇累牍，不识若辈何心，乃竟厚颜若此？袁氏半推半就，真似倚门卖娼，装出许多丑态。吾谓欲做皇帝，简直就做，何必许多做作，愈形其丑耶？作伪心劳日拙，我为诸参政羞，我并为袁皇帝羞。

第五十六回　赌内廷承办大典
结宫眷入长女官

却说袁世凯既承认为帝，京城里面，热闹得甚么相似。当由总统府传出消息，称说袁皇帝登极期间，便是民国五年一月一日。那时一班趋炎附势的官儿，及鬻贱贩贵的商人，都伸着项颈，睁着眼珠，希望那升官发财，有名有利。还有一千九百九十三个国民代表，统以为此番进京，佐成帝业，就使不得封侯拜相，总有一官半职，赏给了他；或另有意外金钱，作为特赐，于是朝朝花酒，夜夜笙歌，镇日在八大胡同中，流连忘返。全国代表，如是如是，几令国民羞杀。哪知一声霹雳，震响天空，政府中颁发命令，叫他各归故里，仍安本业。新妇已经登堂，还要媒人何用。

看官！你想各代表到了京都，已将半月，所得川资，统已向楚馆秦楼中，花费了去，而且还有酒债饭债及各种什物债，满望将来名利双收，了清债务，偏偏要他回里，他们统变做妙手空空，连回去的盘费，统是无着，哪里还好偿债？大家才知道着了道儿，叫苦不迭，至此方知，真是笨伯。没奈何吁告同乡，替他设法。还是杨度、孙毓筠等，脚力稍大，向办理国民会议局中，支出二万元款子，分给代表，每人百元，才得草草摒挡，溜出京城，回乡过年去了。只所有欠项，始终未曾还清，仍是酒店饭店及各什物店中的晦气，这且休表。

且说帝位已定，明令迭颁，一面用压制法，一面用笼络法，计匝旬间，除无关帝制外，约有好几道命令，小子也不胜抄录。节述如下：

十二月十三日申令，此次改变国体，全出国民公意，如有奸乱之徒，造谣煽惑，勾结为奸，当执法以绳，不少宽贷。

十五日策令，封黎元洪为武义亲王。黎固辞，申令不许。

十六日申令，清室优待条件，永不变更，将来制定宪法，继续有效。（因清室内务府咨照参政院，赞成袁氏称帝，乃有此令。）

同日申令，特任溥伦为参政院院长。（黎已封王，故改任清宗室溥伦以示羁縻。）

同日申令，关于立法院议员选举事宜，迅速筹办，准于来年以内召集。

同日教令，修正政事堂组织令，凡大总统发布之命令，由政事堂奉行，政事堂钤印，国务卿副署。（与清制内阁奉上谕同。）

同日批令，蒙古章嘉呼图克图等，奏请正位，实属倾诚爱国，深堪嘉尚，著交蒙藏院传奖。

十八日策令，特任冯国璋为参谋总长，未到任以前，著唐在礼代理，（因冯氏劝进较后，特欲调入京都，免生异志。）

同日申令，旧侣及耆硕数人，均勿称臣。

同日申令，满、蒙、回、藏待遇条件，继续有效。

十九日申令，著政事堂饬法制局将民国元年以来法令，分别存留废止，悉心修正，呈请施行。

同日批令，代理国务卿陆征祥等，奏请准设大典筹备处，已悉。

二十日申令，徐世昌、赵尔巽、李经羲、张謇为嵩山四友，颁给嵩山照影各一帧。

二十一日策令，特封龙济光、张勋、冯国璋、姜桂题、段芝贵、倪嗣冲为一等公，汤芗铭、李纯、朱瑞、陆荣廷、赵倜、陈宧、唐继尧、阎锡山、王占元为一等侯，张锡銮、朱家宝、张鸣岐、田文烈、靳云鹏、杨增新、陆建章、孟恩远、屈映光、齐耀琳、曹锟、杨善德为一等伯，朱庆澜、张广建、李厚基、刘显世为一等子，许世英、戚扬、吕调元、金永、蔡儒楷、段书云、任可澄、龙建章、王揖唐、沈金鉴、何宗莲、张怀芝、潘矩楹、龙覲光、陈炳焜、卢永祥为一等男，李兆珍、王祖同为二等男。

同日策令，特任陆征祥为国务卿，仍兼外交总长。

二十二日策令，追封赵秉钧为一等忠襄公，徐宝山为一等昭勇伯。

同日申令，永远革除太监等名目，内廷供役，改用女官。

二十三日策令，特封刘冠雄为二等公，雷震春为一等伯，陈光远、米振标、张文生、马继增、张敬尧为一等子，倪毓棻、张作霖、萧良臣为二等子，林葆怿、饶怀文、吴金标、王金镜、鲍贵卿、宝德全、马联甲、马安良、白宝山、昆源、施从滨、黎天才、杜锡钧、王廷桢、杨飞霞、江朝宗、徐邦杰、李进才、吕公望、马龙标、吴炳湘为一等男，吴俊升、王怀庆、吴庆桐、冯德麟、王纯良、李耀汉、马春发、胡令宣、莫荣新、谭浩明、周骏、刘存厚、叶颂清、张载阳、张子贞、刘祖武、石星川为二等男，石振声、何丰林、臧致平、吴鸿昌、王懋赏、唐国谟、方更生、张仁奎、陈德修、殷恭先、周金城、李绍臣、康永胜、常德盛、张殿如、马福祥、张树元、李长泰、许兰洲、朱熙、孔庚、方玉普、马龙潭、裴其勋、朱福全、隆世储、方有田、陈树藩、陆裕光、杨以德为三等男。（又予一二等轻车都尉世职，共七十余人，名不备录。）

这数令颁发出来，朝野注目，统说新天子登基在即，所以有此布置，就是老袁心中，也以为恩威并济，内外兼筹，布置得七平八稳，可以任所欲为了。惟筹备大典处，是筹备登极大典，相传于十一月初二日，即已密行设立，至十九日始见发表，尚是掩耳盗铃的计策。起初严守秘密，未敢动用国帑，左支右绌，办理为难。当有二姨太黄氏与三姨太何氏，首先发起拟将家人私蓄拨出若干，作为筹备处的资本金。统计袁氏妻妾十六人，子十五人，女十四人，每人助一万圆，可得四十五万圆。他日皇帝登极，各得优先利益，仿佛如前清幕吏，先垫款项，称为带肚子一般。皇帝家中，亦沿此习，确是一段笑史。袁氏正室于夫人，与次子克文，三女淑顺，本未曾赞同帝制，且以为此等恶习，不应出自帝家，因此不愿入股。此外当一致赞成，当下凑集四十二万圆，开手筹办，但须觅一亲信可靠的人物，充作处长，方免舞弊。女眷们的金钱，来处不易，所以格外审慎。这消息传达出去，即有人运动斯缺，情愿承认。看官道是何人，就是皇帝伯伯的爱侄儿，名叫乃宽。

他既与老袁认作叔侄，当然如骨肉至亲，无所嫌避，所以出入府中，无论袁氏姬妾，尽得相见。且因他语言柔媚，体态殷勤，容易得人欢心，往来无间，此次即至二姨太三姨太前，乞求推荐，愿先献番佛十万尊，作为孝敬。看官试想，两位姨太太，只携出了二万圆，拼入优先股，今复得了十万圆，除二万外，还有八万圆好处，哪有不允之理？好一场赚钱生意。当下满口承认，即夕向老袁进言道："大典筹备处，已有四十余万圆凑集，不日可开办了。但处长一席，总须择一心腹人，方可胜任。"老袁接口道："这个自然。"二姨太便道："据妾想来，莫如御侄乃宽。"三姨太又道："他本是同宗，办事又向来勤谨，真是所举得人了。"可见金钱之魔力。老袁笑道："卿等慧眼，想必不错，我便叫他任事罢。"次日，即召乃宽入内，令为大典筹备处处长。

乃宽自然受命，拜谢鸿恩，一面复潜向两姨太处，申鸣谢悃。曾拜倒石榴裙下否？任事以后，第一件是筹办皇帝的龙袍，第二件是筹办后妃的象服；此时京城里面的绸缎绣货庄，要算是山东巨宦开设的瑞蚨祥。该肆闻信，料是一场大主顾，忙到筹备处设法运动，兜揽生意。处长袁乃宽亲与商议，先将回扣议妥，这一着最是要紧。然后与议龙袍的做法。先是袁皇帝授意乃宽，服制尚红，大约是火德主政的意思。乃宽便仰承圣意，拟用着赤金线，盘织龙衮，且通体须缀饰明珠，嵌入金刚钻，还要一顶平天冠，四周垂旒，每旒约用东珠一串，冠檐须缀饰绝大珍珠，才见光彩夺目。这两种代价，由店主人估算起来，差不多要五六十万圆。乃宽暗想，现在只有四十万圆，连一件龙袍的价值还是不敷，如何好再办别种服饰？眉头一皱，计上心来，当下与店主人商量，教他垫款包办，一俟皇帝发极，算清账目。店主人乐得应允，便双方订约，再由店中恭绘衮冕格式，呈入御览。老袁很是合意，即嘱他照式织制。并限于阳历年终取用，该店奉旨承办，日夜赶制。

此外一切用品，但把要紧的物件购办起来。不到数日，已将四十万圆用罄。那时筹备处尚未正式批准，急得乃宽没法，只好再请教二姨太。二姨太究竟女流，一时想不出甚么法儿，仍嘱乃宽代筹。乃宽道："非请财神爷上台，这事恐办不了。"

二姨太笑着道："我知道了，你放心去罢。"财神大名，应该知道。乃宽退出后，不到两日，即由财神爷承认五百万圆。既而筹备处正式成立，五百万果然拨到。袁皇帝又密与财神爷商妥，此后一切经费，归他筹拨，待登位后，愿把首揆一席，酬答丰功。财神拜相，恐非所长。财神爷颇也乐允。袁皇帝嘉慰非常，复命将前清三殿，募工修筑，也归袁乃宽一手承办。乃宽连得美差，感激无地，自不消说。

惟女官令下，一班妇女请愿团，也想去攀龙附凤，龙可攀，凤不许附，却也为难。显扬门楣，恐怕是要倒楣。但一时无门可入，未免望洋兴叹，空存这富贵的念头。独有安女士静生，本是请愿团的领袖，更兼腹中有点文墨，口才又很过得去，曾充某女校校长，资格完全，回应四十九回。闻到此令，不禁大喜道："佳运来了。新朝挑选女官长，舍我其谁？"于是淡扫蛾眉，往朝至尊，名刺上镌入妇女请愿团长，及某女校校长头衔，呈递进去。适袁皇帝办公无暇，令诸皇妃招待。那安女士不慌不忙，从容步入，见了各位皇妃，请安跪拜，无不如仪。诸皇妃虽备选六宫，究竟还是候补资格，未曾经过这般恭维，此时见安女士巧言令色，般般可人，遂格外谦恭，待以客礼。安女士固辞未获，勉强旁坐，彼问此答，真个舌上生莲，令人爱羡。渐渐说到女官一事，安女士据实禀陈，竟效毛遂自荐。诸皇妃道："这事须经过睿断，我等未敢做主，但得宸衷首肯，似汝才调，当然可作女官长，何患不成？"安女士道："天下未必无才女，如臣妾的菲材，恐未必上邀睿赏哩。"诸皇妃道："且待禀明后，再行通报。"安女士拜谢而退。

次日又去进谒，诸皇妃欢迎如昨，且与语道："昨夜已替你禀陈，御意拟召你接谈，方可酌夺施行。"安女士道："何时得蒙召见？"诸皇妃道："便在今夕，我等当为介绍人，不过须略待时刻，请少安毋躁便了。"安女士重复拜谢。待至天晚，竟蒙诸皇妃赐给晚餐。可谓富贵逼人来。餐毕，又过了两句钟，老袁才入室休息，诸妃即带着女士晋谒老袁，安女士三跪九叩，从容尽礼。老袁问了数声，应对无不称旨，便面谕道："你可出外待命罢。"越日，即密令心腹，调查安女士履历，所有请愿团长及某校长的头衔，的确无讹，并且都中人士，有口皆碑，遂据实禀复。老袁尚在迟疑，无非怕她是革命党。又经诸姬妾从旁怂恿，乃特选入宫，命为侍从女官长。这安女士得充是选，即日入内，提起全副精神，趋承意旨。除袁皇帝外，无论皇后妃嫔，及皇子公主等，一入安女士眼中，便能识他心性，揣摩迎合，靡不中彀。因此入值府中，上和下睦，差不多如家人妇子一般。袁皇帝即命她招选女官，定额一百二十人。安女士仗着才能，即恭拟招选女官章程，进呈睿鉴，当蒙批准，因将章程宣布，厘分八条，胪列如下：

（一）须身家清白，及品谊纯正。（二）年龄在十四岁以上，二十五岁以下。（三）略具姿色，又体质健全，无其他暗疾者。（四）未出室及未受聘之闺女。（五）或孀妇而未经生育者。（六）无烟酒赌博诸嗜好。（七）三年后即开放出宫，其有愿留者听。（八）三年期满后，由女官长奏请皇上，择尤优奖。

这章程颁布后，女界争先恐后，群来报名。安女士又增订新例，凡欲应选诸妇女，当报名时，须预缴银币十圆，如不合格，此款不得索还，能合格当选，还要各缴一百圆，叫做入
510. 宫费，这乃是安女士理财的妙法，好坐取这一、二万圆，饱入私囊。又订定每月俸给，女官长月俸，计洋四百圆，还有公费百圆；女官分一、二、三、四等阶级，一等月俸二百圆，四等六十圆。安女士又有特别好处，按照八五成发给，余银也自己享受了。至若女官的膳餐费，衣服妆饰费，统要女官长经理，每月开具细账，向庶务处支领，免不得要浮报若干。统计安女士进账，实属不少，不过每月孝敬皇妃，却也要耗去一半。各皇妃爱她敏慧，都向老袁处说项，老袁晓得甚么，还是自诩知人。小子有诗咏安静生道：

几生修得到宫廷，福至应教心独灵。
纵使皇纲悲短命，绣囊已贮万钱青。

岁月将阑，登极期日近一日，不料外面的鼙鼓声，竟动地而来。欲知何处兴兵，且至下回续叙。

本回专叙大典筹备处，及女官长二事，而于承认帝位后种种措置只汇叙一段，不复详说，阅者得毋嫌其太略乎？曰非略也。各种命令，具见明文，不特政府公报，记载特详，即如各处新闻纸，亦备列无遗，海内人士，无不闻知。独宫廷秘幕，非经揭述，鲜有识其隐者。观袁乃宽之谋得筹备处长，及安静生之乞得女官长，无在非打通内线，才得如愿。袁皇帝亦幸而短命耳？否则内嬖外宠，贻祸无穷，其不至覆国者几希。

第五十七回　云南省宣告独立
丰泽园筹议军情

却说京城里面，正演那大登殿的戏剧，那时江西、四川、广东诸省，却也有几个江湖草寇，羡慕老袁，曲为摹仿，悬着好几块皇帝招牌，居然称孤道寡起来。江西有两个草头王，一个是南康县人邱宝龙，一个是万年县人雷葆福。四川的草头王叫做王虎林，原籍广东香山县；还有他同帮李半仙，是羽客出身，遥应王虎林，组织保皇会，就在香山县中，拣一僻静所在，高搭仙棚，号召徒众，瞎闹了好几天。官兵奉了大将军令，前来搜剿，杀得这班草头王，东窜西逃，结果是捉到断头台，陆续毕命。皇帝下台，大都如此，袁皇帝何尚未悟？只有李半仙闻风逃走，不知去向。究竟是个羽士，有点法术？这本是幺么小丑，不足挂齿。但也由老袁想做皇帝，引出这班草头王来。老袁闻着，暗想他无拳无勇，也想自称皇帝，真似癞虾蟆想吃天鹅肉，令人忍笑不禁。哪里及得来你。

接连又有上海民党联络海军学生陈可钧，夺得黄浦江口的肇和兵舰，驶入江心，开起炮来，攻击制造局。海军司令李鼎新急督领海琛兵舰，放炮还击，党众势不能敌，只好窜去。独陈可钧无从奔逃，当被拿住，枪毙了事。另有一部民党，从陆路进攻制造局，也被护军使杨善德派兵防堵，不能得手。民党完全失败，李鼎新受谴议处，杨善德蒙奖叙功。陆海军官弁，又保举了好几人。袁皇帝以为平乱有余，毫不足虑，就是海外的华侨，及各项留学生，并海内反抗帝制的各种联合会，联电到京，诘责政府，老袁全不在意；甚且半途搁沉，未曾送达总统府中，连袁氏也未曾过目。到了十二月二十三日，忽由政事堂接到云南密电，翻阅以后，自国务卿下，统不胜惊愕起来。看官道是何电？乃是一篇严问老袁，差不多似哀的美敦书。其文云：

北京大总统钧鉴：自国体问题发生后，群情惶骇，重以列强干涉，民气益复骚然，全谓大总统两次即位宣誓，皆言恪遵《约法》，拥护共和，皇天后土，实闻此言，亿兆铭心，万邦倾耳。记曰：“与国人交，止于信。”又曰：“民无信不立。”今失言背誓，何以御民？比者代表议决，吏民劝进，推戴之诚，虽若一致，然利诱威迫，非出本心，而变更国体之原动力，实发自京师，其首难之人，皆大总统之股肱心膂，盖杨度等六人所倡之筹安会，煽动于前，而段芝贵等所发各省之通电，促成于继，大总统知而不罪，民惑实滋。查三年十一月四日申令，有云：“民主共和，载在《约法》，邪词惑众，厥有常刑，嗣后如有造作谰言，紊乱国宪者，即照内乱罪从严惩办”等语。今杨度等之公然集会，朱启钤等之秘密电商，皆为内乱重要罪犯，证据凿然，应请大总统查照前项申令，立将杨度、孙毓筠、严复、刘师培、李燮和、胡瑛等六人，及朱启钤、段芝贵、周自齐、梁士诒、张镇芳、雷震春、袁乃宽等七人，即日明正典刑，以谢天下。更为拥护共和之约言，涣发帝制永除之明誓，庶几民喦顿息，国本不摇。尧等夙蒙爱待，忝列司存，既怀同舟共济之诚，复念爱人以德之义，用敢披沥肝胆，敬效忠告，伏望我大总统改过不吝，转危为安，否则此间军民，痛愤久积，非得有中央拥护共和之实据，万难镇劝。以上所请，乞以二十四小时答复，谨率三军，翘企待命。开武将军督理云南军务唐继尧，云南巡按使任可澄叩。

政事堂以事关重大，不敢隐匿，只好转呈袁皇帝。袁皇

帝览毕，却也皱起眉来，半晌才道："日前曾接云南各种电呈，并没有反叛形迹，这道密电，莫非乱党假冒不成？"便召入国务卿陆征祥，嘱咐道："你可用政事堂名义，电询云南，是否假冒才是。"陆征祥应命而出，即拟电拍发，大旨说是"顷悉来电，与前三日致统率办事处参谋部及本堂电，迥不相同，本堂决不信云南有此事，想系他人捏造代发，请另具邮书，亲笔署名"云云。电发后，竟没有复电到来。政事堂中，尚眼巴巴的望着邮音，谁知他已宣布独立，竖起讨袁旗帜来了。

小子于五十三回，曾说蔡锷遣王伯群至滇，密告唐继尧准备起义，拥护共和，唐遂遍谕军人赶紧预备，专待蔡锷到来，协力讨袁。适前江西都督李烈钧由日本至香港，亦有密电约唐，令他举事。唐亦复电相邀，请作臂助。十二月十七日，李偕熊克武、龚振鹏、方声涛到滇，与唐晤谈竟夕。越日，即

在忠烈祠会议，巡按使任可澄，及军官黄毓成、赵复祥，罗佩金、邓大中、杨蓁、董鸿勋、黄永社等，统到会场，当由唐继尧邀同李烈钧，入会开议，讨论军事财政外交诸大端。计划已定，只有蔡锷未到，尚是按兵不动。又过两天，那蒙犯霜露、历经艰险的蔡将军，竟由海登陆，直抵云南。小子叙述至此，恐看官又要动疑，上文五十四回中，不曾叙过老袁密计，两路防备么？紧呼前文，笔法严密。难道蔡将军有飞行术，竟能凭空到滇，得免网罗？这是看官最紧要的疑问，由小子答述出来。

原来蔡锷先到日本，参政戴戡亦与他有密约，踵迹东来，还有殷承瓛、刘云峰、杨益谦三人，与蔡锷向系故交，自遭民党嫌疑，遁迹东洋，此次悉行会晤，遂想迂道入滇。无如驻日公使陆宗舆，奉袁密令，随时侦查。蔡乃赴日本医院治病，且常寄函政府，报告民党行踪。至濒行时，预拟寄袁书十余通，密交契友，托他隔日一发，自与戴、殷、刘、杨四人登舟赴滇，不但老袁被他瞒过，连陆宗舆也无从觉察。及舍舟登陆，道经蒙自，恐刺客当路，各化装为窭人子，徒步偕行。忽前面遇一大汉，彪形虎躯，状极凶悍，猝问蔡锷道："你等到哪里去？"蔡锷诡言途次遇盗，银钱行李，俱被劫去，拟归龙州故里。言未毕，那大汉竟厉声道："你得毋为蔡锷么？"锷不动声色，力辩非是，暗中却取出手枪，枪栝一响，大汉即应声而倒。忽刺斜里又闪出数人，跳跃而前，锷又连发数枪，戴戡等亦出枪助击，约毙数人，只剩一人返身欲奔，被蔡锷追上一步，把他擒住。那人长跪乞饶，具言受袁密令，不得已来此。蔡锷笑道："饶便饶汝，但汝须传语老袁，此后勿再行此鬼蜮手段。"那人方拜谢去讫。既而阿迷县知事张一鹍，闻蔡入境，也想讨好中央，设法图蔡，可巧南防师长刘祖武已接唐督来电，嘱他欢迎蔡锷，锷亦因刘是旧部，急往与会，两下相见，欢然道故，并就防营中宴叙一宵。翌晨，由刘军护送入省。张一鹍计不得逞，方才无事。

蔡锷既到省城，唐、任以下，出城郊迎，父老士女，争集道旁，欢声雷动。至入城后，略叙寒暄，即由蔡锷问及军备。唐继尧道："已预备多日了，专俟君来，以便举义。"蔡锷又问道："饷械可备就否？"唐继尧道："除本省库款及兵械外，南洋华侨，愿助款六十万圆，安南也有若干枪炮运来，统共核算，足供半年。"蔡锷道："袁氏叛国，中外同愤，半年以内，当可除袁，惟事不宜迟，请早日宣布独立罢。"唐继尧道："海外饷械，明后日即可到齐，我等就在阳历年内，举起义旗，可好么？"蔡锷答言甚好。唐继尧乃请他休息一两天，才议行军事宜，蔡锷许诺。次日，由南洋运到华侨助款六十万圆，并由安南运来枪炮多种，二十二日晚间，开全体大会，议定起义手续，先由唐、任两人名义，电迫袁氏取消帝制，诛除祸首。当下拟好电稿，于二十三日拍发，限他二十四小时答复。哪知复电到来，尚是假惺惺地问他真伪，于是决计讨袁，即于二十五日，宣告云南独立，复邀同贵州护军使刘显世，联名通电各省云：

各省将军，巡按使，护军使，镇守使，师长，旅长，团长，各道尹公鉴，并请转各报馆鉴：天祸中国，元首谋逆，蔑弃《约法》，背食誓言，拂逆舆情，自为帝制。卒召外侮，警告迭来，干涉之形既成，保护之局将定。尧等忝列司存，与国体戚，不忍艰难缔造之邦，从此沦胥，更惧绳继神明之胄，夷为皂圉，连日致电袁氏，劝戢野心，更要求惩治罪魁，以谢天下。所有原电，迭经通告，想承鉴察。何图彼昏，曾不悔过，狡拒忠告，益煽逆谋。夫总统者，民国之总统也，凡百官守，皆民国之官守也，既为背叛民国之罪人，当然丧失元首之资格。尧等深受国恩，义不从贼，今已严拒伪命，奠定滇黔诸地，为国婴守，并檄四方，声罪致讨，露布之文，别电尘鉴。更有数言，涕泣以陈诸麾下者，阋墙之祸，在家庭为大变，革命之举，在国家为不祥。尧等夙爱平和，岂有乐于兹役？徒以袁氏内罔吾民，外欺列国，有兹干涉，既濒危亡，苟非自今永除帝制，确保共和，则内安外攘，两穷于术。尧等今与军民守此信仰，舍命不渝，所望凡食民国之禄，事民国之事者，咸激发天良，申兹大义。若犹观望，或持异同，则事势所趋，亦略可预测。尧等志同填海，力等戴山，力征经营，固亦始愿所在，以一敌八，抑亦智者不为。麾下若忍于旁观，尧等亦何能相强，然量麾下之力，亦未必摧此 517.
土之坚，即原麾下之心，又岂必欲夺匹夫之志？长此相持，稍更岁月，则鹬蚌之利，真归于渔人，而萁豆之煎，空悲于轹釜。言念及此，痛哭何云。而尧等则与民国共生死，麾下则犹为独夫作鹰犬，坐此执持，至于亡国，科其罪责，必有所归矣。今若同申义愤，相应桴鼓，可拥护者为固有之民国，匕鬯不惊，所驱除者为民国之一夫，天人同庆。造福作孽，在一念之危微，保国复宗，待举足之轻重。敢布腹心，惟麾下实图利之。唐继尧、蔡锷、任可澄、刘显世、戴戡暨军政全体同叩。

通电既布，乃更议组织军队，首提及出师名义，或拟用共和军，或拟用滇、黔联合军，或拟用中华民国第一军，或拟用靖难军。独蔡锷起身说道：“此次举义，系国民放逐独夫，不应沿用‘共和’二字，至若其他各名称，非旗帜暗昧，即范围太隘。窃思军人以救国为天职，此时讨袁，仍不外一救国问题，或直称救国军，否则或称护国军，亦无不可。”唐继尧道：“不如‘护国’两字罢。”大众齐声称善。蔡锷又道：“军队出发，必须有一统率机关，这名义却也要紧。”各军官道：“应该称元帅府，或临时元帅府。”唐继尧道：“元帅二字，名目太尊，似应缓待贤能，不若径称总司令。”蔡锷鼓掌赞成。唐继尧又道：“鄙人不材，忝膺重任，好容易经过两年，今蔡公来滇，正是鄙人卸肩的日子，鄙人情愿督师出征，这将军一席，仍让蔡公复任。”蔡锷摇首道：“锷来此地，欲保障真正共和，为诸同胞谋幸福，并非为自己谋名利。唐公此举，转予外人口实，疑锷来攫取此席，锷哪里承受得起，只好从此告别了。”唐固让德可风，
蔡尤立言正大。言已，抽身欲行。唐继尧连忙挽住，且语道：“公不愿为，继尧愿让李君。”李烈钧忙道：“蔡公尚不肯受任，烈钧更不敢受了。”蔡锷又道：“今日起义，目的在推倒袁政府，他事且慢慢计议。惟与唐公相约，阃以内专属唐公，阃以外属锷与李君分任罢。”唐继尧尚欲有言，军官齐声道：“唐将军请勿过谦，还是从蔡公议为是。”唐乃承认下去，随即续议各军组织法及任务分配，分道进行。议定如下：

中华民国护国第一军总司令，归蔡锷担任，出发四川，进图湘、鄂。

中华民国护国第二军总司令，归李烈钧担任，出发广西，进图粤、赣。

中华民国护国第三军总司令，归唐继尧担任，防守云南本省。

先是云南有二师一旅，警备队四十营，至此统编作陆军，共计七师，分隶三军。第一、第二两军，各率三师，还有一师属第三军，兵额不足，另设征兵局，添募新军。又各师均编成梯团，一梯团的兵力，约与混成旅相同。第一、第二两军，各设四梯团，第三军设六梯团，各设司令参谋等官，俾专责成。一面布告人民，各安本业，一面照会各国领事，切实保护侨民，从前各项条约，继续有效。惟自帝制发生后，袁政府与各国所订条约等件，均不承认；且各国官民，如赞助袁政府及战时禁制品，即当视同仇敌，没收该物。那时各国领事，接收照会，大都默认无言。二十七日，第一军总司令部，已经组成。自总司令蔡锷以下，总参谋长用了罗佩金，参议处长就任殷承瓛，外如秘书李曰垓，副官长何鹏翔等，统系滇中名流。当日下动员令，饬第一梯团长刘云峰，率领所部，向四川进发去了。

警信迭达中史，老袁也惶急起来，忙就总统府内的丰泽园，作军事会议厅，连开御前会议，召集文武官属，筹议南征。大家都想望登极，领太平宴，奏朝天子乐，哪个肯出去打仗，便纷纷献议道："云南一省地方，僻处偏陲，能成什么大事？但教湘、蜀各省，集兵阨守，令他无路可出，自然束手待毙，不到数旬，便可平定了。"太看得容易。老袁道："话虽如此，恐他讹言煽惑，摇动邻省，倒也不可不防。"大家复道："癸丑一役，长江南北，统被传染，尚且数旬可平，区区唐继尧怕他甚么！"狃胜而骄，便是败象。老袁道："蔡锷也到云南，这人却不可轻视，他托言养疴日本，前几天还有书函寄来，谁知他瞒得我好，竟潜往云南。昨寄电陆宗舆，叫他问明日本医院，据言已于十数日前，回国去了。你道他有这般诡谋，岂非是大患么?”言下非常懊怅。悔已迟了。经大众禀慰数语，方电命驻岳陆军第三师长曹锟率师赴湘，据守要塞，候令征滇，旅长马继增带领第六师的第十一旅，由鄂赴岳，与曹换防；并电饬四川将军陈宧，速派得力军队，固守叙州，力拒滇兵北上。还有最紧的一着，是谕饬邮政电报各局，凡自云南发出的函电，或与云南事互相关系，均严行搜查，不准拍发。老袁此策，以为可禁止煽惑，不知消息不灵，反致隔阂，兵贵神速，讵宜出此？一面再令政事堂，迭驳云南通电，逐渐加严。

二十六日的电文，语意尚含规劝，略说：“政见不同，尽可讨论，为虎作伥，智士不为，且列强劝告，并非干涉，总统誓言，亦视民意为转移，现既全国赞成君宪，云南前日，亦电表赞同，奈何出尔反尔，有类儿戏”等语。二十七日的电文，归咎蔡锷，说他：“潜行至滇，胁诱唐继尧，唐应速自悔罪，

休为宵小所惑”云云。到了二十九日，方颁发明令，谓：“据参政院奏称，唐、任等有三大罪：(一)构中外恶感；(二)背国民公意；(三)诬国家元首，均着即行褫职，并夺去爵位勋章，听候查办。蔡锷行踪诡秘，诪张为幻，亦着褫职夺官，并夺去勋位勋章，由该省地方官勒令来京，一并听候查办。”另派张敬尧带领第七师，自南苑赴鄂，巩固鄂防；并加张子贞将军衔，暂代督理云南军务，刘祖武少卿衔，代理云南巡按使，令他排击唐、任，自相攻击的意思。

哪知张子贞、刘祖武两人，已在唐将军麾下，效力讨袁，张任将军署内的总参谋长，刘任第三军第四梯团司令官，不但不受袁令，并且声罪致讨，略言“袁氏妄肆更张，僭称帝制，民情不顺，列强干涉，丧权辱国，亿兆痛心，本省举义，势非得已。子贞等忝总师干，心存爱国，近接京电，欲饵以利，要

知子贞等为国忘身，既非威所能胁，亦岂利所可诱”云云。老袁料不可遏，又运动英使朱尔典，转嘱驻滇英领事葛夫，规劝云南取消独立，并嘱托法使康悌，由安南妨害云南边防。两使言语支吾，始终不肯效力，气得老袁火星透顶，说不尽的忿恨。正在短叹长吁，忽由袁乃宽呈进龙袍一件，展将开来，却是五花六色，格外鲜妍，他又不禁转怒为喜，连声叫好。好像小儿得着新衣。乃宽便进谀道：“登极期已到了，月朔即要改元，如何年号尚未颁布？”老袁道：“年号是已经拟定了，可恨这云南无故倡乱，反弄得我动静两难呢。”乃宽道：“这也何妨。”老袁皱着眉，摇着头，半晌才说出数语来。正是：

不如意事常八九，可与人言无二三。

未知所说何词，且看下回续述。

云南举义，拥护共和，其致中央一电，已足褫袁氏之魄，嗣复通电各省，益足诛袁氏之心。而老袁含糊对付，先由政事堂迭发三电，尚未敢明言其非，及滇军出发，不得已下令褫职，倘或自反而缩，亦何至迁延若此？一则堂堂正正，一则鬼鬼祟祟，以视癸丑一役，其情形殊不相同。盖彼时之袁氏，虽有叛国之心，而无叛国之迹，至此则心迹俱彰，欲掩无自。宜乎一夫作难，而全局瓦解也。然袁氏之心苦矣，袁氏之心苦，而其术亦愈穷矣。

第五十八回　庆纪元于夫人闹宴
仍正朔唐都督誓师

却说袁氏叔侄，谈及登位事，老袁愀然道：“我本拟改元登极，但据目前情势，只好暂从缓议。云南事我却不怕，但恐外交一方面，又惹起甚么交涉，不得不慎重将事哩。”乃宽道：“圣明洞鉴万里，臣侄非常钦佩，惟为了云南小丑，延迟大典，一恐叛徒玩视，愈长嚣陵，二恐改元无期，致多窒碍。试想云南辽远，劳动六师，就使一举荡平，也非数旬不可，那时明诏改元，转与历数未合，这却还求鉴察呢！”老袁道：“我正为此事打算，想不出甚么妥当法儿，现在也顾不得许多了，且改了元再说。”乃宽道：“登极呢？”老袁道：“这……这事且从缓办。”乃宽道：“改了元，怎么不登极？”老袁道：“我自有我的意见，你不必多言。”无非是贼胆心虚。乃宽唯唯而退。越宿，便是阴历除夕，早晨已过，并没有甚么改元登极的消息，一班定策佐命的功臣，都往政事堂探听，也不见有何等举动，连国务卿陆征祥，都猜不透老袁的意思，大众乃回去午餐了。待至未牌以后，方颁出改元的申令道：

据大典筹备处奏请建元，著以民国五年，改为洪宪元年。

各官僚见了此令，复统去探问袁乃宽，曾否元旦登极？乃宽又将老袁所嘱，略述一遍，众情又未免诧异，但也不便入内申请，只好啧啧私议罢了。是夕，总统府中，照例守岁，老袁召集家人子女，共聚一堂，开团圞宴，叫做合家欢筵席。并因翌日改元，预表庆贺。当时候补皇妃，候补皇子皇孙及候补皇女等，全体列席。中央设着两座，两旁依次陪侍。花团锦簇，玉绕珠环，小子叙至此处，爰将袁家眷属，一一指名，略载履历，借供看官闲览，胪述如下：

袁家姬妾

（一）闵氏。朝鲜人，系闵氏养女，相传其本姓金氏，寄养朝鲜王妃母家，小名碧蝉。（二）黄氏。绰号小白菜，与袁同里，系豆腐肆中黄氏女。（三）何氏。系苏州商人女，小名阿桂。（四）柳氏。小名三儿，系天津韩家班名妓，见四十八回。（五）洪氏。即洪述祖妹，见四十六回。袁氏第五妾，名红红，亦勾栏中人，袁任鲁抚时，红红与仆私，为袁所杀，故不列入。（六）范氏。与袁同里，系袁氏乳媪女，小名凤儿。（七）叶氏。扬州人，父叶巽，候补河南知县。父殁家落，女鬻诸绅家，转赠袁为妾。（八）贵儿。系盛氏婢女，小名贵儿，亦扬州人，姓名未详。（九）（十）大小尹氏。初为第六妾洪氏使女，系同胞姊妹，籍贯未详。（十一）汪氏。与袁同里，系榜人女。（十二）周氏。本杭州名妓，能诗，别号忆秦楼。（十三）虞氏。本袁家侍婢，小名阿香，姓氏未详。(十四)洪氏。系洪述祖侄女，小名翠媛，与第五妾洪氏有姑侄之称。

袁家子

(一)克定。于夫人所出。(二)克文。闵氏所出，或谓系黄氏子。(三)克良。黄氏所出。(四)克端。何氏所出。(五)克权。第六妾洪氏所出。(六)克桓。柳氏所出。(七)克齐。何氏所出。(八)克轸。叶氏所出。(九)克玖。同上。相传与黎黄陂女结婚，即此子。(十)克坚(十一)克安(十二)克度(十三)克相(十四)克捷(十五)克和。生母均未详。

袁家女

(一)淑贤。闵氏所出，能诗工画，适张氏子。(二)淑顺。何氏所出，适沈而寡，留居母家。(三)淑婉。叶氏所出，所适未详。(四)淑贞。柳氏所出，字杨氏子。(五)淑芳。生母未详。(六)淑兰。叶氏所出，相传以此女字宣统帝。(七)淑缇(八)淑瑾(九)淑珍(十)淑梅(十一)淑芸(十二)淑玲(十三)淑英(十四)淑□。生母均未详。

附：克定长子名家融。系世凯长孙，余孙六人从略。

老袁坐了首位，左盼右顾，除长女淑贤、三女淑婉已经适人外，其余统共列席。独于夫人尚未到来，当命人三请四邀，尚是足迹杳然。等到酒已数巡，还是虚左以待，老袁不觉懊恼，令婢仆等再行催逼。于夫人方缓步行来，甫至席间，即闻老袁厉声道："你有甚么公干，挨到此时才来？"于夫人道："为甚么大惊小怪？皇帝未曾做得，先摆起架子来了。须知你我是患难夫妻，就使你做皇帝，也不能向我呵斥哩。"老袁闻这数语，越觉愤不可遏，便怒气勃勃道："你这黄脸婆子，不中抬举，我若登了大位，先将你贬入冷宫。"于夫人也愤着道：

“你是个没良心人，不顾夫妻旧谊，倒也罢了，就是我袁家祖宗，世受清室厚恩，你也曾受清爵禄，官居极品，不思竭力报效，反乘着南军革命，逼清退位，妄思为帝，祖宗有灵，恐不容你，清朝的列祖列宗，如或有知，更不容你。你还要朝称皇帝，暮称皇帝，来吓我么？”借于夫人口中，痛骂老袁，令人浮一大白，然亦有据而谈，并非全体捏造。老袁听了，竟立起座来，把袖一卷，几欲以老拳相向。于夫人又接着道：“我已早知有今日了。你是姬妾满前，儿孙绕膝，还要我这老东西何用，我还是早死了罢。”说着时，已是涕泪满面，并欲拼着老命，向老袁前撞将过去。亏得众位候补皇妃，两边分劝，力为调解，才免争殴。于夫人负气自去，老袁恨恨不止，阖座为之不欢。就是不祥之兆。

洪姨乃献谀贡媚，举酒劝袁，周姨等相继把盏，老袁不忍拂意，勉勉强强再饮数觥。怎奈闷酒入肚，最易致醉，更兼时逾夜半，禁不住睡眼朦胧，洪姨扶他入室，和衣安寝，复出室令撤酒肴，一面召入袁乃宽，密商了好多时，复与大众筹划一番，多半称为妙策，只克文、淑顺默不一言。

乃宽去后，转眼间天已破晓，由洪姨手取龙袍，搀起老袁，替他穿着。老袁就醉梦中惊醒，问及何事？洪姨诡言：“天气骤寒，应加重袭。”老袁含糊道：“何不扶我去睡？”洪姨又诡词相应，当命侍从舁入肩舆，扶袁登舆而去。向来袁在府中，常以肩舆代步，此时老袁醉梦尤酣，还道是照常往来，无甚惊异，到了居仁堂，才觉醒了一半，开眼四瞧，但见国务卿以下，统已排班鹄立，伺候登基，堂上摆着一个宝座，两旁是檀香雕成的龙形，互相蟠绕，正中是红缎绣成的龙形，作为披垫，返顾自身，也已穿着一件赤龙遍体的帝服，不觉诧为异事。又向头上一摸，尚未戴着冕旒，却不禁暗笑起来，慢腾腾地下了肩舆，复觉背后有人随着，回头一瞧，乃是恭奉帝冕的御侄儿，当下微笑道："你们为什么演这把戏?"语未毕，忽听"皇帝万岁"的声浪，喧集一堂，绕梁不绝，那时不便承认，又不便不承认，只好向大众，说了几句套话，无非是德薄能鲜，容待异日等语。话才说完，大众复叫起"皇帝万岁"来，接连是六君子十三太保，拥到老袁面前，恭请升座。御侄儿且跪进帝冕，老袁却不敢接受，只走到宝座前面，踌躇片时，又徐徐地踱至座后，再徐徐地踱至座前，如是三次，乃决定意见，面谕群僚道："正朔虽颁，登极尚须择吉，尔等且静待后命罢!"究竟不敢登台。群僚乃鼓舞而散。

只御侄儿尚是随着，返至内室，再行诘问，才知是洪姨所为。可巧洪姨邀同诸妾，打扮得花枝招展，前来谒贺，老袁便笑语道："你等想册作妃嫔么? 但此举未免太早了。"洪姨道：

"妾等特来朝贺，几曾见改元以后，尚未登极的天子么?"老袁道："你等晓得甚么?"洪姨道："妾却有点分晓，陛下所虑，无非为了外交的关系，其实此事何足介怀。我袁家做皇帝，与他何干? 况陛下做的是中国皇帝，不是想做外国皇帝，更觉与他无涉。今日为元旦令辰，妾等就此朝贺罢!"言毕，拥袁入座，就一同跪下，也是三呼万岁，满口臣妾。引起这位袁皇帝乐不可支，便垂拱南面，实受他三跪九叩首大礼。是谓骄其妻妾。群姬朝毕，袁皇帝兴味盎然，当即下令，改称总统府为新华宫，府内收文处，改作奏事处，府内总指挥处，改作大内总指挥处，复拟规复坛庙制度，并将袁氏历代祖茔，改为陵寝等情，饬大典筹备处敬谨议行。

看官记着，这是中华民国五年第一日，袁皇帝既自建年号，改为洪宪元年元旦，是已与民国断绝关系，论起理来，就是背叛民国，国民并未服从帝制，应该仍用民国正朔。断制谨严，好似洪钟震响。适云南军政府，也于是日成立，罢除将军巡按使名义，合并军巡两署，略照民国元二年旧制，组成都督府。都督一职，由大众公推，仍举了唐继尧，当由公民赵蕃等通电全国，其辞云：

北京各堂处部院局所，各省将军巡按使，都统办事长官，巡阅使，护军使，镇守使，全国各报馆商会鉴：袁氏谋覆民国，《约法》上之谋叛罪，业已成立，当然丧失总统资格。在新总统未经举定以前，云南公民，公举唐公继尧为云南都督，奉民国之正朔，守民国之疆土。昨闻电传伪令，尚有特任督理云南军务，及云南巡按使字样，当然认为无效。唐公与民国共存亡，吾滇千七百余万人，誓与唐公共生死，此为吾滇真确民意，不容元恶假借，合电奉闻。

唐继尧既任云南都督，当即偕蔡锷、李烈钧等，率领全军，于民国五年正月朔日，亲至校场，祭告天地，正式誓师。当由唐继尧亲读誓文，文云：

维中华民国五年元旦，继尧等谨以牺牲酒醴，昭告昊天后土。而誓于师曰：呜呼！民贵君轻，万邦是式，贼仁残义，一夫可诛。矧国是之久成，何逆谋之可宥？鲁连蹈海，尚耻帝秦。管宁适辽，不甘臣魏，岂有国步方艰，群情望治，遂乃妄侈边幅，效井底之蛙鸣，夷我华宗，戴冢中之枯骨者哉？粤自武昌首义，中土云从，五族一家，亿姓同德，扫除专制，创建共和，应世界之文明，为友邦所承认。乃者袁逆世凯，谋叛民国，复兴帝制，黄屋大纛，遽兴非分之思，砺山带河，无复未寒之约。移钟簴于反掌，家天下局势已成，输岁币以寻盟，小朝廷面目安在？急子孙万世之私计，误国家百年之远图。

本都督服役民国，作镇滇疆，痛国家之将沉，恨独夫之不剪。爰整义旅，恭行天讨，击祖逖渡江之楫，誓清中原，问新莽指斗之杓，能持几日。嗟尔有众，尚其弼予！

呜呼！尔惟克奋厥武，实乃无疆之休，予亦允报汝功，永有不次之赏。嗟尔有众，尚钦念哉！

誓文读毕，全军统呼“民国万岁！”声彻山谷。比皇帝万岁之声，多寡何如？及唐都督等返至督署，父老人民，及男女学生，齐集督署门首，手持鲜花，庆祝共和，复三呼“民国万岁！”真个是众志成城，大将军何等威武！义声载道，小百姓共表同情。眼见得人心不死，正气犹存，我中国一座锦绣江山，不容那袁氏并吞下去，这且不必细说。还有一道讨袁的檄文，也是民国五年元日所发，用着云南护国军名义，历数袁世凯十九大罪，小子欲叙述檄文，先口占一绝云：

揭破阴谋使共知，欲欺人处究难欺；
试看布檄宣袁罪，一纸书同十万师。

欲知檄文中如何说法，且至下回说明。

于夫人闹宴一出，虽未免含着醋意，而受清厚恩数语，却是名正言顺，直使老袁无可置喙。老袁之制造民意，作奸售伪，且不能信于其妻，况他人乎？况全国国民乎？迨至被舁登堂，第绕龙座三匝，始终不敢登座，毋乃为黄脸婆数言，有以夺其气而怵其心欤？厥后闻洪姨言，又激起侈念，迭发数种改制之命令，憧憧往来，朋从尔思，可愤亦可悲也。惟袁氏改元，而民国正朔，应归云南护国军接收，故于唐继尧之正朔誓师，直接叙入，不敢少漏，看似寻常补叙，而用笔实寓有深意，阅者当于夹缝中求之可也。

第五十九回　声罪致讨檄告中原
构怨兴兵祸延邻省

却说唐继尧既正式誓师，复做了一篇讨袁的檄文，布告天下。这檄文中列着十九大罪，把袁世凯的隐情，和盘托出，比那陈琳讨曹操，骆宾王讨武曌，尤觉淋漓尽致，令人叫绝。小子特详录如下：

维中华民国五年元旦，云南中华民国护国军军政府都督唐继尧，第一军司令官蔡锷，第二军司令官李烈钧檄曰：盖闻辅世之德，笃于忠贞，长民之风，高于仁让。使枭声雄夫，野心狼子，逞城狐之凶姿，弄僭窃之高位，则我皇王孝孙，并世仁让，谊承先烈，责护斯民。哀恫郁纡，成兹愤疾，大义敦敕，谁能任之？

国贼袁世凯粗质曲材，赋性奸黠，少年放僻，失养正于童蒙，早岁狂游，习鸡鸣于燕市；积其鸣吠之长，遂入高门之窦。合肥小李，惊其谲智，谓可任使，稍加提擢，遂蒙茸泽，身起为雄。不意其浮夫近能，浅人侈志，昧道懵学，骋驰失轸，遂使颠踬东国，覆公悚以招虎狼；狡诈兴戎，缺金瓯以羞诸夏。适清廷昏昧，致稽刑戮，犹包藏秽毒，不知愧耻，殚其暮夜之劳，妄窃虎符之重，黄金横带，卖孱主于权门，黑水滔天，引强敌以自重。虽奸逆著明，清廷知戒，犹潜伏羽势，隐持朝野。

降及辛亥，皇汉之义，如日中天，浩气飏飞，喷薄宇宙，风云滂沛，集兴武汉之师，士马精妍，远响东南之鼓；造黄龙而会饮，纳五族于共和，大势坌集，指日可期。天不佑华，诞兴贼子，蠢彼满室，引狼自庇。袁乃凭借旧资，攀援时会，伪作忠良，牢笼将卒，胁逼孤寡，夺据朝权，复伪和民声，迷夺时贤，虚结鬼神，信誓旦旦，懦夫惧戒，过情奖许。维时南军渠帅，实亦豁达寡防，堕彼奸计，倒持太阿，豢此凶逆。迨大邦既集，势威益专，遂承资跋扈，肆行凶忒，贿通魑蜮，棋布阴谋，毒害勋良，摇惑众志，造作威福，淆撼国基，背法畔民，破败纲纪，癸丑之役，遂有讨伐之师。

天未悔祸，义声失震，曾不警省，益复放横，骄弄权威，胁肩廊庙。是以小人道长，凶德汇征，私托外援，滥卖国权。弑害民会，私更法制，纵兵市朝，威持众论，布散金璧，诱导官邪，冀以其积威积恶之余，乘世风颓靡廉耻灭没之后，得遂其倒行逆施，僭登九五之欲。故四载以还，天无常经，国无常法，民无定心，官无定制，丹素不终朝，功罪不盈月，游探骄兵，睚眦路途，贪官污吏，黩乱朝野，以致庶政败弛，商工凋敝，尤复加抽房亩，朝夕敛征，假辞公债，比户勒索，淫刑惨苛，民怨沸腾，凶焰所至，道路以目，此真世道凌夷之秋，天人闭隐之会，四凶所不敢为，汤武所不能宥者矣。

维皇汉九有，奠安东陆，时流漂荡，越在迍邅。缅维祖德，孰敢怠荒？复我邦家，义取自拯。故辛亥之役，化私为公，志在匡时，道维共济。袁乃睥睨神器，妄欲盗窃，内比奸邪，既多离德，外遂孱隤，甘为犬豚。是以四郊多垒，弗知惭悚，海陆空虚，弗思整训，财用匮竭，弗事劝徕，健雄失养，弗兴学艺，室如悬磬，野无青草，犹复养寇外蒙，削国万里，失驭东鲁，屡堕岩疆，遂使满、蒙多离散之民，青、徐有包羞之妇，扼我封疆，揕我心腹，皇皇大邦，苟为侮戮，日蹙百里，媚兹一人。觉我侠士雄夫，所怒目切齿，惊惧忧危，而不可一朝居者也。夫天道健乾，义惟精一，在德则刚，制行为纯，故士不贰节，女不贰行，廉耻之失，谥曰贱淫，四维不张，国乃灭亡。

自民族国家，威灼五陆，雄风所扇，政骛其公，国竞以群，是以乾德精刚，宜充斥里闾，洋溢众庶，旁魄沆瀣，蔚为骏雄，故辛亥之役，黜君崇民，扬公尊国，所以高隆人格，发扬众志，义至精而理至顺，故虽旧德老成，去君不失忠，改官不降节。袁氏身奉先朝，职为臣仆，华山归放，仅及四纪，载瞻陵阙，犹宜肃恭，故主犹存，天良安在？顾藐然以槽枥余生，不自揣量，妄欲以其君之不可者而自为其可，是何异饰马牛之骨，扬溲勃之灰，以加臭乎吾民，以淫污乎当世，而令我令公先德，皆为其贱淫，白璧黄金，尽渲其瑕秽，此尤我元戎巨帅，良将劲卒，硕士伟人，所同羞共愤，深恶痛绝，而不能曲为之宥者也。汇此种种，袁氏之恶，实上通于天，万死不赦。军府奉崇大义，慨念民生，谨托我黄祖威灵，恭行天罚，辄宣兹义辞，告我众士，招我同德。今将历数其罪，我国民其悉心以听！夫国为重器，神严尊惮，覆载所同。建国之始，义当就职南京，明其所受；袁乃顾影自惭，妄怀畏惧，阴纵部兵，称变京邑，用以要吓国人，迁就受职，使国权出于遥授，玩视国家之尊严，其罪一也。活佛称异，势等毛羽，新国既成，鼓我朝锐，相机挞伐，举足可定；袁乃瞻顾私权，妄怀疑忌，全国请讨，置不听从，迁延养敌，废时失机，授他邦以蹈隙纵刃之间，失主权于外力纠纷之后，遂使巨蜿蜒嶂，弃此南金，万里边城，跃马可入，贻宗邦后顾之殷忧，损五族雄飞之资望，其罪二也。

政体更新，荡涤瑕秽，私门政习，首宜改选，故内阁部首，须获议院同意，所以树公政之基，明众共之义；袁乃病其严责，阴图放佚，于第一次内阁联翩去职之后，尽登嬖宠，嗾使军警，围逼议员，索责同意，用以示威国人，开武力政治之渐，使民意机关，失其自由宣泄之用，其罪三也。 533.

国有大维，是曰法纪，信守不立，谥为国难，乱政亟行，于焉作俑，故侵官败法，为世大诟；袁为元首，尤宜凛遵，乃受事未几，即不依法定程序，滥用政府威权，诬杀建国勋人张振武，使法律信用，失其效能，国宪随以动摇，政本因而销铄，其罪四也。

国宪之立，系以三权，共和之邦，主权在民，立法之府，谊尤尊显，地方三级，制实虚冗，建国除秽，亦既罢斥。袁乃急欲市恩，妄复旧制，不俟公决，辄以令行，使议院立法，失其尊严，国权行使，因以紊乱，其罪五也。

财政担负，直累民福，外债侵逼，尤伤国权，议案成立，特事严谨，众院赞可，宪尤著明；袁乃私立外约，断送盐税，换借外赀二千五百万镑，厉民害国，不经众院，暧昧挥霍，不事报闻，蔑视通宪，为逆已甚，其罪六也。

国有元首，政俗式凭，行系国华，止为民范；袁乃知除异己，不自爱重，阴遣死士，狙杀国党领袖宋教仁，以元首资格，为谋杀凶犯，既辱国体，又诒外讥，国家威严，因以扫地，其罪七也。

共和之国，建础为公，民意所在，亦曰神圣，百尔职司，义宜退听，国会初立，人民望治；袁恐政制严明，不获罔逞，乃私拨国帑，肥养爪牙，收买议员，笼络政客，用以陷辱国会，迷夺众情，使议政要区，化为捣乱之场，法案迁延，借作独裁之柄，其罪八也。

元首登选，国有常经，揖让讴歌，盛德固尔，抑共和定疑，国宪崇废，悉于是觇，世法懔懔，斯为第一；袁于临时任满正式更选之际，鄙夫患失，至兵围国会，囚逼议员，使强选总统，以就己名，致元首尊官，成于劫夺，共和大宪，根本动摇，国是益以危疑，后进难乎为继，其罪九也。

国民代表，职司立法，非还诉民意，毋得断阏；袁于总统既获，复虑旁掣，辜恩反噬，遽为枭獍，乃假托危词，罗织党狱，滥用行政权，私削议员资格，用以鸩杀国会，并吞立法部，使建国《约法》，由是推翻，元首生身，等于孽子，其罪十也。

国家组织，法系严明，苟非选民，焉能造法？袁于戕杀国会之后，妄以私意召集官僚，开政治会议，约法会议，冒称民意，更改《约法》，摹拟君主，独揽大权，使民国政制，荡然无存，澔澔新邦，悬为虚器，其罪十一也。

民国肇造，本以图存，时风所迁，民强则兴，发挥群能，腾达众志，公私权利，宜获敬尊；袁乃倒行逆施，黜民崇吏，既吞立法，复尽灭各级地方议会，密布游探，诬扳党狱，良士俊民，任意捕杀，人民权利，全失保障，致群生股栗，海内寒心，毒吏得以横行，民业日以凋敝，民力壮盛，有如捕风，国势颓隤，益以卑下，其罪十二也。国局始奠，海内虚耗，财用竭蹶，义宜根本整理；袁乃专事虚缘，日以借债政策，利诱他邦为私托外援之计，断送利权，绝不顾惜，逐鹿争臭，坌集庙朝，遂妄以北中二部，横断铁道，分许外人，惹起国交之猜疑，增益宗邦之危难，其罪十三也。 535.

欧陆战争，义以严守中立，及时奋进；袁乃内骄外谀，折冲无状，既反复狼狈，贻羞东鲁，复徘徊雌伏，巽立要盟，失满、蒙矿权，至于九处，承他邦意旨，发布誓言，辱国辱民，倾海不涤，其罪十四也。

民族虎争，领土强食，外债毒国，既若饮鸩，竭泽厉民，何异自杀？袁于欧战既发，外赀猝断，乃专事掊克，内为恶税，房亩烟赌，一再搜括，复先后发行内国公债，额逾万万，按省配摊，指额求盈，小吏承旨，比户勒索，等于罚锾，致富户惊逃，闾里嗟怨，国民信爱，斲伤无余，神州陆沉，殷忧可畏，其罪十五也。

生利致用，民贵有恒，纵博浪游，谥曰败子，盗贼充斥，此为厉阶，修政明刑，首宜致谨；袁乃纵容粤吏，复弛赌禁，使南疆富庶之区，负群盗如毛之痛，苛政猛虎，同恶相济，清乡劓杀，无时或已，政以福民，今为陷阱，其罪十六也。

烟害流离，久痼华族，张皇人道，仅获禁约，奋厉阏绝，犹惧不亟；袁乃恬其厚获，倚以箕敛，宠登劣吏，设局专卖，重播官烟，飞扬淫毒，失信害民，辱国贻讥，其罪十七也。

民权政治，积流成海，国家公有，炳若日星，世室旧家，且凛兹盛谊，汲汲改进，华族后起，方发皇古训，追踪世法，断脰流血，久而后得，大义既伸，迕则不忠，乔木既登，返则不智；袁乃身为豪奴，叛国称帝，监谤饰非，怘然求是，狐假虎威；因以反噬，使凶德播流，戾气横溢，妖孽丧邦，甘为祸首，其罪十八也。

易象系天，筮曰无妄，圣学传经，谊唯存诚，故忠信笃敬，保为民彝，衍为世德；袁乃机械变诈，崇事怪诡，貌为恭谨，潜藏祸谋，秘电飞词，转兴众口，涂刍引鹿，指称民意，欺世盗名，载鬼盈车，背食誓言，日月舛忤，使道德信义，全为废词，民质国华，尽量消失，其罪十九也。

维我当世耆德，草野名贤，或手握兵符，风云在抱；或权领方牧，虎步龙骧；或道系乡闾，鹤鸣凤翙，细瞩理伦，横流若此，起瞩国家，悲悯何如？凡属衣冠之伦，幸及斯文未丧，等是邦家之主，胡堪义愤填膺。谯彼昏逆，洵堪发指，修我矛戟，盍赋同仇？书到都府，勖者便合聚众兴师，都邑子弟，各整戎马，选尔车徒，同我六师，随集义麾，共扶社稷。

昆仑山上，谁非黄帝子孙？涿鹿中原，合洗蚩尤兵甲。军府则总摄机宜，折冲内外，张皇国是，为兹要约。曰：凡属中华民国之国民，其恪遵成宪，翊卫共和，誓除国贼，义一；改造中央政府，由军府召集正式国会，更选元首以代表中华民国，义二；罢除一切阴谋政治所发生，不经国会违反民意之法律，与国人更始，义三；发挥民权政治之精神，实行代议制度，尊重各级地方议会之权能，期策进民力，求上下一心全力外应之效，义四；采用联邦制度，省长民选，组织活泼有为之地方政府，以观摩新治，维护国基，义五。建此五义，奉以纲维，普天率土，罔或贰心。

军府又为军中之约曰：凡兹官吏，粤若军民，受事公朝，皆为同德。义师所指，戮在一人，元恶既除，勿有所问。其有党恶朋奸，甘为逆羽，杀无赦！为间谍，杀无赦！抗义行，杀无赦！故违军法，杀无赦！如律令。布告天下，迄于满、蒙、回、藏、青海、伊犁之域。

檄语煌煌，钲鼓阗阗，云南护国三大军，次第组成。除唐督留守外，第一军总司令蔡锷，先向四川进发，第二军总司令李烈钧，亦向广西进发，分道扬镳，为国效力去了。写得有声有色。袁世凯迭闻警耗，料知非口舌所能平定，乃决计用兵进攻，即于一月四日，再开军事会议，首画定戒严区域，次规定攻击方略。戒严区域，分为三等，列表如下：

（一）紧急区　自百色、泗城经兴义、威宁及泸州、宁远，定为紧急区。

（二）临时区　自桂林经贵阳及重庆，定为临时区。

（三）预备区　由雷、琼、经辰、沅、荆、襄及汉中，定为预备区。

攻击方略，亦分作三路，照上例表明：

（一）由湖南进兵用马继增为司令官，带领第六师，由湖南经贵州向滇进攻，以常德为根据地，并发飞机两架，由秦国镛统带，赴军候用。

（二）由四川进兵用张敬尧为司令官，带领第七师，由川入滇，以重庆为根据地，并饬王鹗统带飞机四架，赞助军机。以上两路，特任第三师长曹锟为总司令，统辖川、湘两军，马、张以下，均归节制。

（三）由广西进兵用龙觐光为总司令，召集粤、桂军，由广西百色县，向滇进击，以南宁为根据地。

筹议已定，又下一申令，略说："唐继尧、蔡锷等，权利薰心，造谣煽乱，予以薄德，忝受推戴，惟有速戡反侧，聊谢国人"云云。越日，再电饬近滇各省，一体严防。又越日，令龙济光、张勋、冯国璋、陆荣廷、段芝贵、赵倜、汤芗铭、李纯、倪嗣冲等，简选精锐，听候调用。又越日，令曹锟率第三师全部，及第七师一旅，速即入川，马继增率本部继进，所有岳州防务，另派第二师一部接管。应五十七回。再命湖北将军王占元，就汉口设立军事运输局，督办军需，接济征滇军队。老袁意中，以为着着筹备，非常严密，偌大云南，不值一扫。哪知曹锟所率的第三师，就是民国元年，袁避南来，嗾令变乱的军士，当时焚都市，掳妇女，几闹得不可收拾，老袁反格外优待，不特未加惩处，反且密行超迁。他们骄淫成习，毫无纪律，自奉令入川后，沿途经过湘、鄂诸境，仍是淫杀抢掳，任所欲为，曹锟亦不能禁止，坐视骚扰，肃政厅据实弹劾，总算由老袁特颁军约，号令军前，但也只是官样文书，掩人耳目罢了。兵不可玩，玩则不震。

一月十日，参政院代行立法院，复奏请速正大位，借弭内乱等情。老袁令大典筹备处复议，一面遣农商总长周自齐，出使日本，名目上是庆贺日皇加冕，赍赠高等勋章，暗中却馈送一份大礼，作为承认帝制的交换品。不意周自齐方衔命登程，那日使馆中，竟发出一个照会，递至外交部，害得老袁色沮神丧，魂散魄销，正是：

卖国且难逢受主，比邻竟尔拒行人。

毕竟照会中有何说话，请看官接阅下回。

阅云南檄文，义正词严，不得目为太过。盖袁氏之欺民久矣，一经檄告，方令全国人民，洞烛其私，所有种种伎俩，俱表襮无遗。足令后之好欺者，引为炯戒，亦有关世道之文也。袁氏决计兴师，种种筹划，缜密之至，清康熙帝平三藩之策，无以过之。然卒至于挠败者，由人心之已去，而兵气之不扬故也。况沿途所经，任情焚掠，以是行军，安往不败？要之袁氏成于欺，而亦败于欺。孟子有言，以德行仁者王，以力假仁者霸，德不必问，至若以力假仁，亦且未逮，何王霸之足云！

第六十回　泄秘谋拒绝卖国使
得密书发生炸弹案

却说周自齐奉命出使，本受老袁密嘱，要他联络日本，愿将从前中日悬案的第五款，再予让步，作为承认帝制的交换品。相传密嘱中有七种条件：一是将吉林割归日本；二是将奉天司法权让与日本；三是将津浦铁路北段，割归日本；四是将天津、山东沿海权，划归日本；五是聘日本人为财政顾问；六是聘日本人教练军队；七是中国枪炮厂，由中日合办。这七种条件，差不多是三国时候的张松，把益州地图献与刘备的模样。袁心病狂，一至于此！

巧值日使日置益仍到京都，复回原任，他本与老袁密商，订有口头契约，特地归国，向政府说明，大隈内阁，颇有承认交换的意思，因此日置益复任后，转语老袁，袁即遣周自齐为专使，赍送一份大礼券，献与日本政府。日置益已探悉行期，即于一月十四日，邀自齐至使署，备了盛馔，把酒饯行，宾主尽欢而散。自齐即遣农商视察团，先日启程，自己亦召集随员，正要东渡。不意十六日辰刻，由外交部接到日使照会，略云：

> 现因有若干之情，致日本天皇不便于此际接待中国专使，故帝国政府请中国政府，将周专使自齐之行期，暂为展缓，特此知照。

陆征祥接着照会，慌忙禀达老袁。看官！试想皇皇钦命的专使，被他半路撵回，这是国际上少有的怪事，就是老袁就任元首后，也是破题儿第一遭。老袁看了照会，几半晌说不出话来，惊疑了好一歇，方向陆征祥道："这……这是何故？"征祥道："闻得外人议论，却有三说：一说是俄日协约，正在磋议，无暇接待我国的专使。"老袁摇首道："恐未必为此。"我也说是不确。征祥复道："第二说是日皇离京，不便招待。"老袁又道："此语越离奇了。"甚是，甚是。征祥接着道："第三说是大隈被刺，国中恐有他变，所以却回我使。"老袁道："日本新闻纸中，却亦载着此事，据言本月十二日，大隈至丰明殿中，陪宴俄太公，宴毕归邸，途经山次町，猝遭弹击，幸尚未中。照此看来，大隈并未受伤，昨今两日东京新闻，也没有记着内变消息，如何拒却我使哩？"袁氏心目中只防日本，故于日本报纸，格外留意。征祥道："现在日本国中，也分党派，有几个是赞成陛下，有几个是首鼠两端的。"老袁怅然道："外交事真难办得很，我国明明自主，并不受外人节制，偏偏我要改革国体，他竟出来瞎闹。暗指五国警告。看他照会上面，还说是友好邻邦，并非干涉中国内政。为甚么出年以来，投递各使馆文件，只为了'洪宪元年'四字，尽被却还。日使日置益，且说是总好商量，但教日本承认帝制，各国亦自然照行。今乃拒绝我国的专使，显是前后不符，自相矛盾，别国还不必怪他，日本真欺我太甚呢。”你要欺人，人亦欺你，这是人事循环，何必懊恨。借老袁口中，补出却还文件，及日使面允事，都是省文之法。征祥连声称是。老袁又道：“你且去邀了日置益来，看他何说。”

征祥应命而去，即备柬去请日使，日使只说就来，偏偏待了一日，未见足音。翌日，复由老袁着人往邀，又是“就来”两字，做了回话手本；好容易盼到薄暮，才见日置益乘轩而来，既至新华宫，昂然直入。老袁与他相见，正要开口诘问，但见日置益已沉着脸儿，淡淡地说道：“秘密秘密，好似鸣锣击鼓一般，这样叫做秘密，我今日才得领教了。”老袁听着，几乎摸不着头脑，只好还问日置益，要他说明。日置益道：“袁大总统，你既要我国帮忙，与我订定条约，彼此应各守秘密，为甚么英、法诸国，均已知晓呢？”老袁被他一诘，不由得发怔起来。日置益又道：“英、法、美、俄、意五国，将中日秘密结约，与前此密谈的话儿，统探听得明明白白，竟向我国政府提出质问。袁总统，你想我国政府，还是承认呢？还是不承认呢？”句句要他自答，煞是厉害。老袁听了许多冷语，才道：“我处是严守秘密，并未曾走漏风声。”日置益又冷笑道：“照总统说来，简直是要归咎他人了。现在我国政府，已不想甚么权利，所以请总统不必费心，周使不必过去。”这数句话，说得老袁愧愤交并，无词可答，只目炯炯地望着日置益。形容尽致。日置益又道：“本使拟效忠总统，费了一番跋涉，坏了若干唇舌，徒落得一事无成，这正叫做画饼充饥哩。”老袁才嚅嚅地说道：“贵使替我尽力，我是很感激的，但事体已办到这个地步，好歹总请帮忙。”日置益不俟说罢，便摇着首道：“这事莫怪！本使已爱莫能助了。”言至此，即出座告别，掉头自去。

老袁送出日使，只好饬止周自齐，但一时想不出那走漏秘密的原因。看官，你道这种密约，究竟是何人泄漏呢？古人说得好：“天下无难事，总教有心人。”今人说得好：“天下无难事，总教现银子。”当袁氏求好日使，秘密进行的时候，日使屡至总统府，不防法使康悌氏冷眼相窥，已料有特别事故，至日置益无端回国，又无端复任，接连是袁氏派遣周自齐，蛛丝马迹，约略相寻，十成中已瞧料五六。螳螂捕蝉，黄雀随后。只没有探听虚实，总不能凭空揣摩。凑巧自己使馆中，有一个华人方璟生，当差有年，遂传召进来，嘱他暗中侦探，且说是得着实据，就使耗费数万金钱，也不足惜。方璟生得此美差，自然惟命是从，竭力报效。这是中国人的坏处，然此次探出秘密，反保全若干权利，却是反恶为善。

他有两个莫逆的朋友，都在总统府办事，一是内史沈祖宪，一是内尉勾克明，当下就折柬相邀，请他到宅中小酌。沈、勾两人自然到来，三人入席狂饮，你一杯，我一盏，相续不已，真个是酒逢知己，千杯嫌少。饮至兴酣且热，渐渐地谈到帝制，又渐渐地谈到赚钱的法儿。沈、勾两人只恨是所入有限，不敷挥霍，那时方璟生便顺流使篙，竟将法公使嘱托事件，秘密告诉，要他两人代为效劳，将来总有若干金酬谢。两人听到“金银”两字，不觉垂涎，明知此事由老袁预嘱，不便宣布，但要想发点大财，正好乘此进行，管什么预嘱不预嘱呢。总是银钱要紧。于是共同商酌，先索重资。方璟生以十万为约，两人才承认而去。

惟沈、勾两人，虽俱在总统府当差，沈是职司外事，若要探悉秘密，还须仰仗勾克明，勾又与沈酌定，办成此事，须要二八分赃，沈亦含糊答应。看官道勾是何人？他是袁府中乳媪的儿子。乳媪死后，只遗一儿，伶仃孤苦，老袁大发慈悲，将他收做家奴，待勾已长成，模样儿很是俊俏，性情儿又很伶俐，无论甚么事件，但教他去办理，无不合老袁心理。老袁很是宠爱，就与他取名克明。居然排入皇子行。至帝制将成，特别加赏，竟封他一个内尉的职衔。那时新华宫中的秘密文件，勾克明多半知晓，有时却交勾收管，勾颇慎密行事，未生歹心，偏此次热心利欲，又受那方、沈二人的怂恿，竟暗将中、日秘密草约，偷录一份，邀同沈祖宪，回报方璟生。方璟生得着密件，喜从天降，急忙取出中法银行的纸币，约莫有一大卷，仔细检点，足足十万金。三人分起肥来，勾得十分之七，沈得十分之二，方只取了一成，总算是一注意外财。勾、沈喜气盈颙，收了此款，洋洋去讫。方璟生入报法使，只称这次用费，不下三四十万金，还算不辱使命，才得将此项底稿，窃取出来。法使见了中日草约，极口赞他灵敏，所有用费，悉听开销。方璟生又赚了二三十万的法币，面团团作富家翁了。能赚外人的金银，我亦赞他灵敏。

惟法使既探出秘密，忙去通知英、美、俄、意四公使，四公使也留意此事，只恨无从窥探，今既得法使报告，哪有不喜之理？法使道："自欧战开手，我等协约国，曾有战事以内，不得与别国私行订约，日本政府，也曾愿入协约国团体，为何与中国秘密订约？"美使道："日本政府，向来主张暗度金针，我国虽尚守中立，未曾加入协约团体，但日本如此举动，本使也很不赞成。况袁世凯想行帝制，定要生出内乱，内乱一生，我等通商诸国，各有妨碍，不如赶紧去质问他罢。"各国之质问日本，具有绝大理由，法、英、俄、意固为协约上起见，美未加入协约，暗中却嫉视日本，故作者借笔下一一演述，俾看官一一接洽。大众同说道："我等先去质问日使，看他怎么对答？"说罢，便相偕至日本使馆，向日置益诘问起来。日置益不便承认，只推说未曾与闻，五公使冷笑而出，竟共同拍电去问那日本政府。日本政府领袖大隈伯，正因途中被刺，尚未拿住刺客，默料被刺缘由，多半为日本民党反对政府默助老袁，所以有此暗杀行为，忽又接到五公使电文，便勃然变计，致电日使，叫他拒绝袁氏专使周自齐，一面电复五公使，否认中日秘约。可怜这踌躇满志的袁皇帝，陡遭这种打击，害得一场空欢喜，且一时想不出那泄漏秘密的叛徒，徒在室中叹息罢了。

谁知不如意事，竟相接而来，新华宫中跑进了段芝贵，见了老袁，也不及施礼，只叫了一声陛下，何不叫御干爹？便从袖中掏出一封密信来。老袁接入手中，信面上署着姓名，乃是袁瑛密呈张作霖，急忙启视，系约张剋日举义，共讨袁逆等情。看官！你想老袁方惊疑未定，看了此书，能不惊上加惊，疑中生疑？便顾着段芝贵道："你去叫了袁乃宽来，怎么生出这种逆子，还要潜匿不报。"段芝贵领命去了。不一时，乃宽趋入，面上已带着几分灰色，行至老袁座旁，就扑通跪下，磕头请示。老袁恨恨道："袁瑛是你的爱子么？他去结连奉天将军张作霖，要来图我，你莫非纵子为恶，坐视不言？"袁瑛、张作霖履历，借此叙明。乃宽闻到此语，已吓得浑身发颤，仿佛似浇冷水一般，口中勉强答道："臣……臣侄并未知晓。"说到"晓"字，猛觉头上碰着一物，慌忙一摸，那物已随手落下，拾来细瞧，就是一纸逆书，分明是亲儿手笔，那时无可抵赖，只好拚作老头皮，向地毡上接连乱捣，且满口说着该死。胡不遄死？老袁复道："你的爱子，可曾在家否。"乃宽一面碰头，一面流涕道：

“逆子向来游荡，镇日不在家中，臣侄恐他闯祸，时常着人找寻，有时寻了回来，严加训斥，他总是不肯遵行，这几天内，又许久不见他面了，谁料他竟胆敢出此。若疑臣侄与子同谋，臣侄就使病狂，也不至丧心若此。试想陛下恩遇，何等高深，正愧无自报称，难道还敢大逆不道么？”说着时，竟鼻涕眼泪，一古脑儿迸将出来。可与言妾妇之道。老袁见他这副形容，怒气已平了三分，便掉转脸色道：“我也料你未必知情，但我既与你联宗，简直如家人父子一般，今乃闹出这种大事，传将出去，岂非是一场大笑话？你去赶紧追问，休得再事纵容！”乃宽忙磕头谢恩，并面奏道：“这等逆子，应该重惩，臣侄若寻着了他，立刻拘住送案，惟恐他避迹远飏，急切无从追获，还求陛下电饬近畿，一体严拿，休使漏网。”老袁愀然道：“你难道还不知我的用意？我想保全袁家脸面，所以令你追问；你快回去照办。畿辅一带，你自去拍发密电，叫他缉获罢。”乃宽听了，越觉感激涕零，又碰了几个响头，起身驰去。

原来袁瑛字仲德，系乃宽次子，他与乃父宗旨不同，故自号不同，平时尝隐嫉老袁，蓄谋革命，外面却不露声色，有时随父入宫，拜谒老袁，竟以族祖相呼，至谒见老袁妻妾，也称她为族祖母及族庶祖母，彬彬有礼，屡蒙奖赏，其实他想借此入手，刺杀老袁，偏是老袁防卫甚严，无从下手，他竟怀着一不做二不休的心思，暗暗布置，确是袁氏同宗，厉害与袁相似。一面电致各省，令他外溃，一面运动京内模范军，令他内变。怎奈天不作美，奉天将军张作霖竟将原函封寄段芝贵，托他告发，遂致密谋失败。老袁既打发乃宽出室，又加了一层疑团，暗想外交上的泄漏，尚未查出何人，接连又是这场逆案，莫非宫内的吏役，统是叛徒不成？左思右想，愈觉危险。可巧门外响了一声，不由得吓了一跳，亟令左右出视，返报是寂静无人。老袁不信，遍令搜查，谁知不查犹可，一经查勘，却查出一桩绝大的危险品来。

看官，道是何物？乃是铁皮包裹，埋在地中的大炸弹。袁氏未该绝命，所以查出炸弹。这一案非同小可，闹得新华宫里，天翻地覆，你也掘，我也扒，等到宫里宫外，尽行搜勘，竟得了大小炸弹，好几十枚。那时大家诧异，不但袁皇帝惊疑得很，就是一班皇娘妃子及太子公主等，统吓得魂飞天外，彼此忘餐废寝，只恐还有炸弹埋着，半夜爆裂。好容易过了一宵，忽由天津邮局寄来一函，外面写着袁大总统亲启，书内却有一篇绝妙好词，略云：

伪皇帝国贼听者！吾袁氏清白家声，乌肯与操莽为伍，况联宗乎？余所以腼颜族祖汝者，盖挟有绝大之目的来也。其目的维何？即意将手刃汝，而为我共和民国，一扫阴霾耳。不图汝防范谨严，余未克如愿，因以炸弹饷汝，亦不料所谋未成，殆亦天助恶奴耶？或者汝罪未满盈，彼苍特留汝生存于世间，以待多其罪，予以显戮乎？是未可料。今吾已脱身远去，自今而后，吾匪惟不认汝为同宗，即对于我父，吾亦不甘为其子。汝欲索吾，吾已见机而作，所之地址，迄未有定，吾他日归来，行见汝悬首都门，再与汝为末次之晤面。汝脱戢除野心，取消帝制，解职待罪，静候国民之裁判，或者念及前功，从宽末减，汝亦得保全首领。二者惟汝自择之！匆匆留此警告，不尽欲言。

老袁阅毕，怒不可遏，又欲促召袁乃宽。巧值乃宽进来，奏称逆子袁瑛，已由天津警察厅拘住，即日解京来了。正是：

昨日搜宫忙未罢，来朝绑子戏重排。

欲知老袁如何答话，且看下回便知。

中国既为民主国，则袁氏之为总统，不过一民国代表，其实一民国公仆耳。袁氏可以欺民，则沈、匀诸人，何不可欺袁氏？同一主仆名义，无惑乎其效尤也。袁乃宽甘作华歆，而其子袁瑛，偏欲作祢正平，是又一绝大怪事。然吾宁取袁瑛，不欲取乃宽，袁瑛犹知大义，乃宽直一小人而已矣。

第六十一回　争疑案怒批江朝宗
督义旅公推刘显世

却说袁乃宽入奏新华宫，正值老袁盛怒，听了袁瑛被拘的禀报，无名火越高起三丈，顿时怒目鹰视，恨不将那爱侄乃宽，也一口儿吞他下去。乃宽瞧着，就知道另有变故，慌忙跪下磕头。老袁用足蹴着道："你的逆子，真无法无天了。我与他有甚么冤仇，竟要害死我全家性命。"说到"命"字，便掷下一纸，又向外面指示道："你瞧你瞧！"乃宽掉头一望，见外面堆着数十枚炸弹，复将纸面一瞧，便是那亲子寄袁世凯书，这一吓，几把乃宽的三魂六魄，统逃得不知去向，好一歇，答不出话来，仿佛是死人一般；描绘尽致。忽咬牙切齿道："教子不严，臣侄亦自知罪了，待逆子拘到，同至陛下前请死。"老袁厉声道："你也自知罪名么？若非念同宗情谊，管教你满门抄斩。"写尽虎威。言毕，起身入内。

乃宽此时，也不知怎样才好，转思跪在此地，也是无益，因即爬了起来，匆匆返家。一入家门，便大嚷道："坏了，坏了，祸及全家了。”那家人莫明其妙，过来问明底细，都被他呵斥了去，自己奔入卧室，躺在床上，不知流了若干眼泪。待至晌午，妻妾们请他午餐，也似不见不闻，忽觉外面有人语道：“二少爷回来了。”他也不及问明，陡从床上爬起，趿着双履，三脚两步地走了出去。既至厅前，正值袁瑛当面，他口中只说“逆子”两字，手中已伸出巨掌，向袁瑛劈面击去。袁瑛见来势甚猛，闪过一旁，巧巧巨掌落空，几乎扑跌地上，亏得仆役随着，将他扶住。只听袁瑛高声道：“要杀要剐，由我自去，一身做事一身当，与你老子何涉！”这数语，气得乃宽暴跳如雷，正要再击第二掌，那袁瑛已转身自行。乃宽忙连叫拿着，一面追出门首，但见外面立着警察数名，好几个将袁瑛拦住，又有一警吏模样，走至乃宽面前，行礼请安，复呈上名刺，由乃宽匆匆一瞧，具名是天津警察厅长杨以德，点清警察厅长姓名，用笔不直。当下吩咐警吏道：“你休使逆子远飏，快与我送至新华宫去，我就来了。”警察诺诺连声，押着袁瑛先行。乃宽即穿好双履，趋上马车，随至新华宫来。转眼间已到宫门，见袁瑛等已是待着，当即下车跑入，突被侍卫阻住，他又吓得面如土色。进出都不得自由，无怪吓杀。但听侍卫传旨道：“今上有命，着你将令郎袁瑛，送交军政执法处便了。”乃宽不知是好是歹，只得遵旨带领袁瑛，径至军政执法处。此时处长系雷震春，闻得袁瑛拘到，即传命处内人员，把袁瑛收禁，乃父无辜，任他归去。万宽得了此信，好似皇恩大赦，踉跄归家。放心一大半。

原来袁氏姬妾，素爱乃宽，自袁瑛发生逆案，都为乃宽捏一把冷汗，适见老袁负气入内，料他是迁怒乃宽，此时欲劝不敢，不劝又不忍，毕竟洪姨伶牙俐齿，竟挺身向前道：“陛下为了袁瑛，气坏龙体，殊属不值。他本是个无知竖子，也未敢胆大若此，据妾想来，定是受乱党唆使，想借此搅乱龙心，今已拘到，但把他收禁起来，已足断绝乱党导线。若讲到乃宽身上，想必未曾知情，陛下既待他厚恩，索性加恩到底，渠非木石，宁有不格外图报吗？”说得委婉动人。老袁佯笑道：“你敢是为乃宽做说客么？”这一语，打动洪姨心坎，几急得粉颊生红，一时说不下去。适背后有人接口道：“妾意是乃宽不当办，就是他逆子袁瑛，也不必急办。”进一步说法，比洪姨又过一筹。洪姨听着，乃是忆秦楼周氏声音，料她来作后劲，暗暗喜欢。猛闻得老袁道：“你等串同一气，来帮乃宽父子，莫非是与他同谋不成？”这句话更加沉重，几令人担当不起。哪知周姨竟转动珠喉，从容答道：“妾闻雍齿封侯，汉基乃定，陛下今日，正当追效汉高，借定众心。试思陛下延期登极，无非为外交方面，借口内变，时来牵制，今云南肇乱，尚未荡平，复生宫中的变案，越加滋人口实，陛下待至何时，方得登基呢？若陛下疑妾等同谋，妾等已蒙陛下深恩，备选妃嫱，现成的富贵，不要享受，还去寻那杀头的勾当么？”语语打入老袁心坎，亏作者描绘出来。老袁听了，不禁点首，便改怒为喜道：“女苏秦，依你该如何办法？”周姨道：“妾已说过了，乃宽不当惩办，袁瑛也不必急办。”伏一笔愈妙。老袁沉思一会，想不出另外妙法，竟从了女苏秦计策，转嘱左右，俟乃宽拘子到来，令他转解军政执法处，一面传语雷震春，只收禁袁瑛一人。雷震春也已喻意，所以奉旨照行。

隔了三四天，步军统领江朝宗，奉了密令，往拘沈祖宪、勾克明，密令中也不说出犯罪情由，朝宗只道他是袁瑛同党，忙带了似虎似貔的军役，跑至沈、勾两人寓中，巧巧两人俱未外出，一并捉住，并由军役严搜，查出盟单一纸，内列姓名，多系内外军政两界要人。朝宗徼功性急，查有数人寄住交通次长麦信坚宅内，便不分皂白，竟转至麦家，指名索犯。麦次长无可如何，只好令他带去。还有司法次长江庸弟尔鹗，名单上也曾列着，索性乘着便道，统行逮捕，一古脑儿带至步军统领衙门，亲自讯问。卤莽可笑。沈、勾二人先行上堂，当由朝宗坐讯道："你等为何唆使袁瑛，叫他谋为不轨？"两人莫明其妙，便向他转诘道："江统领！你如何诬我唆使袁瑛？我等与袁瑛，简直是素不相识呢。"朝宗复掷下盟单，令他自阅。两人阅罢，递交朝宗，齐声道："名单上列着的，统是我两人旧交，称兄道弟，联为异姓骨肉，原是有的，但并未列着袁瑛姓名，为何凭空架害？"朝宗道："你两人的拜把弟兄，何故有这般么样多呢？"沈祖宪先冷笑道："今上并未有旨，禁止我等交结朋友，且试问你为官多年，难道是独往独来的？平日我与你亦时常会面，彼此也称兄道弟，不过名单上面，尚未列着大名罢了。"

朝宗被他一驳，不觉怒气上冲，便道："你等藐我太甚，我且带你等至军政执法处，看你等如何答辩？"沈、勾二人又齐声道："去便去，怕他甚么！"朝宗遂下座出堂，领着沈、勾诸人，竟至军政执法处，拜会雷震春。

这时候的雷处长，早已问过袁瑛，袁瑛供由克端主使，所有从前往来书信，也非自己手笔。这种供词，吓得震春瞠目无言，只好仍令收禁。看官曾阅过前回，克端是袁家四公子，系老袁爱妾何氏所生，面似冠玉，肤如凝脂，并且机警过人，素为老袁所爱，平时尝语人道："此子他日，必光大袁氏门闾。"嗣是克端恃宠生骄，暗中已寓着传位思想，有时且入对老袁，诉说各弟兄短处，因此克定以下，屡遭呵责，甚至鞭挞不贷。克定正恐青宫一席，被他攘夺，所以时时戒备，平居阴蓄死士，作为护符。袁瑛出入宫中，早已瞧在眼里，此时便信口乱供，索性闹一回大乱子。幸震春颇具细心，饬令还禁，免他胡言瞎闹。新华宫内，不生喋血之祸，还亏老雷保全。

正在打定主意，偏江朝宗领着若干人犯，奔至军政执法处来，两下相见，朝宗即欲将罪犯交清，归雷讯办。雷震春道："你可曾问出主乱的人么？"朝宗就将盟单取出，作为证据。震春看了一遍，便道："他是结盟弟兄，并不是甚么乱党，况且袁瑛姓名，并未列着，怎得牵东拉西？"朝宗道："今上有密旨拘讯，你怎得违旨不究？"震春道："密旨中如何说法？"朝宗道："是从电话传来，叫我速拘沈、勾二人。"震春道："你敢是听错了？"朝宗道："并没有听错。"震春道："今上既嘱你速拘两人，你拘住两人便了，为何又拘了若干名？"朝宗道："名单上列着诸人，如何不立即往拿？否则都远飏去了。"震春微哂道："这是你的大勋，我且不便分功。"朝宗道："我只有逮捕权，讯办权握在你手，彼此同是为公，说什么有功不有功？"
震春用鼻一哼道："你且去奏闻今上，交我未迟。"朝宗不觉性急道："这是关系重大的案件，你既身为处长，应该切实讯明，方好联衔奏闻，候旨处决。"震春仍是推辞，朝宗只管紧逼，顿时恼动了雷震春，啪的一掌，不偏不倚，正中江朝宗的嘴巴。不枉姓雷。朝宗吃了这个眼前亏，怎肯甘休，也一脚踢将过去。以脚还拳的是少林宗派。于是拳足互加，竟在军政执法处，演出一出《王天化比武》来了。幸亏朱启钤、段芝贵相偕趋入，力为解开，朝宗尚喧嚷不休，段芝贵带劝带问道："江宇兄！朝宗字宇澄。今上叫你传询沈、勾两人，你为何在此打架？"

朝宗气喘吁吁道："兄弟正拘到这班罪犯，要他讯办，偏他左推右诿，我只说了一两句话儿，他便给我一个嘴巴，两公到来正好，应该与评论曲直。这种大逆不道的罪犯，应否由我速拘？应否由他速办？他敢是与逆犯同谋，所以这般回护吗？”朱启钤道：“这是两案，不是一案。”朝宗闻这一语，方有些警悟起来，便道：“如何分作两案？”朱启钤道：“沈、勾一案，是为外交上泄漏嫌疑，并非与袁瑛相关。”朝宗发了一回怔，复嚷着道：“就是我弄错了，也不应敲我嘴巴。”雷震春不禁狞笑道：“我又未奉主子密令，不过据理想来，定然是不相牵连，所以劝你禀明主子，再行定夺，你偏硬要我讯办，还要唠唠叨叨，说出许多话儿，我吃朝廷俸禄，不吃你的俸禄，要你来训斥我吗？给你一掌，正是教你清头呢。”应该击掌。朝宗还要再嚷，朱、段两人复从旁婉劝，且代雷震春陪了一个小心，朝宗方悻悻自去。剩下沈、勾等人，由段芝贵密语雷震春，嘱他略行讯问，如无实证，不如释放了案，免兴大狱。震春允诺，当即送客出门。是夕招集沈、勾等，略问数语，沈、勾两人，推得干干净

净，便于翌晨释出，只袁瑛尚在羁中，一场大狱，化作冰消，都人士纷纷疑议，莫衷一是。又越日，见《亚细亚报》载着道：

> 沈、勾一案，与袁四无涉，沈、勾系有人诬指其有嫌疑情事，遂行传询，并非被捕，现已讯无他，故即于昨日释出。至袁四公子，素有荒唐之目，时与刘积学相往来，其致函某将军煽乱一事，查系刘某笔迹，迨经执法访缉刘某，早已远飏。既无佐证，故政府对于袁四，亦不复究，但均与犯上作乱者不同。

《亚细亚报》，名为御用报，这种词调，为袁氏讳，已可想而知。小子已于上文中叙述大略，谅阅者自能洞悉，无俟哓哓了。总结一段。

且说云、贵两省，地本毗连，自唐继尧调镇云南，贵州亦归他兼领，只有巡按使龙建章，留任省城，实行管辖地方政务。会护军使刘显世，通好云南，联名讨袁，他得了这个风声，料想兵戈一动，危在旦夕，自己又力不能制，只好筹一离身的法子，遂电呈政府，托言归视母疾，请假三月。也是一个好法儿。偏经政府电复，责他有意规避，应付惩戒，且督令出省视师，巡按使一职，暂由刘显潜署理云云。那时龙建章已预备行装，接了复文，便将计就计，把印信交与刘显潜，自借出巡为名，竟跑出省城，飘然径去。政务厅长及黔中、镇远两道尹，闻龙出走，也相继远飏，顿时贵阳城里，风声鹤唳，草木皆兵。军警两界，合电政府暨各省，请另行召集国民会议，表决国体，袁政府不加答辩，只饬令署理巡按使刘显潜，会同护军使刘显世，派兵分防，静待援军。两刘本系弟兄，老袁此策，还想把官爵利禄，诱他归诚，显世以滇兵未到，黔兵甚孤，一时未便独立，就拍发密电到京，要求兵费三十万，情愿率兵攻滇。老袁得电后，自幸密谋已遂，竟复电允准。哪知刘显世计中有计，想把袁政府的军费，取来讨袁，即以其人之财，还治其人之身。既接复音，遂按兵不动，专待军费汇来。

是时云南护国军第一梯团长刘云峰，带领第一支队长邓太中，第二支队长杨蓁，已入四川境内，川军司令伍祥祯，与滇有约，不战自退，刘军遂分两路进攻，直逼叙州。伍祥祯步步退却，眼见得叙州一城，被刘军占领了。总司令蔡锷，闻叙州已经得手，便命第四梯团长戴戡，率着步兵一营，炮兵一队，亟向贵阳进发，联络刘显世，会同北征，自率第二梯团长赵又新，第三梯团长顾品珍，随后继进。刘显世正望滇军到来，既与戴戡相晤，自然欣慰异常。可巧袁氏允准的军费，亦接连汇到，并接蔡锷军电，已至黔境威宁，于是军威既壮，声讨乃彰，当由公民一千七百余人，公推刘显世为都督，宣布黔省独立。刘显世接受都督印信，布告全省道：

为布告事！迩以袁氏背叛国家，窥窃神器，逞其凶焰，举兵逼黔，我父老昆弟，愤其僭窃，痛其凶残，以大义相责，重任相托。本都督顾念国家，关怀桑梓，不忍四方豪俊，无限头颅心血铸造之邦，沦于奸人之手；重以逆军溯湘流而上，咄咄逼人，亡国破家，迫于眉睫，爰于一月二十七日，宣告独立，所有各种文告，业已印发在案。当滇省宣布罪状，唤起国民救亡之初，本都督本于个人之良心，应即立举义旗，共讨叛贼，徒以战端一启，黔当其冲，仓卒举兵，颇难运转；且意袁氏向非至愚，一经忠告，或能悔祸，故不惜双方调处，委曲求全。

何图凶心不死，逆焰愈张，曹锟等率师东下，着着进行，希图一逞。曹兵残暴，邦人所知，赣宁之役，淫携烧杀，无所不至。倘使兵力集中，立即乘虚攻我，以达其分道进兵之计划，即令我以善意开门揖入，彼岂肯长驱直捣，进薄滇边，不疑我掊其后耶？则蟠踞我城垣，迫散我军队，掳掠我金粟，荼毒我人民，城社邱墟，宁复顾惜？故无论如何，断未有逆军入境，而不糜烂地方，亦决无听其来黔，蹂躏境土之理。惟查逆军情状，多所迟回，此不第直壮曲老之势，可以预决，即就其众叛亲离言之，亦决无可畏。袁氏纵其二三鹰犬，伪造民意，帝制自为，中外同羞，天人共愤，沿江各省，相约枕戈，或以时机未熟，虚与委蛇，或与逆师杂居，尚虞投鼠，云集响应，指顾间事。袁氏亦自知罪恶通天，为众所弃，杯弓蛇影，处处筹防，决不能抽提一军，以作曹兵之后盾。且从而分调畿辅重兵，麇集大江南北，以防各省之景从，情见势绌，亡无日矣。夫顺逆既分，胜负可决，黔惟有保守疆土，整备兵戎，以待联合各省义师，共诛独夫，巩固民国，以图生存于大地而已。所有地方治安，本都督自应率属，共负完全保护之责，各色人等，务望各安本业，勿得稍事纷扰，自召虚惊。为此通令，仰各该官长等，立即出示，晓谕人民，一体知照。

布告既颁，即日委任戴戡为中华民国护国第一军右翼总司令，联合滇军，共归蔡锷节制，率兵北伐。于是护国第一军部下，分作两翼，右翼为黔军，左翼为滇军。小子有诗咏道：

桴鼓声传远迩闻，滇黔共起讨袁军。
试看义旅联镳日，民意原来顺逆分。

滇黔既联合出兵，川湘边境，顿时大震。究竟孰胜孰败，且至下回再详。

袁氏生平，专喜秘密，故人亦即以秘密报之。袁瑛也，沈祖宪也，勾克明也，无在非以密谋报袁，转令老袁无所措手，亦只可模糊了事。江朝宗反欲张皇，而雷震春竟批其颊，雷其可为袁氏之知己乎？至若刘显世之请求军费，还而讨袁，计诚巧矣，吾谓亦从老袁处学来。袁惯以密谋餂人，人即密谋餂袁，报施之巧，无逾于此。故圣人言治国齐家，必以诚意为本云。

第六十二回　侍宴乞封两姨争宠
轻装观剧万目评花

却说滇、黔两军，联络北伐，黔军司令官戴戡由遵义直趋重庆，驻师松坎，并遣第一团长王文华，第三团长吴哕鸾，分攻湘境，牵制袁军。滇军总司令蔡锷自威宁通道毕节，直达永宁。永宁为川南要塞，系四川第二师长刘存厚驻守地，刘原驻泸州，四川将军陈宧闻刘有暗通滇军消息，特调驻永宁，至滇军一到，刘果弃了永宁，退至纳溪；途次接蔡锷来书，劝他即日起义，一同讨袁，他遂自称护国军四川总司令，通电各省，声明独立情状，略云：

袁氏不遵约章，悖戾民彝，昔当鼎革之时，即欲拥兵肆逞，同人本天下为公，乃概付以治权，冀其出精白不贰之忱，宏兹国脉。何图掌国以来，言夫内政，则征敛如此，言夫外交，则败辱如彼。任官吏辄引其所昵，选总统竟临之以兵；甚至立法权揽为己有，暗杀案实主其谋，妨功害能，殄民败国，综其暴戾，罄竹难书。同人惧摇国本，犹复沉吟不发，冀补救于将来，乃彼独夫天夺其魄，恣乱日厉，竟敢假民意以推翻共和，挥党徒而谋兴帝制。蝇营狗苟，上下若狂，劝进之电，出于宫闱，选举之场，设于军府，势威利诱，无丑不陈，中外腾讥，群情愤激，卒召强邻之干涉，将陷民命于沦胥。凡有血气之伦，莫不仰天兴叹，滇黔首义，一檄遥传，薄海同钦，景从恐后。存厚不敏，外审大势，内问良知，痛此危亡，中心欲裂。爰整其旅，环甲出征，联合滇黔，挥旗北伐，誓拟盟成白马，重整五色之旗，行看痛饮黄龙，一扫群凶之焰。公等或为望重当时之俊彦，或系首造民宪之元勋，同领师干，身关治乱。岂于此日，遂负初心，宁以爵赏之羁，尽入奸雄之彀？呜呼！挥戈讨逆，事不同于阋墙，拨乱扶危，义实系乎救国。倘袁氏能及时徒窜，还我共和，则本府当卷此旌旗，不为已甚，皇天后土，实式凭之。 559.

是时防泸司令冯玉祥正进援叙州，泸城空虚，刘存厚遂乘隙攻泸，会玉祥自叙州败还，竟率师截击，玉祥遁去，部兵多半投降。适值蔡锷部下第二梯团支队长董鸿勋亦率队到来，两军会合，并力攻泸，一夕即下，于是川南一带，也入护国军范围了。这是陈宧速变之力。

袁世凯本拟于阴历元旦，即阳历二月三日。或阴历正月初四日，实行登极，阴历正月初三日立春，当时有大地回春，万象更新之义，故诹吉于初四日。偏是西南警报，络绎传来，又害得踌躇莫决，暗地愁烦，每日除阅视公文外，就与几位候补妃嫔，围坐宫中，小饮解闷。各位美人儿还道他从容寻乐，定由诸事顺手，可以指日登极，所有候补妃嫔的资格，当然好正式册封，不过同辈中共有十数人，将来沐封时，总不免有一二三等阶级，阶级一定，反致高下悬殊，令人不平，因此大家一喜一忧，各自盼望荣封，免落人后。洪、周二姨愈加着急。无非恃宠。

某夕，洪姨见老袁微醉，含着三分喜色，便乘间进言道："陛下封赏群僚，凡各省将军巡按使，沐有五等勋爵，首列公侯，次为子男，如妾等入侍巾栉，亦已有年，独未得仰邀封典，徒令向隅。古人说的帝泽如春，还求陛下矜察！"老袁笑道："各省将军巡按使，统是外人，不得不先行加封，免他怨望，你等是一家人，何必这般性急，待我登极后，册封未迟。"周姨向袁一笑道："陛下此言，总不免厚外薄内呢。"一唱一和，总是二人起头。老袁也笑道："你等要我加封，何妨自拟封号。"周姨道："册封妃嫔，系何等大事，我等妇人女子，怎能自拟封号？就使拟议起来，得蒙陛下恩准，也不啻自封一般。试问各省将军巡按使、所有公侯伯子男荣典，还是陛下所定，还是他自行拟就，奏请陛下照封呢？若是他拟就请封，便似汉朝的韩信，请封假齐王的故事了，恐陛下未必照准，他亦未敢如此。所以妾等想沐荣封，总须陛下颁赐名位，方为正当办法。"老袁又笑道："女苏秦又引经据典，前来辩论了。"女苏秦三字，回应前回。周姨答道："妾据理辩论，并非为个人争此虚荣，实为全体姊妹行正名定分哩。陛下果怜妾等相随多年，俯如所请，姊妹们都尽沐隆恩，怎止妾一人被泽呢？"假公济私，娓娓动听。老袁道："要我加封，却也不难，但须有两种分别。"周姨问两种分别的理由，老袁捻着微髭道："有生子与不生子的分别，如已生子，应照母以子贵的古例，加封为妃，若未曾生子，只好封作贵人罢了。"周姨听到此语，忽然变色，蛾眉渐蹙，蝤领低垂，一双俏眼中，几乎要流出泪珠儿来。洪姨瞧着，已料她未曾生子，所以变喜为愁，现出许多委屈的样子，当即代作调人道：“方今时代，与往古不同，陛下亦须变通办理。妾意封妃问题，应以随侍陛下的年数为定，年份较浅，名位或稍示等差，生子不生子，似不必拘泥呢。”

语至此，忽有两人起座道：“妾等入府，不过两三年，但床上的呱呱小儿何莫非陛下一块肉？若使如洪姨太的议论，似于理上说不过去，还请陛下三思！”皇帝尚未曾做得，床头人已争论不休。洪姨视之，乃是十四、十五两姨，十五姨本是洪姨侄女，见第六十回。她竟也来争宠，不禁恼动洪姨，竟呼她小名道：“翠媛，你好休了！你得随侍陛下，还亏我一人作成，今日幸蒙上宠，便想将我抹煞，与我争论起来，就是你的血块儿，哼哼，我也不必明说了。”翠媛此时也变羞成怒，反唇相讥道：“谁不知你是红姨太，不过你侍陛下，我也侍陛下，没有甚么红白的分别。你得封妃，难道我不得封妃吗？并且我的儿子，不是陛下生的，是哪个生的？”前时原是姑侄，此时已是平等，应该大家同封。香姨即十四姨。亦从旁插嘴道：“俗语说得好，有福同享，洪姨也乐得大度，何必损人利己哩。”洪姨闻言，竟将嘴唇皮一抿，向她冷笑道：“你今日尚得在此侍宴，总算是我的大度，否则连宫门外面，也轮你不着站立了。”又是一段隐语。老袁听双方争执，越说越不成话儿，急忙出言拦阻道：“你等休得相争，我自有处置，一经登极，便当正式册封，不致无端分级，你等且放心罢！”大家方才无言，仍旧团坐陪宴。

看官！你道十四、十五两姨，究竟有何秘史，令洪姨作为话柄呢？相传香姨自婢女当选，平日侍奉老袁，曲尽殷勤，但老夫少妇，感及枯扬，总不免惹人议论。香姨又起居未谨，尝与某卫士攀谈，事经洪姨察悉，密禀老袁，老袁疑信参半，托词戒备深宫，饬侍卫夤夜巡查。不到数日，果见某卫士蛰伏宫外，立刻鸣枪，将他击仆，捆缚起来，一面禀报老袁。老袁说是匪党唆使，即命枪毙，并拟斥逐香姨，洪姨又代她缓颊，阿香才得保全，未几即生一子，得宠如故。至若翠媛入侍，也由洪姨介绍，洪姨本欲增一心腹，厚己势力，不防翠媛暗怀妒意，竟与乃姑夺宠，那洪姨懊恨不及，竟想得一策，嘱使婢仆捏造蜚言，只说翠媛诱通皇嗣，将有聚麀的嫌疑。这话传入袁耳，遂诫诸子不许擅入，并且密诘翠媛，翠媛自誓无他。后来翠媛生子，状类老袁，老袁才得放心。洪姨媒孽侄女，犹且如此，安知香姨之事，不由洪姨播弄。然老袁纳妾甚多，恐亦难免作元绪公。这是洪宪宫闱中的轶闻，小子有闻必录，所以叙入略迹，证明洪姨的话柄。究竟是实是虚，小子不敢臆断，且俟他日有暇，往问白头老宫人便了，话体叙烦。

且说忆秦楼周氏，自伤无嗣，始终郁郁不乐。老袁见她玉容惨淡，泪眼模糊，转不禁怜惜起来，撤宴以后，即携住她的玉手，同赴寝室。袁氏平日向有几口烟癖，每吃烟时，必至洪、周两姨房中，领略那福寿膏滋味。周姨既随老袁入房，当然取出烟具，给他过瘾，老袁一面吃烟，一面向周姨道："你也太多心了，我未曾正式册封，不过预先拟议，姑作此论，他日实行，自当妥行定夺，断不使你受屈的。"周姨凄然道："妾已想定主意，情愿媵妾终身，无论甚么妃嫔，甚么贵人，妾一概不敢领赐了。"妒意如绘。说着时，眼波儿又红了一圈。老袁忙劝慰道："你的福命很佳，忆自我得你后不久即出山任事，被选总统，可见你命实旺夫，安知日后不生贵子？常言道：'后来居上'，似你的福命，恐不止一妃嫔呢。"向爱妾拍马，总算善处宫闱。周姨瞅了老袁一眼。佯作笑容道："这是妾平日梦中，也未敢妄想哩。今日陛下登基，乞封为妃，尚不可得，他日上有皇后，下有储君，恐不免去作人彘，还有什么侥幸？"说到此句，喉中又哽噎起来，几乎说不成词。老袁道："你休担忧，我总不许人欺你，就是我册封诸姨，也不使你居人下；想你到此间，执掌内部书札，勤劳得很，即就此劳绩论来，也理应晋封，倘得天赐麟儿，那更是可庆可贺了。"周姨闻此，仍默不一言。老袁已吸毕福寿膏，自觉精神骤增，脑力充足，拈着须想了一会，便语周姨道："你且去磨墨展毫，待我手定几条内规，传与后人，你等便好安心了。"周姨奉命照行，当请老袁入座，递过纸笔。老袁即信手疾书，但见上面写着，"内训大纲"四大字，继即另行分条，逐项写下云：

第一条　母后不得佐治嗣帝，垂帘听政。

第二条　生前严禁册立储贰，且废除立嫡立长成例，但择诸皇子中有才德者，使承大统。如欲传某子，先书某名，藏诸金匮石室中，封固严密，俟其升遐后，由顾命大臣于太庙中，当众启视。

第三条　诸皇子不得封王，更不许参预政治，第厚给财赀，俾享毕生安闲之福。

第四条　椒房之亲，不得位列要津。

老袁写罢，便掷笔向周姨道："你瞧！有这规条，皇后、皇太子都无从欺负你们，你能产下麟儿，果使福慧双全，那时凭我手中，写就名字，岂不是就好传位，你不是好做皇太后么？"你既痴心，还要代周姨妄想，真是一片邯郸梦境。周姨才转悲为喜，吐出娇媚的声音道："这还须效华封三祝，颂祷陛下，多福多寿多男子，贱妾方得叨恩哩。"不脱经史。老袁听了，也不觉兴会神来，随即拥着一枝解语花，同入罗帏，演一套龙凤呈祥的好戏；等到兴阑意倦，俱栩栩入睡乡中，去做皇帝梦皇后梦去了。

翌日，老袁起床，取了手订的内训大纲，出示大公子克定。克定看到第二条，大为拂意，即欲出言反对。老袁先已窥着，便嘱道："这种条规，为后世子孙计，并非专指汝等言，我胸中自有成竹，你不必多疑。"对妾对子，总不脱一欺字。克定方才无语，怏怏自去。老袁也往政事堂，与国务卿等商议朝事，且不必说。

惟周姨暗地心欢，满望登极届期，皇妃的位置，总是拿稳，且享了几年快乐，再图后福。好容易盼到阴历过年，仍未得登极消息，越宿为阴历元旦，不过照例筵宴，又到了初四日，依旧寂静过去，她又禁不住烦恼起来。黄昏岑寂，坐对孤灯，正在百感交乘的时候，忽有一人牵动珠帷，翩然直入，仔细一瞧，乃是女官长安静生，当下欠身邀坐，安恭谨从命，两下里谈述琐事，甚觉投机。彼此胸中，俱含有几个文字，自然格外投契。继且各叙近怀，周姨未免叹息。安女士忽问道："妃子爱观新剧否？"周姨道："这是我生平第一嗜好，从前看过谭鑫培、梅兰芳等戏剧，犹觉印入脑中，至今未忘，端的是好戏哩。"安女士道："明日前门外同乐园中，敦请梅兰芳登台，演《黛玉葬花》新剧，妃子何不往观，借遣愁闷？"周姨摇首道："恐怕不便。"安女士道："妃子深居简出，外人本来罕见，若改装往观，谁识芳颜？宫内也无人敢说。明日下午，臣妾愿随妃子一行，可好么？"未免逢恶。周姨笑道："这也是暗度陈仓的好计，我就与你同去。"安女士随即告别。

次日午餐毕，安女士即入会周姨，替她改装，扮做女官模样，潜导出宫。侍卫等见是女官，也不去查问，由她自去。两人乘舆偕行，转瞬间即至同乐园，园中已经开演，看客甚众，几乎无处容足，安女士入与园主商量，贳一包厢，园主与安女士本有一点认识，且知她为女官长，不得不殷勤款待，遂与他客熟商，并让一特别包厢，导引入内，才有坐地。看了好几出，方见梅伶发场，一种神采，射将过来，几与忆秦楼斗艳。既而曼声度曲，袅袅动人，没一句不中调，没一字不合拍，惹得周姨目注神驰，低声喝彩。一时上下座客，也连声叫好，哄动全园。周姨密语安女士道："梅伶色艺，与年俱增，较前日又有进步，我当出资重赏。"安女士不便旁阻，只好赞成，遂替周姨召过按目，由周姨取出纸币，约有数百元，慨然给付，令赏梅伶。老袁筹款维艰，反令爱妾好行其德，真是百姓晦气，梅伶交运。梅伶演戏既毕，亟趋前叩谢，座客皆为瞩目，互相私议道："偌大女官，能有这般阔绰？莫非新华宫中，纯是金银么？"忽有一人遥视良久，才掉头语座客道："这是袁皇帝的宠妃，怪不得有此挥霍。"座客听到此语，益觉惊异，并问他如何相识，那人便道："我曾于万牲园中，一睹芳姿，友人告我是袁氏宠姬，所以认识。此次改装女官，想是揜人耳目呢。"座客再问那人姓名，那人不肯吐实，只说是在部中当差。也恐多言贾祸。于是一传十，十传百，就是园主与各伶人，也都闻知，共至周姨前长跽叩安。周姨知瞧破行踪，忙即摇手麾去，一面挈安女士衣袖，抢步出园，仍坐原舆回宫。耗去了数百元，还要累得惊慌，真是何苦？为此一事，都下传作新闻，各报章相率登载，连御用报亦采入新闻栏。老袁瞧着报语，大致说是新华宫宠妃与女官长偕行观剧，竟不由得动起愤来，立召安女士入问。正是：

博得皇妃偿意愿，哪堪天子动猜疑。

未知安女士如何答复，下回再行说明。

当滇、黔起义以后，四川护军使刘存厚亦起而响应，正战鼓镗鞳之时，忽插入宫中数段轶闻，欲急反缓，好似锣鼓声中，接入金樽檀板，令人不可捉摸，此为用笔变换处，亦为叙事拗折处。若以实事论，则全回以洪、周二姨为主，而注重者尤为周姨，洪最狡黠，而周姨又济之以才，几玩老袁于股掌之上。老袁亦幸而不得为帝耳，若使为帝，宫闱中不知惹出若干衅隙，袁氏且覆宗矣。先圣谓女子小人为难养，诚哉是言！

第六十三回　洪宠妃卖情庇女党
陆将军托病见亲翁

却说安静生奉召入觐，偷眼一瞧，见袁皇帝面带怒容，慌忙屈着双膝，俯伏座前。老袁掷下御用报，叫她自阅，安女士已瞧过新闻栏，心下早经明白，不待再阅报章，便磕头道：“臣妾正来请罪，日前周妃欲观新剧，由臣妾随着同去，未曾奏闻圣上，还乞恩恕！”老袁叱道：“你为何这般荒唐？须知宫府内外，防范宜严，我任你为女官长，正因你年龄较长，见识较多，不致甚么轻率，就使周姨等要你同去，你也应代为谏阻，谏阻不从，可来告我，为甚么不顾名誉，竟尔妄行？你想是该不该呢？”周姨要去看戏，恐你也阻她不住。安静生被他一诘，无可答辩，只好靠着地毡，碰头不已。老袁又道：“看你也不配做女官长，你与我滚出去罢！”安静生不敢多嘴，只称谢恩，慢慢地立将起来，转身自去。侍卫等暗瞩花容，已是青一阵，白一阵，不胜变态了。如见其人。

早有人通报周姨。周姨已料定老袁，要来诘责，忙去邀了洪姨，在房待着。果然老袁发放了安静生，即刻走至周姨卧室中来。周姨起身迎接，洪姨亦起随后面，待老袁坐定，两人左右侍立，但见老袁目视周姨道："你好你好！"周姨佯作不解，垂首无言。老袁又哼着道："梅兰芳的戏剧，究竟如何？想你眼帘中还留着哩。"洪姨即在旁接入道："她正为了此事，与妾商量，恐惹动主上怒意，要来请罪。妾以为陛下近日，政躬多事，区区失检，亦未必遂触天威。"说至"威"字，已闻老袁接口道："你看得这般轻易，须知宫眷轻出，易失名誉，各报中已传作笑柄了。还说是区区失检么？"洪姨道："今日失检，尚属不妨。"老袁问是何因，洪姨道："陛下若已登极，妾等俱沐封为妃，那时宫禁森严，原不能自由出入呢。"还是她的理长。老袁道："你又来强辩了。我想这事起因，总是由安静生巴结讨好，我且先把她撵出，省得你们被哄，有玷闺箴。"不能制服姬妾，却把别人出气。说至此，周姨已扑地跪下，抽着珠喉道："妾情愿受罪，若说由安静生怂恿，未免冤枉了她。"竭力为安女士庇护，何其多情？洪姨亦随即跪下道："妾愿为周妹乞恩，并愿为安女士乞恩，此次恕她初犯，下次若再轻出，妾亦连坐受罚。"老袁见她两人哀吁，心儿也就软了，便转嘱周姨道："以后休要如此！我今日看洪姨面上，饶了你罢。"周姨复吁请道："妾蒙陛下赦罪，感激万分，只安女士已撵去否？"说着，将头枕在老袁膝上，呜呜咽咽地哭将起来。好一个娇儿模样。老袁俯首一瞧，见她乌云般的灵蛇髻，光滑得很，一阵阵油香扑鼻，把胸中留着的余怒，都薰得不知去向；当下伸开两手，把两姨扶起，口中连声说着道："算了，算了。"洪姨又道："现在女学尚未发达，所有当选的女官，统不过粗识之无，毫无学问，自奉陛下命令，在宫中开设女校，由安女士为校长，指导有方，各女官才稍有进步，今日若把她撵出，不惟各女官没人督率，且亦没人教导，为此种种障碍，所以求陛下格外优容，惟须下一禁令，此后自女官长以下，不准私出，有犯必惩，那便足惩前毖后了。”面面圆到，善于饰辞。老袁点首，随即踱出房外，自行申禁去了。

周姨致谢洪姨，正在彼此谦逊，那安女士已跑了进来，泥首称谢。两姨将她扶住，方才起身，复谈了半小时，安始告退。是日即接奉禁令，略言“宫中执役女官，无故不准自由外出，犯者严惩不贷，女官长一同坐罪”云云。各女官出入不便，未免怨恨安女士，但因安女士得有内援，势力雄厚，大家无法可施，也只得暗地讪谤罢了。安女士经此小挫，格外勤谨，每日传集女官，挨次分派，使有专责，夜间十二时后，必亲率各女官归寝，寝室系蟹形式筑就，东西对峙，门户相望，外面护着铁栅栏，由安女士手编号次，不得乱居。至逼近铁栅的居室，安自住着，亲司管钥，众入即锁，众出乃启，真是严肃得很。老袁偶往巡察，见她布置周密，井井有条，颇喜她因过知奋，温语嘉奖，从此安女士的权力，比从前更加巩固了。也好算只功狗。

惟安女士本有良人，曾住居前门外东茶食胡同薛家湾，姓张名景福，夫妻爱情颇深，从前禁令未下，不妨自由进出，每当暇时，免不得回去敦伦，此次申严宫禁，只好长住宫中。徐娘半老，未免有情，她竟想出一策，密请洪妃，为乃夫谋一宫中庶务司核账员一席。洪妃替她说项，竟如所请。这叫做妻荣夫贵。嗣是夫妻聚首，日夕相见，夜阑人静好合鸳俦，真个是怨女旷夫，各得其所了。未始非老袁仁政，但可惜只及安女士，未能普遍鸿恩。

一夕，安女士亲自夜巡，遥见有一男一女，喁喁私语；正要出言呵责，那男子已飞奔而去，只剩女子一人，急切无从奔避，站立一旁。安女士走近逼视，乃是女官中的金翠鸿，当下便唤她入室，私自讯问。翠鸿不能尽讳，只说是与侍从武官，向订姻好，现为宫中同事，所以相见谈心，恳女官长格外垂怜，幸勿举发等语。安女士佯作嗔怒道："这却不便，明日请你出宫。"翠鸿跪下哀求，愿罚三月俸金。安女士沉吟半晌，方道："我也不为已甚，但你须谨慎小心，一露破绽，连我俱要坐罪了。"投鼠本须忌器，况又有三月俸金，可入私囊，乐得秘密了事。翠鸿拜谢去讫。隔了月余，翠鸿忽抱病在床，委顿不起，安女士已瞧破机关，也不去问明底细，便令她请假养病，移居别室调治，经旬乃瘳。看官！你道她是甚么病症呢？原来翠鸿是妓女出身，运动得选，充入女官，入值以后，巧遇侍从某官，与有旧好，遂不免偷寒送暖，倚翠偎红，安女士得贿卖放，两人仍私续旧欢，未几有娠，设法堕胎，遂至成病。病愈后，益感激安女士，格外报效，事极秘密，无人知觉。安女士也暗自欣幸。银钱到手，安得不喜？

既而宫中又出一奇闻，女官沈畹兰，竟自缢身亡，安女士闻着，慌忙奏闻，有旨令她督殓，舁葬郊外。各女官半多惊哗，连安女士也为叹息。看官听着！沈畹兰系天津女师范学校卒业生，年甫及笄，貌既出群，才亦迈众，为人又极和蔼，自应征女官时，得居首选，入宫承值，上下翕然。老袁亦爱她秀慧，特别宠遇，不到一月，即将自己的出纳账目令她管核。为这一着，遂令绝世芳姝，送入枉死城中，做了冤鬼。先是老袁出纳由洪姨掌管，每月用途极繁，多至数十万金。洪姨从中侵蚀，约可得百分的二三，无端被沈夺去，心殊不甘，但未便显然反对，只好设计中伤。常言道："明枪易躲，暗箭难防"，沈女官执掌的铁匣，骤失去钞票二百余圆，那时捕风捉影，无从觅获，洪姨诬她监守自盗，竟嗾袁密饬心腹，搜检沈箧，果然原封不动，几如原额。沈女官无从辩冤，没奈何悬梁毕命。老袁只疑她畏法自尽，哪知种种陷害，统是洪姨一人所为。洪姨复得任原差，可怜那沈女官无故遭冤，死得不明不白，徒落得埋骨荒邱，衔恨地下罢了。塞翁得马，安知非祸，沈女官亦如是尔。小子未曾入新华宫，偏述及各种秘闻，看官或疑我杜撰，其实小子统有依据，试看近人所编《新华春梦记》及《洪宪宫闱秘史》，统已详列无遗，就是新华宫中的故役，自袁氏死后，统已出宫，讲将起来，多说是有些确凿，看官也不必疑猜呢。话分两头。

且说袁皇帝日思登极，择定阴历元旦，或正月初四日，举行大典，偏值西南警报络绎到京，不得已顺延过去。嗣闻湖南西境，如晃州、沅州一带，统被黔军攻入，着着进行，不禁惊愕道："刘显世是真反了。"你道他是假反？遂令第八师长李长泰抽调劲旅，自津门南下，一面令湖南将军汤芗铭立派军队，协同马继增一军，相机痛剿。又命唐尔锟督理贵州军务，褫去刘显世官职，听候查办。嗣复特任龙觐光为临武将军，兼云南查办使，速由粤西入滇，除带领所部外，即在南宁招兵十营，借扩军额，并饬广西将军陆荣廷，赶紧募兵二十营，助龙攻滇，饷械均由中央接济。

小子叙到此处，又要把袁氏心理，推测一番。滇、桂本属毗连，就是滇省护国第二军，亦指定从桂进发，袁皇帝欲分道攻滇，应该将桂边一路，责成陆荣廷，如龙觐光等，只好备作后援，何故前后倒置，舍近求远呢？原来陆荣廷初入戎行，不过一寻常弁目，自经岑春煊督粤，方将他拔擢起来。民国肇造，陆任都督，粤西偏安。至癸丑一役，岑春煊曾为大元帅，与袁反抗，赣、宁失败，岑亦他避。老袁与岑有隙，遂忌及荣廷，只因桂省僻处西南，关系尚小，所以仍命镇边，未曾调动，不意滇事发生，川、湘、贵三路，变作要塞，倘或陆荣廷与滇通谋，岂非又增一敌？为此特任龙觐光攻滇，但命陆募兵协助。揭出老袁意思，标识特详。还有一着布置，龙子运乾，系陆荣廷女夫，彼此是儿女亲家，当然不致龃龉，既可借龙制陆，复可借龙劝陆，实是当日无上的妙计。计策固好，谁知偏不如所料。

龙觐光拟全拨粤军，奋力攻滇，可奈民党中人，都因滇、黔起义，相率遥应。前粤督陈炯阴邀同柏文蔚、林虎、钮永建、熊克武、龚振鹏、谭人凤、李根源、冷遹、耿毅等，癸丑之变，多已见过。在南洋新加坡，设一总机关部，派军入粤，进攻惠州。粤军自顾不遑，哪里还好调拨？不过广东将军龙济光是

龙觐光弟兄，骨肉至亲，不得不极力腾挪，当派陆军第二旅第三团长李文富为先锋，虎门要塞司令黄恩锡为前敌司令，率军四千人，陆续出发。龙觐光自带卫队数十名，潜乘广利兵轮，至北海登岸，经过廉州，直抵南宁。南宁即粤西省会，将军陆荣廷就此驻扎。前清以桂林为省会，民国始移至南宁。

龙觐光已入省城，并未见荣廷出迎，至投刺入见，尚在客厅中坐候多时，好容易盼到主人，还是缓步进来，差不多有重病模样。当下行过常礼，略叙寒暄，但闻荣廷低声道："兄弟近日，适患心疾，昼不得安，夜不得眠，害得精神困惫，几难支持，亲翁此来，有失远迎，幸勿见罪！"龙觐光道："曾否延名医诊治？"荣廷道："医生亦诊过数次，可奈服药少效。"心病还须心药医，岂寻常医生可以疗治？龙觐光道："目下滇、黔谋变，粤西正当要冲，兄弟奉命西行，全仗亲翁协助，偏偏尊体违和，

如何是好？”他正为你生病。荣廷答道：“弟正为此事烦躁，益觉寝馈不安，添了好几分贱恙，医生说须静心调养，方可渐瘥。亲翁来得正好，一切军事，好凭大才调度，弟可向中央请假数旬。”觐光道：“粤东亦有乱事，军队只堪自顾，兄弟带来的兵士，不过三四千名，奉中央命令，饬在此处招添十营，且闻亲翁处亦令招募，想亲翁总也接洽呢。”荣廷半晌才答道：“命令是已经接到了，只因有病在身，不能亲募，现已托王巡按使代理，亲翁若有教言，请直接与他面谈罢。”说着，用手扪心，并皱着两眉，似有无限的痛苦。那时觐光不便多谈，只好起座告别道：“亲翁且自休养，弟且到王巡按处，商议军情便了。”急惊风碰着慢医生，真也没法。荣廷也不挽留，随送出厅。觐光用手相拦，请他不必远送，荣廷也即止步，只道了“简慢”两字。待觐光出门，即展颜入内，自不消说。

觐光转至巡按使署，巡按使王祖同，忙即迎入，两下晤谈，述及募兵办法。王祖同道：“粤西硗瘠，公所深知，欲要募兵，先需军费。前日陆将军召弟商议，委弟筹款垫发，且令弟代行招募，弟正为此事踌躇呢。”又是一个为难。觐光见他支吾情状，不由得躁急道：“救兵如救火，不容迟缓，况政府已有明令，饷械由中央接济，尊处能筹款垫付，不消几日，便可由中央汇到，一律给还了。”王祖同道：“兄弟也这般想，但急切提不出这种现款，也是没法，昨已驰电达京，催解汇款去了。”觐光道：“募兵已有地点么？”祖同道：“已借军械局开办。”觐光道：“我且去一观，何如？”祖同说了“奉陪”二字，便与觐光一同出署，至局所中巡视一周。但见临武将军行辕，已经设着，觐光便就此寄居，祖同自行返署。

看官道这陆、王二人，究竟是甚么意见呢？原来陆氏宗旨，是完全的保障共和，反对帝制，且已接着岑春煊及梁启超等密函，劝他联络滇、黔，勉图独立，他已怦怦欲动，只因饷械未足，不便冒昧举事，并且长子裕勋在京为官，一或发难，未免投鼠忌器，所以托词心疾，请假养疴；独王祖同是骑墙人物，袁氏曾命他会办军务，监察老陆，他持着中立态度，两面敷衍，此次对付觐光，也是这番手段。最好是这种手段。觐光在局募兵，起初是京款未到，只好静坐以待，及款已汇至，赶紧招募，偏桂人不甚踊跃，每日来局报名，多不过百人，少仅数十人，任你龙将军如何劝导，也一时不能成军。忽一日，由贵来电，龙济光已击退乱党，解惠州围，中央加封济光为郡王。插入粤事，较省笔墨。觐光也为心喜，当即发电道贺，并商令酌拨粤军，由海道来南宁，以便即日赴滇等语。嗣得复电，略言“惠州虽然得捷，乱党仍然蔓延，随在需防，无兵可拨，赴滇军请自行募足”云云。于是觐光无援可恃，且又不便久留，只好把新募各兵检点起来，约得四千名，加入前时带去的粤军，共计得八千人，新旧合组，得二十营，号称一万二千，分作五路，令李文富为前锋，率兵千五百名，由百色进发。黄恩锡率兵千五百名，间道出广南，会合李军，进攻剥隘，再令粤西军官张耀山、吕春绾，各率兵两千，作为前后两路的援应，并令侄儿体乾，统领两军，称为第三、第四队；又另遣朱桂英率兵千人，入窥黔边，牵制黔军援滇。觐光仍驻节南宁，满望着旗开得胜，马到成功。小子有诗叹道：

士甘焚死不封侯，气节销磨一代羞。
争说两龙跨粤海，为何甘作顺风牛？

觐光既遣发各军，当然奏报中央，欲知后事，且看下回。

上半回是叙述内情，缴足上回文字，下半回是叙述外事，暗启下回文字。观内情之蒙蔽，已知袁氏之难乎为帝，观外事之溃散，尤知袁氏之不能为帝。洪姨爱姬也，而欺之，陆荣廷，良将也，而亦欺之，余如安女士之朋比为奸，王巡按之模棱两可，更不必问。内外交构，何事可成？故本回虽显分两撅，而暗中却自有相对外，是在阅者之静心体察可耳。

第六十四回　暗刺明讥冯张解体
邀功争宠川蜀鏖兵

却说袁皇帝接到龙觐光奏章，披阅以后，深喜他实心效忠，不负委任，桂边一路，似可无忧，川、湘一带，已是大兵迭发，当亦不致有意外情事；惟江宁将军冯国璋，前曾调他来京，任为参谋总长，偏他请假养疴，相隔数月，尚未到任，老袁愈觉生疑，特派遣蒋雁行，南赴江宁，调查防务，临行时且有密言相嘱。

蒋衔命南下，与冯相见，谈了许久，冯只管无情无绪，淡淡地答了数声，有几语简直不答。雁行因奉着主命，未便敷衍过去，便进言道："极峰意见，要上将出任行军总司令，因未得尊意赞成，所以嘱弟转达。"无非要老冯离任。国璋哑然失笑道："我去岁入京觐见，谈及帝制问题，总统誓不承认；且言国人相逼，当挂冠航海，往游伦敦，目下欧战虽剧，伦敦尚是无恙，总统何不前往，还要兴什么大军？授什么总司令呢？"国璋入觐，借他口中补叙，并补述袁氏前言，以证其欺。雁行道："往事也不必重提了。但上将与总统相知有年，也应助他一臂，借尽友谊。”国璋道：“我正为友谊相关，始终不敢背弃，无如抱病未痊，力不从心，还请代达总统，求他原谅！”陆既称病，冯亦如是，真是一个病夫国。雁行又道：“总统亦系念贵体，特遣兄弟前来探望，并嘱令代阅防务，俾上将安心休养，早日告痊，得以销假视事。”国璋笑答道：“多谢总统盛意，近日一切政务，也多委王镇守使代理，今又得足下代劳，兄弟不胜感激哩。”说罢，即呵欠了好几声。雁行料不便多言，遂即退出，向镇守使王廷桢处，会叙多时，至回寓后，即将冯国璋言动情形，叙入电稿，寄达中央。

隔了一天，即由政事堂传出申令，因冯国璋尚在假中，着王廷桢暂行代理。是电一传，与冯交好的疆吏多疑老袁将免冯职，致起违言。即后文所谓河间系。山东将军靳云鹏、江西将军李纯，电袁留冯，略谓：“冯保障东南，关系大局，不应无故调动”等情，于是老袁改了初念，另派佐命功臣阮忠枢，至徐州来说张勋。张勋自任长江巡阅使后，以徐州为盘踞地，逍遥河上，花酒耽情，除宠妾小毛子外，复纳一个女优王克琴，端的是风流大帅，洪福齐天；惟他有一种特别的性格，终身不忘故主宣统帝，东海等人应输他一筹。所以袁氏要想登极，他虽阳示赞同，暗地里实是反对。滇、黔发难，竟上书直谏老袁，内有大不忍四则，能言人所未言，小子因胪述如下：

（甲）纵容长子，谋复帝制，密电岂能戡乱？国本因而动摇，不忍一。

（乙）赣、宁乱后，元气亏损，无开诚公布之治，辟奸佞尝试之门，贪图尊荣，孤注国家，不忍二。

（丙）云南不靖，兄弟阋墙，寡人之妻，孤人之子，生灵堕于涂炭，地方夷为灰烬，国家养兵，反而自祸，不忍三。

（丁）宣统名号，依然存在，妄自称尊，惭负隆裕，生不齿于世人，殁受诛于《春秋》，不忍四。

这四大不忍等语，呈将上去，袁皇帝却容受得住，并不加责。亏他耐得住。他知张大帅的性质，并非袒护滇、黔，不过系念故主，聊发牢骚，但教好言抚慰，虚名笼络，仍可受我约束，不致生变，因此派遣阮忠枢，来与张大帅商叙军情。张勋接入，便开口道：“老斗，你来做甚么？”阮字斗瞻，张大帅一经开口，便肖性情。忠枢道：“闻大帅新纳名姝，特来贺喜。”张勋道：“你怎么知道？”忠枢笑道：“上海滩上第一个名伶，被你选取了来，已收尽江南春色，全国统已知晓，小弟也有耳目，难道不闻不知么？”张勋道：“照你说来，你简直到此，来敲我几台喜席。我这里有酒有肉，任你吃，任你喝，可好么？”豪爽得很。忠枢道：“这是蒙大帅的赏赐，还有何说？但小弟还有特别要求，未知大帅肯赏光么？”张勋道：“你且说来！”忠枢笑道：“要请贵姨太太出见，赏光一套西皮调，给我恭听，那是格外承情了。”张勋笑道：“老斗，你又来胡闹了。闲话少说，我吩咐厨役，备些可口的菜蔬，与你畅饮，你若有暇，请在此多逛几天，多年老友，难得常聚哩。”忠枢说声叨扰。张勋便嘱咐左右，传语厨子去讫。

两人又闲谈了一时，外面已搬进酒肴，由张勋邀客入座，豪饮起来。酒至半酣，忠枢用言挑着道：“长江一带，幸亏大帅坐镇雍容，才保无事。”张勋不待说毕，便接入道：“百姓并不要造反，只外面的革命党，里面的袁项城，统是无风生浪，瞎闹一场，所以国家不能太平。”忠枢道：“项城也只望太平哩。”张勋哈哈大笑道：“你是十三太保中的领袖，怪不得有这般说。项城世受清恩，前时投入革党，赞成共和，硬逼故帝退位，已是铸成大错，此次要重行帝制，谅亦有些悔意了。但现成的宣统皇帝，尚在宫中，何不请他出来，再坐龙庭？他今朝要自做皇帝，哼哼，恐怕有些为难呢！”快人快语，如闻其声。忠枢闻言，不觉面上一红，勉强答应道：“这也是出自民意，项城不能强辞，就是大帅前日，也曾推举项城，难道是贵人善忘吗？”以矛攻盾，却也能言。张勋顿时变色道：“他屡次给我密函，要我向他劝进，我的秘书也向我说着，不如顾全旧谊，休与反对，我才叫他写了几句，电复了事，横直将来人多意多，总有几个硬头子，出来反抗，我老张也不是真呆，何苦与他结怨。现在云南、贵州，已创起什么护国军，竟不出我所料，项城想我出去打仗，我为了项城的事情，惹人怨骂，还要我兜掉面子，向外国人赔礼，我已吃尽苦楚，此番不来上他的当了。”尽情出之，好似并剪哀梨。忠枢听说，尚未回答，张勋又道：“我所以说了四大不忍，呈将进去，叫项城自去反省。”忠枢趁势探着道：“云南、贵州的变事，大帅是反对，还是赞成哩？”张勋道：“我去赞成他做甚么？我只晓得整顿军备，保卫地方罢了。”这两语亦太自夸。忠枢又进一步道：“大帅高见，很足钦佩，但云、贵既已倡乱，应该如何对付，方得平和？”张勋沉着脸道：“他闹他的云、贵，我守我的徐州，干我甚事？”又是快语。忠枢知不可喻，不得已据实相告道：“项城本意，也不要调动大帅，不过想抽调军队，并添设长江上游巡阅使，敢问大帅意下如何？”张勋佯笑道：“我料你是贵忙得很，断不至无因至此。你去回报项城，长江上游巡阅使，他欲要设，尽管去设，我老张不来多嘴，但恐增设一人，也是无益，若要抽调军队，我的兵士素不服他人节制，调往他处，非但无益，反恐有损呢。”忠枢至此，已晓得张勋用意，不必再与多谈，便又借贺喜为名，敬了张勋数杯。张勋亦回敬数杯，随即吃过了饭，撤席散坐。

是夕，复呼枭喝卢，极尽豪兴，最后仍央请张大帅，唤出新姬，果然是绝世尤物，倾国倾城，惹得这位阮钦使，也不禁目眩神迷，魂飞色舞。待王姨太太道了万福，转身进去，那时才对着张大帅道：“大帅真好艳福，小弟一无所赠，未免惶愧得很。”说至此，即从怀中取出钞币十张，约得百圆，双手奉上道：“这便代作赠物罢。区区不腆，幸转送香闺，祈请赏收！”张勋道：“又要老友破钞，谨代小妾道谢。”于是分手归寝。翌日起床，阮忠枢即拟辞别张勋，吃过早点，眼巴巴望着张勋出来，偏是望眼将穿，杳无消息，待至午餐，方见张大帅登堂陪客，忠枢有事在心，也不多饮，便于席间辞行，草草毕席，即告别出署，回京复命去了。也是一番空跑，犹幸得见艳姬，还算有些眼福。

老袁已遣阮南下，想不至虚此一行，便在统率办事处内，添设临时军务处，遥领军政，实行指挥。当拟组织征滇第二军，令张勋、倪嗣冲各出十营，驻鲁第五师，出步兵一团，防兵一营；驻陕军出一混成旅；驻奉第二十及第二十七第二十八师，各出一混成旅；余由他省选调骑兵数营，合成一师，限月终拔往战地。正在筹划的时候，那阮忠枢已回来了，当下听他禀报，已知张勋不肯从命，很是懊怅。再电致奉天、山东各省，陆续接复，多半是“防务吃紧，兵不敷用，职守所在，碍难遵命，否则本省有变，不负责任”云云。老袁急得没法，乃将调兵的政策，变为募兵，调兵已非善策，募兵更属无谓。拟由直隶、山东、河南三省，募兵二万，听候调遣，一面电催赴敌各军，速行进击，并调四川、两湖军队，协同接济。统计自正月中旬，至三月上浣，袁军运到川、湘，差不多有十万人。看官欲晓明大略，且由小子一一叙来：

在川各军。

（一）曹锟军，即第三师，约八千五百人。（二）张敬尧军，即第七师，约六千人。（三）李长泰军，即第八师，约七千八百人。（四）周骏军，即四川第一师，嗣改编为第十五师，约六千人。（五）伍祥桢军，即第四混成旅，约四千人。（六）冯玉祥军，即第十六混成旅，约四千人。

在湘各军。

（一）曹锟军，即第三师之一部，约二千人。（二）马继增军，即第六师，约万人。（三）唐天喜军，即第七混成旅，约四千人。（四）李长泰军，即第八师之一部，约三千人。（五）范国璋军，即第二十师，约四千人。（六）张作霖军，即第二十七师，约三四千人。（七）倪毓棻军，即安武军十五营，约三四千人。（八）王金镜军，即第二师，约四千人。（九）胡叔麒军，即湖南混成旅，约四千人。（十）卢金山军。系湖北独立旅，约四千人。

这十万大军，云集川、湘，总有几个效忠袁氏的将吏，拼着了命，与护国军争个胜负，好博得几个勋章，几等勋位。只是滇、黔军乘着锐气，杀入川、湘，或合攻，或分攻。川路自叙州起，经泸州、重庆、万县、夔州，直达湖北的宜昌。湘路自沅州起，经麻阳、芷江等县，直趋宝庆、常德，战线延长，约有二千多里。总司令曹锟先行筹防，分檄各路兵将，择要驻守，十万军中，已去了五成。尚有五万名作为战兵，大约自川中进攻，计二万人，自湘中进攻，计三万人。五万袁军压川、湘，当时已传遍天下，气焰亦可谓不弱。滇、黔两军，统共不过三万名，与袁氏战兵相比例，尚不及半数。曹锟因老袁催逼，乃简率精锐，会合冯玉祥、张敬尧各军，兼程前进，直指叙、泸，另檄第六师长马继增，驻扎湘西，抵御黔军。

此时云南护国第一军总司令蔡锷，早已由黔入川，闻曹锟等尽锐前来，急令刘云峰、赵又新、顾品珍等，分头拦截，哪知来兵很是凶勇，凭你如何截击，总是抵挡不住；并且顾左失右，得此失彼，眼见得主客异形，众寡不敌，一阵阵地向后退去。刘、赵、顾三人无可如何，只得向总司令处告急。蔡锷闻报，踌躇一番，默想曹、张各军，用着全力，来攻叙、泸，若要与他死战，徒伤士卒，无济于事；且弹药等件，亦只能暂支目前，未能持久，计不如变攻为守，以逸待劳，一面联合粤西，调出李军，并力北向，再决雌雄，也未为晚。此即兵法所谓“避实”二字。乃即令刘、赵、顾各军，且战且退，自己亦退入永宁，准备固守。

曹锟遂分兵大进，自克綦江，冯玉祥克叙州，张敬尧克泸州，纷纷向中央告捷。四川形势，顿时大变。黔督刘显世闻滇军撤归，也为一惊，亟檄总司令戴戡，调还一旅，驻守黎平。那时马继增跃跃欲逞，拟乘势攻入黔境，与川军并奏奇功，当下发令进兵，行了半日，因天色已晚，驻营辰州，到了夜半，除巡兵未睡外，余皆安寝。待至天晓，全营统已早餐，秣马厉兵，待令即发，不意这位马师长，竟长眠不起，由阎罗王请去作先锋了。小子有诗咏马继增道：

未曾前敌即身亡，暴毙营中也可伤。
自古人生谁不死，甘心助逆死无光。

毕竟马继增如何致毙，且至下回表明。

冯、张两人，宗旨不同，而其不满袁氏也则一。本回借冯、张之口，讥讽袁氏，足令袁氏，无颜对人，而张大帅粗豪率直，描摹口吻，尤觉逼肖，岂其尚有张桓侯之遗风欤?《民国演义》中有此人，亦足生色矣。夫以冯、张之为袁氏心腹，犹离心若此，彼川、湘一带之十万师，宁皆能效忠袁氏耶？不过凭一时之勇气，直入叙、泸，转眼间即已告馁，乃知师直为壮，曲为老，一时之强弱成败，固不足以概全体也。

第六十五回　龙觐光孤营受困
陆荣廷正式兴师

却说马继增到了辰州，过了一夕，竟尔长眠不起，由队官等上前相呼，已是魂入冥乡，寂无声响了。大家惊讶不已，细检尸体，但见满身青黑，也不知是甚么病症，大约是中毒身亡，一时无从究诘，只好飞电中央，另简主帅。为此一番转折，湘、黔两造，各按兵不动。惟龙觐光所遣各军攻入滇边。应六十三回。前锋李文富先抵剥隘。剥隘系由桂入滇的要塞，滇兵驻守，只有两连，现时步兵编制法，步兵以十四人为一棚，三棚为一排，三排为一连，四连为一营。闻得敌军骤至，慌忙对仗，一面向总司令处求援。总司令李烈钧方驻扎土富州，距剥隘尚数百里，未免鞭长莫及。李烈钧到了此时，尚未出滇境一步，也不免迟滞。剥隘孤兵，敌不住李文富军，勉强对仗，伤毙军官一人，部众溃散。李文富据剥隘，即向龙觐光处报捷。龙体乾亦潜入滇境，联结土司，围蒙自，占箇旧，也自然飞递捷书。觐光连得捷报，喜欢得了不得，当即连电奏捷。老袁一再嘉奖，又颁给几个勋位勋章，作为赏赐。于是龙觐光以下，无不踊跃，乘势杀入云南，搏个你死我活。觐光也移驻百色，指挥进攻，几乎有灭此朝食的气势。哪知背后的广西省内，已是一声霹雳，响彻西南，险些儿把个龙将军，弄得不能进，不能退，把他龙筋龙脉，要抽将出来。

看官！可记得广西将军陆荣廷么？荣廷因病乞假，并函致长子裕勋，南来侍疾。裕勋得信，当然禀闻老袁，即拟南下。老袁也即照准，且命人伴送途中，慰他寂寞。到了汉口，裕勋竟得着急症，医治不及，霎时身亡，假惺惺的袁皇帝，反连电粤西，极表哀悼。专用此种手段，何其忍心？荣廷明知此事由老袁预嘱同伴，将子毒死，但已不能重生，只好以假应假，复电称谢；自是决计独立，先向中央要求军饷百万，快枪五千支，自告奋勇，督师征黔。老袁如数发给，且授为贵州宣抚使，令他即日赴黔，相机剿抚，一面饬第一师长陈炳焜暂代陆职，护理军务。荣廷既接京电，拟召集军事会议，决定行止，可巧来了梁启超，与荣廷晤谈起来，所有讨袁政策，很表同情。梁本受蔡锷密托，特地来见荣廷，做一个说客，应前回联合粤西语。不期荣廷已决心举义，无待多言，哪得不喜出望外，当下邀入陈炳焜，与他密商。炳焜豪爽得很，简直是请陆独立，不必迟疑。于是召集全师，公议军事。

陆荣廷为主席，把助袁助滇两事，宣告出来，待众解决。炳焜先起座道："袁氏欺人欺己，得罪全国，已不足责，即为将军代计，今日助袁为逆，对国不忠；公子裕勋被袁无故毒毙，不思报复，对子不慈；岑云帅岑春煊字云阶。为将军故主，他已屡函劝勉，不闻相从，对主不义，将军今日，如即独立，尚可改过为功，否则军民解体，恐将军也成为民国罪人了。"荣廷怃然道："陈师长责我甚当，我就指日独立，自改前非，为问众弟兄可赞成否？"说声甫毕，但见大众统已起立，自第二师长谭浩明及旅长莫荣新、马济以下，没一个不拍掌赞成。荣廷遂向天宣誓道："皇天后土，鉴临廷等，一德一心，驱逐国贼，保卫民生，如有违异，饮弹而死。"陈炳焜等应声道："谨如陆将军言。"是谓同德，是谓同心。宣誓已毕，即下动员令，饬马济率游击队六千，星夜前赴百色，托名攻滇，暗断龙军的后路，又亲率十二营，往扎柳州，阳言攻黔，其实欲取道桂林，进逼湖南。

龙觐光尚睡在梦里，檄令李文富等进攻土富州。李烈钧已密接桂军消息，令第一梯团司令官黄开儒率军前敌，与桂军约就夹攻。又由滇督唐继尧，拨遣第三梯团司令官黄毓成，绕道黔境，由兴义出泗城，潜入西林，攻击龙军右面。三路议定，一齐动手。马济密嘱营长黄自新，先至龙军，佯称助战。龙觐光不知有诈，调赴军前。那时李文富等与黄开儒对垒交锋，两下里排成阵势，你枪我炮，互相冲击，正在难解难分的时候，忽龙军阵内，跃出黄自新一军，倒转枪支，扑通扑通的几声，将龙军击了数十名。龙军顿时哗噪，自乱队伍，滇军趁势攻入，杀得龙军七零八落。李文富等连忙收兵，且战且退，不意后面喊声大起，炮弹随来。粤西旅长马济复带了一支生力军，前来攻击。看官！你想此时的李文富、黄恩锡等，还能支持得住么？亏得龙觐光接闻军警，自率亲军援应，总算保全了一半，狼狈回营；当下飞调龙体乾还援。体乾弃了箇旧，急至百色，谁知张耀山、吕春绾两军，统已心变，不服约束，自率所部回粤西，桂人回桂，理之当然。剩得体乾身旁，只有数十个亲随，入百色营。

此时百色附近，已是密密层层，布满敌兵。营内只有一二千名残卒，眼见得保守不住，龙觐光满面愁容，一筹莫展，既见体乾，竟洒着泪道：“我与你要死在此地了。可恨陆亲家背我，连电求援，并无复信。”你果死了，倒不愧袁氏忠臣。体乾也含着泪道：“何不叫兄弟发一急电，向他丈母哀请？只说我辈死在目前，全仗援救，妇人总有爱惜儿女的心思，若得他转告老陆，我等才得有命哩。”觐光道：“我一时神志慌乱，竟忘怀了。惟运乾不在军中，你赶紧电告运乾，叫他转电陆夫人，设法救我才是。”体乾立即照行，果然驰电到粤，不消两日，已接复电，说是：“陆妻谭氏，已向陆说情，当有好音相报。”觐光稍稍放心，敌兵也不来紧逼。双方停战数日，方来了陆子裕光传达父命，要龙军缴械投诚，才令滇、桂两军罢战。觐光急得没法，只好应允，但恳留卫队驳壳枪三百支。裕光以未奉父命，不肯勉从。那觐光顾命要紧，没奈何下令各军，缴出机关枪四十架，炮十四尊，步枪五十支，现银二十万元，军官遣回原籍，兵丁另行改编，直隶马济部下。于是贪功争宠的临武将军，遂俯首敌前，做了一位降将军了。蛟龙失水遭虾戏。

袁皇帝尚未闻悉，正为了洪姨生日，开筵庆贺。洪姨购得一副绝精巧的麻雀牌，统是羊脂白玉制成，大小厚薄，不差分毫，所刻的花纹字迹，乃是京内著名美术家宋小坡手笔，价值约五千元以上，此日正拟试新，各姬妾席终入局，叉万金一底的麻雀。洪姨赌运不佳，只管输去，看看要输至两底，老袁从外趋入，见洪姨所负过巨，便笑语道：“我替你翻它转来。”洪姨乃让袁入座，自立在旁，约莫叉了一圈，一副都碰和不成，累得洪姨愈加着急，从旁说道：“我道皇帝的财运，总是好的，谁意反比我不如哩。”老袁闻言，急得面红耳赤，要想做副大牌，反负为赢，偏偏牌风不佳，手气又是甚恶，顿时懊恼异常，口中呶呶不已；后来得了一副全万子，将要做成，只少九万一张，凑巧对面竟打了一张九万，他不禁拍手道：“和了和了，这遭好翻本了。”哪知右旁坐着汪姨嘻嘻地笑道：“且慢！我也是和了。”老袁还道她是顽话，至摊牌一瞧，果然是一副平和，巧巧不先不后，被她拦去，便是帝制不成之兆。顿气得双目突出，胡须倒竖，把手中的牌尽行掷去，几乎击得粉碎。正在拍案狂呼，忽见一女官入奏道：“外边有紧急公文，请万岁爷出阅！”老袁听了，乃起身外出，复至办公室，由秘书长呈上电文，说是广西发来，已经译出，随即瞧着，其文云：

前大总统袁公惠鉴：痛自强行帝制，民怨沸腾，云、贵责言，干戈斯起，兵连祸结，徂冬涉春，国命阽危，未知所届。远推祸本，则由我公数年来，殃民秕政，种怨毒于四民；近促杀机，则由我公数月来，盗国阴谋，贻笑侮于万国。查《约法》第四十六条，有总统对于国民负责任之规定，失政犯宪，万目具瞻，厉阶之生，责将谁卸？

云、贵既扶义以兴，势无反顾，我公犹执迷不悟，何术自全？荣廷奉职岩疆，保安是亟，启超历游各地，蒿目滋惊。因念辛亥之役，前清以三百年之垂统，犹且不忍于生民涂炭，退为让皇，今我公徒以私天下之故，不惜戕亿万人之生命，以蹙国家于亡，以较胜朝，能无颜汗？

况事终无成，徒见僇笑，名为智者，顾若此乎？荣廷等以数年来共事之情好，不忍我公终以祸国者自祸，谨沥诚奉劝，即日辞职，以谢天下。荣廷等当更任力劝云、贵同日息兵，则公志既可以自白，而国难亦可以立纾矣。事机安危，间不容发，务乞以二十四小时赐复，俾决进止，不胜沉痛待命之至！陆荣廷、梁启超、陈炳焜，谭浩明、莫荣新、马济、王祖同。

老袁览毕，气愤填胸，好似痰迷心窍，半晌说不出话来；到了神志渐清，才旁顾秘书长道："国务卿等到哪里去了？"秘书长道："早已归去，现在已过夜半哩。"老袁自阅金表，已一点多钟，乃踱出办公室，仍然入内，见里面也已散局，惟洪姨尚怏怏地留着，便启口问道："你在此做甚么？"洪姨道："妾在此待着陛下，替妾还赌债哩。"老袁道："输了若干？"洪姨道："约四五万圆。"老袁道："四五万圆，值甚么大事？你难道取不出么？"洪姨装娇撒痴，定要老袁代还。老袁道："算了罢，明日由我账内支付，我现在烦躁得很，你不要再向我絮聒了。"说罢，便挈着洪姨入房就寝，是夕无话。

次日至办公室，无非邀了国务卿，及六君子、十三太保等，取示电文，会议对付粤西的法儿。有主战的，有主和的，发言盈廷，日中未决。还是老袁主议道："电文中虽列着王祖同，但我料祖同必不负我，大约是陆荣廷等，背地列入，现且先礼后兵，电致王祖同，叫他劝止荣廷，他能就此罢休，我也不去多事呢。"陆征祥道："郡王龙济光与陆有亲戚关系，也应叫他转劝为是。"老袁点首道："这也是要着，快拟定电稿，分途拍发罢。"当下召入秘书长，拟就电文，略说是"四川、湖南，俱已击破逆军，一部叛徒，虚言护国，济甚么事？因亟劝告陆荣廷等，毋从乱党，免贻后悔"等语。自己叛国，还目他人为叛徒，仿佛一只跖犬。老袁亲自鉴定，即日寄去。

是夕，才接到龙觐光军报，知已失败。又于次日开御前会议，大众都游移不定，左丞杨士琦仍主张和解。老袁道："我与他和解，他不肯依我，如何是好？"大众听了，统面面相觑，不发一言。忽外面又呈入急电，由老袁瞧阅，系是王祖同的复奏，内称"陆已独立，无可挽回，请中央善自处置"云云。老袁阅罢，便宣示大众道："事已至此，料不能和平解决了。我的意见，只好责成龙济光罢。"遂不待大众议定，即致电龙济光，令严行戒备，先守后战，且须转饬肇罗镇守使李耀汉，分兵扼险，节节设防。一面令江西将军李纯，派兵拒守桂、赣交界，一面令湖南将军汤芗铭移屯精锐，至永州把守，严拒桂军；且檄冯国璋、倪嗣冲等调兵入湘，借厚兵力。计划已定，会议复散。

是日为三月十六日，先一日已报广西独立，各省连接通电，第一电是广西军官，公推陆荣廷为都督，宣布正式独立；第二电是由陆荣廷出面，劝告各省协同讨袁。小子分录如下：

广西军官通电

民国成立，四载于兹，元首固无变更国体之权，人民应负拥护共和之责，乃袁氏伪造民意，帝制自为，吸吾脂膏，以供运动，禁吾言论，以遂阴谋，正气摧残，群邪竞进，大信全失，邦本动摇，我同胞艰苦缔造之中华民国，竟断送于袁氏之手，凡有血气，罔不痛心。比者滇、黔起义，全国风从，事尚可为，责无旁贷。炳焜彷徨瞻顾，欲罢不能，当经会议表决，即日宣布广西独立，公推我上将军为广西都督，事关民国存亡，应请都督力膺艰巨，督饬进行，誓歼民贼，以维国本。除通电京省各机关外，谨此电闻！陈炳焜、谭浩明、莫荣新暨军民全体同叩。

广西都督通电

自帝制发生，人心大惑，无信不立，荣廷早虑国家危亡，顾念改革以来，民力凋残，邦基杌陧，万不欲一夫作难，再致同室操戈。迩自滇中首义，黔阳从风，长江、川、湘，雷动响应，国民真意，昭若日星。袁氏宜幡然悔罪，削除伪号，尊重民意，以张四维，乃竟包藏祸心，离间将士，以金钱为买命之法，以名器为佣奴之酬。猛虎斑羊，蝇营狗苟，玩五族于股掌，希万世之帝王。此而可忍，宁谓有人？及今不图，其何能国？兹我三省父老兄弟，枕戈以待，投袂奋兴，洒涕中原，瞻言马首。荣廷虽身起草茅，尚知纲纪，不得不率此旧部，完我初心，誓除专制之余腥，重整共和之约法。除联合云、贵声罪致讨外，敬告各省文武忠勇志士，协心勠力，诛彼独夫，载宣国威，庶内慰四年死义之英魂，外固万国缔交之大信。仗兹正气，弹压河山，无任呕心沥血，传檄以闻！都督陆荣廷叩。

是时陆荣廷尚在柳州行营，应上文。省会中一切规划，统由陈炳焜代理，当改将军署为都督府，照会各国领事，谓所有交涉，仍照条约办理，并收管梧州、南宁、龙州等处海关。外人也未闻相拒，且说他理由充足，行为正当，啧啧有羡词。惟檄文传到百色，百色军民硬迫龙觐光宣读。觐光战栗失色，勉勉强强地读完檄文，才保无事，但自己总未免心虚，不得已函达荣廷，乞全蚁命，放他回粤。荣廷乃遥馈赆仪，并饬马济派兵，护送出境。还有巡按使王祖同，自知留居不便，也请求回籍。荣廷也就准请，由他自去，随即拍电粤东，寄去一封哀的美敦书。正是：

声讨聿彰民意显，国家为重戚情轻。

欲知书中内容，请看官续阅下回。

粤西独立，为袁氏帝制之一大打击。当护国军小挫之时，帝制妖孽，余焰复张，非陆荣廷之起为后劲，滇、黔其曷自支持乎？但粤西地瘠民贫，陆之迟回审慎，不敢轻身发难者，尚欲求一自全之策，至长子被毒，梁启超、陈炳焜等，先后进言，方决计独立，是陆之铤而走险者，亦何莫非袁氏激之也。予昔读《春秋》，至楚灵王败于乾谿，自叹曰："余杀人子多矣，能无及此乎？"袁氏毋乃类是。至若本回中插入聚赌一段，一以叙袁家之极奢，一以验袁氏将败，虽非独立标目，而内蠹外讧之情形，已可极见，袁氏之不腊也宜哉！

第六十六回　埋伏计连败北军
警告书促开大会

却说陆荣廷既通电各省，声明讨袁，复任梁启超为总参谋，先贻书粤东，劝龙济光一同举义。书中大意，差不多似哀的美敦书，文云：

> 广东龙上将军，张巡按使同鉴：张巡按即张鸣岐。前大总统袁世凯谋逆叛国，神人共愤，自滇、黔首义，湘、蜀奏功，舆情所趋，昭然可见。本都督曾会同本军总参谋联名电劝袁氏退位，以谢天下，乃袁氏怙恶不悛，顽勿见答，今已徇军民之请，出师讨贼。粤、桂比邻，谊同唇齿，伏望两公董率所属，载歌同胞，不胜欣幸。军机迫切，乞以十二小时赐复为盼。两广护国军总司令陆荣廷，总参谋梁启超。

看官！你想龙济光方受封郡王，威阔得很，哪里肯就依老陆，平白地将郡王衔丢去海外？因即悬搁不复。陆荣廷待了一日，杳无复音，便下令东指，逾柳江，入浔江，驰抵梧州，命第一师第二旅长莫荣新为先锋，进临肇庆，第二师长谭浩明，直趋钦、廉，是为攻粤兵；再命团长秦步衢，率第一师中的步兵一旅，炮兵一营，会同黔军，进逼衡州，是谓攻湘兵；又檄云南第二军总司令李烈钧，统领全师，径行北伐，珠江流域，鼓声渊渊，大有叱咤风云的状态了。也叙得如火如荼。云南护国第一军总司令蔡锷，闻粤西已经出师，东顾无忧，遂亲督左翼军，再入川境，进攻叙、泸。适张敬尧等驻守泸州，纵兵淫掠，难民相率逃避，沿途委顿，不堪寓目。蔡锷出资抚恤，并遗书张敬尧道：

两军争点，其目的在共和帝制二端。共和死，则同胞为帝制人民，帝制死，则同胞享共和幸福。无论谁胜谁负，苟无民何以为国？今贵军挟其势力，蹂躏群黎，吾窃为阁下所不取。矧迩来中外报纸，咸记载贵军野蛮，吾为阁下计，正宜一雪此耻，胡反加之厉乎？且也帝制未成，先屠百姓，自今以往，世界上又曷贵有皇帝耶？公身为大将，不思整饬军纪，但知媚兹一人，已属罪不容死；况更虐我同胞，人将不食尔馀矣。谨率义旅，北向待命，公如不悛，速决雌雄！

敬尧得书，又羞又怒，当即调集各军，与滇军决一死战，且令侦骑四出，探悉滇军行踪，准备截击。未几，即有警报络绎前来，江安、南川相继失守，敌锋已到纳溪了。敬尧即督兵往援，途次来了一个土匪头目，自言姓名叫做卢叫鸡，愿投麾下，作为前锋。敬尧召入，细诘一番，所有沿途地势，无不洞晓；并如滇军情形，亦说得了如指掌。敬尧大喜，遂命为向导，慰劳有加。卢叫鸡奉命拜谢，即引敬尧军前行。约经数十里，但见前面层山叠嶂，险恶异常，天色又将薄暮，敬尧颇有畏心，传令军士缓进。军士方拟小憩，忽由卢叫鸡返禀道："此山系纳溪间道，若越过此岭，不过十里，便到纳溪，大帅何不乘此前进，掩袭敌营，包管此夜可荡平敌军了。"敬尧道："你说虽是，但山势重复，倘遇他变，如何对付？"却也乖觉。卢叫鸡道："此路连土著乡民尚少知晓，不瞒大帅说，叫鸡是个失业游民，平时尝窜迹山林，所以识此行径呢。"敬尧道："我军冒险前进，全仗你为耳目，成功应加重赏，否则不堪设想，你自问可有把握否？"卢叫鸡道："如或有失，就使叫鸡身为齑粉，也偿不了全军性命哩。"敬尧方才相信，惟暗中密嘱前队，注意卢叫鸡，休使脱逃；并嘱咐各军须要小心，不要躁率。自己仍停留山下，待前军得手，方定行止。亏有此着。

卢叫鸡便引军先行，一队一队地走进山口，已觉崎岖得很，入后愈进愈险，天色又昏黑起来，亏得各军携有火具，随手爇着，还能辨出路径；只北军不惯山行，走了一程，已是气喘交作，不胜困惫，正要择地休息，蓦闻炮声一响，四面八方，统是敌军杀来。各军料知中计，叫苦不迭。前队的队长，急将卢叫鸡捆住，麾兵倒退。可奈枪弹雨下，无从躲避，军士不是倒毙，便是受伤，还有陨崖坠谷的兵士，不计其数。忽听山上大叫道："北军听着！今日你等到此，已经走入绝地，本可一鼓就歼，但你我都是同胞，不应自相残杀；且助纣为虐的张敬尧，未曾入山，被他幸逃性命，特借你等口传，叫他速即悔过，免遭诛戮，你等亦休得再来。这次恕你，下次是不能留情了。”也学诸葛孔明擒纵之法。言毕，枪声渐止。各军士才得抱头鼠窜，回出山口，向外一望，并不见张敬尧踪迹，只剩数十百个尸骼，东倒西仆，大众统惊诧得很，只因死里逃生，已算万幸，还有何心顾及？匆匆地奔回泸州去了。

看官！你道这种尸骼，是哪里来的？原来蔡锷知张军入山，急密遣劲卒，绕出间道，抄截张敬尧的归路。偏敬尧生得乖巧，起初是不肯随入，后闻山中炮声震响，料有他变，忙麾军退还，至滇军抄出山前，燃炮轰击，只打死张军后队百余名，张敬尧早已遁去，追赶不及，也收兵回营。纳溪守兵闻张军败绩，自然不战而降，惟张敬尧奔回泸州，检集残兵，已伤亡大半，队官绑入卢叫鸡，恼得张敬尧怒眦欲裂，拍案痛詈道：“狗强盗！你敢勾通逆军，来算计我吗？”卢叫鸡大笑道：“我虽是个强盗，不似你狐群狗党，专知帮着袁贼，屠戮川民。蔡司令拥护共和，邀我相助，我感他热忱爱国，是以前来诈降，满望诱你入险，送你归天，谁知你还阳寿未绝，逃出天网，只晦气了同胞若干人。我已拚死而来，杀死了我，倒可流芳百世，省得人人骂我为盗魁呢。”蔡锷计遣卢叫鸡，即从卢口中说明。敬尧大怒，喝令左右乱刀齐下，霎时间砍成肉泥。卢系叙、泸间巨匪，作孽已多，该受身报，惟美名反借是以传，一死可无遗憾。

寻闻纳溪又失，忙向各处乞援。冯玉祥派兵驰至，还有伍祥祯军也闻信赶到。敬尧乃会军固守，静待蔡军到来。蔡锷得卢叫鸡死信，很是叹息，即进兵直指泸州，将至城下，遥见前面深沟高垒，状颇坚固，急切料难攻入，乃挥兵少退，择险驻营。休息一天，得綦江出兵消息，他将营务交代刘云峰，暂行主持，自率轻兵五百人，前往掩袭。沿江一带，统是路转山回，不胜拗曲，他恐忙中有错，即向土民问讯，凑巧有一矍铄老翁，移步进前，当即下马婉询，并用好言抚慰。那老人自述姓王，名思孝，年已七十有奇，且云："北军近据綦江，骚扰得很，强买民间什物，奸淫良家妇女，小民怨苦得很，今得护国军到来，或者得重见天日了。"蔡锷道："此间与綦江相通，何处最为要道？"老人道："莫若松坎。"蔡锷道："松坎距此，约若干里？"老人道："不过十余里了。"蔡锷复问及路径，老人道："小民愿为前导。"蔡锷道："老翁尚健行么？"老人道："十余里路程，怕甚么！"蔡锷大喜，便令老人前行，自率军后随，约一小时，即到了松坎，两旁皆山，只中间留一小径，可通行人。山上大松丛杂，蔽日干霄，就使埋伏千人，一时也无从窥悉。蔡锷语老人道："地号松坎，果然名实相符，但我军因留驻此间，老翁不如归休，免得多劳。"老人道："此处最便伏兵，倘或北军前来，即可掩杀过去，任他千军万马，也是死多活少了。"此老颇知兵法。蔡锷不胜惊异，还疑他是北军间谍，不由得迟疑起来。老人道："小民愿在军前，看将军杀贼哩。"说至此，便散步登山，甫上山腰，向綦江一面眺着，隐隐见有北军旗帜，飘动途中。老人忙抢下道："北军来了。"蔡锷也上冈一望，果然有大队北军，迤逦而来，急忙传令五百人，左右埋伏，俟有口令，即行杀下。各兵俱遵令四伏，蔡锷自与老人据冈倚树，兀坐望着。

綦江军奋勇来前，势甚飘忽，不一时已入径中，蔡锷即引吭高呼，宣达口号。一声呼毕，顿时枪声交作，喊杀连天。蔡锷也无暇顾及老人，即下山指挥，蹙攻敌众。綦江兵虽有数千，到了窄径中间，好似鼠斗穴中，无从展技，前队逃避不及，尽被击毙，后队急忙退还，也已一半伤亡，剩了几百个长脚兵，一哄儿逃回綦江。蔡锷也不追赶，检查军士，五百个一人不少，只受伤了数十名，且夺得机关枪十余架，令军士带归。只有老人王思孝不知去向，四处寻觅，方见他奄卧林间，额上涔涔血出，竟中弹毙命了。想是老命应绝此地。蔡锷不觉流泪，并向他下拜道：“王翁王翁！我得你立了战功，你为我死在战地，英灵未泯，随我归家，我总不令你虚死哩。”军士亦相率掩泣，随即由蔡锷嘱咐，舁着尸首，返至原处，查明家属，令他领尸，且出洋数百圆，作为抚恤。蔡锷又沽酒亲奠，且拜且泣，乡民皆为动容，统说老人有福，得邀将军祭奠，死有余荣了。

蔡锷辞别老人家眷，驰回营中。刘云峰等接着，叙及战事，统是欢慰异常。翌日早起，蔡锷令军士饱餐，进扑泸城，敬尧也驱军出来，一场鏖战，互有杀伤。次日再战，两军互击一阵，蔡锷勒兵退后，作佯败状。冯、伍两军，乘胜追去，张军恐蹈故辙，不敢前行，只慢慢儿地随着后面。但见前军踊跃得很，霎时间已隔数里，远远有一丛林，那前军已趋入林间去了。张军知是不妙，代为前军担忧，果然炮声骤发，枪声继起，一片鼎沸声，从林间遥应过来。那时张军只好驰救，赶至林前，望将进去，顿令人心惊胆落。看官！道是何故？原来冯、伍二军，已被蔡锷军诱入垓心，四面围住，团团攻击，眼见得冯、伍军要同归于尽。张军一声呐喊，用机关枪猛击过去，方冲开蔡军一角，冯、伍各军，乘隙逃出，已只剩了一半。蔡军又拼力还攻，连张军也抵敌不住，转身逃回。有几百个晦气的兵士，也中弹丧命，好容易驰入泸城，统是狼狈不堪，连声叫苦。张敬尧经此一挫，尚望曹锟派兵救应，哪知曹军扎住綦江，为了松坎一役，多已气夺，不敢出援。敬尧无法，命尽毁城中大厦，开了旁门，率兵逃去。自己不能守城，徒借居民出气，是何居心？蔡锷挥军薄城，城门已经大开，百姓均伏道欢迎。护国军一拥而入，惟蔡锷亲自下骑，慰劳泸民，且因民多露宿，即出资分给，令暂买芦席，圈棚为屋，借免风寒。一面煮粥赈饥，百姓始稍免冻馁了。应该有此仁政，但较诸张军，已不啻天渊之隔。

泸城一下，川省复震，免不得有急电到京，老袁也觉惊惶，嗣又接湖广警报，李烈钧攻入湖南，陆荣廷攻入广东，顿时惊上加惊，愁上加愁；接连是日本公使日置益又提出外交意见书，送达外交部，书中大意说是“奉本国政府训令，因中国内乱蔓延，北京政府，既无平乱能力，滇、桂、黔方面，又系维持共和，不得视为乱党，本国政府，现已承认为交战团体”等语。未几，又有英、法、俄、美各公使，陆续至外交部，请老袁速即取消帝制，免得久乱。

老袁正应接不遑，忽来了一道长电，急忙令秘书照译。起首二语，是为速行取消帝制，以安人心事。老袁见了，忙令译末尾数码，一经译出，顿令一位阴鸷险狠的袁皇帝，挫闪了腰，扑塌一声，向睡椅上奄卧下了。看官！你道这电是何人发来？原来是江苏将军冯国璋、山东将军靳云鹏、江西将军李纯、浙江将军朱瑞及徐州将军张勋。这五位将军本是大江南北的重要人物，平时又是袁氏心膂，此次为了帝制问题，已不免有些解体，老袁很为注意，陡然来了这道电文，哪得不令他丧气。秘书员见老袁躺倒，还疑他是昏晕过去，偷眼一瞧，只见他睁着双眼，竖起两眉，拳头又握得很紧，越发令人惊怕；他又不敢呼唤，但密令左右去请太子。不一刻，克定进来，走近老袁椅前，老袁忽挺身坐起道：“你……你好！你一心一意地劝我为帝，你好将来承袭，我听了你，费尽心机，反惹出这种祸祟。现在人心已变，西崩东应，叫我如何下台呢?”克定支吾道：“目下只有滇、黔、桂三省，起兵为逆，想也没甚要紧。”老袁道：“你不看五将军电文么?”克定乃转至案前，见秘书所译，约有原文一大半。看了一遍，也吓得不敢作声。也只有这些胆量。老袁又道：“你快去请了段芝泉来。”克定闻得段芝泉三字，暗想自己是他的对头，就使去请，如何肯来，便嗫嚅道：“恐……恐他未必肯来哩。”老袁道：“曹锟、张敬尧有密电前来，统说要起用老段，目今事已急了，只好请他出来罢。”克定不敢多嘴，没奈何硬着头皮，去请段祺瑞，果然闭门不纳，紧称挡驾，于是怏怏而返，仍旧来见老袁。老袁长叹道：“多年交谊，一旦销磨，统是由儿辈淘气哩!”谁叫你听儿子语?克定道：“徐老伯尚在天津，不如去请他罢。”老袁道：“快去快去!”克定奉命趋出，竟向天津去讫。

600. 老袁再阅五将军警告，看他语意，似乎帝制不撤，也要仿滇、黔、桂三省，宣告独立。这一急非同小可，不得不申召群僚，大开御前会议。除六君子、十三太保外，所有国务卿以下，如各部总长等，统共与会。老袁先取出五将军电文，晓示大众，随即欷歔道：“照五将军来电，是要我取消帝制，我本没有帝王思想，只因群情所迫，勉强出此。想欺人。今既有人不服，我也似不应拘执哩。”言未已，见朱启钤、梁士诒已出奏道：“陛下如取消帝制，是威信俱堕，示人以弱了。臣等不敢从命。”说至“命”字，又有人抗声道：“自帝制发生以来，愚意已暗抱悲观，不过京中人望，多表赞成，怎敢妄参异议?目今西南大势，十去八九，总统悔祸，虑及大难，计惟下令罪己，严惩首要，或足收拾人心，挽回万一。倘帝制取消，党人尚不肯罢兵，是曲在党人，不在总统。即如各国公使，也无从援为话柄，助逆畔顺，变乱自可立平了。大总统前日，尝谓宁牺牲子孙，救国救民，奈何恋恋这帝位呢？”袁廷中有此谠论，却是难得，但也只顾到一半。袁总统闻言一瞧，乃是署教育总长的张一麐，随淡淡地答道：“仲仁，一麐字。你去岁曾劝阻帝制，我悔不从你的话呢。”晓得迟了。梁士诒等本欲与辩，奈老袁已有悔意，未便哓哓力争，惟说出“陛下慎重”四字，总算是最后良策。老袁又沉吟起来，到了散会，仍然未决。是夕满腹踌躇，眼巴巴地望着徐东海，替他解决一切。待至次日巳牌，尚未见克定转来，惟外面呈入一书，当即披览，看了第一句，已不免惊讶得很。正是：

破晓方回皇帝梦，展书惊得圣人言。

究竟书中写着何词，且到下回再说。

自护国军起义后，与袁军交绥，多半从略，独于蔡锷督师入蜀，连败张敬尧等，详述靡遗。盖一以嘉蔡之首义，二以见蔡之多才，民国中有此英雄，庶不愧为伟人耳。且滇、黔、桂发难于先，五将军警告于后，而袁氏智尽能索，不得已有取消帝制之议。再造共和，微蔡公之力不至此。若张一麐辈，虽抗直有声，要不过一成败论人之见，作者且不没其直，况蔡公乎？《春秋》之义在褒贬，吾知作者之意，亦此物此志云尔。

第六十七回　撤除帝制洪宪销沉
帐断皇恩群姬环泣

却说袁世凯展阅来书，看了第一句，即不免惊疑。看官！道是甚么奇谈？原来是一封信。

慰庭总统老弟大鉴：“总统”下加入“老弟”二字，真是奇称。

老袁暗想道：“为何有这般称呼？”正要看下，忽见克定趋入道：“徐伯伯来了！”老袁把书信放下，连忙道一“请”字。克定即至门外传请。须臾，见徐世昌趋入，老袁忙起身相迎。徐世昌向前施礼，慌得老袁赶紧拦阻，且随口说道：“老友何必客气，快请坐罢！”世昌方才入座。老袁也坐了主席。便道：“你在天津享福，我在这里受苦，所以命克定前来邀请，烦你老友替我设法才是。”世昌道：“不瞒总统说，世昌年已老了，既没有才力，又没有权势，只好做个废民罢了，还有何心问世？今因大公子苦口相邀，世昌不忍拂情，所以来此一行，乘便请安。若为政局起见，请总统转询他人，世昌不敢与闻。”乐得推诿。老袁笑答道：“菊人，你我是患难故交，今复惠然肯来，足见盛情，还要说甚么套话？好歹总替我想个法儿，凡事总可商量的。”世昌才说道：“他事且不必论，现在财政如何？”开口即说财政，到底是老成人语。老袁皱着眉道：“不必说了。现在各省的解款，多半延宕，所订外国借款，又被乱党煽惑，停止交付，总之由我做错，目下只仗老友挽回哩。”世昌未便急答，却从案上一望，但见有一叠信纸摊着，大约有十多张，便问老袁道：“这是何人书信？”老袁道：“我倒忘记了。我只看过一句，叫我做总统老弟，想是有点来历哩。”说着，便起身取下，与世昌同阅。世昌瞧着第一句，也是惊异，入后乃洋洋洒洒，历揭老袁行事的错处，且为老袁想了三策，上策是避位高蹈，中策是去号践盟，下策是将王莽的渐台，董卓的郿坞，作为比例，末后是说从前强学会中，彼此饮酒高谈，坐以齿序，我为兄，你为弟，交情具在，因此忠告。统篇约有一万字，好似苏东坡、王荆公的万言，署名乃是康有为。原来就是文圣人。

两人看罢，由徐世昌偷瞧老袁，面上似不胜愠色，便道：“这等书呆子，也不必尽去睬他，但世昌却有一言相质，究竟总统是仍行帝制呢，还是取消帝制？”老袁半晌才答道：“但能天下太平，我亦无可无不可。”你亦想学圣人么？世昌道：“总统如果随缘，平乱谅亦容易，但须邀段芝泉出来帮忙，他是北洋武人的领袖，或还能镇压得定呢。”老袁摇首道：“我已去请他过了，他不肯来，奈何？”世昌道：“他的意思，无非是反对帝制，若果把帝制取消，我料他非全然无情。”老袁道：“别人去请，恐是无益，我又不便亲邀，若老友能代我一行，那是极好的了。”世昌想了一会，方起身道：“我且去走一遭罢。”老袁道：“全仗老友偏劳。”

世昌自去，老袁在室中待着，见克定复趋入道：“徐老伯如何说法？”老袁道：“他要我取消帝制，现在去邀请段芝泉了。”克定道：“帝制似不便取消哩。”老袁道：“楚歌四面，如何对待？”克定道：“不如用武力解决。”老袁哼了一声道：“靠你几个模范军，有甚么用处？我自有主见，不必多言。”克定乃退。既而徐世昌转来，说是段芝泉已有允意，惟必须撤销帝制，方肯出来效力。老袁沉着脸道：“罢！罢！我就取消帝制罢。明日要芝泉前来会议，我总依他便是。”世昌应了一声，又辞别出去。翌晨再开会议，徐世昌先至，段祺瑞亦接踵到来，余如国务卿等统已齐集。只六君子、十三太保，却有一大半请假。想是无颜再至。老袁也不欲再召，只把取消帝制的理由，约略说明，言下很有惋容。世昌道：“大总统改过不吝，众所共仰，似无容疑议了。”大众统俯首无词，老袁道：“菊人、芝泉统是我的老友，往事休提，此后仍须借着大力，共挽时艰。”

段祺瑞道：“大总统尚肯转圜，祺瑞何敢固执，善后事宜，惟力是视便了。”老袁乃命秘书长草拟撤销帝制命令，一面散会，一面邀徐、段两人及王式通、阮忠枢留着，俟命令已经拟定，再令四人善为润色。段本是个武夫，阮又是个帝制派中的健将，两人不来多嘴，全凭那斲轮老手徐世昌，及倚马长才王式通，悉心研究，哪一句尚未妥适，哪一字还须修改，彼此评议了好多时，方才酌定，随将草稿呈袁自阅，但见稿中写着：

民国肇建，变故纷乘，薄德如予，躬膺巨艰。忧国之士，怵于祸至之无日，多主恢复帝制，以绝争端而策久安，癸丑以来，言不绝耳，予屡加呵斥，至为严峻；自上年时异势殊，几不可遏，佥谓：“中国国本，非实行君主立宪，决不足以图存，倘有葡、墨之争，必为越、缅之续。”遂有多数人主张恢复帝制，言之成理，将士吏庶，同此悃忱，文电纷陈，迫切呼吁。予以原有之地位，应有维持之责，一再宣言，人不之谅。嗣经代行立法院议定，由国民代表大会，解决国体，各省区国民代表，一致赞成君主立宪，并合词推戴。中国主权，本于国民全体，既经国民代表大会，全体表决，予更无讨论之余地，然终以骤跻大位，背弃誓词，道德信义，无以自解，掬诚辞让，以表素怀。乃该院坚谓元首誓词根于地位，当随民意为从违，责备弥周，已至无可诿避，始以筹备为词，藉塞众望，并未实行。及滇、黔变作，明令决计从缓，凡劝进之文，均不许呈递，旋即提前召集立法院，以期早日开会，征求意见，以示转圜。越掬越臭。

予本忧患余生，无心问世，遁迹洹上，理乱不知；辛亥事起，谬为众论所推，勉出维持，力持危局，但知救国，不知其他。中国数千年来，史册所载帝王子孙之祸，历历可征。予独何心，贪恋高位？乃国民代表，既不谅其辞让之诚，而一部分之人民，又疑为权利思想，性情隔阂，酿为厉阶。诚不足以感人，明不足以烛物，实予不德，于人何尤？辜我生灵，劳我将士，以致中情惶惑，商业凋零，抚衷内省，良用矍然。屈己从人，予何惜焉？代行立法院转陈推戴事件，予仍认为不合事宜，着将上年十二月十一日，承认帝位之案，即行撤销，由政事堂将各省区推戴书，一律发还参政院代行立法院，转发销毁。呜呼痛哉！

所有筹备事宜，立即停止，庶希古人罪己之诚，以洽上天好生之德，洗心涤虑，息事宁人。盖在主张帝制者，本图巩固国基，然爱国非其道，转足以害国；其反对帝制者，亦为发抒政见，然断不至矫枉过正，危及国家。务各激发天良，捐除意见，同心协力，共济时艰，使我神州华胄，免同室操戈之祸，化乖戾为祥和。总之万方有罪，在予一人。终不脱皇帝口吻。今承认之案，业已撤销，如有扰乱地方，自贻口实，则祸福皆由自召，本大总统本有统治全国之责，亦不能坐视沦胥而不顾也。仍自称大总统，未免厚颜。方今闾阎困苦，纲纪凌夷，吏治不修，真才未进，言念及此，终夜以兴。长此因循，将何以国？嗣后文武百官，务当痛除积习，黾勉图功，凡应兴应革诸大端，各尽职守，实力进行，毋托空言，毋存私见。予惟以综核名实，信赏必罚，为制治之大纲。我将吏军民，尚其共体兹意！此令。

老袁瞧毕，好一歇方道："算了罢！明日颁发便了。"徐、段诸人统行退出。老袁又把这稿底瞧了又瞧，暗想把这种文字宣布出去，分明是自己坍台，但若捺住不发，将来大众离心，连总统都做不成。目下火烧眉毛，只好暂顾眼前，再作计较，乃咬定牙龈，将这命令交与秘书，携往印铸局排印。忽有一书呈入，当即启阅，乃是克定手笔，略云：

自筹安会发生，以迄于今，已历七阅月。此七阅月中，呕几许心血，绞几许脑力，牺牲几许生命，耗费几许金钱，千回百折，始达到实行帝制之目的。兹以西南数省称兵，即行取消帝制，适足长反对者要挟之心。且陛下不为帝制，必仍为总统，则今日西南各省，既不慊于陛下为帝，而以独立要挟取消帝制者，安知他日若辈不因不慊于父为总统，而又以独立要挟取消总统乎？窃恐其得步进步，或无已时也。料得正着。今为陛下计，不如仍积极进行之为愈。且西南各省，虽先后反抗，而北方军民，则固相安无事。陛下苟于此际正位，即使西南革党，兴兵北犯，然地隔万里，纵旷日持久，未必能直捣幽燕。况军力之强弱各殊，主客之劳逸迥别，胜败之结果，尚在不可知之数乎？就令若辈不肯归化，亦不过以长江或黄河南北，为鸿沟已耳，则陛下纵不能统一万方，亦胡不可偏安半壁哉？较今兹自行取消帝制，孰得孰失，何去何从，愿陛下熟思之。

老袁览到此书，又不禁动了疑心，便独自一人，踱入内厅，背着了两只手，在那厅室中打着磨旋，好似镬沿上的蚂蚁一般。蓦闻背后有人道："万岁爷有请！"急忙回视，乃是女官长安静生，便道："你不要叫我万岁爷，仍叫我大总统。"安静生道："万岁自万岁，总统自总统，为甚么做了万岁，又做总统呢？"却是奇怪。老袁道："你晓得甚么？你传何人的命令，敢来请我？"安静生道："皇后娘娘及妃子等，统请皇上入内，有事相禀。"老袁乃随她进去。

一入内室，但见一后十四妃，均聚集一堂，黑压压地立着。洪姨先抢前一步，运着娇喉，向老袁道："陛下为甚么要取消帝制？须知妾等朝盼夕望，刚刚有些望着了，哪知陛下反半途拆桥哩。"说着那泪珠儿已淌了下来。老袁瞧着，不由得心中一酸，好像万把钢刃，穿入心房，一时说不出苦楚。周姨又上前道："取消帝制的命令，已宣布么？"老袁方逼出一语道：

“已交到印铸局去了。”洪姨带哭带呼道：“安女官长，你快传出去，叫侍卫去收回成命。”安静生口虽应诺，却亦不敢径行。于夫人亦启口道：“前日我曾说过，皇帝是不容易做的，你等都想做什么妃嫔，反说我是黄脸婆，不中抬举，今日我这黄脸婆，已被你等抬举得够了，这个叫我国母，那个叫我皇娘，忽地儿又要取消这等名目，我的黄脸儿，却没处藏躲呢。”看官，听到此语，几疑于夫人何故变志，也想做皇后娘娘？原来徐东海夫人及孙宝琦夫人，曾寄寓京师，与于夫人尝相往来，当是年阴历元旦，入宫贺年，居然行叩安礼，于氏亦觉得光荣无比，渐渐地热中起来，今又闻要取消帝制，自然忿懑异常，所以有此夹七夹八的话儿。富贵迷人，煞是厉害。洪姨听了，益觉胆大，催安静生去取回命令。安静生尚呆呆站着，老袁也拿不定主意，便嘱安静生道：“你叫侍卫去取，只说是篇中文字，尚有误处，须再加改正，方好排印哩。”安静生才奉命去了。不一时已将原稿取到，呈与老袁，老袁藏在袋中，默默坐着。各姬妾等破涕为笑，又在老袁前说长论短，老袁也无心听及，只管对人发怔。转瞬间已是天晚，姬妾等陪他夜膳，他也食不甘味，胡乱地吃了一顿。

食毕，又去过那老瘾，才吸数口，忽由安静生传入道：“外面有徐世昌求见。”老袁忙即出来，见了世昌，但闻他开口道：“世昌特来辞行，翌晨要仍往天津去了。”突如其来。老袁道：“你既承认帮忙，为何又要他去？”世昌道：“总统好变卦，难道不准世昌变卦么？”老袁知他语中有因，便道：“我明日准发取消帝制令，老友不必多疑。”世昌道：“闻得山东、浙江、湖南等省，统有独立消息，若要仍行帝制，恐不到两日，都发生变端了。”老袁愈加着急，忙从袋中掏出稿纸，交与左右，令印铸局连夜排印，一面语世昌道："这国务卿一职，仍请老友复任。"世昌道："陆子欣也没甚误事，否则改用段芝泉。"老袁不待说完，便道："我意已定，请你勿辞，芝泉呢，任他作参谋总长便了。"世昌起座道："且至明日再议。"老袁点首，世昌复去。

老袁退入内室，各姬妾复来问讯，老袁凄然道："我到手的帝位，不料竟成泡影，我是德薄能鲜，无容多说了，你等也福命不齐，做了几十日的皇帝家眷，殊不值得。但我虽然不得为帝，总还好做大总统，倘或天缘辐辏，将来仍好恢复帝制，可惜我年老了，恐此生不能如愿了。"自知将死。言毕，竟泪下数行。各姬妾等见他状态颓丧，语言凄楚，无不掩面涕泣，就是能言舌辩的洪、周两姨，至此也不便再劝，空落得泪珠满面，变成了带雨梨花。一场空欢喜，却是难受。大家哭了一场，陆续地溜入房中，各自归寝。老袁也随择一室，做总统梦去了。

次日为三月二十二日，颁示取消帝制命令，并废止洪宪年号，仍称中华民国五年，收回洪宪公债，改为五年公债，谕禁各省官吏，不得再称皇帝圣上，自称臣仆奴才，一面解国务卿陆征祥兼职，仍令徐世昌复任，且就政事堂中，再开联席会议。徐、段等均来列席，筹议了小半日，始决定善后办法三条：

（一）电知驻外各公使，将帝制撤销事件，转告各国政府；驻京外使由外交部次长曹汝霖面达。

（二）责令警厅谕示国民。

（三）通令各省大吏，销毁推戴书及代表名册，并征求其最后意见，限二十四小时答复。

三条件外，又召集代行立法院，开临时会，即以次日为会期。这代行立法院中的参政员，本有三派，一为帝制派，二为非帝制派，三为中立派。自帝制派得势，第二派多挂冠辞去，院中人数，已去了三分之一。至帝制撤销，第一派又无颜出席，所以二十三日开会，不过寥寥数人，未能如额，仍然散去。延至二十五日，再行召集，帝制派大半不到，惟非帝制派，却有好几人到会，勉强凑成个半数。徐世昌代表老袁出席演述，略言："时局危急，务请各参政为国宣劳，筹议善后。"说至此，忽惹起一片喧嚷声，不是骂洪宪功臣，就是说共和蟊贼，大家瞎闹一场，经院长溥伦及梁士诒、王印川、陈汉第、江瀚、汪有龄、施愚、胡钧等竭力维持，才算静了小半日，议了三案：一是咨请政府撤销国民代表大会公决的君主立宪案；二是取消参政院为国民代表大会总代表名义案；三是咨请政府恢复帝制中修改的民国法令案。三案议定，天已日昃，徐世昌出了院门，回报老袁，并请退还推戴书。老袁乃令朱启钤照行，将推戴书缴还代行立法院，自已懊闷得很，复检出宫中帝制文件，共有八百四十通，一古脑儿塞入炉中，付祝融氏收藏，再令袁乃宽检出各项御用品，也一并销毁。最后拟烧到新制的万岁牌，被乃宽双手抢住，不肯付火，还算保全。此外如价值五六十万元的衮龙袍，价值四十万元的檀香宝座，价值六十元的登极御袜等，统留贮后官，作为袁皇帝的纪念品。可怜自民国四年十二月三十一日起，至五年三月二十二日止，统共八十三日，闹了一场屋里皇帝的大梦。小子有诗叹道：

一纸官书示百僚，新华王气黯然销。
早知世态沧桑变，何苦当时梦帝朝。

这八十三日的皇帝梦中，所有费用，核算起来，煞是惊人，待小子下回申明。

徐、段心中，只反对帝制，并非深恨老袁，故袁氏有撤销帝制之命，而两人即联翩登台，盖未知帝制撤销后之尚有余波也。袁克定作书阻父，颇有先见之明，但楚歌四逼，以项羽之勇，尚且自刎乌江，宁袁氏得偏安燕、蓟乎？袁氏撤销帝制，其死速，袁氏不撤销帝制，其死愈速，且恐不止一死而已，故有为袁氏计，谓撤销帝制为非策者，亦谬论也。观老袁之踌躇未决，取回成命，而其后卒决计宣布者，亦职是故耳。群姬何知大计？自不免以一哭了之，然老袁之死期，已于此兆矣。

第六十八回　迫退位袁项城丧胆
闹会场颜启汉行凶

却说帝制时代的费用，原定额数系六千万元，大典筹备处，约二千万元，登极犒军，约一千万元，余如收买国民代表，津贴请愿代表，贿嘱各地报馆，补助各处机关以及各处联络，各种运动，总数为三千万。欲要问他财政的来源，无非是内外借款，救国储金，各项税则以及中国、交通两银行的资本金。总言是民脂民膏。看官！你想大好的中华民国，无端生出帝制问题来，空令百姓加了无数负担，真是何心？是可忍，孰不可忍。到了帝制不成，大典筹备处，已将二千万元报销用尽，就是三千万元的杂费，也差不多是要合讫了。惟犒军费一千万，拨作川、湘、桂军饷，总算是易一用途，但尚且不敷甚巨。老袁撤销帝制，一大半为财政困难，无法久持，所以忍痛中断，并非全为五将军警告，及徐、段两人要求，看官想亦洞鉴呢。再加论断。闲话休提。

且说徐世昌既复任国务卿，段祺瑞亦接奉命令，任为参谋总长，一文一武，携手登台，第一着便是调和南北，当下由二人发起，邀入副总统黎元洪，联名拍电，分致蔡锷、唐继尧、陆荣廷诸人。略谓：“帝制取消，公等目的已达，务望先戢干戈，共图善后。”哪知此电拍去，似石沉海，绝不见复。惟各省大吏奉到二十四小时答复公文，还算次第呈词，多主和平。应上文。江苏将军冯国璋，且谓：“撤销帝制，系现时救急良法，嗣后长江一带，可保无虞”云云。徐、段等稍稍安心。

嗣复想了一策，因前时有康有为书，曾劝老袁取消帝制，此时帝制已罢，正好复函通问，并请他转劝梁启超顾全大局，首创和议，且令梁转告蔡锷，商议和解条件。从两代师生入手，也算苦心。和款共六条：（一）滇、黔、桂三省，取消独立；（二）责令三省维持治安；（三）三省添募新兵，一律解散；（四）三省战地所有兵，退至原驻地点；（五）即日为始，三省兵不准与官兵交战；（六）三省各派代表一人来京筹商善后。这六条和议传达粤东，康将原文电梁，梁亦将原文电蔡，蔡锷正进兵叙州，与西医汤根、鲁特磋商停战事宜。汤、鲁二人系由四川将军陈宧嘱托，浼他调停。蔡允停战一星期，嗣接到议和转电，不愿相从，乃径电黎、徐、段三人道：

北京黎副总统徐国务卿段总长鉴：奉来电，敬谂起居无恙，良慰远系。迩者国家不幸，至肇兵戎，门庭喋血，言之痛心。比闻项城悔祸，撤销帝制，足副喁望，逖听下风，曷胜钦感。惟国是飘摇，人心罔定，祸源不靖，乱终靡已。默察全国形势，人民心理，尚未能为项城曲谅，凛已往之玄黄乍变，虑日后之覆雨翻云，已失之人心难复，既堕之威信难挽。若项城本悲天悯人之怀，为洁身引退之计，国人轸念前劳，感怀大德，馨香崇奉，岂有涯量？公等为国柱石，系海内人望，知必有以奠定国家，造福生民也。临电无任惶悚景企之至。锷叩。

徐、段等接到此电，料他未肯就绪，再电令龙济光与陆荣廷婉商。龙正为粤东一带党人蜂起，防不胜防，又闻桂军逼粤，焦急得很。应六十六回。一奉中央命令，当即电告陆荣廷，说得非常恳切，并挽陆出作调人，陆本无和意，不得已转告滇、黔，滇督唐继尧，黔督刘显世均不肯照允，且言："如欲求和，应由中央承认六大条件。"也是六条。这六大条件，却非常严厉，由小子开述如下：

（一）袁世凯于一定期限内退位，可贷其一死，但须驱逐至国外。

（二）依云南起义时之要求，诛戮附逆之杨度、段芝贵等十三人，以谢天下。

（三）关于帝制之筹备费及此次军费约六千万，应抄没袁世凯及附逆十三人家产赔偿。

（四）袁世凯之子孙，三世剥夺公权。

（五）袁世凯退位后，即按照《约法》，以黎副总统元洪继任。

（六）文武官吏，除国务员外，一律仍旧供职。但军队驻扎地点，须听护国军都督之指命。

看官！你想这六条要求，与中央开出的六条款约，简直是南辕北辙，相差甚远，有甚么和议可言？还有最要的声明，说是："袁氏一日不退位，和议一日不就范"云云。那老袁取消帝制，已是着末一出，若还要他辞去总统，就使护国军入逼京畿，他也是不肯承认的。天下事有进无退，老袁退了一步，便要驱他入瓮，正不出大公子所料。滇、黔既协商定议，遂电复陆荣廷，陆即电龙，龙即电北京。徐、段入报老袁，老袁又吃了一大惊，连忙转问徐、段，再用何法维持。徐、段沉吟一会儿，想不出甚么良策，只好虚言劝慰，说了几句通套话，告别出来。

老袁暗暗着急，想了一夜，复从无法中想出两法，一是嘱参政院长溥伦，要他运动参政，合词挽留；一是再派阮忠枢南下，运动冯、张，要他联合各省，一体拥护。谁料溥伦奉了密令，去向各参政商量，各参政多半摇头，不肯再蹈前辙。阮忠枢到了江宁，与冯密商，冯国璋也是推诿，转身跑到徐州，张辫帅颇肯效力，奈电询各省，只有朱家宝、倪嗣冲两人复电照允，他省是不置一词。于是袁氏两策，尽归失败。葫芦里的法儿，只可一用，第二次便无效了。老袁焦急得很，又召集那班帝制元勋，解决最后问题。帝制派人复提出挞伐主义，要老袁继续用兵，一面联络倪嗣冲、段芝贵等，教他上书决战，自请出师。那老袁又胆壮起来，密电总司令曹锟等道：

蔡、唐、陆、刘、梁，迫予退位，予念各将士随予多年，富贵与共，自问相待不薄，望各激发天良，共图生存。万一不幸，予之地位，不能维持，尔等身家俱将不保。现时乱军要求甚苛，政府均未承认，各将士慎勿轻信谣传，堕入术中，务必准备军务，猛奋进攻，切切！

特嘱。

这密电方拍发出去，外面又来了好几条密电，一电是四川将军陈宧发来，一电是湖南将军汤芗铭发来，统是主和不主战。至是冯国璋一电，比汤、陈两人所说，更进一层，略云：

南军希望甚奢，仅仅取消帝制，实不足以服其心。就国璋愚见，政府方面，须于取消而外，从速为根本的解决。从前帝制发生，国璋已信其必酿乱阶，始终反对，惟间于谗邪之口，言不见用，且恐独抒己见，疑为煽动。望政府回想往事，立即再进一步，以救现局。再进一步，便是要老袁退位。

老袁迭阅各电，料想武力难持，没奈何再电冯、陈，嘱他极力调停。冯电尚无复音，忽接到龙济光电文，乃是请命独立。看官！“独立”两字，是反抗政府的代名词，哪里有宣布独立，还要请命中央，这真是奇怪得很呢。我也称奇。看官不必惊异，由小子叙述出来，便晓得龙郡王独立的苦心。

原来粤东方面，是革命党的生长地，前时陈炯明攻入惠州，被龙军击退，应六十三回。他哪里就肯罢休，索性把新嘉坡总机关内的人物，尽行运出，来攻粤东，名目亦叫做护国军，总司令推戴黄兴。还有一派革命军，乃是孙文手下的老同志，也乘着热闹，进攻粤境。两派分道长驱，你占一城，我夺一邑，几把那粤东省中，割得四分五裂，就中最著名的约有数路，除陈炯明外，有徐勤军，有魏邦屏军，有林虎军，有朱执信军，有邓铿军，有叶夏声军，有何海鸣军，有李耀汉、陆兰卿军，有梁德、李华、刘少廷、梁廷桂、陈少怀、何克夫、林干材、周其英、刘华良、叶谨各军，真是云集影从，数不胜数。既而团长莫擎宇，独立潮、汕，镇守使隆世储，道尹冯相荣，独立钦、廉，四面八方，陆续趋集，把一个夭矫不群的老龙王，逼得死守孤城，好像个瓮中鳖、罐里鳅。还有陆荣廷率师压境，急得老龙无法摆布，只好哀告陆荣廷，求他顾念姻亲，放条生路。陆荣廷也觉不忍，但叫他脱离中央，速即独立，包管保全位置，并一族的生命财产。龙乃与鸦片专卖局长蔡乃煌熟商，暂行独立。这蔡乃煌系老袁私人，老袁曾派为苏、赣、粤专卖鸦片委员，筹款运动帝制，是民国四年四月中事。此时又嘱他监制老龙，他就替老龙想出一法，令向老袁处请训，一面由龙、蔡联衔，密请老袁速派劲旅，来粤协防。老袁得了请命独立的电文，颇也惊疑，转思龙济光定有隐情，径批了“独立拥护中央”六字。“独立”以下，加“拥护中央”四字，确与龙王针锋相对。

方才写毕，请兵的电文亦到，乃电令驻沪第十师，速行援粤，另调南苑第十二师赴沪接防。这电不能隐讳，旅沪粤民，先自鼓噪，拟阻止沪军赴粤，免得沪上空虚。粤中军民也不愿客军入境，群起违言。四月四日，寄碇广州的宝璧、江大两兵舰，竟驶附民军，投入魏邦屏部下。魏邦屏遂统率舰队，驰抵海珠，预备攻城。城内人民相率惊慌，吁请龙氏独立。军队亦高悬旗帜，上面写着，听候将军龙济光、巡按使张鸣岐宣布独立等字样。适袁氏批复独立的六字诀也从京颁到，龙济光即于四月六日宣布独立，其布告云：

为布告事。现据广东绅商学各界，全体公呈，粤省连年灾患，地方已极凋零，近来各省多已反对袁氏，宣布独立。粤省危机四伏，糜烂堪虞，各界全体，为保持全省人民生命财产起见，集众公议，联请龙上将军为广东都督，以原有职权，保卫地方，维持秩序，此系拥护共和，天经地义，请即刚断执行等情。查阅来呈，持议甚韪，本都督身任地方，自以维持治安为前提，刻经通电各省各机关各团体，及本省各属地方文武官，即日宣布独立，所有各地方商民人等，及各国旅粤官商，统由本都督率领所属文武官，担任保护，务须照常安居营业，毋庸惊疑。如有不逞之徒，假托民军，借端扰害治安，即为人民公敌，分明是指斥民军。本都督定当严拿重办，以尽除莠安良之责。其各同心协力，保卫安宁，有厚望焉！特此布告。

看这布告，并没有一字罪及老袁，不过是维持自己的职位，暂借这“独立”两字，揜人耳目罢了。魏邦屏闻龙已独

立，驶回北江，嗣闻龙济光空言独立，毫无举动，且把寻常逮捕的国事犯，一个儿未曾释放，料他全是假意，哄骗民军，于是驰书质问，是否真诚独立？旋得答复，只说是：“陆、梁来粤，当卸职他去。”魏邦屏似信非信，分电各处护国军，商议进止。陈炯明、朱执信等统说老龙多诈，非勒令龙军缴械，不便与和。独护国军总司令徐勤，系梁启超同学，得梁来电，声言龙果独立，当和平对待，不必再用武力等语。梁之来电，仍是顾着陆氏姻亲。于是徐勤出为调人，作书致龙，商议善后事宜。龙济光即令顾问官谭学夔及警察厅长王广龄，电邀徐勤，到海珠警察署，面议一切，词甚诚恳。徐勤放胆前行，到了海珠，谭、王两人果来欢迎，延至署内，即由王广龄笑语道：“此次独立，确出至诚，我当以全家性命，作为保证。”只要你的性命，不必牵及全家。徐勤答道：“龙都督果出至诚，尚有何言。”王即电

达督署，报称徐勤已到，当时即得复电，略云“徐君已至，着王厅长优待，务出至诚。现已在巡按署内设招待所，专待陆、梁诸公。徐君能早日来署，尤表欢迎”云云。徐勤即托王电复，说是“由陆、梁诸公到后，当同来谒见，畅聆雅教”等语。未几，由粤城内外官绅，陆续至海珠探问，力求徐勤维持治安，转檄护国军罢兵，免致地方糜烂。徐勤遂拟定函电数十通，分发各路，并电促陆、梁，即日来粤。

待了两天，陆荣廷派了代表汤叡，乘轮至海珠，并传述梁意，浼徐勤为代表。徐勤倒也允诺，谭、王两人与汤晤谈，备极殷勤，自不消说。晚间汤、徐共寝一室，汤睿密语徐勤道：“今日险极，几与君不能相见。”徐勤惊问何故？汤叡道：“我乘轮到此，路过海珠炮台，台上忽发开花炮四门，向我舰轰击，伤我水手一人，我舰上大声质问，方闻台官答言，疑是江大轮船到此，所以开炮误击。徐君！你想危险不危险呢？”你的生命，还有一天好活。徐勤尚未答复，汤叡道：“我看龙济光鬼鬼祟祟，总有些靠他不住。我的友人，或劝我即行离省，不必与他会议，我想奉命前来，无论好歹，总须冒险一行，徐君以为如何？”然而死了。徐勤道：“我亦这般想。今日闻龙济光部下各统领，如贺文彪、梁永燊、蔡春华、潘斯凯、颜启汉等，秘密会议，决定推戴龙济光，拟置我死地，我想眼见是真，耳闻是假，且此次会议，关系两粤生灵，若只知顾己，不知顾人，还是回去享福，何必出来问事呢。”宅心正大，所以得生。汤叡答了一个“是”字，随即就寝。

次日为四月十二日，两方代表，就在警察署内，会集议事。看官记着！这就叫做海珠会议。特别点醒。时至巳牌，商会团长岑伯铸、李戒欺、陈子贞、王伟、吕仲明等，共到会所，汤叡、徐勤二人也携手入会。谭学夔、王广龄，时已在场接待，招呼很是周到。过了片刻，但见警卫军统领贺文彪、潘斯凯、蔡文华、何福桥等，带着卫队，携械而来，接着是浓眉大眼的颜启汉，也领了卫卒十名，荷枪入场。颜是主谋行凶，故特笔提出。数统领都面带杀气，映入汤、徐二人的眼中，也觉有些不妙，嗣经谭、王等替他介绍，不得不勉与周旋。

王广龄复推举汤、徐为主席，汤叡乃起立道："兄弟奉陆、梁二公的命令，特地来此，联络两粤感情，今龙督既已独立，又得各绅商各统领，共保治安。诚为万幸，兄弟实无任欣慰。"汤已说毕，徐勤继起道："兄弟此次到来，只计公安，不问艰险，座中诸公，想亦见谅。若使今日帝制已成，周自齐卖国条件，统已实行，我国已变成高丽，还要会议甚么？且或我等军舰到省，水陆并举，彼此交争，此地已变作瓦砾场，也没有诸公高会的地点。今得免此二害，与诸公相见一堂，岂非幸事？弟于昨日已通电各路护国军，即行停战，共决和平，在座绅商统领，均志存公益，如有宏谋伟论，幸即赐教。"语未已，贺文彪、潘斯凯齐声道："两方既和平解决，护国军当然取消，应编入我警卫军内，请徐先生转达护国军，速即照行。"徐勤尚未开口，颜启汉即接入道："贺、潘两君所说，很是正当，应请徐君入室修函。"一面说，一面即展开巨手，将徐勤扯入耳房。徐勤正要答辩，适有一卫卒持名刺入，口称将军请代表赴署。徐勤乘势出室，蓦闻枪声一响，弹子飞射过来，慌得徐勤无从躲避，竟向地下躺倒，直挺挺地卧着。小子有诗叹道：

拼将生命作牺牲，会所居然起变争。
怪底人心蛇蝎似，枪声一起可怜生。

未知徐勤性命如何，且至下回续表。

有袁世凯之为主，即有龙济光之为臣，袁好诈，龙亦奸诈，袁好杀，龙亦好杀，袁以好诈好杀而致败，故取消帝制之不足，且群起而攻之，龙岂未之闻，尚欲以好诈好杀，快一时之意志耶？海珠会议，颜启汉诱入汤、徐，竟尔举枪相向，非龙氏使之而谁使之欤？呜呼袁皇帝！呜呼龙郡王！

第六十九回　伪独立屈映光弄巧
卖旧友蔡乃煌受刑

却说徐勤仆倒地上，那弹子向身上擦过，险些儿击入腰膂，他却装着死尸，僵卧不动，但闻外面枪声四起，闹成一片，顿时呼喝声，哀号声，乱做一团糟。徐勤开眼偷觑，从烟尘缭乱中仔细认明，觉身旁已无一人，他想此时不走，更待何时，当下爬将起来，拟从外闯出；偏外面尸体枕藉，桌椅颠倒，满地都是碍足物，料知一时难走，索性转身入内，向楼上暂避。楼上是警察寝处，留有衣服等件，他是情急智生，即将身上长衣脱卸下来，把袋中的文件尽行毁去，一面换得警察制服穿在身上。改装毕，听外面已无喧声，他便轻轻地走向楼下，适遇一仆登楼，还道他是警吏，也不去细问，即让他下楼，三脚两步地趋至门口，见汤叡、谭学夔等尸身，血肉模糊，尚是摆着，他也顾不得伤心洒泪，竟一溜烟地跑出；行至海边，长堤上统插颜字旗帜，亏得身着警服，没人盘诘。到了长堤尽处，巧遇一只快船，也不暇问明底细，竟跃入舟中，慨畀舟子数十金，飞渡过江，恍如子胥离楚，遇着渔父模样。竟奔向香港去了。命不该绝，总有救星。翌日，得海军司令谭学衡电文，才识当场伤毙的人数，文云：

梧州探投陆都督、梁任公台鉴：今日海珠会议，汤君觉顿、汤叡字觉顿。舍弟学夔，当场受枪殒命，王君协吉、王广龄字协吉。吕君清吕仲明名清。受重伤，随后亦毙。当经力请龙、张两公，终始维持，毋使广东糜烂，均盼台从星夜来粤，安筹善后办法。全粤幸甚。学衡叩。

陆、梁二人接到此电，当然愤怒交迫，下令讨龙，正要发兵东下，突来了广东巡按使张鸣岐，替龙剖辩，把海珠一场惨变，统推在蔡乃煌、颜启汉身上。陆荣廷即问道："龙济光到哪里去了？"大约到龙宫里去。张鸣岐道："龙督本在署中，候汤、徐两君会议，不料蔡乃煌、颜启汉等，暗地设谋，拟害汤、徐，待龙督闻知，即派兵弹压，已不及了。"何人相信。梁启超接入道："龙济光的用意，简直要害我两人，偏汤、徐两君做了替身，徐君幸得脱逃，汤觉顿竟致毙命，还有王警长、谭顾问、吕会长等也同时遇难。坚白兄，张字坚白。你想王、谭两君是他的麾下，不过主张和平，便一古脑儿死在会场，这老龙还有天理么？我等非诛逐龙济光，如何对得住汤君？就是王、谭、吕诸人，也对他不住呢。"理直气壮。张鸣岐忙答辩道："龙督实未与闻，现在专待两公到粤，和解粤局，断无异心。"梁启超冷笑道："我等还想多活几天，保障共和，休再用老法欺我。"张鸣岐又道："两公如不见信，鸣岐情愿为质，可好么？"竭力为龙帮忙。梁启超亦道："你休做第二个王协吉，着了龙王的道儿。”张鸣岐还要再辩，陆荣廷道：“龙济光如无歹心，须要依我六款。”鸣岐即请陆宣示，荣廷道：“第一条，须交出蔡乃煌、颜启汉；第二条，须分调警卫军出省；第三条，须整顿龙军军律，解散侦探；第四条，是我若来粤，寓所由我自择，龙须到我处会谈，我不往龙处；第五条，龙军将来，一半留龙自卫，一半须随护国军征赣；第六条，我军到粤，龙须让出东园，俾我军驻扎。这六条如果见从，我就不去驱逐老龙，若有一条不依，我也顾不得亲戚关系了。且与他争个高下，看他还能害我么？”总还顾着戚谊。鸣岐道：“且先去电问，何如？”陆即允诺。

当自电陈六款，迫龙遵约，旋得复电，说是：“悉如陆命，惟善后条件，请张面决。”张乃与陆、梁两人，协议善后，共有四款：（一）查办海珠祸首，以明心迹；（二）由陆、梁至粤，维持粤局；（三）电请护国军总司令徐勤，通饬各路护国军，暂停进行，静待解决；（四）严办土匪，保护地方；四款议定后，彼此依约办理。

张鸣岐方回粤去，不期粤东的独立，尚未就绪，浙江的独立又闹出一番笑话。原来广东独立的消息，传到浙中，浙江将军朱瑞及巡按使屈映光，亟向中央请兵，巩固浙防，一面将城内屯兵两旅，调驻城外。旅长童保暄本是辛亥革命的发起人，朱瑞恐他为变，所以将他调出。还有叶焕华一旅，亦令移驻，无非是防童联络，所以一体迁移。是时驻沪第十师，本拟调粤，因浙事吃紧，由袁政府改令赴浙。且南苑第十二师航海南来，亦有直接赴浙的消息。应上回。浙人大哗，纷纷电阻。那时有志共和的童旅长，复跃然奋起，入城见朱，请即独立。朱瑞集众会议，参谋长金华林、师长叶颂清，均反对童说，就是旅长叶焕华，也说是独立非宜。童保暄道：“今日不独立，恐他日无暇独立了。”朱瑞道：“本将军的意见，不必独立，也不必不独立，就是中立了罢。”此策却好，其难如愿何？大众才退。隔了一天，童保暄探得军署密谋，拟诱他入署，置诸死地，他乃想出先发制人的计策，号召二十三团、二十四团，乘着四月十一日夜间，潜行入城，直攻军署。军署守卫，猝不及防，竟一哄儿散去。童保暄抢步当先，趋入署中，左右四顾，不见一人，一直跑进内室，将楼上楼下，尽行找寻，不但毫无人影，连鬼都没有了。

看官！你道这将军朱瑞及全署人员，统从哪里逃去？原来朱瑞乖巧得很，自闻桂、粤独立，早已防有他变，先将家眷运往上海，只自己留住署中，此次辕门遇警，即忙换了便服，走至后院，觑定墙角空隙处，有一枯树，便攀援上去，一脚跨到墙头，复解下腰带，挂在树梢，用手握住带端，把身子缒了下去，等到脚踏实地，便放开两腿，向北逸去。还有署中人役，正要入报将军，见朱瑞正在逾墙，大家也学了此法，次第出走。比军令还要灵捷。童保暄四觅无着，知已远飏，复转身出来，移兵至师长署，叶颂清也早走了。再往寻参谋长金华林、旅长叶焕华，统已不知去向。大难来时各自飞。

乃复赴巡按使署，巡按使屈映光倒还从容不迫，出来相迎，见面扳谈，却很是赞成独立，并极力褒奖童保暄，愿推他为都督。又是一种做品，比朱瑞高出一筹。保暄推让道：“都督一席，当然推举屈公，如保暄资轻望浅，怎能胜任？今日此举，无非是舆情趋向，不得不然呢。”屈映光道：“且集众公举便了。”当下召集长官，共同推举，结果是老屈当选。屈仍避去“都督”字样，只自称巡按使兼浙军总司令，与童会衔，电知各处镇守使吕公望、张载阳、周凤岐等。于是宁、绍、嘉、湖、台等处，也即日宣告与袁政府脱离关系。谁知老屈的私意，也是模仿龙郡王，当时晓谕人民，比龙王还要圆滑，他说是：

为出示晓谕事。照得省城十一夜，军民拥至军署，要求独立，将军失踪，本使为军政绅商学各界，以浙江地方秩序相迫，已于今日决定以浙江巡按使兼浙军总司令，维持全省秩序，主任军民要政。除总司令部人员另行组织外，所有在省文武机关部署，一律照常办事，不准擅离职守。传谕所属，一体遵照！

据这告示，连“独立”两字都不敢说出，可知屈映光是全然作伪哩。果然一道密奏，电达九重，极陈不得已的苦衷，并乞鉴宥云云。他是两面讨好，总道是绝对妙法，可以安然无事，突来了宁台镇守使周凤岐急电，略言：“省城、宁、绍，先后独立，人心欢忭，秩序井然。今公复沿旧称，群情迷惑。宁、绍众志成城，誓死讨逆，万无反复余地，务即明白赐复，凤岐等当严阵以待。”老屈接阅后，已是惊惶不定，忽闻北京政事堂中又颁发一道申令，其文云：

据浙江巡按使屈映光电称“四月十一日夜四时，突有军民，拥至军署，将军失踪，当经密派警队防护本署，次早军官士绅，以地方秩序关系，强迫映光为都督，誓死不从，往复数四，午后旋有各机关官长暨绅商领袖，合词吁恳，最后即请以巡按使名义兼浙江总司令，借以维持地方秩序，固辞不获，于今日下午，始行承诺，以维军民而保治安。现在人心已定，秩序如恒”等语。该使职略冠时，才堪应变，军民翕服，全浙安然，功在国家，极堪嘉奖。着加将军衔，兼署督理浙江军务。当此时势艰危，该使毅力热心，顾全大局，既已声望昭彰，务当始终维持，共策匡定，本大总统有厚望焉。此令。

这道申令，竟将老屈的秘密奏闻，和盘托出，直令老屈无从自解。恐怕由老袁使乖。凤岐等遂通电各省，攻讦老屈道：

屈以巡按使兼总司令，布告中外，非驴非马，惊骇万状。论屈在浙四载，惟知竭民脂膏，以固一己荣宠，旋复俯首称臣，首先劝进。滇、黔事起，各省中立，独屈筹饷括款，进供恐后。祸害民国，厥罪甚深。若复戴为本省长官，实令我三千万浙人，无面目以见天下。且通电输诚，伪命嘉奖，既誓死于独夫，奚忠诚于民国。反侧堪虞，粤事可鉴。宜速斥逐，勿俾贻祸。

屈映光连接这种文件，真是不如意事，杂沓而来。可巧商会中请他赴宴，他正烦恼得很，递笔写了一条，回复出去。商会中看他复条，顿时哄堂大笑。看官！道是甚么笑话？他的条上写着道："本使向不吃饭，今天更不吃饭。"莫非是学张子房一向辟谷？这两句传作新闻，其实他也不致这样茅塞，无非是提笔匆匆，不加检点罢了。忠厚待人。

是时浙省官绅，正组织参议会，共得二十六人，正会长举定王文卿，副会长举定张翘、莫永贞，四月十四日，在都督府开成立大会。屈映光乘机与商，托他代为斡旋，正副会长等，乃请他正式独立。屈尚沉吟未决，会接粤中来电，龙都督与粤西联盟，居然主张北伐，声讨老袁。那时屈映光才放大了胆，将巡按使的名目，革除了去，竟自称为都督了。

小子于浙事略行叙过，又要述及粤事。粤督龙济光自承认陆荣廷条件，本应逐条照行，偏颜启汉闻风先遁，匿迹沪上。蔡乃煌又是济光旧友，一时不忍下手。第一条先难履约。他只有虚声北伐，自明真正独立的态度。陆、梁因六大条件，无一履行，遂统兵进至肇庆，迫龙遵约。龙又束手无策，只得仍央恳张鸣岐，偕谭学衡同行，往见陆、梁。陆荣廷道："坚白屡来调停，总算顾全友谊，但据我想来，粤督一席，子诚济光字。已做不安稳，不如另易他人，请岑西林即岑春煊。来上台罢。"张鸣岐道："他事总可商量，惟欲他交卸粤督，总难如命。"袁不肯舍总统，龙亦不肯舍粤督，两人心理又同。陆荣廷道："子诚号令，已不能出广州一步，难道许多民军，肯归他节制么？"张鸣岐道："粤中民军，尽可受广西节制，惟广东都督，仍令子诚挂名，这事可行得么？"梁启超从旁笑着道："这叫做儿戏都督，坚白兄果爱子诚，也不应叫他做个傀儡呢。"陆荣廷又道："坚白，他既承认我六大条件，应该即行，否则惟力是视，也无庸再说了。"斩钉截铁。张鸣岐告辞道："且与子诚熟商，再行报命。"陆复顾谭学衡道："海珠惨变，令弟遭难，君何不立索仇人，为弟报冤？古人有言：'兄弟之仇，不反兵而斗'，难道此言未闻么？"应该诘责。谭学衡无词可答，只好唯唯退去。

张、谭二人去后，陆荣廷即令莫荣新，率军五千，进抵三水。三水离广州不远，警报连达省城，龙济光知不能了，没奈何与张鸣岐同至肇庆，双方再行协议，决定五款：(一) 广东暂留龙为都督；(二) 肇庆设立两广总司令部，举岑春煊为总司令；(三) 处蔡乃煌死刑；(四) 从速实行北伐；(五) 各地民军，自岑入粤，设法抚绥，并自三水划清防界，以马口为鸿沟，西南以上，归魏邦屏、李耀汉、陆兰清防守，西南以下，归龙分派巡船防守，彼此均不得逾越，免致冲突。陆、梁又齐声道："这五条协约，是即日就要履行的。我等为亲友关系，竭力为君和解，你不要再事抵赖呢。"说得龙济光满面羞惭，没奈何喏喏连声，告别而去。

一入省城，即与谭学衡密谈数语，学衡会意，便调了军士数百名，直至蔡乃煌寓所闯将进去。乃煌莫明其妙，尚与那新纳的篷室，对饮谈心，备极旖旎，猛见了谭学衡，知是不佳，急忙起身欲遁，哪经得谭学衡的武力，一把抓住，仿佛与老鹰攫鸡相似。可怜这个蔡老头儿，生平未尝吃过这个王法，吓得浑身乱颤，带抖带哭道："这……这是为着何事？"谭学衡也不与细说，一径拖出门外，交与军士，自己随押出城，行至长堤，喝一声道："快将杀人造意犯，捆绑起来，送他到地狱中去。"蔡乃煌才知死在目前，当向谭学衡道："我不犯甚么大罪，就是罪应处死，也要令我一见子诚，如何你得杀我？"问你何故设计杀人？谭学衡道："你还说没有大罪么？往事不必论，就是现在海珠会议，你与颜启汉等通谋，害死多人，我弟学夔，也死在你手，问你该死不该死呢？"乃煌不禁大哭道："龙济光卖友保身，谭学衡替弟复仇，总算我蔡乃煌晦气，一古脑儿为人受罪，我不想活了六七十岁，反在此地处死呢。"谁叫你做到这般？语尚未毕，已被军士缚在柱上，一声怪响，枪弹洞胸，蔡乃煌动了几动，便一道魂灵，驰归故乡去了。堤上观看的行人统说是这个贪贼，应该枪毙，并没有一个爱惜。蓦地里来了一位美人儿，行至乃煌身旁，总算哭了几声老头儿、老杀坯，后经军士说明，才晓得这个俏女郎，就是与乃煌对饮的美妾，还不过与乃煌做了半月夫妻。小子有诗咏乃煌道：

享尽荣华逞尽刁，长堤被缚泪潇潇。
贪夫一死人称快，只有多情泣阿娇。

乃煌处死后，龙济光即遵约北伐。欲知一切情形，容待下回分解。

本回以粤事为主体，而浙事附之。盖粤、浙先后独立，屈之举动，正以龙为师，故时人有粤、浙二光之目。济光、映光，似衣钵之相传，此作者之所以因粤及浙，连类并叙，非特为时日之关系已也。且朱、屈为故友，而屈负朱窃位，龙、蔡亦为故友，而龙杀蔡求和。朱非不可逐，蔡非不可杀，但朱去而屈继，蔡死而龙生，友道其尚堪问乎？要之假公济私，见利忘义，系近代一般人心之污点。二光固有光矣，鉴于二光者，盍亦为之反省耶？

第七十回　段合肥重组内阁
冯河间会议南京

却说龙济光既联络桂军，应该遵约北伐，当委段尔源为广东护国军第一军司令，马存发、李鸿祥为广东护国第二、第三两军司令，扬言北伐。其实他的本心，仍然拥护中央，不过为陆、梁所迫，没奈何反抗老袁，虚张声势哩。实是舍不掉郡王衔。惟粤省独立，闽防吃紧，浙省独立，江防吃紧，老袁拟调的第十师及第十二师，只能顾守江防，不能分管闽防，乃别调海陆各军，令海军总长刘冠雄统率南来，海军用海容、海圻两兵舰装载，陆军无船可乘，竟将天津寄泊的招商局轮船扣住数艘，如新康、新裕、新铭、爱仁等船，强迫装兵，由津出发。行至浙江温州洋面，正值大雾迷蒙，茫不可辨，新裕商轮向南行驶，不知如何与海容相撞，碰损机具，不到二十分点，全舰沉没，计死团长、团副各一人，兵士七百四十名，机师水手伙夫二十四名，损失军饷十万圆，机关炮四架，山炮六尊，弹药五十万颗，军衣军械无数。余舰到了福州，与福建护军使李厚基布置防务，闽省少安。

刘冠雄电奏中央，备陈新裕沉没状，老袁不胜叹息，默思天意绝人，万难再战，只好再请徐、段二公，商议良策。

徐、段仍提出冯、陈两人，要他东西协力，调停和议。应六十八回。当下申电冯、陈，不到两日，得陈宧复电，略言：“与蔡锷电商，先将总统留任一节，提作首项，已由蔡锷允达滇、黔，俟有成议，再行报命。”独冯国璋并无电复。原来江苏沿海，民党往来甚便，沪上一隅，华洋杂处，尤为党人溷迹地。陈其美系民党翘楚，自袁氏称帝，已由日本来沪，设立机关，潜图革命。虽与护国军宗旨不同，但推翻袁氏的意思，总是相合。独提出陈其美，为下文被刺张本。起初百计促冯，逼他独立，冯却寂然不动，但也未尝嫉视党人。陈知独立无望，遂派同志混入镇江，谋刺要塞司令龚青云。会机谋被泄，徒落得扰攘一宵，仍然退去；转至江阴，逐走旅长方更生，居然宣布独立，推举尤民为总司令，萧光礼为要塞司令。尤民本绿林出身，专事敲诈，不知抚恤，江阴人民大起恐慌，连电江宁，向冯求救。冯国璋忙派兵往援，人民也群起逐尤，内应外合，任你尤民臂粗拳大，也只得推位让国，弃城远飏。萧光礼已闻风先走了。冯正恨老袁疑忌，绝不谅他拥护的苦心，几乎要与袁决裂，偏中央屡次发电，哀恳他竭力调停，他又顾念旧情，害得忐忑不定；嗣又得徐、段电文，略言：“四川将军陈宧，已向蔡锷提出议和条件，仍戴袁为总统。”于是顺风使帆，依方加药，即提出调停意见八条：

（一）应遵照清室遗言，交付袁氏组织共和政府全权，使仍居民国大总统地位；（二）慎选议员，重开国会，但须排除激烈分子；（三）惩办祸首；（四）各省军队，须以全国军队按次编号，不分畛域，并实行征兵制；（五）明定宪法，宪法未定以前，用民国元年约法；（六）照民国四年冬季的将军、巡按使，一概仍旧；（七）滇事发生后，所有派至川、湘各军一律撤回原地；（八）大赦党人。这八大纲通电传出，尚未接复，忽闻陈宧电达中央，说是蔡锷电商滇、黔，唐、刘未能满意，不由得愤愤道："袁项城专会欺人，今徐菊人、段芝泉，也来欺我么？"遂电致政事堂，劝袁退位。略云：

国璋耿直性成，未能随时俯仰，他人肆其谗构，不免浸润日深，遂至因间生疏，因疏生忌，倚若心腹，而秘密不尽与闻，责以事功，而举动复多掣肘，减其军费，削其实权，全省兵力四分，统系不一，设非平日信义能孚，则今日江苏已为粤、浙之续矣。顾国璋方以政府电知川省，协议和平，用意既复略同，敢弗赞助，以故力任调入，冀回劫运，乃报载陈将军致中央电，声明蔡锷提出条件后，滇、黔于第一条未能满意，桂、粤迄未见复，而此间接到堂转陈电，似将首段删去。值此事机危迫，尤不肯相见以诚，调人阁于内容，将何处着手？现虽照电川省，商论开议事宜，双方未得疏通，正恐煞费周折。默察国民心理，怨诽尤多，语以和平，殊难餍望，实缘威信既隳，人心已涣，纵挟万钧之力，难为驷马之追，保存地位，良非易易。若察时度理，已见无术挽回，毋宁敝屣尊荣，亟筹自全之策，庶几令闻可复，危险无虞，国璋不胜翘切待命之至。

国务卿徐世昌接到冯电，暗想道："这遭坏了，华甫也有变志了。”急忙入报老袁，老袁亦惶急万分，徐世昌道：“现在事已燃眉，还请总统放宽一步，挽回大局。”老袁皱着眉道：“难道我真个退位不成?”世昌道：“并非退位问题，但请总统规复内阁制，并用几个新党人物，或尚能调停就绪，也未可知。”老袁道：“除要我退位外，总请老友替我作主，我已心烦意乱，不知所从了。”世昌即草拟阁员，陆军蔡锷，内务戴戡，农商张謇、教育汤化龙、司法梁启超、财政熊希龄，递交老袁酌阅。老袁虽然不愿，也只好略略点首。

世昌乃出发各电，待至两日，一无复音。再电请熊希龄、张謇、伍廷芳、唐绍仪、范源濂、蔡元培、王正廷、王宠惠等到京，商组内阁，哪知一班名流，电复世昌，统是要老袁退位，余无别言。世昌不禁长叹道：“项城，项城，你搅到这个地步，叫我如何收拾呢?”遂筹思一会，入见老袁，略将外来

各电，叙述一二，继复进言道：“据我看来还是要芝泉组织内阁，芝泉是军阀中人，且与冯华甫很是莫逆，将来或战或和，较有把握，请总统即日照行。”老袁道：“你既要芝泉出场，我亦不能不依，但你不可他去，一切善后方法，仍应替我商酌呢。”世昌道：“谨遵钧命，我总在京便了。”把圈儿套与别人，不愧老练。老袁乃召入段祺瑞，嘱他组阁。段再三推让，经世昌从旁力劝，方允暂认，遂于四月二十一日，公布政府组织令，委任国务卿担任政务，称为责任内阁。越日，任段为国务卿，组织阁员。陆军由段自兼，外交仍任陆征祥，财政改任孙宝琦，内务改任王揖唐，海军仍任刘冠雄，交通改任曹汝霖，教育改任张国淦，农商改任金邦平，司法仍任章宗祥。各部总长发表出来，都人士仍称为帝制内阁。甚么叫做帝制内阁呢?看官试想！这部长中所列八人，哪一个不是帝制派，而且财政、交通

两部统属梁士诒党系。财神始终得势。至若军务全权，仍操诸统率办事处，未曾交与段氏。段氏登台，不过取消政事堂，恢复国务院，改机要局为秘书厅，易主计局为统计局，修正大总统公文程式，总算是恢复国体的表示。此外目的，惟调停南北，主张和议罢了。但冯、段究系故交，段既为内阁领袖，冯应格外帮忙，为此一着，遂创出南京大会议来。当由冯国璋首先发起，通电各省道：

（上略）滇、黔、桂、粤，意见尚持极端，接洽且难，遑云开议。现就国璋思虑所及，筹一提前办法，首在与各省联络，结成团体，各守疆土，共保治安，一面贯通一气，对于四省与中央，可以左右为轻重，然后依据法律，审度国情，妥定正当方针，再行发言建议，融洽双方。我辈操纵有资，谈判或易就绪。若四省仍显违众论，自当视同公敌，经营力征。政府如有异同，亦当一致争持，不少改易。似此按层进步，现状或可望转机，否则沦胥迁就，愈滋变乱。一旦土崩瓦解，省自为谋，中央将孤立无援，我辈亦相随俱尽矣。看此两语，仍然是拥护中央。

膓见如此，特电奉商。诸公或愿表同情，或见为不可，均望从速电复。临电激切，无任翘企！

电文去后，未曾独立的省份陆续电复，均表同情。冯乃再就前日提出的八大纲，略加变更，仍分八条：（一）总统问题，仍当暂属袁总统，俟国会召集，再行解决；（二）国会问题，应提前筹办，慎定资格，严防流弊；（三）宪法问题，以民国元年《约法》为标准，视有未合事件，应斟酌修改，便利推行；

（四）经济问题，当由中央将近来收支情形，明白宣布。滇、黔二省，筹办善后，亦宜声明需用实数，设法匀拨；（五）军队问题，南北各军，均调回旧驻地点，所有两方添招军队，一律遣散，借抒财力；（六）官吏问题，凡所有官制官规，均应暂守旧章，免致纷乱；（七）祸首问题，杨度等谬论流传，逼开战祸，应先削除国籍，俟国会成立后，宣布罪状，依法判决；（八）党人问题，由政府审查原案，咨送国会讨论，俟得同意，宣告大赦，方免抵触法律，贻祸将来。以上八问题电达各省，均无异议。惟旅沪二十二行省公民，如唐绍仪、谭延闿、汤化龙等，集得一万五千九百余人，抗议反对，于第一条尤驳斥无遗。

冯国璋欲罢不能，竟至蚌埠见倪嗣冲，筹商了大半夜，又邀倪同至徐州，会晤张勋。倪、张本拥戴老袁，遂与冯国璋联络一气，发起南京会议，由徐州通告各省，略云：

> 川边开战以来，今已数月，虽迭经提出和议，顾以各省意见，未能融洽，迄无正当解决。当此时机，危亡呼吸，内氛时伏，外侮时来，中央已无解决之权，各省咸抱一隅之见，谣言传播，真相难知。而滇、黔各省，恣意要求，且有加无已，长此相持，祸伊胡底？国璋实深忧之。曾就管见所及，酌提和议八条，已通电奉布，计达典签；惟兹事体重大，关系非浅，往返电商，殊多不便。爰亲诣徐府，商之于勋，道出蚌埠，邀嗣冲偕行，本日抵徐，彼此晤商，斟酌再四，以为目今时局，日臻危逼，我辈既以调停自任，必先固结团体，然后可以共策进行。言出为公，事求必济，否则因循以往，国事必无收拾之望。兹特通电奉商，拟请诸公明赐教益，并各派全权代表一人，于

五月十五日以前，齐集宁垣，开会协议，共图进止，庶免分歧而期实际。勋等筹商移晷，意见相同，为中央计，为国家计，谅亦舍此更无他策。诸公有何卓见，并所派代表衔名，先行电示，借便率循，无任盼祷。张勋、冯国璋、倪嗣冲印。

张、冯、倪三人，既发起南京会议，并电达中央，随即分手，订定后会。倪回蚌埠，冯归南京。是时广东方面，已在肇庆地点，设立两广司令部，举岑春煊为都司令，梁启超为总参谋，李根源为副参谋。岑自香港至肇庆，即日誓师北伐，有“袁生岑死，岑生袁死”等语。一面组织军务院，遥奉副总统黎元洪为民国大总统，兼陆海军大元帅。院设抚军，即以唐继尧、刘显世、陆荣廷、龙济光、岑春煊、梁启超、蔡锷、李烈钧、陈炳焜诸人充任。又由各抚军公推唐为抚军长，岑为副抚军长，于五月八日通告军务院成立。

适值浙督屈映光辞职，公举嘉湖镇守使吕公望继任。吕就职后，明目张胆，誓讨袁氏，任周凤岐、童葆暄为师长，列入护国军。与屈迥不相同。檄至粤东，军务院遂依着条例，请他就抚军职，于是滇、黔、两粤及浙江，并力讨袁。老袁闻知，又添了好几分愁恨，急召杨度、朱启钤、周自齐、梁士诒、袁乃宽等，密谋抵制。帝制要人，始终相倚。席间惟闻纸笔声，并没有甚么谈论，后来转将所拟底稿，尽付一炬。越秘密，越坏事。看官！道是甚么秘计？他不过电达外使，令转告各国政府，勿遽承认南军团体，一面向未曾独立各省，催他速至南京，解决时事。各处新闻纸，探出原电，即登载出来。秘密何用？文云：

各省将军、巡按使、都统、护军使、镇守使鉴：接广东电开“革命首领宣告南方独立各省已组织成立新政府，以广州为首都，以黎元洪为大总统，及陆海军大元帅，废除北京政府。其宣告中并为设立军务院，定明权限，并兼理外交财政陆军各行政事务。云南都督唐继尧被举为军务院主任，岑春煊为副主任”各等语。查北京政府始而临时，继而正式，几经法律手续，始克成立，全国奉行，列邦承认，岂少数革命首领，所能废除？首都问题，系由国家议会决定，奠定业已数年，有约各国，驻使所在地点，载诸约章，国际关系最切，对内对外，岂少数革命首领，所能擅易？大总统地位，由全国人民代表，按照根本大法选举，全国元首，五族拥戴，又岂少数革命首领，所能指派？且黎公现居北京，谨守法度，又岂肯受少数革命首领之指派？广东距京数千里，强假黎之虚名，而由唐、岑等主其实权，不啻挟为傀儡，侮蔑黎公，莫此为甚。凡此种种，违背共和，划除民意，实系与国家为仇，国民为敌。政府方欲息事宁人，力谋统一，而少数革命首领，窃据一隅，以共和为号召，乃竟将共和原理，国民公意，一概蹂躏而抹煞之。此而可忍，国将不国。谁生厉阶，至今为梗。尊处如有意见，望径电南京，请冯、张、倪三公，会同各省代表，并案讨论。院处电。

这电自五月十日发出，转眼间已是望日，南京会议，期限已届，各省代表，先后到宁，共得二十余人。计开：

直隶代表刘锡钧、吴焘。　奉天代表赵锡福、刘恩洪。

吉林代表张恕、戴艺简。 黑龙江代表李莘林。
山西代表崔廷献、李骏。 山东代表孙家林、丁世峄。
河南代表毕太昌、叶济。 湖南代表陈裔时。
湖北代表冯賛、杨文恺。 江西代表何恩溥、程用杰。
福建代表贾文祥。 安徽代表万绳剡。
热河代表夏东骁。 察哈尔代表何元春。
绥远代表熊开光。 上海代表赵禅、王滨。
徐州代表李庆璋。 蚌埠代表裴景福。

还有中央特派员蒋雁行及海军司令饶怀文、参谋长师景文等，也一律与会。惟陕西因乱未复，四川路远，所派代表张联棻、张轸援二人，均在途未至。五月十七日，南京会议第一次举行，由冯国璋主席，各省代表统行列座，除蒋雁行并非代表，只能旁听外，各代表均有发言权。冯即宣言第一条总统问题，赞成冯说的不过十分之二三，反对冯说的却有十分之三四，其余各守中立态度，既不反对，又不赞成。论辩了好几时，第一条终不能通过。冯国璋不便强迫，只好说是改日再议，代表等当然散席。李庆璋、裴景福两人即电达张、倪，竟尔告急。隔了一天，蚌埠倪将军亲自带兵三营，直抵江宁。正是：

全局已经成瓦解，将军还欲挟兵来。

欲知倪嗣冲到会情形，且从下回叙明。

冯、段两人，遭袁氏之疑忌，至于途穷日暮，再请他登场，重演一出压台戏，非谚所谓急时抱佛脚者耶？冯、段不念旧恶，犹为袁氏竭力帮忙，一组内阁，一开会议，平心论之，未始非友道可风。然内则帝孽具存，外则人心已涣，徒恃一二人之笔舌，亦安能骤事挽回？昔人有言："小人之使为国家，菑害并至，虽有善者，亦无如之何矣。"况冯、段乎？而倪、张更无论已。

第七十一回　陈其美中计被刺
陆建章缴械逃生

却说倪嗣冲带兵至宁，意欲仗着兵力，迫胁各省代表仍承认袁世凯为大总统。五月十九日，开第二次会议，倪昂然莅会，代表安徽，出席宣言道："总统退位问题，关系全局安危，倘或骤然易位，恐怕财政军政两方面，必有危险情事发现出来，所以愚见仍推戴袁总统，请他留任为是。"言甫毕，山东代表丁世峄起言道："倪将军的高见，鄙人非不赞成，但自袁总统热心帝制，种种行为，大失信用，即袁总统也自知错误，已有去意，难道中国除了袁总统，便没人维持大局么？"颇有胆识。倪嗣冲闻言变色道："项城下台，应请何人继任？"丁世峄尚未及答，与丁偕来的孙家林便从旁答言道："自然应属副总统，何消多问。"明白爽快。倪怒目视丁、孙两人道："你两人是靳将军派来么？靳将军拥护中央，竭诚报国，为何派你二人到来？你二人莫非私通南军，来此捣乱不成？"不如你意，便硬指他犯上作乱。丁、孙两人正要答辩，那湖南代表陈裔时已起立道："古人有言，君子爱人以德，倪将军毋太拘执，应请三思！”湖北代表冯賓、江西代表何恩溥等亦应声道：“敝代表等也有此意。”倪嗣冲见反对多人，怒不可遏，竟投袂奋臂道：“袁总统离位一日，中国便捣乱一日，我只知挽留袁总统，若有异议，就用武力解决。”全是蛮话，试思袁总统尚然在位，何故扰乱至此，劳你会议耶？丁世峄、孙家林等冷笑道：“既须凭着武力，何用开此会议哩？”冯国璋时在主席，睹这情形，恐惹出一场争闹，遂出为调人道：“诸君不必徒争意气，须知能战然后能和，今南方五省，已极端反抗中央；就使项城退位，他也必有种种要求，继任的总统恐也难一律应诺，将来仍不免相争。国璋始终主和，但欲和平解决，亦应先准备武力，免令南方轻觑，要挟不情，各代表诸公，以为何如？”这一席话，才引出燕、奉、吉、豫、热、夏诸代表同声赞成。

642. 冯复议及兵力财力二问题，燕、奉、吉、豫等代表，或愿出若干兵队，或愿认若干军饷，余代表多托词推诿。山东、江西、两湖各代表，且默不一言。冯国璋料难裁决，乃宣告散会，越宿再议。

次日复齐集会场，各代表多主和不主战，冯、倪也不便力辩。至提及总统问题，大众拟付国会表决，冯却游移两可，倪独不以为然。越日，再开第四次会议，仍无结果。徐州代表李庆璋倡言南中虽然独立，并非自外中国，既为和平解决起见，不如令他派遣代表，同到此处议决，方期一劳永逸。这数语颇得多数赞成，遂由李主稿电达独立各省，静候复音。至散会后，他竟随着倪嗣冲，扬长去了。不数日，即有张辫帅一篇通电，其文云：

据敝处代表回徐报告，此次江宁之会，业经各代表次第宣言，知各省军民长官，多数以拥护中央、保存元首为宗旨，是退位问题，已属无可讨论。仍是你一人自说。且由冯上将军主张，欲求和平，非先以武力为准备不可，所有应备军旅饷项，并经各代表预先分别担任，敌忾同仇，可钦可敬。乃鲁、湘、鄂、赣诸代表，多方辩难，辗转波折，故甚其辞，显见受人播弄，暗中串合，故与南方诸省，同其声调，必非该本长官所授本意。况靳、汤、王、李诸将军，公忠国体，威信久孚，或军当困难，百折不回，或地处冲繁，一心为国，勋处屡接来电，莫不慷慨淋漓，令人起敬。而该代表竟敢擅违民意，妄逞词锋，实属害群之马，允宜鸣鼓而攻。虽现在电致南方各省，令派代表到宁与议，复电能否依从，尚难遽定，而我方内容，有不可不加整饬，以求一致。诚以退位问题，关系存亡，非特总统人才，难以胜任，即以外交军政财政而论，险象尤难罄述。如果国本轻摇，必沦胥俱尽。即使南方各省，果派代表到宁与议，亦当一意坚持，推诚相告，如不见听，即以兵戈。倘内容不饬，先馁其词，则国家之亡，有可立待。用此通电布告，愿我同胞，共相切磋。设有非此旨者，即以公敌视之可也。临电迫切，无暇择言。勋印。

张辫帅虽有此电，各省长官仍然徘徊观望，不甚赞成。山东、两湖等省，且潜图独立；云、贵、两粤等更不消说，简直是置诸不理罢了。惟当南京会议期间，却有一个革命党魁被刺上海，相传由袁皇帝贿嘱刺客，赴沪设法，用了若干心力，才得报功。究竟被刺的是何人？行刺的又是何人？待小子叙了出来，便有分晓。

小子于前文中，曾说过沪上一带，多藏着民党踪迹，就中首领，要算陈其美。从前肇和兵舰的变动与镇江、江阴的独立，都由他一人指使，不但袁政府视为仇敌，就是南京上将军冯国璋也加意防备，随时侦探密查。陈其美却不肯罢休，仍拟伺隙进行，只因资财支绌，未免为难。凑巧党人李海秋介绍两个阔客，一个叫做许谷兰，一个叫做宿振芳，统说是煤矿公司的经理。这煤矿公司，牌号“鸿丰”，曾在法租界赁屋数幢，暂作机关，形式上很是阔绰。两人与陈见面后，约谈了好几个时辰，真个彼此倾心，非常亲昵。嗣后常相过从，联成知己。陈有时与他晤谈，免不得短叹长吁，两人问他心事，他遂和盘托出，一一告知。两人顺口道：“我等虽是商人，却也怀着公义，可惜所有私蓄，都做了公司的股本了。现在未知公司

的股单，可否向别人抵押？如有此主顾，那就好换作现银，帮助民军起义呢。”陈其美不禁跃然道：“两君为公忘私，真足令人起敬，我且与日商接洽，若可暂时作抵，得了若干金，充做军饷，等到成功以后，自当加倍奉还。”天下有几个卜式，陈其美何不小心？两人唯唯告别。

过了数日，陈已与日商洋行议定押款，即至鸿丰煤矿公司，与许、宿两人面洽。两人并不食言，约于次日送交股单，亲至陈寓签字。陈以午后为期，两人允诺，随邀陈入平康里，作狎邪游。由许、宿两人作了东道主，他即坐了首席，开怀畅饮，猜拳行令，赌酒听歌，直饮到月上三更，方才回寓。这是送往阎家的饯行酒。翌日起床，差不多是午牌时候，盥洗既毕，便吃午餐，餐后在寓中守候，专待许、宿到来。俄听壁上报时钟，已咚咚地敲了两下，他暗中自忖道：“时已未正了，如何许、

宿两人，尚未见到？难道另有变卦么？”又过了二十分钟方有侍役入报道：“许、宿二公来了。”陈忙起身出迎，但见两人联袂趋入，即含笑与语道：“两君可谓信人。”一语未毕，忽觉得一声怪响，震入脑筋，那身子便麻木不仁，应声而倒。等到怪声再发，那陈其美已魂散魄荡，驰入鬼门关去了。许、宿二人见已得手，一溜烟跑出门外，急向原来的汽车一跃而上，开足了汽，好似风驰电掣一般，逃窜去了。是时陈寓内的侍役闻声出视，见陈已僵卧地上，用手一按，已无气息，但见脑浆迸裂，尚是点滴不住，仔细瞧着，脑壳已被枪弹击破，弹子从脑门穿出，飞过一旁，圆溜溜地摆着，赶忙出外睁望，那凶手已不知去向，于是飞报党人，四处邀集。大家见陈惨死，不免动了公愤，一面购棺敛尸，一面鸣捕缉凶，好容易拿住许、宿两犯，由法捕房审讯，许、宿语多支吾，毫无实供。嗣经再三鞫问，许供由南京军官嘱托，宿供由北京政府主使，究竟属南属北，无从讯实，结果是杀人抵罪，把许、宿问成死刑罢了。南北统不免嫌疑。

袁世凯闻陈已刺死，除了一个大患，自然欣慰，不意陕西来一急电，乃是将军陆建章及镇守使陈树藩联衔，略说是：

秦人反对帝制甚烈，数月以来，讨袁讨逆各军，蜂起云涌，树藩因欲缩短中原战祸，减少陕西破坏区域，业于九日以陕西护国军名义，宣言独立，一面请求建章改称都督，与中央脱离关系。建章念总统廿载相知之雅，则断不敢赞同，念陕西八百万生命所关，则又不忍反对。现拟各行其是，由树藩以都督兼民政长名义，担负全省治安，建章即当遄返都门，束身待罪，以明心迹。

老袁瞧到此处，把电稿抛置案上，恨恨道："树藩谋逆，建章逃生，都是一班负恩忘义的人物，还要把这等电文，敷衍搪塞，真正令人气极了。"你自己思想，能不负恩忘义否？嗣是忧愤交迫，渐渐地生起病来。小子且把陕西独立交代清楚，再叙那袁皇帝的病症。

原来陕西将军陆建章，本是袁皇帝的心腹，他受命到陕，残暴凶横，常借清乡为名，骚扰里闾，见有烟土，非但没收，还要重罚，自己却私运鲁、豫，贩售得值，统饱私囊。陕人素来嗜烟，探知情弊，无不怨恨。四月初旬，郃阳、韩城间，忽有刀客百余名，呼聚攻城，未克而去。既而党人王义山、曹士英、郭坚、杨介、焦子静等，据有朝邑、宜川、白水、富平、同官、宜君、洛川等处，招集土豪，部勒军法，举李岐山为司令，竖起讨袁旗来，陕西大震。

陆建章闻报，亟饬陕北镇守使陈树藩往讨。树藩本陕人，辛亥举义，他与张钫独立关中，响应鄂师。民国成立，受任陕南镇守使，驻扎汉中。至滇、黔事起，陆建章恐他生变，调任陕北，另派贾耀汉代任陕南。树藩已逆知陆意，移驻榆林，已是怏怏不悦，此次奉了陆檄，出兵三原，部下多系刀客，遂进说树藩，劝他反正。树藩因即允许，乃自称陕西护国军总司令，倒戈南向，进攻西安。

陆建章又派兵两营，命子承武统带，迎击树藩，甫到富平，树藩前队，已见到来，两下交锋，约互击了一小时，陕军纷纷败退。树藩驱兵大进，追击至十余里，方收兵回营。承武收集败兵，暂就中途安歇一宵，另遣干员賫夜回省，乞请援军。哪知时至夜半，营外枪声四起，吓得全营股栗，大众逃命要紧，还管什么陆公子。陆承武从睡梦中惊醒，慌忙起来，见营中已似山倒，你也逃，我也窜，他也只好拚命出来，走了他娘。偏偏事不凑巧，才出营门，正碰着树藩部下的胡营长，一声喝住，那承武的双脚，好似钉住模样，眼见得束手受擒，被胡营长麾下的营弁活捉了去，捉住一个豚犬，没甚稀罕。当下牵回大营。

陈树藩尚顾念友谊，好意款待，只陆建章闻着消息，惊惶得了不得，老牛舐犊。急遣得力军官，往陈处乞和，但教家人父子，生命财产，保全无碍，情愿把将军位置让与树藩，且将所有军械，一概缴出。陈树藩总算照允，便于五月十五日，带着陆承武，竟入西安。陆建章出署相迎，一眼瞧去，承武依然无恙，树藩却格外威风，前后左右，统有卫军护着，比自己出辕巡阅，还要烜赫三分。

看官！你想此时的陆建章，已是余威扫地，不得不装着笑脸，欢迎树藩。曾否自知惶愧？树藩乐得客气，下马直前仍向陆建章行了军礼。建章慌忙答让，彼此握手入署，承武亦随了进去。两下坐定，树藩将兵变情形，略述一遍，并言："胡营长冒犯公子，非常抱歉。"陆建章也婉词答谢。树藩复道："现在军心已反对中央，将军不如俯顺舆情，改任都督，与南方护国军联同一气，维持治安，树藩等仍可受教。"建章迟疑半晌，方道："我已决计让贤，此处有君等主持，当然不至扰乱了。"始终不肯背袁，也算好友。树藩道："将军既不愿就职，公子尽可任事。"建章道："儿辈无知，恐也不胜重任呢。"树藩方提及缴械问题，由陆建章允行，约于十七日照办。树藩退出，到了十七日，树藩复带兵至将军署，先与陆建章议定电稿，拍致北京，小子已录载上文，毋容赘说。电既发出，然后由建章出令，饬所部军队，一齐缴械，归陈军接受。缴械已毕，树藩仍委陆承武为护国军总司令，并编自己部属为二师，用曹士英为第一师长，李岐山为第二师长，自称陕西都督兼民政长，布告全省，宣言独立，秦中粗安。

陆建章收拾行装，共得辎重百余辆，即于五月二十日挈领全眷，退出西安。陈树藩派兵护送，才出东门，不意陈军中有一弁目瞧着若干辎重，未免垂涎起来，当下自语同侪道："这等辎重，都是本省的民脂民膏，今被陆将军捆载了去，他好安享后福，我陕民真苦不胜言哩。"为这一句话儿，顿时激动全体，大家喧呼道："何不叫他截留？他是来做将军，并不是来刮地皮，如何有这许多行李呢？"陆建章虽然听着，也只好装聋作哑，由他喧闹。偏是卫队数十名，闻言不服，竟与陈军争执起来。陆建章喝止不住，但听陈军齐呼道："兄弟们快来！"一语才毕，大众一拥而上，把所有辎重百余辆，抢劫一空。还有陆氏的妻妾子女，也被他东牵西扯，任意侮弄。所戴的金珠首饰，统已不翼而飞。陆建章叫苦不迭，就是几十名卫队，也自知众寡不敌，只好袖手旁观，任他劫掠。小子有诗叹道：

悖入非无悖出时，临歧知侮已嫌迟。
小惩大诫由来说，到底贪官不可为。

欲知陆建章如何启行，且至下回续叙。

陈其美之被刺沪上也，全属袁政府之辣手，与宋渔父、林颂亭诸人，惨遭狙击，万众含悲，同可痛惜者也。陆建章为袁氏爪牙，加虐秦民，得赃累累，至树藩独立，彼为保全身家计，乃愿缴械辞官，若辈之目的，唯一金钱而已，金钱到手，余不足恤，或谓其为袁效忠，尚非确论。至于退出西安，辎重被劫，妻妾子女，亦受侮辱，眼前报应如此其速，奈何世之见利忘义者，尚沉迷而不之悟乎？揭而出之，为军阀戒，亦著书人之苦心也。

第七十二回　好迁怒陈妻受谴
硬索款周妈生嗔

却说陆建章出城被劫，数年蓄积，一旦成空，又累得妻妾子女，抛头露面，无端受辱，真是哑子吃黄连，说不出的苦楚。还亏陈树藩得知此信，忙饬兵官到来，夺还若干辎重，畀他启行，才得惘惘登程，挈眷去讫。袁世凯闻陕西独立，不得不发兵对付，可奈中央已无兵可遣，无饷可筹，所有中、交两银行，已被梁财神任意提用，现款殆尽。五月十二日，且有两行钞票，停止兑现的阁令，京中金融大起恐慌，不但银币无着，连铜币也无从兑换，商民怨声载道，统归咎段国务卿，其实都是梁财神的计策。他因两行纸币，充塞街衢，倘或群来兑现，势必无从应付，所以先发制人，密拟停止兑现的命令，迫段盖印。段祺瑞明知不便，但上受袁制，下被梁迫，阁员又多半梁党，均附梁议，没奈何盖印颁行。当时都下相传，称为段内阁的经济政策。为梁受谤，似不能不替段鸣冤。但段既出组责任内阁，如何仍用帝制余孽？自诒伊戚，不得辞咎。

自此令发布，袁政府的信用，越觉扫地，一切调遣，多不奉命。老袁没法，不得不从外面着想，饬倪嗣冲转调倪毓棻军，自湘移陕，应五十九回。倪嗣冲复电遵行。既而山东将军靳云鹏迭致警电，一电说民党吴大洲等入据周村，自称护国军山东都督，一电说革命党居正等，入据潍县，自称东北军总司令。着末又有一电，是劝老袁即日退位，免致糜烂等语。老袁忧愤益迫，遂令靳速即来京，面陈鲁事，将军一缺，命张怀芝暂行代理。是时段芝贵已出任奉天将军，袁复调他入鲁，为严剿计，一方面是待交卸，一方面是要启行，断非一日两日，可以照办；而且全国警电，纷达京师，不是痛骂，就是劝退，害得老袁又气又愁，急成一种尿毒症，每遇小便，非常痛苦，延医服药，毫不见效。虽是忧愤成疾，然未始非平时渔色所致。徐世昌系念朋情，入府探疾，袁与详述病源，徐即推荐前御医陈莲舫，劝袁召治。袁即如言召陈，至陈入京诊视，略言：“脏腑伏毒，已是有年，今适暴发，为祸甚烈，些须药石，恐难奏功。”袁复乞问良方，陈医士乃写了数语，呈袁自阅。

看官！道是甚么方法？他说：“现时救急良方，只有每次溲溺后，须用人口吮咂，舐去毒液。当未吮咂时，先用清水麻油漱口，除去口中热毒，方可吮含，徐徐舐去毒液，或可稍奏微效。”老袁点首无语。待陈医退出，即召众妾入室，令之如法施行。众妾都有难色，你看我，我看你，大家不发一言。有爱情者，其如此乎？令人一叹。老袁不禁懊恼起来，便道：“你等太没良心，难道坐视我死么？”众妾仍然无语。此时洪、周两姨，何亦反舌无声？老袁顾着众妾，较量一番，又开口道：“还是汪姨、香儿、翠媛三人罢。”何不叫洪、周两姨充役。三妾听到此语，都怏怏不悦，奈又不好推辞，只得勉强应命。每遇老袁溲溺，由三妾轮流吮咂。其味何如？舌舐稍重，老袁即痛彻肺腑，呻吟不已。有时痛到极处，且乱挞三妾，三妾无从呼冤，只把那陈医士的姓名，背地呼骂，稍稍泄忿。过了半月，老袁的尿毒症果然少瘥，三妾私相庆幸，得免汙役。五月二十三日，轮着翠媛值差，自昼至夜，不劳吮咂。老袁因她逐日辛苦，加意温存，傍晚即在翠媛室中，闲谈一切，且就与翠媛共桌晚餐。

方两人对酌时，由安女官长送入电报一则，呈与老袁。老袁不瞧犹可，瞧了一遍，不觉怒发如雷，提起手中杯盏，向女官长掷了过去。安女士把头一偏，那杯子豁喇一声，跌得粉碎。翠媛莫明其妙，急忙起座，至老袁座侧，来阅电文。哪知老袁复随携一碗，向翠媛掷来。翠媛赶紧躲闪，已是不及，左额角间被碗擦过，顿时皮破血流，痛不可耐。安女士时已溜出，传呼婢媪，趋入数人，一见翠媛受伤，忙取了创伤药，替她敷上，且乘便就翠媛腰间，扯出白方巾，代为包裹。扎束方就，被老袁瞧着，尚怒向婢仆道："我尚未死，你等便用了白布，与她缠首，莫非要咒我死么？"语已，竟起身四觅，得了一个门闩，左敲右击，把婢仆打得落花流水，方释手出室。可怜婢仆等无端受扑，多半头青肤肿，怨苦连声。惟转念老袁平日，待遇下人，尚属宽仁，此次忽尔反常，好似疯狂一般，又不由的猜疑起来。反常则死，此即袁氏死征。于是出室探查，侦得老袁高坐内厅，面含愠色，究不知为着何事？待过了一小时，忽来了一个命妇，约有三四十岁，踉跄入厅，跪谒老袁，大家从外遥望，见这命妇非别，乃是于夫人的义女，四川将军陈宧字二庵的正室。迭布疑团，令人莫测。原来陈宧生平，与正妻不甚和协，所以就职入川，只令二三姬妾随行，把正妻撇在京中。惟陈妻素性笃实，夙承于夫人宠爱，视同已女，因此时常入宫，聊慰岑寂，或至数日始返。宫中眷属，竟呼她为大小姐，各无闲言。此次老袁传召，自然奉命前来，一入内厅，仰见义父尊容，已觉可怕，不禁跪下磕头。老袁愤愤道："你知二庵近事否？"上文特书陈宧表字，便为此语埋根。陈妻答称未知。老袁厉声道："他已与西南各省的乱党同一谋逆了。"你叛民国，莫怪人家叛你。陈妻惊讶失措，支吾答道："他……他受恩深重，当不至有此事，想系传闻错误的缘故。"老袁不待词毕，便从袖中取出一纸，掷向地上，并呵叱道："你尚为乃夫辩护么？他有电文在此，你去一瞧！"陈妻拾起电文，两手微颤，紧紧捧阅，但见上面写着：

北京国务院统率办事处鉴：宧以庸愚，治军巴蜀，痛念今日国事，非内部速弭争端，则外人必坐收渔人之利，亡国痛史，思之寒心。川省当滇、黔兵战之冲，人民所受痛苦极巨，疮痍满目，村落为墟。忧时之彦，爱国之英，皆希望项城早日退位，庶大局可得和平解决。宧既念时局之艰难，又悚于人民之呼吁，因于江日即五月三日。径电项城，恳其退位，为第一次之忠告，原冀其鉴此忧悃，回易视听，当机立断，解此纠纷。乃复电传来，则以妥筹善后之言，为因循延宕之地。宧窃不自量，复于文日即十二日。为第二次之忠告，谓退位为一事，善后为一事，二者不可并为一谈，请即日宣告退位，示天下以大信。嗣得复电，则谓已交由冯华甫在南京会议时提议。是项城所谓退位云者，决非出于诚意，或为左右群小所挟持。宧为川民请命，项城虚与委蛇，是项城先自绝于川，宧不能不代表川人，与项城告绝。自今日始，四川省与袁氏个人，断绝关系。袁氏在任一日，其以政府名义处分川事者，川省皆视为无效。至于地方秩序，宧有守土之责，谨当为国家尽力维持。新任大总统选出，即奉土地以听命，并即解兵柄以归田，此则区区私志，于私于公，以求无负者也。皇天后土，实闻此言，谨露布以闻！中华民国五年五月二十二日四川都督陈宧印。

陈妻阅毕，无词可答，禁不住流下泪来。妇女们惯作此腔。老袁又道："我改元洪宪时，他未尝独立，今我已取消帝制，他却独立起来，我不晓得他是甚么用意？难道我的总统位置，他不肯承认吗？别人与我反对，还属可恕，你夫的功名富贵，统是我亲手拔擢，今竟宣布独立，太属负恩，我恨不手刃了他，泄我忿恨。现在他居四川，我不能拘他到京，只有将你为质，

你若自己要命，即应发电至川，令他即日到来，束身归罪，否则你夫一日不来，你一日不得卸责。"言至此，即叫入女官道："你把她牵了出去，幽禁别室，休得放走！"女官领命，即将陈妻扶出，引至一间僻室中，令她居住。陈妻无奈，只好央告女官，通报于夫人，从旁解劝。女官倒也应允，遂向于夫人报告。于夫人颇出了一惊，立呼侍婢吩咐道："你快去传语陈夫人，只说是：我甚挂念，本拟代为缓颊，因我与老头儿不睦，恐难为力，不如转求洪姨太太罢。"皇后势力，不及妃子，这是古今通病。侍婢奉了主命，复去告知陈妻，陈妻复转托女官，向洪姨求情。洪姨一闻此事，便道："你放她回去罢了！"女官道："这……这事恐不便擅行呢。"洪姨道："有我担当，怕他甚么！"毕竟要算红姨太。女官方应声而出，竟将陈妻释归。

翌日，洪姨竟报闻老袁。老袁怒道："你敢破坏我法令么？"

洪姨却含笑道："妾闻罪不及孥，古有明训，就使陛下晋位为帝，亦当效法前王，况仍为民国元首呢？"老袁又怒道："我已有令，不准你等再称陛下及万岁爷等名词，如何你又犯禁？"洪姨复笑道："古称皇帝为元首，今亦称总统为元首，元首可以并称，陛下亦何不可并呼？"老袁听了，颇属有理，便稍稍开颜道："你可为善辩了。"无非喜她恭维。洪姨又道："陈夫人伉俪不睦，人所共知，陈宧独立，夫人哪得与闻？陛下以为锢住了她，可以牵制陈宧，妾料陈宧闻妻受罪，方且感激不遑，陛下奈何为宧杀妇，令宧暗笑？"舌上生莲，我也佩服。老袁不觉点首，只口中尚大骂陈宧，闹个不休。洪姨复劝慰数语，老袁乃至办公室，召集段祺瑞等，商议四川事宜。结局是免去陈职，令周骏督理四川军务，曹锟督办四川防务，张敬尧帮办四川防务，当即拟定命令，盖印发出，然后还宫。

一入宫中，忽来了一个老婆子，说是从湖南到来，有要事面陈总统。老袁急忙召见，那老婆子便大模大样地走了进来，一见老袁，但把双手捧合，作了裣衽的模样，一面道了"总统万福"四字。老袁就询问道："湘老可好？"老婆子旋答言："仰托洪福。"两语说毕，便呈上一函，由老袁亲自展阅。小子乘老袁阅书，无词可述的时候，就把那老婆子的来历，略叙数言。这位老婆子姓周，乃是湘南名士王闿运的家人，朝侍案，暮荐枕，名义上唤作主仆，实际上不啻夫妻。王闿运表字湘绮，自称湘绮老人，前时在京，老袁曾令为国史馆长，后来选任参政，亦列入大名，惟他是前清老翰林，脑筋中尚怀着清恩，有心复辟，凡老袁一切举动，却是未曾赞成，尝戏撰总统府对联，上联云："民犹是也，国犹是也，何分南北？"下联云："总而言之，统而言之，什么东西！"确是妙句。这联语脍炙人口。

到了帝制发生，他即乞假还乡，与这位周妈妈消磨那清闲岁月。后来老袁强奸民意，凡政绅军商各界，无不有请愿书，独耆硕遗老，尚付阙如，老袁想到王闿运身上，意欲借重大名，列表劝进，遂密电湖南将军汤芗铭，嘱他与王关说。王索代价洋三十万圆，方能从命。一定十万圆，此老也会敲竹杠。汤芗铭以索价太奢，不敢做主，电复老袁，请示办法。老袁竟愿如所请，立电汤如数拨给，准就应解公款项下扣除。汤急切不能筹垫，勉强挪凑，只得十余万圆，乃与王磋商，先付半数，余俟项城登极后，一并交清。王允如约，惟索得债券而去。后来帝制取消，王恐是款无着，即向汤处催索。汤谓帝制无成，当然废约。王不甘割舍，竟遣周妈入京，函致老袁，直接索款。哪知这位汤将军早已报称全缴，并未言止给半数。老袁看了王函，不免惊疑，便语周妈道："是款据汤将军报告，早已如数交清，奈何来函所称，还有一半未缴？难道是汤将军捏词虚报，还是你家主人，与我恶作剧么？"周妈道："这又奇了。我家老王若已如数收清，还要遣老妇来做甚么？倘谓我老王另有别情，何不将已交半数，一并赖去呢？"语有芒刺。老袁急易说道："既如此，待我电询汤将军，俟有复音，再行核夺。我与你主人多年老友，你在此闲逛数天，尽属无妨。"周妈方才称谢，老袁即命女官引导周妈，送至洪姨处住宿，并传语优礼相待。

周妈一见洪姨，也不暇施礼，便道："这位好姐姐，仿佛天仙一般，想是几世修来，才得住此。"洪姨也笑语相答，周妈又说短论长，语多滑稽，引人解颐，但鄙俗中却带着三分风雅，不似那《石头记》中的刘姥姥，一味粗鲁，想其受教于湘绮也久矣。因此洪姨与她叙谈，倒也不觉讨厌，且反引她至各处游玩。她到一处，赞一处。竟称新华王气，比众不同，惟见了袁氏姬妾，年纪较长的呼作嫂嫂，年纪较轻的呼作姐姐，各姬妾听她语无伦次，不禁暗笑，但由老袁传嘱优待，自然不敢怠慢；就是遇着于夫人，也以平辈相处，于夫人素来忠厚，周妈妈又悉本天真，两下相谈，颇称莫逆。自是日间与各人会叙，说也有，笑也有，娓娓不倦；又善谈乡曲遗闻轶事，耐人清听，夜间住在洪姨室中，安安稳稳地过了数日。

巧值老袁至洪姨室内，面目间很是懊丧，洪姨正欲启问，周妈却先开口道："汤将军有否复音？"老袁沉着脸道："他已独立了，我去问他，他简直没有答复。"湖南独立事，即从老袁口中带叙。周妈道："我家老王事，当如何裁处？"老袁道："无论此款是否交齐，就是有一半未缴，我事已完全失败，你主人何必斤斤计较？"周妈道："咦！大总统此语，未免欺人了。我家老王，前日列名劝进，不过敦促成事，并非担保成功。今日帝制不成，大总统就要食言，倘或竟登大宝，我老王能要求例外的权利么？况日前的请愿书，乃是大总统授意，并非我老王干请，大总统言出必行，怎忍反汗？今汤将军已经独立，总统更可晓得汤氏的心思，他得做将军，想总是总统的特恩，这且悍然不顾，昧金事更不必说了。且老妇住在宫中，未悉外间情事，今闻湖南独立，致起忧疑，我家老王，年越八旬，平时出入，必须老妇扶持，此次特遣老妇来京，本是万不得已，不料省中竟有变端，他不知急得甚么相似，还乞大总统即日付款，俾老妇归遗老人，想老王也深感厚情呢。"不愧广长舌。

老袁踌躇多时道："你既眷念主人，即欲回去，我亦不便强留，惟所索款项，现时尚难报命，容俟他日汇寄。"周妈道："老妇跋涉长途，来此取款，若徒手空回，如何对付老王？这事务求原谅！"老袁始终不肯，周妈再三固请。老袁不耐噪聒，忿然作色道："我不给你主人款项，你将奈何？"周妈道："不给我款，宁死不去。"老袁道："你不肯去，我便逐你。"周妈道："你要逐我，我也弗怕。"老袁道："我将杀你，你可怕么？"周妈至此，不能再忍，竟厉声道："你要杀我，请你就杀，你要我主人劝进，许给若干金银，今我主人遣我来索，你不但靳款不付，反欲将我杀死，哼哼！你的手段，也算太辣了。你未做皇帝，就有这般威虐，他日做了皇帝，我湖南人统要灭族了。你既有此杀人手段，何不向西南各省，把甚么唐继尧，甚么蔡锷等，杀个净尽，得逞你愿？今乃欲甘心老妇，把我杀死，岂不是小题大做，欺软怕硬么？"说至此，更放声大哭，且哭且语，自言老王给我入京，使我一副老皮囊，葬身异地，真正可怜。老袁面前，只可用此手段对付。洪姨见她泼辣情状，恐闹得不成话儿，只得从旁解劝，婉言排解，老袁含怒出去。一生威福，反不行于老妇。

众姬妾闻声走视，见周妈箕踞地上，尚是啼哭不止，大家做好做歹地劝了一回，方才收泪，且语诸姬道："我在王家多年，曾见你总统的族祖袁甲三，与我老王为忘形交，老王至袁家饮宴，彼时总统尚是小孩子，嘻憨跳掷，何等活泼？我老王摩顶笑道：'此儿他日必大贵。'不意今日果做了总统，且欲改做皇帝，众位嫂嫂姐姐们，试想袁、王两家，何等交情？就是老妇今日，受命前来，要向袁总统借若干万金，他亦应即日照付，何况是欠款不缴哩？"似有至理。众姬妾也不好与辩，无非说是再待数日，当拟缴清。周妈乃转悲为喜，复阅两三天，仍与洪姨商议，乞她筹划。洪姨本司老袁家账，没奈何支出纸币数万元，并给现银若干，畀作川资，周妈方告别南归。小子有诗咏此事道：

拼生争得巨金回，老妇居然一使才。
我为名流犹叹惜，累名毕竟自贪财。

周妈南归以后，究竟湖南曾否独立，且俟下回说明。

本回宗旨，在川、湘独立，却用陈妻、周妈两事掩映成文，此为旁敲侧击之法，所以避上文西南各省之重复，而别开生面，令人悦目者也。然陈妻之得释，由洪姨遣之，周妈之得款，亦由洪姨付之，洪姨太之势力，至于如此；幸袁氏不得为帝，且即病死耳，否则洪姨不为吕武，亦将为赵飞燕、杨玉环之流亚，袁氏虽欲不亡，亦不可得也。人第知袁氏之误由于六君子、十三太保，不知尚有一红姨太。阅者试前后参观，乃知哲妇倾城，其为祸固不亚宵小也已。

第七十三回　论父病互斗新华宫　托家事做完皇帝梦

却说湖南将军汤芗铭与四川将军陈宧，本皆袁氏心腹，只因云、贵义师，直逼境内，不得不变计求安。陈于五月二十二日宣布独立，汤犹在却顾中。是时零陵镇守使望云亭已早与桂军联合，在永州宣告独立，自称湘南护国军总司令，且有电致汤，劝他速定大计，毋容瞻徇等语。汤正焦急万分，适宣慰使熊希龄到省，两下商议，想出一策，联名电达中央，要求撤退北军，免延战祸。老袁复电照准，既而又有悔心，仍令北军驻湘，且调倪毓棻军，回防湘境，另派雷震春赴陕。倪至岳州，汤执前说力争，倪不得入，乃率兵退去。五月二十四日，湘西镇守使田应诏，又在凤凰厅独立，自称湘西护国军总司令。于是汤芗铭为势所迫，不得已宣布独立，劝袁退位。第一电拍致老袁，其词云：

北京袁前大总统钧鉴：前接冯上将军通电，吁请我公敝屣尊荣，诚见我公本有为国牺牲之宣言，信我公之深，爱我公之挚，以有此电。循环三复，怦怦动心。国事棘矣，祸机丛伏，乃如万箭在弦，触机即发，非可以武力争也。武力之势力，可以与武力相抗，今兹之势力，乃起于无丝毫武力之人心。军兴以来，徧国中人，直接间接，积极消极，殆无一不为我公之梗阻。芗铭武人，初不知人心之势力乃至于此，即我公亦或未知其势力之遽至于此。既已至此，靖人心而全末路，实别无他术，出乎敝屣尊荣之上。我公所谓为国牺牲者，今犹及为之，及今不图，则我公与国家同牺牲耳。议者谓我公方借善后之说，以为延宕之计，诚不免妄测高深。顾我公一日不退，即大局一日不安，现状已不能维持，更无善后之可言。湘省军心民气，久已激昂，至南京会议，迄无结果，和平希望，遥遥无期，军民愤慨，无可再抑。兹于二十九日，已徇全湘众民之请，宣布独立，与滇、黔、桂、粤、浙、川、陕诸省，取一致之行动，以促我公引退之决心，以速大局之解决。芗铭体我公爱国之计，感知遇之私，捧诚上贡，深望毅然独断，即日引退，以奠国家，以永令誉。曾任干冒，言尽于斯。汤芗铭叩。

第二电更加愤激，直欲与老袁开战。其词云：

自筹安会发生，枢府大僚，日以叛国之行为，密授意旨，电书雨下，怵诱兼至，傀儡强吏，奴隶国民，畴实使然？路人共见。芗铭忍尤含垢，眦裂冠冲，以卵石之相悬，每徘徊而太息。天佑中国，义举西南，正欲提我健儿，共襄大举，乃以瘠牛全力，压我湖湘，左掣右牵，有加无已。现已忍无可忍，于本日誓师会众，与云、贵、粤、桂、浙、陕、川诸省，取一致之行动。须知公即取消帝制，不能免国法之罪人。芗铭虽有知遇私情，不能忘国家之大义。前经尽情忠告，电请退位息争，既充耳而不闻，弥拊心而滋痛。大局累卵，安能长此依违？将士同胞，实已义无反顾。但使有穷途之悔悟，正不为萁豆相煎，如必举全国而牺牲，惟有以干戈相见。情义两迫，严阵上言。汤芗铭叩。

看官！你想陈宧、汤芗铭两人，受袁之恩，算得深重，至此尽反唇相讥，恩将仇报，哪得不气煞老袁？老袁所染尿毒症，至此复变成屎毒症，每届饭后，必腹痛甚剧，起初下浊物如泥，继即便血，延西医诊视，说他脏腑有毒，啖以药水，似觉稍宽。越日，病恙复作，腹如刀刺，老袁痛不可耐，连呼西医误我，隆裕以腹疾致死，老袁亦以腹疾亡身，莫谓无报应也。乃另聘中医入治。中医谓是症乃尿毒蔓延，仍当从治尿毒入手，老袁颇以为然，亟命开方煎服。服了下去，肠中乱鸣，亟欲大解，忙令人扶掖至厕，才行蹲坐，北方大小便，皆至厕所。忽觉一阵头晕，支持不住，一个倒栽葱，竟堕入厕中。侍役连忙扶起，已是满身污秽，臭不可近。各姬妾闻报往视，闻着一大阵臭气，连掩鼻都来不及，哪里还敢近前？独第八妾叶氏不嫌腌臜，急替他换易衫裤，并用热水揩洗。老袁抚叶氏臂，吁吁叹息道："你平时沉默寡言，至今能独任劳苦，不怕臭秽，我才知你的心了。"叶氏之心，至此才知，无怪受人蒙蔽，始终未能瞧破。叶氏为之泣下，老袁亦洒了几点痛泪。

至扶入寝室后，精神委顿不堪，闭目静卧，似寐非寐；但觉光绪帝与隆裕太后立在面前，怒容可怖；倏忽间，变作戊戌六君子；又倏忽间，变作宋教仁、应桂馨、武士英、赵秉钧等；又倏忽间，变作林述庆、徐宝山、陈其美等；后来有无数鬼魂，面血模糊，统要向他索命的模样。这是心虚病魔，并非真个有鬼。他不觉大叫一声，吓得冷汗遍体，及启目四瞧，并无别人，只有叶氏在旁侍着，并低声问明痛苦，当即答言道："我不过精神恍惚，此外还没有甚么痛楚，但你也很困乏了，如何不去休息？她们如何并不见来？"叶氏道："姊妹们都来过了，见陛下安睡，不敢惊动，所以退去。"老袁道："你何故未退？"叶氏忍着泪道："天下可无妾，不可无公，妾怎忍退休？"老袁不禁欷歔道："可惜我平日待卿，未尝稍厚，今日自觉愧悔哩。"

言未已，见闵姨进来，自思许多姬妾，惟闵氏资格最老，而且性情浑厚，从不闻她争论，只自己得了新欢，往往忘却旧爱，此时回溯生平，也觉抱歉得很。闵姨却近前婉询，很是殷勤，反惹起老袁许多怅触，便与语道："你随我多年，好算是患难夫妻，今日我已病剧，恐怕要长别了。"闵姨道："陛下何出此言？疾病是人生常事，静养数日，自然复原，何必过虑！"老袁道："我年已望六，死不为夭，但回忆从前，诸多错误，就是待遇卿等，也觉厚薄不均。我死后，卿等幸勿抱怨。"闵姨呜咽道："妾到此已二十多年，一衣一食，无不蒙恩，怎敢再生异想？但愿陛下逐渐安康，妾仍得托庇帷帟。万一不幸，妾……妾也不愿再生呢。"为下文自尽伏笔。说到末句，已是涕泪满颐，语不可辨。老袁此时，益觉悲从中来，痰喘交作。经叶、闵两姨，替他抚胸捶背，方略略舒服，蒙眬睡去。

既而诸子陆续入室，请安问疾，见老袁委顿情状，多半掩面涕泣。闵、叶两氏恐惊扰老袁，嘱诸子退至外寝，静心待着。

诸子退后，克文见乃兄形态，似乎不甚要紧，且面上亦并无泪容，不由得懊恼道："阿兄！你知父病从何而起？"克定道："无非寒热相侵，因有此病。"克文摇首道："论起病源，兄实祸首。"克定沉着脸道："我有甚么坏处？"克文道："父亲热心帝制，都由阿兄怂恿起来，今日帝制失败，西南各省，纷纷独立，连日接到电报，都是明讥热刺，令人难堪，你想阿父年近花甲，怎能受此侮辱？古语有云：'忧劳所以致疾'，况且郁愤交集，怎能不病？"克定道："我曾禀告父亲，切勿取消帝制，他不从我，遂致西南革党，得步进步，前日反对我父为帝，今日反对我父为总统，他日恐还要抄我家、覆我族哩。我父自己不明，与我何干！"好推得干净。克文冷笑道："兄不自己引咎，

反要埋怨老父，可谓太忍心了。试思我父曾有誓言，决不为帝，为了阿兄想做太子，竭力撺掇，遂至我父顾子情深，竟背前誓。弟前日尝谏阻此事，不敢表示赞同，今日阿父抱病，弟亦何忍非议我父，致背亲恩。公义私情，各应顾到，兄奈何甘作忍人哩。"

是时克端亦在旁座，他与克定素有芥蒂，亦勃然道："大哥素无骨肉情，二哥说他甚么？"克端性暴，故口吻如此。克定被二弟讥嘲，顿觉恼羞成怒，便大声道："你两人算是孝子，我却是个不孝的罪人，你等何不入请父前，杀死了我？将来袁氏门楣，由你等支撑，袁氏家产，也由你等处分，你等才得快意了。"克文尚未答言，克端已喧嚷道："皇天有眼，帝制未成，假使我父做了皇帝，大哥做了太子，恐怕我等早已就死。"克定不待说毕，竟恶狠狠地指着道："你是甚么人，配来讲话？"

克端也不肯少让，极端相持，几乎要动起武来。

猛听得内室有声，指名呼克定入内。克定闻是父音，方才趋入，但听床内怒骂道："我尚未死，你兄弟便吵闹不休，你既害死了我，还要害死兄弟么？"说着，喘咳不止。克定见这情形，只好伏地认罪。待至老袁喘定，又指斥了数语，并召诸子入室，约略训责，挥手令退。

嗣是病势逐日加重，起初还传谕秘书厅，遇有紧要文件，必呈送亲阅，到六月初二三日，病不能兴，连文件亦不愿寓目。急得袁氏全眷，没一个不泪眼愁眉，就是向不和爱的于夫人，亦念着老年夫妻的情谊，镇日里求神拜佛，虔诚祷告，并愿减损自己寿数，假夫天年。虽是迷信，但也是一片至诚，可见老年人总尚足恃。各房姨太太只与诸公子商量，不是请中医，就是请西医，结果是神佛无灵，医药无效，老袁不言亦不食，昏昏然如失知觉，鼾眠了一两天。

到了六月五日辰刻，忽觉清醒起来，传命克定，速请徐东海入宫。克定即令侍卫往请，不一刻，东海到来，趋就病榻，老袁握住徐手，向他哽咽道："老友！我将与你永诀了。"徐东海尚强词慰藉，老袁长叹道："人生总有一死，不过我死在今日，太不合时。国事一误再误，将来仗老友等维持，我也顾不得许多了。只我自己家事，也当尽托老友，愿老友勿辞！"徐答道："我与元首系总角交，虽属异姓，不啻同胞，如有见委，敢不效劳。"老袁道："我死在旦夕，我死后，儿辈知识既浅，阅历未深，全赖老友指导，或可免辱门楣。"徐又答道："诸公子多属大器，如或询及老朽，自当竭尽愚忱，以报知己。"老袁闻言，命侍从召诸子齐集，乃一律嘱咐道："我将死了，我死后，你等大小事宜，统向徐伯父请训，然后再行。须知徐伯父与我至交，你等事徐伯父，当如事我一样，休得违我遗嘱！”诸子皆涕泣应命。老袁又顾徐东海道：“老友承你不弃，视死如生，应受儿曹一拜。”徐欲出言推让，那克定等已遵着父命，长跪徐前。徐急忙挽起克定，并请诸子皆起。老袁道：“一诺千金，一言百系，想老友古道照人，定不负所托呢。”

言至此，微觉气喘起来，好一歇不发一声。徐东海起身欲辞，老袁亟阻住道：“老友且坐！我尚有许多事情，拟托老友，幸勿却去！”徐乃复坐。袁命诸子退出，令传召各姬妾入室，各姬妾依次毕集。去了一班，又来一班，东海老眼，恐被他惹得昏花了。老袁复指语道：“这是我平生好友，我死后，你等有疑难情事，尽可请命老友，酌夺施行。如你等不守范围，我老友得代为干涉，诸子中有欺负你等，你等亦可禀白我友，静待解决，慎勿徒事争执，惹人笑谈！”既托诸子，又托诸妾，念念不忘家属，乌肯努力为公？只老徐无缘无故，代挑许多担子，却也晦气。各姬妾闻了此语，相对痛哭，老袁也不胜哽咽，连老徐也凄切起来。

约过一二刻，老袁又命诸妾退出，悄语东海道：“你看她们何如？”徐随口贡谀道：“统是幽娴贞重的福相。”老袁微哂道：“君太过奖了，这十数姬妾中，当有三种区别，周、洪二氏最号聪明，然性太阴刻，不足载福；你亦晓得么？闵氏、黄氏、何氏、柳氏，随我多年，当不至有他变，但性质庸柔，免不得受人欺弄，我颇为深虑；范氏、贵儿及尹氏姊妹，尚不脱小家气象，幸各有所出，将来或依子终身，不致中途改节；下至阿香、翠媛两人，年纪尚轻，前途难恃，我拟命我妇拿她回籍，加意管束，但我妇是否允负责任，她两人是否肯就钤制，这倒是一桩大难事，还乞老友开导我妇，曲为保全。”谁叫你年已望六，还要纳此少艾？徐亦随口允诺。老袁又道：“我徧观诸姬中，惟第八妾叶氏，秉性纯良，得天独厚，且子嗣亦多，他日或得享受厚福。”徐即答道：“元首鉴别，当然不谬。”老袁复道：“老友！我死后，各姬妾等能相安无事，不必说了，万一周、洪两妾生风作浪，凌逼他姬，还乞老友顾念旧情，代为裁处，似老友的威望，不怕她不慑服呢。”说着，又牵住徐衣，泣语道：“老友！我死后，我诸子必将分产，或将酿成绝大的争剧，我宗族中，没人能排难解纷，这事非老友不办。抑强扶弱，全仗大力。”徐嗫嚅道：“这……这事却不便从命！”老袁瞿然道：“老友！你的意思，我也晓得了，我当立一遗嘱，先令儿辈与老友面证，将来自不致异言。”语至此，命侍从取过纸笔，由老袁倚枕作书，且写且歇，且歇且写，好容易才算成篇，递交徐手。徐见上面写着：

予初致疾，第遗毒耳，想是熟读《三国演义》，尚记得刘先主遗嘱，故摹仿特肖。不图因此百病丛生，竟尔不起。予死后，尔曹当恪守家风，慎勿贻门楣之玷。对于诸母及诸弟昆无失德者，尤当敬礼而护惜之。须知母虽分嫡庶，要皆为予之遗爱，弟昆虽非同胞，要皆为予之血胤，万勿显分轩轾也。夫予辛苦半生，积得财产约百数十万磅，尔曹将来噉饭之地，尚可勿忧竭蹶，果使感情浃洽，意见不生，共族而居，同室而处，岂不甚善？第患不能副予之期望耳。万一他日分产，除汝母与汝当然分受优异之份不计外，其余约分三种：（一）随予多年而生有子女者；（二）随予多年而无子女者；（三）事予未久而有所出及无所出者，当酌量以与之。大率以予财产百之十之八之六依次递减。至若吾女，其出室者，各给以百之一，未受聘者，各给百之三。若夫仆从婢女，谨愿者留之，狡黠者去之。然无论或去或留，悉提百之一，分别摊派之，亦以侍予之年份久暂，定酬资之多寡为断。惟分析时，须以礼貌敦请徐伯父为中证。而分书一节，亦必经徐伯父审定，始可发生效力。如有敢持异议者，非违徐伯父，即违余也。则汝侪大不孝之罪，上通于天矣。今草此遗训，并使我诸子知之！

徐捧读毕，便向老袁道："甚好甚好。"老袁又召入克定等，令徐宣读草嘱，俾他听受。于是用函封固，暂置枕畔，俟弥留时，再行交掷。老袁至此，已有倦容，徐亦告退，约于翌晨再会。适段国务卿等也入内问病，袁已不愿多谈，由克定代述病状，袁第点首示意。徐、段等遂相偕退去。

嗣是老袁鼾睡至晚，昏沉不省人事，是夕于夫人以下，统行陪坐，等到夜半时，袁又苏醒转来，见于夫人在侧，乃与语道："此后家事，赖汝主持，我因汝生平忠厚，恐不能驾驭全家，已将大事尽托徐东海了。"复顾众姬妾道："你等切须自爱！"再顾诸子道："我言已具遗嘱中。但我身后大殓，不必过丰，惟祭天礼服，不应废除。死欲速朽，何用此服？治丧以后，亟应带领全眷，扶柩回籍，葬我洹上，大家和睦度日，不宜再入政界，余事悉照遗嘱中履行。"诸子均伏地受命。老袁略饮汤水，复沉沉睡去。

既而鸡声报晓，又不觉呻吟起来，忽瞪目呼道："快！快！"说了两个"快"字，觉得舌已木强，话不下去。克定听了，料已垂危，急命左右请徐、段入宫。不一时，段已到来，由老袁挣出最简单的声音，带喘带语道："可……可照新《约法》请黄陂代任，你快去拟了遗令来。"段慌忙趋出，徐亦赶到，见老袁脸上，大放红光，睁着眼，嘘着口，动了好一回嘴唇，方叫出“老友”两字。又歇了半晌，才作拱手模样，又说了“重重拜托”四字。徐不觉垂泪道：“元首放心罢！”旋听老袁复直声叫道：“杨度，杨度，误我误我。”两语说毕，痰已壅上，把嘴巴张噏两次，撒手去了。时正六月六日巳刻，享寿五十八岁。后来黄克强有一挽联，邮寄京师，联语云：

好算得四十余年天下英雄，陡起野心，
假筹安两字美名，一意进行，
居然想学袁公路。
仅做了八旬三日屋里皇帝，伤哉短命，
援快活一时谚语，两相比较，
毕竟差胜郭彦威。

老袁已死，全眷悲号，忽有一人大踏步进来，顿足道：“迟了迟了！”究竟此人为谁，容至下回表明。

阅此回，可为世之多妻者鉴，并为世之多子者鉴，且为世之贪心不足，终归于尽者鉴。为人如袁世凯，可为富贵极矣，而不能长保其妻孥，至于弥留之际，再三嘱托老友，彼于热心帝制时，岂料有如此下场耶？夫不能治家，焉能治国？只知为私，安能为公？袁氏一生心术，于此回总揭之，即可于此回总评之。然人之将死，其言也善，观其种种悔悟，不可谓非良心之未死，然已无及矣。呜呼！袁氏固一世之雄也，而今安在哉。

第七十四回　殉故主留遗绝命书
结同盟抵制新政府

却说新华宫中的人物正在哀号的时候，突有人入内来探望，自悔来迟，这人非别，便是国务卿段祺瑞。段已拟定遗命，想呈交老袁亲阅，不意袁已长逝，因此惊呼，当下递与徐世昌，请他酌夺。徐即忙取视，见遗令中云：

> 民国成立，五载于兹，本大总统忝膺国民付托之重，徒以德薄能鲜，心余力绌，于救国救民之素愿，愧未能发摅万一。溯自就任以来，蚤作夜思，殚勤擘划，虽国基未固，民困未苏，应革应兴，万端待理，而赖我官吏将士之力，得使各省秩序，粗就安宁，列强邦交，克臻辑洽，折衷稍慰，怀疚仍多。方期及时引退，得以休养林泉，遂吾初服，不意感疾，寖至弥留。顾念国事至重，寄托必须得人，依《约法》第二十九条大总统因故去职，或不能视事时，副总统代行其职权，本大总统遵照《约法》宣告，以

副总统黎元洪代行中华民国大总统职权。副总统恭厚仁明，必能弘济时艰，奠定大局，以补本大总统之阙失，而慰全国人民之望。所有京外文武官吏以及军警士民，尤当共念国步艰难，维持秩序，力保治安，专以国家为重。昔人有言："惟生者能自强，则死者为不死"，本大总统犹此志也。此令。

徐已瞧罢，便道："说得圆到，就这样颁发出去便了。但现在是元首绝续的时候，须赶紧戒严，维持大局要紧。一面通知副总统，即日就任，免生他变。"段即答道："这原是最要的事情，我就去照办罢。"言毕趋出。徐又劝止大众的哭声，准备棺殓，于是由袁克定作主，立召袁乃宽入内，命办理治丧事宜。乃宽唯唯从命，又是一种美差。当下遵了遗嘱，用祭天冕服殓尸。生不获端委临朝，死却得穿戴而去，老袁也可瞑目。

自于夫人以下，统是哭泣尽哀，闵姨更带哭带诉，愿随老袁同去，旁人总道是一时悲感，不甚注意。待送殓已毕，徐回寓暂息，袁乃宽觅购灵柩，急切办不到上等材料，嗣向市肆中四处寻找，方得阴沉寿器一具，出了重价，购得回来。谁知前河南将军张镇芳却进献了一具好棺材，说是百余年陈品，不知从何处采来？经克定再四审视，果与乃宽所购的材料优劣不同。但只死了一人，却备着两口棺木，似觉预兆不祥，克定心中很是怏怏，忽有人入报道："大姨太太殉节了！"克定等不胜惊讶，克文更昏晕过去，好容易叫醒克文，才大家趋入闵姨房中，但见闵姨僵卧榻上，玉容不改，气息无存。枕旁置有一函，由克定取出，匆匆展阅，乃是一纸绝命书，其词云：

于后及诸姊妹公鉴：碧蝉闵姨名，见前。无状，当今上升遐之日，不能佐理丧务，分后及诸姊妹之劳，竟随今上而去，蝉虽死，亦弗能稍赎罪戾。然在蝉自揣，确有不可不死之势与理。忆今上在日，嫔妃满前，侍女列后，虽一饮一食，一步一履，悉赖人料量而承应之。今兹鼎湖龙去，碧落黄泉，谁与为伴？形单影只，索然寡欢，安得不凄然泪下者乎？蝉年甫及笄，即随今上，频年以来，早经失宠，然既邀一日雨露之恩，即当竭终身涓涘之报，无如毕生愿望，迄未克偿。辄尝自矢，蝉纵不能报效于生前者，终当竭忠于死后，兹果酬蝉素志矣。夫在天愿为比翼鸟，在地愿为连理枝，蝉当日读白香山长恨之歌，未尝不叹明皇与玉环，其爱情何如是之深且挚，蝉何人斯，既极愚陋，且又失宠，敢冀非分想哉？不过欲追随今上于地下者，聊尽侍奉之职务已耳。何况今上升遐，吾后与诸姊妹，讵忍以其龙章凤姿之体，消受夜台岑寂之况味？又岂无其人，与蝉有同志而欲接踵而去耶？然今蝉已着祖生先鞭矣，匪惟尽一己之义务，且为吾诸姊妹之代表，此后凡调护扶持之责任，尽属之于蝉一人，蝉纵极鲁钝，或不致有负委托也。即有继蝉而来者，窃恐不落蝉后，此着即蝉胜诸姊妹处也。零涕书此，罔知所云，尚乞矜而鉴之！

克定览到是书，忍不住一腔悲怀，泪如泉涌，就是于夫人及众姬妾，也不胜哀恸，比哭老袁时尤加凄惨，克文竟哭晕了好几次。袁氏诸子，要算克文最为大雅，且相传系闵姨所出，故特笔摹写。时适徐东海复行入内，得悉是耗，料知高丽姨太定有特别苦衷，所以一死明志，及详问死状，知是吞金自尽，不禁称叹道：“好一个贤妇！好一位节妇！”应该赞叹。待与克定、克文相见，又劝慰了好多语。克定凄然道：“我正因有两具灵柩，恐致不祥，果然复出此变。”徐随答道：“袁门中有此义妇，令人钦敬，不特令尊泉下，有人侍奉，且将来《列女传》中，亦应占入一席，岂不是千古光荣吗？但身后殓葬，亦须格外完备，好在寿具适另有购就，上品选制，足慰烈魂。据老朽想来，怕不是令尊有灵，阴为调遣么？”克定道：“伯父有命，敢不敬从。”当将所购寿具，作为闵姨的灵柩，并用妃嫔礼为殓，停丧新华宫内偏殿中。自是大典筹备处，改作袁氏治丧所，挂灵守孝，唪经吹螺，另有一番排场。惟副总统黎元洪，即于六月七日就任，一切礼仪，因在前总统新丧期内，多半从略。黎既就职，迭下数令云：

元洪于本月七日就大总统任，自维德薄，良用兢兢。惟有遵守法律，巩固共和，造成法治之国，官吏士庶，尚其共体兹意，协力同心，匡所不逮，有厚望焉！此令。

现在时局颇危，本大总统骤膺重任，凡百政务，端资佐理，所有京外文武官吏，应仍旧供职，共济时艰，勿得稍存诿卸！此令。

民国肇兴，由于辛亥之役，前大总统赞成共和，奠定大局，苦心擘画，昕夕勤劳，天不假年，遘疾长逝，追怀首绩，薄海同悲。本大总统患难周旋，尤深怆痛，所有丧葬典礼，应由国务院转饬办理人员，参酌中外典章，详加拟议，务极优隆，用符国家崇德报功之至意！此令。

这三令联翩递下，当由各省将军、巡按使复电到京，并表贺忱，就是独立各省各都督亦一律电贺。陕西都督陈树藩且即日取消独立，并请政府优礼袁氏，敬死恤生，这也是令人莫测的情态，小子特录述如下：

国务院段国务卿各部总长公鉴：鱼电奉悉。袁大总统既已薨逝，陕西独立，应即宣布取消。树藩谨举陕西全境，奉还中央，一切悉听中央处分。维持秩序，自是树藩专责，断不敢稍存诿卸，贻政府西顾之忧。抑树藩更有请者，独立虽得九省，而袁大总统之薨逝，实在未退位以前，依其职位，究属中华共戴之尊，溯其勋劳，尤为民国不祧之祖。何前倨而后恭？所有饰终典礼，拟请格外从丰，并议订优待家属条件，以慰袁总统不能明言之隐，以表我国民犹有未尽之思。此外关于大局一应善后事宜，恳随时电示遵行，至深感祷！陕西都督兼民政长陈树藩叩。

次日，四川都督陈宧亦取消独立，有电到京云：

国务院转呈黎大总统钧鉴：川省前因退位问题，与项城宣告断绝关系，现在钧座既经就职，宧谨遵照独立时宣言，应即日取消独立，嗣后川省一切事宜，谨服从中央命令，除通告各省外，伏乞训示祗遵！陈宧叩。

还有广东都督龙济光，于十三日电达中央，内称粤东独立，已于六月九日取消，其文云：

北京国务院段相国钧鉴：我公总秉国钧，再造共和，旋乾转坤，重光日月。济光已于青日，率属开会庆祝，上下胪骧，军民一致，即日取消独立，服从中央命令，惟粤省党派纷歧，诸多困难，俟部署周妥，再电驰陈。龙济光叩。

政府连接各电，甚为欣慰，特授陈树藩为汉武将军，督理陕西军务，兼署巡按使，并优奖龙济光，说他“具有世界眼光，急谋统一，热诚爱国，深堪嘉慰，该省善后事宜，统由该上将悉心筹划，妥为办理”等语。看官听着！这三省独立，原非本意，不过楚歌四逼，未便久持，没奈何暂时独立。此时袁死黎继，段氏执政，所以立即取消，讨好政府，但也由段氏素有威权，所以得此效果。

惟帝制派尚蟠踞国都，南方各省，仍处反对地位，一时未能统一。外面如张勋、倪嗣冲等，始终服从袁氏，正拟即日联合私党，自请出兵十万，开赴前敌，适因政局已变，方才改图。当由张辫帅深谋远虑，自思黎、段当国，定有一番变革，
为自己地位计，不得不预先防患，绸缪未雨，乃即想出一法，把江宁会议的各省代表截住归路，邀他暂留徐州，特开会议。这真叫做当道。可惜川、鄂、湘、赣、鲁、闽等处代表，从别路归省，无从拦阻，惟直隶、奉天、吉林、黑龙江、河南、山西数省以及京兆、热河、察哈尔等代表，被他邀住，另有徐州镇守使张文生、徐海道尹李庆璋、安徽军署参谋长万绳栻三人，也同在会。六月九日，便在徐州军署会议，当由张勋主席朗声宣言道：“现在政局新更，黄陂继任，中央政见，或因或革，未可预知。但世事纠纷，尚无定局，我辈身总师干，不能坐视，所望同心协力，共保治安。南北不可不统一，中央不可不拥护，就是前清皇室，及袁大总统身后一切，均宜请新政府实心优待，不得侮慢。愚见如此，诸君以为何如？”各代表齐声赞

成。张勋又道："既承列位赞同，不可不开列大纲，与众共守。"各代表又共答道："即求指教。"张勋随命秘书员，草录十大纲，传示众览。看官！你道是甚么十大纲，请看小子抄写出来：

（一）尊重优待前清皇室各条件。念兹在兹，不愧清室忠臣。

（二）保全袁总统之家属生命财产及身后一切荣誉。袁氏小站练兵，张曾为其部属，此条顾全袁族，亦不失为信义。

（三）要求政府依据正当手续，速行组织国会，施行完全宪政。名目甚大。

（四）催促独立各省，取消独立，倘若固执成见，仍以武力解决。始终以武力吓人。

（五）绝对抵制迭次倡乱一般暴烈分子，参预政权。无非排除异己。

（六）严整兵备，保卫各本省区地方治安。意与第四条相同。

（七）抱持正当宗旨，维持国家秩序，设有用兵之处，军旅饷项，通力合筹。结党自固。

（八）嗣后中央设有弊政，并为民害者，务当合电力争，以尽忠告。干涉政治之动机。

（九）固结团体，遇事筹商，对于国家前途，务取同一态度。补前二条之不足。

（十）俟国事稍定，联名电请中央减政，罢除苛细杂捐，以苏民困。此与第三条所述，同一取悦人心，实非会议本旨。

各代表等本无成见，乐得随声附和，共表赞成。张勋大喜道："诸君统热心为国，见谅鄙忱，鄙人当感佩不置，此次回省，应请转达贵将军贵都统，互守此约，幸勿背盟！"各代表又喏喏连声。散会后，由张勋盛筵饯行，并分赠赆仪，欢然送别，各代表鼓舞而去。醉酒饱饭，自然快意。此次会议，时人称为七省同盟，就是直、皖、晋、豫及关东三省，称做七省。所有特别区域，不计在内。张勋因会议告成，乐不可支，亟通电各省，详述会议情形及录示十大纲，要求同意，这便是武人干政的滥觞。从此军阀风潮，播及全国，稍有变动，即关大局，北京的大总统，好似傀儡一般，不似那袁总统得势时，一呼百诺，远近风从了。小子有诗叹道：

武夫当道势汹汹，一国三公谁适从。
尽说晚唐藩镇祸，谁知今日又重逢。

是时有一位大员，匍匐奔丧，比张辫帅的情谊，还要加添数倍。看官！道是谁人？且至下回再说。

闵姨自甘殉节，虽其中有特别苦衷，不得已而出此策，然烈妇殉夫，古今传为美谈，袁氏何修而得此妾乎？然闵姨生长高丽，有此烈性，以视吾国人之朝秦暮楚，反复无常者，殊不可同日语，揭而出之，所以风世也。（绝命书见近刊《秘史》，未知是否的笔。即如上回之隶氏遗嘱，亦从《秘史》中采来，著书人有见必录。是真是伪，待诸确查。）张勋不忘清室，并不忘袁氏，小忠小义，亦觉可风，但观其拥兵自卫，挟党联盟，启武夫干政之风，攘家国统治之柄，毋乃所谓跋扈将军耶？民国中有是人，欲其安定也难矣。

第七十五回　袁公子扶榇归故里
李司令集舰抗中央

却说袁氏治丧，已有数日，大小男妇，都在灵前伴着，并不缺少一人。突来了一个麻冕葛衣的大员，奔入灵前，抚棺大恸，连呼帝父不置。大众统是惊讶，及留神谛视，却是面熟得很，原来就是奉天将军段芝贵。久违了。段自奉老袁命，由奉调鲁，正拟积极进兵，大为君父效力，应七十二回。偏途次得着凶耗，惊得形神沮丧，急忙星夜进京。到了新华宫，即向治丧所索取麻冕葛衣，到灵前悲号一番，几乎比袁氏诸子，还要哀戚数倍。后来闻及大丧典礼，已由政府特派曹汝霖、王揖唐、周自齐敬谨承办，才无异言。义儿的"义"字上，并可加一孝字。曹汝霖、王揖唐、周自齐三人，本是帝制派中首领，又适充大丧典礼承办员，自然恭拟典章，务极隆备。先定丧礼条目十三条，次定奠祭事项八条，列表如下：

关于前大总统丧礼议定条目：

（一）各官署军营军舰海关下半旗二十七日，出殡日下半旗一日，灵榇驻在所亦下半旗，至出殡日为止。（二）文武官吏，停止宴会二十七日。（三）民间辍乐七日，及国民追悼日，各辍乐一日。（四）文官左臂缠黑纱二十七日。（五）武官及兵士，于左臂及刀柄上，缠黑纱二十七日。（六）官署公文封面纸面，用黑边，宽约五分，亦二十七日。（七）官署公文书，盖用黑色印花二十七日。（八）官报封面，亦用黑边二十七日。（九）自殓奠之后一日起，至释服日止，在京文武各机关，除公祭外，按日轮班前往行礼；京外大员有来京者，即以到日随本日轮祭机关前往行礼。（十）各省及特别行政区域，与驻外使馆，自接电日起，择公共处所，由长官率同僚属，设案望祭凡七日。（十一）出殡之日，鸣炮一百零八响，官署民间，均辍乐一日。京师学校，均于是日辍课。（十二）新华公府置黑边素纸签名簿二本，一备外交团签名用，一备中外官绅签名用。（十三）军队分班，至新华门举枪致敬。

前大总统大丧典礼奠祭事项：

（一）每日谒奠礼节，均着大礼服，不佩勋章，左臂缠黑纱，脱帽三鞠躬。（二）祭品用蔬果酒馔，按日于上午十时前陈设。（三）在京文武各机关，及附属各机关，每日各派四员，由各该长官率领，于上午九时三十分，齐集公府景福门外，十时敬诣灵筵前分班行礼。（四）单内未列各机关，有愿加入者，可随时赴府知照，亦于每日分班行礼。（五）外省来京大员，暨京外员绅谒奠者，可随时赴府签名，于每日各机关行礼时，另班行礼。（六）外宾及蒙、藏、回王公等谒奠者，即由外交部蒙藏院不拘时日，先期赴府知照，届时仍由外交部蒙藏院派员接待，导至灵筵前行礼。（七）清室派员吊祭时，应由特派接待员接待。（八）除各机关每日谒奠外，其各机关中如另有公祭者，先期一日赴府知照，另班上祭。

典仪既定，新华宫内吊客，日必数起，克定等终日应酬，几无暇晷。惟洪、周二姨已密议析产，商诸徐公。徐命克定略分现银，令她自行处置，才算无事。到了六月二十日左右，克定拟遵照遗嘱，扶柩回籍，当由恭办丧礼处，择定二十八日启行，先期发出通告云：

为通告事：本月二十八日，举行前大总统殡礼，所有执绋及在指定地点恭选人员，业经分别规定办法，合亟通告，俾便周知。

计开

（甲）赴彰德人员。

（一）大总统特派承祭官一员。

（二）文武各机关长官及上级军官佐。

（三）文武各机关派员。

（四）其他送殡人员。

（乙）送至中华门内人员。

（一）外交团。

（二）清皇室代表。

（丙）送至车站人员。

（一）国务卿、国务员暨其他文武各机关长官。

（二）文武各机关各派简任以下人员四员。

（丁）在中华门内恭送人员。

文武各机关人员及绅商学各界。（不拘人数，在中华门内，指定地点恭送。）

附服式：凡执绋官员，均服制服，无制服者，准服燕尾服，均用黑领结黑手套。有勋章大绶者，均佩勋章，带大绶，左臂暨刀剑柄，均缠黑纱。其余各文武及绅商，准用甲种大礼服，及军常服，或乙种礼服，学生制服，均缠黑纱于左臂。

自经此通告后，京内外政界诸公，除馈赠厚赙外，又致送诔词挽联，计数日间，竟达千余件。语中命意，不是夸张功绩，就是颂祷将来，还要拍马。却也无甚可述。惟筹安会中首领杨皙子，独措词微妙，言人未言。首联云："共和误民国，民国误共和，百世而后，再平是狱。"对联云："君宪负明公，明公负君宪，九泉之下，三复斯言。"这两联用竟丈贡缎，极品京墨，写染出来，真足令灵帏生色，冠绝一时。老袁有知，恐要骂他嚼舌。承办丧礼员等日夜筹备，凡纸车纸马纸船纸亭等类，以及一切仪仗，色色办到，专待届期启椟。至若袁氏家眷，更忙碌不了，所有宝贵物品，紧要箱笼，均收拾停当，编列号次，逐渐登载簿记中，就是一丝一缕，也没有遗失，纷扰数天，方得蒇事。还有一班女官，由袁克定嘱咐统行遣归，女官等亦摒挡行李，俟送柩出宫，才拟回去。安女士静生，因蒙死皇帝特宠及各妃嫔厚爱，免不得依依难舍，一双俏眼中，泪珠儿已不知流了多少。刻画尽致，不肯放松一人，真是史公书法。

转眼间已是六月二十八日了，是日早晨，新华宫外，已是人山人海，拥挤不堪。到了辰牌，各项驺从舆卫，统已到齐，一队又一队，一排又一排，统执着器仗，舁着亭舆，鱼贯而行。就中凤旌凤翣，仙幡宝幢，锦幛花圈，彩幄香橱，都是异样鲜明，特别工致，差不多与赛会相似。所经诸地，断绝交通，前后左右，悉有军队荷枪拥护；行过了好几万人，方见皇子皇孙等，引柩前来，一片麻衣，弥望无际。后面有一极大的灵舆，用了花车装载，接连又是一柩，就是闵姨棺木，两旁护从的人物，多且如蚁。各外交团及清室代表，并国务卿以下文武各官，都坐着摩托车，在后恭送。最后的便是袁家女眷及袁氏女戚，与女官婢媪等数百人，有坐汽车的，有坐马车的，有坐骡车的，多半是淡装素抹，秀色可餐，这也无庸细表。最注目的，是一个御乾儿，追随灵柩，泣涕涟涟，而且满身缟素，与外此送殡人员，异样不同，提出另叙，词笔亦令人注目。旁观统启猜疑，间有晓得他的历史，方说是义重情深，不愧孝子。既到车站，站长已备好专车，将所有锦幛花圈，一齐收集，悬挂车上，然后妥奉灵榇，安置车内。一班送殡人员，均鞠躬告退，惟特派承祭官蒋作宾，及各机关派往奠殡的官吏，与感情较深的袁氏亲友，也陆续登车。外如箱笼行李等物，尽行搬上，好容易安排停当，才吹起汽笛，传放汽管，准备开车。女官侍从等，至此也下车折回，霎时间轮机转动，似风掣电驰一般，南赴彰德去了。

袁家事从此收场，再表那承先启后的黎政府。黎素性长厚，就职时，中外颇庆得人，独帝制派栗栗危惧，蠢然思动，意欲推倒了他，巩固自己地位。一时人心浮动，讹言百出，在京官吏纷纷移家天津，亏得段祺瑞竭力镇定，暂保无恙。至川、陕、粤取消独立，中央势力加厚一层。段氏不为无功。惟西南军务院抚军长唐继尧，电达政府，要求四大条件：（一）系恢复民国元年公布的旧《约法》；（二）召集民国二年解散的旧国会；（三）惩办帝制祸首十三人；（四）召集军事会议，筹商善后问题。副抚军长岑春煊又通电中央及各省，略言："抚军长所言四事，系南中独立各省一致的主张，如政府一律照办，本院当克日撤销"云云。唐绍仪、梁启超等，更推阐四议，说得非常痛切，非常紧要。即如河南将军赵倜，南京将军冯国璋等，亦先后电京，力请恢复旧《约法》，召集旧国会。偏偏政府不理，杳无举动，于是旧议员谷钟秀、孙洪伊等，在上海登报广告，自行召集会员，除前时附逆外，所有各省议员，限期六月三十日以前，齐集上海，定期开会。约旬日间，议员到沪，已达三百人，这消息传达北京，段国务卿不便悬宕，乃致电南方各省，及全国重要各机关云：

黄陂继任，元首得人，半月以来，举国上下，所断断致辩争者，《约法》而已。然就《约法》而论，多人主张遵行元年《约法》，政府初无成见，但此项办法，多愿命令宣布，以期迅捷，政府则期期以为未可。盖命令变更法律，为各派法理学说所不容，贸然行之，后患不可胜言。是以迟回审顾，未敢附和也。或谓三年《约法》，不得以法律论，虽以命令废之而无足议，此不可也。三年《约法》，履行已久，历经依据，以为行政之准，一语抹杀，则国中一切法令，皆将因而动摇，不惟国际条约，关系至重，不容不再三审慎，而国内公债以及法庭判决，将无不可一翻前案，如之何其可也？或又谓三年《约法》，出自约法会议，约法会议，出自政治会议，与议人士，皆政府命令所派，与民议不同，故此时以命令复行元年《约法》，只为命令变更命令，不得以变更命令论，此又不可也。

三年《约法》，所以不餍人望者，谓其起法之本，根于命令耳。而何以元年《约法》，独不嫌以命令复之乎？且三年《约法》之为世诟病，佥以其创法之始，不合法理，邻于纵恣自为耳，然尚经几许咨诹，几许转折，然后始议修改，而今兹所望于政府者，奈何欲其毅然一令，以复修改以前之法律乎？此事既一误于前，今又何可再误于后？知其不可而欲尤而效之，诚不知其可也。如谓法律不妨以命令复也，则亦不妨以命令废矣。今日命令复之，明日命令废之，将等法律为何物？且甲氏命令复之，乙氏又何不可命令废之？可施之于约法者，又何不可施之于宪法？如是则元首每有更代，法律随为转移，人民将何所遵循乎？

或谓国人之于元年《约法》，愿见之诚，几不终日，故以命令宣布为速。抑知法律争良否，不争迟速，法而良也，稍迟何害？法不良也，则愈速恐愈无以系天下之心，天下将蜂起而议其后矣。纵令人切望治，退无后言，犹不能不虑后世争乱之源，或且舞法为奸，援我以资为先例。是千秋万世，犹为国史增一汙痕，决非政府所敢出也。总之复行元年《约法》，政府初无成见，所审度者复行之办法耳。诸君子有何良策，尚祈无吝教言，俾资考镜。祺瑞印。

又致上海国会议员电云：

上海议员诸君鉴：《约法》问题，议论纷纭，政府未便擅断，诸君爱国俊彦，法理精邃，必能折衷一是，敢希详加讨论，示以周行，无任企盼！

这两电发表后，南方各省极端反对，唐绍仪、梁启超复电辩论，略云：

三年约法，绝对不能视为法律，此次宣言恢复，绝对不能视为变更。今大总统之继任，及国务院之成立，均根据于元年《约法》，一法不能两容，三年《约法》若为法，则元年《约法》为非法。然三年《约法》，非特国人均不认为法，即今大总统及国务院之地位，皆必先不认为法，而始能存在也。

段祺瑞仍然未允，只拟修正《约法》，参加手续，或仿行约法会议办法，或参照南京参议院成例，由各省长官派选委员三人，或指选该省国会议员三人，组织修正约法委员会。正在筹议举行，忽上海海军，宣告独立，推李鼎新为总司令，传檄远近道：

自辛亥举义，海上将士，拥护共和，天下共见。癸丑之役，以民国初基，不堪动摇，遂决定拥护中央。然保守共和之至诚，仍后先一辙，想亦天下所共谅。洎乎帝制发生，滇南首义，筹安黑幕，一朝揭破，天下咸晓然于所谓民意者，皆由伪造，所谓推戴者，皆由势迫，人心愤激，全国俶扰，南北相持，解决无日。战祸迫于眉睫，国家濒于危亡。海上诸将士，佥以丁此奇变，徒博服从美名，当与护国军军务院联络一致行动，冀挽危局。正在进行，袁氏已殒，今黎大总统虽已就职，北京政府，仍根据袁氏擅改之《约法》，以遗令宣布，又岂能取信天下，餍服人心？其为帝党从中挟持，不问可知。我大总统陷于孤立，不克自由发表意见，即此可以类推。是则大难未已，后患方殷。今率海军将士，于六月二十五日，加入护国军，以拥护今大总统保障共和为目的，非俟恢复元年《约法》，国会开会，正式内阁成立后，北京海军部之命令，断不承受，誓为一劳永逸之图，勿贻姑息养奸之祸！庶几海内一家，相接以诚，相守以法，共循正轨而臻治安矣。特此布闻，幸赐公鉴！海军总司令李鼎新、第一舰队司令林葆怿、练习舰队司令曾兆麟叩。

这海军向分三队，就是第一舰队、第二舰队及练习舰队。
686. 第一舰队与练习舰队同泊沪滨，所以同时独立。只第二舰队尚泊长江各埠，未曾与闻。但第一舰队势力最强，军舰亦最多，一经独立，惹起全国注目，这一着有分教！

海上洪波方作势，京中大老已惊心。

欲知海军独立以后，如何处置，请看官续阅下回。

本回叙袁氏丧礼，将送殡各节，依据官报，择要撮录，见得袁氏虽死，气焰犹生，帝制派之从中主持，不问可知矣。夫袁氏一生之目的，莫过于为帝，而袁氏一生之大误，亦莫甚于为帝。小言之，则有背盟之咎，大言之，则有畔国之愆，其得保全首领，死正首邱，尚为幸事。乃后起之政府，反盛称其功绩，加厚其饰终典礼，是奖欺也，是助畔也，何以为民国训乎？段虽非帝制派人，要亦未免为苏味道。袁家《约法》，犹欲维持，非经西南各省之抗争，与上海海军之独立，则以暴易暴，不知其非，犹是一袁家天下也。呜呼袁氏！呜呼民国！

第七十六回　段芝泉重组阁员 龙济光久延战祸

却说海军第一舰队与练习舰队同时独立，这警报传达中央，段国务卿未免惊心，亟电致南京将军冯国璋及淞沪护军使杨善德，令他设法调停，挽回此举。哪知冯、杨二人已接李鼎新等密函，请守中立，两不相犯。冯本请恢复旧约法，当然与海军同志，杨虽为段氏爪牙，但孑身处沪，前后被逼，也只好置身局外，作壁上观。段盼望回音，并不见答，偏国会议员二百九十九人却联电国务卿道：

元年《约法》，与三年《约法》之争，端在先决二者孰为法律。如以三年《约法》为法律，当然不能以命令废止。惟查《临时约法》，为民国之所由成，议会总统，皆由兹产出，其效力至尊无上。在国会既成立以后，宪法未制定以前，如欲有所增修，依《临时约法》五十五条，及《国会组织法》十四条之规定，当由国会议员三分之二以上之提议，并经国会议员五分之四以上之出席，出席议员四分之三以上之可决，而后其所增修者，乃为合法，乃得有效。三年约法会议，其组织及程序，既与《临时约法》五十五条所载不符，则其所增修者，自不得称之为法律，实属违宪之行为。是《临时约法》，本来存在，原无所谓恢复，今日以命令废止三年《约法》，乃使从前违宪之行为，归于无效，更无所谓以命令变更法律。现在各省尚未统一，调护维持，惟有一致遵守成宪，否则甲以其私制国法，转瞬乙又以其私制而代甲，循环效尤，人持一法，视成宪为土苴，国法前途，何堪设想。请公坚持大义，力赞大总统，毅然以明令宣告，不依法律组织之约法会议所议决之《中华民国约法》，及其附属之大总统选举法，国民会议立法院组织法，均与民国元年《临时约法》国会组织法，并民国二年宪法会议制定之《大总统选举法》相违背，当然不生效力。此后凡百庶政，应与国人竭诚遵守真正国法，以固邦基而符民意。根本既决，大局斯安。特此电复。

段祺瑞接到此电，也有转意，并非畏惮议员，实仍是畏惮海军。乃入与黎总统商议，主张恢复《约法》。黎本反对袁制，只因段氏登台，挟有权力，一切规划，不得不归他取决，所以沉机观变，未尝独断独行，既闻段氏有心规复，哪有不允之理，便于六月二十九日，连下数令道：

(一) 共和国体，首重民意，民意所寄，厥惟宪法。宪法之成，专待国会。我中华民国国会，自三年一月十日停止以后，时越两载，迄未召复，以致开国五年，《宪法》未定，大本不立，庶政无由进行，亟应召集国会，速定《宪法》，以协民志而固国本。《宪法》未定以前，仍遵用元年三月十一日公布之《临时约法》，至宪法成立时为止。其二年十月五日，宣布之《大总统选举法》，系《宪法》之一部，应仍有效。此令。

（二）兹依《临时约法》第五十三条续行召集国会，定于本年八月一日起，继续开会。此令。

（三）民国三年五月一日以后，所有各项条约，均应继续有效，其余法令，除有明令废止外，一切仍旧。此令。始终不肯尽废袁制。

（四）国民会议，业经续行召集，所有关于立法院国民会议各法令，应即撤销。此令。

690. （五）国会业经召集，内务部所属之办理选举事务局，应即改为筹备国会事务局，迅速筹备国会事务。此令。

（六）参政院应即裁撤，此令。

（七）平政院所属之肃政厅，应即裁撤，此令。

（八）特任段祺瑞为国务总理，此令。

数令迭下，全国人士欢呼雷动，争颂黎、段两人的功德，似乎民国共和，从此再造，当再不至似袁皇帝时代，有名无实了。嗟我国民，哪有这般幸福？惟段祺瑞受命组阁，再任国务总理，应该将旧有部员，酌量参换，方足一新面目，动人观听。换汤不换药，终属无益。他想老成硕望，莫如东海，当此新旧交替，遗大投艰的时候，正应向他妥商，免致再误，当下命驾至徐寓中，投刺求见。

徐正为袁氏帮忙，闹得精疲力乏，卧床静养，忽闻祺瑞到来，料有要事相商，不便相拒，乃起身出室，迎段入厅。彼此闲谈数语，便由段述及组阁事情。徐答道：“芝泉！你也任事多了，此次再出组阁，谅有特别把握，何必问我！”段又说道：“论起今日的资望，莫如我公，公若肯出来组阁，祺瑞当面达总统，荐贤自代。”徐笑道：“我为袁氏，惹人讥骂，难道尚不够揶揄么？今日若再出任事，不是冯妇，就是冯道了。”段复道：“世上的议论，能有几语公正，如要面面讨好，连一事都不能做了。”徐即随口阻住道：“芝泉，你的好意，我很感佩，但我已决定了心，誓不再做民国官吏。”隐以总统自任。段祺瑞听到此语，料已不便再劝，乃另提出一班人物，与徐东海密商起来。段说一姓名，徐答一“好”字，或答称“也好”。及段说出“许世英”三字，徐点首道：“隽人是我的旧僚，与你也是莫逆，这人颇靠得住的，或令长内务，或令长交通，想总能胜任呢。”隽人即许世英字，徐之称许，为公耶？为私耶？段复说了多人，徐也不加评论，但总说一个“好”字，便算通过。至段问及行政要件，徐拈须半晌道：“目前的要策，第一件是固结北洋团体，第二件是保守中央威信，第三件是解释民党宿嫌，三事并举，国家或尚能安静哩。”段拱手道：“辱承指教，敢不如命。”说罢，便告辞而去。到了次日，即由黎总统下令道：

兼署外交总长交通总长曹汝霖、内务总长王揖唐、海军总长刘冠雄、司法总长兼署农商总长章宗祥、教育总长张国淦，呈请辞职。曹汝霖、王揖唐、刘冠雄、张国淦、章宗祥准免本职，此令。

特任唐绍仪为外交总长，许世英为内务总长，陈锦涛为财政总长，程璧光为海军总长，张耀曾为司法总长，孙洪伊为教育总长，张国淦为农商总长，汪大燮为交通总长，此令。

特任国务总理段祺瑞兼任陆军总长，此令。

此令下后，段内阁又复成立。总计此九部中，除陆军一席，向归段氏占有外，其余各部人员，分作三派，一民党，二官僚，三中立派，当时称为混合内阁。惟唐绍仪、孙洪伊、张耀曾尚在南方，未即就职，于是外交由陈锦涛兼署，司法由张国淦兼署，教育由次长吴闿生权代。教育一事，视若虚设，未免舍本逐末。嗣因汪大燮不愿入阁，上呈固辞，乃改任许世英为交通总长，孙洪伊为内务总长，范源濂为教育总长。阁员既已凑齐，专俟国会开会，咨请追认，内外都无异言。段复从事外政，改

定各省军民长官名称，武称督军，文称省长，所有署内组织及一切职权，暂仍旧制，惟另加任命，特请黎总统任定如下：

奉天督军张作霖。兼署省长。

吉林督军孟恩远，省长郭宗熙。

黑龙江省长毕桂芳。兼署督军。

直隶省长朱家宝。兼署督军。

山东督军张怀芝，省长孙发绪。

河南督军赵倜，省长田文烈。

山西督军阎锡山，省长沈铭昌。

江苏督军冯国璋，省长齐耀琳。

安徽督军张勋，省长倪嗣冲。

江西督军李纯，省长戚扬。

福建督军李厚基，省长胡瑞霖。

浙江督军吕公望。兼署省长。

湖北督军王占元，省长范守佑。

湖南督军陈宧。兼署省长。

陕西督军陈树藩。兼署省长。

四川督军蔡锷。兼署省长。

广东督军陆荣廷，省长朱庆澜。

广西督军陈炳焜，省长罗佩金。

云南督军唐继尧，省长任可澄。

贵州督军刘显世，省长戴戡。

甘肃省长张广建。兼署督军。

新疆省长杨增新。兼署督军。

嗣是颁爵条例、文官官秩令及惩办国贼条例、附乱自首特赦令、纠弹法，均即废止。又将政治犯一律释放。并特赦前川督尹昌衡，俾复自由，所有统率办事处，军政执法处，亦尽行撤销。海内人民，喁喁望治。其时川、粤、湘、鲁各省，尚在未靖，又经过一番措置，才得平安。小子只有一支秃笔，不能并叙，只好依次叙来。

先是陈宧独立四川，袁世凯命重庆镇守使周骏督理四川军务，另用王陵基镇守重庆。周奉命后，尚按兵不动，至袁逝世，他反出兵西上，进逼成都，自称四川将军，旋复改称蜀军总司令，委任王陵基为先锋。王率前队抵龙泉驿，成都戒严。周一面迫陈出省，一面截陈归路，陈不禁大愤，将与决战。绅商急电政府，请禁周、陈冲突，免祸生灵。政府乃任蔡锷督川，调陈宧督湘，周骏还任。陈、周犹相持不下，蔡锷已自叙州起程，先电致二人，劝他息争。略云：

二君之不惜兵连祸结者，乃为争川督一席，抑何所见之小也？窃谓吾侪生于斯世，当以国是为前提，不应存自私自利之见。某今衔命入川，盖收拾未了之局，俟部署既定，则自请辞职，或于二君中推毂一人，以承斯乏，不过累公稍候时日耳。用特驰电奉告，即请解甲息兵，如或不然，锷虽不愿效龌龊官僚口吻，以违抗中央命令相责，而扰乱治安之咎，锷当声罪致讨，务希从速裁夺，锷秣马厉兵以待，惟二君鉴之！

陈宧得书，即日束装就道，出省自去。周骏心尚未死，竟乘虚入踞成都，自称都督，且欲撤去四川护国军招讨右司令、兼兵工厂总办杨维官职。杨本陈宧部下，闻着这个消息，竟举兵相抗，与周军战于城外，杨兵败溃。统是权利思想，中国其能靖乎？蔡锷旧病复发，不便督师，因虑周骏猖獗，乃檄罗佩金、刘存厚两军，分道进攻。刘军先至城下，周骏自知不敌，方偕王陵基退出成都。存厚入城，维持秩序，川民乃定。越日，罗佩金亦到。又越数日，蔡锷亦带兵到来，成都父老相率欢迎。锷慰劳有加，力疾视事，川人始共庆更生了。仍为蔡锷生色。

还有粤东变乱，亦无非为权利起见，前时龙济光宣告独立，本非真心，后来取消独立，仍然仇视滇、桂各军。滇军司令李烈钧方由肇庆出北江，驻扎韶关，粤军闭关锁渡，屡与滇军龃龉，几开战衅。龙济光袒护自己军队，且调兵添防，并就观音山左右，密伏地雷，一意挑战。

看官！你想这个李司令，哪肯容忍过去？当下派兵前敌，力攻源潭，一场鏖斗，战败粤军。李复联约桂军司令莫荣新，自西路攻克三水，彼此会师观音山，拟与龙王决一最后的胜负。龙济光颇也惊惶，亟电告政府，托词李烈钧反抗中央，出兵图粤。政府正嘉许龙王，当然袒护，但又不便得罪李烈钧，乃特授他勋二位，并上将衔，令即来京候用，一面令龙济光暂署广东督军，俟陆荣廷到任，才得交卸。政府虽似苦心，实已显露形迹。而且还有特别调剂，陈宧未赴湘任以前，着陆荣廷就近往湘，暂署督军。汤芗铭为湘人所逐，令即卸任，派往广东查办。不能辨别功罪，乃东调西换，一何可笑？这种政策，多是掩耳盗铃。

看官！试想滇、桂各军，如何肯服？袁政府之失权，便由此种酿成。于是仍进攻观音山，相持不懈。粤中士民，日夜不安，到处吁请，各愿去龙安粤。唐绍仪、梁启超、温宗尧、王宠惠等，统隶粤籍，有志保乡，遂急电政府道：

龙济光督粤三年，假国权为修怨，纵兵士为虎狼，视生命财产如草芥，以刀锯斧钺为儿戏，综计三年之中，其倾人之家，灭人之门，寡人之妻，孤人之子，直无十百千万之数可言，但闻哀哭诅咒之声不绝。袁氏既倚为爪牙，粤民遂无从呼吁。日者义师之起，滇、黔、桂、浙，皆以讨袁为唯一之名，惟吾粤民，则以去龙为切身之事。

方民军之起于四方，计此贼可歼于一鼓，盗亦有道，竟假独立为护符，人望太平，又复原心而略迹。然桂军同一独立，治乱之势悬殊，桂则秩序井然，人民康乐，粤则闾里几尽邱墟，村邑至绝薪米。推求其故，盖龙济光知结不解之怨于人民，遂集全省之兵以自卫，乃使州县患匪，省城患兵，要其督粤三载，惟守观音一山。此山而外，虽举广东全省，化为灰烬，人民化为虫沙，固非该督所惜也。天幸袁殒，人庆昭苏，粤民茹痛之深，本难复忍须臾，徒以大总统就职之始，不忍遽以一隅为言。且计该督腥闻于天，必为大总统烛照所及，因是隐忍，伫待后命。不意该督知难久安于其位，又以取消独立，取媚中央，一面大捕党人，复萌故智，近更横挑战祸，染血韶州，以该督三年所造孽，即令从此痛惩前非，人已不共戴天。该督且变本加厉，用敢迫切电陈，务乞将该督立予罢斥，解粤民之倒悬，仁惠既遍于一省，使贪虐者知儆，视听实动夫万方。倘蒙赏其知兵，师长之席固众，若或多其治绩，他省不难量移。万一论其取消独立之功，则有勋章诸等具在，粤民虽不敢望大总统伐罪以救民，大总统亦何忍驱粤民以示德？昔者所谓国家用人自有权衡一语，本为专制作威作福之言，已违自我民视民听之义。况以该督罪迹昭著，敢请派人遍询妇孺，除彼所亲一二狐鼠之外，但有举其毫发微末之功者，则诬罔之刑，某等所不敢避。此实千夫所指，咸以该督为寇仇，当蒙一线之仁，早出粤民于水火。大总统以共和为帜，当不以民意为嫌，仪等无凭借可言，敢先以哀词上请，无任翘企待援之至！

政府接到此电，大费踌躇，不期湖南军民又拒绝陈宧，自举刘人熙为督军，请政府下令特任。那时大总统黎元洪与国务总理段祺瑞，左右为难，也只好开起阁议来了。小子有诗叹道：

自古佳兵号不祥，干戈在握即强梁。
东崩西应成常事，从此朝纲渐不纲。

毕竟湘、粤两省如何处置，且看下回叙明。

恢复旧《约法》，召集旧国会，并举袁氏恶制，大略更张，不可谓非段合肥之政绩。惟组织阁员，始终不离一调剂性质，民党居三分之一，中立派居三分之一，袁氏旧僚亦居三分之一。政见不同，必有倾轧之虑，段氏更事已久，宁见不及此，而仍组此不伦不类之内阁耶？夫天下未有不任劳任怨，而可以当大事者，段氏第愿任劳，不敢任怨，故撮举三派而混合之，示无左袒之意，讵知将来冲突，万不能免，始基不慎，后患随之，此中外政法家言，所由以政党内阁为职志也。他若周、陈之争，龙、李之争，无非视政府之模棱，乃敢侥幸以图逞；迨至乱事粗平，而人民已受祸不浅矣。且曲者未见所谓曲，直者亦未见所谓直，曲直不明，但凭武力为解决，则后之强有力者，几何不挟权生变耶？故我尝为段氏谅，而又不禁为段氏惜。

第七十七回　撤军院复归统一
开国会再造共和

却说黎总统与段总理召集阁员，会议湘、粤乱事，各阁员或主张激烈，或主张调停，或主张先湘后粤，或主张先粤后湘，嗣经段总理以粤乱方殷，不如促陆荣廷速赴粤任，解决粤事，湖南督军一缺，暂从军民所请，归刘人熙署理。黎总统也以为然。议定后，随即下令，饬陆荣廷即日赴粤，特任刘人熙署湖南督军，兼湖南省长。原来湖南将军汤芗铭，当宣告独立时，曾由乃兄汤化龙与民党议立五大条件：（一）民党承认汤芗铭为都督；（二）汤先拨军队三营或五营，交民党接收；（三）设民政府管理民政全权，民政长由民党公推；（四）组织北伐军总司令，由民党推任；（五）军事厅长，由民党推任。

这约由化龙署押，转告芗铭接洽，芗铭并无异言。至袁氏死，芗铭即日背约，取消独立，绝不关照民党，民党如欧阳振声、赵恒惕、唐蟒、覃振等，本是署约中人，当然动了公愤，奋起逐汤。汤窜往岳州，由湖南护国军第一军总司令曾继梧代理都督，维持地方秩序。嗣闻政府令陈宧督湘，军民仍然不服。政府又命陆荣廷暂代，陆此时虽到衡州，终因事涉嫌疑，不肯赴任，并且自衡返桂。湖南军民乃自推选刘人熙，请政府任命，政府勉强照允，自称留后者，即许为留后，湘事不无相类。湘祸少纾。后来改任谭延闿为督军，倒也相安无事。惟陆荣廷返驻桂林，因闻帝制派尚蟠踞京中，煽惑政府，袒龙抑李，一时不便赴粤，只好托词告病，逐日延挨。此公大约喜病。就是岑春煊、唐继尧等，亦为祸首未惩，时有违言，政府不得已，命谴罪魁，特下申令道：

自变更国体之议起，全国扰攘，几陷沦亡，始祸诸人，实尸其咎。杨度、孙毓筠、顾鳌、梁士诒、夏寿田、朱启钤、周自齐、薛大可，均着拿交法庭，详确讯鞫，严行惩办，为后世戒。其余一概宽免。此令。

看官！你想帝制派中的要人，差不多有几十个，当时远近闻名，系六君子、十三太保，就是西南各省的要求，也请戮杨度、段芝贵等十三人，以谢天下。乃政府命令，只有八名，如袁乃宽、段芝贵等，均不在列，显见得政府用心，不过敷衍了事；并且逮捕令下，罪犯均已出京，一个儿都没有拿着，转眼间便成悬案；又转眼间且彼此无罪，仍好出头，这是中国近来的弊政，怪不得人心思乱，至今未了呢。慨乎言之。但西南各省诸首领，已是得休便休，不愿坚持到底，乃决议撤销军务院，由抚军长唐继尧、副长岑春煊、政务委员长梁启超及抚军刘显世、陆荣廷、陈炳焜、吕公望、蔡锷、李烈钧、戴戡、刘存厚、罗佩金、李鼎新等，一并联名，布告全国。其词云：

帝制祸兴，滇黔首义，公理所趋，舆情一致，桂、粤、浙、秦、湘、蜀，相继仗义，其时因战祸迁延，未知所届，独立各省，前敌各军，不可无统一机关，爰暂设军务院，为对内对外之合议团体，其《组织条例》第十条规定，本院俟国务院依法成立时撤销。今《约法》国会，次第恢复，大总统依法继任，与独立各省最初之宣言，适相符合。虽国务院之任命，尚未经国会同意，然当国会闭会时，元首先任命以俟追认，实为《约法》所不禁。本军务院为力求统一起见，谨于本日宣告撤废，其抚军及政务委员长外交专使军事代表，均一并解除。国家一切政务，静听元首政府与国会主持。为此布告天下，咸使闻知。

军务院既宣告撤销，复将布告原文，电达北京。黎总统与
700. 段总理自然欣慰，当由黎总统即日复电云：

承电示撤销军院，爱国之忱，昭然若揭。溯自帝制议兴，波诡云谲，输赀造意，缘法饰非，举国皆喑，莫前发难。滇黔首义，薄海从风，合议机关，应时成立，披云见日，再缔共和，则是军院诸公，大有造于民国也。项城长逝，责在藐躬，猥承诸公拥护之殷，提撕之切，约法国会，获慰初心。虽幸免乎愆尤，犹自惭其濡滞，诸公乃主持正论，践履前盟，举重光之日月，还我国民，挈百战之山河，归诸政府。从此民有常轨，国无曲师，藩祸不兴，邻氛自戢，则是军院诸公，尤大有造于后世也。共和国家，匹夫有责，同舟共济，端赖群材，元洪忧患余生，久夷权位，布衣归老，于愿已偿，只以约法所推，责任攸

寄，思与诸公左提右挈，宏济艰难，推诚以结邦交，虚己以从舆论，一日在位，万民具瞻。方今财政拮据，吏治靡靡，内忧外患，纷至沓来，补救之难，百倍畴曩。尚望不我遐弃，相与有成，毋以收拾军队，为天职已完，毋以召集国会，为人心已定，毋可恢复《约法》，为遂跻法治，毋以惩办祸首，为永绝官邪，率此临事而惧之心，或收通力合作之效，此则元洪早作夜思，愿与诸公共勉者也。军务院既已撤销，一切善后事宜，仍希随时电告，共筹结束。其有奇材懋绩，为国贤劳者，并希胪举事实，借备延揽。元洪印。

这复电中的大意，是从交际上着笔，并非正式公文。至七月二十一日，始颁正式命令道：

据唐继尧、岑春煊、梁启超、刘显世、陆荣廷、陈炳焜、吕公望、蔡锷、李烈钧、戴戡、李鼎新、罗佩金、刘存厚等寒日电称：军务院已于七月十四日宣告撤废，其抚军及政务委员长、外交专使、军事代表均一并解除。国家一切政务，静听元首政府国会主持各等语。慨自改革以来，迭经变故，矩矱不立，丧乱弘多，法纪凌夷，民生涂炭，本大总统继任于危疑震撼之际，遵行元年《约法》，召集国会，组织责任政府，力崇民意，勉任艰虞。该督军等顾念时危，力闳大义，撤销军务院及抚军等职，纳政务于一轨，跻国势于大同。义闻仁声，皦如日月，千秋万世，为国之光。惟念大局虽宁，殷忧未艾，宜如何栽培元气，收拾人心，永绝乱源，导成法治。补苴罅漏，经纬万端。来日之难，倍于往昔。所期内外在官，各深兢惕，同心协力，感致祥和，以成未竟之功，益巩无疆之业，本大总统有厚望焉。此令。

自是南北统一，北京政府算有代表全国的资格了。惟粤东方面，龙、李交争，尚且未息，各督军多承政府意旨，归咎李烈钧，隐袒龙济光，张勋、倪嗣冲专电通告，尤斥李烈钧违令横行，请加声讨。无非党同伐异。政府乃一再电桂，催陆赴粤，陆至此亦不能再延，乃约同省长朱庆澜相偕赴任，电告政府，指日启行。于是黎总统又下令道：

迭据各方报告，广东纷扰，祸尤未已，生灵涂炭，外人复有烦言。长此迁延，靡知所届。龙济光未交卸以前，责在守土，自应约束将士，保卫治安。李烈钧统率士卒，责有攸归，着即严勒所部，即日停兵。该省督军陆荣廷、省长朱庆澜现已星夜赴任，龙济光应将各项事宜，妥速预备交代，此后如再有抗令开衅情事，定当严行声讨，以肃国纪。此令。

令下后，复派萨镇冰为粤闽巡阅使，令他选调兵舰驶赴粤海，查办一切，并驻泊沙面等处，保护侨商。其实是震慑龙、李，隐示中央威力，教他知难而退。哪知龙济光尚不肯离粤，镇日里守住观音山，与李血战。陆荣廷到了肇庆，闻着消息，又复称病逗留，只遣朱庆澜到粤。朱亦颇有戒心，待至萨镇冰已到沙面，方启行至粤，先与萨会叙一番，然后携手入城。龙济光不便抗拒，只好迎入，将民政一部分，划归朱庆澜接管，一面索请巨款，但说是解散军队，必须先拨恩饷，方好办理。好容易筹了一宗款子，交给了他，方才把督军印信付与朱庆澜，自己带了若干亲兵，向琼崖而去。阿堵物到手，才肯动身，这是现今军阀第一条秘诀。李烈钧闻龙已离粤，也即退兵，惟陆尚未肯到省，由朱庆澜饬人赍送印信，才行接收，粤事也就此作一结束。

小子于川、粤、湘三省已经叙毕，就乘便叙入山东省了。山东民军分作两党，吴大洲自称护国军，居正称东北军总司令，七十二回中曾已提及，但两军势力，均属有限，不过占据了几个县城，与川、湘、粤情形不同。自张怀芝奉袁氏命，署理山东将军，本思效忠袁氏，把民军逐出境外，可巧袁死黎继，由政府电令停战，双方静候解决，吴大洲、居正两人乃按兵守候。偏张怀芝乘他不备，袭夺民军所据的长山、安邱、临朐等县。民军大愤，一面质问政府，一面招集党人，将与张怀芝死战。

吴大洲部下，约七八千人，居正部下，约一万四五千人，并运到飞机两架，声焰甚盛。张怀芝料不能平，始派员与他议和，各不相犯。延至八月中旬，由国务院派出陆军中将曲同丰，驰往山东，会同张怀芝等办理军事善后事宜。曲同丰与民军商议，改编军制，归隶中央，办理粗有眉目，即回京复命去了。是时留沪各议员，已齐集京师，重开国会，八月一日，举行国会第二次常会开会礼，先期二日，由两院通告，并订定礼节如下：

（一）八月一日午前九时，参众两院议员，各服礼服，齐集众议院。

（二）午前十时，两院议员，入礼场就席。

（三）赞礼员引大总统及国务员入礼场就席奏乐。

（四）主席宣告开会，并致开会词。

（五）大总统暨国务员致颂词。

（六）赞礼员报告向国旗行三鞠躬礼，在场者咸行礼如仪。

（七）主席宣告开会式礼成词。

（八）主席宣告大总统宣誓。

（九）大总统宣誓奏乐。

（十）主席宣告退席。

（十一）摄影散会。

是日，参议院议员共到一百三十八人，众议院议员共到三百十八人。参议院中，仍由王家襄、王正廷为正副议长，众议院中，仍由汤化龙、陈国祥为正副议长，临时公推王家襄为主席。黎总统及国务总理兼陆军总长段祺瑞、财政总长兼外交总长陈锦涛、交通总长兼内务总长许世英、教育总长范源濂、农商总长张国淦、海军总长程璧光，同时莅会。黎总统依照民国二年公布之《大总统选举法》第四条，郑重宣誓。誓云：

余以至诚遵守宪法，执行大总统之职务。

誓毕，全体欢呼，连称中华民国万岁，中华民国国会万岁，中华民国大总统万岁。睹群情之雀跃，复旦重光；瞻胜令之鸾旗，共和无恙。观者如堵，望慰云霓；国是再安，心倾中外。燕云之气象又新，鲸海之波涛不沸。

是谓国会开幕的第二次，就是民国再造的第一日。极力表扬，隐寓厚望。午后同拍一影，然后散会。政府即改定公文程式，并停止觐见大总统礼，另订觐见礼八条，由国务院呈准施行，所有谒见礼如下：

（一）特任简任各职之晋见大总统，均用谒见礼。

（二）谒见员诣大总统府时，须先向承宣司递职名柬，柬用大名片，居中直行写职衔及姓名，背面并写姓名履历，由承宣官入启，俟大总统临延见室，再行导入。

（三）谒见员入延见室，应向大总统行一鞠躬礼。大总统延坐询答毕，谒见员兴辞，行一鞠躬礼退出。

（四）谒见均用常私服，但初次晋见者，须着燕尾服，曾得勋章者，并佩带勋章。

（五）大总统传见及因公请见，或介绍请见者，均用谒见礼。

（六）荐任职以下，除大总统传见者外，均无庸谒见。

（七）满王公世爵，及蒙、回、藏汗王公等之晋见者，均用谒见礼。

（八）凡谒见员预请示期，或临时请期，经大总统定期或改期，或派代见，或免谒见，承宣司均应随时通知谒见员。

至若公文程式，亦从简单，分作十三项类别，一是大总统令，二是国务院令，三是各部院令，四是任命状，五是委任令，六是训令，七是指令，八是布告，九是咨，十是咨呈，十一是呈，十二是公函，十三是批。大致仿民国元年定例，与袁氏后改的程式，繁简不同，无非是惩戒帝制，规复共和的用意。就是参议院中，亦照旧《约法》办理，于八月十四日开议各案，黎总统便提出国务总理，咨请同意，两院接到来咨，免不得有一番手续了。正是：

元首有心筹总轴，议员依样画葫芦。

欲知两院是否同意，请至下回看明。

军务院撤销，南北始归统一，两院重行开会，民国乃见中兴，当时海内人士，喁喁望治，交颂黎、段功德，黎以长厚称，段以勤练著，未始非足与有为者。但帝制派之罪魁，不闻捕戮，龙、李两人之互哄，未别是非，中央之目的在苟安，外省之目的在自固，盖犹是过渡时代，非致治时代也。如病痈然，不去其酿毒之源，但塞其流毒之口，将来必有溃决之一日。识者于黎、段当国，再造共和之日，盖已料其有初鲜终矣。

第七十八回　举副座冯华甫当选
返上海黄克强病终

却说两院议员，因接黎总统咨文，商及国务总理问题，当照例投票取决。众议院议员，已到四百十四人，投票检视，得四百另七票同意，当然通过复交参议院解决，亦得大多数赞成，于是总揆一席，仍属段祺瑞接任。所有阁员，除农商总长张国淦调任黑龙江省长，改由谷钟秀继任外，余均照前列单，咨请两院追认，两院也多数通过。内阁一律就绪。孙洪伊、张耀曾先后莅京供职，惟唐绍仪一再告辞，始终不至，暂归财政总长陈锦涛兼理。直至十一月中旬，方特任伍廷芳为外交总长。外省长官，只直隶添一曹锟为督军，朱家宝专任省长，这且慢表。

且说民国再造，中外胪欢，转瞬间已近双十节，应援照民国元二三年旧例，举行国庆典礼。民国四年，袁氏曾停止国庆典礼，故本届举行，特别提叙。黎总统系军阀出身，注重武事，先期数日，特谕参谋、陆军两部，在南苑举行阅兵式，其余一切事件，归各部筹议云云。各部乃援照元年公布国庆日大典，除大阅外，如放假休息、悬旗结彩、追祭、赏功、停刑、恤贫、宴会等项，均各照办。届期一律举行，概仿元年故事，毋庸细述。惟赏功一节，系随时论事，按照目前有功人物，分级酬庸。黎总统以创造民国应推孙、黄为首功，特授孙文大勋位，黄兴勋一位。蔡锷、唐继尧、陆荣廷、梁启超、岑春煊，再造民国，各授勋一位。荫昌、曹锟、刘显世、王占元、吕公望、柏文蔚、吴俊陞、张敬尧、胡汉民，各授勋二位。新旧并容，似嫌夹杂。罗佩金、戴戡、朱庆澜、张怀芝、朱家宝、任可澄、陈炳焜、陈树藩、李根源、李长泰、周文炳、钮永建、陈炯明，各授勋三位。朱家宝第一称臣，受此勋位时，曾知愧否？李厚基、孟恩远、毕桂芳、张广建、王廷桢、刘存厚、熊克武，各授勋四位。段祺瑞、王士珍、冯国璋，各给一等大绶宝光嘉禾章。唐绍仪、马

安良、曹锟、朱家宝、张作霖、阎锡山、陆荣廷、唐继尧、杨增新、姜桂题、蒋雁行，各授一等大绶嘉禾章。田文烈、齐耀琳、李纯、戚扬，各给二等宝光嘉禾章。蔡锷、郭宗熙、李根源、罗佩金、任可澄、程克均，各给二等大绶嘉禾章。赵倜、倪嗣冲、刘显世，各给二等嘉禾章。戴戡、沈铭昌、胡瑞霖、田中玉、潘矩楹、汪步端，各给三等嘉禾章。

还有陈锦涛等一班阁员，或给二等宝光嘉禾章，或给二等大绶嘉禾章，或给二等嘉禾章，独张勋得给二等大绶宝光章。此外如萨镇冰、徐树铮、汤化龙、庄蕴宽、董康、周树模、贡桑诺尔布、孙宝琦、江朝宗等，均给二等嘉禾章，谭延闿等给三等宝光嘉禾章。又颁赏各等文虎章，人数众多，述不胜述。另有两令，系抚恤死难诸人，其文云：

自民国肇兴以来，患难相乘，义烈之士，蹈死不悔，糜躯断脰，前仆后继，再造玄黄，力回阳九。兹值国庆，宜慰忠魂，着陆军部查明五年以来死难将士各职名及其后裔，各议所以抚恤之。此令。

前中国银行总裁汤叡等，奔走国事，惨遭海珠之变，着陆军部查明该次会议与难诸人，从优议恤。此令。

清室代表世续、载涛及各国驻京公使，均至总统府祝贺。黎总统各赠给勋章，且授世续勋一位，大家欢声道谢，无不惬意。自黎总统就任以来，好算这一次是普天同庆，最称热闹了。如此数语，见得极盛难继。嗣是行政机关与立法机关相辅而行，不但国会开议，把重要议案磋磨了好几次，就是各直省长官亦奉政府命令，于十月一日，召集省议会议员，开议各省事宜，内外毕举，规模备具。惟副总统一席，尚未选定，应该早日补选，当经两议院提及，借符法制。小子曾就两议院议事日程，凡关系选举副总统案，汇录如下：

十月十二日，参议院议事日程：

提议选举副总统案。（议员蓝公武提出。）

提议请咨众议院定日期选举副总统案。（议员宋渊源提出。）

提议定期组织选举会选举副总统案。（议员刘光旭提出。）

同日众议院议事日程：

请依法速行补选副总统案。（议员陈纯修等提出。）

请议定日期，咨行参议院选举副总统案。（议员覃寿公等提出。）

请速组织总统选举会，补选副总统案。（议员仇玉珽等提出。）

请两院会合组织总统选举会补选副总统案。（议员米观玄等提出。）

议员呼声愈高，副总统产出乃速，当时全国人士，私下推测，得合副总统资格，不过寥寥数人。若论起老资格来，要算是段祺瑞、冯国璋，至讲到新资格上，要算是岑春煊、唐继尧。但岑、唐虽有再造民国的功劳，究不敌段、冯两人的势力，因此一般舆论，已料得副座当选，非段即冯了。待至十月二十四日，两院乃联合开会，续商选举副总统日期，择定在十月三十日，当下组织总统选举会，议决下列各条：

710.

（一）以宪法会议议场，为总统选举会会场。

（二）总统选举会，以宪法会议议长为主席，以宪法会议副议长为副主席。

（三）两院各抽签八人，为开票检票发票员。

（四）开票时准人参观，参观人适用旁听规则。

（五）另设写票所，唱名写票。

原来民国宪法未曾议定，此次重开国会，议员视此为重要事件，因即组织宪法会议，逐日筹商。适副总统问题发生，乃即就宪法会议中，作为选举场。届期投票，两院会合，共到七百二十四人。及票已投毕，开箧检视，冯国璋得五百二十票，最居多数，当即选冯为副总统，由选举会咨照黎总统算作决定。黎总统电达冯国璋，并仍令兼江苏督军。国璋当即就职，直任不辞。望之久了，如何肯辞？于是内自总理，外自督军，统传电道贺。小子曾闻冯受任后，电复段总理道：

段总理鉴：卅电奉悉。国璋自维能力，保障一隅，收效已仅，若重其负荷，胜任亦未易言。谬承两院公推，竟以此职见属，邦基再造，国步方平，责望者怀有加无已之心，受宠者切名实难副之惧。所幸密勿经纬，寄之我公，大总统力与其成，国务员相助为理，国璋菲材备位，亦得勉竭庸愚，彼此勖共济之迈征，内外本一心相维系。寰区底定，会有其时，区区所引为荣誉者，固在彼不在此也。远辱赐贺，悚愧交并，复贡悃忱，尚希垂察！国璋印。

看官听着！冯、段两人都是北洋派的领袖，自从李鸿章总督直隶，创立北洋武备学堂，储养人材，备作将弁，冯、段统是北洋武备学生，段且游学德国很有学识。至袁世凯练兵小站，多用北洋武备学生为军官，段与冯均得充选，两人本是同学，当然沆瀣相投，自是左提右挈，依次积功，相继擢为统领。冯生长河间，应属直派，段生长合肥，应属皖派，只因同学北洋，遂浑称为北洋派。北方人士呼段为虎，拟冯为狗，无非以学识上的关系，隐示区别。民国成立，两人行事，迭见上文，段常在内，冯常在外，感情还算融洽。至袁氏去世，黎氏继任，定策首功，当推段氏，段亦未免以此自诩，目空一切，且因自己职居总揆，对于副总统一席，亦不甚介意。独冯氏联络长江各省，自植势力，且与民党亦晋接周旋，未尝失好，那民国第二次的副总统，遂由冯氏运动成熟，安然到手，段似反退居人后了。插入此段，为后文冯、段相忌伏笔。

贺电未终，悲电又起，勋一位陆军上将黄兴，竟于十月三十一日病殁沪上。当黎黄陂就任时，首先招请孙、黄诸人，出为佐理，黄已于五月上旬，由美利坚东渡，返至上海，曾在虹口东洋旅馆，召集同志，秘密会议，誓死不再认袁为总统，愿恢复民国《约法》，请黎副总统继任，重行组织人才内阁。未几，袁即病死，黎电相邀，黄不欲遽入，仍寓沪待时。到了国庆纪念日，拟与同志会集味莼园，共申庆祝，早起散步，忽觉耳鸣目眩，支持不住，口鼻中忽喷出热血，竟致晕仆。长子一欧方侍侧，亟忙掖起，立延德医调治。医生用药剂灌入，才得救醒。味莼园遂不果行。午后，得京师来电，授他勋一位，他却喟然道："我奔走革命二十年，也是为国服务，算不得甚么大功，今黎总统畀我勋位，我难道就此实受么？"乃就病榻间，口授一欧属稿，拍电政府，婉词却谢。嗣复得中央电复，请勿固辞。越数日，病似渐瘳，又越数日，病复丛起，肝部膨胀，夜不能眠。旋觉皮肤上发现一种黄色，医士谓胆汁流入血管，颇为难医。俄而失血不止，至三十日，病势愈剧。适孙文、唐绍仪均来探视，他已自知不起，便语两人道："我与二公交好多年，此番恐要长别了。但不知我死以后，民国前途，究竟如何？看来政海暗潮，迭起未已，距太平日子，尚远得多哩。二公才望，本出我上，还望极力维持，补我遗憾，我死亦瞑目了。"死不忘国，好算有心人。孙、唐两人，含泪应诺，更劝慰了数语，随即告别。越日辰刻，又咯血无算，复招医士，投服药水，终不见效。迭延数医，谓已无可疗治，一欧不觉大恸。徐闻榻上有声道："人生总有一死，你也不必过哀，且留此一腔热泪，为同胞哭，才算克强有子了。"言已，喘息不止。延至午后四时，竟尔逝世，享年四十三岁。克强尚有老母，与妻室及二三四诸子，寓居日本长崎，当由一欧电召归国，一面电讣中央政府，及各省军民两长。黎总统即日下令道：

勋一位陆军上将黄兴，缔造共和，首兴义族，数冒艰险，卒底于成，功在国家，薄海同瞩。乃以积劳遘疾，浸至不起，本大总统患难与共，夙资匡辅，骤闻溘逝，震悼尤深。着派王芝祥前往致祭，特给治丧费二万圆，所有丧殡事宜，由江苏省长齐耀琳就近妥为照料，并交国务院从优议恤，以示笃念殊勋之至意。此令。

是令下后，江苏省长齐耀琳即派员赴沪，襄理丧仪。远近吊客，不下数千人。到了十一月十日，中央特派员王芝祥，已衔命南来，至黄宅致祭。翌晨，设奠灵前，献爵礼毕，由司礼官代读祭文。其词云：

维中华民国五年十一月十一日，大总统黎元洪，特遣王芝祥致祭于克强上将之灵前曰：呜呼！王纲解纽，海水横飞，国威不振，民命安归？天挺人豪，乘时而起，奋戈一麾，天日为靡。当其愤激，嚼齿皆空，云翻阵黑，血染波红。积二千年，专制余毒，一旦廓清，还归敦朴。江汉收功，金陵坐镇，文雅彬彬，施于有政。天不悔祸，国境再骚，四方豪杰，跂望旌旄。今者告宁，万邦咸喜，不有元勋，孰臻上理？方期举国，酬报丰功，云何疢疾，遽殒英雄。八表震惊，空巷走哭，矧在藐躬，夙同茵轂。抚今追昔，悲感百端，临风陨泪，绕室盘桓。牲帛椒浆，敬奠毅魂，灵爽式昭，永护民国。呜呼哀哉！尚飨！

读毕焚帛，致祭员奠爵告退，孝子匍匐谢宾。这种普通仪制，不必细表。越宿，王芝祥回京复命，谁知京中复接东瀛急电，又闻得一位再造共和的伟人，在日本福岗医院，也一病身亡了。小子有诗叹道：

才经湘水赋招魂，日上扶桑倏又昏。
偏是伟人多短命，人生天道两难论。

究竟何人相继逝世，待至下回再表。

714.

段合肥之功绩，不在倒袁，而在拥黎，黎黄陂之得以安然就职，不生他变者，全由段氏一人之力。厥后更张弊政，统一南方，亦无非段氏所造成。以功绩言，副总统一席，应属段氏无疑，乃偏选出冯河间，岂虎能哑人，而狗尚秉义乎？追经著书人从中揭出，乃知冯之得选副座，有由来也。民国无论何事，莫不由运动得来。若不运动，就令尧、舜复生，无由为元首，周、孔复出，无由为总揆，其下焉者更不待言矣。若夫创造民国之首功，应推孙、黄两人，黄克强生平行谊，容有未满人意之处，但视濒死时以国家为念，殆学未纯而志有足嘉者欤？特志其殁，亦隐寓悼惜之意，录及祭文，未始非借此阐扬也。

第七十九回　目断乡关伟人又殁
衅开府院政客交争

却说日本福岗医院，突有一人病逝，电讣到京，这人为谁？就是再造民国的蔡松坡。蔡本为四川督军，为甚么东往日本呢？说来也觉话长，由小子撮要叙述：自蔡督四川后，川民渐安，但署中一切文件，已棼如乱丝，不得不认真料理，虽有罗佩金帮办，究竟不能不自行部署，又况军民两长，统归一身兼管，更觉忙碌得很，因此积劳过度，所有喉痛心疾，接连复发。适小凤仙自京致书，拟履行前约，愿来川中，他不免惹起情肠，增了若干愁闷，我是个多愁多病身，怎当你倾国倾城貌。踌躇了一夜，方裁笺作答道：

> 自军兴以来，顿膺喉痛及失眠之症，今兹督川，难却黄陂盛意，故勉为其难，俟各事布置就绪，即出洋就医。尔时将挈卿偕行，放浪重洋，饱吸自由空气，卿姑待之！

是书发后，过了数日，病愈沉重，自觉不支，乃电达政府，请假就医，并荐罗佩金自代。政府准如所请，当即束装启行，航行至沪。沪上军商学各界闻他到来，相率开会欢迎。渠因喉痛失音，未能到会，遂作书婉谢，惟居沪上寄庐中养疴，或至虹口某医院治疾，所有访客，一概挡驾。

时梁任公亦自粤到沪，被他闻知，却立刻拜会，相见时，仍执弟子礼甚恭。任公道："你也太过谦了，此地非从前学校可比，何妨脱略形迹。"松坡道："一日为师，终身为父，这是从古到今，相传不易的名言。锷略读诗书，粗知礼义，岂可效袁项城一流人物，漠视这张四先生么？"述此数语，为学生听者！任公亦对他微笑，且密与语道："你在此地养病，还须谨慎要紧。帝制余孽，往来南北，他们恨我切骨，幸勿遭他毒手。"松坡又答道："这是弟子所最注意的。自到上海后，除赴医院诊治外，镇日里杜门不出，谢绝交游，就是寻常食品，亦必先行化验，然后取食，想当不致有意外危险。且弟子留此数日，万一医治无效，决拟至日本一行，那东京的医院，较此地似靠得住哩。"任公徐答道："这也好的，似你膂力方刚，正是经营四方的时候，千万珍重，为国自爱。"松坡太息道："锷已过壮年，所有些须功业，统是先生一手造成，目下诸症百出，精神委顿，恐将来未必永年，不但有负国家，并且有负先生，为之奈何？"语中已寓将死之兆？

任公听了，不禁凄然，半晌才道："松坡，你如何作这般想？疾病是人生所常有的，如能安心休养，自可渐痊，奈何作此颓唐语？"松坡欲言未言，饮过了几口清茶，才答道："锷到沪已约一旬了，起初医生亦说是可治，不出两旬，可收效果，怎奈这几天间，喉间似有一物，嚅嚅欲动，每届饮食，艰难下咽，就是语言亦很觉为难，到了夜间，终夕不能安枕，想是血枯津竭的绝症，如何能持久哩！”言毕，起身欲行。任公复劝勉数语，两下作别。

越日，任公正欲回视，巧值电话传来，略言：“锷拟东渡，决于今晚动身。”任公乃即往寄庐，叙谈了好多时。是夕，即送他下船，再三叮嘱而别。两“别”字前后相应，这一别是长别了。任公返寓后，过了五六天，接得蔡书，内言就医福岗医院，尚有效验，倒也稍稍放心。哪知到了十一月八号，竟由福岗医院来电，译将出来，乃是“蔡松坡于本日下午四时去世”十二字，这一惊非同小可，往外探问，已是传遍全沪，无论官商学界，统觉悲感得很。后来调查松坡寓日，病状依然，至日本国庆日天长节，就是我国十月三十一日，是日扶桑三岛，全体庆祝，举行提灯大会，松坡因侨寓无聊，特与二三友人入市遨游，颇称尽兴。到了傍晚，接着上海急电，知是黄兴逝世，不由得顿足呼天道：“我中国又弱一个了。”自是愁闷益增，病亦愈剧。

至十一月八日上午，势已垂危，东医束手，他闻病院外演试飞机，竟勉强起床，扶役夫肩，缓步出门。适飞机从空中驶过，翱翔自得，几似大鹏振翅，扶摇直上，望了一会，忽觉眼花缭乱，头痛异常，他即倚着役夫肩上，闭了双目，休息片时，复睁起病眼，向西遥望，欷歔说道：“中华祖国，从此长离，就使驾着飞机，恐也不能西归了。”凄楚语不忍卒读。说毕，返身入内，卧床无语。延至下午四时，奄然长逝，年仅三十七岁。

越二日，由黎总统下令道：

勋一位上将衔陆军中将蔡锷，才略冠时，志气弘毅，年来奔走军旅，维持共和，厥功尤伟。前在四川督军任内，以积劳致疾，请假赴日本就医，方期调理可痊，长资倚畀，遽闻溘逝，震悼殊深。所有身后一切事宜，即着驻日公使章宗祥，遴派专员，妥为照料，给银二万圆治丧。俟灵榇回国之日，另行派员致祭；并交国务院从优议恤，以示笃念殊勋之至意。此令。

自经此令一下，全国均已闻知，相传小凤仙尚在京师，得此噩耗，悲恸终日，誓不欲生。鸨母再三劝解，哭声乃止。到了次日，凤仙闭户不出，至午后尚是寂然。鸨母大疑，排闼入室，哪知已香消玉殒，物在人亡。案上留有绝命书，语极悲惨，略谓："妾与蔡君，生不相聚，死或可依。或者精魂犹毅，飞越重洋，追随蔡君，依依地下，长作流寓伴侣。如或不能，妾愿化恨海啼鹃，望白云苍莽中，是我蔡郎停尸处，夜夜悲鸣罢了。"这数语传达都门，脍炙人口。究竟这小凤仙曾否殉义，绝命书是真是假，小子一时也无从确查，只好人云亦云，留作一场佳话。如果实有此事，岂不是红粉英雄，有一无二，从前绿珠、关盼盼等，也应出小凤仙的下风了。不肯下一断语，是史笔阙疑之法。

还有一段奇梦，出诸松坡友人的口中，谓系松坡生前自述：癸丑年间，二次革命，黄、李等相继失败，松坡虽未曾与事，心中却郁郁不乐，时常借着杯中物，痛饮解闷。某日，醉后假寐，恍惚身入宫阙，有一人衮冕辉煌，高坐堂上，既见松坡，竟下阶相迎，向他长揖。松坡急忙还礼，忽背后被人一拍，痛不可忍，回头顾视，背后立着两人，一似乞丐模样，一似和尚模样，不由得惊讶起来。追询及姓名，答称为李铁拐、唐玄奘，且由唐玄奘自述“西行取经，备尝艰苦，此行将返京城，恐被孽龙夺去，现闻君腰下，佩有神剑，特乞拐仙介绍，求君除害安民”云云。松坡性本任侠，慨然照允，便与二人同出。返顾宫阙，倏忽不见，他也莫名其妙，掉头径去。约数十步，但见前面一带，统是云雾迷离，不可测摸，耳中闻得风涛澎湃，骇地震天，料知前途险恶，不易过去，正拟问明前导二人，借定行止，不意两人又不知去向，空中却现出一团红云，云端里面，飞出一条火龙，口喷赤霞，惹得满天皆赤。说时迟，那时快，松坡拔剑在手，奋身上跃，得登龙背。龙犹矫首仰视，被松坡用剑拟喉，正要刺入，突觉豁喇一声，身似坠下，惊醒转来，乃是南柯一梦。松坡细思梦境，不知主何朕兆，至袁氏称帝，护国军起，方觉梦有奇验，龙应袁氏，衮冕即帝服，下阶相迎，是袁氏任松坡为军事顾问官，唐玄奘应唐继尧，李拐仙应李烈钧，西行取经，恐被龙夺，是唐、李学取欧化，有志共和，几为袁氏破坏的隐兆。经松坡拔剑乘龙，龙乃被制，已见得帝制无成了。松坡奇梦已验，料无他虞，哪知身即坠下，亦兆死征。所以倒袁功成，松坡也即归天，这可见冥冥中间，未始没有定数呢。可作新闻一则。

后来《国葬法》颁行，第一条中，载着中国人民，为国家立有殊勋，身故后，经大总统咨请国会同意，或国会议决，准予举行国葬典礼。黄兴创造民国，蔡锷再造民国，均与第一条相符，当由国会议决，应予举行国葬典礼，乃由黎总统指令内务部，着查照《国葬法》办理，内务部遵即照办。

十二月五日，蔡公灵柩回国，道经沪上，各界相率往奠，素车白马，竟集沪滨。中央亦派员致祭，比那黄上将治丧时，更觉拥挤。两人相较，蔡似过黄一筹。生不虚生，死犹不死。及返乡归葬，依《国葬法》例，设立专墓，高树穹碑，迭镌生前功绩，垂光身后。黄上将返葬时，亦照此办法，不必细表。

且说段祺瑞主持国柄，拥护黄陂，表面上似两相融洽，无甚嫌隙，哪知内部却罩着黑幕，惹起暗潮，遂令府院两方面，无端生出恶感来。内务总长孙洪伊，籍隶天津，北洋军官，非亲即友，他本为同盟会健将，与孙、黄诸人，一鼻孔儿出气，所以平时议论，慷慨激昂，对于“共和”两字，尤主张积极进行。民国初造，两院成立，他因亲友推选，入为众议院议员，嗣复组织进步党，反对帝制，袁氏欲望正炽，时由他连电驳斥，且有一篇泣告北方同乡父老书，说得淋漓惨澹，差不多似击筑的高渐离、弹筝的李龟年，一面奔走南北，游说黎、冯，劝他早自定计，切勿承认帝制。黎、冯两人颇加信从。至共和再造，黎氏继任，他遂入为阁员，按日里在总统府，参预庶政，每当总统见客，必侍坐黎侧。黎宽厚待人，就使有言逆耳，也常容忍过去，独他偏越俎抗谈，雌黄黑白，旁若无人，因此大小人员，无不侧目。这是孙氏病根。有时当国务院会议，他也直遂径行，与段总理时有龃龉，段未免介意。

可巧国务院秘书长乃是段氏高足徐树铮。树铮铜山人，尝在日本士官学校毕业，年少气盛，自称为文武才，段亦目为大器，引作高弟。洪宪以前，他已厕入段门，预议军事，不过政变无多，不堪表现。及袁氏称帝，乃劝段洁身自去，段遂辞职。滇、黔倡义，犹阴为段划策，密嘱曹锟、张敬尧诸将帅迁延观变。曹、张依训而行，免不得多方延宕。就是陕西独立也由他嗾使出来，他与陆建章素有嫌隙，遂乘此借公济私。后来去毙陆建章亦伏于此。袁既病死，黎、段登台，拔茅连茹，弹冠相庆，徐遂入任为院秘书长。那时长才得展，视天下事如反掌，今朝陈一议，明朝献一策，都中段意。段即倚作臂助，甚至内外政策，均惟徐言是从。国务院中，尝称他为总理第二。挟权自恣，误段实多。偏遇着一个孙洪伊，也是个眼高于顶的朋友，闻徐树铮势倾全院，心中很是不平，凡遇院中公牍，送府用印，孙辄吹毛索瘢，见有瑕疵可指，当即驳还，或间加改窜，颁行出去。看官！你想这矫矫自命的徐秘书，怎肯低首下心，受那孙总长的批评？积嫌越深，衔怨愈甚。

一日，国务院又开会议，孙洪伊入参国政，又来作抵掌高谈的苏季子，正在说得高兴，突有一人出阻道："孙总长！你不要目中无人哩。须知智士千虑，不无一失，愚夫千虑，也有一得，难道除公以外，便不足与议么？"孙瞧将过去，正是这位徐秘书长，便冷笑道："足下的大材，我很佩服，但此处是阁员会议，俟足下入阁后，再来参议未迟。"徐树铮被他一嘲，不由得愤愤道："树铮不才，忝任国务院秘书，也总算是国家命吏，并非绝对无言论权；况且国体共和，无论何等人民，均得上书言事，孙总长平日，自命维新，奈何反效专制时代，禁人旁议呢？"棋逢敌手。孙洪伊哼了一声道："足下既有伟大的议论，何妨先向总理陈明，俟总理提出会议，果可利国利民，我等无不赞成。足下既免埋才，又免越职，怕不是一举两得么？"徐树铮听了，即易一说道："孙总长！你教我等不可越俎，你如何自行越俎呢？"孙洪伊忙问何事，树铮道："你勾通报馆，泄漏院中秘密，尚说不是越俎吗？"孙洪伊勃然道："你有甚么证据？"树铮微哂道："证据不证据，你不必问我，你自思可有这事么？"洪伊怒上加怒，便向段总理道："总理如何用此狂人？若再纵容过去，恐总理也要失望了。"段总理本信任徐树铮，闻了此言，面色顿变。各阁员睹这形态，连忙出为排解。

那孙、徐两人还是互相丑诋，喧嚷不休。这时段总理也忍耐不住，竟沉着脸道："这里是会议场，并不是喧闹场，孙总长也未免自失体统了。"责孙不责徐，左袒可知。言毕，拂袖自去。阁员劝出孙洪伊，才得罢争。

越日，段总理负气入府谒见黎总统，述及孙、徐冲突事。黎总统淡淡答道："孙总长原太性急，徐秘书亦未免欺人。"袒孙之意，亦在言外。段总理见语不投机，更增怅闷，便信口答道："孙总长是府中要人，树铮不过一院内委员，总统如以树铮为欺人，不但树铮可去，就是祺瑞亦何妨辞职。"明是要挟。黎总统听到此语，忙道："国家多故，全仗总理主持，如何为他两人，弃我自去呢?"段复道："祺瑞本无心再出，不过为势所逼，暂当此任。现在南北统一，大局稍平，阁员中不乏人才，总统可择贤代理，何必定需祺瑞，祺瑞也暂得息肩了。"黎总统道："我也并不愿做总统，无非为国家起见，望总理不必多心。"段又无情无绪地答了数语，即行告退。

黎总统经此波折，心下很是不安，当召国务员入商。交通总长许世英以此事必须调人，非请徐东海出来，恐难就绪。黎总统颇也首肯。适徐已返居辉县，即日遣使，写了一封诚恳的手书，敦促来京。凑巧段氏意思不谋而合，也去函请徐东海。使节相望，不绝于道。这位三朝元老徐世昌，因顾着双方友谊，不忍坐视，遂自辉县起程，乘着京汉铁路，直达京师，一至正阳门，但见府院中人，已在车站两旁，欢迓行旌。正是：

朝局又将成水火，都人胜似望云霓。

徐东海入京后，能否排难解纷，且至下回分解。

蔡松坡为推翻袁氏之第一人，即为再造共和之第一功，较诸黄克强之奔走革命，劳苦相等，而诣力实过之。黄少成而多败，蔡少败而多成，其优劣已可见一斑。即两人生平行谊，黄多缺憾，而蔡亦少疵，设令天假之年，使得展其骥足，保卫国家，未始非人民之福。乃年未强仕，即闻谢世，盗跖寿而颜子夭，古今殆有同慨欤？著书人于黄、蔡之殁，特从详述，铭其功也。彼夫孙、徐二人交争，无非意气用事，孙似有志而其质未纯，徐似有才而其心未正，两不相下，激成衅隙，而府院暗潮，遂由是酿成之。麟凤死而狐鼠生，华夏其何日靖乎？

第八十回　议宪法致生内讧
办外交惹起暗潮

却说徐东海入京以后，先谒黎总统，次见段总理，黎尚隐示通融，段却不甘退让，经徐苦口调停，方由段说出一言，先要孙洪伊免职，方令徐树铮辞差。太要顾全面目。徐东海再入总统府，与黎商及。黎似觉为难，徐喟然道："不照这么办法，恐祸起萧墙，势且波及全国，总统不如通权达变，暂歇风潮为是。"黎总统毕竟长厚，也就承认下去。于是十一月二十日，下令免孙洪伊职，越日，徐树铮始呈上辞职书，奉令照准，改任张国淦为秘书长。国淦自内务解职，令为黑龙江省长，他不愿就任，辞职留京，乃命继徐树铮后任。

树铮名虽去职，实仍在段氏幕中，段仍信任不疑。看官道是何因？小子前叙孙、徐冲突时，徐曾责孙泄漏机密，这也非凭空诬陷，最关重要的是中美实业借款一案。自中国、交通两银行停止兑现后，商民怨声载道，吁请筹款维持。孙乃立主兑现，请黎总统速筹良法。黎与段熟商，段因国库如洗，只好从缓，偏黎已先入孙说，定要段设法筹款。看官！你想天下有几个点石成金的吕祖师，毁家纾难的楚令尹？国家没有的款，只好向外人商量，当由段总理委任财政总长陈锦涛，问各国乞贷。幸有美国资本团，愿贷美金五百万元，期限三年，利息六厘，每百元实收九一，以烟酒公卖税为抵押品，当由驻美华使，遵承中国财政总长委托全权的电报，代表政府，签立合同，一面由陈锦涛至两议院中，开秘密会议，要求通过。不料北京某报馆，偏已探悉底细，将中美借款合同，登载出来。

看官！你道彼此借贷何故要守秘密呢？原来民国二年曾有英、法、德、俄、日五国银行团与中国政府订定草约，此后政治借款，应归本团承借。应第二十四回。前时已惹起许多纠葛，此次向美国借款，恐五国啧有烦言，所以慎守秘密。向外借款，还有许多顾忌，真正可怜。偏被报章揭出，无从隐饰，段、陈诸人已疑由孙洪伊泄漏机关，恐滋外议。果然不到两天，英、法、俄、日四国银行团提出抗议书质问财政部。经陈锦涛商诸段总理，据理答复，略言“此项借款，专供中国银行准备兑现的用途，本无政治性质。且民国二年的契约乃中国政府与五国银行团所缔结，今只四国银行团，系与德国分离的别一团体，敝政府不能承受抗议”云云。还亏德国久战未和，尚有借口之资。四国银行团尚未肯甘休，段总理已将所借美款划存中国银行，作为准备金，交通银行尚是向隅。惟与外人交涉，还须笔舌，越觉迁怨孙洪伊，自从孙免职离阁，才出了胸中恶气。徐树铮是多年心腹，怎肯教他离开？这且慢表。

且说参众两院中，因草订民国宪法，连日会议，彼是此非，免不得又生党见。这是中国人特性。就中分作两大派，一派叫做宪法研究会，一派叫做益友社。有几个喜新厌故的人物拟加入主权、教育、国防神圣、省制、陆海军各问题，已审议了好几次，终因党见不同未曾议决。至十二月八日又复开议，为了省制大纲互起龃龉。直隶议员籍忠寅主张守旧，湖北议员刘成禺主张维新，彼此相持不下，竟互动手脚，就会议场中，打起架来。刘成禺一方面人众势强，籍忠寅一方面人少势弱，强的原是逞威，弱的也不甘退步。起初还是抛墨盒，掷笔杆，文绉绉的举动；后来骂得起劲，闹得益凶，竟扭成一团，拳打足踢，好像不共戴天的样儿。何苦乃尔？徒惹人笑。结果是籍忠寅、刘崇佑、陈光焘、张金鉴等，被殴受伤，害得皮破血流，痛不可耐，愤愤地出了会议场，做了一篇大文章，竟向总检察厅提起公诉，一面请政府咨行议会，查明曲直，依法惩办。

一事未了，一事又生，京城里面有自称公民孙熙泽等，发起宪法促成会，宣布意见书，并通电各省，无非说“两院议员，会议多日，并无成效，徒闻滋闹”等语。参议员闻这消息，因他毁损名誉，扰乱国宪，要求政府速即禁止。司法总长答称，已令总检察厅彻查，议员等犹有违言。只因阳历岁阑十二月二十五日，又是云南起义纪念日，曾经两院议定，总统公布，照例放假休息，悬旗宴贺。叙笔不漏。大家既要祝庆，又要贺年，闲暇中间，带着几分忙碌，自然把公事暂搁。转眼间已是民国六年了，各省督军省长及各特别区域都统等，于五年残腊，联名电告政府，由副总统兼江苏督军领衔，其文云：

民国建元，于今五载，中经变故，起伏无端。国势日危，民生日蹙，政务日以丛脞，已往之事，今不复道。自此次之国体再奠，天下望治更切，以为元首恭己，总揆得人，议会重开，惩前毖后，必能立定国是，计日成功。乃半岁以来，事仍未理而争益甚，近日浮言胥动，尤有不可终日之势。国璋等守土待罪，忧惶无措，往返商榷，发为危言，幸垂察之！

我大总统谦德仁闻，中外所钦，固无人不爱戴，自继任后，尤无日不廑如伤之怀，思出民于水火。然而功效不彰，实惠未至，虽有德意，无救倒悬。推原其故，在乎政务久不振。政务久不振，在乎信任之不专。前因道路传闻，府院之间，颇生意见，旋经国璋电询，奉大总统复示，谓："虚己以听，负责有人"，是我大总统亦既推心置人腹中矣。皇天后土，实闻此言，国璋等咸为国家庆。以我总理之清心沉毅，得此倚畀，当可一心一德，竟厥所施。今后政客更有飞短流长，为府院间者，愿我大总统我总理立予摒斥。国璋等闻见所及，亦当随时参揭，以肃纲纪而佐明良。任贤勿贰，去邪勿疑，然后我大总统可责总理以实效，总理乃无可辞其责。有虚己之量，务见以诚，有负责之名，务征其实，献可替否，此国璋不敢不推诚为我大总统告者也。

自内阁更迭之说起，国璋等屡有函电，竭力拥护，一则虑继任乏人，益生纷扰，陷于无政府；一则深信我总理之德量威望，若竟其用，必能为国宣劳，收拾残局，非徒空言拥护也。现在大总统既表虚己之诚，正总理励精图治之会，目下所急待施设者，军政财政外交诸大端，皆宜早定计划，循序实行。国璋等拥护中央，但求有令可奉，有教可承，事势苟有可通，无不竭力奉宣，以举统一之实。此大方针，非我总统不能定，阁员与总理共负责任，得此领袖，理宜协恭。近如中行兑现，实轻率急切，致陷穷境。前事之师，可为鉴戒。阁员必有一贯之主张，取钧衡于总理，勿以一部所主筦，或迁就乎阁员。

阁员苟有苦衷，不妨开示，公是公非，当可主持。孰轻孰重，尤当量衡。国璋等赤心为国，不恤乎他，此维持内阁之真意，不能不掬诚为我总理告者也。国会为国家立法机关，关系何等重大，举凡一切动作，必惟法律是循，始足以餍众望。此次两院恢复之初，原出一时权宜之计，其时政潮鼎沸，国事动摇，但期复我法规，故未过存顾虑，国璋极冀宪法早定，议政得平，不骛近功，不逞客气，予政府以可行之策，为国家立不敝之规，则此逾期再集绝而复续之国会，虽有未洽，天下之人，犹或共谅。

不意开会以来，纷呶争竞，较胜于前，既无成绩可言，更绝进行之望。近则侵越司法，干涉行政，复议之案，不依法定人数，擅行表决，于是国民信仰之心，为之尽坠。谓前途殆已无所希冀，诟仇视之，不独国会自失尊严，即国璋等前此之主张恢复者，亦将因是而获戾。况《临时约法》，于自由集会开会闭会一切，无所牵掣，要须善用之耳。苟或矜持意气，专事凌越，则蓄意积愤，必有溃决之一日，甚且累及国家，国璋心实危之。

我大总统我总理，至诚感人，望将此意为两院议员等切实警告，盖必自立于守法之地，而后乃能立法，设循此不改，越法侵权，陷国家于危亡之地，窃恐天下之人，忍无可忍，决不能再为曲谅矣。此国璋等对于国会之意见，不敢不掬诚入告者也。总之我总统能信任总理，然后总理方有负责之地。总理能秉持大政，然后国家方有转危之机。国会能持大经，巩固国基，则国存，国会乃有所附丽，否则非国璋等之所敢知，伏祈我大总统我总理兼察之。

看这等电文，原是持之有故，言之成理。但国会中的议员，方在意气相凌，怎肯和衷协议？就是段总理自信太深，也不免偏徇阿私，党同伐异。黎总统遇事优容，段意尚厌未足。民国六年一月一日，即免浙江督军兼省长吕公望本职，特任杨善德为浙江督军，齐耀珊为浙江省长，这道命令，虽由黎总统颁发，暗中却仍由段氏主张。杨善德素属段系，段长陆军部，极力援引，因得任松沪镇守使，嗣复擢松江护军使，倚若长城。适值浙江新任警察厅长傅其永赴厅受事，各警察多半反对，致起风潮，甚至延及军队。督军吕公望无术镇驭，情愿辞职，段遂荐善德为浙江督军，破浙人治浙的旧习。松沪护军使一缺，遂由护军副使卢永祥升任。卢亦段氏麾下的健将，浙人尚思抗杨，杨带着北军第四师昂然南来，如入无人之境，一番大风潮，霎时平定，这真所谓兵威所及，如风偃草了。浙人无故逐吕，乃致段派乘间而入，木朽蛀生，非自取而何？ 729.

且说中美借款，由四国银行团抗议，就中的主动力，乃是日本国。日本自欧战发生后，极想趁这机会，扩张势力，做一个亚洲大霸王，原是个好机会，无怪东人。每遇中国交涉格外留意，所以中美借款合同甫经订定，即邀集英、法、俄三国，同来抗问。中政府亦知他来意，特令交通银行出面，也向日本兴业、朝鲜、台湾三银行，订借日金五百万圆，仍说是准备兑现。三银行却也照允，当即签定合同，利息七厘五分，三年为限。英、法、俄何不抗议？外如吉长铁路案，兴亚实业借款案，厦门设立警察案，郑家屯交涉案，种种发生，闹得舌敝唇焦，终归他得我失。

一、吉长铁路案，是由吉林至长春的铁路，前清末年，曾与日人订立借款自筑的约章，至是日人独要求改订，将该路归他代办。交通部没法拒绝，只好与他订约，即以本路财产及收入，担保借款限期四十年偿清，路权已一半让去了。

二、五年九月间，财政、农商两部，向日商兴亚公司借款五百万圆，以安徽太平山、湖南水口山两矿为担保，约三个月内交款。嗣经国会反对，原约担保一层，不生效力，当由财政部另提担保品，与日商开议。日商不肯照允，经财政部承认赔偿，另给兴亚公司洋三十万圆，方得改约。无端耗去三十万圆，可谓慷慨。且仍订明两山开矿时，如需借外款，该公司得有优先权。但此约的丧失，也不算少了。

三、厦门系福建商埠，日人居然设立警察派出所，夺我
730. 行政权，叠经福建交涉员，向他交涉，终未撤退。及外交部照会日使，他却答称厦门设警，无非行使领事裁判权，与行政无涉，不得目为违约。外交部接到复文，以商埠居民，原归外国领事裁判，无从辩驳，没奈何延宕了事。

四、至郑家屯一案，龃龉多日，事缘中日军警，互生冲突，日商吉本，受伤殒命，日本即自由增兵，要挟多端。外交部费尽心力，才得商定五类：（一）申斥第二十八师师长；（二）军官依法处罚；（三）出示告谕军人，礼遇日本侨民；（四）由奉天督军表示歉忱；（五）给与日商恤金五百圆。五款全体实行，日本始允将郑家屯派添各兵撤回。这案自民国五年八月为始，直至六年一月终旬，彼此和平解决，方保无事。

中日交涉各案，稍有头绪。那驻京德使辛慈忽赍交一个通牒，内言德政府准于二月一日以后，采用海上封锁政策。所有

中立国轮船，不得在划定禁制区域内，自由航行，否则一切危险，概不负责等语。

外交部得了此牒，忙呈报总统、总理，为这一事，大费周折，又惹起府院冲突的暗潮。中国宣告中立，已历三年，彼时袁氏热心帝制，无暇对外，所以守着旁观态度。至黎氏继任，又为了内政问题，扰攘半年，也不遑顾及外事。但华工寄居外洋，往往受外人雇用，充当军役，或在外国商轮办事，一入战线，动被德国潜艇，用炮击沉，华人却也死得不少。此次德国复欲封锁海上，遍布潜艇，依万国公法上论将起来，德国实不应出此。美国曾向德国抗议数次，段总理乃亦欲仿行。黎总统秉性优柔，尚不欲与德构衅，经段总理再三怂恿，乃令外交部酌定复文，向德抗议。略云：

查贵国从前依潜航艇战策，敝国人民生命，损害甚 731.
非浅鲜。兹复更行滥用，欲实行采用新潜艇战策，危及敝国人民之生命财产，实属蹂躏国际公法之本义。若承认此项通牒，其结果将使中立诸国间，及中立诸国与交战诸国间之正当通商，悉被侵犯，而导专横无道之主义于国际公法上。故敝国政府，关于二月一日宣言之新策，特对贵国政府提及严重之抗议。且为尊重中立国之权利，维持两国之亲善关系，期望贵国政府，勿实行此新战策。若事出望外，此抗议竟归无效，使敝国不得已而断绝两国现存之外交关系，实属可悲。然敝国政府之执此态度，全为增进世界之和平，保持国际公法之权威起见，幸贵国熟审之！

公文去后，德国竟置诸不理，于是欲罢不能，只好再进一步，与德绝交。先由国务院中特设外交委员会，除国务院全体及各部所派中立办事员均列席外，再邀陆征祥、夏诒霆、汪大燮、曹汝霖诸人，一同会议。

巧值梁启超到京，主张绝德，著有意见书，段亦邀他入会，取决行止。梁善口才，详陈绝德与不绝德的利害，洋洋洒洒，颇动人听，各会员多半赞成。散会后，段总理入告黎总统，黎始终持重，不肯骤允。段总理道：“前次抗议书中，已有抗议无效，断绝国交的预言，他至今不复，若非决定绝交，岂不令他藐视么？”此说甚是。黎总统迟疑半晌道：“且商诸副总统，何如？”未免迂拘。段总理道：“既如此说，当即发电，邀他到京面决为是。”黎总统点首无言，段即退出，拍电邀冯，速即北来。

是时与德宣战诸协约国，闻中国有绝德消息，都来劝诱。且云：“中国曾加入协约国，将来改正关税，收回领事裁判权，缓付赔款诸问题，均可磋商。”因此段总理意愈坚决。各政党复组织外交商榷会，国际协会外交后盾会等，讨论大体。两院议员亦设一外交后援会，研究绝德问题。会冯副总统亦自宁到京与黎、段协商，大略以绝德为是。黎总统颇有动意，偏总统府中的秘书长饶汉祥劝黎维持中立，不可绝德。饶本黎总统心腹，黎很信任，遂不愿与德绝交。三月四日，段总理进见总统，请电令驻协约国公使，向驻在国政府磋商与德绝交后条件。黎总统支吾道：“这……这事须经国会通过，方好举行。”段总理道：“现尚非正式绝交，不过向各国探明意旨，何必定要国会同意呢？”黎总统默然不答，恼动了段总理，不别而行，竟驰向天津去了。小子有诗咏段氏道：

直道何曾不足彰？过刚毕竟露锋芒。
一麾竟向津门去，盛气凌人乃尔狂。

段既出京赴津，一面令人赍呈辞职书，害得黎总统又着急起来。但看官且不要心焦，容小子暂时收憩，待至下回再详。

“意气”二字，是极端坏处，看本回所叙，皆意气之为厉，闹得内外不安，府院之冲突未已，而国会之党争起，国会之党争未休，而府院之冲突又生。国家公器也，乃挟私求逞，闹成一团糟，抑何可笑？无论孰是孰非，即此龃龉之迭出，已非治平气象，况对外怯而对内勇，其状态更属可鄙。家不和必败，国不和必倾，读此回，不禁为民国前途危矣！

第八十一回　绝邦交却回德使
攻督署大闹蜀城

却说国务总理段祺瑞主张绝德，黎总统不肯照允，他遂负气退出，竟往天津，且遣人赍呈辞职书。黎总统未免惊惶，当即派员挽留。不意教育总长兼署内务总长范源濂，也居然送入辞职书来。显见是段氏嫡派。黎总统益加忧虑，乃亟延冯副总统入府，商议挽回的法子。应前回冯氏入京。

冯国璋道："总统若要挽留段总理，除非与德绝交，否则国璋亦想不出甚么良法。"黎总统尚沉吟未决，可巧派遣留段的委员回府复命，报称段总理已决计南归，不愿再来任事。国璋听了，不禁微笑。旁观者清。黎总统向国璋道："他不肯再来，奈何？"国璋道："总统若依他计策，管叫他即日来京。"黎总统徐徐道："恐怕未必。"国璋道："国璋愿赴津一行，劝他回来，但请总统决意绝德便了。"黎总统尚是默然。国璋道："依愚见想来，我国尽可与德绝交，非但无害，且有大利。"黎总统道："利从何来？"国璋道："德犯众怒，已成公敌，就是与他联盟的意大利，亦加入协约国，对德宣战。古人说得好：‘寡不敌众’。看来德国总不能持久的。这可见中国与他绝交，将来决不致有害。若从利益上起见，是现在协约各国，已允我修改各种条约，岂非是一种大利么？”黎总统道：“改约的事情，果真靠得住吗？”国璋道：“且待段总理回京，再去探询协约各国政府，如果实行承认，始提出照会，与德绝交。”黎总统道：“既这般说，请台驾一行，留回段总理便了。”国璋当即退出，即乘专车赴津。

到了晚间，果然两人同回，相偕至总统府，投刺进见。黎总统也即出迎，免不得与段总理周旋一番，段亦谦逊数语，当下发电各国，令各使探问明白。寻得各使复电，略言“驻在国政府，大致承认，如果我国实行绝德，将来各种条约，可望修改”云云。于易黎、段两人才表同情。冯国璋即日回宁。惟当时内外士绅尚多异议，国会议员如曹振懋、唐宝锷、丁世峄等，有对德抗议的质问书，马君武等且通电各省，反对绝德，外如张勋、倪嗣冲、王占元诸督军，统电请政府维持中立。还有孙文、唐绍仪、康有为、姚文栋、温宗尧等，也迭电政府国会，不应与德绝交。他如顺直省议会，奉天、上海、天津、山东、广东等各商会，暨他种商学团体，均电请仍守中立。段总理绝不为动，一意向前进行，特于三月九日，在迎宾馆开宴，延请议员，疏通意见。议员等多半聪明，乐得见风使帆，隐表同意。这是三酉儿好处。

到了翌午，参众两院各开秘密会，段总理及财政总长陈锦涛、教育总长兼内务总长范源濂、司法总长谷钟秀、外交部参事伍朝枢等，先至众议院，报告外交经过情形，并述对德绝交的宗旨，请议员表示赞助。众议员经讨论后，投票表决，同意票得三百三十一张，不同意票只八十七张，得大多数赞成，表示通过。段总理复至参议院，登堂报告，仍如前说。适值夕阳西下，不及投票，乃约于次日表决。越宿参议院投票，有一百五十票是同意，只三十五票不同意，也算大多数通过。绝德案已经决定，正拟草定照会，提交德使，凑巧德使辛慈着人赍送照会至外交部，但见上面写着，本公使于本日即三月十日。午后七时，接奉帝国政府训令，着以下列复文，传达中华民国政府。文曰：

> 中华民国抗议德国新近宣告之封锁政策，而附以威吓，帝国政府，曷胜骇异。盖其他各国，仅仅提出抗议，中德邦交，素号亲睦，且中国于封锁区域以内，并无航业利益，则德之政策，于中国毫无影响，乃今于抗议之外，独附威吓之辞，以增抗议之力量，是尤不能不令人惊诧也。民国政府之抗议书中，谓："华人因战事而丧失生命者，已属不少"云云，然须知民国政府，绝未尝以关于此种损失之事实及申诉通知帝国政府，而就帝国政府所得报告，则知华人之丧失生命者，仅受人雇用，于前敌开掘战壕，及充当其他军役之辈，盖若辈已不啻为战斗员，因以冒此危险也。帝国政府尝一再抗议运送华工赴欧，充当军役，是德国即在此次战事中，亦未尝不示中国以友谊，而帝国政府即因顾全此友谊故，以此种威吓为非出自正轨，因望民国政府改正其见解。帝国政府愿于中国之航业利益力加注意。以此之故，德国今虽不能于敌人宣告封锁之后，取消其政策，而禁制实行无限制之潜艇战争，然已准备磋商民国政府关于保护华人生命财产之特别愿望。帝国

政府以如此对待友邦者，盖谨依其平日见解，以如中国若与德断绝友谊，则将失却一真挚之友，而陷于纠结不解之局也。

末后，复附列一行道，本公使既将帝国政府的通牒传达贵国政府，倘贵国欲提出保护航业的问题，本公使已由帝国政府授权，得与磋商一切云云。当由外交部递呈段总理。段以德国照会虽有保护航业的示意，但封锁战略，仍然不肯取消，是我国提出抗议，终归无效，只好与他绝交，不必迟疑。黎总统此时，已将全权授予段总理，当然不再阻挠。段乃令外交部缮定照会，请黎总统盖过了印，并附发德使护照，送他出境。照会中的内容，大略说是：

关于德国施行潜水艇新计划一事，本国政府本注重世 737.
界和平及尊重国际公法之宗旨，曾于二月九日，照达贵公使提出抗议，并经声明，万一出于中国愿望之外，抗议无效，迫于必不得已，将与贵国断绝现有之外交关系等语在案。乃自一月以来，贵国潜艇行动，置中国政府之抗议于不顾，且因而致多丧中国人民之生命。至三月十日，始准贵公使照复，虽据称贵政府仍愿议商保护中国人民生命财产办法，惟既声明碍难取消封锁战略，即与本国政府抗议之宗旨不符，本国政府视为抗议无效，深为可惜。兹不得已，与贵国政府断绝现有之外交关系，因此备具贵公使并贵馆馆员暨各眷属离去中国领土所需之护照一件，照送贵公使，请烦查收为荷。至贵国驻中国各领事，已由本部令知各交涉员一律发给出境护照矣。须至照会者。

照会去后，再电令驻德公使颜惠庆，向德政府索取护照，克日归国，并由黎总统布告全国道：

此次欧战发生，我国严守中立，不意接本年二月二日德国政府照会，德国新定之封锁计划，使中立国商船，从是日起，在限定禁线内行驶，诸多危险等语。当以德国前此所行攻击商船之方法，损害我国人民生命财产，已属不少，今兹潜艇作战之计划，危害必更剧烈。我国因尊崇公法，保护人民生命财产起见，遂向德国提出严重抗议，并声明如德国不撤销其政策，我国迫不得已，将与德国断绝现有之外交关系。在我国深望德国或不至坚持其政策，仍保持向来之睦谊，不幸抗议已逾一月，德国之潜艇攻击政策，并未撤销，各国商船，多被击沉，我国人民因此致死者，已有数起，昨十一日据德国正式答复，碍难取消其封锁战略，实出我国愿望之外。兹为尊崇公法保护人民财产计，自今日始，与德国断绝现有之外交关系，特此布告。

同日复下一通令道：

现在我国已与德国断绝现有之外交关系，所有保护德国侨民及其他应办事宜，着各该管官署查照现行国际公法惯例，迅筹办法，颁布施行。此令。

为这一令，国务院中遂组织国际政务评议会，研究外交关系事项。正会长就是国务总理段祺瑞，副会长乃是外交总长伍廷芳，并函聘王士珍、陆征祥、熊希龄、孙宝琦、汪兆铭、汪大燮、曹汝霖、周善培、魏宸组、陆宗舆、张嘉森、夏贻霆、刘崇杰、丁士源、伍朝枢、张国淦等，为会中评议员。所应研究事件，共分七则：（一）处置国内德侨；（二）对于协约国应提条件；（三）华工招募；（四）物料供给；（五）关税改正；（六）巴黎经济同盟条文；（七）议和大会中各问题。各会员方共同讨论，逐条采行。

德使辛慈已卸旗回国，各埠领事亦相继出境，于是天津、汉口德租界，即令地方官收回。还有津浦北段铁路管理权，及在上海、厦门、广州等处德国商船，均先后归华官收管；就是供职路矿的德国工程师，亦一体解职。惟普通侨民，暂许仍旧侨居。德华银行，暂听照常营业。

独上海法租界中，有一德人所办的同济医工大学，教育部拟收回自办。哪知法人先行逞强，由法租界工部局，勒令解散，把德人驱遣出境。看官可知租界的规例吗？租借权虽归外
人，土地权仍属我国，所有德校处置，应由我国办理。经外交部援据法例，向法使抗议，法使不肯照允，只论强弱，不问公法。乃由教育部派员到沪，与该校董事协商善后办法，当将该校迁入吴淞中国公学旧址，由部另任校长，仍留德人为教员，照常开学。既已绝交，还要留住教员，也可不必。

既而财政部复发出通告，停付欠德各款，将应解款项暂存中国银行，俟欧战了结，再行定夺。偏英法各国复出来反对，主张此款应存外国银行，又惹起一番交涉。而且驻京的荷兰公使来一照会，自言受德使委托，所有在华利益，暂由本使代管。且中德虽已绝交，尚未宣战，不能适用待遇敌人的法例，遽将德国所有利益没收。那时段总理迭遭刺激，转滋懊恼，索性提出宣战问题，欲加入英法各国协约团，实行抗德，一来可

满足协约国的希望，二来可免荷兰公使的牵掣，倒也是个贯彻始终的主张。惟黎总统以与德绝交，已属太甚，再拟宣战，更觉不情，因此决计缓进，不从段请。自是府院的意见，复致相左，免不得又生冲突，激成嫌隙。这是黎菩萨过柔之误。

正在双方龃龉的时候，忽来了四川警电，报称川、滇两军寻衅鏖斗的事情，当由黎总统下令，着四川督军罗佩金，及川军第二师师长刘存厚，一律来京。看官！你道川乱何故发生？原来罗佩金署督四川，威望不及蔡锷，且所部滇军，驻扎川境，尝与川军有嫌。政府因川事平靖，电饬罗佩金裁撤各军。罗即拟将川、滇兵队，酌量裁遣。师长刘存厚、周道刚、钟体道、陈泽霈、熊克武等，暗地不服，意欲乘此逐罗，免不得反客为主。刘更跋扈异常，居然率领所部，径入成都，只说罗督军意分厚薄，遣派不均，来与罗督评理。罗佩金亦不甘坐让，饬阻刘军入城。刘军哪肯从命，一哄进去，竟向督军署扑来。说时迟，那时快，督军署内，竟发出大炮，轰击刘军。刘军开枪还击，遂闹成一片兵祸，把省城作为战场。可怜成都居民，茫无头绪，骤闻各种枪炮声，已吓得魂飞天外，突然间一弹飞来，将墙壁间击成窟窿，又突然间飞入数弹，碰着人体，顿时血肉模糊，昏晕倒地。既而东坍西倒，南毁北焚，爆裂声、倾塌声，与男女哀号声，并作一片，何罪至此！那两边的丘八老爷，还是兴高采烈，拚命相争。百姓都死，丘八老爷恐也难独生。嗣经商民举出代表，吁请休战，方才停了一两天。罗刘各电致中央，争辩曲直。黎总统尚欲笼络两人，特任罗佩金为超威将军，刘存厚为崇威将军，叫他即日来京，另命省长戴戡暂行兼代四川督军，刘云峰为暂编陆军第二师长，更派王人文为四川查办使，张习为查办副使，赴川查办。一面下令申告道：

四川自军兴以来，兵队增多，饷需支绌。上年迭经电商暂署督军罗佩金，酌定裁遣各军办法去后，本年三月，据川军师长刘存厚、周道刚、钟体道、陈泽霈、熊克武等电称，罗署督编遣军队，支配饷械，主客各军，显分厚薄等情。续据罗署督电称，刘存厚、陈泽霈收束军队，有意迟延。正拟派员查办间，即据罗署督电称刘存厚围攻督署，刘存厚则谓罗署督开炮攻击所部。并据各方电告，省城连日枪炮猛烈，人民生命财产损伤甚巨，着派王人文、张习驰往彻查。川民迭经兵祸，疮痍未复，又遭此次重变，本大总统实痛于心，该查办使务须秉公据实查复，勿得稍存偏徇。在未经查复以前，责成戴兼督严饬在省川、滇各军官长，约束所部，勿论如何，不准再滋事端。其省外各军，各有维持地方之责，不准擅离防守，倘敢故违，军律具在，政府无所偏倚，即决无所姑息。所有此次被难商民，并着该省长迅即查明，妥为抚辑，勿任失所！此令。

王人文、张习两人奉命登途，尚未到川，罗佩金已遵令交卸，将印信交与戴戡。可见罗直刘曲。戴戡即日就职，函商刘存厚，请他退兵出城。刘存厚仍然不睬，还是拥兵图逞，蟠踞城中，戴乃不得已电达政府，据实报告。小子有诗叹道：

尽说军人贵服从，如何同境不相容？
武夫跋扈从兹始，肇祸原来是滥封。

政府接得戴电，应该如何办理，且至下回说明。

与德绝交一事，自日后观之，似为段祺瑞之先见。然我国亦未尝得沾大利，徒令府院冲突，酿成他日之各种战衅，是岂不可以已乎？段失之太刚，黎又失之太柔，当断不断，反受其乱，吾不能不为黎氏咎焉。若夫川省之兵祸，曲在刘而不在罗，黎乃欲调停了事，至欲笼以虚名，无分彼此。试思刘之目的何在？乃欲以将军二字，敛彼野心得乎？况无罪者加赏，有罪者亦赏，是徒亵名器，益启武夫玩视之渐。尾大不掉，适滋国忧，虽曰观过知仁，而总统失权之弊，盖自此始矣。

742.

第八十二回　托公民捣乱众议院
请改制哗聚督军团

却说黎政府接到川电，才知刘存厚拥兵自逞，不服命令，只好变软为刚，将他免职示惩，随即下令云：

> 前因川、滇两军在成都省城冲突，迭由院部电饬双方停止争斗，兹据戴兼督电称，刘存厚于中央停止争斗之命，置若罔闻，仍攻督署等语。崇威将军刘存厚着即免职，听候查办。所有在省川、滇各军，责成该兼督严饬各该管官长，即日开拔出城，分别驻扎，恪遵前令，不得再滋事端。倘仍延抗，军法具在，定惟该管官长等是问。此令。

此令下后，才闻刘存厚有退兵消息。王、张两查办使，得安抵川境，实行调查，报告川民被难情形，由黎总统拨款赈济，且不必细表。惟外部兵祸，似觉少纾，内部纠葛，又闻迭起。财政总长陈锦涛入陈总统，讦发次长殷汝骊，因炼铜厂事，有代人请托情弊。黎总统方拟核办，忽由炼铜厂商人柴瑞周等具禀国务院，声言陈总长令渠借垫股款，并勒写字据等情。当派夏寿康、张志潭查办。复称事涉嫌疑，不无可议，因将陈锦涛、殷汝骊一并免职，交法庭依法审办。殷汝骊已逃匿无踪，只陈锦涛到案候质，留置看守所。

接连又是交通总长被控案。交通部直辖津浦铁路管理局，曾向华美公司购办机车，局长王家俭，总务处长童益临，纳贿舞弊，哄动京中，经交通部查明，将他撤差。总长许世英自请失察处分，情愿免职。黎总统尚欲挽留，嗣经国务院派员查复，该局确有弊混等情，且与许总长亦涉嫌疑，因呈报黎总统。黎乃准许辞职，先将局长王家俭及前副局长盛文颐，并交法庭审理。总检察厅且传讯许世英，亦将他羁住看守所。陈许同时被押，可谓无独有偶。司法总长张耀曾动了兔死狐悲的观念，竟劾检察长杨荫杭及检察官张汝霖，未得完全证据，遽传讯许世英等，实属违背职务，污损官绅，于是许世英遂得释放，连陈锦涛也保释出来。究竟官官相护。惟财政交通两席，暂由财政次长李思浩及交通次长权量代理。嗣复提出李经羲，拟任为财政总长，经国会投票通过，老大的云南故督，又俨然出台来了。为后文伏笔。

国务总理段祺瑞把阁务视若轻闲，惟一心一意地对付外交，定要与德宣战。当下电召各省督军及各特别区域都统，赴京会议，解决宣战问题。山西督军阎锡山、河南督军赵倜、山东督军张怀芝、江西督军李纯、湖北督军王占元、福建督军李厚基、吉林督军孟恩远、直隶督军曹锟、安徽省长倪嗣冲、察哈尔都统田中玉、绥远都统蒋雁行、晋北镇守使孔庚等，奉召亲行，陆续晋京。此外各省，亦均派代表到会。四月二十五日，特开军事会议，由段总理主席，极言对德问题，非战不可。各督军都统等，统是雄赳赳的武夫，素奉段为领袖，段要绝德，大家均已赞成，段要战德，何人再来反对？孟恩远首先起座，呼出“赞成”二字，随后便大家附和，赞成赞成的声音，震动全院。推孟出头，为废国会张本。段祺瑞自然欣慰，俟散会后，即去报知黎总统。黎很是不乐，但又不便当面驳斥，只好淡淡地答道：“宣战不宣战，总须由国会议决，若但凭军人主张，何必虚设此国会呢？”段祺瑞道：“提交国会，是应当的手续，总统宜即日咨行。”黎总统呆了半晌，才道：“请总理代拟咨文便了。”满腹牢骚。段也不复再言，竟退出总统府，直至国务院，嘱秘书拟定咨文，赍送府中盖印。黎总统约略一瞧，文中有“本大总统为促进和平，维持公法，保护人民生命财产起见，认为与德国政府，有宣战必要”等语，不禁自笑道：“甚么叫做必要？我国的内讧，尚是未平，难道还想与外人构衅么？”话原不错，但受人胁制奈何？说至此，愤愤地检取印信，向纸上盖讫，掷付来人。那来人接手后，便赍送众议院去了。

众议院接到咨文，免不得议论纷纷，有一大半是不主战的。次日由议员秘密讨论，无非是主战的少，不主战的多，结果是由议长宣言，俟两日后，开全院委员会，审查这种宣战案情。哪知这风声传将出去，顿有许多请愿书，似雪花柳絮一般，飘飘地飞入院中，有的是署着陆海军人请愿书，有的是署着五族公民请愿团，有的是署着政学商界请愿团，还有北京学界请愿团、军界请愿团、商界请愿团、市民请愿团，迷离惝怳，阅不胜阅，当由院中役夫，收拾拢来，一古脑儿掷入败字簏中。请愿团化作纸团儿，中国各种团体，也应如此处置。

到了五月十日，众议院开会审查，甫经召集，门外忽啸聚数千人，各持一小旗帜，写着各种请愿团字样，每团有数十代表，手持传单，一拥入院，见了议员，便将传单分给。议员见他们无理取闹，不愿接收；或接单稍迟，他们即伸出如梃的手臂，似钵的拳头，向议员面前，猛击过来。议员急忙躲闪，身上已被捶数下。人必自侮，然后人侮之，试看上文集议宪法时，同是议员，尚且彼此互殴，何怪他人乘间侮弄。霎时间院中秩序，被他们捣乱。还是议长汤化龙有些胆量，索性向前语众道："诸位都是爱国的志士，既已有志请愿，应该共同研究，如何动起蛮来？况我等为了宣战一案，方在审查，并未倡议反对，奈何便得罪列位呢！"言未已，只听一片哗声道："但将宣战案通过，我等自然罢休。"汤化龙又朗声道："诸君是来请愿，并不是来决斗，就使今日是决斗问题，也应守着秩序，举出代表，何必劳动许多人员。"这数语理直气壮，说得大众无可辩驳，乃当场选出六人，作为全体代表，进见议长。汤化龙接入后，六人各呈名片，一是赵鹏图，一是吴光宪，一是刘坚，一是白亮，一是张尧卿，一是刘世钧。化龙一一瞧毕，便问道："诸君有何见教？"赵鹏图应声道："闻贵院今日开会，是解决宣战问题，目下与德宣战，乃是万不得已的情形，要战便战，何待审查？今日如通过宣战案，是贵院俯顺舆情，我辈无不悦服，否则恐多不便。"白亮、吴光宪复接入道："如不通过此案，应请议长声明，不许议员出院。"这种要挟，还是袁世凯一人教之。汤化龙不觉微哂道："我却没有这般权力，惟列位既已到此，请入旁听席，少安毋躁，静待我等解决。"六人方才无言，退至旁听席坐下。

化龙即命将全院委员会，改作大会，自己退入后室，凭着电话，传入国务院，请国务总理、内务总长、司法总长，速即莅院弹压，国务院中复词照允。好容易挨过两小时，才见兼署内务总长范源濂乘舆到来，又阅两小时，国务总理段祺瑞始偕巡警总监吴炳湘，率领警察百名，荷枪至院。是何濡滞也？是时天已薄暮，夜色凄其，门首各种请愿团尚是喧扰不休，声声口口地讥骂议员。段祺瑞看不过去，当令吴炳湘婉言晓谕，仍然无效，乃借院中电话，召集马队，仗了马上威风，将各请愿团陆续赶散。赵鹏图等六代表，也坐不安稳，溜了出去。待院内安静如初，差不多将二三更天了。议员有数人受伤，先行返寓，还有日本新闻记者，亦被误殴致伤，由警察总监吴炳湘派警送回。段总理、范总长也相继归去，议长议员等一并散归，翌日奉黎总统令云：

据内务部呈称“本月十日，众议院开全院委员会，有
多数请愿团，麇集院门，发布印刷品，致有议员被殴情 747.
事。当即严令警察厅驰往解散，并将滋事之人查究”等语。著司法部交该管法庭从速检察，依法究办，并责成内务部随时饬警，妥为保护，毋得稍涉疏懈！此令。

司法总长张耀曾接到此令，眼见得办理为难，竟上呈辞职。又有外交总长伍廷芳及农商总长谷钟秀、海军总长程璧光，均提出辞职书，陆续送呈总统府中。看官听着！这几位总长，乃是国民党中要人，与段总理感情本不甚融洽，当时得入阁任事，亦由段氏自欲罗才，特地化除畛域，采用几个异派的人物。但黎总统亦曾加入国民党，党同道合，自然沆瀣相投；就是众议院的议员，一半入国民党籍，他的党旨，不愿与德宣战，所以反对段氏，隐表同情。此次各种请愿团，胁迫议院，

明明由主战派指使，无拳无勇的司法部，如何办理？且因党见未合，不能不辞职求去。伍、谷、程三总长，无非因同党关系，致有连带辞职的举动，偏黎总统并不批答，镇日里延宕过去。那提出辞职的总长，也不到国务院，乐得自由数天。统是心心相印。

只有这位段总理，自信甚深，硬要达到宣战目的，今朝催众议院开会，明朝催众议院议决。众议院寂然不动，挨过了七八天，始由议员褚辅成倡议，略谓："国务员已多数辞职，此案且从缓议，俟内阁全体改组，再行讨论未迟。"当经多数表决，咨复国务院。看官！你想段总理望眼将穿，恨不得即日宣战，偏经国会牵掣，不能由他作主，他如何不忿？如何不恼？当下与督军团密商，设法泄恨。三个缝皮匠，比个诸葛亮，况有二十余人，会议此事，应该想出一个绝妙的法儿，他不从宣战上着想，偏从宪法上索瘢，因即拟定一篇改制宪法的呈文，由吉林督军孟恩远领衔赍交总统府，其文云：

窃维国家赖法律以生存，法律以宪法为根本，故宪法良否，实即国家存亡之枢。恩远等到京以来，转瞬月余，目睹政象之危，匪言可喻，然犹无难变计图善。惟日前宪法会议二读会通过之宪法数条，内有众议院有不信任国务员之决议时，大总统可免国务员之职或解散众议院，惟解散时须得参议院之同意；又大总统任免国务总理，不必经国务员之副署；又两院议决案与法律有同等效力等语，实属震悚异常。查责任内阁之制，内阁对于国会负责，若政策不得国会同意，或国会提案弹劾，则或令内阁去职，或解散国会，诉之国民，本为相对之权责，乃得持平之维系。今竟限于有不信任之决议时，始可解散。夫政策不同意，尚有政策可凭，提案弹劾，尚须罪状可指，所谓不信任云者，本属空渺无当，在宪政各国，虽有其例，究无明文。内阁相对之权，应为无限制之解散，今更限以参议院之同意，我国参众两院，性质本无区别，回护自在意中，欲以参议院之同意，解散众议院，宁有能行之一日？是既陷内阁于时时颠危之地，更侵国民裁制之权，宪政精神，澌灭已尽。且内阁对于国会负责，故所有国家法令，虽以大总统名义颁行，而无一不由阁员副署，所以举责任之实际者在此，所以坚阁员之保障者亦在此。任免总理，为国家何等大政，乃云不必经国务员副署，是任命总理时，虽先有两院之同意为限制，而罢免时则毫无牵碍，一惟大总统个人意旨，便可去总理如逐厮役。试问为总理者，何以尽其忠国之谋，为民宣力乎？且以两院郑重之同意，不惜牺牲于命令之下，将处法律于何等，又将自处于何等乎？至议决案与法律有同等效力一层，议会专制口吻，尤属显彰悖逆，肆无忌惮。夫议员议事之权，本法律所赋予，果令议决之案，与法律有同等效力，则议员之于法律，无不可起灭自由，与“朕开口即为法律”之口吻，更何以异？国家所有行政司法之权，将同归消灭，而一切官吏之去留，又不容不仰议员之鼻息，如此而欲求国家治理，能乎不能？

况宪法会议近日开会情形，尤属鬼蜮，每一条文出，既恒阻止讨论，群以即付表决相哗请，又每不循四分之三表决定例，而辄以反证表决为能事。以神圣之会议，与儿戏相终始，将来宣布后谓能有效，直欺天耳。此等宪法，破坏责任内阁精神，扫地无余，势非举内外行政各官吏，尽数变为议员仆隶，事事听彼操纵，以畅遂其暴民专制之私欲不止。我国本以专制弊政，秕害百端，故人民将士，不惜掷头颅，捐血肉，惨淡经营，以构成此共和局面。而彼等乃舞文弄墨，显攫专制之权，归其掌握，更复何有国家？以上所举，犹不过其荦荦大者。

其他钳束行政，播弄私权，纰缪尚多，不胜枚举。如认此宪法为有效，则国家直已沦胥于少数暴民之手。如宪法布而群不认为有效，则祸变相寻，何堪逆计？恩远等触目惊心，实不忍坐视艰辛缔造之局，任令少数之人，倚法为奸，重召巨祸，欲作未雨之绸缪，应权利害之轻重，以常事与国会较，固国会重，以国会与国家较，则国家重。今日之国会，既不为国家计，是已自绝于人民，代表资格，当然不能存在。犹忆天坛草案初成，举国惶骇时，我大总统在鄂督任内，挈衔通电，力辟其非，至理名言，今犹颂声盈耳。议宪各员，具有天良，当能记忆，何竟变本加厉，一至于此。惟有仰恳大总统权宜轻重，毅然独断，如其不能改正，即将参众两院，即日解散，另行组织。俾议宪之局，得以早日改图，庶几共和政体，永得保障，奕世人民，重拜厚赐。恩远等忝膺疆寄，与国家休戚相关，兴亡之责，宁忍自后于匹夫？垂涕之言，伏祈鉴察！无任激切屏营之至！

呈文上的署名，除领衔的孟恩远外，就是王占元、张怀芝、李厚基、赵倜、倪嗣冲、李纯、阎锡山及田中玉、蒋雁行等。又有浙江代表赵禅，奉天代表杨宇霆，黑龙江代表张宣、张发宸，陕西代表瞿寿禔，甘肃代表吴中英，热河代表冯梦云，湖南代表张翼鹏，新疆代表钱桐，江苏代表师景云，贵州代表王文华，云南代表叶荃，共得二十二人。一面递呈国务总理，及通电各省，这一场有分教：

苍狗白云多变幻，红羊浩劫又侵寻。

欲知黎总统曾否照准，且待下回分解。

有袁世凯之胁迫议会，勾结军阀，而段祺瑞乃欲踵而效之，彼请愿团之捣乱议会，果谁使之乎？督军团之纠劾议会，果谁使之乎？夫议会之一切举动，固不足尽满人意，然武夫专制之为祸，较甚于议会之专制。兵犹火也，不戢将自焚也，袁氏且毒人自毒，段智不袁若，乃亦起而效尤，宁非大误，国家多难，杌陧不安，顾尚堪一误再误耶？吾观段氏之所为，吾尤不能无憾于袁氏矣。

第八十三回　应电召辫帅作调人　撤国会军官甘副署

却说督军团递入呈文，待了两日，未见批答下来，料知黎总统不肯照允，遂向总理处告辞，陆续出京。行到天津，复在督军曹锟署内开了一次秘密会议。适徐州张勋亦有密电到津，邀各军长等同赴徐州，各军长又复南下，与张辫帅晤谈竟夕，彼此订定密约，方才散归，静听中央消息。葫芦里卖什么药。才隔两天，即闻黎总统下令，免国务总理兼陆军总长段祺瑞职，着外交总长伍廷芳暂行代理国务总理，陆军次长张士钰代理陆军部务。一个霹雳，响彻中原，各军长正防这一着，准备与中央翻脸，方拟传电质问，忽由总统府发出通电，略云：

段总理任事以来，劳苦功高，深资倚畀，前因办事困难，历请辞职，迭经慰留，原冀宏济艰难，同支危局。乃日来阁员相继引退，政治莫由进行，该总理独力支持，贤劳可念。当国步阽危之日，未便令久任其难，本大总统特依《约法》第三十四条免去该总理本职，由外交总长暂行代署，俾息仔肩，徐图大用，一面敦劝东海出山，共膺重寄。其陆军总长一职，拟令王聘卿继任。执事等公忠体国，伟略匡时，仍冀内外一心，共图国是，本大总统有厚望焉！

这道电文颁发出来，各军长统皆愕然。看到电文的署名，除黎总统外，就是代理国务总理伍廷芳副署，大众更觉惊哗。未几即接到段祺瑞通电，略言："卸职出京，暂寓天津，惟调换总理命令，未经祺瑞副署，将来地方及国家，因此生何影响，祺瑞概不负责"云云。看官阅此，应知他言中寓意，明明是教外省督军质问中央，诘他违法。于是长江巡阅使张勋首先拍电，谓："此令由伍廷芳副署，不合法律。"此外各省军长亦如张勋所言，陆续电诘。张非段派，乃首驳黎氏，无非欲收渔人之利。就是国会议员亦不得不提出质问。聊复尔尔。当经伍廷芳依据《约法》兼引民国以来任免总理的先例，通电解释，并向议会答复。议会中原是虚与委蛇，不再穷诘，惟各军长怎肯罢休，自然坚持到底，还要龃龉，申请黎总统收回成命。黎总统如何肯从，但将各军长电文置诸高阁，特派王士珍为京津一带临时警备总司令，江朝宗、陈光远为副司令，戒备非常。

正在内外争持的时候，突接宁夏护军使马福祥来电，报称"擒获伪皇帝吴生彦，即日正法"等语。原来吴生彦为甘肃匪首，也艳羡"皇帝"二字的美称，因即纠众千余，骚扰甘蒙边境，诈称为清室后裔达儿六吉，自号"统绪"皇帝，把光绪宣统二年号凑合成名，可发一噱。封党徒卢占魁为大元帅，兴兵恢复。幸由马福祥所部军队闻风剿捕，斩获百人，贼众究系乌合，纷纷骇散。伪皇帝与伪大元帅，一筹莫展，只有乱窜一法，结果是无处奔避，被官军四面兜拿，擒至护军使辕门，讯明情实，赏给几个卫生丸，送他归阴。袁氏想做皇帝，尚难成事，何况吴生彦。但亦袁氏引带出来，故特叙及。

黎总统接得捷电，自然放心。惟伍廷芳系由黎氏任命，作为临时总理，未经国会通过同意，自未得继续下去；再加各军长交相诘难，廷芳也觉不安，屡向黎总统处告辞。黎总统焦思苦虑，想出一个老成重望的人物，请令上台。欲知他姓甚名谁，就是新命财政总长李经羲。

经羲系清傅相李鸿章从子，年已老朽，不堪大用。黎独追溯从前，谓祺瑞父尝从故军门周盛传麾下，周本淮军将领，隶属李氏，李氏为北洋系军阀旧家，借他余威，或可弹压北洋军人，免他滋扰。婚媾尚且反噬，遑论旧谊？适值李经羲奉命至津，正

好畀他重任，维持危局。当下转咨国会，拟任李经羲为国务总理，请求同意。国会议员与黎氏通同一气，自然不致两歧，不过手续上总须投票，方可表决。等到开匦检票，自得多数同意，复告政府。黎总统便即下令，特任李经羲为国务总理，一面派员赴津，迎李入京。李经羲未肯遽允，复书辞谢，再经黎总统手书敦勉，经羲仍然模糊作答，不即启行。惹得黎总统望眼将穿，非常焦灼。

不意督军团的手段煞是厉害，一声爆裂，首发淮上，安徽省长倪嗣冲居然通电各省，宣告独立。略言“群小怙权，扰乱政局，国会议员，乘机构煽，政府几乎一空。宪法又系议院专制，自本日始，与中央脱离关系”云云。这电为民国六年五月二十九日拍发，越日，即扣留津浦铁路火车，运兵赴津，颇有晋阳兴甲的气象。嗣是奉天督军兼省长张作霖，陕西督军陈

树藩，河南督军赵倜、省长田文烈，浙江督军杨善德、省长齐耀珊，山东督军兼署省长张怀芝，黑龙江督军兼署省长毕桂芳、帮办军务许兰洲，直隶督军曹锟、省长朱家宝，福建督军李厚基，山西督军阎锡山，第二十师师长范国璋，绥远旅长王丕焕，第七师师长张敬尧，第八师师长李长泰等，依次哗噪，与那倪嗣冲异口同声，倡言独立。那时苦口婆心的黎菩萨，真弄到魔障重重，没法摆布了。代理国务总理伍廷芳等又统是无拳无勇，不能救急，没奈何再使秘书劳神，撰了数千百言，电发出去，劝告督军团，并派员分往宣慰。看官！你想这班督军团，手拥强兵，气焰极盛，岂是区区笔舌，所得挽回？当下独立各省，均派干员至天津，设立各省军务总参谋处，即用雷震春为总参谋，将设临时政府、临时议会，风声日紧一日，黎总统寝食不安，孤危得很。适安徽督军张勋递入呈文，历陈时局危险，劝黎总统勿再固执，危及国家，言下并有自出斡旋的意思。黎总统还道他是个好人，巴不得他出来调停，急来抱佛脚，哪知他是个牛魔王。再电问李经羲，经羲亦主张召勋，因决计下令道：

据安徽督军张勋来电，历陈时局，情词恳挚，本大总统德薄能鲜，诚信未孚，致为国家御侮之官，竟有藩镇联兵之祸，事与心左，慨歉交深。安徽督军张勋功高望重，公诚爱国，盼即迅速来京，共商国是，必能匡济时艰，挽回大局，跂予望之！此令。

张勋接到此令，喜如所望，即复电到京，克日启程。别有肺肠，明眼人当能窥测。众议院议长汤化龙蒿目时艰，料知前途必有大变，不如见机远祸，乃向院中陈请辞职。各议员表决许可，因即改选，另举吴景濂为议长。副议长陈国祥亦情愿去职，偏不得大众允许，只好仍然留任。此外如参众两院议员，有心趋避，联翩告辞，乐得离开烦恼场，回去享福。最惊人耳目的事情，乃是副总统冯国璋，亦电达参众两院，请辞中华民国副总统一职，并派员将原受证书，具文送缴两院，且通电中央及各省，声明时局险巇，无术救济，不能觍颜尸位等情。黎总统越觉焦急，慌忙复电慰留，一面敦促安徽督军张勋及国务总理李经羲入都，挽救危局。江西督军李纯却是有些热诚，意欲出为调停，特由赣省入京，窥探两造意见，竭力周旋。偏黎总统的心目中专望那辫子大帅，天津的各省总参谋处又是倚势作威，不容进言，李督军徒讨了一回没趣，只好扫兴自归。

那辫帅张勋，于六月七日起行，随身带着精兵五千，乘车

就道，越宿即至天津，与李经羲晤商。彼此密谈多时，定了密计，遂先派兵入京，作为先声，又电陈调停条件，第一项宜解散国会，第二项是撤销京津警备。意欲何为？黎总统接电后，明知这两项是都不可行，但事在燃眉，不得不依他一条，把王士珍、江朝宗、陈光远的警备总副司令，先行撤销，然后再复电张勋，商榷解散国会一事，似乎有不便依议的情形。偏张勋坚执己见，谓："国会若不解散，断无调停余地，自己亦未便晋京，拟即回任去了。"黎总统接到此电，又大吃了一惊。可巧驻京美公使复来了一角公文，由伍廷芳亲自赍入。黎总统急忙启阅，但见上面写着：

美国政府闻中国内讧，极为忧虑，笃望即复归于和好，政治统一。中国对德宣战，抑或仍守与德绝交之现

状，乃次要之事件。在中国最为必要者，乃维持继续其政治之实验，沿已得进步之途径，进求国家之发展。美国所以关心于中国政体及行政人物者，仅以中美友谊之关系，美国不得不助中国。但美国尤深切关心者，在中国之维持中央统一与单独负责之政府。是以美国今表示极诚恳之希望，愿中国为自己利益及世界利益计，立息党争。并愿所有党派与一切人民，共谋统一政府之再建，共保中国在世界各国中所应有之地位。但若内讧不息，而欲占其以应得之地位，则必不可能也。

黎总统览到此处，见下文只有寥寥数字，料不过是起结套话，因此不暇细瞧，便将来文置诸案上，顾语伍廷芳道："这原是友邦的好意，但目前危状，几乎朝不保暮，公可别有良策否？"廷芳踌躇多时，竟想不出甚么法子，只得当面敷衍道："总统高见，究应如何办法？"黎总统答道："张勋所要求的二大条件，京津警备，已经撤销，只解散国会，事关重大，未便照行，偏他定要照办，如何是好？"廷芳道："民国《约法》，并无解散国会的条件，此事如何行得？就是前日段总理免职，廷芳面奉钧命，勉强副署，那还有《约法》可援，已遭各军长反对，痛责廷芳，倘或解散国会，是要被全国唾骂了。"黎总统道："这便怎么处？"廷芳道："且再派一干员，赴津与张勋婉商，宁可改行别种条件罢。"黎总统点首无言，廷芳便即退出。当由黎总统派员往津，才阅一宵，便见该员返报。据言："张勋意见，非解散国会，断不可了，现限定三日以内，必须颁发解散国会的命令。否则通电卸责，南下回任，恕不入谒了。"仿佛哀的美敦书。黎总统听着，直似哑子吃黄连，说不出的苦楚。又召伍廷芳等熟商，廷芳托辞有疾，但呈入一篇辞职书，不愿进见。此外有几位国务员，应召进来，也无非面面相觑，支吾了事。

光阴易过，倏忽三天，张辫帅所说的限期，已经到了，黎总统再召集文武各员，咨商国是，大家亦不肯作主，惟推到总统一人身上。就中有一个步军统领江朝宗，甫卸警备副司令的职衔，想乘此出些风头，竟说解散国会，并非今日创行，尚记得老袁时代么？总统为保全大局起见，何妨毅然决计，暂撤国会，再作计较。黎总统捻须道："伍代揆为了副署一事，不便承认，所以称疾辞职，现有何人肯来担负呢？"朝宗道："为国为民，义所难辞，但教总统另简一人，使他副署，便好解决了。"黎总统委实没法，只好商诸各部总长，请他担任此责。各总长同声推辞，黎总统仍顾江朝宗道："看来此事只好属君了。"朝宗道："此事本非朝宗所宜负责，但事已至此，也不能不为总统分忧，朝宗也不遑后顾，就此一干罢。"毕竟武夫胆大。黎总统也明知不妙，惟除此以外，别无救急的良方，没奈何把头微点，待到大众退出，即命秘书代缮命令，逐条颁发。第一道是准外交总长伍廷芳，免代理国务总理职；第二道是特任江朝宗暂行代理国务总理；第三道便是解散国会了。略云：

上年六月，本大总统申令，以宪法之成，专待国会，宪法未定，大本不立，亟应召集国会，速定宪法等因。是本届国会之召集，专以制宪为要义。前据吉林督军孟恩远等呈称："日前宪法会议及审议会通过之宪法数条，内有众议院有不信任国务员之决议时，大总统可免国务员之职，或解散众议院，惟解散时，须得参议院之同意；又大总统任免国务总理，不必经国务员之副署；又两院议决案，与法律有同等效力等语，实属震悚异常。考之各国制宪成例，不应由国会议定，故我国欲得良妥宪法，非从根本改正，实无以善其后。以常事与国会较，固国会重，以国会与国家较，则国家重。今日之国会，既不为国家计，惟有仰恳权宜轻重，毅然独断，将参众两院即日解散，另行组织，俾议宪之局，得以早日改图，庶几共和政体，永得保障”等语。近日全国军政商学各界，函电络绎，情词亦复相同，查参众两院，组织宪法会议，时将一载，迄未告成。现在时局艰难，千钧一发，两院议员纷纷辞职，以致迭次开会，均不足法定人数，宪法审议之案，欲修正而无从，自非另筹办法，无以慰国人宪法期成之喁望。本大总统俯顺舆情，深维国本，应即准如该督军等所请，将参众两院即日解散，克期另行选举，以维法治。此次改组国会本旨，原以符速定宪法之成议，并非取消民国立法之机关，邦人君子，咸喻此意！此令。 759.

这道解散国会的命令，当然由江朝宗副署了。朝宗虽已副署，也恐为此招尤，特通电自解道：

现在时艰孔亟，险象环生，大局岌岌，不可终日，总统为救国安民计，于是有本日国会改选之命令。朝宗仰承知遇，权代总理，诚不忍全国疑谤，集于主座之一身，特为依法副署，藉负完全责任。区区之意，欲以维持大局，保卫京畿，使神州不至分崩，生灵不罹涂炭。一俟正式内阁成立，即行引退。违法之责，所不敢辞。知我罪我，听诸舆论而已。

发令以后，黎总统长吁短叹，总觉愤懑不安，意欲再明心迹，方可对己对人。小子有诗为证云：

文人笔舌武夫刀，扰扰中华气量豪。
一体如何左右袒，枉教元首费忧劳。

欲知黎总统如何自明，试看下回续叙。

段总理免职，首先反抗者为张勋，而后来宣告独立，乃让倪嗣冲、张作霖等出头，岂辫帅之先勇后怯耶？彼盖故落人后，可以出作调人，而自遂其生平之愿望。黎总统急不暇择，便引为臂助，一心召请，菩萨待人，全出厚道，安知伏魔大将军反为魔首也。至解散国会一事，伍廷芳不敢副署，因致辞职，独江朝宗毅然入请，愿为效劳，赳赳武夫，胆量固豪，其亦料将来之变幻否耶？而德不胜才之黎总统，则已不堪胁迫矣。

第八十四回　偕老友带兵入京
叩故宫黉夜复辟

却说黎总统解散国会，心中仍然愤闷，不得不表明心迹，因再嘱秘书草就一令，同日缮发。大略说是：

元洪自就任以来，首以尊重民意，谨守《约法》为职志，虽德薄能鲜，未餍舆情，而守法勿渝之素怀，当为国人所共谅。乃者国会再开，成绩尚尠，宪政会议，于行政立法两方权力，畸轻畸重，未剂于平，致滋口实。皖、奉发难，海内骚然，众矢所集，皆在国会，请求解散者，呈电络绎，异口同声。元洪以《约法》无解散之明文，未便破坏法律，曲徇众议，而解纷靖难，智勇俱穷，亟思逊位避贤，还我初服，乃各路兵队，逼近京畿，更于天津设立总参谋处，自由号召，并闻有组织临时政府与复辟两说，人心浮动，讹言繁兴。安徽张督军北来，力主调停，首以解散国会为请，迭经派员接洽，据该员复述："如不即发明令，即行通电卸责，各省军队，自由行动，势难约束”等语，际此危疑震撼之时，诚恐藐躬引退，立启兵端，匪独国家政体，根本推翻，抑且攘夺相寻，生灵涂炭。都门首善之地，受害尤烈，外人为自卫计，势必至始于干涉，终以保护，亡国之祸，即在目前。元洪筹思再四，法律事实，势难兼顾，实不忍为一己博守法之虚名，而使兆民受亡国之惨痛。为保存共和国体，保全京畿人民，保持南北统一计，迫不获已，始有本日国会改选之令，忍辱负重，取济一时，吞声茹痛，内疚神明。所望各省长官，其曾经发难者，各有悔祸厌乱之决心，此外各省，亦皆曲谅苦衷，不生异议，庶几一心一德，同济艰难，一俟秩序回复，大局粗安，定当引咎辞职，以谢国人。天日在上，誓不食言。

这令下后，两院议员，无可奈何，相率整装出都。督军团已得如愿，不战屈人，便都电告中央，取消独立。惟黑龙江督军毕桂芳为帮办军务许兰洲所迫，卸职自去。许兰洲亦不待中央命令，但说由毕桂芳移交，居然就职。力大为王，还管甚么高下？政府也不暇过问，由他胡行。惟广东督军陈炳焜、广西督军谭浩明，乃是国民党中的健将，素来扶持黎总统，不入督军团中，此次闻黎氏被迫解散国会，已经愤不可遏，跃跃欲动，再经议员等出京抵沪，电致湘、粤、桂、滇、黔、川各省，谓：“民国《约法》中，总统无解散国会权，江朝宗为步军统领，非国务员，更不能代理国务总理。且总统受迫武人，亦已自认违法，所有解散国会的命令，当然无效。”这电文传到两督军座前，便双方互约，暂归自主，俟恢复旧国会或重组新国会，依法解决时局，再行听命。两督联名传电，理由颇也充足。但两广僻处岭南，距京最远，就使加倍激烈，亦未足慑服督军团，所以督军团全然不睬，反暗笑他螳斧当车，不自量力。

还有这位张辫帅趾高气扬，竟与李经羲偕行入京，来演一出特别好戏。黎总统派员至车站前，恭迎二人入都，就是都中人士，拭目待着，也总道是两大人物，定有旋天转地的手段，可以易危为安。俟至汽笛呜呜，烟尘滚滚，京津火车，辘辘前来，车上悬着花圈，一望便知是伟人座处，不由得瞻仰起来。寻常时候，火车到站，非常忙乱，此时却格外镇静，车站两旁，统有兵队森列，严肃无声，但见辫子大帅与李老头儿联翩下车，即由总统府特派员，上前鞠躬，表明总统诚意。张辫帅满面春风，对他一笑，便改乘马车，由随来的一营兵士，拥护出站，偕李经羲同进都门去了。渲染声势，反跌下文。

看官记着！张、李入都的日子，乃是六月十四日，过了数天，尚未有甚么举动，惟见都城内外，遍贴定武将军的告示，大略说是："此行入都，当力筹治安。"余亦没有意外奇语。有几个聪明伶俐的士人，看到"定武将军"四字，已不禁生疑，暗想定武将军虽是张辫帅的勋衔，但他究任安徽督军，如何出示都门，敢来越俎？就中必有隐情，不可测度。仔细探听总统府中，但闻张、李二人与总统晤谈数次，亦无非是福国利民的口头禅，没甚表异。大家无从揣摩，只得丢过一边。到了二十一日，天津总参谋处，由雷震春宣告撤销，倒也是一番佳象。二十四日，国务总理李经羲就职，奉令兼财政总长，亦未尝提出辞呈，不过他通电各省，自称任事期限，只三阅月，过此便要辞职，这是他格外鸣谦，无关重轻。二十五日，复由黎总统下令，任命李经羲兼盐务督办。二十六日，内务部因改选国会，特设办理选举事务局，局长派出杨熊祥。二十九日，准免司法总长张耀曾及农商总长谷钟秀二人，改任江庸署司法总长，李盛铎署农商总长。这条命令，却是有些蹊跷。张、谷皆国民党，忽然免职，另任他人，想总是削夺国民党的面子，划除黎总统的心腹，此外当无甚关系了。逐层反跌。

谁料事起非常，变生不测，六月三十日的夜间，竟演就一场复辟的幻戏出来。确是奇闻。“复辟”二字，本是张辫帅念念不忘的条件，从前徐州会议，第一条即为尊重优待清室的成约，暗中已寓有复辟的意思；至第二次徐州会议，表面上仍筹议治安，其实是为了复辟计划，重复讨论。倪嗣冲素不赞成共和，冯国璋模棱两可，余皆奉张辫帅为盟主，莫敢异言。张辫帅部下，统皆垂辫，原是借辫发为标帜，待时复辟。此次黎、段龃龉，正是绝好机会，所以连番号召，要结同盟。看得透，写得出。直隶督军曹锟本列入督军团内，闻着此议，忙去请教前清元老徐世昌。徐世昌摇首道：“这事断不可行，少轩少轩就是张勋表字。自谓忠清，我恐他反要害清了。”是极。锟领教后，方知张勋所议不合。惟张勋曾有各守秘密的条约，故锟与徐说明，各不声张，坐观成败。

及勋既北上，阳作调人，暗中实为复辟起见。天下事若要不知，除非莫为，所以张勋到津，前国务总理熊希龄就有反对复辟的通电，迭称复辟论调，具有五大危险：一关财政，二关外交，三关军政，四关民生，五关清室，说得淋漓痛切，毫无剩词。副总统冯国璋阅熊电文，亦幡然觉悟，发一通电，与熊共表同情。实未免首鼠两端。黎总统览到熊、冯两电，很觉惊心，因此解散国会时，自明心迹，也曾将“复辟”二字提及，预先示惩。补前文所未详。就是张辫帅的好友亦密电劝阻，略言："时机未熟，民情未孚，兵力未集，不宜轻举妄动。"张颇有所悟，复电谓："俟大局粗定，内阁组成，便当南返徐州，所有复辟一说，自当取消，无庸再议。"于是远近安心，不复担忧了。

偏偏张勋参谋长万绳栻热心富贵，希旨迎合，日夕在辫帅旁，微词挑拨，怂恿复辟，又去敦促文圣人到京，作一帮手。文圣人姓甚名谁？就是前清工部主事康有为。有为尝到徐州，谒见张勋，勋与他谈论时政，语多投机。彼此都是保皇派，自然契合。康尚文，张尚武，两人各诩诩自夸，故时论号为文武两圣人。至此康有为接奉密召，星夜到京，预拟诏书数纸，持入见张，张勋正往江西会馆中夜宴，时尚未归，当由万绳栻接着，与有为密议多时，差不多是二更天气了。绳栻急欲求逞，派人赴江西会馆，探望张勋，好容易才得使人还报，谓："大帅在会馆中听戏，所以迟归。现在戏将演毕，想就可返驾了。"绳
栻与有为又眼巴巴的伫候，约过了一二小时，方见辫子大帅大踏步地进来。有为亟上前请过晚安，由张勋欢颜道谢，引他就座。

彼此寒暄数语，绳栻已将左右使开，向有为传示眼色，令他进言。有为即将草拟诏书，从囊中取出一大包，持呈张勋。勋问为何因，有为道："请大帅约略展阅，便见分晓。"勋启视一页，便捻须道："这……这事恐不便速行。"有为尚未及答，绳栻便在旁接入道："大帅志在复辟，已非一日，现在大权在手，一呼百诺，正是千载一时的机会，失此不图，尚待何时？"张勋尚有三分酒意，听了此言，不由得鼓动余兴，奋袂起座道："有理有理，我便干一遭罢。"曲肖莽夫形容。当下唤入心腹侍从，分头往邀几个著名大员，商量起事。少顷，便有数人到

来，一是陆军总长王士珍，一是步军统领江朝宗，一是警察总监吴炳湘，一是第二十师师长陈光远，陆续进见，启问情由。张勋便提出“复辟”两大字，请他数大员帮忙。王士珍老成持重，颇有难色。江朝宗乃是急性人，当即赞成。士珍嗫嚅道：“这……这事还应慢慢妥商。”回应张勋前语。笔法入神。张勋瞋目道：“要做就做，何必多商。事若不成，由我老张负责，不致累及诸公，否则休怪我不情哩！”士珍见他色厉词狂，不敢再言。张勋复顾吴炳湘道：“今夜便当开城，招纳我部下将士，明晨就好复辟了。”炳湘也未敢反对。张勋遂派人据住电报局，不许他人拍电，并放定武军入城。一面召入刘廷琛、沈曾植、劳乃宣、阮忠枢、顾瑗等，审查康有为所拟诏书，有无误点。大家检阅一番，心下各忐忑不定。有几个素主复辟，稍稍注视，但闻是康圣人手笔，当然不能笔削，乐得做个好好先生。

766. 转眼间已是鸡声报晓，天将黎明了，张勋已命厨役办好酒肴，即令搬出，劝大家饱餐一顿。未几，即有侍从入报，定武军统已报到，听候明令。张勋跃起道：“我等就同往清宫，去请宣统帝复辟便了。”说着，左右已取过朝衣朝冠，共有数十套。亏他当夜筹备。张勋先自穿戴，并令大众照服，不能如大帅有辫，总觉不像。出门登车，招呼部兵，一齐同行。到了清宫门首，门尚未启，由定武军叩门径入。张勋也即下车，招呼王士珍等，徒步偕进。清宫中的人员，不知何因，统吓得一身冷汗，分头乱跑，里面去报知瑾、瑜两太妃，外面去报知清太保世续。两太妃与世续诸人，并皆惊起，出问缘由。张勋朗声道：“今日复辟，请少主即刻登殿。”世续战声道：“这是何人主张？”张勋狞笑道：“由我老张作主，公怕甚么！”世续道：“复辟原是好事，惟中外人情，曾否愿意？”张勋道：“愿意不愿意，请君不必多问，但请少主登殿，便没事了。”世续尚不肯依，只眼睁睁地望着两太妃。两太妃徐语张勋道：“事须斟酌，三思后行。”张勋不禁动恼道：“老臣受先帝厚恩，不敢忘报，所以乘机复辟，再造清室，难道两太妃反不愿重兴吗？”瑜太妃呜咽道：“将军幸勿错怪！万一不成，反恐害我全族了。”张勋道：“有老臣在，尽请勿忧！”两太妃仍然迟疑，且至泪下。世续亦踌躇不答。俄而定武军哗噪起来，统请宣统帝登殿。张勋亦忍耐不住，厉声问世续道：“究竟愿复辟否？”胁主退位，我所习闻，胁主复辟，却是罕见，这未始非张辫帅之孤忠。世续恐不从张勋，反有意外情事，乃与两太妃熟商，只好请宣统帝出来。两太妃乃返身入内，世续亦即随入，领出十三岁的小皇帝，扶他登座。此番却不哭了。张勋便拜倒殿上，高呼万岁。王士珍等也只得跪下，随口欢呼。朝贺已毕，即由康有为赍呈草诏，即刻颁布。诏云：

朕不幸，以四龄继承大业，茕茕在疚，未堪多难。辛亥变起，我孝定景皇后至德深仁，不忍生民涂炭，毅然以祖宗创垂之重，亿兆生灵之命，付托前阁臣袁世凯，设临时政府，推让政权，公诸天下，冀以息争弭乱，民得安居。乃国体自改革共和以来，纷争无已，迭起干戈，强劫暴敛，贿赂公行，岁入增至四万万，而仍患不足，外债增出十余万万，有加无已，海内嚣然，丧其乐生之气，使我孝定景皇后不得已逊政恤民之举，转以重困吾民。此诚我孝定景皇后初衷所不及料，在天之灵，恻痛而难安者。而朕深居宫禁，日夜祷天，彷徨饮泣，不知所出者也。今者复以党争，激成兵祸，天下汹汹，久莫能定，共和解体，补救已穷。

据张勋、冯国璋、陆荣廷等，以国体动摇，人心思
旧，合词奏请复辟，以拯生灵；又据瞿鸿禨等，为国势阽
危，人心涣散，合词奏请御极听政，以顺天人；又据黎元
洪奏请奉还大政，以惠中国而拯生民各等语，真会捣鬼，大
约是康圣人梦中瞧过。览奏情词恳切，实深痛惧。既不敢以天
下存亡之大责，轻任于冲人微眇之躬，又不忍以一姓祸
福之讆言，遂置生灵于不顾。权衡轻重，天人交迫，不
得已允如所奏，于宣统九年五月十三日，是从阴历。临朝听
政，收回大权，与民更始。而今以往，以纲常名教，为精
神之宪法，以礼义廉耻，收溃决之人心。上下以至诚相
感，不徒恃法守为维系之资，政令以惩毖为心，不得以国
本为尝试之具，况当此万象虚耗，元气垂绝，存亡绝续之
交，朕临深履薄，固不敢有乐为君，稍自纵逸。尔大小
768. 臣工，尤当精白乃心，涤除旧染，息息以民瘼为念，为
民生留一分元气，即为国家留一息命脉，庶几危亡可救，
感召天庥。所有兴复初政，亟应兴革诸大端，条举如下：
（一）钦遵德宗景皇帝谕旨，大权统于朝廷，庶政公诸舆
论，定为大清帝国，善法列国君主立宪政体。（二）皇室
经费，仍照所定每年四百万数目，按年拨用，不得丝毫增
加。（三）懔遵本朝祖制，亲贵不得干预政事。（四）实行
融化满汉畛域，所有以前一切满蒙官缺，已经裁撤者，概
不复设。至通俗易婚等事，并着所司条议具奏。（五）自宣
统九年五月本日以前，凡与东西各国正式签定条约，及已
付债款各合同，一律继续有效。（六）民国所行印花税一
事，应即废止，以纾民困。其余苛细杂捐，并着各省督抚
查明，奏请分别裁撤。（七）民国刑律，不适国情，应即废

除，暂以宣统初年颁定现行刑律为准。（八）禁除党派恶习，其从前政治罪犯，概予赦免，倘有自弃于民而扰乱治安者，朕不敢赦。（九）凡我臣民，无论已否剪发，应遵照宣统三年九月谕旨，悉听其便。凡此九条，誓共遵守，皇天后土，实鉴临之！将此通谕知之！

这谕既发，康有为又取出第二三道草诏，谕设内阁议政大臣，并设阁丞二员。余如京外各缺，均暂照宣统初年官制办理。又封黎元洪为一等公，授张勋、王士珍、陈宝琛、梁敦彦、刘廷琛、袁大化、张镇芳为内阁议政大臣，万绳栻、胡嗣瑗为内阁阁丞，梁敦彦为外务部尚书，张镇芳为度支部尚书，王士珍为参谋部大臣，雷震春为陆军部尚书，朱家宝为民政部尚书，徐世昌为弼德院院长，康有为为副院长，张勋又兼任直隶总督北洋大臣，留京办事，冯国璋为两江总督南洋大臣，陆荣廷为两广总督。他如直隶督军曹锟以下，统改官巡抚。一时希荣求宠诸徒，无不雀跃，纷纷至热闹市场，购办翎顶蟒服，准备入朝，市侩遂竞搜旧箧，把从前搁落的朝臣服饰，一古脑儿搬取出来，重价出售，倒是一桩绝大利市，得赚了好许多银子。小子也乐得凑趣，胡诌几句歪诗道：

轻心一试太粗狂，偌大清宫作戏场。
只有数商翻获利，挟奇犹悔不多藏。

复辟已成，兴高采烈的张辫帅，还有若干手续，试看下回便知。

张勋以数年之心志，乘黎菩萨危急之余，冒昧求逞，遽尔复辟，此乃所谓行险侥幸之举，宁能有成？况清室已仆，不过为残喘之苟延，欲再出而号令四方，试问如许军阀家，尚肯低首下心，为彼奴隶乎？但观民国诸当局之各私其私，尚不若张辫帅之始终如一，其迹可訾，其心尚堪共谅也。彼康有为亦何为者？前清戊戌之变，操之过激，几陷清德宗于死地，此时仅余一十三龄之遗胤，乃又欲举为孤注，付诸一掷，名为保清，实则害清，是岂不可以已乎？若万绳栻诸人，固不足道焉。

第八十五回　梁鼎芬造府为说客
黎元洪假馆作寓公

却说张勋主张复辟，仓猝办就，诸事统皆草率，所有手续，概不完备。就是草诏中所叙各奏，都是凭空捏造，未曾预办，因此又劳那康圣人费心，先将自己奏折草就，补呈进去，再把瞿鸿禨等奏请听政的折子，亦缮定一分，作为备卷。其实冯国璋、陆荣廷、瞿鸿禨等，尚未接洽，全凭文武两圣人，背地告成。这数种奏折原文，小子无暇详录，惟当时张勋有一通电，宣告中外，录述如下：

自顷政象谲奇，中原鼎沸，蒙兵未解，南耗旋惊，政府几等赘旒，疲氓迄无安枕。怵内讧之孔亟，虞外务之纷乘，全国漂摇，靡知所届。勋惟治国犹之治病，必先洞其症结，而后攻达易为功；卫国犹之卫身，必先定其心君，而后清宁可长保。既同处厝火积薪之会，当愈励挥戈返日之忠，不敢不掬此血诚，为天下正言以告。

溯自辛亥武昌兵变，创改共和，纲纪隳颓，老成绝迹，暴民横恣，宵小把持，奖盗魁为伟人，祀死囚为烈士，议会倚乱民为后盾，阁员恃私党为护符，以剥削民脂为裕课，以压抑善良为自治，以摧折耆宿为开通；或广布谣言，而号为舆论，或密行输款，而托为外交，无非恃卖国为谋国之工，借立法为舞法之具。驯至昌言废孔，立召神恫，悖礼害群，率由兽行，以故道德沦丧，法度凌夷，匪党纵横，饿莩载道。一农之产，既厄于讹诈，复厄于诛求，一商之资，非耗于官捐，即耗于盗劫。凡在位者，略吞贿赂，交济其奸，名为民国，而不知有民，称为国民，而不知有国。至今日民穷财尽，而国本亦不免动摇，莫非国体不良，遂至此极。即此次政争伊始，不过中央略失其平，若在纪纲稍振之时，焉有轇轕不解之虑？乃竟兵连方
772. 镇，险象环生，一二日间，弥漫大地。乃公亦局中人，何徒责人而不自责。

迄今外蒙独立，尚未取消，西南乱机，时虞窃发，国会虽经解散，政府久听虚悬，总理既为内外所不承认，仍即觍然通告就职，政令所及，不出都门，于是退职议员，公诋总统之言为伪令，推原祸始，实以共和为之厉阶。且国体既号共和，总统必须选举，权利所在，人怀幸心，而选举之期，又仅以五年为限，五年更一总统，则一大乱，一年或数月更一总理，则一小乱，选举无已时，乱亦无已时。此数语颇亦动听。小民何辜，动罹荼毒，以视君主世及，犹得享数年或数十年之幸福者，相距何啻天渊？利病较然，何能曲讳？

或有谓国体既改共和，倘轻予更张，恐滋纷扰，不

若拥护现任总统，或另举继任总统之为便者。不知总统违法之说，已为天下诟病之资，声誉既隳，威信亦失，强为拥护，终不自安；倘日后迫以陷险之机，曷若目前完其全身之术？爱人以德，取害从轻，自不必佯予推崇，转伤忠厚。亏他自圆其说。至若另行推选，克期继任，讵敢谓海内魁硕，并世绝无其人？还是请辫帅登台何如？然在位者地丑德齐，莫能相下，在野者资轻力薄，孰愿率从？纵欲别选元良，一时亦难其选。盖总统之职，位高权重，有其才而无其德，往者既时蓄野心，有其德而无其才，继者乃徒供牵鼻，重以南北趋向，不无异同，选在北则南争，选在南则北争，争端相寻，而国已非其国矣。默察时势人情，与其袭共和之虚名，取灭亡之实祸，何如屏除党见，改建一巩固帝国，以竞存于列强之间，此义近为东西各国所主张，全球几无异议。中国本为数千年君主之制，圣贤继踵，代有留贻，制治之方，较各国为尤顺，然则为时势计，莫如规复君主，为名教计，更莫如推戴旧君，此心此理，八表攸同。

伏思大清忠厚开基，救民水火，其得天下之正，远迈汉、唐，二祖七宗，以圣继圣，至我德宗景皇帝，时势多艰，忧勤尤亟，试考史宬载笔，如普免钱粮，迭颁内帑，多为旷古所无，即至辛亥用兵，孝定景皇后宁舍一姓之尊荣，不忍万民之涂炭，仁慈至意，沦浃人心，海内喁喁，讴思不已。前者朝廷逊政，另置临时政府，原谓试行共和之后，足以弭乱绥民，今共和已阅六年，而变乱相寻未已，仍以谕旨收回成柄，实与初旨相符。况我皇上冲龄典学，遵时养晦，国内迭经大难，而深宫匕鬯无惊，近且圣学日昭，德音四被，可知天佑清祚，特畀我皇上以非常睿智，庶应运而施其拨乱反正之功。祖泽灵长，于兹益显。勋等枕戈励志，六载于兹，横览中原，陆沉滋惧，比乃猝逢时变，来会上京。窃以为暂偷一日之安，自不如速定万年之计，业已熟商内外文武，众议佥同，谨于本日合词奏请皇上复辟，以植国本而固人心，庶几上有以仰慰列圣之灵，下有以俯慰群生之望。风声所树，海内景从。凡我同胞，皆属先朝旧臣，受恩深重，即军民人等，亦皆食毛践土，世沐生成，接电后，应即遵用正朔，悬挂龙旗。国难方殷，时乎不再，及今淬厉，尚有可为。本群下尊王爱国之至心，定大清国阜民康之鸿业。凡百君子，当共鉴之。

774. 是时京城里面，俱经张勋传令，凡署廨局厂及大小商场，一应将龙旗悬起，随风飘扬，仿佛仍是大清世界。总算北京的大清帝国。只总统府中未曾悬挂龙旗，张勋还顾全黎总统面子，不遽用武力对待，但遣清室旧臣梁鼎芬等，“清室旧臣”四字，加诸梁鼎芬头上，却合身分。先往总统府中，入作说客。鼎芬见了黎总统，即将复辟情形，略述一番，并把一等公的封章，探囊出示。黎总统皱眉道：“我召张定武入都，难道叫他来复辟吗？”鼎芬道：“天意如此，人心如此，张大帅亦不过应天顺人，乃有这番举动，况公曾受过清职，食过清禄，辛亥政变，非公本意，天下共知，前次胁公登台，今番又逼公下场，公也可谓受尽折磨了，今何若就此息肩，安享天禄，既不负清室，亦不负民国，岂非一举两善么？”黎总统道：“我并非恋栈不去，不过总统的职位，乃出国民委托，不敢不勉任所难，若复辟一事，乃是张少轩一人主张，恐中外未必承认，我奈何敢私自允诺呢?”鼎芬复絮说片时，黎总统只是不答。再经鼎芬出词吓迫道：“先朝旧物，理当归还，公若不肯赞成，恐致后悔。”黎总统仍然无语。鼎芬知不可动，悻悻自去。黎总统暗暗着忙，急命秘书拟定数电，由黎总统亲自过目，因闻电报局被定武把守，料难拍发，乃特派亲吏潜出都城，持稿赴沪，方得电布出来：

（第一电）本日张巡阅使率兵入城，实行复辟，断绝交通，派梁鼎芬等来府游说，元洪严词拒绝，誓不承认。副总统等拥护共和，当必有善后之策。特闻。

（第二电）天不悔祸，复辟实行，闻本日清室上谕，有元洪奏请归政等语，不胜骇异。吾国由专制为共和，实出五族人民之公意，元洪受国民付托之重，自当始终民国，不知其他。特此奉闻，藉免误会。

（第三电）国家不幸，患难相寻，前因宪法争持，恐启兵端，安徽督军张勋，愿任调停之责，由国务总理李经羲主张招致入都，共商国是。甫至天津，首请解散国会，在京各员，屡次声称保全国家统一起见，委曲相从。刻正组织内阁，期速完成，以图补救。不料昨晚十二点钟，突接报告，张勋主张复辟，先将电报局派兵占领。今日梁鼎芬等入府，面称先朝旧物，应即归还等语。当经痛加责斥，逐出府外。风闻彼等已发出通电数道，何人名义，内容如何，概不得知。元洪负国民付托之重，本拟一俟内阁成立，秩序稍复，即行辞职以谢国人。今既枝节横生，张勋胆敢以一人之野心，破坏群力建造之邦基，即世界各国承认之国体，是果何事，敢卸仔肩？时局至此，诸公夙怀爱国，远过元洪，伫望迅即出师，共图讨贼，以期复我共和而救危亡，无任迫切。临电涕泣，不知所云。如有电复，即希由路透公司转交为盼。

黎总统既派人南下，复与府中心腹商量救急的方法，大众齐声道："现在京中势力，全在张勋一人手中，总统既不允所请，他必用激烈手段，对付总统，不如急图自救，暂避凶威，徐待外援到来，再作后图。"黎总统沉吟道："教我到何处去？"大众道："事已万急，只好求助外人了。"黎总统尚未能决，半晌又问道："我若一走，便不成为总统了，这事将怎么处置？"大众听了，还道黎总统尚恋职位，只得出言劝慰道："这有何虑？外援一到，总统自然复位了。"黎总统慨然道："我已决意辞职，不愿再干此事，惟一时无从交卸，徒为避匿方法，将来维持危局，究靠何人主张？罢！罢！我记得《约法》中，总统有故障时，副总统得代行职权，看来只好交与冯副总统罢。"大众又道："冯副总统远在江南，如何交去？"黎总统也觉为难，为了这条问题，又劳黎总统想了一宵。大众逐渐散出，各去收拾物件，准备逃生。这原是第一要着。可怜这黎总统食不甘味，寝不安席，几乎一夜未能合眼，稍稍困倦，蒙眬半刻，又被鸡声催醒，窗隙间已有曙光透入了。当即披衣起床，盥洗已毕，用过早膳，尚没有甚么急警，惟闻有人传报，清宫内又有任官的上谕，瞿鸿禨、升允并授大学士，冯国璋、陆荣廷并为参预政务大臣，沈曾植为学部尚书，萨镇冰为海军尚书，劳乃宣为法部尚书，李盛铎为农工商部尚书，詹天佑为邮传部尚书，贡桑诺尔布为理藩部尚书。此外尚有许多侍郎、左右丞及都统、提督、府尹、厅丞诸名目，不胜枚举。随笔带过，较省笔墨。黎总统也无心细听，但安排交卸的手续，尚苦无人担承。

到了晌午，风声已加紧了，午后竟有定武军持械前来，声势汹汹，强令总统府卫队，一律撤换，并即日交出三海，不得迟延。陆军中将唐仲寅为总统府卫队统领，无法抵推，亟入报黎总统，速请解决。黎总统本疑李经羲与勋同谋，不愿与议，至此急不暇择，便令秘书刘钟秀往邀经羲，刘奉命欲行，可巧外面递入李经羲辞职呈文，并报称经羲已赴天津。走得好快。黎总统长叹道："我也顾不得许多了，看来只有仍烦老段罢。"便命刘钟秀草定两令，一是准李经羲免职，仍任段祺瑞为国务总理，一是请冯国璋代理职权，所有大总统印信，暂交国务总理段祺瑞摄护，令他设法转呈。两令草就，盖过了印，即将印信封固，派人赍送天津，交给段祺瑞，自己随取了一些银币，带着唐仲寅、刘钟秀二人及仆从一名，潜出府门，竟往东交民巷，投入法国医院中。

时已天暮，院门虽开，里面只有仆从数人住守，问及院长，答称外出未归，无从见客，那时只好怏怏退出，折入日本使馆界内。沿途踯躅，穷无所归，好似倦鸟失巢，惶急无主。亏得唐仲寅记起一人，谓与日本公使武随员斋藤少将尝相往来，不妨向彼求援，并托保护。当下驰入斋藤少将官舍，投刺请见。幸斋藤少将未曾出门，便即迎入，他本是认识黎元洪，总统印信已经交出，不能再称总统了。又与唐仲寅交好，当然坦怀相待。仲寅即将避难情形，约略告知，并浼他至日本公使前，善为转达，恳请保护身命。斋藤少将一力担承，遂命役从取出茶点，供饷二人。黎元洪稍稍放心，且因夜膳尚无着落，不得已将东洋茶食，略充饥渴。好在斋藤少将诚心帮忙，叫他两人坐待，自往日使馆中代为请命，少顷即回报道："敝公使已如所请，屈就营房数日，当予以相当保护，尽可无忧。”黎、唐二人当即称谢。斋藤少将便令卫兵腾出营房一间，导引两人栖宿，黎菩萨才得离开地狱，避入天堂了。还算不幸中之幸。越宿即由日本公使，通告驻京各国公使馆并及清室道：

> 黎大总统带侍卫武官陆军中将唐仲寅、秘书刘钟秀及从者一名，于七月二日午后九时半，不预先通知，突至日本使馆域内之使领武随员斋藤少将官舍，恳其保护身命。日本公使馆认为不得已之事情，并顾及国际通义，决定作相当之保护，即以使馆域内之营房，暂充黎总统居所，特此告知。

总统避去，民国垂危，冯国璋远处江南，鞭长莫及，只有
778. 段祺瑞留寓天津，闻得京中政变，惹动雄心，即欲出讨张勋。可巧前司法总长梁启超亦在津门，两下会议，由祺瑞表明己意，启超一力怂恿，决主兴兵。适陈光远在津驻扎，手下兵却有数千，段、梁遂相偕至光远营，商议讨张，光远却也赞同。又值李经羲到津，致书祺瑞，请他挽回大局，就是黎元洪所派遣的亲吏，亦赍送印信到津，交与祺瑞。祺瑞阅过来文，越觉名正言顺，当即嘱托梁启超，草拟通电数道，陆续拍发。梁本当代文豪，先已由自己出名，反对复辟，洋洋洒洒地撰成数千百言，通电全国，不过前时手无寸铁，但凭理想上立论，比张勋为董卓、朱温；好一个正比例。此次由段祺瑞出来兴师，更属理直气壮，乐得借那笔尖儿，横扫千人军。既而冯、段联约，瞿、陆辨诬，祺瑞自任共和军总司令，更靠那煌煌大文，鼓吹义旅，笔伐凶豪。小子有诗咏道：

笔锋也可作兵锋，文武兼优快折冲。
莫道书生无诣力，一枝斑管足褫凶。

欲知文中如何抒写，请看下回录叙。

康有为外，又有一梁鼎芬，是皆为清末之老生，脑筋中只含有事君以忠数语，而未知通变达权之大义者也。夫必有夏少康之英武，然后可以光夏物，必有周宣王之明哲，然后可以复周宗。彼宣统帝尚在冲年，宁能及此？况种族革命，已成常调，君主政体，不克再燃，即令英辟重生，亦未能违反民意，侈然自尊，更何论逊清之余裔乎？康有为出佐张勋，已同笨伯，而梁鼎芬复往说黎元洪，其愚尤甚。惟黎元洪引虎自卫，卒为虎噬，仓猝出走，日暮途穷，幸有日本使馆之营房，及斋藤少将之友谊，尚得借庇一枝，自全身命，否则不为所害者，亦几希矣。虽然，知人则哲，尧舜犹难，吾于黎氏何责焉？

第八十六回　誓马厂受推总司令
战廊房击退辫子军

却说梁启超草缮电文，凭着那生平抱负，随纸抒写，端的万言立就，一鸣惊人。首数电是分致冯国璋及陆荣廷、瞿鸿机诸人，不过问明真假，无甚闳议。另有一篇通告讨逆的电文，着笔不多，已觉得感慨淋漓。文云：

> 天祸中国，变乱相寻，张勋怀抱野心，假调停时局为名，阻兵京国，至七月一日，遂有推翻国体之奇变。窃惟国体者，国之所以与立也，定之匪易。既定后而复图变置，其害之中于国家者，实不可胜言。且以今日民智日开，民权日昌之世，而欲以一姓威严，驯伏亿兆，尤为事理所万不能致。民国肇建，前清明察世界大势，推诚逊让，民怀旧德，优待条件，勒为成宪，使永避政治上之怨府，而长保名义上之尊荣，宗庙享之，子孙保之。

历考有史以来廿余姓帝王之结局，其安善未有能逮前清者也。今张勋等以个人权利欲望之私，悍然犯大不韪，以倡此逆谋，思欲效法莽、卓，挟幼主以制天下，竟捏黎元洪奏称改建共和，诸多弊害，恳复御大统，以拯生灵等语，擅发伪谕。横逆至此，中外震骇。若曰为国家耶，夫安有君主专制之政，而尚能生存于今之世者？其必酿成四海鼎沸，盖可断言。而各友邦之承认民国，于兹五年，今覆雨翻云，我国人虽不惜以国为戏，在友邦则岂能与吾同戏者？内部纷争之结局，势非召外人干涉不止，国运真从兹斩矣。若曰为清室耶，清帝冲龄高拱，绝无利天下之心，其保傅大臣，方日以居高履危为大戒，今兹之举，出于迫胁，天下共闻，历考史乘，自古安有不亡之朝代？前清得以优待终古，既为旷古所无，岂可更置诸岩墙，使其为再度之倾覆以至于尽？祺瑞罢斥以来，本不敢复与闻国事，惟念辛亥缔造伊始，祺瑞不敏，实从领军诸君子后，共促其成。既已服劳于民国，不能坐视民国之颠覆分裂，而不一援。且亦曾受恩于前朝，更不忍听前朝为匪人所利用，以陷于自灭。情义所在，守死不渝。诸公皆国之干城，各膺重寄，际兹奇变，义愤当同。为国家计，自必矢有死无贰之诚，为清室计，当久明爱人以德之义。复望勠力同心，戢兹大难，祺瑞虽衰，亦当执鞭以从其后也。敢布腹心，伏维鉴察。

自数电发出后，冯国璋的讨逆电、陆荣廷的辨正捏名电及瞿鸿禨的表明心迹电，陆续布闻。还有岑春煊也来凑兴，声请讨逆，并致电与清太保世续及陈宝琛、梁鼎芬两人，讽劝清室毋堕奸谋。此外如浙江、江西、湖南、湖北等省，一致反对复辟，声讨张勋。段祺瑞见众心愤激，料必有成，遂自称共和军总司令，亲临马厂，慷慨誓师，随即把梁任公第二道草檄，电告天下。任公系启超表字。大致说是：

共和军总司令段祺瑞，谨痛哭流涕，申大义于天下曰：呜呼！天降鞠凶，国生奇变，逆贼张勋，以凶狡之资，乘时盗柄，竟有本月一日之事，颠覆国命，震扰京师，天宇晦霾，神人同愤。该逆出身灶养，行秽性顽，便佞希荣，渐跻显位，自入民国，阻兵要津，显抗国定之服章，婪索法外之饷糈，军焰凶横，行旅裹足，诛求无艺，私橐充盈，凡兹稔恶，天下共闻，值时多艰，久稽显戮。比以世变洊迫，政局小纷，阳托调停之名，阴为篡窃之备，要挟总统，明令敦召，遂率其丑类，直犯京师。自其启行伊始，及驻京以来，屡次驰电宣言，犹以拥护共和为口实，逮国会既散，各军既退，忽背信誓，横造逆谋，据其所发表文件，一切托以上谕，一若出自幼主之本怀，再三胪举奏折，一若由于群情之拥戴，夷考其实，悉属譸言。当是日夜十二时，该逆张勋，忽集其凶党，勒召都中军警长官二十余人，列戟会议。勋叱咤命令，迫众雷同，旋即挈康有为闯入宫禁，强为拥戴。世中堂续，叩头力争，血流灭鼻。瑾、瑜两太妃，痛哭求免，几不欲生。与实情未必全符，但为清室解免，亦不得不如是说法。

清帝孑身冲龄，岂能御此强暴？竟遭诬胁，实可哀怜。该伪谕中横捏我黎大总统、冯副总统，及陆巡阅使之奏词，尤为可骇。我大总统手创共和，誓与终始，两日以来，虽在樊笼，犹迭以电话手书，密达祺瑞，谓虽见幽，决不从命，责以速图光复，勿庸顾忌。我副总统一见伪谕，即赐驰电，谓为诬捏，有死不承。由此例推，则陆巡阅使联奏之虚构，亦不烦言而决。所谓奏折，所谓上谕，皆张勋及其凶党数人，密室篝灯，构此空中楼阁，而公然腾诸官书，欺罔天下。自昔神奸巨蠹，劝进之表，九锡之文，其优孟儿戏，未有若今日之甚者也。该逆勋以不忘故主，谬托于忠爱，夫我辈今固服劳民国，强半皆曾任先朝，故主之恋，谁则让人？然正惟怀感恩图报之诚，益当守爱人以德之训。昔人有言：“长星劝汝一杯酒，世岂有万年天子哉？”旷观史乘，迭兴迭仆者几何代、几何姓矣，帝王之家，岂有一焉能得好结局？前清代有令辟，遗爱在民，天厚其报，使继之者不复家天下而公天下，因得优待条件，勒诸宪章；砺山带河，永永无极。吾辈非臣事他姓，绝无失节之嫌，前清能永享殊荣，即食旧臣之报，仁至义尽，中外共钦，自解处颇费心机。今谓必复辟而始为忠耶？张勋食民国之禄，于兹六年，必今始忠，则前日之不忠孰甚？昔既不忠于先朝，今复不忠于民国，刘牢之一人三反，狗彘将不食矣。谓必复辟而始为爱耶？凡爱人者必不忍陷人于危，以非我族类之嫌，丁一姓不再兴之运，处群治之世，而以一人为众矢之的，危孰甚焉？

张勋虽有天魔之力，岂能翻历史成案，建设万劫不亡之朝代？既早晚必出于再亡，及其再亡，欲复求有今日之条件，则安可得？岂惟不得，恐幼主不保首领，而清室子孙，且无噍类矣。清室果何负于张勋，而必欲借手殄灭之而后快？岂惟民国之公敌，亦清室之大罪人也。两项是斩关直入语。张勋伪谕，谓必建帝号，乃可为国家久安长治之计。张勋何人？乃敢妄谈政治。使帝制而可以得良政治，则辛亥之役，何以生焉？博观万国历史，变迁之迹，由帝制变共和而获治安者，既见之矣，由共和返帝制而获治安者，未之前闻。法兰西三复之而三革之，卒至一千八百七十一年，拥立共和，国乃大定，而既扰攘八十年，国之元气，消耗尽矣。国体者，譬犹树之有根也。植树而屡摇其根，小则萎黄，大则枯死。故凡破坏国体者，皆召乱取亡之道也。防乱不给，救亡不赡，而曰吾将借此以改良政治，将谁欺？欺天乎？复辟之贻害清室也如彼，不利于国家也如此，内之不特非清帝自动，而孀妃耆傅，且不胜其疾首痛心。外之不特非群公劝进，而比户编氓，各不相谋而瞋目切齿，逆贼张勋，果何所为何所恃而出此？彼见其辫子军横行徐、兖，亦既数年，国人优容而隐忍之，自谓人莫敢谁何，遂乃忽起野心，挟天子以令诸侯，因以次划除异己，广布腹心爪牙于客省。

扫荡有教育有纪律之军队，而使之受支配于彼之土匪军之下。然后设文网以抗贤士，箝天下之口。清帝方今玩于彼股掌之上，及其时则取而代之耳，罪浮于董卓，凶甚于朱温，此而不讨，则中国其为无男子矣。祺瑞罢政旬月，幸获息肩，本思稍事潜修，不复与闻政事，忽遘此变，群情鼎沸，副总统及各督军省长，驰电督责，相属于道，爱国之士夫，望治之商民，好义之军侣，环集责备，义正词严，祺瑞抚躬循省，绕室彷徨，既久奉职于民国，不能视民国之覆亡，且曾筮仕于先朝，亦当救先朝之狼狈。好笔仗。谨于昨日夜分，视师马厂，今晨开军官会议，六师之众，佥然同声，誓与共和并命，不共逆贼戴天。为谋行师指臂之便，谬推祺瑞为总司令，义之所在，不敢或辞，部署略完，克日入卫。查该逆张勋，此次倡逆，既类疯狂，又同儿戏，彼昌言事前与各省各军均已接洽，试问我国同胞僚友，果有曾预逆谋者乎？彼又言已得外交团同意，而使馆中人，见其中风狂走之态，群来相诘。言财政则国库无一钱之蓄，而蛮兵独优其饷，且给现银；言军纪则辫兵横行都门，而国军与之杂居，日受凌轹。数其阁僚，则老朽顽旧，几榻烟霞；问其主谋，则巧语花言，一群鹦鹉。似此而能济大事，天下古今，宁有是理？即微义师，亦当自毙。所不忍者，则京国之民，倒悬待解；所可惧者，则友邦疑骇，将起责言。祺瑞用是剑及屦及，率先勇进，为国民祛此蟊贼，区区愚忠，当蒙共谅。

该逆发难，本乘国民之所猝未及防，都中军警各界，785.
突然莫审所由来，在势力无从应付，且当逆焰薰天之际，为保持市面秩序，不能不投鼠忌器，隐忍未讨，理亦宜然。本军伐罪吊民，除逆贼张勋外，一无所问，凡我旧侣，勿用以胁从自疑。其有志切同仇，宜诣本总司令商受方略，事定后酬庸之典，国有成规。若其有意附逆，敢抗义旗，常刑所悬，亦难曲庇。至于清室逊让之德，久而弥彰，今兹构衅，祸由张逆，冲帝既未与闻，师保尤明大义，所有皇帝优待条件，仍当永勒成宪，世世不渝，以著我国民念旧酬功，全始全终之美。祺瑞一俟大难戡定之后，即当迅解兵柄，复归田里，敬候政府重事建设，迅集立法机关，刷新政治现象，则多难兴邦，国家其永赖之。谨此布告天下，咸使闻知。

大文炳炳，振旅阗阗，共和军总司令段祺瑞，已日夜部署，准备出师。会副总统冯国璋又拍电至津，准与段祺瑞联合讨逆，乃复将两人署名发一通电，数张勋八大罪状。其电云：

国运多屯，张勋造逆，国璋、祺瑞先后分别通电，声罪致讨，想尘清听。逆勋之罪，罄竹难书，服官民国，已历六年，群力构造之邦基，一人肆行破坏，罪一；置清室于危地，致优待条件，中止效力，辜负先朝，罪二；清室太妃、师傅，誓死不从，勋胁以威，目无故主，罪三；拥幼冲玩诸股掌，袖发中旨，权逾莽、卓，罪四；与同舟坚约，拥护共和，口血未干，卖友自绝，罪五；捏造大总统及国璋等奏折，思以强暴污人，以一手揜天下耳目，罪六；辫兵横行京邑，骚扰闾阎，复广募胡匪游痞，授以枪械，满布四门，陷京师于糜烂，罪七；以列强承认之民国，一旦破碎，致友邦愤怒惊疑，群谋干涉，罪八。凡此八罪，最为昭彰，自余稔恶，擢发难数。国璋忝膺重寄，国存与存，祺瑞虽在林泉，义难袖手。今已整率劲旅，南北策应，肃清畿甸，犁扫贼巢，凡我同胞，谅同义愤。伫盼云会，迅荡霾阴，国命重光，拜嘉何极！冯国璋、段祺瑞同电。

冯、段相联，声威益振，浙江督军杨善德、直隶督军曹锟、第十六混成旅司令冯玉祥等，亦均电告出师，公举段祺瑞为讨逆军总司令。祺瑞乃改称共和军为讨逆军，就在天津造币总厂设立总司令部，并派段芝贵为东路司令，曹锟为西路司令，分道进攻，一面就国务总理职任，设立国务院办公处，也权借津门地点，作为机关。就是副总统冯国璋，因段祺瑞转达黎电，请他代理总统职权，他因特发布告，略言："黎大总统不能执行职务，国璋依《大总统选举法》第五条第二项，谨行代理，即于七月六日就职"云云。还有外交总长伍廷芳，亦携带印信至沪，暂寓上海交涉公署办公，即日电告副总统及各省公署，并令驻沪特派交涉员朱兆莘，电致驻洋各埠领事，声明北京伪外务部文电，统作无效，应概置不理为是。

于是除京城外，统是不服张勋的命令，张勋已成孤立，还要乱颁上谕，饬各督抚每省推举三人，来京筹议国会，又授徐世昌为太傅，张人骏、周馥为协办大学士，岑春煊、赵尔巽、陈夔龙、吕海寰、邹嘉来、张英麟、铁良、吴郁生、冯煦、朱祖谋、胡建枢、安维峻、王宝田为弼德院顾问大臣，一班陈年脚色，统去搜罗出来，叫他帮助清室。可赠他一个美号叫做"张古董"。清太保世续等，忧多喜少，屡遣太监至东安门外，采购新闻纸，携入备览，借觇舆情向背。适伪任太傅徐世昌，电告世续，说是变生不测，前途难料，宜自守镇静态度，幸勿妄动，所以宣统帝复辟数日，世续等噤若寒蝉，不出一语。但听张辫帅规划一切，今日任某官，明日放某缺，夹袋中的人物，一古脑儿开单邀请，其实多半在千里百里外面，就使闻知，也未敢贸然进来。

张勋正在忧闷，蓦接军报，乃是曹锟、段芝贵两军，分东西两路杀入。西路的曹锟军，占去卢沟桥，东路的段芝贵军，占去黄村，当下恼动张辫帅，立令部兵出去抵拒。无如张军只有五千，顾东不能及西，顾西不能及东，此外无兵可派，只好一齐差去，使他冲锋。张军自知不敌，没奈何硬着头皮，前往一试。行至廊房，刚值段芝贵驱兵杀来，两下交锋，段军所发的枪弹，很是厉害，张军勉强抵挡，伤毙甚多。正在招架不住，又听得西路急报，曹锟及陈光远等，统领兵杀到，张军前后受敌，哪里还能支持？霎时间纷纷溃退，段芝贵等遂进占丰台。越日，即由冯代总统发令，褫夺长江巡阅使安徽督军张勋官职，特任安徽省长倪嗣冲兼署安徽督军，所有张勋未经携带的部兵，统归倪嗣冲节制，且命各省军队，静驻原防，不得藉端号召，自紊秩序。段祺瑞又促东西两司令，赶紧入京，扫除逆氛。张勋闷坐京城，连接各路警耗，且惊且愤，几乎把他几根黄须儿，一条曲辫子，也向上直竖起来，于是复矫托清帝谕旨，速命徐世昌入都，以太傅大学士辅政，自己开去内阁议政大臣，暨直隶总督兼北洋大臣各差缺，并电告各省，历述前此经过情形，大有恨人反复、不平则鸣的意思。小子有诗咏张辫帅道：

莽将无谋想用奇，欺人反致受人欺。
须知附和同声日，便是请君入瓮时。

究竟电文如何措词，容待下回再表。

张勋复辟，相传各军阀多半与谋，即冯河间亦不能无嫌，所未曾与闻者，第一段合肥耳。然由府院之冲突，致启督军团之要挟，因督军团之要挟，致召张辫帅之入京，推原祸始，咎有攸归。幸段誓师马厂，决计讨逆，方有以谢我国人，自盖前愆。梁启超出而助段，磨盾作檄，坊间所行之《盾鼻集》，备载讨逆大文，确是梁公一生得意之笔，阅者读之，固无不击节称赏，叹为观止矣。然梁为康有为之高足，康佐张辫帅而复辟，梁佐段总理而誓师，师弟反对，各挟其术以自鸣，意者其所谓青出于蓝欤？夫民国成立已十余稔，同舟如敌国，婚媾若寇仇，师弟一伦，更不暇问，吾读梁文，吾尤不禁忾然叹、泫然悲也。若张勋以区区五千人，遽欲推倒民国，谈何容易。彼方自谓历届会议，已得多数赞成，可以任所欲为，亦安知覆雨翻云者之固比比耶？张辫帅自作曲辫子，夫复谁尤！

第八十七回　张大帅狂奔外使馆
段总理重组国务员

却说张勋辞去议政大臣及各种兼衔，自思从前徐州会议，诸多赞成，就是一二著名人物，亦无违言，今乃群起反对，集矢一身，不得不自鸣不平，通告全国，电文有云：

我国自辛亥以还，因政体不良之故，六年四变，迭起战争，海内困穷，人民殄瘁，推原祸始，罔非共和阶之厉也。勋以悲天悯人之怀，而作拯溺救焚之计，度非君主立宪政体，无以顺民心而回末劫，欲行君主立宪政体，则非复子明辟，无以定民志而息纷争，此心耿耿，天日为昭。

所幸气求声应，吾道不孤，凡我同胞各省，多与其谋，东海、河间，尤深赞许，信使往返，俱有可征。特录此电，实是为此数语。前者各省督军聚议徐州，复经商及，列诸计划之一，使他自己直供，令人拍手。嗣以事机牵阻，致有停顿，然根本主义，讵能变更？现以天人会合，幸告成功，民不辍耕，商不易市，龙旗飘漾，遍于都城。单靠都城竖着龙旗，有何用处？万众胪欢，咸歌复旦，使各省本其原议，多数赞同，何难再见太平？

不意二三政客，因处地不同，遂生门户之见；于是主张歧异，各趋极端，或故违本心，率以意气相向，或反持私见，而以专擅见规，遽启兵端，集于畿辅，人心惶恐，辇毂动摇。勋为保持地方治安起见，自不能不发兵抵御，战争既起，胜负难言，设竟以此扰及宫廷，祸延闾里，甚且牵惹交涉，丧失利权，则误国之咎，当有任之者矣。惟念此次举义之由，本以救国济民为志，决无私毫权利之私，搀于其间，既遂初心，亟当奉身引退。况议政大臣之设，原以兴复伊始，国会未成，内阁无从负责，若循常制，仅以委诸总理一人，未免近于专断，不得已而取合议之制，事属权宜。勋以椎鲁武人，滥膺斯选，辞而后任，方切惭惶。何前倨而后恭？爰于本日请旨，以徐太傅辅政，组织完全内阁，召集国会，议定宪法，以符实行立宪之旨。仔肩既卸，负责有人，当即面陈辞职。其在徐太傅未经莅京以前，所有一切阁务，统交王聘老暂行经管，一俟诸事解决之后，即行率队回徐，可不必费心了。但使邦基永定，渐跻富强，勋亦何求？若夫功罪，惟有听诸公论而已。敢布腹心，谨谢天下！

话虽如此，但雄心究还未死，因复收集溃兵，屯聚天坛，所有天安门、景山、东西华门及南河沿等处，各设炮位，严行扼守，将与讨逆军背城一战，赌决雌雄。驻京各国公使团，目睹京城危急，恐未免池鱼遭殃，遂相率照会清室，请劝令张勋解除武装，取消复辟。清宫上下，全无政柄，只得将各使公牒，交给张勋。张辫帅怎肯遽允？定要决一死战，于是京城大震，名为首善要区，简直是要做大战场了。

张镇芳、雷震春两人，见时局不稳，情愿弃去度支、陆军两部尚书，出京逃生；行至丰台，被讨逆军截住，把他拿下。还有一个冯德麟，本在奉天任事，他也来赶闹热场，想做个复辟功臣，不幸事机失败，求福得祸，所以潜逃出都，拟返入新民屯，途次亦为讨逆军所阻，截拿去了。当由冯代总统下令，褫去张镇芳、雷震春、冯德麟官职，暨前时所授勋位勋章，分交法庭依法严惩。余如康有为、万绳栻一流人物，统已准备逃走，背勋自去。早知今日，何必当初？独张勋未肯下台，自在天坛督兵，决最后的胜负。好容易到了七月十二日，讨逆军分三路进攻，直入各城，旅长冯玉祥、吴佩孚、张纪祥等攻击天坛，张军虽然负嵎，究竟寡不敌众，更兼枪弹未曾备足，怎能坚持到底？自从午前开战，两边枪声，陆续不绝。到了午后，讨逆军勇气未衰，张军已不能再支，枪声也中断了。张勋自知不妙，匹马遁入城中，部将失去主帅，除投降外无别策，只好竖起白旗，崩角输诚。讨逆军勒令缴械，方准免死，张军无奈，尽将手中枪交付讨逆军，然后得着生路，一齐出围。

惟张勋私宅，向在南河沿居住，勋妻本不赞成复辟，前时曾痛詈万绳栻道："汝无故掀风作浪，将来使我张氏子孙，没有啖饭的地方，都是汝一人闯祸哩。"万绳栻置诸不睬。张勋且蓄志有年，怎肯听那床头人，幡然早悟？况张勋姬妾甚多，平时本与正室不和，所以留居京第，未尝随从，此次张勋败还，勋妻恨不得向勋诘责，借出胸中恶气，但见勋非常狼狈，气喘吁吁，也不好火上添薪，自寻祸祟，惟问勋如何保身？如何保家？勋不遑答说，招集家中卫士及留京守卒，尚有五百余人，又领将出去，据住中央公园，还想一战。辫帅到底不弱。讨逆军一拥进攻，就使五百人铜头铁额，也是不能求胜。再加讨逆军内的旅长王承斌，就南河沿附近，择一隙地，摆起机关炮来，对准张勋私宅，开放过去。张勋家内的眷属，统吓得魂不附体，慌忙外走。凑巧张勋亦顾家心切，由中央公园走归，急引妻子乘摩托车，开足汽机，驰往东交民巷，奔入荷兰公使馆中去了。

那南河沿私宅，已被炮火焚毁。张军悉数投降，遂于七月十二日傍晚，由讨逆军收复京城，当即驰电天津，向段祺瑞处告捷。祺瑞便拟乘车入都，适值徐世昌过访，密语祺瑞道："此次复辟，本非清室本心，幸勿借此加罪清室。张勋甘为祸首，原是一个莽夫，但须念同胞旧谊，不为已甚。穷寇莫追，请君注意！"阅此语可知张勋前电谓东海亦深赞许，并非虚诬。祺瑞答道："优待清室条件，理应尽力保存，若少轩亦未必就逮。即无公言，我也不忍加害哩。"世昌乃拱手与别。越日，祺瑞入都，都中已定，因即到院视事，表面上不得不发一命令，缉拿张勋，一面派步军统领江朝宗，诣日本公使馆营舍中，迎黎元洪回府。这也是未免虚文。黎元洪已受过艰辛，当然不肯再来；惟寓居他人篱下，终非久计，乃谢过日本公使，及斋藤少将，迁回东厂胡同旧宅，即日通电全国，宣告去职。第一电是：

天相民国，赖冯总统、段总理及前敌将士之力，奠定京畿，元洪已于本日移居东厂胡同，拟即赴津宅养疴。此次因故去职，负疚孔多，以后息影家园，不闻政治，恐劳远系，特此奉闻。

越日，又发出第二电，详述去职情由。文云：

昨电计达。顷闻道路流言，颇有于总统复职之说，穷加揣拟者，惊骇何极！元洪引咎退职，久有成言，皎日悬盟，长河表誓。此次因故去职，付托有人，按法既无复位之文，揆情岂有还辕之理？伏念元洪夙阙裁成，叨逢际会，求治太急，而踬于康庄，用人过宽，而蔽于舆几，追思罪戾，每疚神明。

国会内阁，立国兼资，制宪之难，集思尤贵。当稷下高谈之日，正沙中忿语之时，纵殚虑以求平，尚触机而即发。而元洪扬汤弭沸，胶柱调音，既无疏浚之方，竟激横流之祸，一也。解散国会，政出非常，纵谓法无明条，邻有先例，然而谨守绳墨，昭示山河，顾以惧民国之中殇，竟至咈初心而改选，格芦缩水，莫遂微忱，寡草随风，卒隳持操，二也。张勋久蓄野心，自为盟主，屡以国家多故，曲予优容，遂至乘瑕隙以激群藩，结要津以徼明令，元洪虽持异议，卒惑群言，既为城下之盟，复召夺门之变，荓蜂螫指，引虎糜躯，三也。大盗移国，都市震惊，撤侍卫于东堂，屯重兵于北阙，元洪久经骇浪，何惮狞飚？顾忧大厦之焚，欲择长城之寄，含垢忍辱，贮痛停辛，进不能登台授仗，以殄凶渠，退不能阖室自焚，以殉民国，纵中兴之有托，犹内省而滋惭，四也。轻骑宵征，拟居医院，暂脱身于塞库，欲奋翼于渑池，乃者阍人不通，侦骑交错，遄臻使馆，得免危机，自承复壁之藏，特懔坚冰之惧，亦既宣言公使，早伍平民，虽于国似无锱黍之伤，而此身究受羽毛之庇，五也。凡此愆尤，皆难解免。

一人丛脞，万姓流离，睹锋镝而痛伤兵，闻鼓鼙而惭宿将，合九州而莫铸，投四裔以何辞？万一矜其本心，还我初服，惟有杜门思过，扫地焚香，磨濯余生，忏除夙孽，宁有辞条之叶，仍返林柯，堕溷之花，再登茵席？心肝倘在，面目何施？且夫谋国必忠，爱人以德，琴弛则弦改，车覆则轨迁，若必使负疚之身，仍尸高位，腾嘲裨海，播笑编氓，将何以整饬纪纲，折冲樽俎？稀瓜不堪四摘，僵柳不可三眠，亡国败军，又焉用此？

抑元洪尚有进者，国定于一，师克在和，当兴亡继绝之交，为排难解纷之计，正宜恪守法律，蠲弃猜嫌。况冯总统江淮坐镇，夙得军心，段总理钟簴不惊，再安国本，果能举左挈右提之实，宁复有南强北胜之虞？至于从前兵谏，各省风从，虽言爱国之诚，究有溃防之虑。此次兴师讨贼，心迹已昭，何忍执越轨之微瑕，掩回天之伟绩，两年护国，八表齐功，公忠既已同孚，法治尤当共勉。若复絜短衡长，党同伐异，员峤可到，而使之返风，宣房欲成，而为之决水，茫茫惨黩，岂有宁期？

鼎革以还，政争迭起，凡兹兄弟阋墙之事，皆为奸雄窃国之资。倘诸夏之皆亡，讵一成之能借？殷鉴不远，天命难谌，此尤元洪待罪之躯，所为垂涕而道者也。勉戴河间，奠我民国，惭魂虽化，枯骨犹生。否则荒山穴翳，纵熏穴以无归，穷海田横，当投荒而不返，摅诚感听，维以告哀。

黎元洪虽连电辞职，冯国璋总须带着三分客气，未便骤然登台，当时有一篇通电，谓“现在京师收复，应即迎归黎大总统，入居旧府，照前统理。国璋即将代理职权，奉还黎大总统，方为名正言顺”等语。黎元洪如何再肯接受，仍然固辞。段祺瑞再组织内阁，拟定相当人员，将任汪大燮为外交总长，汤化龙为内务总长，梁启超为财政总长，林长民为司法总长，张国淦为农商总长，曹汝霖为交通总长，范源濂为教育总长，刘冠雄为海军总长，祺瑞自兼陆军总长。只因冯、黎两人彼此推让，总统尚为虚位，究归何人颁发任命，因此祺瑞未免踌躇。

祺瑞有一高足弟子，姓徐名树铮，乃是铜山人氏，曾赴东洋游学，在日本士官学校中毕业，归国以后，仍投段氏门下。洪宪前无甚表见，袁氏称帝，徐劝段极力反对，段乃下野。及蔡锷举义，云南独立，黔、粤等省依次响应。袁氏派遣

曹锟、张敬尧等，出兵南下，特设海陆军统率办事处，调度军机，徐又劝段从旁牵掣，阴嘱逗留。段为北洋军系领袖，如曹锟、张敬尧等，素来倾向祺瑞。祺瑞虽手无寸铁，一封书足敌千军，所以曹、张两人不肯为袁效死，张敬尧且顿兵泸州，始终不进，任他统率办事处，如何催迫，全然不理。陕西将军陆建章，尽忠袁氏，徐又嗾动汉南镇守使陈树藩，兴兵独立，围攻长安，竟将建章逐去，代为陕督。为后文枪毙陆建章伏线。陕西一变，晋、豫动摇，四川将军陈宧，湖南将军汤芗铭，又皆宣告独立，坐令袁皇帝完全失败，活活气死。黎元洪依法继任，起段祺瑞为国务总理，段因徐树铮献策有功，格外亲信，便命他为国务院秘书长，兼领陆军次长，事必与商，乃演出府院冲突，种种变端。当时谓徐树铮势力，不亚徐世昌，世昌以资望见推，树铮以谋略见重，故特称树铮为小徐。成也萧何，败也萧何，

我为段氏一叹。

至此段祺瑞复来组阁，为了元首问题，尚在绝续时候，未得命令为疑。树铮欲解主忧，便至黎元洪私第中，面谒元洪道：“张、康谋逆，国体动摇，今幸段合肥在野兴师，入京讨逆，摧枯拉朽，再造民国，未知公将如何相待？”元洪愀然道：“我不能事前弭患，乃至变生肘腋，震动京畿，尸位素餐，咎已难辞。今已通电辞职，继任当属冯河间，不日就可入都，信赏必罚，应归河间主张，我已身伍齐民，尚有何权处置国事哩？”树铮方才退出，转告段祺瑞。祺瑞即电告冯国璋，旋得国璋复电，组阁事悉凭裁夺。祺瑞遂将选定阁员，如数提出，好在国会已经解散，不必另费手续，咨求国会同意，因即称冯总统令，特任各部总长，复通缉复辟要犯康有为、刘廷琛、万绳栻、梁敦彦、胡嗣瑗等，着京内外各军警长官，留意侦拿。康有为等早已避至六国饭店，俟军事粗定，溜出都门，鸿飞冥冥，弋人何篡，眼见是无从缉获了。毕竟圣人多智。首犯张勋安居荷兰使馆中，有人奉令探查，勋左手挟着快枪，右手持着书函一大包，哓哓与语道：“徐州会议时，赞成复辟，相率签名，此等笔迹，俱在我掌握中，他好卖友，我将宣示国人，与他同死，休怪我老张无情呢。”于是探查的人员，料知此事难办，乐得退出了事，不愿再闻。

只徐州留驻的定武军，闻报张勋失败，蠢然思动，如四十四营、五十五营的兵队，并皆勾结匪徒，突然哗变，四出焚掠。余如当涂、宿迁、南通及沭阳等处所驻张军，亦相继为乱。幸经徐州镇守使张文生、海州镇守使白宝山，率部剿伐，逐渐扫平。转风使舵，两镇守使总算聪明。段总理接报后，便传电宣慰道：

奉大总统令，徐州镇守使张文生、海州镇守使白宝山，当张勋倡乱之始，即经通电声明，未预逆谋，并约束军队，力维秩序，此次土匪新兵，裹胁为变，又复亲督所部，立予歼除，淮、徐一带，得以保持安宁，实属深明大义，克当职守。张文生、白宝山着照旧供职，并责成将所部军队，声明纪律，切实整顿，以卫地方。此令。

还有清宫上下，经此剧变，十三龄的冲人，被张辫帅强迫登台，又做了十一二日的北京皇帝，险些儿把饭碗都掷碎了。张勋一逃，段氏入京，急忙由内务府出名，函致段总理，历诉张勋强迫等情，段即命内务部电告冯国璋，主张优待条件，仍然如前。冯国璋自然同意，便托段总理传令道：

798. 据清室内务府函称：本日内务府奉谕，前于宣统三年十二月二十五日，钦奉隆裕皇太后懿旨，因全国人民倾心共和，特率皇帝将统治权公诸全国，定为民主共和，并议定优待皇室条件，永资遵守等因。六载以来，备极优待，本无私政之心，岂有食言之理。不意七月一号，张勋率领军队，入宫蟠踞，矫发谕旨，擅更国体，违背先朝懿训，冲人深居宫禁，莫可如何，此中情形，当为天下所共谅。着内务府咨请民国政府，宣布中外，一体闻知等因。查此次张勋叛国，矫挟肇乱，天下本共有见闻，兹据清室咨达各情，合亟明白布告，咸使闻知。此令。

侥幸侥幸，清室的优待条件，总算保住，不致撤销。小子有诗咏道：

亡国无如清室安，悲中尚觉有余欢。
如何平地风波起，险把遗宗一扫残？

欲知后事如何，且看下回分解。

张勋之妻，尚知复辟之不易成功，而勋独如病狂易，卒至孤军败走，入荷兰使馆以寄身，微特无以对民国，对清室，即对诸床头人，亦应有愧色矣。彼意以为各省军阀，赞成者已居多数，可以任所欲为，曾亦思人心难料，仲由、季布，当今尚有几人耶？勋一走而段氏入京，复为总理，是张勋之一番狂热，不啻代段氏作成位望。勋负大罪，段居大功，蚕丝作茧，自缚其身，何其愚也？而爱新觉罗氏之犹得苟延，抑亦仅矣。

第八十八回　代总统启节入都
投照会决谋宣战

却说国务总理段祺瑞，勘定乱祸，重造民国，中外已多数赞同，惟国民党中人物，仍拟扶持黎元洪。黎既去职，党人失主，势不能无所觖望，于是唐绍仪、汪兆铭等，同诣上海运动海军总司令程璧光、第一舰队司令林葆怿，否认国会解散后的政府，即于七月二十一日，宣告独立，电文如下：

> 中华民国海军总长程璧光、第一舰队司令林葆怿，谨率各舰队暨各将士，布告天下曰：自倪嗣冲首揭叛旗，毁弃《约法》，蹂躏国会，而中华民国之实亡；自张勋拥兵入京，公然僭窃，而中华民国之名亦亡。今张勋覆灭，中华民国之名，已亡而复存矣。然《约法》毁弃，国会蹂躏，国家纲纪，荡然已尽，岂中华民国仅以存其名为已足，而其实乃可置之于不问耶？夫纲纪陵夷，则奸宄横行，故一切假托名义者，乃得悍然无所顾忌，竟至罪恶贯盈之倪嗣

冲，亦复当安徽督军之大任，益以南路司令之特权，颐指气使，叱咤四省，天下皆指为首祸，而顾以首义自居，天下皆指为元凶，而顾以元勋自居，循是以往，中华民国不复为国民之公器，特为权奸之面具而已。应加指摘。长此隐忍，何以为国？鱼烂之兆已见，陆沉之祸安逃？所为中夜斫剑，临流击楫者也。

夫我海军将士，既以铁血构造共和，即以铁血拥护之，未免过夸。当丙辰之际，帝制已消，国命未续，我海军将士，以三事自矢，一曰拥护将士，二曰恢复国会，三曰惩办祸首，盖所求者，共和之实际，非共和之虚名，耿耿此心，可质天日。今者以言《约法》，则已灭裂矣，以言国会，则已破散矣，以言祸首，则鸱张者凌厉而无前，蛰伏者呼啸而竞起矣，国基颠簸，人心震撼，愕眙相顾，莫敢谁何！

呜呼！我海军将士，岂唯初心之已戾，亦唯责任之未尽也。用是援枹而起，仗义而言，必使已僵之《约法》，回其效力，已散之国会，复其原状，元恶大憝，为国蟊贼者，无所逃罪，然后解甲。自《约法》失效，国会解散之日起，一切命令，无所根据，当然无效，发此命令之政府，当然否认。谨此布告，咸使闻知。

自发表电文后，便率同舰队，开往广东，唐绍仪、汪兆铭相偕同行。广东督军陈炳焜早与中央脱离关系，见八十四回。当然欢迎海军，无庸细表。惟段祺瑞闻海军独立，急电告冯国璋，请褫夺程璧光职。国璋也即允行，免璧光官，另派海军总长刘冠雄，暂行兼领，一面使人慰谕海军第二舰队司令饶怀文及练习舰队司令曾兆麟，还算笼络得住，由饶、曾通电中外，谓：“此次沪上海军宣言，我等绝不与闻，现在海军第二队暨练习队，一切行动，惟有禀承冯大总统意旨，以服从中央、保卫地方为职志。”段祺瑞稍稍放心，暗思海军宣言文中，未尝无理。惟第一条是惩办倪嗣冲等，这项是不便照行的。嗣冲为安徽颍州人，与祺瑞籍隶同省，本来是互通声气。及张勋得势，嗣冲乃与他联络，徐州会议，首表同情，勋既失败，又复向段输情，卖张助段，段意本不甚恨勋，自然不致恨倪，若非他一场复辟，段亦安得重任总理？其无憾也固宜。况系多年的同乡朋友，应该推诚相与，引为臂助。倪既攫得张勋遗缺，格外感激，服从段氏。段正要赖作外援，如何肯加罪示惩？只第二条大意，谓《约法》宜循，国会宜复，这乃是应行条件；但从前国会议员，与段反对，此时若仍然召集，必致照旧牵掣，许多为难，乃特

想出一法，说是：“国会已经解散，宪法尚未成立，今日仍为适用《约法》时代。《约法》上只有参议院，应该仍召集前时参议院各员，制定宪法，并修正国会组织法等，然后宪法可得施行，国会再当成立。”这番言语，明明是弄乖使巧，别有会心。当下通电各省，征集意见，除岭南反抗外，皆复电赞成。段祺瑞又故示大度，并未责及两粤，但任刘承恩为广东省长，朱庆澜为广西省长，且云：“刘承恩未到任时，令陈炳焜暂行兼署。”

独四川兵乱未靖，特派周道刚代理四川督军，率兵平乱。原来戴戡兼署四川督军后，刘存厚暂时退出成都，应八十二回。至复辟事起，戴戡所部黔军，与刘存厚所部川军，复因争议北伐事，大起冲突，连日在成都激战，开放枪炮，焚毁民居。前总统黎元洪尚主张和平办理，叫他双方息争，静候中央查办。

未几，元洪去职，京城且闹得一塌糊涂，还有何人去顾四川？戴、刘总相持不下，徒苦生灵，至此段总理已有余暇，所以特派周道刚就近代任，勒令刘存厚撤围成都，又免海军第一舰队司令林葆怿职，命林颂庄署第一舰队司令，升第二舰队饶怀文为海军总司令，另派杜锡珪署海军第二舰队司令，旋复任鲍贵卿为黑龙江督军，暂兼省长。他如陕西督军陈树藩，亦令暂兼省长；回应上文，故特别提叙。撤去讨逆军总司令部，所有未尽事宜，统归陆军部接办。并令张敬尧督办苏、皖、鲁、豫四省剿匪事宜。此外政令，犹难悉举，统由段祺瑞遥商冯国璋，共同议决。

转眼间已是七月将尽了，祺瑞屡促冯国璋入都，冯却迟迟吾行，心下含着许多疑虑。冯为直隶人，段为安徽人，冯有冯派，段有段系，本来是各分门户，自悬一帜。此次携手同登，无非为除去张勋，讨逆有名，一个可代任总统，一个可复任总理，以利相联，并非以诚相与。冯恐段系复盛，一或入都，仍不免蹈黎覆辙，为所牵制，因此欲前又却，备极踌躇，暗思江西督军李纯，前时常从征汉阳，隐相投契，辛亥革命，冯尝受清命攻汉阳，纯为北洋第六镇统制，随冯同行。现不若调令督苏，踵接后任，庶几长江下游，仍占势力，且可联络沿江诸省，为己后盾。计划已定，乃着心腹将弁，潜往江西，与李纯商量就绪，然后安排启行，随身带着十五师为拱卫军，渡江登车，北行入都。是时已是七月三十一日了，提要钩玄，为下文冯段交恶张本。

越日即已抵京。京中大小官吏，共至车站迎候，由冯下车接见，偕入都门，便至黎元洪寓邸中，面请复职。虚循故事。黎当然辞谢，决意让冯。冯乃至国务院，与段祺瑞商议，言下犹有谦辞。段提出“当仁不让”四字，敦勉国璋，国璋才入总统府治事，由国务院电告各省，声明冯大总统莅府任职。各省统驰电称贺，惟两粤不肯附和，仍主独立，还有云南督军唐继尧亦电致各省，拥护《约法》，不愿服从冯政府。略云：

民主政治，其运用在总统、国会、内阁，其植基在法律。自段氏免职以来，疆吏称兵，国会解散，元首引退，清帝复辟，数月之间，迭遘奇变，法纪荡然，国已不国。顾念大局阽危，不忍操之过蹙，冀其后悔，犹可徐图补救。乃日复一日，祸首趁势弄权，行动自由，奸邪并进，主器虚悬，民意闭塞，律以共和原则，不惟精神全失，亦已形式都非，来日悠悠，曷其有极？窃谓今欲民国之不亡，宜亟阐明数义：（一）总统有故不能执行职务时，当以副总统代行职权，惟故障既去，总统仍行复职，否则应向国会解职，照《大总统选举法》第九条第二项办理；（二）国会非法解散，不能认为有效，应即召集国会；（三）国务员非得国会同意，由总统任命，不能认为适法；（四）称兵抗命之祸首，应照内乱罪，按律惩办，以彰国法。凡此四义，一以《约法》为依据，不能意为出入。继尧以为国家不可无法，在宪法未成立以前，《约法》为民国惟一之根本法，本实先拨，则变本加厉，何所不至！自今以往，愿悉索敝赋，勉从诸公之后，以拥护国法者，保持民国之初基于不坠；有非法藐视，横来相干，道不相谋，惟力是视而已。忧危念乱，敢布区区，邦人诸友，实图利之！

冯政府甫经成立，大势粗定，也无暇顾及西南，并且滇、粤僻处南偏，与大局无甚关碍，所以暂时搁置，付作缓图。惟冯与李纯既有密约，一经入京，便提及江苏督军一缺，商诸段祺瑞，要将李纯调任；又因陈光远亦属故交，拟令为江西督军。段祺瑞也知冯有意树援，心下不甚赞成，但因冯方任总统，彼此联为同气，究不便遽与相争，只好勉强承认。独提出一个傅良佐来，请冯任为湖南督军。良佐为段氏弟子，曾任陆军次长，与小徐为刎颈交，互相标榜。段祺瑞既信任小徐，因亦信任良佐，良佐且诩诩自矜，谓："征服南方，当用迅雷飞电的手段，出它不意，然后能制它死命。"小徐击节称赏，尝在段氏面前夸美良佐，几不绝口。段祺瑞牢记心中，适值冯国璋欲任李、陈，遂引荐良佐，使他督湘，一是好据住长江中权，抵制李、陈；二是好控御岭南一带，抵制滇、粤，这正是双面顾到的良谋。好似弈棋一样，你下一子，我亦下一子。冯亦不好忤段，因将李纯督苏、陈光远督赣、傅良佐督湘，同日任命，颁发出来。段又欲贯彻初衷，定要与德宣战，回应八十二回。因特开国务会议，解决此事。国务员统由段氏组织，自然与段氏融合，段倡议宣战，哪个敢出来反对？当下随声附和，似乎有摩拳擦掌、气吞德意志帝国的形状。可笑。段祺瑞既得国务员同情，便以为众志成城，正可一战，遂即入告冯总统，请即下令。冯总统对着宣战问题，本无甚么成见，前次入京调停，也未尝反对段议，应八十一回。明知中德辽远，彼此不能越境争锋，段要宣战，无非是虚张声势，何妨随口应允，免伤感情。比黎菩萨较为聪明。于是嘱秘书员撰就布告，与德宣战。文云：

我中华民国政府，前以德国施行潜水艇计划，违背国际公法，危害中立国人民生命财产，曾于本年二月九日，向德政府提出抗议，并声明万一抗议无效，不得已将与德国断绝外交关系等语。不意抗议之后，其潜水艇计划，曾不少变，中立国之船只，交战国之商船，横被轰毁，日增其数，我国人民之被害者，亦复甚众。我国政府不能不视抗议之无效，虽欲忍痛偷安，非惟无以对尚义知耻之国人，亦且无以谢当仁不让之与国。中外共愤，询谋佥同，遂于三月十四日，向德政府宣告断绝外交关系，并将经过情形，宣示中外。我中华民国政府，所希冀者和平，所尊重者公法，所保护者我本国人民之生命财产，初非有仇于德国。设令德政府有悔祸之心，怵于公愤，改为战略，实我政府之所祷企，不忍遽视为公敌者也。乃自绝交之后，已历五月，潜艇之攻击如故。非特德国而已，即与德国取同一政策之奥，亦始终未改其度。既背公法，复伤害吾人

民，我政府责善之深心，至是实已绝望，爰自中华民国六年八月十四日上午十时起，对德、奥国，宣告立于战争地位，所有以前我国与德奥两国订立之条约，及其他国际条款、国际协议，属于中德、中奥之关系者，悉依据国际公法及惯例，一律废止。

我中华民国政府，仍遵守海牙和平会条约，及其他国际协约，关于战时文明行动之条款，罔敢逾越。宣战主旨，在乎阻遏战祸，促进和局，凡我国民，宜喻此意。当此国变初平，疮痍未复，遭逢不幸，有此衅端，本大总统眷念民生，能无心恻，非当万无苟免之机，决不为是一息争存之举。公法之庄严，不能自我失之，国际之地位，不能自我圮之，世界友邦之平和幸福，更不能自我而迟误之。所愿举国人民，奋发淬厉，同履艰贞，为我中华民国

保此悠久无疆之国命而光大之，以立于国际团体之中，共享其乐利也。布告遐迩，咸使闻知！

此令既下，又由外交部照会驻京各国公使，声明对德宣战及对奥宣战，并令内外各官署，查照现行国际公法惯例，妥速办理宣战事宜。德使已早归国，独奥使尚在都中，因特致照会云：

为照会事。中国政府前以中欧列强，施行潜水艇计划，违背国际公法，危害中国人民生命财产，曾于本年二月九日，向德政府提出抗议，嗣以抗议无效，于三月十四日向德政府宣告断绝外交关系，并经照达贵公使在案。现因中欧列强此项违背公法伤害人道之计划，毫无变更，中国政府，为尊重公法，保护人民生命财产起见，不能久置不顾。贵国现与德国既为同一之行动，则中国政府对于德、奥两国，不能有所区分。兹向贵国政府声明，自中华民国六年八月十四日上午十时起，本国与贵国入于战争之状态，所有中奥两国于一八六九年九月二日所订中奥条约，及现在有效之其他条约合同或协约，无论关于何种事项者，均一律废止。至一九零一年九月七日所订之条款，及其他同类之国际协议，有涉及中奥间之关系者，并从废止。又中国政府对于海牙和平会条约，及其他国际条约，一切关于战时文明行动之条款，仍遵守不渝，合并声明。除电本国驻奥公使转达贵政府，并请发给出境护照外，相应备具贵公使并贵馆馆员，暨各眷属，离去中国领土，所需沿途保护之护照一件，照送贵公使，请烦查收为荷。至贵国驻中国各领事，已由本部令知各交涉员，一律发给出境护照矣。须至照会者。

奥使接到照会，亦有公文照复外交部，语多批驳。略云：

所来照会内容，本公使阅悉，应候本国政府训令。至公文所提宣战之各缘由，姑不具论，惟不得不声明此项宣战，本公使以为违背宪法，当视为无效，盖按前黎大总统之高明意见，此项宣战之举，应由国会两院，同意赞成，方可施行。特此照复。

这照会递到外交部，外交部将原文退回，意谓中、奥已成敌国，还要甚么辩论，因此奥使亦卸旗回国去了。粤省督军省长，虽经宣告独立，但对着国际交涉，却取同一态度。中央与德、奥宣战，粤省亦钞录大总统布告，出示晓喻，并照会驻粤各国领事知照。正是：

虚语终嫌无实力，外强反使笑中干。

宣战以后，尚有一切手续，容至下回表明。

冯、段携手讨逆，甫经成功，即互生意见，暗启猜嫌，是欲其一德一心，保邦致治，宁可得乎？海军独立，与滇、粤反抗，尚非冯、段腹心之疾，所患者在冯、段之貌合神离，仍不免有冲突之祸耳。冯选李纯督苏、陈光远督赣，段选傅良佐督湘，即生出日后许多波折。民国之杌隍不安，何莫非争权夺利之军阀家，有以阶之厉也。至若与德宣战一事，已见八十一回总评中，而此时段之主战，尤有不得不然之势，主战则见好强邻，可作外援，借外债，平内患，自此无阻，段其可踌躇满志乎！然观于后来之专欲难成，而吾更不能不为段氏慨矣！

第八十九回　筹军饷借资东国
遣师旅出击南湘

却说中国政府既与德、奥宣战，遂由内务部具呈冯总统，谓前时与德绝交，曾将天津、汉口的德国租界，收回自管，设立特别区临时管理局，后改特别区市政管理局，现既明令宣战，与前情势，又属不同，应将“临时”二字除去；且管理事务，类属市政范围，可将特别区临时管理局，改名特别区市政管理局，当奉指令照准。又天津奥租界，亦由内务部咨照直隶省长，饬该局一并接收管理。直隶督军兼省长曹锟，即照部咨施行，不在话下。

前总统黎元洪，自日使馆营舍还第，住居东厂胡同，屋旁向有卫队，驻扎花园中。嗣因队兵王德禄发生疯疾，持刀砍入，斫死护卫马占成、正目王凤鸣、连长宾世礼等三人，并伤伍长李保甲、卫兵张洪品等二人，其余卫士一拥齐上，方将王德禄戮毙。元洪恐尚有他变，复移居法国医院。至冯、段已组定政府，局势少定，乃偕眷属出京。好在天津尚有私宅，借此栖身，不再与闻国事，这也是逍遥自在的良法。后来何故再为冯妇？

惟岭南各省，总未肯服从中央。再加四川乱事，亦尚未靖，代理督军周道刚，留驻重庆，自奉中央命令后，就在重庆就职，正拟调集兵士，西赴成都，忽闻四川省长戴戡被川军击毙，当即派人前往，探查确耗。原来刘存厚部下，尽是川军，不愿外兵入境，故前时罗佩金所带的滇军，与刘不协，致生冲突，后来戴戡所部的黔军，亦当然为刘所恨，力加排斥。毕竟黔军势孤，川军力厚，两下里争战多日，黔军卒不能支，退出成都，由刘存厚入城据住。戴戡又联络前督军罗佩金，及云南督军唐继尧，会师进击，复得夺还成都，驱出存厚。存厚怎肯甘休？收拾败兵，再攻戴戡，戡又向滇军乞援，与川军对敌，川军败退，戡拟夹攻川军，自督黔军出城，行抵秦皇寺附近，突与败退的川军相遇，彼此见了仇人，便即开枪相击，也是戴省长命已该绝，竟被流弹射来，伤及要害，连忙返身入城，医治无效，当即毕命。

周道刚既悉详情，据实呈报中央，当由冯总统下令，追赠戴戡陆军上将衔，照阵亡例赐恤，着财政部拨银一万圆治丧，并命周道刚查明川军统帅，谓“如由刘存厚主使，应该坐罪，不能曲贷”云云。此种命令，亦未免掩耳盗铃。试思川军统帅，除刘外尚有何人？旋复查闻四川财政厅长黄大暹，督军署参谋长张承礼，亦因川、黔两军交哄时，仓猝出走，饮弹身亡，中央政府，又复从优议恤。后来周道刚又与滇军相争，政府再行申令，饬在川军队，无论客主，统归周道刚管辖，且实授周道刚为四川督军，刘存厚会办四川军务，总算暂时维持，敷衍过去。

至若新近解散的国会议员，曾列国民党名籍中，都不赞成段总理。且段复任后，又不肯将议员一律召回，反提起从前组织《约法》的参议员，拟为召集，所以一班解散的议员，陆续赴粤，在粤东自行集会，称为非常会议，特借广州城外的省议会议场，会议时事，否认中央政府，另组出一个军政府来。当下投票公决，选举民国第一任总统孙文为大元帅。孙文闲居无事，就趁那选举的机会，再出就职。就职以后，免不得有一篇通告，无非指斥段祺瑞、倪嗣冲、梁启超、汤化龙等，违法党私，背叛民国，应该兴师北讨，伐罪吊民等语。

段祺瑞闻到此信，恐怕别省闻声响应，引入漩涡，将来东一省、西一省，依次发难，岂不是酿成大患，不可收拾么？左思右想，除用武力解决外，苦无良策。但欲用武力，必须先筹军饷，国库早一空如洗，各省赋税，又不能源源进来，就使有些报解，平常尚不够应用，怎能腾挪巨款，接济军需？当下与小徐等商量，小徐等主张借款，暂救眉急。段祺瑞到了此时，也顾不得国家担负，便邀入财政总长梁启超，密商借债事宜。梁也知借债行军，利少弊多，无如段总理决意用武，自己方依段氏肘下，不好有违，惟将这副借债的担子，卸与财政次长李思浩，叫他出去张罗。李思浩素善筹款，接到密令，即与英、法、俄、日四国银行团，商借一千万元，名目上不便提出“军需”二字，只好仍称“善后”借款。银行团含糊答应，但英、法、俄三国，与德、奥连年交兵，耗费不可胜计，也未能舍己芸人，独日本远居亚东，虽是列入协约国内，反对德、奥，究不曾出发多少兵船，用过多少兵费，所以四国银行团中，只日本肯认借款，日本正金银行理事小田切万寿，出作日本银行团代表，愿借一千万元，与财政部订定契约。约中要点如下：

（一）名目：垫款。（二）金额：一千万元。（三）利息：七厘。（四）年限：一年。（五）折扣：百分之七。（六）担保：中国盐税余款。（七）用途：行政费。（八）用途稽核：依民国第一次善后借款条目办理。见第二十四回。（九）承借者：日本银行团。

契约既成，一千万元稳稳借到，折扣由两边经手分肥，无庸多说。山东督军张怀芝，因逐年垫付军需，总数颇巨，中央无力归还，乐得乘政府借款的时候，加添一些零头，可以拨充本省的用费，当下商明中央，代向中日实业银行，借到日金一百五十万圆，议定年息一分，还期一年，以中央专税为担保，这好似穷民贷钱，但顾目前，不管日后如何清偿呢。段祺瑞既得借款，正要筹办军事，制服南方，不料部署尚未定绪，那湘南又突出一支独立军，与督军傅良佐抗衡，惹得长江中线，也致摇动起来。当良佐赴湘以前，湖南督军，本由省长谭延闿兼任，延闿是国民党中人，段祺瑞恐他联络滇、粤，所以特命良佐为督军，前往监制。良佐到了湖南，谭延闿不便抗拒，就将督军印信，交与良佐，一朝权在手，就把令来行，竟将署理零陵镇守使刘建藩，勒令撤任。这便是迅雷飞电的手段！

刘建藩以无辜被斥，心下不甘，遂与湖南第一师第二旅旅长林修梅，暨零陵各区司令等，商定独立，通电中央及各省，宣告自主，脱离现政府关系；一面联络滇、粤，及海军总司令程璧光等，反抗良佐。良佐岂肯坐视，当即电达中央，详陈刘建藩罪状，特派第二师第三旅旅长李右文，率兵往攻零陵。

段知戎机一发，势难中止，前次借到日款，只有一千万元，不过数月可持，欲达到平南目的，计非多借款项，不能成事，乃复暗嘱交通银行，令他出面借款，再向日本国的台湾、朝鲜、兴业三银行，商借日金二千万元。又经过许多磋磨，方得三银行允诺，订定契约七条：（一）为金额。计日金二千万元。（二）为期限。准定三年。（三）为利息。按年七厘半。（四）为折扣。总算免去。（五）为担保。即把中国国库证券一千五百万元，作为征信。（六）为用途。系是整理交通银行业务。仍是欺人。（七）为中国政府保证偿还本利；且在借款期限内向他国借款时，须先向三银行商议。此外并定由交通银行，聘请台湾、朝鲜、兴业三银行各一人为顾问。外人借了债，便着着进逼，段政府反视为得计，难道不可以已么？这番借款复得告成，连前共得三千万元。段总理可以指挥如意，乃请冯总统连下二令，一令是通缉广东军政府大元帅孙文及非常国会的议长吴景濂，一令是通缉陆军中将蓝天蔚，说他受孙文伪令，勾结刘景双、顾鸿宾、马海龙、金鼎臣等，分途四扰，贻害西北，应即褫夺原官，着各省督军省长，务获严惩等语。复召集各省参议员到京，组织临时参议院，免人訾议。令文有云：

国会组织法，暨两院议员选举法，民国元年，系经参议院议决，咨由袁前大总统公布。历年以来，累经政变，多因立法未善所致，现在亟应修改，着各行省蒙、藏、青海各长官，仍依法选派参议员，于一个月内到京，组织参议院，将所有应改之组织选举各法，开会议决。此外职权，应俟正式国会成立后，按法执行，以示尊重立法机关之至意。此令。

又有一令同下，系著内务部筹备国会选举，略云：

依《约法》第五十三条，本有召集国会之规定，此次国体再奠，所有《约法》上机关，亟应完全设立，着内务部按照民国元年筹备国会事务局办理事宜，迅速筹办，预备选举。此令。

以上各种命令，统是段祺瑞一人主张，代任总统冯国璋，无非依言传令，签名盖印罢了。当时冯总统尚有一段悲情，乃是总统夫人周氏得病甚重，竟于九月十日晚间，在总统府中逝世。周夫人就是周道如女士，前在袁总统府充当女教员，由袁总统作撮合山，配与冯河间为继室。见三十七回。五旬左右的武夫，得了四旬左右的淑女，正是伉俪言欢，非常恩爱。无如昙花命薄，晚菊香消，自从民国三年一月结婚，至民国六年九月病殁，先后只阅三年有奇。老头儿还有这般克星么？看官试想！这 815.
一再悼亡的冯河间，能不悲从中来，泣涕涟涟么？当下备极厚仪，为周夫人饰终，总统府中，未便久殡，乃择日发丧，回籍安葬。临丧时所有仪仗，当然繁盛，毋庸细表。周夫人死后有知，也不枉出嫁三年。

且说冯总统国璋，自悼亡后，免不得见物怀人，犹留余痛。偏这位好大喜功的段总理，时来絮聒，今日借款，明日调兵，说得天花乱坠，俨然有踏平南方的状态。冯总统本无心主战，不过碍着情面，未便龃龉，所以段说一件，冯依他一件，段说两件，冯依他两件，表面上似乎融洽，其实冯忌段，段亦忌冯，彼此各怀意见，暗地生嫌；再加近畿一带，水灾迭见，永定河决口，南运河又决口，天津、保定低洼等处，尽成泽国；津浦铁路北段，被水冲毁，火车不能通行，还有山东、山西，亦均报水溢，索款赈济。冯总统阅过来电，但委段总理筹办赈给，不复多言。

段祺瑞锐意平南，正虑军饷未敷，偏老天不肯作美，又闹出许多灾荒案件，随在需赈。没奈何嘱托财政部，腾出数万圆银钱，拨济灾区，某区拨若干，某区畀若干，多约万金，少约数千，可怜灾地甚广，灾民甚众，单靠着数千一万的赈款，济甚么事？段总理也管不得许多，但教噢咻示惠，便算了案，惟一心一意地对待南方。

哪知军情万变，不可预料，湖南督军傅良佐，所派遣的李右文一军，本要他去征服零陵，偏右文到了衡山，反全部投入零陵军，与刘建藩串同一气，向傅倒戈。傅良佐气得发昏，亟改派北军第八师师长王汝贤、第二十师师长范国璋，及湘军第二师师长陈复初，会师前进，再攻零陵。

段总理接报，暗中运款接济，严促傅良佐即平湘南。复虑谭延闿从中作梗，密嘱良佐讽示延闿，使他退位。延闿明知冯、段猜疑，偏不肯提出辞职，但向政府请假。段准给延闿假期，另派周肇祥暂署湖南省长。周亦段氏心腹，与傅同事，应该沆瀣相投，同心协力，傅良佐且得京款接济，便运往前军，犒师作气，果然军心一奋，踊跃直前。北军旅长王汝勤、朱泽黄等，行至衡山、永丰境内，与零陵军队交锋，连得胜仗，拔衡山，下宝庆，直逼零陵。安徽督军倪嗣冲，又密承段氏意旨，出军援湘，也得攻克攸县。

湘、皖更迭报捷，段祺瑞欣慰异常，且拟向日本订购军械借款，可以军械济军，乘胜平南。当时风闻中外，竞起谣传，共谓“我国军械，将归日本主持，所有各省兵工厂，煤铁矿，亦归日本管理”云云。于是江苏督军李纯、江西督军陈光远交章拍电，请政府声明真伪，免启群疑。冯派亦发作了。就是鄂、皖等省，亦有电向中央质问，要求政府明白宣示。是不过随声附和。旋由段总理复电，略谓“谣传全属子虚，不可妄信，现唯因与德、奥宣战，拟派兵赴助协约国，自制军械，不敷应用，势不得不购自外洋，现在惟西洋英国，东洋日本，尚有余械出售，我国与美迭商，迄无成议，急事不能缓办，始就近向日本购置军械一批，需款若干，购械若干，款未交清以前，量加利息，所订合同，仅限一次为止，纯是自由购办，毫无意外牵涉。中国历来所购外国军械，具有成案可稽，本届照前办理，与主权并不少损”云云。李、陈两督军，接得复电，见他理由充足，也不好再加诘问，只看他所购军械，是否给兵赴欧，再作计较。小子有诗叹道：

主战何如且主和，同居一室忍操戈。
况经国库中枵甚，借债兴兵祸更多。

段总理驳倒李、陈等电文，乐得放心做去。忽湖南又有急电，传达进来，由段总理取过一阅，又未免出了一惊。究竟为着何事，待小子下回叙明。

多一分外债，即增一分担负，失一分主权，甚矣外债之不可轻借也。袁政府专务借债，图逞私欲，所贷之款，尽付挥霍，而私愿亦终于无成，不意段总理亦尤而效之。财政部借日本款一千万元，交通银行又借款二千万元，名为善后之需，实为图南之用。夫南方各省之宣告独立，原有碍于中央统一之谋，然自来惟无瑕者可以戮人，段总理试抚躬自问，其胡为启南方之龃龉耶？不能推诚相与，徒欲以力服人，军需不足，贷诸强邻，即使南方果得告平，而所失已不赀矣。况平南之师未发，而湘省已起争端，用一傅良佐以控驭岭南，反挑动零陵之恶感，不能怀近，安能图远？徒酿成无谓之兵争而已，可慨孰甚！

第九十回　傅良佐弃城避敌 段祺瑞卸职出都

却说刘建藩据住零陵，与北军相持多日，寡不敌众，多败少胜，不得不向两粤乞援。段总理也恐两粤援刘，暗着人运动粤吏，使他反抗省政府，作为牵制。适值粤属惠州清乡总办张天骥为省政府所黜，改任刘志陆为总办，天骥心怀怨望，遂对省政府宣告独立。已而刘志陆带兵进攻，惠州帮办洪兆麟、统领罗兆昌、帮统刘达庆等，联合陆军，共攻天骥。天骥独力难支，只好窜去。偏潮州镇守使莫擎宇又复向省政府脱离关系，自言军政当直隶中央，民政仍商承李省长办理。好一个骑墙法子。旋又联结钦廉道冯相荣及镇守使隆世储，气势颇盛。张天骥亦奔投潮州，与莫相依。莫擎宇遂电达中央，自述情状。段总理乐得请令，褫夺广东督军陈炳焜职衔，特任省长李耀汉兼署督军，即命莫擎宇会办军务。

看官试想！民国纪元以来，各省虽号称军民分治，实际上全是军阀专权。自黎政府成立以来，虽改换名目，治军称督军，治民称省长，毕竟省长势力，敌不过督军，督军挟兵自重，对着一省范围，差不多是万能主义。段总理将陈炳焜褫职，即用李耀汉兼职，也是一条反间计。但陈炳焜怎肯依令？仍任督军如故，李耀汉势难代任，依然照前办事。陈炳焜且与广西联兵援湘，与刘建藩等并力作战，所向无前，夺回宝庆、衡山，复拔衡阳、湘潭，累得傅良佐日夕不安，又向段总理请援。段总理未免一惊，因恐远水难救近火，只好责成王汝贤、范国璋两人，令他效力图功，特派汝贤为湘南总司令，国璋为副司令，满望他感激思奋，扫平湘南自主军队。不意两人逗留不进，反通电中外及自主诸省，商请双方停战。略云：

天祸中国，同室操戈，政府利用军人，各执己见，互走极端，不惜以百万生灵，为孤注一掷，挑南北之恶感，竞权利之私图，借口为民，何有于民？侈言为国，适以误国。果系爱国有心，为民造福，则牺牲个人主张，俯顺舆论，尚不背共和本旨。汝贤等一介军人，鲜识政治，天良尚在，煮豆同心。自零陵发生事变，力主和平解决，为息事宁人计，此次湘南自主，以护法为名，否认内阁，但现内阁虽非依法成立，实为事实上临时不得已之办法，即有不合，亦未始无磋商之余地。在西南举事诸公，既称爱国，何忍甘为戎首，涂炭生灵？自应双方停战。恳请大总统下令，征求南北各省意见，持平协议，组织立法机关，议决根本大法，以垂永久而免纷争，是所至盼！特此电闻。

自王、范两人宣布此电，当然置身事外，引兵退归。那零陵自主军队及两粤各军未肯遽罢，仍旧扬旗击鼓，进逼长沙。湖南督军傅良佐，麾下亲兵，寥寥无几，专靠王、范两师出去御敌，偏他两人宣告停战，且有倒戈消息，急得傅督军不知所为，只好与代理省长周肇祥想出一条逃命的上策，夤夜同走，潜登兵舰出省，奔往岳州。这也好算得迅雷飞电的计策么？长沙失去主帅，亟由省城各团体，自组湖南军民两政办公处，暂时维持，适值王汝贤领兵回省，乃公推汝贤为主任，担任维持秩序。

傅良佐等退至岳州，不得不电达中央。段祺瑞接到此电，忍不住惭愤交并，慌忙驰入总统府，报明冯国璋，痛责王、范两人叛命的罪状。冯总统却默然不答。段始窥透隐情，料知王、范两人的行为，是由老冯暗中授意，遂作色与语道：“总统主和，祺瑞主战，两不相谋，应有此变，祺瑞情愿免职，请总统另任他人。”冯总统才淡淡地答道：“傅良佐所任何职，乃弃省潜逃，不为无罪。”祺瑞道：“王、范两师，无故倒戈，良佐势成孤立，自然只好出走了。”冯总统又道：“我何尝绝对主和，如果能戡定南方，就是我也自愿赴敌，请总理不必误会！”祺瑞起座道：“祺瑞已不敢再干了。或战或和，请总统自主便了。”言毕即去，未几，即递入辞职呈文，又未几，复递入国务员辞职呈文。冯总统不便遽允，派人一一挽留，复通电各省云：

国事濒危，人心浮动，一隅生隙，全国动摇。兹将数日经历情形，暨失机可惜之点，通告于左：自复辟打消，共和再造，军人实为功首，此后军人团体，即为全国之中心点，生死存亡，有莫大之关系，此不但本国人所共知，亦外交团所共认。此次政府成立，所行政策，以改良民国根本大法为宗旨，故不急召集新国会，而为先设参议院之举，在法律上虽微有不同，而用心实无私意存于其内。西南二三省，起而反对，无理要求，中央屡为迁就，愈就愈远，不得已而用兵，只为达到宗旨而已，初非有武力压迫之野心也。兵事既起，胜负虽未大分，而川事则中央颇为得手，滇、黔在川之兵，不日可期退出川界。广东方面，陆、陈、谭虽有援湘之兵，因龙、李、莫倾向中央，暗中牵制，以是不能大举。是时也，湘南战事，我北军将士，稍为振奋，保持固有之势力，中央即可达完善之结果。

　　不意我北军九死一生，最有名誉之健儿，误听人言，壮志消沮，虽系一部分之自弃，而掣动新胜，暨相持未败之众，于是合谋罢战，要求长官，通电乞和，不顾羞耻，虽曰其中有不得已之苦衷，而中央完全将成之计划，尽行
822. 打消矣。诸君闻之，能不惜哉！能不痛哉！特是通电求和，主持人道，欲达宗旨，亦必能战而后能和。假如占住势力，战胜一步，宣布调停，再进一程，征求同意，为中央留余地，保政府之威严，吾辈军人之名誉大张，国家人民之幸福是赖，乐何如之？乃不出此而为摇尾乞求，纵能达到和平目的，我军人面皮丧尽矣。国璋亦军人之一分子也，如此行为，万无下场余地，不为羞死，亦将气死。诸君皆爱国丈夫，有何高见，如何挽救，能否贾勇救国，振奋部下士卒精神，筹兵筹饷，以谋胜利，则大错虽已铸成，尚可同心补救。国璋代行权位，惶愧奚如！国将不存，身将焉附？如有同心，国璋愿自督一旅之师，亲身督战，先我士卒，以雪此羞。宣布事实，渴望答复！

这篇通电，辞旨隐闪，又主和，又主战，看似斥责王、范两人，却未曾提出姓名，不过含糊影响，但为段总理顾全面子，所以有此电文。

湘军第二师师长陈复初，方改编为陆军第十七师，驻扎常德，他闻王汝贤入主长沙，居然代行督军职务，心下很是不服，竟在常德宣布独立，要来攻夺长沙，就是两粤援湘各军，也不肯听命汝贤，纷纷入扰，长沙很是危急。到了十月十七日夜间，城中忽然火起，烟雾漫天，秩序大乱。汝贤也只好弃城出走，潜赴岳州。是时傅良佐、周肇祥两人，已由京中召入，传令免官候惩，令云：

湖南督军傅良佐，代理省长周肇祥，擅离职守，着先行免职，听候查办！此令。

同时又有一令云：

据王汝贤等电称：傅督军于十四日夜，携印乘轮，不知去向，省长亦去，省城震动，人心惶恐。汝贤等为保护地方安全起见，会同在城文武，极力维持，现在秩序，幸保安宁等语。并据自请处分前来。傅良佐、周肇祥擅离职守，本日另有明令免职查办，长沙地方重要，不可主持无人，即派王汝贤以总司令代行督军职务，所有长沙地方治安，均由王汝贤督同范国璋完全负责。查王汝贤等，身任司令重寄，统驭无方，以致前敌败退，并擅发通电，妄言议和，本属咎有应得，姑念悔悟尚早，自请处分，心迹不无可原。此次维持长沙省城，尚能顾全大局，暂免置议。

王汝贤等当深体中央弃瑕录用之意，严申约束，激励将士，将在湘逆军，迅予驱除，以赎前愆。倘再退缩畏葸，贻误戎机，军法俱在，懔之慎之！此令。

这令颁发，乃是十月十八日，与王汝贤弃城出走的时候，只隔一宵。京、湘相隔太远，汝贤又仓皇出奔，无暇拍电至京。所以京中尚未闻知，还令汝贤及范国璋，担任长沙治安职务。那段祺瑞自有意辞职后，虽非极端决裂，但对着湖南问题，不再入商，冯总统因得自由下令，轻轻将王、范二人罪状，豁免了事。惟段祺瑞览此令文，愈加不悦，自思老冯前电，已是态度不明，此次又仅罪及傅、周，不及王、范，明明是阿私所好，党同伐异的行为，因复决计辞去，不愿与冯共事。正拟二次递呈，复接得直、鄂、苏、赣四省通电，并请撤

兵停战，这又是冯派联络，推倒段内阁的先锋。电文署名，一是直隶督军曹锟，一是湖北督军王占元，一是江苏督军李纯，一是江西督军陈光远，文中说是：

慨自政变发生，共和复活，当百政待理之际，忽起操戈同室之争，溯厥原因，固由各方政见参差，情形隔阂，以致初生龃龉，继积猜嫌，亦由二三私利之徒，意在窃社凭城，遂乃乘机构衅，而党派争树，因得以利用之术，为挑拨之谋，逞攘夺之野心，泄报复之私忿。名为政见，实为意见，名为救国，实为祸国，于是阋墙煮豆，一发难收。

锟等数月以来，中夜彷徨，焦思达旦，窃虑覆亡无日，破卵同悲，热血填膺，忧痛并集。盖我国外交地位，

无可讳言，欧战将终，我祸方始，及今补救，尚恐后时。至财政困难，尤达极点，鸩酒止渴，漏脯疗饥，比于自戕，奚堪终日？东北灾祲，西南兵争，人民流离，商业停滞，凡诸险状，更仆难志。大厦将倾，而内讧不已，亡在眉睫，而罔肯牺牲，每一思维，不寒而栗，中心愤激，无泪可挥。夫兵犹火也，不戢自焚矣，如项城覆辙可鉴，矧同种相残，宁足为勇？鹬蚌相持，庸足为智？即使累战克捷，已足腾笑邻邦，若复两败俱伤，势且同归于尽。今者北倚湘而湘不可倚，南图蜀而蜀未可图，仁人君子，忍复驱父老兄弟于冰天雪地枪林弹雨之中？且战局延长一日，即多伤一日元气，展伸一处，即多贻一处痛苦。公等诚心卫国，伟略匡时，其于利害祸福所关，固已洞若观火。况争点起于政治，知悲悯本有同情。锟等不才，抱宁人息事之心，存排难解纷之志，奔走啼泣，惨切叫号，而诚信未孚，终鲜寸效，俯仰愧怍，无地自容，惟希望之殷，始终未懈。故自政争以来，默察真正之民意，仰体元首不忍人之心，委曲求全，千回百折，必求达于和平目的，以拯国家之危难，而固统一之宏基。区区愚忱，当邀共谅。现在时势危迫，万难再缓，不得不重申前说，为四百兆人民，请命于公等之前。

伏愿念亡国之惨哀，生灵之痛苦，即日先行停战，各守区域，毋再冲突，俾得熟商大计，迅释纠纷。鲁仲连之职，锟等愿担任之。更祈开诚布公，披示一切，既属家人骨肉，但以国家为前提，无事不可相商，无事不能解决。若彼此之隐，未克尽宣，则和平之局，讵复可冀？公等位望，中外具瞻，舆论一时，信史万世，是非功过，自有专归，而旋乾转坤，亦唯公等是赖，反手之间，利害立判，举足之际，轻重攸分，救国救民，千钧一发。临电迫切，不知所云。

停战停战，这种声浪，与段总理的心理，绝对是不能两容。偏长江三督军，一气贯穿，又推那直隶督军曹三爷为首，曹锟排行第三，时人号为曹三爷。同来反对段总理，叫老段如何不烦？如何不恼？当下递入二次辞呈，不但辞去总理，且把陆军总长的兼职，一并辞去。冯总统还阳为挽留，但准他辞去兼职，仍为总理如初。

看官！你想这位段合肥，还肯留着么？段为国务总理，又兼陆军总长，所以有权有势，莫与比伦，若军权一卸，还要这国务总理头衔，有何用处？自然一概不受，出都下野去了。恐未必真肯下野。冯总统乐得准他免职，另任王士珍为陆军总长，所有国务总理一缺，且命外交总长汪大燮暂代。汪大燮是段内阁中人物，本有连带辞职的故例，怎好代任总理？因此决意不为，一再告辞。冯乃商诸王士珍，邀他组阁。士珍系直系正定人，资格最老，出段氏上，情性素来和平，没有甚么党派，不过时人因他籍属直隶，共推为直派领袖，前时袁、黎两总统时，亦尝邀他为过渡总理，见前文。旋进旋退，无刺无非，老年人血气已衰，不堪再任烦剧，独冯意以为籍贯从同，派系无别，正好引为己助，抵制皖系，调和南方。王士珍固辞不获，乃承认暂署，于是段内阁遂倒，要改组王内阁了。小子有诗叹道：

携手登台谊似深，同胞何故忽离心？

堪嗟宦海漂摇甚，得失升沉两不禁。

王士珍既代署总理，旧有国务员，一并辞职，另换他人入阁。欲知所易何人，待至下回发表。

观于冯、段之倾轧，表面上似为和战之龃龉，实际上即为直、皖两派之纷争。傅良佐之督湘，冯意固未尝赞同，不过为李、陈两督军之交换条件而已。王汝贤、范国璋与良佐相反对，其阴承冯意可知，拒良佐，即所以拒段氏也。良佐自命不凡，而实无干略，楚歌四逼，仓猝夜逃，名为党段，实则负段，段犹欲袒护之，得毋亦自信过深，而未知其用人之失当欤？迨直、鄂、苏、赣四督军，通电停战，而段氏之平南政策，复遭一大打击，势不能不辞职出都，此冯、段倾轧之第一幕也。而直、皖两派之恶，遂自是日深矣。

第九十一回　会津门哗传主战声
阻蚌埠折回总统驾

却说王士珍既代署总理，当然要改组内阁，所有从前阁员，多半换去，另任陆征祥为外交总长、钱能训为内务总长、王克敏为财政总长、江庸为司法总长、田文烈为农商总长、曹汝霖为交通总长、傅增湘为教育总长，海军总长仍用刘冠雄，士珍自兼陆军总长。已见前文。冯代总统撤去段总理，改用王士珍，明明是无意主战，特借王士珍为调人，笼络南方，使得和平统一。无如南军未肯退步，趁着王汝贤退出长沙，即乘隙直入，竟将长沙占住。汝贤退走岳州，见前回。俄而荆州有石星川，随县有王安澜，黄州有谢超，纷纷宣告自主，又与冯政府脱离关系。看官试想！前时段总理主战，南方各军阀，不服段总理，乃起冲突，明明反对段氏，无庸疑议，此次冯总统主和，南方各军阀，应该体谅冯总统苦心，休兵息战，为甚么反加出石、王、谢三人，来与冯氏作对呢？说将起来，南方军阀家所主张，并不是专拒段合肥，实是并抗冯河间，冯总统的谋和政策，岂不是暗遭打击么？

还有一个前陆军次长徐树铮，为段氏暗中设法，奔走南北，仆仆道途。看官道为何因？原来他先至蚌埠，与安徽督军倪嗣冲，晤商机密。嗣冲方竭力助段，对着小徐的谋划，很表赞成，小徐既邀得一个帮手，还嫌未足，再向东北出山海关，竟去联络奉天张作霖。张作霖字雨亭，系辽阳人，向系绿林豪客，投入清故督张锡銮麾下，历年捕盗，积功至师长，袁氏欲引为羽翼，特擢为奉天督军。他本独立塞外，自张一帜，与冯、段不生关系，无甚好恶。小徐以为东南健将，莫如老倪，东北健将，莫如老张，能将两健将融成一片，为段帮忙，还怕甚么冯河间？计策诚佳。于是间关跋涉，趋往奉天，凭着那三寸舌，说动那张雨帅。张本豪健绝俗，勇敢有为，不论谁曲谁直，但教片辞合意，臭味相投，便即慨然许诺，愿为护符；且留小徐在幕府中，参决军务，贯彻军谋。

会安徽督军倪嗣冲，邀同山东督军张怀芝等，共至天津，与直隶督军曹锟，会议时局，恢复段氏政策，对着西南，仍用武力解决。怀芝前为北洋武备学生，原是北洋系中一分子，与段祺瑞素来莫逆，且平时最嫉国民党，当然欲荡平西南，为段后盾。且曹锟镇守直隶，曾与长江三督军，即李纯、陈光远、王占元。联名通电，主张停战。见前回。此次倪、张两督至津，距前时电请停战的日期，不过旬月，为甚么反复无常，忽然主和，忽然主战呢？就中也有一段情由。当时清室元老徐世昌，久驻天津，各军阀素相契重，遇有大策大疑，必向徐氏咨询。曹锟驻节天津，更与徐氏常相往来，情谊款洽。徐闻冯、段龃龉，政局未定，免不得从旁扼腕。一夕，与曹锟会叙，密语锟道：“芝泉祺瑞字。原太觉自信，华甫国璋字。亦不应阴嗾范、王，倒戈失湘，两人并皆失策，不知将闹到如何地步，方能结束呢？”曹锟无词可答，只应了一个“是”字。徐世昌复掀髯笑道：“君等若迎若拒，不为冯、段两人调和政见，恐从此以后，北洋团体，越致分裂，眼见是民党得势，将乘隙篡入了。”锟不禁失色道：“这也可虑，公意以为何如？”世昌复进逼一句道：“君为北洋弁冕，若听令北洋团体，四分五裂，君亦不能辞责呢！”徐也是为段帮忙。锟随口应声道：“得公指教，锟似梦初醒了。”两人一笑而别。

嗣是锟变易初心，背了长江三督军的盟约，又欲联段，可巧倪、张两督，前来相邀，乐得敲着顺风锣，翕然同声。倪、张两督复致书张作霖，请求同意。作霖正与小徐静待机缘，一经得书，立即答复，无不如命。吉林督军孟恩远、黑龙江督军鲍贵卿，本奉张作霖为领袖，作霖愿加入天津会议，孟、鲍自无异言，亦皆参入。再加山西督军阎锡山，陕西督军陈树藩，河南督军赵倜，福建督军李厚基，浙江督军杨善德，上海护军使卢永祥，及苏、皖、鲁、豫四省剿匪督办张敬尧等，均系段氏支派，各遣代表至天津，共同会议。就是热河、察哈尔、绥远三区，也各派代表来，到津列席。济济群英，会集一堂，曹锟为东道主，与倪、张两督表明意见，无非是“并力平南，反对和议”八字。各代表联袂入会，早已禀承各主帅命令，与结同盟，曹锟等一声倡起，各代表等齐声附和，接连是噼噼啪啪的手掌声，陆续相应。当下议决开战，誓绝调停，且分派同盟各省出师数目，由曹锟、张怀芝、倪嗣冲首先认定，次由各代表一一承认，复缮就一篇呈文，要求中央明令征南，然后散席。当时有人嘲讽曹锟，说他大人虎变，因他夙领虎威军，又善变动，所以引援古典，赠他一个佳号。其实那时将帅，原与墙头草相似，忽东忽西，没有定向呢。言不必信，也是大人行径。

惟冯总统本欲主和，竭力笼络南方，偏偏事不从心，迭遭冲突。石星川等擅谋自主，还是下级军官的瞎闹，无甚关碍；最恼人的是南倪北张，无端牵动诸军阀，会议天津，联名请战，明知个中主动，仍由老段授意，欲将他来呈批驳，又恐倪、张等与己翻脸，又似前黎总统在任时，纷纷宣告独立，与中央脱离关系，转害得不可收拾。左思右想，无术自全，不得不邀入国务总理王士珍，商决国是。王士珍全是暮气，不肯担任一些肩仔，遇着艰险时候，但知牺牲官职，浩然思归，所以叙议多时，并没有什么救急的良方，只有自称老朽，不堪胜任，情愿将国务总理及陆军总长的兼衔，让与贤能。自知干不下去，尚能牺牲禄位，还算自好之士。冯总统付诸一叹，俟士珍退出后，又与几个心腹人商量，大家说是段派势力，尚难骤削，压制过急，反恐生变，不如再请老段出山，畀他一个闲散位置，稍平彼愤，免得种种作梗，牵制中央。

冯总统又复为难起来，暗思段非常人可比，除国务总理外，还有何职可授？如或授他别职，段亦断不肯受，反致弄巧成拙，越觉不佳。乃再经数人讨论，毕竟人多智众，想出一个新名目，叫做参战督办。参战是对外国立名，不是对着本国的南军，从前与德、奥宣战，全是段氏一人主张，此次叫他参入协约国，督办战务，也是一个无上的头衔；且与段氏本意不悖，当不至有推让情形。商议既定，因特派员至津门，先与段氏说明原委。段先辞后受，愿当此任。独言下表明微意，乃是“做了参战督办，总须陆军总长联合，方可调度一切，若彼此不协，如何督率，如何办理”云云。这番言论，明是不悦王士珍，要他离开陆军总长的位置，然后受命登台。特派员依言复报，再由冯总统着人询段，段又谓请总统自酌。

可巧合肥嫡派段芝贵，自助段覆张后，但博了一个勋位，未列要职，在京闲居，他是有名的揣摩能手，雅善逢迎，不但与段祺瑞有关乡谊，情好密切，就是冯国璋入任总统，府中亦常见有段芝贵名刺，往来周旋。冯、段交恶，芝贵又曾为调停，只因双方各尚意气，不能从旁调洽，所以中止。此次冯意中忽想着了他，乃召入与商，并有委任陆军总长的表示。芝贵喜出望外，就自愿邀段入都，即日启行，往谒老段，见面时谈及冯意，段亦当然心慰，即与芝贵同车至京，复入见冯总统。两人虽未能尽去夙嫌，表面上似尚欢洽，再加段芝贵在旁凑趣，便各喜笑颜开，尽欢而散。

越日，即有参战督办的特任，及陆军总长的改任，一并颁发。惟国务总理一职，仍归属王士珍，不过免去陆军总长兼衔罢了。王聘老可以去矣，何必为此赘旒？段既入京，仍然坚持一平南政策，不肯少改。却是个硬头子。段芝贵原是皖派，不能不与表同情。两下里朝夕叙谈，无非商议平南事宜，拟派曹锟为第一军总司令，张怀芝为第二军总司令，统兵入湘。当由参陆办公处，密电二督，赶先部署，克期出发。于是主战宣战的声浪，复传达中外，时有所闻。独冯总统尚未肯下令，不是说军饷无着，就是说阳历已将残年，容俟开年办理。段派亦无可如何，只好展缓兵期，俟至开正以后，再行催逼。

光阴易过，转眼间已是民国七年了，岁阳肇始，总有一番俗例，彼此拜贺，忙碌数天。各机关统休假一星期，停止办公。至假期已过，又有许多隔年案件，须要办清，一日过一日，又是二十多天，主战派迫不及待，跃跃欲试，遂竟向总统府质问，请冯总统即日发兵。偏府中发出二十五日的布告，尚饬各省保境安民，共维大局。顿时主战派大哗，才阅一宵，冯总统带着卫队百名，突出正阳门外，乘着专车，竟往天津去了。段祺瑞等俱未预闻，就是各部总长，亦有一半儿在睡梦中，不知他为着何事，匆匆启行？但由国务院颁发一谕，通电中外道：

奉大总统谕：近年以来，军事屡兴，灾患迭告，士卒暴露于外，商民流离失业，本大总统蠹焉心伤，不敢宁处，兹于本月二十六日，亲往各处检阅军队，以振士气。车行所至，视民疾苦，数日以内，即可还京。所有京外各官署日行文电，仍呈由国务院照常办理。其机要军情，电呈行次核办，并分报所管部长处接洽。凡百有位，其各靖共乃职，慎重将事，毋怠毋忽等因！特此转达。

奇哉！怪哉！是何主因，乃有此举？事前毫无表白，直至登程以后，方令国务院传达略情，难道总统出巡，不宜明目张胆，只好作此鬼鬼祟祟的举动么？句中有刺。当时中外人士，纷纷推测，各执一词，直到后来冯氏还京，方知他潜自出京，却有一种特别政策，如国务院代达论调，不过粉饰耳目，自衒美名，其实他何曾劳民？何曾阅兵呢？原来段主战、冯主和，主战是谋武力统一，主和是谋和平统一，似乎段好黩武，冯尚怀仁，实际上乃冯、段两派，互相抵抗，段要主战，冯定要主和，冯要主和，段越要主战，武夫得志，管甚么海内苍生，但教折倒反对派，便算是扬眉吐气，予智自雄。怎奈两派势力，相持不下，段派去而复来，气焰膨胀，冯不得不虚与周旋，且又想出别法，欲去羁縻段派，合直、皖两系为一气，使他共卫自身，巩固权位，然后好不致受制，免得许多防备。就使段派不肯为所羁勒，也不如借出巡为名，亲赴长江流域，与李、陈、王三督军面商良法，抵制段派，可以维持势力。为此两种计策，急欲一行，又恐风声一泄，老段必来阻挠，所以除二三心腹外，俱未通知，竟出人不意，乘车南下。想法亦奇，但强中更有强中手，奈何？

一月二十六日启行，当晚即至天津，会晤那虎变将军曹锟，谈了半夜的机密。曹锟虽已与段派联络，合谋宣战，但究竟是个直系，对冯未免留情，他的主张，是欲要主和，必先主战，能将湘省收复，使南军稍惮声威，方可再申和议，冯也点头称善。不愧为虎变将军。就在天津督署中借寓一宵。越宿起床，食过早膳，复与曹锟申定密约，为后文征湘伏案。便即启程再往济南。他想山东督军张怀芝与倪嗣冲互为党援，不如直趋蚌埠，说服嗣冲，不怕怀芝不为我用，所以济南未曾下车，竟直抵徐州，转赴蚌埠。

火车原甚快便，但尚不如电报的迅速，自从冯氏出都，段祺瑞诧为怪事，料知冯必有隐情，便即电达张、倪两督，叫他阻住冯踪，不使他再行南下。这叫狼防虎，虎防狼。张怀芝得电后，忙派员至车站竚候，适冯已至济南，不肯停车，竟尔过去，独倪嗣冲接到段电，距冯至蚌埠尚有数小时，他好从容布置，带着卫兵，赴车站迎接老冯。待至火车到站，由冯下车相见，倪即指挥卫队，拥冯入署。彼此寒暄未毕，倪嗣冲即掀髯笑语道：“总统为何微行至此？”冯总统道：“我也并不是微行，无非因公等为国宣劳，军队亦服役有年，所以特来慰问呢。”嗣冲道：“总统出巡，理应预先布告，为何内外各员，多未闻知。想总统必有高见，敢请明示。”冯答道：“我若预示出巡，沿途必多供张，反多烦扰，故不如潜行为是。”嗣冲冷笑道：“总统轸念民瘼，原是仁至义尽，但突然出京，反骇听闻，倘中途遇有不测，岂非大误？”冯总统道：“这且不必说了。惟我在京都，闻见有限，究竟各省军队，是否可用？若再如傅良佐辈贻误戎机，岂不是多添笑话么？”嗣冲作色道：“总统也不要徒咎良佐，试想王、范两人，何故倒戈？又复平白地让去长沙，两相比较，王、范罪恶，且过良佐，为什么不革职治罪呢？”冯总统被他一诘，好似寒天吃煨姜，热辣辣地引上脸来，勉强按定了神，再与他论及和战利害。嗣冲道：“南方猖獗至此，怎可再与言和？今日只有一战罢。”冯总统还想虚词笼络，偏倪坚执己意，随你口吐莲花，始终不肯承受。

既而山东督军张怀芝、四省剿匪督办张敬尧亦皆到来，想是由嗣冲邀来。两人论调，与倪嗣冲一致从同，累得冯总统无词可答，即欲辞行，再往江南。倪嗣冲阻住道：“总统何必亲往，但教致一电信，叫李秀山来此会议，便好了。”秀山即李纯字。冯至此也觉没法，只好由倪拍电，去召李纯，隔了一宿，来了一个李纯的代表，莅席会议。李秀山却也乖巧，故不愿亲至。看官！你想一代表有何能力？只得随众同声。倪嗣冲且拍案道：“欲要与南方谋和，除非将总统位置，让与了他，若总统不欲去位，只有主战一法，主战必须仍用段合肥。如段合肥出为总理，军心一致，西南自可荡平，何论湘省？否则嗣冲愿牺牲身命，与南方一决雌雄。”说至此，声色俱厉，张怀芝、张敬尧两人更鼓掌不已。冯总统乃随口敷衍道：“诸君同心，战必有功，我就回京下令罢。”倪嗣冲也不再挽留，便送冯上车。张怀芝偕冯同至济南，中途告别。冯总统乘兴而来，败兴而返，自回北京去了。正是：

不如意事常八九，可与言人无二三。

欲知冯总统回京后，如何举动，且看下回再表。

观当时之军阀家，好似博弈一般，列席之时，见甲顺手，则与甲合股，而与乙为仇，见乙顺手，又与乙合股，而与甲为仇，不论曲直，但争利益，虎变将军，即其明证也。冯河间欲并合甲乙两派，尽为己用，谈何容易。甲自甲，乙自乙，彼此立于反对地位，就使暂时允洽，亦必决裂而后已。况如蚌埠之跋扈将军乎？潜行出京，索然而返，冯亦自悔多事哉！

第九十二回　遣军队冯河间宣战
劫兵械徐树铮逞谋

却说冯总统国璋，白费了一番心思，空劳了一回跋涉，没情没趣地折回北京，趋入总统府中，闷闷坐着。有几个心腹人士，进来探问消息，他惟有相对欷歔，长叹数声罢了。旋由陆军部呈入军报，多半是湖南不靖消息，到了二月初旬，复接到湖北督军王占元急电，报称"湘、粤、桂三省南军，攻陷岳州，驻岳总司令王金镜退保临湘，南军据岳州后，连扰郧阳、通城、蒲圻等处，声势甚盛，亟待援师"等语。冯看了此电，也不禁奋髯动怒道："真正了不得，看来只好决裂了。"乃实授曹锟、张怀芝、张敬尧为各军总司令，陆续出兵，由鄂赴湘，同日发出二令道：

上月二十五日布告，原期保境安民，共维大局，故不惮谆谆劝谕，曲予优容。中央爱护和平之苦衷，宜为全国所共谅。乃迭据王占元等电称："谭浩明、程潜所部军队，乘此时机，节节进逼。”石星川、黎天才等，复以现役军官，倡言自主，勾结土匪，扰害商民，而谭浩明等竟引为友军，借援助为名，四出滋扰；甚且枪击外舰，牵及交涉，兹复进逼岳州，窥伺武汉，拥众恣横，残民以逞。是前此布告，期弭战祸，为民请命者，反令吾民益陷于水深火热。本大总统抚衷内疚，隐痛实深。各督军、都统等，迭电历陈，佥以衅自彼开，应即视为公敌，忠勇奋发，不可遏抑。本大总统深唯立国之道，纲纪为先，若皆行动自由，弁髦法令，将致纷纷效尤，何以率下？何以立国？用特明令申讨，着总司令曹锟、张怀芝、张敬尧等，即行统率所部，分路进兵，痛予惩办。师行所至，务须严申纪律，无犯秋毫，用副除暴安良，拯民水火之至意！此令。

自军兴以来，在湘各路军队，动辄托故溃逃，长官督率无方，以致有治军守土之责者，效尤叛国，军纪久焉不张。本大总统殊深内疚，若再因循宽纵，必致酿成无政府之现象，其何以饬纲纪而奠民生？嗣后各路统兵长官，于所属官兵，遇有不遵节制，无故退却等情，着即以军法便宜从事，毋稍姑息，其各凛遵！此令。

两令既下，又特派曹锟为两湖宣抚使，张敬尧为攻岳前敌总司令，所有防鄂各项军队，统归节制调遣。于是虎变将军曹锟首先出发，即于二月七日由津启程，张敬尧亦于十二日出发徐州，浩浩荡荡，率军赴鄂去了。未几，复由总统府发出数令，褫夺各军长官职，由小子汇述如下：

查湖北襄、郧镇守使兼陆军第九师师长黎天才，暨湖北陆军第一师师长石星川，分膺重寄，久领师干，宜如何激发忠诚，服从命令，乃石星川于上年十二月宣布独立，黎天才自称靖国联军总司令，相继宣告自主，迭次抗拒国军，勾结土匪，攻陷城镇，并经各路派出军队，奋力痛剿，将荆、襄一带地方，次第克复，而该两逆甘心叛国，扰害闾阎，实属罪无可逭。黎天才、石星川，所有官职勋位勋章，应即一并褫夺，仍着各路派出军队，严密追缉。务获惩办，以肃军纪而彰国法！此令。

谭浩明等，拥众恣横，甘为戎首，前已有令声罪致讨。谭浩明以现任督军，不思绥辑封圻，恪尽军寄之责，乃竟自称联军总司令，率领所部，侵扰邻疆，若再滥厕军职，何以申明纪律，警戒来兹？署广西督军陆军中将谭浩明，着即行褫夺官职暨勋位勋章，由前路总司令一体拿办。其他附乱军官，并着陆军部查明惩处，以彰国法而警效尤！此令。

这两令是声明挞伐，罪及自主军长，有讨叛惩逆的意思。还有二令，乃是惩办失律的长官，令云：

前因湖南督军傅良佐，代理省长周肇祥，擅离职守，曾令免职查办。两月以来，荆、襄叛变，岳州失守，士卒伤亡之众，人民流离之惨，深怆予怀，追论前愆，该前督等实难辞失律偾事之咎。傅良佐一案，着即组织军法会审，严行审办。周肇祥职司守土，遇变轻逃，并着交文官高等惩戒委员会依法惩戒，以肃纲纪而儆方来！此令。

陆军第八师师长王汝贤，前令以总司令代行湘督职权，督同第二十师师长范国璋，保守长沙，立功自赎，乃竟相继挫败，省垣不守。此次岳州防务，范国璋所部，又复先行溃退，总司令王金镜，身任军寄，调度乖方，以致岳城失陷，均属咎有应得。王汝贤、范国璋，均着褫夺军官勋位勋章，交曹锟严行察看，留营效力赎罪。王金镜着褫夺勋位勋章，撤销上将衔总司令，以示惩儆！此令。

看官阅此两令，便可窥透冯总统的本心，傅良佐与周肇祥，乃是段派中人，所以主张严办，王汝贤与范国璋，乃是自己叫他倒戈，所以让长沙，失岳州，失律偾事，不加重惩。但恐段派啧有烦言，乃不得不褫夺官阶，叫他留营效力，图功赎罪。后来傅良佐终不到案，且与冯氏反唇相讥，这明明是由段氏袒护，说他罪轻罚重，不服冯氏裁判。老冯的掩耳盗铃计

策，终被段派看穿，仍归没效。还有江西督军陈光远，是密承冯氏意旨，主和不主战，赣、湘密迩，他却拥兵坐视，不去援湘，总统府中，虽已有令促援，光远料非冯总统本意，所以始终不动，此次由段派弹劾，至再至三，冯总统不得已下令道：

江西督军陈光远，于湖南战役，迭有电令进援，乃该督军托故延缓，致误湘局，殊难辞咎。陈光远着褫上将衔陆军中将，仍留督军本职，俾其奋勉图功，以策后效！此令。

投袂请缨的张怀芝，已受任第二军总司令，应该率军速发，不让人先，偏他徘徊观望，甘听曹锟、张敬尧二军，接连就道。自己故落人后，实尚欲要求一席，方肯前驱。都是利己

主义。既而湘、赣检阅使的任命，果然颁下，怀芝乃欣然受任，带兵进行，先命第一师师长施从滨，取道九江，径往湖北，自乘津浦铁路火车南下，经过南京，会晤江苏督军李纯，谈了一番战策，然后西趋南昌，检阅赣省军队，援应曹、张两军去了。迂道苏、赣，无非自出风头。惟冯总统此次主战，纯然为段派所迫，没奈何出此一着，心中总不免芥蒂，且自觉和战反复，无以对人，因复仿古时罪己文，颁发布告一通，略云：

立国之道，纲纪为先，果顽梗不易强驯，则征讨自非得已。上年湖南事起，阁议主张用兵，国璋独轸念时艰，欲民小息，虽于内阁政策，亦复一致赞同，但冀以武装促进和平，而未尝以力征誓于有众，坚冰之渐，固有由来。迨前湖南督军傅良佐弃职轻逃，前援湘总司令王汝贤，副司令范国璋，接踵溃退，长江陷落，大损国威。前国务总理段祺瑞暨各国务员等，以军事失败，政策挠屈，引为己责，先后呈准辞职。国璋于此，正宜申明纪律，激厉戎行，奋一鼓之威，作三军之气，乃因湘有停止进兵之电，粤有取消自主之言，信让步为输诚，认甘言为悔祸。大约是片面思想。方谓干戈浩劫，犹可万一挽回，固料其非尽真诚，而终思要一信义，于是布告息争，以冀共维大局。孰意谭浩明等反复恣肆，攻破岳州，今则攘夺权利之私，实已昭然若揭，不得不大张挞伐，一翦凶残。然苦我商民，劳我师旅，追溯既往，咎果谁归？

傅良佐等偾事失机，固各有应得之罪，而举措之柄，操之中央，循省藐躬，殊多惭德。兵先论将，往哲有言，泛驾之材，讵可轻敌。国璋不审傅良佐等之躁率而轻用之，是无知人之明也。念念不忘傅良佐。叛军幸胜，反议弭兵，内讧始凶，言之成理。国璋欲慰大多数人之希望而轻许之，是无料事之智也。思拯生灵于涂炭，而结果乃扰闾阎，思措大局于安全，而现状乃愈趋棼乱，委曲迁就，事与愿违，是国璋之小信，未能感孚，而薄德不堪负荷也。耳目争属，责备难宽。既丛罪戾于一身，敢辱高位以速谤？

惟摄职本属《约法》，讵容轻卸仔肩？鄂疆再起兵端，尤应勉纾筹策。所望临敌之将领军队，取鉴前车，各行省区域长官，共图后盾，总期大勋用集，我武维扬，俾秩序渐复旧观，苍赤稍苏喘息，国璋即当返我初服，以谢国人。耿耿寸心，愿盟息壤，凡百君子，其敬听之！特此布告。

看官听说，这种罪己布告，乃是说出不得已的苦衷，暗中仍有归咎段祺瑞的伏笔。段派虽已达到主战目的，但必欲拥段复位，使他战胜南方，得雪前耻，方不致贻老冯口实，各享荣名。当时段氏第一功臣，要算徐树铮，他既奔走南北，运动倪、张，能使失败的段祺瑞，仆而复兴，主战政策，又得复活，真是段幕中首出人物，巧为斡旋。惟见那老师段祺瑞，只出任参战督办，尚未复国务总理要职，总不免余恨未平。况目前宣战，乃是冯氏出头，将来若得顺手，收复湘省，再平两粤，岂不是统一威名，全归老冯？反显得从前段氏，实无能力，一战致败，马上倒阁，可羞不可羞呢？将小徐心事揭出，明若观火。想来想去，只有再怂恿那张雨帅，演出一出拿手戏，威吓冯河间，叫他不能不起用段氏，方得规复那老师威名，贯彻那平南政策。好在张雨帅已经信任，言听计从，乐得再献秘谋，从速进行。果然片言上达，即蒙雨帅首肯，决计照办，当下颁动员令，调遣军队，东入山海关，声言为援湘起见，派兵南下。前队到了秦皇岛，却逗留不行，镇日里逍遥海上，伺察往来各舰，几不知他探何秘密。

会由日本运到大批军械，经过秦皇岛，奉军从旁觑着，问明舟子，乃是中国政府向日本购办，装运东来。奉军哗然道："我军正少军械，今适凑巧，有这批枪弹运来，何妨借我一用呢。"说着，便一齐登舰，七手八脚，把军械搬运岸上。舟子如何阻挠？只好眼睁睁地由他劫取，约莫有一两小时，已将全船枪弹，悉数搬空，奉军也不称谢，竟将军械携至京奉铁路间，载上火车，派了弁目数名，运往奉天去了。这是民国七年二月二十五日间事。越日，即由张作霖电告中央，略谓"奉省派往南下各军，已开往滦州，惟枪械缺乏，事机紧迫，不得不变通办理，现已将中央所购军械运奉，除将军械开单呈请备案外，谨先奉电请领"云云。犹是绿林故智。冯总统得了此电，简直是莫明其妙，欲向张雨帅问罪，又恐他倔强不服，只得暂时容忍，且看他如何做作，再作计较。哪知这位张雨帅，真是敢作敢为，既将军械截取，遂分给部下各军，陆续遣入山海关，分驻京奉铁路沿线一带。就是秦皇岛、滦州、丰台、独流、廊房等处，统皆分扎军队，布置得层层密密。且在军粮城设起总司令部，张雨帅自任总司令，惟因京奉隔省，呼应尚恐未灵，特派徐树铮为副司令，代行总司令职权。所有军粮城旧存军粮三千石，本属陆军部掌管，小徐也未曾电请中央，竟拨充军食，居然有士饱马腾、踊跃待命的情状。

冯总统本忌老段，尤忌小徐，前次府院冲突，多半为小徐骄横，靠着那推倒张勋的功劳，拥护合肥的威力，凌轹政府，睥睨一切，为冯总统所难堪，所以用釜底抽薪的计策，撤销段内阁，改易王内阁。偏偏小徐寻出一条捷径，竟去邀请东北的张大帅，做了护身符，来与中央作难。冯总统当然忧烦，不得不派人婉问，他却口口声声的是要援湘，是要平南。及问他屯兵各隘、不遽南下的原因，他竟张目厉声道："我只知有段总理，但教段总理令我南下，我立即南下了。"俗语说得好："欲知言外意，尽在不言中。"小徐此语，明明是要段祺瑞复职，特地用着武装，胁迫冯河间。冯得报后，不由得满腹踌躇，欲再任段为总理，未免自失面子；欲不任段为总理，奈背后伏着小徐，仗那雨帅威风，前来胁迫，满怀抑郁，不堪言状。国务员虽有数人，大都庸庸碌碌，莫展一筹。王士珍屡次称疾，给假休养，寻常国务，还要内务总长钱能训代理。钱又是个圆通人物，与他商议，无非敬谢不敏，自愿去职，累得冯总统仓皇四顾，自觉孤危，没奈何再令秘书员，缮就一篇通电，咨询各省，筹商办法，解决种种困难问题。小子有诗叹道：

一波未了一波生，肘腋危机又暗呈。
莫怪人心多险诈，须知元首少推诚。

究竟通电中如何措词，容至下回录叙。

本回为段派复盛，冯派复挫之时期。主战固段派之本志也，冯之主战，原为段派所迫而成，但主战之初，尚未肯使段氏复职，是其心仍不欲用段氏，战而胜，则坐自张威，可收统一之效，战而不胜，仍可归咎段派，而再与南军谋和可耳。罪已布告，所以作军人壮往之气，而期达战胜之目的也。何物小徐，偏窥透冯氏之心腹，运动张大帅以扼其背，是真冯氏所不料，骤遭此意外之一击，而不得不声声叫苦者也。但冯段之争点，实自南北分裂而起，北派固自起纷争，南军亦何为不顾生灵，徒贻人民以战祸乎哉?

第九十三回　下岳州前军克敌
复长沙迭次奏功

却说徐树铮挟兵称雄，胁迫冯总统。冯总统无法自解，只好通电各省，咨询办法。电文不下一二千言，由小子录述如下：

> 各省督军、省长，武鸣陆上将军，广东龙巡阅使，汉口曹宣抚使、张总司令，九江张检阅使，承德、归化、张家口各都统，龙华、宁夏护军使，暨各省镇守使鉴：
>
> 国步屯邅，日甚一日，内则蜩螗羹沸，干戈之劫难回，外则渗淡风云，边境之防日亟。剥肤可痛，措手无从。国璋代行职权，已逾半载，凡所设施，力与愿违，清夜扪心，能无愧汗？然国璋受国民付托，使国家竟至于此，负罪引慝，亦何必哓哓申诉，求谅国人。但揆其所以致此之由，与夫平日之用心，为事实所扞格，屡投而不得一当者，缘因复杂，困难万端。欲避贤求去，苦无法律之

可循，欲忍辱求全，又乏津梁之可济。长此悠忽，必召沦胥。诸君子为国干城，同负责任，用特披肝沥胆，为一言之：

溯自京畿变生，国祚半斩，元首播越，举国骚然，于是黄陂委托于前，段总理敦促于后，皆援副总统代职之规定，强国璋以北来，明知祸乱方殷，菲材绝难负荷，惟冀黄陂复职，主持有人，则不佞捍卫南疆，尚可分担艰巨。乃商请无效，各省区督军、省长，及文武官吏，分驰电牍，敦促入都。猥以藐躬，过承督责，汤火之蹈，且不容辞，矧安危不仅系个人，匡助可取资群力乎？惊涛共济，全恃同舟，初不料玺绶方承，而内部转愈趋纷扰也。国璋抵京，首先奉政黄陂，不获许可，而后受职。其时国会，早经解散，政府尚在权舆，继绝布新，有同草创。段前总理投艰遗大，独任贤劳，正宜共济时艰，中外一致，而西南诸省，忘再奠共和之绩，以非法内阁相攻，别挑衅端，遂开战祸。迨内阁改组，宜可息争，国会问题，又生枝节。对于中央之任命官吏，则啧有烦言，对于石、黎之扰乱荆、襄，则引为同志。是非乖忤，真相莫明。譬解百端，欲促返省，初不料唇舌俱敝，而结果仍诉诸兵戎也。

民国元二之交，风雨飘摇，几毁家室，项城运其雄才大略，曾不数月，而七省同时戡定，大权集于中央。国璋能力，固不逮项城，然事前之师，不妨相袭，徒以观念所在，元气之凋残，民生之疾痛，实过元二年。佳兵不祥，古有明训，内讧宜息，人具同情。本无厉行专制之心，何取经营力征之举？以故军事初起，第望促进和平，不因败绩而求伸，反示包容而停战，无非欲融洽南北，尽释猜嫌。耿耿寸衷，可质天日。乃北则疑其寡断，兵气几为之不扬，南则信其易欺，骄蹇益难于就范。湘省各军，乘机陷岳，意在示威，予政府以难堪，激同胞之宿愤。中央纵无统驭，亦何至听命于地方，必背公德而矜强权，不留余地，以相让步，则最后解决，惟战乃成。因事制宜，绝非矛盾。更不料干城之寄，心膂之司，或竟观望不前而损声威，行动自由而滋谣诼也。凡此种种，皆事实上随时发生之障碍，足使国璋维持大局之希望，悉消灭而无余，而逆计未来应付之难，事变之巨，则更有甚于此者。

国会机关，虚悬日久，颇闻旧议员麕集粤省，有自行开会之说。姑无论前此解散，是否合法，既经命令公布，已不能行使其职权，即各省区人民，亦断无承认之理。至于正式选举总统之期，转瞬即届，根本无着，国何
848. 以存？此大可忧者一。财政艰窘，年复一年，曩者政府每值难关，亦尝恃外债以为生活，然能合全国之财力，通盘筹划，犹得设法挹注，勉强撑持。乃者萧墙哄争，外省内解之款，大半截留，来源渐绝，而军政费之支出，复倍蓰于平时。罗掘久穷，诛求鲜应，主藏作仰屋之叹，乞邻有破产之虞，桑孔再生，亦将束手，此大可忧者二。内阁负责，取法最善，段前总理为国勠力，横被口语，托词政策挠屈，与各国务员相率引退，而总理一职，后来者遂视为畏途。聘卿王士珍字。暨今诸阁员，皆国璋平昔至契，迫于大义，碍于感情，暂允黾勉，初非本愿，满拟时局渐臻纯一，再行组织以符法治，心力相左，刺激尤深。今聘卿业已殷忧成疾而在假矣，钱代总理诸人，复谓事不可为，褰裳而去。强留则妨友谊，觅替则恨才难，推测其终，将陷

于无政府之地位，此大可忧者三。至目前外交之情形，尤应发起吾人之警觉，个中利害，另电详闻。

国璋一武夫耳，因缘时会，谬握政权，德不足以感人，智不足以烛物，抱救民之念，而民之入水火也益深，빌爱国之忱，而国之不颠覆者亦仅。澄清无术，空挥三舍之戈，和平误人，错铸六州之铁。驯至四郊多垒，群盗如毛，秦、豫之匪警频闻，畿辅之流言不息，虽名义同于守府，而号令不出国门。瞻望前途，莫知所届，何敢久居高位，自误以误国家？自应求卸仔肩，归还政柄。惟民国既无国会，而总理现属暂摄，又不能援《约法》条例，交其代行。追原入京受职所由来，实出诸君子之公意。国璋既备尝艰阻，竟不获补救于万一，坐视既有所不能，辞职又无从取决，只有向各省区督军、省长暨文武官吏，详述危殆情形，应请筹商办法，为国璋释重负，为民国求安全，宁使国璋负误国之咎于一身，而不使民国纪年，随国璋以俱去，不胜至愿。

特此飞电布达，务希于旬日内见复。至统治权所寄，国璋在职一日，仍当引为己责，决不肯萌怠弛之心而自丛罪戾也。敢布诚悃，伫盼嗣音！

这种通电，实不过是纸上具文，世无诸葛，国少鲁连，何人能出奇斗智，排难解纷？那段派却同声鼓噪，坚请段祺瑞再为总理，冯总统到了此时，也只好虚心忍辱，重用段氏了。当时曹锟、张敬尧两军先后到鄂，还有张怀芝亦拨军相助，差不多有数万雄师，一心对敌。王汝贤、范国璋等，由曹锟密授意旨，也觉得勇气勃勃，与从前退缩情形大不相同。更有第三师旅长吴佩孚，由曹锟荐为师长，做前敌总司令，感激驰驱，身先士卒。任他湘、粤、桂三省联军，如何果敢，也惟有退避三舍，不敢争锋。因此湘、鄂各处，激战了好几次，自主军队，统皆败溃。再加海军第二舰队司令杜锡珪，亦来助战，水陆夹攻，节节进逼，如月塘嘴、羊楼市、通城、临湘、古米山、九岭、白葛岭、天岳关等处，并得胜仗，扫清南军。乃由曹、张两大帅，下总攻击令，规取岳州。岳州乃湖南要隘，南方联军，得据此地，不啻管领全湘的门户，怎肯得而复失，骤然退去？于是彼攻此守，你来我拒，相持了两三日，枪林弹雨，血肉纷飞，城内外的百姓，早已逃避一空，单剩得两军角逐，互相残杀。何苦何苦。结果是北胜南败，南军不能再支，纷纷出城，奔往长沙去了。北军得进踞岳州，便向中央报捷，当由冯政府

下令道：

据第一路总司令两湖宣抚使曹锟，攻岳总司令张敬尧，海军第二舰队司令杜锡珪，迭次电呈，分路规复岳州，水陆兼进，所向有功，先后于月塘嘴、羊楼市、通城、临湘、古米山、九岭、白葛岭、天岳关等处，连次激战，迭获胜利，节节进逼。三月十七日，攻破岳州。逆军顽强抗拒，相持不退，经我军奋力攻击，并由舰队掩护，业于十八日将岳州克复各等语，此次出师攻岳，自开始攻击以来，为期不过旬日，屡夺要隘，遂克名城，实由该总司令等调度有方，各将士勇忠用命，用能迅奏肤功，拯民水火，览电殊深嘉慰。仍着该总司令等，遵照电令计划，督率所部，奋勇进取，并先查明此次在事出力各将士，分

别等差，呈请优奖。其阵亡被伤官兵，并准优予议恤，以昭激劝而慰英魂。第念岳州、临湘一带，人民重罹兵燹，流离颠沛，弗安厥居，损失赀财，危及身命。哀我湘民，迭被荼毒，兴言及此，惨怛良深！应由宣抚使曹锟，迅派妥员，各路查明，加意抚恤，安集劳徕，各安生业，用副吊民伐罪之至意。此令。

岳州既下，主战派当然得势，无不兴高采烈、得意扬扬。独徐树铮在军粮城，电迫政府，速起用段祺瑞为总理，调度军事，一致平南，否则将引兵入京，仿佛有兴甲晋阳、入清君侧的气象。署国务总理王士珍，已早呈请辞职，此时复为环境所迫，苦口坚辞。冯总统乃准他辞去，再用段祺瑞为国务总理。段方组织参战事务处，就将军府特设机关，派靳云鹏为参谋处处长，张志潭为机要处处长，罗开榜为军备处处长，陈箓为外交处处长，并聘定各部总长为参赞，各部次长为参议，于三月一日始告成立，实任那督办事务。醉翁之意不在酒，故不妨迟迟办理。到了三月二十五日，国务总理的任命又复发表，他亦并不多辞，便即受任。凡王内阁中的人员，多半仍旧，惟换去财政总长王克敏，由交通总长曹汝霖兼代，江庸亦已辞去，改任朱深为司法总长，这是段祺瑞第三次组阁了。

段氏前二次组阁，均自兼陆军总长，至此因段芝贵方长陆军，既属同乡，又且同系，乐得令他原任。芝贵亦遇事禀承，不敢擅断，所以段祺瑞虽不兼陆军，也与兼职无异。内总百揆，外对列强，段合肥不惮烦剧，躬自指挥，真所谓能人多劳，一时无两了。

徐树铮闻段任总理，志愿已遂，乃将滦州、丰台、独流、廊房等处所扎的奉军，陆续开拔，由津浦铁路南下，运往湘、鄂一带，协助曹、张各军，进攻南军。隐示解围微意。曹、张等军势益盛，遂复自岳州出发，分道进兵，连下平江、湘阴各城。湘、粤、桂三省联军，逐路分堵，总敌不过北军的厉害，只好步步退让。北军乘胜进逼，到了同山口，与南军鏖战一次，南军又败，都奔往长沙，婴城拒守。曹锟、张敬尧见前军得利，便饬后队，一齐向前，并攻长沙。南军连遭败衄，统不免胆战心惊，蓦闻北军大至，已觉得未战先慌，待至强敌压境，勉强出拒，哪里还能坚持到底？你也走，我也逃，大家弃枪抛械，向南窜去，好好一座长沙城，弄得空空洞洞，毫无人影。得之易，失之亦易。北军自然放胆入城，打起得胜鼓，鸣起行军乐，喜气洋洋，不消细说。冯政府已任张敬尧为湖南督军，至此敬尧驰入长沙，不待犒兵安民，即会同宣抚使曹锟，露布告捷。因复由中央下令道：

据第一路总司令两湖宣抚使曹锟，总司令湖南督军张敬尧等，迭次电称“各军自三月十八日克复岳州后，节节进攻，分途收复平江、湘阴两城。二十五日，由同山口进规长沙，逆军处处死抗，经我军协力痛击，星夜追逐，逆势不支，遂于二十六日将长沙省城完全克复”等语。此次各军激于义愤，忠勇奋发，由岳州取长沙，曾不数日，力下坚城。该总司令等督率有方，各将士忍饥转战，嘉慰之余，尤深轸念。所有在事出力官兵，着先行呈明，分别呈请优奖，仍即督饬各军，乘胜收复县邑，以奠全湘。所有地方被难人民，流离荡析，并着查明，妥为抚恤，用副国家绥辑劳徕之至意。此令。

古诗有云："一将功成万骨枯。"这次下岳州，克长沙，总算由曹、张两大帅的功劳，其实这样的劳绩，统是由腥血制成、脂膏造就。

看官试想民国肇基，公定《约法》，称为五族共和，彼满、蒙、回、藏，从前统当作外夷看待，说他是甚么犬种，甚么羊种，及共和政体宣告成立，居然翻去老调，视若同胞，这原是大同的雏形，不比那专制时代，贱人贵己，为甚么迁延数年，战云扰扰，连汉族与汉族，还弄得一塌糊涂，不可收拾呢？大约开战一次，总要费若干饷糈，伤若干军士，还有一大班可怜的人民，走投无路，流离死亡，好好的田庐，做了炮灰，好好的妻女，供他淫掠，害到求生不得、求死不能，即如此次岳州一役，据宣抚使曹锟查报"岳州自罹兵劫，十室九空，逆军败退时，复焚掠残杀，搜劫靡遗，近城一带地方，人烟阒寂，现虽设法招集流亡，商民渐聚，而啼号之惨，实不忍闻"云云。至长沙一役，又由曹锟报称"逆军在湘，勒捐敲诈，搜索一空，败退后复纵兵焚杀，惨无人道，土匪又乘间劫夺，以致民舍荡然"等语。在曹锟主见，当然归罪南军，不及北军，试问北军果能纪律严明，秋毫无犯吗？就使秋毫无犯，确似虎变将军的口吻，湘民已经痛苦得彀了。慨乎言之。政府施行小惠，先着财政部拨银洋四万圆，赈济岳州难民，继拨银洋六万圆，赈济长沙难民。实则湘民被难，何止十万？果以十万计算，每人只得银洋一圆，济甚么事？又况放赈的人员，未必能自矢清廉，一介不取，暗中克扣，饱入私囊，小民百姓，所得有几？徒落得倾家荡产，财尽人空罢了。

国务总理兼参战督办段祺瑞，连接捷电，喜溢眉宇，以为湘省得手，先声已播，此后可迎刃而解，就好把平南政策，达到最终目的。惟尚有数种可虑的事情，一是恐前敌将士，既有朝气，必有暮气；二是恐国库空虚，只能暂济，不能久持；三是恐河间牵掣，乍虽宣战，终复言和，积此三因，尚未遽决。小徐等竭力撺掇，把段总理的三虑，一一疏解，俱说有策可使，不烦焦劳。再加安徽督军倪嗣冲，接得小徐等书报，立从蚌埠启行，驰入京都，谒见段总理，申请再接再厉，期在速成。约住了一个星期，把政治军事诸问题，统皆商决，然后辞行返皖。过了三五日，国务总理段祺瑞，即带了交通次长叶恭绰、财政次长吴鼎昌等出都南行，竟驰往鄂省去了。正是：

人生胡事竞奔波，百岁光阴一刹那。
堪叹武夫终不悟，劳劳战役效如何？

毕竟段总理何故赴鄂，试看下回说明。

自曹、张两军至鄂后，但阅旬月，即下岳州，复长沙，似乎主战政策，确有效益，以此平南，宜绰有余裕，不烦踌躇者也。然观于后来之事变，则又出人意料，盖徒挟一时之锐气，以博旦夕之功，未始不足快意，患在可暂不可久耳。本回最后一段，历叙人民之痛苦，见得民国战事，俱属无谓之举动。军阀求逞于一朝，小民受苦于毕世，民也何辜，遭此荼毒乎？子舆氏有言，春秋无义战，又曰：我善为陈，我善为战，大罪也。彼时列强争雄，先贤犹有疾首痛心之语，今何时乎？今非称为民国共和时代乎？而奈何一战再战，且连战不已也。

第九十四回　为虎作伥再借外债
困龙失势自乞内援

却说段祺瑞南行赴鄂，借着犒师为名，到了武昌，与第一路总司令两湖宣抚使曹锟、湖北督军王占元，会商军务，共策进行。又召集河南督军赵倜，及奉、苏、赣、鲁、皖、湘、陕、晋各省代表等，同至汉口，列席聚议，大致以“长沙已下，正好乘胜平南，企图统一，但必须取资群力，方可观成，所以特地南来，当面商决，还望诸君一致图功，毋亏一篑”等语。大众虽各执己见，有再主战的，有不再主战的，但表面上只好唯唯从命，独曹锟捻须微笑道：“欲平南方，亦并非真是难事，但用兵必先筹饷，总教兵饷有了着落，将士不致枵腹，才能效命戎行，不虑艰阻了。”已有寓意。段祺瑞答道：“这原是必要的条件。如果军士用命，怎可无饷？我回京后，便去设法筹备，源源接济。总之外面督兵，责在诸公，里面筹饷，责在祺瑞，得能征服南方，同过太平日子，岂不是一劳永逸么？”难矣哉！曹锟不便再言，淡淡地答了一个“是”字。

会议既毕，一住数日，段乃偕豫督赵倜，由汉口启行，乘着兵轮，沿江东下。到了九江，会晤江西督军陈光远，又谈了许多兵机，光远也没有甚么对付，只敷衍了一两天。段再由九江至江宁，与江苏督军李纯、安徽督军倪嗣冲、上海护军使卢永祥，叙谈半日。倪与段心心相印，何庸多嘱。卢亦段派中的一分子，当然惟命是从。李纯是冯氏心腹，到此亦虚与周旋，未尝抗议。段即北旋，与赵倜乘车至豫，倜下车自去，段顺道回京，不复他往。

看官可知段氏南下，无非欲固结军阀，指挥大计，一心一力，与南军决一最后的胜负，大有不平南军，不肯罢休的意思。既已回京，即日夕筹划军饷，怎奈司农仰屋，无术点金，不得已只好告贷邻邦，饮鸩止渴。东邻日本素怀大志，专用老氏欲取姑与的政策，慷慨解囊，贷助中国。徐树铮等又为段氏划策，总教南北统一，区区借款，自可取偿诸百姓身上，无足深忧。就中尚有交通部长曹汝霖，乃是亲日派首领，与小徐为刎颈交，他却一口担承，愿为乞贷东邻的媒介。看官欲知他生平履历，及所以亲日的原因，待小子约略叙来。

曹系上海人氏，前清时游学东洋，肄业日本帝国大学，与日人日夕交游，免不得习俗移人，脑筋里面常含着东瀛色彩，其时前司法总长章宗祥，段氏第一次组阁时，章曾为司法总长。亦在日本留学，与曹最相契合。清贝子载振奉命出洋，考察法政，道经日本，曹、章极诚欢迎，载振尝面许道：“尔二人学成归国，有我在内，不怕不腾达飞黄，愿努力自爱！”二人闻言，非常感谢。已而曹先毕业归来，赴京运动，得受清相奕劻、那桐等知遇，厕职部僚。或谓他曾暗嘱闺中人，结欢那桐，因得通显，这语出自谣传，未可尽信。但不到数年，即由外务部额外司员超任至右侍郎，可见他是个做官能手，干禄专家。中日间岛交涉，尝由曹出为调停，虽得将间岛索还，终把安奉安东至奉天。巡警权、吉长吉林至长春。铁路权让给日本，人言啧啧，已说他为虎作伥，讨好东邻。革命以后，复迎合袁项城，得蒙信任，所有五月九日的密约，二十一条的酷律，曹亦预谋。五·九条约，俱见前文。不料段氏三番组阁，那曹汝霖又得两长交通部，处段门下，简直与段氏子弟相似，往来甚密，事必与商。他见段氏筹备军饷，急需巨款，遂出向日商中华汇业银行，贷洋二千万元，约款上不便说明充饷，但说是扩充西北电信，及修理旧有电台，与添设无线电的应用，议定利息八厘，偿还期计五个月，即将旧设电信收入金，作为担保，并预许将来关系电信事业，或需借款，该银行得有优先权。两下认定，彼此签约，段总理又得了二千万金，好酌量挪移，暂充军费了。

只是电信收入，前已作为丹、法两国的借款担保品，乃此番一物两押，岂不是失信外人？于是驻京丹麦公使及法兰西公使，查悉情形，即提出抗议，并投照会，质问中国政府。政府不能不分别答复，但言“电信收入金，除抵偿丹、法两国外，饶有余裕，况现在是短期借款，五阅月即当还清，更与两国原约，不相抵触”等语。总有抵完的日子。两公使接到复文，见所言尚属有理，乃暂作罢议，且待他至五个月后，是否中日践约，再作计较。 857.

惟段氏得了借款二千万元，究不能全数移作军费，只好随时酌拨，接济各军。偏各路军电，纷纷索饷，第一路军总司令曹锟，催索尤迫，比讨债还要厉害，今朝拨去若干，尚嫌不足，明朝拨去若干，仍云未敷。有限金钱，填不满无穷欲壑，段总理无可如何，只得再要曹总长费心，续向日本政府借款二千万元。日政府问作何用，曹汝霖设词答复，谓："将建筑顺济铁路，所以需款。"顺济铁路，是由直隶前顺德府至山东前济南府的路线，前已勘定，无资筑造，故久成为悬案。曹遂借此立说，不管他践言与否，且贷了二千万元，救济眉急，徐作后图。惟日政府的贷与条约格外苛严，不比那日商汇业银行，尚是贸易性质，但顾普通利息，不致例外苛求。曹汝霖要想借款，不能不暗吃大亏。商议了好几日，才得双方订约，年息七厘，实收只有八七扣，还要分四期交付，就以该路为抵押品，折扣虽巨，经手人总有好处。段总理也明知契约过苛，受损不少，但除此没有他法，一听汝霖所为。曹总长借债功劳，又好从优录叙了。

无如筹饷人员，办得十分吃力，前敌军官，却不肯十分起劲。自从长沙克复以后，曹锟、张敬尧等，俱按兵不动，变成

不和不战的局面。段总理致书催促，曹锟动以饷绌为辞，未几即引兵北归，坐索饷需。段总理方思诘责，不意冯总统反下一特命，加任曹锟为四川、广东、湖南、江西四省经略使，使镇保定，相机进止，惹得段总理气愤填胸，入问冯总统。冯却振振有词，谓："川、粤、湘、赣四省，叛党未靖，因特任曹锟为经略，俾专责成。古人说的'重赏之下，必有勇夫'，我意正要他感激思奋、扫清南方呢！"段总理也无词可驳，愤然退出。从此冯、段两人的恶感，日积日深了。

看官阅此，应记得曹锟前言，原拟收复湘省，再申和议，见九十一回中。南下攻湘，外似为段氏帮忙，内仍为冯氏效命。既将长沙收复，是已得了湖南省会，后事但付张敬尧处置，自己乐得北返，安闲过日了。冯河间喜他践约，因擢他为四省经略，看似仍为平南起见，实叫他坐镇保定，拥卫京畿。独段总

理奔走指挥，还道是元首受制，三军听命，得能借款有着，饷源不绝，总可廓清南服，如愿以偿，谁知又堕入冯河间的计中，叫他如何不怒？如何不恼？但段氏素性坚忍，终不肯为些许拂意，变易初心。暗想两广巡阅使龙济光，现在琼州，可扼粤背，福建督军李厚基，与粤毗连，可掎粤右，南军以粤省为尾闾，能将粤东占住，滇、桂等省，自无能为力。所以前此登台，已早致电龙、李，嘱令出兵，此次重复电促，允拨巨饷，托令攻粤，不再迟延。再令署浙江督军杨善德，发兵助闽，合力攻粤。

龙济光本与南军有嫌，袁氏失败，龙被撵逐，寓居琼州，段祺瑞执政，授龙为矿务督办，龙素乏矿学，如何办矿，况僻处琼崖，更难任事。至南北交讧，龙在南海特树一帜，依附段氏，断绝南军交通，段因撤去两广巡阅使陆荣廷职衔，转给济光。但济光部下，统皆疲兵羸卒，不能耐战，济光虽志在助段，终嫌力不从心，嗣因段氏一再催促，没奈何带领旧部，渡过琼州海峡，往攻阳江。阳江驻守的粤军，蓦见龙军攻入，未免慌张失措，仓卒抵敌，各无固志，更兼寡不抵众，情现势绌，没奈何弃去阳江，各自逃生。济光得入阳江城，又命司令李嘉白分略高、雷二州境内。粤军方四处分防，一时不能召集，控御龙军，所以龙军得东冲西突，侵扰粤边。旋由粤军司令李烈钧引众堵截，麾下都是锐卒，骁勇善战，非龙军所能与敌。龙军司令李嘉白连战连败，逃得不知去向。或谓已被李军捕去，虚实未明。嗣经龙济光自往抵敌，至雷州境内，与李烈钧鏖战两次，毕竟李军厉害，龙军败衄。济光尚抵死不退，竟为所围。

龙军势成孤立，并没有甚么外援，眼见是受困垓心，无从脱险。济光也焦急万状，苦守数日，尚望闽、浙联军，攻入粤境，或可牵掣李烈钧，使他分兵往堵。偏偏闽督李厚基也是个庸碌无能的人物，部下皆淮、徐人，为厚基故乡子弟，但知剽掠，不守纪律。厚基虽然附段，满口主战，但平时无甚机谋，调度又未合法，徒借“主战”二字为口头禅，反致南军嫉视，预先动手。虚侨者辄犯此病。闽军尚未入粤，粤军先已入闽，闽右泉、汀、漳三州属邑，多遭蹂躏，经厚基发兵出御，多败少胜，不得已致书浙江，大声呼救。幸亏浙江派兵赴援，才将粤军驱出，保全境土。厚基尚欲进攻，粤军亦未肯甘休，两下里各添将士，再行角逐。汀、潮交界，彼来此往，激战多日。潮州本是粤属，汀州乃虽闽属，粤军守潮攻汀，与闽、浙联军相持，闽、浙联军，攻潮甚烈，粤军兀自守住，那汀州一方面，却被粤军侵入，又失去了好几县。累得闽、浙两军，奔走不遑，哪里能越境西行，去救龙王。袁氏欲为帝时，曾封龙济光为郡王。老龙陷入涸辙，展不出甚么伎俩，没奈何硬着头皮，激厉亲卒数千人，冒险突围，总算天不绝命，得钻出一条生路，向南急奔。余众尚有数千，留驻雷州，叫他苦守待援，自己驰向广州湾，检点随兵，或死或逃，只剩了千余人。

惟广州湾在雷州南面，地濒南海，前清光绪二十四年间，被法人据作租借地，地方政治，全归法人主持。龙军如欲过境，必须先向法领事假道，待他允准，方可通过。当下备了文书，咨商法领事。法领事还算有情，允他假道，惟应照国际公法通例，外人入境，不能携带武装，须将军械先行缴出，然后放行。龙济光进退两难，只得俯首依令，嘱咐部下，悉数缴械，由法领事查明属实，乃许通过。蛟龙失水遭虾戏。龙军虽得生路，奔还琼州，但欲卷土重来，再出攻粤，实已乏此能力。济光无法可施，因欲亲自入京，向段总理面议军情，请他拨兵给械，为恢复计，乃将所有残军，交弟裕光管领，守着琼崖，自乘海道轮船，径往北京去了。

济光一走，雷州所留的孤军，镇日待援，杳无影响。粤军极力围攻，叫他如何支持？终落得援尽力竭，出降粤军。粤军遂逾海进攻琼州。龙裕光方安排守备，鼓众效力，哪知琼州警卫军第三十七营营长杨锦堂，忽然反变，竟对龙裕光宣告独立，且与粤军联络，引敌入境，先据琼东乐会县城，继占万宁、陵水各县，并分攻文昌、定安，直逼琼山。龙裕光虽尽力抵拒，怎奈粤军势大，实难招架，琼州只一孤岛，守兵又属寥寥，五日失一县，十日失两县，能经得几多失陷？乃兄济光北去无音，地角天涯，望援不至，老龙的巢穴，要从此覆没了。

虾兵蟹将已皆离散，龙王如何得安？

究竟龙济光赴京乞援，难道段总理坐视不救，竟听他巢穴仳离，欲归无路么？说来亦有许多难处。段总理只有一身，既要做国务总理，又要做参战督办，对内对外，日无暇晷，济光入京相见，非不当面许援，但琼崖是在极南，距北京路逾万里，鞭长莫及，一时如何达到？并且曹锟回京以后，前敌将士统已观望不前。湘省扼长江中坚，比琼州加倍紧要，省会虽然收复，湘南一带，尚多南军踪迹，无人肯出去扫除，何况区区琼崖。所以济光一再催逼，段总理只好逐日敷衍，等到延宕日久，难以为情，乃檄令山东督军张怀芝为援粤总司令，克日出发。怀芝自长沙已下，曹锟返京，也引兵退还山东，仍守督军本任，待至援粤总司令的任命，自京发表，免不得要部署将士运集兵械，方好起程，临行时已是阳历六月下旬了。

当时参战督办事务处，又有一种军事协定条件，为中日两国双方密订，内有密约十二条，中国政府并不宣示，就是日本政府亦守秘密。约文上载有中日两国，均不公布，按照军事上秘密事项办理等语，偏日本新闻纸上，漏泄内容，公然将此项条件揭载出来。于是北京大学校学生与高等师范学校、工业专门学校、法政专门学校诸学生全体至总统府中，请愿废约，并求宣布条文，俾众共知。冯总统无可推诿，乃令学生举出代表，始准传见，当面与他解释，谓此系对外条约，并非对内事件。众学生方才无言，散归各校。旋由天津、上海、福州各处学生，亦各联结团体，谒见地方长官，请求代向政府，力争废约。正是：

屡向东邻求臂助，应教内部起疑猜。

862. 究竟密约中有何关系，俟至下回发表。

外债有可借者，有不可借者。所借之债，用于实业上之经营，则将来可收巨效，足以偿人而有余，此则固尚可借也。若无后来之收入，但顾目前之急需，是与饮鸩止渴，漏脯救饥，亦何以异？一利百害，如何可借？况段合肥之借外债，全为平南起见，南方未必可平，而债台百级，何物清偿？徒受债权之压迫，增国民之担负，是岂真不可已乎？可已不已，而亲日派之曹汝霖，适承其乏，谓为虎伥，谁曰不宜？龙济光本非段系，乃以仇视民党之故，迫而赴段，高雷败绩，琼崖孤危，数年巢穴，覆于一旦，龙王龙王，其亦事后知悔否耶？

第九十五回　闻俄乱筹备国防
集日员会商军约

却说中日互订约章，为了军事协定，各守秘密，嗣经日报揭露，方俾国人知晓，内容底细，却是为对外问题，说将起来，实受外界刺激，因发生这种条约。自从欧战开始，连年不休，俄皇尼古拉二世本与英、法诸国订就协约，反抗德、奥，起初兵锋颇锐，突入普鲁士境内，略地甚广，后来屡战屡败，不但将占有普地悉数失去，甚至属部波兰亦为德所夺，就是对奥战争，胜败不一，也没有甚么得手。就中更有一位俄国皇后，乃是德国非都西邦的王女，德系联邦组成，故非都西邦为德国之一部分。名叫亚尼都古司，颇有雌威，干预政治，德人侨寓俄都，往往恃为后援，愿入俄籍，得辗转充列贵官。俄、德两国素来专制，合两派人士，掌握政柄，百姓还有何幸？众怒难犯，酝酿已深。会欧战事起，俄皇主战，俄后怀念祖国，未表同情，所以一切军机，暗遭牵掣；再加士心不一，民志益离，所以转战数年，迭遭败挫。俄后又屡次怂恿俄皇，停战言和。俄皇受英、法诸国的束缚，不能独宣和议，因此踌躇未决；惟议会人员完全主战，免不得訾议俄皇，俄皇怎肯受责，勒令停会，舆论大哗。议员乘势号召，奋起革命。

时俄皇身兼总司令，方出次京南的朴次可地方筹划军事，突闻京内暴变，急召前敌将士，返戈勤王。偏革命党气焰嚣张，云集影从，差不多有二十万众，一夕发难，全局推翻，凡俄京里面的各部院、各机关，所有重要人员，一古脑儿被他拘禁。他如邮局、电局及铁路要塞等处，悉被占领。就是俄后亚尼都古司，立后后，曾改名亚历山大扶约多罗妩娜。亦坐致幽囚，禁居兹亚鲁司古鸦西罗离宫。都城统为革命党蟠踞，遂蜂拥至俄皇行次，把他围住，迫令逊位。从古到今，最难做的就是皇帝，做得好时，人人尊敬，做得不好时，个个叛离，所以“皇帝”二字的反面，叫做独夫。想做皇帝者其听之。俄皇到了此时，已与

独夫相似，没人听他号令，不得已宣布诏旨，让位于皇弟米哈尔大公。

米氏尝恋一女优，私下结婚，同奔奥都维也纳，嗣复徙往伦敦，甘作田舍生涯。及闻俄、德宣战，却激起一腔忠愤，归国请缨，自陈悔过。俄皇也不念旧恶，擢任陆军最高等官，即令赴敌。果然骁勇无前，屡得战绩，威名大振，遐迩倾心，故一经俄皇诏下，全国兵民，欢声雷动。独米氏自知皇位难居，不愿就任，愿将国体问题，听从民意解决。于是下议院议决，下议院即中国之众议院。组织临时政府，建设新内阁，力反旧制。凡从前政治宗教各人犯，一概赦免，人民集会结社，均准自由办理。普及选举，削除一切阶级。旧有宪兵，统改为通常陆军，调赴战地。警察改为民团，团长由国民选举，隶属自治会。不到旬日，居然造成了一个共和政府，厘定秩序；不但前敌将士

连电赞成，即如英、法、美、意、日等国亦皆投与公文，正式承认。惟俄皇尼古拉二世，与俄后俱被驱出，徙至西伯利亚，幽锢穷荒，不得自由行动。余若亲德派大臣，或杀或逐，扫尽无遗，比诸中国革命时，难易相去，几判天渊。新政府且发表政见，声言作战方针，举国一致，决不与德奥单独讲和，似乎俄国人士，一德一心，可以从此大定了。

哪知国家革命，断没有这种容易的事情，试看我国辛亥革命，各省人民，哪一个不欢欣舞蹈，极力鼓吹，统说是革命告成，大家可享共和幸福，就是内外官吏，无论文武，亦皆翊赞共和，推倒君主。为甚么清室逊位，民国成立，扰扰多年，反害得七乱八糟，不可究诘。难道俄国人民，果皆高尚，绝无争权夺利、党同伐异的思想么？向来俄国分二党派，除旧政府外，一为下层阶级的急进派，系劳兵团、农民团所组成；一为中等阶级的保守派，乃立宪党系，及武人军官所组就。此次俄国革命，全是急进派倡起，保守派不过随势附和，略表同情。首任内阁总理尔伏夫，视事不过数旬，即受各界刺激，辞职自去。继任为克伦斯基，是急进派翘楚，当革命时，被举为司法总长，曾决议废止死刑，嗣改任陆军总长，进掌首揆，所有设施，纯主急进。陆军总长萨微柯甫及将军柯尼洛甫，与彼不合，萨氏辞去，柯尼洛甫独与克氏竞争，致用武力解决，俄京复起战事。后虽柯氏失败，党争终未消灭，就中又有一派过激党，比克氏还要维新，竟将克氏推翻，另组新政府、新国会。所以俄京大乱，迭起争端。

内部不靖，外部当然懈体，德军得乘隙深入，步步进逼，俄国原是吃紧，还有我国的中央政府，更禁不住慌张起来。如此怯弱，奈何参战？中国西北一带与俄接壤，万一俄人不能制德，被德人穿过俄境，由欧入亚，必且仇恨中国，乘势报复。中国加入参战团，本是徒慕虚名，怎可弄巧成拙，反遭实祸？参战督办段总理为主战的发起人，并且亲操政柄，内外处置，丛集一身，哪得不暗暗着急，加添了一桩心事？亏得小徐等代为设法，想出了借助他山的政策，预备不虞。环顾列强，只有东邻日本，地处同洲，依为唇齿，况迭蒙贷款，情好正深，乐得援共同防敌的美名，与他结约。好在驻日公使章宗祥素来亲日，必能出与协商，不致无效。当下电告章氏，令他速办。章公使不敢怠慢，即致书日本外务大臣，请他共同防敌。公文有云：

敬启者：中国政府鉴于目下时局，依下列纲领，与贵国政府协同处置，为贵我两国之必要。兹依本国政府之训令，特向贵国提议，本使深为荣幸。

866. （一）中国政府及日本政府，因敌国实力之日见蔓延于俄国境内，其结果将使远东之平和安宁，受侵迫之危险。为适应此项情势，及实行两国参加此次战争之义务，不能不及早协同考量应行之处置。

（二）依前项所述，经两国政府合意后，因实行决定之事，凡两国陆海军，对于此次共同防敌战略之范围，应行协力之方法及其条件，由两国当局官宪协定之。该当局官宪，对于互相利害问题，互相慎重诚实，随时协议。

并由两国政府核定，俟时机实行以上提议。相应函达，敬请见复为荷！兹本使对于阁下，特表敬意。敬具。

中华民国七年三月二十五日

中华民国特命全权公使章宗祥印

外务大臣法学博士子爵本野一郎阁下

公文去后，即日接复，愿同办理。何其亲善乃尔？除公文外，又由日本外务大臣本野一郎，另附一函云：

敬启者：三月二十五日，贵我两国政府，因共同防敌，业经互换公文。帝国政府，以为该公文之有效期间，应由两国军事当局商定。再因共同防敌，日本军队在中国境内者，俟战事终了后，应一律由中国境内撤退。帝国政府，特此声明，相应函达。兹本大臣对于阁下，特表敬意。敬具。真好交情。

章宗祥得了这种文牍，不胜喜慰，便即电达政府，备述梗概。段总理即咨照驻京日使，彼此各派委员，在北京组织委员会，协议共同防敌的条件。日使自然照允，即日互派委员会议。所有两国派定的委员，姓名列下：867.

（中国委员长）上将衔参谋处处长靳云鹏

（中国委员）陆军中将曲同丰　司长丁锦　海军中将沈寿堃　陆军少将田书年　陆军少将刘嗣荣　陆军少将江寿祺　陆军少将童焕文　奉天督军代表秦华　吉林督军代表陈鸿达　黑龙江督军代表张济光　海军少将吴振南　海军少将陈恩焘　外交部参事刘崇杰

（日本委员长）陆军少将斋藤

（日本委员）陆军少将宇桓　海军少将增田　海军大佐伊集院　海军大佐桦山　陆军中佐本庄

各委员到了会场，列席公议，议出了十二条约章，约文如下：

第一条　中、日两国陆军，因敌国势力之日见蔓延于俄国境内，其结果将使远东全局之和平及安宁，受侵迫之危险，为适应此项情势，及实行两国参加此次战争之义务起见，取共同防敌之行动。

第二条　关于协同军事行动，彼此两国所处之地位与利害，互相尊重其平等。

第三条　中、日两国，基届于本协定开始行动之时，对于各自本国军队及官民，在军事行动区域之内，当命令或训告，使彼此推诚亲善，同心协力，以期达到共同防敌之目的。凡在军事行动区域之内，中国地方官吏，对于该区域内之日本军队须尽力协助，使不生军事上之窒碍。
868. 日本军队，须尊重中国主权及地方习惯，使人民不感受不便。

第四条　为共同防敌，在中国境内之日本军队，俟战事终了时，即由中国境内，一律撤退。

第五条　中国境外派遣军队时，若有必要，两国协同派遣之。

第六条　作战区域及作战上之任务，适应于共同防敌之目的，由两国军事当局，量各自本国之兵力，另协定之。

第七条　中、日两国军事当局，在协同作战期间，为图谋协同动作之便利起见，应行下列事项：

（一）关于直隶作战上之机关，彼此互相派遣职员，充当往来联络之任。

（二）为图谋军事运动及运输补充敏活确实起见，陆海运输通信事宜，须彼此共谋便利。

（三）关于作战上必要之建设，例如行军铁路电信电话等项，应如何设备，由两国总司令官临时协定之。俟战事终了，凡临时之建设工程，均撤废之。

（四）关于共同防敌所需之兵器，及军需品，并其原料，两国应互相供给。其数量应各自不害本国所需要之范围为限。

（五）在作战区域之内，关于军事卫生事项，应互相辅助，使无遗憾。

（六）关于直接作战上之军事技术人员，如有辅助之必要时，经一方之请求，应由他方辅助之，以供任使。

（七）军事行动区域之内，设置谍报机关，并互相交换军事所要之地图及情报。关于谍报机关之通情联络，彼此互相辅助，图其便利。 **869.**

（八）协定共用之军事暗号。

第八条　为军事输送使用东清铁路之时，关于该铁路之指挥管理保护等，应尊重原来之条约。其输送方法，临时协定之。

第九条　本协定实行上所要详细事项，由中、日两国军事当局，指定各当事者协定之。

第十条　本协定及附属协定之详细事项，中、日两国均不公布，按照军事之秘密事项办理。

第十一条　本协定由中、日两国陆军代表者签名盖印，经各自本国政府之承认，发生效力。其作战行动适当之时机，经两国最高统率部商定开始之。

第十二条　本协定以汉文及日文各缮二份，彼此对照，签名盖印，各保有一份为证据。

上列各条，但关系陆军部分，再就海军一方面，议定条文，大约与陆军部分相同。两国委员俱表明满意，因即散席。日本委员长斋藤自去递交日使，由日使电达本国政府，请示办理。中国委员长靳云鹏亦将约文入呈国务院，国务总理段祺瑞提出草约，交国务员会议可否。国务员当然赞许，再报明冯总统，即交参战督办处签字。那日本政府电复中国驻京日使，允准签定，彼此各守秘密。乃经日本报揭露以后，遂由中国京内外学生纷纷异议。其实德军尚在俄国西境，距中国约千万里，所订中日军事协定条约，始终不闻履行，杯影蛇弓，徒添出一段疑论呢。小子有诗叹道：

870. 预定边防费协商，焦思熟虑亦周详。
如何中外多疑议，只为条文太秘藏。

还有南方独立军队，亦由数首领署名，电致冯总统，诘问中日军事协定的约章。欲知详细，待至下回表明。

“革命”二字，传播全球。于是彼国革命，此国亦革命。经一次变革，即增一次危乱。愈革命而其国愈危，此系近今之一种传染症，不得医国手，鲜有能治安者也。俄国革命，亦蹈此病。惟此为外史上之事实，于本书尚无暇详叙。本回但因俄之内乱，叙及中日军事协定之原因，中国之加入参战团，全为环境所迫而成，有名无实，无庸讳言。段总理恐敌军入境，乃欲借助东邻，此尤不得已之苦衷，应为国人所共谅。而议者蜂起，互相诘责，盖由他事未满人意，无惑乎举一例百，疑议纷滋也。然观诸十二条约章，尚无损权之举，而必互守秘密，果属何意？明眼人其必有所鉴别乎？

871.

第九十六回　任大使专工取媚
订合同屡次贷金

却说南方独立军队，本推伍廷芳、陆荣廷、唐继尧、林葆怿、刘显世、谭浩明等为领袖，与北方争论不休，至用武力相待。及闻中日有军事协定的密约，惟恐段祺瑞借口边防，借着日本军人来图南方，所以电致中央，详叩约章内容；政府置诸不答，因复严电诘问。电文有云：

北京冯代总统鉴：闻段祺瑞与其左右二三武人，有与日本订立密约之说，中外喧腾，举国惊疑，奔走呼号，一致反对。廷芳等前已电请钧座，如有其事，应请严行拒绝，如确无之，则请明白宣布，以祛群疑。区区息事御侮之苦衷，谅邀洞鉴。窃以西南义旅，志在护法，但求有裨于国，断非意气之争。今段祺瑞及其私人，因坏法而用兵，因用兵而借款购械，因借款购械而有亡国条约，务求逞于国内，宁屈伏于外人。无论双方胜负若何，而国家主权已陷于外人掌握之中。叱咤鞭笞，惟命是听，奴隶牛马，万劫不复。

虽卖国之罪，责有攸归，而覆巢之下，宁冀完卵？国且将亡，法乎何有？皮之不存，毛将焉附？今与中央约。中央果开诚布公，声明不签亡国之约，而对于南北争持之法律政治诸问题，组织和平会议，解决一切，则我即当停战息兵，听我国人最后之裁判。倘忠言不纳，务逞其穷兵黩武之心，而甘以国家为孤注，则我国民宁与偕亡，断不忍为人鱼肉也。迫切陈词，伫候明教！

这种电文，本为段氏所不愿入目，冯总统一经阅过，偏把电文移送国务院，显示老段，激动段氏怒意，恨不得将南方军队立即扫平。他想一不做，二不休，索性大借外债，筹足饷械，派遣十万雄师，与南方猛斗一场，如能就此荡平，方出胸中恶气。主见已定，遂授意曹、陆两人，再行借款。

曹氏就是汝霖，现任交通总长兼财政总长。陆氏名叫宗舆，为浙江海宁人，前清尝领乡荐，游学日本，速成法政学校，归国后纳资为郎中，辗转迁擢，累居显要。民国成立，更得美差，历任国务院秘书及驻日公使、币制局总裁等职，宦囊充裕，多财善贾，遂与日商品设中华汇业银行，做了该行中总理先生。这两人同是亲日派，为段帮忙。不啻为日本帮忙。在外又有驻日公使章宗祥，与曹总长一鼻孔出气，小子于九十四回中已约略叙及，惟未曾表明详情。他既是个皇华专使、法学大家，应该把他详述履历，方不抹杀这民国通材。数语耐人寻味。他家住吴兴荻港镇，乃兄叫做章宗元，也曾向美国游学，归参政务，寻为唐山路矿学校校长，注重实业教育，与宗祥性情行迹迥不相同，所以西洋毕业的兄长反不及东洋毕业的阿弟较为阔绰。当宗祥学成归国时，曹汝霖已通显籍，为宗祥所垂涎，特上时务条陈万余言，作为进阶。偏清政府留中不报，急得宗祥抚髀兴嗟，非常侘傺。继思前时载振嘱语，允为援引，见九十四回。何勿就此营谋，寻条进路？当下浼一知友，先向振贝子处代为先容，然后执刺往谒，好容易才得进见。振贝子虽与晤谈，却淡淡地问了数声，并未提及前言，推诚相示。毕竟贵人善忘。章宗祥不便相诘，只好说了几句套话，怅然回寓。

可巧有个床头人，见乃夫潦倒情状，询明大略，遂即放出手段，为夫求荣。又是一个曹夫人。相传章妻陈氏，芳名彦安，曾在沪上女学校肄业，籍隶姑苏，彼时宗祥亦为南洋公学学生，邂逅相遇，一见倾心，遂成为儿女交。后来陈氏亦游历日本，与宗祥订定婚约。至宗祥归国，就借沪上旅舍为青庐，行合婚礼。卿卿我我，相得益欢。未几相偕北上，满抱夫荣妻贵的希望，挈艳同行，乃寓京多日，未遂雄飞，倒不如牝鸡振翼，还望高升。于是打通内线，入谒振贝子夫人，凭着那莺声百啭，博得贝子夫人的欢心，时常召入，青眼相待。陈氏知情识趣，竟拜贝子夫人为干娘。未知年纪相差几何？贝子夫人越加宠爱，遂向振贝子说项，邀同振贝子至乃翁前，极言陈氏夫妇的才能。乃翁便是庆亲王奕劻，便延陈氏入邸，教授孙儿孙女，并调宗祥入民政部当差，远大鹏程，从此发轫。

巧值民政部尚书肃亲王善耆自负知人，收揽名士，宗祥遂屡上条陈，大蒙鉴赏，当由肃王专摺力保，得赐进士。俄而派至参丞上行走，俄而充任宪政编查馆委员，俄而超补右丞，俄而调授内城巡警总厅厅丞。武汉兴兵，南北议和，宗祥亦列入清室议和代表，赴沪参议。至袁项城任民国总统，令宗祥为大理院院长，嗣且改长司法，兼署农商。袁氏筹办帝制，宗祥亦奔走效劳，寻见帝制无成，改投段氏门下。段二次组阁，仍使他为司法总长。旋即遣赴东洋，继陆宗舆为驻日公使。真是官运亨通。看官试想！他的法政学问，是从日本国造成的，大使头衔，是从段总理派与的，所以他心目中，只知日本国，只知段总理，所以段氏有命，无不遵从。此次曹、陆两人奉命借债，当然电告宗祥，与同协力，内外张罗，多多益善。东邻日本，却是慷慨得很，但教曹、陆、章与他筹商，无不允诺，惟抵押品须要稳固，信贷契须要严密，两事办就，便一千万二千万三千万的银元，源源接济，如水沃流。究竟扶桑三岛，能有若干铜山金穴，可以取用不尽，挹注中国？大约也是效微生高的故智，乞邻而与。试问日本人的用意，果为何事，肯这般替我腾挪，苦心经营呢？不烦明言。总计民国七年六月为始，到了九月，共借日本款五次，由小子一一叙出，分作甲乙丙丁戊五项，胪列如下：

(甲) 订借吉、黑林矿三千万元。财政总长曹汝霖、农商总长田文烈，商同中华汇业银行经理陆宗舆，向日本兴业、朝鲜、台湾三银行，借定此款，以吉林、黑龙江两省全境森林矿产为抵押。订定约文共十条：(一) 借款为日金三千万元。(二) 限期十年，期满后，得由双方协议续借。(三) 经过五年后，无论如何，得于六个月前，预先知照偿还本借款金之一部分。(四) 年息七厘五毫。若实行第二条续借时，利率当按时协定。(五) 每届付息，须每个月前先付，限定每年一月十五日及七月十五日。但第一次及最末次，不满六个月，可按日计算，先行付清。(六) 十足交款，并无回扣。（七）本借款之交付偿还付息，及其他一切授受，均在日本东京办理。（八）吉、黑两省金矿与国有森林，以及林矿所生之政府收入，作为担保品。（九）本合同有效期内，关于前条林矿及其收入，拟向他人借款，须先与本债权人商议，俟本债权人认可，方得另借。（十）俟本利偿清时，本合同作废。十条以外，尚有附约四条：（一）中国设立吉、黑两省采木开矿股份公司时，此次承受借款各银行，得投资达资本总额之半。（二）中日合资办法，由两国委员协定。（三）中国政府如届时不能还款时，该借款即作为日本出借各银行在中国设立之林矿公司内股份。（四）中国政府因募集该股份公司之股份券时，日本出借各银行，得代理发行该券全部或一部。

（乙）订借善后垫款一千万元。民国六年八月间，财政
876. 部曾向日本银行团借第二次善后借款垫款日金一千万元，以盐税余款为抵押。兹复由财政部总长曹汝霖，向日本正金银行代表武内金平氏商恳，由武内金平氏绍介日本银行团，再借日金一千万元，仍作为该借款垫款，为整理中国、交通两银行纸币之用，利息七厘，一年为限，仍以盐税余款为抵押，条约与前次相同。见八十九回。又因上年所借三千万元期限将满，由财政部商妥日本银行团，展期一年，内容悉如前约办理。

（丙）订借吉会铁路款一千万元。自吉林达延吉南境及图们江以至会宁一带，勘定路线，前曾与日本约定，中国政府开办时，款项不敷，应向日本协同筹办。交通总长兼财政总长曹汝霖乘隙入手，因与日本兴业银行及台湾银行、朝鲜银行，商订吉会铁路借款预备合同，共十四

条：（一）由中国政府速拟定本铁路建筑费，及其他必需费用，征求该三银行同意，由三银行议定金额，代为发行中国政府五厘金币公债。（二）本公债期限为四十年，自公债发行日起算，第十一年开始还本，依分年摊还方法办理。（三）中国政府俟吉会铁路正式借款合同成立，即着手建造铁路，期在速成。（四）中国政府应与日本帝国朝鲜总督府铁路局，共同建造图们江铁桥，负担建造费半额。（五）中国政府为本公债付还本息之担保，即为现在及将来本铁路所属之一切财产及其收入。（六）本公债之实收额，按照从前中、日所订之铁路借款合同，折中规定。（七）以上各条所未规定之条项，准照清光绪三十三年订定之津浦铁路合同，双方协议决定之。（八）吉会铁路正式借款合同，以本预备合同为基础，限期六个月内，订定正式合同。（九）预备合同成立，即由日本三银行垫借日金一千万元，十足交款，并无回扣。（十）本垫款应交利息，为年息七厘半。（十一）本垫款依中国所发行国库证券贴现之方法交付。（十二）前项国库证券，每六个月换给一次，每次以六个月份之息金，支付该三银行。（十三）中国政府于吉会铁路正式借款合同成立后，当以本公债募得之资金，优先付还本垫款。（十四）本垫款交付偿还付息，及其他一切授受，均在日本东京履行。

（丁）订借满蒙四铁路款二千万元。中华民国驻日公使章宗祥，与日本兴业银行副总裁并代表台湾、朝鲜二银行小野英二郎，订定满蒙四铁路借款预备合同，拟定四路路线：（一）由洮南至热河。（二）由长春至洮南。（三）由吉林经海龙至开原。（四）由洮南热河间，通至海港。俟双方勘定路线后，标明地点，作为起讫。共长一千余里，借款二千万元，预定合同十四条，即以四铁路所属之财产及其收入为担保品。年息八厘。余如吉会铁路借款预备合同，约略相同。

（戊）订借顺徐铁路款二千万元。由山东济南至直隶顺德间，及由山东高密至江苏徐州间之铁路，应需建筑各款，向日本兴业银行、台湾银行、朝鲜银行商借垫款二千万元，亦由驻日公使章宗祥，一手经理。日本三银行代表，就是兴业银行副总裁小野英二郎，订定预备合同十四条，与满蒙四铁路借款条约相似。惟首条中有该路路线，倘于铁路经营上，认为不利益时，得由双方协议，酌量变更是为该合同中特别声明的条文。一说与顺济铁路借款条约，同时协定。顺济铁路见九十四回。

878. 以上各种借款契约，各备中、日文各二份，政府银行互执各一份。若至将来双方解释，发生疑义时，应取准日文条约，不适用中文条约。还称甚么中日合同。曹、章、陆三人，但教借款到手，不管他后来隐患，所以日人如何说，他便如何依。此外闻尚有制铁借款、参战借款等，大约数十万至一二百万，或向日本借就，或向英、美诸国借来，还有少数借款，无从查明。实际开支，无非供给武人及所有政党的需索。甚么森林、甚么金矿、甚么铁路，简直是搁过一边，毫不提起。指东话西，影戤过去，难道外人果肯受给么？总教土地奉献，亦可了局。

段总理急不暇择，且把那借款移用，自逞那平南政策。偏南军坚持到底，誓与北方抗拒，一班军阀议员，联合拢来，先由议员择定会所，组织非常国会，与军阀沟通意见，订定军政府组织纲目，即按《大纲》第三条云：军政府应由非常国会中选出政务总裁七人，组织军政会议，行使职权。于是实行选举，投票取决，便有七人当选，姓名列后：

唐绍仪　唐继尧　孙文　伍廷芳　林葆怿　陆荣廷　岑春煊

自经政务总裁，选出七人，孙文辞去大元帅职任，办理交代，即离去粤东，自赴日本，不愿为政务总裁。唐绍仪亦有事他往，未曾就职，当由岑春煊、伍廷芳等，规定政务会议条例，及政务会议内部附属机关条例，免不得有一番手续。自民国七年五月二十日选出政务总裁，直至七月五日，始宣告军政府成立。从此南北两方，势成对峙，段总理越想统一，越致决裂了。小子有诗叹道：

欲求统一在开诚，但恃权威终不平。
我欲制人人制我，纷争忍尔苦苍生。

欲知南北冲突情形，且至下回再叙。

曹、章、陆三人，同为惟一之亲日派，即同为惟一之借债家，而章为驻日公使，其通信也尤便，故其效力也尤甚，特详履历，所以表其行迹之由来也。作者本无仇于曹、章、陆，但据报章之揭载，撮叙大略而已。然观五项借款合同，无一非授权日人之渐，即果为林矿铁路，及中国、交通两银行整理纸币之需，而日人垄断其间，已不足振兴实业，清理财政，况其为供给武人、政党之需要耶？大书而特书之，孰得孰失，固自有能辨之后。著书者应不忍下笔，阅书者亦不忍寓目矣。

第九十七回　逞辣手擅毙陆建章 颁电文隐斥段祺瑞

却说广东军政府已经组成，即借广东城外的士敏土厂作为暂住机关，当由政务总裁唐继尧、伍廷芳、林葆怿、陆荣廷、岑春煊联名，发出通电云：

> 查本军政府组织大纲，以由国会非常会议选出之政务总裁七人，组织政务会议，行使其职权。现除唐少川、孙中山两总裁，因交通阻碍，未接有就职通告，经派员敦促外，计就职总裁，已居过半数。当此北庭狡谋愈肆，暴力横施，大局阽危，民命无托，护法进行，刻不容缓，谨于本月五日，宣布中华民国军政府依法成立，即开政务会议，特此通告。

自军政府成立后，更促将士进行，或攻闽，或攻湘，或攻琼崖，相继不绝。北方援粤总司令张怀芝，方统率炮步兵二十营，由鲁入鄂，由鄂赴赣，驻扎江西樟树镇，力图攻粤。粤军先发制人，进攻赣边，占去虔南县城。嗣被赣军克复，怀芝即拟鼓众入粤，偏偏二竖为灾，日相缠扰，没奈何停止进兵，自还汉口养疴。当时有个炳威将军陆建章，就是前镇陕西、被陈树藩赶走的逃将军，他恨段派左袒树藩将己撵出，以致地盘失据，随俗浮沉，及见冯、段交恶，乐得联冯拒段，奔走赣、鄂，运动和议，隐为冯氏效劳，牵制段派。冯总统也喜得一助，故特任他为炳威将军。但段派亦嫉视建章，积不相容。徐树铮挟嫌尤甚，屡思扑灭此獠。

是时树铮尚为奉军副司令，往来京、津，闻得建章寓驻津门，嗾动奉军驻津司令部，停战言和，遂即往津调查。果属事出有因，越觉怒冲牛斗，无名火高起三丈。当下缮就一书，饬投建章寓内，只说是候谈军情，诱令到来，暗中却埋伏武弁，秘密布置，专待建章入阱，好结果他的性命。忍心辣手。建章虽亦知树铮恨己，但想他总不敢擅自杀人，就昂然径往，趋入奉军司令部内。树铮还欢颜出迎，邀入营中，开筵相待。座中陪客，统是奉军军官以及树铮左右私人，席间也未曾提及时事，只是猜拳行令，备极欢娱。至酒酣席撤，树铮乃起语建章道："此间内有花园，风景颇佳，请入内游玩一番，聊快胸襟。"建章尚不知有诈，随他进去。既入内园，树铮即目顾左右，掩住园门，当即翻过了脸，厉声语建章道："汝可知罪否？"建章失色道："我有何罪？"树铮道："汝为南方作走狗，东奔西跑，运动和议，破坏内阁政策，还得说是无罪么？"建章道："海内苦战，主和亦非失计，且今日主和，亦不止我一人，怎得归罪于我？"却还倔强。树铮怒目道："汝不必多说了。"说着，即令左右拿下建章，绑住园中树上。建章始软口乞免，愿为小徐帮忙。小徐置诸不理，自从囊中取出手枪，扳动机簧，扑通一响，已把这位陆将军送到冥府去了。当下草就电文，设词架罪，拍致国务院及陆军部道：

迭据本军各将领先后面陈，屡有自称陆将军名建章者，诡秘勾结，出言煽惑等情，历经树铮剀切指示，勿为所动，昨前两日，该员又复面访本军驻津司令部各处人员，肆意簧鼓，摇惑军心。经各员即向树铮陈明一切，树铮犹以为或系不肖党徒，蓄意勾煽之所为，陆将军未必谬妄至此。讵该员又函致树铮，谓树铮，曾有电话约到彼寓握谈。查其函中所指时限，树铮尚未出京，深堪诧异。今午姑复函请其来晤，坐甫定，满口痛骂，皆破坏大局之言。树铮婉转劝告，并晓以国家危难，务敦同胞气谊，不可自操同室之戈。彼则云我已抱定宗旨，国家存亡，在所不顾，非联合军队，推倒现在内阁，不足消胸中之气。树铮即又厉声正告，以彼在军资格，正应为国家出力，何故倒行逆施如此？纵不为国家计，宁不为自身子孙计乎？彼见树铮变颜相戒，又言“若然，即请台端听信鄙计，联合军队，拥段推冯，鄙人当为效力奔走。鄙人不敏，现在鲁、皖、陕、豫境内，尚有部众两万余人，即令受公节制如何”云云。树铮窃念该员勾煽军队，联结土匪，扰害鲁、皖、陕、豫诸省秩序，久有所闻，今竟公然大言，颠倒播弄，宁倾覆国家而不悟，殊属军中蠹贼，不早消除，必贻后戚，当令就地枪决，冀为国家去一害群之马，免滋隐患。除将该员尸身验明棺殓，妥予掩埋，听候该家属领葬外，谨此陈报，请予褫夺该员军职，用昭法典。伏候鉴核施行。

咄咄小徐，放胆横行，擅将陆建章枪毙，且并未自请处分，但声明建章情罪，一若杀了建章，尚有余功，真是权焰熏天，为民国时代所仅见。国务总理段祺瑞、陆军总长段芝贵得着小徐报闻，且惊且喜，便替他设法回护，检查从前文牍，如张怀芝、倪嗣冲、陈树藩、卢永祥等，俱有弹劾陆建章的成案，遂汇成档册，并将徐树铮电陈详情，一并缴入总统府，请令办理。冯总统长叹数声，暗思建章已死，不可复生，欲责小徐擅杀，又恐得罪段氏，益启争端，没奈何下一指令道：

前据张怀芝、倪嗣冲、陈树藩、卢永祥等，先后报称陆建章迭在山东、安徽、陕西等处，勾结土匪，煽惑军队，希图倡乱，近复在沪勾结乱党，当由国务院电饬拿办。兹据国务总理转呈，据奉军副司令徐树铮电称，陆建章由沪到津，复来营煽惑，当经拿获枪决等语。陆建章身为军官，竟敢到处煽惑军队，勾结土匪，按照《惩治盗匪条例》，均应立即正法。现既拿获枪决，著即褫夺军职勋位勋章，以昭法典。此令。

令文虽如此云云，心下越仇视段派，势不两立了。惟陆建章也非善类，专好杀人，从前袁总统时，曾委建章为军警执法处处长，他承袁氏意旨，派遣私人，一味侦察反对党，捉一个，杀一个，捉两个，杀一双，往往有挟嫌谎报，谓某人有通敌阴谋，便即信为真情，妄加捕戮。后来复经他人入告，说是侦报未确，诛及无辜，他又召到原谍，邀他同食，食时尚谈笑甚欢，及食毕后，忽提前事，不容分辩，即命推出处死，或且并不提及，欢送出门，突从他背后，发一手枪，击毙了事。所居院落，辄陈尸累累，故都人见他请客红柬，多有戒心，号为“阎王票子”，且因他杀人甚众，如屠犬豕一般，因复赠一绰号，叫做“屠夫”。此次为小徐所诱，突遭枪决，虽似未免屈死，终究是天道好还，报施不爽呢。好杀者其鉴之！

但小徐诱杀建章，得快私忿，自以为一条好计，哪知也有得有失，徒多了一个仇家。陆妻冯氏，乃是旅长冯玉祥的姑母，或谓冯系陆甥，未知是否，待考。猝闻乃夫被杀，当然悲从中来，恸哭了好几场，且与玉祥商量，要玉祥代报夫仇。玉祥本皖中望族，乃父在前清时，为直隶候补知府，挈眷寓津，产下一男，就是玉祥。少长时曾至教会学堂读书，故投入基督教籍。嗣入保定军官学校，由该校保送至武卫右军，充当差遣，故浙江督军杨善德，见了玉祥，即许为大器，荐入段祺瑞幕中。段以为碌碌无奇，不加重用，玉祥乃与段相离，自寻门路。冯系皖人，其所以不入皖派者以此。后为第三镇步兵第五标第十团第三营管带，统率百人，驻扎房山县。未几，由陆建章代为谋划，改编为京畿宪兵营，扩充至兵士二千名。民国二年，第二师、三师、四师、六师、七师，移镇鄂、湘、苏、皖等地，北洋防务空虚，袁项城饬募新兵，编练混成旅十余部。冯营为陆军第十六混成旅，玉祥遂任旅长。越年拔营南下，驻扎武穴，及段氏三次组阁，一意主战，令冯玉祥率军援闽，旋复改命援鄂。玉祥本不附段派，观望不前，且有意服从冯总统，曾发出通告，请速罢兵，并有“元首力主和平，讨伐各令，俱出自胁迫”等语。段氏因他拥兵自大，也不便急切相待，只好付作缓图。哪知霹雳一声，建章毙命，玉祥顾念戚谊，当然惊心，再加姑母冯氏泣令报仇，玉祥亦不禁呜咽道："姑父平日所为，我亦尝极端反对，屡劝他缓狱恤刑，哀矜勿喜，偏姑父习以为常，遂致怨家挟恨，陷害姑父，但今乃屈死小徐手中，殊不甘心。小徐靠了老段势力，横行不法，暴戾恣睢，我若不为姑父复仇，如何对得住姻戚？但目前尚难轻动，我部下不过数千人，势不能一举成功，我死也不足惜，死且无益，不如从缓为是。"他姑母听了此言，也觉没法，只有挥泪自去罢了。

惟玉祥经过此变，遂与段内阁决裂，自告独立。部下副官李铭钟，团长杨贵堂、何乃中等，亦愿为效力，累得段总理多一敌手，不得不格外加防。详叙冯玉祥事，俱为后文伏案。并且失意事层叠而来，大与前谋相左。湘南未平，闽军又败，龙裕光孤守琼崖，属地已失去大半，专望援粤总司令张怀芝一军，入粤牵制，或可解围。哪知张怀芝病倒汉口，连日未痊，留驻江西的张军方移次醴陵，逍遥江上，偏被南方间谍，侦悉情形，竟潜从攸县进兵，猛向醴陵扑入。张军十数营，猝不及防，仓皇奔溃，吓得养疴汉口的张司令，出了一身冷汗，力疾起床，乘车北返。自问未免怀惭，情愿抛弃权力，辞去山东督军。是所谓张脉偾兴，外强中干。琼州失援，龙军保守不住，只好弃去巢穴，向北逃生。看官试想！这岂非段氏的平南政策，一齐失败么？

还有段氏背后的小徐，格外担忧，他本思推倒冯河间，奉段祺瑞为总统，举张作霖为副座，所以请张帮忙，合力同谋。惟段氏以为南方不平，威望未著，也不愿骤任元首，故小徐对着平南政策，非常注重。如何借债，如何调兵，多半由小徐献策，怂恿段氏进行。偏偏事不从心，谋多未遂，怎得不五内俱焚？踌躇四顾，愤不可遏，自思平南政策，不能贯彻，总由那冯派横生阻力，以致种种窒碍。今欲釜底抽薪，必须将老冯捽去，改拥段氏为总统，然后令出必行，军心一致，方得勠力平南。于是另生他计，即拟组成新国会，为选举总统的预备。好在各项借款，尚未用罄，不若移缓就急，将军事暂且搁置，一意运动议员，组合政党。当有帝制余孽梁财神士诒，王包办揖唐，乘机出头，来做小徐帮手，渐渐地三五成群，四五结队，凑齐了数十百人，迎合小徐，拥戴老段，复取了一个私党的美名，乃是“安福”两字。安是安邦，福是福国，名目却是动听，但一班安福系中的人物，究竟是为国家思想，是为自己思想，看官总应明了呢。

民国七年七月十三日召集新国会，约期开议，第一件问题，就是选举新总统。原来冯总统本是代任，期限不过一年。他自六年八月一日，入京就职，到了七年八月，任期已满，理应卸职另选，所以召集新国会的命令，当然由冯总统颁发。冯氏非不思续任，但有段派的对头，自知续选无望，惟欲与老段同时下野，前次联袂同来，此次亦要他蹇裳同去，若自己退位以后，反令段氏继任，这是梦寐中也不甘心。乃暗中嘱使同党，设法阻段。江南督军李纯、第三师师长吴佩孚，隐承冯意，一再通电，主和斥战。就是直隶督军兼四省巡阅使曹锟，亦屡开督军会议，不愿拥段。至若张雨帅为副总统，各督军都不赞成，就是段派中人，除小徐外，也多与雨帅反对，所以雨帅亦为夺气，不肯十分出力，替段效劳。转眼间已是八月，新国会议员，同集都下，不日就要开会了。冯总统独预先加防，颁一通电云：

国璋服务民国，于兹七年，变故迭更，饱尝艰苦。去岁邦基摇动，幸赖总理与各督军，群策群力，恢复共和。

其时黎大总统辞让再三，元首职权，无所寄托，各方面以《约法》有代行职权之规定，《大总统选举法》有代理之明文，责备敦促，无可逃避。国璋明知凉德，不足以辱大位，但以尊重法律之故，不得不忝颜庖代。

顾念《约法》精神所在，一曰中华民国之统一，一曰中华民国之和平，国璋挟此两大希望而来，以求与根本大法之精神相贯彻，非有一毫利己之私，惟期不背于法律，以自免于罪戾耳。今距就职代理之日，已逾一年，而求所谓统一和平，乃如梦幻泡影之杳无把握。推原其故，则国璋一人，实尸其咎。古人云："徒善不足以为政，徒法不能以自行。"又曰："苟非其人，道不虚行。"国璋虽自认《约法》精神，无有错误，而诚不足以动人，信不足以服众，德不足以驭世，惠不见以及民，致将士暴露于外，闾阎愁苦于下，举耳目所接触者，无往而可具乐观，虽有贤能之阁僚，忠勇之同胞，而以国璋一人不足表率之故，无由发展其利国福民之愿力，所足以自白于天下者，惟是自知之明，自责之切，速避高位，以待能者而已。

今者摄职之期，业将届满，国会开议，即在目前，所冀国会议员，各本一良心上之主张，公举一德望兼备，足以复统一和平者，以副《约法》精神之所在，数语最为扼要。则国本以固，隐患以消。国璋方日夜为国祈福，为民请命，以自忏一年来之罪戾。皇天后土，实鉴此心。若谓国璋有意恋栈，且以竞争选举相疑，此乃局外之流言，岂知局中之负疚？盖国璋渴望国会之速成，以求时局之大定，则有之，其他丝毫权利之心，固已洗涤净尽矣。至若国之存亡，匹夫有责，国璋虽在田野，苟有可以达统一和平之目的，而尽国民一分子者，惟力是视，不敢辞也。敢布腹心，以谂贤哲。

这篇电文，看似引咎自责的谦词，实是阻挠段氏当选的压力。段主战，冯主和，战乃一般人民所痛嫉，和实一般人民所欢迎，试看电文中屡言统一，屡言和平，无非声明自己本意，素不愿战，所有此次调兵遣将，借债济师，种种挑拨恶感、毒害生灵的举动，都推到段氏身上，好教新国会人员不便大拂民情，选举段氏。且复郑重提及，叫各议员存些良心，公举一统一和平的总统，这不是反对段氏，敢问是反对何人呢？看得真，说得透。小子有诗叹道：

党派纷争国是淆，但矜意气互相嘲。
同胞尚且分门户，天地何由叶泰交。

冯电既发，过了数日，南方也续发电告，好似与冯电相应。欲知文中底细，俟至下回录明。

刑人于市，与众弃之，是为中古之成制。彼时为君主政体，犹有与众共诛之意，况明明为革新政体之民国，昌言共和，宁有对一官高爵重之炳威将军，可以擅加枪毙乎？微特小徐无此权力，即令大总统处此，亦必审慎周详，不能擅杀。就使建章煽乱，应该由军法处决，不关司法，而小徐总不能背地杀人。共和共和，乃有此敢作敢为之小徐，吾未始不服其胆力，而对诸我中华民国，殊不禁盡焉心伤矣。然未几而有冯玉祥之独立，又未几而有冯河间之通电，弄巧反拙，欲立转仆，小徐其奈何尚不知返乎？

第九十八回　举总统徐东海当选
申别言冯河间下台

却说南方自主军队，组成广东军政府，反抗北方，本来是各执己见，不相通融，但对着冯氏代理总统，原是依法承认，只与段氏的解散国会，主张武力，始终视若仇雠，所以冯总统颁一通电，广东军政府也续发一通电云：

> 溯自西南兴师，以至本军政府成立以来，于护法屡经表示，除认副总统代理大总统执行职务外，其余北京非法政府一切行为，军政府万无容认之余地。乃者大总统法定任期无几，大选在即，北京自构机关，号称国会，竟将从事于选举。夫军政府所重者法耳，于人无容心焉，故其候补为何人，无所用其赞否，赞否之所得施，亦视其人之所从举为合法与否而已。苟北京非法国会，竟尔窃用大权，贸然投匦，无论所选为谁，决不承认，谨此布告，咸使闻知。

南北两方，一呼一应，都是反对段氏，预先阻挠。段氏连番接阅，未免皱眉，暗想人众我寡，何苦硬行出头，还是与冯河间同去，较为得计，乃宣告大众，愿与冯氏一同下野。究竟老成持重。小徐等方此推彼挽，要将段氏扛抬上去。偏段氏思深虑远，不愿冒险一试，任他小徐如何怂恿，却是打定主意，决计不干。小徐等也觉扫兴。但冯氏下野，段氏又下野，将来究应属诸何人，难道中华民国就从此没有总统吗？于是小徐邀同梁士诒、王揖唐诸人，秘密会议，除冯河间、段合肥外，只有一位资深望重的大老官，寓居津门，足配首选。看官道是何人？原来就是前清内阁协理大臣，为袁项城的国务卿徐世昌。久仰久仰。

世昌从词苑出身，本非军阀，不过他在前清时，外任总督，内握军机，与军阀家往来已久，为武人所倾心，此次久寓津门，名为闲散，实则中央政事，无不预闻。自元首以至军阀，统因他老成重望，随时咨询，片言作答，奉若准绳，所以一介衰翁，居然为北方泰斗。小徐等主张举徐，无非因南北纷争，形势日恶，河间、合肥，既愿同去，不如拥戴老徐，或可制服异类，保持本派势力，因此决定计议，立派妥员向津劝驾。徐世昌素来圆滑，怎肯一请便来？免不得逊谢未遑，做一个谦谦君子。乐得如此。那小徐等尽管进行，促令新国会开议，选定王揖唐为众议院议长，组织总统选举会，克期举行。到了九月四日，即在议会中选举新总统，到会议员，共四百三十六人，午前十时，举行投票，午后开匦。徐世昌得四百二十五票，应即当选。当由议会备文，咨照国务院，国务院亦即通电各省，并通告全国。越日，又开副总统选举会，等到日中，两院议员，一大半不到会场。莫非逛胡同去了。议长当场计算，所有到会议员，不足法定人数，就使投票，也属无效，只好延期选举，徐作后图。嗣是逐日延宕，竟将副总统问题搁置一边，简直是不复提议了。一班傀儡议员。徐世昌闻自己当选，尚未便承认下去，因复通电中外，自鸣得意道：

国会成立，适值选举总统之期，乃以世昌克膺斯选。世昌爱民爱国，岂后于人，初非沽高蹈之名，并不存畏难之见。惟眷念国家杌陧之形，默察商民颠连之状，质诸当世，返诸藐躬，实有非衰老之躯，所能称职者。并非谦让，实本真诚，谨为我国会暨全国之军民长官并林下诸先生一言，幸垂听焉！

民国递嬗，变乱屡经，想望承平，徒存虚愿，但艰危状况，有十百于当时者。道德不立，威信不行，纪纲不肃，人心不定，国防日亟，边陲之扰乱堪虞，欧战将终，世局之变迁宜审。其他凡事实所发现，情势所抵牾，当局诸公，目击身膺，宁俟昌之喋喋？是即才能学识，十倍于昌，处此时艰，殆将束手，此爱国而无补于国，不能不审顾踌躇者也。国之本在民；乃者烽火之警，水潦之灾，商业之停滞，金融之停滞，土匪劫掠，村落为墟，哀哀穷民，无可告诉。吏无抚治之方，人鲜来苏之望，固无暇为教养之计划，并不能苏喘息于须臾，忝居民上，其谓之何？睹此流离困苦之国民，无术以善其后，复何忍侈谈政策，愚我编氓？

此爱民而无以保民，更悚惕而不自安者也。然使假昌以壮盛之年，亦未尝无澄清之志，今则衰病侵寻，习于闲散，偶及国事，辄废眠食，若以暮齿，更忝高位，将徒抱爱国爱民之愿，必至心有余而力不足。精神不注，丛脞堪虞，智虑不充，疏漏立见，既恐以救国者转贻国羞，更恐以救民者适为民病，彼时无以对我全国之民，更何以对诸君子乎？吾斯未信，不敢率尔以从，心所谓危，谨用掬诚以告。惟我国会暨我全国之军民长官，旰衡时局，日切隐忧，所望各勉责任，共济艰难。起垂蹙之民生，登诸衽席，挽濒危之国运，系于苞桑。昌虽在野，祷祀求之矣。邦基之重，非所敢承，斡济艰屯，必有贤俊，幸全尘翮，俾遂初服。除致函参众两院恳辞，并函达冯大总统国务院外，特此电达。

是时国会仍照旧制，组成参众两院，既已由小徐等暗中运动，王揖唐竭力鼓吹，产出新总统徐东海，哪肯再畀他辞去，

当下却还来函，仍由两院主名，坚请徐世昌出山。就是代任终期的冯河间，也恐东海不来，或致改选合肥，因即函复老徐，格外敦劝，词意备极诚挚。文云：

顷奉大函，以国会成立，选举我公为中华民国大总统，虞棼丝之难理，辞高位而不居。谦德深光，孤标独峻，即兹举动，具仰仪型。惟审察现在国家之情形，与夫国民感受之痛苦，倒悬待解，及溺须援。天下事尚有可为，大君子何遽出此？略抒胸臆，幸垂察焉！比年以来，迭更事变，魁杓既无所专属，法律几成为具文。内则斨斧相寻，外则风云日恶，以云险象，莫过今兹。然危厦倘易栋梁，或可免于倾圮，洪波但得舟楫，又何畏夫风涛？不患无位，而患无才，亦有治人，乃有治法。我公渊襟睿

略，杰出冠时，具世界之眼光，蕴经纶于怀抱。

与国记枢密之名姓，方镇多幕府之偏裨，一殿岿然，万流奔赴。天眷中国，重任加遗，所望握统驭之大权，建安攘之伟业，公虽卑以自牧，逊谢不遑，而欲延共和垂绝之纪年，当此固舍公莫属也。邦本在民，诚如明示。属者兵连祸结，所至为墟，士持千里之粮，民失一椽之庇。

疮痍满目，饥馑洊臻，岂人谋之不臧，抑天心之未厌？我公仁言利溥，感人至深，纵博济犹病圣人，恩泽难遍于枯朽，而至诚可格天地，戾气或化为祥禨，况旋转之功，匪异人任，恻隐之念，有动于中，必能嘘沟瘠以阳春，挽沉冥之浩劫。公谓教养匪易，虑远心长，实则彼呼号待尽之孑黎，此日已望公如岁也。夫以我公之忧国爱民也如彼，而国与民之相须于我公者又如此，既系安危之重，忍占肥遁之贞，平日以道义相期，不能不希我公之变计矣。至若虑蹉跎于晚岁，益足征冲淡之虚怀。但公本神明强固之身，群以整顿乾坤相属，虽诸葛素持谨慎，而卫武讵至倦勤，亦惟有企祝老成，发挥绪余，以资矜式耳。国璋行能无似，谬摄政权，历一稔之期间，贻百端之丛脞，清夜内讼，良用惭惶。瓜代及时，负担获弛。徒抱和平之虚愿，私冀收效于将来。我公为群帅所归心，小民所托命，切盼依期就职，早释纠纷，庶望治者得心慰延颈跂足之劳，而承乏者不至有接替无人之惧。耳目争属，心理皆同，谨布区区，愿言夙驾，耑肃奉复。

还有国务总理段祺瑞，已愿牺牲职位，同冯下野，乐得卖个人情，向东海致劝驾书。此外如黄河、长江两大流域，所有督军省长等，俱已一致拥徐，电音络绎，相属道中，无非请他如期就职，保我黎民等语。恐也是一个画饼。独广东军政府中，如岑春煊、伍廷芳两总裁，拍电致徐，劝勿就职。大略说是：

读歌日通电，歌字系是号码，借韵母以代五字。藉悉非法国会选公为总统。公既惕世变，复自谦抑，窃为公能周察民意，不欲冒居大位，至可钦佩。惟公之立言，虽咨嗟太息于国事之败坏，而所以致败坏之原则，公未尝言之，此春煊、廷芳所不能默尔而息者。致乱之故，虽非一端，救国之方，理或无二,一言以决之曰：“奉法守度而已。”

《约法》为国命所托，有悍然不顾而为法外之行动者，有托名守法而行坏法之实者，均足以召乱。自国会被非法解散,《约法》精神，横遭斫丧，既无以杜奸人觊觎之心，更无以平国民义愤之气。护法军兴，志在荡乱，北庭怙恶，视若寇仇，诪张为幻，与日俱积，以为民国不可无国会，而竟以私意构成之，总统不可无继人，而可以非法选举之。自公被选，国人深慨北庭无悔祸之诚，更无以测公意之所在。使公能毅然表示于众曰：“非法之举，不能就也，助乱之举，不可从也。”如此国人必高公义，即仇视国会者，或感公一言而知所变计。戢乱止暴，国人敢忘其功？惜乎公虽辞职，而于非法国会之选举，竟无一词以正之也。窃虑公未细察，受奸人蛊惑，不能坚持不就职之旨，此后国事，益难收拾，天下后世，将谓公何？如有谓公若将就职，而某某等省，可以单独媾和者，国会可以取消，重新组织者，护法各省，如不服从，仍可以武力压制之者，此等莠言，皆欲踞公于炉火之上，而陷民国于万劫不复耳。愿公坚塞两耳，切勿妄听。公从政有年，富于阅历，思保令闻，宜由正轨。煊、廷忝列旧交，爱国爱公，用特忠告。幸留意焉！

古人有言，一傅众咻，终归无效。时徐东海当选总统，中国行省，几有十八九处，同表赞成，独粤东数省，劝勿就职，是明明叫做一傅众咻了。况中华民国大总统的职衔，系人人所欣羡，徐东海犹是人心，难道傥来富贵，不愿接受？实是好看不中吃的物件。不过临时手续，总有一番谦逊话头，敷衍人目。差不多三揖三让。及经各电到津，由老徐检阅一番，只有粤东军政府与他反对，默思寡不敌众，远难图近，岑、伍虽硬来拦阻，究竟人寡地远，怎能达得到北方？且待自己登台以后，可和即与言和，不可和，何妨再作计较。为人在世，能就此出些风头，也好作一生纪念，于是怦然心动，有意就职，惟一时尚未入京，且待各方面再来敦促，方可动身。是谓之老滑头。果然不到数日，京内外的促驾电，连番拍来，他乃提出“息事宁人”四字，作为话柄，允即赴京就职。好容易又挨过一二旬，已届民国第七周国庆日，方才束装赴都。冯国璋闻徐将至，特于十月七日发出通电，陈述一年中经过情形，及时局现象，由小子录述如下：

督军、省长、各省议会、各商会、教育会、各报馆暨林下诸先生公鉴：国璋代理期满，按法定任期，即日交代。为个人计，法理尚属无亏，为国家计，寸心不能无愧。兹将代理一年中经过情形，及时局现象，通告国人，以期最后和平之解决。查兵祸之如何酝酿？实起于国璋摄职以前，而兵事之不能结束，则在国璋退职以后。

其中曲折情形，虽有不得已之苦衷，要皆国璋无德无能之所致。兵连祸结，于斯已极。地方则数省糜烂，军队则遍野伤亡。糜烂者国家之元气，伤亡者国家之劲旅。而且军纪不振，土匪横行，商民何辜，遭此荼毒？人非木石，宁不痛心？以此言之，国璋固不能无罪于苍生。而南北诸大要人，皆以意见争持，亦难逃世之公论。吾辈争持意见，国民实受其殃。现在全国人民厌乱，将士灰心，财政根本空虚，军实家储罄尽，长此因循不决，亦不过彼此相持，纷扰日甚。譬诸兄弟诉讼，倾家荡产，结果毫无。即参战以后，吾国人工物产之足以协助友邦者，亦因内乱故而无暇及此。欧战终局，我国之地位如何？双方如不及早回头，推诚让步，恐以后争无可争，微特言战而无战可
896. 言，护法而亦无法可护。国璋仔肩虽卸，神明不安，法律之职权已解，国民之义务仍存。各省区文武长官，前敌诸将领，暨各界诸大君子，如以国璋之言为不谬，群起建议，挽救危亡，趁此全国人心希望统一之时，前敌军队观望停顿之候，应天顺人，一唱百和。国璋不死，誓必始终如一，维持公道。且明知所言无益，意外堪虞，但个人事小，国家事大，国璋只知有国，不计身家，不患我谋之不臧，但患吾诚之未至，亦明知继任者虽极贤智，撑拄为难，不得不通告全国人民，各本天良，以图善后。国家幸甚，人民幸甚。再此电表明心迹，绝非有意争论短长，临去之躬，决无势力，一心为国，不知其他。倘天意人心，尚可挽回，大局不久底定，国璋一生愿望，早已过量，绝无希望出山之意。天日在上，祈诸公鉴！

话虽如此，但对着总统府中值钱的物件，却是样样欢喜，一古脑儿搜括拢来，移出外府，据为己有。相传冯氏素性爱财，从前为江督时，已是贩运烟土，官商并营，此次总统卸任，所有公家贵重各物，乐得取去，何必客气，甚至南北海中的禁鱼，亦被卖罄，只剩下历年档册，移交后任罢了。小子有诗叹道：

满纸牢骚力辩护，谁知心口不相符。
试看载宝还乡去，可问身家计有无？

过了两宵，徐氏已至，冯国璋即就此卸职。欲知徐氏接任后事，且至下回再详。

民国成立以来，强有力之大总统，惟一袁项城，然彼以豢养武人，而自殖势力，旋且失败于武人之手。袁氏固自贻伊戚，而武人之势力，不肯随袁氏而俱逝，可胜慨哉！黎失之庸儒，冯失之贪狡，徐东海以文武相兼之资望，宜若胜任而无惭。然徐究非武人，妙手空空，讵能与武人相敌？况其为城府深沉，未肯坦然相与乎？岑、伍一电，已为南北不能统一之兆朕，且内有安福派之环集其旁，将视徐为奇货可居，充作傀儡，此座固未易居也。老翁多智，何亦薰心禄位，遽尔登台耶？

第九十九回　应首选发表宣言书
借外债劝告军政府

却说民国七年十月十日，正是第七周国庆纪念，都下人士，争迎新总统莅任。午前十时，来了皤皤黄发的老成人，制服登堂，行就职礼，一切仪注，统照历届总统就职的成例，所有誓词，亦踵袭旧文，不少更改。文武百僚，群来谒贺，当由新总统派委秘书长，代读莅任宣言书，全文如下：

世昌不敏，从政数十年矣。忧患余生，备经世变，近年闭户养拙，不复与闻时政，而当国是纠纷，群情隔阂之际，犹将竭其忠告，思所以匡持之。盖平日忧国之抱，不异时贤，惟不愿以衰老之年，再居政柄，耿耿此衷，当能共见。乃值改选总统之期，为国会一致推选，屡贡悃忱，固辞不获，念国人付托之重，责望之殷，已于本日依法就职。惟是事变纷纭，趋于极轨，我国民之所企望者，亦冀能解决时局，促进治平耳。而昌之所虑，不在弭乱之近功，而在经邦之本计，不仅囿于国家自身之计划，而必具有将来世界之眼光。敢以至诚极恳之意，为我国民正告之：

今我国民心目之所注意，佥曰南北统一。求统一之方法，固宜尊重和平，和平所不能达，则不得不诉诸武力。乃溯其已往之迹，两者皆有困难。当日国人果能一心一德，以赴时机，亦何至扰攘频年，重伤国脉？世昌以救民救国为前提，窃愿以诚心谋统一之进行，以毅力达和平之主旨。果使阋墙知悟，休养可期，民国前途，庶几有豸。否则息争弭乱，徒托空言，或虞诈之相寻，致兵戎之再见，邦人既有苦兵之叹，友邦且生厌乱之心。推原事变，必有尸其咎者，此不能不先为全国告也。虽然，此第解决一时之大局耳，非根本立国之图也。

立于世界而成国，必有特殊之性质，与其运用之机 899.
能。我国户口繁殖，而生计日即凋残，物产蕃滋，而工商仍居幼稚，是必适用民生主义，悉力扩张实业，乃为目前根本之计。盖欲使国家之长治，必先使人人有以资生，而欲国家渐跻富强，以与列邦相提挈，尤必使全国实业，日以发展。况地沃宜农，原料无虞不给，果能懋集财力，佐以外资，垦政普兴，工厂林立，课其优劣，加之牖导；更以国力所及，振兴教育，使国人渐有国家之观念，与夫科学之知能，则利用厚生，事半功倍，十年之后，必有可观。此立国要计，凡百有司，暨全国商民，所应出全力以图之者。

立国之主要既如上述，但揆诸目前之状，土匪滋扰，户口流亡，商业凋零，财源枯竭，匪惟骤难语此，抑且适得其反，是必先去其障碍，以严剿盗匪，慎选有司，为入手之办法。然后调剂计政，振导金融，次第而整理之，障碍既去，而后可为，此又必经之阶段，当先事筹措者也。内政之设施，尚可视国内之能力，以为缓急之序。其最有重要关系，而为世界所注目者，则为欧战后国际上之问题。自欧战发生以来，我国已成合纵之势，参战义务所在，惟力是视，讵可因循？

而战备边防，同时并举，兵力财力，实有未敷，因应稍疏，动关大局，然此犹第就目前情势言之也。欧战已将结束，世界大势，当有变迁，姑无论他人之对我何如，而当此漩涡，要当求所以自立之道。逆料兵争既终，商战方始，东西片壤，殆必为企业者集目之地。我则民业未振，内政不修，长此因仍，势成坐困，其为危险，什百于
900. 今。故必有统治之实力，而后国家之权利，乃能发展，国际之地位，乃能保持。否则委蛇其间，一筹莫展，国基且殆，又安有外交之可言乎？此国家存亡之关键，我全国之官吏商民，不可不深长思也。至于民德堕落，国纪凌夷，风气所趋，匪伊朝夕，欲挽回而振励之，当自昌始。是必以安敬律己，以诚信待人，以克俭克勤，为立身之则，以去贪去伪，为制事之方。凡有损于国，有害于民者，必竭力驱除之。能使社会稍息颓风，即为国家默培元气。而尤要在尊重法律，扶持道德，一切权利之见，意气之争，皆无所用其纷扰。赏罚必信，是非乃公。昌一日在职，必本此以为推行，硁硁之性，始终以之。冀以刷新国政，振拔末俗，凡我国民，亟应共勉。昌之所以告国民者，此其大略也。

盖今日之国家，譬彼久病之人，善医者须审其正气之所在，而调护之。庶几正气之亏，由渐而复，假令培补未终，继以损伐，是自戕也，医者何预焉？爱国犹如爱身，昌敢以最诚挚亲爱之意，申告于国民！

宣言书读毕，就职礼成，大众皆陆续散去，于是冯政府告终，徐政府开始了。老徐既以息事宁人为口头禅，当然是主张和平，不愿再战，与段合肥的政策，绝对不同。段因主战无功，也有倦意，更兼前时曾宣告大众，与冯一同下野，冯已去位，自己若再恋栈，岂不是食言无信，坐失人格？合肥犹知信义。乃即提出辞职书，呈入总统府。徐总统虽无意留段，但表面上只好虚与周旋，派员慰留。旋经段祺瑞决意告辞，乃下令允准，改命内务总长钱能训，暂行兼代，惟参战督办一职，仍属老段，段亦不再鸣谦，专顾参战事务罢了。

徐总统与钱代总理方互相筹商，设法息争，欲为南北统一的筹划，忽由北方递入军报，乃是俄国过激派新政府，见九十五回。与俄国远东总司令谢米诺夫相争不已。谢是旧党，不服新政府命令，所以双方交战，已将两月，偏谢军连战连败，退至大乌里，拟退入蒙古境内。俄新政府的讨谢军也随势追逼，势且轶入外蒙。所以驻扎库伦办事大员陈毅，电达中央，请兵防堵。徐政府乃命黑龙江吉林两省军队，并察哈尔特别区域戍兵，分道防边。先是俄领西伯利亚境内，有捷克斯洛伐克军，自组团体，举军官盖达为总司令，独立自治。闻他自主的原因，实由俄国与德、奥交战，已历四年，此四年中所得的俘虏，统充锢西伯利亚境内。会俄国内乱，不遑顾及囚犯，德、奥俘虏，如鸟脱笼，索性四处骚扰，大肆猖狂。捷克民族本来是反对德、奥，及为德、奥俘虏所迫害，不得不设法加防，西顾俄京，已无出援的余力，只好自集兵民，独当一面，并且移文协约各国，请他援助。协约国闻报，多半派兵赴海参崴，声援捷克。中国居参战地位，亦得捷克军来文，前由参战事务处拟派兵二千人往海参崴，与协约国一致进行，但须假道日本南满铁路，未得日人许可，因此迁延过去。及徐氏为总统时，已与日政府商妥，慨允借道，乃遣陆军第九师部下四营作为先驱，余亦陆续出发，一面承认捷克军队为交战团体，特发出宣言书云：

捷克民族，欲组织独立国家，其志甚坚，经久勿懈，中国政府素表同情。查该民族素以反对德、奥为宗旨，中国政府因其举动与联盟各国一致，是以对于该民族军队之
902. 西进，曾经允其假道中东铁路，为种种之协助。现该民族军事局势，日益发展，中国政府深冀该民族能以武力，达到抵御德、奥之能力，故特承认在西伯利亚作战之捷克军队，为对于德、奥正式从事之联盟交战团，并与各联盟国军队，为同等之待遇。中国政府并承认捷克国民委员会，具有统御之能力，遇有必需事件，甚愿与该委员会交际。特此宣告！

这种对外处置，统是外交部与参战处会同办理的条件，且尚是无关重要，不必大加计议，但教随时制宜，自不至有意外变端。只是南方军队自组成军政府后，与北方对垒分峙，变做两头政治，却有些不易融和。徐总统乃先令钱代总理及各部总长，联名通电，传达南方，商量休兵息战的办法。电文有云：

比者四方不靖，兵祸相寻，苦我人民，劳我将士，追溯用兵之始，各有不得已之苦衷，而国力既殚，纷争未息，政治搁滞，百业凋零，仅就对内而言，已岌岌不可终日。况欧战现将结束，行及东亚问题，苟内政长此纠纷，大局何堪设想？夫欧西战祸，谊切同仇，犹复尊重和平，致其劝告，矧均属邦人，奚分南北？安危所系，休戚与同，岂忍以是非意见之争，贻离析分崩之患？试念战祸蔓延，穷年累月，凋残者皆我之国土，耗散者皆我之脂膏，伤亡者皆我之同胞，同室操戈，有识所痛。推其所至，适足以摧伤国脉，自蹙生机。当兹国步艰难，一发千钧，再事迁延，噬脐何及？迩者东海膺运，首倡和平，能训等谬忝政席，俱同斯旨，用掬诚悃，敬告群公。

倘念民困已深，国家为重，不遗愚陋，相与筹维，各该省一切军政财政及用人诸端，无妨开诚布公，从容商榷。善后办法，更仆难详，大要在收束军队，励行民治，以劳来安集之政，收清净宁一之功，俾国脉渐苏，民生自厚。若法律问题，虽为当日争端所系，第是丹非素，剖决綦难。以今日外交吃紧，若舍事实而争言法理，势必旷日持久，治丝益棼，陆沉之忧，悬于眉睫。谓宜先就事实，设法解纷，而法律问题，俟之公议。凡兹愚虑，悉出真诚。诸公爱国夙殷，审时犹切，虑难匡济，当有同心，尚冀示我周行，俾资商洽。引领南望，翘伫德音！ 903.

看官阅过上文徐氏宣言书及此次钱代总理等通电，应知徐氏心理，无非企望和平。但两文中统言欧洲战事已将结束，这事厓略小子未曾叙过，应该补叙出来：欧战详情，应归专史，不属本书范围，因事有牵涉，不得不表明大略，此即文法绵密处。自从奥、塞两国，启衅开战，已见前文。遂致全球各国，陆续牵入战潮。德皇威廉第二素欲争霸欧洲，想乘势削平各国，因此极力助奥，决计用兵。初出兵时，原是锐气百倍，荡破比利时，直入法国北部，复分兵占夺俄属波兰，侵略俄罗斯西部等地。奥亦破灭塞尔维亚，甚至英、法、俄三大国合力抵抗，尚挡不住德国凶锋。嗣经英、法、俄四面联络，招集世界中二三十国，同抗德、奥，于是德、奥势孤，反胜为败。当时英国外交大臣巴尔福，曾把历年加入战团，反抗德、奥诸国名，及宣战日月，列为一表，送交下议院备案。小子当将原表抄来，加注民国年计，载入本编如下：

俄罗斯　　西历一千九百十四年八月一日宣战。即中
904. 华民国三年。
法兰西　　西历一千九百十四年八月三日宣战。同上。
比利时　　西历一千九百十四年八月三日宣战。同上。
英吉利　　西历一千九百十四年八月四日宣战。同上。
塞尔维亚　西历一千九百十四年八月六日宣战。同上。
门的内哥罗　西历一千九百十四年八月九日宣战。同上。
日本　　西历一千九百十四年八月二十三日宣战。同上。
葡萄牙　　西历一千九百十六年三月九日宣战。即中华民国五年。
意大利　　西历一千九百十六年八月二十八日宣战。同上。
罗马尼亚　西历一千九百十六年八月二十八日宣战。

同上。

美利坚　　西历一千九百十七年四月六日宣战。即中华民国六年。

古巴　　西历一千九百十七年四月七日宣战。同上。

巴拿马　　西历一千九百十七年四月十日宣战。同上。

希腊　　西历一千九百十七年六月二十九日宣战。同上。

暹罗　　西历一千九百十七年七月二十二日宣战。同上。

利比里亚　　西历一千九百十七年八月四日宣战。同上。

中华民国　　西历一千九百十七年八月十四日宣战。同上。

巴西　　西历一千九百十七年十月二十六日宣战。同上。

海地　　西历一千九百十八年四月二十二日宣战。即中华民国七年。

危地马拉　　西历一千九百十八年四月二十三日宣战。同上。

此外尚有玻利维亚、尼加拉瓜、散多明各、哥斯德黎加、秘鲁、乌拉圭、厄瓜多诸国，亦与德、奥宣告断绝邦交，几乎五洲列国，统与德、奥反对。惟巴尔干半岛中有二孱国，一是土耳其，一是保加利亚，向在德人势力圈内，不能不听德人指挥，与众宣战。两孱国有何大力？简直是不足齿数。那奥国也自顾不遑，全仗德人帮助，勉力支持。照此看来，实是一个德意志帝国，抵当全球二十余邦，相持至四年有奇，德皇威廉第二真好算是个欧洲霸王呢。却是罕有。但古人有言："佳兵不祥，过刚必折。"难道威廉第二果能持久不敝，战胜群雄吗？当美国未曾宣战时，大总统威尔逊屡思出作调人，劝双方休战言和，辗转通问，终归无效。嗣因德国潜艇政策，妨碍海上交通，美乃提出质问书，向德抗议。德仍操强硬手段，却还美牒，因激起美人公愤，加入战团，与德宣战。德之失策在此。德人与各国交哄，已将三年，正是兵疲粮尽的时候，怎堪加入一财厚兵雄的大国，与他争雄？而且美政府商决军情，派遣百数十万大军，直入欧洲，与联合国军队，并力进行，又输送军械食品，分助各国，使之再接再厉，联合国当然益奋，德意志当然益怯。更经过一年有余，保土两国境内已被联合军冲入，相继降服。奥亦一败涂地，只好向联合国请和。德皇威廉第二还想倔强到底，偏国内社会党勃发，昌言革命，推倒政府，竟将威廉第二父子逐出国外，亡命荷兰，于是空前绝后的大战争至此始止。当由联合国推举美总统威尔逊，为世界牛耳，开会议和，时正中华民国七年十月中，为徐东海当选就职的时期。小子有诗讥德皇道：

善败不亡善战亡，楚歌四面总难当。
要知中外原同辙，好向西欧鉴德皇。

欧战将了，徐氏因有此言论，欲借欧洲和局，劝示南方。欲知南方果否愿和，待至下回再叙。

历届新总统登台，必有一种政见，颁告大众。无论其言之匪艰，行之维艰，但观其发言之时，已别具一难言之希望，不过借普通论调，笼络舆情。始吾于人也，听其言而信其行，今吾于人也，听其言而观其行，圣言岂欺我哉？欧洲战史，于本编无甚关系，第有时牵及中国，如绝交参战以及俄乱影响、侵入蒙古等情，不能不撮举大要，以晓阅者。故本编依次插叙，而本回于德、奥战败原因，尤简而不漏，作者固具有苦心也。

第一百回　呼奥援南北谋统一
庆战胜中外并胪欢

却说广东非常国会闻北方新选总统，当然反对，曾于双十节前一日，特开两院联合会议，决定方针，暂委广东军政府代行国务院职权，所有总统选举从缓举行，当下宣布议案道：

> 选举大总统，为国会议员之职责。依《大总统选举法》第三条第二项，大总统任满前三个月，国会议员须自行集会，组织总统选举会，行次任大总统之选举。惟现值国内非常政变，次任大总统之选举，应暂缓举行。自民国七年十月十日起，委托军政府代行国务院职权，依《大总统选举法》第六条之规定，摄行大总统职权，至次任大总统选出就职之日为止。特此宣言，咸使闻知！

议案既定，复咨照广东军政府。军政府即开政务会议，承认国会议决案。当日通电布告，代行国务院职权，并摄行大总统职权，越日又发一通电云：

军兴以来，军政府及护法各省各军，对内对外，迭经宣言，其护法之职志，惟在完全恢复《约法》之效力，取消解散国会之乱令，以求真正之共和，为根本之解决，庶使奸人知所警惕，此后以暴力蹂躏法律之事，自不发生，民国国基，乃臻巩固。至具希望和平一切依法办理之心，尤为国人所共闻共见。军府及前敌将领，屡次通电，可复按也。及北京非法伪国会选举伪总统，本军政府于事前既通电声明非法选举，无论选出何人，均不承认，事后又致电徐世昌，劝其遵守《约法》，勿为人愚。

乃闻徐氏已就伪总统，事果属实，何殊破坏国宪？以徐氏之明，甚盼及早觉悟，勿摇国本，而自陷于危。本军政府代行国务院职权，依法摄行大总统职务，护法戡乱，固责无旁贷也。特此布告，咸使闻知！

看官阅此两电，可想见南北论调，是绝对不能相容。就使北方的徐总统与钱代总理如何劝告，也属枉然，徒落得舌敝唇焦，不见成功。徐总统未肯罢休，想从外交上着手，联络美、英、法、日、意各国，从中调停，力谋南北统一，也算苦心孤诣。且美大总统威尔逊尝一再演说，力劝世界和平，中国为世界中一部分，理应如美总统所云，列入和会，惟南北自相争扰，内部尚且未和，怎好对外？所以穷思极想，呼求外援。外人却也赞成，愿效臂助，乃再由徐氏分饬前敌军队，一体罢战，且申颁一令云：

欧战以来，兵祸至烈，影响政治，震动全球。而立国久远之图，究未可悉凭武力，故欲保障人类之幸福，必先维持国际之和平。美大总统有鉴于斯，迭次宣言，咸以尊重和平为主旨。吾国政府，以逮士庶，莫不佩其悯世之诚，而大势所趋，即列邦亦多赞进行，以为世界和平之先导。吾国此次加入欧战，对德、奥宣战，原为维持人道，拥护公法，俾世界永保和平。苟一日未达此的，必当合国人全力，勷助协商诸邦，期收完全之效果。本大总统适以斯时，谬膺众选，亟当详审世局，用定设施。

夫以欧西战祸，扰攘累年，所对敌者视若同仇，所争持者胥关公议，犹且佳兵为戒，倡议息争。况吾国二十余省，同隶于统治之权，虽西南数省，政见偶有异同，而休戚相关，奚能自外？本无南北之判，安有畛域之分？试数
910. 上年以来，几经战伐，罹锋镝者孰非胞与？糜饷械者皆我脂膏，无补时艰，转伤国脉，则何不释小嫌而共匡大计，蠲私忿而同励公诚？俾国本系于苞桑，生民免于涂炭。平情衡虑，得失昭然。惟是中央必以公心对待国人，而诚意所施，或难尽喻。长、岳前事，可为借鉴。故虞诈要当两泯，防范未可遽疏。苟其妨及秩序，仍当力图绥定。兹值列强偃武之初，正属吾国肇新之会，欲以民生主义，与协商诸邦相提挈，尤必粹国人之心思才力，刷新文治，恢张实业，以应时势而赴时机，以兹黾勉干济，尤虑后时，岂容以是丹非素之微，贻破斧缺斨之痛？况兵事纠纷，四方耗斁，庶政搁滞，百业凋残。任举一端，已有不可终日之势，即无国外关系，讵能长此揞持？

所望邦人君子，勠力同心，幡然改图，共销兵革。先

以图国家之元气，次以图政策之推行，民国前途，庶几有豸。以言政策，莫要于促进民智，普兴民业，而二者皆当具有世界之眼光。我国文教早辟，而民智蔀塞，进步转晚，是宜旁采列邦之文化以灌输之。吾国物力素丰，而兴业之资，母财尤乏，是宜兼集中外资力以辅助之。以国家为根本，以世界为步趋，务使人民智识，跂及于大同，社会经济，日臻于敏活。民智进则国权自振，民生厚则国力益充，夫如是乃可保文物之旧邦，乃可语共和之真谛。

本大总统不惮哓音瘏口，以尊重和平之主旨，告我国人，固渴望我东亚一隅，与世界同其乐利。此时大局未定，保养为先，军民长官，各有捍卫地方之责，仍应遵照前令，力除匪患，用保公安。民瘼攸关，勿稍玩忽。惟兹有位，其共念之！此令。

令文云云，虽似明白剀切，语语皆真，但终是纸上空谈，怎能感动南方军队，使他幡然变计，愿息战争？嗣经美国公使出来帮忙，电告驻粤美领事，向广东军政府提出说帖，劝他速息内争，自谋统一。于是广东军政府乃通令前敌各军，一体休战。政务总裁岑春煊等，方有电文传达北京，寄与徐总统道：

徐菊人先生鉴：护法军兴年余，双方相持，国是莫由解决。比者欧战告终，强权消灭，吾国亦有顺世界潮流，而回复和平之必要。美总统威尔逊，于本年九月二十九号为开募第四次自由公债之演说，实为国际及国内解决一切政争之本据，无论何国，均可赖之以为保证。世界各国，方将崇正义而永息兵争，岂吾国独不可舍兵争而求和平之解决？执事既令所部停战，本军政府亦令前敌将士止攻，惟彼此犹未实行接近和平谈判，玩日废时，殊属无谓。煊等特开诚心，表示真正和平之希望，认上海租界为适中之中立地点，宜仿辛亥前例，由双方各派相等人数之代表，委以全权，克日开议。一切法律政治问题，不难据理而谈，依法公决，庶可富民利国，永保和平。特电表意，即希速复！

徐总统接到电文，喜如所望，因即致电作复：

912. 广州岑云阶先生、春煊字云阶。伍秩庸先生、廷芳字秩庸。林悦卿先生、葆怿字悦卿。武鸣陆干卿先生、荣廷字干卿。毕节唐蓂赓先生、继尧字蓂赓。上海唐少川先生、绍仪字少川。孙中山先生即孙文。鉴：来电敬悉。生民不幸，遭此扰攘，兵革所经之地，膏血盈野，井里为墟，溯其由来，可深悯恻。欧战告终，此国彼国，均将偃戈以造和平，我以一国之人，犹复纷争不已，势必不能与世界各国，处于同等之地位。沦堕之苦，万劫不复。世昌同是国民，颠覆是惧。况南北一家人也，本无畛域可分，故迭次宣言，期以苦心谋和平，以毅力致统一。今读美总统威尔逊今年九月间之演说，所主张国际同盟，用知世界欲跻和平，必先自求国内息争，然后国际和平，乃有坚确之保证。爰即明令停战退兵，表其至诚，冀垂公听。固知诸君亦是国民之一分子，困心横虑，冒百艰以求一当，决无不可解决之端。令果同声相应，是我全国垂尽生机，得有挽救之一日也。世昌忧患余生，专以救世而出，但求我国依然比数于人，芸芸众生，得以安其食息，营其生业，此外一无成见。所有派员会议诸办法，已由国务院另电奉答，敢竭此衷，惟希明察！

又由国务院附致一电云：

读诸公致元首电，敬谂开诚表示，共导和平，至深佩慰。欧战告终，潮流方迫，元首鉴于世界大势，早经屡颁明令，申正义而弭兵争，当为国人所共见。近于通令停战之后，继以筹议撤防，积极进行，实出渴望和平之旨。会议办法，前已详细荩划，向李督秀山转商，兹承示双方各派代表，克日开议，筹谋所及，实获我心。所云代表人数，论省区版籍，不能无多寡之殊，惟为迅释纠纷，固可不拘成见，似可由双方各派同等代表十人，临时推定首席，共同协议。至会议地点，原定南京，本属适中之地，宁、沪同属国土，焉有中立可言？且会议商决内政，不宜在行政区域之外，鄙意仍在南京，最为适宜。至来电所举辛亥前例，辛亥系因国事问题，不幸同时而有两种国体，今则双方一体，论对内则同系国人，协商国政，固无畛域之分。论对外国交，只能有惟一政府，尤非辛亥之比。值此时局急迫，促进和平之意，彼此所同。亟当于会议办法，切实商决进行，其他枝节之论，宜从蠲弃，以免旷废时日。此间现在酌选代表，为先事之筹备。尊处遴派有人，即希电示，以便双方派定，克期组织，俾法律政治各问题，日趋接近，速图解决，民国幸甚。

如上电文，乃是北方和议，拟委任江苏督军李纯主持。李纯本服从河间，素来主和，联同赣督陈光远、鄂督王占元，称为长江三督，与主战派相龃龉。此次徐政府鼓吹和平，李纯当然同意，所以与中央往来文件，除例行公事外，多是筹商和平办法。惟一方欲在江宁议和，一方欲在上海议和，两方交争地点，尚未决定。不过和平空气，总算有些鼓动起来。中外人士统以为和平在即，喁喁望治，再加欧战终了，协约国得了战胜的结果，中国亦居参战地位，虽未曾发兵临敌，亲获胜仗，也觉得借光他族，与有荣施。

自民国七年十一月二十八日为始，至三十日为止，举行庆贺协约国战胜大会，居然有古时大酺三日的遗意。无非是张皇粉饰。大总统亲至太和殿前，行阅兵礼，凡京师所有军队，都排成队伍，各执枪械，鹄立东西两旁，听候总统命令。徐总统带同国务总理陆军部长等，序立殿阶，检校军队。又有外国公使及使馆中卫兵，亦由徐政府先期通知，彼此关系协约国，不能不请他参加，所以碧眼虬须的将弁也来会集。端的是鹳鹅耀采，貔虎扬镳，约计有四五小时，各军队左入右出，纷纷告退，外兵亦皆散去，惟各公使同至总统府，相率留宴。宾主交错，中外一堂，大家欢饮至晚，兴尽始归。是日黄昏，商学界各发起提灯会，游行都市，金吾不禁，仿佛元宵，银火齐辉，依稀白昼，红男绿女，空巷来观，白叟黄童，胪欢踵集，几疑是太和翔洽，寰宇升平。就是各省奉到中央命令，亦如期庆贺，绿酒笙歌，唱彻太平曲子，红灯灿烂，胜逢熙世良辰。还有北京的克林德碑，乃是清季拳匪作乱，德使被戕，特约竖碑，垂为永远纪念。至此亦皆毁平，不留遗迹。惟是胜会不常，盛筵难再。

小子叙到此处，转不禁忧从中来，随笔凑成一诗道：

自家面目自家知，粉饰徒能炫一时。
漫说邻家西子色，效颦总不掩东施。

三日大庆，忽成过去。各协约国将开议和大会，择定法国巴黎即法京。凡尔赛宫，为和会地点。中国当然要派遣专使，赴会修和。欲知所派何人，容至下回报明。

以本国之内讧，而乞援外人，出为调停，不可谓非徐东海之苦心。然中政府失权之渐，实自兹始。属在同种，谊本同胞，乃连岁战争，自相哗扰，东海登台，不能以诚相感，徒欲为将伯之呼，乞灵外族，其心可悯，其迹实可愧也。至若协约国之战胜，实由彼数年血薄而成，中国徒有参战之名，而无参战之实。外人之胜，于中国似无预焉？乃以各国之举行庆典，遂亦开庆贺大会，政府倡于前，各省踵于后，慷他人之慨，以为一己之光荣，得毋为外人所窃笑耶？虚憍之态，只可自欺，欺人云乎哉？

第一百一回　集灵囿再开会议
上海滩悉毁存烟

却说欧战已毕，各国将开议和大会，中国政府不得不派遣专使，赴会议和，当下由徐总统择定一人，就是外交总长陆征祥。征祥曾因事请假，部务委次长陈箓暂行代理，此次奉使赴洋，不便逗留，便即束装起行，乘轮赴欧去了。是时英美法日意五国公使统奉五国政府训令，愿为中国南北调停和议，先提出劝告书，递交北京政府。徐总统本是请他帮忙，当然心心相印，不烦琐复。五国公使又电令驻粤领事，各向广东军政府致书劝和，大略说是：

法、英、意、日本、美诸国政府，因见此二年内，中国内乱，已久不停，大有分崩景象，甚为悬系。此项纷乱情形，不特与外国利益有损，且致中国治安之惨祸，因此所生不靖之情，反足鼓励敌人之气，而与大战紧急之转机，妨碍中国与协和诸国实行会办之举。今该转机已成过时黄花，各国人民，正盼组织环球，以达各处人民平安公允之时，中国未能统一，则各国民应为之事，更属难为。兹法、英、意、日本、美诸国政府，对于中国大总统解决内乱之所设施，深滋冀望之怀；且对于南方各要人之态度，亦乐观其有欲和平了结，同等趋向。是以各该政府，就此声明对于北京政府及南方各要人，愿与废除个人私怀，及泥守法律之意见，一面谨慎从事，免除障碍议和之行为，一面迅以慷慨会商之行，而以法律暨顾及中国国民利益之热心为根据，寻一两造和息之路，始克使华境以内，平安统一，此各国政府同心暨殷盼之忱也。此时法、英、意、日本、美诸国政府，声明其切实赞同双方，欲解决向日分裂之争端。惟拟欲使知毫无最后干涉之策，亦无指挥或谏劝此次议和条件之意，故此项条件，必须由中国国人，自行规定所欲者。只系尽其所能，鼓励双方于所望所行各事上，达议和统一之目的。俾中国国民对于各国，冀望重建之功所肩之责，于中国历史上更为扩充矣。特此劝告。

这篇劝告书，已经将西文译作华文，广东军政府即用华文答复云：

两年以来，中国因内争而致国内治安及外国利益俱受损失，并使中国不能切实协助联盟国，为公道正义之竞争，军政府对此殊深痛惜。军政府对于此项协助尤为关切者，盖以其战争之主义，与法、英、意、日、美各联盟政府之主义若合符节。护法者非为个人意见，或法律细节而动干戈，实为反对武力主义，并求民主主义之得安全于中国也。国会被非法之解散（今幸仍正式开会于广州），宪法视为具文，武力派之横暴乱政，皆所以使护法者迫不得已，而以兵戎相见，伸张直道。今各友邦觉悟，欲缩短中国内争，回复和平之惟一善法，在停止供给款项于武力派，本政府极为感佩。本政府信武力派现有意言和，已经令所部各军停止进攻，且告知武力派所选出之首领，在适合地点，直接开和平会议矣。此种和平，不能苟且从事，无相当之保障，遗留势力，使将来随时复可扰乱国内和平。英、法、意、日、美各联合政府之意见，谓须根据法律及注重全国人民利益，以为调和之主旨，各政务总裁深表同情。然则此次和平，必为公正的和平及永久的和平，庶几中国得以设立一适任及进步之政府，发展真正共和民主之政治，在国际会议上，占应得之地位。各政务总裁，
918. 感谢法、英、意、日、美各联合政府关切中国之幸福，而对于各政府希望中国在筹议世界善后，亦应列入。关注盛意，尤为深感。谨此布复。

先是徐总统与钱代总理已得外人承认，许为调人，因即通电各省，召集督军等至京，会议办法。于是奉天督军张作霖、安徽督军倪嗣冲、直隶督军曹锟、吉林督军孟恩远、湖南督军赵倜、湖北督军王占元、江西督军陈光远、山西督军阎锡山、淞沪护军使卢永祥、绥远都统蔡成勋等，均先后到京。

徐总统特在集灵囿四照堂中，作为会议场，带同全体国务员，暨参战督办段祺瑞，入堂开会。各督军联翩趋至，列席讨论，本来是党派不同，有主战的，有主和的，此番因内外交迫，主战派亦不便坚持前议，只好见风使帆，同声呼和。就是

倡议平南的段督办，也以为久战无益，与徐总统表示同情。非服徐东海，实为外议所迫，不得不然。当时议定政策五条：（一）便是停战撤兵；（二）乃是应付外交；（三）是被兵各省的善后；（四）是收束军队的办法；（五）整理财政的用途。彼此讨论了大半日，即在四照堂开宴，饮酣乃散。越宿，便将议决各节，通电各省。各督军亦陆续出京，各回原任。

嗣是禁募军队，饬守官方，各种弭乱求治的通令蝉联而下。徒托空言。还有熊希龄、汪大燮等为联络协约国感情起见，特在京中发起协约国国民协会，组织就绪，推定熊希龄为会长，汪大燮及法人铁士兰为副会长。又由总统府中特设外交委员会，令汪大燮为会长，熊希龄等为委员，调查审议对外事项，凡各部署亦得派遣事务员，入会与议。此外如全国省议会、商会、教育会，亦皆推举代表，就京师组织全国和平联合会，于民国七年十二月十八日成立，宣告大众，略云：

本会联合全国省议会、商会、教育会，业于十八日开成立大会。各法团推定代表到会者，已逾过半数，本会实为完全成立，用特宣布本会进行宗旨，以告我国民。

本会由全国法定团体组织而成，为真正民意机关，故对于南北和平会议，应实行共和国民应尽之职务，遇有双方冲突之点，及与大多数利益关系之处，实行发表国民真正意见，以立于第三者仲裁地位，此其一；本会对于南北双方，本无偏袒之见，惟此次南北会议，凡关于种种善后问题，均待解决，兹拟于本会内附设各种研究部，于事前预先讨论，以便将来发表民意，主张公道，不居国民会议之名，实行我第三者仲裁之本旨，此其二；本会既立于第三者仲裁地位，我国民责任之重可知，兹后计划进行，尤关重大。本会自当推出对内对外最负重望之人，主持一切，为会中之砥柱，并将本会一部分事务，移至南北会议地点，实相结合与贯彻我国民正大之主张，非达到南北真正根本和平之目的不止，此其三。凡此三大宗旨，均经本会评议部议决实行，用特宣布，深望于全国同胞，赞成本会，协同进行，除通告南北当局外，谨此宣言。

朝野上下，一致言和，饶有转危为安、悔祸求存的希望。差不多望梅止渴。但中国人往往有口无心，口中虽说得天花乱坠，心中却未必真能践言。又况各省军阀，统是意气自豪，不顾国家，专顾自己，所有逐月赋税，除拨作军饷外，多半纳入私囊，所以一做督军，便成富翁，多则千万，少即百万，百姓原
920. 不能过问，就是中央的财政部，也未敢彻底清查，只好听他一塌糊涂，迁延过去。此外如关卡征榷，局厂征收，又皆抵充外债，无从支取。

看官试想，这中央政府，只有支出，没有收入，叫他如何支持？所以徐总统就职以后，仍然是借债度日，甚么电话借款，甚么纸币借款，表面上俱为整顿实业起见，由财政交通两总长出面，告贷东邻，暗中实多是指东话西，救济眉急。还有各种公债名义向人民借贷，不一而足。当时虽有一种定例，按期抽签，逐次还本，但也未能确昭信用。故民间所受的公债票，平时若有急需，转向他人抵押，不过三折四折，最多至五六折为止；而且中国人多不愿转受，有时反由外人出为承揽，吸收中国各种公债券，视为投机生意，以十易百，以千易万，将来好执券坐索，不怕中国政府，不将全数偿还。为渊驱鱼，总是

中国人民晦气。但自中国加入欧战，外人格外帮忙，协约各国，许将庚子赔款，延期五年，然后交付。即清季拳匪时之赔款。独俄国只允延交三分之一，共计五年延交总数，约六千余万圆，政府稍得暂纾困难。

但自民国成立以后，历年借债，除外款不计外，如积欠中国银行，及交通银行款项，多至八千万圆以上，遂致该两银行转运不灵，钞价日跌，市面动摇。到了民国七年的残冬，简直是支撑不住。财政部无法可施，没奈何再向国民借贷，发行短期公债券，称为民国七年发交国家银行短期公债，额定四千八百万圆，票面定为一万圆，一千圆两种，利息六厘，每年付息两次，仍用抽签法，分五年偿还，每年分作两度抽签，每届抽还总额十分之一。此项公债券，全数发给中交两银行，令他经募，募集诸款，即归还两行垫欠各账。所有公债本息，即指定每月延期赔款为基金，就中八成还本，二成付息；并援照三四两年公债办法，即将此项公债基金，按月拨交总税务司安格联存储备付。当下草定章程，提交国务会议，国务员当然通过，但教私囊无损，安往而不赞成？再呈与总统察阅。徐总统为救急计，也即指令照准。无如国库既空，民财亦尽，一国中有限脂膏，半被外人盘剥，半遭军阀搜括，穷民已不聊生，就使有几个豪绅富贾，亦怎肯毁家纾难，效那楚子文、汉卜式故事？坐是公债券无人过问，免不得硬行指派，骚扰民间，或且搭付官吏薪金。官吏统有父母妻孥，日需事畜，再加百物日昂，米珠薪桂的时候，哪堪承受这种公债券？有名无实，不能抵用，于是吏民俱困，都累得扼腕兴嗟，愁眉百结了。只有军阀各家，还算财星照临。

当时尚有一种鸦片烟，本在前清宣统三年间，由清政府与外人订约，限期戒绝，转眼间已有七八年，期限已届。上海洋商所储鸦片数尚不少，民国七年一月间，苏省督军、省长，与英商公司妥商，立约收买，约中载明条件，乃是专供制药，并不转行销售。洋商已经允认，且愿把每箱定价，减短英洋二千圆，悉数归苏省承买，统计得一千五六百箱。过了数月，驻京英美公使向外交部致书抗议，略云："苏省收买存土，不免有私下贩售，赚钱欺人等情。"又被外人查出瘢点。外交部看到来文，应归财政部理处，即将原书移交财政部。财政部调查苏省公文，已早备案，因即据实答复，具陈理由，内称"近年以来，政府对着烟禁，未尝不积极进行，只因沪滨洋商积存关栈的印药，为数甚多，不能令他过受损害，所以上年一月，由苏省督军省长与英商立约收买，专供药品，严杜吸售。今来文谓有转销等情，未免误会。查烟土制药，各国皆然，此次苏省收
922. 买存土，与宣统三年禁烟条约，并无违反情事，请即查照"云云。这项复文仍须先递外交部，然后由外交部转交英、美公使。英、美公使始终不甚相信，尚有微言。再经中国政府特开国务会议，决定将所买存土，一并销毁，当由徐总统核准，下一指令道：

政府前次收买存土，专为制药之用，原为体恤商艰起见。顾虽慎加考订，限制綦严，而留此根株，诚恐易滋流弊，转于禁烟前途，不无影响。着内务财政两部，转饬查明此项存土现存确数，除已经领售者不计外，其余均由部派员督视，一律收回，汇集海关，定期悉数销毁。并候特派专员会同地方官及海关税务司等，共同监视，以昭慎重。此令。

越日，又复严申禁令道：

鸦片为害最烈，迭经明颁禁令，严定专条，各省实力奉行，已著成效。惟是国家挽回积习，备极艰难，设禁令之稍疏，愚民即怀侥幸，在稽察所不及，遗害仍恐潜滋。此次厉行烟禁，在国人固具毅力，在友邦并致热诚，倘复阳奉阴违，始勤终怠，将何以策内政之修明，而树国家之威信？兹当政治刷新，亟望荡秽涤瑕，共臻仁寿，所有前次收买存土，业经特令汇集上海地方，克期悉数销毁。国家不惜捐弃巨金，委诸一烬，凡以注重烟禁，力策进行者，当为中外所共喻。嗣后我中华人民，当益知鸦片流毒之酷，中于民生，政府禁令之严，不容尝试。凡曾犯吸食者，既经戒除，自应振作精神，力祛习染，至私种私运私售，均干厉禁，并当各懔刑章，勿贻伊戚。各地方长官，有督察之责，务各分饬所司，认真稽察，期在有犯必惩。其办理不力者，着随时纠劾，依法惩戒。本大总统以保民为重，不惮为谆谆之告诫，先哲有言“除恶务尽”，又曰“旧染污俗，咸与维新”，凡兹有众，其共勖之！此令。 923.

两令既下，特派专员张一鹏赴沪监视焚土，一面再由外交部出名通告英、美公使。英、美公使得悉后，即电令沪上海关监督税务司，会同中国专员，督视存土焚毁。至张一鹏到沪，与江苏长官调查买储烟土一千六百余箱，除已售出三百余箱外，尚剩一千二百余箱，悉数运至浦东，邀同海关监督税务司到场，并及地方各团体代表，统皆会齐，当场开箱查验，果非假冒，于是架薪纵火，陆续焚毁，共阅三日有奇，方将一千二百余箱的鸦片，尽付劫灰。沪上不乏烟鬼，到此可尽量一吸了。上海各国领事团及地方长官绅商军学各团体，更组织万国禁烟会，主张限制烟土吗啡，务使除医药用途外，不得种销。乃即就销毁烟土的第一日，在沪北开会，严订条约，总道是中外同心，朝野合力，好把那数十年的毒蛊，从此永除。但究竟除绝与否，想看官具有见闻，自能察知隐情呢。只小子却有一首俚词，作为焚土的余慨，诗云：

欲除烟毒愿捐金，一炬成灰示决心。
可奈莠民偏不谅，私销私吸总难禁。

禁烟禁烟，仍旧有名无实，或包运，或偷销，时有所闻，政府不得不再行查缉，从严办理。欲知如何设法，待至下回表明。

议和足以安民，禁烟足以祛毒，两事俱为美政，徐东海上台之初，首先注意，着手进行，宜乎为中外所属望，交口赞同也。况集灵囿之会议，主战派亦有悔祸之心，上海滩之焚烟，领事团且有开会之助，祝南北之统一者在此，起斯民之膏肓者亦在此，岂非中华民国之一大转机，饶有革新之望乎？乃观于后来之结果，俱乏成效，屡次议和，而冲突如故，屡次禁烟，而吸售如故，徒见长官之忙碌而已，徒见存土之焚销而已，天岂未欲平治民国耶？何事与愿违若此？至若债务之日增，吏民之两困，元气已枵，如何持久？有心人固杞忧无已矣。

第一百二回　赞和局李督军致疾
示战电唐代表生嗔

却说徐总统有志禁烟，特命将上海存土悉数毁去，再加万国禁烟会严禁种销，也算是竭诚办理。偏包运偷销的奸民，专知牟利，不顾大局，事为徐总统所闻，因复饬令严查道：

> 近今烟禁綦严，乃以厚利所在，莠民奸商，多方尝试，甚至有假冒军人，由各路包运销售情事，似此违禁营私，肆无忌惮，若不严行查缉，则禁烟要政，直同虚设，于国家前途，影响至巨。本大总统治军有年，凡隶军符，夙知国纪，岂容佥壬影射，玷我戎行？嗣后应责成各省督军省长，遴派专员，会同各税关严密查禁，无论是否假冒军人，但遇有包运烟土，亟应切实拿办，勿任漏网！其京奉、京汉、京绥、津浦各路，为近畿绾毂之地，尤应切实侦缉，着京师军警督察长马龙标，督饬所属干员，随时梭巡稽察，一面由交通部通饬各路警员，襄同认真办理。一

经查获，即予尽法惩罚，查出烟土，悉数焚毁，仍当侦查明确，勿得扰累行旅。经此次通令之后，凡我邦人，当知令出唯行，除恶务尽，其各涤瑕荡秽，力祛旧染，用副保民除害之至意！此令。

未几，复有禁运吗啡的严令，大致与禁烟相同。但天下事，往往法立弊生，立法时均欲求效，偏效力未睹，弊已百出。各处铁路的站旁，环列警察，调查来往客商，镇日里翻箱倒箧，闹个不休，或且搜检身上，视客商如盗贼一般，客商稍有忤意，便即狐假虎威，任情凌轹。甚至私出鸦片烟，掷入旅客行箧，硬指他为偷带禁物，拘入警署，威逼苛罚，取财入私。可怜遭害的客商，不能与抗，只好忍气吞声，倾囊相赠，还要索得保人，方准释出。这真是行路艰难，荆天棘地，较诸前清时代，交通无阻，任从客便，试问是谁利谁不利呢？尤可恨的，是真带鸦片吗啡的人犯，反得贿通警察，由他过去。又有军队过境，借军阀作靠山，虽满身藏着鸦片吗啡，警察亦不敢过问。有几处乃是军警串通，联络一气，所赚厚利，彼此分肥。再加各省军官，多半染着盘龙癖，以芙蓉膏为性命，半榻横陈，吞云吐雾，虽经中央政府禁令煌煌，彼且视若弁髦，毫不少悛。又或借此取利，暗中授意左右，包运包销。俗语说得好：“袖大好做贼，”威灵显赫的军阀家，作奸舞弊，何人敢来侦查？试看徐总统所下禁令，尚说是佥壬影射，未敢显斥军官，如此军阀滔天，横行无忌，还要问甚么烟禁有效无效呢？慨乎言之！这且搁过不提。

且说钱代总理能训，摄职两月，当由徐总统提出咨文，交与参众两院，征求同意。两院照例投票，钱得多数，因即复咨总统府。徐总统便下明令，特任钱为国务总理。钱既正式秉政，当然要重组内阁，自将内务总长的兼职递呈告辞，此外一班国务员连带辞职。旋经徐钱两人，商定后任国务员，再向参众两院咨问是否同意，竟得相继通过，乃再经下令，仍使国务总理钱能训兼任内务总长。外交总长一缺，亦令陆征祥原任。惟因陆赴欧议和，未到任时，由次长陈箓代理部务。司法总长朱深、教育总长傅增湘、海军总长刘冠雄，亦均继任。交通总长曹汝霖本兼财政总长，此时免去兼职，但令曹主交通部，另授龚心湛为财政总长，独撤去陆军总长段芝贵，改用了一个靳云鹏。新内阁既皆任定，乃再从事内外和议，添派外交委员顾维钧、王正廷、施肇基、魏宸组四人赴欧，与前遣的外交总长陆征祥，同为巴黎和会见前回。全权委员。一面令朱启钤南下江宁，作为南北会议全权代表，会同江苏督军李纯等，开始议和。广东军政府也推选政务总裁唐绍仪做了南方总代表，行次上海，不肯过往江宁。两下争执和会地点，又费了一番笔舌，复经江苏督军李纯，曲为调停，请朱启钤移往上海，允从南方所请。朱为速和起见，因亦许诺，时已为民国八年二月间了。李督军因再发一通电，宣告中外道：

时局纠纷，垂及二稔，幸赖内外上下，一德一心，舍己从人，共谋宁息。护国者知法坏而国无由立，护法者知国坏而法亦罔存，遂以和平之公理，共谋善后之解决。

纯与湖北王督军，江西陈督军，内承中央政府之指挥，外荷西林即岑春煊。武鸣即陆荣廷。诸公之启迪，黄陂、河间、合肥暨在位英俊，在野名贤，随时指导维持，经迭次之洽商，得各方之同意，议定开一会议，双方各派总代表，解决法律事实等项问题。比由朱桂莘、唐少川两总代表商定于本年二月二十日在上海开会。是纯与王、陈两督军二年以来，千回百折，所希望于护国护法两方面，有两全而无两伤者，幸已达其目的，遂其请求，凡所担任，已可告一结束。嗣后解决各项问题，总代表与各代表诸公，皆一时人望，必有可以慰吾侪之具瞻，副人民之心理者。

纯惟当与居间诸君子，洗耳听之，拭目俟之。鲁仲连有云：“所贵于天下之士者，为人排患释难，解纷乱而无所取也。”窃愿会议诸公，本良心上主张，从根本上救济，为国家谋长久，为人民谋福利，期有以善其后而已。浮图七级，重在合尖，为山九仞，功亏一篑。纯仔肩虽卸，愿望正殷，苟其义不容辞，力所当尽，敢不从诸君子之后。更愿当代弘达，布所蕴蓄，同力匡扶，弼成郅治，则尤纯所馨香祷祝也。谨布悃忱，伏唯鉴照！

看此一电，李督军的苦心孤诣亦可想见。当下派定会议办事处干事数十人，充当朱总代表的差遣。各干事均来谢委，正由李纯出来接见。坐谈未竟，那朱总代表亦来拜会。复经李纯迎入别厅，略谈数语，复出与干事接洽。各干事并出厅站班，李纯向他摇手，似叫他不必客气，且口中方说出“各位”二字，不防脚下一绊，竟从第一层台阶跌至第四层台阶，直挺挺地仰卧台阶面上，背骨被第一层台阶所硌，忍不住疼痛起来，一时不便呼号，只好闭目熬住。嗣经从役将他扶起，勉强在廊下缓行数十步，舒动筋骨。各干事见此情形，只得告辞。李纯复慢慢儿回入别厅，再与朱总代表谈话片时，朱始别去。

纯素性坚忍，尚以为稍稍痛苦，不必多虑，又往签押房批览文件。到了午刻，背骨越觉加痛，乃趋入内室，取饮舒筋和血的药酒，大约数杯，继以午膳，然后睡息了两三钟点。至起食夜餐，仍照午膳办法，是夕尚得安睡。越宿醒来，觉得腰背酸疼得很，再加两胁气痛，以致不能起床。麾下僚属闻知督军有恙，自然前来请安。适警察厅中有张医官，素精按摩各术，大众统交口保荐，请李纯召入医治。纯乃将张医官召至军署，先令亲吏传述病状，与他讨论，嗣闻他确有心得，乃引入上房，嘱用手术疗治。张医官问及事前种种情状，并倾跌后种种感觉，纯历述无遗，即由张医官诊视脉象，并替他前后按摩，果然胁间气痛，较前舒快。张医官方说道："失足跌倒，七日内必发酸痛，这乃当然的事情。而且仓猝跌倒，因痛闷气，害得两胁气痛，亦是寻常病患，毋庸深忧。"纯不待说毕，便诘问道："此外果无别症吗？"张医官答道："此乃失足致跌，与风火痰三种症候，毫无关系，但教用止痛和血的药料，按穴敷治，再施运舒筋顺气的手术，逐日抚摩，待阅一星期，自然痊可了。"张医官颇有经验。李纯点首称善，遂命张医官如法施治，一面乞假静养。过了七日，疼痛虽已减轻，举动还未能复原，直延至旬月余，始得告痊，这也是翊赞和议中一段轶闻。恐即是不祥之兆。

惟当李纯告假时，朱总代表启钤等已赴上海，履行开会期约，借上海旧德国总会为会场。二月二十日上午，南北总代表各引分代表等，同莅会所，衣冠跄济，秩序雍容，相见无非旧识，两派并聚一堂，差不多与辛亥会议相似。彼时唐为北方代表，此次却易北为南。少川少川，可曾回忆七年前情事否？当时列席诸公，姓氏如下：

（北方总代表）朱启钤（分代表）吴鼎昌　王克敏　施愚　方枢　汪有龄　刘恩格　李国珍　江绍杰　徐佛苏

（南方总代表）唐绍仪（分代表）章士钊　胡汉民　缪嘉寿　曾彦　郭椿森　刘光烈　王伯群　彭允彝

开会伊始，不及议款，但两总代表依次表明宗旨，先由南总代表宣言云：

国内战争，至今日告一结束，但推厥祸源，外力实有以助长之。盖武人派苟不借助外力，则金钱无自来，军械无从购，兄弟阋墙，早言归于好矣。何至兵连祸结，延至今日，使人民痛苦，至于此极？今北方已经觉悟，开诚言和，舍旧谋新，请自今始！

930.

南总代表宣言甫止，北总代表也即宣言道：

民国成立以来，国家政权，多握于武力派之手，故战争纷乱，迄无宁岁。迩者时势所趋，潮流所迫，将化干戈为玉帛，换刀剑以犊牛，一切干羽戈矛，皆应视为过去陈旧之古董，后此战争，当无从再起，和平统一，请视诸斯。

宣言俱毕，两总代表与各代表均起座，向着国旗，“欢呼中华民国万岁！和平统一万岁！”极力为下文反射。嗣复闲谈数语，各随意取食茶点，便即散席。

越日，始开正式会议。南方总代表唐绍仪首先提出陕西问题，要求撤换陕督陈树藩。原来南方民党于右任曾入陕西境内，纠合党徒，与陈树藩互相争论，致起战争。树藩本段派健将，不肯容留民党，占据片土，因此屡攻于军。于军亦不甘退让，相持未下。徐政府虽已通令停战，但于陕西一方面，不甚注意。且陈树藩靠着段氏势力，玩视中央命令，自由行兵，所以唐总代表首先质问，迫令将陕督撤换。此外尚有闽鄂冲突等情，亦曾连类谈及，但尚未及陕西的紧要。北方总代表朱启钤愿转达中央，即席草就电稿，着人拍发，请政府速令陕督陈树藩停战。此外所议各件，如八年公债、参战借款以及湘督张敬尧仇视民党等情，尚没有极大辨难。或拟电京问明，或拟电湘阻止，否则交付审查，决诸后议。

越日，得徐政府复电，谓已特派妥员张瑞玑，赴陕监视，实行停战。于是两总代表又复会议，彼此商榷，决用和会名义致函张瑞玑，催他即日赴陕，监束两方军队，以便和议早日结束。当下函电并发，约俟陕战实停，再申余议。两下便又散归。

又越两日，再行开会，两总代表相见后，南方总代表唐绍仪，取出陕西于右任来电，声言陈树藩部下刘世珑仍率众进攻于军，如此情形，显背和议，应归北方担负责任。朱总代表只好申电陈请，权词相答。

又越二日，唐绍仪又邀朱启钤赴会，取示于军失去盩厔的警电，累得朱总代表无可容喙，但言政府如不速停陕战，自当辞职以谢。

再越二日，已是二月二十八日了，唐总代表至会议席上，竟向朱总代表，抗议陕西战事，限期四十八小时答复，也是一篇哀的美敦书。说毕即去。朱总代表自觉中央理屈，未便议和，特与各分代表全体电京，请即辞职，徐政府复电慰留，并令陕西一体停战。令文有云：

陕西兵燹频年，疮痍满目，眷言民瘼，轸念殊深。亟应促进和平，早谋安集。前由国务院依照协定办法，通饬停战划防。已派张瑞玑驰往，监视区分，务在一律实行，克期竣事。各该将领，自应共体斯意，恪遵办理。倘或奉行不力，职责所在，不得辞其咎也。此令。

徐政府虽决意停战，始终谋和，但陈树藩仍未遵令，备战不休。南方总代表唐绍仪且得于右任亲笔书函，谓“陈树藩密奉参陆处电文，促令进攻，故北京运陕军械，或由参陆处，或由汉阳兵工厂，次第出发，络绎不绝”云云。唐总代表乃复提出宣言书，归咎北方，中止和议，是为第一次和议停顿。江苏督军李纯得知消息，很是愤闷，因力疾起床，特拟定办法五条，电陈中央请行。徐总统原无他意，不过为安福系所牵掣，未能贯彻主张，既得李纯电请，自然照准。李纯又电达广东军政府，请求同意，随即通告全国云：

万急。北京国务院，各部院，广州军府各总裁，保定曹经略使，各省巡阅使，督军，省长，都统，护军使，海陆军各司令，南京朱总代表暨代表诸公，上海唐总代表暨代表诸公，永州谭月波、组庵两先生，衡州吴将军均鉴：近月以来，和平空气布满全国，因善后之解决，有会议之盛举。既经中央复准，各方赞同，双方各推总代表、代表，亦均先后分莅宁、沪。惟以中央颁布停战罢兵令，广东军府亦通令停战罢兵，各省虽皆奉行，而陕、闽、鄂西等处，尚有纠葛，经多次之协商，定简捷之办法：（一）陕、闽、鄂西双方，一律严令实行停战。（二）援闽援陕军队，即停住前进，担任后方剿匪任务，嗣后不再增援。（三）闽省、鄂西、陕南，由双方将领，直接商定停战区域办法。签字后，各呈报备案。（四）陕省内部，由双方总代表，公推德望夙著人员，前往监视区分。（五）划定区域，各担任剿匪卫民，毋相侵越。反是者国人共弃之。此上五条，均陈奉中央允准，电得广州军府同意，即日双方通令，按照实行。所有陕、闽等问题，指日解决，会议即可进行。知关廑念，特此布闻！

自经李督军通电后，上海和会又有复活的趋向。再经朱总代表启钤函致陕西陈树藩，并及于右任，竭诚劝解，为赓续和议地步。就是中外舆情也多方敦促，催令速议。只南方总代表唐绍仪因未得陕省停战确闻，尚未便与北方议和，连日托词称疾，杜门不出。冤冤相凑，又有一种外交刺激，从海外传入中华，遂致群情大愤，竞起诋诽，东也噪，西也闹，反把上海和会视为缓图。正是：

内地欃枪犹未靖，外洋波浪又重生。

究竟外交刺激，从何而生，容待下回再详。

督军如李秀山，尚为军阀中之有心人，故本回具述其求和之苦心，并及当时致仆情状，为世间之凉血动物，作一龟鉴。朱启钤之平时行谊，虽不甚卓著，然观其赴沪议和，犹非悍然不顾公议，自作主张。陕战未停，曲在陈树藩，陈无大过人之才力，乃敢违背中央命令，备战不休，此非有人煽使，谁其信之？天下方日望和平，而主战派乃好为播弄，必欲破碎河山，涂炭生灵而后快。甚矣其惑也！鸡鹜相争，终无了期，虽有文治派之徐世昌，亦奚补乎？而李督军则更枉费苦心矣。

第一百三回　集巴黎欣逢盛会
争胶澳勉抗强权

却说外交总长陆征祥奉命赴欧，参与和会，嗣又有顾维钧、王正廷、施肇基、魏宸组，依次续发，同充巴黎和议全权委员。陆征祥到法国时，各协约国所派专使先后驰集。既而顾、王、施、魏各委员亦皆踵至，共计列席会议，得二十七国使人。全权大使约有数十，代表及秘书等不下数百，好算是五大洲中空前绝后的盛会。当时会中议定各国列席委员多寡不一。中国指定两人，除陆总长外，余四人得轮流出席。小子闻得和会组织的大略，开列如下：

美国专使列席得五人。英国同上。法国同上。意国同上。日本同上。比国三人。波利维亚一人。巴西三人。中国二人。古巴一人。厄瓜多尔一人。希腊二人。危地马拉一人。海地一人。汉志国二人。即阿剌伯国。哄都拉斯一人。里卑利亚一人。巴拿马一人。秘鲁一人。波兰一人。葡萄牙二人。罗马尼亚二人。塞尔维亚三人。

暹罗二人。捷克斯洛伐克二人。乌拉圭一人。

和会中正副会长

会长　法人克勒孟沙

副会长　美人蓝辛　英人劳合乔治　意人欧兰都　日本人西园寺侯爵

协约国最高议会中会长会员

会长　法人克勒孟沙

会员　美总统威尔逊　蓝辛　英人劳合乔治　贝尔福　法人克勒孟沙　　毕勋　意人欧兰都　沙尼诺　日本人西园寺侯爵　牧野男爵

据上所列，已见得和会大权实为美、法、英、意、日本五大国所把持。中国专使虽得列席，已等诸自郐以下，无足重
936. 轻。就中对于德、奥两国，如何赔偿损失，如何割让土地，如何放弃权利，如何撤除兵备，统归五大国主张，中国专使几无容喙余地。堂堂古国，如此倒霉，岂不可耻？惟关系中、德事件，始准中国与议，但也须由五大国决定，大致如下：

（一）德国对华，放弃由一九〇一年《拳乱条约》而得之各种特别权利与赔款，与其在天津、汉口德租界及其他中国境内，除胶州外，所有之房屋码头营房炮台军火船只无线电台及其他产业，惟使署领署不在其内，并允将一九〇〇年与一九〇一年所夺取之所有天文仪器，一律归还中国。

（二）中国未经署名于《拳乱条约》之各国同意，不得施行处分北京使馆界内德人产业之计划。

（三）德国承认放弃汉口与天津之租界，中国允准两处租界，辟为万国公用。

（四）德国对于中国，或对于任何与国之政府，不得因在华德人被幽禁或被遣回，及因德人利益于一九一七年八月十四日被没收或被清理之故，而有所要求。

（五）德国放弃其在广州英租界内之国有产业，让与英国，并放弃上海法租界内德人学校之产业，让与中、法两国。

这五项条约，讲到“平允”二字，已不甚合。德国既放弃在华权利，为甚么除开胶州？北京使馆内德人产业，例应归中国处分，为甚么应得署约各国同意？汉口与天津租界，为甚么要辟作万国公用？广州英租界及上海法租界内的德国产业，为甚么让与英、法？这岂不是鹬蚌相争，渔翁得利的明证吗？大声疾呼。又有一种关系山东条件，由日本专使西园寺侯爵等提出和会，硬要占利。美、法、英、意诸国，明知日本恃强欺弱，但与自己无损，哪个肯替中国帮忙，代鸣不平？弱国无公法。当由日使拟定约文道：

（一）德国以胶州各项权利所有权特别权利，与因一八九八年三月六日与中国立约及其他关于山东条约而得之铁路矿产海底电线，让与日本。

（二）属于青岛至济南铁路之德国各项权利，连同器用矿权开掘权，一并让与日本。

（三）自青岛至沪及烟台之海底电线，亦让与日本，免偿其值。

（四）胶州德国国有之一切动产与不动产，亦归日本所有，免偿其值。

胶州是我中国的胶州，青岛是我中国的青岛，从前清光绪二十四年间，为了一个德国教士在山东曹州地方为华民所害，德国政府即派兵来华，占据胶澳，清政府无法拒绝，不得已将胶澳租与德国，定期九十九年。嗣是德人筑路开矿，竭力经营，至欧战开手，中国宣告中立，日本独不顾公法，破坏我中立国章程，竟出兵攻夺胶澳，且将德国所有路权矿权，悉数占领。彼时日人曾向中国声明，谓将胶澳租借地移交日本，以备日后交还中国云云。木屐儿专使此等伎俩。中政府一再抗议，均归无效。后来袁项城热心帝制，乞援东邻，驻京日使，遂提出二十一款的要求，包含胶澳全境在内。袁项城自讨苦吃，没奈何与他签约，但约文中尚有交还胶州湾，待诸战后解决字样。此次战事已了，各协约国为公道主义，组织和平大会，理应将德国租占地，归还中国，方算得公正无私，为何日使眈眈，竟视胶澳为囊中物？曩时尚声言交还，到此竟说出“让与”二字，不但有违公理，并且自食前言。美、法、英、意诸国作壁上观。那时中国专使陆征祥等忍无可忍，只好当场抗议，先提出山东问题说帖，缴入和会，凭诸公判。说帖中文字甚繁，小子不便直录，但撮举大要，胪列如下：

（甲）德国租借权，暨其他关于山东省权利之缘起及范围。

（一）租借之缘起。（二）租借地之范围。（三）德国之路矿权利。

（四）中国之铁路警察权。（五）德国对于铁路借款之优先权。

（乙）日本在山东军事占领之缘起及范围。

（一）日本之对德宣战。（二）日本军队在租借地，及百里环界以外之龙口地方登岸。（三）中国宣言划出特别行军区域。（四）日本收管青岛之中国海关。（五）日本对中国“二十一条”之要求，暨一九一五年五月二十五日关于山东省之条约。（六）沿铁路之日本民政权。（七）一九一八年九月二十四日之铁路借款草合同及换文。即济顺及高徐两路草合同。

（丙）中国何以要求归还？

（一）胶澳租借地，素为中国领土中不可分拆之一部分。从前中德租借条约中，本有主权仍归中国之明文，今德国既放弃权利，当然归还中国，以彰公道。（二）胶澳居民，种族语言宗教，均完全属于中国，既得脱离德国关系，自不愿再属他国。（三）山东为中国文化所肇始，孔、孟两圣贤诞生此地，人民称为圣域。胶澳为山东属境，既得由德国收回，何能辗转让人？（四）山东居民稠密，不能再容纳他国人民。前时德国逞横暴势力，据有胶澳，今彼既遭天忌，自弃权利，山东百姓，方庆其苏，不堪再受他国朘削。（五）山东一省，备具中国北部经济集权之要则。胶澳地居海口，尤关重要，将来必成为中国北部外货输入土货输出之要路。若植立外国势力范围，适与门户开放主义，互相背驰，中外通商，必交感不便。（六）胶澳为中国北部门户之一，胶济铁路，至济南接津浦，可以直达北京，即自旅顺大连至奉天，直达北京之铁路，亦与胶澳相近。中国政府为固圉计，久欲杜绝德人之蟠踞青岛，今经德人放弃，中国深愿收回此地，自巩国防。(七)和平大会中，以该租借地及附属权利之问题，悉还中国，不特德国肆意横行之罪恶，借以矫正，且各国在远东之公共利益，亦借以维护。否则山东人民，前拒后迎，势必不乐，或致激成剧烈之行动。即他国亦必与将来移转权利之国，互相龃龉，是与日本攻击青岛时，宣言巩固东亚长久稳固和局之用意，难以相容。亦与英日同盟之宗旨，所谓护中国之独立完整，守各国在华商工业机会之原则，亦不相符合。何以彰中外之大信？何以保远东之永久和平？

(丁)何以应直接归还？

(一)程序简单，不致滋生枝节。且中国参战以后，得
向德国直接收回青岛及山东权利，既足以增我国家之光
940. 荣，复足以彰友邦维持正义公道之原则。(二)中国政府非
不知日攻青岛所损失之生命帑款，为数亦巨。但日本固宣
言战争之目的，在使远东和局，不为德人所危害，目的既
完全达到，则虽有所牺牲，亦必不惜，宁有加惠中国反自
取怨之理？(三)日本以军事占领青岛及所有权利，不过暂
时办法，究不能因此而终得所占土地或产业之主权，以与
共在战事中之中国权利相抗。(四)一九一五年五月二十五
日，中国与日本订立关于山东省之条约，中政府本所不
愿。经日本送递最后通牒，勉强承认，以待和平会议为最
后之修正。况所订条文，日本并未获得关于山东租借地与
铁路暨他项德国权利。不过得有保证，谓所有关于德国权
利利益让与之处分，倘经日本与德国协定，中国即当承认
云云。彼时中国尚为中立国，日本系设想中国始终中立，

不能参与最后之和平会议而言。今中国早加入战局，有列席和议之权，则该约设想之情形，固已根本改变，不得视为有效。(五）中国宣言布告，曾声明从前中德所订之条约，一律废止，是德国所有租借地与一切权利，当然在废止之列。既已废止，领土权即回复于中国。且与德人订约租借时，本有不准转租之明文。即一九〇〇年之中德胶州铁路章程，亦有中国国家可以收回之规定，依约办理，德国无转让第三国之权。中国既得收回领土，亦当然不能让与他国。

最后又有一段总结云：

中国鉴于上列各理由，深信和平会议，对于中国要求胶澳租借地胶济铁路，暨关于山东省之他项德国权利之直接归还，必能认为合于法律公道之举。苟完全承认此项要求，则中国政府人民，对于诸国秉公好义之精神，必永永感激于无涯，而对于日本，必且加甚。此一举也，不特日本与诸友邦所愿维持之中国政治之独立，与领土之完整，借以巩固，而远东之长久和局，亦借此新保而益坚矣。

此项说帖，递入和会，会长克勒孟沙方将说帖出示。日本专使西园寺侯爵等，怎肯退让，自述“从前攻取青岛，如何损失，并讥评中国参战，并没有甚么助力，不过办运些须粮食，派遣几个工役，便算了事。今日所得利益，不啻百倍，还想与我争回青岛，这真叫做不度德，不量力，妄事请求，不值一睬”云云。在会诸人见日使很是忿激，也不便参入异议。惟美总统威尔逊略加劝解，援照德国前约，谓领土权应属中国。日使遂接口道：“我国并不欲长据胶澳，自愿将胶澳领土权归还中国，惟行军所受损失，中国可能悉数偿还吗？中国既不能偿还，便应该将从前德人所有的权利，归与我国享受，这乃是公允办法，我国并没有意外要求哩。”英法各国专使多随口赞成。以强护强，应有此态。美总统亦不便与争，付诸一笑罢了。

是时意国代表欧兰都等，为了亚得里亚海沿岸问题，与美总统意见不合，致有违言。亚得里亚海在意大利东北，海口有阜姆一埠，为通商出入要枢，意国欲据为已有。惟美总统威尔逊以为匈牙利、波希米亚、罗马尼亚、南斯拉夫诸国，均与阜姆相近，应该享有出入权利，不应专归意国。意使极力反对，甚至欧兰都等宣告退出和会。所以和会中主持，只有法、美、英、日本四国，主持各议。日本与中国互争胶澳，中国不

能敌日，法、英又皆左袒日人，美总统虽略存公道，也因口众我寡，未便坚持，因此逐日延宕，竟把中国专使的说帖置诸高阁。嗣经中国专使陆征祥入会敦促，乃由会长克勒孟沙，与美总统威尔逊、英专使劳合乔治，作为领袖，再集议胶澳问题。日使西园寺侯爵等坚执前议，一些儿不肯让步。法、美、英三国，乐得袖手旁观，任从日本自由处置。中国专使陆征祥等智尽能索，不得已再向和会中提出抗议，申明意见。小子有诗叹道：

徒将笔舌抗凶锋，力薄如何望折冲。
益信外交惟铁血，一强一弱总难容。

欲知陆专使等如何说法，且至下回录叙。

巴黎会议，列席者得二十七国，而俄罗斯不在其列，良由俄国内乱，政府屡易，各国或承认于其前，未尝承认于其后，故遂为之阙席耳。胶澳之争，日本代表借口于前日军事之损失，必欲承受德人之旧有权利而后快。然德国既已战败，屈服于和议之下，则从前即无日人之行军，亦当放弃固有之权利，将胶济归还中国，宁必待日人之占领乎？况日人固尝破坏我国之中立，乘机攫取，显违国际公法之惯例，所有牺牲，莫非自取，公法家固不应袒日也。中国专使之抗议，义所当然，而日人乃恃强而凌弱，英法亦欺弱而袒强，持公如威尔逊，尚不欲为不平之争，谁谓世界中尚有公理耶？国不竞亦陵，何国之为？我国人盍亟起反省，毋徒怨外人为也。

第一百四回　两代表沪渎续议
众学生都下争哗

却说胶澳问题，已由中国专使提出说帖，经法、美、英三国申议，仍不能使日本让步，反教日本自由处置，中国专使陆征祥等，不得不再行抗议，词意如下：

> 按德人之占据山东权利，始于一八九七年，当时普鲁士武人借口小故，强迫中国让与，显系一种侵犯手段，华人至今不忘此耻。今三大国若以此项权利，移让于日，是承认侵犯手段为正当矣。况日本在南满与蒙古东部，业已十分猖獗，今若加以山东为日所有，则日本可在北京出口之水道，即直隶海湾之两岸，巩固其地位。且得霸据直达北京之三大路线，从此北京将为日本势力所环绕，不亦大可惧乎？
>
> 中国于一九一七年向德、奥宣战，加入协约，所有中国与德、奥前订各约一律取消，然则德国权利，当然归还

中国。且中国之宣战，曾经协约及共同作战各国政府正式承认。及今三国大会议，解决胶州与山东问题，反将前属于德人之权利，让给日本，由此可见大会议所让给与日本之权利，在今日已非德人所有，乃纯粹之中国权利。且中国亦协约之一，并非一敌国，中国在协约中，固较懦弱，但总不能以敌国待之。抑有进者，山东为中国之圣地，孔、孟之教深入人心，我中国人视山东为文化之发祥地，焉肯轻让于外人？至于三大国会议，既有归还中国之意，何以第一步，必将该地移让与一外国，然后由该外国自愿，再将该地归还原主？此种重叠手续，不知何所根据？代表等早知日本之要求，系根据一九一五年之中日条约，及一九一八年之交换文件。但一九一五年时，中国所以签约者，实为强权所迫，世人常忆日本提出哀的美敦书，强
迫中国承认“二十一条”要求，否则大战立见于东亚。再 945.
一九一八年之交换文件，乃因日本允许撤退山东内地之日兵，并取消各民政署。代表等亦知三大国所以议定如此解决者，实以英法曾于一九一五年二月三日，允许日本在和会席上，助其夺得德人在山东之权利。然当时此等密约，双方订结，中国并未加入。其后协约国劝中国参战，亦未曾将密约内容，预先通告。及中国于加入协约之后，直至今日战争了结，和约告成，中国反为各大国之商议品与抵偿品，其何以堪？

或曰：大会议之认可日本要求，乃所以保全国际同盟也。中国岂不知为此而有所牺牲？但中有不能已于言者，大会何以不令一强固之日本，放弃其要求，其要求之起点，乃为侵犯土地。而反令一软弱之中国，牺牲其主权？代表等敢

言曰：此种解决方法，不论何方面提出，中国人民闻之，必大失望，大愤怒。当意大利为阜姆决裂，大会议且为之坚持到底，然则中国之提出山东问题，各大国反不表同情乎？要知山东问题，关于四万万人民未来之幸福，而远东之和平与利益，皆系于是也。

这一篇抗议书，比前次较为激烈，也是由中国专使陆征祥等情不能忍，不得已有此文牒，为声明公理起见。无如世界中只论强弱，不论公道，任你舌敝唇焦，总敌不过强邻气焰，日本专使只付诸不睬，英、法、美各国也袖手旁观，怎能如意国专使，为了阜姆问题退出和会，几至决裂？后来仍由英、法、美三国代表，请意国代表再入和会，曲为调停，可见得中华积弱，事事逊人，为什么军阀政客，不思协力图强，尽管争权夺利，内讧不休哩？虽有晨钟，唤不醒军人痴梦，奈何？

即如上海南北和议，自从南方代表唐绍仪，宣言中止，停顿至一月有余。江苏督军李纯苦心调护，提出办法五条，请令双方允准。见前回。唐代表尚因未得陕省确闻，逐日延宕。嗣经张瑞玑入陕报告，谓已确实停战，江督李纯又邀同鄂、赣二省，迭电敦促。甚至上海五十三公团联成一气，催迫南北总代表等，赶紧议定和局，方可一致对外。于是南方诸代表也为环境所逼，未便再行停顿，乃于四月四日间，在唐总代表寓宅内，自开紧急会议，决定和议再开，函告北方总代表朱启钤等，约七日起，继续开谈。朱总代表当然照允。

到了四月七日，两总代表及各代表又复齐集，先开谈话会，核定会议程序，至晚未毕。越日，又复续核，大致粗了。代表中或主张扃门会议，免得人多语庞，徒滋纷扰，北代表多数赞成，惟南代表却多数反对。结果是双方协议，虽不必定要扃门，但除代表以外，闲人不得擅入。门外委警察严加逻守，慎重关防。自四月九日正式开议，南北代表均将全部议题提出，互相讨论。当时各守秘密，未曾宣布。嗣逐日审查，集议了好几日，惹得上海一般社会，统想探听会议消息，是否就绪，怎奈会中讳莫如深，无从察悉。但据各通信社特别传闻，只说南代表所提，计十三项，另附悬案六项，北代表所提，计大纲两项，节目八项，讨论结局，双方议题，并作国会、军政、财政、政治、善后、未决等六项。究竟一切底细，无人能详，所有谣传，无非捕风捉影，想象模糊呢。

延至五月初上，尚没有甚么确闻，大众诧为异事。公事不妨公言，何必守此秘密。忽由都中传出警电，乃是各校学生，为了巴黎和会中的山东问题，大起喧哗，演成一种愤激手段，对付那亲日派曹、章、陆三人。就中详情，应该表白一番。从前中日各种合同，多经曹、章、陆三人署名，海内人士，已共目他为汉奸。就是留学日本诸学生，亦极力反对章宗祥。此次巴黎会议，中国专使陆征祥等赴欧，道过日本，日人即向章问明陆意，章曾夸口道："陆与我素来莫逆，谅不至有何梗议哩。"日人满意而去。哪知征祥去后，政府又续遣委员数人，如王正廷、顾维钧等，轮流出席，在巴黎会议中，极力反抗山东问题，且致章与日本所订之山东两路合同，即济顺及高徐两路。亦遭打击。章恐无词对日，乃暗与曹汝霖通信，拟运动政府，召回顾、王，自去代充委员。曹得信后，即力为设法，并召章回国，章便拟起程西归。偏被上海时事新报及东京时事新闻，探悉密情，骤然登出。留日诸中国学生，激起公愤，即欲发电攻章。因日本电报局不肯代拍，乃邮致上海各报馆各机关各团体，请他宣布，略云：

顷据上海时事新报及东京时事新闻载，章宗祥此次回国，入长外交，出席巴黎和平会议，改善中日和会关系，同人闻之，不胜骇异。章宗祥自使日以来，种种卖国行为，罄竹难书。幸今日暴德已倒，强权屈服，正义人道，风靡全球，吾大中华民国全体国民，方期于欧洲和平大会，战胜恶魔，一雪国耻。苟两报所载不虚，则是我政府受日奴运动，倒行逆施，以卖国专家，充外交总长，兼欧洲和平会议代表，势非卖尽中国不止。同人一息尚存，极力反对，并将颈血溅之。贵报贵机关贵团体，素来仗义敢言，众所共仰，伏乞唤起舆论，一致反对，庶幺麽小丑，不容于光天化日之下，俾东方德意志，亦得受最后之裁判。中华民国幸甚，世界和平幸甚。

上海各报馆依电照登，曹、章两人的密谋，越致揭露。章经此一阻，又欲逗留。适政府已传电促归，暂命参事官庄景珂代理，章不得不行。且默思到了京都，总有良法可图，乃收拾行李，启程归国。至东京中央新桥车站，将挈爱妻陈氏登车，突有留学生数十人，踉跄前来，趋近章前，佯为送行，随口质问，历数章在任时，经手若干借款，订立若干密约，究有多少卖国钱带了回去？章宗祥连忙摇首，极口抵赖。无如留学生不肯容情，竟起而攻，好似鸣鼓一般。章虽脸皮老厚，也不禁面红颈赤，无词可答。难免天良发现。幸亏日警从旁排解，方将一对好夫妇送入车中。留学生尚在后大呼道：“章公使！章宗祥，汝欲卖国，何不卖妻？”妙语。章妻陈氏，听了此言，更不觉愧愤交并，粉脸上现出红云，盈盈欲泪，只因车中行客甚多，未便发作，没奈何隐忍不发。及车至神户，舍陆乘船，官舱内分门别户，彼此相隔。陈氏彦安怀着满腔郁愤，不由得发泄出来，口口声声，怨及乃夫。章宗祥任她吵闹，置诸不答。陈氏且泣且詈道："我父母生了我身，本是一个清白女子，不幸嫁与了汝，受人污辱，汝想是该不该呢？"欲免人污，何如不嫁。章至此亦忍耐不住，反唇相讥道："人家同我瞎闹，还无足怪，难道汝为我妻，也来同我胡闹么？"陈氏道："汝究竟卖国不卖国？"宗祥道："汝不必问我。就使我是卖国，所得回扣，汝亦享用不少，何必多言。"不啻自招。陈氏尚唠唠叨叨地说了半夜，方才无声，但已为同船客人，约略听闻。及船已抵岸，陈氏而上，尚有愠色，悻悻上车去了。

章既入京，遂与曹汝霖、陆宗舆等，私下商议，还想调动顾、王，一意联日。相传曹汝霖计划尤良，竟欲施用美人计，往饵顾维钧。顾元配唐氏，即南方总代表唐绍仪女，适已病殁，尚未续娶，曹家有妹待字，汝霖因思许嫁维钧，借妹力笼络。或云系曹女。可巧梁启超出洋游历，即由曹浼梁作伐，与顾说合。梁依言，至法，急晤顾氏，极言："曹家小妹，貌可倾城，才更山积，如肯与缔姻，愿出五十万金，作为妆奁。"顾本来与曹异趋，听到"美人金钱"四字，也觉得情为所迷，愿从婚约。当时中外哗传，谓顾已加入亲日派，与曹女订婚。究竟后来是否如梁所言，得谐好事，小子也无从探悉，不过照有闻必录的通例，直书所闻罢了。已而留日学生界中，复有一篇声讨卖国贼电文，传达海内，原电如下：

欧洲议和大会，为我国生死存亡所关，凡我国人，应如何同心协力，共挽国权，乃专使方争胜于域外，而权奸作祟于国中，旬日以来，卖国之谋，进行益力。曹汝霖、陆宗舆、章宗祥、徐树铮、靳云鹏等，狼狈为奸，甘心媚日，迹其迩来所为罪状，足以制国家之死命，约有二端，而以往之借款借械，卖路卖矿不计焉。略陈如下，冀共声讨。

一曰掣专使之肘以媚日也。此次我国所派专使，尚能不辱国命力争，日本因之大怀疑忌，始则用威吓手段，冀制顾、王之发言，继则行利诱主义，贿通曹、陆之内应。且使章宗祥回国运动，入长外交，以掣专使之肘。并预先商议改窜已订之中日秘约，以揜中外耳目，而彼诸贼，甘为虎伥。章氏既奉命西归，曹、陆更效忠维谨，日前竟请当局电饬专使，对日让步。夫中日之利害，极端相反，世
950. 所共知。吾国往日所被夺于日本之权利，方期挽救于坛坫。而乃遇事退让，自甘屈服，岂非承认日本之霸权，而欲自侪于朝鲜乎？卖国之罪，夫岂容诛？此其罪状一。

二曰借边防之名以亲日也。年来北方军阀之跋扈横行，皆由徐树铮、靳云鹏等亲日政策之所致，举国权以易外款，杀同胞几如草芥。全国父老，疾首痛心，而若辈迄无悔祸之意。近且大肆阴谋，借边防为名，欲将参战军扩为九师十六混成旅，而与日人实行军械同盟，将各省铁路及兵工厂，抵借日款，并聘日人为教练官及技师。种种企图，无非欲达其武力统一之目的。无论世界潮流，趋向和平，此等背逆时势之举，有百害而无一利。即使果如诸贼计划，有万一之效，而军队训练之权，已操诸日人，兵器制造之厂，已属于敌国，我国家尚能保其独立耶？恐德人

利用土耳其之故事，将复见于远东。二次大战，此其导火。既恣恶于现在，复贻祸于将来，诸贼之肉，其足食乎？此其罪状二。

凡兹二事，仅举大端，其他违法不轨之行，谅为国人所共睹。同人等游学以来，鲜问内政，惟事涉对外，有损国权，则笔伐口诛，不遗余力。矧诸贼近日卖国之罪，彰明较著，良心所逼，安敢缄默。用特举其事实，诉诸国人，所望全国父老昆季，速筹对待国贼之法，安内攘外，咸系乎此。盖共和国家，民为主体，朝有奸人，而野无志士，将见国家遂即沦亡，而国民无力之讥，永蒙羞于历史矣。

为这一电，激起北京学生的公愤，纷纷聚议，计在严拒
卖国贼，并保全青岛领土权，当由北京大学发起，即于五月三 951.
日下午，召集本校学生，全体会议。先是北京各学校已互相商议，定期在五月七日国耻纪念，会集天安门为大示威的运动，旋接得留学生通电，并闻青岛问题将让归日本，乃急不暇待，就由北京大学为首倡，群集法科大礼堂，会议进行办法四条：一是联合各界，一致力争。二是通电巴黎专使，坚持不签字。三是通电各省，于五月七日国耻纪念，举行游街示威运动。四是决定星期日即四日，齐集天安门，举行学界之大示威。当下有几个资格较深的学生，登台演说，慷慨激昂，声泪俱下。就中有法科学生谢绍敏，悲愤填胸，竟勃然登台，用中指放入口内，将牙一咬，指破血流，当即扯碎衣襟，取指血书成四大字，揭示大众，众目睽睽，望将过去，乃是“还我青岛”一语。彼此越加感动，鼓掌声，万岁声，相继迭起，表现一种凄凉悲

壮的气象。嗣又遍发传单，知照各校，与约翌日上午，邀请各校代表，借法政专门学校为会议场，集议进行办法。各校接着传单，无不赞成。转眼间已隔一宵，法政专门学校已腾出临时会所，专候各校代表到来，霎时间各校代表，联翩趋至，共计得数十人。学校亦约十数，校名列后：

北京大学　法政专门学校　高等师范学校　中国大学　朝阳大学　工业专门学校　警官学校　农业学校　汇文大学　铁路管理学校　医学专门学校　税务学校　民国大学

数校代表齐集，当场会议，如何演说，如何散布旗帜，如何经过各使馆，表示请求，如何到曹汝霖住宅，与他力争。一面预定秩序，各守纪律。至日将晌午，已经议毕，随即分头散去，赶制小白旗，且约下午二时，至天安门会齐。未几已是午后，天安门桥南，先竖起一张大白旗来，上书一联语云：

卖国求荣，早知曹瞒遗种碑无字。
倾心媚外，不期章惇余孽死有头。

末行又写着一二十字，乃是“北京学界挽卖国贼曹汝霖、章宗祥遗臭千古”。这一张大旗下面，又有小白旗数十面，旗上写着或为“取消二十一款”，或为“誓死力争”，或为“保我主权”，或为“勿作五分钟爱国心”，或为“争回青岛方罢休”，或为“宁为玉碎，勿为瓦全”，或为“头可断，青岛不可失”。种种字样，不可胜纪。就是谢绍敏的“还我青岛”的血书，也悬挂在内。还有一班小学生，站立道旁，手中都高执白旗，大小不一，有用布质，有用纸质。旗上所书，无非是“卖国贼曹汝霖”，“卖国贼章宗祥”，小子有诗为证道：

甘将领土赠东邻，卖国奸徒太不仁。
莫怪青年多越俎，兴亡原系匹夫身。

各校学生，陆续驰集，差不多有三千人。欲知众学生行止如何，待至下回再表。

内地有上海之和议，外洋有巴黎之和会，全球人士，各有厌战求和之思想。而我国武夫，乃多以挑衅为得计，不愿言和，是何肺肠，甘令兵民之送死乎？上海和议，停顿至一月有余，重以环境之敦促，勉强续议。所有议案，各守秘密，识者已虑其不足示诚，无能为役矣。至若章、曹之一意亲日，为虎作伥，虽未必如传闻之甚，而作奸牟利，见好强邻，要不得谓其真无此事也。留日诸学界，及北京各校学生，或传电，或集会，奔走呼号，代鸣不平，人心未死，民气犹存，吾国之所以不亡者，赖有此耳。然徒争一时之意气，未能为最后之维持，宁非即五分钟之爱国心耶？学生勉乎哉！

第一百五回　遭旁殴章宗祥受伤
逾后垣曹汝霖奔命

却说各学生齐集天安门，总数不下三千人，当由学生界推出代表，对众宣言，主张青岛问题坚持到底，决不忍为汉奸所卖。文云：

> 呜呼国民！我最亲爱最敬佩最有血性之同胞！我等含冤受辱，忍痛被垢于日本人之密约危条，以及朝夕祈祷之山东问题，青岛归还问题，今日已由五国共管，降而为中日直接交涉之提议矣。噩耗传来，天暗无色。夫和议正开，我等之所希冀所庆祝者，岂不曰世界中有正义，有人道，有公理，归还青岛，取消中日密约，军事协定，以及其他不平等之条约。公理也，即正义也。背公理而逞强权，将我之土地，由五国共管，侪我于战败国如德、奥之列，非公理，非正义也。今又显然背弃山东问题，由我与日本直接交涉。夫日本虎狼也，既能以一纸空文，窃掠

我“二十一条”之美利，则我与之交涉，简言之是断送耳，是亡青岛耳，是亡山东耳。夫山东北扼燕、晋，南控鄂、宁，当京汉、津浦两路之冲，实南北之咽喉关键。山东亡，是中国亡矣。我同胞处此大地，有此山河，岂能目睹此强暴之欺凌我，压迫我，奴隶我，牛马我，而不作万死一生之呼救乎？法之于亚鲁撤、劳连两州也，曰：“不得之，毋宁死。”意之于亚得利亚海峡之小地也，曰：“不得之，毋宁死。”朝鲜之谋独立也，曰：“不得之，毋宁死。”夫至于国家存亡，土地割裂，问题吃紧之时，而其民犹不能下一大决心，作最后之愤救者，则是二十世纪之贱种，无可语于人类者矣。我同胞有不忍于奴隶牛马之痛苦，亟欲奔救之者乎？则开国民大会，露天演说，通电坚持，为今日之要着。至有甘心卖国，肆意通奸者，则最后之对付，手枪炸弹是赖矣。危机一发，幸共图之！

宣言书既经晓示，复有学生部干事数人分发传单，见人辄给。传单上面写着：

现在日本在万国和会，要求并吞青岛，管理山东一切权利，就要成功了，他们的外交，大胜利了，我们的外交，大失败了。山东大势一去，就是破坏中国的领土，中国的领土破坏，中国就亡了。所以我们学界，今天排队到各公使馆去，要求各国出来维持公理，务望全国工商各界，一律起来，设法开国民大会，外争主权，内除国贼。中国存亡，就在此一举了。今与全国同胞立两个信条道：中国的土地，可以征服，而不可以断送。中国的人民，可以杀戮，而不可以低头。国亡了，同胞起来呀！

这项传单，多至数万张，一半被沿途巡警拦截了去，口中说是代为散布，其实是到手即扯，撕毁了事。京师警察总监吴炳湘得着学生暴动消息，急忙调派警队，到场弹压。就是教育部亦派出司员，劝阻学生，嘱勿轻举，诸事有部中主张，当代众学生办理等语。如骗小儿。众学生哪里肯信，尽管照上午议案，自由行动。当下整顿队伍，拟赴东交民巷，往见各国驻京公使，请求协助中国，争还青岛。这也是无聊之极思。教育部代表又向学生劝解，谓："事先未曾通知使馆，恐不能在使馆界内通行，尔等不如暂先归校，举出代表数人，方可往见外使。"学生团听了，又不肯认可，仍然向东前进。嗣由警察总监吴炳湘坐了一部摩托车亲来拦阻，口中所说，不外老生常谈，各学生全然不睬，反且踊跃前进，直向东交民巷。炳湘见他人多势盛，也不便自犯众怒，只好眼睁睁地由他过去。

学生团拥入东交民巷，至美国使馆前，排队伫立，特举罗家伦等四人为代表，进谒美使。适美使不在馆中，当有通事出来问明意见，罗家伦略述情由，通事答称"今日礼拜，各公使俱不在馆，诸君爱国热诚，当代向美公使转陈"云云。罗家伦等鞠躬道谢，并取出意见书，交给了他，然后退出，转往英、法各使馆。果然各公使均已他出，无由进见，惟将意见书递交，随即行过日本使馆，突遇日本卫役前来索取中政府护照，方准通行。偏是他来出头。学生团无可对付，又不便违法径行，乃由东向北，改道他往，穿过了长安街及崇文门大街，竟赴东城赵家楼，走至曹汝霖住宅，将抵门前，学生团全体大呼，统称"卖国贼曹汝霖，速来见我！"这声浪传入门中，司阍人当然惊惶，立将双扉掩住。附近警士不得不为曹部长帮忙，奔集数十名，环门代守。学生团既已踵门，当然上前叩击。警士当场拦阻，哪里压得住学生锐气，两语不合，便起冲突。警士寡不敌众，也属无能为力。各学生绕屋环行，见屋后有窗数扇，统用玻璃遮住，当即拾起地上砖石，飞掷进去。砰砰硼硼，响了好几声，已将玻璃尽行击碎，留出窗隙，趁势抛入卖国旗，或把白旗纷投屋上，变成一片白色。惟叩门各学生尚在门前乱敲乱呼，好多时不见开门。学生正拟另想别法，蓦听一声响亮，门竟大启。这是曹氏心计，请看下文便知。

学生团乘势直入，鱼贯而进，到了前面大厅，呼曹出见。待了片刻，并没有一人出来，环顾左右，也不见有曹氏仆役，惟厅上摆设整齐，所陈桌椅，多是红木紫檀制成，学生免不得动怒，一齐喧声道："这都是卖国贼的回扣，得了若干昧心钱，制成这般物件，看汝卖国贼能享受几时！"道言未绝，已有数学生搬动桌椅，抛掷出外，一动百动，顿将厅上陈设，毁坏多件。厅旁有一甬道，学生即循道再进，里面乃是曹家花园，时正初夏，日暖风和，园内花木争荣，红绿相间，却似一座小洞天；并有汽车两辆摆着，益触众怒，七手八脚，打毁汽车，又将花木折损数株，再向里面闯入。里面系是内厅，有几个东洋人士与一面团团的东洋装的中国人，怡然坐着，好像没事一般。

学生皆趋前审视，有几个指着面团团的人物，顾语同侪道："他就是章宗祥。"到此尚靠着日人么？一语甫毕，即由众学生拥入，向章理论道："你就是章公使吗？久仰久仰。但问你是东洋人，中国人，为甚么甘心卖国，愿做日奴？"章宗祥尚未及答，旁座的日本人已起视学生，现出一副愤怒的面孔，非常难看。学生俱勃然道："章宗祥，你敢是请他来保驾么？你不要外人保驾，究竟是我中国官长，我等学生，只好向你起敬；你今要仰仗外人，明明是个卖国贼了，我等不好犯中国官，只不肯容你卖国贼。"章宗祥到了此时，尚自恃有日人保护，奋然起座道："你等读书明理，为何纠众作乱？"说到"乱"字，便听得众声嘈杂，起初是一片卖国贼骂声，入后只融成一个"打"字，打打打，竟由几个手快的学生，举起拳头，攒击过去。章宗祥无法挣脱，饱受了一顿老拳。数日人慌忙遮拦，左拥右护，始得将章扶往后面，寻门出奔。究竟是靠着外人得逃性命。众学生因有外人在侧，究不好任人殴击，惹起外交，因即放章走脱，自去寻觅曹汝霖。

四处找到，并无曹汝霖踪迹，只有曹妾一人，躲在内房，此外不过妇女数名，统已吓得浑身发颤，面如土色。学生见纯是女流，不便相逼，惟见有宝贵什物，统说他是民脂民膏，不容卖国贼享受，乃随意毁坏几具。俄而吴炳湘进来，指挥警官，接出曹妾，并妇女数人，上了摩托车，由巡警武装卫护，奔向陆宗舆家。

陆为汇业银行经理，该行与日人品股同开，本在东交民巷使馆界内，所以陆氏家眷，亦住居东交民巷，学生不能往闹，陆得逍遥自在，置身事外。曹家妾已饱受虚惊，幸得吴总监将她救出，登车避难，玉貌花容，已是委顿得很，不意行至半途，将入东交民巷，突被外国巡警拦住，叫她卸装，惹得曹家妾又吃了一惊，还道要她褫去衣饰，半晌答不出话来。外人并不姓曹，叫你褫去什么衣饰？及见护卫的巡士卸除武装，外国巡警才让她过去，得至陆家。看官听着！外国使馆界内，向由外人定例，汽车行驶，不许过快，又不许军警武装，百忙中的吴炳湘忘记嘱咐，巡士亦恃有主命，以为无妨，哪知外人不肯少容，徒剥去吴总监的面子，更把那曹家宠姬惊上加惊，这都由曹汝霖一人，惹出这番孽障呢。

学生寻不出曹汝霖，便拟整队退出，忽见曹宅里面，烟雾迷蒙，火光迸射，也不知为何因，但顾着自己同侪，陆续出外。外面已是军警麕集，扑入救火，并对着学生，发放空枪，学生也觉着忙，冲出曹氏大门，分头归校。就中有年尚幼弱、不能速走的学生，如易克嶷、曹允、许德珩等十九人，竟被巡警抓去，拘入警察厅。及各学生回校后，自行检点，北京大学失去最多，十九人中竟居大半，于是同侪愤激，又至法科大礼堂，续开会议，要去保那数人出来。校长蔡元培亦到，当由学生报告经过情形，略谓“学生虽感动义愤，举止未免卤莽，若云犯法，学生实不甘承受，警察擅自捕人，殊属无礼。况曹、章两人，受此挫折，未必甘休，既与日本人勾结，又与军阀派有密切关系，必要借着外人压迫，与军队蛮横，罪我无辜学生，纳入刑网，恐被捕去的同学，将遭毒手，务请校长设法保全”云云。蔡校长亦不免踌躇。各学生或从旁计议，谓：“不若齐赴警察厅，与他交涉。”蔡校长摇首道：“这却不必。学生既非无礼，警察厅亦不能盲从权阀，违背公理，汝等且少安毋躁，待我往警察厅探明确信，极力转圜便了。”言毕，便出门自去。

小子叙到此处，应该将曹汝霖的踪迹交代明白。阅者亦极待问明。汝霖本在家中，与章宗祥等密室叙谈，骤闻学生到来，呼喊声震动内外，料知来势不佳，难以排解，先令门役将大门阖住，暂堵凶锋，一面入探后门，拟从屋后逸出。偏后面已环绕学生，掷碎玻璃窗，投入小白旗，势更汹汹，势难轻出。他不禁暗暗着急，眉头一皱，计上心来，索性开了前门放入学生，免得他管住后门，以便乘机逃逸。且内客厅有章宗祥及日人数名坐着，乐得借他做了挡牌，自己好从容出走。计划已定，如法办理。及学生团已入前门，陆续闯进，随意捣毁，风头很是凶猛，遂欲挈着家眷，越出后门，又恐后门外尚有学生阻住，不得已择一短墙，为逾垣计。可奈生平未习武技，不善跳墙，此次顾命要紧，勉强一试，毕竟跳法不妙，把腿摔伤，幸由家人依次越出，忙为扶掖，始得忍痛跛行。踯躅数十步，得着骡车一辆，奔往六国饭店中去了。曹妾不能跳墙，只好返入房中，暂时躲避。至学生殴伤章宗祥，章由日人保护，逃出曹宅后门送往日华医院疗治。惟曹宅起火原因，言人人殊，或说是由学生放火，或说是学生击碎电灯，溜电所致，或说是曹宅家人，自行放火，希图抢掠财物，或说由曹汝霖出走时，授意家人，令他择地纵火，既可架诬学生罪名，复可借此号召军警，赶散学生。究竟如何详情，小子也无从臆断。但自起火以后，曹宅附近的东堂子胡同及石大人胡同一带，人山人海，拥挤不堪，一时保安警察队、步军游击队、消防队、各救火会等，纷纷驰往保卫，不到片时，火即停息。可知非由学生所为。学生团不得不走，巡警乘他解散，捕去了十九人，这也好算是一场大风潮了。此段说明，万不能省。

且说章宗祥到了医院，又气又痛，又愧又悔，好似哑子吃黄连，说不出的苦楚。他自日本归来，既受留学生的揶揄，复遭乃妻陈氏的吵闹，心中已很是不乐；抵天津时，陈氏尚与翻脸，不愿随入京师，故将家属安顿津门，乃妻不遭人殴，幸有此着。独自至京，暂寓总布胡同魏某住宅。连日忙碌得很，既要与曹、陆等密商隐情，复要应酬一班老朋友，正是往来不停，几无暇晷。五月四日，适应故人董康的邀请，作赏花会，因赴法源寺董家，与同午宴，宴毕作别。日长未暮，途次又得传闻，谓各校学生有大会等情，因即顺道至赵家楼，进见曹汝霖，商议抵制学潮方法。适有日本人在座，与曹互谈，彼此很是心照，正好加入席间，共同讨论，不意冤冤相凑，偏来了许多学生团，饷给老拳，竟代曹汝霖受罪。汝霖潜逸，自己替晦，害得头青面肿，腰酸背痛，白吃了一种眼前亏，教他如何不恨？如何不悔？旁人见他神志昏迷，不省人事，还道是身负重伤，已经晕厥，实在是满怀委屈，气到发昏第十二章，因致肝阳上升，痰迷心窍，好医案。好一歇才见活动；又经医生施用药物，外敷内服，渐渐地回复原状，清醒起来。

当下有许多友人，入院探疾，宗祥对着几个好友，托他将被殴情节呈报中央，且抚榻叹息道："中国近年以来，累借外债，岂止我章姓一人经手？而且主张借债，自有总统总理负责，我不过代为帮忙，怎得遂指我为卖国？但我平心自问，亦略有过处。我以为段合肥等，挟着武力政策，定能统一全国，所以热心借债，甘任劳怨，哪知一班武夫，拿钱不做事，除正饷外，今日要求开拔费若干，明日要求特别费若干，外款随借随尽，国家仍不能统一，遂至酿成今日的祸祟。讲到远因，实是武人所赐。若欲据事定罪，亦应由武人居首，为何各校学生，不去寻着浪用金钱的武夫，反来寻着手无寸铁的章某？岂非一大冤枉吗？"说到此句，两眼中含着泪痕，几乎堕下。诸好友连忙劝慰，宗祥又徐说道："这乃是我料事不明，误认武夫为有为，致遭此报。现在我已决意隐退了，是非曲直，待诸公论罢！"语亦近是，但不去经手借款，如何得着回扣，恐一念知悔，转念又不如是了。诸好友仍劝他静养，俟呈报政府外，自当严惩学生，代为泄愤。彼此解劝多时，才各退出，替他呈诉去了。

还有奔往六国饭店的曹汝霖，亦因腿伤待医，移居日本同仁医院。当时即令部中僚属，将学生毁家纵火、殴人伤捕等情，叙述了一大篇，缮作两份，分递总统府及国务院。就是警察总监吴炳湘，亦早已呈报内务部，由内务部转达总统府中。这一番有分教：

才知众怒原难犯，到底汉奸应受灾。

欲看徐政府办法如何，待至下回续叙。

观北京学生团之暴动，不可谓其无理取闹。章、曹诸人之专借外款，

自丧主权，安得诿为非罪？微学团之群起而攻之，则媚外者且踵起未已，既得见好于武人，复得自肥其私橐，何所惮而不为乎？惟毁物殴人，迹近卤莽，几致为曹、章所借口，砌词架诬；起火一节，未得确音，但必谓学生所为，实未足信。学生第执小白旗，并未随带火具，何有纵火情事？溜电一说，较为近理耳。曹汝霖得以潜逃，章宗祥独至遭殴，而陆宗舆且逍遥无事，我亦当为章仲和代呼晦气。然章固一局中人，受欧亦不枉也，哓哓自讼，亦何益哉？

历朝通俗演义

民國通俗演義

蔡东藩◎著

下册

中共中央党校出版社

第一百六回　春申江激动诸团体
日本国殴辱留学生

却说徐总统迭接呈文，也知舆情愤激，罪有攸归，但曹宅被毁，章氏受伤，似觉学生所为，未免过甚，一时不便为左右袒，独想出一条绝妙的通令来，便即颁发出去。令云：

> 北京大学等校学生，纠众集会，纵火伤人一事，方事之始，曾传令京师警察厅调派警队，妥为防护，乃未能即时制止，以致酿成纵火伤人情事。迨经警察总监吴炳湘，亲往指挥，始行逮捕解散。该总监事前调度失宜，殊属疏误，所派出之警察人员，防范无方，有负职守，着即由该总监查取职名，呈候惩戒。首都重地，中外具瞻，秩序安宁，至关重要。该总监职责所在，务当督率所属，切实防弭，以保公安。倘再有借名纠众，扰乱秩序，不服弹压者，着即依法逮捕惩办，勿稍疏弛！此令。

这道命令，既不为曹、章伸冤，又不向学生加责，反把那警察总监吴炳湘训斥数语，更要惩戒几个警察人员。徐总统实是使乖，故意下此命令，诿过到警察身上，免得双方更增恶感。哪知吴炳湘不肯任咎，又将学生如何滋扰，不服警察拦阻，明明是咎在学生，不在警察，申请内务部转达总统，严办学生云云。再经曹、章等一班好友也替曹、章沥陈冤情，请政府依法惩办学生，逼得徐总统无乖可使，只得再下一令道：

据内务总长钱能训，转据京师警察厅总监吴炳湘呈称“本月四日，有北京大学等十三校学生，约三千余名，手持白旗，陆续到天安门前齐集，议定列队游行，先至东交民巷西口，经使馆巡捕拦阻，遂至交通总长曹汝霖住宅，持砖掷瓦，执木殴人。兵警拦阻，均置不理。嗣将临街后窗击破，蜂拥而入，砸毁什物，燃烧房屋，驻日公使章宗祥，被其攒殴，伤势甚重；并殴击保安队兵，亦受有重伤。经当场拿获滋事学生多名，由厅豫审，送交法庭讯办”等语。学校之设，所以培养人才，为国家异日之用。在校各生，方在青年，质性未定，自当专心学业，岂宜干涉政治，扰及公安？所有当场逮捕滋事之学生，即由该厅送交法庭，依法办理。至京师为首善之区，各校学风，亟应力求整饬，着该部查明此次滋事确情，呈候核办。并随时认真督察，切实牖导，务使各率训诫，勉为成材，毋负国家作育英髦之意！此令。

为这一令，又惹起学界风潮，不肯就此罢休。先是北京大学校长蔡元培自往警察厅中，保释学生。总监吴炳湘出见，却是婉言相告“决不虐待学生，俟章公使病有起色，便当释出，尽请放心”云云。蔡校长因即辞归，慰谕学生，宽心待着。及炳湘受责，情有未甘，乃不得不加罪学生，为自己卸责地步。既而通令颁下，着将逮捕学生送交法庭惩办。北京大学诸学生当然要求蔡校长再向警察厅交涉。蔡校长又亲赴警察厅，往复数次，俱由吴总监挡驾。于是蔡校长亦发起愤来，即提出辞职书，离校出京。教育总长傅增湘亦因职任关系，呈请辞职。曹汝霖得知消息，还道是傅、蔡两人袒护学生，也愤然提出辞呈，自愿去职。汇业银行经理陆宗舆时正受任币制局总裁，与曹、章等通同一气，学生概目为卖国贼，所以彼亦连带辞职。各呈文俱递入总统府，徐总统不得不着人慰留。曹汝霖尚一再做作，欲提出二次辞呈，就是章宗祥伤势略痊，也愿辞归。甚至钱内阁俱被动摇，相继提出总辞职呈文。徐总统倒也失惊，尽把呈文却还，教他勉持大局。国务员始全体留住，姑作缓图。且住且住，莫使权位失去。

当时交通次长曾毓隽等，本属段派范围，与曹、章共同携手，一闻学生闹事，即与陆宗舆联名，电邀徐树铮入京，商量严惩的方法。小徐应召入都，察看政府及各方面形势，多半主张缓办，并亲见章氏伤势，已经渐痊，所以不愿出头，免拂舆情。内阁总理钱能训，恐得罪段氏，独去拜访段祺瑞，请他出来组阁，段亦当面谢绝。他见徐东海主张和平，乐得让他去演做一台，看他能否达到目的，再作计较，因此置身局外，做一个冷眼旁观罢了。却是聪明。

五月七日，为民国四年日本强索二十一款的纪念日，国民或称五九纪念，便是此事。五七系日使递交最后通牒之日，五九乃袁政府签字之期。海内志士，吞声饮恨，此次青岛问题，又将被日人占据过去，再经北京学界风潮相激相荡，传达各省，各省国民，越加动愤，或开大会，或布传单，口讲笔书，无非说是外交失败情形，应该由国民一致奋兴，争回青岛。就中要算上海滩上，尤为热闹，各团体各学校各商帮，借上海县西门外公共体育场，作为会址，特开国民大会。下午一时，但见赴会诸人，奔集如蚁，会场可容万人，还是不够站立。场外南至斜桥，北至西门肇周路、民国路，统皆摩肩击毂，拥挤不堪。当场人数，约有二万以上，学生最多，次为各团体，次为各商帮。会中干事员各手执白布旗一面，上书大字，字迹不同，意皆痛切。大约以“争还青岛”、“挽回国权”、“国民自决”、“讨卖国贼”、“誓死力争”诸语为最多。江苏省立第二师范学校本科学生钱翰柱，年甫十九，也仿北京学生谢绍敏成例，截破右手两指，沥血成书，就布旗上写明“还我青岛”四字，揭示会场。又有某校学生近百人，自成一队，人各一旗，旗上写着，统用成语，如“时日曷丧”及“国人皆曰可杀”等类。又有一人，胸前悬一白布，自颈至踵，大书“我是中国人”五字，手中高持国耻一册，种种形色，不能尽举。可惜中国人专务外观。开会时，众推江苏教育会副会长黄炎培为主席，登台演说，最紧要的数语，乃是：

> 今日何日，非吾国之国耻日乎？凡我国民，应尽吾雪耻之天职，并望勿为五分钟之热度，时过境迁，又复忘怀，则吾国真不救矣。望吾国民坚忍勿懈，为国努力！

说毕下台，再由留日学生救国团干事长王宏实报告开会宗旨，次由叶刚久、汪宪章、朱隐青、光明甫等相继演说，均极激昂。光明甫更谓：“目前要旨，在惩办卖国贼。”这语提出，台下拍掌声，响彻屋瓦。时报名演说，共有二十七人，有几人尚未及演说，主席因时间不早，报告演说中止，特宣示办法四条：

（一）电达欧洲和会我国专使，对于青岛问题，无论如何，必须力争，万不获已，则决不签字。

（二）电告英、美、法、意四国代表，陈述青岛不能为日有之理由，以我国对德宣战，本为刬除武力主义，若以青岛付之日本，无异又在东方树一德国，非独中国受其祸，即世界各国之后患，亦正未有已。

（三）电致各省会，教育会，商会，请其一致电京，力争外交问题，营救被捕学生。

（四）由本日国民大会推代表赴南北和会，要求两总代表电京，请从速严惩卖国贼，释放学生。 967.

预会诸人听这四条办法，无不鼓掌赞成，且多愿全体整队，前往和会。主席乃对众宣告，全体出发。路过英、法租界，洋巡捕出来干涉，援照租界章程，谓“人数过多，必先通知捕房，领给牌照，方许通行，否则不能违章”云云。全体会员，被他一阻，不得不改推代表，赴和会请求两代表。惟有数校学生，必欲前往，与洋巡捕辩论再三，洋巡捕乃令收去旗帜，听他过去。直至和会门首，全数尚有四百余人，即由代表光明甫、彭介石、黄界民、郑浩然等入见，可巧南北两代表尚未散归，因即问明来意，随口与语道：“我等已有急电，传达中央了。”说着，即各取出电稿一页，递示光明甫等，但见唐总代表电文云：

北京徐菊人先生鉴：顷得京耗，学生为山东问题，对于曹、陆、章诸人，示威运动，章仲和受伤特重，政府将拟学生死刑，解散大学。果尔，恐中国大乱，从此始矣。窃意学生纯本爱国热诚，胸无党见，手无寸铁，即有过举，亦可原情。况今兹所争问题，当局能否严惩学生，了无愧怍？年来国事败坏，无论对内对外，纯为三五人之所把持，此天下之所积怨蕴怒，譬之堤水，必有大决之一日。自古刑赏失当，则游侠之风起，故欲罪人民之以武犯禁，必惩官吏之以文卖国，执事若不能以天下之心为心，分别泾渭，严行黜陟，更于学生示威之举，措置有所失当，星星之火，必且燎原，窃为此惧，不敢不告，幸熟裁之！

968. 尚有朱总代表一电，乃是拍交国务院，文云：

钱总理鉴：北京大学等各校学生，闻因青岛问题，致有意外举动，为维持地方秩序计，自无可代为解说。唯青岛问题，现已动全国公愤，昨接山东省议会代表王者塾等来函请愿，今日和平会议，开正式会，已由双方总代表，联名电致巴黎陆专使，暨各专使，代陈国民公意，请向和会力争，非达目的，不可签字，已将原电奉达。各校学生，本系青年，忽为爱国思潮所鼓荡，致有逾越常轨之行为，血气戾事，其情可悯。公本雅尚和平，还请将被捕之人，迅速分别从宽办理，以保持其爱国之精神，而告诫其过分之行动。为国家计，为该生计，实为两得之策。迫切陈词，伏惟采纳，不胜企祷之至！

光明甫等看罢，即向两总代表道：“两公电旨，正与众意相同，足见爱国爱民的苦心。但鄙人等尚有一种要求，请两公特别注意！就是惩办卖国贼，最为目前要着。”朱总代表道：“待转告北京政府便了。”光明甫复接入道：“北京卖国党，国民断不承认他为政府，今国民所可承认，惟本处和议机关，所望出力帮助，就在和会诸公。况事关国家存亡，何能再分南北？愿诸公勿存南北意见！”唐总代表听了，亦插口道：“卖国两字，国人可言，如负有政治责任，却不便如此云云。试想有卖必有买，岂不多生纠葛？”唐君亦畏木屐儿么？光明甫又道：“我等国民，但清内乱，并未牵涉外交。总之卖国贼不去，世界和会，决无办法。”唐绍仪踌躇半晌，方徐徐道：“这也不必拘牵文义，但说是行政人员，办法不当，即令去位，便足了事。”光明甫等齐答道：“唐公谓不必拘名，未始不可，总教除去国贼便了。惟请两公从速办理！”朱唐两代表方各点首。光明甫等乃告别而退，出示大众，全体拍手，始各散会。

是晚国民大会筹备处续开会议，召集各公团各学校代表，讨论日间未尽事宜及将来对付方法。大众都说是：“北京被捕学生，存亡难卜，应急设法营救，不如往见护军使卢永祥，要求电请释放学生。”各学校更存兔死狐悲的观念，主张尤力，统云：“目的不达，即一律罢课。”此外如改国民大会筹备处为国民大会事务所，并推起草员，速拟宣言书，传示国民大会的宗旨。议决以后，时已夜半，共拟明日依议进行，定约而散。古人有言：“铜山西崩，洛钟东应。”这原是声响相感的原因，物且如此，人岂不如？内地各省为了国耻纪念及青岛问题，集众开会，不甘默视。就是我国留学日本的学生，系怀故国，未忍沦胥，也迫成一腔公愤，应声如响。

五月初上，留学生议择地开会，四觅会场，均被日本警察阻止。众情倍加愤激，改拟在我驻日使馆内开会，免得日人干涉，当时选派代表，往谒代理公使庄景珂，说明意见。庄颇有难色，唯当面不便驳斥，只好支吾对付。待代表去后，即通知日本报馆，否认留学生开会。

到了五月六日晚间，使馆内外，巡警宪兵，层层密布，仿佛如临大敌。留学生前往侦视，但听得使馆里面，笙箫激越，弦管悠扬，又复度出一种娇声，脆生生的动人耳鼓，是何情由？快乐至此。及问明究竟，乃是燕京名伶梅兰芳，赴日卖艺，即由使馆中人延聘，令唱《天女散花》，侑酒娱宾，所以这般热闹。中国官吏，尚得谓有人心么？留学生得此报闻，无不叹恨，料知使馆开会一节，定难如愿，乃当夜改议，决定分队游行，向各国驻日公使馆中，递送公理书。待至天晓，留学生约

集二千余人，析为二组，一从葵桥下车，一从三宅坂下车，整队进行。三宅坂一路，遇着日本巡警，胁令解散，各学生与他辩论，谓无碍治安举动，奈何见阻？当即举起白布大旗，上书“打破军国主义”、“维持永久和平”、“直接收回青岛”、“五七国耻纪念”等字样。日警欲上前夺旗，因留学生不肯照给，竟去会同马队，截住去路，甚且拔剑狂挥，横加陵践。留学生冒死突出百余人，竟至英国使馆，进谒英代理大使。英使倒也温颜相见，且云“诸君热心国事，颇堪钦佩，我当代达敝国政府，及巴黎讲和委员。惟诸君欲往见他国公使，当举代表前往，倘或人数过多，徒受日警干涉，有损无益”等语。留学生即将陈述书交出，别了英使，再往法国使馆。法使所言，与英使略同。外人都尚优待，偏是同种同族，不肯相容。各学生又复辞出，时已为下午四时，因尚未知葵桥一路情形如何，特往日比谷公园

相候。不意行至半途，又有日本军警杂沓前来，所有留学生的白布旗帜尽被夺取。龚姓学生持一国旗前行，亦为日警所夺，抵死不放，旁有学生吴英朗声语日警道："这是中华民国国旗，汝等怎得妄犯？"日警瞋目呵叱道："甚么中华民国！"中国人听着！说着，复召同日警数十名，攒击吴生，把他打倒，拳殴足踢，更用绳捆住两手，狂拖而去。还亏后队留学生拼死赴救，猛力夺回。日警尚未肯甘休，沿路殴逐，又被捕去数名。余众奔入中国青年会内，暂免陵轹，但已是不堪困惫了。

同时葵桥一路，先至美国使馆，求见美使，美使适因抱病，未能面会，特令书记官出与接洽，亦许电达美国政府，暨巴黎会议委员。学生辞退，转至瑞士公使馆，为日警所阻，不得入内，因即举出代表，入递意见书。复循行至俄使馆，俄使出语学生道："现在我国内乱方张，连巴黎和会中，且未闻代表出席，本使对着诸君举动，也表同情，可惜力不从心，势难相助，但仍当就正义人道上极力主张，仰副诸君热望。"说罢，为之欷歔不已。彼亦得毋有同慨么？学生慨然辞退。到了馆外，统说是外国使馆尚许我等出入，同声赞成，独我国使馆反闭门不纳，太没情理，我等非再至使馆一行不可。乃各向中国使馆折回，将至使馆前面，忽来了无数军警，马步蹀躞，刀剑森横，恶狠狠地奔向留学生前队，夺取国旗。执旗前导的，是著名留学生山东人杜中，死力坚持，不肯放手。偏军警凶横得很，用十数人围住杜中，一面指挥众士，蹂躏学生，把全队冲作数段。可怜杜中势孤力竭，被他击仆，不但国旗被夺，并且身受重伤，被他拘去。此外各学生不持寸铁，赤手空拳，怎能禁得住马蹄？受得起剑械？徒落得伤痕累累，气息奄奄。有一湖南小学生李敬安，年才十龄左右，身遭毒手，倒地垂危，虽经众力救出，已是九死一生。各学生遭此凶焰，不得不各自奔回，陆续趋入中国青年会馆，当由青年会干事马伯援，代开一临时职员会，筹议办法，即派人赴代理公使庄景珂及留学生监督江庸处，请他提出此事，与日本政府交涉。哪知使人返报，统受了一碗闭门羹。小子有诗叹道：

闭门不顾国颠危，宦迹无非效诡随。
笑骂由他笑骂去，眼前容我好官为。

毕竟留学生如何自救，待至下回表明。

青岛问题，纯为弱肉强食之见端，各界奋起，求还青岛，虽未能执殳前驱，与东邻争一胜负，然有此人心，犹足为一发千钧之系。假令有良政府起，教之养之，使其配义与道，至大至刚，则他日干城之选，胥在于是。越王勾践之所以卒能沼吴者，由是道也。乃北京各校倡于前，上海各界踵于后，留学生复同时响应，为国家力争领土，而麻木不仁之政府，与夫行尸走肉之官吏，不能因势利导，曲为养成，反且漠视之，摧抑之，坐致有用之材，被人凌辱，窃恐志士灰心，英雄短气，大好河山，将随之而俱去也。读是回，殊不禁有深慨云。

第一百七回　停会议拒绝苛条
徇外情颁行禁令

却说留学生遭了凌辱，欲请驻日公使及留学生监督出为维持，借泄众忿，偏庄、江两人置诸不理，好似胡越相视，无关痛痒一般，实恐得罪强邻。惹得众学生满腔怨愤，无处可泄。嗣由青年会干事马伯援亲往日警署探问，共计学生被捕为三十六人，拘入麴町区警察署约二十三人，拘入日比谷警察署约十一人，尚有二人受锢表町警察署。于是设法运动，得于次日午后六时，放还麴町区警署中二十三人，尚有十三人未曾释出。日本各报反言留学生胡俊用刀砍伤日警，不能无罪，所以日比谷警署中，拘有胡俊在内，应该移入东京监狱，照律定刑。留学生看着报语，当然大哗，一面登报辩护，一面再函诘庄公使及江监督，词极迫切。庄景珂、江庸方电达北京政府，自称制驭无方，有辞职意。假惺惺的做甚么。这消息传到上海，上海总会中便复电慰勉，且决计不买日货，作为抵制。一经鼓吹，八方响应，就是广州人民亦组织国民外交后援会，号召各界于五月十一日大开会议，到会人数几至十万，比上海尤为踊跃，演说达数十万言，传单约数十万纸，结果是张旗列队，至军政府递请愿书，要求岑春煊、伍廷芳等，力起与争。请愿书分三大纲：(一) 宜取消二十一条件，及国际一切不平等条件，直接收还青岛。(二) 应循法严惩卖国贼。(三) 请北方释放痛击卖国贼因此被逮的志士。岑、伍等极口应许，大众才各散归。既有了这番要请，遂由岑春煊等致电上海，使总代表唐绍仪提出和会，严重交涉。上海和会中正彼此争论，凡各种条件审查，统有双方龃龉情事，相持已一月有余，再加入青岛问题，致生冲突，哪里还能融洽？唐绍仪即拟定八大条件，通告北方总代表朱启钤，作为议和纲要，条件列下：

(一) 对于欧洲和会所拟山东问题条件，表示不承认。

974. (二) 中日一切密约，宣布无效，并严惩当日订立密约关系之人，以谢国民。

(三) 参战军国防军边防军，立即一律撤销。

(四) 恶迹昭著，不协民情之督军省长，即予撤换。

(五) 由和会宣布前总统黎元洪六年六月十三日解散国会令，完全无效。

(六) 设政务会议，由和平会议推出全国负重望者组织之，议和条件之履行，由其监督，统一内阁之组织，由其同意。

(七) 所有和会议决审查案，由政务会议审定之。

(八) 北方果承认以上七条约款，悉数履行，则由和会承认徐世昌为大总统，执行职权，至国会选举正式总统之日为止。

看官试想！这八条要约，与北方都有关碍，就使末条中有承认老徐字样，也只得为短期大总统，不能正式承受，多约半年，少约数月，还要受政务会议的节制，这等无名无望的总统，何人愿为？显见是南方作梗，强人所难哩。朱总代表启钤不待电问政府，便即复绝，然后报告中央，声言辞职。就是唐总代表绍仪，亦向广东军政府辞职。广东军政府尚有复电留唐，独北京政府竟准朱启钤辞职，不再慰留，明令如下：

国步多艰，民生为重，和平统一，实今日救国之要图。本大总统就任以来，屡经殚心商洽，始有上海会议之举。其间群言哓杂，而政府持以毅力，喻以肫诚，所期早日观成，稍慰海内喁喁之望。近据总代表朱启钤等电称“唐绍仪等于十日提出条件八项，经正式会议，据理否认。唐绍仪等即声明辞职，启钤力陈国家危迫情形，敦劝其从容协商，未能容纳，会议已成停顿，无从应付进行，实负委任，谨引咎辞职”等语。所提条件，外则牵涉邦交，内则动摇国本，法理既多抵触，事实徒益纠纷，显失国人想望统一之同情，殊非彼此促进和平之本旨。除由政府剀切电商，撤回条议，续开会议外，因思沪议成立之初，几经挫折，哓音瘏口，前事未忘，既由艰难擘划而来，各有黾勉维持之责。在彼务为一偏之论，罔恤世棼，而政府毅力肫诚，始终如一，断不欲和平曙光，由兹中绝，尤不使兵争惨黩，再见国中。用以至诚恻怛之意，昭示于我国人，须知均属中华，本无畛域，艰危夙共，休戚与同。苟一日未底和平，则政治无自推行，人民益滋耗斁。甚至横流不息，坐召沦胥，责有攸归，悔将奚及？所望周行群彦，勠力同心，振导和平，促成统一。若一方所持成见，终戾事情，则舆论自有至公，非当局不能容纳。若彼此同以国家为重，凡筹虑所及，务期于法理有合，事实可行，则政府自必一秉夙诚，力图斡济，来轸方遒，泯棼何极！凡我国人，其共喻斯旨，勉策厥成焉！此令。

相传徐总统派遣朱启钤时，曾与启钤密约，除总统不再易人外，余事俱有转圜余地，就使牺牲国会，亦可磋商。玩这语意，可知徐东海上台，虽由安福派拥他上去，但心中却暗忌安福，意欲借南方势力，隐为牵制。朱氏受命至沪，果然南方总代表等，有反对北京国会的论调，经朱氏传达徐意，许为通融，所以二次周旋，未闻将国会问题，互生争论。惟北方分代表方枢、汪有龄、江绍杰、刘恩格等，统是安福系中人物，探知朱氏词旨，即电致北京本部，报告机密。安福派顿时大哗，众议院中的议员几全受安福部卵翼，便即招请内阁总理钱能训出席质问。谓："朱虽受命为总代表，究竟是一行政委员资格，不能有解释法律的特权。国会系立法最高机关，总统且由此产出，内阁须由此通过，若没有国会，何有总统？何有内阁？今朱在上海，居然敢议及国会问题，真是怪事，莫非有人畀他特权不成？"这一席话，说得钱总理无言可答，只好把未曾预闻的套话敷衍数句，便即退还，报知老徐。老徐已是焦烦，偏偏变端迭出，内外不宁，南方提出八项条件，又是严酷得很，简直无一可行，自知统一希望，万难办到，不如召还朱总代表等，另作后图，为下文派遣王揖唐张本。一面令国务院出面，召集参众两议院议员，商及青岛问题，应该如何办法。各议员当然说出不宜承认，应仍电令陆使力争，决勿签字。国务院俟议员别去，即有电文遍致各省云：

青岛问题，迭经电饬专使，坚持直接归还，并于欧美方面，多方设法。嗣因日人一再抗议，协商方面，极力调停，先决议由五国暂收，又改为由日本以完全主权，归还中国，但得继续一部分之经济权，及特别居留地。政府以本旨未达，正在踌躇审议，近得陆使来电，谓："美国以日人抗争，英、法瞻顾，恐和会因之破裂，劝我审察；交还中国一语，亦未能加入条文。"但和约正文，陆使亦未阅及，尚俟续电。此事国人甚为注重，既未达最初目的，乃并无交还中国之规定，吾国断难承认。但若竟不签字，则于协商及国际联盟，种种关系，亦不无影响，故签字与否，颇难决定。本日召集两院议员，开谈话会，佥以权衡利害，断难签字为辞。并谓："未经签字，尚可谋一事后之补救。否则铸成定案，即前此由日交还之宣言，亦恐因此摇动。"讨论结果，众论一致，现拟以此问题，正式提交国会，一面电嘱陆使暂缓签字。事关外交重要问题，务希卓见所及，速赐教益，不胜祷企。近日外交艰棘，因之风潮震荡，群情庞杂，政府采纳民意，坚持拒绝，固已表示态度，对我国人，在国人亦当共体斯意，勿再借口外交，有所激动。台端公诚体国，并希于晤各界时，切实晓导，共维大局为要。

原来欧洲和会中，本有国际同盟的规定，为协约国和议草约第一条件。列席诸国委员，统入同盟会，应该签字。惟同盟虽另订约章，却与和约有连带关系，和约中若不签字，便是同盟会不得加入。所以中国专使陆征祥等为了日人恃强，不肯将青岛交还列入和约，更生出许多困难，屡与政府电文往还，政府也想不出完全方法。国民但为意气的主张，东哗西噪，闹成一片，惹得政府越昏头磕脑，无从解决。再加南北和议又复决裂，安福派且横亘中间，这真是徐政府建设以后第一个难关。做总统与做总理的趣味，不过尔尔，奈何豪强还想争此一席？但中国到了这个地位，还亏有奔走呼号的士人，不甘屈辱，所以外人还有一点敬意，就是东邻日本，也未免忌惮三分。自从我国排日风潮，迭起不已，欧洲和会，颇受影响，日本代表牧野男爵方发表山东主权归还陈述书，因此青岛始有交还的传闻。但日代表虽有此语，终未肯加入和约，故陆专使亦终未便签字。此次国务院通电各省，各省督军省长多数麻木不仁，有几个稍具天良，也无非寄一复电，反对签约。独安福派中人物还要替曹章二人出气，硬迫徐政府惩办学生。教育总长傅增湘本为段氏所引重，恂恂儒雅，无甚党见，但为了京师学潮，满怀郁愤，无法排解，自递出辞呈后，不待批准，便匆匆离京，莫知所往。自好者应该如此。部务宽宕了半月，徐总统只好准令辞职，暂使次长袁希涛代理部务。

于是北京各学校学生，公议罢课，发布意见书，大致分作三层，首言外交紧急，政府不予力争；次言国贼未除，反将教育总长解职，且连下训戒学生的命令，禁止集会自由；末言日本逮捕我国留学生，政府至今毫无办法，所以提出请求，向政府要求照办，特先罢课候令，非达到目的不止。一面布告同学，无论何人，不得擅自上课。又组织十人团，研究救鲁义勇队办法；并四出演说，促进国民对外的觉悟。既而京外各中学校，纷纷继起，先后宣告罢课，此外各界人士，排斥日货，力行不懈。日商各肆，无人过问，甚且华商预定各日货，都要退还，累得日人多受损失，当然去请求本国政府，设法挽回。日人素来乖巧，先由外务大臣通告中国驻日代理公使庄景珂说出一派友善的虚词，笼络中国，略云：

观日本与中国之关系，中国官民中，往往对于日本之真意，深怀疑虑，且有误信曰本此次于交还胶州湾德国租借地于中国之既定方针，将有变更之图。余闻之甚出意外，且深为遗憾。近如牧野男爵，为关于山东问题，说明日本之地位，曾发表其声明于新闻纸上，余于此确认此项之声明，即日本于所口约者，严正确守山东青岛连同中国主权，均须交还中国。而中日两国，为增进相互利益所缔结之一切协定，亦当然诚实遵行。其中国因参战结果，由联合国商得之团匪赔偿金之停付，关税切实值百抽五之加增，并根据讲和条约由德国取回之有利条件，日本对于此等事项，无不欣然维持中国正当之希望。且帝国政府，仍拟照余在前期议会所声明者，以公正协和之精神为根据，而确定对华之方针，以期实行，中国官民，固不必多滋疑虑也。

代理公使庄景珂得了此信，立即电达政府。仿佛小儿得饼情形。政府也道他是改变风头，可望软化。哪知过了八九日，即由驻京日使，送达公文至外交部，略言："近来北京多散布传单，不是说胶州亡，就是说山东亡，此种论调，传播各省，煽动四处人民，实行排斥日货，应请注意！"并指外交委员林长民，有故意煽惑人民的嫌疑，亦与邦交有碍等语。林长民闻知消息，不得不呈请辞职，就是政府亦只好勉徇所请，特下令示禁道：

近日京师及外省各处，辄有集众游行演说，散布传单情事，始因青岛问题，发为激切言论，继则群言泛滥，多轶范围，而不逞之徒，复借端构煽，淆惑人心，于地方治安，关系至巨。值此时局艰屯，国家为重，政府责任所在，对内则应悉心保卫，以期维持公共安宁，对外尤宜先事预防，不使发生意外纷扰。着责成京外该管文武长官，剀切晓谕，严密稽察。如再有前项情事，务当悉力制止。其不服制止者，应即依法逮办，以遏乱萌。京师为首善之区，尤应注重，前已令饬该管长官等认真防弭，着即恪遵办理。倘奉行不力，或有疏虞，职责攸归，不能曲为宽假也！此令。

越数日，又有一令，宣示青岛案情，并为曹、章、陆三人，洗刷前愆。文云：

国步艰难，外交至重，一切国际待遇，当悉准于公法，京外各处，散布传单，集众演说，前经明令申禁。此等举动，悉由青岛问题而起，而群情激切，乃有嫉视日人、抵制日货之宣言，外损邦交，内隳威信，殊堪慨喟。

抑知青岛问题，固肇始于前清光绪年间，德国借口曹州教案，始而强力占据，继乃订约租借。欧战开始，英、日军队攻占青岛，其时我国，尚未加入战团，犹赖多方磋议，得以缩小战区，声明还付。迨民国四年，发生中日交涉，我政府悉力坚持，至最后通牒，始与订立新约，于是有交还胶澳之换文。至济顺、高徐借款合同，与青岛交涉截然两事，该合同规定线路，得以协议变更，又有撤退日军，撤废民政署之互换条件，其非认许继续德国权利，显然可见。曹汝霖迭任外交财政，陆宗舆、章宗祥等，先后任驻日公使，各能尽维持补救之力，案牍具在，无难复按，在国人不明真相，致滋误会，无足深责。

惟值人心浮动，不逞之徒，易于煽惑，自应剀切宣示，俾释群疑。凡我国人，须知外交繁重，责在当局，政府于此中利害，熟思审处，视国人为尤切，在国人惟当持以镇静，勿事惊疑。倘举动稍涉矜张，转恐贻患国家，适乖本旨。咸有关于保卫治安事项，京外各该长官，自应遵照迭次明令，切实办理，仍着随时晓导，咸使周知！此令。

这令一下，更与全国人士的心理大相反背，国民怎肯服从命令，统做了仗马寒蝉？政府却还要三令五申，促使各校学生，即日上课。正是：

民气宁堪常受抑？学潮从此又生波。

欲知政府谕令学生诸词，且至下回录述。

自“政党”二字出现于前清之季，于是世人反以朋党为美谈，甲有党，乙亦有党，丙丁戊无不有党，党愈多而意见愈歧，语言愈杂，欲其互相通融，各派猜忌，岂不难哉？观南北两派之会议，俱各挟一党见以来，朱代表虽有求和之意，而安福党人，从旁牵掣，乌足语和？南方之所以痛嫉者，即为安福派，安福不去，和必无望，此八条苛约之所以出现也。夫和议既归无效，则鲁案当然不能解决。曹、章、陆三人，固安福派之旁系也，彼既亲日，日人亦何惮而不恃强？借交还之美名，迫中央之谕禁，毋乃更巧为侮弄乎？家必自毁而后人毁之，国必自伐而后人伐之，信然！

第一百八回　迫公愤沪商全罢市
留总统国会却咨文

却说学生罢课，已阅旬余，徐政府外迫日使，内顾曹章，不能不促令上课，令文有云：

国家设置学校，慎定学程，固将造就人才，储为异日之用。在校各生，惟当以殚精学业，为惟一之天职，内政外交，各有专责，越俎而代，则必治丝而棼。譬一家然，使在塾子弟，咸操家政，未有能理者也。前者北京大学等校学生聚众游行，酿成纵火伤人之举，政府以青年学子，激于意气，多方启导，冀其感悟，直至举动逾轨，构成非法行为，不能不听诸法律之裁制，而政府咎其暴行，悯其蒙昧，固犹是爱惜诸生意也。在诸生日言青岛问题，多所误会，业经另令详切宣示，俾释群疑。诸生为爱国计，当求其有利国家者，若徒公开演说，嫉视外交，既损邻交，何裨国计？况值邦家多难，群情纷扰，甚有挟过激之见，为骇俗之资，虽凌蔑法纪，破坏国家而不恤，潮流所激，必至举国骚然，无所托命，神州奥区，坐召陆沉，以爱国始，以祸国终，彼时蒿目颠危，虽追悔始谋之不臧，嗟何及矣！诸生奔走负笈，亦为求学计耳，一时血气之偏，至以罢课为要挟之具。抑知学业良窳，为毕生事业所基，虚废居诸，适成自误。况在校各生，类多勤勉向学，以少数学生之憧扰，致使失时废业，其痛心疾首，又将何如？国家为储才计，务在范围曲成，用宏作育，兹以大义，正告诸生：于学校则当守规程，于国家则当循法律。学校规程之设，未尝因人而异，国家法律之设，亦惟依罪科罚，不容枉法徇人。政府虽重爱诸生，何能偭弃法规，以相容隐？诸生劬业有年，不乏洞明律学之士，诚为权衡事理，内返良知，其将何以自解？在京着责成教育部，在外责成省长暨教育厅，督饬各校职员，约束诸生，即日一律上课，毋得借端旷废，致荒本业。其联合会、义勇队等项名目尤应切实查禁。纠众滋事，扰及公安者，仍依前令办理。政府于诸生期许之重，凡兹再三申谕，固期有所鉴戒，勉为成材。其各砥砺濯磨，毋负谆谆诰诫之意！此令。

各校学生，闻悉此令，当然不愿受命，罢课如故。并由学生联合会中派遣演讲团，分头至京城内外，举行露天演讲，数约千余人。这边说得慷慨激昂，那边说得淋漓感奋，甚至声泪俱下，引起一班行人的感情，统是倾耳静听。东一簇，西一团，好像听文明戏一般，越来越众。警察厅又出来干涉，特派保安马队若干人，到处弹压，先劝学生不得演讲，学生置诸不理，仍然侃侃而谈。嗣由警队动怒，拍动马头，竟向人多处冲突进去，听讲诸人，恐遭蹂躏，陆续奔散，只剩了演讲学生，被警队强加驱迫，押入北京大学，闭置法科理科各室，不准自由出入。且由警士环守学校大门，再从步军统领署内，派出兵士数百，竟在门前扎营，视学生如俘虏，日夜监束。还想加用压力。各校教职诸员均向政府递呈，要求释放学生，撤退军警，政府并不批答。教育次长袁希涛见学校风潮愈紧，未免左右为难，因亦慨然告辞，政府准令免职，另命傅岳棻为教育次长，摄行部务。北京各学校不得不通电外省，声明曲直。上海滩头学校最多，消息最灵，听得北京各学生一再被拘，自然愤气填胸，立即号召各界，续开大会，时已为六月初旬了。会场决议以学界为首倡，以商界为后继，务要罢斥曹、章、陆三人及释放北京被拘学生，然后了事。当下缮成一篇宣言书，分布如下：

呜呼！事变纷呈，外侮日亟，正国民同心勠力之时，而事与愿违，吾人日夕之所呼吁，终于无毫发之效，前途瞻望，实用痛心。本会同人，谨再披肝沥胆，以危苦之词，求国人之听。自外交警信传来，北京学生，适当先觉之任，士气一振，奸佞寒心，义声所播，咸知奋发，而政府横加罪戾，是已失吾人之望，乃以此咎及教育负责之人，致傅、蔡诸公纷纷引去。夫段祺瑞、徐树铮、曹汝霖、陆宗舆、章宗祥等，迭与日本借债订约，辱国丧权，凭假外援，营植私利，逆迹昭著，中外共瞻，全国国民，皆有欲得甘心之意。政府于人民之所恶，则必百计保全，于人民之所欲，则且一网打尽，更屡颁文告，严惩学生，并集会演说刊布文字，公民所有之自由，亦加剥削，是政府不欲国民有一分觉悟，国势有一分进步也。

爱国者科罪，而卖国者称功，诚不知公理良心之安在？争乱频年，民曰劳止，政府犹不从事于根本之改革，肃清武人势力，建设永久和平，反借口于枝叶细故，以求人之见谅。继此纷争，国于何有？此皆最近之事实，足以令人恐惧危疑，不知死所者。政府既受吾民之付托，当使政治与民意相符，若一意孤行，以国家为孤注，吾民何罪？当从为奴隶。呜呼国人！幸垂听焉。共和国家之事，人民当负其责，方今时机迫切，非独强邻乘机谋我，即素怀亲善之邦，亦无不切齿愤恨，以吾内政之昏乱，我纵甘心，人将不忍，生死存亡，近在眉睫，岂可再蹈故习常，依违容忍，慕稳健之虚名，速沦胥之实祸？夫政府之与人民，譬犹兄弟骨肉，兄弟有过，危及国家，固尝知无不言，言无不尽，终不见听，虽奋臂与斗，亦所不辞。何则？切肤之痛在身，有所不暇计也。吾人求学，将以致用，若使吾人明知祸机之迫不及待，而曰姑俟吾学业既毕，徐以远者大者，贡献于国家，非独失近世教育之精神，即国家亦何贵有此学子？吾人幸得读书问道，不敢自弃责任，谨自五月二十六日始，一致罢课，期全国国民，闻而兴起，以要求政府惩办国贼为惟一之职志。

政治肃清，然后国基强固，转危为安，庶几在此。同人虽出重大之代价，心实甘之。所冀政府彻底觉悟，幡然改图，全国同胞，亦各奋公诚，同匡危难，中国前途，实利赖之。同人不敏，请任前驱，勠力同心，还期继起。

上海商民为了学界宣言，都不知不觉地流露一种热诚，与学生共表同情。六月四日，南商会开会集议，各商人闻风前往，不下千余，偏警兵无理取闹，硬要把他拦阻，遂致众情大愤，以为如此压迫，非罢市不足对待，越宿便即实行。南市各商肆先行罢市，法租界各商家照样闭门，公共租界一律照办。又俄而英租界中，如永安、先施两大公司，亦皆杜门谢客。到了午后，无论华租各界，所有大小商店，统已关门闭户，不纳主顾，街上只有学生奔走，分发传单，巡警往来，防备闹事，余外无非是各处行旅，侦探消息，好好一个大商埠，弄得烟云失色，箫鼓无声。

过了一宵，商店仍旧闭市，华界一带，由警官挨户晓示，勒令开门，照常交易。商人早已将答语预备，说是卖买自由，不劳警官过问。好一个回话手本。警官倒也无词可驳，悻悻自去。租界中的洋巡捕不过沿路巡查，维持秩序，却未曾硬行干涉。惟商肆各悬挂白旗，上面写着，无非是“万众一心，同声呼吁，力抗汉奸，唤醒政府”等语。全市旗布飘飏，做了一种特别的招牌。

又越一日，华界租界只有几家吃食店半开半掩，略卖些饼饵糕粽，惠顾行人，此外依然抱着关门主义。警察署不能漠视，又派出武装警察，游行华市，用了一派威吓的厉词，逼令开市。商民或怕他凶焰，勉强除去排门，及警察去后，复将排门关好，拒绝买卖。再过两天，闭市如故。

看官你想，上海一隅，是中外各国交通的埠头，行人似蚁，比户如鳞，怎能好几日不做买卖？华人为反对政府起见，就使受些困难，尚是甘心，那洋商岂肯无端受累，听他过去？当下由中外官吏，迭电中央，报明情状。政府至此，也不得不改变方针，就是安福派亦无法摆布，只好听令政府，自行处置。政府乃拟将曹、陆、章三人一并免职，并释放先后拘禁的学生。这消息传到上海，闭市已经六日了。商会因遍发通告，传知各业，所有要求各事，目的已达，应即于次日开市交易等语。到了翌晨，各商人购阅新闻纸，尚未载有免除曹、陆、章三人命令，恐京中所传未确，仍然闭市，直到晚间，方得驻沪总领事法磊斯转奉驻京英公使朱尔典氏来电，证明曹、章、陆三人免职命令，已由徐政府颁布，确凿无讹。电文由英公使寄沪，可知曹、陆、章之免职，还是假手外人。且由总领事劝告商学两界，开市上课。商界已有一星期停止交易，既已得遂一部分的请求，乃全体开市，照常营业，并在门首各挂五色国旗，作为民意胜利的庆贺。学生团又拍电至京，问明被拘学生情状，旋得京中各学校复电，已经一律释放。于是学生团选出代表，向大小商号道谢，自归各校上课去了。

是时南京、杭州、武昌、汉口、天津、九江、山东、厦门各处，因闻沪上罢市，亦皆先后相继，一致要求，或五日，或三日，连工界亦相约罢工，群起抵制，所以安福派不能坚持，徐政府方得行使命令，这也好算得众志成城，有此效果哩。惟曹汝霖既已罢职，交通总长一缺暂任次长曾毓隽代理。徐总统尚恐得罪安福，且虑国民为了青岛问题，再有要求，因提出辞职咨文，送交参众两议院，一面通电各省，自述咨文内容。略云：

国步艰难，百度纠纷，世昌力绌能鲜，谨于昨日咨行参众两院辞职。其文曰“本大总统猥以衰年，谬膺众选，硁硁之性，本不承任。惟以邦人责望之殷，督以大义，固辞不获。其时欧会肇始，关系綦巨，而国内和平之望，亦甫在萌芽，一线曙光，万流跂瞩。私衷窃揣，以为此时对内对外，皆为贞元绝续之交，不乘兹着手，迅图挽救，后将无及，所以踌躇再四，不得不勉膺巨任者，固期有所匡救也。欧会成立以来，经过详情，业经咨达国会在案，原拟全约签字，惟提出关于胶澳各条，声明保留此项，原属不得已办法。但体察现情，保留一层，已难办到，即使保留办到，于日、德间应有效力，并不变更，而日人于交还一举，转可借端变计，是否于我有利，此中尚待考量。若因保留不能办到，而并不签字，不特日、德关系，不受牵制，而吾国对于草约全案，先已明示放弃，一切有利条件及国际地位，均有妨碍，故为两害从轻之计，仍以签字为宜。前此因胶澳交还，未有确证，政府亦深为顾虑。近日迭接全权委员等报告，日代表在三国会议中，已有宣言可 989.
证，英外部亦正式来函，声明日本将胶澳连同完全主权，交还中国一层，系属切实。日外部对于还付胶澳问题，亦已有半公式之声明，由驻京日使送达外部。凡兹各节，虽未列在草约，固已足资证明。即美总统前于保留办法，极表赞助，近亦谓须与公法家详慎考酌。此时内审国情外观大势，惟有重视英、美、法、日各国之意见，毅然全约签字，以维持我国际之地位。惟我国内舆论，坚拒签字如出一辙，在人民昧于外交情形，固亦在意计之中。而共和国家，民为主体，总统以下同属公仆，欲径情措理，既非服从民意之初衷，欲以民意为从违，而熟筹利害，又不忍坐视国步之颠踬，此自对外言之，不能不引咎者一也。至于和平计划，不外法律事实诸端，曩在就任之初，目睹兵氛未销，时局危迫，窃以为非促进统一，无以谋政治之进行，即无以图对外之发展，迭经往返商榷，信使交驰，始有会议之举。果其诚意言和，互谋让步，则数月以来，从容筹议，何难早图结束。乃沪议中辍，群情失望，在南方徒言接近，而未有完全解决之方，在中央欲进和平，而终乏积极进行之效，执成不悟，事势多歧，筑室道谋，蹉跎时日。循此以推，即使会议重开，而双方隔阂尚多，必至仍前决裂，一摘再摘，国事何堪？此皆本大总统德薄才疏，无统治国家收拾时局之智能，知难而退，窃慕哲人，此就对内言之，不能不引咎者一也。抑且民为邦本，古训昭然，本大总统来自闾阎，深知疾苦，亦冀厉行民治，加惠群生，稍尽藐躬之责，乃以统一未成之故，阛阓凋零，萑苻四起，士卒暴露，老弱流离，每念小民痛苦之情，恻然难安寝馈，心余力绌，愧疚滋深。自维澹定本怀，原无名位之见，经岁以来，既竭疏庸，无裨国计，虽阁制推行，责任有属，国人或能相谅，而揆诸平昔律己之切，既未能挈领提纲，转移元会，犹冀以难进易退之义，率我国人。谨咨达贵院声请辞职，幸早日提议公决，另行选举，以重国政。至此项选举，手续纷繁，在未经选举新任大总统以前，本大总统一日在职，仍当尽一日之责，相应咨达贵院查照办理”等语。各该地方长官，务当督饬所属，保卫地方，毋稍疏虞，是为至要！

各省督军省长得了徐电，正想复电挽留，旋接参议院议长李盛铎及众议院议长王揖唐，通电各省云：

本日大总统咨送盖用大总统印文一件到院，声明辞职。查现行《约法》，行政之组织，系责任内阁制，一切外交内政，由国务院负其责任，大总统无引咎辞职之规定。且来文未经国务总理副署，在法律不生效力，当由盛铎、揖唐即日躬赍缴还，吁请大总统照常任职。恐有讹传，驰电奉闻，敬希鉴察！

自两议院有此电文，各省督军省长，越加向徐巴结，纷纷电达中央，挽留徐驾。徐东海原是虚与周旋，并非真欲去位，既得内外慰留，自然不生另议。惟国务总理钱能训，不得不呈请辞职。总理一辞，全体阁员当然连带关系，一并告退。原来此时为责任内阁，一切政治，当由内阁负责，总统尚可推诿，所以老徐通电，也有阁制推行、责任有属的明文。钱总理无可诿咎，还是卸职自去，离开此烦恼场。总计钱内阁成立半年有余，至此似山穷水尽，不可复延了。小子有诗道：

揆席原来不易居，况经世变迫沦胥。
何如卸职归休去，好向家园赋遂初。

钱内阁既倒，徐总统亦许令归休，欲知继任为谁，下回再行表明。

古人有言："众怒难犯，专欲难成"，沪上罢市，即其见端也。夫曹、陆、章三人之亲日，非真欲卖国也，但欲见好于武夫，为之借资运械，竭尽机谋，顾目前而忘大局，误国适同卖国耳。老徐亦何尝爱此三人，无非因安福派之掣肘，不得不下禁令以顾邻谊，促上课以抑学潮，迨致激动公愤，全沪罢市，而各省又相继响应，于是安福派之计穷，而曹、陆、章免职之令乃下，此未始非武夫专擅之反动力，而亦由老徐欲擒故纵之谋有以致之也。然三人虽去，而安福系之势力犹张，徐乃复提出辞职咨文以免安福派之非议，此中之煞费苦心不足为外人道，然徐虽留而钱则已倒矣。

第一百九回　乘俄乱徐树铮筹边
拒德约陆征祥通电

却说钱能训辞去总理，当由徐总统下令照准，其余阁员亦曾连带辞职，徐总统却不加批答，且令财政总长龚心湛，代任国务总理。所有内务总长一职，本由钱能训兼职，此时钱亦辞免，因特使司法总长朱深兼署，此外俱仍旧贯。惟币制局总裁陆宗舆，既已免去，后任乃是李思浩。大学校长蔡元培不愿回京，改任胡仁源署理。内外风潮总算少平。驻京英法日意美五国公使，以为风潮少靖，正当把上海的和会继续进行，特由英使朱尔典氏作为五国总代表，向徐政府提出说帖云：

> 兹由英、法、日本、意、美五国公使，对于上海和会停顿，致生中国国内纠葛，迟缓解决之情，深系不平之念，故拟声明其所希望，重行开会，以使会议之举，可以尽前妥为了结之意。查双方之目的，现既彼此说明，则似可早达于与各方公平，及与中国并国民共同利益相宜解决

之方法，此时未及其时，而各本公使望无论何方面，必不以何方法而允重开战事。各国公使陈述此意时，并欲向中国国民及政府声明其各本国政府与各本国国民存友睦良好之忱，且对于中国能恢复统一国内和好之状。并中国政府能完全施行其欲达国民普遍幸福所组织之权。届时各本国政府及国民，当必满意欢迎也。

徐总统接着说帖，免不得长叹数声。看官须知徐总统本意，原是极端求和，不过因总代表朱启钤赴沪数月，毫无头绪，虽由南方不肯让步，终致无成，就中亦为安福派作梗，阴受牵制，所以老徐闻到“议和”二字，不能不一再欷歔。安福作梗，已见一百七回中。安福派中的首领，名目上为段合肥，实是小徐背后捉刀，独力造成。故一个徐树铮，实足概括安福全部。徐树铮的意见，欲派选本系中人，作为议和总代表，故当和议停顿后，即密嘱心腹，向总统府中进言，老徐含糊答应。及五国公使说帖，递入总统府，遂使老徐踌躇再四，默思派一别员，仍归无效，不若将计就计，使安福系中推举一人，叫他前去一试，如能妥协和议，原是不必说了，否则亦使他亲尝艰苦，免得横生枝节，多来饶舌。当下授意段派，即令推荐妥员。偏有一位众议院议长王揖唐，愿当此任，徐总统毫不迟疑，即派令南下。

徐树铮又因南北停战，无从逞威，段合肥又不得秉政，内乏奥援，必且失职，乃更想出一条大名目来，居然欲效汉终军请缨故事。自从民国二年，俄人嗾使外蒙独立，迫我承认，中国政府因内乱未平，不遑兼顾，只好放弃一部分主权，听令自治，事见前文。蹉跎至四五年，虽尚有驻库办事员住着，但已徒有虚名，不能监制外蒙。外蒙唯借俄人为援，抵抗中国。至俄国革命，已失保护外蒙的能力，西伯利亚一带，乱党蜂起，且屡与外蒙为难，外蒙王公颇悔从前错误，复思内向。小徐得了此信，乐得趁这机会，博取功劳，乃即呈入条陈，自请防边。徐总统以小徐好事，在内多患，还是调他出去，较为安静，因即准如所请，特令为西北筹边使。这西北筹边使的官名，乃是民国以来所创见，当时议定筹边使职权，颁行如下：

（一）政府因规划西北边务，并振兴各地方事业，特设西北筹边使。

（二）西北筹边使，由大总统特任，筹办西北各地方交通、垦牧、林矿、硝盐、商业、教育、兵卫事宜。所有派驻该地各军队，统归节制指挥。

关于前项事宜，都护使应商承筹边使襄助一切，其边事长官佐理员等，应并受节制。

（三）西北筹边使，办理前条事宜，其有境地毗连，关涉奉天、黑龙江、甘肃、新疆各省，及其在热河、察哈尔、绥远各特别行政区域内者，应与各该省军政民政最高长官及各都统妥商办理。

（四）西北筹边使施行第二条各项事宜时，应与各盟旗盟长札萨克妥商办理。

（五）西北筹边使设置公署，其地址由西北筹边使选定呈报。

（六）西北筹边使公署之编制，由西北筹边使拟定呈报。

（七）本官制自公布日施行。

小徐既任筹边使，尚以为权力未足，再向中央要求，欲兼充西北边防总司令。徐总统拗他不过，索性也下一任命，使他如愿以偿。予取予求的徐树铮，方握虎符，拥旄旌，威风凛凛，驰往塞外去了。摹写有致。

且说青岛交涉，终未定夺，签约不签约两问题，各执一词，亦难解决。山东绅民前曾在省城演武厅中，特开国民请愿大会，要求省长代电中央，请将青岛及路矿等，由和会公判，直接交还，并请惩办祸首，撤除非法密约。当经省长代为转电政府，政府搁置不答。嗣因日本恃强欺弱，陆专使等不能争回主权，乃再由山东省议会、省教育会、省商会、农会、报界联合会、学生联合会、济南商会等七团体，公举代表八十五人，入京呈递请愿书。书中总旨分三大纲：（一）系巴黎和约，关于山东三条，必须拒绝签字。（二）系高徐、顺济铁路草约，必须

996. 废除。（三）系卖国奸人，必须一律严惩。

六月二十日，各代表亦皆到京，即至总统府中，要求谒见大总统。徐总统未允接见，各代表待至傍晚，方才散去。次日，又往总统府，坚求面谒。乃由龚代总理心湛、朱总长深出来相见。各代表振振有词，定要亲见总统。龚代总理等谓既有请愿书，且俟总统阅后，再行定夺。各代表始递交请愿书，由龚代总理转递进去。既而徐总统也亲莅居仁堂，传见各代表，各代表才得面陈民意，迫请总统代为主张。徐总统慰谕数语，教他出外候批，各代表乃一并退出。及国务院发出请愿书批示，语带游移，未见切实，各代表因复诣国务院，谒见龚代总理，声称奉阅批语，尚涉含糊，公民等名为代表，实不能归见父老，应请将原批收回，确实示明。龚代总理无语可驳，当允于二日内另行批复，各代表乃再出外守候。过了两日，国务院

总算践言，发出批语如下：

据来呈均悉。该代表等关怀桑梓，注重国权，所述特为痛切。此次欧会和约，政府以关于山东问题各条，最为重要，迭经电饬专使，悉力争持，近据专使等电述保留一节，尚在多方进行，所有各代表等陈请，不能保留即拒绝签字等情，昨亦经电达专使，遵照在案。国家领土主权，断难丝毫放弃，政府与国民主张，初无二致，无论如何，必将胶澳设法收回，此则夙具决心，可为国民正告者也。所称高徐、顺济路约一节，查该路原系草约，自必多方磋议，力图收回，断不续订正约，以慰群望。至中日二十一条密约，及高徐、顺济路约，经过情形，案牍具在，前经择要宣布。共和国家，一切措施，悉当准诸法律，必有确实证据，乃受法律制裁。政府与国家利益，人民疾苦，无日不在注念之中，乃以国家多艰，致该代表等远涉京师，有妨本业，殊深轸念。其各归告父老子弟，俾晓然于外交真相，及政府维持国权之苦心，各持镇静，勿滋疑虑！此批。

各代表见了批示，比前批较为切实，虽未能尽如所求，也算得了三分之二，因各陆续出都，还乡去讫。未几，复由北京各团体公推代表五百余人，排队举旗，亦赴总统府请愿，备有公呈，要求三款：（一）不保留山东和约，决不应签字。（二）决定废除高徐、顺济两路草约。（三）立即恢复南北和会。徐总统闻报，又遣龚代总理及教育次长傅岳棻，接见北京各代表。各代表求见总统，到晚未出，大众不肯散归，并在新华门外露宿一宵。翌日，始由徐总统召见，并即由国务院发出批词，略云“所陈三事，政府具有决心，亟应竭力进行，慰从众望。艰难困苦，当与国人共勉”等语。于是众代表不复多言，相率退归，静候解决。

到了七月二日，政府接到巴黎来电，乃是协约国对德和约，已经议决，即在凡尔赛宫正式签字。独中国专使因山东问题，未得和约保留，只好拒绝签字，所以来电声明。先是各国代表共至巴黎，开议对德条约，德亦派出代表议和，总代表为蓝超伯爵，余为内阁阁员蓝斯堡、吉斯白资，暨国会议长莱勒特，华白公司经理美尔恰，国际法学家休克金等，并至巴黎，共同谈判。

协约国叠经磋磨，公定对德议和草约十余件，统计得八千字，大致可分为数纲：（一）割让和约指定的土地；（二）放弃欧洲以外一切殖民地及权利；（三）承认波兰、捷克斯洛伐克、南斯拉夫各国独立；（四）减少常备兵额，与所有军舰，不得沿用征兵制及潜水艇，军用飞机；（五）惩罚前德皇威廉第二；（六）赔偿各国损失全数为墨银五百万万圆；（七）协约国商货，得自由通过德国境内，尚有著名铁道运河水道等，归协约国管辖；（八）德国承认国际同盟，但一时不能加入，所有一切代管地，与国际公有地，均由国际同盟掌管。此外尚有细件，不及备载。此属西史范围，故从略叙。德国代表当然不肯承认，提出抗议。旋经协约国再加修改，不过就割让土地部分间，稍从变换，余皆不肯更动。会长克勒孟沙且严词语德国代表道：“今无庸再来哓哓，大小各国，因汝德人违背公道，非常酷待，所以结成团体，各派代表到此。汝国若再不从，恐要与汝国大决算了。”可怜德国代表蓝超伯爵等无由申说，不得已电告本国，请示定夺。战败国原是如此，但亦统由德人自取。德国新大总统爱培尔德及内阁总理施特曼，俱不愿允此和约。施特曼内阁遂全体辞职，就是议和总代表蓝超伯爵亦连同告辞，乃由巴浮氏重组内阁，另派外交总长慕勒氏殖民总长贝尔氏，继为议和代表。终因势孤力屈，抗不过协约国的威稜，且将协约国议案，付诸国会表决，投票结果，愿签字的二百二十八票，不愿签字的，只一百三十八票，大多数通过和约，电致议和总代表，勉强签约。德既签字，与会诸国代表皆相继签字。惟中国代表陆征祥等均不出席，声明为山东问题的障碍，碍难签约，一面报告中央。文云：

和约签字，我国对于山东问题，自五月二十六日正式通知大会，依据五月六日，祥在会中所宣言维持保留去后，迭向各方竭力进行，迭经电呈在案。此事我国节节退 999.
让，最初主张注入约内，不允；改附约后，又不允；改在约外，又不允；改为仅用声明，不用保留字样，又不允；不得已改为临时分函声明，不能因签字而有妨将来提请重议云云。岂知直至今日午时，完全被拒。此事于我国领土完全，及前途安危，关系至巨，祥等所以始终不敢放松者，固欲使此问题，留一线生机，亦免使所提他项希望条件，生不祥影响。不料大会专断至此，竟不稍顾我国纤微体面，曷胜愤慨！弱国交涉，始争终让，几成惯例，此次若再隐忍签字，我国前途，将更无外交之可言。内省既觉不安，即征诸外人论调，亦群谓中国决无可以签字之理，详审商榷，不得已当时不往签字，当即备函通知会长，声明保存我政府对于德约最后决定之权等语，姑留余地。窃惟祥等猥以菲材，谬膺重任，来欧半载，事与愿违，内疚神明，外惭清议，自此以往，利害得失，尚难逆睹，要皆由祥等之奉职无状，致贻我政府主座及全国之忧。乞即明令开去祥外交总长委员长，及廷、钧等差缺，一并交付惩戒。并一面迅即另简大员，筹办对于德奥和约补救事宜，不胜待罪之至！

这电自六月二十八日，由巴黎发出，是日即协约国对德和约共同签字的期间，途中不知何故淹留，至七月二日方才接到。政府正在着忙，会议善后办法，忽又接到陆专使续电云："德约我国既未签字，中德战事状态，法律上可认为继续有效，拟请迅咨国会建议，宣告中德战事告终，通过后即用明令发表，逾速逾妙，幸勿迟延！"政府因即复电云：

1000.

事势变迁，并声明亦不能办到，政府同深愤慨。德约既未签字，所谓保存我政府最后决定之权，保存后究应如何办理？此事于国家利害，关系至为巨要。该全权委员等责职所在，不能不熟思审处别求补救，未便以引咎虚文，遽行卸职。至所拟咨由国会建议，宣告中德战争状态告终，俟通过后，明令发表一节，片面宣布，究竟有无效力？抑或外交有此先例？所有对德种种关系，将来如何结束，统望熟筹详复。再奥约必须签字，务即照办。

重洋遥隔，一电往还，未能朝发夕至，免不得有稽迟情形。政府恐国民因此愤激，再起风潮，故不待陆专使等答复，便即由徐总统下令道：

巴黎会议对德和约，关系至巨，迭经电饬各全权委员审慎从事，顷据全权委员陆征祥等，六月二十八日电称“我国对于山东问题，自通知大会宣言维持保留后，最初主张，注入约内，不允；改附约后，又不允；改在约外，又不允；改为仅用声明，不用保留字样，又不允；改为临时分函声明，不能因签字而有妨将来提请重议，又复完全被拒。不得已当时不往签字，备函通知会长，声明保存我政府对于德约最后决定之权”等语。披览之余，良深慨惋。此次胶澳问题，以我国与日、德间三国之关系，提出和会，数月以来，乃以种种关系，不克达我最初希望，旷览友邦之大势，反省我国之内情，言之痛心，至为危惧。惟究此项问题之由来，诚非一朝一夕之故，亦非今日决定签字与不签字，即可作为终结。现在对德和约，既未签字，而和会折冲，势不能诎然中止，此后对外问题，益增繁 1001.
重，尤不能不重视协约各友邦之善意。国家利害所在，如何而谋挽济，国际地位所系，如何而策安全，亟待熟思审处，妥筹解决。凡我国人，须知圜海大同，国交至重，不能遗世以独立，要在因时以制宜，各当秉爱国之诚，率循正轨，持以镇静，勿事嚣张，俾政府与各全权委员等，得以悉心筹划，竭力进行。庶几上下一体，共济艰危，我国家前途无穷之望，实系于此。用告有众，咸使周知！此令。

这令下后，嗣接陆专使复电，除奥约应该签字外，仍执前议，政府乃照来电进行。小子有诗叹道：

对外全凭后盾多，徒持公理漫言和。
试看炎日天骄甚，瘏口无成恨若何？

欲知后来对日情事，容至下回续叙。

小徐才识，未尝不卓绝一时，惜乎其心术之不堪告人也。彼欲效战国策士之行，为纵横捭阖之谋，不知彼时七国分峙，各私其私，策士犹得乘势而操纵之，今岂犹是战国时耶？明明为共和政体，而乃专事破坏，不愿和平，至南北停战以后，即起攫西北边防使一席，名曰防边，实仍欲把持军权耳。民国有小徐，欲求安宁难矣。陆征祥等之出使巴黎，参入和会，始终欲保留胶澳，不肯签字，较诸曹、章、陆诸人，较为得体。然至于舌敝唇焦，卒不能挽回万一，岂不可叹！优胜劣败，已成公例，奈何军阀家犹专知内讧，不顾大局耶？

第一百十回　罢参战改设机关
撤自治收回藩属

却说山东问题未曾解决，国民当然不服，屡有排日举动。山东齐鲁大学生常在通商要港调查日货出入，不许华商贩售。一日，见有车夫运粮，输往海口，学生疑他私济日人，趋往过问。偏被日人瞧见，号召日警，竟将学生拘去。事为学商各界闻知，即聚集数千人，共至省长公署，请向日本领事交涉。当由省长派员劝慰，许即转告日领，索回学生。大众待至晚间，未见释归，又向省长署中要求，直至次日始得将学生放归，众始散去。

嗣又有乡民数千人，因日人在胶济铁路桥洞旁抽收人畜经过税，亦至省长公署，要请与日人理论。经省长婉言劝导，教他少安毋躁，待政府解决青岛问题，自不至有此等情事。乡民无可奈何，只好退归。惟排斥日货，始终未懈。不但山东如是，各省亦皆如是。驻京日使专用强力压迫我国政府，严行禁止，政府不得不通电各省，但说是“陆专使拒绝签字，正当统筹全局，亟谋补救，各省排斥日货，徒然意气用事，反损友邦感情，务希责成军警，实力制止”等语。各省长官虽亦照式晓示，惟国民不买日货，乃是交易自由，并非犯法，所以禁令屡申，也是徒然。政府也不过虚循故事。既而上海租界内有悬挂日皇形像，当众指詈等情。四川重庆境内，日本领事宴请中国官绅，轿夫马弁群集领事署门，用泥土涂抹门首的菊花徽章。两事又经日使提出，请中国政府设法消弭，并查办犯人，严行惩罚云云。政府也只好通电各省，申谕人民，毋得再犯友邦国徽及君主肖像。此外尚有各种交涉，不胜枚举。

惟巴黎和会中陆专使等，对德条约已不签字。接连是对奥条约亦由协约国与奥使议定，迫令承认。奥使伦纳尔等起初也极力抗辩，终因兵败国危，无能为力，没奈何忍辱签字。协约国当然签约，陆专使等对着奥国没甚关碍，也即签字。奥约与

德约略同，无非是割让土地，裁损军队，放弃欧洲以外一切权利，承认匈牙利独立，奥、匈本联邦国，至此匈始独立。及捷克斯洛伐克、南斯拉夫新建诸国，并赔偿各国战争损失等情。中国专使既经签字，便即电达中央，时已为九月中旬了。徐总统乃连下二令道：

我中华民国于六年八月十四日，宣告对德国立于战争地位，主旨在乎拥护公法，维持人道，阻遏战祸，促进和平。自加入战团以来，一切均与协约各国，取同一之态度。现在欧战告终，对德和约业经协约各国全权委员，于本年六月二十八日在巴黎签字，各国对德战事状态，即于是日告终。我国因约内关于山东三款，未能赞同，故拒绝签字，但其余各款，我国固与协约各国始终一致承认。协

约各国对德战事状态既已终了，我国为协约国之一，对德地位，当然相同。兹经提交国会议决，应即宣告我中华民国对于德国战事状态，一律终止。凡我有众，咸使闻知！此令。

对德战事状态终止，业于九月十五日布告在案，兹据专使陆征祥电称，奥约已于九月十日经我国签字等语，是对德、奥战争状态，业已完全解除。惟宣战后对德、奥人民所订各项章程，非有废止或修改之明文，仍应继续有效。此令。

还有广东军政府，比徐总统占先一着，也对德宣告和平，文云：

自欧战发生，德人以潜艇封锁战略，加危害于中立 1005.
国，我国对德警告无效，继以绝交，终与美国一致宣战，当即声明所有中、德两国从前所订一切条约合同协约，皆因两国立于战争地位，一律废止。去年十一月十一日我协约国与德国订休战条约，随开和平会议于巴黎，我国亦派专员出席与会，惟对于和约中关系山东问题三款外，其他条款及中、德关系各款，我国均悉表示赞成。今因我专使提出保留山东无效，未签字于和约，此系我国保全主权，万不获已之举。对于协约各国实非常抱歉。而对于德国恢复和平之意，则亦与协约各国相同，并不因未签字而有所变易。我中华民国希望各友邦对于山东问题三款，再加考量，为公道正义之主张，而为东亚和平永久的保障，实所馨香祷祝者也。特此通告！

看官阅过上文，应知中国与德、奥宣战本由段祺瑞首先主张，所以段祺瑞辞去总理，名为下野，实是仍任参战督办。德、奥约定易战为和，参战处应该撤销，所有参战处办事人员，统皆叙功，段祺瑞得受勋一位殊荣。惟段派不愿就此闲散，当然预先筹划，以便改设机关。徐树铮出任边防，就是保持权力的先声，好在俄、蒙交涉屡次发生，中国不能不积极筹备，小徐已做了前驱，中央应特任一督办大员，作为小徐的援应。督办大员的资格当然非老段莫属了。于是由政府下令道：

> 现在欧战告竣，所有督办参战事务处，应即裁撤。惟沿边一带，地方不靖，时虞激党滋扰，绥疆固圉，极关重要，着即改设督办边防事务处，特置大员，居中策应，以资控驭而赴事机。其参战处未尽各事，并归该处继续办理，借资收束。此令。

这令后面，便是特任段祺瑞督办边防事务。好一篇改头换面的大文章，仍由段老一手做去。倚段奉段的人物，也得联蝉办事，权力依然，可喜可贺。语语生芒。先是俄国内乱，不遑外顾，西伯利亚一带，新旧各党互生抵触，乱匪亦乘势蜂起，随处滋扰。我国除蒙古外，如吉林、黑龙江、新疆各界，均与俄境毗连，免不得为彼所逼，时有戒心。吉黑两省督军省长屡次致电中央，请派海军舰队，驰往松花江为驻防计。当经海军部提出议案，咨交国务会议，国务员一体赞成，并援前清咸丰八年《瑷珲条约》作为证据。

查《瑷珲条约》，为中、俄两国所协定，内载“黑龙江、松花江左岸，由额尔古纳河至松花江口，为俄罗斯国属地；右岸顺江流至乌苏里河，为大清国属地。由乌苏里河往彼至海所有之地，此地如同接连两国交界明定其间地方，为大清国、俄罗斯国共管之地。由黑龙江、松花江、乌苏里河，此后只准大清国、俄罗斯国行船，各别外国船只不准由此江、河行走”等语。据此约文，既称由乌苏里河往彼至海，如同连接，是我船由海溯江，在黑龙江、松花江流域中，虽经过俄属江流，也是依据条约行事。况条约载明，只准中、俄两国行船，不准各别外国船只行走，是中国船只，显然可行。现在俄乱方亟，不暇顾及边境治安，我国若筹办黑龙江防，正是目前急务。且党匪所至，中、俄商民，并皆罹殃，如果我国江防成立，不但华民免祸，就是俄民也受益不浅。俄政府应该欢迎，不至抗议。

国务员执此理由，因即决议进行，由海军部派出王崇文为吉黑江防筹办处处长，并饬海军总司令，调驶利绥、利捷、利通、利川、江亨、靖安等六舰，由沪北往松、黑二江驻防。各舰驶至海参崴，俄人提出抗议，不容中国舰队上驶，经海军代表林建章与外交委员刘镜人等一再理论，始得放行前进。将抵松花江口，暂泊达达岛，又为俄官所阻，不能径入。达达岛地旷人稀，无从购取煤粮，俄人且截断各舰的运输，几至坐困。林建章等一面与俄人交涉，一面自由驶入庙街，拟寻一避冷港内，寄泊御寒。不料西伯利亚俄军竟不分皂白，放起炮来，连声轰响，向中国舰队激射。舰队慌忙退避，已有弁目三人受伤，当即拍电到京，一再告急。政府先已照会俄使，依照《瑷珲条约》，与他辩论。俄使倒也说不出理由，但言：“本使只能随本国政潮，从权办理，中国若据《瑷珲条约》，亦可自行上驶，各行其是。”照此口吻，也是由俄国内乱，故从柔软。政府得了此信，却放心了一半，至是接到告急电文，复向俄使严重责问，书面写着：

> 查《瑷珲条约》第一条第二项，载明中、俄船只得以驶入松花江等，不受限制。中、俄在松、黑权利，原属平等，今俄舰炮击吾舰，殊出意外，应请从速允许我舰江亨、利捷、利绥、利川四艘，安全通过，否则吾国不得不执相当之对付，将以同样手段，加之贵国松、黑两江之舰艇。亦希速电海参崴当事者，以短小之时间，为满意之答复，是所至盼。不意中国亦有此强硬之公文！

除此责问书外，又电驻海参崴高等委员，与俄新政府直接交涉。其实俄政府尚徒拥虚名，未能统驭全国，就是驻京俄使传电通告，也没有确实表示。中国驶往松花江的舰队，只能暂
1008. 避兵锋，退驻下流，静待解决便了。

会驻库办事大员都护使陈毅报称外蒙古王公，情愿取消自治，归附中华，这真算是民国难得的机会。政府自然去电奖励，并饬外交部蒙藏院等机关，会同商酌办理。陈毅复派属员王仁诩到京，面陈一切情形。原来外蒙自受俄人唆使后，名为自治，实不啻为俄人保护国，俄人屡给借款，盘剥外蒙，外蒙已不堪凌逼，自知为俄所欺，苦难悔约。及俄国革命乱党，又屡次入境，骚扰益甚。外蒙自治官府乃复向中国乞援，当由外蒙亲王巴特玛多尔济领衔，呈请取消自治，凡历年所借款项归俄、蒙双方交涉，应由中央逐年归还若干。余如各王公等年俸，亦请中央承认等语。陈毅以为所损有限，所得实多，便替他殷勤呈报。还有西北筹边使徐树铮，正欲借此图功，可巧得了这个消息，乃是天上飞来的幸事，急忙电呈中央，说是“外

蒙归化，怀德畏威，应速加慰抚”等语。明明是自己吹牛。徐总统连接呈文，因即颁发明令道：

据都护使驻扎库伦办事大员陈毅，电呈外蒙官府王公喇嘛等合词请愿呈文，内称“外蒙自前清康熙以来，即隶属于中国，喁喁向化，二百余年，上自王公，下至庶民，均各安居无事。自道光年间，变更旧制，有拂蒙情，遂生嫌怨。迨至前清末年，行政官吏秽污，众心益滋怒怨。当斯之时，外人乘隙煽惑，遂肇独立之举。嗣经协定条约，外蒙自治告成，中国空获宗主权之名，而外蒙官府丧失利权，迄今自治数载，未见完全效果，追念既往之事，令人诚有可叹者也。近来俄国内乱无秩，乱党侵境，俄人既无统一之政府，自无保护条约之能力，现以不能管辖其属地，而布里雅特等，任意勾通土匪，结党纠伙，迭次派人到库，催逼归从，拟行统一全蒙，独立为国。种种煽惑，形甚迫切。攘夺中国宗主权，破坏外蒙自治权，于本外蒙有害无利。本官府洞悉此情，该布匪等，以为我不服从之故，将行出兵侵疆，有恐吓强从之势。且唐努乌梁海向系中国所属区域，始则俄之白党，强行侵占，拒击我中蒙官军，既而红党复进，以致无法办理。外蒙人民生计，向来最称薄弱，财款支绌，无力整顿，枪乏兵弱，极为困难。中央政府虽经担任种种困难，兼负保护之责，乃振兴事业，尚未实行。现值内政外交，处于危险，已达极点，以故本官府窥知现时局况，召集王公喇嘛等，屡开会议，讨论前途利害安危问题，冀期进行。咸谓近来中、蒙感情敦笃，日益亲密，嫌怨悉泯，同心同德，计图人民久安之途，均各情愿取消自治，仍复前清旧制。凡于扎萨克之权，仍行直接中央，权限划一。所有平治内政，防御外患，均赖中央竭力扶救。当将议决情形，转报博克多哲布尊丹巴呼图克图汗时，业经赞成。惟期中国关于外蒙内部权限，均照蒙地情形，持平议定，则于将来振兴事务，及一切规则，并于中央政府统一权，两无抵触，自与蒙情相合。人民万世庆安，于外蒙有益，即为国家之福。五族共和，共享幸福，是我外蒙官民共所祈祷者也。再前订中、蒙、俄三方条约，及俄、蒙商务专条，并中、俄声明文件，原为外蒙而订也。今既自己情愿取消自治，前订条件，当然概无效力。其俄人在蒙营商事宜，将来俄新政府成立后，应由中央政府负责，另行议订，以笃邦谊而挽回利权”等语。并据西北筹边使徐树铮，呈同前情，核阅来
1010. 呈，情词恳挚，具见博克多哲布尊丹巴呼图克图汗及王公喇嘛等，声明五族一家之谊。同心爱国，出自至诚，应即俯如所请，以顺蒙情。所有外蒙博克多哲布尊丹巴呼图克图汗应受之尊崇，与四盟应享之利益，一如旧制。中央应当优为待遇，俾同享共和幸福，垂于无穷，本大总统有厚望焉！

同日又加封外蒙古呼图克图汗，令文有云：

外蒙古博克多哲布尊丹巴呼图克图汗，赞助取消自治，为外蒙谋永久治安，仁心哲术，深堪嘉尚，着加封为外蒙古翊善辅化博克多哲布尊丹巴呼图克图汗，以昭殊勚。此令！

两令既下，又由外交部照会驻京俄使，通报外蒙取消自治，凡前订中、俄、蒙条约及俄、蒙商约，并中、俄声明文件，一概停止效力，且将外蒙取消自治，仍复旧制各情形通告驻京各国公使。各国公使与外蒙均无甚关系，当无异言。俄使虽不愿赞成，但因本国内情非常扰乱，实不能顾及外蒙，自己侨寓中国，赤手空拳，徒靠着三寸舌根，究有甚么用处，所以暂从容忍，俟新政府稳固后再与中国交涉。那西北筹边使徐树铮，尚在内蒙驻节，至此且受命为册封专使，得与副使恩华、李垣睥睨自若，驰往库伦去了。小子有诗咏道：

本是无功冀有功，一麾出使竟称雄。
此君惯使刁钻计，如此机心亦太工。

欲知小徐赴库情形，且至下回叙明。

参战处成立以后，将及二年，未闻有如何大举，故外人时有不满意之论调。然使当时无段氏之主张，列入参战地位，则巴黎和议，中国当然不能列席，此后之外交困难，固不仅青岛问题已也。即斯以观，段氏不得谓无功，但段氏生平之误，在信任一小徐。小徐因参战之将罢，亟倡议边防，彼若为段氏效忠，而不知其处心积虑，无非为自己之权力起见。陈毅之取消外蒙自治，功已垂成，而小徐即起而乘之，欲夺陈毅之功为己有，巧固巧矣，亦知“人有千算，天教一算”之俚谚否耶？试观俄罗斯历来猖獗，谋攫外蒙，迫我认约，曾几何时，而国乱如麋，不遑兼顾，国且如是，况一人一身乎？小徐，小徐，汝谓己智，果何智之足云？

第一百十一回　易总理徐靳合谋
宴代表李王异议

却说徐树铮出任边防，无非为徼功起见，及外蒙取消自治，又得受中央任命，做了一个册封专使，便与副使恩华、李垣等驰赴库伦。驻库办事员陈毅也知小徐此来不怀好意，但不得不出郊相迎。就是外蒙王公，既已归附中央，理应欢迎专使，相偕出迓，执礼颇恭。小徐昂然前来，意气扬扬，及与陈毅等相遇，乃下马晤谈，略道寒暄，便即上马入库伦城，当下将册书授与外蒙呼图克图。呼图克图依礼接受，摆宴接风，皆意中事，不消细叙。散宴后，小徐出寓陈毅公馆，便作色与语道："汝亦曾知我徐某的声名否？汝在库伦多年，没甚建树，今我奉使到此，为汝成立功劳，并非越俎代谋，汝勿疑我有他意，暂请汝勿与外界通问，俟我办理告竣，自当南归，否则与汝不利，汝宜留意。"骄态如绘。陈毅听了，也觉愤不可遏，但默思小徐凶横，未可与争，不如虚与周旋，还可敷衍过去，俟他复命，便可无事，因此含糊应允，听令小徐办理。小徐也乐得张威，即借库伦为行辕，安居起来。嗣是边防情事，均归小徐主张，陈毅毫无权力，不过虚有职位罢了。

是时财政总长兼代国务总理龚心湛，因为财政支绌，不敷分拨，屡受各方指摘，情愿卸去职任，免得当冲。乃即递上辞呈，襆被出都。徐总统无从挽留，只好准令免职，改任他人。向例总理缺席，当由外交、内务两总长代任，外交总长陆征祥赴欧未回，内务总长田文烈，因病乞假，当然不能任命，挨次轮流，应归陆军总长靳云鹏权代。靳为段合肥门生，资望尚浅，全靠老段一手提拔，始得累跻显阶，官至陆军总长，特授勋二位。老徐本阴忌段氏，如何肯令靳云鹏接手？他却另有一种意见，以为靳系武夫，头脑简单，容易就我约束，且靳为新进后辈，驾驭更易，若优加待遇，使他知感，当可引为己用，乐效指挥。就中尚有两件利益：一是使安福国会不致违言；二是使曹锟、张作霖互相联应。原来靳为段派嫡系，本与安福部同情，好在靳氏儿女新近与曹、张两军阀联姻。曹、张两派本非段系，将来靳得重用，曹、张自必乐从，两方拥护，靳亦可乘势自展，免受段派牵掣。为靳氏计，为自己计，真是一举两得的计策。当即将靳氏提出，咨交国会。

府秘书长吴笈孙草定咨文，呈与老徐。徐总统阅后，复亲自援笔，把“靳云鹏”三字下，加写“才大心细，能负责任”两考语，然后再令吴笈孙缮正，盖过了印，着人赍交参众两院。院中投票表决，得大多数同意，因即通过。已如老徐所料之第一着。徐遂任命靳云鹏兼代国务总理，所有财政总长遗缺，便命次长李思浩摄行。

既而川、粤、湘、赣四省经略使曹锟，东三省巡阅使张作霖果有电文到京，力保靳氏，略云“国家政治，须由内阁负责，龚代阁已经告退，闻已奉中央明令，着靳总长兼代。靳总长心地光明，操行稳健，令他代龚，众望允孚，即请令靳总长正式组阁，俾当内忧外患时候，付托得人”云云。老徐第二着所料又复中式。徐总统览到此电，免不得撚髯微笑，遂令靳云鹏正式就任，竟为国务总理。

靳既受命登台，可巧广东军政府有电到京，请取消八年公债，略谓“《八年公债条例》，闻已公布，额定二万万，取田赋为担保品，得将所领债券，随时抵押卖买，某报中载有券额八十万圆，已抵于某国商人，每百元只抵三十圆，是直接为内债，间接即系外债，辗转抵押，自速危亡。况公债发行，抵及田赋，尤为世界所未有。全国人士，已一律反对，异口同声，请即取消明令，用孚舆情，并盼速复”等语。

靳云鹏接电后，即复电与军政府，说是：“八年公债，系维持财政现状，所称押与某国一节，并无此事，幸勿误信。”这电既拍发出去，靳氏更通报老徐，且谈及财政奇窘，未易支持。徐总统亦皱眉道：“这都是军阀家的祸祟，试想近年军饷，日增一日，政府所入有限，怎能分供许多将弁？今日借外债，明日借内债，一大半为了武夫。如果武人有爱国心，固防息争，倒也不必说了。更可恨的，是吃了国家的粮饷，暗谋自己的权力，南争北战，闹得一塌糊涂，如此过去，怎么了？怎么了呢！”靳云鹏答道：“看来非裁兵节饷不成。”徐总统道：“我亦尝这般想，但必须由军阀倡起，方不至政府为难，若单靠政府提议，恐这般军阀家，又来与政府反对了。”靳云鹏应了一个“是”字。徐总统复接入道：“目前曹、张两使，电呈到来，并言君才能大任，我看此事非君莫成，请君电告曹、张，烦他做个发起人，当容易收效哩。”云鹏复应声称是，因即告退自去，电致曹、张，如法办理。

果然曹、张代为帮忙，分电各省督军省长，愿裁减军额二成，为节饷计。仅减去二成军额，所获几何？各省督军省长，闻是两大帅发起，当然赞成，便推曹、张为领袖，联名进呈，大纲就是“裁兵节饷”四大字。徐总统喜如所望，因即下令道：

军兴以来，征调频繁，各省经制军队，不敷分布，因之招募日广，饷需骤增，本年度概算支出之数，超过岁入甚巨，实以兵饷为大宗。此外各军积欠之饷，为数尚多。当此民穷财匮，措注为艰，即息借外资，亦属一时权宜之计，将来还本偿息，莫非取诸民间，纾须臾之急，适以增无穷之累。抑且治军之道，饷源为重，久饥之卒，循抚良难，统驭设有稍疏，则事变或难尽弭。

本大总统受任伊始，力导和平，实发于为民请命之诚。现大局虽未底定，而停战久已实行，徒养不急之兵，虚耗有尽之饷，非所以奠民生，固邦本也。至若军饷支出，悉资赋税，比来国家多故，百业不兴，农成商通之数，已逊承平，益以整理失宜，岁入锐减，长此以往，固有饷源，涸可立待，被兵省份，更无论矣。本大总统兴念及兹，夙夜祗惧，计惟有裁减兵额，清厘税收，救弊补偏，暂资调节。

兹据四川、广东、湖南、江西四省经略使直隶督军曹锟，东三省巡阅使奉天督军兼署省长张作霖，长江巡阅使安徽督军倪嗣冲，江苏督军李纯，湖北督军王占元，江西督军陈光远，署浙江督军卢永祥，时浙督杨善德病殁，由淞沪护军使卢永祥升调。署吉林督军鲍贵卿，吉督孟恩远调京，鲍由黑督调任。黑龙江督军孙烈臣，继鲍后任。山东督军张树元，山西督军阎锡山，河南督军兼署省长赵倜，湖南督军兼署省长张敬尧，福建督军兼署省长李厚基，陕西督军陈树藩，甘肃省长兼署督军张广建，新疆省长兼署督军杨增新，热河都统姜桂题，察哈尔都统田中玉，绥远都统蔡成勋，江苏省长齐耀琳，安徽省长吕调元，湖北省长何佩溶，浙江省长齐耀珊，江西省长戚扬，山东省长屈映光，陕西省长刘镇华，直隶省长曹锐，长江上游总司令吴光新等，联名电呈，称“中央财政奇绌，军费实居巨额，如各省徒责难于中央，于义未安，于事无济。权宜济变，势不外开源节流两端。如就军队裁减二成，以之镇慑地方，尚可敷用，约计岁省二千万圆，一面由中央责成各省，督饬财政厅，于丁漕税契各项，暨一切杂捐，切实整顿，涓滴归公，增入之款，亦当有二千万圆左右，确定用途，暂充军饷。一俟和平就绪，裁兵之议，首先实行”等语。该督军等明于大计，兼顾统筹，体国之忱，良深嘉许。所拟裁减军额二成及整顿赋税各办法，简要易行，与中央计划正合。即着各该管官署，会同各该督军省长总司令等，妥速筹议，确定计划，克日施行。

经此次裁减之后，并应认真训练，以期饷不虚糜。至于清厘赋税，首重得人，着责成财政部暨各省长官，于督征经征官吏，严为遴选，仍随时留心考核，切实纠察，以袪积弊。总期兵无冗额，士可宿饱，减轻闾阎之疾苦，培养国家之元气，本总统实嘉赖焉。将此通令知之。此令！

看官！你道各省督军省长，联名呈请，果真是为国节财，

通晓大计么？从前袁项城时代，只有一班国民党，与袁项城死做对头。后来项城一死，北洋军系遂分作两派，一是皖系，一是直系。皖系就是段派，与民党不协，常欲挟一武力主义，划除民党，所以南北纷争，连年不解。直系本是冯河间为首，冯既下野，资格最崇的要算曹锟。锟尝与冯联合一气，嗣经徐东海从中调停，乃偶或助段，但终为直系中人，不过为片面周旋，究未愿向段结好。再加出一位张大帅来，据住关东三省，独抱一大蒙满主义，既不联直，又不联皖，前次为小徐诱动，谋取副总统一席，所以助段逼冯。及冯去徐来，副总统仍然没份，累得张大帅空望一场，于是心下怪及小徐，更未免猜及老段。阅者看过前文，当知前因后果。三派鼎立，尔诈我虞，哪里肯协力同心，经营国是？各省督军省长，如徐总统通令中所述，有直派的，有皖派的，有奉派的，彼此牵率入呈，无非表面上卖个虚名，粉饰大局，其实暗中倾轧，入主出奴，就是叫他实行裁兵，他亦未必从令。军阀家的威力，全靠着许多丘八老爷，若逐渐裁减，威力何存？所以他的呈文，简直是有口无心，随说随忘的。

惟这位老总统徐世昌，本来是翰苑出身，夙娴文艺，及出任东三省总督，始得躬膺节钺，结识了若干武夫。到了受任总统，逆料国民心理，厌乱恶兵，因此力主和平，提倡文治。如前清宿儒颜习斋、李珠两师生，并令入祀文庙，且就公府旁舍，辟前清太仆寺旧址，设立四存学会。四存名义，就是颜习斋所讲的存人、存性、存礼、存治四纲。有时政务少闲，或邀入樊樊山、易实甫、严范荪等遗老，评风吟月，饮酒赋诗，立了一个晚晴簃诗社，作为消遣。夹叙一段徐氏文治，也是忙中补笔。无如尚文的古调独弹，如何普及？尚武的积重难返，相率争权。

老徐非不聪明，乃欲运用一灵敏手腕，驾驭武人。惟段派因老徐上台，全是安福部推戴，应居监督地位，故老徐有所举动，往往为所钤制。就是南北和议的决裂，也是为此。

后任北方总代表的，乃是王揖唐。见一百零九回。揖唐生平行事，多为舆论所不容，他敢贸然南下，实由小徐许为暗助，极力怂恿，所以直任不辞。偏偏沪上士商，不待揖唐到沪，便已群起反抗，登报相訾。揖唐视若无睹，道出江宁，入见江苏督军李纯。李为东道主人，自然开筵相待，酒过数巡，揖唐谈及议和方略，并乞代为疏通。说了数语，未见答辞，揖唐不禁发急道："公曾始终主和，奈何今日反噤若寒蝉，不肯以周行见示？"李纯才微微笑道："凤凰已鸣，我何妨且作寒蝉。"揖唐听了，越觉莫名其妙。原来揖唐出京时，曾由熊希龄编成一篇俳优词，隐讥揖唐。希龄常因地得名，时人号为熊凤凰，故李纯亦援此相嘲。独揖唐尚且未悟，更欲絮问。李纯直言道："熊凤凰已说过了，敢是君尚未闻么？"两语说出，揖唐也不觉自惭。还亏面上已略有酒容，尚得遮盖过去。与其献丑，何如藏拙。李纯自觉所言过甚，因复接入道："今欲议和，并非真正难事，总教北方诸公，果无卖国行为，且能推诚相与，便容易就绪了。"揖唐勉强相答道："我公久镇南疆，为南方空气所鼓荡，故所言若是。其实北方，也自有苦衷，公或未能悉知哩。"李纯又不禁愤愤道："人生在世，但求问心无愧，纯一武夫，知有正义罢了，他非敢知。公奉命南来，必有成竹在胸，得能和议早成，纯亦得安享和平，感公厚赐哩。"满腹牢骚，借此流露。揖唐乃不便多言，再勉饮了数觥，当即别去。

一到沪上，通衢大市均有讥笑揖唐的揭帖，煌煌表示。揖唐非无耳目，也自觉进退两难，默思当今时势，钱可通灵，从前收买政党，包办国会，哪一件不是金钱做出？此番来沪议和，仍可用着故智，倚仗钱神，于是挥金如土，各处贿托。好在小徐亦密派心腹，运动南方领袖孙中山及南方总代表唐少川，阳为说合，阴图反间，叫他与岑、陆诸人分张一帜，免为所制。那时南方七总裁，也分粤、滇、桂三派，貌合神离暗存党见，一经小徐设法浸润，唐总代表，却也略被耸动，欲与王揖唐聚首言和。

一日，王、唐两人相遇席上，宴会周旋，各通款曲，惟终未及和议事件。两方分代表中亦有数人预席，互相惊异，窃窃私议。及散席后，南代表对了唐绍仪，各有违言，多说是："鱼行包办，何足议和，王有鱼行包办的绰号。我辈若与开议，便是自失声价了。"唐总代表虽有和意，究竟不好违众，乃向广东军政府，电告辞职。从此和议声浪，又变成一番画饼了。小子有诗叹道：

五洲和会犹成议，一国军人反好争。
南北纷纭无定局，难堪只是我苍生。

内忧未已，外衅又生，种种事变，待至下回再表。

龚、靳同为段派中人，龚去而靳代，犹一段派也，但徐之用靳，恰含有一大命意，经本回直书其隐，乃知用靳之际，与用龚不同。钱内阁之倒，段派实排挤之，龚之起而暂代，原为徐之一番作用，非本意也。未几而易靳之令下，当时谓去一段派，来一段派，本是同根，何必参换，而亦安知老徐之别有智谋耶？裁兵节饷一事，为靳氏登台后之政策，实由老徐授意而成。果能军阀同心，逐渐进行，宁非一时至计，惜乎其言未顾行也。王揖唐之南下议和，本为老徐请君入瓮之策，而彼则有挟而来，盛装南下，李督军之面加规勉，犹不失为忠厚人本色，实则黑幕重重，李氏固尚未洞悉也。彼此诈力相尚，国家宁能有豸乎？

第一百十二回　领事官袒凶调舰队
特别区归附进呈文

却说各省抵制日货，一致进行，再接再厉。闽省学生，亦常至各商家调查货品，见有日货，便即毁去。日本曾与前清订约，有福建全省，不得让与外人的条文，因此日人视全闽为势力范围，格外注意。侨居闽中的日商，因来货趸积，不能销售，已是忿懑得很；更闻中国学生检查严密，越加愤恨，遂邀集数十人，持械寻衅。

民国八年十一月十六日下午，游行城市，适遇学生等排斥日货，便即下手行凶，击伤学生七人。站岗警察急往弹压，他竟不服解劝，当场取出手枪，扑通一声，立将警察一人击倒，弹中要害，呜呼毕命。还有路人趋过，命该遭晦，也为流弹所伤。警察见已扰事，索性大吹警笛，号召许多同事，分头拿捕，拘住凶手三名，一叫做福田原藏，一叫作兴津良郎，一叫做山本小四郎，当即押往交涉署，由交涉员转送日本领事署，并将事实电达政府，请向驻京日使，严行交涉。驻闽日本领事袒护凶手，反电请本国政府，派舰至闽，保护侨民。日政府不问情由，即调发军舰来华。真是强权世界。闽人大哗，又由交涉员电告中央。政府连得急电，便令外交部照会日使，提出抗议。日使总算亲到外交部公署，声明闽案交涉，已奉本国训令，决定先派专员，赴闽调查真相，以便开始谈判。此项专员，除由外务省遴派一名外，并由驻京日使馆加派一名，会同前往。所有本国军舰，已经出发，碍难中止。惟舰队上陆，已有电商阻云云。外交部只好依从，惟亦派出部员王鸿年、沈觐扆等，赴闽调查。

为此一番衅隙，北京中学以上各校学生，全体告假，出外游行演讲，谓："日人无端杀人，蔑理已甚，应唤起全国同胞，一体拒日。"各省学生，先后响应，并皆游行演讲，表示决心。就是闽省学生，前已发行《学术周刊》，提倡爱国，至此复宣布戒严，示与日人决绝。官厅恐他酿成大祸，即取缔《学术周刊》，勒令停止，并将报社发封。各学生等遂皆罢课，风潮沿及济南。济南学生联合会正为着青岛问题常怀愤激。此次闻闽中又生交涉，越觉不平，拟开国民大会，并山东全省学生联合会大会，誓抗日本。事被官厅阻止，也一律罢课，且拟游行演讲，致与军警发生冲突。有好几个学生，被殴受伤。学生以日人无理，尚有可原，军警同为国民，乃甘心作伥，实属可恶，决计与他大开交涉。官厅却也知屈，特浼教育会代作调人，允许学生要求，始得和平解决。

惟闽中一案，明明是曲在日人，日领事恃强违理，非但不肯将凶手抵命，反去电请军舰，来闽示威。一经日政府派员调查，也觉得福田原藏等所为不合，独未肯宣付惩戒，反令日舰游弋闽江，逗留不归。中国外交部迭次抗争，乃始下令撤退，并在东京、北京、福州三处，声明一种理由，略云：

帝国政府，曩因福州事变突发之结果，该地形势极为险恶，深恐对于我国侨民，仍频加迫害，侨民殴伤学生，击死警察，反说闽人要迫害侨民，理由安在？特不得已派遣军舰，前赴该地，以膺我侨民保护之责。惟最近接报告云，该地情状，渐归平稳，当无上述之悬念。帝国政府深加考量，特于此际决定先行撤退该地之帝国军舰，此由帝国政府考察实际情况，自进而所决行者也。帝国政府中心，切望中国官厅对于各地秩序之维持，与我侨民之保护，更加一层充分之尽瘁，幸勿再生事态，使帝国政府为保护我侨民利益之被迫害，再至不得已而派军舰焉。

看这口吻，好似日侨并未犯罪，全然为闽人所欺凌；并咎 1023.
及中国官厅，不肯极力保护，所以派舰来华，为自护计。好一种强词夺理，是己非人！最后还说出再派军舰一语，明明是张皇威力，预示恫吓。中国虽弱，人心未死，瞧到这般语意，难道就俯首帖耳，听他架诬吗？各省民气，激昂如故，就是外交部亦调查确实，再向驻京日使提出撤领、惩凶、赔偿、道歉四项，要他履行。日使一味延宕，反谓：“我国各省官吏，不肯取缔排日人民，应该罢斥，并须由政府保证，永远不排日货。”两方面各执一词，茫无结果，时已为民国八年终期了。

政府东借西拨，勉过年关，正要预备贺岁，忽闻前代总统冯国璋病殁京邸，大众记念旧情，免不得亲去吊奠。就是徐总统也派员致赙，素车白马，称盛一时。原来冯下野后，仍常往来京师，猝然抱病，不及归乡，遂致在京逝世。冯虽无甚功业，究竟代理总统一年，故特叙其终。

越二日，即系民国九年元旦，政府停止办公数日，一经销假，便由驻京日使递到公文，大略如下：

> 联合国对德讲和条约，业于本月十日交换批准，凡在该批准约文上署名之各国间，完全发生效力。日本依该讲和条约第四编第八款，关于山东条约，即第一百五十六条乃至第一百五十八条之规定，由日本政府完全继承胶州湾租借权，及德意志在山东所享有之一切利权。日本政府确信中国政府对于继承上列权利一节，必定予以承认。盖以大正四年五月二十五日所缔结之中日条约中，关于山东省部分之第一条，曾有明文规定云：中国政府允诺日后日本国政府拟向德国政府协定之所有关于山东省依据条约，或其他关系于中国政府享有一切权利利益让与等项处分，概行承认故也。以上权利，交还中国政府。至关于此事，大正四年五月二十五日两国所交还胶州湾换文中，曾言明：日本政府于现下之战役终结后，胶州湾租借地，全然归日本国自由处分之时，于下开条件之下，将该租借地交还中国。(一) 以胶州湾全部开放为商港。(二) 在日本国政府指定之地区，设置日本专管租界。(三) 如列国希望共同租界，可另行设置。(四) 此外关于德国之营造物，及财产之处分，并其他之条件手续等，于实行交还之先，日本政府应行协定。是以日本政府为决定交还关于胶州湾租借地，及其他在山东各种权利之具体的手续起见，提议中、日间从速开始交涉，深信必得中国政府之允诺也。

公文中既云交还，又云继承德国旧有一切权利，是明明欲占领胶澳，不过涂饰人目，以为日本承受权利，乃是一个租借权，并非绝对的领土权。然试问向人假物，辗转借用，原物未归故主，但声明由何人所借，便好算得交还吗？此时外交总长陆征祥等尚在巴黎，因为保加利亚、匈牙利、土耳其诸国和议尚未就绪，所以留待签字，不得遽归。外交部次长陈箓当将日使来文提交国务会议。国务员乐得推诿，统说待陆总长回国，再定办法，因此把来文暂行搁起，不即答复。广东军政府闻悉此事，也电致北京，反对山东问题，由中、日直接交涉，文云：

迭据报载，日使向北京政府交涉声明协约国对德条约，已发生效力，日政府自己完全继承租借胶州权，并德国在山东各种权利等语。查我国拒绝签字和约，正当此点。如果谬然承认，则前此举国呼号拒绝签约之功，隳于一旦。即友邦之表同情于我者，至此亦失希望，后患何堪设想？如果日使有提出上列各节情事，亟应否认，并一面妥筹方法。再查此案我国正拟提出万国联盟申诉，去年盛传日使向北京政府直接交涉，当即电询，旋准尊处电复“青岛问题，关系至重，断不敢掉以轻心，现在并无直接交涉之事”等语。此时更宜坚持初旨，求最后胜利。究竟现在日使有无提出？尊处如何对付？国脉主权所关，国人惴惴，特电奉询，统盼示复！

南北政府，虽似对峙，惟为对外起见，仍然主张联络，所以对德和约，也尝以不签字为正当。前次通电声明，与北京政府论调相同，至此更反对中、日直接交涉，一再致电。当由北京政府答复，决计坚持。待到一月二十五日，外交总长陆征祥自欧洲乘轮回京，谒见徐总统，报称德奥和约经过情形，尚有余事未了，留同僚顾维钧等在欧办理。徐总统慰劳有加，并与谈及山东交涉。陆总长亦谓：“不便与议，只好徐待时机，再行解决。”于是日使提案，仍复悬搁不理。

惟西北边防，日益吃紧，俄国新旧二党，屡在西伯利亚境内交战不休。政府已将防边护路各要件，迭经讨论，适值陆总长回国，因再公开会议，决定办法。从前西伯利亚铁路，接入黑龙江、吉林两省，为俄人所筑，吉黑境内，称为中东铁路，铁路总办，当然归俄人主任。西伯利亚有乱，免不得顺道长驱，突入黑吉，故政府时为担忧。自经陆总长列席议决，即由外交部名义，备具正式公文，向协约国正式申明：（一）中东路属我国领土全权，不容第二国施行统治权。（二）俄员霍尔瓦特仅为铁路坐办，无担负国家统治之权能。（三）按照铁路合同，公司俄员及沿线侨居中外人民，应由我国完全保护。除这三事宣告各国外，又分电奉天、吉林、黑龙江、新疆四省督军，及现驻库伦西北筹边使徐树铮等，令他厚集军队，极力防边。筹备的款，实行护路；并应监视中东路总办霍尔瓦特，勿任有逾轨举动。种种办法，无非是思患预防的要着。

可巧呼伦贝尔特别区域，亦恐俄乱扰入，愿将特别区域的名目取消，归属中政府指挥。这呼伦贝尔地方，本在黑龙江西北，向属黑龙江省管辖，自俄人垂涎此地，硬要中国与他定约，承认呼伦贝尔为特别区域，以便逐渐染指。及俄乱一起，该地总管协领，自知站立不住，乃与暂护呼伦贝尔副都统贵福熟商，托使电请中央。贵福乃先咨呈东三省巡阅使张作霖，暨黑龙江督军孙烈臣，间接传递呈文，到了京师。与外蒙情形相似。徐总统当然欣慰，便即下令道：

> 据东三省巡阅使张作霖，黑龙江督军孙烈臣，呈称“据暂护呼伦贝尔副都统贵福咨呈：窃查呼伦贝尔，向属中国完全领土，隶黑龙江省管辖，自改置特别区域以来，政治迄未发达，自非悉听中央政府主持，不足以臻治理。兹据全旗总管协领左右两厅厅长帮办等会议多次，佥谓取消特别区域，并取消中俄会订条件，实为万世永赖之图，因推左厅厅长成德，右厅厅长巴嘎巴迪，索伦左翼总管荣安，索伦右翼总管凌陞等，代表全体，吁恳转电中央，准将呼伦贝尔特别区域取消，以后一切政治，听候中央政府核定。其中华民国四年中俄会订呼伦贝尔条件，原为特别区域而设，今既自愿取消特别区域，则该条件当然无效，应请一并作废，伏乞鉴核转呈”等语。核阅来呈，情词恳挚，具见深明大义，应即俯如所请，以顺群情。所有善后一切事宜，着该使等会商主管各部院，察酌情形，分别妥筹，呈候核定施行。总期五族一家，咸沾乐利，用广国家大同之化，本大总统有厚望焉！此令。

令下数日，又任命贵福为呼伦贝尔副都统，张奎武为呼伦贝尔镇守使，钟毓督办呼伦贝尔善后事宜。嗣复经黑龙江督军孙烈臣电达中央，请援照旧制，设立呼伦、胪滨两县，并改吉拉林设治局为室韦县，当由政府交与内务部核办。从前光绪三十四年间，原设呼伦、胪滨两府，及吉拉林设治局，局址系唐时室韦国故都，因以名县。内务部看到黑督呈文，并没有甚么关碍，当然赞同，即复呈总统府核准，下一指令，饬照呼伦贝尔原管区域，设置呼伦、胪滨、室韦三县，统归呼伦贝尔善后督办管辖，这且不必细表。

惟俄国新旧交争，两边设立政府，新党占住俄都彼得格勒，仍在欧洲东北原境。旧党失去旧都，移居西伯利亚，组织临时政府，暂就鄂穆斯克地方为住址，旋又迁至伊尔库次克。偏新党节节进取，旧党屡战屡败，几至不支，再经伊尔库次克境内的社会党，目睹旧党失势，竟与新党过激派联络，骤起革命，推翻旧政府。旧政府领袖柯尔恰克将军等，统皆逃散，不能成军。俄国新政府既占优势，自谓划除一切阶级，以农人为本位，故号为劳农政府。且因俄都彼得格勒偏据欧洲，改就俄国从前旧都莫斯科为根据地，一面声告各国，除旧有土地外，不致相侵。协约各国，本皆派兵至海参崴，出次西伯利亚，防御俄乱。事见前文。

美国因俄新政府既已声明，不侵外人，当即将西伯利亚驻屯军，全数撤回。独日本政府不愿撤兵，反且增兵，别寓深意。遂牒告美国政府，略谓“日本处境，与美国不同。就俄国过激派现势观察，实足危及日本安全，故日政府决定增派五千补充队，驻防西伯利亚东端”云云。美国也不暇理论，撤兵自去。独中国前与日本协商，订定中日军事协定条件，所派军队不能自由往返，屡经广东军政府通电反对，国务院乃电复广东，内称：“军事协定，原为防止德、奥起见，现在各国驻俄军队，业经分起撤退，我国军队自当与各国一致行动，待至全队撤回，即为军事协定终止的期间。”但日本不肯退军，中国亦当被牵制，甚至日本二次宣言，谓西伯利亚的政局，影响波及满洲、朝鲜，危及日本侨民，所以不便撤兵。已视满洲为朝鲜第二了！必待满洲、朝鲜，脱除危险，日侨生命财产可得安全，并由俄政府担保交通自由，方好撤回西伯利亚屯兵。中政府得闻宣言，也觉不能容忍，即由外交部出与抗议，略云：

贵国关于西伯利亚撤退之时机，有满洲、朝鲜并称之名词，查朝鲜系与日合邦者，本国不应过问，而满洲系东三省，系吾国行省之一部，岂容有此连续之记载？实属蔑视吾国主权，特此抗议！

这抗议书赍交日使，日使延宕了好几日，方致一复文，还说："由中国误解，或误译日文，亦未可知。我帝国宣言中，并述满洲、朝鲜，不过指摘俄乱影响，始及满洲，继及朝鲜，足危害我日本侨民，并无蔑视中国东三省主权。"看官试想，此等辩词，果有理没有理么？正是：

毕竟野心谋拓土，但夸利口太欺人。

为了日本种种恃强，遂致中国内地，常有排日风潮，欲知详情，且看下回便知。

日人殴伤学生枪毙警察，尚欲调派军舰，来华示威，假使易地处此，试问日人将如何办理乎？夫俄与日本，皆强国也，前清之季，交相凭陵。迨民国纪元，又牵率而来，俄染指于北，日垂涎于东，中政府之受其要挟，穷无所诉，视俄固犹日也。乃俄乱骤起，土宇分崩，外蒙离俄而取消自治，呼伦贝尔亦离俄而取消特别区域，可见强弱无常，暴兴者未必不暴仆。况中、日两国，同文同种，又同处亚东，胡不思唇齿之谊，而屡与中国为难耶？日人日人，其亦可少休也欤！

第一百十三回　对日使迭开交涉
为鲁案公议复书

却说各省学潮，迭起不已，大半为了中日交涉，相率争哗。一是鲁案，一是闽案，两案俱未解决。天津学生屡次求见省长，要请转电政府，与日本严重理论。省长不允接见，反派卫队驱散学生，甚至殴伤数名。天津各校遂全体罢学。北京各校亦依次响应，公举代表，谒见国务总理。靳云鹏虽未拒绝，但也不过支吾对付。学生等复游行演讲，被大队军警干涉，驱入天安门严守，待至天暮，始得释放。学生未肯罢休，仍然四处鼓吹，一意排日，有时为军警拘去，终不少屈。嗣是上海、安庆、杭州各校，亦往往因严查日货，发生冲突，政府不得已下一禁令，不许学生干政，令云：

近年以来，学潮颓靡，法纪不张，以诸生隽异之姿，动辄聚众暴行，自由行动，国家作育英髦，期望至切，迭经明令剀切诰诫，申明约束，深冀其濯磨砥砺，勉为异日致用之才，诸生等果知自爱爱国，当亦憬然愧悟。乃据京师警察厅报告，本月四日，京师各校学生，有在前门外排列演说，阻断交通，并有击毁车辆殴伤行人情事；而日前直隶省长，亦有学生包围公署，击伤警卫，不服制止之报告，似此扰乱秩序，显干法纪，菁莪之选，沦于榛棘，甚为诸生惜之！

自来学生干政，例禁綦严，诚以向学之年，质性未定，纷心政治，适隳学业，抑且立法行政之责，各有专属，岂宜以少数学子，挟出位之思，为逾轨之举？在国家则有妨统驭，在诸生亦自败修名，在政府虽爱惜诸生，而不能不尊重法律。须知国家生存，全赖法律之维系，学生同属国民，即同在法权统治之下，负执行法律之责者，讵能以学生干法，置之不问？兹特依据法律，再为谆切之申告，自此次明令之后，应即责成教育部，督饬办学各员，恪遵迭令，认真牗导。凡学生有轶出范围之举，立予从严制止，总期消弭未萌，各循矩矱。其有情甘暴弃，希图煽乱者，查明斥退；情节较重，构成犯罪行为者，交由司法官厅，依法惩办。办学各员，倘有徇庇纵容，并予撤惩。总之国纪所在，不容凌蔑，政府以国家为重，执法以绳，决无宽贷，其共懔之！此令。

令下后，又饬京师警察厅，根据自治警察法条例，布告将北京中等以上学校学生联合会，暨北京小学以下学校教员联合会，一体解散。但压制自压制，哗噪自哗噪，终归没有了结。就是日人亦好来寻衅，屡有越境侵权、伤人毙命等事。除上文所述闽案外，类举如下：

（一）吉省日人越境逮捕韩人交涉。吉林省毗连韩境，韩人尝谋独立，被日本军警制压，往往窜入吉林省边境，日人遂屡有越境搜捕等情，经吉林督军电请政府，特向驻京日使抗议。

（二）日本军舰入内河交涉。日本宇治军舰拦入江苏南通天生港，经江苏长官，电请外交部向驻京日使交涉。

（三）日兵占据满洲里车站交涉。日本兵队占据满洲里车站，四面架机关枪，禁人出入，外交部因向驻京日使，质问理由。

（四）日人在苏枪毙兵士交涉。驻苏陆军第二师第五团兵士在虎邱山旅行，被日人射放猎枪，擅将军士胡宗汉击毙。当经警察将凶手拘住，解至交涉公署，转送驻苏日领事，由交涉员向日交涉。

（五）海参崴日军伤害华人交涉。驻海参崴日本军队与俄国新党军队冲突，日军击败俄军，占领海参崴及附近各地。我国旅崴侨民多遭日军伤害，且被拘去十余人。当由驻崴委员李家鳌，向日军长官提出抗议。

（六）海拉尔日捷军冲突，伤害华兵交涉。中东铁路附近，日本军与捷克军发生冲突，双方开枪轰击。中国护路军队在旁守视，致遭流弹击伤。中国外交部又不得不与日捷两军，抗论曲直。

（七）日军占据哈尔滨华军营房交涉。日本突调大队军士至哈尔滨，占用中国营房多处，经吉林长官请外交部向驻京日使交涉。

（八）日本在中东路增兵交涉。日本在中东路线一带增兵运械，自由行动。中国外交部因向驻京日使提出抗议，要求从速撤退。

（九）日军侵犯中东路权交涉。日本军队屡在中东铁路旁侵占中国军站营房，及扣留车辆等事。政府迭接东三省报告，特由外交部向驻京日使提出抗议。

（十）日人在山东内地设置电杆交涉。日人近在山东高密、古城一带，擅自设置电杆。山东交涉员即向驻济日本领事抗议，日领并不答复。因由山东省长，电请外交部向日使交涉。

如上所述，统是民国九年五月以前情事，中国虽屡与交涉，往往没甚效果。惟苏州枪毙胡宗汉一案，凶犯叫做角间孝二，日本驻苏领事，也不能硬为辩护，乃正式道歉，且令凶犯赔偿恤费，便算了事。胡宗汉总是枉死。至若日、捷军伤害华兵，

当经英、法军官调停，由日、捷两军，抚恤死伤，并向中国道歉，也即销案。

惟山东问题，中政府因全国人民反对中、日直接交涉，所以迟迟不答。驻京日使又奉本国训令，照会外交部，催促从速开议，内容分三项：（一）谓日本驻德代理公使，已收到关系胶州各种文件，并送达东京。日本继承德人在山东权利，依照和约，有三强国批准，即生效力，现五国中已有四强国批准。只有美国尚未批准。故从前德人在山东权利，当然由日本继承，毫无疑义。（二）日本政府本善意与友谊，要求中政府与日本直接交涉，解决山东问题，图谋双方利益。不意日政府种种好意，不但中国人不肯原谅，反发生种种排日举动，日政府不得不切实声明，如中国依然抱持延宕政策，日本即视此种行为，为默认日本的要求。（三）因上述两种理由，故日政府请中国政府，速

将方针决定，并定期与日本讨论，解决山东问题，不容再延。看官！你道这样的照会，是严刻不严刻么？外交部接着，就使陆子欣征祥字子欣。有专对才，也觉得瞠目结舌，无从应付；当下与国务总理靳云鹏等，共同商议。靳云鹏取出一篇电文，交与大众审视，但见纸上写着，系是湖北督军王占元领衔，联名共四十八人。电文略云：

山东问题，自接收日本通牒以来，迭经各界人士，集合研究，佥以拒绝直接交涉，提交国际联盟，为惟一之办法。讵道路传闻，有与希望相反之趋向。占元等庐墓所在，痛切剥肤，父老责言，似难缄默，敢进危言，幸垂听焉！外交重要，关系国本，详慎考虑，谁曰不宜？顾询谋既已佥同，方针依然未定，逆料钧座左右，必有谓直接交涉，不至有害，提交联盟，未必有利，持此说以荧惑聪听者，此非毫无知识，便是别有肺肠。一言丧邦，莫此为甚！大抵强国与弱国交涉，利在单独，不利于共同，利在秘密，不利于公开，至弱国外交，则适得其反。

试问二十年来，我国利权，断送于密约者几何？此次彼以甘言诱我，非爱我也。果诚意亲善，则宜先将完全主权，径行交还，并即时撤退军警，以示退让，不必斤斤焉为条件磋商矣。故直接交涉，结果必与吾无利，可以断言。倘虑提交联盟，未必可恃，在欧会签字和约之时，或者尚属疑问，今则德约保留山东之款，已由美参议员通过，且英、法各国，对于保留案，亦表赞同。专欲难成，得道多助，利害明了，无待蓍龟。与其为条约之赠与，宁使为强力所占有。与其菁华尽弃，留空壳之地图，毋宁死力抗争，作国际之悬案。否则引狼入室，为虎作伥，群情愤激，铤而走险，祸变之来，将有不忍言者。心所谓危，不敢不告，伏祈俯鉴民意，断而行之，山东幸甚！国家幸甚！

大众看罢，暗想湖北督军王占元平时本无甚表白，此次却独来领衔，居然有慷慨激昂的情势，倒也有些奇怪。其实这篇电文，王占元不过被动，那主动力却是第三师师长吴佩孚。平湘一役，吴氏已露头角，此次又重现锋芒。

吴本山东蓬莱县人，幼丧父母，门祚衰微，单靠着兄嫂抚养，始得成人。及入塾读书，学为时艺，颇有成效。出应童子试，一战获售，即入黉宫。后来三试秋闱，偏皆落第，遂发愤改途，投入保定武备学堂，舍文习武。天下无难事，总教有心人，学满毕业，成绩最优，一介书生，忽变为干城上选。当时校中有一教员，便是后来的靳总理，夙垂青眼，特为吹嘘，荐诸江北提督王士珍麾下。士珍因情谊难却，权置幕右，命司传宣。既而士珍丁艰去任，佩孚随与俱北，辗转为第三师营弁，师长非别，就是曹锟。锟实非将才，得吴佩孚为属校，遇事与商，皆为锟智所未及，因此渐加倚重，由营长荐擢旅长。至曹锟统兵援湘，已密保佩孚署第三师长，任前敌总司令。岳州长沙，依次克复，应推佩孚为首功。锟既北返，受四省经略使职衔，留佩孚驻守湘南，于是佩孚权力所及，不止第三师全部，就是曹锟所有旧僚属，也悉听佩孚指挥。

佩孚知恩感恩，愿为曹氏尽力。但曹系直派，与段派貌合神离，并见前文。佩孚向曹尽忠，当然反对段派。湘督张敬尧为段氏心腹，竭力主战，独佩孚驻防以后，隐承直派意旨，舍战主和。两人宗旨，既已不同，更兼长沙收复，功由吴氏，张敬尧后来居上，竟将湘督一席，安然据去，佩孚心实不甘。嗣经段祺瑞意图笼络，表荐佩孚为孚威将军，促赴前敌，佩孚得了一个虚名头衔，有何用处？越恨段氏使诈，反对益甚。

青岛交涉，段派或主张让步，为亲日计，佩孚既感念薰莸，复系情桑梓，所以一意抗日，特联结同乡军吏四五十人，同声劝阻。靳吴谊关师弟，平时信件，尝相往还，佩孚对内主和平，对外主强硬，已是说不一说，时有所陈，靳氏岂无感动？怎好专顾那亲日派，与日人直接交涉，坐将那青岛让去？故对着日使公文，初主延宕，至此延无可延，宕无可宕，不得不将王占元等一篇大文，取示大众，表明微旨。大众原多数拒日，便以为今日要着，莫如复绝，就使有几个亲日派在旁，也只好随声附和罢了。乃拟定复文，约略如下：

1037.

关于解决交还青岛及其山东善后问题一事，准四月二十六日照开等因。查此事前一月准贵公使面交节略，所述贵国因条约实施之结果，拟为交还青岛及胶济沿线之准备各节，本国政府，均已了解。无如中国对于胶济问题，在巴黎大会之主张，未能贯彻，因之对德和约，并未签字，自未便依据德约，径与贵国开议。且全国人民，对于本问题态度之激昂，尤为贵公使所熟悉。本国政府基于以上原因，为顾全中日邦交起见，自不容率尔答复。

至续准送交改正节略释文，获见贵国政府愿将胶济沿线军队之撤退，本国政府与该地方官，筹商办法，从事编制警卫队以任保护全路之责。又准照开前因，当经本部长将上述本国政府不能遽行与贵国开议各情形，面达在案。唯根据目前事实上之情状，对德战争之状态，早经终止，所有贵国在胶济环界内外军事设施，自无继续保持之必要。而胶济沿路之保卫，从速恢复欧战以前之状态，实为本国政府及人民所最欣盼，自当于最短之期间，为相当之组织，以接贵国沿路军队维持沿路之安宁。此节与解决交还青岛问题，纯为两事，想贵国政府必不执定曾否开议，借以迟延其实行之期，致益滋本国人民及世界观听之误会也。贵国政府果愿将战时一切军事上之设施，从事收束，以为恢复和平之表示，本国政府自当训令地方官，随时随事，与贵国领事官等接洽办理，相应奉复，即希查照为荷！

看这复文，便知靳氏是采纳吴言，有此决心；还有统一南
1038. 北政策，主张和平解决，也是依从吴议。曾先有通电促和，由小子补录如下：

近迭据各方来电，促进和平，具见爱国之诚。一年以来，中央以时局危迫，谋和至切，开诚振导，几于瘏口哓音，乃以西南意见殊歧，致未克及时解决，不幸而彼方变乱相寻，且有同室操戈之举，缺斯破斧，适促沦胥，蒿目艰虞，能无心痛！中央对于西南，则以其同隶中华，谊关袍泽，深冀启其觉悟，共进祥和，但本素诚，绝无成见。而对于各方，尤愿鉴彼纠纷之失，力促统一之成，勠力同心，共图匡济。诚以国家利害之切，人民休戚所关，苟一旦未底和平，则一日处于艰险。而以目前国势而论，外交艰难，计政匮虚，民困既甚，危机四伏，尤在迅图解决，

不容稍事迂回。中央惓怀大局，但可以利国家福人民者，无不黾勉图之。而所以积极擘划，共策进行，仍唯群力之是赖。各军民长官，匡时干国，夙深倚任，所冀共体斯情，以时匡翼，庶几平成早睹，国难以纾。功在邦家，实无涯涘！奉谕特达。

是时北方总代表王揖唐寓沪多日，借爱俪园为行辕，名为议和专使，实是未曾开谈。南方总代表唐绍仪，前已向军政府辞职，军政府虽未照准，但南方各分代表，不愿与王揖唐开议，所以唐、王两人，有时或得相晤，不过略有议论，未得公开谈判。徐总统与靳总理一再促和，哪知和议毫无端倪，王揖唐惟逍遥沪渎，作汗漫游。一夕，在爱俪园中，忽发现炸弹一颗，幸未爆裂，不致伤人。但王揖唐的三魂六魄，几被这一颗炸弹，驱向黄浦滩上去了。小子有诗叹道：

无情铁弹竟相遗，犹幸余生尚未糜。
为语世人休自昧，本来面目要先知。

王揖唐经这一吓，勉强按定了神，摄回魂魄，暗想此事必有人主使，想了一番，不禁私叹道："谅想是他，定归是他。"究竟推测何人？待小子下回报明。

本回举中日各案，依次胪叙，仅半年间，而已积案至十，虽似无关巨要，而无在非恃强凌弱之举。虎邱山及海拉尔两案，伤毙华民，不过以抚恤道歉了事。夫杀人抵命，中外同揆，若仅以抚恤之微资，道歉之虚文，即可置凶手于不问，彼亦何惮而不再为耶？弱国之外交，已可概见。至若山东问题，既已不签字于德约，自不能与日人直接交涉。愚夫犹知，宁待吴氏？但吴氏之联合同乡，推王占元为领衔，合力电阻，不可谓非爱乡爱国之热诚。因事属辞，亦作者之特笔也。

第一百十四回　挑滇衅南方分裂
得俄牒北府生疑

却说王揖唐遇着炸弹，侥幸不死，自思前至江宁，曾被江督李纯当面揶揄，此次以炸弹相饷，定是李纯主使，遂不加考察，即致书李纯，责他有心谋害。李纯本无此事，瞧着来书，便怒上加怒，便亲笔作复，出以简词道：

> 公以小人之腹，度君子之心，仆即有恨于公，何至下效无赖之暗杀行为，况并无所憾于公乎？

这书复寄王揖唐，揖唐阅后，尚未释意，每与宾朋谈及，谓李秀山不怀好意，秀山即李纯字，见前。从此更与李纯有嫌。但前次朱使南下，李纯本极力帮忙，恨不见效，此次揖唐代任，派系本与李纯不同。况揖唐品格，不满人意，所以李纯原袖手旁观，坐听成败。揖唐孤立无助，又不见南方与议，叫他一个“和”字，从何说起？只好逐日蹉跎，因循过去。

沪上有犹太人哈同，素号多财，建筑一大花园，为消遣地。揖唐在沪无事，便去结纳哈同，做了一个新相知，镇日里在哈同花园宴饮流连。或谓揖唐到沪，挈一爱女，自与哈同为友，便嘱爱女拜哈同为义父，事果属实，揖唐行状，更不问可知了。意在言外。

惟西南各省亦各分派别，滇、粤、桂三派组成军政府，阳若同盟，暗却互相疑忌。岑春煊系是桂系，资格最老，陆荣廷亦桂系中人，向为岑属，当与岑合谋。江督李纯屡次通信老岑，敦劝和议，就是徐总统亦密托要人说合岑、陆。岑、陆颇思取消自主拥戴北方，但粤派首领，为民党中坚，不愿奉徐为中国总统，且经小徐设法离间，使他自排岑、陆，免得直派联络西南，厚植势力，于是西南各派被直、皖两派分头运动，也不禁起了私见，各自为谋。中国人之无团结心，可见一斑。

1042. 心志相离，事变即起。驻粤滇军第六军军长李根源，由云南督军唐继尧派为建设会议代表，免除军长职务，所有驻粤滇军，直隶督军管辖，并令禀承参谋部长李烈钧办理。时广东督军为莫荣新偏与唐继尧反对，电令滇军各师旅团长，仍归李根源统辖指挥。于是滇军各军官，一部分服从滇督命令，不属李根源，一部分服从粤督命令，仍留李根源为统帅。双方互起冲突，激成战衅，连日在韶州、始兴、英德、四会等处，私斗不休。

唐继尧接得战电，不由得愤怒起来，以为驻粤滇军，应归滇督处分，莫荣新怎得无端干涉？当即通电西南海陆军将领，略谓“留粤滇军问题，滇省务持慎重。兹据报莫荣新派兵四出，公然开衅，目无滇省，甘为戎首，继尧不能坐视两师滇军，受人侵夺，决取必要手段，特行通电声讨”云云。因派遣乃弟唐继虞，为援粤总司令，率兵三师，由滇出发。陆荣廷特自广西出师，驻扎龙州，为莫声援。

旋经军政府总裁岑春煊等，出与调和，方得停战。惟经此一番龃龉，滇桂两派，已经决裂。广东军政府中，争潮日烈，政务总裁海军部长林葆怿提出辞职，政务总裁外交兼财政部长伍廷芳亦离粤赴香港，寻且移驻上海。在粤旧国会参议院议长林森，众议院议长吴景濂、副议长褚辅成，与一部分议员，先后离粤，通电攻击政务总裁岑春煊，说他潜通北方，有背护法宗旨，特与他脱离关系，另择地点开会。尚有一部分议员，仍留广州，照常办事，并另选主席，代理议长事务。军政府总裁岑春煊遂免去外交财政总长伍廷芳职衔，改任陈锦涛为财政部长，温宗尧为外交部长。且因伍廷芳离粤时，携去西南所收关税余款，未曾交清，军政府又派员向香港上海法庭，实行起诉，一面咨照留粤议员，续举政务总裁，得熊克武、温宗尧、刘显世三人补充缺数。惟伍廷芳至沪后，与孙文、唐绍仪晤叙，主张另设军政府，屏斥岑、陆诸人，孙、唐也都赞成，再致电唐继尧询明意旨。继尧已与广州军政府反对，宁有不依的道理？随即复书允洽。廷芳遂与孙文、唐绍仪、唐继尧联名，通电声明道：

自政务总裁不足法定人数，而广州无政府。自参众两院同时他徙，而广州无国会。虽其残余之众，滥用名义，呼啸俦侣，然岂能掩尽天下耳目？即使极其诈术与暴力所至，亦终不出于两广，而两广人民之心理，初不因此而淹没。况云南、贵州、四川，固随靖国联军总司令为进止，闽南、湘南、湘西、鄂西、陕西各处护法区域，亦守

义而勿渝。以理以势，皆明白若此，固知护法团体，决不
因一二人之构乱而涣散也。慨自政务会议成立以来，徒因
地点在广，遂为一二人所把持；论兵则唯知拥兵自固，论
和则惟知攘利分肥，以秘密济其私，以专横逞其欲，护法
宗旨，久已为所牺牲，犹且假护法之名，行害民之实。烟
苗遍地，赌馆满街，吮人民之膏血，以饱骄兵悍将之愿，
军行所至，淫掠焚杀，乡里为墟，非惟国法所不容，直人
类所不齿。文等辱与同列，委屈周旋，冀得一当，而终于
忍无可忍，夫岂得已？惟既受国民付托之重，自当同心勠
力，扫除危难，贯彻主张，前已决议移设军府，绍仪当受
任议和总代表之始，以人心厌乱，外患孔殷，为永久和平
计，对北方提出和议八条，尤以宣布密约，及声明军事协
定自始无效为要。今继续任务，俟北方答复，相度进行，
1044. 廷芳兼长外交财政，去粤之际，所余关款，妥为管理，以
充正当用途。其未收者，亦当妥为交涉。文、继尧倡率将
士，共济艰难，苟有利于国家，惟力是视，谨共同宣言：
自今以后，西南护法各省区，仍属军政府之共同组织，对
于北方继续言和，仍以上海为议和地点，由议和总代表准
备开议。广州现在假托名义之机关，已自外于军政府，其
一切命令之行动，及与北方私行接洽，并抵押借款，概属
无效。所有西南盐余及关余各款，均应交于本军政府，移
设未完备之前，一切事宜，委托议和总代表分别接洽办
理，希北方接受此宣言以后，瞭然于西南所在，赓续和
议。庶几国难救平，大局早日解决。不胜厚望，惟我国人
及友邦共鉴之！

发电以后，即由唐绍仪另行备函，并宣言书缮录一份，送达北方总代表王揖唐。揖唐正因南方代表不肯与议，愁闷无聊，既得唐绍仪正式公函，自应欢颜接受，复函道谢。语太挖苦。哪知广东军政府，因孙文、唐绍仪、伍廷芳、唐继尧四人发表宣言，也即愤愤不平，即开政务会议，免去议和总代表唐绍仪，改派温宗尧继任，且电致北京，声明伍等所有宣言为无效。北京政府接到此电，又即知照王揖唐，令他且停和议。王揖唐正兴高采烈，想与唐绍仪言和，偏又遭此打击，害得索然无味，真正闷极。但此尚不过王揖唐一人的心理，无足重轻。

看官试想，南北纷争，频年不解，海内人民，哪一个不望和议早成，可以安闲度日？偏是越搅越坏，愈出愈奇。起初只有南北冲突，渐渐地北方分出两大派，一直一皖，互相暗斗，遂致北与北争；继又南方亦分出两大派，滇粤系为一党，桂系自为一党，也是与北方情形相似，争个你死我活，这真是何苦呢！想是此生不死。

还有四川境内，自周道刚为督军后，被师长刘存厚所扼，愤然去职，竟将位置让与存厚。存厚继任，又被师长熊克武等攻讦，退居绵州，成都由熊克武主持。克武得选为广东军政府政务总裁，却有意与岑、陆相连，反对云南唐继尧，就是滇军师长顾品珍，亦为克武所要结，竟与唐继尧脱离关系，于是川滇相争，滇与滇又自相争，五花八门，层出不穷，只苦了各省的小百姓，流离荡析，靡所定居。大军阀战兴越豪，小百姓生涯越苦，革命革命，共和共和，最不料搅到这样地步哩。痛哭流涕之谈。话分两头。

且说俄国劳农政府，自徙居莫斯科后，威力渐张，把俄国旧境，压服了一大半。外交委员喀拉罕派人至中国外交部送交通牒，请正式恢复邦交，声明将从前俄罗斯帝国时代，在中国满洲及他处以侵略手段取得的土地，一律放弃，并将中东铁路矿产林业权利及其他由俄帝国政府、克伦斯基政府，即俄国革命时第一次政府。与霍尔瓦特、谢米诺夫暨俄国军人律师资本家所取得各种特权，并俄商在中国内所设一切工厂，俄国官吏牧师委员等，不受中国法庭审判等特权，皆一律放弃，返还中国，不受何种报酬。并抛弃庚子赔款，勿以此款供前俄帝国驻京公使及驻各地领事云云。

外交部接着此牒，并呈入总统府及国务总理。徐、靳两人召集国务员等，开席会议，大众以旧失权利，忽得返还，正是绝大幸事，但协约国对俄情形，尚未一致，就是俄国劳农政府，亦未经各国公认，中国方与协约国同盟，不便骤允俄牒，单独订约。只好将来牒收下，暂不答复，另派特

员北往，与来使同赴莫斯科，先觇劳农政府情形，审明虚实，一面探听协约国对俄态度，再行定议。嗣闻协约国各派代表到了丹麦，与劳农政府代表开议，因亦派驻丹代办公使曹云祥为代表，乘便交涉。曹代使复请详示办法，政府乃电示曹代使，令他将所定意见，转告俄国劳农政府的代表。略云：

中华民国对于俄国劳农政府前日提议将各种权利及租借地归还中国，以为承认莫斯科新政府之报酬，此种厚意，实感激异常。惟中国为协约国之一，所处地位，不能对俄为单独行动，如将来协约国能与俄恢复贸易与邦交，则中国政府对于俄政府此种之提议，自当尊崇。希望劳农政府善体此意，并希望即通令西伯利亚及沿海各省之官吏

及委员，勿虐待中国人民及没收其财产，并令伊城即伊犁。及崴埠即海参崴。之劳农政府官吏，对于前日所没收中国商人之粮食及货物，以赈济西伯利亚之饥民，一律予以公平之赔偿，以增进中俄国民之友谊，是所至盼！

过了旬余，复接曹代使复电，谓已与劳农政府代表接洽，该代表已允斟酌办理，政府却也欣慰。这消息传到沪上，全国各界联合会等，统皆喜跃异常。从前俄国雄据朔方，屡为我患，所失权利，不可胜计，此次俄国劳农政府，竟肯一律返还，岂非极大机会？当即电达政府，请速解决中俄问题，收回前此已失权利，机不可失，幸勿稽迟等语。

徐总统尚在迟疑，将来电暂从搁置。既而海参崴高等委员李家鳌报称“崴埠俄国代表威林斯基，不承认有俄国通牒送达中国，恐就中有欺诈等情”，政府得报，又不禁疑虑丛生，诸多瞻顾。意外之利，却是可防。偏沪上各界联合会疑政府无端延宕，错过机宜，免不得大声指摘，历登报端，且云政府难恃，不得不自行交涉。存心爱国，也不足怪。风声传到京师，政府又恐他激起政潮，急忙通电各省，饬令查禁。一年被蛇咬，三年怕烂稻索。电文如下：

查前次劳农政府通牒，虽有归还一切权利之宣言，惟旋据高等委员李家鳌电称“询据该政府代表威林斯基，此事恐有人以欺骗手段，施诸中国，危险莫甚。即使俄国人民，确与中国有特别感情，然必须将来承认统一政府时，各派代表，修改条约，方为正当，想中国政府，亦必酌量出之，弗为所愚”等语。是前通牒，果否可凭，尚属问题。现在熟加考察，如果该政府实能代表全权，确有前项主张，在我自必迎机商榷，冀挽国权。该全国各界联合会等，不审内容，率尔表决承受，并有种种阴谋，实属谬妄。是亦言之太过。除已电饬杨交涉员，时杨晟为上海交涉使。力与法领交涉，想是联合会机关，在上海法租界内。务令从速解散，并通行查禁外，希即饬属严密侦查，认真防范。遇有此类文件，并应注意扣留，以杜乱源，特此通告！

话虽如此，但西伯利亚所驻华军亦已主张撤回，次第开拔，并向日本声明，从前中日军事协定，本为防德起见，并非防俄，现在德事已了，不必屯兵，所有俄日冲突事件，中国军队，无与日军共同动作的义务，所以撤还。日人却也不加抗辩，自去对付俄人罢了。此外一切中西交涉，如对匈和约、对
1048. 保和约、对土和约，中国既无甚关系，亦不能自出主张，但随着协约国方针，共同签字。且因各国和议终了，多半添设使馆，外交部亦呈请增设墨西哥、古巴、瑞典、那威、玻利非亚五国使馆，以便交通。旋经徐、靳两人酌定，特派专使驻扎墨西哥，并兼驻古巴。瑞典、那威亦各派专使分驻，玻利非亚唯派员为一等秘书兼任代办。当下颁一指令，准此施行。最可忧的是支出日繁，收入日短，平时费用不能不向外人借贷。英、美、法、日见中国屡次借款，特组织对华新银行团，正式成立，为监督中国财政的雏形。中政府不遑后顾，但管目前，随他如何进行，总教借款有着，便好媮安旦夕，总有一日破产。得过且过，债多不愁。偏湘省又闹出一场战衅，遂致干戈迭起，杀运复开。小子有诗叹道：

革命如何不革心？仇雠报复日相寻。
三湘七泽皆愁境，惟有漫天战雾侵。

欲知湘省开战的原因，容待下回续表。

子舆氏有言：“上下交征利，不夺不餍。”可见利之一字，实为启争之媒介。试观南北之战，其争点安在？曰惟为利故。南北之战未已，而直皖又互生冲突，其争点安在？曰惟为利故。南方合数省以抗北京，而滇桂又自启猜嫌，其争点安在？曰惟为利故。甚矣哉利之误人，一至于此！无怪先贤之再三诰诫也。彼俄国劳农政府之赉交通牒，愿返还旧政府所得之权利，诚足令人生疑，中国军阀家，方野心勃勃，自争私利之不遑，彼俄人乃肯举其所得而弃之，谓非一大异事乎？然俄人岂真甘心丧利，欲取姑与之谋，亦中国所不可不防也。 1049.

第一百十五回　张敬尧弃城褫职
吴佩孚临席摅词

却说张敬尧督湘以后，一切举措，多违人意，湘省为南北中枢，居民颇倾向南方，不愿附北，再加张敬尧自作威福，为众所讥，所以湘人竞欲驱张。就是湘中绅宦熊希龄，亦尝通电示意，不满敬尧。敬尧却恃有段派的奥援，安然坐镇，居湘三年，无人摇动。只第三师长吴佩孚，久戍湘南，郁郁居此，为敬尧做一南门守吏，殊不值得；且士卒亦屡有归志，此时不归，尚待何时？当下电告曹锟，请他代达中央，准使撤防北返。偏政府因南北和议未曾告成，碍难照准，遂致吴氏志不得伸，闷上加闷，嗣是与敬尧常有龃龉，且对着段派行为，时相攻击，种种言动，无非为撤防计划。跅弛之材，原难驾驭，而况张敬尧。敬尧也忍耐不住，密电政府，保荐张景惠、张宗昌、田树勋三人，择一至湘，接办湘南防务，准吴北返。政府不肯依从，反屡电曹锟，转慰第三师，教他耐心戍守，借固湘防。

看官！你想这志大言大的吴佩孚，遭着两次打击，还肯低首下心，容忍过去么？过了数日，即由湘南传出一篇电文，声言张敬尧罪状，力图撵逐，署名共有数军，第三师亦灿然列着。明明是吴氏主张。敬尧偶阅报纸，得见此电，且忿且惧，自知兵略不及佩孚，湘南一带，亏他守着，故得安安稳稳地过了三年，倘若吴氏撤回，南军必乘隙进攻，转使自己为难，乃急电中央，取消吴氏撤防的原议。略谓“佩孚在湘，地方赖以乂安，所有湖南各团体，俱不愿他撤防，恳请政府下令慰留”云云。政府本不愿吴氏撤回，因复电致曹锟，代阻吴军北返。吴与张既不两立，恨不即日北还，乃复电政府，仍请曹锟转达，措词极为恳切，内称“湘鄂一役，几经剧战，各将士出死入生，伤亡的原宜悯恤，劳瘁的亦须慰安。迭据各旅长等呈请，或患咯血，或患湿疾，悲惨情状，目不忍睹。今戍期已久，日望北旋，大有急不能待的状态。断非空言抚慰，所能遏止”等语。不使督湘。怎忍久居？政府接着复电，不得已想一变通办法，准令驻湘吴军，三成中先撤退一成，以后陆续撤还。吴佩孚又不谓然，以为全部调回与一部调回，范围虽有广狭，但总须由他军接防，何必多费如许手续，遂再电达中央，说是：“戍卒疲苦，万难再事滞留，准予全部撤回，以慰众望。”中央尚不欲遽准，复电曹锟，转饬阻止。哪知吴佩孚已决意撤防，竟不待曹锟后命，便已报明开拔日期，全营北返了。不可谓非跋扈将军。湘南商民颇欲竭诚挽留，终归无效。

佩孚先遣参谋王伯相北上，料理驻兵地点，旋经伯相复电，谓旧有营房，早被边防军占据了去。佩孚不禁大愤，立电曹锟，促令退让，一面启程言旋。惟段仇视吴佩孚，说他自由行动，目无中央，因责成内阁总理靳云鹏，严加黜罚。靳、吴有师生关系，免不得隐袒吴氏，师生关系，已见一百十三回中。且自已虽为段派中人，与小徐独不相协。小徐出阁后，攫得外蒙归附的功劳，报知老段，老段益加宠爱，尝语靳云鹏道："又铮眼光，究竟比尔远大，尔勿谓我受制又铮，要想与他为难，须知我让他出一风头，实为储养人才起见，我看现在人物，无过又铮，能使他做成一个伟人，也不枉我一番提拔了。"老段此言，未免失之忠厚。云鹏听了，越加怏怏，从此与老段也觉有嫌。再加徐总统引用靳氏，寓有深心，前文已经说过，谅看官当已接洽。见一百十一回。徐、靳两人合成一派，本想统一南北，连合南方人士，抵制段系，偏是和议不成，南方亦自相水火，因此靳氏另欲结合吴佩孚，树作外援。惟段祺瑞资格最老，俨然一太上总统，不但靳氏有所动作，必须报告，就是老徐作事，亦必向府学胡同请教。府学胡同，系是段祺瑞住宅，总统府中秘书吴笈孙逐日往返，亦跑得很不高兴，常有怨言，彼徐、靳两人，怎能不心存芥蒂呢？

自吴佩孚撤防北返，段派归责靳云鹏，云鹏乃拟托疾辞职，先去谒见段祺瑞，但云病魔缠扰，不能办事。祺瑞冷笑道："果属有疾，暂时休养，亦无不可，唯不能谓被挤辞职，怨及他人。"语中有刺。云鹏碰了一鼻子灰，即起身别去。翌日提出辞职书，投入总统府。徐总统方藉靳为助，怎肯批准，只令给假十日，暂委海军总长萨镇冰代理。才阅数日，便接湘中警耗，乃是南方谭延闿军队，趁着吴佩孚撤防，攻入湘境，连破耒阳、祁阳、安仁防线，占去衡山、衡阳、宝庆等县。湘督张敬尧不能抵御，飞使乞援，斯总理方在假中，萨镇冰虽然代理，终究是五日京兆，乐得推诿。徐总统本不愿张敬尧督湘，只因段派一力助张，没奈何令他久任，此次敬尧败报，到了京都，约略一瞧，便令送往府学胡同，听候老段解决。段祺瑞当然袒张，拟急派本系中的吴光新率部援湘，复议陈入，徐总统又迟延了两天。那张敬尧实是无用，节节败退，如湘乡、湘潭、郴州等地方，均先后失守，甚至南军进逼长沙，敬尧又不能固守，竟把长沙让去，出走岳州。真是一个老饭桶。看官阅过上文，应知从前北军南下，费了无数气力，才得收复长沙，逐走谭延闿，张敬尧乘便入境，攫得湘督一席，全靠吴佩孚替他守门，他始享受了三年的民脂民膏。及吴氏一去，谭延闿乘机报复，他竟不堪一战，又不能久守，如此阘茸人物，尚算得是段氏门下的健将，段氏的用人智识，也可见一斑了。评论得当。张敬尧即退往岳州，不得已据实呈报，徐总统便即下令褫夺张敬尧职衔，令云：

> 迭据湖南督军兼省长张敬尧等电呈“谭延闿所部，乘直军换防之际，先后侵占耒阳、祁阳、安仁防线，并攻陷衡山、衡阳、宝庆等县，遂由湘乡、湘潭直逼省城，犹复进攻不已，我军不得已退出长沙”等语。查自七年十月停战和议以来，湘省防线，曾经划定，本极分明，久为中外所共见。此次谭延闿等乘机构衅，迭陷城邑，蓄谋破坏，事实昭然。该督军有守土之责，自应力营防守，以固湘局，何得节节退缩，置原划防区于不顾？又复擅离省垣，实属咎有应得。张敬尧着即褫去本兼各职，暂行留任，仍责成督饬所有在湘各军队，迅速规复原防。倘再不知奋勉，贻误地方，张敬尧不能当此重咎也。此令。

这令既下，再特派王占元为两湖巡阅使，吴光新为湖南检阅使，令他会同援湘，收复重镇。偏南军得步进步，煞是厉害，谭延闿尚是书生本色，稍谙军略，未娴戎马，独赵恒惕为南方健将，领兵逐张，横厉无前，既得占据长沙，又乘胜进攻岳州。丧师失地的张敬尧，中央方责他奋勉，不意他越加畏缩，一闻南军进迫，仍旧照着老法儿，逃之夭夭，撒烂污。岳州剩了一座空城，自然被赵恒惕军占去。敬尧遁入湖北，借寓鄂省嘉鱼县中，再将败状入报。于是徐总统又复下令道：

据暂行留任湖南督军张敬尧电呈“南军进攻不已，退出岳州，暂至嘉鱼收集候令”等语。张敬尧前经弃瑕留任，原冀其效力自赎，乃复退出湘境，实属咎无可逭。张敬尧着毋庸留任，所部军队，即刻交由两湖巡阅使王占元接管，切实考核整理。张敬尧于交卸后，迅速来京，听候查办。此令。

查办查办，也不过徒有虚名，张敬尧仍羁居湖北，并未赴京。好做傅良佐第二。惟吴光新得超任湖南督军兼署省长，接管张敬尧后任，去了一个段派，复来了一个段派，仍然是换汤不换药。吴光新的战略，亦非真胜过敬尧，岳州长沙，怎能骤然规复？就是驻湘的北方军队，亦陆续退出湘省，只湘西一部，尚有第十六师混成旅据守。后来益阳、沅江复被南军袭入，混成旅长冯玉祥保守不住，也由常桃退至鄂境。湘南全省，统为南军所有了。暂作一束。

第三师师长吴佩孚，撤退北返，令部众暂驻洛阳，自往保定谒见曹锟，晤谈了好几次，议出了一个大题目来。看官道是甚么问题？原来叫做保定会议。这会议的题目，名为曹锟主席，实是吴佩孚一人主张，曹锟并没有甚么能耐，不过倚老卖老，总不能不推他出头。曹锟的身世履历，从前未曾详叙，正应就此补述大略。如曹三爷生平，例应表明略迹。曹锟籍隶天津，表字仲珊，乡人因他排行第三，呼为曹三爷，略迹已见前文。他家本来单寒，旧业贩布，素性椎鲁，但嗜酒色。相传曹锟贩布时，每得余利，即往换酒，既醉，又踯躅街头，遇有乡村间少年妇女，不论妍媸，均与调笑。往往有狡童随着，伺隙窃取钱布等物，曹虽酒醒，亦不与多较。或劝他自加谨护，曹反笑语道："若辈不过贪我微利，我所失甚微，快意处正自不少，随他去罢。"后来贿选总统，亦本此意。为了这番言语，遂博得一个"曹三傻子"诨名。既而舍贩卖业，投入军伍，庸人多厚福，竟得袁项城赏识，说他朴诚忠实，为可用材。嗣是年年超擢，得领偏师。洪宪时代，曹锟已为第三师长，奉袁令往攻云南。锟逗留汉皋，日拥名妓花宝宝，从温柔乡里耽寻幸福，并不闻陷阵摧锋，袁氏终至失败。及征湘一役，亏得吴佩孚替他效力，充作前驱，才得一往无前，马到成功，他却大唱凯歌，回任四省经略使。好在他亦粗知好歹，识得吴佩孚是健儿身手，好作护符，所以竭诚优待，言听计从。

此番吴氏北返，独倡保定会议，无非欲崭露头角，力与段派抗衡，只因名目上不便发表，但借追悼将士的虚词，号召各省区师旅长官，会集保定。各军官应召到来，先有八省联盟代表，开一谈话会，议定办法三条：（一）拥护靳内阁，不反对段合肥。（二）各省防军，一律撤回原防地，惟南军暂从例外。（三）宣布安福系罪状，通电政府，请求解散安福部。越日，复于八省外加入五省，成为十三省同盟。总计长江流域七省，除出湖南，黄河流域六省，加入新疆，统已有军阀联合，与吴佩孚通同声气。孚威将军的势力，确是不弱。只京保间谣诼纷纭，安福派更加惊惶，索性造出种种流言，散布京华。

徐总统得此谣传，也不禁心下大疑，默思直、皖两派愈争愈烈，一旦政变发生，与自己大为不利，不如预先浼一调人，从中和解，或得消融恶感，免致变生不测。此老无权无勇，只有调和一法，但独不忆黎菩萨之召张辫帅么？此时除直、皖两派外，要算东三省巡阅使张作霖，雄长三边好配与直、皖首领扳谈，因此发一密电，敦促张雨帅入京，调停时局。

张雨帅眼光奕奕，常思染指中原，扩张势力，既得老徐密电，正好乘机展足，作作生芒。就中尚有一段隐情，乃是复辟祸魁张辫帅，屡向雨帅请求，托他代为斡旋，恢复原状；雨帅也为心动，意欲进京密保，俾洗前愆。为了两种奢望，遂毅然受命，乘车入都，一进都门即往总统府报到。徐总统当然接见，与谈直、皖两派冲突情形。张作霖不待说毕，便已自任调

人，毫不推辞，惟言下已谈及张少轩，少轩即张勋字，见前。替他解释数语。徐总统支吾对付，无非说是直、皖解决，总可替少轩帮忙。于是张雨帅欣然辞出，立赴保定。

曹锟闻雨帅远来，派员出迎，迨彼此相见，握手道故，两下里各表殷勤，时已傍晚。曹锟特设盛筵，为张洗尘，陪客就是吴佩孚及各省区代表等人。席间由张作霖提议，劝从和平办法。曹锟对答数语，尚是模棱两可的话头，独佩孚挺身起座道："佩孚并未尝硬要争战，不尚和平，但现在国事蜩螗，人心震动，外交失败，内政不修，正是岌岌可危的时候，乃一班安福派中人物，还是醉生梦死，媚外误国，但图一己私利，不顾全国舆论，抵押国土，丧失国权，引狼入室，为虎作伥，同是圆颅方趾的黄、农遗裔，奈何全无心肝，搅到这般地步？试想国已垂亡，家将曷寄？皮且不存，毛将焉附？存亡危急，关

系呼吸。我等身为军人，食国家俸禄，当为国家干城，部下子弟，虽不敢谓久经训练，有勇知方，惟大义所在，却是奋不顾身，力捍社稷，岳州、长沙，往事可证。无论何党何派，如不知爱国，专尚阴谋，就使佩孚知守军人不干政的名义，不愿过问，窃恐部下义愤填胸，并力除奸，一时也无从禁止呢。”语非不是，但已稍涉矜张。作霖听着，徐徐答道：“吴师长亦太觉性急，事可磋商，何必暴动兵戈，害及生灵。”曹锟亦劝佩孚坐下，从容论议。佩孚乃复还座，且饮且谈。再经作霖劝解一番，佩孚终未惬意。

到了酒阑席散，复由曹、张两人与各省代表，商决调停办法，一是挽留靳总理，二是内阁局部改组，三是撤换王揖唐议和总代表。四、五两条是安插边防军，与对付西南军。张作霖尚欲有言，佩孚复从旁截止道：“照这办法，仍属迂缓，如何能永息政争？譬如剜肉补疮，有何益处？愚见谓不从根本解决，终非良策。”作霖道：“如何叫做根本解决？”佩孚道：“不解散安福部，不撤换王揖唐，不罢免徐树铮，事终难了。佩孚亦誓不承认呢。”作霖道：“王揖唐已拟撤换，余两条尚须酌议。”佩孚奋然道：“段合肥的劣迹，惟误信安福部，安福部的党魁，就是一徐树铮。小徐不去，就使解散安福部，也似斩草不除根，一刹那间，仍然是滋蔓难图了。”作霖见他执拗难言，默然不答。曹锟乃插入道：“夜已深了，且待明日再议罢！”佩孚等因即告退。张作霖便在曹经略使署中，留宿一宵。正是：

乱世难为和事佬，客乡姑作梦中人。

一宵易过，旭日又升，欲知次日续议情形，且至下回再表。

长沙一捷，吴佩孚始露锋芒；长沙一失，吴佩孚尤关重要。盖吴佩孚镇湘三年，而南军不能动其毫末，一旦撤防北返，即为南军所攻入。昂然自大之张敬尧，节节败退，举长沙、岳州而尽弃之，何勇怯之不同如此乎？然正惟由张敬尧之无用，而吴佩孚之自信也渐深，即其蔑视段派之观念，亦因此渐进。保定会议，全然为倒段计。雨帅远来，曹氏接风，吴佩孚以陪座之主人，独挺身起座，大放厥辞，饶有王景略侃侃而谈之慨，彼时之孚威将军固已目无全虏矣。然张之忌吴，未始不因此伏案也。

第一百十六回　罢小徐直皖开战衅
顾大局江浙庆和平

却说张作霖下榻一宵，越宿起来，已近巳牌，盥洗以后，吃过早点，时将晌午，尚未见曹锟出来。作霖料他有烟霞癖，耐心守候，直至钟鸣十二下，午膳已进，方见曹老三入门陪客，肴馔等依然丰盛。彼此分宾主坐定，小饮谈心。作霖先说及吴佩孚态度未免过刚，渐渐地谈到张辫帅，谓：“帝制罪魁，事过即忘，近或仍作显官，何必苛待张勋。”却是说得有理。曹锟与张勋本无恶感，乐得随口赞成。其实张勋遁居荷兰使馆，靠着徐州会议的约文，抵抗冯、徐。冯、徐恐他露泄机缄，先后未曾过问，所以张辫帅仍得行动自由，逍遥法外。不过他旧有权利已经丧尽，单靠着从前积蓄取来使用，断难久持。因此急奔投路，请托张雨帅设法转圜。或谓：“从前两张，曾有婚媾预约。”或谓：“张勋尝辇巨金出关，为贿托计。”小子依同姓不婚的故例，似乎婚媾一层，未足凭信；如两张的粗豪，恐亦未必拘此。即如辇金一节，亦未曾亲眼相见，不便妄断。只张作霖回护张勋，乃是确事，就中总有一线情谊，牵结而来。自曹老三赞同张议，作霖却也欣然，所有谈论，愈觉投机。

待午餐已毕，吴佩孚及各省代表陆续趋集，再行会议。讨论了若干时，才议定办法六条：一是留靳云鹏继任总理，撤换财政总长李思浩、交通总长曾毓隽、司法总长朱深。二是撤换议和总代表王揖唐。三是湘事由和会解决。四是和会不能解决各条件，应另开国民大会，共同解决。五是边防西北军与南方军队，并及各省兵额，同时裁减。六是开复张勋原官。吴佩孚瞧这六条办法，尚未满意。谓必须罢免徐树铮。作霖道："待我入京返报，可将小徐罢去，自然最好了。"当下议决散会。作霖复勾留一宵，至次日辞别回京。

看官阅此！应不能无疑：孚威将军吴佩孚肯容张勋，何故不容徐树铮？哪知吴佩孚的心理，但主倒段，小徐为段氏第一腹心，绰号为小扇子，所以必欲罢免；若张勋与段氏，明系仇雠，何妨令复原官，多一个段家敌手。故张勋开复原官一条，吴氏并无异议。这可见吴氏心理，亦全然为私不为公。

张作霖既经返京，即将议定办法六条，面呈徐总统。徐总统阅毕，便语作霖道："翼青即靳云鹏表字。定要辞职，我已于昨日批准了。财政、交通、司法三总长当然连带辞职，可无庸议。此外数条我却不便作主，须要先通知段合肥，俟他认可，方得照办。"作霖也知老徐难办，因即应声道："且去与段氏一商何如？"徐总统道："别人无可差委，仍烦台驾一行。"作霖又慨然承认，起身即去。

段祺瑞方出驻团河，由作霖前去晤谈，先说了许多和平的套话，然后将议案取阅。段祺瑞瞧了一周，不由地懊恼起来，再经作霖委婉陈词道："据吴佩孚意见，定要解散安福部，撤换王揖唐，罢免徐树铮，作霖亦曾劝解数次，终不得吴氏退步。公为大局起见，何必与后生小子争此异点。否则作霖想作调人，看来是徒费跋涉，不能挽回了。"祺瑞作色道："吴佩孚不过一个师长，却这般恃势欺人，他若不服，尽可与我兵戎相见，我也未尝怕他呢。"作霖听了此言，说不下去，只好返报老徐。

老徐再要他曲为周旋，作霖也出于无奈，再往与段氏婉商。偏段氏态度强硬，一些儿不肯转风，累得张雨帅奔走数次，毫无效果，乃向徐总统前告别返奉。老徐又苦苦挽留，坚嘱作霖设策调停。作霖乃再诣保定，劝曹、吴略示通融。吴佩孚勃然道："不解散安福部，不撤换王揖唐，事尚可以通融，惟不罢免小徐，誓不承认。"曹锟亦说道："老段声名，统被小徐败坏，难道尚不自知么？"作霖见两人言论与段氏大相反对，遂续述段氏前语，不惮一战。佩孚更朗声道："段氏既云兵戎相见，想无非靠着东邻的奥援，恫吓同胞，我辈乃堂堂中国男儿，愿率土著虎贲三千人，鹄候疆埸，若稍涉慌张，便不成为直派健儿了。"两派相争，纯是意气用事。作霖长叹道："我原是多此一行。"曹锟便即插口道："公以为谁曲谁直？"作霖道："我亦知曲在老段，但我为总统所迫，不得已冒暑驰驱，现双方同主极端，无法调和，我只好复命中央，指日出关了。"曹锟又道："事若决裂，还须请公帮忙。"作霖点首道："决裂就在目前，愿公等尽力指麾，待得一胜，那时再需我老张说和，也未可知，我就此告辞了。"隐伏下文。曹锟复把臂挽留，作霖不肯，且笑语道："我已做了嫌疑犯，还要留我做甚？彼此相印在心，不宜多露形迹呢。"说毕，匆匆告辞，返京复命。

徐总统具悉情形，复与作霖密商多时，方才定计。越两日，即由京城新闻纸上，载出徐树铮六大罪状，略述如下：

（一）祸国殃民。（二）卖国媚外。（三）把持政柄。（四）破坏统一。（五）以下杀上。（六）以奴欺主。

文末署名，为首的系是曹锟，第二人就是张作霖，殿军乃是江苏督军李纯。又越日，由徐总统发出三道命令，胪列下方：

（一）特任徐树铮为远威将军。

（二）徐树铮现经任为远威将军，应即开去筹边使，留京供职。西北筹边使著李垣暂行护理。

（三）西北边防总司令一缺，着即裁撤，其所辖军队，由陆军部接收办理。

看官听说，当时徐树铮久住库伦，对着南北用兵，本常注意，既闻湘省失守，正拟密调西北军，分道援湘，但究因相隔太远，鞭长莫及，且恐直军中梗，急切不能通过，未免踌躇，忽又得辽东电报，乃是张作霖应召入都，愿作调人，他亦预料一着，只防直、奉两派相连，压迫皖系，于是不待中央命令，星夜南回，驰入都门，运动雨帅，愿以巨金为寿。并云："事平以后，定当拥张为副总统。"作霖前次为小徐所绐，怎肯再为所欺？因此拒绝不答。

树铮见运动无效，复怂恿东邻，阻止奉军入关，一面唆使东三省胡匪，扰乱治安，袭击作霖根据地。种种秘计，却是厉害。

不料事机未密，所遣密使竟被奉军查获，报知作霖。作霖当然大愤，即电告曹锟、李纯，联名痛斥小徐。曹锟正乞奉张为助，巴不得有此一举。李纯亦素恨段派，与曹锟不谋而合，同日复电，并表同情。作霖便发表声讨小徐的电文，并向总统府献议，请罢免徐树铮，撤销西北边防军。徐总统尚欲保全皖系面子，但调小徐为远威将军，并闻小徐已经来京，仍有留京供职的明文。惟将小徐的兵权，一律撤尽。叙入此段，为下文作一注脚。小徐不禁着忙，急赴团河见段合肥，涕泣陈词道："树铮承督办谬爱，借款练兵，效力戎行，今总统误信二三奸人，免树铮职，是明明欲将我皖系排去，排去皖系，就是排去督办，树铮一身不足惜，恐督办亦将不免了。"肤受之愬。

段祺瑞被他一激，禁不住怒气上冲，投袂起座道："我与东海交好，差不多有数十年，彼时改选总统，我愿与河间同时下野，好好把元首位置让与了他，哪知他年老昏聩，竟出此非法举动，彼既不念旧情，老夫何必多顾，就同他算账便了。"说至此，即出门上车，一口气驱入京都，径至总统府中，见了老徐，说了几句冷嘲热讽的话儿，面目上含着怒容，更觉令人可怖。徐总统从容答道："老大哥何必这般愤怒？又铮筹边使，本与筹边督办，一事两歧，犯那重床叠屋的嫌疑，今将又铮调任，无非掩人耳目，暂塞众谤，一俟物议少平，便当另予位置，目前暂令屈居将军府，闲散一二月，想亦无妨。"老段闻言，怒仍未解，且反唇相讥道："曹锟、吴佩孚，拥兵自恣，何勿罢免？乃必罢徐树铮。"徐总统复道："曹吴两人，克复长沙，镇守湘南，全国舆论，一致推崇，若将他无故罢免，必致舆情反对，说我赏罚不明。况有功加罚，将来如何用人？难道曹、吴等果肯忍受，不致反动么？"老段见话不投机，悻悻起座道："总统必欲宠任曹、吴，尽管宠任，休要后悔！"说着，拂袖自去。好似乡曲武人，但事抢白，不顾体裁。老徐送了几步，见老段全不回头，只好叹息而返。

段祺瑞既出总统府，复回至团河，与小徐商决发兵，即由小徐带了卫队，入逼公府，迫令罢斥曹、吴，一面调动边防军第一第三第九各师，用段芝贵为总司令，向保定进发，与曹、吴一决雌雄。京、保一带，战云骤起。张作霖闻报，匆匆回奉，也去调兵入关，援应曹、吴。可怜京城内外的百姓，纷纷迁避，一夕数惊，这岂不足殃及池鱼，无辜遭害么？徒唤奈何。

京中方扰攘不安，东南亦几生战事，险些儿亦饱受虚惊，说将起来，也是与直、皖两派互生关系。江苏督军李纯原是直派，署浙江督军卢永祥乃是皖派，永祥本为淞沪护军使，自调署浙督后，仍念念不忘淞沪，但淞沪系江苏辖境，李纯欲收为

己有，独永祥谓旧有护军使一职，不归江苏节制，应仍划出区域，由自己兼管。这问题互相抵触，争论不休。仍然是直皖之争。吴淞司令荣道一，与李、卢二督俱有师生情谊，特出为调停，渐得两方谅解，共保旅长何丰林充任。事早就绪，不意中央忽下一明令，特任卢永祥为浙江督军，裁撤淞沪护军使，改设淞沪镇守使，即命何丰林调任。何丰林虽系李督门徒，但得此护军使一席，全然由卢督帮护，一力造成，若叫他改任镇守使，是要归江苏节制，不但官职上显有升降，就是卢、何两人联络的作用，亦尽付东流，何丰林原不甘受屈，卢永祥亦岂肯甘休？当下由永祥授意丰林，令丰林代发通电道：

恭读大总统命令，特授卢永祥为浙江督军，淞沪护军使着即裁撤，改设镇守使，调任何丰林为淞沪镇守使，此

令等因。当此南北争持之际，国是未定，人心未安，政府失其重心，大局日趋危险，淞沪地方重要，未便骤事更张，除电呈大总统外，现仍以卢永祥兼任淞沪护军使名义，由丰林代行，维持现状。谨此电闻，即请查照为荷。

何丰林复自发一电，转向中央辞职，文云：

大总统国务院参陆部钧鉴：恭读大总统令，淞沪护军使一缺，着即裁撤，改设淞沪镇守使，调任何丰林为淞沪镇守使此令等因。奉令之下，惶悚莫名。伏念淞沪地方重要，绾毂东南，自民国四年裁并上海、松江两镇守使，特设护军使一职，直隶中央，当时设官分职，用意至为深远。数年以来，迭经事变，用能本其职权，随机应付。至去岁卢督调任后，学潮震荡，工商辍业，人心摇动，闾里虚惊，丰林一秉成规，幸免意外。现方南北相持，大局未定，忽奉明令，改设镇守使，职权骤缩，地方既难维持，事机尤多贻误，对内对外，咸属非宜。丰林奉职无状，知难胜任，惟国家官制，必须因地制宜，不能因人而设。惟有退让贤路，仰恳大总统准予免去淞沪镇守使一职，以重旧制而维大局，不胜屏营待命之至。

两电既发，复嘱第四师第十师全体军官，拍电到京，吁请收回成命，并任何丰林为淞沪护军使。京中方为了直、皖决裂，两下里备战汹汹，连徐总统俱吉凶未卜，尚有何心顾及东南？一时未及答复，何丰林越疑到李纯身上，以为中央命令，定是李督嗾使出来，彼乘直、皖交争的时候，要想收回淞沪，扩充地盘，所以有此一举，遂不待探明确信，即电致李督一书，语多愤懑，并有“解铃系铃、全在吾师”等语。一面商令吴淞司令荣道一，亦拍电诘问李纯，内有“同人等群相诘责，无词应付，私心揣测，亦难索解，非中央欺吾师，即吾师欺学生”云云。当由李纯电复何丰林，略谓：“中央命令，如果由兄指使，兄无颜见弟，无颜为人。”语本明白痛快，偏何丰林尚未肯信，联同浙督卢永祥，暗地戒严，密为防御。

天下本无事，庸人自扰之，浙沪各军，既四处分布，如临大敌，免不得谣言百出，传入江苏。李纯也不得不疑，并因直、皖纷争愈竞愈烈，恐沪军亦趁势袭击江苏，为此先事预防，特派兵分布苏州、昆山一带，并掘毁黄渡至陆家浜一带铁道，阻截沪军。何丰林闻沪宁铁路被苏军拆断，越觉师出有名，遂也派军直上，与苏军相犄角。彼此列阵相持，摩拳擦掌，专待厮杀。只江苏一班士绅，已吓得心惊胆裂，慌忙奔走号召，结合各界团体，呼吁和平。再加外交团保护侨民，力为调解，电文络绎，送达江浙。李纯本无心开战，对着南北纷争，尚日日把“和平”二字，挂诸齿颊，怎有江、浙毗连反致轻自开衅？若卢、何二人目的但在淞沪，得能将淞沪一方，仍归掌握，此外自无他望。结果是李督让步，卢、何罢休，总算双方订约，江苏不侵淞沪，淞沪也不犯江苏，撤退兵备，易战为和。江浙人民幸得苟安。后来中央亦收回成命，特任何丰林为淞沪护军使，这还是李督军爱惜苍生的厚惠。小子有诗咏道：

绾领军符贵保邦，如何仗戟自相撞？
罢兵独为宁人计，赢得仁声满大江。

东南幸不鏖兵，北京难免战祸，欲知谁胜谁负，且至下回叙明。

民国战争，无一非为私利而起，南北之战，公乎私乎？顾南方犹得以护法为借口。若直皖之战，全为私利起见，小徐之欲扩张安福部势力，私也；即吴佩孚之反对小徐，不惜一战，亦安得谓为非私？一则挑拨段氏，一则煽动曹使，各求逞志而已，与国家之凋敝，民生之痛苦，固视若无睹焉。张雨帅亦好动不好静，本以调人自居，反致激成战祸，是岂不可以已乎？若淞沪护军使一职，贻祸者为袁项城，袁因郑汝成有功于己，特划淞沪一隅，俾郑自主。而郑竟死于非命。及卢何之与李纯龃龉，几至宣战，微李纯之顾全东南大局，甘心让步，江浙人民，宁有幸乎？国民苦兵革久矣，好战者民之贼也，主和者民之望也，观乎江浙之言和，安得不感念夫李督军？

第一百十七回　吴司令计败段芝贵
王督军诱执吴光新

却说徐树铮带领卫队，直入京师，将演逼宫故事，一面至将军府，强迫各员，联衔进呈，请即褫夺曹锟、曹锳、吴佩孚官职，下令拿办。曹锳为曹锟第七弟，曾任近畿旅长，故小徐亦列入弹章，并推段祺瑞领衔，呈入总统府，大有咄咄逼人的气势。徐总统不便遽从，延搁一宵，未曾批准。那小徐确是厉害，竟率卫队围住公府，硬要老徐惩办曹、吴，否则即不认老徐为总统。徐总统无奈，只好下一指令道：

> 前以驻湘直军，疲师久戍，屡次吁请撤防，当经电饬撤回直省，以示体恤。乃该军行抵豫境，逗留多日，并自行散驻各处，实属异常荒谬。吴佩孚统辖军队，具有责成，似此措置乖方，殊难辞咎，着即开去第三师师长署职，并褫夺陆军中将原官，暨所得勋位勋章，交陆军部依法惩办。其第三师原系中央直辖军队，应由部接收，切实

整顿。曹锟督率无方，应褫职留任，以观后效。军人以服从为天职，中央所以指挥将帅者，即将帅所以控制戎行。近年纲纪不张，各军事长官，往往遇事辄托便宜，以致军习日漓，规律因之颓弛。嗣后各路军队，务当恪遵中央命令，切实奉行，不得再有违玩，着陆军部通令遵照。此令。

看官！你想这道命令，曹吴两人，尚肯听受么？当下由曹锟出面，联同东三省巡阅使张作霖，长江三督军李纯、王占元，陈光远等，发一通电，具论老段及小徐罪状，大略如下：

自安福部结党营私，把持政柄，挟其国会多数之势力，左右政局，而阴谋作用，辄与民意相反，实为祸国之媒，寖成舆论之敌。其尤影响国事者，政争所及，牵动阁潮，以致中枢更迭不定，庶政未由进行。甚至党派之后，武力为援，政治中心，益形杌陧。试察其行动之机，则发纵而指使者，多系徐树铮等主持，恣睢专横，事实昭然。元首明烛破奸，于是下令开去徐树铮筹边使之职，解其兵权，筹纾党祸，并因靳揆辞职，提出周少朴氏，即周树模，徐欲用周代靳，已送咨文至众议院，未得议员同意。方期从容组阁，以文治之精神，奠邦基于永固。讵倏传惊耗，变出非常，合肥方面，以段芝贵为总司令，派边防军，直趋保定，宣言与直军宣战，并计定攻苏攻鄂，攻豫攻赣，强迫元首，下令讨伐。近日元首已被其监视，举动均失其自由，假借弄权，惟出自一二奸人之手。此时政本已摇，发号施令，无非倒行逆施之举，似此专横谬妄，实为全国之公敌。夫元首有任免官吏之权，乃因免一徐树铮，彼竟敢遽行反抗，诉诸武力。以直军而论，自湘南久戍，奉准撤防，无非藉资休整，备国家御侮之用，既无轨外之行动，有何讨伐之可言？讵合肥欲施其一网打尽之计，是以有触即发，为徐树铮之故，为安福部之故，乃不惜包围元首，直接与曹锟等宣战，总施攻击。锟等素以和平为职志，对此衅起萧墙，无术挽救，迫不得已，惟有秣马厉兵，共伸义愤。纾元首之坐困，拯大局于濒危。扫彼妖氛，以靖国难。特此电闻。

通电喧传，全国鼎沸。再加张作霖回到奉天，立即派遣重兵，入山海关，也有一篇宣言书，说是“作霖奉令入都，冒暑远征，冀作调人，乃我屡重涕而道，人偏充耳勿闻。现闻京

畿重地，将作战场，根本动摇，国何由立？且京奉铁路关系条约，若有疏虞，定生枝节。用是派兵入关，扶危定乱。如有与我一致，愿即引为同袍，否则视为公敌”等语。这是张雨帅独自出名，与上文联衔发电的文章，又似情迹不同，未尝指明讨段。其实乃是聪明办法，留一后来余地，看官莫要被他瞒过呢。谓予不信，试看后文。

曹锟得知奉军入关的消息，料知他前来援应，遂放胆出师，亲赴天津，当场行誓众礼，派吴佩孚为总司令，号各军为讨贼军，即就天津设大本营，高碑店设司令部，一意与段军对敌。段军分四路进兵，第一路统领刘询，第二路统领曲同丰，第三路统领陈文运，第四路统领魏宗瀚，均归总司令段芝贵调度。总参谋就是徐树铮。七月十四日，两军相距，不过数里，刁斗相闻，兵刃已接，眼见是战云四布，无法打消了。总统府

中尚发出通令云：

> 民国肇造，于兹九年，兵祸侵寻，小民苦于锋镝，流离琐尾，百业凋残，群情皇皇，几有儳焉不可终日之势。本大总统就任之始，有鉴于世界大势，力主和平，比岁以来，兵戈暂戢，工贾商旅，差得一息之安，犹以统一未即观成，生业不能全复。今岁江浙诸省，水潦为灾，近畿一带，雨泽稀少，粮食腾踊，讹言明兴，眷言民艰，忧心如捣。乃各路军队，近因种种误会，致有移调情事，兵车所至，村里惊心，饥馑之余，何堪师旅？本大总统德薄能鲜，膺国民付托之重，惟知爱护国家，保乂人民，对于各统兵将帅，皆视若子弟，倚若腹心，不能不剀切申诫。自此次明令之后，所有各路军队，均应恪遵命令，一律退驻原防，勠力同心，共维大局，以副本大总统保惠黎元之至 1071.
> 意。此令。

军阀相争，势不两立，还管甚么大总统命令？大总统要他撤防，他却即日开战，冬冬的鼓声，啪啪的枪声，就在琉璃河附近一带发作起来。边防军第一师第一团马队，与第十三师第一营步军，进逼直军第十二团第二营，气势甚猛，悍不可当。直军也不肯退让，即与交锋，正在双方攻击的时候，忽见直军步步倒走，退将下去。边防军越加奋迅，趁势追逼，再加总司令段芝贵性急徼功，下令军中，并力进击，不得瞻顾。小段号称能军，何并诱敌之谋，尚不知晓？边防军自然锐进。哪知直军退到第一防线，均避入深壕，伏住不动，所有边防军射来的枪弹，尽从壕上抛过，一些儿没有击中，空将弹子放尽。猛听得一声怪响，便有无数弹子，飞向边防军击来，烟尘抖乱，血肉横飞，边防军支撑不住，立即转身飞奔。直军返退为攻，统从壕沟中跃出，还击边防军，吓得边防军没路乱跑，纷纷四散。段芝贵顾命要紧，早已遁去。尚有西北军第二混成旅，及边防第三师步兵第二团，由张庄、蔡村、皇后店三路，分攻杨村的直军防线，激战多时，统为直军所败。杨村系曹锳驻守，与吴佩孚同日得胜，先声已播，可喜可贺。独段芝贵等未免懊恨，向段祺瑞处报告，但言为直军所袭，因致小挫。祺瑞乃欲鼓励戎行，特令秘书员草就檄文，布告中外，略云：

曹锟、吴佩孚、曹锳等，目无政府，兵胁元首，围困京畿，别有阴谋。本上将军业于本月八日，据实揭劾，请令拿办，罪恶确凿，诚属死有余辜。九月奉大总统令，曹锟褫职留任，以观后效，吴佩孚褫职夺官，交部拿办。

令下之后，院部又迭电促其撤兵，在政府法外施仁，宽予优容，曹锟等应如何洗心悔罪，自赎末路。不意令电煌煌，该曹锟等不惟置若罔闻，且更分头派兵北进，不遗余力。京汉一路，已过涿县，京奉一路，已过杨村，逼窥张庄。更于两路之间，作捣虚之计，猛越固安，乘夜渡河，暗袭我军，是其直犯京师，震惊畿内，已难姑容，而私勾张勋出京，重谋复辟，悖逆尤不可赦。京师为根本重地，使馆林立，外商侨民，各国毕届，稍有惊扰，动至开罪邻邦，危害国本，何可胜言？更复分派多兵，突入山东境地，竟占黄河岸南之李家庙，严修备战，拆桥毁路，阻绝交通，人心惶惶，有岌焉将坠之惧。本上将军束发从戎，与国同其休戚，为国家统兵大员，义难坐视，今经明呈大总统，先尽京汉附近各师旅，编为定国军，由祺瑞躬亲统率，护卫京师，分路进剿，以安政府而保邦交，锄奸凶而定国是。歼魁释后，罪止曹锟、吴佩孚、曹锳三人，其余概不株连，其中素为祺瑞旧部者，自不至为彼驱役，即彼部属，但能明顺逆，识邪正，自拔来归，即行录用。其擒斩曹锟等，献至军前者，立予重赏。各地将帅，爱国家，重风义，遘此急难，必有屦及剑及、兴起不遑者，祺瑞愿从其后，为国家除奸慝，即为民生保安康，是所至盼。为此檄闻。

同日曹锟亦通电各省，说是开衅原由，当归边防军任咎，略述如下：

边防军称兵近畿，扰害商民，近仍进行不已，以众大 1073.
之兵力，占据涿州、固安、涞水等处，于寒删两日，诗韵有十三寒、十五删两韵，电码即借作十三日、十五日之省文。向高碑店方面分路进攻，东路则占据梁庄、北极庙一带，向杨村攻击，炮火猛烈，枪弹如雨。敝军力为防御，未及还攻，而彼竟愈逼愈紧，实为有意开衅，事实如此，曲直自在。惟有激厉将士，严阵以待，固我防圉而卫民生。特电奉闻，诸惟察照。

兵戈不足，济以笔舌，两造各执一是，互争曲直，这也是习见不鲜的常调，无足深论。公论自在人间，两造哓哓，何足取信？惟战事既开，势难收拾，最激烈的是徐树铮，他以为敌寡我众、敌弱我强，曹三庸夫，毫不足惧，吴子玉虽号知兵，究竟是个戎马书生，不惯力战。西北军身长胆壮，但藉那靴尖蹴踏，已足踢倒曹吴，不意一战即挫，前驱溃退，恼得小徐气冲牛斗，投袂奋起，自往督军，就将高碑店战事，尽交段芝贵主持，亲赴杨村一带，督同三路大军，进攻曹锳。一面电致鄂豫鲁等省，密令同党起事，响应京畿。

湖南督军吴光新本是段氏嫡派，得继张敬尧后任，兼充长江上游总司令，已见前文。莅鄂已有多日，因见岳州、长沙为南军所占据，无隙可乘，不得已寓居湖北。张敬尧奉令查办，始终不肯到京，尚在湖北潜住。自经徐树铮密电到鄂，由吴光新接着，遂与张敬尧会商，图取湖北，助攻直军，并因旧部赵云龙驻守河南信阳县，好教他乘机发难，攻夺河南。当下发一密电，嘱告云龙，约期并举。鄂督王占元与曹吴联络一气，当然隐忌吴光新，时常派人侦查，防有他变。及直皖战起，侦察益严，所有吴光新暗地举动，竟被王占元察知，遂借请宴为名，备了柬帖，邀吴入饮。

吴光新未曾防着，还道是密谋未泄，乐得扰他一餐，快我老饕。况临招不赴，乃是官场所忌，并足使王占元生疑，为此贸然前往，怡然入席。主客言欢，觥筹交错，畅饮了一二小时，已觉酒意微醺。突由王占元问及近畿战事，究系谁曲谁直？吴光新不觉一惊，勉强对答数语，尚说是时局危疑，不堪言战。假惺惺。王占元掀髯微笑道："君亦厌闻战事么？如果厌战，请在敝署留宿数宵，免滋物议。"说着，即起身出外，唤入武士数名，扯出吴光新，驱至一间暗室中，把他软禁起来。吴光新孤掌难鸣，只好由他处置，惟自悔自叹罢了。得全性命，还是幸事。

王占元既拘住吴光新，更派出鄂军多人，往收吴光新部曲，果然吴军闻信，乘夜哗变，当被鄂军击退，解散了事。独张敬尧生得乖巧，已一溜烟似地遁出鄂省，得做了一个漏网鱼。占元遂通电曹、吴，曹、吴亦为欣慰。嗣复接得广东军政府通电，也是声讨段氏，但见电文中云：

国贼段祺瑞者，三玷揆席，两逐元首，举外债六亿万，鱼烂诸华，募私军五师团，虎视朝左，更复昵嬖徐树铮，排逐异己，啸聚安福部，劫持政权。军事协定，为国民所疾首，而坚执无期延长；青岛问题，宜盟会之公评，而主张直接交涉；国会可去，总统可去，而挑衅煽乱之徐树铮，必不可去；人民生命财产，可以牺牲，国家主权，森林矿产，可以牺牲，而彼辈引外残内之政会，必不可以牺牲。凶残如朱温、董卓，而兼鬻国肥私，媚外如秦桧、李完用，而更拥兵好乱。综其罪恶，罄竹难书。古人权奸，殆无其极。

军府恭承民意，奋师南服，致讨于毁法卖国之段祺瑞，及其党徒，亦已三稔于兹，不渝此志。徒以世界弭兵，内争宜戢，周旋坛坫，冀遂澄清。而段祺瑞狼心不化，鹰瞵犹存，嗾使其心腹王揖唐者，把持和局，固护私权，揖盗谈廉，言之可丑。始终峻拒，宁有他哉？乱源不清，若和奚裨。吴师长佩孚，久驻南中，洞见症结，痛心国难，慷慨撤防。直奉诸军，为民请命，仗义执言，足见为国锄奸，南北初无二致也。乃段祺瑞怙恶饰过，奖煽奸回，盘踞北都，首构兵衅，以对南黩武之政策，戕其同袍，以不许对内之边军，痛毒畿辅。天命不足畏，人言不足恤，但知异己即噬，不惜举国为仇，故曩诿为南北之争者，实未彻中边之论也。道路传言，佥谓该军有某国将校，阴为之助，某氏顾问，列席指挥，友邦亲善，知必譸言，揣理度情，当不如是。然而敬瑭犹在，终覆唐室，庆父不除，莫平鲁难。今者直省诸军，声罪致讨，大义凛然，为国家振纲纪，为民族争人格，挥戈北指，薄海风从。军府频年讨贼，未集全勋，及时鹰扬，义无反顾，是用奖率三军，与爱国将士，无间南北，并力一向，诛讨元凶。其有附逆兵徒，但知自拔，咸与维新。若更徘徊，必贻后悔。维我有众，壹乃心力。除恶务尽，共建厥勋。褫奸雄之魄，毋或后时，抉郿邬之藏，相偕饮至。昭告遐迩，盍兴乎来！

据这电文，明明是岑春煊主张，与曹、吴遥相呼应，直派联合岑、陆，已见一百十四回中。曹、吴大喜，颁示将士，遂令军心益奋，慷慨临戎。小子有诗叹道：

武夫本是国干城，御侮原应不爱生。
可惜局中差一着，奋身误作阋墙争。

欲知两军再战情形，请看下回便知。

绝交不出恶声，是谓之君子人。试观直、皖之争彼此相诟，无异村妪乡童之所为。试思同袍同泽，本有偕作偕行之义务，就使意见不合，偶与绝交，亦当为国家起见，各就本职，守我范围，岂可自相诋诽，自相攻击乎？况虚词架诬，情节支离，徒快一时之意气，甘作两造之譸言，本欲欺人，适以欺己。天下耳目，非一手可掩，何苦为此山膏骂豚之伎俩也。彼段芝贵之遭败，与吴光新之被拘，皆失之躁率，均不足讥，即胜人执人者，亦为君子所不齿。朝为友朋，暮成仇敌，吾不愿闻此豆萁相煎之惯剧也。

第一百十八回　闹京畿两路丧师
投使馆九人避祸

却说直、皖两军互相角逐，分作东西两路，西路就是高碑店，东路乃是杨村。徐树铮率同西北军，猛攻曹锳。曹锳仓猝抵敌，一时措手不及，竟为西北军所乘，枪似林攒，弹如雨注，不由曹军不走。曹锳只好号召兵士，退出杨村。树铮把杨村占住，很是得意，偏接高碑店战报，一再败衄，急得小徐又转喜为忧。

原来段芝贵前次失败，收合余军，再图大举。七月十五日晚间，复向高碑店进攻，意欲乘他不备，得一胜仗。直军也曾防着，出阵接战。小段见直军严肃，料不可袭，便另生一计，密令部众散阵四趋，诱入直军。也欲作诱敌计么？直军踊跃直前，向敌阵中杀入。敌阵先散后聚，复一齐裹合拢来，拟把直军困在垓心。直军也觉情急，猛力冲突，各自为战。小段见直军中计，喜不自禁，便申令军中，再接再厉，要杀得他片甲不回。谁知阵后忽来了数百人，统执着新式快枪，接连击射，好似连珠一般，无从趋避。为首的统兵大员，不是别人，正是直军总司令吴佩孚，小段被他一扰，吓得方寸已乱，亟欲分兵对敌，偏偏兵不应命，相率溃去。直军前后夹攻，几把小段擒住。幸亏小段跨一骏马，跑走得快，才得逃脱，退至三十里外下营。小段经此两败，方知吴佩孚计中有计，不敢轻敌。

吴佩孚得胜收军，休息一宵。到了次日的夜间，令第三混成旅旅长萧耀南与第三补充旅旅长龚汉治，合力向涿州进攻，再令补充旅旅长彭寿莘作为后应。边防军第一师师长曲同丰驻守涿州，正与萧耀南相值，两军接触，即劈劈啪啪的放起枪来。边防军屡遭败仗，未战先怯，勉强支撑了一小时，看直军来势益盛，便想退下。那龚汉治部下补充旅，正从右边攻入，冲断边防军，彭寿莘又复继至，击毙边防军无数，俘获旅团长以下共五十余人。曲同丰带领残兵，遁入涿州。直军便至涿州城外安营，再图进取。讵旦有奉军到来加入，直军气焰益盛，曲军已失战斗的能力，眼见得支持不住，没奈何派员请和。吴佩孚只准乞降，不得提出“和”字。曲同丰保命要紧，就使丢掉面子，也不暇顾，只好依吴佩孚所言，与二十九旅旅长张国溶、三十旅旅长齐宝善，带同残军二千余人，向直军缴械投降。不愧姓曲。涿州遂由直军占住。边防军第三师师长陈文运，闻得曲军降敌，竟弃师遁去。蛇无头不行，兵无主自乱，大都弃械逃生，各走各路。段芝贵亦遁入京师，西路军完全失败。

徐树铮得此消息，方在忧患，蓦闻营外枪声大震，乃是曹锳领军杀到。从来出兵打仗，全靠着一鼓锐气，锐气一挫，虽有良将，不能为力。此时曹锳奋勇杀来，无非为了西路大捷，鼓动士气，前来夺还杨村。那小徐部下，正因西路覆没，垂头丧气，还有何心接战？顿时出营四溃。小徐到此，就使郁愤满腔，要想拚命一争，怎奈兵心已散，无可挽回，也惟有行了三十六策中的上策，一溜风跑入都门，窜匿六国饭店中，可巧与小段碰着。“愁人莫对愁人说，说起愁来愁煞人”，想两人当时情状，应亦如此，毋容笔下描摹了。这是好战的报应。段祺瑞迭接败耗，且愤且惭，当即取过手枪，意欲自戕。幸经左右夺去，劝他入京，求总统下停战令。祺瑞不得已还都，上书老徐，引咎自劾。徐总统冷笑道：“早知今日，何必当初？”遂令靳云鹏、张怀芝等往见曹、吴，商议停战，一面颁下通令道：

前以各路军队，因彼此误会，致有移调情事，当经明令一律退驻原防，共维大局。乃据近日报告，战事迄未中止，群情惶惧，百业萧条，嗟我黎民，何以堪此？况时方盛暑，各将士躬冒锋镝，尤属可悯。应责成各路将领，迅饬前方，各守防线，停止进攻，听候命令解决，用副本大总统再三调和之至意！此令。

天下不如意事，十常八九，自段氏四路大军一齐败溃，于是鲁、豫各省的段派军官，亦皆瓦解。山东德州方面，本被边防军统领马良攻入，守将商德全退走。嗣由奉军往援德全，复击败边防军，夺回德州，马良当然窜去。就是信阳戍将赵云龙，率领部下，与河南旅长李奎元激战，亦为所败，被逐出境。还有察哈尔都统王廷桢，起应曹吴，入驻康庄，就在居庸关附近，与边防军西北军，一场剧斗，边防军西北军均皆败降，解除武装，老段小徐的计策，无不失败。段祺瑞自欲解嘲，因电致直、奉、苏、赣、鄂、豫等省，大略说是：

顷奉主座电谕“近日叠接外交团警告，以京师侨民林立，生命财产，极关紧要，战事如再延长，危险宁堪言状？应令双方即日停战，迅饬前方各守界线，停止进攻，听候明令解决”等因。祺瑞当即分饬前方将士，一律停止进攻在案。查祺瑞此次编制定国军，防护京师，盖以振纲饬纪，并非黩武穷兵，乃因德薄能鲜，措置未宜，致召外人之责言，上劳主座之廑念。抚衷内疚，良深悚惶！查当日即经陈明，设有贻误，自负其责。现在亟应沥情自劾，用解愆尤，业已呈请主座，准将督办边防事务，管理将军府事宜各本职，暨陆军上将本官，即予罢免；并将历奉奖授之勋位勋章，一律撤销，定国军名义，亦于即日解除，以谢国人。谨先电闻。

投井下石，古今同慨，况段氏误信小徐，组织安福部，党 1081.
同伐异，借债兴兵，究为舆论所未容，此次一败涂地，虽然返躬自责，情愿去官，毕竟众怒未消，谤言益甚。江苏督军李纯发一通电，有“歼厥渠魁，指日可待，从此魑魅敛迹，日月重光”等语。又有南北海军将校林葆怿、蓝建枢、蒋拯、杜锡珪等，亦通电声讨安福党人，历数罪状，并称“南北实力提携，共济艰难”云云。最激烈的是吴佩孚，趁这全军大胜的机会与奉军同诣京师，驻扎南苑、北苑，请大总统诛戮罪魁。

靳云鹏与张怀芝到了吴军，与吴佩孚从容筹商，特提出四大条件：（一）惩办徐树铮。（二）解散边防军。（三）解散安福部。（四）解放新国会。这四条已经中央承认，劝吴即日罢兵。吴佩孚尚未肯甘休，再经靳、张两人苦口调解，才得吴最后答复，谓“当转达曹经略，佩孚不便作主”等语。靳、张乃往与曹锟商议。曹锟虽允停战，惟对着中央承认四事，尚嫌不足。靳、张虽各具三寸舌根，终未能妥为斡旋，只得回京复命。徐总统闻报，默忖多时，想此事非借重奉张，不能排解，因即电召张作霖，再作调人。一面派王怀庆收束近畿军队，兼任督办。怀庆奉令办理，尚称得手，所有边防军与西北军，或编入队伍，或给资遣散，近畿一带，总算粗安。

既而张作霖出为调停，与曹、吴商定条件：（一）为解散安福部。（二）为惩办罪魁十四人。（三）为取消边防军与西北军及其他属于该两军之一切机关。（四）为京畿保卫归直、奉军，永远驻扎，京城以内，由京畿卫戍总司令担负全责。（五）撤销安福包办之和议机关，驱逐王揖唐，另与西南直接办理和议。（六）解散新旧两国会，另办新选举。这六项为主要条件，尚有先决条件两项：（一）为政府速将三年以来，所借外债及用途，公布全国。（二）为褫免京师警察厅总监吴炳湘。议定以后，即由张作霖转呈徐总统。徐总统非不赞成，但尚欲稍示通融，顾全段氏面目，因复使靳、张二人电复张作霖，托他再为转圜。作霖乃复与曹、吴磋商，大致仍照前议，惟略改细目罢了。于是中央命令，蝉联而下，由小子汇录如下：

七月二十四日大总统令

准财政总长李思浩、司法总长朱深、交通总长曾毓隽免职，令财政次长潘复、司法次长张一鹏，代理部务。特任田文烈兼署交通总长。

准京畿卫戍总司令段芝贵免职，特派王怀庆兼署京畿卫戍总司令。

二十六日大总统令

据兼代国务总理萨镇冰呈称："师长吴佩孚等，所部军队，前次在豫暂驻，未能即时回直，证以曹经略使来电，始则因住兵房舍，一时难腾，继则因铁路车辆，未能即时应付，并非有意逗留，其情事既有不符，拟请将处分令撤销"等语。应准将本年七月九日，关于曹锟、吴佩孚处分命令，即行撤销，交陆军部查照。

准京师警察厅总监兼督办京都市政事宜吴炳湘免职，令田文烈兼督办京都市政事宜，殷鸿寿为京师警察厅总监，并会办京都市政事宜。

准交通次长姚国桢免职，任命权量兼署交通次长。

二十八日大总统令

准督办边防事务，兼管理将军府事务段祺瑞免职。

前以沿边一带，地方不靖，当经令设督办边防事务处，以资控驭，现在屯驻边外军队，业已陆续撤退，该处事务较简，所有督办边防事务处，应即裁撤，其所辖之边防军，着陆军部即日接收，分别遣散，以一军制而节冗费。此令。

前有令将西北边防总司令一缺裁撤，其所辖军队，由陆军部即日接收办理，所有西北军名义，应即撤销，着责成该部迅速收束，妥为遣散，仍将办理情形，克日呈复。此令。

准大理院院长姚震免职，特任董康为大理院院长。

二十九日大总统令

国家大法，所以范围庶类，偭规干纪，邦有常刑。此次徐树铮等称兵畿辅，贻害闾阎，推原祸始，特因所属西北边防军队，有令交陆军部接收办理，始而蓄意把持，抗不交出，继乃煽动军队，遽启兵端。甚至迫胁建威上将军段祺瑞，别立定国军名义，擅调队伍，占用军地军械，逾越法轨，恣逞私图。曾毓隽、段芝贵等，互结党援，同恶相济，或参与密谋，躬亲兵事，或多方勾结，图扰公安，并有滥用职权，侵挪国帑情事，自非从严惩办，何伸国法而昭炯戒？徐树铮、曾毓隽、段芝贵、丁士源、朱深、王郅隆、梁鸿志、姚震、李思浩、姚国桢等，着分别褫夺官职勋位勋章，由步军统领、京师警察厅一体严缉，务获依法讯办。其财政交通等部款项，应责成该部切实彻查，呈候核夺。国家虽政存宽大，而似此情罪显著，法律具在，断不能为之曲宥也。此令。

统观以上命令，除为曹、吴洗刷外，所有免职各条都是对

着段派的关系。惟“免职”二字，不过去官而止，与身家无甚碍处。至若上文严缉祸魁一令，乃是诖犯刑章，将加体罚，这是小徐等人特别畏忌的条件，不得不设法趋避。况直、奉各军，满布京畿，一被缉获，尚有何幸？当下统避匿东交民巷，作为京城里面的逋逃薮。东交民巷是各国使馆所在地，政府不得过问。就是六国饭店，亦在东交民巷，故小徐、小段先就该饭店藏身。徐总统下此命令，主动力全在曹、吴，他虽然阴忌段派，但教段氏下台、段派失势，已算是如愿以偿，不欲再为已甚，所以命令中尚为段氏洗愆，惟罪及小徐等十人。所云缉获讯办，无非虚扬威名。

看官试回溯民国以来，中央所颁惩办大员的命令，能有几人到案，如法办理么？这就是致乱原因。独此次曹、吴主见，本思乘着胜仗罚及老段。上文叙及罪魁十四人，必兼老段在内。旋因徐总统

曲为调停，方将老段除出，且把小徐等尽法惩治，聊泄宿忿。

及闻小徐等避匿使馆界内，不能直接往拿，只得浼人疏通各国公使请他驱逐罪魁。各国公使团乃会议办法，磋商多时，英、美、法三国公使暗中帮助曹、吴，并在会场中发表政见，谓：“此次小徐诸人扰乱京畿，贻害中外人民，不应照国事犯例保护。”国事犯即政治犯，各国公法有容留国事犯通例。惟日本及意大利国公使力持异议，所以东交民巷中只有英、美、法三国公使文告，通饬本国侨民不准容留中国男子，如有容留，限令即日迁出。徐树铮等瞧着告示，禁不住慌张起来。自思六国饭店，乃是各国公共寓所，势难久居，尚幸日、意两国无此禁令，留出一条活路，可以投奔，于是徐树铮、段芝贵、曾毓隽、丁士源、朱深、王郅隆、梁鸿志、姚震、姚国桢等九人，相偕计议，拟往日、意两公使馆乞请保护。转想日本感情比意国为厚，不如同去恳求日使，较为妥洽。当下联袂偕行，共至日使馆中，拜会日使。可巧日使未曾外出，得蒙邀人，遂由徐树铮等当面哀求，仗着几寸广长舌，说得日使怦然心动，不由得大发慈悲，力任保护，便令九人居留护卫队营内，安心避难。好在九人各有私财，预储日本银行，一经挪移，依然衣食有着，不致冻馁。独李思浩生平常在金融界中主持办理，与日人往来更密，他闻惩办令下，早已营就兔窟，藏身有所，看官不必细猜，想总是借着日本银行，做了安乐窝呢。小子有诗叹道：

好兵不戢自焚身，欲丐余生借外人。
早识穷途有此苦，何如安命乐天真。

小徐等既得避匿，眼见中国政府无从缉获，只好付作后图。此外尚有各种命令，容至下回续叙。

兵志有言：“骄兵必败”，小段、小徐之一再败衂，正坐此弊。彼吴佩孚方脱颖而出，挟其久练之士卒，与小段小徐相持，小段、小徐徒恃彼西北边防等军，即欲以众凌寡，以强制弱，而不知骄盈之态，已犯兵忌，曹操且熸师赤壁，苻坚尚覆军淝水，于小段、小徐何怪焉？及战败以后，遁匿六国饭店中，坐视段合肥之丢除面子，一无善策。放火有余，收火不足，若辈伎俩，可见一斑。段合肥名为老成，奈何轻为宠信也。英、美、法三国公使，不愿容留小徐等人，而日使独出而保护之，其平日之利用段派，更可知矣。合肥合肥，安能不授人口实乎？

第一百十九回　日公使保留众罪犯
靳总理会叙两亲翁

却说徐总统迭下命令，黜免段系，至通缉罪魁以后，已与段系不留情面，遂又陆续下令，罢免湖南督军兼长江上游总司令吴光新职，并将长江上游总司令一缺，饬令裁撤，所有吴光新旧辖军队，由王占元妥为收束，借节军费。同日，又褫夺吴炳湘原官及勋位勋章，说他党附徐树铮等，不知远嫌，有背职务，虽经免职，未足蔽辜，应褫夺陆军中将原官，暨勋位勋章，以示惩儆云云。过了数天，已是八月三日，复由徐总统下令，解散安福俱乐部，令云：

政党为共和国家之通例，约法许集会结社之自由。安福俱乐部具有政党性质，自为法律所不禁。近年以来，迭据各省地方团体，函电纷陈，历举该部营私误国，请予解散。政府以为党见各有不同，自可毋庸深究。乃此次徐树铮、曾毓隽等，称兵构乱，所有参与密谋，筹济饷项，皆为该部主要党员。观其轻弄国兵，喋血畿甸，肆行无忌，但徇一党之私，虽荼毒生灵，贻祸国家，亦若有所不恤。是该部实为构乱机关，已属逾越法律范围，断不能容其仍行存在。着京师卫戍总司令，步军统领，京师警察厅，即将该部机关，实行解散。除已有令拿办诸人外，其余该部党员，苟非确有附乱证据者，概予免究。其各省区，如设有该部支部者，并着各该省区地方长官，转饬一律解散。此令。

再进一步的办法，就是撤换王揖唐了。徐总统不遽下令，但使国务院电致江苏，将王揖唐的议和代表，即日撤销，改派江苏督军李纯为南北议和全权总代表，与广东军政府接洽和议。李纯本与王揖唐有嫌，遂有一篇弹劾王揖唐文，电达中央。徐总统乃申令道：

据江苏督军李纯电呈："王揖唐遣派党徒，携带金钱，勾煽江苏军警及缉私各营。并收买会匪，携带危险物，散布扬州、镇江省城一带，以图扰乱，均有确凿证据，请拿交法庭惩办"等语。王揖唐经派充总代表职务，至为重要，乃竟勾煽军警，多方图乱，实属大干法纪，除已由国务院撤销总代表外，著即褫夺军官，暨所得勋位勋章，由京外各军民长官，饬属一体严缉务获，依法惩办。此令。

王揖唐寓居沪上，距京甚远，不比那小徐等人，留住京师，一时不能远飏，权避日本使馆中。所以命令虽下，一体严缉，他却四通八达，无地不可容身；就使仍居上海租界内，亦为中国官吏势力所不能达到的地点，怕什么国家通缉呢？这叫法外自由。但徐总统承认曹、吴要求，除新旧国会未见解散明文外，余已一律照办。更因段派中尚有数人为曹、吴所指劾，因复连下二令道：

> 前以安福俱乐部为扰乱机关，业有令实行解散，所有籍隶该俱乐部之方枢、光云锦、康士铎、郑萬瞻、臧荫松、张宣，或多方勾煽，赞助奸谋，或淆乱是非，潜图不逞，均属附乱有据，着分别褫夺官职勋章，一律严缉，务获惩办。其余该部党员，均查照前令，免予深究，务各濯磨砥砺，咸与维新。此令。
>
> 边防军第一师师长曲同丰、第三师师长陈文运、陆军第九师师长魏宗瀚、第十五师师长刘询、谦威将军张树元，于此次徐树铮称兵近畿，甘心助乱，以致士卒伤亡，生灵涂炭，均属罪有应得。曲同丰、陈文运、魏宗瀚、刘询、张树元，着即褫夺军官军职暨所得勋位勋章，交陆军部依法惩办，以伸军纪。此令。

令申所布，徒有具文，各犯官统闻风避去，近走津门，远赴沪渎，津、沪均有外国租界，非中国法律所能及，鸿飞冥冥，弋人何篡？外人讥中国为纸糊章程国，端的是不谬呢。章程国尚有章程，现今中国朝令暮更，并“章程国”三字，尚有愧辞。

惟曹、吴所最痛恨的乃是小徐，小徐与段芝贵、曾毓隽等匿居日本使馆，曹、吴必欲外人交出，按法惩办，因即迭呈徐总统请与日使馆严重交涉。徐总统申饬外交部照会外交团，索交祸魁徐树铮等十人。当经英、法、美三国公使分别复称引渡罪魁事，“引渡”二字系含有交出意义，语本《日本法典》。各使曾开会商议，意见不同，结果由各使自复，但称“本国使馆，并未收纳此项人等”云云。外交部乃直致文日本使馆，问他有无收留？日本公使竟据实答复，略云：

徐树铮、曾毓隽、段芝贵、丁士源、朱深、王郅隆、梁鸿志、姚震、姚国桢等九人，咸来本使馆恳求保护。本公使鉴于国际上之通义，及中国几多往例，以为事情不得已而予以承认，决定对于此等诸氏，加以保护。刻将此等诸氏，悉收容公使护卫队营内，并严重戒告，在收容所内，万不得再干预一切政治，且断绝与外部之交通。兹本使特通告于贵代理总长之前。此时外交总长陆征祥称病请假，由颜惠庆署理。本使此次之措置，超越政治上之趣旨，即此等
1090. 诸氏所受之保护，决非基于附属政派之如何，而予以特别待遇，恰以该氏等不属于政派之故，是以本使馆不得拒绝收容。本使并信贵部对于此等衷意，必有所谅解也。八月九日。

外交部接到日使复文，又致书日使，与他辩论。略云：

敝国政府，不能承认贵使本月九日通告之件，至为抱歉。刻敝国政府，正从事调查各罪犯之罪状，一俟竣事，即将其犯罪证据，通知贵使，请求引渡，并希望贵使勿令诸犯逃逸，或迁移他处藏匿为荷。

日使得书，隔了数日，又复词拒绝道：

贵总长答复敝使，本月九日，关于收容徐树铮等于帝国使署兵营之通告回文，业已领悉。据称："贵国政府，不能承认敝使上次通告之件，且将以根据法律之罪状，通知敝使"云云。惟贵国大总统颁发捕拿该犯等之命令，系以政治为根据，故敝使署即视为政治犯，而容纳保护之。敝使并声明无论彼等将受何等刑事罪名之控诉，敝使不能承认贵总长所请，将彼等引渡也。

自经日使两番拒绝，徐总统亦无可奈何。就使曹、吴恨煞小徐，也不能亲到东交民巷中把他拿来，只好忍气吞声，暂从搁置。惟直、奉两派，既并力推倒段系，自然格外亲昵。当由两派军官，代为曹、张作撮合山，联为婚媾。张有庶子，为第二姨太太所生，曹有庶女，亦为第二姨太太所出，年均幼稚，好似一对金童玉女，先后下凡，特为两豪家隐绾红丝。后来张家行聘，曹家受聘，两造礼仪，非常华丽，比那帝王时代的王侯，还要加倍，中外报纸，传为艳闻，这且无容絮述。且看后来何如？

第三师师长吴佩孚因时局纠纷，连年未定，特欲公诸国民，拟开国民大会，解决时局，草定《大纲》八条，胪列如下：

（一）定名。为国民大会。

（二）性质。由国民自行召集，不得用官署监督，以免官僚政客操纵把持。

（三）宗旨。取国民自决主义，凡统一善后及制定宪法，与修正选举方法及一切重大问题，均由国民解决，地方不得借口破坏。

（四）会员。由全国各县农工商会各会各举一人，为初选所举之人，不必以各本会为限。如无工商会，宁缺勿滥。再由全省合选五分之一，为复选。俟各省复选完竣，齐集天津或上海，成立开会。

（五）监督。由省县农工商学各会长，互相监督，官府不得干涉。

（六）事务所。先由各省农工商学总会共同组织，为该省总事务所，再由总事务所电知各县农工商学各会，克日成立各县事务所。办事细则，由该所自订。

（七）经费。由各省县自由经费项下开支。

（八）期限。以三个月内成立，开会限六个月，将第三条所列诸项，议决公布，即行闭会。并主张将南北新旧国会，一律取消，南北议和代表，一律裁撤。所有历年一切

纠纷，均由国民公决。

看吴佩孚这番论调，本来是一篇绝好章程，不但编书人绝对赞成，就是全国四万万同胞，也没有不赞成的心理。试想中国自革命以来，既已改君主为民主，应该将全国主权，授诸国民全体，为何袁项城要设筹安会，想做皇帝？为何徐树铮等要组安福部，想包揽政权财权军权？这种行动，都为全国民心所不愿。结果是袁氏失败，洪宪皇帝私做了八十三日，终归无成。徐树铮频年借款，频年练兵，也弄到一败涂地，寄身日本使馆。可见军阀家硬夺民权，终究是拗不过民心，民心所向，事必有成，民心所背，事无不败。不啻当头棒喝，奈何各军阀家尚然不悟？吴佩孚师长既有此绝大主张，绝大议案，岂不是中华民国一大曙光？无如他曲高和寡，言与心违，所以“国民大会”

四字，仍是个梦中幻想，徒托空谈。又况段派推倒，权归曹、张，曹、张也是武力主义，顾什么国民不国民？

更兼西南一带，党派纷歧，若粤系，若桂系，若滇系黔系，倏合倏分。哪一个不想扩充地盘？哪一个不想把持权力？四川全省，地肥美，民殷富，不啻一长江上源的金穴，三五军阀，你争我夺，搅得七乱八糟，周道刚为刘存厚所逐，刘存厚为熊克武所挤，已如上文所述。至直、皖战后，熊克武又被吕超排出，川军即推吕超为总司令。熊克武心有不甘，复向刘存厚乞得援兵，再入川境。川民连遭兵燹，倾家荡产，不可胜计。他如滇、黔、桂、粤各派，分裂以后，也是兵戈相见，互哄不休。此外各省督军师长，表面上虽没有如何争扰，暗地上实都是怀着私谋。天未悔祸，民谁与治？欲要实做到民权主义，恐前途茫茫，不知再历若干年，方好达此目的呢。慷慨而谈，仿佛高渐离击筑声。

且说段派失势，靳阁复兴，靳云鹏复由曹、张推举，徐总统特任，起署国务总理。阁员亦互有参换，外交总长陆征祥、内务总长兼署交通总长田文烈等，并皆免职，即任颜惠庆署外交总长、张志潭署内务总长、周自齐署财政总长、董康署司法总长、范源濂署教育总长、王乃斌署农商总长、叶恭绰署交通总长、靳云鹏自兼署陆军总长，内阁又算成立了。靳氏二次登台，更欲收揽时誉，力谋和平，特请徐总统不究既往，赦免安福部余支。徐总统乃有胁从罔治的赦文。靳氏复思履行前议，为南北统一计划，请命总统，召曹、张两使到京，商决时局问题。曹锟、张作霖并皆应召，各乘专车入都，与靳相见。三亲翁并会一堂，和气融融，自然欢洽。

嗣经徐总统下令，裁撤四川、广东、湖南、江西四省经略使缺，改任曹锟为直鲁豫巡阅使，与张作霖职权相同，副使就令吴佩孚升任。张作霖与吴佩孚，虽未免猜忌，但此时尚没有甚么恶感，所以中央超擢吴氏，张亦不加异词。独吴氏主张的国民大会，被张作霖极力批斥，谓政府自有权衡，用甚么国民大会，因此靳氏转告吴佩孚，就把他一时伟议，无形打消。吴氏之与张反对，激成后来之武力统一政策，实自此始。只靳氏提议的南北统一，张作霖还表同情。曹锟是个无可无不可的人物，也即同声附和，尽令靳氏一力做去。两巡阅使驻京半个月，分电各省督军，采集时议。这是表面上的虚文。各督军派遣代表趋集天津，曹、张就此出京，由靳云鹏送至津门，即与各省督军代表，晤商一宵。各代表统顺风敲锣，何人敢持异议？那时曹、张喜气洋洋，分道自归原镇，靳总理也即还京，各代表亦统回本省去了。

1094. 自靳总理还京以后，便想把南北统一计划积极进行，无如南方军阀已是党派纷歧，比前次议和时候，还要为难。滇、黔、粤、桂各成仇敌，旧国会一部分议员，离粤赴滇，自开国会，议决取消岑春煊政务总裁职务，补选贵州督军刘显世为政务总裁。一国中有三国会，如何致治？刘本为广东军政府选入，未曾就职，仍与唐继尧唇齿相依，不愿合入桂系，旋经北京靳总理，及南北议和总代表李督军，一再电劝，敦促和平，唐、刘二人乃通电各省，表明意见。文云：

西南护法，于今三载，止兵言和，业已二周。因法律外交两问题，迄无正当解决之法，以致和会久经停顿，时局愈益纠纷。夫维持法纪，拥护国权，此吾辈夙抱之主张，亦国民应尽之天职。顾大义所在，虽昭若日星，而时势变迁，则真意愈晦，是非莫辨，观听益淆。吾辈救国护法之初衷，将无以大白于天下，而佥壬假借，得以自便私图，恐国家前途，益败坏而不可挽救。吾辈为贯彻主张计，谨掬真诚，郑重宣言，以冀我全国父老兄弟之共鉴，特立条件如下：(甲) 关于收束时局之主张。(一) 南北和平办法，应由正式和会解决。(二) 和议条件，以法律外交两问题，为国本所关，须有正当之解决。(乙) 关于刷新政治根本救国之主张。(一) 宜将督军以及其他特设兼辖地方之各种军职，一律废除，单设师旅长等统兵人员，直隶于陆军部，专任行兵及国防事务。(二) 全国军队，应视国防财政情形，编为若干师旅，其余冗兵，一律裁汰。裁兵事宜，特设军事委员会，计划执行。(三) 实行民治主义，虽在宪法未定以前，宜先筹办各级地方自治，尊重人民团体，以确立平民政治之基础，而实现国民平等自由之真精神。上列各条，继尧、显世，谨决心矢志，奉以周旋，邦人诸友，其有与我同志者乎？吾辈当祷祀以期。至地方畛域，党派异同，非所敢择也。

据这电文，似乎有条有理，一些儿不存私见，于是北方各省军阀家也有复电相答，表示同情。正是：

岂必心中期实践，何妨纸上作高谈。

欲知复电中如何措词，待至下回录明。

刑赏为国家大典，无论若何政体，要不能有功无赏，有罪无刑。独自民国成立以来，法律已处于无权，冒功邀赏者，实繁有徒，而祸国殃民诸罪犯，则往往为法律所不逮，就使中央政府，煌煌下令，而逋逃有薮，趋避有方，乌从而缉捕之？试观日本公使之容留九人，拒绝引渡，无论日使之是否依法，但即中国之刑律而论，已等诸无足重轻之列，有罪不能加罚，何惮而不为乱耶？吴佩孚之主张国民大会，此时尚有意求名，故倡议正大，但言之非艰，行之维艰，即令吴氏坐言起行，恐未必能达目的，况掣肘者之群集其旁也。若夫靳翼青之主张统一，计非不善，滇黔二督之发表意见，语亦甚公，但终不得完满之结果者也。吾得而断之曰：“言不顾行，行不顾言。”

第一百二十回　废旧约收回俄租界
拼余生惊逝李督军

却说北方各省军阀家，见了唐、刘两人的通电，就由曹锟、张作霖两使领衔，复电滇黔，也说得娓娓可听。文云：

接读通电，尊重和平，促成统一，语长心重，感佩良深。就中要点，尤以注重法律外交为解决时局之根本，群情所向，国本攸关。锟等分属军人，对于维持法纪，拥护国权，引为天职，敢不益动初心，勉从两君之后。所希望者，关于和议之进行，务期迅速，苟利于国，不尚空谈，精神既同，形式可略。

此次西南兴师，揭橥者为二大义，一曰护法，一曰救国，南北当局，但能于法律问题，持平解决，所谓军职问题，民治问题，均应根据国会及国会制定之宪法，逐渐实施，决不宜舍代表民意之机关，而于个人或少数人之意思，为极端之主持，致添纷扰。是法律问题之研究，当以国会问题为根本，即军职之存废及民治之施行，亦当以国会为根本。现在新旧国会，怠弃职务，不能满人民之希望；复以党派关系，不足法定人数，开会无期，而时效经过，尤为法理所不许。值此时局艰危之际，欲求救济，舍依法改选，更无他道之可循。果能根据旧法，重召新会，护法之义既达，则统一之局立成，此宜注意者一也。

至于中国国家，实因列强均势问题而存在，国际关系，与国家前途之兴亡，至为密切。前次沪会停滞，实以外交问题为主因，即北方内部之纷争，亦由爱国者，与专恃奥援，不知有国，只知有党之军阀，为公理与强权之决战。试问自己良心，果能爱国否？差幸公理战胜，违反民意之徒，业经匿迹销声。嗣后中央外交之政策，应以民意为从违。谈何容易？在南北分裂之际，无论对于何国所订契约，皆应

1098. 举而诉诸舆论。国本既固，庶政始成，此应注意者二也。

若夫和议方式，允宜以早日观成为旨归，军事收束，特设委员会，尤为施行时所必要。此皆中央屡征同意，期在必行，毋容过虑者也。总之时局日艰，民困已极，排难解纷，当得其道。凡我袍泽，果能及早觉悟，不事私争，所谓护法救国之宗旨，均经圆满解决，则同心御侮，共谋国是，人同此心，何敢自外？两公主持和议，情真语挚，敬佩之余，用敢贡其一得，希即亮察。

看这电文，也是斟情酌理，释躁平矜，南北两方，应该由此接近，可望和平。及细览语意，才知两造仍多扞格，未尽通融。北方的主张，拟解散新旧国会，新国会为段派所组成，南方原是反对。但旧国会分徙滇、粤，方思恢复立法权，怎肯

被他解散？是当然做不到的事情。段氏的武力统一主义，南方向与抗争，此时段派虽去，曹、张犹是军阀家，怎能使南方信服？况徐总统为新国会所产出，南方未肯承认，欲要南北和平，还须改选总统，是又当然不易办到的。所以双方通电，仍是两不相下，怎能遽达和平呢？诠释甚明。

湖南第七师及暂编一旅炮兵各一营，突在武穴骚动，当由冯玉祥率兵弹压，始得平定，即令变兵缴械遣散。旅长张敬汤系张敬尧兄弟，前曾在湘败逃，经中央明令通缉，至武穴兵变，敬汤适暗中煽动，因所谋未遂，匿居汉中，被湖北督军王占元察悉，派兵将敬汤拘住，讯明罪状，电呈中央，奉令准处死刑，当即就地枪毙。还有张敬尧旧部第二混成旅旅长刘振玉等，曾在宁乡、安化、新化等县，纵兵焚掠，被各处灾民告发，由湖南总司令部，遣兵拘获，审讯属实，亦即处死。叙此两事，证明张敬尧之不职。此外如保定、通县、兖州等境，偶有兵变，
多是安福部余波，经地方长官剿抚，幸皆荡平。惟张勋已得脱然无罪，移住天津，因从前段氏檄文，有“曹锟私勾张勋出京、重谋复辟”一语，便在津门通电声辩。他由张雨帅保护，又想在军阀界中占据一席，所以有此辩论。其实是年力已衰，大福不再，还要干甚么富贵呢？复辟原属非宜，但不忘故主，情犹可原，此次辩论，多增其丑，真是何苦？

且说外蒙古取消自治，已将一年，自徐树铮到了库伦，削夺前都护陈毅职权，见一百十回。陈毅也不愿办事，索性离库南归。及树铮还京主战，事败奔匿，不遑顾及外蒙，政府以陈毅驻库有年，素称熟手，仍令暂署西北筹边使，克日赴库。陈毅尚未到任，那外蒙又潜谋独立，竟于九月十三日夜间，大放枪炮，自相庆贺。幸驻库司令褚其祥派队弹压，拘住首犯二

人，驱散余众，一面电达巡阅使曹锟，详报情形。曹锟便转告中央，请拨饷济助，并促陈毅莅任，政府自然照办。惟闻得外蒙为变，仍由俄人暗地唆使，俄新政府虽已战胜旧党，国乱未平，列强均未承认，并因俄兵四出拓地，扰波兰，窥印度，尤为列强所仇视，所以列强劝告中国，与俄绝交，中政府恃有列强为助，乐得照允，遂由外交部出面，呈请徐总统。徐总统因即下令道：

> 据外交部呈称“比年以来，俄国战团林立，党派纷争，统一民意政府迄未组成。中、俄两国正式邦交，暂难恢复。该国原有驻华使领等官，久已失其代表国家之资格，实无由继续履行其负责之任务，曾将此意，面告驻京俄使，并请即日明令宣布，将现在之驻华俄国公使领事
> 1100. 等，停止待遇”等语。查原呈所称各节，自属实在情形，惟念中、俄两国，壤地密迩，睦谊素敦，现虽将该使领等停止待遇，而我国对俄国人民固友好如初，凡侨居我国安分俄民，及其生命财产，自应照旧切实保护。对于该国内部政争，仍守中立，并视协商国之趋向为准。至关于俄国租界暨中东铁路用地，以及各地方侨居之俄国人民一切事宜，应由主管各部，暨各省区长官，妥筹办理。此令。

驻京俄使库达摄福闻令以后，即致牒外交部，抗称中国背约，并责成中政府妥护侨民。政府置不答复。但饬将各处所有俄国租界，一律收还，并向驻京各国公使处声明，各公使均无异言。俄使无可奈何，只得转恳法国公使代管俄产，法使不允。嗣是俄国租界陆续由中国长官收受。天津本有俄租界，俄

国侨民虽然不能力拒，却提出抗议条件，欲与中政府交涉。东三省、哈尔滨、海参崴各俄商，且纷纷改挂法旗。俄商道胜银行亦托词归法国保护，不容中国接收。外交部因特照会法使，提出三事，请求法使履行，大纲如下：

（一）根据于九月二十四日法使拒绝俄使库达摄福请求法使代管俄产之事，证明法国并非希望接管俄产之意。

（二）哈尔滨之法旗，系出于俄人规避接管之一种作用，对于法政府，未为何等让渡之手续，故事实上不彻底。

（三）俄商滥用法旗，若吾国前往接收，转涉及法国国徽尊严，故先行声明，希望转告其撤收法旗，以免因俄人关系，损及中、法完全无缺之睦谊。

照会去后，再由交通总长叶恭绰与华俄道胜银行经理兰 1101.
德尔，改订关系中东铁路的合同。此后中东铁路纯归商办，中国得加入管理，俟至俄国政府统一告成，经中政府承认后，方得另行议定。兰德尔即作该路代表，签字立约，于是哈尔滨道胜银行及中东路公司所悬挂的法旗，拟即撤去。法使亦有公文关照，令他撤下法旗。若俄国人民愿将法旗悬挂，仍听他自行决定。旋由驻京公使团照会政府，正式承认中国对俄行动，得收回俄租界，惟议定将俄使馆之房屋，仍委前俄使库达摄福管理，外交部不得不允。因此俄使库达摄福仍得寄居京师，不过国际上无代表资格，做了一个中国寓公罢了。

俄事方才就绪，那东南的江苏省中，忽出了一种骇闻，令人惊疑得很，看官道是何事？乃是李督军突然自戕。事固可惊，笔亦突兀。李督军纯，因和议历年未成，愤极成病，常患心疾，特保荐江宁镇守使齐燮元为会办。燮元方在壮年，曾任第六师师长，颇能曲承李意，李故引为心腹，遇有军国重事，往往召入密问，不啻一幕下参谋。至段系失败，安徽督军兼长江巡阅使倪嗣冲亦为段系中人，迹涉嫌疑，年亦衰迈，自请辞职归休。徐总统乃命张文生暂署安徽督军，并将长江巡阅使一职，令李兼任。

长江巡阅使本来是徒有虚名，未得实权，李纯不愿就此职衔，遂派参谋长何恩溥赴京，晋谒总统，代辞长江巡阅使一席，且并议和总代表兼差，亦愿告辞，请徐总统另派重员。徐总统不允所请，但已窥透李纯隐衷，特将长江巡阅使裁去，改任李纯为苏、皖、赣巡阅使，齐燮元为副使，李纯始受命就任。

但江西督军陈光远本与李纯比肩共事，蓦闻李纯权出己

上，并要听他指挥，当然心中不服，有“情愿归鄂，不愿归苏”的宣言。新署皖督的张文生久绾兵符，向为张、倪部下的健将，亦抗辞不服李纯。苏省士绅又谓“李纯生平，素称不预民政”，因即乘机拍电，请他移驻九江、当涂等处。电文中语含有讽辞。

李纯受了种种刺激，益觉烦懑不宁。高而益危。江苏财政厅长俞纪琦为苏人所不喜，屡加讥议，省长齐耀琳更与李纯意见相左，呈请中央乞许辞职。李纯因保王克敏为省长，苏人大哗，竟称克敏为嫖赌好手，如何得为江苏长官？遂极力反对，函电纷驰。政府顾全民意，不用王克敏，好在荐牍上面另有王瑚作陪。王瑚曾为京兆尹，尚副民望，故政府特任王瑚为江苏省长，群议乃息。

一波未平，一波又起，李纯以俞纪琦未孚物议，更保张文

龢为财政厅长，惹得苏人又复大哗。相传文龢原籍江西，夙工谄媚，当李纯督赣时，文龢得族人介绍，入谒督辕，参见后即呜咽不止。纯惊问原因，文龢泣答道："督帅貌肖先父，故不禁感触，悲从中来。"李纯还道他真有孝思，即认为义子，委任他为烟酒公卖局局长，寻复荐任两淮盐运使，至此复举为财政厅长。未免营私。苏人向工言论，并有苏人治苏的意见，乘此寻瑕指隙，大声呼斥，不但痛诟文龢，并且力诋李纯，拍致府院的电文，络绎不绝。就中有两电最为激烈，由小子节录如下：

江苏公民致大总统国务院文云：直、皖战起，李督借词筹饷，百计敛财，其始违法越权，委议会查办劣迹昭著之俞纪琦为财政厅长，人民惊骇，一致反对；近又报载力保文龢。查文龢为李督干儿，其为人卑鄙龌龊，姑不具论，而秉性贪婪，擅长谄媚，若竟成为事实，以墨吏管财政，恃武人为护符，三千万人民生活源泉，岂可复问？报纸又迭载"李督派员向上海汇丰银行等，借外债一百五十万，以某项省产作抵"等语。借债须经会议通过，为法律所规定，以省产抵借外债，情事何等重大？如果属实，为丧权玩法之尤，此而可忍，孰不可忍？用特明白宣告，中央果循李督之请，任文龢为江苏财政厅长，文龢一日在任，吾苏人一日不纳税。至借债一节，如果以江苏省产作抵，既未经过法定手续，我苏人当然不能承认。江苏人民困于水火久矣，痛极唯有呼天，相忍何以为国？今李督方迭次托病请假，又报载其力保文龢，以去就争，应请中央明令，准其休息，以苏民命而惠地方。江苏幸甚。

南汇公民致大总统、国务院、财政部云：报载李督力保文龢财厅，以去就相要，苏民闻之，同深骇异。文龢为李督干儿，卑鄙无耻，不惜谓他人父，人格如此，操守可知。财政关系一省命脉，岂堪假手贪鄙小人？如果见诸事实，苏民誓不承认。且江苏者，江苏人之江苏，非督军所得而私。李督身任兼圻，竟视江苏为个人私产，并借以为要挟中央之具，见解之谬，一至于此，专横之态，溢于言外！既以去就相要于前，我苏民本不乐有此夺主之喧宾，中央亦何贵有此跋扈之藩镇？应请明令解职，以遂其愿。如中央甘受胁迫，果徇其请，则直认江苏为李督一人之江苏，而非江苏人之江苏，我苏民有权，还问中央果要三千万人民为尽义务否？三千万人民为之豢养否？博一督军之欢心，失三千万人民，孰得孰失？惟中央图之！

1104.

以上两电，攻击李督，语语厉害，原令当局难受。但古人有言："笑骂由他笑骂，好官我自为之。"近今的热心利禄诸徒，多执此两语为秘诀，李督军果不蹈此习，独知自好，何妨改过不吝，就把张文龢舍去，否则解组归田，尽可自适，为甚么负气自戕，效那匹夫匹妇的短见呢？说得甚是。

据督辕中人传言：李纯元配王夫人，为民家女，伉俪甚谐，嗣因叔父无子，由纯兼祧两房，因复娶孙氏为次妻。王夫人产女不育，孙竟无出，乃陆续纳入四妾，名为春风、夏雨、秋月、冬雪。就中唯春风为最宠，貌亦最胜，粗知文字，能佐纯治公事，四妾亦不闻生男。惟纯与元配王氏始终和好，无诟谇声，苏、浙一役几至开战，亏得王夫人从旁解劝，才得让步罢兵。莫谓世间无贤妇。

纯弟字桂山，得兄提拔，官至中将，平时友于甚笃，同床共被，有汉朝姜肱遗风。平时纯自奉俭约，颇好时誉，督赣时深得赣人爱戴，及移节江苏，却也按部就班，并不少改。每闻国家乱事，辄欷歔不已，尤留心京、沪各报，谓报中所载，毁誉各词，可作诤友，不当屏诸不观。至保荐省长财长两席，大遭苏人反对，诟詈百出，并载报端，纯一阅及，往往泪下。

十月初旬，乃弟桂山由京返苏，纯与言家事，并将来产业布置，详嘱无遗。内弟王某充某旅营长，由纯召他到署，呜咽与语道："我的督军不能做，你的营长，亦干不下去。现我令军需课拨洋七千元，给汝回家，汝购置田产，亦可过活，何必在此取咎呢。"王夫人在侧，听他语带跷蹊，不免琐问。纯叹息道："人心如此，世无公道，我命已活不了，何必多问。"王夫人不敢复言。惟看他气色，甚觉有异，不过随时防范罢了。

十一日上午，纯询左右，谓："我有勃林手枪一枝，曾送机器局修理，现修好否?"左右奉谕，即电询机器局。少顷，即有局员将枪送来，经纯察视，收藏小皮箱内。下午三时，纯索阅上海各报，报上又载有评斥自己等事，即顿足大哭道："我莅苏数年，抚衷自问，良心上实可对得住苏人，今为一财政厅长，这般毁我名誉，我有何面目见人? 人生名誉为第二生命，乃无端辱我，我活着还有何趣呢?"王夫人闻言，料知自己不能劝慰，急命人请齐燮元等，到来苦劝。纯终不答一词，齐等辞退。

黄昏后，纯又召入秘书，嘱拟一电，拍致北京，自述病难痊愈，保齐燮元暂代江苏督军。秘书应声退出。纯又自写书函多件，置诸抽屉，始入内就寝。至四下钟后，一声怪响，出自床中，王夫人从梦中惊醒，起呼李督，已是面色惨变，不省人事，只有双目开着，尚带着两行泪痕，急得王夫人魂魄飞扬，忙召眷属入视，都不知是何隐症，立派人延请军医诊治。医士须藤至六时始到，解开纯衣，察听肺部，猛见衣上血迹淋漓，才知是中枪毕命。再从床中检视，到了枕底，得着一勃林手枪，即日间从机局取来的危险品，须藤验视脉息及口中呼吸，已毫无影响，眼见得不可救药了。

呜呼哀哉！年只四十有六，并无子嗣。小子有诗叹道：

无端拼死太无名，宁有男儿不乐生？
疑案到今仍未破，江南流水尚吞声。

李督殁后，谣传不一，或说是由仇人所刺，或说他妻妾中有暧昧情事，连齐帮办也不能无嫌。究竟是何缘由？容小子调

查证据，再行续编。所有李督遗书，及中央恤典，俱待下回发表。看官少安毋躁，改日出书请教。

德租界收回后，又得收回俄租界，以庞然自大之俄公使，至此且智尽能索，无由逞威，是真中国自强之一大机会。假使国是更新，党争不作，合群策群力以图之，则三年小成，十年大成，张国权，雪国耻，亦非难事。奈何名为民国，权归武人，垄断富贵之不足，甚至互相仇杀，喋血不休，贫弱如中国，何堪屡乱？即使外人自遭变故，无暇瓜分，恐神州大陆，亦将有铜驼荆棘之叹矣。李纯虽不能无疵，要不得谓非军阀之翘楚，是何刺激，竟至自戕？就中必有特别情由，以致暴亡，若只为和议之无成，苏人之反对，遽尔轻生，想不尽然。然如李督军者，犹不得其死，而一般军阀家，亦可以自反矣！

第一百二十一回　月色昏黄秀山戕命
　　　　　　　　　牌声历碌抚万运筹

上回书中说到李秀山巡阅使，因感于民国成立以来，军阀交哄，民不聊生，本人虽受北方政府委任，主持南北和议，却因双方意见，根本不能相容，以致和议徒有虚声，实际上却一无成绩，心中郁懑之极，不免常向部下一班将士和巡署中幕僚们吐些牢骚口气。凑巧为了撤换财政厅长，引起各界鸣鼓而攻，甚有停止纳税的表示，李纯益发懊恼异常。原来民国军阀中，李纯出身渔家，年轻时候，曾以挑贩鲜鱼为业，事业虽小，却比其他出身强盗、乐户、推车、卖药之辈，究有雅俗之判，高下之分。渔樵耕读，都是雅事，此李纯之所以为高尚也，说来绝倒。李纯生性忠厚，尚知爱国惜民，历任封疆，时经数载，也不过积了几百万家当，几百万犹以为少，是挖苦，不是恭维。比较起来，也可谓庸中佼佼、铁中铮铮的了。

在李纯自己想来，各省军阀，何等横暴，怎样威福，多少人吃他们的亏辱，却都敢怒而不敢言，一般的有人歌功颂德，崇拜揄扬。本人出身清高，凡事不肯十分作恶，平心而论，总算对得住江南人民，江南人民得了我这样的好官长，难道还不算天大的福运？谁料他们得福不知，天良丧尽，为了一个财政厅长，竟敢和我反起脸来，函电交驰的，把我攻击得体无完肤。这等百姓，真可算得天字第一号的狡民了。早知如此，我李纯就该瞧瞧别人的样，任心任意的，多作几件恶事，怕不将江苏省的地皮，铲低个三四尺，我李纯的家产，至少也可弄它三五千万，难道这批狡民，还能赶上巡辕，把我咬去半斤五两的皮肉不成？他想到这里，愈觉懊恨不堪，恨到极处，不免有几句厌世议论，发生出来。几句空话，竟作老齐栽诬的凭据，是以君子慎言语也。

人家听了，也只有再三劝慰，说甚么公道总在人心，巡帅国家柱石，也犯不着和这批无知无识的愚民去计较是非。这等说话，也算善于劝谏的了，无奈李纯生长山水之间，久执樵渔之业，谑而虐。倒是一个耿直的汉子，心有所恨，一时间排解不开，凭他们怎样开导，也只当作耳边风，并不十分理会。他那方寸之间，兀自郁郁不乐的，不晓要怎样才好。这时，衙门中人和他家中几位姨太太，见大帅如此烦恼，也都怀鬼胎儿似的，谁也不敢像平时般开心取乐，只弄得衙门内外，威仪严肃，寂静无哗起来。

岂知天人有感应之理，人的念头，往往和天的施行，互相联合。那李纯心有感触，对人便说点厌世自杀的话头儿。列公请想，民国以来，只有残民自肥的军阀，岂有因公自刎的长官，万一真有其人，不但开民国史的新纪录，也且替各省军政长官，保存一点颜面，管他死得值与不值，该与不该，谁还忍心批评他的是非得失呢？慨乎言之！然而这到底还是不易碰到的事情，李纯虽贤，究竟未必有此爱国爱民的热忱，作者立誓不打一句诳言。原来李纯之死，的的确确，有一重秘密的黑幕在内。虽然李纯因有自刎的谣传，得了一个身后的盛名，但是大丈夫来要清，去要白，像李纯这等冤死，反加以自刎之名，究竟还是生死不明，地下有知，恐也未必能够瞑目咧。

按本书上回临了，说李纯自杀，原有许多物议，须待调查明白云云。如今在下却已替他调查得有点头绪，那些外面揣测之词，不止一种，实在都属无稽之谈，至于真正毙命原因，仍旧逃不出上回所说“妻妾暧昧之情，齐帮办不能无嫌”这两句话。缴应上回。列公静坐，且听在下道来。

上文不是说过，李纯因心中烦恨，常有厌世之谈。他既如此牢骚，别人怎敢欢乐，只有齐帮办燮元，因是李纯信用之人，又且全省兵权，在彼掌握，在情势上，李纯也不得不尊重他几分。

那时大家都在恐怖时代，有那李纯身边的亲近幕僚，对齐燮元说道：“巡帅忧时忧国，一片牢愁，万一政躬有些违和，又是江苏三千万人的晦气。大帅是执性之人，我们人微言轻，劝说无效，帮办和大帅交谊最深，何不劝解一言，以广大帅之意？不但我们众人都感激帮办，就是公馆中几位太太们，也要歌咏大德咧。”齐燮元听了，也自觉此事当仁不让，舍我其谁，于是拍拍胸脯子，大声道：“诸公莫忧！此事全在燮元身上，包管不出半天，还你一个欢天喜地的大帅。当为转一语曰：包管不出半天，还你一个瞑目挺足的大帅。诸位等着听信罢！”燮元说了这话，欣然来见李纯。

李纯因是燮元，少不得装点欢容，勉强和他敷衍着。燮元也明知其意，却嬲着李纯说：“大帅多日没有打牌，今儿大家闲着，非要请大帅赏脸，顽个八圈。”说着，又笑道：“不是燮元无礼，实在是大帅昨儿发了军饷，燮元拜领了一份官俸，不晓甚么道理，这批钞票银圆，老不听燮元指挥，非要回来侍候大帅。昨天晚上整整的闹了一夜，累得燮元通宵不曾安眠，所以今天特地带了他们来，仍旧着他们伏侍大帅。大帅要不允燮元的要求，燮元真个要给他们闹乏了。”却会凑趣。几句话，凑上了趣儿，把个李纯说得哈哈大笑，也且明知燮元来意在解慰自己，心中也自感悦，于是吩咐马弁，快请何参谋长朱镇守使等人过来打牌。马弁们巴不得一声，欢欢喜喜的，分头去请。不一时，果把参谋长何恩溥、朱镇守使熙二人请到。说起打牌的话，二人自然赞成。这时，早有当差们将台子放好，四人扳位入座。

这天，因大家意在替李纯解闷，免不得牌下留情，处处

地方尽让着三分，哄孩子似的，居然把这位大帅，哄得转忧为喜，转怒为欢。可见厌世是假。他们打的本是万元一底的码子，到了傍晚时分，李纯已赢了两底有余。八圈打完，壁上挂钟当当的打了九下，大家停战吃饭。

饭后，李纯还有余兴，便说：“我是赢家，照例只有劝你们再打的，不晓大家兴致如何？”三人自然一例凑趣。燮元还笑说：“大帅已经把我的部下招回去伺候自己，难道还要招点新军么？”李纯也笑道：“中央已有明令，各省停止招兵，我们怎敢违抗呢？放心罢！要是我再想扩充军额，你们大可以拍几个电报，弹劾我一个违令招兵的罪状咧。”以中央命令为谑笑之资，尊重中央者果如此乎？几句话，说得大家又是一笑。何恩溥见李纯又说到国事上头，深怕惹起他的恨处，忙着用话支吾开去，一面，催着入席。大家这才息了舌争，再兴牌战。

这一场，大家因李纯赢得够了，不愿再行让步，苦苦相持的打了几圈。李纯却稍许输了一点，他便立起身来，瞧着他的秘书张某正在写字台上批甚么稿咧，便笑着招手道："这个时候，还弄甚么笔头儿，快来替我打几圈罢！"张秘书只得搁笔而起，代他打牌。

李纯先在一边瞧着，后来见他拿的牌不甚得手，便不看了。却觉肚子有点发痛，于是丢了牌局，独自一人向上房走去，想到他最心爱的大姨太春风那边去大便。从此大得方便矣。谁知他命该告终，经过三姨太秋月房间时，猛然一阵笑声，从秋月房中出来，趁着那微风吹送，透入李纯耳鼓，十分清澈明白。李纯不觉大动疑心，连肚子中欲下犹含的一大泡大便，也缩回肠中，趣甚。竟忘了自己作甚么进来了。于是蹑着手脚，索性走近秋月房门口，靠着门缝儿里，向内一瞧。果不其然，他那三姨太太拥着一个男子，厮亲厮热的，正得趣咧。

李纯这一气，才是非同小可，难为他急中有智，猛记得秋月的房，有一道后门，平时总不上闩的，不如绕道那门进去，看这奸夫淫妇，望哪里逃。心中如此想，两只脚，便不知不觉的，绕到后门，轻轻一推，果然没有闩着。李纯一脚跨了进去，却不料门口还蹲着一个甚么东西，黑暗头里，把李纯绊了一下，一个狗吃屎，跌倒在地。这一来，不打紧，把里面一对痴男怨女惊得直跳起来，异口同声地唤道："李妈！李妈！"原来李妈正是秋月派在门口望风的人，方才绊李纯一交的，便是这个东西。她因望风不着，得便打个盹儿，此之谓合当有事。做梦也想不到这位李大帅会在她打盹头里跑了进来，恰巧又压在自己身上，一时还爬不起来。比及秋月赶过来看时，才见李纯和李妈滚在一处，兀自喘吁吁地骂人。秋月惊慌之际，赶着扶起李纯，李纯也不打话，顺手把她打了两个耳光，又怕奸夫逃走，疾忙赶到前面，才见那男子不是别人，正是自己一手提拔信任极专的一个姓韩的副官。说时迟，那时快，韩副官正在拔开门闩，想从前门溜去，后面李纯已经赶上，大喝一声："混账小子，望哪……"说到这个"哪"字，同时但听砰的一声，可怜堂堂一位李巡阅使，已挟了一股冤气，并缩住未下的一团大便，奔向鬼门关上去了。涉笔成趣，妙不可言。

李纯既死，这韩副官和秋月俩，只有预备三十六着的第一着儿，正商着卷点细软金珠，还要打发那望风打盹的老妈子。韩副官的意思，叫做一不做，二不休，索性送她一弹，也着她去伺候伺候大帅。倒是秋月不忍，还想和她约法三章，大家合作一下。韩副官急道："斩草不除根，日后终要受累，我们行兵打仗，杀人如草芥，一个老婆子，值得什么，不如杀了干净。"勇哉此公！说着，更不容秋月说话，又是砰砰的两枪。这一来，才把一场滔天大祸，算闯定了。

本来李纯的上房，都做在花园之内，各房相离颇远，可巧这天又刮着大风，树枝颤舞，树叶纷飞，加以空中风吼，如龙吟虎啸一般，许多声浪，并合起来，却把韩副官第一次枪声遮掩住了。那时候，他们大可以安安静静地，一走了事，偏偏要把无辜的老婆子一例收拾，继续的发了两枪，这真是胆大妄为，达于极点。

凑巧给外面一个马弁听见了，这马弁却又是齐帮办手下的人，此马弁当是老齐元勋。因燮元和李纯交情最密，本来穿房入户，都不避忌的，他见李纯进去，久不出来，未免心存疑惑，便也拉了一人代打，自己想到他上房去瞧瞧。这时花园中风云正黯，月色依稀，他那贴身马弁忙取出手电筒照着，在先引路。

这韩副官枪毙老妈的第二声，却先进了马弁的耳朵，不觉大惊住脚，回转身对夔元说道："帮办可听见么？这是枪声啦！"夔元相距较远，又被树木遮住，却也隐隐听得，似乎有点怪响。听了这话，忙问："你听清楚，这是哪儿来的声音？"马弁引手遥指道："那是大帅三姨太房子，枪声是从这边出来的。"夔元听了，也是他福至心灵，忙喝住马弁："不许多说，端的机警。跟我来！"又道："带了咱们的手枪没有啦？"马弁回说："带着呢。"夔元更不说话，向着秋月房，急急趱行。

到了门口，就听见里面一阵历碌声音，夔元早闻李纯几位姨太，只有此人不妥，却还不明白奸夫是谁，此际心中雪亮，喝命马弁，拿手枪来。马弁依言，送上手枪，夔元吩咐他守住前门，自己握着手枪，也从后门而入。他是胸有成竹的人，自然不慌不忙的，蹑脚而入。可笑那一对男女，正在收拾细软，预备长行，忙得甚么似的，绝不防背后有人暗算，连着那支行凶的手枪，也丢在李纯尸身上面，并没放好。夔元眼快，一进门，就瞧见室中死着两人，一个正是英名威望、李纯封英威将军，嵌"英威"二字趣而刻。坐镇江南的李大帅秀山将军，由不得心中一悲一喜。悲是应分，喜从何来？

且慢！作书的自己先要扳一个错头儿，实在那时候，齐帮办也到了生死荣辱关头，老实说：只怕他那心中，也未必再有这等悲喜念头儿。只见他跳出床前，一手擎住手枪，直指韩副官胸中，冷笑一声，说："好大胆，做得好大事！"这一来，才把一对男女，惊得手足无措，神色张皇，两个膝盖儿，不知不觉地，和那张花旗产的大红彩花地毡，作了个密切的接合，只一"跪"字，写得如此闹热，趣极。不住地向夔元磕起头来。那秋月究竟是女子性格，更其呜咽有声，哀求饶命。夔元见此情形，不觉心中一软，真乎？假乎？低声叹道："谁教你们作死？我看了你们这副情景，心里又非常难受的。也罢，我是一个心慈脸软的人，横竖大家都出名叫我滥好人儿，说不得，再来滥做一次好人，替你俩掮起这个木梢来罢！"二人巴不得这一句，两颗心中，一对石头，轰的一声，落下地去。正在磕头道谢，只见夔元又正色道："且慢！你俩要命不难，却须听我调度。胸中已有成竹。我叫你们怎么说，你们就得怎么说，要你们怎样办，就得怎样办，舛错了一点，莫怪我心硬。那其间，只怕我都要给你们连累呢，哪能再顾你们哪。"二人听了，不约而同地公应一声。夔元把手枪收了进去，喝道："还不起来，再缓，没有命了。"二人忙又磕了几个头，急忙起来。夔元把前门开了，放进那个马弁，附耳吩咐了几句。怕老韩掉皮也。又对韩副官笑道："拿耳朵过来！"韩副官依言，听夔元悄悄说道："不怕有人来么？"韩副官回说："已经三姨太太打发出去，一时不得进来。"秋月房中，安得如许时没人进出，着此一笔，方没漏洞，文心固妙。然事实亦必如此。夔元啐了一口，因附耳说道："如此，如此。"又对马弁道："你帮着韩副官，赶快把事情办好，就送韩副官出去，懂得么？"马弁和韩副官都答应晓得。夔元又指那老妈子说道："人家问起她呢，你们怎么回答？"韩副官忙道："那容易，只说大帅自尽的当儿，老妈子为要阻止他，大帅一急，就将她先杀了，这不完啦。"夔元点头称赞道："怪不得人说风流人的思想，比平常人深远得多呢。"比骂他还凶。韩副官听了，不觉脸上又是一红。夔元又再三叮嘱不要误事，方才从从容容地，缓步而出，仍旧回到牌场上，叫过一个马弁，又悄悄吩咐道："如此这般。"布置完备，想了想，没有甚么事了，于是安安静静地，仍回原位打牌。

打到一副，蓦听得人声鼎沸，合署喧腾，来了！来了！夔元心中禁不住弼弼乱跳，入情入理。其余诸人，却都大吃一惊。入情入理。正待查问，那喧哗之声，已自远而近，各人耳鼓中，都已听得明明白白，是大帅自杀的一句话儿。夔元听了，猛可地把自己面前一副将和未和的万子清一色，都牺牲了。绝大的牌，已经和出，区区清一色，何足留恋？顺手一掳，立起身嚷道："了不得，真个做出来也！"妙语妙笔，语是机警语，笔是传神笔。说着，自己首先引导，带着众人，赶进内室去，才到半路，就有李纯的当差接着，回说："大帅已经归天，尸身在三姨太房内呢。"夔元带着大众又赶向三姨太房，早见房中黑压压地已站满了一屋子的人，有署中职员，有上房的太太、姨太太、奶奶、小姐，并一班马弁当差丫头老妈子，有纷纷猜论的，有伏尸大哭的，闹得个声震檐壁，人满香闺。夔元跨步上前，见了李纯尸身也禁不住一阵伤心，嚎啕挥泪。那李纯的正室太太，手中拿着一大张纸头，上面写着许多七歪八斜潦潦草草的字儿，哭得泪人儿似的，交与夔元手中，说道："齐伯伯！你瞧瞧，这上面说点什么？"夔元一瞧，只见一片模糊，也没有几个字可以辨识，大略瞧了一遍，便大嚷道："大家静一静儿，大帅还有遗言咧。"众人听了，果然鸦没雀静的，静听无哗。

夔元大声道："大帅的字，很不容易辨清，大概这是他神经错乱之故，如今将大意宣布一番罢。大帅的意思，是说：'国事如此，自己身为封疆大吏，一点不能救正，现在南北相持，各走极端，中央派他做和议代表，也是一无结果，都是大帅心中久已引为恨事的。眼前因省中公事，不蒙地方人民原谅，实在气懑填膺，不但无心作官，更无颜处世，因此决心自杀，派夔元暂代巡阅使督军之职。以上是宾，此下是主。一面请张秘书拟稿，向中央保举燮元继任。至于遗产办法，大帅另有支配清单，除提出半数，分给太太和二大人及各位姨太外，以半数作南开大学基金，及直隶赈灾之用。’做死人家产不着。大帅遗言，已尽于此，只有派燮元代理继任的话，燮元委实万分惭愧，但既蒙大帅相知之雅，委托之殷，自当以地方大局为重，暂时担任维持，并盼各同人大家协助办理，莫丢了大帅身后的颜面，和殉国的苦心，才是正理。”说得如许冠冕，此公才不可及。说话时，不但署中僚属陆续到齐，还有几位镇守使师长，如陈调元、朱春普等一班儿，也俱赶到。此外却有齐帮办的手下军官，都全副武装、带领兵士们，霎时布满了署内署外，和上房花园等处。尽在如此这般中。据说是齐帮办的参谋长，闻信派来，防备意外之事的。这等用兵，也可谓神速之极了。句中着眼，却说得刻薄。

当下大众听了齐帮办宣布的遗嘱，有深信不疑的，有心领神会的，间有少数怀疑的人，见齐帮办和几位军界领袖都十分相信，他们又怎敢不信。下一“敢”字，句中有眼。于是又请三姨太太说明经过情形。尽在如此如此中。那三姨太是苏州妓院出身，娇声曼气，带泪含悲的，说：“是大帅进来大便，何尝大便，简直未便。大便过后，坐在奴的床上，忽然朝奴滴下泪来，奴是再三再四的问他咧，谁知大帅一味伤心，总不说话，倒把奴急的没法安慰，奴想去报告太太哩，大帅又说，不许奴去，奴还有甚么法子呢？连用几个“奴”字，真有娇声曼气的一种肉麻相，可谓绘声绘影之笔。只眼睁睁瞧着大帅，大帅忽然命奴拿出纸笔，写了这么一大篇，奴又不认得字，知道他写的甚么呢？奴又不敢问他，只坐在一边闷想。如今奴想起来，奴可明白了，原来大帅为要写这东西，怕别的姊妹们都是读书识字的，怎能由他舒舒齐齐地写呢，可不寻到奴这不识字的地方来了。”众人听了，都点点头，唯有齐帮办更摆头晃脑子的，表示赞许之意。深刻。正是：

山木自寇，象齿焚身，
恫哉李督！死不分明。

不知三姨太还有甚么宣布，却听下回分解。

李督头脑，较清于其他军阀，所行各事，亦未必十分贪横，乃惨遭横死，死尚被诬，此有心人所为长太息也。然佳兵不祥，不戢自焚，民国以来，曷有军阀而得好结果者？与其害国殃民，遗臭千古，尚不若死于风流之为愈。人悲李督之遇，吾则谓同一不终，此尚差胜。

第一百二十二回　真开心帮办扶正
假护法军府倒楣

却说三姨太太秋月又对众人说道：“大帅写完了字，奴又到后面解手去了。一个为大便而死，一个以小解送终，相映成趣。谁知道他会走这条绝路儿呢！当时奴只听得李妈叫一声，大帅要不好了，奴本是提心吊胆的，一听这话，倒把奴急得手都解不出来了，正待问哩，就听大帅骂了一声，蠢东西，谁要你管。同时就听得砰的响了一声，已经把奴吓得胆都碎了。奴可来不及盖马子儿，拉了裤，趣极。就赶去看时，不道李妈已经躺在地下，奴只叫得一声啊呀，险些把裤子都掉下地来。趣而刻。才定了定神，啊唷，奴的天哪！谁道大帅更不怠慢，立刻又把枪机一扳，他！他！他！就阿唷唷！传神之笔。奴回想起来，真个说都不敢说下去了。”说到这里，三姨太太赶着“赶着”妙。逼紧了喉咙，一个倒栽葱，跌在李纯身上，哀哀大哭起来，还说：“早晓得大帅这等狠心，奴是抵拼给你打死，老早请了太太过来了，奴也不致吃这等大惊慌了。”众人听了，料道没有甚么可疑的了，也不便多嘴多舌的，于是由齐帮办宣布，人死不可复生，大帅身系东南安危，我们该赶紧商量，维持后事，电告中央，派员接替，注重在此。然后商量办理丧事。此言一出，大众一哄退出，齐到西花厅开起善后会议来。对于李纯自刎一案，至此却先告一段落，综计自韩副官行凶，至齐帮办设计，众人共听遗嘱为止，前后不过四五个钟头，却也办得细密周到，无懈可击。赞美一笔更妙。列公请想，这齐帮办的手腕，可厉害不厉害呢？

李纯死后，经全体幕僚和军界同袍，并家属代表，大开善后会议。到了次日午后，便是民国九年十月十二日，省长以下各官和省议会的议长、议员、地方士绅，不下数百人，得了信息，陆续晋署探问，当由齐帮办会同何参谋长、齐省长，暨家属人等，共同发表李纯遗书并电报等，共计五件，兹为照录于下： 1119.

（一）致齐省长耀琳、齐帮办燮元

纯为病魔所迫，苦不堪言，两月以来，不能理事，贻误良多，负疚曷极。求愈无期，请假不准，卧视误大局，误苏省，恨己恨天，徒唤奈何。一生英名，为此病魔失尽，时有疑李督患梅毒，不能治愈，痛苦万状，而出于自杀者，即从遗书中屡言病魔，推想出来，其实于情理不合。尤为恨事。以天良论，情非得已，终实愧对人民，不得已以身谢国家，谢苏人，虽后世指为误国亡身罪人，问天良，求心安。至一生为军人，道德如何，其是非以待后人公评。事出甘心，故留此书，以免误会，而作纪念耳。李纯遗书。九年十月十日。

（二）致全国各界

和平统一，寸效未见。杀纯一身，爱国爱民，素愿皆空。求同胞勿事权利，救我将亡国家，纯在九泉，亦含笑感激也。李纯留别。十月十一日。

（三）关于身后的希望

纯今死矣，求死而死，死何足怨？但有四桩大事，应得预先声叙明白：（1）代江浙两省人民，叩求卢督军子嘉大哥，维持苏浙两省治安，泉下感恩。（2）代苏省人民，叩求齐省长，望以地方公安为重，候新任王省长到时，再行卸职。（3）苏皖赣三省巡阅使一职并未受命，叩请中央另简贤能，以免遗误。（4）江苏督军职务以齐帮办燮元代理，恳候中央特简实授，以维全省军务，而保地方治安。叩请齐省长、齐帮办及全体军政两界周知。李纯叩。十月十一日。

1120. （四）致齐帮办及皖张督军

新安武军归皖督张文生管辖，其饷项照章径向部领，如十月十一日恐领不及，由本署军需课，代借拨二十万元接济，以维军心，而安地方。关于皖省，可告无罪。此致皖张督军、苏齐帮办查照办理。十月十一日。

（五）处分家事遗嘱致伊弟李桂山中将

桂山二弟手足：兄为病魔，苦不堪言，常此误国误民，心实不安，故出此下策，以谢国人，以免英名丧尽，而留后人纪念。兹有数言，挥泪相嘱：（1）兄为官二十余年，廉洁自持，始终如一，祖遗财产及兄一生所得薪公，并实业经营所得，不过二百数十万元，存款以四分之一捐施直隶灾赈，以减兄罪，以四分之一捐助南开大学永久基本金，以作纪念。其余半数，作为嫂弟合家养活之费。钱不可多留，须给后人造福。（2）大嫂贤德，望弟优为待遇，勿忘兄言。（3）二嫂酌给养活费，归娘家终养。（4）小妾四人，每人给洋二千元，交娘家另行改嫁，不可久留，损兄英名。（5）所有家内一切，均属弟妥为管理，郭桐轩为人忠厚，托管一切，决不误事。（6）爱身为主，持家须有条理，尤宜简朴，切嘱切嘱。兄纯挥泪留别。九年十月九日。

列公看了这几封遗书，须要明白，李纯死后，韩副官一人一手，怎么作得出如此长篇文章？当然这都是一班有关系的大人先生，禀承齐帮办意旨，在事后编撰出来的，这是无庸疑议的了。雪亮。再则其中还有许多说话，或和昨夜燮元所说不同，或竟为燮元所未曾道及，那也是斟酌情形，临时增改而成，本来难逃明眼人的洞鉴。入情入理。只有一桩，不能不替他下一个注脚，原来李纯的三省巡阅，本是自己向中央要索而得，后因江西督军陈光远有"宁隶鄂省，不附李纯"的宣言，皖省张文生也有反抗李纯的表示，因此迟迟疑疑，未敢就职；而且也是李纯满口厌世的主要原因。现在李纯既死，论资格物望和军队实力，除了齐帮办，无第二人。燮元当李纯初死之时，就对众宣称："李大帅委他暂摄巡督两篆，并有电恳中央予以实授"的说话，但这是他一时的野心，想由师长帮办的衔头，一跃而为督军兼巡阅，真可谓志大言夸，而不顾利害的蠢主意。贪多嚼不烂。

岂知李纯死耗发表之后，燮元虽持李纯遗言为升官的利器，而外面空气却十分紧张。不但把李纯遗嘱置之不理，并且还想趁此机会，要求废督，东也开会，西也集议，纷纷攘攘的，电请中央，大有不达目的不休之势。只这半天工夫，就接得许多不好的消息。齐燮元志在进取，已非朝夕，自然处处周备，着着设防。各方面消息，都是非常灵速，一边稍有风声，他这里也早得了报告。这时外面情形，尤其在他特别注意之中，更加多派侦探，四处八方的秘密探访，所以一到午前，就得了许多报告。燮元这才晓得出位之思，过分之望，是靠不住的。全国野心家听者！这才赶紧设法，先把遗嘱中代理巡阅一事一笔勾销，却专从督军入手，待到根深蒂固，脚步站稳，然后再作进一步的计划。这是他心中的盘算，至于对外一方面，自己先实行代握军篆，并为见好邻封起见，赶紧把新安武军的军饷，尽先借拨；同时怕同事中尚有不服，趁着李纯治丧机会，施出全副拉拢手腕，和他们联络得如兄如弟，莫逆异常。

这时江苏共有七镇守使，论资格，也有比燮元更老的，但燮元新和直派联络，得了帮办位置，又加了上将衔，老实说一句，分明就是一个副督军，正死副继，自是正理。而且近水楼台，措置早妥，别人未必弄得过他。加以中央接到电报，已准李纯遗言，复电令燮元代理督军，有此许多原因，同时燮元又卑词甘言，转相俯就，大家也就没有法子，只好忍着一口气，尊他一声齐督军罢了。燮元得此机会，中心欣悦，不言可知，所不安者，只怕自己毛羽未丰，中央不肯实授。却不知中央对于此事，亦正煞费踌躇，当时为安靖地方，维持秩序起见，虽已电令燮元代理督军，同时苏人争请废督，甚嚣尘上，这等人民意思，原不在政府心目之中，所最难的，倒是一般有苏督希望的人，好似群犬争骨，哄然而起。十年来省政易人，未有不生骚扰者，中央威信失堕，此亦一大原因。有主张靳总理云鹏南下督苏，仍兼三省巡阅，而以周士模组阁，无奈老靳本人并不十分愿意，此时全国军政大权，非曹即张，总统不过伴食而已，还是云鹏因和双方有亲戚关系，曹、张都还给一点面子，他说要做，别人果然不能侵夺，他如不愿，别人自更不能勉强。于是舍而求次，则有王士珍、王占元、吴佩孚、陈光远等，论资格以王士珍为最老，论实力以吴佩孚为最盛。占元、光远，各有地盘，亦非志在必得。王士珍老成稳健，不肯再居炉火，做人傀儡，所以数人之中，仍以吴佩孚一人最为有望。

可巧吴佩孚此时正因奉张气焰日盛，心不能平，且自皖直开战，直方竭全力以相扑，奉军不过调遣偏师，遥为声援，而所得军实反比直方为多，尤其使他愤恨，这还关于公事方面。最令佩孚难堪的，因前在保定会议，佩孚自恃资格才力，足以代表曹锟，侃侃争论，旁若无人，张作霖几乎为他窘住，因仿着《三国演义》袁术叱关羽的样儿，说他："人微言轻，不配多讲。"佩孚心高气傲，哪里耐得这等恶气？终因自己的主帅曹三爷，正在竭意和他交欢时候，不得不作投鼠忌器之想，暂把一口恶气，硬硬地咽了下去。但是这等怨毒，深印心胸，再也无法消灭。民国以来，许多战事，总因权利意气而起。所以直皖战后，他就着着布置，作直奉战争的预备。

此番苏督缺出，明知齐燮元蓄志图谋，决不肯拱手让人，好在他十分知趣，自代理督军令下，即暗中派人，刻意交欢曹、吴。佩孚一想，彼既降心相从，也落得收他作个东南膀臂，因此索性做个好人，反替燮元竭力保荐。于是齐燮元苏督一席才算完全到手，而苏省地域，也从此正式隶入直派。后来北方多少风云，每与苏、浙战事相间而生，互有关系，实也滥觞于此呢。如今将陆军部呈复总统，对于李纯的抚恤办法，录在下面：

为英威上将军在任身故，遵令议恤事。本年十月十五日，奉大总统令开上将军苏皖赣巡阅使兼江苏督军勋一位陆军上将李纯，奠定东南，勋勤夙著，比年邦家多难，该巡阅使坐镇江表，才略昭宣，群流翕洽，而于和平统一之大计，尤能多方赞导，悉力筹维。干国匡时，声施益懋。前以感疾日剧，屡电请假调理，只以时事艰难，东南大局，赖其主持，谕令在署医治，力疾视事，方冀调摄就痊，长资倚畀。乃本日据齐耀琳、齐燮元电呈：“该巡阅使两月以来，卧病奄缠，每以时局纠纷，统一未成，平时述及，声泪俱下，近更疚忧愧恨，神经时复错乱。本月十一日，忽于卧室，用手枪自击，伤及右胁乳下，不及疗治，登时出缺。手写遗书，缕述爱国爱民素愿莫酬，不得已以身谢国，惓惓于苏省之治安，国家之统一，筹虑周密，语不及私。”披览之余，曷胜震悼！该故巡阅使年力未衰，猷为正远，乃以焦忧大局，报国捐躯，枉失长城，实为国家痛惜。着派齐耀琳即日前往致祭，给予治丧营葬费一万元，所有该故使身后事宜，着齐燮元、齐耀琳督饬所属，妥为办理。灵柩回籍时，沿途地方官，一体照料。生平政绩，宣付国史立传，并候特制碑文，刊立墓道，以彰殊绩。仍交陆军部照上将例从优议恤，用示笃念勋劳之至意。此令。等因。奉此，查本部历办成案，凡遇勋勤夙著，在职身故之员，均查照陆军平时恤赏暂行简章，分别给恤。此次英威上将军苏皖赣巡阅使江苏督军李纯，为国捐躯，业经奉令给与各项恤典在案，拟请从优依恤章第三条第四项之规定，按恤赏表第二号陆军上将因公殒命例，给予一次恤金七百元，遗族年抚金四百五十元，以三年为止，用彰荩绩。是否有当？理合具文呈复，伏乞，鉴核施行。谨呈。

呈文上去，当于九月二十八日奉批：

呈悉。准如所拟给恤。此令。

苏事至此暂且搁起，先谈西南方面的事情。看官们总该记得，中央因求南北统一，曾派李纯为议和总代表，虽然旷日久持，毫无成绩，不过李纯为人，颇有长厚之名，对于南北两方，都还能够接近，有这么一个缓冲人物，又巧处在南北之中，一般人心理上，总还觉得南北有些微可和的希望。再则南北如此久持，既非国家之福，究竟当轴方面，也觉不甚相宜，双方面子上，尽是说的官话，暗地里谁不愿对方稍肯让价，这注统一国家的大生意，民国十年来全做的蚀本生意。就有成功的可能。所以两方和议，尽管不成，而李纯之见重于双方，却是不可掩的事实。如今李纯既死，失了和议中心，南北政府都觉从此更难接近，未免互存可惜之意，这倒是李纯死后的一种真实风光呢。

却说西南政府自两李内变，滇桂失和，军政府的内幕也和北方政府一般，但具虚名，毫无实际。军政府总裁岑春煊虽有整顿之心，无奈权不在手，亦只有镇日躲在大沙头的农林试验场中，做他命令不出府门的总裁，得了空，向一班幕僚们，发几句牢骚话儿罢了。可怜。至于莫督方面，从广惠镇守使接陈炳焜的督军，又用毫无作为、百事不知的粤海道尹张锦芳护理广东省长，表面是军分民治，实在省长不过是督军一个二三等属吏，除了用几个秘书科长，委几个普通县缺之外，就是些小事情，不经督军许可，是一点不能发生效力的。可怜。好在张锦芳本人原系出身绿林，充当书记，因他为人随和，好说话，给人瞧得可怜儿的；更凑着自己运气，由连营长而县知事、而道尹，如今索性做了一省长官，也算得心满志足，所谓始愿不及此，今及此，岂非天乎？这两句古书，大可移赠这位张省长咧。他既如此知足，又承莫督提拔之恩，自然唯唯诺诺，奉命惟谨。在任一年，倒也相安无事。是一个会做生意的人。

谁知这时却有一人，摩拳擦掌的，要过一过广东省长瘾头，这人非他，便是现任财政厅长杨永泰，字畼卿的。论广东现时官吏，出息顶好的，自推财政厅长，因为省中正在整顿市政，开辟马路，这市政督会办，照例是由财政警察两厅长兼办的。杨永泰以一个毫无势力的旧国会议员，因交欢莫督，得其宠信，才给他做这财政厅长，本来大可踌躇满志，得过且过。只因永泰为人，精明强干，是个心细才大之人，觉得区区财市两部分事情，未能展其骥足，于是竭力拉拢沈鸿英、刘志陆、刘达庆、林虎等一班将官，求他们向莫督说项，给他实授广东省长。也会做生意，可惜运气不好。莫督倒也无可不可，但广西陆荣廷方面，却因永泰是有名政客，又为政学会中坚人物，这政学会在两广，却似安福俱乐部的在北方一般，受人指摘，为各方所不满，所以永泰的省长梦，几乎被老陆一言打破，幸而莫督对他感情颇佳，又代他到军政府，请出岑春煊替他讲话。同时张锦芳也知永泰志在必成，自己万万不是对手，倒也乖乖的，自请退职，仍回粤海道原任。是一个会做生意的人。至此永泰的省长，才算做成功了。却不晓因此累及陆、莫两方，大伤情感，连到桂派内部，都发生裂痕起来。他们决裂原因，虽不专为此事，要以此事为原因之最大者，这也是无庸讳言的事情呢。

谁知杨永泰才大命穷，就职不到几月，广东省内又发生一桩大战事。原来粤人特性，好动恶静，喜新厌故，论这八个字儿，未尝不是粤人争雄商业、操持海上霸权的大原因。然施之政治，则往往弄得骚扰反复，大局振动。可以做买卖营生，不能做官场生意。结果，还是粤人自己吃亏，粤人之自杀政策。所以光复以还，粤省的战事最多，几乎每易一次长官，便有一次战乱。长官年年调换，战事也年年都有，总算莫荣新做得最长，地方上也勉勉强强的安静了几年。

论荣新本人，委实算得一个廉洁自爱、惜民护商的好长官，可惜所用非人，利用他的忠厚，欺侮他的无识，种种劣迹，书不胜书。荣新自己朴诚俭约，除了每月应支官俸之外，确实一文也没有妄取。然而他的部属，竟有发财至几千几百万的，这要从我们旁观的说来，自然这批部下对不住荣新，荣新又对不住广东人，管他本人道德怎高，究竟又算得甚么儿哩。公论。这等地方，都是无形中造成粤桂恶感的主因。因为这批人十九是桂派人物，广东人反只站在一边，眼瞪瞪地受他们侵蚀欺凌，一句也不敢声说，本来都是叫人难受的事情啊。总计荣新督粤五年，论维持地方，保护商业，其功固不可没，而纵容部曲，横行不法，其罪也自难逭。公论。再讲做官这桩营生，干得好，是他分内事，弄得不好，可就对不起地方人民，而地方人民，也未必因其功而原其罪，于是探本穷源，都说以外省人治本省，人人存一个乐得作恶之心，政事焉有不坏？为长治久安之计，非得粤人治粤，决乎不能收效。这等情态，差不多粤人已人同此心，心同此理，而荣新手下一班虾兵蟹将，兀自专欲妄为，一点不肯敛迹，于是粤人治粤之声浪渐腾于社会，同时桂派防制粤人的手段也越弄越严，双方交恶，达于极度。于是桂粤之战，乃一发不可遏止。桂人之自杀政策。

这时粤人之较有实力者，在省中是广惠镇守使李福林、警察厅长魏邦平，在外面的，只有一个援闽总司令陈炯明，三人原无深交，只因桂派气焰咄咄逼人，大有一网打尽之势，于是以利害关系，自然而然地互相结合。陈炯明虽远在漳州，既得二人声援，消息灵通，胆气十倍。且知滇桂分裂于前，桂派内讧于后，粤人治粤，声浪又一天高似一天，认为时不可失，遂于九年六月中，毅然决然，利用真正粤军的牌号，回师攻粤。此公本善投机。正是：

煮豆燃豆萁，豆在釜中泣；
粤桂如辅车，相攻何太急？

欲知战事真相如何，却待下回分解。

西南政府，以护法兴师，宣言独立，组织之始，非不正大堂皇，有声有色，曾几何时，而政府改组，真心为国之中山先生，竟被排挤以去；又继而滇桂失和，军府分离，更数月而桂系内部，亦告分裂，卒之李、魏内变，陈师反戈，护法无功，徒苦百姓，不亦大可以已哉！盖天下事，惟以真正血忱，辅以热心毅力，百折不回，始有成功之望。若稍存私利，竞夺事权，徒袭美名，不务实际，与北方军阀之侈谈统一，提倡和平，有何分别？是故有皖直之交战于北，便有桂粤之互讧于南，有安福之专欲横行，便有政学之操纵不法，是真一丘之貉，无庸轩轾其间。所可惜者，一个护法救国大题目，竟被此辈做得一塌糊涂，不堪寓目耳。

第一百二十三回　莫荣新养痈遗患
陈炯明负义忘恩

却说陈炯明，字竞存，广东梅县人也。前清时候，也是秀才出身。民国以来，以秀才而掌大兵，握军篆，声势赫奕，焜耀一时者，北有吴子玉，南则陈竞存，所以有南北两个怪秀才之称。原是一对好货。这炯明在民国初元，也曾做过广东都督，后来便给人驱逐下台。至莫荣新作粤督，他的参谋长郭椿森和炯明颇有交情，凑巧此时，又发生一件警卫军的交涉。广东原有八十营警卫军，自朱庆澜氏做省长时候，编制成立，向归省长统辖，直至陈炳焜督粤，以武力收为己有，因此粤人啧有烦言，说是桂派收占全粤兵权之表示。及莫督继任，不愿为已甚之举，原拟将警卫军设法改组，以平粤人之愤。正踌躇间，忽得间谍报称，福建李厚基受中央密命，安福嗾使，将联络浙军童保暄、潘国纲、陈肇英等，大举攻粤。荣新得此消息，正拟派兵防御，郭椿森便乘机替炯明进言，说他是："粤军前辈，素有治军之名，又且熟于闽粤交界情势，不如派他做援闽总司令，乘李厚基未及发动之时，赶速进兵，既以贯彻护法事业，亦先发制人之计也。至炯明军队，本已散净，现正有警卫军不易处置的问题，索性就拨二十营归他节制，又可以间执粤人之口，此正一举三得之事，请督军切勿犹疑，赶快办理为妙。”荣新听他言之有理，又经椿森力保炯明忠忱无他，于是决计委他为援闽总司令。

公文待发，又发生一个小小趣闻：原因炯明为人，才干有余，心术难恃，伏下背主叛党事。而且高自期许，不肯屈居人下。在先，因蛰处省中，无事可为，一切皆愿迁就，比及闽事发生，荣新答应用他，他又为得步进步之计，要求荣新改用聘书，勿下委令。荣新胸无城府，任人颇专，对于这等地方，却视为细务末节，但愿他肯效力，乐得给他一个面子。却有幕府中人再三坚持，非下委不可。他们的理由是说：“一用聘书，彼此便成敌体，不但有乖督军统一军权之旨，且恐将来不能指挥炯明，自是正理。分明牺牲二十营兵士，反在一省之内，自树一个大敌，督军千万莫上他这大当。”荣新听了这话，恍然大悟，从此也疑炯明野心太甚，不肯十分信用。等他出发之后，便密令潮、梅镇守使刘志陆，惠州绥靖督办刘达庆等，须要暗中防备着他，勿得大意等话。那刘志陆是莫督义子，从前跟随荣新出死入生，久共患难，倒也算得一个健将。近因安富尊荣，日久玩生，不免近于骄惰，得了这个密令，哪里放在心中，还说：“陈某败军之将，有甚能为，督军也太胆小了。”骄兵岂有不败之理？桂系之败，刘为罪魁，宜哉！

一言甫毕，忽又接得督军急电，因琼州龙济光大举内犯，林虎和他交战，先胜后败，所以调志陆军队，前去助剿。这龙济光却是一个狠货，前年屠龙之役，所有桂粤两军都曾吃他的大亏，后来虽被桂军全力压迫，将他赶到琼州，究竟还不能消弭他的势力。此时得了北方补助军械，预备破釜沉舟的干他一下，来势甚凶，却也未可轻视。志陆正拟出发，又得省电后防空虚，适陈炯明军队尚在半途，经过潮、梅，即暂令填防。志陆接得此电，心中却大不愿意，抵足恨恨道："这又是郭椿森栽培陈炯明的妙计，他们想得我潮、梅地盘么？只怕没有那么容易。"因即复电反对，甚有不许炯明军队过境之意。荣新已中了郭椿森之言，养虎自伤，莫氏太笨。回电申饬志陆。志陆没法，只得和幕府商量，留下若干劲旅，牵制炯明，而自率大军出发，会合林虎、沈鸿英之军，三方兜剿。济光果然不支，溃败而逃。

谁知这时广东事情越闹越凶，大有五花八门、离奇变幻之观。当刘、林在西部二次屠龙之际，正陈炯明在东部与闽浙

军相持之日。炯明部下虽都是粤军，只因荣新心怀疑忌，所有良好器械，都靳而不予，兼之统率方新，指挥不便，刚到潮、梅，恰逢闽军臧致平和浙军陈肇英会师来犯，炯明与战于漳、泉之间，三遇三北，抵抗不住，节节后退，潮、梅大为震动。不是炯明无能，却是桂运未绝。又幸屠龙已了，刘志陆振旆还师，适值臧、陈不睦，肇英不战而退，志陆新胜之兵，锐气正盛，把臧军驱逐出境，炯明自然无颜留驻潮、梅，便以追臧援闽为名，进驻漳州，而对于莫、刘两方，和桂派的感情，也从此日趋恶劣。只因毛羽未丰，暂行蛰伏，一面简搜军实，积屯粮草，购买兵火，扩张军额，以为后日之图。有此远图，也自不凡。这都是民国七八年间的事情。著者因陈炯明是一个重要脚色，将来对于国民革命军尚有多少纠葛情事，所以不惮烦琐，将他的前事补述一番，以见此公人品不端，心术欠正，所以后来叛

困孙大元帅，冒天下之不韪，为全国之罪人，端非偶然之事啊。闲言少说。

再讲陈炯明在漳数年，蓄锐养精，志不在小。至民国九年夏秋之交，得了李福林、魏邦平报告，知道桂派内部离心，将骄卒惰，粤人受侮多年，渴思自治，于是认为大好机会，确是好机会。顺着人民心理，揭櫫粤人治粤的商标，返戈内向。出兵之始，曾有他的部下，向著名的一个星家卜了一卦，卦象如何，小子因非内行，不及记忆，但知他的批语，有“在内者胜”四字。迷信不足凭，但这四个字，实聪明之至。人人都道：“桂派蟠踞粤省，五羊城内，几成桂人私产，这个“内”字，分明指桂派而言。况且多寡悬殊，强弱不敌，以常理言，炯明此举，未免过于冒失，深恐一败涂地，必致退步为难哩。”这等议论，传入炯明耳中，炯明大怒，指为反间造谣，定要严行查究，倒晦气了那位星卜大家，得知消息，连夜卷卷行囊，逃到香港去了。炯明便出了一张告示，说明桂派横暴情形和自己出师宗旨，劝喻人民，勿得轻信谣诼，一面亲督队伍，带同手下健将洪兆麟、许崇智，并参谋长邓铿等，兼程出发，一面派人进省，约会李、魏，待至相当时机，大家一齐动手，互为应援。

也是桂派气数合尽，消息传到省城，莫荣新不过痛骂郭椿森介绍匪人。悔之何及？其时椿森因一桩事情触怒了陆荣廷，一道手谕，着莫荣新立即驱斥。荣新为顾全他颜面计，派他赴沪充议和代表，已经去得长久，尽你荣新痛骂，横竖于他无干了。此公始终受不知人之害。至于军界中人，早把陈炯明不放在眼内，一班领袖人物，没有一个不在东西两堤，征妓饮博，欢天喜地的任情胡闹。如此荒唐，便无陈氏，也必败亡。那刘志陆原在东堤讨了一位姨太，寓居香港。此时又看中了东堤长安寨里一个寮口婆子（苏人所谓娘姨大姊之类），叫做老四的，一个要娶，一个要嫁，温得胶漆一般，分拆不开（“温”者粤语言“要好”，犹苏人所谓恩相好也）。军署中人原有一个俱乐部，设在东堤探花酒楼一间大厅，志陆每到省城，也是天天前去，说是俱乐，其实这班人办公时间，还不及在俱乐部的时间更多。弄到后来，大家都以赌博冶游为重，公务为轻，即有重要公事，往往不在署中办理，反都赶到这个俱乐部中会议起来。如此荒唐，不亡何待？荣新因省内宴安，地方平静，也不去责备他们。此公实在做梦。

当炯明发难之前，炯明部下统领李炳荣，因小事被陈炯明当众斥责，怀恨在心，此时他却先得知了炯明阴谋，便和参谋谭道南商议。道南劝道：“老陈虽然狠恶，究竟兵力有限，况且他既疑忌我们，即使打了胜仗，得了广东，我们也是沾不着光的，不如乘此机会，和老莫联络联络。”炳荣甚以为然，即派道南晋省，深夜到军署，求见参谋长傅吉士。吉士因事情紧急，连夜赶至东堤，和各军首领相见。这时刘志陆正和老四拥在一处谈心，吉士走近身去，笑道：“伟军伟军是志陆的字。如此写意，可知陈竞存眈眈虎视，伺机待发，听说有即日出兵的消息呢？你倒还有心思温你老契么？还是快快回去，守你老家去罢！”志陆所了，呼的笑了一声道：“吉士兄真是书生之见，陈竞存也有脑子，也有思想，好好的漳州皇帝不做，倒要来潮、梅送死，敢是活得不耐烦了？”吉士笑道：“话虽如此，你也别太得意了。”说着，把李炳荣派人告变的话，诉说了。又道：“尽你兵强马壮，胜过竞存，究竟事先提防，是不得有错的。”自是正论。志陆冷笑道：“理他的胡说呢！我们的军队见过多少战阵，还会上陈竞存的当么？”吉士未答，却有省署的政务厅长夏香孙缓缓踱了过来，听他们说到这里，便点头插嘴道："刘镇守使是豪气胜人，傅参谋长是临事谨慎，二公之言，俱有道理。若说竞存那人，我和他也曾共事，深知其人狡诈阴鸷，精明强干。陈氏确评。听说他在军中，每日里和兵士们同甘共苦，躬亲庶务，一天到晚，耳朵边插着一枝铅笔，好似工人头儿监督工程一般，跛来报往的，川流不息。这等精神，果然为常人所难能，这种做派，又岂志小识隘的人所能几及？况他手下，还有……"自是正论，其如刘氏不悟何？说到这个"有"字，志陆已大不耐烦，抱着老四脸偎脸儿的，闻了一个香，口中说道："他们只是不经吓，一听陈炯明造反，就怕得那么鬼样儿，我们还是乐我们的，不要去理他们。"说着，立起身，拉着老四，说声打茶围去，头也不回的走了。随后一批老举，也都哄然一声，纷纷各散，倒把傅、夏俩说得大没意思，大家叹息了一回，各自走开，究竟也有明白人。各寻各的快乐去了。

谁知这天过后，不好的消息一天天追逼上来。刘志陆手下第一位健将卓贵廷，曾在屠龙、攻臧两役，立过战绩，此时已升副司令官，率着部下三营健儿，镇扎汕头，事前也在省城大嫖大赌的尽兴儿顽。他是一个武人，原不晓什么叫做温存怜爱，甚么叫做惜玉怜香，他要便不顽，顽起来，非要顽得个流血漂杵，娇啼宛转，说得上俗点，就是梳拢妓女，再村点，就是替姑娘们开宝。不是奇癖，是兽心。他这趟上来，因是新升显职，更其意气飞扬，兴致百倍，呼朋引侣的，闹了几夜，觉得都不尽兴，非要找一个琵琶仔（即苏之小先生）来梳拢一下，总之不得过瘾。他这意思，一经表示，就有那批不长进的东西，替他东找西觅，采宝也似的采着了一个绝色的姑娘。这人名叫爱玉儿，今年刚十四岁，年纪虽小，资格却是老练，凡是平康中应酬客人，灌迷汤，砍条斧，种种专门之学，却已全副精工。她本是苏州人，她娘小二嫂子和天香楼老板四姑要好，所以带了爱玉，在天香落籍。小二嫂自己也是中年时代，徐娘半老，丰韵颇佳，她的营业方法，是用爱玉出条子，把客人拉了来，自己放出手段，和他下水，却把爱玉防护得非常严密，立意要拣一个有势有财，能够花个一万八千的，才许问爱玉的津。也是她花运高照，不上几时，就给她认识了这位卓副司令，一见垂青，千金不吝，竟由几位皮条朋友的撮合，轻转易易的，把爱玉一生的贞操，换了许多苏州阊门外面的产业。小二嫂果然可贺，爱玉未免可怜。趣语却说得人毛骨一耸。

却不知更可怜的，还有那位副司令官卓贵廷先生。他自梳拢爱玉之后，早不觉英雄气短，儿女情长，流连温柔，乐而忘返，甚至把爱玉母女，带到先施公司的东亚旅馆，开了几个

房间，闭户谈情，不问外事。此之谓该死。不但军政大计，置之不理，就连平日赌博征逐之交，以至最近拉马说亲的大冰先生们，也不晓他躲到什么地方去了。这等顽法，原是卓贵廷的老脾气儿，凡是他心爱的人，一经上手，就得顽个淋漓尽致，毫无剩义，方才一挥手儿，说声滚你妈的蛋罢。那时候，就想问他多要一个铜钱，也是万不可得的事情。从此一别，尔东我西，再见之时，也不过点头一笑，若说情殷故剑，回念旧情，重温一回好梦，那也是断乎没有的事。真是兽欲。

据闻他在潮、汕时候，曾有一个姑娘，蒙他爱赏，居然早夕不离地处有月余之久。这在他的嫖史中，已算是特别的新纪录了。一时外面的揣测，以为这姑娘大有升任卓姨太太的希望，甚至有许多求差谋缺、经手词讼的人，不走别路，都去找这姑娘。此皆上文所谓没出息者也。姑娘借此声势，居然于短时

期内，也揽了千把块钱。比及一月之后，卓贵廷忽然翻转脸皮，下起逐客令来。姑娘怎晓他的性情，还当他是顽笑咧。少不得娇娇滴滴地，灌了许多迷汤，岂知这等声音，平时贵廷所奉为仙音法曲的，此时即觉变成鸥叫狼鸣，甚至见了那副温柔宛转的媚态，也觉万分讨人厌恶。因她唠叨不了，禁不住无名火起，举起皮鞋脚儿，向她小肚子下，猛不防地踢了一下，踢得那姑娘一阵疼痛，昏晕在地。贵廷愈加有气，拔出手枪就打，幸而有人劝止，方才悻悻而去，连客栈中一应房饭杂用都没有开销。可怜那姑娘除得了他一千块钱梳拢之费外，竟是一文也没有拿到，还要替他开销一个多月的账目，还要进医院去养伤，仔细算来，除了好处不着外，还赔出几百块钱的医费，白白赔了一个身体，陪了他一个多月，这也算得她十足的晦气了。谁教你不识相。如今这爱玉姑娘，却真有眼光，有见识，她已认定贵廷这人是靠不住的，趁他欢喜时候，陆续敲了他几千块钱，除了孝敬小二嫂外，余下的，托一个要好客人，存庄生息。过不多时，竟和小二嫂提起赎身问题来，小二嫂无可如何，只好准她。这爱玉不过一个小孩子家，竟有这等手段，这等知识。至今天香怡红各妓院中，谈起“爱玉”两字，还没有一个不啧啧佩服咧。这是后话。

再说贵廷迷恋爱玉之时，正刘志陆赏识老四之日，正副司令一对有情人。也正是陈炯明夜袭潮、汕之时。两位正副司令，同在省城享着温柔之福，做梦也想不到这位久被轻视的陈炯明，竟如飞将军从天而下的，大干起来。几天中告急之电，雪片般飞来，才把一位风流儒雅的刘镇守使，急得走投无路，四处八方的找寻卓副司令，好容易给他从爱玉被窝中寻了出来，大家一阵埋怨，可已无济于事。卓贵廷恋爱爱玉之心，实在未曾减杀，热火头里，硬生生将他们拆开，倒也鼻涕眼泪，千叮万嘱的，应有尽有。妙极，趣极。渔阳鼙鼓动地来，惊破霓裳羽衣曲。此情此景，却有七八分相像。刘志陆立在一边，想到自己和老四情形，不免心中有感，瞧着他俩这等难舍难分情状，妙极，趣极。又怕误了大事，急得只是顿足。好容易才把贵廷拉出旅馆，拖上火车，一拉一拖，想见匆忙着急情状。星驰电掣的赶到前方，那陈炯明大队人马，已如潮水般涌进汕头，卓贵廷匆匆赶到，急急调度，已经来不及了，给洪兆麟指挥的队伍包围起来，那消一个时辰，全部人马溃不成军，缴械的缴械，逃走的逃走，伤的伤，死的死。卓贵廷本人中了一粒流弹，也就带着一段爱玉未了之情，悠悠忽忽地飘向阎罗殿上去了。趣而刻。

信息传到省城，有感叹他的忠勇的，有责他贻误戎机的，更有认识爱玉的人，作为一种滑稽论调，说女子的下身，原有一种特殊形态，男子们碰到了它，就会倾家荡产、身死名裂的。奇谈，却有这等俗语。爱玉的下体，颇似属于此类，卓司令却做了一个开天辟地的客人，无怪要性命丢脱，骸骨无存了。这等议论，谑而近虐，有识者不值一笑，迷信者奉为圭臬。大凡这等事情最易传说开去，于是一唱百和，街谈巷议，当做一件正经新闻，不上几天，东堤一带，已是人人皆晓，个个尽知，每逢爱玉出来，人人要和她嘻嘻地笑个不止，急得爱玉红了脸儿，大骂杀千刀，倒路尸。幸而不久桂派失败，粤军进城，省河大乱，人心惶惶，不但没有冶游之人，就是两堤莺燕，也都站脚不住，纷纷携装挈伴，避地港沪。这爱玉业已自由，便不高兴再回省城，索性北上到青岛去了。后来还有许多北方健儿，关东大汉，颠倒在她的燕脂掌上，石榴裙下，因以造成多少有趣的民国趣史，那是后话。先提一句儿，作为文章的伏笔。正是：

大将风流，姑娘恩义。
可怜汕海冤魂，还在天香梦里。

欲知潮、汕失后，桂派情形如何，却待下回再讲。

凡事皆有定数，数之所定，人力难回。以桂军之横暴，能削尽粤人兵权，而独留一阴险狡诈、不忠不义之陈炯明，且助以兵，资以饷，因以养成尾大不掉之局，卒之覆亡于炯明之手，桂系不仁，应得此报，然以此而几陷中山先生于危险之域，则又非识者所能预料。当引史公语曰：“岂非天哉！岂非天哉！”

第一百二十四回　疑案重重督军自戕
积金累累巡阅殃民

却说粤桂战起，刘志陆逗留省垣，卓贵廷身死潮、汕，不上几天工夫，潮、梅全部已入陈炯明掌握之中。虽说炯明善于用兵，蓄谋有素，不难一战胜人，但刘志陆素有儒将之名，两次屠龙，战绩昭著，其才能势力，又岂不能于事先下手为强，歼灭一个势孤力弱的陈炯明？终因他恃胜而骄，把陈炯明不放在眼内，以致坐失时机，养痈贻患。及至炯明举兵相向，犹复恣情风月，贻误戎机，终至粤军势炽，贵廷败亡，而全省精华要害的潮、梅地盘，竟这般轻轻易易地拱手让人，这也是很可叹惋的。于是李、魏内应，全省动摇，桂派势力一蹶不振，从此西南方面，又另换一副局面。军阀时代，起仆兴替，无是非功罪可言，吾人演述至此，亦惟归诸运数而已。慨乎言之。

潮、梅既失，省中大震，荣新以下各军事长官，相顾瞠目，始知陈炯明果非易与，追悔从前不该听郭椿森之言，资寇以兵，酿成今日局面。痛愤之下，少不得调兵派将，分道防堵。其一，林虎、马济由惠州出三多祝，取海陆丰为右翼；其二，沈鸿英、李根源由惠州过河源，分紫金、老隆两道，会攻潮州。看官莫讲这等调度，表面上似乎没甚道理，不知荣新对此，也正煞费一番苦心。民国以来，军事长官，升得愈高，便愈难做人，往往如此。原来莫督在粤数年，地方感情虽尚融洽，而广西陆荣廷因他事事专主，目无长官，心中着实不快。因马济年少英俊，派他到粤办理兵工厂，其实想叫他乘机代莫。荣新自顾年老，又不肯负老陆提挈之恩，现既意见参差，倒也情愿及时下野，但对于马济继任，却极端反对。他的心目中，只有他亲家沈鸿英最为相宜。而沈鸿英又为陆氏所深恶，马、沈相持，互不为下。其余诸将，只有林虎、李根源是无可无不可的。因此这番用兵，将林、李二人分助沈、马，免得沈、马俩到了前方，忽生火并。真是苦心作用，究亦何益。这是他们历史上的关系，趁暇替他们补记一言，以见桂派内讧之剧烈与失败之原由。

诸军出发之后，左翼沈、李两方已得河源，便拟分道进攻。陈炯明连吃败仗，大为惊惶，于是遗书省中李福林、魏邦平，动以利害，责以约言。他俩因粤人势力太孤，久怀疑忌，兔死狐悲，应作此想。此届炯明一败，桂人排粤之心更甚。莫督虽无野心，部下诸将功高望重，而无可位置，那时他俩的地位，便有点岌岌可危了。二人尽作此想，一面道听战况，比及接到炯明来信，邦平便去找到福林商议办法，福林道："桂军内讧日甚，老头子无法调融，失败是意中之事，但恐竞存不能久持，一旦溃散，各军还师省城，你我兵力有限，如何支撑呢？"邦平道："我也这般想，要做就立刻动手，否则终始效忠，听人支配。老头子心术纯正，或者未必更动你我。不说别的，单讲此番我向他要求几艘兵舰，他竟一口答应，完全派归节制。

虽有申葆藩再三劝止，说魏某一得兵船，马上就会独立，而老头子竟不为动，可见他信我甚深。补笔灵便。讲到这等交谊，我们就要独立，也不能委屈老头子呢。”福林冷笑道：“老莫原算好人，那批莫有先生，久已嫉视我们，岂能长久相安？况且我的观测，此番事平之后，老莫本人，或且未必能够久于其位，何况你我。依我之见，趁各军外出，省防空虚，更妙的省河兵舰，在你掌中，海军老林是向来不管闲账的，只要我去对他一说，请他严守中立，那时老莫无兵可调，无船可用，竞存攻于前，我们截于后，不怕那批莫有派不束手就擒？古人道得好：‘无毒不丈夫’。又道：‘先下手为强。’莫有派宰制粤省，罪恶贯盈，我们都是本省人，不将自己计，就替本省人立点功绩，亦是应当的。语虽很毒，亦是实情。何必因老头子一点小仁小义，误却全粤大事呢。”原来广西人说话，“没”字读音如“莫”，“莫

有”者，“没有”也。广东人深恨桂人，把“莫有派”三字代表桂派，又特制一个“冇”字，即将“有”字中间，缺其两划，作为“莫有”二字。“冇派”者，即“莫有派”也。这原是一种轻薄之意，后来大家传说，竟把这个“冇”字成为广东一种特别字儿。当下邦平想了一想，点头道：“这话不错，人不害虎，虎大伤人，我也顾不得许多了，大家拼着干一下子罢。”议妥之后，大家便分头进行。

那时外面传说纷纷，督署中也有了些风声。参谋长傅吉士、省长杨永泰、财政厅长龚政和桂派几个绅士，都请求荣新注意。荣新虽亦渐有觉悟，奈省防空虚，兵舰又被邦平骗去，即使晓得他们的秘密，一时也无从防备，因因循循的又是数天。至阴历八月十五中秋之夜，李、魏布置已完，宣告独立。省中人心大乱，秩序也整顿不起。李福林又用飞机向督省两

署，丢掷炸弹，把督署门前炸了一个大地穴，又借中秋送礼为名，派人担礼，分送督军、省长、军府三机关，却把炸机做在箩子上，盖儿一揭，立刻爆发。幸而军府稽查最严，进门之际就被侍卫检查，当时炸死一个卫队长。督省两署，闻警戒严，却还没有闯祸，因之人心愈加恐慌。莫督却非常镇定，因前方迭得胜利，专候林、马、沈、李回师相援。李、魏兵力有限，未必遂敢相逼。谁知桂派气数合终，没兴事一齐都来，正当省城吃紧之时，那虎门要塞司令邱渭南，又被炯明等运动，倒戈相向。海军方面也被福林勾结，宣言不预内争，这等影响，却比李、魏独立关系尤大。同时湖南方面，谭延闿又派陈嘉佑、李明扬攻袭韶关，兵至砰石，沈鸿英在前方闻信，以本人大本营所在，断乎不肯放弃，便也不管甚么是非利害，立刻调动队伍，星夜退回，赶到韶关去了。将领可以自由行动，大事安得不坏？鸿英既退，李根源为保存自己实力计，也只得逐步退下。于是林虎、马济也不愿再战，分道各退，所有夺回各地，仍被陈炯明得去。炯明又得李、魏电报，桂军危险情形，及内讧状况，一时军心大振，节节进逼，势如破竹。

这为退下的兵，因主将失和，互争意气，再也不问自己部下的纪律，沿途劫掠奸淫，无所不为，劫夺既多，便把军器抛弃，枪械子弹，遗弃满道。有的发了财，四处逃散，这原是中国旧式军队的常态，能进不能退的。一退之后，立即溃散，再也不能成军，大概皆然，倒也不怪桂军。说破旧式军队通病，其实还是主将不良之故。不过桂军经此一役，精华损失殆尽，数年来蓄养扩充的实力，几于根本铲灭，就中华国运说，这等军阀恶势，铲得一分是一分，未尝不是前途的曙光，若在桂系自身着想，只怕事后回思，也不免懊恨当时互争意气不顾大局的失策呢。

再说各军退回之后，莫荣新只急得搓手顿足，连说："糟了糟了，万不料沈、马二人，误事至此，我七十衰翁，行将就木，还有甚么希恋？只是这班人正在英年，将来失了这个地盘，看他们飘浮到甚么地方去。"参谋长傅吉士在旁劝道："事已如此，督军尽抱怨人，也是无用。现在各军齐集省垣，李印泉部属最称善战，此次退下来时，纪律颇好，军实无缺，可以调他守观音山大本营，其余各军，速请林、马二公，整理编配，同心作战，危局尚可挽回，也未可定。"荣新摇头道："这等人还讲得明白么？我看大势已去，我在粤五年，以民国官吏比较起来，不可谓不久，既无德政及民，何苦糜烂地方，不如早早让贤，请竞存、丽堂等快来维持秩序罢。"此老毕竟尚有天良。说时，军府总裁岑春煊也缓步进来，荣新因把退让之意说了，春煊生性强项，还打算背城一战，经不得荣新退志已决，又苦劝春煊道："老帅春秋已高，正好和荣新优游林下，以终余年，何苦再替这班不自爱的蠢奴作牛马傀儡呢。"春煊原无实力，见荣新如此坚决，只得点头道："既如此，我却还有一言。我们组织军府，本以护法号召，法虽未复，最初和我们作对的皖派，现已推倒，上次李秀山提出和议，我本有心迁就，不料秀山一死，和议停顿，迁延至今，误事不少。如今既要下野，不可不有一个交代，我想拍电中央，说明下野之意，请中央派员接事，一面将军府文卷印信，赍送北京，你看如何？"一出大戏，如此终场，可谓滑稽。荣新知道春煊意思，不过为敷衍面子起见，自然点头乐从，一切照办。于是春煊先回上海，荣新也派人和魏、李接洽妥当，由北江出韶关，绕道江西，也到上海作他的寓公生涯。

据闻荣新到沪以后，在麦根路租了一幢小洋楼，安顿家属，日常生活之费，还得仰仗一班旧部接济。后来魏邦平打广西时，部下误烧莫氏桂平老屋，邦平心下大为抱歉，除申饬部下之外，还汇了五千块钱给荣新，赔偿他的损失。荣新得了这笔款项，好似出卖了一所房子，倒也借以维持了几年用度。从来督军下场要算此公最窘。却也可怜。也因有此一节，所以荣新的名誉，还比普通拥财害民的军阀差胜一筹，这倒也是一时的公论呢。

荣新既退，炯明入省，以废督为名，自任省长，又恐自己威望尚低，未能制服全省，对付北方，于是派员来沪，欢迎国民党总理孙先生回粤，组织大元帅府稍事休养，再行对桂用兵，驱除陆、谭。这时炯明部下回想出兵时星家之言，他那“在内者胜”的“内”字，原指粤人而言。粤为本省，正合内字之义，但怪当时大家总没想到，事虽近于迷信，却也真觉可怪咧。这事且暂按下。

如今作者笔锋儿，又要指向北方去也。这时正当九十月间，北方军阀正在竞争权力的时候，乃忽然有李纯的自刎，已觉骇人听闻，不期相去数月，又有陕西督军阎相文的自杀，尤为出人意外。可谓无独有偶。先是陕督陈树藩为安福部下健将，皖系既倒，奉直代兴，树藩亦经政府命令褫职，而以阎相文继任。相文自知实力不逮树藩，深恐被树藩挡驾，拜命之下，且喜且悲。经政府一再催促，只得带了部下几营人马，前往接事。到了西安，树藩果不受命，厉兵秣马，出城迎敌。树藩在陕数年，势力深固，加之众寡不侔，劳逸互异，相文如何能够支持？接连打了几仗，损失甚多，只得电请政府，速派劲旅，前去救援。政府亦因树藩不除，终为西鄙大患，于是调遣大兵助战。相持许久，树藩力怯遁去，相文欣欣得意的，进了省城。可见他的自杀，决非为国为民。接了督篆，自己也搬进督署居住，不料时过半月，忽然又发生督军自杀的奇闻。

这天上午，部下将校齐集督署议事，相文平日颇有勤政之名，这天正是会议之期，大家等他出来主席，等了多时，不见出来，众人都觉奇怪。问着里边听差的，都道："督军不晓为甚，今天这般沉睡，尚未起身，我们又不敢去惊动他，怎么好呢？"众人只得再耐心等着，直到日色过午，里边却不备饭，众人都觉饥饿难当，有那脾气强悍的，早等得光火起来，喊那相文的马弁，厉声责问。马弁只得进去，请相文时，喊了几声，兀自声息全无，情知有异，撩起帐子一瞧，不觉吓得目瞪口呆，直声大喊道："督军完了！"一语未毕，相文的家属人等一起赶入，大家向相文一看，只见他面色惨白，双目紧闭，抚他的身体，已是冰冷。再一细看，胁下有鲜血潺潺流出，旁边还放着一枝手枪，再观伤处，竟是一个小小的枪洞，才知他是受枪而死，但还不知他被害之故。大家哭着，把他血渍揩净，这才瞧见衣角儿上，露出一角纸头，抽来一看，只见上面写道：

> 余本武人，以救国为职志，不以权力萦怀抱，此次奉命入陕，因陈督顽强抗命，战祸顿起，杀伤甚多，疚心曷极？且见时局多艰，生民涂炭，身绾一省军府，自愧无能补救，不如一死以谢天下。相文绝笔。

众人见了，才知阎督早蓄自杀之志，却还追究不出他所以自杀的原因。因相文并非淡泊之人，此番新膺荣命，意气自豪，正丈夫得意之秋，何以忽萌厌世之心？即据他遗嘱看来，其中说话，也和他的行事多相矛盾。即使临时发生为难情事，似也不致自杀地步。所以他的自杀，比之李纯，更属令人费解。实在可怪。据著者所闻，内中却也含有暧昧性质。因相文有一爱妾，不晓和相文的甚么亲人有了不正行为，相文一时气愤，出此下策。又想同是一死，何妨说得光明一点，于是又弄出这张遗嘱，借以遮羞颜而掩耳目。也有人说："这张遗嘱，并非相文亲作，也和李纯一般，出于旁人代笔的。"以在下愚见，不管他遗嘱的真假，总之他肯为廉耻而自殊，究不失为负气之人，在此廉耻道丧的时代，这等人，又岂易多得哪？谑而刻。

相文既死，中央命冯师长玉祥代理督军任务。玉祥为直系健将，较之相文阘茸，相去何啻霄壤？这一来，不消说，直系势力更要扩张得多。同时虎踞洛阳的吴子玉，却又得了两湖地盘，更有驰骋中原，澄清四海的奢愿。原来王占元本一无赖之徒，在鄂七年，除晋督阎锡山外，要算他在位最久的了。从来说官久必富，何况王占元是专鹜侵刮，不惮民怨的人，积聚之厚，更属不可数计。我真不解他们要许多钱作什么用？非但鄂省人民，恨之切骨，甚至他所倚为长城的部属将校，以至全体士兵，也都积欠军饷，怨声载道。占元耳目甚长，信息很灵，也知自己犯了众怒，恐怕中央加罪，那时部下既不用命，绅商群起而攻，不但势位难保，还恐多年体面，剥削净尽，再四思维，只有联络实力领袖，互为声援，既令军民侧目，又不怕政府见罪。论眼前势力最大者，关外莫如张，北方唯有曹，为利便之计，联张又不如交曹，好在天津会议，正在开幕，曹、张二人均在天津，因亦不惮修阻，亲自到津，加入议团。对张则暗送秋波，对曹尤密切勾结。足见大才，佩服，佩服。又见曹锟部下惟吴子玉最是英雄，不啻曹之灵魂，于是对于子玉尤格外巴结，竭意逢迎。此番却上当了。三人之中，惟吴子玉眼光最远，识见最高。况平日听得人说，王督如何贪酷，如何不法，心中早就瞧他不起。又且本人方有远图，未得根据，武汉居天下之中，可以控制南北，震慑东西，本来暗暗盘算，想逐占元自代。所以吴、王两方，万无联结之可能。偏这占元昏天黑地，还当他是好朋友，用尽方法，和他拉拢。吴氏自然不肯和他破脸，见曹、张二人都受他牢笼，自己也落得假作痴呆，佯示亲善。这一来，把个王占元喜欢得无可不可，于是放大了胆子，跟着曹、张，一同入京，天天向总统和财部两处聒噪，逼讨欠饷六百万。他这用意，一是为钱，一则表示自己威力，免得中央瞧他不起，也是一种先发制人之计。果不其然，政府给他逼得无法可施，只得勉勉强强，挖肉补疮的筹给三百万元。占元方
1148.才欣欣得意的，出京回鄂。且慢欢喜，未卜是祸是福哩。正是：

爬得高，跌得重。心越狠，命越穷。
人生不知足，得陇又望蜀。饭蔬食饮水，乐亦在其中。

未知后事如何，且看下回分解。

庄子有言，山木自寇，膏火自煎，象有齿以焚其身，多积聚者每受累，吾真不解今之武人，往往积资千万而不餍，甚至死于财，败于利者，踵趾相接，而莫肯借鉴前车，人责其贪，我则深叹其拙矣。本回以莫始，以王终，同为失败之军阀，一则尚能得人原谅，一则全国欲杀。得人缘者，虽仇敌且为之佽助，至全国欲杀，则虽拥厚财，亦正不知命在何时耳。

第一百二十五回　赵炎午起兵援鄂
梁任公驰函劝吴

却说王占元威逼政府，得了欠饷三百万元，欣然回鄂，他本是贪鄙之徒，得此巨款，便把十分之七八存入上海、大连等处外国银行，只拿出少数部分，摊给各军。自取灭亡。俗语说得好："黑乌珠瞧见白银子"，没有不被吸引的。占元只图自身发财，却不晓得军人衣食问题比他发财更觉紧要。况且各军欠饷已久，生活维艰，今闻王督代索军饷，已得三百万元，虽然不能清还，究也可以暂维生计。当他未出京时，便已纷纷传说，嗷嗷待哺，都道督军回来，我辈就有生路了。岂知占元只顾私囊，不惜兵士，因此激成全体官军的公愤。自取灭亡。武昌、宜昌两处军队，首先哗变，焚烧劫掠，无所不为。可怜鄂省商民，年来受占元搜括勒索，已经叫苦连天，今又遭此浩劫，真个有冤难诉，有口难分，事后虽经占元派队剿平，然而两处商人，损失不下数千百万，却向谁人索偿？人民至此，实也忍难再忍，于是联合各界，公电中央，要求惩办王督。

中央见占元闹得太不像样，当派蒋作宾南下，调查兵变真相。作宾人颇正直，一到武昌，查得占元种种不法情状，心中大怒，见占元时，少不得劝诫几句。不料占元自恃有曹、张两方声援，竟敢反唇相讥。作宾也不和他多说，因尚有他事赴湘，会到湘督赵恒惕，谈起王占元祸鄂虐民情事，因劝恒惕出兵声讨。恒惕先谈兵力不足，作宾正色道：“明公英名盖世，仁义为怀，湘鄂壤地相接，救灾恤邻，古人所许，何乃自馁若是？况且王氏罪恶贯盈，普天同愤，南北政府，均欲翦除，明公果有志救民，作宾不敏，必为公游说各方，共同援助，明公还怕什么？”恒惕正犹豫间，凑巧王占元因湖北省长问题，又与鄂人大起冲突。于是旅京、旅湘鄂同乡，为救护桑梓起见，分向南北政府，请愿驱王。原来恒惕本心，未尝不欲收鄂省于掌握，所以迟疑审慎者，却因南方内变，粤桂相持，此时莫荣

新已退出广东，陈炯明又进兵广西，并且利用桂派将官沈鸿英、贲克昭等，倒戈逐陆。桂事关系较轻，如此带出颇巧。陆与赵有违言，战而胜，必进窥湘南，恒惕若攻占元，岂非双方受敌？所以不敢发兵。这时却得粤军平桂，陆氏遁逃的消息，对南之念既纾，而部下将士多属鄂籍，痛恨王占元专横不法，一力怂恿恒惕，乘机出兵，既得义声，又享实利，的是好生意。正千载一时之机会等语，恒惕如何不动？因即派拨一、二两师和一、八两混成旅精兵，以宋鹤庚为援鄂总司令，鲁涤平为援鄂副司令，并饬财政厅长杨丙筹集军饷，并兼兵站总监。各军分道进攻，第一，由岳阳、临湘，向鄂之蒲圻进攻，是为正面军，以鄂军团为先锋队，夏斗寅为先锋司令官。第二，由平江攻通城为右路，以第一混成旅叶开鑫为指挥。第三，从澧县进攻公安、松滋为左路，以第八混成旅旅长唐荣阳为指挥。分派停

当，浩浩荡荡，齐向鄂南进迫。

王占元得报，大怒道："赵炎午恒惕字。安敢无礼？我誓必剿灭了他。"因他三路进取，也分三道抵御，派孙传芳为前敌总司令，兼中路司令，刘跃龙、王都庆为左右路司令，刘、王二人本在前方，当催孙传芳携带山野重炮，并机关枪队及工程电信救护各队，乘火车出发，至羊楼司，指挥作战。一面分电各方，说明赵恒惕起衅情形，请求援助。果然奉张、直曹和各省同盟均有电来，允于相当时机，助兵助饷。直曹除嘱洛阳吴子玉速派萧耀南一师南下，加入作战外，吴氏并大慷其慨的，声电讨湘，并有亲自到鄂督师之表示。占元得报大喜，却慢开心。除赶发急电道谢外，并在署内西花厅为吴氏预备行辕。占元恃此强援，胆气愈豪，连催各路主将，反守为攻，大有灭此朝食之势。却慢拿稳。不料赵恒惕本是宿将，部下宋、鲁、夏等将官，也素负勇敢之名，况出师救鄂，名正言顺，一路而来，商农各界，皆箪食壶浆，慰劳军队，因此气势也自百倍。暴民害商之军阀听者！

至七月二十九日，开始向鄂军攻击，在羊楼司地方，与孙传芳军奋战半天，那孙传芳也是一员名将，从前王占元攻白狼时候，传芳尚作营长，曾率所部，一日夜长跑二百余里，破白狼数千之众，出王占元于重围，从此为占元所信任，累加拔擢，今复委以方面专任，传芳感激图报，与夏斗寅之兵，死力相持。卒以后方布置未完，应援不至，退败数里，守住羊楼峒隘口。湘军哪肯相舍？努力追赶，至羊楼峒相近，幸传芳先命埋着两个地雷，轰死湘兵数百，夏斗寅才不敢追，暂且扎营相持。

过了一天，斗寅率敢死队百人，再行冲锋，与鄂军相见于赵李桥。传芳因昨日之败，愤怒不可遏止，亲率大兵，拚命搏战。不料南风大作，尘土飞扬，传芳所恃的炮队，竟失其效用。此之谓天夺其魄。湘军乘势猛攻，鄂军又败退十余里，湘军占住赵李桥，两方连日相持，互有胜负，但湘军素称慓悍，捷奔善走，往往鄂军大队到来，即四处奔散。鄂军正欲安营，他们又四远会集，多方扰乱。又善于晚间劫营，鄂军大受其累。占元闻报，便欲调回传芳，亲自督师，经众人力劝而止。一面却纷电各省，催促援兵，一面电令传芳，死守弗退，也不必进攻，候各处援军到齐，再行进取。这边赵恒惕也虑旷日持久，对方援军大集，胜负难定，因亦遣使入蜀，运动刘湘，由鄂西进兵攻取宜昌，刘湘也知直军得利，必将扰及川中，便出兵两师，派胡济舟、颜得庆分道入鄂，声明此次出兵，专为驱王援鄂，绝无权利思想，以博鄂人的同情。

1152. 王占元正因连失要隘，心中发毛，闻川省助湘，愈加恐惧，只得屡电吴氏求助。昏块。这时萧耀南驻扎刘家庙，占元又亲去求他出兵，耀南本奉上命援王，此时却按兵不动，虽经占元再三求告，又允他支给军饷十七万余，并在汉厂补助快枪三千杆。请他发点横财。耀南勉强敷衍，调度部属，分批装轮，出发至鲇鱼套地方，忽又逗留不进。其意可知。于是各处援鄂之军，如靳云鹗、赵杰等，皆不肯先发，互相观望。那边湘军又节节进迫，取蒲圻，攻咸宁，声势非常浩大，那蒲圻是武岳线最后的险要去处，从此直至省城，并无可守之地。

王占元见救兵难恃，敌氛日恶，才把灭此朝食的气焰推了下去。好笑。难为他知机如神，还要恭维他一句，刻甚。先把家眷并全部宦囊，专轮下驶，离了这个是非之地，又把司令部中预备发饷的现款五百余万，托由省城票号秘密汇往山东馆陶老家。

这等作为，可也算他调度有方，应付得宜，不愧专阃之才了。还要恭维他一句，刻甚。措置既妥，才预备本人下台，作富家翁地步，于是连致中央两电，一系辞职让贤，第二电，尚作剖辨之语，大略道：

萧总司令按兵不动，靳旅不受调遣，业经电陈在案。前线鄂军因援军不肯前进，纷纷向后撤退，大局已不堪收拾。孙传芳、刘跃龙、宋大霈所部，困守十昼夜，无法再行维持。占元保境有责，回天乏术，请查照前电，任命萧耀南为湖北督军，或可挽回危局。萧总司令桑梓关怀，当有转移办法也。

电中语气，明窥曹、吴隐衷，说透耀南私衷，了了数言，既卸本人之责，又诿罪于别人，言中有物，话里有话，下台
文字，如此婉曲冠冕，却也不可多得咧。这却是真恭维。此电到京，靳总理商同曹锟意旨，连下三道命令，一免王占元本兼各职，一任萧耀南为湖北督军，一特任吴佩孚为两湖巡阅使。至此吴氏计划完全成功，原来上面许多事情，全是此公计划，一语点睛。声色不露，而得两湖地盘。王占元一番心机，徒然为人作嫁，人说这等地方，可觇人才的高下贤愚，在下却说民国以来，鸡虫得失，蜗角争持，闹得天翻地覆，日月无光，要其旨归，大概不过尔尔，虽一律作如是观可也。确论。闲言休讲。

再说湖北新旧两任，一个是掩袖出门，搭轮遁沪，再无颜面逗留，一方是走马履新，意气豪放。东院笙歌西院哭。当由吴氏亲自提出条件，派员与赵恒惕磋商息兵。本来湘中出兵，以援鄂民驱王督为名，今王督下野，吴氏又与省会商量，通电各省

及中央，实行制宪，预备鄂人自治。又托蒋作宾向湘方调停，战事似可暂告结束。无奈民国军人作战目的原为权力，今湘军血战多时，各大将领无功可得，无利可图，便要就此歇手，他们各人的良心上，也觉对不住本身。此之谓良心。于是宋鹤庚首先表示，对于吴氏条件概不容纳，余人兵力有限，却不能不受其节制。和议既裂，战祸重开，吴氏究竟不比占元无能，立刻通令部属，限一星期内，克复岳州，自己复亲至前方指挥，却把后方维持之责，付诸新督萧耀南。

这时吴氏亲统之军，有第三、第二十四、第二十五等三师，皆久经战阵，素负勇名的精兵，吴氏为一鼓歼敌之计，统令开赴前线，一部在金口方面，一部扼住官埠桥，双方于八月十七日，同下总攻击令。湘军虽称善战，但一边却系生力军，器械服装，均非湘军可比。同时又有海军第二舰队司令杜

锡珪，前来助吴，直取岳州，兼为陆军掩护。一时吴军声势大盛。

赵恒惕原与吴氏交好，至此自知不敌，只得派人前来议和。因条件不能相容，吴氏一口拒绝，督师猛战。所有交界之处，如中伙铺、新堤、嘉鱼、簰州等要害地点，均入吴军之手，但南军尚死守簰州，不肯退让，吴氏因从某参谋之计，夤夜派工程队，将簰州北面横堤掘开，一时江水横溢，湘军溺死者不计其数，辎重粮草及一应军实，尽皆漂入江水。两岸无辜居民，正在睡梦中，忽然遭此大劫，淹死于不明不白中者，更属不可胜数。可怜。这一役，就叫吴佩孚水灌新堤，湘省人民从此痛恨吴氏，可恨。将前此捍卫湘南，主持公道的感情，完全抹倒。可惜。将来吴氏战史上，少不得添上这一段水淹三军的残酷纪录。可叹。吴氏常慕关、岳为人，又尝自比云长，云长因水淹

曹军，后人讥其残忍，后来被擒孙吴，身首异处。现在吴子玉却不暇学他好处，先将坏事学会，究竟自己结局，未必胜于关羽，若照迷信家说来，岂非和美髯公一样的受了报应么？这等腐败之谈，顽固之论，作者自负文明，原不肯援为定论，所以烦絮不休的，也因深惜吴氏一世令名，半生戎马，值此国势阽危、外患交迫的时代，有多少安内攘外的大事业不好做，何苦要学那班不长进没出息的军阀样儿，尽作些内争自杀的勾当，到头来一事无成，只落得受人唾骂，何苦来呢？这是废话，不必多讲。

再说吴氏利用水神之力，连得胜仗，只待把汀泗桥和咸宁两处得到，便可直薄岳城，正在计划头里，忽见外面送进一信，原来是梁任公来劝他息兵安民的。此公久不出场，他的文章词令，又为一代崇仰，而此书所言，却与在下希望怜惜吴氏之微意相同。不过他的文章做得太好，比在下说得更为透辟明白，在下认为有流传不朽的价值，不敢惮烦，赶紧将他录在下面，给读者作史事观也好，作文章读也好，横竖是在下一番好意罢了。信内说道：

子玉将军麾下：窃闻照乘之珠，以暗投入，鲜不遭按剑相视者。以鄙人之与执事，夙无一面之雅，而执事于鄙人之素性，又非能灼知而推信，然则鄙人固不宜于执事有言也。今既不能已于言，则进言之先，有当郑重声明者数事：其一吾于执事绝无所求；其二吾于南军绝无关系；其三吾对于任何方面，任何性质之政潮，绝不愿参与活动。吾所以不避唐突，致此书于执事者，徒以执事此旬日间之举措，最少亦当与十年内国家治乱之运有关系，最少亦当与千数百万人生命财产安危有关系。吾既此时生此国，义不容默然而息。抑为社会爱惜人才起见，对于国中较有希望之人物如执事者，凡国人皆宜尽责善忠告之义，吾因此两动机，乃掬其血诚，草致此书，惟执事察焉！

此书到时，计雄师已抵鄂矣。执事胸中方略，非局外人所能窥，而道路藉藉，或谓执事者将循政府之意，而从事于武力解决，鄙人据执事既往言论行事以卜之，殆有以信其不然。君果尔尔者，则不得不深为执事惜，且深为国家前途痛也。自执事挞伐安福，迅奏肤功，而所谓现政府者，遂托庇以迄于今日，执事之意，岂不以为大局自兹粗定，将以福国利民之业，责付之彼辈也。今一年矣，其成绩若何？此无待鄙人词费，计执事之痛心疾首，或更有倍蓰于吾侪者。由此言之，维持现状之决不足以谋自安，既
1156. 洞若观火也。夫使现状而犹有丝毫可维持价值，人亦孰欲无故自扰，以重天下之难？今彼自身既已取得无可维持之资格，则无论维持者，费几何心力，事必无所救，而徒与之俱毙。如以执事之明，而犹见不及此，则今后执事之命运，将如长日衣败絮行荆棘之下，吾敢断言也。而或者曰："执事之规划，殆不在此。执事欲大行其威，则不得不以武力排除诸障。执事今挟精兵数万，投诸所向，无不如意，且俟威加海内以后，乃徐语于新建设也。"执事若怀抱此种思想者，则殷鉴不远，在段芝泉。芝泉未始不爱国也，彼当洪宪复辟两役，拯国体于飘摇之中。其为一时物望所归，不让执事之在今日，徒以误解民治真精神，且过恃自己之武力，一误再误，而卒自陷于穷途，此执事所躬与周旋，而洞见症结者也。鄙人未尝学军旅，殊不能知

执事所拥之兵力，视他军如何？若专就军事论军事，则以畬粉湘军，谁曰不可能？虽然，犹宜知军之为用，有时不惟其实而唯其名，不惟其力而惟其气。若徒校实与力而已，则去岁畿辅之役，执事所部，殊未见其有以优胜于安福，然而不待交绥，而五尺之童，已能决其胜负者，则名实使然，气实使然。是故野战炮机关枪之威力，可以量可以测者也，乃在舆论之空气，则不可测量。空气之为物，乃至弱而至微，及其积之厚，而煽之急，顺焉者乘之，以瞬息千里，逆焉者则木可拔，而屋可发，虽有贲获，不能御也。舆论之性质，正有类于是。二年来执事之功名，固由执事所自造，然犹有立乎执事之后，而予以莫大之声援者曰舆论，此谅为执事所承认也。

呜呼！执事其念之！舆论之集也甚难，去也甚易。一年以来，舆论之对于执事，已从沸点而渐降下矣，今犹保持相当之温度，以观执事对于今兹之役，其态度为何如？若执事之举措而忽反夫大多数人心理之预期，则缘反动之结果，而沸点则变零点，盖意中事也。审如是也，则去岁执事之所处地位，将有人起而代之，而安福所卸下之垢衣，执事乃拾而自披于背肩，目前之胜负，抑已在不可知之数耳。如让一步，即现政府所愿望仗执事之威，扫荡湘军，一举而下岳州，再举而克长沙，三举而抵执事功德夙被之衡阳，事势果至于此，吾乃不知执事更何术以善其后？左传有言：“尽敌而返，敌可尽乎？”试问执事所部有力几许，能否资以复满洲驻防之旧？试问今在其位，与将在其位者，能否不为王占元第二？然则充执事威灵所届，亦不过恢复民国七八年之局面而已，留以酝酿将来之溃决已耳，于大局何利焉？况眈眈焉惎执事之后者，已大有人在。以吾侪局外所观察，彼湘军者或且为执事将来惟一之良友，值岁之不易，彼盖最为能急执事之难。执事今小不忍而畜粉之，恐不旋踵而乃不胜其悔也。执事不尝倡立国民大会耶？当时以形格势禁，未能实行，天下至今痛惜。今时局之发展，已进于昔矣。联省自治，舆论望之若渴，颇闻湘军亦以此相号召，此与执事所夙倡者，形式虽稍异，然精神吻合无间也。执事今以节制之师，居形胜之地，一举足为天下轻重，若与久同袍泽之湘军，左提右挈，建联省的国民大会之议，以质诸国中父老昆弟，夫孰不距跃三百，以从执事之后者？

如是则从根本上底定国体，然后率精锐以对外雪耻，斯乃真爱国之军人所当有事，夫孰与快阋墙之忿，而自陷于荆棘之中也。鄙人比来日夕淫于典籍，于时事无所闻问，凡此所云云，或早已在执事规划中，且或已在实行中，则吾所言，悉为词费，执事一笑而拉杂摧烧之，固所愿也。若于利害得失之审择，犹有几微，足烦尊虑者，则望稍割片晷，垂意鄙言。呜呼！吾频年以来，向人垂涕泣以进忠告，终不见采，而其人事后乃悔其吾言之不用也，盖数辈矣。吾与执事无交，殊不敢自附于忠告，但为国家计，则日祝执事以无悔而已。临风怀想，不尽欲言！

吴氏看完了梁任公的信，他正在啜茗，手中握着的茶杯，忽然跌落地上，当琅琅一声响喨，把吴氏惊得直跳起来，却还不晓得是茶杯落地，一时手足慌忙，神色大变。楚灵王乾溪之役，有此情形，惜吴氏之终不能放下屠刀耳。经马弁们进来伺候，吴氏把神色一定，再把那信回过味来一想，方才觉得自己衣襟上，统被茶汁溅湿。此时正当秋初夏末，天时还非常炎热，他还穿着一身里衣，没有穿军服，茶汁渗入皮肤，还是不觉，却有一个马弁低声说道：“大帅身上都湿了！该换衣服。外面人伕已齐，伺候大帅亲去察勘地势咧。”吴氏听了，不觉长叹一声，吩咐“把任公的信，妥为保存，将来回去后，可好好交与太太，莫忘了！”可见吴氏原不敢忘任公之言。马弁应诺，把那信折叠起来，藏入吴氏平常收藏文书要件的一只护书中。吴氏自己也已换好衣服，穿上军装，亲至汀泗桥、官埠桥、咸宁一带，视察一回，各处地形，已了熟胸中，方才带了大队，亲至汀泗桥督战。恒惕也因求和不成，十分小心，亲率陈嘉佑、易震东和湘中骁将叶开鑫之军，在官塘驿地方应战。

这次大战，是两军生死存亡的紧要关头，双方均用全力相搏，炮火所至，血肉横飞，自朝至夜，前仆后继，两边都不曾休息片时，这种勇猛的战法，不但湘鄂两军开战以来所未见，就是民国以来，各省战事也未尝有此拚命的情况。相持至夜，仍无胜负。这晚，月色无光，大地昏黑，恒惕命敢死勇士五百人组成便衣军，从小道绕过汀泗桥侧，呐一声喊，手枪齐发，炸弹四飞，直军方面却没有防到这着，吴氏未免粗心。一时手忙脚乱，仓卒迎敌。陈旅长嘉谟身受重伤，靳云鹗的第八师全军覆没，幸而董政国的一旅加入作战，才把防线挡住。湘军得胜，又在高处连放几个开花大炮，向直军阵中打来，直军自第三师以下，和豫军赵杰队伍，皆受重大损失，不得已退出汀泗桥。湘军随即进占。吴氏得信，飞马赶来，立将首先退兵的营长捉到，亲自挥刀，枭了他的首级，提在手中，大声喊道：“今日之事，有进无退，谁敢向后，以此为例！”说罢，把一颗头颅，掷向半天，颈血四溅，全军为之骇然，亦殊勇壮。人人努力，向前返攻，吴氏大喜，正在持刀指挥，蓦的半空中轰然有声，飞来一弹，将吴氏身边卫队，炸成齑粉。正是：

巨款颁来，惹起萧墙之祸，
邮书飞降，惊回豪杰之心。

未知吴子玉性命如何，且看下回分解。

吴子玉、赵炎午，皆大将才，吴、赵之兵，又皆精锐之兵也，而子玉、炎午，又为旧交，使二人平意气，捐私心，合力对外，安知不为中国之霞飞、福煦也？乃见不及此，而竭全力于内争，败固含羞，胜亦何取？读任公书，不禁为二人惜事功，尤不禁为中华悲国运也。

第一百二十六回　取岳州吴赵鏖兵
演会戏陆曹争艳

却说吴佩孚正在汀泗桥指挥各军，猛烈进攻，蓦听得轰然一声，半空中飞来一粒弹子，正落在他的身边，着地开花，将吴氏身边卫队，尽行炸死。吴氏立处，尚差着十几步路，居然被他幸免。真是侥幸。好个吴佩孚，面上一点没有惊恐神色，他瞧得这等炮弹的力量，远不及梁任公一枝秃笔来得厉害，见他从从容容，若无其事的，照旧督阵。却也不易。他的部下，见他浑身血污，甚至面上也有许多斑斑点点的，望去似红，又似黄，又像灰黑色。原来尽是他卫士的鲜血，以及受炸高飞的灰尘沙土之类。他却毫不顾虑，也不肯稍稍移动地位，这一来，反把全体军心激厉起来，愈加抖擞精神，忘生舍命地向敌阵猛攻。苏老泉云："泰山颓于前而色不变，方可以为将。"吴氏足以当之。

湘军方面，却也不肯示弱，兀自努力抵抗。到了后来，两边愈接愈近，索性舍了枪弹，拔出刺刀，互相肉搏。这才是比较气力，毫无躲闪的战法。在中国古时没有枪炮以前，向来作战，总是这个样子。后来有了枪炮，便把这等笨法儿丢了。谁知欧战以还，又把这种拼命肉搏的方法作为最新的战术。近来世事，往往新鲜之极，归于反古，万不料这性命相扑的顽意儿，也会回复古法起来。话虽说得轻松，究竟这等战法，却是死伤的多，幸免的少。不是极忠勇极大胆的兵士，谁肯搅这万无生理的顽儿？只恨这等好兵士，不像欧战时候的用于敌国，却拿来牺牲在这等无意识无作用的内争之中，真正是我们中国一桩大可痛心的事情哪！

这湘鄂两军，又相拼了几个小时，鄂军援兵大至，湘军死伤殆尽，且战且退。直军乘势夺回汀泗桥，统计两天战事，直军得了最后胜利，却失去旅长一人，团长团副各一人，营长二人，连排长以下，更属不可胜记。合到湘军方面，共死伤兵士官佐达七八千人。最可痛的，是两方主帅尽是开口爱国，闭口

保民的英雄贤哲，弄得这批忠勇的部属，直到死亡俄顷，还不晓得自己为谁而死，为甚而亡。因为中外今古，从来没有听得同为爱国保民，反以兵戎相见，性命相扑的，别说当局者莫名其妙，就是作书的人，旁观之下，也还识不透他们的玄虚诡秘咧。言之慨然。

吴军既得胜利，又值廿四师长张福来同时报告前来，说已联络海陆军，夺得城陵矶，从此直至岳州，险要全无。吴氏派探察勘前方，回报已无湘军踪迹。吴氏尚恐有诈，逐步前进，直薄岳城，早有城中绅商代表，带着满面惨容，前来欢迎吴氏入城。“欢迎”之上，系以“惨容”二字，是皮里阳秋之笔。吴氏才知赵恒惕已经退保长沙去了。吴氏进驻岳州，见城内商民受灾状况，心中也觉有点难过。部下将士请乘胜进窥长沙，戡定全湘，吴氏喟然道：“人心不知足，得陇又望蜀，做了皇帝想登仙，同

是中国人，何苦逼得人没处走。况我和赵炎午私交极深，此番之事，已出于万不得已，还能穷兵黩武，把他弄得无处容身么？依我之见，现在湘军已退出岳境，我们原来目的已算达到，趁此机会，还是和平解决为是。”吴氏此语，宛然仁人之言，造福湘民不浅。此言一出，三湘七泽间，登时布满了和平空气。湖北督军萧耀南已经到了岳州，并有南北代表张一麟、张绍曾、张舫、孙定远、叶开鑫、王承斌等，均已到齐，便定本月三十一日，开了一个和平会议，公推吴氏主席，大家协定四事：

第一，岳州、临湘一带，归湖北军管辖。

第二，平江、临湘以南，归湖南军管辖。

第三，保留湖南总司令赵恒惕地位，援助湖南自治。

第四，两湖联防，照旧继续。

1163.

协议既定，干戈斯戢。湘、鄂人民当水深火热之余，得此福音，借息残喘，倒也额手相庆，共乐升平。那吴佩孚原主张联省自治，今既得两湖地方，作为根据，便想乘此时机，劝导各省，一致进行。不料鄂西方面，又被川军侵入宜昌，危在旦夕，声势十分浩大。吴氏只好把岳州防守事宜暂归萧督兼理，自己带队赴宜。施宜镇守使开城迎接，里应外合的，杀退围城之兵。川军将领但懋辛、蓝文蔚等，听说吴氏亲到，不敢轻敌，一面电请刘湘派兵应援，一面召齐全队人马，共有万余，协力迎战。川军虽然骁勇，因久震于吴氏威名，见他自己督队，心中先存了怕惧。大凡作战，最贵是一股勇气，如今吴军是得胜之兵，气势正盛，川军却未战先馁，这等战事，不待交锋，而胜负已决。果然一场交锋，川军大溃，但懋辛率领残部，遁归重庆，吴氏却也不敢深迫，只吩咐赵荣华好生防守，自己仍乘楚豫兵舰，整队而归。

这时的吴子玉威名四震，有举足重轻之势，本人心中，亦觉得意非凡。而且吴氏人格颇高，私人道德亦颇注意，政治虽非所长，至如寻常军阀的通病，如拥兵害民，贪婪无厌，以至吸大烟、狎女色、赌博纵饮之类，他却一无所犯。至于治军之严，疾恶如仇，尤为近时军人所罕见。治事之余，惟与幕府白坚武、杨云史等，饮酒赋诗，驰马试剑，颇有古来儒将之风。可惜他屡战屡胜，不免把武力看得太重，竟合了太史公论项王句，欲以力征经营天下，卒之一败涂地而不可收拾，恰恰给梁任公说得一个准着，这也真个可惜极了。

作者久仰吴氏是近代一位英雄，爱之望之，不殊梁公，故演义中对于吴氏，不时露出感喟之意，盖不但痛惜其宗旨之乖

深，亦所以痛戒军阀中才德不如吴氏者，大家知所敛迹，莫再蹈吴氏之覆辙，亦犹任公劝吴氏以段派为殷鉴耳。再讲吴氏功高望重，威名日盛，不但关外的张作霖忌疾甚烈，就是吴氏的主帅恩公曹三爷，也觉有尾大不掉之势，心中好生不快。不过曹本无能，但倚吴为魂魄，吴虽强盛，却也不敢忘曹，双方因此尚得互相维系，不见裂痕。至于两人门下，却免不了挑拨唆惑，对甲骂乙，对乙又说甲，如此不止一日，不仅一人。曹、吴心中都免不得各存芥蒂，而双方表面上，却反觉格外客气起来。本来客气是真情的反面，所以古人说：“至亲无文。”又道：“情越疏，礼越多。”从前曹、吴情好有逾父子，谁也用不着客气，如今感情既亏，互相猜疑，猜疑之甚，自然要互相客气起来。可巧这年阴历辛酉十月廿一，是曹三爷六旬大庆，民国军政长官，借做寿以敛财，属吏借祝寿以阶进，十年以来，已成

风气。现在曹锟已做了四省经略，名义上比巡阅又高一级，只差不曾爬上那张总统的交椅。又值川湘初定，北方宁谧，民国以来，像这等日子，就算太平时世。太平时世而冠以“就算”两字，辞似庆幸而实沉痛非常。以此老曹格外兴高采烈，预备热热闹闹的做他一个生平未有的荣庆。这等举动，若在平时，吴佩孚定要反对，此际却心存芥蒂，貌为客气，不但不敢讲话，还先期电贺，并将亲自到保祝嘏。曹三本也怕他讲话，今见他如此恭顺，不觉拈须长笑，对幕府中人说道：“子玉生性古怪，却独能推尊老夫，也算前生的缘法咧。”众人听了，便都夺着贡谀说：“吴帅无论怎样威望，怎比得上老帅的勋高望重，震古铄今？此中不但有缘，也是大帅德业所感召啊。”曹三听了，十分开心，即命他们好好拟了电报，欢迎子玉来保，说“咱们自己人，祝寿可不敢当，不过好久不见，我正怀念得很，望他早日前来，咱俩可以痛谈几天。话要说得越恳切越好，越合咱俩的身分交况”。曹氏才德，虽无足录，然亦颇爽直，与奸诈之流自异。

幕府遵命拟发，吴氏得电，知曹三对他仍极恳挚，倒也欣慰不置。到了寿期相近，他便真个赶到保定，和曹锟弟兄，及一班拜寿团员，尽情欢聚。吴氏并格外讨好，竟以两湖巡阅使、直鲁豫巡阅副使的身分，担任曹氏寿期内的总招待员，也可算得特别屈尊、十分巴结了。只是吴氏生平，为人绝不肯敷衍面子，此番如此作为，在老曹心中，果然百倍开心，嫌怨尽释，而以别人眼光瞧来，却不能不疑心吴氏变节辱身之故。神经过敏者，甚至认为吴氏内部组织妥当，第二步计划，即为对奉开战。曹、张系儿女亲家，感情虽伤，关系难断。吴氏为使老曹毅然绝张助己，对奉开战，不能不将自己对曹情感，比儿女姻亲更坚更厚。古人说：“大丈夫能屈能伸”，吴氏此举，正合丈夫作用，其言虽似太早，却亦未为无见呢。这却慢提。

先叙曹锟此次寿域宏开，寿筵盛设，其繁华热闹，富丽堂皇，不但为千古以来所罕见，就论民国大军阀的寿礼，也可首屈一指。一星期前，就由经略署传谕北省著名男女优伶，来保堂会。此时叫天已死，伶界名人，自以梅兰芳的青衣花旦堪称第一流人才，其次如余叔岩之老生，杨小楼之武生，以及程砚秋、尚小云、白牡丹、小翠花等四大名旦，也都日夜登台，演唱得意杰作。曹锟出身小贩，困苦备尝，而生性好淫，水陆并进；得意以后，京、津男女伶妓，受他狼藉者，不可数计。即如此次寿辰邀角，亦最注重名旦，赏赉之重，礼遇之隆，足使部下官兵见而生妒，闻而咋舌。听说演戏七天，犒赏达二十万元。惟五旦所得，在半数以上，即此一端，可以想见曹之为人。小贩子总脱不了小贩予气。但闻曹锟心中，尚不十分满意，原因近来北京伶人又有男盛于女之势，女伶中又鲜出色人才，曹锟抚今思昔，不禁回想起一个旧人儿来。巫山梦杳，故剑情深，自古英雄，未有不怜儿女，洪承畴为了一个满妃，助成清代三百年基业；吴三桂失了一位爱姬，断送有明三百年天下。像曹锟之所为，也算得深情之英雄，庶几媲美洪、吴，足为千秋佳话呢。佳话云者，恶之极而反言之也。

说起曹锟的情人，大概看官们都该晓得一点，其人非他，便是龙阳才子易实甫愿意做她的草纸月布、冀得常嗅余香的刘喜奎儿啊。北京某大学生，因一香面孔，拘罚五十元，喜谓价廉物美。喜奎大名久传，南北全盛时代，几乎压倒梅、程，推翻荀、尚，余子碌碌，更不足道。那时京、津坤伶势力，骎骎乎驾男伶而上之，其实所赖者，也不过一个喜奎而已。此外虽有鲜灵芝、绿牡丹等数人，究竟无甚出色，所以喜奎一嫁，转瞬坤伶声势，一落千丈，伶界牛耳，又让男伶夺去。莫说小小妮子，举足为伶界重轻，以视今日曹氏军界地位，也正未必多让啦。

喜奎原得陆军次长陆锦一力捧场，才得一鸣惊人，陆锦因此得为喜奎入幕之宾。其实喜奎心中，对于这位陆大人，只有厌恨而无恋爱可言。然而陆锦却哪能看出美人深心，尚且肉麻当有趣地夸耀大众，引为无上光荣。恰值上次曹锟寿辰，陆锦便亲送喜奎，前往祝嘏，并唱堂会戏三天。谁知动了曹锟的食指，赏赐之优厚且不消讲，还把她留进内院，唱了几出秘戏。这一来，才把个陆锦弄得求荣成辱，搔首徬徨。后来又听说曹大帅极爱喜奎，有纳充下陈之说，陆锦更弄得走投无路，如醉如疯，逢人便说："完了完了，糟透糟透。"人家见了，都暗暗匿笑，他也不觉得羞恶。等得寿期已过，人家都告辞回去，只有陆锦，舍不得喜奎，兀自托故逗留，探听消息。还算他的运气，此时忽然来了一个救星，却是曹三的正室太太。曹三生性长厚，得志后，不忘糟糠，仍旧敬畏太太，因此太太有权支配内政，查得曹氏昵嬖喜奎情形，心中大不为然。明知喜奎决不喜欢曹三，也不暇征求曹三同意，趁他出外之时，把喜奎喊来，问了几句。喜奎竟涕泣陈情。自言已有丈夫。曹太太问丈夫何人？喜奎一时回答不出，只得暂借陆锦牌头一用，说是："陆军部陆大人。"曹太太听了，回顾侍妾们冷笑道："你们瞧瞧，老头儿越发荒唐得不成话了。一则是大员的姬人，二则大家还是朋友咧，亏他做出这等禽兽行为。"侍妾们也深愿太太作主，速把喜奎遣去，免她宠擅专房。大家你一言，我一句的，再三怂恿，曹太太竟大开方便，连夜把喜奎放出府门，还派了一个当差，押送回京。

陆锦闻讯之下，喜欢得浑身骨头都轻飘飘的，好像站立不住一般，因为他曾几次三番向喜奎求婚，喜奎总是支吾搪塞，不肯允许，把个陆锦急得不晓要怎样改头换面，刮肤湔肠，才能博得美人欢心，相持至今，未得结果；如今听说喜奎在曹宅承认是自己的妻小，不用说，此番回京，必能三星百辆，姻缔美满，倒还十分感激曹三爷玉成之德，绾合之功。预备成婚之后，供他一个长生禄位，早烧香、晚点灯的，祝他千年不老，才能报答鸿慈，稍伸敬意。心中这么想着，一个身子却早糊糊涂涂的趁车回京。一到车站，来不及回家，立刻坐上一部汽车，赶至喜奎家中。谁知一进大门，就有喜奎跟班上来，打了个千，回说，姑娘刚才回来，辛苦得很，预备休养几天，才能见客，求大人原谅。陆锦万料不到会扫这一鼻子灰的，早不觉怔怔发起痴来。怔了多时，忽对喜奎家人说道："你们姑娘难

道不晓得是我来了。"家人笑回："姑娘原吩咐过，甚么客人一概挡驾。"陆锦还不识趣，又说出一句肉麻说话来。正是：

英雄原是多情种，美色怎教急雨催。

未知陆锦更有何言，且看下回分解。

战，气也，故古人有再衰三竭之语，吴、赵汀泗桥之战，吴氏之能胜，亦惟气盛而已。气愈盛则心愈虚，此成功之象也。从此屡胜而骄，遂欲以武力统一中国，而不知骄盈之极，即衰竭之征，迷梦未醒，事功已隳，读卿子冠军之语，不禁感慨系之矣。

第一百二十七回　醋海多波大员曳尾
花魁独占小吏出头

却说陆军次长陆锦，听得刘喜奎不肯出见，那时候凭他涵养再深一点，也万万受不住了，心中一忿，不禁厉声叱道：“胡说！我是你们姑娘将来的老爷，又不是客人，难道还要你们姑娘怎样招待不成？肉麻。我和她既是自家人，原用不着你们通报的，还是自己进去，等我问清了你们姑娘，再打断你的狗腿子。”说罢，气匆匆地向着喜奎卧室便走。家人明受喜奎吩咐，单要拒绝陆大人，但这等说话，是断断不敢说出来的。如今见他自认为喜奎未来的男人，不待通报，径自进去，只得赔着笑脸，再三恳求说：“陆大人既这么说了，小的原不晓得陆大人和姑娘已有婚姻之约，大家本是自己人，原不能当作客人看待，所以小的倒得罪了。但是姑娘的脾气，陆大人有甚么不晓得？她既这样吩咐，小的吃她的饭，断不能违她命令，就是姑娘将来跟了大人，小的也还要跟去伺候大人和姑娘的。小的今日不敢背姑娘的命令。就是将来也不敢违抗大人的。大人是明白人，有什么不原谅小的。却也会说。如今这样罢，姑娘确因倦极，在里面休息，待小的再去通禀一声，说是陆大人到来，想姑娘一定急要见面的，她一定会起来迎接大人，那时却与小的责任无干了。”说罢，又打了一个千，含笑说：“总要大人看在姑娘分上，栽培小的，赏小的一口饭吃。”陆锦见这人说话内行，本来自己深惧喜奎，怕她动怒。银样镴枪头。因亦乐得趁机收篷，便点点头说道：“好！好！你快去对姑娘说，并叫她不必起来，大家一家人咧，还用得着客气么？”家人应命而去。

不一时，只听得里边似有开门送客之声，陆锦不觉大疑，正思进去一瞧，早见喜奎蓬着头出来，秋波微晕，粉脸呈紫，一面孔不高兴的神气，口也不开的，就在陆锦对面一张红木圈椅上一屁股坐了下去。陆锦见了这副情形，又是心爱，又是害怕，早将预备作她丈夫的热心放低了一半。绝倒。却一时打叠不出一句话来作开场白儿，良久良久，才迸出一句话来，赔笑说道：“我听说你回来了，心里急得甚么似的，赶着来瞧瞧你。声容如绘。偏……”他这下半句，是说偏你又睡了，但是喜奎却不愿他多说，忙着大声截住道：“哦！你倒急么？急甚么啦？声口如画。我又不是你甚么亲人，又没有给人抢了去，何必劳你陆大人这般发急。老实说，我喜奎现在还没有找到一个替我发急的资格的人咧。痛快。承你陆大人的情，倒居然替我发急得这个样子，我是委实感激得很，只可惜陆大人枉用了这番心机，因为陆大人只配做中华民国陆军部的次长，还不配做我刘喜奎发急的人咧。”骂尽一切，趣而刻。说着，两只秋水澄清的眼珠儿，似笑非笑，似瞅不瞅的，朝陆锦有意无意的这么一睃。

陆锦听了这番峭刻挖苦的说话，又回想到刚才对她家人说的牛皮，两两参证，觉得大不对缝了，绝倒。眼见着那家人还立在一旁笑嘻嘻地伺候，送茶送烟的正好忙咧。陆锦这一来，觉得比先时遭她拒绝不见的事情，更觉下不来台。本来自讨没趣。但他是多情的人，只会对家人摆大人架子，却没本领对喜奎行使丈夫的威权，受了这场排揎，还是满脸含着苦笑，一点不敢动怒。世间大人架子，惟有向此辈摆耳，若石榴裙固未有不拜倒者也。呆彀多时，却亏好又想出一句话来。支支吾吾地说道："这个倒不是我有什么野心，况且我也不敢……但……但……"一语未曾说出，喜奎忙喝止道："但甚么！但甚么！昏你的糊涂蛋！本来谁许你有甚野心！你有野心，就该用点气力，替国家多做点有益之事，替国家东征西讨，在疆场上立点汗马功劳，也不枉国家重用你的大恩，谁许你把野心用到我们脂粉队中来了。此语出之妇人口中，足愧煞陆锦，而无如其颜之厚也。我们又不是中华民国的敌人，用不着你来征伐。"说到这里，又禁不住失笑道："我们又不是中华民国手握兵符经略几省的军阀大人，更用不着你这般蝎蝎螫螫的鬼讨好儿。"说完了话，笑得气都回不上来，拿块手帕子，掩住了她的樱桃小口，只用那一只手指儿，指着陆锦。

陆锦这才恍然大悟道："哦！了不得，原来姑娘为这事情恼我咧。可谓呆鸟。本来这是我的不是，谁教我拿着姑娘高贵之躯，送给那布贩子曹三开心去咧。"他一面说，一面早已上前向喜奎作了一个长揖，只道喜奎一定可以消气解冤，言归于好了。谁知喜奎猛可地放下脸儿，大声诧异道："阿唷唷！你要死了，作这鬼样儿干甚么？我一个唱戏的人，原是不值钱的身子，谁养我，谁就是我的老斗。曹三爷要我唱戏，那是曹三的权力，我去不去，是我刘喜奎本人的主意，与你陆大人甚么相干？怎么是陆大人送与曹三开心的？这是甚么怪话？这话真正从哪儿说起哪。”真是何苦。陆锦听了，只得又退至原位，怔了一歇，方才喟然长叹道：“罢！罢！总是我陆锦不好。本来姑娘吃这一趟大亏，全是我作成的，也怪不得姑娘生气。再说姑娘要不生气，倒反不见你我的交情了。”真是一派梦话，苦无术足以醒之。喜奎听了，不觉笑得打跌道：“你这个人哪，妙极了，妙极了，亏你从哪里学得这副老脸皮儿，又会缠七夹八的，硬把人家的话意，转换一个方向儿。我想像你陆大人做这陆军次长，也没有多大好处，还不如到上海、天津的几个游戏场中，做个滑稽派的独脚戏，或者还有人替你喝一声彩，那时候我刘喜奎，虽然未必引你为同志，却不妨承认你是一个游艺行中的同道。那就赏足了面子了。”索性痛骂。陆锦见她怒气已解，因也笑说：“能彀做姑娘的同道，谁说不是天大的脸子，强如做陆军次长多了。”太不要脸。喜奎正在没奈何他，喜奎其奈他何？却有天津戏园中派来和喜奎接洽唱戏条件的人上门求见，喜奎乘机说一声：“对不住，陆大人！请你坐一歇，我有事情，失陪了。”不等陆锦回言，便向外而去。

陆锦见她姗姗出去，大有翩若游龙之概，不觉看得出神起来，良久良久，才自言自语地太息道：“唉！这小妮子恁地倔强，教我也没法子奈何她了，只有等将来嫁了过去，再慢慢地劝导她罢。”肉麻。说罢，抬起头来一看，只见原先那家人，还立在一边伺候呢。陆锦一张紫膛色的脸上，竟也会泛出一层红光。还算知耻。等了一会，见喜奎还没进来，自觉乏味，便立起身来，说道：“我走了。姑娘这几天兴致不好，你们都好好的伺候，将来过我家去，我都要重重提拔，像你这般内行，还得保举你做个县知事哩。”做国家名器地方人民不着，此之谓落得做人情。那人听了，赶着打个千，再三道谢。

陆锦回到部中，再想着喜奎相待情形，忽然记起喜奎在房中送出的客，不知究是甚么人，不要真是自己一个情敌么？聪明极了。若照喜奎以前情形和自己待她的许多好处，喜奎又有承认作我家眷的宣言，那么，断不至于再有外遇。然而事情究有可疑，非得彻底调查一下，断不能消此疑窦。何必多心。想了一会，忽然想到一个人来，心中大喜，忙唤当差的，快去警监衙门把李督察员请来。这李督察原是陆锦私人，是一个专跑妓院、喜交伶人的有趣朋友。陆锦用到这人，可谓因才器使。不愧大员身份。当下李某到来，便把这事委托了他。这人却真个能干，不上三天，便给他侦查得详详细细，回来从直报告。陆锦才知喜奎心中，除了本人之外，还有一个情深义挚的崔承炽儿。何见之晚也。

陆锦得了报告，心中大愤，恨不得立刻找到喜奎，问她一个私通小崔的罪状。有何罪名？并要诘问她小崔有甚好处，得她如许垂青。论势力，本人是陆军次长，小崔不过内务部一个小小司员。论财力，本人富可敌国，小崔是靠差使混饭吃的穷鬼。论过去历史，本人对于喜奎，确有维持生活，捧她成名大恩，肉麻。崔承炽对她有何好处，虽然无由而知，但是无论如何，总也越不过本人前头去。丑极。照常理论，喜奎有了本人，生活名望，地位声势，已经足彀有余，何必再找别人。想来想去，总想不出喜奎喜欢承炽的理由来。笨贼昏块。因又想到唱戏的人，免不得总有几个客人，那水崔儿是否和喜奎有特别交谊？喜奎待他的特别交谊，是否比本人更好？抑或介于齐楚，无所轩轾？再或小崔认识喜奎，还在本人之前，喜奎因历史关系，无法推却，不得不稍与敷衍，也未可知，千思万想，尽态极妍，作者如何体会出来？然则喜奎为甚么又要讳莫如深的，不肯告诉我呢？何以喜奎和我处得这么久了，我却总没有晓得一点风声呢？种种疑团，愈加难以剖解，真是不说破倒还明白，说破了，更难明白了。绝倒。

陆锦从此也无心在部办公了，一天到晚，只在喜奎家鬼混。喜奎高兴时候，也不敢不略假词色，要是不高兴呢，甚至明明在家，也不肯和他相见。好个陆锦，他却真是一个多情忠厚之人，恭维得妙。这一下子，他已窥破喜奎和小崔儿的深情密爱，万万不是本人所能望其项背。太聪明了，怕不是福。心中一股酸气，大有按捺不住之苦，却难为他涵养功深，见了喜奎，总是勉强忍耐，不肯使她丢脸。如此相持了一个多月。

喜奎要上天津去了，照例，应由陆锦侍卫，谁知喜奎此番却坚拒陆锦，劝他多办公事，少贪风流。绝倒。又道："你们做大官的人，应以名誉为重，不要为了一个刘喜奎，丢了数十年的官声。"陆锦见她尽打官话，心中摸不着她的头脑，但据陆锦之意，却有宁可丢官败名，不能不陪刘喜奎的决心，多情之至。因为喜奎艳名久噪，曾有一个北京大学的学生，为她发起色狂病来，寄了许多情书给喜奎，喜奎付之一笑，置之不理，那学生急了，竟于散戏之时，候在门口，等得喜奎出来，上车之时，竟自抢上前去，捧过她那娇嫩香甜的一张圆脸儿，使劲地闻了一个香，趣甚。只急得喜奎大喊救命，那学生还不放手，直等得喜奎的车夫跟包们围将拢来，将他擒住，他才哈哈大笑的，说道："好幸运，好幸运，今儿才偿了我的心愿了也。"众人才晓得他是一个疯子，拉拉扯扯的，将他送到警署。警官问明原因，罚了他五十块钱，他还做了一篇文章，送登报上，说"刘喜奎香个面孔，只罚五十元，警官未免不公，因为喜奎是现代绝色，闻香面孔，虽然不比奸淫，也算一亲芳泽，区区五十金，罚得太轻了，未免轻视美人。至于本人，却算做了一桩本轻利重的生意”云云。绝倒。从此喜奎名气越大，喜奎也应感激他这种宣传工夫。而喜奎的戒备，也比较严密。此番陆锦必欲伴送去津，就是这个意思，他倒的确是一番爱惜保护的深心。自是好心。

无奈喜奎偏不中抬举，一定拒绝不受。陆锦心中也觉诧异，不期脱口说道：“那么，你这趟去津，是用不着人家护送了。那小崔哩，他可跟你同去不呢？”喜奎一听“小崔”两字，凭她胆子再大，意气再盛一点，也总有些不大得劲起来，登时粉脸飞红，秋波晕碧，期期艾艾的，一时对答不出。停有几秒钟时，方才冷冷地道：“甚么小菜大菜？你说的我全不懂呀。”陆锦见她情虚，益发深信喜奎和承炽真有密切关系，并料定喜奎赴津，承炽必定充当随从之职，太聪明了，怕不是福。不觉妒火大炽，五内如煎，但又不忍使喜奎难堪，只得轻轻点头说道：“小菜自然比大菜好点。你带了小菜，本来不必再要大菜了。”难为他如此伶俐会说。陆锦一面说，一面瞧喜奎神色十分慌张，大非平时飞扬跋扈能说惯道的情形，便觉得她楚楚可怜，再不能多说一句。毕竟多情。却喜喜奎心中一虚，面色便和悦了许多，对于陆锦，也免不得勉强敷衍，略事殷勤。

陆锦原是没脑子的东西，受此优遇，已是心满意足，应该感谢小菜。无所不可，哪怕喜奎对他说明要嫁给崔承炽了，烦他作个证婚，同时兼充一个大茶壶儿，谅他也没有不乐于遵命的了。趣而刻。这倒不是作者刻薄之谈。偏说不刻。只看他经过喜奎一次优待，当夜留他在家中睡了一晚，次日一早，便由着崔承炽护送出发，她俩竟堂堂皇皇亲亲热热的，同到天津去了。陆锦只大睁着眼儿，连送上火车的差使都派他不着。可怜。要知这全是喜奎枕边被底一番活动之功，竟能弄得陆锦伏伏帖帖，甘心让步，此而可让，安知其他一定不可让呢？

这还罢了，不料从此以后，喜奎对于陆锦，愈存轻鄙之心，应得轻鄙。同时对于承炽，也越存亲爱之意。承炽本是寒士，喜奎常向陆锦索得孝敬，便转去送给承炽。老酿人偏喜讨年轻美妾，结果未有不如此如此。承炽得此，已比部中薪水体面得多，在他本意，这等差使远胜内部员司。就是喜奎初意，也打算请承炽辞去内部职务，专替本人编编戏，讲讲话，也就够了。总因外间名誉有关，未敢轻易言辞，不道两边往来的日子久了，形迹浑忘，忌讳毫无，承炽穿着一件猞猁狲袍子出入衙门，太写意了，也不是好事。常有同事们取笑他，说是刘喜奎做给他穿的。承炽一时得意忘形，竟老老实实，说是喜奎向陆次长要求，送给我的。同事们听了，有笑他的，有羡慕的，却有十分之九是妒忌他的。因为那时北京正大闹官灾，各大衙门，除了财、交两部是阔衙门，月月有薪水可领之外，其他各部，都是七折八扣，还经年累月的，不得发放。人人穷得淌水，苦得要命，偏这崔承炽，因兼了这个美差，起居日用，非常写意，早已弄得人人眼红，个个心妒。不是量小也，可怜。只因他的脸蛋子原生得不差，年纪又轻，媚功又好，大似老天爷特别垂青，有意栽培，使他享这艳福财运一般。天之所定，谁能易之？掉文妙。因此大家虽有妒心，却也没法奈何他，此时见他公然说出陆锦赠袍一事，言下并有政府官吏不及坤伶侍卫之意，不是小崔荒唐，却是作者深刻。把一班穷同事说得面红色恧，难以为情起来。于是有那深明大义的人，说“承炽此举有大罪三：一是渎辱邻部长官；二是傲慢本部同事；三是轻蔑政府神圣。说得正大堂皇，妙甚。至于他本身的品行不端，人格堕落，犹其余事”等语。

他这题目来得大了，惹起许多人的注意，一人唱说，千人附和，不上几天，早已传入陆次长的耳中，想到自己的衣服经过意中人的手，间接而披于情敌之身，“渎辱”二字，可谓确切不移；而且实际上教自己无颜见人，如此一想，恨不得派遣卫队将小崔捉来，立行正法，以为渎辱长官者戒。转念一想，自己和喜奎的事，也不是甚么名正言顺的国家大事，更不是陆军部次长职务内应有之事，却有自知之明。小崔在这上头欺侮本人，只能算是私人抢风，万万不能加他渎辱官长的罪名儿。况且此事一经声扬，小崔果然危险，然而充其极量，也不过削职而止，本人身为次长，位高望重，若因此而竟被牵动地位，不但事实上拚他不过，而从此名誉扫地，贻笑中外，终身留下一个污点儿，尤其犯不上算。然则要求伴送赴津时，所谓宁可丢官坏名者何耶？何况喜奎心中，只爱一个承炽，实际上本人却还叨着他的光儿。因为承炽之事发表以后，喜奎心中愧惧，反和本人要好得多，本人正想趁此机会，为得步进步之计，若将承炽攀倒，喜奎也和本人作对，那时再想博得美人一笑为欢，可比登天还难了。可怜。如此一想，又觉承炽的地位，不但不宜动他，还该设法保全他才是。这样两个相反的念头，交战胸中，万分委决不下，倒把个才大功高的陆次长，弄得如醉如痴，恰如染了神经病儿一般。有时虽在办公时间，也会自言自语地说出刘喜奎可怜、崔承炽可办的两句话来。可怜。惹得陆部全体员司和陆锦一班同僚，都当做一件趣史，霎时传遍九城。幸而陆锦为人忠厚，大家不忍和他为难，也没有人去攻讦他。

却有一个司长，和他最有感情，勘透他的隐恨苦衷，替他想了一个借刀杀人之计，劝他到保定走一趟，向曹三爷声明：“本人并没有娶喜奎为妾，本人也并无娶她为妾之意思。自从喜奎承大帅雨露之恩，本人身受栽培，尤其不敢在喜奎跟前稍存非礼之行，致负大帅裁成之德。不料有内部员司崔某，混名小菜的，那厮自恃年轻貌美，多方诱惑喜奎，喜奎原不敢忘大帅厚恩，只因小菜屡说大帅身居高位，心存叵测，将来一定没有好结果，还有许多混账说话，他能说得出，某却传不来。耸之激之，劝之诱之，曹三应入其彀。因此喜奎息了嫁给大帅的念头，居然和小菜十分亲密起来。大帅军书旁午，政务劳神，本不敢以小事相告，只因这厮信口造谣，胆大妄为，不但于大帅名誉有关，且恐因此惹起政府误会，与大帅发生恶感。在大帅本身，固没甚关系，倒怕国家大局，发生不良影响，归根结底，大帅还是不能辞咎，所以专程过来，禀报一声，大帅看该如何办法？”措词奇妙。这番说话，委实彀得上“绝妙好词”四字。一方面引起曹三的醋心，同时即借表本人之忠义，一方面为喜奎留出地步，同时又将曹三的地位抬得十足。而且立言非常得体，措辞十分大方，寥寥数言，面面俱到，不但无懈可击，简直无语不圆。评语亦妙，作者必是阅卷老手。陆锦受教之后，真有一百二十分的钦佩，难为他不敢怠慢，在部中请了要公赴保的短假，急急忙忙，赶到保定，会见曹三。

曹三自喜奎去后，郁郁不乐，忽忽如有所失，屡向各方打听，也已深悉喜奎未尝嫁给陆锦，不过假“陆太太”三字作个牌头，并知陆锦还吃着小崔的亏。心中正在痛恨承炽、怜念陆锦的当儿，可巧陆锦到来，便立刻延见，优予礼待。陆锦更是喜悦，便将那司长教给的一番话说了出来，果然惹得曹三又羞又怒，又妒又感，羞是羞喜奎被夺，怒是怒喜奎上当，妒是妒承炽的艳福，感是感陆锦的忠义。不出所料，句句合榫。陆锦见曹三已被激动，大事可算成功，并承曹三十分优待，心中欢慰，自不待言。但只对于喜奎方面，犹恐结怨太甚，不能见面。可怜。因复再三要求曹三，严守秘密。曹三也答应了，留陆锦在保玩了三天，比及陆锦辞别回京，早有家人报称曹经略等电请国务院重办小崔。不料小崔闻讯逃走，据闻已跟喜奎同上天津去了。陆锦听了，万不料如此一来，倒成全了他们，反而正式结合起来。弄巧成拙。喜奎此去，必定嫁与小崔，本人不成了陌路萧郎，竟连一面之缘，都不可得了么？心中一急，竟吐出一口血来。正是：

海棠不与梨花压，大菜何如小菜香？

未知性命如何，且看下回分解。

1179.

堂堂经略使，陆军次长，为了一个女伶，失败于小小内务司官之手，诚若辈所认为奇耻大辱，虽邻邦侵蚀，国事蜩螗，不足比其愤懑也。夫千古英雄，未有不多情者，千古有名美人，未有不倾心于真正英雄者。喜奎艳冠一时，名扬海外，洵可谓有名之美人，乃对于自负多情而英雄之曹、陆，鄙夷直同粪土，此无他，英雄固多情深，深情必先钟于国民，而后及于恋爱。曹、陆身为大员，而惟声色是尚，置国计民生于不顾，所谓多情，直是淫欲变相。安有淫欲之人，而能久于情者？则无宁偕寒士以共白首，犹得终身厮守不离也。嗟夫！曹、陆之失败情场，曹、陆自取之耳，于喜奎何尤？然而喜奎高矣。

第一百二十八回　溧吏厨官仕途生色
叶虎梁燕交系弄权

却说过不多日，崔承炽和刘喜奎结婚消息，传播京、津道上，各地报纸纷纷刊载二人的小照和结婚的消息、仪注等等。大家当做一件佳话珍闻，甚至有那消息灵敏的报馆，竟连带将曹、陆两方情场角逐，和失败于小菜之手的一段内幕，也尽情刊布出来。这样一来，不但陆锦丢尽颜面，就是身居保定，贵为经略的曹三爷，也觉面上无光，心中不乐。谁教你们不知自量，须知年纪不饶人，品貌自天生，倒不是次长、经略之威，所能压服和比拟的。但这是小事，他们既托庇于外人，匿身租界，也犯不着再去寻事，一幕三角恋爱公案，就从此作小结束，这是前数年的事情。如今曹三势力愈盛，身份愈高，此番宏开寿域，男女名伶，群集一堂，却独独见不到心上人儿刘喜奎，你教他如何不感伤追念咧？

曹三原是一个直爽长厚的人，恭维得妙。心有所思，面子上倒遮掩不住，登时长吁短叹的，郁郁不乐起来。这一来，别人倒还罢了，只有他那几位亲信人物，如高凌霨、王毓芝、李彦青等，早都慌做一团，大有主忧臣死的意态。好一班忠臣。还是彦青比较密切，他原是一个厨子的少爷，厨子而有少爷，此少爷之所以不值钱也。少爷之父而为厨子，厨子之所以为厨子也，殊比众不同。说起这厨子的来头，却也非同小可，因为他的东家，是外号“智多星”张志潭张部长的老太爷，曾有人见过他的名片，左角儿上，也写着一大批官衔，这官衔，却真威赫，凡是张氏父子两代，在清朝民国历任的各种衔头，全都抄了上去。只于官衔之下，加了“膳房主任”四个小字，绝倒，此等人于今不少。下面便是这膳房主任领袖的姓名，列公别笑此公善于扯淡，委实除了少数之少数的几位真正阔人之外，那批热中朋友，谁不啧啧称羡，暗暗拉拢？希冀借此作个终南的捷径，可以亲近张氏，营谋差缺。可叹。

后来这位李主任李老太爷，终于犯了招摇纳贿的罪名，被张老太爷驱逐出来，幸而他的少爷李彦青，亦已出山任事，在一家浴堂内充当扦脚专员，有此主任，才能出这等专员，虽非箕裘克绍，却也不愧象贤。还兼理擦背事宜，本来每月收入亦颇可观，不料这位李专员的运气，却比他老太爷好得多，不晓以何因缘，见赏于这位四省经略大人曹三爷，一见倾心，三生缘订。曹三爷一度出浴，就把这李专员带回公馆，有此阔东家，少爷的名片，当比老爷更风光。两个人要好到了不得。不但曹三爷出浴时候少他不得，甚至起居食息，随时随事，都有非他不可之势。是正文，也是伏笔。

李专员得此际遇，正是平地一声雷的，大抖特抖起来，那时他的头衔，又换过了，本来是普通浴室的扦脚员，现在却升做经略府的洗澡主任。绝倒，深刻。另外还有曹大经略提拔他的甚么副官咧，参议咧，处长咧，种种道地官衔，官衔而有道地，非道地之分，语刻而奇趣。那倒真的是中华民国的荐简职衔，并不是小子开的顽笑了。列公听到这里，或者有人奇怪，以为一个扦脚出身的人，怎么能彀置身仕版呢？殊不知英雄出身，原本越低越好。妙语。趣语。以李彦青一生事业而论，此时还不过发轫之始，将来的富贵功名，真是未可意料。若照列公这等小见，只怕还要惊骇欲绝咧。

再说李彦青做了曹大经略身边最最宠信之人，自有许多攀附的人，一般的称他李大人李老爷，称他老子是老太爷，还有和他同事之人，因求他在曹三面前吹嘘几句，也有和他拜把子，称兄弟的。彦青志得意满，自不消说，只有两处地方，还不能十分讨好，一个是吴大帅吴子玉生性正直，最恨这等宵小之徒，太看轻这位主任了。常说曹大帅的事情，全是这班狐狗搅坏，

言下之意，还不专指彦青一人。明知其无成，而抵死相从者，子玉之长处，也是子玉之短处。惟有曹三的正室太太刘夫人，骂得最为刻毒，她曾当着许多人的面，把彦青喊去，拍案大骂，说："老帅春秋已高，精神日坏，大帅身子坏，精神不济，自然只有夫人晓得，何意李主任也与有劳绩，此真奇妙趣史，以极不堪事，写得极干净，见得作者匠心。近来身子越衰，毛病越多，全是你这妖怪东西搅坏的。"妖怪东西，也是道地官衔么？彦青素知曹三天不怕，地不怕，单单敬怕这位太太，他也只得以曹三之心为心，跟着敬畏太太，受了骂，兀自不敢声辩，只有唯唯称是，诺诺连声。等曹太太气平了些，方说："小的不敢，小的原不肯的，怎奈老帅没人伺候，小的也叫没法儿罢了。"小的原不肯，小的没法儿，语极普通，掩卷一想，妙不可言。曹太太听了，更其怒不可遏，叱道："凭他再没伺候之人，也不配你这妖鬼跑在前头。老实告诉你，你要想在这府中吃饭，

从此以后，就不许近着老帅的身体。要是不然，我就有本事，叫你死无葬身之地，你懂得么?”彦青只得叩了个头，含悲带泪的出去，见了曹三，不觉倒在怀里，大放悲声。曹三也知他吃了太太的亏，又见他哭得哽哽咽咽，凄凄恻恻，心中老大不忍，只得用尽老力，将他抱了起来，再三安慰道:“好孩子!快别哭了!咱们爷儿似的，你有为难，咱全知道。好孩子!我也是敬重太太，此等地方，还见曹三古道。没法子替你出气，只有慢慢地赏你一个好差使，受了太太的亏，横竖好在众人面前讨回便宜，李主任这生意做着了。给你顽顽，这等人当差使，非顽顽而何?曹三妙语，作者趣笔。消消你这口气，不好么?”彦青只得收泪道谢。又道:“大帅事情多，精神又不济，身子是应该保养的，小的原再三对大帅说了，大帅总是……”说到这里，不觉把脸儿微微一红，嫣然一笑。曹三见此情形，心中早又摇摇大动起来，恨不得立刻马上，要和他怎样才好。你要怎样。无奈青天白日的，还有许多公事没有办，只得将他捧了起来，下死劲的，咬了他几口，咬得那个彦青吃吃地笑个不住。

过了一天，曹锟果然又下了一个手谕，着他老太爷去署理一个县缺，人人都晓得这是酬报李彦青受骂之功。后来这位厨子县令调任别处，交代未清，人家问起这事，他便大模大样地说道:“那容易，咱已交给儿子办去，咱儿子说，这些小事情，等大帅洗澡时，随便说一句，就得啦。”趣甚，据作者说，确曾听见有此一说。一时都下传为佳话，那都是后来的事，先带说几句儿，以见他们君臣相得之隆，遇合之奇，真不愧为千秋佳话也。如此佳话，真合千秋。

如今却说李彦青探明曹三意旨，知他故剑情深，不忘喜奎，若是别的事情，只消他一声吩咐，自有许多能干的人，夺着奉承，哪怕杀人放火，也得赶着替他办好。只因这喜奎，是曹三心爱之人，喜奎一来，却于彦青本身有点关碍，碍他本身，妙不可言。因此倒正言劝谏道：正言劝谏，更有奇趣。“大帅身系天下安危，为时局中心人物，犯不着为了刘喜奎这个小狐媚子，一个妖怪东西，一个小狐媚子，迷住了一个老怪物儿。想坏了贵体。依理而论，喜奎虽已嫁人，亦可设法弄来，只消等她来华界时候，一辆汽车，迎接了来，还怕不是大帅的人？谅那崔家小子，也不敢怎样无礼。但闻喜奎嫁人以后，已得干血痨症，面黄肌瘦，简直不成人样儿了。此句吃重。大帅弄了回来，也不中意的，何必负着一个劫夺人妻的名声，弄这痨病鬼回来。而且太太晓得了，又是淘气。天下多美妇人，大帅若果有意纳宠，小的将来亲赴津、沪，挑选几个绝色美人，替大帅消遣解闷，那时候，大帅有了这许多美人，别说刘喜奎那黄病鬼儿，应当贬入冷

宫，就是小的也可请个三年五载的长假，用不着再捱太太的骂了。”说罢，秋波微晕的，嫣然趔笑，又仰起头勾着曹三的颈项，软迷迷地，说道：“我的亲老帅！亲老子！不堪至此，肉麻煞人。你瞧瞧！这话可是不是哪？”曹三不觉呸了一声，笑道：“好胡说的小子，咱不过一句空话罢咧，又惹你唠叨个这一阵子，你要请假，咱就派你到上房，替太太擦地板去，看你可受得住这个磨折？”彦青听了，急得抱住了曹三，扭股糖儿似的，娇痴央告道：“我的亲亲老子，要这样子狠心时，我的小性命儿也完了一半了。不堪至此，不忍卒读。我要死在太太口中，宁可死在……死在哪里？死在……”只说了半句，忽把脸一红，指指曹三，装了一个手势儿，甚么手势？嗤的一声，笑起来了。缠勾多时，把个英雄领袖的曹虎威，搅得喘吁吁地，笑而叱道：“小子！亏你说得出来，滚罢，咱要出去了。”说罢，振衣而起。亏

他还能彀起身。彦青忙着伺候他穿衣戴帽，将他打扮好了。奇事奇文。这曹三自去干他的公事，从此再也不提“刘喜奎”三字。这曹三和喜奎的关系，总算断绝于李彦青之口，喜奎要是得知此事，还不晓要怎样感谢他咧。

书中暂时按下曹锟，却言北京政府，每逢年节，没有一次不是闹穷，虽然船到桥门，不过也得过去，然而闹穷的情形，也一年凶如一年。这时已届年终，外而各省索饷，内而各处索薪，号饥号寒，声振京邑。可称饿鬼道。兼之这时还有中、交两行兑现问题也闹得非常棘手。那靳总理云鹏，自知无术度岁，也惟是知难而退，这时最有总理希望的，自然要推金融界中握有经济势力、能彀拉动外债的人，顶为相宜。以借债为能事，此中国财政之所以越弄越糟也。并且除了这一流人，谁也不敢担这艰难的责任。若问那项资格，虽然不止一人，比较起来，尤以梁大财神梁士诒最为出色。论资格，他又做过总理，当过财长；论势力，眼前却有奉天的张作霖竭力捧场。他本人又是一个热中仕宦、急欲上台之人，就是总统之意，也因年关难过，除了此公，实在也没有比较更妥的人，堪以胜任。于是“梁内阁”三字，居然在这腊鼓声中，轻松松地一跃而出，一面组织新阁，引用手下健将叶恭绰等作自己党援，一面设法筹款预备过年。正在兴高采烈的当儿，忽然洛阳大帅吴子玉因鲁案问题拍来一个急电，攻讦梁阁，有限他七日去职之语。梁氏经此打击，真弄得上台容易下台难。问你还做总理不做？一个才大如山、钱可通神的梁上燕，竟被一电压倒，大有进退维谷之势。说者谓：吴氏之势力惊人，但据小子看来，要不是梁阁亲日有据，蹈了卖国之嫌，吴氏虽凶，亦安能凭着纸上数言，推之使去呢？

原来鲁案交涉，如此带起鲁案交涉，笔姿灵动。中日两方相持已久，此次华府会议，中国代表施肇基、王宠惠、顾维钧三人前往出席，日人一面联络英、美列强，恫吓中国，大有气吞全鲁、惟我独尊之概。幸而中国三代表在外交界上也还有点小小名气，中国人民又怕政府力量薄弱，三代表畏葸延误，特地公推蒋梦麟、余日章二人为人民代表，赴美为三代表作后盾。开会多日，各大议案均已次第解决，只有中日两国间的鲁案，还是头绪毫无。在人民之意，以无条件收回胶济路为主要目的，万一日方不允，则愿以人民之力，备价赎回。无奈三代表因政府方面宗旨游移，本人既为政府代表，一切须以政府之意旨，为交涉之目的，也自无可如何。一再迁延，至这年十二月十七日，蒋梦麟恐长此因循，愈难得有进步，因亲至王宠惠寓所，询其意见。

宠惠原是一个学者，忠厚有余，而才干未足，对于蒋意，
1186. 虽极赞同，仍以须请示政府为言，再往访施、顾二人，也都以游移两可之词相对付。此等手段，对外人尚不可，况于自己人乎？梦麟无法可施，看看闭会期近，各国代表都已纷纷治装，预备返国，梦麟只得一面拍电本国，报告情形，一面联络留美八大团体，公递觉书，为最后之奋斗。三代表不得已，才允即日提出交涉。不料到了议场，施肇基一开口，就提议赎路，并没提到无条件收回一说。一个代表，连生意人讨价本事都没有，可怜。日人方面本来得步进步，当时即答应赎路办法，但须向日本借债办理。三代表再三争持，又经各国调停，始于议妥，于十二年内，由中国分期赎路，但三年之后，中国得于六个月前通知日本，一次赎回。又该路运输总管须用日本人，案经议决，虽然损失不资，总算将来可有收回希望。

不料日本代表虽迫于公论及三代表之交涉，允许赎路办

法，同时政府方面，却暗暗运动梁阁，诱以直接交涉。此等手段未免卑鄙，中国虽然失败，还不致如此丢脸。梁士诒为借款便利起见，竟于二十日密电三代表，令向日方让步。三代表得此电令，都惊得目瞪口呆，不知为计。明知服从政府必为人民所攻击反抗，而代表为政府所简派，反对政府即不啻取消本身代表资格。恰巧蒋梦麟和八团体代表过来，三代表因出示电报，问他们有何意见？众人见了，都大骂政府卖国，劝三代表切勿宣布，径将议案签字，再作道理。梦麟说话尤为激昂。他说：“与其得罪于真正的国民，宁可得罪于卖国政府。得罪政府，抵拚不做他的官就完了，得罪国民，我们却连人都不能做了。”官可不为，人不能不做，快人快语。三代表亦奋然道：“只得如此拚一下子，再看。但怕日政府方面也有训示到来，他们代表未必再肯签字呢。”众人听了，一个个愁颜相向，无计可施。

果然到了开会之时，日代表劈头便问三代表：“得了贵国 1187.
训令没有？贵我两国已经在北京讲妥，各种悬案准在北京直接交涉，不再由大会议决了。本来中、日是近邻同种之国，贵国古人说：‘兄弟阋墙，外御其侮，’如今倒为了我们弟兄之事，反和外人商量办法起来，岂非丢脸？如今贵政府既已觉悟，我们代表的责任已算终了，敝代表明后天即欲动身回国去也。”却亏他老脸说得出。三代表见说，面面相觑，一时说不出话来。还算顾维钧机伶，料道这事除了掩瞒以外，没有别法，只得毅然答道：“贵代表所言，不晓是何内容？敝代表等并未奉有敝国政府何种训令。关于胶济一案，昨儿已经议定，今日何又出此反悔之言，不虑为各大国所笑么？”却也严正。日代表听了，倒也红了一红脸儿，但对于维钧之言，仍是半信半疑，总之无论怎样，他既奉到本国训令，自然不肯签约，于是三代表并全国人民代表，和八团体等折冲坛坫，费尽唇舌，所得的一丝儿成绩，几乎又要搁置起来。虽然后来仍赖人民督促，各国调停，与代表坚持之功，仍得照议解决，而全国人民已恨不食梁燕之肉，而寝其皮。该该该。就是华会各国代表，也都暗笑中国积弱之余，好容易爬上台盘，对于偌大外交，兀自置棋不定，终为日人所欺。从此中国无能的笑话，愈加深印于外人脑筋中了。

古人云：“人必自侮也，而后人侮之，国必自伐也，而后人伐之。”像梁氏这等谋国，端的与自侮自伐何殊？这又何怪外人之腾笑不休，侵凌日甚呢！真是自取其辱。关于鲁案条约，后回另有交代，本回仍须说到梁阁方面。原来梁士诒上台第一步计划，专在联日本为外援，巩固他的势力，岂知全国上下，群起而攻，人民公论虽不在他意中，却不料触怒了这位洛阳太岁，急电飞来，全阁失色。梁燕之内阁命运，真成了巢梁之

燕，岌岌乎不可终日起来。正是：

内阁忽成梁上燕，人民都作釜中鱼。

未知吴氏若何作对，且看下回分解。

曹三爷出身布贩，自致高位，心目中安有所谓国家？更安知所谓政治？毋怪厨子可作县官，澡役可充处长也。传曰：“国家之败，由官邪也”，夫曰官邪，邪而不失其为官。若曹三之官，则真不成其为官矣。哀我人民，何冤何罪。而有此似官非官之官也。

第一百二十九回　争鲁案外交失败
攻梁阁内讧开场

却说梁阁由奉张保举，本为洛阳所忌疾，况梁有财神之名，财神为奉派所用，奉方有财神，洛方只得请天杀星下凡。洛吴怎不起邻厚我薄之感？爰趁鲁案机会，拍出一电，声讨梁阁。电文大旨，说：

> 害莫大于卖国，奸莫甚于媚外，一错铸成，万劫不复。自鲁案问题发生，展至数年，经过数阁，幸赖我人民呼吁匡救，卒未断送外人。胶济铁路为鲁案最要关键，华会开幕经月，我代表坛坫力争，不获已而顺人民请求，筹款赎路，订发行债票，分十二年赎回，但三年后得一次赎清之办法。外部训条，债票尽华人购买，避去借款形式，免受种种束缚，果能由是赎回该路，即与外人断绝关系，亦未始非救急之策。乃行将定议，梁士诒投机而起，突窃阁揆，日代表忽变态度，推翻前议，一面由东京训令驻华

日使，向外交部要求，借日本款，用人由日推荐，外部电知华会代表，复电称：请俟与英、美接洽后再答。当此一发千钧之际，梁士诒不问利害，不顾舆情，不经外部，径自面复，竟允日使要求，借日款赎路，并训令驻美各代表遵照，是该路仍归日人经营，更益之以数千万债权，举历任内阁所不忍为不敢为者，梁士诒乃悍然为之。举曩昔经年累月人民之所呼号，代表之所争持者，咸视为儿戏。牺牲国脉，断送路权，何厚于外人？何仇于祖国？纵梁士诒勾援结党，卖国媚外，甘为李克用、张邦昌而弗恤。我全国父老兄弟，亦断不忍坐视宗邦沦入异族。祛害除奸，义无反顾，惟有群策群力，奋起直追，迅电华会代表，坚持原案。……

1190. 此电发于十一年一月五日，对于梁阁，可谓攻讦得体无完肤。电发后，直系各督军省长，如苏之齐燮元、王瑚，鄂之萧耀南、刘恩源，陕之冯玉祥、刘震华，鲁之田中玉，赣之陈光远、杨庆鋆等，以及附直之河南赵倜，安徽马联甲等，也一致通电，响应吴氏，于是奉天老张乃也拍电中央，为梁阁辩护。略谓：

作霖上次到京，随曹使之后，促成内阁，诚以华会关头，内阁一日不成，国本一日不固，故勉为赞襄。乃以胶济问题，梁内阁甫经宣布进行，而吴使竟不加谅解，肆意讥弹，歌日通电，其措词是否失当，姑不具论，毋亦因爱国热忱，迫而出此，亦未可知。惟若不问是非，辄加攻击，试问当局者将何所措手？国事何望？应请主持正论，宣布国人，俾当局者得以从容展布，克竟全功。……

老张此电，不但替梁阁辩护，简直指驳吴氏，于是内阁问题，方才揭破真相，完全变成直奉问题。拍合一笔。此后吴氏为贯彻本人主张起见，联络各省，继续攻讦，非将梁阁推翻，誓不甘休。最厉害的说话，是限梁阁于七日内去职，分明与哀的美敦书无二。而老张方面，为保持势力维持颜面计，联络浙督卢永祥，亦扶助梁阁。卢氏已先有电到京，词旨较为婉转。至奉张续电，则仍阐发前电之意，惟临了处，也有以武力拥梁的说话。其词道：

窃维时局蜩螗，必须群策群力，和衷共济，扶持而匡救之，方足以支将倾之大厦，挽既倒之狂澜。作霖前此到京，诚危急存亡之秋也。外有华府之会议，内有交行之恐慌，而积欠京外各军队之饷项，并院部各衙门之薪俸，多至十余月，少亦数月不等，甚至囚粮亦不发放，京畿重地，军政法学各界，酿成此等奇荒，不但各国之所无，抑亦从来所未有。当此新旧年关，相继并至，人心惶骇，危险万分，谁秉国钧，孰执其咎？事实具在，可为痛心。作霖蒿目时艰，不忍坐视，故承钧座之意，随曹使而周旋，赞成组阁，以期挽救乎国家接济之交行，以冀维持夫市面。凡此为国为民之念，当在共闻共见之中。而对于梁君个人，对于交通银行，平日既无所谓异议，临时亦绝无丝毫成见。乃国事方在进行，而违言竟至纷起。夫以胶济铁路问题，关乎国家权利，筹款赎回，自是唯一无二之办法。若代表力争于华府，而梁阁退让于京师，天地不容，神人共怒，吴使并各督责其卖国，夫亦谁曰不宜，但事必察其有无，情必审其虚实，如果实有其事，即加以严谴，梁阁尚有何辞？

倘事属子虚，或系误会，则锻炼周内以入人罪，不特有伤钧座之威德，且何以服天下之人心？况国务之有总理，为全国政令所从出，事烦责重，胜任必难，钧座特简贤能，当如何郑重枚卜？若进退之间，同于传舍，使海内人民，视堂堂揆席，一若无足轻重，则国事前途，何堪设想？今梁阁是否罢免，非作霖所敢妄议，继任者能否贤于梁阁，亦非作霖所能预知。假令继任产出之后，复有人焉，以莫须有之事出而吹求，又将何以处之？窃恐内阁永无完固成立之日，而国家将陷入无政府之地位，国运且以此告终，是直以爱国之热诚，转而为祸国之导线，以演出亡国之惨剧。

试问与卖国之结果，其相去有何差别也？作霖受钧座恩遇垂二十年，始终拥护中央，不忍使神州陆沉之惨剧，由钧座而身经之。应请钧座将内阁总理梁士诒，关于胶济路案，有无卖国行为，其内容究竟如何，宜宣示国人，以安众心。

如其有之，作霖不敏，窃愿为国驱除，尽法惩治。如并无其事，则言者无罪，闻者足戒，亦请明白宣示，以彰公道。

至用人行政，钧座自有权衡，应如何以善其后？作霖不敢妄赞一词矣。抑作霖尤有进者：国家危弱，至斯已极，内阁关系郑重，早在洞鉴，伏愿钧座采纳卢督军主张有电所陈，“卖国在所必诛，爱国必以其道”二语，不致令以为国除奸为名者，反为巧宦生机会。尤伏愿钧座，饬纪整纲，渊衷独断，使天下有真公理，然后国家有真人才。倘彰瘅不明，是非不辨，国民人心不死，爱国必有其人。作霖疾恶素严，当仁不让，亦必随贤哲之后，而为吾民请命也。临电不胜屏营待命之至。诸公爱国热诚，素所敬佩，敬祈俯赐明教，幸甚！

此电语气极锐，而措词却稍为和婉，闻出某名士手笔。唯奉派内部，也有拥梁与联直两派，大概老成一派，谓："直、奉一家，则国事大定，民生可息，若两虎相争，必有一伤，不但非国家之福，于奉方也未必有利。自是正论。况梁、叶辈为旧交通系之首领，已往成绩，在人耳目，名誉既不见佳，何必被他利用，轻启战端，为国人所诟病。"主此说者，以察哈尔都统张景惠最为有力，附和者亦颇不少。无奈作霖正在盛怒头上，又素来瞧不起吴子玉，说他是后起的小辈，不配干预大政。坏事在此。一面梁、叶等人，复造作蜚言，说："吴氏练兵筹饷，目的专为对奉，司马之心，路人皆见，此次反对梁某，可知非为鲁案，实恐梁某助奉，为虎添翼，实于他的势力，加上一个重大打击，名为对梁，实即对奉，照此情形，奉、洛前途，终必出于一战。也是真话。与其姑息养痈，何如乘机扑灭。现在吴氏所苦，在饷不在兵，一经开战，某筹主持中央，可以扣其军饷，而对于奉派，则尽量供给，是不待兵刃相接，而胜负已分。只怕未必。大帅诚欲剪除吴氏，正宜趁此时机，赶紧动手，若稽延时日，一再让步，吴氏势力既张，羽翼愈盛，固非国家之福，而奉方尤属吃亏，那时再行追悔，只怕无济于事了。"张氏听两方说来，均有情理，终以梁阁为自己推荐，若凭吴氏一电，遽令下台，本人面子上实在下不去。而且洛吴谋奉之心早已显露，将来之事，诚如梁等所言，终必出于一战，不如及早图之为妙。于是不顾一切，竟将上电拍发，一面召集各军事长官，大开会议，决心派兵进关，并通知参谋处筹设兵站，准备军械，且令兴业银行尽先拨洋二十万元，充作军费，一面简搜师徒，调出两师团六混成旅，整装秣马，擦掌摩拳，专候张氏命令，立刻出发。

这时最为难的，却有两人：一个是高踞白宫的徐大总统，一个是雄镇四省的曹经略使。原因梁氏组阁，先得徐之同意，此时自不能不设法维持，且现在库空如洗，除了梁氏，谁也没有这等大胆，敢轻易尝试这内阁的风味。而且靳氏下台，虽有许多原因，其实还是吃金融界的挤轧。而左右金融界者，仍为旧交系梁、叶等人，若去梁而另用他人，梁氏意不能甘，势必再以金融势力倒阁。真是小人。如此循环报复，不但年关无法过渡，而且政治纠纷，愈演愈烈，自己这把总统交椅，也万万坐不下去了。所以为本人威信和体面计，为政局前途计，除了追随奉张、维持梁阁外，实无比较妥当的法子。但吴氏兵多将广，素负战名，也断不能不设计敷衍。

徐氏本人和吴氏本无交谊，“调停”两字，也觉为难，想来想去，仍惟求救于曹三。曹和奉张原有姻亲，而无大恶感，对于吴氏之剑拔弩张，志在挑战，也觉太过激烈。但吴氏为本人爱将，本人以吴氏为灵魂，向来吴氏所作所言，自己从不加以反对。又因吴氏反梁，本为鲁案，题目极其正大，也未便加以制止，所以轻易不好讲话，可是鲁案因中代表否认曾受梁阁让步的训令，美国的舆论，也非常注意，以为美总统政策之能否成功，全看山东问题的能否解决。所以当时华盛顿的空气也颇为紧张，因此美国人也有出任调停的。英人也希望华会早日结束，加入调停，所以中日代表在二月四日五日六日，接连开了三天会议，方才议定了几条大纲。还算运气。第一条，估定山东铁路的总价值，依照德国的估价为五千三百四十万六千一百四十一金马克，分十五年还清。第二条，规定在款子未偿清之前，须任日人为运输总管和总会计。第三条，规定铁路财政细则由中、日主管人员在六个月内协定。当时签字的，中国全权代表是王宠惠、顾维钧、施肇基三人，日代表加藤幣原和植原两人，美国是国务卿休士和专门委员马莱、皮尔三人，英国是贝尔福和专门委员林森格、惠生等三人。签字都用英文，全文在十一年一月三十一日方才签约，照录如下：

第一条　胶州租地。（一）日本以前属德国胶州租地，1195.
交还中国。（二）中日政府各派委员会同清理，移交胶州租地行政及公产等项事宜，并解决一切需乎清理之事。在本条约发生效力后，中日委员应立即齐集。（三）上述移交及清理应赶速办理完竣，无论如何，不能迟至本条约发生效力六个月以后。（四）日本政府愿将胶州租地行政机关之案卷，为移交上及后日行政所必要者，交付中国。此项交付在交付胶州湾土地后行之。

第二条　公产。（一）日本政府允以胶州租地内一切公产，包括土地建筑工程设置等等，无论前属德有或日本管有期内所购得建造者，一律交给中国，惟本条第三款所列者不在此限。（二）移交公产，中国不予任何项赔偿，惟（甲）日本官厅所购置建造者，（乙）日官所改修扩增者不在此限。属于（甲）（乙）两项者，中国政府应按日本政府所支出之实费，斟酌继续损耗成数，酌给相当赔费。（三）胶州租地内此等公产，其属于设立日本领事馆所需要者，日本政府得保留之。日入社会所特需之学校寺院墓地等项，亦准日人社会保留之。此条详细事宜，由本条约所规定之中日委员联合办理。

第三条　日本军队。日本军队连同驻防胶济沿路之日本宪兵，应于中国派有兵警接防铁路时，赶即撤退。中国兵警之接防，日军之撤退，可以分段为之。分段撤除日期，应由中日得力官员协订。日军之全部撤清，应赶于签订本条约之三个月内为之，无论如何，不能迟至签订本条约之六个月以后。青岛日守备队，应于移交胶州租地行政权时，同时撤清。万一不及，至迟亦不能过移交行政权之
1196. 三十日以外。

第四条　海关。（一）本条约发生效力后，青岛海关即完全成为中国海关之一部分。（二）一千九百十五年八月六日中日所订青岛海关临时合同，本条约发生效力后应即废止。

第五条　胶济铁路。日本以胶济铁路支路，及一切附属财产如码头货栈等项，交还中国。中国以上述铁路财产之确实价值，贴还日本。德人所留铁路财产之确实价值，现估定为五千四百万金马克，中国于贴还此数而外，并贴还日本管路时期中之重大增修实费，惟须酌除损耗计算。上述之码头等项产业，除为日人所增修者外，交还时不须贴费。日人曾作重大之增修者，中日政府各派委员三人共同组成铁路委员会按照上所规定，评定铁路财产价值，并

办理移交此等财产事宜。此项移交，应赶速完成之，无论如何，皆当在本条约发生效力之九个月以内。中国在此项移交完成时，同时应以贴还日本之国库证券交给日本。此项证券，以此项铁路财产为担保，分期十五年清偿，但在发行此券满五年后，中国得一次清偿之，惟须于六个月前预为通知。在此项国库证券完全赎回之前，中国应选任一日人为事务长，一日人为会计长，会同中国会计长共同办事。此项日员，统归中国局长指挥管辖监察，有相当理由时得免其职。上述国库证券之详细条款，另定之。本条所列诸事，须由中日当局协定者，应赶速协订之。至迟当以本条约发生效力后六个月内为限。

第六条　胶济支路。高徐、济顺两支路之让权，归国际新银团接受，其余件由中国政府及银团自定之。

第七条　矿山。淄川、坊子、金岭镇矿山之采矿权，1197.
前由中国许与德国者，移交于中国政府特许之公司接办。日人在此公司之股本，不得超过中国股本之数。此等办法条件，由中日委员协定之。此项委员，在本条约发生效力后应即齐集。

第八条　开放前属德国之租地。日本政府表示无意设立日本专管或公共居留地于青岛。中国政府表示愿公开前属德国之胶州租地全部，准外人在此区域以内，自由居住经营工商业，及其他合法职业。凡外人在此区域合法公道取得之权利，无论在德国租借时期或日本军事占领时期取得者，皆尊重之。日人所得此等权利之效力与地位问题，由中日联合委员协定之。

第九条　盐场。制盐在中国为政府官业，日本公司日本人沿胶州湾所经营之盐场，统由中国政府备价收回。惟日人对于此等盐场所出者得购买相当数量。另定相当办法办理之。商订此等办法并实行移交盐场由中日委员赶速办理，至迟须本条约发生效力之六个月内竣事。

第十条　海电。日本表示凡前属德人之青岛至烟台及青岛至上海间海电权利之益，均归中国。惟此两线中有一部分为日本利用，作青岛佐世保间之海线者，不在此例。青岛佐世保海电之办法，由中日委员协定之，惟须尊重现在有效之中外条约。

第十一条　无线电台。青岛、济南之日本无线电台，应在该两处日军撤退时交给中国，中国给以相当赔偿，其数由中日委员协订之。

附约如下：（按附约电文缺一项）

1198. （一）日本表示放弃德国依据一千八百九十八年三月中德条约所取得之供给人才资本材料之优先权。

（二）电灯、电话等事业，概皆交还中国，电灯、屠宰场、洗衣厂在市政机关成立时交还。按中国公司法酌立公司办理，归市政机关监督管理。

（三）电话事业交还中国政府。中国政府对于电话之扩张改进，有关公益者，外人如有请求，中国政府当酌量允行。

（四）中国政府表示凡道路、沟洫、自来水、公园、卫生设备等项公共工程，由日政府交还中国政府者，青岛外侨得举相当代表襄理。

（五）中国政府表示中国海关总税务司，准许青岛日商用日文向海关陈述，并依此趋向选用职员。

（六）胶济铁路中日委员会，对于条约应行协订之事宜，如不能协订者，应由两国政府以外交手续订之。在决定此等事时，必须参酌三国专门技师之同意。

（七）日本政府表示胶济支线之烟潍铁路，可由中国自行建筑，若用外资，国际新银团可以承借。

山东交涉，到了此时，方算告一段落，到六月二日，方才正式换文。此是后话，按下不提。

却说曹锟见鲁案问题已经解决，方才有些允许出作调人之意。恰好曹锳也来向曹锟关说，曹锟这时又碍于兄弟之情，只得派王承斌出关调停。这时徐世昌也托张景惠向奉张说和，两人便同向张作霖竭力斡旋。恰巧吴佩孚也派车庆云出关接洽，和议空气，一时充满。此之谓回光返照。正是： 1199.

弱国无外交，世事凭强力。

未知是否成为事实，且看下回分解。

民国成立以来，内阁军阀，往往利用外交为内争之武器，此等计划，在外国亦有之。然外人利用外交，决不失本国之体面，而吾国则不但丢脸，抑且丧失主权，于是引起战事，互相攻击，而人民又受其累。诚所谓内讧外患交迫之秋也。当此时代，惟有人民自身力量，还能震慑外人，鲁案即其明证。若信任政府，倚赖军阀，是直召亡而已，爱国云乎哉！

第一百三十回　强调停弟兄翻脸
争权利姻娅失欢

却说关外调人麇集，和平空气弥漫沈辽。谁知张作霖受了梁、叶迷惑，以为有了倒吴的计划，所以不肯答应。而且新近得了广东和浙江方面的联络，已经订立三角同盟。据传三角同盟的内容，是以孙中山先生为总统，段祺瑞为副总统，梁士诒为总理，段芝贵督直，吴佩孚免去直、鲁、豫巡阅副使职，专任两湖巡阅。此事即使实现，亦非久长之计，因奉张与洛吴都是黩武派，中山先生岂能作他傀儡？且以先生之明，深知奉张作用，亦未必真肯登台也。条件的内容，曹锟也有些接洽，不过是否实在，却未可知。张作霖有了这些援助，愈加胆壮气豪，便决定用武力解决。到了二月中旬，梁士诒续假，张作霖便把原驻扎在关内军粮城地方的奉军，一律调出关外，以示决绝。明明要派兵进关，却先把原在关内之兵调出关外，此正所谓欲取姑与、欲前先却之法，局外人视之，真不知他葫芦里卖甚么仙丹。这一来，吓得徐世昌十分不安，立刻派遣孟恩远赶出关去调解。曹锟也仍派王承斌出关，要求张作霖不要把奉军调出关去，谁知两人到了关外，孟恩远竟连说话的机会也得不到，王承斌虽竭力向张氏挽留，也毫无效果。

这时吴佩孚因兵力散在陕西、两湖，准备未周，所以十分静默，并且屡次通电辟谣，说本人和奉张，决不开战。欲盖弥彰。徐世昌则鉴于国民不满梁氏，乐得去梁以媚吴，又因这时已由梁阁问题，而变为张、吴的本身问题，梁氏去留，反倒无关大计，所以在二月二十五日，拍发了一个通电，表示去梁士诒，而改任鲍贵卿组阁，因鲍张有亲，对直方也有好感，或能消弭战祸，也未可知。其实这等计划，并没多大效力。威信不孚，而徒欲借亲情以资联络，宁有济乎？却偏有张景惠、秦华、王承斌、曹锐、孟恩远这些人，竭力地拉拢。至于鲍贵卿呢，因为双方一经开火，自己的总理便没了希望，更是起劲，也跟着张景惠这班人，去向张作霖恳情。一半为公，一半也带着探探老张对自己的意思如何。谁知老张毫不客气，依然表示强项。鲍贵卿这时仿佛兜头浇了一杓冷水，再也不敢妄想做甚么总理，立刻便谢绝了徐世昌。

这时曹锐也在奉天，他对于吴佩孚，本来有些妒忌，所以挽留奉军的意思，十分诚恳，非但希望他不要撤出关外，并且要他增加实力，以保卫京、津治安。奉张因提出几个条件：第一，梁士诒复职；第二，吴氏免职；第三，段芝贵督直；第四，京、津地方完全划归奉军屯驻。一厢情愿，此老亦未免过分。果然把中山先生一说丢置脑后，可见此公非真能崇仰先生者。曹锐满口应承，当时回到保定，曹锟见了这条件，却也有些不高兴道：“我现做着直、鲁、豫巡阅使，直督应当由我支配，京、津是我的地盘，怎的让他屯兵，倒不许我干涉？这不仅是倒子玉，简直是和我下不去了。”此语却不懵懂。曹锐道：“当时我也是这样想，后来仔细研究了一下，方才悟到雨亭这两个条件，一半倒是为着哥的好。”曹锟道：“奇了！这种条件，怎说倒是为我呢？”曹锐道：“三哥试想！直系的兵权，差不多全在子玉手里，真可谓巧言如簧。但曹三毕竟不是小孩，岂能如此容易上当？现在要免他的职，如何肯依？假使翻过脸来，连三哥也不认了，三哥岂不要吃他的亏？要是奉军驻扎在京、津一带，子玉肯听三哥的命令便罢，假使不服从时，我们便可派京、津的奉军，去剿除他，却不爽利。”真是哄孩子语，于此可见曹四不但不知爱国爱民，简直对于乃兄，亦不惜廉价拍卖。曹锟想了一想道：“且等我斟酌斟酌再说罢！”曹锐不敢多说，就此搁过不谈。

那时张作霖和吴佩孚，均各扣留车辆，预备运兵。双方的情形，更是渐次露骨。各位调人，均已无力进言，一个个敬谢不敏，只得去请出几位老前辈来。两位是属于奉方的，赵尔巽、

张锡銮。一位是直方的，王士珍。还有张绍曾、王占元、孟恩远三位，这几位先生，倒好像专作和事佬的，可惜成绩很不高明。也附着他们三位的骥尾，拍了一个调停的电报，给张作霖和曹锟，原电曰：

比年国家多故，政潮迭起，其间主持国是，共维大局实两公之力为多。近以阁题发生，悠悠之口，遂多揣测。又值双方军队，有换防调防之举，杯蛇市虎，益启惊疑，道路汹汹，几谓战祸即在眉睫。其实奉军入关，据闻仲帅原经同意，雨帅复有奉、直一家，当与曹使商定最后安全办法之谏电。两公和平之主旨，可见一斑。况就大局言之，胶澳接收伊始，正吾国积极整理内政之时，两公任重兼圻，躬负时望，固不肯作内争之导线，重残国脉，遗笑外人。即以私意言之，两公昔同患难，谊属至亲，亦不

忍为一人一系之牺牲，自残手足。事理至显，无待烦言。现在京、津人情，震动已极，粮食金融，均呈险象，断非空言所能喻解。非得两公大有力者躬亲晤商，不足杜意外之风谣，定将来之国是。弟等息影林泉，惊心世变，思维匹夫有责之义，重抱栋榱崩折之忧，窃欲于排难解纷之余，更进为长治久安之计，拟请两公约日同莅天津，一堂叙晤，消除隔阂，披剖公诚。一面联电各省，进行统一，弟等虽衰朽残年，亦当不惮驰驱，赴津相候，本其一得之见，借为贡献之资。爱国爱友，人同此心，迫切陈词，敬祈明教。两公如以弟等谬论为然，并请双方将前线军队，先行约退。其后方续进之兵，务祈中止前进，以安人心而维市面。至于电报传论，暂请一概不闻不问，专务远大，是所切祷！

1203.

另外又拍了一个电报给吴佩孚，词意大略相类。各方接了这几个电报，也并没有什么表示，在吴佩孚一方，因见各方面情形愈迫愈紧，知道非一战不能解决，便亲自赶到保定，来见曹锟，请曹锟召集一个会议，付之公决。曹锟也正想借会议来决定和战，便于四月十一日，召集全体军官，开军事会议于保定。吴佩孚、曹锐、曹锳、张福来、王承斌、冯玉祥、张之江等重要高级军官，均各列席。由曹锟亲自主席，吴佩孚、张福来等都主张作战，曹锐和曹锳都主张议和。讨论了许多时候，还没解决。曹锟意存犹豫，张福来愤然说道：“老帅愿意仍作直系领袖，不受他人节制呢？还是愿作别人的附庸？如其愿做直系领袖，不受他人节制，除却努力作战，更有何法？如其愿作奉派附庸，也不必更说甚么和不和，我们立刻投降了他们，岂不省事？”倒是他爽快。众人听了这几句话，都不禁失色。曹锐、曹锳大怒，一齐起立道：“你是甚么人，敢说这反叛的话？难道不怕枪毙吗？”说着，都拔出手枪来。何至枪毙。曹四、曹七一味媚张，媚张即所以倒吴也。王承斌慌忙劝住。冯玉祥也起立道：“张氏通日卖国，举国痛恨，非声罪致讨，不足以蔽其辜。如不战而和，恐怕全国痛恨之心，将转移到我们身上来了。到了那时，老帅身败名裂，恐怕悔之晚矣。”冯氏善治军，明大体，而勇于有为，只此数言，公义私情，两面均到。曹锟之意稍动，回头看张国熔、吴心田、张锡元等诸将时，只见他们也一齐起立道：“非一战不足以尽守土之责，非驱张不足以安国家，谢天下，请老帅下令，我们情愿率领部曲，决一死战。”吴佩孚也道：“将士之气如此，请老帅弗再犹豫！”曹锟见众人都如此说，也有些醒悟，那曹锐、曹锳却依旧揎拳掳臂的，在那里和众人争论。曹锟见

两位老弟如此，自觉不好意思，只得放出哥哥样子，把他们喝退，二人都气忿忿地走了。

曹锐久任直隶省长，因在气头上，便要提出辞职，经幕僚再三相劝，方才改辞职为请假，所有职务，都由警务处长杨以德代理。这里吴佩孚等见曹锐、曹锳已去，便从新讨论作战计划，先由他解释现在的形势道：“我们以前所以不敢立刻决裂者，第一，因为兵力都散在陕、鄂，二则恐怕粤中出兵攻扰江西、福建，使两省自顾不暇，无力牵制浙江。那时卢永祥之兵，得联络马联甲旧部，扰我后方。更有赵杰首鼠两端，亦可从河南响应奉方，为我们心腹之患。现在粤中孙、陈分裂，决无暇对外，闽、赣便可以专力对付浙江，浙江也决不敢轻易出兵了。马联甲旧部，没有卢氏援应，也就不敢妄动。至于赵杰，我已用优势的兵力，将他监视，料他也决不敢明白表示态

度，何况陕西、湖北之兵，现已集中河南，陕西方面，已决意暂弃，如不能一战，哪里去抵补陕西的损失？再则我们财力不足，饷弹匮乏，不易久持，敌方有日本为后援，又经过多年的积蓄，倒皖时，又得了许多军资，饷械都极充足，利于持久，情势确然如此。恐怕日子愈久，局势便要愈坏了。”张福来也道：“不说别的，单说他们以前教梁士诒不要发饷给我们，使我们军士无粮，自己溃散的毒计，也无非注意在这上头。吴帅也为这上头万万不能再忍。总之他们虽利于持久，我们偏要立刻作战，一鼓作气的战败他们，方为上计。”曹锟道：“急急应战，是不生问题了。现在你们且说应战的计划给我听。”吴佩孚见曹锟已经决定主张，便将进兵的计划详细说了一遍。又道：“如此作战，使敌方处于三面包围之中，即使一时不能根本消灭，也不怕他们不卷甲而逃。老帅放心，这是有把握的。”此时确有把握，不道将来没把握的日子有咧。所以君子戒好战而慎用兵。曹氏大喜，便立刻下令，吴佩孚为总司令，张国熔为东路司令，王承斌为西路司令，冯玉祥为后方司令，所有直系各人部队，都听吴佩孚节制。会议决定之后，便各秣马厉兵，急急前进。

这时张作霖的兵，已经从四月九日起，以保卫京畿为名，不绝的向关内输送。明明说退，暗暗输进，真令人瞧不透葫芦中藏甚妙药。奉军原在关内的一师三混成旅，都集中在军粮城一带，到了四月初，张作相又率领二十七、二十八两师入关，扎在独流南面，四月十日，奉军暂编第七旅，又入关驻扎津浦路良王庄，卫队旅亦进驻津浦路一带。四月十五日，奉军又进兵两旅，驻扎塘沽、天津一带。次日，李景林又率领万余人开到独流。第二日张作霖又令炮兵四营带了五十四门大炮，进驻马厂，辎重兵进驻芦台。四月二十日，又派马队进驻通州。逐步写来，罗罗清疏。一时大军云集，弄得人民东逃西散，恐慌异常。直军第二十六师这时驻扎马厂，原系曹锳所部，那曹锳因曹锟不听他们之言，反加叱责，心中十分气愤，所以在四月十七那天，探得奉军将要前进，便不等命令，竟自退回保定。有此兄弟，有此部属，曹三之不失败者天也。这一来，不觉把吴佩孚激的大怒，立刻禀明曹锟，要将他撤换惩办。正是：

兄弟阋墙，外御其侮。
蜗角纷争，惟利是务。

未知曹锳性命如何，且看下回分解。

1206. 人谓奉、直战争起于梁阁，固也。然不用梁而用直方所荐之人，则张氏对之，必不满意，亦犹洛吴之于梁阁也。即不然，而用双方均有关系，或两不相干之人，则结果仍不能讨双方之好。靳氏前车，亦可借鉴。总之身为总统，而无用人之权，弊之所及，往往如此，于藩镇又何责哉！

第一百三十一回　启争端兵车络绎
肆辩论函电交驰

却说曹锳退回保定，吴佩孚大怒，立刻回明曹锟，要依法惩办。曹锟也很不以曹锳为然，惟因碍于手足之情，只好马虎一点，仅免去曹锳二十六师师长职，委张国熔继任。

吴佩孚见内部一切已妥，便即分遣军队，向北前进。这时直方的军队，有王承斌所辖的二十三师，原驻保定附近，张国熔的二十六师，回驻马厂之南，张福来的二十四师，在四月中开驻涿州，第十、第十五两混成旅第二、第三两补充团，本来驻在高碑店，也由吴佩孚令调北上，至琉璃河驻扎，其余如第三师和第十二、第十三、第十四三混成旅，都奉调北上，进驻涿州、良乡、清河等处。

冯玉祥一方面，有冯玉祥自统辖的第十一师，胡景翼的暂编十一师，吴心田的第七师，刘镇华的镇嵩军，张之江的第二十二混成旅，张锡元的一旅，陕西陆军第一、第二两混成旅，也都出潼关进驻郑州一带，军势非常壮盛。上回写奉方派兵，此处记直派遣将，遥遥对照，热闹中却极整齐。前卫哨兵和奉军愈接愈近，大有一触即发之势。吴佩孚自己在保定指挥调度，也觉十分勤劳。一天，正在军书旁午之间，忽然接到张作霖四月十九日发出的一通电报道：

民国肇造，已逾十年，东北纷争，西南俶扰，兵戈水火，民不聊生，大好河山，自为分裂。党争借口，以法律事实为标题，军阀弄权，据土地人民为私有。扰攘不已，安望治平？谁生厉阶？至今为梗。况自华府会议以后，已为友邦视线所集，阋墙未息，外侮频来。匹夫横行，昔人所耻，作霖不敏，怒焉心捣。戎马半生，饱经忧患，数年内乱，无丝毫权利之心，一秉至诚，唯国家人民是念。睹邪说暴行之日甚，觉榱崩栋折之堪虞。窃谓统一无期，则国家永无宁日，障碍不去，则统一终属无期。是以简率师徒，入关屯驻，期以武力为统一之后盾。凡有害民病国，结党营私，乱政干纪，剽劫国帑者，均视为统一和平之障碍物，愿即执殳先驱，与众共弃。此心此志，海内贤达，谅必具有同情。至于统一进行，如何公开会议，如何确定制度，当由全国之耆年硕德，政治名流，共同讨论，非霖之愚，所能妄参末议，但以国利民福为心，或有起靡振颓之望。作霖此举，悉本于良心主宰，爱国热诚，共谋统一者为同志，破坏统一者为仇雠，决不背公义而庇护一人一党，亦决不挟私忿而仇视一党一人。耿耿此心，天日共鉴。倘使统一完成，国事宁息，甚愿解甲归田，享此共和幸福。惟国难未平，匹夫有责，披坚执锐，所不敢辞。兵发在途，远道传闻，恐多误会，用特披沥奉告，敬希鉴察是幸！

吴佩孚见了这个电报，笑道："胡贼欲以武力统一中国，可谓太不知自量。自古说，'兵凶战危'，照他这样好武黩兵，岂有不败之理？"可谓知言，然何以后日又蹈张之覆辙乎？因吩咐秘书白坚武道："咱们不必理他，那天直隶省议会不是也有一个电报吗？你只做一个回答省议会的电报，表明我们的态度就得啦。"那秘书便起了一个草稿，送给佩孚复核。佩孚看那电文道：

接直隶省议会电：以奉军入关，谣言纷起，将见兵戈，民情惶恐，纷纷来会，恳代请命，务恳双方捐除成见，免启衅端，本会代表三千万人民，九顿首以请"等语。当复一电，文曰"兵凶战危，自古为戒。余独何心，敢背斯义。佩孚攻击梁氏，纯为其祸国媚外而发，并无他种作用，孰是孰非，具有公论。至对于奉军，佩孚上月蒸日通电，业已明白表示，是否退让，昭昭在人耳目。乃直军未越雷池一步，而奉军大举入关，节节进逼，孰为和平，尤为共见共闻之事。贵会爱重和平，竭诚劝告，佩孚与曹巡阅使均极端赞同。但奉军不入关，战事无从而生。诸君企望和平，应请要求奉军一律退出关外。直军以礼让为先，对于奉军向无畛域之见，现双方既处于嫌疑，并应要求将驻京奉军司令部同时撤销，以谋永久之和平。至京师及近畿治安，自有各机关负责，无庸奉军越俎。从此各尽守土之责，各奉中央号令，直军决不出关寻衅。否则我直军忍无可忍，至不得已时，惟有出于自卫之一途。战事应由何方负责，诸君明哲，必能辨之。抑佩孚更有言者：年来中央政局，均由奉张把持，佩孚向不干涉，即曹巡阅使亦从无绝对之主张。此次梁氏恃有奉张保镳，遂不惜祸国媚外，倒行逆施。梁氏如此，而为之保镳者，犹不许人民之呼吁，他人之讦发，专与国民心理背道而驰，谁纵天骄，而一意孤行若是？诸君应知中国之分裂，自洪宪始，洪宪帝制之主张，以梁氏为渠魁。丙辰以来，国库负债，增至十余万万，人民一身不足以负担，已贻及于子孙矣，乃犹以为未足，必庇护此祸国殃民之蠡贼，使实施其最后之拍卖，至不惜以兵威相迫胁，推其居心，直以国家为私产，人民为猪仔，必将此一线生机，根本铲除而后已。夫以人民之膏血养兵，复以所养之兵，保护民贼，为殃民之后盾。事之不平，孰有甚于此者？诸君代表直省三千万人民请命，佩孚窃愿代表全国四万万人请命也。敢布区区，惟

诸君垂教焉”等语，谨闻。

看毕笑道：“这电文很合我的意思，就教他们赶紧拍出去罢。张胡的电文，也不用我复他，不如请老帅回他几句就得了。”谈笑从容，与张胡之剑拔弩张不同，胜负之数，已兆于此。因又回顾参谋道：“咱们的兵，差不多已调齐了，应该赶紧决战才是。我想另外拟一个电稿，拍给江苏、江西、湖北、山东、河南、陕西各督和焕章，叫他们跟我连名拍一个通电，催张胡立刻和我们决战，你看对不对？”参谋秘书等都唯唯称是。佩孚便又教白秘书拟了一个电报道：

慨自军阀肆虐，盗匪横行，殃民乱国，盗名欺世，不曰去障碍，即曰谋统一，究竟统一谁谋，障碍谁属？孰以

法律事实为标题？孰据土地人民为私有？弄权者何人？阋墙者安在？中外具瞻，全国共观，当必有能辨之者。是故道义之言，以盗匪之口发之，则天下见其邪，邪者不见其正。大诰之篇，入于王莽之笔，则为奸说。统一之言，出诸盗匪之口，则为欺世。言道义而行盗匪，自以为举世可欺，听其言而观其行，殊不知肺肝如见，事实具在，欲盖弥彰，徒形其心劳日拙也。佩孚等忝列戎行，以身许国，比年来去国锄奸，止戈定乱，无非为谋和平求统一耳。区区此心，中外共见。无论朝野耆硕，南北名流，如有嘉谟嘉猷而可以促进和平者，无不降心以从。其有借口谋统一而先破统一，托词去障碍而自为障碍者，佩孚等外体友邦劝告之诚，内拯国民水火之痛，惟有尽我天职，扶持正义。彼以武力为后盾，我以公理为前驱，得道多助，失道寡助，试问害民病国者何人？结党营私者何人？乱政干纪，剽劫国帑者又何人？舆论即为裁制，功罪自有定评。蟊贼不除，永无宁日。为民国保庄严，为华族存人格，凡我袍泽，责任所在，除暴安民，义无反顾。取布腹心，唯海内察之！

这电报拍出去后，不一日，冯玉祥和江西的陈光远，江苏的齐燮元、陕西的刘镇华、河南的赵倜、山东的田中玉、湖北的萧耀南，都纷纷复电赞同，这通电便于四月二十一日发了出去。一面分配兵力，这时直军动员的已有十二万人，在洛阳的是陆军第三师，在琉璃河的是第九师，在陇海东的是十一师，在洛、郑间的有第二十和二十四两师，二十三师在涿州、良乡一带，二十五师在武胜关，二十六师在德州、保定一带，第五混成旅在郑州、山东一带，十二、十三、十四三混成旅在保定、涿州等处，一、二、三、四四补充团在涿州、良乡等处，共计有八师五混成旅三团的兵力。

吴佩孚因决定以洛阳为根据地，大队集中郑州，分作三路进兵：第一路沿京汉路向保定前进，迎击长辛店一路的奉军，以京、津为目的地；第二路侧重陇海路，联络江苏的兵力，以防制安徽马联甲的旧部和浙江卢永祥的袭击，却又分出一支沿津浦路北上，和东路张国熔联络，攻击奉军的根据地；第三路是冯玉祥的部队和陕军，集中郑、洛一带，坚守根据地，兼为各方援兵。

调度已毕，忽又接得间谍报告说："奉军因战线太长，业已改变战略，大队集中军粮城，总司令部设于落垡，总司令由张作霖自己兼任，副总司令是孙烈臣，东路军在京奉、津浦一带，向静海前进，又分为三梯队：东路第一梯队司令张作相率领的军队，就是自己的二十七师，集中廊房；东路第二梯队司令是张学良率领的军队，除却自己的第三旅外，还有一个第四混成旅，集中静海，东路第三梯队司令李景林所领的军队，除自己的第七旅外，还有一个第八旅，向马厂前进。西路军沿京汉路前进，兵力也分为三个梯队：第一梯队司令是张景惠，率领暂编奉军第一师，集中南苑，第十六师师长邹芬率领自己的一部分步兵和第六混成旅，集中长辛店，第二混成旅长郑殿升率领本部兵马和第九混成旅为第三梯队，向卢沟桥前进。永定河一带，还有援军甚众，据闻有五个补充旅、九个混成旅之多。总算兵力，有十二万五千人，都打着镇威军的旗号，向南方前进。"此处又将双方兵力，作个总结，因事实烦复，不如此不能醒目也。

吴佩孚见奉军已改变战略，自己也不得不将直军的布置，略为更动。正在沉吟斟酌之中，忽然曹锟又送来一个回答张作霖的电稿，令吴佩孚斟酌。吴佩孚只得先展开那通电报看道：

民国肇建，战祸频仍，国本飘摇，民生凋敝。华府会议以来，内政外交，艰难倍昔，存亡之机，间不容发。国内一举一动，皆为世界所注目。近者奉军队伍，无故入关，既无中央明令，又不知会地方官长，长驱直入，环布京、津。

锟以事出仓卒，恐有误会，是以竭力容忍，多方迁让，乃陆续进行，有加无已，铁路左右，星罗棋布，如小站、马厂、大沽、新城、朝宗桥、惠丰桥、烧烟盆、良王庄、独流、杨柳青、王庆坪、静海以及长辛店等处，皆据险列戍，以致人民弃徙，行旅断绝，海内惊疑，友邦骇怪。锟有守土安民之责，何词以谢国家？何颜以对人民耶？向者国家多故，兵争迭起，人民痛苦，不堪言喻。设兵事无端再起，不惟我父老子弟，惨遭锋镝，国基倾覆，即在目前。言念及此，痛心切骨。顷据张巡阅使皓日通电，谓："统一无期，则国家永无宁日，障碍不去，则统一终属无期，是以简率师徒，入关屯兵，期以武力为统一之后盾。"锟愚窃谓：统一专以和平为主干，万不可以武力为标准。方今人心厌乱已极，主张武力，必失人心，人心既失，则统一无期，可以断言。皓电又谓："统一进行，如何公开会议，如何确定制度，当由全国耆年硕德，政治名流，共同讨论。"似此则解决纠纷，必须听之公论，若以武力督迫其后，则公论将为武力所指挥，海内人心，岂能悦服？总之张巡阅使若以和平为统一之主干，此正锟数年来抱定之宗旨，在今日尤为极端赞同。尤望张巡阅使迅令入关队伍，仍回关外原防，静听国内耆年硕德政治名流之相与共同讨论。若以武力为统一之后盾，则前此持武力统一主义者，不乏其人，覆辙相寻，可为殷鉴，锟决不敢赞同，抑更不愿张巡阅使之持此宗旨也。锟老矣！一介武夫，于国家大计，何敢轻于主张？诸公爱国之诚，谋国之忠，远倍于锟，迫切陈词，伫候明教。

吴佩孚见措辞很妥当，便命回复老师，照此拍发，不必再有甚么更改了。一面便继续调拨兵马，自己的总司令部，设在保定，自不必说。依照前次的军事会议，命张国熔为东路司令，率领本部的二十六师、葛豪的十二混成旅、彭寿莘的十四混成旅、董政国的十三混成旅、吴佩孚自己的第三师的一旅，

防守子牙河、大城、任邱等处。命王承斌为西路司令，率领本部的二十三师，张福来的二十四师，孙岳的十五混成旅，张克瑶的第一混成旅，吴佩孚自己所部第三师的一部分和直隶陆军三个混成旅，防守固安、琉璃河一带。命冯玉祥为后方司令，率领阎治堂所辖的两师，并河南、湖北各一师，一混成旅，保守郑、洛，为各方呼应。布置既毕，忽接大总统徐世昌来了一道命令，正是：

方看军将纷纭去，又见调和命令来。

未知命令中说的什么话，且看下文分解。

奉、直初战，直胜奉败，吴氏所持理由，亦颇合国人心理，故奉、直并列，而文字上则暗暗以吴为主，张为宾，非作者有私于吴，以作者为国民一分子，不得不以国民之是非为是非也。夫使吴氏能于一战胜奉之后，善保其兵凶战危之言，息事宁人，爱民爱国，扶助政府，处处向轨道上走去，则令誉益彰，民情爱戴，安知今日之吴佩孚，不犹曩时之华盛顿也？乃一战而骄，欲以力征经营天下，卒之旋踵之间，一败涂地，本人且不免为民国之罪人，不亦大可哀哉！

1215.

第一百三十二回　警告频施使团作对
空言无补总统为难

却说奉、直战事愈迫愈紧的时候，其中最着急的，要算河南北数千万小百姓，因禁不住军队的搅扰摧残，少不得奔走呼号，求免兵燹之苦。此外便是大总统徐世昌，因自己地位关系，倒也确实有些着急。军阀政客之言和平者，大率类此。还有各国公使，恐怕战事影响治安，累及外人，接连向外交部递了三个警告书，第一个警告，是四月十四日提出的，内容是：

外交团顷悉中国武装军队拟占据秦皇岛火车站，又塘沽警察长六号通知，该处奉军司令官拟占据该处火车站。查一九〇一年条约第九条，中政府让与各国驻兵某某数处之权利，以期维持北京至海通道。各公使以此系一种专独权利，故中国武装军队，如占据此种地点，即系破坏上述条约之规定。本公使声明此层时，又鉴于华盛顿会议第六号议决案之关于驻华军队问题，应同时请贵总长严重注意于因此破坏条约举动而发生之结果。并希将此种结果，警告有关系之司令部为盼！

第二个警告是四月二十日提出的，大约说：

外交团曾于一九二〇年七月八日，以领衔公使名义，致照会于外交总长，兹特抄附于此，应请贵总长注意。因中国北部及北京城附近，现有中国军队调动，外交团特再声明，必将坚持上述照会之条件，并向贵总长为最严重之申告。如因乱事致外侨生命财产，遭受损失，中国政府负其责任。为此外交团盼望中国政府，应有极严厉之设备，以杜武装军队拦入北京，及用飞机由空中袭击京城之事。为此照请贵总长查照。

1217.

第三个警告，也是四月二十日送出的，大概说：

兹因中国各省军队调动一事，外交团认为应请中国政府注意本公使一九二一年八月三十日致贵总长之照会。该照会内开“外交团特向中国政府提出警告。年来每次内战，必受外人多少讪笑责备，真是自取其辱。凡外人所受损失，无论其出于军队之行动，或因其放弃责任所致，定惟该管区之上级军官是问。各国必坚持请中国政府责令该上级军官，个人单独负其责任”等因。兹特再为声明此态度，相应照请查照。

徐世昌一则逼于外人的警告，二则逼于国民的责备，怕外交团警告是真，怕国民责备是假。在无可如何之中，只得下了一道命令道：

近日直隶、奉天等处军队移调，遂致近畿一带，人情惶惑，闾阎骚动，粮食腾踊。商民呼吁，情急词哀。迭据曹锟、张作霖等电呈声明移调军队情形，览之深为怒然。国家养兵，所以卫民，非以扰民也，比岁以政局未能统一之故，庶政多有阙失，民生久伤憔悴，力谋拯救之不遑，何忍斫伤而不已？本大总统德薄能鲜，不能为国为民，共谋福利，而区区蕲向和平之愿，则历久不渝。该巡阅使等相从宣力有年，为国家柱石之寄，应知有所举动，民具尔瞻，大之为国家元气所关，小之亦地方治安所系。念生民之涂炭，矢报国之忠诚，自有正道可由，岂待兵戎相见？
1218. 特颁明令着即各将近日移调军队，凡两方接近地点，一律撤退。对于国家要政，尽可切实敷陈，以求至中至当之归。其各协恭匡济，奠定邦基，有厚望焉！此令。

按自民国六年以后，历任总统的命令，久已不出都门。现当奉、直双方，兵连祸结之时，这等一纸空言，还有甚么效力？此老亦自取其辱。何况这时奉、直虽然反对，至于痛恶徐氏之心，却不谋而合，不约而同，奉方想拥出段祺瑞，直方想捧起黎黄陂，为后文黄陂复职伏线。各有各的计划，谁还顾到“徐大总统”四个字儿？这命令下后的第二天，两军不但不肯撤退，而且愈加接近，同时张作霖宣战的电报也到了，大约说：

窃以国事纠纷，数年不解，作霖僻处关外，一切均听

北洋团体中诸领袖之主张，向使同心合力，无论前年衡阳
一役，可以乘胜促统一之速成，即不然，而团体固结，不
自摧残，亦可成美洲十三洲之局。乃一人为梗，大局益
棼，至今日而愈烈，长此相持，不特全国商民受其痛苦，
即外人商业停顿，亦复亏损甚钜，啧有烦言。作霖所以隐
忍不言者，诚不欲使一般自私自利之徒，借口污蔑也，不
料因此竟无故招谤，遂拟将国内奉军，悉数调回，乃蒙大
总统派鲍总长到奉挽留，曹省长亲来，亦以保卫京、津，
不可撤回为请。而驻军地点商会挽留之电，相继而至，万
不得已，始有入关换防，酌增军队，与曹使协谋统一之
举。又以华府会议，适有中、交两行挤现之事，共管之声
浪益高，国势之欺危益甚，作霖又不惜以巨款救济之，所
以牺牲一切，以维持国家者，自问可告无罪。若再统一无
期，则神州陆沉，可立而待，因一面为京畿之保障，一面 1219.
促统一之进行，所有进兵宗旨暨详情，业于皓日漾日通告
海内。凡有血气者，睹情形之危迫，痛丧乱之频成，应如
何破除私见，共同挽救。乃吴佩孚者狡黠性成，殃民祸
国，醉心利禄，反复无常，顿衡阳之兵，干法乱纪，致成
慎于死，卖友欺心，决金口之隄，直以民命为草芥，截铁
路之款，俨同强盗之横行。蔑视外交，则劫夺盐款，不顾
国土，则贿卖铜山。逐王使于荆、襄，首破坏北洋团体，
骗各方之款项，专鼓动大局风潮。盘踞洛阳，甘作中原之
梗，弄兵湘、鄂，显为蚕食之谋。迫胁中、交两行，掠人
民之血本，勒捐武汉商会，竭阛阓之脂膏。涂炭生灵，较
闯、献为更甚，强梁罪状，比安、史而尤浮。惟利是图，
无恶不作，实破坏和平之妖孽，障碍统一之神奸。天地之

所不容，神人之所共怒。作霖当仁不让，嫉恶如仇，犹复忍耐含容，但得和平统一，不愿以干戈相见。不意曹使养电，吴氏马电，相继逼迫，甘为戎首，宣战前来，自不能不简率师徒，相与周旋，以励相我国家。事定之后，所有统一办法，谨当随同大总统及各省军民长官之后，与海内耆年硕德，政治名流，开会讨论公决。作霖本天良之主宰，掬诚悃以宣言，既不敢存争权争利之野心，亦绝无为一人一党之成见。皇天后土，共鉴血忱。作霖不敢以一人欺天下，披沥以闻，伏维公鉴！

张作霖这一个通电发出后，第二天夜里，西路便在长辛店开火了。接着东路马厂、中路固安，也一齐发生激战。吴佩孚因见战事重心在西路，便亲赴长辛店督战。前敌指挥董政国见总司令亲来，格外猛烈进攻，士气也倍觉勇壮。奉军张景惠见直军勇猛，传令炮兵队用排炮扫射，却不料吴佩孚早已有了准备，教军士们都埋伏在树林之中。那炮火虽烈，却也不能怎样加直军以损害。双方鏖战了一日一夜，奉军把所有的炮弹已完全放完，此次战役，西人观战，皆谓各国战争，从无用炮火如奉军此次之厉害者，可见奉军致败之因，而其炮火之猛烈亦可见。后方接济又没有到，炮火便突然稀少起来。吴佩孚因向董政国道："敌方的炮火已尽，我们不乘此机会进攻，更待何时？"董政国得令，便命掌号兵士，吹起冲锋号来。一时间直军都奋勇而进，奉军死命敌住，双方又战够多时。奉方看看抵敌不住，兵心已见慌张。直军见敌军阵线将破，加倍奋勇，奉军正要退却，恰好张作霖因恐张景惠有失，派遣梁朝栋带同大队援军赶到，奉军声势顿壮。梁朝栋令兵士用机关枪向直军扫射，直军死伤甚多。吴佩孚传令急退，奉军乘势追赶，追到良乡相近，直军早已退进城去。

奉军想过去抄击，不料刚到城边，忽然地雷炸发，把奉军炸死了好几百，伤的更众。以吴氏之勇，安得轻易退却，此中显然有诈，而奉军不知，冒昧追袭，宜有此役，此用兵所以贵知彼知己也。张景惠慌忙传令，退回长辛店。吴佩孚见奉军退去，正想反攻，恰巧援军赶到，不觉大喜，立即传令进攻，想不到奉军大队援军，又从侧面攻击过来。吴佩孚因唤董政国道："敌军气势正盛，炮火又烈，我们且暂时退回良乡，再设计破他罢！"又退兵，却是奇怪。董政国虽不知他什么意思，只是军令所在，怎敢违抗，自然遵令而退，改取守势。张景惠乘势进逼，吴佩孚又传令退军涿州。

这时恰好王承斌从中路赶到，原来王承斌虽是西路司令，因吴佩孚在西路督战，所以兼顾中路。这时听说西路屡退，连夜赶来。吴佩孚见了承斌，便笑道："我军正待胜敌，你来干甚么？"从容谈笑，指挥若定，以此作战，安得不胜？王承斌怔了一怔，不觉也笑道："特来庆贺。"吴佩孚不觉大笑，因握着王承斌的手道："你道我何故屡退？因我探得敌军的军实弹械，都在三家店，所以诈退诱敌，一面却分兵去三家店，焚烧他的辎重，使他救应不及。我们再从正面向前急攻，岂有不能破敌之理？现在你来恰好，可代我当住正面，我自已领兵去破三家店。"此公毕竟多谋。承斌十分佩服，自已率领士兵，和张景惠接战，却让吴佩孚去打三家店。

张景惠以为直军屡败之余，涿州必然旦夕可下，进攻得十分猛烈。王承斌也是直方一员战将，自然竭力抵抗，不让奉军得一些便宜。支持了两日，忽见奉军急退，知道吴佩孚攻击三家店已经得手，张景惠要回去救援，故此急退，便传令追击。

奉军支持不住，不觉大败，仍然退回长辛店。王承斌克复良乡，正要前进，忽见北面远远有一彪队伍到来，十分疑讶，连忙着人哨探，方知是吴总司令的军队从三家店回来，不觉十分惊疑。两人见了面，承斌便问三家店事情如何？吴佩孚道：“我军已围三家店，正要攻下，却不防敌军第二十七师全部从丰台开来，我军两面受敌，损失不少咧。攻三家店之计虽未售，而胜张景惠之计则已偿，可谓一半成功。且喜良乡已经克复，我军正好乘此战胜之威，分作三路进攻，以防敌军夹击。”商议已定，便命董政国率领本部队伍为左翼，进攻三家店，王承斌为右翼，进攻丰台，自己担任中锋，进攻长辛店。

这时张景惠率领一师之众，扼守长辛店，忽报吴佩孚亲自督队进攻，便和梁朝栋、邹芬奋勇抵抗。梁朝栋更是奋不顾身，指挥兵士冲击，想不到炮火无情，忽然一颗子弹飞来，向

梁朝栋的前心穿进，自背后穿出，梁朝栋一声阿呀，就此哀哉尚飨。主将一死，队伍自乱，此中不无天意。吴佩孚乘势冲锋，奉军纷纷溃退。张景惠止遏不住，只得拍马而走。邹芬还想死战，不料左股也中了一弹，也便负伤而逃。直军大获全胜，占了长辛店。第一次直、奉战争，此次亦系战争最烈之事。张景惠退到卢沟桥扎住，查点将士，梁朝栋已死，邹芬带伤，其余士兵死伤的更多，十分伤感愤激，因又抽调了几旅援军，誓死要夺回长辛店。真是一人拚死，万夫莫当，一场恶战，果然把直军击退，克复长辛店。

吴佩孚退了几十里路，到大灰场扎住，探听左翼，还在相持之中，不能抽调，自己军队又少，怎生支持得住？若从别处调兵，又恐远水救不得近火，正在徘徊无计，忽报冯玉祥率领本部队伍到来，此中不无天意。不觉大喜。冯玉祥见了佩孚，动问

战事情形，佩孚说了一遍，玉祥沉吟了一会儿道："敌军骁勇，非用抄袭之计不能胜，如敌军来攻，请总司令在对面抵抗，我率领所部，从侧面抄过去夹击，可好吗？"吴佩孚大喜道："如用抄袭之计，最好从榆垡过去，可惜那里的地势，我还不甚熟悉，最好你替我在这里应付一切，让我到榆垡察看形势，再作计较。"冯玉祥允诺。吴佩孚便至榆垡察看了一回，回到大灰场，双方已战了一日，这时刚才休息。吴佩孚因对冯玉祥道："榆垡形势很好，如由此渡河，包围奉军，必胜无疑，只可惜王承斌已由我派去援助中路张福来，上文只言左翼尚在相持之中，不及右翼，初疑漏笔，读此始恍然。一时不克调回，再则奉军炮火太烈，我军进攻亦很不容易，不知焕章可有万全之策么？"正是：

欲使三军能胜敌，全须大将出奇谋。

未知冯玉祥如何决策破敌，且看下回分解。

奉胜则必去徐而拥段，直胜亦必去徐而拥黎，故直、奉之战，无论孰胜，皆于徐不利，灼然可见也。徐既明知之，故处心积虑，必使奉、直免于一战，庶己得于均势之下，保留其地位，故其调停之念，实出至诚，然而私也。事势至此，竭忠诚之心，未必可以感人，况以公言济其私，而欲使悍将骄兵，俯首受命，宁非痴人说梦乎？徐氏素称圆滑，圆滑之极，往往弄得两不讨好，一败涂地，可笑亦正可怜也已。

第一百三十三回　唱凯旋终息战祸
说法统又起政潮

却说吴佩孚问冯玉祥有甚么计策破敌，冯玉祥想了一想道："奉军炮火虽烈，然不能持久，我们不妨以计诱之，可令我带来之老弱残兵为先锋，敌人见了，必然轻进，等他们身入重地，炮弹不继，然后请大帅抄袭到他背后去，那时敌人前后不能救应，必然大败，我们乘势进攻，就可以复夺长辛店了。"吴佩孚称善，当下依计而行。此时能用冯氏，后来又不能合作，何也？两军交绥，奉军见直军人甚少，战斗力又弱，果然仗着炮火之威，拼命前进，一点不作准备。直军且战且退，已退了好几十里。这边吴佩孚抄到奉军背后，前后夹攻，奉军大败，急急冲出重围，逃奔丰台。吴佩孚克复了长辛店，不想张作霖又加派了几旅救兵，使张景惠重夺长辛店。吴佩孚奋勇抵御，一日之间，屡进屡退，长辛店得而复失者九次，终究因吴、冯二人都是武勇绝伦的大将，张景惠抵挡不住，仍复败退。恰好奉军中路失败，许兰洲阵亡，张作相虽称善战，终究不是王承斌、张福来的敌手，因此节节败退，西路也被牵动，不能复战。张景惠只得率领本部第一师，和第二十八师退往南苑，被驻京的一、九两师遣散。

还有奉军东路，初时虽屡次得利，连占大城、青县、霸县等处，无奈因张学良受伤，不能猛进，等到西路战事失败的消息到后，士无斗志，俱各溃散。李景林只得率领全军二万余人，退保良王庄、独流等处。不料直军进占落垡，乘势进攻，李景林支持不住，只得溃退，中途又遇直军用炮火截击，损失甚重，等到退回山海关时，已所余无几。张作霖见战事已一败涂地，民国以来，战事往往一败即溃，此非训练不精，实缘无主义之战，兵心不服，故胜则要功而猛进，败则一溃而难收，军阀家犹恃其武力，不知觉悟，可哀也。只得把司令部移到滦州，以图再举。以开平为第一道防线，令李景林扼守，古冶为第二道防线，令张作相防守，滦州为第三道防线，张作霖自己防守，昌乐为第四道防线，令孙烈臣扼守。一面收拾残军，一面补充军实。

吴佩孚探得消息，便也集中兵力，以胥吾庄为第一道防线，由彭寿莘担任，芦台为第二道防线，令穆旅担任，军粮城为第三道防线，由王承斌担任。前锋和奉军小接触了几次，阵阵胜利，滦州附近的地方倒也占领了不少，一面又由海军总司令杜锡珪截击奉军的归路。原来杜锡珪本不决定助吴，后因萨镇冰南下，说蒋拯北上讨奉。蒋拯欣然答应，所以海军便加入了直方。前此奉方张宗昌想率兵乘舰，由青岛登陆，海军也曾帮助田中玉迎击，一面由田中玉通告日本，禁止奉军登陆。张宗昌的计策，方才完全失败。所以我国的海军力虽然很薄弱，然而在内战时，却也很有些用处。薄弱的海军，偏有利于内战，此二句言之痛心。闲话休提。

再说张作霖在没有战败以前，知道徐世昌屈伏于直军武力之下，与自己必无利益，便已通电独立，东三省政事由东省人民自主，不受政府节制，与长江及西南各省取一致行动，一面又暗地联络河南赵倜、赵杰兄弟，教他们独立。赵倜因河南的直军尚多，恐怕画虎不成反类犬，一时不敢轻动，但是又怕将来直军战败，对不住奉方，不好见面。左思右想，只得宣告中立，以免得罪一方。不想刚在宣告中立的一日，奉军便已败退军粮城，赵倜十分懊悔，惟恐吴佩孚要和自己下不去，正在惶惑无主的时候，忽接报告说："中央查办奉、直战争中罪魁的命令已下。"打落水狗。赵倜不知查办的是些甚么人，急忙要来一看，却有两道命令，第一道是敕令奉军出关的，原文道：

　　前以直隶、奉天等处，军队移调，至近畿一带，迭经
1226. 令饬分别饬退，乃延不遵行，竟至激成战斗。近数日来，
枪炮之声，不间昼夜，难民伤兵，络绎于道。闾阎震惊，
生灵涂炭，兵凶战危，言之痛心。特再申令，着即严饬所
部，停止攻击。奉天军队，即日撤出关外，直隶各军，亦
应退回原驻各地点，均候中央命令解决，务各凛遵！此令。

第二道命令，才是查办罪魁的，原文道：

　　此次近畿发生战事，残害生灵，折伤军士，皆由于叶恭绰等构煽酝酿而成。祸国殃民，实属罪无可逭。叶恭绰、梁士诒、张弧，均着即行褫职，并褫夺勋位勋章，逮交法庭，依法讯办！此令。

赵倜看完，把命令一掷，叹了口气道："事无曲直，兵败即罪，叶、梁等都是奉方的人，使直方战败，恐怕都是功臣了。"此公忽然作此公论，令人发笑。他话虽如此说，却已知奉方不足恃，竭力想和直派联络，因恐赵杰不知进退，有些意外的举动，以致挽回不来，便急忙拍了个电报给赵杰，教他不要妄动，想不到赵杰在前一天已经闯下了一场大祸。

原来靳云鹗的军队原驻郑州，因直、奉大战，形势吃紧，所以开拔北上助战，料不到刚到和尚桥地方，便遇着赵杰的军队，一阵邀击，靳云鹗出其不意，如何抵敌得住？抵抗了一阵，便败退待援。等到赵倜电报到时，已经不及。那靳云鹗败至武胜关后，立即电告曹锟、吴佩孚以及直系各督军乞援。吴佩孚见了这电报，便批交冯玉祥相机办理。其余田中玉、陈光远、张文生、齐燮元等，也分电冯玉祥和赵倜，愿出任调停。那冯玉祥知道赵氏兄弟已为奉方所收买，决不肯善罢甘休，所以一面请赵倜制止赵杰进攻，一面派兵救援靳云鹗。

那赵倜见事已决裂，因和左右商议道："冯玉祥如果真心调停，就不该派兵前来，这显然已不放心我了。却也聪明。要是由他削平老二，我的势力愈孤，他必然再行大举攻我，那时悔之何及。倒不如乘他不防，暗地在半路袭击，打他一个措手不及，岂不强如坐以待毙？"一厢情愿，所谓知己而不知人也。左右也都怂恿他用武力解决，赵倜意决，便派兵埋伏在中牟附近，专等冯玉祥的军队厮杀。

冯玉祥原是近代智勇名将，如何不防？此所谓知彼知己也。他一面派兵前进，一面早已另派精锐，绕出中牟之后，以备万一。赵军如何知道？一见冯军，便枪炮齐发，不防冯军的别动队，从后包抄过来，两面夹攻，赵军抵挡不住，败回开封。这时曹锟、吴佩孚还不曾知道赵倜邀击冯军的事情，所以在电呈徐世昌的时候，并不曾说及。那徐世昌已在直军全权支配之下，见了电报，自然巴结，当即下了一个命令道：

据直、鲁、豫巡阅使曹锟电呈“据驻郑旅长靳云鹗、王如蔚等报称：‘河南第一师师长赵杰，率领所部，袭攻郑州，职旅迫不得已，竭力抵御。’等情。查郑防向由该两旅驻守，赵杰竟敢声言驱逐，径行袭击，已电饬该旅长等，固守原防，弗得轻进，请即将赵杰褫夺官勋，并免去本兼各职，交河南督军，依法讯办”等语。豫省地方紧要，该师长赵杰身为将领，岂容任意称兵，扰乱防境，着即行褫夺官职，并勋位勋章，交河南督军赵倜，依法讯办，以肃军纪。此令。

这命令刚才发表，赵倜截击冯玉祥的报告又到，徐世昌只得也下令查办。改任冯玉祥为河南督军，递遗陕西督军缺，由刘镇华兼署。查办张作霖的命令，也在同日颁布。蒙疆经略使、东三省巡阅使等职，一律裁撤。并调吴俊升为奉天督军，冯德麟为黑龙江督军，袁金铠为奉天省长，史纪常为黑龙江省长，至于河南方面，赵倜、赵杰的实力已完全消灭，自然毫无抵抗，逃之夭夭。所晦气的，只有开封商民，未免又要搜刮些盘费，给他使用，这原是近来普通之事，倒也用不着大惊小怪的。极沉痛语，偏作趣话，作者未免忍心。丢下这边。

再说张作霖虽然战败，在东三省的实力，并未消灭。奉方屡仆屡起，虽曰人谋，要亦地势使然。徐总统一纸公文如何中用？不到一天，东三省的省议会商会农会工会等团体领袖，因要巴结张胡，立刻发电，否认张作霖免职命令，那吴俊升、冯德麟、袁金铠、史纪常等，自不消说，当然也通电否认。可是张胡在滦州一方面，因前锋屡败，海军又图谋袭击后方，不敢逗留，支持了几日，便退出滦州。直军乘势占领古冶、开平、洼尔里等处，因吴佩孚此时目光，已从军事移到政治方面，也不大举进攻。倘能从此不用武力，岂不大妙？

初时曹锟想请王士珍出来组阁，曾由曹锟领衔，和吴佩孚、田中玉、陈光远、李厚基、萧耀南、齐燮元、冯玉祥、刘镇华、陆洪涛等联名请王士珍出山，收拾时局。王士珍虽非绝意功名的人，因鉴于时局的纠纷，并未全解，吴佩孚又尚有别种作用，辞谢不允。吴佩孚因和左右商议，拥护黎元洪出山，以恢复法统为名，庶几可以号召天下。旧参议院议长王家襄、众议院议长吴景濂，见国会有复活的希望，自然欢喜。这班议员先生，也阴干得可怜了。他们在吴佩孚门下活动已久，此时见他要恢复法统，王家襄便竭力撺掇道："南北的分裂，实起于法统问题，大帅主张恢复法统，实是谋国的不二妙计。国会恢复，黄陂复职，南方护法的目的已达，当然只好归命中央，那时统一中国的首功，除了大帅，谁还当得上？便算美国华盛顿的功劳，也不过如此罢咧。"吴景濂也道："大帅在战前本已想奉黄陂复位，因为外交团恐怕增加一重纠纷，表示反对，大帅才没有实行。现在奉军已一败涂地，中央的事情，只要大帅一开口，谁还敢说半个不字？何况恢复法统，原是为国为民，并不是为自己谋利益，国民正求之不得呢。大帅果肯做这样的义举，全国人民竭力拥护还不够，谁还肯反对吗？"吴佩孚道："我早已想过，恢复法统有两件最重要的，一件是恢复国会，一件是请黄陂复职，只不知先做哪件才好。”吴景濂道：“这不用说，自然要先恢复国会。自然公的地位顶要紧，一笑。总统是由国会产生的，不恢复国会，总统便没根据了。”吴佩孚道：“这件事，我已示意长江上游总司令孙馨远，请他做个发起人，他已拍过一次通电，你们见过没有？”王家襄道：“我是吴议长向我说的，却不曾见过原电。”吴佩孚便把孙传芳的原电找出来，递给王家襄，王家襄接来看道：

> 巩固民国，宜先统一，南北统一之破裂，既以法律问题为厉阶，统一之归来，即当以恢复法统为捷径。应请黎黄陂复位，召集六年旧国全，速制宪典，共选副座，非常政府，原由护法而兴，法统既复，异帜可消，倘有扰乱之徒，应在共弃之列。

1230.

家襄看完电文道：“这也奇怪，馨远这电报，说得很切实，为甚么竟一些响应也没有？”吴佩孚道：“这也无怪其然。你想我们内部自已也没决定确当办法，怎样有人注意？既你们两位都赞成先复国会，等我禀命老帅，和各省督军，联名发一个通电，征求国民对于恢复国会的意见就是了。”吴景濂笑道：“这是好事，谁肯不赞成？何必征及别人意见。”此公向来专擅。老毛病至今不改。吴佩孚道：“话虽如此说，做总不能这样做。而且我主张发电时，还不能单说恢复国会，须要夹在召集新国会和国民会议联省自治一起说，方才不落痕迹。”王家襄、吴景濂都唯唯称是。王家襄又道：“北方的事情，总算告一段落了，南方的事情，也须注意才好。在事实必有此语，在文章亦不可不有此伏笔。听说广东政府已下令，教李烈钧等实行攻赣，大帅也该电饬老陈加紧准备才好。”吴佩孚道：“不打紧，南政府免了陈炯明的职，陈炯明难道就此罢手不成？你看着，不要多久，广东必然发生内争，那时他们对内还没工夫，还能打江西吗？”吴氏料事雪亮，不愧能人。吴景濂忙答道：“大帅是料敌如神的，当然不得有错，我们哪里见得到呢。”家襄忙道：“你我要是见得到此，虽不能和大帅一般威震四海，也不致没没无闻了。”说得吴氏哈哈大笑。两个恭维得不要脸。一个竟居之不疑，都不是真正人才。

彼此商议了一回。吴、王方才辞出，在一处商议道：“大帅不肯单提恢复国会，恐怕将来还有变卦，我们须要上紧设法才好。”两人商量多时，便决定再去见曹锟，请他先准议员自行集会。曹锟问子玉的意见怎样，吴景濂道：“吴大帅非常赞成，不过要我们先禀明老帅，老帅不答应，他是不敢教我们做的。”曹锟听了这话，欢喜道：“他就是我，我就是他，我俩
原是不分彼此的。曹三一生做事，昏聩无能，偏能深信吴子玉，不可谓非绝大本领。既他这样说，你们只管先去集会便得，何必再来问我。”吴、王两人得了这两句话，十分欢喜，便又同去见吴佩孚，说老帅教我们先行集会。堂堂议长，一味奔走权门，谄媚军阀，如此国民代表，辱没煞人。正是：

反复全凭能拍马，纵横应得学吹牛。

未知吴佩孚如何回答，且看下回分解。

当奉、直初战之时，实粤中北伐之好机会也。乃陈炯明天良丧尽，

叛国叛党，并叛身受提挈之中山先生，以致坐失事机，久羁革命，不免为吴佩孚所笑，此伧伧之肉，其足食乎？此中山先生所以深致恨于陈氏，盖非为私愤，而实为革命前途悲也。

第一百三十四回　徐东海被迫下野
黎黄陂受拥上台

却说吴景濂、王家襄对吴佩孚说曹锟叫他们先行集会，吴佩孚听说是老帅的意见，自然没有话说，叫他们到天津去自行召集了。这时李烈钧、许崇智、梁鸿楷、黄大伟等，奉了广东革命政府的命令，誓师北伐，可惜已迟。江西省内被他们攻克的地方已经不少。吴佩孚虽明知他们必有内争，也不敢十分大意，便根据陈光远告急的电报，请政府令蔡成勋为援赣总司令，率领本部军队南下。不过这种事情，吴佩孚并不怎样放在心上，骄气深矣。他所注意的，仍在政治方面。恰好孙传芳因五月十五的电报无人注意，又打了一个电报给孙中山和徐世昌，原电大约道：

自法统破裂，政局分崩，南则集合旧国会议员，选举孙大总统，组织广东政府，以资号召，北则改选新国会议员，选举徐大总统，依据北京政府，以为抵制。谁为合法？谁为违法？天下后世，自有公论。惟长此南北背驰，各走极端，连年内争，视同敌国，阋墙煮豆，祸乱相寻，民生凋敝，国本动摇，颠覆危亡，迫在眉睫。推原祸始，何莫非解散国会，破坏法律，阶之厉也。传芳删日通电，主张恢复法统，促进统一，救亡图存，别无长策，近得各方复电，多数赞同。人之爱国，同此心理，既得正轨，进行无阻。统一之期，殆将不远。惟念法律神圣，不容假借，事实障碍，应早化除。广东孙大总统，原于护法，法统已复，功成身退，有何留连？北京徐大总统，新会选出，旧会召集，新会无凭，连带问题，同时失效。所望两先生体天之德，视民如伤，敝屣尊荣，及时引退，中国幸甚！

1234. 徐世昌接了这电报，还不十分注意，不想第二天又接江苏督军齐燮元来了一个电报道：

我大总统本以救国之心，出膺艰钜，频年以来，艰难干运，宵旰殷忧，无非以法治为精神，以统一为蕲向。乃不幸值国家之多故，遂因应之俱穷，因国是而召内讧，因内讧而构兵衅，国人之苦怨愈深，友邦之希望将绝。今则关外之干戈未定，而西南又告警矣。兵连祸结，靡有已时，火热水深，于今为烈。窃以为种种痛苦，由于统一无期，统一无期，由于国是未定。群疑众难，责望交丛。旷观大势所趋，人心所向，对于政府，欲其鼎新革故，不得不出于改弦易辙之途，欲其长治久安，不得不谋根本之解决。今则恢复国统，已成国是，万喙同声，群情一致。伏思我大总统为民为国，敝屣尊荣，本其素志，倦勤有待，屡闻德音，虚己待贤，匪伊朝夕。若能俯从民意之请愿，仍本救国之初心，慷慨宣言，功成身退，既昭德让，复示大公，进退维公，无善于此。

徐世昌见了这两个电报，知道已不是马虎得过去的事情，便和周自齐商量办法。周自齐道："事已至此，总统要不声不响的过去，是万万办不到的了，不如借着孙传芳的电报，发一个通电，探探各督军的意见，各督军当然不能贸然决定办法，往返电商，交换意见，必然还要许多日子，捱得一天是一天。我们大可乘此转圜，现在便说得冠冕些，又怕甚么。"徐世昌见他说得有理，便也发了一个通电道：

阅孙传芳勘电，所陈忠言快论，实获我心。果能如此进行，使亿众一心，悉除逆诈，免斯民涂炭之苦，跻国家磐石之安，政治修明，日臻强盛。鄙人虽居草野，得以余年而享太平，其乐无穷，胜于今日十倍。况斡旋运数，挽济危亡，本系鄙人初志。鄙人力不能逮，群贤协谋以成其意，更属求之而不得之举。一有合宜办法，便即束身而退，决无希恋。

徐世昌发这通电的时候，正是五月三十一日，第二天旧国会的宣言也到了，那宣言的原文道：

民国宪法未成以前，国家根本组织，厥唯《临时约法》。依据《临时约法》，大总统无解散国会之权，则六年六月十二日解散参、众两院之令，当然无效。又查《临时约法》第二十八条，参议院以国会成立之日解散，其职权由国会行之，则国会成立以后，不容再有参议院发生，亦无疑义。乃两院既经非法解散，旋又组织参议院，循是而有七年之非法国会，以及同年之非法大总统选举会。徐世昌之任大总统，既系选自非法，大总统选举会显属篡窃行为，应即宣告无效。自今日始，应由国会完全行使职权，再由合法大总统，依法组织政府，护法大业，亦已告成。其西南各省，因护法而成立之一切特别组织，自应于此终结。

至徐世昌窃位数年，祸国殃民，障碍统一，不忠共和，黩货营私，种种罪恶，举国痛心，更无俟同人等一一列举也。六载分崩，扰攘不止，拨乱反正，唯此一途。凡我国人，同此心理，特此宣言。

当王、吴二氏率领一百多位议员发表宣言的时候，冯玉祥和刘镇华也有电报请徐世昌辞职，把个徐世昌弄得六神无主，坐立不安，正在欲住不能，欲去不舍的时候，一尝鸡肋风味。忽保定方面派张国淦来京，有要事见总统。世昌十分忧疑，急教请见。两人见了面，略谈了几句。国淦便开言道："近日孙馨远、冯焕章各督军的电报和国会的宣言，徐先生都见到吗？"不称总统而称先生，不承认其为总统之意，在于言外，咄咄逼人。世昌讷讷地说道："都见到，都见到。"国淦道："既都见到，不知道尊意如何？"世昌勉强笑了一笑道："我久想辞职，苦于没有机会，今日能够脱卸仔肩，是最好没有的了。就是当初，我也何曾愿意负这个钜责；都只为曹、吴两帅和雨亭极力劝驾，所以勉强上台，这并非个人私言。张先生洞烛事理，想必知道。”国淦道：“已往之事，可不必再提，徐先生既愿辞职，不知何日让出公府？”咄咄逼人。世昌听了，不觉一怔，接着又笑道：“我也很想早些出京，只恨尚有几件事情未了，待布置了再走何如？”国淦道：“曹、吴两帅吩咐，说得异常响亮。愈速愈好，徐先生倘迟疑不决，多延时日，恐有不利。”一边卑词哀告，一边咄咄逼人。世昌道：“决不过久，一两日内，必当离京。”至此亦决不能不说此语矣。国淦道：“既然如此，明日再来讨取回信。”说毕辞去。

世昌忧愤交集，无法可施，因想现今掌兵权的，只有京畿卫戍司令王怀庆，彼此还有些交谊，不如请他来商量商量，看有什么计较，主意打定，便急忙派人把王怀庆请到公府里，把张国淦的说话，如此如彼的，说了一遍，请他代为想法。王怀庆想了半晌，方才说道：“这件事，直方要人，都已接洽一致，实在已到无可挽回的地步，我看总统还是让步些，免得惹气。”世昌见王怀庆也如此说，更觉忧愤，想了一会，又忽然道：“当初并不是我自己愿意干这牢什子的总统，原是他们怂恿我出来的，现在又这样逼我，其实难忍，此军阀之傀儡所以不易为也。我偏不走，看他们怎样奈何我？”王怀庆不做声，想当初亦在劝驾之列。半晌，方才冷笑道：“我看菊老还是见机些罢。他们原不和你讲甚么前情，你要不走，他们老实说，合法总统已经复位，用武力来对付你，你怎样抵挡得住，到那时仍免不了一走，还坏了感情，失了面子，何苦呢！倒不如趁早让位，倒冠冕得多了。”徐世昌仰首无语，良久，方才叹了一口气道：“我走后，他们难保不仍要和我为难，为后文伏线。与其走而仍不讨好，倒不如现在硬挺了。”王怀庆道：“总统如其果愿下野，所有生命财产，我当负保护全责。”世昌默然不语。王怀庆再三相劝，徐世昌方才答应，当日拟好了一道辞职命令道：

查《大总统选举法》第五条内，载大总统因故不能执行职务时，以副总统代理之。又载副总统同时缺位时，由国务院摄行其职务各等语。本大总统现因怀病，宣告辞职，依法应由国务院摄行职务。此令。

这命令用印发表后，便由王怀庆保护，悄悄出京去了。国务总理周自齐得了这道命令，便也下了一道院令道：

本日徐大总统宣告辞职，令由国务院依法摄行职务，所有各官署公务，均仍照常进行。京师地方，治安关系重要，应由京畿卫戍总司令督同步军统领、京兆尹、警察总监妥慎办理。此令。

一面，又由阁员联名致参、众两院一电，大略道：

自齐等遭逢世变，权领部曹，谨举此权，奉还国会，用尊法统，暂以国民资格，维持一切，听候接收。

黎元洪处，也去了一电道：

国事重要，首座不可虚悬，自齐等暂维现状，未便久摄，敬请钧座，即日莅京视事，并推恩洪明日来津迎迓。

谁知徐世昌虽去，黎元洪却并不曾允许复职。原来黎元洪隐居天津，日子已久，自从奉、直交恶，直方要人和旧国会议员，纷纷向他接洽，他门下的政客，也分头向各方活动。自从恢复法统之呼声一起，素来冷落的黎宅门口，顿时车马骈集，十分热闹起来。每日催他复职的电报，总有几十起。吴佩孚的电报尤多。各方的代表和国会议员，汽车马车，日夜往来不绝。黎氏因怕蹈覆辙，不肯轻易允诺。谁知在这万众欢迎的当儿，忽然接到一份出人意外的反对电报，那电报的原文道：

徐总统冬电，藉悉元首辞职赴津，无任惶惑。大总统对于民国为公仆，对外为政府代表，决不因少数爱憎为进退，亦不容个人便利卸职任。虽《约法》上代理协行，各有规定，而按诸政治现状，均有未合。即追溯民国往事，亦苦无先例可援。项城大故，黄陂辞职，河间代任期满，系在国会解散，复辟乱平以后。以故新旧递禀，匕鬯不惊。今则南北分驰，四郊多垒，中枢尤破缺不全，既无副座，复无合法之国务院，则《约法》四十二条、《大总统选举法》第五条，代行摄行之规定，自不适用。乃仅以假借《约法》之命令，付诸现内阁，内阁复任意还诸国会，不惟无以对国民，试问此种免职行动，何以见重于友邦？此不得不望吾国民慎重考虑者一也。闻有人建议以恢复法统为言，并请黄陂复位，国人善忘，竟有率尔附和者。永祥等反复思维，殊不得其解。

盖既主张法统，则宜持有统系之法律见解，断不容随感情为选择。二三武人之议论，固不足变更法律，二三议员之通电，更不足代表国会。此理既明，则《约法》之解释援用，自无聚讼之余地。《约法》上只有“因故去职，暨不能视事”二语，并无辞职条文，则当然黄陂辞职，自不发生法律问题。河间为旧国会选举之合法总统，则依法代理，应至本任期满为止，毫无疑议。《大总统选举法》，规定任期五年，河间代理期满，即是黄陂法定任期终了，在法律上，成为公民，早已无任可复，强而行之，则第一步须认河间代理为不法。试问此代理期内之行为，是否有效？想国人决不忍为此一大翻案，再增益国家纠纷。如此则黄陂复位之说，适陷于非法，以黄陂之德望，若将来依法被选，吾侪所馨香祷祝，若此时矫法以梏之，诉诸天良，实有所不忍，此不得不望吾国民慎重考虑者又一也。迩者，民治大进，今非昔比，方寸稍有偏私，肺肝早已共见。伪造民意者，已覆辙相寻，骫法自便者，亦屡试不清。孙帅传芳删电“所谓以一人爱恶为取舍，更张不以其
1240. 道，前者既失，后乱渐纷”云云，诚属惩前毖后之论。顾曲形终无直影，收获先问耕耘，设明知陷阱而故蹈之，于卫国则不仁，于自卫则不智。永祥等怵目横流，积忧成痗，夙有栋折榱崩之痗，敢有推抱敛手之心？临崖勒马，犹有坦途，倘陷深渊，驷追曷及？伏祈海内贤达，准法平情，各抒谠论，本悲悯之素怀，定救亡之大计。宁使多数负一人，勿使一人负多数。永祥等当视力之所及，以尽国民自卫之天职，决不忍坐视四万万人民共有之国家，作少数人之孤注也。

这电报是六月三日，卢永祥从浙江拍发的。其余如上海护军使何丰林以及主张联省自治的褚辅成、孙洪伊等，也都纷纷表示反对。黎氏本人因此愈加消极了。这时他门下的政客张耀

曾等发起急来，也发了一个通电道：

《约法》及《总统选举法》之规定，总理在任期中，离职之情形，只有三种：一曰死亡缺位，二曰弹劾去职，三曰因故不能执行职务。三者有一，即为合法离职。三者以外，总统不让职于他人，他人不得以离职要总统，若其有之，是非法也。黎大总统于六年七月，被逼离职，尚余任期一年三月有余，其离职原因，与前述第一第二两事无关，即与因故不能执行职务，亦属毫不相涉。盖我《大总统选举法》第五条二项，所谓因故不能执行职务者，本师美宪前例，专指总统精神丧失而言。纵谓文义浑括，强为宽解，则所谓故者，当然依限于总统本身，所谓不能者，当然限于总统自动。譬如总统久罹重病，或因公远赴异
国，援引适用，尚属可通。至于事故之生，出自他人，不 1241.
能之原，由于压迫，如凭借兵威，使总统不能在职，不敢复职者，是私擅废黜总统耳，非法律上所谓因故不能执行职务也。私擅废除总统，本为法所不许，即当然不在法定因故不能执行职务之列。藉曰不然，则总统选举法第五条二项之规定，不啻明诏为副总统者，时时可驱除总统而代之。败纪奖乱，莫甚于此。立法本意，断断不然。故从法律上立论，自民国六年七月黎大总统之离职，推之法定三种原因，无一而当，是其离职，乃事实上之离职，非法律上之离职也。非法律上之离职，故不发生法律上之效力，惟其离职无效，故冯副总统之代理，乃事实上之代理，非法律上之代理也。非法律上之代理，故亦无法律之效力。在昔大法摧毁，事实相尚，舍法言权，夫复何说？

> 今则尊崇法统，万事资以判断，而法律上固赫然昭示，黄陂黎公，仍在大总统之位，而其行使职权时间，尚有一年三个月有余也。黄陂离职无效，一旦障碍既去，当然继续开会。黄陂继任应竟其未尽之期，亦犹国会续开，应满其前此未满之任。法理彰明，决非曲解，此则愿吾人共加注意者也。兹事体大，解释疑义，权固属于国会，敷陈常理，责仍在于学人。耀曾依法言法，自信无他，国人崇法护法，谅有同感。

这电发表，各方的议论愈多，但在时势情理各方面说起来，黎元洪实有不能不复位之势。当时黎氏原有这样一个通电：

> 自引咎辞职，蛰处数年，思过不遑，敢有他念，以速官谤？果使摩顶放踵，可利天下，犹可解释，乃才轻力薄，自觉勿胜，诸公又何爱焉？前车已覆，来日大难，大位之推，如临冰谷。

可见他辞意本来很坚，无奈直方各人，已成欲罢不能之势，如国务院代表高恩洪，京兆尹刘梦庚，商界代表张维镛、安迪生，曹锟代表熊炳琦，吴佩孚代表李单率以及各省代表，共四十余人，都纷纷赴黎宅请黎复职，正是：

> 大运忽回春气象，寒门又似市廛中。

未知黎氏肯答应否，且看下回分解。

黄陂起义武昌，首创民国，论革命之功，自属千秋不朽，即以人格而论，民国十余年来，自总统以迄军阀，亦未有洁身自好如黄陂者。故以功业言，以道德论，均不得不为民国完人。惜其才识稍短，不免受人利用，遂以退隐之身，再作一度傀儡，几致身名两败，性命不保。读史至此，不能不哀黄陂之长厚，而痛恨军阀政客之无赖也。

第一百三十五回　受拥戴黎公复职
议撤兵张氏求和

却说曹、吴和各团体各省的代表，纷纷赴黎宅请黎元洪复位。黎元洪被逼不过，只得说道："我亦是中华民国国民一分子，各方迫于救国热忱，要我出来复职，我亦岂能再事高蹈？但现在国事的症结，在于各省督军拥兵自卫，如能废督裁兵，我自当牺牲个人之前途，以从诸公之后。"措词却亦得体。因又发出一个长电，洋洋数千言，不但文辞很佳，意思亦极恳到。原电如下：

前读第一届国会参议院王议长众议院吴议长等宣言，由合法总统，依法组织政府。并承曹、吴两巡阅使等十省区冬电，请依法复位，以维国本。曾经复电辞谢，顷复奉齐督军等十五省区冬电，及海军萨上将各总司令等江电，京省各议会、教育会、商会等来电，均请旋京复职。又承两位议长及各省区各团体代表敦促，佥以回复法统，责无旁贷，众意所趋，情词迫至，人非木石，能无动怀？第念元洪对于国会，负疚已深，当时恐京畿喋血，曲徇众请，国会改选，以救地方，所以纾一时之难，总统辞职，以谢国会，所以严万世之防，亦既引咎避位，昭告国人。

方殷思过之心，敢重食言之罪？纵国会诸公，矜而复我，我独不愧于心欤？抑诸公所以推元洪者，谓其能统一也。十年以还，兵祸不绝，积骸齐阜，流血成川，断手削足之惨状，孤儿寡妇之哭声，扶吊未终，死伤又至。必谓恢复法统，便可立消兵气，永杜争端，虽三尺童子，未敢妄信，毋亦为医者入手之方，而症结固别有在乎？症结唯何？督军制之召乱而已。

民军崛兴，首置都督，北方因之，遂成定制。名号屡易，权力未移，千夫所指，久为国病。举其大害，厥有五端：练兵定额，基于国防，欧战既终，皆缩军备，亦实见军国主义，自促危亡。独我国积贫，甲于世界，兵额之众，竟骇听闻，友邦之劝告不闻，人民之呼吁弗恤。强者拥以益地，弱者倚以负嵎，虽连年以来，或请裁兵，或被缴械，卒之前省后增，此损彼益，一遣一招，糜费更多。 1245.

遣之则兵散为匪，招之则匪聚为兵，势必至无人不兵，无兵不匪，谁实为之？至于此极，一也。

度支原则，出入相权，自拥兵为雄，日事聚敛，始挪省税，终截国赋，中央以外债为天源，而典质皆绝，文吏以横征为上选，而罗掘俱穷。弁髦定章，蹂躏预算，预征至及于数载，重纳又限于崇朝。以言节流，则校署空虚，以言开源，则市廛萧条，卖女鬻儿，祸延数世，怨气所积，天怒人恫，二也。

军位既尊，争端遂起，下放其上，时所有闻。婚媾凶终，师友义绝。翻云覆雨，人道荡然。或乃暗煽他人，先行内乱，此希后利，彼背前盟，始基不端，部属离贰。各为雄长，瓜剖豆分，失势之人，不图报复，阴结仇敌，济其欲心。祸乱循环，党仇百变。秦镜不能烛其险，禹鼎不能铸其奸，覆亡相寻，僭不怨悔，宰制一省，复冀兼圻。地过八州，权逾二伯，扼据要塞，侵夺邻封，猜忌既生，杀机愈烈，始则强与弱争，继则强与强争，终则合众弱与一强争，均可泄其私仇，宁以国为孤注。下民何辜，供其荼毒，三也。

共和精神，首重民治，吾国地大物博，交通阻滞，虽有中枢，鞭长莫及，匪厉行民治，教育实业，皆难图功。自督军制兴，滥用威权，干涉政治，囊括赋税，变更官吏，有利于私者，弊政必留，有害于私者，善政必阻。省长皆其姻娅，议员皆其重儓，官治已难，遑问民治。忧时之士，创为省宪，冀制狂澜，西南各省，迎合潮流，首易为总司令，复拟易为军务院，隶属省长；北方明哲，亦有拟改为军长，直属中央者。顾按其实际，以为积重难返之势，今之总司令，固犹昔日之督军也。异日之省长、军长，亦犹今之总司令也。易汤沿药，根本不除，虽有省宪，将焉用之？假联省自治之名，行藩镇剽分之实，鱼肉我民，而重欺之，孑遗几何，抑胡太忍，四也。

立宪必有政党，政党必有政争，果由轨道，则政争愈烈，真义愈明，亦复何害。顾大权所集，既在督军，政党争权，遂思凭借。二年之役，则政党挟督军为后盾，六年之役，则政党倚督军为中心。自是厥后，南与南争，北与北争，一省之内，分数区焉，一人之下，分数系焉。政客借实力以自雄，军人假名流以为重，纵横捭阖，各戴一尊，使全国人民，涂肝醢脑于三端之下，恶若蛇蝎，畏若虎狼，而反键飞箝，方鸣得计，卒至树倒猢散，城崩狐迁，军人身徇，政客他适，受其害者，又别有人。斩艾无遗，终于自杀，怒潮推演，可为寒心，五也。

其余诸祸害，尚有不胜枚举者。元洪当首义之时，原定军民分治，即行废督，方其孑身入都，岂不知身入危地，顾欲求国家统一，不得不首解兵柄，为群帅倡。祸患之来，听之天命，轻车骤出，江河晏然。督军之无关治安，前事具在。项城不德，帝制自私，利用劝进，授人以柄，荏苒至今，竟成跋鳌。今日国家危亡，已迫眉睫，非即行废督，无以图存。

若犹观望徘徊，国民以生死所关，亦必起而自谋。恐督军身受之祸，将不忍言。为大局求解决，为个人策安全，莫甚于此。或谓："兹事体大，旦夕难行，必须于一省军事，妥筹收束，徐议更张。"不知陆军一部，责有专司，各地独立，师旅皆自有长官统率，与督军存废，景向无关。督军果自行解职，但须收束本署，旬日已足，此外独立师旅，暂驻原地，直接中央，他日军制问题，悉听军部统筹，全局妥为编制，此不足虑者一。

或谓："师旅直属，恐饷项无出，激成变端。"不知其军饷皆取国赋，非损私财，督军虽废，国赋自在，且漫无考核之军事费，先行消灭，比较今日欠饷，或不至若是之巨，此不足虑者二。

或谓："仓卒废督，恐部属疑惧，危机立生。"不知督军易人，党系不得，恐遭遣散，心怀反侧，诚或有之。若督军既废，咸辖中央，陆军部为全国最高机关，昭然大公，何分畛域？万一他日裁兵，偶然退伍，军部亦易于安置，何惧投闲？督军果剀切劝导，当可涣然冰释，此不足虑者三。

或谓：“督军皆望重功高，国人托命，一旦废除，殊乖崇报。”不知所废者制，并非废人，督军多首创民国，与同休戚，投艰遗大，重任正多。望崇者，国人必有特别之报酬，功伟者，国人亦有相当之付托。果肯自行解职，国人更感激不暇，宁忍听其优游？否则民意所趋，发生误会，恐有不能相谅者。人情莫不去危而就安，避祸而求福，督军之明，抑岂见不及此？此不足虑者四。

或谓：“战事方剧，兵祸未平，猝言废督，必至统率
1248. 无人，益形危险。”不知全军司令，并非尽倚重督军。且年来战争，皆此省与彼省，此系与彼系耳。即或号召名义，彼善于此，国人皆漠然视之，所谓春秋无义战也。若既求统一，中央当一视同仁，不分畛域，从前误解，悉可消融；万一怙恶不悛，征伐之权，出自政府，亦觉师直为壮，此不足虑者五。

或谓：“中央此时已无政府，稽留时日，牵动外交。”不知阁员摄行，已可负责，且法统中绝，已及五年，国人淡然若亡，久侪元洪于编户，此元洪法律不负咎也。元洪所述，论既至公，事犹易举，久延不决，责有所归，此元洪事实之不负责也。况华府会议，外人以友谊劝告，久有成言，各公使旁观既熟，高义久敦，当必恤此阽危，力为赞助，此不足虑者六。

或谓："总统不负责任，废督与否，应俟内阁主持。"不知出处之道，不可不慎，量而后入，古有明箴。以今日积弱之政府，号令不出国门，使非督军自行觉悟，则废督之事，万非内阁所能奏功，彼时内阁可引咎辞职，总统何以自处？若督军自行觉悟，放刀成佛，指顾间耳，嗣后中央行政，亦易措施。此为内阁计，应先决者一。

或谓："东海去位，京畿空虚，一再迟延，恐生他变。"不知国无元首，匪自今始，总统一职，名存实亡，空籍纵久，何关轻重？京畿责任，自有长官，必可以维持秩序，果有其变，元洪无一兵一卒，又何能为？若督军不废，他日京畿战祸，能保其不续见乎？此为地方计，应先决者二。

或谓："督军爱戴，反欲废之，以怨报德，非所宜出。"
不知督军请复位者，为有利国家也，元洪请废督军，亦为 1249.
有利国家也，目的既同，肺腑互谅。元洪与各督军，分同袍泽，情逾骨肉，十年患难，存者几人？他日共治天下，胥各督军自赖，既倚重之，必保全之。此为督军计，应先决者三。

督军诸公，如果力求统一，即请俯听蒭言，立释兵柄，上至巡阅，下至护军，皆刻日解职，待元洪于都门之下，共筹国是，微特变形易貌之总司令，不能存留，即欲划分军区，扩充疆域，变形易貌之巡阅使，尤当杜绝。国会及地方团体，如必欲敦促元洪，亦请先以诚恳之心，为民请命，劝告各督，先令实行。果能各省一致，迅行结束，通告国人，元洪当不避艰险，不计期间，从督军之后，慨然入都。且愿请国会诸公绳以从前解散之罪，以为异日违法者戒。

奴隶牛马，万劫不复，元洪虽求为平民，且不可得，总统云乎哉？方将老死于津海之滨，不忍与世人相见。白河明月，实式凭之，废不能遍，图不能尽，靦然出山，神所弗福。救国者众人之责，非一人之力也，死无所恨。若众必欲留国家障碍之官，而以坐视不救之罪，责退职五年之前总统，不其惑欤？诸公公忠谋国，当鉴此心，如以实权为难舍，以虚号为可娱，则解释法律，正复多端，亦各行其志而已。痛哭陈词，伏希矜纳。黎元洪鱼叩。

通电发后，曹、吴复电，首先赞成，愿即废督裁兵，为天下倡，请黎早日赴京负责。其余如河南冯玉祥、陕西刘镇华、湖北萧耀南和孙传芳、四川刘湘、山东田中玉、安徽张文生、江西陈光远、江苏齐耀珊、海军杜锡珪、萨镇冰等，也纷纷复电赞成，此皆所谓今之投机家也。力请黎氏即日晋京。更兼黎派政家也都纷纷催促，以为机不可失，于是黎元洪在六月十日连发两电，一电谓：“各督复电允废督裁兵，谨于十一日入都。”一电谓：“入都暂行摄行大总统职权，俟国会开会，听候解决。”到了次日，由各省代表人等，奉迎入都，摄行大总统职权，明令撤销六年六月十二日之解散国会令，兼国务总理署教育总长周自齐、外交总长颜惠庆、内务总长高凌霨、财政总长董康、陆军总长鲍贵卿、海军总长李鼎新、司法总长王宠惠、农商总长齐耀珊、署交通总长高恩洪等，均准免去本兼各职。特任颜惠庆为国务总理，兼外交总长，谭延闿署内务总长，董康署财政总长，吴佩孚署陆军总长，李鼎新署海军总长，王宠惠署司法总长，黄炎培署教育总长，张国淦署农商总长，高恩洪署交通总长。谭未到前，由张国淦兼代，黄炎培未到前，由高恩洪兼代。一切政事，也很有更张。国内报章腾载，全国欢呼，各省人民，顿时都有一种希望承平之象，以为从此可入统一太平时期。论到黎氏为人，虽则才力不足，却颇有平民气象，不说别的，单论公府中的卫队，以前总有这么二三营陆军，驻扎白宫内外。到了黎氏复职，便一律裁撤，只用一百多个警察维持。单举卫队一事，即为后文公府被围张本。即此一端，其他也可想见了。此自是持平之论。闲话休提。

却说黎氏复职以后，不但直派各督，一致拥戴，便是素持反对，如卢永祥、何丰林等，也都电京承认。这时直、奉战争，还未完全解决，东三省省议会联合会，特电黎氏，主张奉、直停战，并陈办法四条：一、请直军退驻留守营，奉军即开始撤退出关，于七日内撤尽，以保双方安全。二、请中央派一双方都有友谊的大员，并双方各派公正人，共同监视双方撤退，以期妥协。三、谓督军巡阅之废止，全国一致，东三省不能独异。四、撤兵后京奉路即恢复原状。黎氏接到这电报后，一面转交吴佩孚、曹锟，一面电复东三省，征求切实意见。那东三省联合会的电报，原由张作霖授意而发的，得了黎氏复电，自然还去和张作霖商议。

这时张作霖已改称东三省保安总司令，他自滦州退出后，因战争失败，影响到东省市面，不但人心恐慌，银根更十分吃紧，纸币的折扣逐渐低落，因此张学良等主张与直派议和，请英国传教士德古脱氏运动外交团出来调停。德古脱因张学良也是教徒，当然允许帮忙，想不到外交团反因怕受干涉中国内政嫌疑，大都不肯接受这个提议。张学良无法，只得仍请德古脱以私人资格，介绍自己和直军直接谈判。此时直军司令部已移至秦皇岛，吴佩孚自己却在保定，陆军总长一职也未就任，司令部的事情，完全由彭寿莘在那里处理，所以德古脱氏先介绍张学良到秦皇岛和彭寿莘相会。两人谈了一回，意思非常接近。当下彭寿莘特电陈明吴佩孚，双方订定于六月十一日提议具体办法。学良回去和作霖说明，作霖当时也没有甚么话说。

也是活该山海关附近小百姓的灾星未退，到了那日，奉、直两军又发生一次冲突，奉方偏得一个小小胜利，张宗昌等便撺掇张作霖乘胜反攻。作霖认为妙计，无论别人如何阻止，也不肯听，立刻加派大队，大举进攻。直军乘战胜余威，如何肯伏输，不消说，当然也是猛烈反攻。奉军究竟是丧败之余，如何抵抗得住？战了一昼夜，大败而退。直军长驱直进，正在得意非常，料不到震天价一声响，地雷触发，把前锋军士，炸死了几百，急忙退回阵线。奉军又乘势反攻，直军正抵抗不住，幸喜援军开到得快，没有失败。奉军也因人数尚少，不能取胜，又添了一师生力军队，两方就此剧战起来。相持了三日三夜，双方死伤，均达数千。吴佩孚此时已命张福来回防岳州，听这个消息，急忙和王承斌同到阵线上来观察。看了一会，便和王承斌定计道："如此作战，损失既多，胜利又不可必，不如派军队过九门口，绕到长城北面，攻敌军之背，敌军首尾受敌，可获大利。"王承斌欣然愿领兵前往，当日领了本部军队，悄悄过了九门口，来到奉军背后。

奉军正和直军死战，想不到一阵枪炮，纷纷从背后飞来，只道是自己军队倒戈，军心立刻涣散，纷纷溃退。副总司令孙烈臣，正在亲自督队，见了这情形，知道止遏不住，只得败退。想不到王承斌的军队沿途截击，不但士兵死伤极多，连自己也身中流弹，不能作战。张作霖经此大战，知道已届非讲和不可的时候，只得又叫张学良央求德古脱运动外交团调解。张学良不肯道：“当初原劝父亲暂时忍耐，息战讲和，也好养精蓄锐，等他们有隙可寻时，再图以逸待劳，必然可以报此大仇。父亲偏要听别人的话，要乘势反攻，才有今日之败。老张非执拗也，总是不服气耳。德古脱原和他们约定十一日，商订具体办法，我们已失了信，再去求他，如何肯答应？”张作霖变色道：“你是我的儿子，怎敢摘我短处？只好摆出老爹爹架子来了。没了你，难道我就不能讲和不成？”学良碰了一个钉子，只得仍和德古脱去商议。德古脱果然不肯答应，说：“已经失信了一遭，无脸再去见人。”学良回报张作霖，张作霖无法，这才授意东三省省议会联合会，向北京政府求和。方得到黎氏回电要提出切实办法，便又回电，愿派张学良、孙烈臣为代表，入关讲和。吴佩孚便派前线的王承斌和彭寿莘为代表。双方磋商了几日，方才订定和约，划出中立地点，双方各不驻兵，并请王占元、宋小濂监视撤兵。到了六月二十八日，双方军队，都撤退完毕，直军调回洛阳，秦皇岛的司令部，到七月四日撤消。第二日，京奉路完全通车，一场大战，就算从此了结。不过换了一个总统，几个阁员，双方除却损折些械弹粮饷和将士的生命而外，也并没甚么大不了的利益，痛语可作军阀棒喝。却冤枉小百姓多负担了几千万的战债、几千万的战时损失、万千百条的性命，岂不可叹？沉痛之至。闲话休提。

却说吴佩孚自黎氏入京就职后，以为大功告成，南北之争，就此可免。因此电请孙中山、伍廷芳、李烈钧等北上，共议国事。正是：

要决国家大计，端须南北同谋。

未知中山先生等究肯北上否，且看下回分解。

一场大战，极五花八门之观，自有中华民国以来，兵连祸结，未有若斯之盛也。究其开战之由，与战事结果，败者固垂头丧气，胜者亦所获几何。善夫，作者之言曰：双方除损兵折将丢械伤财外，都无利益可言，徒然为国家增负担，为小民毁身家而已。嗟夫！不亦大可已哉！不亦大可已哉！

第一百三十六回　围公府陈逆干纪
避军舰总理蒙尘

却说孙中山先生在广西预备对北用兵，屡次电嘱陈炯明筹饷，谁知陈炯明此时已暗和吴佩孚通款，不但不肯遵命，而且克扣饷械，布散流言，惟恐北伐军不败。中山虽念他以前的劳绩，不忍重惩，但为革命前途起见，又不得不将其停职，所以在四月二十一日那天，护法政府下令，罢免陈炯明广东省长及粤军总司令本兼各职，所遗广东省长一职，以伍廷芳继任，并将粤军总司令一职裁撤。陈炯明得了这个命令，便带领本部军队，连夜开到惠州驻扎，自己避到香港去了。第二天中山先生和许崇智、胡汉民等回到广州，和伍廷芳诸人说起这件事，彼此嗟叹不已。此时陈炯明虽去，广州治安并无变动，更兼中山自己回来布置了一回，越觉四平八妥。

有人说陈炯明军队并未解决，恐怕接连北方军阀，为内顾之忧，须要根本铲除才好。却非过虑。中山先生向来是忠厚待人的，听了这话，便道：“竞存虽然根性恶劣，决不至作反噬之事。此之谓以君子之心，测小人之腹。何况其部下不少明理的人，岂有异动？”因又和伍廷芳、廖仲恺等商议：“内部的事情虽多，北伐却万不可中止，我意欲即令李协和率师攻赣，你们以为何如？”虽在危急多事之秋，而无一时忘却北伐，为国之忠，令人感泣。廖仲恺道：“总统日夜忧勤，无非为着护法，想解除北方人民被军阀压迫的痛苦，北伐不成功，护法的目的不能贯彻，北方的人民不能解除痛苦，总统的计划，自是虑得重要。”伍廷芳也很赞成此说。中山大喜，便下令饬李协和攻赣，一面又派许崇智、梁鸿楷两军，同时出发，攻击赣南。许、梁奉令，当即厉兵秣马，纷纷出动，赣南的守备很弱，如何当得北伐军的精锐，一见北伐军的旗号，便相率溃退，因此许、梁两人，兵不血刃的，得了龙南、虔南两县，略为布置，便继续推进。

此时陈炯明部队也陆续由桂返粤，到广州以后，便向护法
政府提出要求，一要求恢复陈炯明的广东省长和粤军总司令两职，促其归国，二罢免胡汉民。中山先生见了这两项要求，想起陈炯明以前的功绩，很觉惋惜，便又令他办理两广军务，所有两广地方军队，均准节制调遣。像总统这样仁慈宽大，若在别人，不知道要如何的感激，知人则哲，惟帝其难。本来知人是最不容易的，但孙先生之于陈竞存，却不能以此相比，因先生非不知陈氏为人者，当时所以收容之故，必有难言之隐，不得已暂以相忍为政耳。谁知陈炯明受了吴佩孚的通款，竟忘了革命的天职，不但不肯就职，而且暗地嘱使部将叶举等通电请孙总统下野，一面派兵围攻总统府，占领行政各机关，并派兵进驻韶关，遏阻北伐军的归路。孙总统本是仁厚宽大之人，除却心心念念，在于革命救国外，其余的事情，不甚放在意中。近因迭报黄大伟占领崇义，许崇智占领信丰、南康、赣州，李烈钧占领大庾，十分高兴，因出师未久，江西

已半入护法政府管辖之下，不能没有统辖的官吏，便下令任命谢远涵为江西省长，徐元诰为政务厅长。

后来又据报北政府所派的援赣总司令蔡成勋，虽于六月十三日到南昌，却和陈光远不睦，倾轧甚烈。陈光远愤而辞职，北政府已下令废除江西督军，以蔡成勋节制江西全省军队。江西省长杨庆鋆原是陈光远的私人，当然连带去职。北政府为要见好护法政府起见，不委别人，竟以谢远涵继任。也算苦心，一笑。这消息刚好和吴佩孚邀请中山先生北上的电报齐到，中山见了吴佩孚的电报，只付之一笑，并不回答，只催促北伐军赶紧前进。

想不到六月十五日的晚上十点钟，中山正在批阅军牍，忽然接到一个军官的电话报告，说今夜粤军将有变动，请总统赶紧离府。中山不信，原是不肯逆诈工夫。批阅军牍如故。又过了两个钟头，忽见秘书林直勉匆匆的进来，向中山行了一个礼，便忙忙地说道："报告总统，今夜消息很不好，请总统赶快离开公府，暂时避一避！"中山等他说完，很从容地说道："请你先说明白，怎样一个不好消息？"林直勉道："据确实的报告，粤军准定在今夜发动，围攻公府，请总统赶快暂避。"中山微笑道："竞存便险恶，也决不至做出这种灭伦反常的事情，何况其部下又都是我久共患难的同志，就使竞存确有此心，他们也未见得肯助桀为虐。你听得的，莫非是些谣言罢？"正说着，参军林树巍也惊慌失色地走了进来。中山方要询问，林树巍已启口说道："请总统赶紧离开公府，粤军要来围攻公府了。"中山道："你们不必惊疑，这必是不逞之徒，在那里造谣，诸君万一信以为实，反使粤军生疑，倒是激之成变了。"林直勉道："粤军素来蛮不讲理，总统决不可以常情度之。如其果有不利于总统时，总统将怎样办呢？”中山慨然道：“广州的警卫军，我已全部调赴韶关，即此便可见我并没有一点疑忌彼等之心，就使他们要不利于我，也何必出此下策。自是仁人长者，明哲之见，其如直勉所言，不可以常理度之何？如敢明目张胆，谋叛作乱，以兵力加我，则其罪等于灭伦反常，乱臣贼子，人人得而诛之。何况我身当其冲，岂可不重职守，临时退缩，屈服于暴力之下，贻笑中外，污辱民国，轻弃我人民付托的重任吗？性命轻而体制重，先生可谓见大持重。我在今日，惟有为国除暴，讨平叛乱，以正国典，生死成败，非所计也。”其言慷慨，可泣鬼神。林直勉、林树巍等见先生决心如此，不敢强劝，只得太息而退。

中山因时候已迟，便也退入私室就寝。谁知刚好睡倒，各处的电话接连不断地都来报告这事，请中山速速离开公府，中山神态镇定，一些也不变更。到了二点多钟，粤军又有军官潜自出来报告，说：“粤军各营，炊事已毕，约定两点钟出发，并备好现金二十万，以为谋害总统的赏金。并且约定事成之后，准各营兵士，大放假三日。”按大放假为粤军大抢劫之暗号。以大抢三天为攻击先生之报酬，先生足以千古，而陈氏之罪恶不法，上通于天矣。中山听了这话，还不肯十分相信，正待解说，忽听一声很尖厉的号声，远远的飞入耳里，接着到处也掌起号来，不一刻，号声由模糊而渐渐清楚，方知粤军确已发动，因即传令卫队，准备防御，那军官也告辞而去。

这时已有三点多钟，林直勉、林树巍等又来苦劝中山暂离公府。中山厉声道：“竞存果敢谋逆作乱，则戡乱平逆，是我的责任，岂可胆小畏避，放弃职守？万一力不从心，亦惟有一死殉国，以谢国民，怎说暂避的话？”数言可贯金石，今日读之，犹觉生气食虎。第一次慨然，第二次厉声，其意志愈坚矣。林直勉等再三相劝，中山只是执意不从。树巍见他坚决如此，知道不是言语所可争，也不管甚么，便上前挽住中山的手，想用强力扶他老人家出去，一人作倡，人人应和，一时间七手八脚的把一位镇定不屈的中山先生四面扶住，用力挽出公府。中山先生挣扎不脱，只得和他们同走。先生不屈于强暴凶横的威势，却屈于忠义恳挚的武力，为之一笑。

这时路上已布满了粤军的步哨，见了中山一行人，莫不仔细盘诘。幸喜林直勉口才很好，才得通过。刚到财政厅前，粤军的大队已经到来，众人因被盘诘得厉害，不能通过，中山先生只得单身杂在粤军之中，一同行走。先生向来非常镇定，临到大事的时候，更是从容不迫，粤军只道是自己队伍中人，并不疑心，比及到了永汉马路出口，方才脱险，便走到长堤海珠的海军总司令部。海军总司令温树德听说中山到来，又惊又喜，惊的是粤军必然确已发动，喜的是总统幸脱虎口，当下忙忙的迎接到里面，谈了几句。树德道："此地无险可守，万一叛军大队攻击，必又发生危险，不如到楚豫舰上，召集各舰长，商议一个讨贼的计划罢。"中山然其言，便和他一同到楚豫舰上，召集各舰长商议平逆之策，各舰长不消说，自然义愤填膺，誓死拥护。十室之邑，必有忠信。

第三天，有人从公府逃出，向中山陈诉粤军的残暴。中山先问五十多个卫队的情形，那人道："卫队在观音山粤秀楼附近，对抗了三四个钟头，叛军冲锋十多次，都被卫队用机关枪击退。死伤的数目，总在三四百以上。后来因为子弹缺乏，才被叛军缴械。还有守卫公府的警卫团，和叛军抵抗了十多个钟头，后来子弹告绝，全被缴械。缴械以后，叛军又用机关枪扫射，全都被害了。"真可谓竭狠毒之能事，尽残忍之大观。中山太息不已，那人又道："叛军初时用速射炮注射公府，后来恐总统还在粤秀楼，又用煤油烧断通公府的桥，以防总统出险。沿路伏着的叛军更多，专等总统的汽车出来，突出截击。后来始终没见总统出府，还仔细搜检了一回呢。"中山点头微喟，挥手令退。

那人去后，忽报外交总长伍廷芳和卫戍司令魏邦平来见。中山立刻传见，两人进内见了中山，便议论讨平叛逆的事情。中山令魏邦平将所部集中大沙头，策应海军进攻陆上的叛军，恢复广州防地。魏邦平唯唯遵命，中山又向伍廷芳道："今天我必须带领舰队，讨平叛军，否则中外人士，必定要笑我没有戡乱之方，而且不知我行踪所在，更易使革命志士涣散。始终见大持重，不靳靳于小节。假如畏惧暴力，蛰伏黄埔，不尽讨贼职守，徒为个人避难苟安之计，将怎样晓示天下呢？"伍廷芳听了非常赞服，立刻出舰登陆，通告各国驻粤领事，严守中立。魏邦平也告辞而去。

中山当即统率永丰、永翔、楚豫、豫章、同安、广玉、宝璧各舰出动，由黄埔经过车歪炮台，驶至白鹅潭，当令各舰对大沙头、白云山、沙河、观音山、五层楼等处的粤军发炮。粤军因没有障阻，不能抵抗，死伤约达六七百人，大部顿时溃走。舰队沿长堤向东前进，不料魏邦平所部陆军，竟不能如期策应。粤军乘势复合，发炮抵抗。中山知道乱事不能即平，只得暂时率舰回至黄埔，商量第二次进剿方法。那陈炯明见海军拥护中山，知道不收买海军，决不能消灭中山的活动能力，便进行运动海军中立。因海军正在愤激的时候，急切未见效果，便勒军广州城内，实行其大放假的预约，抢掠烧杀，愈久愈烈，甚至白昼奸淫，肆无忌惮。有女子轮奸至五六次之多，腹胀如鼓而死者。残酷的情形，令人闻之发指。中山在舰上听见这些消息，愈加伤感，因陆军力量薄弱，当即写信给前敌李协和、许崇智、朱培德、黄大伟、梁鸿楷等，教他们迅速回粤平乱，有“坚守待援，以图海陆夹攻，歼此叛逆，以彰法典”等语。自己又从楚豫舰移到永丰舰办公。

此时各处起义的军队颇多，在黄埔一带的，有徐树荣、李天德、李安邦等所部约一千多人，军威稍振。中山正思攻取鱼珠、牛山各炮台，为扫灭叛军的预备。忽然有人进来报说：“伍总长廷芳逝世。”不觉吃了一惊，把手中的笔跌落地上，因流泪向左右说道：“本月十四日，廖仲恺因赴陈炯明惠州之约，不想被扣石龙，生死未卜，已使我十分伤感，现在伍总长忽弃民众托付的重任，先我而逝，岂不可伤？”海军将士听了，也十分悲愤，誓必讨贼。廖仲恺被扣事，亦属重要，述诸总理口中，亦省笔之法也。并全体填写誓约，加入中华革命党，表示服从总统，始终不渝的决心。这时粤军运动海军正在猛进，故各舰中的不良官长已颇有不稳的举动，因此也有带兵来问中山道：“我们官长和叛军订立条约，是不是已得到总统的许可？”中山不好明言，又不愿追问，只微微点头而已。此等处不但显见中山之仁厚宽大，其智虑亦非常人所及。盖如一追问或明言己所不许，则事必立刻决裂矣。海圻各舰兵士以此都疑心温司令有不利中山之举，要想拒绝司令回舰。中山闻知，再三调解，方才没有实现。其实这时的海陆军有显明从逆的，有态度暧昧、主张中立的，不过尚在酝酿之中，尚未完全成为事实。所以中山惟出以镇静，全以至诚示人，大义感人，以期众人感动，不为贼用。陈炯明此时本在暗中操纵指示叛军的行动，并不曾公然露面，但是舆论上已唾骂得非常厉害。陈炯明没法，只得差钟惶可带了自己的亲笔信，到永丰舰上，晋谒总统，恳求和解。原信道：

大总统钧鉴：国事至此，痛心何极！炯虽下野，万难辞咎。自十六日奉到钧谕，而省变已作，挽救无及矣。连日焦思苦虑，不得其道而行。惟念十年患难相从，此心未敢丝毫有负钧座，不图兵柄现已解除，此正怨尤语也。而事变之来，仍集一身，处境至此，亦云苦矣。现惟恳请开示一途，俾得遵行，庶北征部队，免至相戕，保全人道，以召天和。国难方殷，此后图报，为日正长也。专此即请钧安。

陈炯明敬启。六月二十九日晚。

中山见了这封信，还没下甚么断语，忽然魏邦平来见，中

山便把这封信交给他看。魏邦平把信看了一遍道："看他这封信，也还说得很恳切，或者有些诚意，不知总统可准调解？"中山正色道："当初宋亡的时候，陆秀夫恐帝受辱，甚至负之投水而死。魏同志！今日之事，不可让先烈专美于前，我虽才疏，也不敢不以文天祥自勉。宋代之亡，尚有文、陆，明代之亡，也有史可法等，如民国亡的时候，没有文天祥、陆秀夫这样的人，怎样对得住为民国而死的无数同志，作将来国民的模范。既自污民国十一年来庄严璨烂的历史，又自负三十年来效死民国的初心，还成甚么话？"声裂金石，语惊鬼神。魏邦平见中山说得十分严正，不觉勃然变色。正是：

正语忽闻严斧钺，厚颜应须冷冰霜。

未知他如何回答，且看下回分解。

以中山先生之仁厚宽大，而竟有利用其仁厚宽大，以逞其干法乱纪悖逆不道之事者，则信乎叔世人心之不足恃，而君子之不易为也。然而盘根错节，正以造成伟大人物之伟大历史，而最后胜利亦终操于伟大人物之手。彼阴贼险狠之小人，徒为名教罪人，天壤魔蠢而已。吾人观于先生与陈氏之事，乃又觉君子不易为而可为，小人可为而终不可为也。

第一百三十七回　三军舰背义离黄埔
陆战队附逆陷长洲

却说魏邦平听了中山先生一席说话，不觉变色逊谢。邦平去后，海军的消息日渐恶劣，纷传海圻、海琛、肇和三大舰，将私离黄埔，任听鱼珠、牛山各炮台炮击各舰，不肯相助。一时人心极为惶恐，中山仍是处之泰然，非常镇定，在此危疑震撼之秋，吾不屑责陈炯明，又何忍责三舰，先生之意，殆亦如此。因此浮言渐息。

过了几天，钟惶可又代陈炯明至永丰舰，向中山求和。中山笑道："陈炯明对我毫无诚意，求和的话，岂能深信？况且本系我的部队，此次举动，实是反叛行为，所以他只能向我悔过自首，决不能说求和。"名不正则言不顺，先生以正名为言，亦是见大务远。钟惶可还待再说，忽然魏邦平派人来见中山，中山传见，问其来意。来人道："魏司令对陈炯明愿任调停之责，拟定了三个条件，先来请总统的示下。"中山问他怎样三个条件，来人道："第一条是逆军退出省城，第二是恢复政府，第三是请北伐军停止南下。"中山斟酌了一会，方才答应。钟惶可见中山已经答应，便和魏邦平派来的代表一齐告退。

两人去后，忽然又有粤军旅长李云复派代表姜定邦来见。中山回顾幕僚道：“你们猜李云复派代表到这里来，是甚么意思？”秘书张侠夫对道：“大概是求和之意。”中山点头道：“所见与我略同，就派你代表我见他罢！你跟我多年，说话必能体会我的意思，也不用我嘱咐了。”张侠夫应诺，便出来招待姜定邦，问其来意。姜定邦道：“此次事件，实出误会，陈总司令事前毫未知情，近来知道了这件事，十分愧恨，情愿来向总统请罪，务乞张秘书转达总统海涵，狗对厕坑赌咒。李旅长愿以身家性命，担保陈炯明以后断无叛逆行为，也请转达总统。”张侠夫道：“李旅长如果能附义讨贼，则总统必嘉奖优容，毫无芥蒂，断无见罪之意。至陈炯明实为此次事变的祸首，亦即民国的罪魁，如可赦免，那么反复无常的叛徒，谁不起而效尤，还有什么典型法纪可言。”其言亦颇得体。姜定邦再三请张侠夫向
总统进言劝解，侠夫道：“转言断没有不可以的，至于答应不答应，总统自有权衡，兄弟也不敢专擅。”定邦笑道：“只要张同志肯向总统善言，兄弟就感激不尽了。”说毕，又再三恳托而去。

张侠夫回报中山，中山道：“陈炯明请罪，既无诚意，却偏有许多人来说话，难免别有狡计，我们还当赶紧催促前敌各将士回粤平乱，不可中了他缓兵之计。”林直勉等这时也在左右，当下插言道：“在目下状况之中，这回师计划，实在非常重要而且急迫。听说温司令因受败类何某等挟制，态度非常暧昧，海圻、海琛、肇和三大舰，也受了叛军运动，不日就要离开黄埔。如三舰果去，则其余各舰，直对鱼珠，都在炮台的监视之下，如炮台发炮射击，各舰没有掩护，必然不能再抗，那

时前进既为炮台所阻，要绕离黄埔，则海心冈的水势又浅，各舰决不能通过，那时各舰即不为炮火所毁，也必被他们封锁，不能活动，束手待毙，总统也须预先布置才好。”中山微笑道：“我们既抱为国牺牲的决心，死生须当置之度外，方寸既决，叛军还有甚么法子？种种谣言，何足尽信。处处出之以镇静，非抱极大智慧人，何足以语此？在此危疑震撼的时候，我们只有明断果决，支持这个危局，不必更问其他了。”

到了晚上，三大舰突然熄灯，人心倍加惶惑。看中山时，依旧起居如常，如屹立之泰山，不可摇动，尽皆叹服，心思也就略为安定，在危难之时，如主帅一有恐惧扰乱现象，则军心立散。然众人知此而未必能知戒而镇定，较上者亦属出之勉强，中山盖纯粹出之自然，故能成伟业也。单等魏邦平调停的条件实现。

到了第二天，陈炯明的部将洪兆麟派陈家鼎拿着亲笔信

来见中山。信中的意思，大概说：“自己拟与陈炯明同来谢罪，请总统回省，组织政府后，再任陈炯明为总司令。”中山当时便写了一封回信给洪兆麟，信中所写，无非责以大义，却一句也不提及陈炯明。

这天，魏邦平又来见，中山问他，逆军为甚么还不退出广州？魏邦平顿了一顿，方才说道：“这事还没有十分接洽妥当，最好请总统发表一个和六月六日相同的宣言，责备陈军各将领，不该轻举妄动，那么陈军必然根据这个宣言，拥护总统，再组政府。”原来中山先生曾于六月六日在广州宣言，要求两件事情：一件是惩办民国六年乱法的罪魁，二件是实行兵工制，所以魏邦平有此请求。中山因他事出离奇，便道：“魏同志的话，真令我不懂，陈军甘心叛逆，何必去责备他。如果他们确有悔祸的诚意，我自当另外给他们一条自新之路，可先教他们

把广州附近的军队，退出百里之外，以免殃及百姓，把广州完全交与政府，方才谈到别的。”魏邦平默然。半晌，又说道：“现今事机危迫，总统何妨略为迁就一点，庶几使陈军有拥护总统的机会，也未始不是民国之福咧。”中山正色道：“如其不能先教逆军退出广州，则我也宁甘玉碎，不愿瓦全，我系国会选举出来的总统，决不能做叛军拥护的总统。请魏同志努力训练士兵，看我讨平叛逆。”魏邦平道：“总统固执如此，恐有后悔。”中山断然道：“古时帝王殉社稷，总统是应死民国，何悔之有？”先贤云：“临难毋苟免”，能励行此语者其唯中山乎？魏邦平乃默然而去。

次日，林直勉听了这些话，不觉太息道：“时局危迫如此，竭诚拥护总统者，究有几人，魏司令不足责也。只不知北伐军队，到什么时候才能南返咧。”正在感叹，忽然有人进来，仿佛很惊遽似的，倒使直勉吃了一惊。急忙看时，原来是林树巍。树巍见了直勉，卒然说道：“林同志可知祸在旦夕吗？”直勉惊讶道：“拯民兄为什么说这话？”树巍道：“顷得可靠消息，三大舰决于今日驶离黄埔，留下的尽是些小舰队，我们前无掩护，后无退路，岂非危机日迫了吗？”林直勉道：“这消息果然确实吗？”树巍正色道：“这事非同儿戏，哪里有不确实的道理？”林直勉笑道：“此事我早已料到，不过在今日实现，未免太早耳。”说着，便和林树巍一同来见中山。中山见了林直勉和林树巍，便拿了一封信及一个手令给他们看。两人看那封信时，原来是许崇智由南雄发来的。春云忽展，沉闷略消。大略道：

陈逆叛变，围攻公府，令人切齿痛恨。北伐各军，业已集中南雄，指日进攻韶关，誓必讨平叛逆。朱总司令所部滇军，尤为奋勇，业已开拔前进，想叛军不足当其一击也。

读完，不觉眉头稍展，说道："北伐军回省，叛军想不日可以讨平了。"中山道："最后胜利，自必在革命军队，叛逆的必败，何消说得。今日果应其言。你们且再看我的手令！"林直勉果然拿起手令一看，原来是令饬各舰由黄埔上游，经海心冈，驶往新造村附近，掩护长洲要塞的，不禁疑讶道："总统为甚么要下此令？"中山道："此令还待斟酌，并非即刻就要发表的，你们可不必向人提及。"林树巍道："命令没有发表，我们如何敢泄漏。但总统还没知道三大舰已变节附逆，要离开黄埔了。"中山泰然道："我刚也接到这个报告，所以有驶往新造村的决心。"林直勉道："海心冈的水甚浅，舰队怎样通得过？"中山不答，两人怀疑而退。

1268. 到了晚上，海圻、海琛、肇和三大舰，果然升火起锚，驶离黄埔。中山得报，立刻下手令，教其余各舰经海心冈驶往新造村附近。各舰长得令，都派人来禀道："海心冈水浅，如何得过？"中山道："不必担心，我自有方法可以通过，否则我怎么肯下这令？"各舰长只得遵令前进。到了海心冈，果然安然而过，并不觉得水浅。众皆惊喜，不解其故。我亦不解，读者将谓中山有何法力矣。中山向他们解释道："我当时虽不信三舰即时叛变，然而早已防到退路，军事胜负，原难一定，深恐一有蹉跌，便被叛军封锁，所以暗地时时派人去测量海心冈的深浅，据报总在十五尺以上，所以我毫不在意。当时所以不告你们，恐怕万一泄漏，为逆军所知道，在海心冈一带，增加炮兵截击，则我们通过时，未免又要多费周折了。"见中山之镇定，原有计划，非一般忠厚有余、智力不足所可比拟万一。众皆叹服。

中山到长洲后，即传令长洲要塞司令马伯麟戒备，以防叛军袭击。或请中山驶入省河，乘叛军之不备而攻之，可获胜利。中山叹道：“我非不知此举可以获胜，但恐累及人民，于心何安？先看此句，则知后文中山之入省河，实出万不得已，而叛军之殃民，亦益觉可恶可恨。我们现在所应注意的，是叛军探知我们离开黄埔，必然派队来袭击，不可不防。”正说时，忽然枪炮之声大作，探报鱼珠炮台之叛军钟景棠所部，渡河来袭。我要塞司令所部已出动应战。众皆骇然。中山即时出外眺望，并令各舰开炮助战。钟部因无掩护，死伤甚众，纷纷溃退。中山见马伯麟正在指挥部下追击，心中甚喜。忽见自己队伍中飘出几面白旗来，不觉心中大惊，急忙用望远镜仔细审视，只见几面白旗，在着海军陆战队的队伍中飞扬。可杀可恨。队长孙祥夫指挥部下兵士，反身向马伯麟冲击。钟景棠部乘势反攻，马伯麟抵御不住，兵士大半溃散。中山顿足道：“不幸又伤我如许爱国士兵，真是可痛。”说着，便下令教各舰集中新造西方，收容要塞溃兵。

马伯麟登永丰舰向中山谢罪。中山抚慰他道：“马同志忠勇可嘉，使人人皆如马同志，则叛军早已讨平。今日的败衄，由于孙祥夫的背叛，马同志何罪之有？”马伯麟逊谢。中山又道：“今长洲要塞既失，我欲令各舰攻占车歪炮台，以为海军根据地，未知马同志以为如何？”马伯麟道：“车歪炮台，形势非常险恶，炮队密布，要想攻克它果然很难，便想通过也绝不容易，似乎不如把舰队驶到西江去活动，还比较妥当。”中山笑道：“马君只知其一，不知其二。我们如往西江，必须经过牛山、鱼珠各炮台，更兼三大舰驻在沙路港口，监视我们各舰行动，便算我们能够冲过牛山、鱼珠，三大舰也必阻止我们通过，到那时我们反而进退两难了。所以我们这时除出袭取车歪炮台，驶入省河一个计划之外，更没有别的妥当方法了。”众人听了，方才恍然，尽皆拜服。

于是中山率领永丰、楚豫、豫章、广玉、宝璧各舰，由海心冈开到三山江口，已经天色微明，各舰先向车歪炮台粤军的阵地。粤军发炮还击。当时舰队炮少，粤军布置既密，大炮又多，各舰长虽然进攻，而甚为惶恐，进退莫决。中山奋然曰：“民国存亡，在此一举，今日之事，有进无退。”意气振山岳。说完，即令座舰先进，再令各舰继续往前奋勇冲突。不料舰队刚到炮台附近，粤军预先布置在那里的两营野炮队立即炮弹齐发，向舰队注射。舰队猛攻多时，终因陆上的部队太少，只攻克东廊一岸。各舰通过时，都受微伤，只有座舰，连中六弹，受伤最重。士兵死伤更多，不能久持，只得直开到白鹅潭，准备召集各舰，以图再举。

1270. 恰好又有永翔、同安各舰来附义讨逆，中山甚喜。当时商人恐怕在此开战，颇生恐慌。税务司夏竹和西人惠尔来见中山，相见毕，夏竹先问道：“总统来此，是否避难？”中山正容道：“我是中华民国的总统，此地是中华民国的领土，我当然可以自由往来，怎么说是避难？心能持重，语自得体。你说的甚么话，真使我丝毫不懂了。”题目正大。夏竹支吾道：“并非多问，因此地是通商港，接近沙面，惟恐一旦发生战事，牵动外国战舰，发生交涉，所以我请总统不如暂时离开广州，可以不使商业发生影响。”此辈但知奉承资本家、帝国主义耳，他何所知！中山怫然道：“这话是你所应说的吗？我生平只知公理和正义，不畏强权，不服暴力，决不怕无理的干涉的。”刚和夏竹卑鄙的心理相反。夏竹默然。惠尔在旁看了，不觉肃然起敬道：“总统真中国人中之爱国奇男子，谁说中国没有人材呢！我今日才见总统的大无畏精神咧。”真心佩服。夏竹听了这话，更觉惭愧，便和惠尔一同致敬而退。两人去后，又有海军总长汤廷光来信，请求准予调解。中山当时便写了一封回信，大略说道：

专制时代，君主尚能死社稷，今日共和国家，总统死民国，分所应尔。如叛徒果有悔祸之心，则和平解决，吾亦所愿也。

第二天，中山正在慰劳海军将士，忽接汤廷光送来议和条件，完全以敌体相视，并以次日十二点钟为限。中山毅然令秘书起草，复绝调停。信内有最扼要的几句话道：

叶逆等如无悔过痛改的诚意，即如来函所称，准以明日十二时为限可也。

各士兵听了这事，十分愤激，争着要见中山，情愿出死力讨贼。中山慰谕道：“昨天各舰通过车歪炮台时，忠勇奋发，殊堪嘉尚。中国海军如都能够像昨天那样勇往直前，杀敌致果，则前途实有无穷希望。现在虽在危迫之中，还能如此勇敢向义，叛逆之徒，必然被我们讨平，不过时间问题。诸君何必急急于一战咧。”能使军人如此，先生之德行，岂易多见？各兵士始含愤而退。

此时又有水上警察厅所辖的广亨、广贞两舰，前来效顺。不料开到车歪炮台附近，被粤军炮火截住，两舰抵抗了几个钟头，因舰力薄弱，不能通过，只得和东廊附近陆上的各部队，一齐退到江门。中山得了这消息，正和幕僚谈论赞叹，忽然汪精卫来见，中山问他有甚么事？精卫道：“刚才得到一个确实的消息，据说叛军在韶关大败，我滇军确已占领芙蓉山、帽子峰等要害，推进甚速，所向无敌……”精卫刚想说下去，忽然张侠夫匆匆进来说道：“奇怪之至！刚来附义的永翔舰，不知如何，又升火要离开这里了。又不先来禀白一声，不知是何道理？”精卫道：“我刚进来时，听说是温司令来召他去的，不知道是否确实？”张侠夫道：“我们该截留住他，别让他离开为是。”中山道：“他既称有温总司令的命令，且由他去罢，不必阻挡。”先生一味从容。又回顾精卫道：“你且说你韶关的消息。”精卫道：“我军的飞机队，听说也已经飞过韶关，在马霸、河头等地方抛掷炸弹，命中的很多。现在省城叛党，都有遁逃的现象，韶关大概指日便可被我军克复了。”正是：

岁寒方知松柏劲，世平安识忠臣心。

未知此说究竟可靠与否，且看下回分解。

智者每流于刻，仁者恒失之愚。中山处事，果敢敏决，待物尤极宽仁，而待物宽仁之中，又常含智计，而果敢敏决之中，亦常含宽仁，如言不究叶、李已往之罪，智计也，而有宽仁在焉，其不泥永翔之行，与含容温树德，不欲士兵拒之，宽仁也，而有智计在焉。读者苟能细细绎之，则虽不能亲炙中山，而其兼有智仁勇之伟大人格，亦可于想象中得之矣。

第一百三十八回　离广州乘桴论时务
到上海护法发宣言

却说李烈钧、许崇智、梁鸿楷、黄大伟、朱培德各部军队，在江西的战事，本来节节胜利，已经占领赣南各地，蔡成勋虽代陈光远节制江西军队，也无法抵抗。孙中山发信催促回军平乱的那日，李烈钧正在猛攻吉安，和沈鸿英的部队剧战，以后蔡成勋、周荫人等部队也加入前线，北军陡然增加了许多生力军，气势大振，因此北伐军不能长驱直上。好在湖南陆军第六混成旅长陈嘉祐所部的一旅，也帮着李军助攻，还能维持个势均力敌，想不到广州政局变动的消息传来，顿时使北伐军生了内顾之忧，只得撤退回粤。陈氏之肉，真不足食也。周荫人部乘势追击，陈嘉祐部被打得大败亏输，因此回不得湖南，只得退入广东，助北伐军讨伐陈炯明。

朱培德、李烈钧、许崇智等退到边境，大家商议：我军一齐撤退，北军乘势进逼，则腹背受敌，必难取胜。何况我们饷械的接济，已经断绝，势不能延久，不如留一部分军队，坚守赣南，分一部分军力去讨伐陈逆，方有救应。大家便决定先由朱培德、许崇智、黄大伟等部南下，其余暂留赣南，防北军追击。许崇智的部队担任中路，进攻仁化，黄大伟担任东路，进攻始兴，朱培德担任西路，进攻乐昌，双方剧战多日，互有胜负。李烈钧这时正在防守赣州，也和蔡成勋、周荫人等部剧战。李烈钧虽是智勇兼备的军事家，无奈人数既少，又是久战的疲卒，饷械又无处筹划，因此抵抗了半个多月，已是大不容易。便支持不住，被北军夺了赣州。

恰好这日听说许崇智等的军队也吃了败仗。南雄、始兴等处都被陈炯明占领，许崇智等残部陆续由闽边退去，知道已不能退到韶关一带去，便分向湖南、广东交界的地方退却了。韶关那面，许崇智、黄大伟两部军队，战败退往闽边，朱培德、陈嘉祐等部还在仁化、乐昌一带剧战，无如子弹缺乏，只得也

同时退却，朱培德退向广西边境，陈嘉祐仍回湖南去了。所有北伐部队，到此总算已完全失败。大书特书，所以直诛陈氏之罪也。

这消息传到广州，中山还不肯深信，程潜、居正等都请中山离粤，中山不从道："这种战报，都出之敌方，岂可尽信？万一前方并未失败，而我先离广州，又将何以对前敌与舰队之将士？"苦心孤诣。如此者已非一日，到了八月九日那天，各处败耗方才证实，中山当即召集各舰舰长，开军事会议，决定大计。各舰长齐声道："赣南既已失陷，南雄又复不保，前方腹背受敌，战事决难顺利。总统株守省河，有损无益，不如暂时到上海去，慢慢的再图讨伐叛逆之计，较为妥当。"中山深知在此无益，便决定离粤赴沪，一面又通告各国领事，说明总统即日离粤的事情，一面又叫人向商轮公司，预定舱位。幕僚一齐谏止道："总统一身，关系民国存亡，何可行此冒险之事？

万一叛军有甚么阴谋，岂不危险？”中山侃然道：“我本中华民国之总统，一切当示人以公正伟大，仍是不肯言逃之意，读之令人起敬。岂可鬼鬼祟祟，学末路政客、失败军阀的样子，秘密动身吗？”是能见到大处，非专以大言欺人者比。幕僚再三婉谏，总未得中山许可。

众人正在为难，恰好英领事托人回报说：“孙总统如果决意离粤，我可派炮舰摩汉号，护送总统往香港，不必另搭商轮。而且明天还有俄国皇后号邮船，由香港往上海，如孙总统往上海，请于下午三点钟趁摩汉炮舰到香港，我可以电知香港，预备舱位。”众幕僚听了，都大喜道：“难得英领事盛意，总统不可辜负了他。”中山沉吟未答，那回报的人道：“英领事此举，非常诚意，总统无论在邦交上着想，或友谊上着想，都不可辜负他。”中山方才应诺，到了下午三时，带了幕僚，登摩汉舰离开广州，舰队的善后事宜，委托秘书林直勉和参军李章达两人代为办理，并发恩饷一月，以奖励官长士兵忠勇勤劳的功绩。

到了四点钟，摩汉号出发，七时出虎门要塞，中山在船上向众人说道：“想不到我们今日竟得脱险，一息尚存，此志不懈，民国责任，仍在我们身上，万万不可轻弃，负了初心。”读之令人起敬，还令人下泪。林树巍道：“总统忠于为国，对于世界政治情形，观察得尤其透彻，不知道中国究要怎样才能富强，脱离次殖民地的地位？”中山素来是沉默庄严的，此日却和往日不同，议论风生，很有悲歌慷慨的样子，当时便回答道：“中国要求自由平等，脱离列强的压迫，除却革命而外，自然更没有第二条路可走。大声疾呼。至如联省自治之说，不过是军阀割据的一种变相，万万不可实行，而且是决不能实行的。”张侠夫道：“美利坚、德意志不都是联邦制吗？为什么在他们行之，便可以致富强，在中国便不能实行呢？”中山道：“你们可谓知一不知二。美德各国，本来没有军阀割据的事实，而且他们的领土较小，不能单独存在，所以可行。至于中国，不但土地比世界各国要大，就是人民也比各国为多，假使准许各省自治，则各省无论在财力兵力上以及其他，都可脱离中央而独立。军阀假自治之名，行割据之实，决不能免，所以不如分县自治，较为妥当。因为县的范围有限，一乡一县的事情，人民容易见到，该兴该革的地方，亦容易实行，可以不至如省自治制的大而无当也。”主联省自治者，未尝不言之成理，惜皆知其一不知其二耳。张侠夫道：“总统伟论，我们都明白了。但此是内政问题，若就外交而论，又当联络哪一国呢？”中山道：“这也未可执一而论，须看他们的情形。”众人齐声道：“请总统不妨把各国的情形，解释给我们听听，看中国该学哪一国？该联络哪一国？”中山道：“美国人素重感情，主持人道；法国尊重主权，又尚道义；英国外交，则专重利害，不过它的主张中正不偏，又能识别是非，主持公理，所以对外态度，总不失其大国之风。现在我国的外交，该学英国公正的态度、美国远大的规权、法国爱国的精神，即尊重主权，盖尊重本国之主权，即爱国之表现也。以立我们民国千百年永久之大计。至于在国际地位上言之，和我们中国利害相同，又毫无侵略顾忌，而又能提携互助，策进两国利益的，却只有德国。可惜我国人不明白它的真相，因它大战失败，便以为不足齿列，不知道他们的人才学问，都可以资助我国发展实业、建设国家之用。所以此后我国的外交，对于海军国，固然应当注重，不过对于欧、亚大陆的俄、德两国，更不能不特别留意。不可盲从他国，反被别人利用咧。”今日之外交家，应以此语为箴言。众人听了，都各欣然。彼此往复讨论，直到后半夜两点钟，方才各自就寝。

天明六点钟，摩汉舰已到香港，香港政府即时派人来照料，搬过俄国皇后邮船。到了正午十二时，邮船开行。次日，又接到广州英领事的无线电，报告白鹅潭海军，和保护人员离粤赴港的情形。中山复电感谢。一行人在邮船住了五天，无非讨论些国家世界的事情，和谈论广州的事变而已。到了八月十四上午，邮船开到上海，中山在吴淞口登陆。其时上海各团体代表在岸上欢迎的足有好几千人，中山听说他们在风雨中，已鹄候了好几日，真是难得。十分感谢。落了寓所后，在下半天便召集中华革命党的同志，讨论国会和时局问题，第二天便发表了一个护法宣言。这宣言的稿子，是中山在邮船上决定的。原文道：

1277.

六年以来，国内战争，为护法与非法之争，文不忍艰难创造之民国，隳于非法者之手，倡率同志，奋斗不息。中间变故迭起，护法事业，蹉跎数载，未有成就，而民国政府，遂以虚悬。国会知非行权无以济变，故开非常会议，以建立政府之大任，属之于文。文为贯彻护法计，受而不辞。

就职以来，激励将士，出师北向，以与非法者战。最近数月，赣中告捷，军势远振，而北军将士，复于此时为尊重护法之表示，文以为北军将士有此表示，则可使分崩离析之局，归于一统，故有六月六日之宣言，愿与北军将士提携，以谋统一之进行。不图六月十六日，护法首都，突遭兵变，政府毁于炮火，国会遂以流离，出征诸军，远在赣中，文仅率军舰，仓卒应变，而陆地为变兵所据，四面环攻，益以炮垒水雷，进袭不已。文受国会付托之重，护法责任，系于一身，决不屈于暴力，以失所守，故冒险犯难，孤力坚持，至于两月之久，变兵卒不得逞。而军舰力竭，株守省河，于事无济，故以靖乱之任，付之各处援师，而自来上海，与国人共谋统一之进行。回念两月以来，文武将佐，相从患难，死伤枕藉，故外交总长伍廷芳，为国元老，忧劳之余，竟以身殉，尤深怆恻。文之不德，统驭无才，以至变生肘腋，咎无可辞。自兵变以来，已不能行使职权，当向国会辞职，而国会流离颠沛之余，未能集会，无从提出。

至于此次兵变，文实不知其所由起，据兵变主谋陈炯明及诸从乱者所称说，其辞皆支离不可究诘。谓护法告成，文当下野耶？六月六日文对于统一计划，已有宣言，为天下所共见。文受国会付托之重，虽北军将士有尊重护法之表示，犹必当审察其是非与诚伪，为国家谋长治久安之道，岂有率尔弃职而去之理？陈炯明于政府中为内务总长、陆军总长，至兵变时，犹为陆军总长，果有请文下野之意，何妨建议，建议无效，与文脱离，犹将谅之。乃兵变以前，默无所言，事后始为此说，其为饰辞，肺肝如见。按当日事实，陈炯明于六月十五日，已出次石龙，嗾使第二师于昏夜发难，枪击不已，继以发炮，继以纵火，务使政府成为煨烬，而置文于死地。盖第二师士兵皆为湘籍，其所深疾，果使谋杀事成，即将归罪以自掩其谋，而兼去其患。乃文能出险，不如所期，始造为请文下野之言。观其于文在军舰时，所上手书，称大总统如何，可证其欲盖弥彰已。

陈炯明以免职而修怨，叶举等以饬回防地而谋生变耶？无论以怨望而谋不轨，为法所不容，即以事实言之，文于昨年十月，率师次于桂林，属陈炯明以后方接济之任。陈炯明不唯断绝接济，且从而阻挠，文待至四月之杪，始不得已改道出师，于陈炯明呈请辞职之时，犹念其前劳，不忍暴其罪状，仍留陆军总长之任，慰勉有加，待之岂云过苛？叶举等所部，已指定肇、阳、罗、高、雷、钦、廉、梧州、郁林一带为其防地，乃辄率所部，进驻省垣，骚扰万状。前敌军心，因以摇动，饬之回防，讵云激变？可知凡此种种，亦非本怀，徒以平日处心积虑，惟知割据以便私图，于国事非其所恤，故始而阻挠出师，终而阴谋盘据，不惜倒行逆施，以求一逞。诚所谓苟患失之，无所不至者。

且即使陈炯明之对于文积不能平，至于倒戈，则所欲得而甘心者，文一人之生命而已，而人民何与？乃自六月十六日以后，纵兵淫掠，使广州省会人民之生命财产，悉受蹂躏，至今不戢；且纵其凶锋，及于北江各处，近省各县，所至洗劫一空。人民何辜，遭此荼毒？言之痛心。向来不法军队，于攻城得地之后，为暴于一时，已犯天下之大不韪，今则肆虐至于两月。护法以来，各省虽有因不幸而遭兵燹，未有如广东今日所处之酷者。北军之加兵于西南，军纪虽弛，有时犹识忌惮。龙济光、陆荣廷驻军广东，虽尝以骚扰失民心，犹未敢公然纵掠，而此次兵变，则悍然为之。闻其致此之由，以主谋者诱兵为变时，兵怵于乱贼之名，惮不敢应，主谋者窘迫无术，乃以事成纵掠为条件，兵始从之为乱。似此煽扬凶德，汩没人道，文偶闻野蛮部落为此等事，犹深恶而痛绝之，不图为此者，即出于同国之人，且出于统率之军队，可胜愤慨！文夙以陈炯明久附同志，愿为国事驰驱，故以军事全权付托。今者甘心作乱，纵兵殃民，一至于此。文之任用非人，诚不能辞国人之责督者也。此次兵变，主谋及诸从乱者所为，不惟自绝于同国，且自绝于人类，为国法计，固当诛此罪人，为人道计，亦当去此蟊贼。凡有血气，当群起以攻，绝其根本，勿使滋蔓。否则流毒所播，效尤踵起，国事愈不可为矣。以上所述，为广州兵变始末。至于国事，则护法问题，当以合法国会自由集会，行使职权为达到目的，如此则非常之局，自当收束。

继此以往，当为民国谋长治久安之道。文于六月六日
1280. 宣言中所陈工兵计划，自信为救时良药，其他如国民经济问题，则当发展实业，以厚民生，务使家给人足，使得休养生息于竞争之世。如政治问题，则当尊重自治，以发舒民力，惟自治者全国人民共有共治共享之谓，非军阀托自治之名，阴行割据，所得而借口。凡此荦荦诸端，皆建国之最大方略，文当悉其能力，以求贯彻。自维奔走革命，三十余年，创立民国，实所躬亲。今当本此资格，以为民国尽力。凡忠于民国者，则引为友，不忠于民国者，则引为敌。义之所在，并力以赴。危难非所顾，威力非所畏，务完成中华民国之建设，俾国民皆蒙福利，责任始尽。耿耿此诚，惟国人共鉴之！

此项宣言发表以后，南北人民才晓然于广东兵变之内幕，

都痛恨陈炯明，斥为国家之贼、社会之蠹，而对于中山先生的信仰心，却益发深切坚固，认他宣言的方略，为救国惟一之良猷，即认定先生为现代惟一救世主者。曾几何时，叛逆者终为世弃，而先生革命大业，不久即告成功。可见民心向背，端的关系匪轻。我人论史至此，惟有引用尚书“作伪作德，劳逸拙休”两语，为感叹奋励资料罢了。正是：

君子乐得为君子，小人何苦为小人。

南方兵变事，至此告一段落，同时北方也有几件大事，容俟下回分解。

民国以来，战争靡已，鸡虫得失，蜗角纷持，主事者认为大事，旁观者久已齿冷。寖至弹雨枪林，都成司空见惯，有识者且置为无足评论之问题。惟有一事，足予吾人以确当之教训者，则民心向背，可为胜败之标准，历试皆验，无一或爽。故以广东事变而论，自陈氏背叛，而国人对于中山先生之信仰愈坚，即为革命事业生色不少。是陈氏之所以害先生者，乃适以厚先生耳。小人作祟，虽能逞志一朝，结果每以成全君子之事功。若陈氏所为，不綦然与？不綦然与？嗟夫！彼野心军阀，可以悟矣。

第一百三十九回　失名城杨师战败 兴大狱罗氏蒙嫌

却说民国十一年，除却北方的奉直大战和南方的陈炯明叛变以外，四川也正在枪林弹雨之中。逐回写来，令人目迷神眩，得此总束，精神百倍。这时四川督军兼省长刘湘已经通电辞职，所有军民政务交由他部下王陵基、向楚成两人代拆代行。至于他所以辞职的缘因，大概是由刘成勋逼迫之故。此时四川有实力的军阀，除出刘湘以外，还有川军第一军军长但懋辛、第二军军长杨森、第三军军长刘成勋，都势力很强，而尤以刘成勋的实力最为雄厚。如邓锡侯、赖心辉、田颂尧、刘斌等都听他指挥的。在本年七月初，杨森与但懋辛又因防地冲突发生意见。杨森自恃势力较强，竟率兵进迫忠州。忠州原是但懋辛的防地，见杨森大军临境，少不得派兵迎敌。无奈杨森兵多械精，但懋辛如何抵敌得住？只支持了一天，便败退梁山。那梁山是一个小县，在忠州的西北，地当群山之中，形势尚属险要。但懋辛退到梁山，当时便召集部下，开紧急军事会议，商议应付之策。部下军官齐声道：“梁山地势险要，进攻不易，我们愿竭死力应战。”但懋辛道：“现在我军兵少械缺，饷弹不继，决难持久，不如暂退绥定，一面电成都代表联络刘成勋，协同对杨，方能计出万全。如其困守梁山，再打一败仗，那就不可收拾了。”部下各军官听得有理，便立即开拔，退到绥定，一面电知成都代表，向刘成勋接洽一切。

刘成勋本来也怕杨森势力日渐膨胀，很想驱除他离开四川，无奈一时没有机会，只得隐忍。这时听说杨、但开战，第一军战败，立刻召集赖心辉、邓锡侯一班人，商议道：“杨森若战败但懋辛，又得了忠州、万县等地方，势力益强，将来难免侵略我们，不如乘此时机，帮助但懋辛，攻击重庆、泸州，使他首尾不能救应，一则使但懋辛感激，此后可以收为我用；二则可以乘势占领重庆、泸州等地，也可多一筹饷之地；军阀争地以战之目的，不过如此而已，彼辈岂能知大义哉？三则去了腹心之患。” 1283.
众人一致赞成，正待发电讨杨，恰好但懋辛的代表前来接洽请救。刘成勋大喜，虚己接纳，十分优待。当由一三两军，共推刘成勋为川军总司令，讨伐杨森。刘成勋即日就职，分派邓锡侯、赖心辉、田颂尧、刘斌各军，往攻重庆、泸州各地，一面电知但懋辛。

此时但懋辛已退到遂宁，得到这个消息，便南下进攻泸州。杨森听说刘、但联军来战，不敢轻敌，在永川、泸州等处，严密防守。但懋辛一则报仇心切，二则得了刘成勋所胁饷弹，军势顿壮，三则杨森兵力已分，反成了此众彼寡，因此激战了几次，杨军节节败退，竟被但军占了泸州。杨森便集中兵力，在永川壁山一方面，并力攻击刘成勋的军队。刘军方面的前敌总指挥邓锡侯是第三军中最善战斗的师长，本不难一鼓击败杨森，却因杨森把所有的兵力，大部都在这里，拚命地抵御，所以激战了几次，都不曾得手。

邓锡侯焦躁，思得一计，自己向壁山敌阵猛扑了两次，却急忙退守铜梁去了。杨森只道他要渡嘉陵江，取包抄的战略，便分兵防守这一面。隔日果然探报第一军渡江的很多，杨森急忙把壁山的兵力，调到青木关，一方面却把永川方面的军队，退到来凤驿，使战线缩短，以便救应壁山，不料，第三军渡嘉陵江的不过一部分，大部还在全德场，得了调救青木关、麻柳坪一带的消息，便乘胜袭击。杨军防守人少，又不曾预备，支持不住，立刻溃退。等来凤驿的救兵来时，邓锡侯早已占了壁山。

在永川一方面的第三军，是赖心辉所部的队伍，得了邓锡侯的约会，也乘势猛攻。杨森这时先得了壁山不守的消息，此时又得了这方面的报告，便又传令来凤驿的军队，退守白市，以便互相救应。

但懋辛自得了泸州后，随即进兵占领合江、江津、綦江等处，这时又下了南川，正待向涪州进攻。杨森恐怕后路有失，急忙分兵去救涪州。重庆方面的兵力愈加薄弱，邓锡侯、赖心辉等乘势猛攻，杨森大败，退守忠州，连防守涪州的军队，也受了影响，连夜退到石砫去了。邓锡侯等得了重庆以后，立即领兵追击，探报田颂尧克了大竹，刘斌攻克东乡，前进更猛。杨森见忠州已在包围之中，知道难守，便又放弃阵地，退守万县。但懋辛得了石砫，并不休息，立刻前进，在涂井渡江，进扑万县，一、二两军又在怀渡开火，一方是累败之卒，一方仗战胜之威，只支持了半天，二军杨森所部，便大败而退。但懋辛乘势进攻，占了万县，第三军的大队，也陆续到来。休息了几天，又继续前进，和杨森的军队在庙基滩开火。杨森此时已存背城借一之心，所以勉励部下，努力死战，绝不退却。双方激战了几夜，终究众寡势异，渐渐抵挡不住。一、三两军乘势猛扑，杨森顿时大败，士兵纷纷溃散，一部退至湖北施南一带，杨森自己逃到宜昌，向长江上游总司令孙传芳要求收编。孙传芳不敢专擅，电询吴佩孚的意见。吴佩孚正因胜了奉天，陈炯明又逼走了中山，在那里做武力统一的迷梦，吴佩孚武力统一的迷梦，确由此时起。得了这消息，自然极愿收留杨森，为自己将来武力取川的向导，所以立刻电令孙传芳收编，不愿改编的，资遣回籍。孙传芳准此办理，共得了一混成旅之众。吴佩孚仍令驻防鄂边，听长江上游总司令节制调遣。

刘成勋、但懋辛、邓锡侯等自逐出杨森以后，便组织了一个省宪会议筹备会，自己担任筹备员，进行四川自治省宪事宜，以便永久割据。凡赞成或提倡联治者，除却希咽军阀余沥之政客而外，皆军阀之存此心理者也。然川、鄂边境一面，因追击杨军之故，时时有与鄂军开火之虑，所以形势也非常严重。后来经孙传芳和刘成勋各派代表议定了三条和约：一，川、鄂军同时撤退，两不相犯。二，渝、宜交通，立即恢复。三，川、鄂联防条件，继续有效。方才双方撤兵，言归于好。

吴佩孚自收了杨森之后，教他积极训练士兵，一面又替他补充军械，以备再举，民国以来的失败军阀，只要有一成一旅的余众，不上几时，便又恢复势力，再成军阀。因此兵额虽少，力量倒还充实，吴佩孚自是欢喜。不过此时北方又有直、奉备战的消息，人心非常恐慌。幸喜鲍贵卿竭力调和，又经奉、直当局通电否认，人心方安。想不到一波方平，一波又起，直、奉战争的谣言方息，北京又发生了一件惊天动地的大案子。却说民国十一年十一月十八日那天晚上，大总统黎元洪正在批阅文件，忽有众议院议长吴景濂副议长张伯烈，说有紧要机密事要见。黎元洪很是疑讶，即命请见。吴景濂见了黎元洪，走上前一步，悄悄的说道："有一件机密事儿，和总统接洽。"黎元洪诧问什么事？吴景濂道："财政总长罗文干订立奥国借款合同，有纳贿情事，请总统即下手谕，命步军统领捕送地方检察厅讯办，以维官纪。这是众议院的公函，这件事情，完全由景濂等负举发之责。"黎元洪接过公函，看了一遍，不觉勃然大怒。黎氏本称廉洁，对于官吏受贿自应震怒，但此事却不免又受人利用了。立刻下了一个手谕，给步军统领，着将罗文干逮交法庭讯办。步兵统领得了这个紧急手谕，当然不敢怠慢，立派排长王得贵，带领全排士兵，武装实弹的赶到罗文干的公馆里，把士兵四散埋伏了，自己只带了两个人，上去叫开了大门，只推说有要紧事要亲见总长，问

总长可在家，门上不明就里，便老实告诉了他。王得贵更不说甚么，竟冲将进去。门上拦不住，只得也跟了进来。

罗文干这时正抱着他的爱妾，在那里沉酣于好梦之中。忽听得房门外有人叫唤，不觉惊醒，怒道："甚么人，这时候还有甚么事？"王得贵道："总长果然在家，我们奉了大总统和统领的紧要命令，特来请总长去商议要事。"罗文干怒道："这早晚还有甚么事？你去回复总统，说我明天早晨再来商议罢。"王得贵道："这不行！统领说过，今天非请总长一到不行。"罗文干更怒道："甚么话？我不去，他待怎样？"他的爱妾这时已被他惊醒，见罗文干发怒，忙劝道："人家这样要紧来请你，定有了不得的急事，你不去，岂不误了事啦？"罗文干闻着美人口中一丝丝的香气，吹到鼻孔中来，不觉酥了半边，立刻很温柔的笑道："一时生气，却把你惊醒了，这又是谁的不是啦？"

他那爱妾也斜着眼道："别胡说啦，还不起来，别误了国家的紧要事呢！"罗文干被催不过，只得勉强着衣下床，

开出门来，只见房门口立着三个军人和自己一个门房。不觉又发怒，骂那门房道："甚么人，也不问个明白，也不先来请示，就糊里糊涂的带进来。"门上应了几个是道："小的和他说过，再三拦他不住咧。"罗文干又很生气地看着王得贵道："你说有甚么事？"王得贵行了一个军礼道："统领教咱来请总长即刻过去。"罗文干道："甚么事，这样要紧？你回去说，夜深了，有甚么事，请你们统领明天到部里来找我罢！"王得贵道："这不行，我们统领奉了大总统的命令，说非请到总长不可。"罗文干又怒又奇地说道："甚么话！非去不可！你们统领奉了大总统的命令，干我甚么？我又不奉到大总统甚么命令，非去不可，这不是笑话吗？"王得贵道："回总长的话，大总统的命令，就是教总长非去不可的。"罗文干道："我不懂你的话，你说……"罗文干说到"你说"两个字，便沉吟着，看着王得贵，等王得贵回话。王得贵知道不和他说个明白，他是不肯去的，便掏出一张公文来道："请总长瞧这一张公文，就知道了。"罗文干拿着公文看时，只见上面写着两行字道："奉大总统手谕，准众议院议长吴景濂、副议长张伯烈函开：'财政总长罗文干，订立奥国借款展期合同，有纳贿情事，请求谕饬步兵统领，捕送地方检察厅讯办。'等由，准此，仰该统领即便遵照，将该总长捕送京师地方检察厅拘押，听候讯办。此谕等因，奉此，合亟令仰该排长即便前往将罗文干一名拘捕前来，听候函送检厅讯办，切切毋延！此令。"罗文干看完，方才恍然大悟道："好好！原来有这么一桩事，好好！我就和你同走。"说着，便叫人备汽车，和王得贵一同到了步军统领衙门里，步军统领连夜

就备文把他送到地方检察厅里去了。还有一位财政部的库藏司长黄体濂，同时也被捕送检察厅。

第二天，国务总理王宠惠、外交总长顾维钧、内务总长孙丹林、陆军总长张绍曾、农商总长高凌霨、交通总长高恩洪等，得了这个消息，真是物伤其类，彼此备位阁员，却无端被总统捕去了一个，如何不愤怒着急？立刻相互打电话，商议了一回，便开了一个府院联席会议，在会议席上，先请黎总统宣布经过事实。黎总统把事情说过以后，高恩洪首先起立说道："这件事实是总统违法，无论总长犯了甚么罪，除却司法机关以外，总统怎么可以叫步军统领捕人？此却是据理而言。何况现行的是责任内阁制，假使大总统随意可以捕人，我们这阁员还干得了吗？"高恩洪坐下以后，孙丹林、顾维钧等也先后立起来发言，责备黎元洪，以为总统违法。黎总统原是个忠厚长者，

被他们群起而攻的责备起来，竟一句也不会分辩。张绍曾看不过意，便立起来排解道："事情已经过去，这时说也无益，不如大家讨论一个补救的办法罢！"高恩洪道："怎样补救？我们内阁总辞职就完了。"顾维钧道："现在也没别的法儿，吴、张既为告密，当然该负责任，只请总统下一个命令，叫法庭依法办理，实则严惩，虚则反坐，看他们敢不敢担当？"众皆赞成。当下便照此意拟了一个命令，请黎总统盖印发表。

联席会议刚散，这消息已给吴景濂、张伯烈知道，连忙又赶到公府里来，阻止黎总统盖印。黎总统这时已弄得全无主见，听了这面好，听了那面也好。吴、张如此说，便把命令搁下不发表了。这件事别的不打紧，却触怒了一位太岁爷吴佩孚将军，立刻拍电痛斥黎总统违法。张绍曾先提出辞职，王宠惠、顾维钧、孙丹林、汤尔和、李鼎新、高恩洪等虽不辞职，

却拍了一个通电，大略道：

> 总统违法，拘捕阁员，十九日府院联席会议所拟命令，又因议员包围总统，不令盖印。责任内阁制完全破坏，待罗案解决，即全体辞职，以谢国民。

罗文干在狱中，也呈请总统，将吴景濂告密案，下令交法庭办理。黎总统对于别的倒不甚注意，只有吴太岁爷这一电，却有些受不住。隔了一天，便派孙宝琦、汪大燮、黄开文、荫昌四位大老，亲到地方检察厅里，把这位罗总长从狱里迎接到公府礼官处居住。想不到这位太岁爷的恩主曹锟，偏似和这位太岁故意为难似的，反而发了一个电报，列举罗文干五罪，请中央组织特别法庭，或移转审讯，彻底根究。还有如王承斌、齐燮元、熊炳琦、马福祥、卢永祥等，也纷纷响应，发电攻击罗氏。黎总统有了这位曹老帅撑腰，胆气陡壮，立刻发了一个电报，指斥吴氏。吴佩孚见恩主曹老帅和许多督军的电报，都和自己的电报意思相反，正在懊悔事情做得太卤莽，偏又来了大总统指斥的电报，此时无可如何，只得又发电声明拥护总统，服从曹帅，对罗案不再置喙，所有太岁爷的威风，此时真减削了不知多少。此等地方，我却认老吴还算一个忠厚人。

黎元洪对于这件案子的真相，也曾发电声明，并且反对组织特别法庭，又因曹锟和各督尽皆攻击罗氏，料道罗氏强不到哪里去，便又送到狱里去，教这位赫赫的总长重去尝尝牢狱风味。王宠惠、顾维钧、孙丹林、李鼎新、汤尔和、高恩洪等人，便一齐提出辞职，并通电声明：“各方举动，不由正规，无力维持，即行辞职，不到部院。惟罗案倘有牵涉之处，仍当束身待讯，决不游移。”黎元洪接了这个辞呈，当即批准，并即特任汪大燮为国务总理，王正廷为外交，高凌霨为内务，汪大燮又兼财政，张绍曾为陆军，李鼎新为海军，许世英为司法，彭允彝为教育，李根源署农商，高恩洪署交通，这件内阁的风潮，总算过去了。闲话少说，书归正传。

却说罗文干下狱以后，到了十二月十一日，经检察厅宣告罗文干案证据不足，免予起诉，方才和黄体濂一同出狱。无奈这件事又引起了议员方面的反对。此时的黎总统，真叫做四面楚歌，双方为难。此时的内阁总理汪大燮，已因军阀政客的反对而辞职，黎总统另任张绍曾为总理。施肇基为外交，高凌霨为内务，刘恩源长财政，张绍曾兼陆军，李鼎新长海军，王正延长司法，彭允彝长教育，李根源长农商，吴毓麟长交通。一国的内阁总长，废置如弈棋，国事安得不坏。这几位新总长，因恐怕国会投同意票时遭了否决，竭力拉拢讨好，免不得又询国会的意见，由彭允彝在阁议中提出议决，将罗文干再交法庭审讯，因此又激起了一次大学潮。北京大学校长蔡元培宣言彭允彝干涉司法，羞与为伍，辞职出京，北京于是发生了一个留蔡驱彭的运动，整整闹了两个月。正是：

国家之败由官邪，政以贿成世乃乱。

这次学潮结束的时候，孙中山已回广东，详细情形怎样，且看下回分解。

军阀之离合，大率以利害为断，利害相同则仇雠亦合，利害冲突则夙好亦离，刘成勋之助但懋辛，特以杨之力足为己敌也，使但强而杨弱，则杨可以不走。然则祸福相倚，盛衰相伏之理，岂虚言哉?

1291.

第一百四十回　朱培德羊城胜敌
许崇智福建鏖兵

却说广东自孙中山先生赴上海后，陈炯明便于八月十五日回广州，在白云山总指挥处开了一个军事会议。叶举、洪兆麟、尹骥和新近归附的林虎等都以筹饷为言。陈炯明因请接近银行界的陈席儒担任广东省长之职。到了第二个月，自己也恢复了粤军总司令的名称，以叶举兼参谋长。此时李烈钧已抛弃军事，绕道长沙，赴上海养病，陈嘉祐部在湖南已被宋鹤庚部改编，许崇智、黄大伟、李福林等部在福建联络王永泉、徐树铮、臧致平等图攻李厚基，李明扬、朱培德、赖世璜等部经湖南退入广西，梁鸿楷部降了陈炯明。至于广西那面的情形，也很复杂。刘镇寰既通电就广西各军总司令职，而广西自治军韩彩凤据柳州，梁华堂据桂林，陆福祥在桂边，都和刘氏不相统属。陆荣廷又在龙州，就广西边防督办职。沈鸿英也在赣南发出通电，班师回桂，这时西南的情形，真可谓乱得一团糟了。

两广此时情形，真紊若乱丝，更过汉末群雄割据时候。

却说滇军朱培德，赣军李明扬、赖世璜等，自从江西退到湖南，湖南边防，顿时十分吃紧。赵恒惕派人敦劝，朱培德等明知久留湖南，也属非计，故于九月中，又退入广西，占领全县，向桂林进展。在桂林的梁华堂得了这个消息，一面布置防线，一面联络柳州韩彩凤，协力抵抗。韩彩凤自从驱逐卢焘，占领柳州后，势力大张，得了梁华堂的联络，更觉气势十倍，以为朱赖屡败之军，不足以当一击，所以不甚经意。梁华堂等候韩彩凤的救兵不到，只得独力抵御。只一仗，便大败而退，把一座桂林城，轻轻送给朱、赖了。

恰好这时沈鸿英也班师回桂，假道湖南边境，到了桂林附近。讲起沈鸿英军，原和北军合作，抵抗北伐军的，这时因岑春煊蛰伏沪滨，愿和中山先生联络，所以冤家变为亲家，不但彼此合作起来，而且还加入了一个张开儒，彼此又暂时决定，先由沈鸿英向西南柳州进展，扫除韩彩凤。那韩彩凤见滇、赣军占了桂林，重新又来了一个沈鸿英，才觉有些恐惧，不等兵临城下，先自在洛容布防严守。沈鸿英的前队到了洛容，双方开火，因后队尚未赶到，人数很少，抵抗不住，传令后退。韩彩凤以为沈军如此不经战，何足畏惧，便乘势轻进。不料沈鸿英大队到来，奋勇反攻，韩彩凤不过是些乌合的民军，如何抵御，当即大败而走，退回柳州。沈鸿英派师长何才杰追击，又夺了柳州。

韩彩凤失了根据地，真个弄得无路可奔，只得以唇亡齿寒之说，向陆福祥告急。陆福祥知道韩彩凤失败后，自己也决不能免，不如先发制人，所以并不迟疑，立刻派兵和韩彩凤合军，复夺柳州。沈鸿英急忙带队来救，已是不及，只得又退守洛容。韩彩凤乘胜进攻洛容，何才杰接住剧战，沈鸿英早悄悄带了一团多人，绕到韩彩凤阵后，两面夹攻，韩军又大败而退。沈鸿英乘势前进，又占柳州。韩彩凤退到凤凰岭，依险而守，一面向割据南宁的陆云高求救。陆云高见梁华堂、韩彩凤等屡败，恐怕自己也不免，急忙派队驰救，倚仗人多，把沈军驱出柳州，重新占领。不料沈鸿英的退却本属一种战略，出城时，城里早已埋伏了许多便衣兵士，韩彩凤黑夜进城，如何知道，刚才天色微明，沈鸿英已经反攻过来。韩彩凤正待出城抵御，忽然几处火起，沈鸿英的便衣军纷纷发作，和韩彩凤的自治军巷战起来。韩彩凤听说沈鸿英的军队已经入城，只吓得胆战魂飞，更不管三七二十一，早走上了三十六策的最上策。不料刚到南门，便被沈军的便衣队捉住，韩军无主，不战自溃，纷纷缴械。沈鸿英入城，部下解到韩彩凤，沈鸿英笑道："他已全军覆没，不过一个常人而已，何必杀他。"当下便传令释

放。韩彩凤赧然感谢而去。沈鸿英一面布告安民，一面因陆福祥帮助韩氏，电陆荣廷请撤惩陆福祥和林廷俊，否则限十日退出南宁，陆荣廷也没有圆满答复。此老末路，也着实可怜。

其时朱培德正在运动驻扎梧州的粤军刘震寰，对广州宣告独立，讨伐陈炯明，并宣言拥护孙中山先生。在梧州粤军中，有一部分不愿讨陈的军队，连夜逃出梧州，退守封川口，以图反攻。陈炯明得了这个消息，急忙派参谋长叶举为总指挥，带领亲信军队三十营，由肇庆向梧州反攻，真是兵精势锐，十分了得。滇、桂、粤联军竭力抵抗还觉支持不住。朱培德情知不可力敌，变更战略，一方以攻为守，一面请沈鸿英带领所部，取道怀广，去攻陈军的侧面，一方面设法运动陈部在后方的军队和海军倒戈。

那叶举正在向梧州猛攻，忽报沈鸿英部攻击四会，方才分

兵去救，忽然又报后方梁鸿楷部已附联军，不觉大惊道：“梁鸿楷断我们的后路，倘不急退，恐怕要求退而不可得了。”当下一面通知前军，一面急忙退到三水防守。在前敌的各军得了撤退的命令，方想退时，后路早被沈鸿英、梁鸿楷等截断，当下溃散的溃散，缴械的缴械，只剩得少数部队，退往罗定等处了。叶举退到三水以后，急忙调集北江援军，折入河口，防阻滇、桂联军的东下。无奈军无斗志，屡战屡败，省城震动，一时人心非常恐慌，各团体纷纷派代表谒见陈炯明，请陈下野。

到了十二年一月十五那天，情势更紧，部下都主张退保东江。陈炯明尚在犹豫未决，忽报海军总司令温树德已和滇、桂军取一致行动，魏邦平也态度不明，知道事已无可挽回，只得长叹一声道：“大势至此，只好退保东江，一切事情，由你们斟酌做去，我就徇了人民之请罢！”亏他老面皮。当日便通电下野，领兵退出广州，往守惠州根据地，一部分退往北方韶关一带，以便和吴佩孚派往援闽、师次江西的孙传芳部队联络。综计六月十五通电请孙中山下野，到十二年一月十五，陈炯明自己通电下野，整整不过七个月，距八月十五复回广州，不过五个足月。真是何苦。设陈氏能预知如此短促，当亦不复甘冒此叛变之名矣。作者于此，特地将他日子细算一番，调侃不少。

陈部洪兆麟的军队，原属湘军，并非陈氏嫡系，这时见陈氏失败，便在汕头宣告独立，欢迎孙中山、许崇智回粤。陈氏叛变，洪兆麟最为卖力，此时叛背陈氏，亦最起劲，此辈心目中，固未尝知有信义也。孙中山此时尚在上海，许崇智则在福州，他从韶关战败后，便和黄大伟、李福林等退入福建，因福建督军李厚基祸国害民，致电声讨，恰好这时徐树铮到闽，暗地运动李厚基部的旅长王永泉和许崇智联络，反对李厚基，并通告设立建国军制置府，限李厚基于二十四小时内退出福州。李厚基见了这个电报，勃然大怒，即刻率领亲信部队，到水口来和王永泉决战。双方支持了几天，未见胜负。许崇智探得福州空虚，便派黄大伟和李福林，连夜前往袭取，福州既无守备，自难抵御，因此黄、李两人不费吹灰之力，便得了福州。李厚基听说福州已陷，无心作战，王永泉乘势进攻，李军抵抗不住，立刻溃散。李厚基急忙逃入日本籍的台湾银行，第二天又逃入中国军舰。海军中人对李厚基原无好感，当时便把他监视起来了。他还有留下的亲信军队史廷飏部，想复夺福州，再去声讨王永泉，不想也敌不过黄、李部队，只一仗，便大败而退，也被海军陆战队，截留遣散。

许崇智与徐树铮、王永泉进了福州，便商量建设计划，徐树铮毫不客气，何必客气。决定依照自己所著的《建国真诠》，设

官分职，以制置府名义，任王永泉为福建总抚，统辖军民两政。这些消息传入陈炯明和北京政府当局的耳朵里，尽皆担心。此时陈炯明虎踞广州，正是全盛时代，立刻便派洪兆麟为援闽总司令，尹骥为总指挥，率部讨伐许崇智。洪兆麟虽则接受此项命令，但到了汕头，便不肯前进，所以此路军队，和许崇智并未接触。北京政府所患的，却不在许而在徐，所以也派江西的常德盛师为援闽总司令，入闽讨伐徐树铮。常德盛进兵以后，又派李厚基为福建讨逆总司令，萨镇冰为副司令，高全忠为闽军总指挥。萨镇冰原属海军中人物，得北京政府的好处，便竭力为李厚基想法，因此李厚基得脱离海军监视，赴南京求援。

许崇智等在福州得了这个消息，便开会讨论。李福林道：“孙总统昨天电任我们为东路讨贼军一、二、三路司令，并说

前福建第二师长臧致平，已经回到厦门，一定有所活动，南路可以无忧。常德盛未必肯死战，我们只派队堵截，也不必十分担忧。至于高全忠并无大不了实力，也不足虑。我们现在要留意的，只有海军一方面罢了。”许崇智等都称是，便决定防守西北路，一面向海军疏通，教他们不要帮助北京政府，至少的限度，要守中立。一面又通电，就东路讨贼军司令职。

许崇智部许济奉了许崇智的命令，在杉关防守，常德盛的军队到了杉关，许济不战而退。常德盛兵占了杉关，又向光泽进展。许济接住，稍许抵抗了一会，便退守邵武，常德盛觉得非常奇怪，反而不敢轻进，竟在光泽逗留住，改攻势为守势了。许济得了这消息，立刻电报许崇智，许崇智大笑，和黄大伟又商量了一条密计，只过了两日，黄大伟便领着原部，投西北路上去了。

一日，忽然徐树铮来访，二人谈了一会军情，忽然说起制
置府的事情。许崇智道：“制置府的存废，现在并无问题，只有总抚，闽人却非常反对。还是设法改变的好。”徐树铮默然，半晌，方道：“我改任王永泉为总司令，林森为省长，军民分治如何？”许崇智道：“这也是救急之法，不妨如此决定。”次日，徐树铮果然下令，裁撤总抚，改任王永泉为福建总司令，林森为省长。王永泉初时还不知是怎样一回事，后来听说是许崇智的意思，十分不悦，王永泉之反对许崇智，盖种因于此。对徐树铮的态度，也渐不如前。徐树铮见机，于十一月二日，离开福州去了。许崇智和王永泉，却仍似往日一般共事。

其时李厚基在南京得了齐燮元的帮助，携着巨款，到厦门和高全忠商量，要想反攻福州，谁料臧致平的旧部已经接洽妥当，在夜间一齐发动，围攻高全忠。高全忠大败，和李厚基

一齐逃到鼓浪屿去了。常德盛部此时已占领邵武，听了这个消息，一面又探报黄大伟已领兵到泰宁，将绕攻后路，便不战而退，竟连杉关也完全放弃。许济即跟踪前进，收复了杉关。

吴佩孚听说援闽各军屡败，十分震怒，又令长江上游总司令孙传芳为援闽总司令，移兵入闽，一面又令驻扎江西的周荫人为总指挥。周荫人奉令，便带领一混成旅军队，开入邵武。孙传芳也运兵由武穴入赣，转入福建，准备厮杀。不料孙传芳军队到得福建时，许崇智已由孙中山任命为广东总司令，拔队回粤。王永泉本已与许崇智不和，当时便联络萨镇冰、刘冠雄等，电致中央，声明拥护。孙传芳得了这报告，也电呈中央和曹、吴请示。吴佩孚知道他的意思，当即电请中央下令道：

迭据萨镇冰、刘冠雄电呈及臧致平、王永泉一再来电，详述前此不得已之情形，及拥护中央之赤忱，所有前此讨逆军总副司令名义，应即撤销，其援闽军队，着即停止进行。所有闽境主客各军善后事宜，即责成萨镇冰、刘冠雄、孙传芳妥为协商办理。总期彼此相安，毋再发生枝节，以重民生。此令。

除这一个命令以外，还有三道明令，同日颁布。一道是令李厚基来京，另候任用，一道是裁撤福建督军缺，一道是取消王永泉的通缉。比及孙传芳的军队到了福州，北京政府又下了一大批命令，一是特派沈鸿英督理广东军务善后事宜，一是特派杨希闵帮办广东军善后事宜，一是任命林虎为潮梅护军使，兼任粤军总指挥，一是任命陈炯明为广东陆军第一师师长，一是任命钟景棠为广东陆军第二师师长，一是任命黄业兴为广东陆军第一混成旅旅长，一是任命王定华为广东陆军第二混成旅旅长，一是任命温树德为驻粤海军舰队司令，一是特派孙传芳督理福建军务善后事宜，一是特派王永泉帮办福建军务善后事宜，任命臧致平为漳厦护军使。孙传芳等得了这命令，便通电就职，福建的事情，总算告了一个段落，暂且按下不提。

再说许崇智部不曾回到广东之前，广州各军共同设立了一个海陆军警联合维持治安办事处，推魏邦平为主任。不料在海珠会议席上，朱培德因魏邦平前此曾经附和过陈炯明，言语之间，彼此发生冲突起来，滇、桂军恐怕他反动，索性将他扣留，一面将他所部陆军第三师缴械遣散，以前附和过陈炯明的粤军和刘震寰的部队，都离开广州去了。沈鸿英把自己的部队也开到广州城外，通电欢迎孙中山先生回粤，主持善后，一面又电促许崇智急速回粤。许崇智率队到了大埔，不知怎样，和洪兆麟的军队又发生冲突起来。洪兆麟不愿和许氏发生战祸，至危及自己的地位，传令部下退让。许崇智因此得通过饶平，到达潮州。这时尹骥的部队驻扎汕头，正想派队堵截，忽又听说商会已接到许崇智的电报，勒令供饷二十万，不觉大怒，立刻派兵向许崇智进攻。因此许崇智军不能直接回到广州。正是：

未见岭南弭战事，又睹闽海起风云。

未知后事如何，且看下回分解。

自陆、莫相继失败，孙先生回粤主政，不但西南人民，喁喁望治，即全国人心，亦深盼北伐早成，以遂来苏之愿。不图陈氏叛党，喋血省垣，致革命事业，为之停顿，孙先生亦不得已蒙尘离粤，暂避凶锋。数月之间，内乱复起。各派纷争，甚且蔓延桂闽湘赣，同受兵灾，主将既倏离倏合，各派亦忽战忽和，而究其离合和战之故，虽个中人且不能自解，遑论其他。要之害民伤财，折兵损械，则为不可掩之事实，谁为祸首，贻此鞠凶，诚不能不深恨陈逆之狼子野心，祸延各地也。

第一百四十一回　发宣言孙中山回粤
战北江杨希闵奏功

却说许崇智回到潮阳的时候，孙中山先生已由上海回到广东，重任大元帅，派胡汉民、孙洪伊、汪精卫、徐谦四人驻沪，为办理和平统一的代表，任命徐绍桢为广东省长，沈鸿英为桂军总司令，杨希闵为粤军总司令，一面又发表一篇宣言道：

文曩在上海，于一月二十六日宣言和平统一及裁兵纲要，并列举实力诸派，藉共提携，推诚相与，以酬国人殷殷望治之盛心。其后迭得芝泉、雨亭、子嘉、宋卿、敬舆诸公先后复电，均荷赞同。文亦以叛陈既讨，统一可期，虽滇、桂、粤海诸将及人民代表，屡电吁请还粤主持，文仍复迟回，思以其时为谋统一良好机会；又以沪上交通亦便利，各方接洽亦最适宜，故陈去已将弥月，而文之返粤，固尚未有期也。不图以统筹全国之殷，致小失抚宁一方之雅。江防司令部会议之变即上回海珠会议决裂、魏邦平被扣之事。哄动一时，黠者妄思从而利用，间文心腹，飞短流长，以惑蔽国人耳目，以致黎、张南下代表，因而中止，全为浅薄，已可慨叹。文之谋国，岂或以一隅胜负，断其得失也？而直系诸将，据有国内武力之一，乃独于文裁兵主张，久付暗默，怀疑之端，亦无表示。报纸所传，竟谓洛吴于自治诸省，均欲以武力削平，以平昔信使往还，推之当世要贤，不容独有此迷梦。贤者固不可测，文于今日，犹未忍遽以不肖之心待之，而深冀其有最终之一悟也。抑文诚信尚未孚于国人，致令此惟一救国之谟，或反疑为相对责难之举。藉非然者，何推之浙卢、奉张而准，而于举国人心厌乱之时，复有一二军阀，乘此潮流而趋，而至于悍然不顾一切也？以文与西南护法诸将，讨贼伐暴之初志，固有大梗，何难重整义师，相与周旋？顾国人苦兵久矣，频年牺牲，已为至巨，而代价复渺然不可必得，文诚思之心悸。万不获已，惟有先行裁兵，以为国倡。古人有言："请自隗始。"以是之故，断然回粤，决裁粤兵之半，以昭示天下。文兹于今月二十一日（十二年二月），重莅广州矣，抚辑将士，绥靖地方外，首期践文裁兵之言。同时复从事建设，以与吾民更始。庶几文十余年来苦心经营之建国方略，一一征诸实现。

以吾地广人众之中华民国，卒与列强共跻大同之域，共和幸福，乃非虚语。天相中国，能进而推之西南诸省，以暨全国，其为长愿岂以企伎？胜一隅之与全国，渐进之与顿改，其图功之利纯，收效之速缓，昭然未可同日而语，称铢而计。故文之愚，尤以纯一为能，立供国民以福利，遂不惜举当世所碍之武力，以为攘窃权利之具者，躬自减削，以导国人。亦冀拥节诸公，翻然憬悟，知今日而言图治，舍裁兵，实无二法。文倡于前，诸公继之，吾民馨香之祷，岂有涯涘？若必恃暴力以压国人，横决之来，殊可危惧。诸公之明，当不出此。披沥陈言，鹄候裁教。孙文敬印。

此时恰值李烈钧回粤，孙中山便任为闽、赣边防督办，并令他收编潮汕陈炯明旧部，移驻闽边，所遗潮汕防地，让给许崇智填驻。不久，北京政府又有特派沈鸿英、杨希闵等督理广东军务善后事务的命令，沈、杨此时既已归心中山，当然谢绝不受。初志未尝不佳。中山见他们不肯接受北京政府的命令，自是欢喜，但因广州城驻兵太多，未免骚扰地方，因此着沈鸿英移防西江。沈鸿英奉了中山命令，也自不容推诿，便在四月一日出动，把所部分次运到三水、肇庆等地。其实沈氏此次移防，并不愿意，很有反抗异谋，只因自己布置，并未十分周到，只得暂时隐忍。再则北方曹、吴之徒，惟恐中山在广东站住脚根，使他们地位发生危险，屡次派人向沈鸿英游说。主要的说辞是说："你们这些部队，并非孙氏嫡系，无论如何忠于孙氏，总未必能使孙氏信任，将来冲锋陷阵的苦差使，固然轮得着，至于权利，休想分润一点。只看中山对人谈论时，每说惟有许崇智的部队，才是我的亲信嫡系，其余都是靠不住的，就可见他的态度了。现在正好归顺中央，驱逐孙氏，自居广东督理，那时大权在握，岂不胜似寄人篱下？替人家拚死力地做事，还要听人家的指挥，受人家的闲气。"这种说话，不知在沈鸿英耳朵边说了多少次。

沈鸿英原是个野心家，听了这话，如何不动心？苟此公坚贞如一，何能闻此荒谬之语？要之沈氏反复之流，不足以语大义也。便要求曹、吴的代表转请洛吴帮助，洛吴哪有不肯之理？当时便派张克瑶、方本仁、岳兆麟等部队，驻扎赣南，相机援助。沈鸿英这才大喜，便借移防为名，把军队在韶关、新街一带集中，一面借与北军联络，一面作两面包围广州之计，设总司令部于新街。到了四月十六日，便在新街就北京政府所派的督理广东军务职，一面效法陈炯明故智，堪称陈逆第二。通电请孙中山离粤。这电报发出后，便由所部在广州攻击杨希闵的滇军。中山令杨希闵、朱培德等，滇、桂、粤各军，合力抵御。沈鸿英也加调大队救应，双方支持了几日，沈军不敌，败回新街。如此不经战，何苦作祟，亦唯此等专能作祟而不经战之军队，正该逐一划除，方能成革命大功。杨希闵进兵追击，沈鸿英守不住新街，又退守源潭，和杨希闵相持。沈军留驻肇庆的张希栻部，也和孙中山系的陈天太部开战。一时间，各方的风云都紧急起来。

中山先生内拟建设，外应军事，十分忙碌。肇庆开战那一天，中山正在计划军事，忽报陈策、周之贞来觐，中山即令传见。二人行礼已毕，问起军情。中山道：“北江现有大军，只在月内，必能消灭沈鸿英的势力，只有肇庆一面，陈天太一人，现在虽报战胜，张希栻已退禄步，但天太为人素极躁直，部下反对已久，恐怕不是张希栻的对手。”中山先生可谓知人。陈策、周之贞齐声道：“既然如此，大元帅何不派策等率领本部军队，和张希栻一战。策等虽然不材，料想一个张希栻，只在期日之间，便可荡平。”中山大喜，即时令陈、周克日西征。

陈、周各率所部向肇庆进发，在路得报，陈天太被部下所逐，张希栻重占肇庆，便急电报中山。中山即批令兼程前进。陈、周两人奉令，火速前进，到了高要，正和张军接着。

陈、周乘着一股锐气，奋勇猛攻。张希栻抵敌不住，只得放弃了肇庆，仍复退守禄步司。陈策和周之贞占了肇庆，又向禄步进迫。张希栻竭力抵御，正在危急之时，恰好梧州方面的援军开到，人多势众，又把陈、周战败，重复夺回肇庆。陈策、周之贞退守横槎，向中山求救。中山又派了一团人，前去助攻。陈、周得了援兵，又向肇庆进逼。双方在后沥汎先开了一次火，张希栻败退，入城固守。陈策、周之贞传令围攻，张希栻也竭力死守，维持了十多日，城内饷弹两竭，只得放弃肇庆，突围而出，带着残军，逃奔梧州去了。

杨希闵自从击走沈鸿英，在源潭又支持了多天，急切未能攻下，却是中山授与密计，教他分兵攻击清远，断他和西路张希栻军的联络。杨希闵得令，便派队占了清远，把守清远的沈荣光击溃，一面又联络桂、粤各部，先用全力，向沿粤汉路一带的沈军进攻。沈鸿英因听说清远被攻，急忙分了一大部队，前往夺回清远，因此花县一带，兵力甚为单薄。结果清远虽则夺回，沿铁路的部队，却被联军击得大败而退。联军乘胜进逼，连克源潭、英德、琵琶江等地。沈军大为失势，只得放弃前线，退保韶关。联军跟踪进逼，双方又激战了一日夜，沈军屡败之余，气势不振，自是支持不住，只得又放弃韶关，退保南雄，向北军方本仁等求救。

这方本仁原奉吴佩孚的命令，为援粤而来的，怎敢怠慢？当下派遣部队，帮助沈鸿英反攻。沈鸿英得了北军的援助，正待进兵，忽然粤军谢文炳率领一师军队，前来助战。沈鸿英大喜，便令为右翼主军，自任中路，以北军为左翼。一时军势大振，沿路抢劫奸淫的，向韶关进攻。杨希闵等一面拒敌，一面电报中山，请示机宜。中山得了此电，便宣示左右，商议抵御之策。左右都道："沈、谢屡败之余，必不能作战，北军虽勇，地势不熟，我军倘能奋勇进击，一鼓可服。"中山笑道："话虽如此说，但是沈鸿英、谢文炳报仇心急，北军南来，气势正旺，如用力敌，胜负未可必，而我军损失已多。不如令杨希闵等暂时退守，不可力战，以骄敌军的气焰。等到敌军气衰，然后反攻，那时方一鼓可破。"左右都赞服。人人说孙先生是政治家，其实革命伟人，断无不兼擅军事者，观孙先生可知。中山便将此意电示杨希闵。杨希闵遵令，并不力战，全师而退。因此沈鸿英军又占领韶关，进占英德。

北军见屡次胜利，极其骄横，有时连沈鸿英和谢文炳的部下兵士也受他们凌虐。谢、沈的部下略有反抗，北军便道："你们没有咱们来救，早做了广州的俘虏，打了靶咧。军队谓枪毙曰打靶，受伤曰戴花。现在不谢咱们，倒敢和咱们强嘴！"沈、谢的部下回去禀告长官，长官又得了高级长官的命令，只教部下士兵退让，不准反抗，得罪北军。因此谢、沈部下士兵十分怨望，都说："这里既然只用几个北军便够了，何必再要辛苦我们作战，我们乐得舒服舒服，让北老拚命去。"这话一人传十，十人传百，大家都怀着怨愤之意，毫无斗志。却早在先生算计中。

这消息被杨希闵探听了去，便召集将士讨论进攻。将士都请一战，杨希闵道："敌军重兵，都在韶关一方，英德只有谢文炳部防守，我们不如先出其不意，攻破英德，解决了谢文炳，然后以全力进攻源潭、韶关，可操必胜。"知彼知己，也是将才。议定之后，当下领了本部军队去袭英德，一来谢文炳不曾防备，二来士无斗志，所以杨军一到，谢军便不战而溃，纷纷缴械。谢文炳带领残军，由阳山、连山一带，退入湖南，谁知湘省政府不许逗留，谢文炳只得把残部交与湘省改编，自己由长沙转赴上海去了。

杨希闵占领英德以后，又请部下师长赵成梁商议道：“韶关东面的平圃司，是韶关往南雄的要道，你可率领本部将士，走枫树坳小路，在平圃司左近埋伏，等我进攻韶关，敌军必然竭全力来和我激战，你那时可乘虚攻占平圃司，向大桥墟一面进逼。敌人见后方不妥，必然慌乱，我军乘势进逼，韶关不难一鼓而下。”赵成梁得令而去。杨希闵自己带领一万多人，向韶关进发。沈鸿英在韶关，听报英德已失，谢文炳溃入湖南，十分惊讶，连夜便在韶关南面掘壕备战，一面又把后路兵力全部调到韶关，果然着了杨希闵的道儿。以备一战击退杨军。

两军接触以后，杨军进攻甚猛，幸喜北军十分勇悍，虽大敌当前，绝不畏缩，支持了几日。赵成梁师已到平圃，就近地方虽还有些沈军，力量十分薄弱，如何够得赵成梁一击。沈军放弃了平圃、大桥一带，急忙飞报韶关。沈鸿英得报，惊讶道：“这倒是我失算了。”部将听说后方有失，都请回兵救应。沈鸿英道：“我若回救平圃，敌人乘势进攻，刚好中了他的计策，我们不如拚力死战，打败了杨希闵，赵成梁如何敢孤军深入？不必我们回救，自然退走咧。”却也有算计，鸿英固不如彩凤之愚。诸将信服，一齐奋勇进攻。

杨希闵刚才也得报，赵成梁占领平圃、大桥，方以为沈军必退，现在见他不但不退，反而反攻得十分猛烈，惊疑不置，和幕僚讨论了一会，都说：“必然沈鸿英想先行打破我们，再回去救援平圃、大桥，我们不如诈败而退，却留些部队埋伏在左近，他如进追，可用以抄袭敌人后路，如回救平圃，又可出其不意的袭取韶关，倒是一举两得之计。”杨希闵依言，便分派一部分人在左近埋伏，自己率队向小坑方面且战且退。沈鸿英部下将士见杨军败退，都主张追击。沈鸿英道：“放弃东面阵地，只一味前进，固然也是一种战略，但东路敌人如向韶关进逼，正面的敌人又伏兵抄我后路，则我军进退两难，必然全部败溃。不如派兵东去，名为回救平圃，且走小路在新岑塘扎住，如东路敌人听说正面战败，自己退去不必说，要是向西进展，便可用作抄袭后路。如正面敌人乘我分兵回救，全力反攻，又可用以攻击敌人侧面，分一军而有两军之用，方是妙计。”确是妙计，其如天不能容，反以致败何？商议已定，便分拨一支军队，向东进发。

不料赵成梁得到正面败退的消息，既不退去，又不向西进攻，倒从大桥一路，来救应正面，想抄袭沈军的后方。到了新岑塘，刚好遇见了沈军，双方便开起火来。那杨希闵埋伏下的军队，见沈军向西移动，向韶关袭击。沈军接住激战，杨希闵重新反攻，一面派队去救应赵成梁。到了新岑塘，恰好赵、沈两军在那里激战，当下便奋勇向沈军后方进攻。可笑这路沈军，本打算抄袭两路敌人的，谁知反被两面敌人夹攻，战不多时，便即溃退。赵成梁等乘势追击，来攻韶关的侧面。沈鸿英军知道东路军队战败，后路已绝，顿时军心大乱，不战而溃。沈鸿英只得率领残部，绕道仁化，退到南雄去了。杨希闵克了韶关，又向南雄进逼。沈鸿英军损失太重，情知不能再战，只得跟着北军，退入江西大庾去了。北江的战事，至此方算结束，但东江的战事，却正在十分激烈咧。正是：

皮之不存，毛将焉附？
师出无名，徒然自苦。

欲知究竟，且看下回分解。

军阀之势，易盛亦易倒者，何也？盖其盛也，非其力所能，徒以吸收杂色队伍而成，杂色队伍即所称乌合之众也，既无纪律，又不耐战，故不久即仍被他人吸收以去，而瓦解之势成矣。西南自陈逆背叛，各军效尤，纷攘杂作，互相雄长，此皆所谓乌合而杂色者也。使终隶孙先生部下，则孙先生亦不且近乎军阀也哉？天诱其衷，此属陆续叛变，使先生得假手嫡军，一一荡平，内部既清，方能对外，革命功成，实基于此。入谓陈、沈辈无良，吾谓天佑中国，实有以促其叛变而使之同归于尽，以造成先生之伟业也，于诸军乎何尤？

第一百四十二回　臧致平困守厦门
孙中山讨伐东江

却说陈炯明的部队，自从退出广州后，除却退北江的谢文炳一师外，其余大部俱在惠州。初时粤军因布置未周，不曾发动，到了五月九日（十二年），叶举通电诬斥中山在广州纵烟开赌，卖产勒捐，两军方才渐至实行接触。其时北方的反直一派极望中山和陈炯明和平解决，合力反直，因此吴光新等纷纷在广州、惠州两地活动，劝他们言归于好，共同北伐。双方虽未必听他的话，战局却和缓下来。不料陈氏乘孙军不备，袭取博罗，进窥石龙，一面又运动海军反孙。温树德因前此曾经附陈，现虽在孙中山部下，心中不安，受了陈炯明运动，立刻允许反孙，为里应外合之计。消息传入中山耳中，不觉震怒，立刻下令免温树德海军总司令职，并饬各炮台加紧戒备，并改换各舰长，由大元帅直接指挥。因此陈炯明的逆谋，完全失败。

中山把广州的事情布置停当，立命各军向惠州进攻。其中只许崇智在潮州、汕头一带，被林虎战败，退守揭阳，此时并不在围攻惠州各军之中。这时陈炯明守惠州的是杨坤如，虽则屡次战败，却不肯放弃，只是一味死守，因此孙军急切未能攻下。中山集众将商议道："李烈钧收编的两旅，现在又为林虎所收，敌势愈强，好在厦门臧致平已联络许总司令的留闽余部，和闽南自治军，南图潮、汕，现在已克饶平、黄冈，如能攻克潮、汕，消灭林虎、洪兆麟等的势力，然后出其全力来攻惠州后方，则惠州腹背受敌，其亡可立而待。所以我们此时还是以攻为守，静待攻克潮、汕，再行猛攻不迟。"这计划虽是如此决定，不料滇军内部各派竞争总司令地位，一部分竟发生通北嫌疑。其嫌疑最重的，当推师长杨如轩、杨池生两人。杨希闵不待他们谋逆，便下令驱逐。两杨立不住足，带领残部，投江西去了。

中山因滇军太纠纷了，下令废除总司令，将所有滇军改编为四军，任杨希闵、范石生、蒋光亮、朱培德四人为一、二、

三、四军长，这件事方算解决，只静候臧、许攻克潮、汕，便可以夹攻惠州。不料林虎、洪兆麟向饶平反攻，臧军竟被击退。林虎占了饶平，便向平和进展。臧致平一面派兵坚守平和、诏安、云霄一带，一面要顾北面王永泉部的南下，一面又要防备到海军杜锡珪、杨树庄等的袭击，十分吃力。此时臧致平确不易应付。其时孙传芳已在福州就督理职，吴佩孚屡次电令解决臧致平，孙传芳前次因初到福建，布置尚未十分周密，所以迟迟不发，等到臧致平实行对省独立，南图潮、汕，方才下了武力解决的决心，一面令王永泉南下夹攻，抚臧致平之背，一面请杜锡珪令杨树庄率舰队和陆战队进攻厦门。臧致平因此各方吃紧，不能专顾南路，被林虎攻入了平和，云霄、诏安也相继失守，漳州吃紧。臧致平正想派兵堵截，忽报海军陆战队已

在金门登陆，舰队已入嵩屿，厦门吃紧，不觉大惊道："厦门为我根据地，如被海军占领，则此后饷械都无所出。我军虽不被攻击，也不能在福建立足了，我当自往救之，宁失十漳州，不可失一厦门也。"因尽领漳州的军队来救厦门，一面派使假与海军议和，一面乘各舰不曾防备，开炮轰击，命中的很多，各舰带伤的不少，要想发炮还击，又被外舰干涉，只得和陆战队一齐退出。

这一回虽侥幸胜利，那漳州因留下的只刘长胜一部，兵力十分单薄，林虎乘虚进攻，刘长胜素闻林虎勇悍善战，心中怯惧，不曾交锋，先自逃走。部下无主将指挥，不战而溃。林虎既得漳州，便进逼厦门，恰好王永泉军也从同安来攻，因此厦门数面受敌，形势甚危。臧致平连接警报，闷闷不乐地回到公馆里。他夫人见了他这忧愤的样子，知道一定是前方失利的缘

故，着实慰藉了一会。臧致平叹道："你不知道现在厦门危险的情形，还是这般宽心。可知同安、漳州俱已失守，王永泉、林虎围攻厦门，海军虽暂退去，必然复来，厦门三面受敌，必不能坚守，你教我怎不忧愁？"臧夫人道："既然如此，你何不索性放弃了厦门，带领家小，到上海去居住，也免得在这里惊恐担心。"臧致平道："你们这些女子，未免太不懂事。你想！我奉了孙中山先生的重托，把厦门一方的责任全交与我负责，我现在既不能克敌，又不能死敌，见着危险，也不筹度一下，便带着家小躲到上海去了。不但将来见不得人，便连死在前敌的将士，也如何对得住？古人说：'城存与存，城亡与亡'，这方尽得守土之责，我现在决定死守，决不轻易放弃。此一段话，颇有丈夫之气。至于你们这些人，并没有甚么责任，可先送你们到租界上去居住。"臧夫人再三相劝，臧致平总是不肯。

第二天，果然令人把家小送到租界上去，自己又召集了各团体的代表开会。各团体不敢不来，到齐以后，臧致平便向众人宣言道：“现在王永泉、林虎夹攻厦门，我军虽不曾失战斗力，但亦不能在三五天内击退敌人，希望敌人被我击退，不但是厦门一地之幸，也是国家之福。万一不能打退，我唯遵守古人城亡与亡、城存与存的两句话，决不轻言放弃。至于地方上治安，我当竭力维持，如有不守本分骚扰商民的兵士，一经查出，立即枪毙，以肃军纪。但军饷一事，却不能不希望地方上帮忙筹集。”各团体代表，面面相觑，不敢回答，唯唯而退。臧致平在军阀中犹为较佳者，而其威犹使人民结舌不敢言其所苦，则其他军阀可知，其他强梁悍恶之军阀更可知。

林虎和王永泉攻了很久，因臧致平一味死守，不能攻下，只得电请海军助战。马江方面的海军因又带着大批舰队和陆战队来攻厦门，先占领金门，作为根据地，然后向厦门进逼。臧致平少不得分兵拒敌，形势愈危，也是厦门人民该多受几天战事影响。偏生陈炯明在惠州被孙中山先生围攻，屡次战败，中山先生此时已将许崇智等部队，调到石龙一面，着着进逼。惠州情形十分危逼，陈炯明心中十分忧急，一日数电，调攻厦门的军队回救。林虎、洪兆麟等见东江如此紧急，不敢逗留，只得放弃厦门阵地，回救惠州，因此厦门的形势得略见松动。按下不提。

却说陈炯明自从听说惠州杨坤如被围，便亲从香港赶来指挥，已和中山先生激战多次，虽屡有胜负，而惠州之围，终不能解。吴佩孚派来救援的北军，又在南雄被滇军赵成梁扼住，丝毫不能进展。孙中山见惠州久攻不下，便令右翼滇军猛攻，占领平山，向汕尾、海丰、陆丰等地进攻。惠州南面的交通顿被隔断。陈炯明大惊，急忙抽调右翼军队，亲自带往救应汕尾，方得转危为安。同时中山先生听说林虎、洪兆麟等回救惠州，参加东江战事，便也把西北江的军队，尽行调到东江，全力猛攻，并率领古应芬、赵宝贤等亲自赴前敌指挥，设大本营于石龙，以大南洋轮船为座驾。这只轮船本系内河小轮，十分湫隘，中山所居的办公室，只有几尺见方，在这阳历八月的天气中，正是溽暑，十分难熬，中山先生却披图握管，决策定计，昼夜不息，一些也不在意。到了石龙以后，许崇智从博罗前敌来谒，中山先询问了一会战情，方道："你却回去指挥部队进攻，明天我当亲自前来察看。"许崇智劝道："大元帅进止，关系重要，岂可冒险轻进？依崇智的愚见，还是在石龙驻跸为是。"中山笑而不答。许崇智因前方紧急，告辞而去。

第三天早晨，中山令轮船向博罗前方出动，将到博罗，许

崇智得报，又带着滇军师长杨廷培来迎接。中山见了许崇智，又问起敌军情形，许崇智道："刚才接到警报，说逆军分三路来袭，李易标带领一千多人，已到汤村，离博罗只有二十里，陈修爵部也将赶到，双方开火在即，想不到大元帅竟冒险到这里来咧。"中山奖慰了一番，又授了一些应战机宜，两人方始辞去。中山办公到晚上十一点钟，方才就寝。

古应芬等见中山休息，也悄悄退到自己卧室里解衣而睡。正在朦胧入睡之际，忽觉有人在旁边喊他，急忙睁开眼睛看时，原来是许崇智和团长邓演达，因忙忙坐了起来，问许总司令有甚么要紧事这时候还来，许崇智向四面瞧了瞧，又走近一步，握着古应芬的手，悄悄说道："大元帅已经就寝，我也不惊动他了。现在有一件要紧事，要和你说的，因为李逆易标的军队已过汤村，我决定带着各部军队，用全力去攻击，一到天

明，河沿两岸便有炮火，你务必恳请大元帅离开这里。”古应芬点头道：“好，我理会得。还有别的事没有？”许崇智道：“还有一句话，大元帅整天劳苦，这时刚才睡下，不必去惊动他，让他稍为休息一会，养一养神，在四点钟左右开船也不迟，其余也没别的事了，我们再见罢！”说着走了。古应芬恐怕睡着失晓，误了时候，便坐着等到三点钟，悄悄地走到大元帅寝室门口，只见里面灯火很明，知道中山已在那里办公，想见其贤劳与治事之勤。便进去行了一个礼。中山问有甚么事？古应芬道：“十二点钟的时候，许总司令曾来过一次，因大元帅刚才就寝，不敢惊动，临去的时候，对应芬说：‘天明就要开火，河岸两旁不甚安全，务请大元帅离开此地’。”中山点头道：“我也并非故意喜欢冒险，忘了重大的责任，只因本人不到前方，总觉心里不大安稳，既然他这样说，你可传我的命令，就把船开下去罢！”古应芬遵令办理。大南洋轮船便顺水开行，约莫过了三四里路，忽又停留不进了。古应芬诧异，忙出去查问，方知因水浅，被搁住了。众人想了许多法子，用了许多力量，方得继续驶进。博罗城下的枪炮声，已经连珠价由东南风送到耳边来。

到了十一点钟，轮船到了石龙，便接得两个报告，一是博罗因兵力单薄，退守飞鹅岭，请拨调救兵的，一是增城报告，林虎带领大队来攻，请求派队救应的。中山一面电令张民达旅猛攻平山，以分博罗之敌，一面又命用飞机传令广州滇军，去救增城。第二天，又接许崇智的急电道：

飞鹅岭失守，敌已占铜鼓岭、北岭一带高地，北门已被围，城中兵力单薄，粮弹将尽，请即派队救援。

中山见了这电报，急命拨飞机一架，飞往博罗城上巡视一周。古应芬道：“大元帅为甚么不发一个电报去？却放飞机巡视，是甚么意思。”中山道：“博罗待援甚急，就发电去，也未必可使守城将士能够相信救兵便到。如见飞机飞到，他们必疑是救兵特地教去侦察形势的，才安心死守咧。”中山不但人格伟大，其处事之机智，亦不易及。应芬大服。中山又道：“只有粮弹一项，却极重要，须派差遣舰冒险送去才好。这件事，你可以去办一办，我再备一封亲笔信，教舰长顺便带给许总司令，也可教他安心。”古应芬遵令而去。中山写好了信，也交给舰长带去。差遣舰上驶以后，古应芬仍来大元帅室，中山又嘱他再发电给广州滇军第三军军长蒋光亮，令他火速发兵。

一连发了几个电报，等了一日，还不见有功静，中山正在焦急，忽报博罗许总司令行营参谋陈翰誉间道到石龙请见，报

告军情。中山急教传见，问其详细。陈翰誉道：“博罗东西北三门，都已受逆军包围，只有南岸还没有敌兵，可和惠州飞鹅岭按：飞鹅岭蜿蜒甚长，此是惠州城外之飞鹅岭，非博罗北门外之飞鹅岭也。刘总司令行营通点消息。城里粮弹两竭，情形较昨日更是危险，如再无救应，恐怕博罗不能再守了。”中山听了，沉思不语，半晌，方对古应芬说道：“我已连发数电，催促援军火速前进，措词不为不切，为甚么只有准备的回电，却总不见兵来？此地只滇军有一旅人在这里，你可曾催他前进吗？”古应芬道：“如何不催他？他说不曾得到军长命令，不好前进哩。”中山又想了一想道：“香芹！古应芬字。你可亲到广州去一趟，催促各部队伍，火速出动，要是蒋光亮定要有饷才出发，不能马上开拔，可先调福军和吴铁城的部队，即刻到前敌去，除拨出铁城一团，去救增城以外，其余可俱教去救博罗，万万不可再误。”

应芬领诺，即时到广州去了。

中山叫陈参谋也退下去休息，自己在办公室里办一会事，又站起来走一回，这天的风雨又非常之大，船身受了风浪的摆簸，时常摇动，水势也渐渐涨起来，潺潺作响。中山听了，倍觉忧虑。这天晚上，也没有好好的休息一回，只眼巴巴地望广州的援军到来。第二天早晨，古应芬赶回石龙复命，中山急问接洽情形怎样，古应芬道："昨天四点钟到省，在一家洋行的楼上，见到蒋军长，他一见我，就说：'博罗的危急，我已完全知道，即使大元帅没有命令，我的军队，也应赶去救应，所以我已决定在今天晚上出发，只不知道有没有火车咧。'我听了这话，即刻到大沙头车站去查问，知道各军的专车都已预备妥当，立刻便派人去通知他。福军和吴铁城部也都答应立刻出发了。"正说间，忽报福军前部，奉令开到，吴铁城部已开抵增城，并另外派了几十名马队来供侦察之用，军长李福林、朱培德财政次长郑洪年来觐。中山大喜，都即传见。谈了一会，李福林和朱培德先行辞去。中山问郑洪年筹办军饷的情形，郑洪年道："各种财政权，都被各军霸占，财部已毫无收入，借债既难，费用又无从减省，近来前方军事紧急，需饷更殷，财部虽则东西罗掘，也属无法应付。昨天运使邓泽如解来一万元，因听说行营所带万元，已经用完，正想提解，谁知又被蒋军长光亮支完，连移动也不曾移动咧。"看此一事，见蒋氏不但霸占财权，而吸收中央固有收入之款，亦无微不至。中山听了摇头，想了一想，又回头向古应芬道："他又得了一万元饷，曰又得者，见其得饷已非一次，既曰非得饷不来，则已得饷矣，何以又不来？见其不来，非为饷也，特托辞耳。不然，许、李各军何以战哉？总该出动了罢！"郑洪年辞去以后，等到天晚，还不见蒋光亮一兵一卒到来，那雨也越下越大，淅沥之声不绝。中山心头烦闷，依然坐下，计划军事，因刚好看到刘震寰从惠州飞鹅岭告急的电报，便亲自草了一个复电道：

敌人当然有计划，所幸其数不多，自易击灭。绍基已亲率五千精锐，出击淡水，兄之后方，断无危险。少泉闻博罗被围，非常焦急，已征集所有，赶紧出发，大约两日后可到。倍之亦以全部来援，大约三日后，其他西北江各队，亦陆续调来。今日省城已运到米粮四十余万斤，当陆续运来。此次东江之事，无人不焦急万分，断无见危不救。孙公之为此语，非真不能知人也，盖其一，仁恕性成，不欲以不肖之心待人也；其二，深明兵法不欲使前敌将士，知内有不愿应救之兵，以懈其心也。想不出十日，贼必消灭，我俟各军出发后，当再来梅湖，亲督攻城，故望兄急调一队，渡白沙堆，一以绝敌人后路，一可保我航线。闻敌人粮食辎重，皆在风门坳附近，若兄能照此行事，可悉夺之，则博围可解，我军实亦加利莫大也。

幸速图之！

中山草了这一封电信，交副官拿去拍发以后，便命大南洋开赴苏村。谁知风雨既大，水流又急，到了铁冈，便被阻不能前进。吴铁城部的马队和福军也被风雨所阻，只得停止休息。到了第二天，方才到达目的地。镇天盼望的蒋光亮部，却只到了四百多人，蒋光亮自己不必说，当然没有来。好在博罗城外水深数尺，陈军不能逼近攻击，只能在北门外高地上，用大炮远远的射击，所以没有甚么大损害。次日，又进至第七碉，已占地势上的优点，可惜蒋光亮部只到石龙，并不进前。前敌兵力单薄，未能计出万全，只得又派人到石龙督促。差人到得石龙，滇军第三军的大队已经开到，但是蒋光亮自己仍没有来。中山只得先传他的参谋禄国藩来商议军事。禄国藩进来谒见已毕，中山便催令前进。禄国藩道："兵行以粮饷为重，现在饷也没有，教我们如何前进？"桀傲可杀。中山道："你的话果然不错，但也须分个缓急，若在前敌不甚吃紧之时，要求发清全饷，也还有理，婉转之极。中山愈婉转，则愈觉蒋、禄之可杀。但现在博罗十分危急，倘固执要饷，岂不误了兵机？等到博罗一失，必然牵动全局战事，那时广州未必可保，何处再容索饷？恐怕连现在这般的支领，也未必可恃了。"不但词婉意严，而且理甚确当，虽蠢极之人，亦当领受，禄固犹人，而乃终不能听耶？此所以古人有"谈经可以点顽石之头，而操琴不足以回吴牛之听"之叹欤。禄国藩笑道："要是这样长久下去，还不如现在决撒了好。我们有了子弹就是粮，难道还愁拿不到饷？"可杀可杀，此辈因粮于民，固不愁开饷也。中山道："我现在还是要你前进，你肯去吗？我是大元帅，你敢违抗我的命令？硬一句。一味软，则失中山身分矣。你如肯去，我可更给你便宜指挥之权。动之以权。解了博罗之围，再额外给你重赏，歆之以利，小人非权利不行，中山盖审之熟矣。你去也不去？"禄国藩笑道：笑得可恶可杀。"正经的饷银也拿不到，还希望甚么赏银？中山权利双许，而禄只着眼在利，盖此辈之要权，亦无非为利耳。便胜了敌，也不是一场空？我不去，我只要饷。"桀骜至此，可杀可杀。小人见权利必趋，至权利亦不能动，则必有非分异谋矣，蒋、禄之不能善终，已伏于此。中山怒道："军法具在，何敢无礼？不得不硬。我今不要你去，教你的军长去，看你如何再违抗？"禄国藩道："教我去要饷，不教我去也要饷。桀骜至此，可杀可剐。我又没说不肯去，只要把饷发齐，我自然开拔了，要饷许是不犯军法的。"偏有无理之理，益发可杀。

中山正待训斥，却早激怒了侍立的一位英雄，他瞧了这禄国藩那样的不驯样子，早已气破胸膛，此时忍耐不住，便走上几步，向禄国藩一指道：“禄同志！请问你是不是大元帅部下的一员军官？是不是做的中华民国公职？是不是吃的全国国民的公禄？”禄国藩倒吃了一惊，问道：“你贵姓？”古应芬在旁介绍道：“这是参谋赵宝贤同志。”禄国藩说道：“赵同志如何说这话？这样浅近的问题，还打量我不知道吗？”赵宝贤道：“你既然知道，就好说了，请禄同志想一想，国家为甚么要用我们这班军人？人民为甚么要把辛苦挣出来的钱供给我们？大元帅令我们去作战，是替甚么人做事？三个问题以后，又提出三个问题，遥遥针对，而又互相错落，气势滂沛，自足以折禄氏桀骜之气。须知大元帅并不是自己喜欢多事，甘冒危难，无非为着受了国民的托付，不得不戮力讨贼，为国除害，庶不有负重大职守。此一段先说中山之用兵不得已，是宾。我们所以相从至此，也无非为了大义。再综合一句，引起下文。既然彼此的结合行动，全为大义，就不能单在利害方面讲了。断定一句，意思渐显。然还不曾明白说出，是主中宾。有饷，我们固然作战，没有饷，我们也要作战。意思到此，方明白，是主。我们是为大义而听大元帅的指挥，并不是因私谊而受孙中山先生的命令。我们是为大义而战，并不是为饷而战。自己又作解释，意思倍显，为饷而战一句，极其尖刻。假如仅仅是为饷而战，我们将自处于何等地位？反跌一句，尖刻之至，使禄氏不能不折服。国家要我们这些军人何用？人民何必拿出这些钱来供给我们？又反问两句，一句逼紧一句。禄同志是深明大义熟知去就的人，所以甘从大元帅，从困难中致力，不愿附和陈氏，替北方军阀做走狗。现在单只替士兵在饷糈上面着想，忘了前线的吃紧和自己的天职，岂不可惜？”既恭维他几句，使他不致因下不来台而决裂，又替他遮饰一句，使他得自己转圜，语语有分寸。所谓替他遮饰者，盖只饷糈上加“士兵”两字，盖替士兵争饷糈，亦将士分中之事也。一段说话，说得义理谨严，气势浩沛，使蓄异谋者丧胆。正是：

大义凛然严斧钺，丹心滂沛贯乾坤。

未知禄国藩听了这番说话，如何回答，且看下回分解。

赵宝贤之责禄国藩也，几于一字一泪，一字一血，不独当时闻者为之肃然起敬，慨然自奋已也，即今日有述及其当时为大义所激之状者，犹同此观念焉。嗟夫！人谁不欲为善，其不为善者，非真不能为，不欲为也，特为利害物欲所蔽，欲自救援而不可得耳。观于禄国藩骤闻赵君之语，未尝不怵然而惧，憮然而惭者，盖良知之说，确有可信者焉。1321.
然其虽能感悟一时，而终不克自拔者，则利害物欲之为蔽也。呜乎！惜哉！

第一百四十三回　战博罗许崇智受困
截追骑范小泉建功

却说禄国藩听了赵宝贤一番议论，一时良心激发，十分不安，便笑道："赵同志的话，自是不错，我也并非不愿前进，实在为着士兵没饷，不肯出发，也叫无可如何。就借"士兵"两字收场，方见饷糈上特加"士兵"二字妙处。现在大元帅既有命令，明天当先设法调一部分上前敌去，只是饷银一项，仍要请大元帅竭力筹划。"古应芬在旁说道："禄同志放心。大元帅自当令饬军需处竭力筹拨，贵部只请前进就得啦。"禄国藩欣然而去。古应芬私下和赵宝贤商议道："禄国藩虽一时被同志言语所激，答应出兵，过后必然翻悔，恐怕仍旧靠不住。"赵宝贤道："不独如此也，我看他今天这种狂悖桀骜的样子，目中哪里还有大元帅在？这分明是蒋光亮授意而来。要不然，一个参谋，如何敢在大元帅前这般放肆？就使他自己不翻悔，只怕蒋光亮也不见得肯答应呢。"见得很透，中山之所以不予以惩办者，亦为此耳。不然，中山虽仁厚，岂肯为军法曲宥？古应芬道："博罗被围已急，如再无救兵，必不能保，博罗一失，全局便都完了，如何是好?”赵宝贤也愁思无法。半晌，古应芬又道：“我想滇三军是不必希望了，还是由我拍电给胡展堂总参议，飞檄调粤军第一师来候令，你看如何?”赵宝贤道：“这也不见得妥当罢。刚才帅座因左翼指挥胡谦方来电告急，已经电第一师卓旅往救增城，现在再令开到石龙，如何办得到?”古应芬道：“除此以外，也没有别的法子，只好照此试一试再说了。”

两人正在议论，忽传大元帅请赵参谋。赵宝贤到了大元帅室，中山见了他，便道：“现在水已大退，逆军必然乘势攻击，若再不赶紧去救，博罗一定难守，好在福军已全部开到，滇军第四师亦已到着，我想即日分三路攻击前进，你看可好?”赵宝贤道：“进兵救博罗，自是要紧，只未知淡水、平山方面的战事如何?倘然不得手，恐怕难免还要分兵助战咧。”中山道：“刚才张民达来过，说淡水方面战事大胜，平山方面，因受了雨水的影响，一时不能得手，现在天气晴正，水势已退，平山大概也旦夕可下，我们不必忧虑。”说完，便发令教禄国藩部为右翼，向雄鸡拍翼前进。福军为左翼，向义和墟前进，和博罗城内各军取夹击之势，以滇军第四师为救应。

这命令刚下，忽报第四师因索饷没有，已经全队退回广州去了，中山大惊，急忙传令制止，已经不及。中山大愤，投笔于地道：“此辈尚有面目对国人吗?”此辈久已不要面目，中山过虑矣。一面又传禄国藩和福军照旧进展，不可因第四师的退回而生怀疑不进之意。两军得令，分左右两路前进。右翼禄国藩部到了第七碉阵地，忽又不待命令，便退回石龙。这时右翼福军未曾知道，依然从阵待敌。中山得这消息，十分懊丧，一会儿在室内踱来踱去，一会儿伏在案上，疾草命令，有时凝神苦想，想不出一个方法、一条头绪时，又时常用拳头在头上乱敲。古应芬、赵宝贤等都从旁劝慰。中山叹道：“我所虑的，因水势既退，如逆军大举攻城，博罗必不能守，博罗失守则石龙危，广州也震动了。我的北伐事业，岂不大受影响？武侯南征，是为北伐，中山要北伐，亦先必东征，盖未有心腹之患未除，而能出师有功者也。两公殚心为国，鞠躬尽瘁而后已之概，亦仿佛。我决计亲自往第七碉察看一回，再定计较，或者还有个挽救。”古应芬、赵宝贤均竭力劝阻，中山道：“我一生累犯艰危，方才创成中华民国，今日情势更急，如我也退缩，则中华民国亡矣，我岂能策个人之安全，忘却国家的使命？我意已决，你们不必多言！”中山一生多冒险，武侯一生惟谨慎，谨慎难，冒险更难，盖谨慎守常，冒险达变也，二者易地则皆然。当下便传令，把轮船开到第七碉，命飞机出发侦察。到了傍晚，飞机回报，说逆军还在博罗东北角山地，并未和我军接触。中山稍为放心，便教把船泊在第七碉南岸。

入夜，中山带了古应芬等一众幕僚，上岸闲步，在危急中，犹有此逸兴，非学养功深，而又志行恬惔者，不能致也。见蔚蓝的天空上，众星罗列，一道银河，如烟似雾，平视则峰峦叠秀，烟树迷离。彼此走了几步，便在河边席地而坐。中山仰望天空道：“古人说：‘为将者必须知道天文’，诸君都深知军事，以为这句话有无意义？”众人都笑道：“懂天文不懂天文，和军事有何关？古人说甚么这是某分野的星，那又是某分野的星，如何有风，如何有雨，都是些迷信之谈，何足凭信？”中山笑道：“古人说这句话，必有他的意思，决不是像诸君所说那样简单的。天文和军事，怎说无关系呢？”众人都道：“不知有何关系？帅座何妨指教我们一些。”中山笑道：“此理甚长，一时哪能讲得明白？我所说的，也不过几件小事而已。例如黑夜行军，失去了指南针的时候，往往分不出东西南北，找不到一条路径，假如懂得些天文，就可看星辰的所在，定出方向，程度稍高的，并可定出时间来。辛亥革命以前，我在两广，每至黑夜用兵，往往要借重星月，做我的指南针，从此看来，天文和军事，已经有许多密切的关系了。可见事无巨细，必有所用，特粗心人不曾理会耳。这不过据我所能说的而言，其事很小，此外还有许多关系，说它不完咧。”众人都各恍然，因笑道：“这些地方，我们倒不曾留心。”中山却又指着北斗七星笑道：“你们认识吗？这是甚么星？”众人都笑说：“不知道。”中山道：“这就是北斗七星，你们只要辨得出它，方向便容易知道了。”接着彼此又谈了些军事，方才回船。极热闹中间，忽然来此一件清冷之事，可谓好整以暇。

第二天，义和墟福军已经和陈军千余人接触，田钟谷带着滇军三百人，和粤军第一师卓旅所部的张弛团一营，登雄鸡拍翼山岭，中山兼率侍从，登山督战。时左翼的福军，进到了义和墟，初时得些胜利，正在追击，不料陈军大队到来，乘势压迫。福军抵敌不住，只得退却。陈军趁机大进，沿义和墟赶向苏村，谋断义师归路。中山尚欲指挥部下死战，左右苦谏，始命大南洋座船退却。

刚到苏村，只见一队兵士，列在河上，沿风飘展的旗帜，现出“招抚使姚”的四个大字。原来姚招抚使名雨平，中山由博罗回到石龙时，因其指陈援敌之策颇有些见地，所以给他一个招抚使名义，令他发兵救应博罗。他的队伍开到苏村，便不曾前进，至今还在苏村驻扎。当时中山见姚雨平的部队尚在这里好好儿的驻扎，知道敌军尚未压境，派人询问，果然尚不见敌人踪迹。古应芬急促轮船开回石龙，才到蕉兰，又在昏黑中见一艘艘的兵船接连不绝的逆流而上。急忙探问，方知是粤军第一师所属的卓旅。中山大喜，急命加紧开赴苏村，探险登陆。大南洋船，仍然开回石龙驻泊。

第二天又带了杨廷培的一部，由石龙开拔，到了苏村时，卓旅和福军已联络追逐义和墟敌人，攻击前进。中山即令杨部加入作战，军势愈盛。陈军抵敌不住节节败退。中山登山瞭望，见卓旅、福军、杨部冲击甚勇，节节胜利，十分欢喜。博罗城内被围军队，见救兵大队已到，乘势冲出，合攻铜鼓岭的陈军，陈军大败，死伤甚众，向派尾、响水退却。铜鼓岭仍被城内的义军夺回，博罗之围已解。陈军三路俱败，闻风而逃。

中山传令休息，自己入城抚慰军民，特奖滇军师长杨廷培部万元，彰其守城和破敌之功，其余也各论等行赏。一面又令卓旅五团追向派尾。邓演达攻师阳，福军攻击响水，只杨廷培的一师，因死伤太重，着回广州休息。分拨已毕，自己又到梅

湖去看重炮阵地，亲发五弹。此时增城的敌军，也被朱、吴各部击退，前方各军，俱皆胜利，东江战事，总算转危为安，可告一小小结束。

中山因广州等他解决的事情很多，便趁机回去了一趟，只一日工夫，便又重行出发。在这一回一出之中，别的并无改动，只有他自己的幕僚中，却又添了马晓军、王柏龄等几个人。轮船到了白沙堆驻泊，中山亲自到飞鹅岭刘震寰营中，商议攻破惠州之策。桂军各上级军官，听说大元帅驾临，一齐来迎，先到炮兵阵地察看。这时惠州城上的陈军，用望远镜探看，见中山亲来察看阵势，便教炮兵瞄准中山开炮。颗颗炮弹，都向着中山飞来。有离开中山身前只有丈许光景的，轰然一声，地上的木石纷飞，地皮也乌焦了。众人见了，都替中山担心，劝中山不要再留。我亦代为担心。中山笑道：“你们不必惊

恐，敌军的表尺已完全用尽，凡枪炮均有表尺，用以瞄准，测量远近之用。表尺用尽，则不能更远，虽密友不能及我矣。即使他密集注射，也决不能射及我们所立的地点咧。我们尽管商量破城的计划罢！”有见识，有胆量，有经验，岂庸流所能企及？桂军总司令刘震寰道：“逆军的杨坤如最善于守城，我们屡次猛攻，都不能得手，真是没有办法。”不说自己不善攻，倒说别人善守，也算善于解嘲。中山道：“我此来带有一船鱼雷，可用此物作攻城之具，炸毁城基，如城基崩坏，惠州即日便可克复了。”刘震寰唯唯称是。中山又道：“我定今天仍回梅湖，特留程部长潜和参谋赵宝贤在这里，和兄商议一切。事不宜迟，明天便可下总攻击令了。”刘震寰领诺。

中山见布置已定，仍旧坐了大南洋轮船，回转梅湖。轮船刚到中途，忽听得轰然一声，仿佛船都震动，不知甚么地方炸烈了东西。彼此正在惊讶，忽然侦缉员赶来报告道：“驻泊白沙堆的轮船失事，所带鱼雷完全爆炸。飞机队长杨仙逸、长洲要塞司令苏从山、鱼雷局长谢铁良，同时遇难。”中山大惊，悲痛不已。王柏龄等齐声慰解，中山拭泪道：“杨、苏、谢三同志，从我多年，积功甚伟，一旦为国牺牲，不但国家受了人材的损失，就是我们此番攻城的计划，也大受打击咧，使我如何不伤心呢？”当下命人仍至广州运带鱼雷等攻城之具，一面下令赠杨仙逸陆军中将，与谢、苏两人均各厚恤，自己并亲赴遇难地点察看，只见血肉模糊，惨不忍睹，不禁加倍伤心，即令设坛致祭，亲自致奠。祭毕，仍回梅湖阵地。

广州的鱼雷既到，仍命程潜在飞鹅岭主持攻城之事，并定九月二十三日下总攻击令，于夜间十二时，先以鱼雷炸城基，各部队冲锋前进，飞机则在前敌侦察敌情，抛掷炸弹。布置既定，如期发动。前锋冲锋前进，一面发射鱼雷，鱼雷的炸力虽大，无奈惠州的城垣建筑得十分牢固，一时如何攻得破。彼此炮往弹来，激战了许多时候，忽然轰的一声，城垣已被鱼雷轰坍了好几丈。城内的陈军大惊，杨坤如急令堵塞，那刘震寰的桂军素来胆怯，在城垣没有攻破之前，倒还踊跃呐喊，谁知城已攻破，倒反怔住了，不敢冲进去。等到程潜得报知道，急来指挥时，已过了二小时之久，如此胆怯，尚可作战耶？陈军早筑好了一层新城，把缺口堵住了。因此白牺牲了许多士兵，毫无效果，城上倒反用机关枪密集扫射，桂军死伤甚众，只得退回。中山得了这个消息，十分不悦，只得鼓励将士，重作第二次总攻击，自己回到博罗。

许崇智听说中山在博罗，也从横沥来会商全部军事计划。中山即命为中央军总指挥，并以杨希闵为右翼总指挥，朱培德为左翼总指挥。部署既定，又回广州，只留程潜在博罗，支应

一切。中山这一回广州，可不好了，没到两天，河源、平山两地，都被陈军攻陷，洪兆麟迫平湖，林虎攻柏塘、派尾。恰好许崇智这时正在派尾，听说逆军来攻，便令部下各旅联合朱、李各军奋勇逆击。林虎大败，兵士纷纷缴械的足有千余。洪兆麟也被范石生击败，只有逗留石龙的蒋光亮部，因此时已和陈炯明默契，所以始终按兵不动，未曾作过一次战，应过一次敌。更可笑的，还有围攻惠州的桂军刘震寰，因平山、河源失守，防到后路被截，便急急地退出飞鹅岭，放弃了惠州阵地。中山听了这个消息，恐怕惠州袭攻博罗，倘又失陷，便要牵动全局。二则又闻各军都逗留不进，未免耽误军机。急忙改乘专车，和参谋长李烈钧等，同到石龙，召集各军长胡思舜、卢师谛、范石生、蒋光亮等，会议军事。胡、卢、范等都立刻应召而来，蒋光亮直到会议将完，方才来到。中山看着他入席以

后，方道："贵部在石龙已久，现在前敌军事紧急，为什么不前进?"蒋光亮默然不答。中山道："现在的军事，较前更紧急了，你怎能按兵不动，自己不惭愧吗？限你今夜，必须出动，攻击惠州。"蒋光亮答道："今天我有紧要事情，必须返省，明天当再来。"中山怒道："今天只有军令，你若今天回省，我除以军法处你以外，决无第二句话。"蒋光亮又默然。胡思舜、李烈钧等忙着解劝，请求中山宽容，一面又向蒋光亮道："蒋同志就遵大元帅的命令，不必返省，立刻前进罢!"蒋光亮唯唯。此时不敢倔强矣，使人怏然。众皆不欢而散。

次日天微明，中山传令各军出发，因蒋光亮已经回广州，卢师谛的部队素同儿戏，不足一战，所以只用范、胡、许、刘各部，以范石生部主力军，肃清沿铁路的敌人，向平湖进展。令胡思舜合东路一支队，溯河岸横达博罗，和许崇智、刘震寰各军联络。支配妥当后，正要出发，恰好敌将钟景棠、熊略，率领所部，来犯平山。范石生部奋勇迎击，激战了一个钟头，钟、熊抵敌不住，向后退去。范石生指挥部下追赶，到了张坑，钟、熊忽又回身接战，范石生所部奋勇冲突，正在激战之间，忽然背后枪声大起，原来是钟、熊的伏兵杀来。范石生两面受敌，正在着急，忽觉抄袭后路的敌军，纷纷溃散，不解其故。不一时，接到探报，方知是西江李根沄部开到。这消息报到中山那里，十分欢喜，亲自至前线，察看了一回，令各军继续追击，自己仍回石龙，才知胡思舜部尚不曾出发，中山也不深究，当下又令罗翼群从水路赴苏村，梁国一部出菉兰赴博罗。

布置刚毕，忽报林虎率领精兵一千，占领龙门，进犯增城。陈策、李天德部不战而退。中山大怒，急令朱培德、胡思舜赴援，一面电陈策、李天德严饬反攻。支配毕，因回顾李烈钧道："我本想回广州一转，不料增城的战况又复如此，未免令我忧虑。广州之行，只好暂缓了。"谋国之难如此，可为一叹。李烈钧也叹道："帅座军事计划，处处可操胜算，无奈各军不肯用命，至九仞之功，往往亏于一篑，前功尽弃，岂不可惜！东江之战，大率如此，令人慨叹。还有一事，卢师谛部虽不耐战，然用之亦足以壮威，帅座何以不令作战？"中山道："此理我非不知，唯因其战斗力太弱，万一失利，必致牵动全局，所以我只令往驱除深州之敌，也非全置不用。"正讨论间，忽得博罗许崇智来电告捷，邓演达占回石龙，右翼已达樟木头。李根沄得鸭仔步，卢师谛克深州，中山大喜，即刻动身回到广州。

只隔了一日，忽报中路及左翼军为敌所乘，退出博罗，许崇智回石龙，滇、桂军相继退却。中山大惊，急和李烈钧乘车到石龙来指挥。此时滇军已退到狗仔潭，东西路许、刘各部已退到莶兰，中山严令制止，一面召集开会，讨论反攻之计。李烈钧道："刚才得报，范石生部已攻克鸭仔步，不如令鼓勇进攻惠城，牵制敌人的后方，使敌人不能专顾正面。"范石生亦颇饶勇善战。中山从之，赏范石生部万元，令向惠城进展。又赏杨希闵、朱培德部各五千元，令反攻。一面收容东西路溃兵，一面传令再退却者枪决。在此极忙极乱之中，而处置各方，井井有条，非好整以暇者不办。

部署方毕，传令进驻石滩。恰巧逆将钟景棠、熊略、杨坤如、洪兆麟各率贼众，进犯莶兰，中山令前锋暂取守势，定于明日分三路反攻，一面又令李济琛赴援增城。次日天微明，便听得增城方面炮声断续而起。中山恐怕中央军朱部的李师、王师不进，令古应芬前去催促。古应芬遵令赶到石滩村，方知李师已经出发，王师的参谋长凌霄亦已上了马，正在督队前进。应芬大喜，又去和罗翼群向增城方面沿路探看。过了石滩村，大约有三五里光景，便是一座小山，有两三个滇军的步哨，在那里瞭望，应芬问他，此地可有敌人踪迹，步哨道：“敌人刚才已经逼近，后来被我军击退，现在我军正在向前追击哩。”古应芬和罗翼群侧耳细听，果然枪炮声渐渐自近而远，将大败，先有此小胜。心中甚喜。古应芬便寻路回转，路中只听得东北方面枪炮声极其激烈，知道菉、铁墙方面，已在激战之中，急忙回到车站，报告中山。中山道：“此一路军事，虽然可以不忧菉兰、铁墙方面的战事，刚才得石龙赵宝贤的报告，却有不能支持之势。我已令在石龙的李根沄部，向石湾前进，并令邓副官彦华，运了一车米去，分给各军，但不知结果究竟如何咧？”

正说间，忽报前方有兵数车，向这里很快的开来，不知是何人的部队。众人正在疑讶，那兵车已经开到站里，原来是李根沄所部的兵士。中山甚喜。李根沄随即晋谒中山，请示机宜。中山奖勉了几句，便令仍向石湾攻击前进。李根沄遵令，即时出动，刚到石湾，菉兰、铁墙方面的各军，已纷纷溃退。李根沄的部队被他们冲动，不能驻扎，只得也跟着溃退，大部分都溃到石滩。中山得报，急忙和李烈钧、古应芬下车制止，只见沿铁路都是溃兵，既分不出是甚么人的部队，也不知道他们因何而退，询问他们的长官在哪里，又都不知所在。各军溃兵初时溃奔得非常慌忙，此时见大元帅下令喝止，始各站住，不敢再逃。各兵亦尚能守令。不一时李根沄的全队亦退到，中山便和他说道：“武城，李根沄之字。你应当率队严守此间河岸，以图反攻。”李根沄唯唯遵令。

正说间，忽有溃兵所乘的火车开到，刚好和中山的座车在同一条轨道上，因此座车也被他冲得逆行。中山刚好上车，便如风驰电卷的走了。古应芬等上车不及，只得沿铁路随着追赶。各溃兵见了这情形，便又大奔，中山派往石龙的副官邓彦华见了这情形，不觉大惊，因听说范小泉的部队尚在横沥，急忙赶到横沥，报告败耗，请其回军救应。范小泉正待举炊，听了这话，也不待吃饭，便急令部下开拔，赶到石龙。恰好陈军的先锋洪兆麟紧紧追赶中山，已到石龙。范小泉也不待开枪，便令冲锋，自己奋勇前进。洪兆麟虽仗战胜之威，无奈范军勇悍难当，只一小时，便大败而溃。洪兆麟恐被追及，急急渡江，不料船小人多，到了江中，一震荡间，那只船已翻转身来，把洪兆麟等都溺在水里。读至此，为之一快。众人慌忙把他救过对岸时，已吃了好几口水，狼狈不堪，急忙带着残兵，向东退去。

却说古应芬等，因追兵被范军截住，安然到了新塘，上了火车时，方知中山已乘了机关车返省，心中甚觉安慰，只是想到此次溃退的士兵，不止一万，如一到省城，商民必受损失，又没法可以处置，甚是担心。到了省城时，市面竟安堵如常，大为奇异。打听之后，方知中山到省后，即派兵一部，在大沙头堵截，所有散兵，已全被缴械，所以广州毫无影响。综计此次东江战事，始于五月，至这时九月，已有四月之久，此次义师挫败，退回广州，总算告一小小结束。我这枝笔，便也要掉转来，写些别处的事情。要说北方在本年中，除却平常的政变和战争以外，还有一件惊天动地、震动全世界的大事情。正是：

战争喋血寻常时，别有奇峰天外来。

未知究系何事，且看下回分解。

中山从事革命事业数十年，生平历危涉险，不知凡几，苟举其荦荦大者而言，则除伦敦、白鹅潭两役而外，惟此次东江之战而已。盖当时可用之兵，惟许崇智部及少数之滇、粤军，若刘震寰、杨希闵、蒋光亮各部，则除索饷要械而外，其兵殆不堪一战，甚者与逆军通款协谋，以危中山，其处境之险，岂下于白鹅潭哉？然观其从容处事，未尝因消息之可惊而惶恐失措，处置困难而颓丧灰心，其学养工夫，与坚忍不拔之志，岂寻常人所能及其万一哉？

第一百四十四回　昧先机津浦车遭劫
急兄仇抱犊崮被围

却说民国十二年五月五日那一天，津浦路客车隆隆北上，将到临城的那一天，滕县忽然起了一个谣风，说抱犊崮的土匪将到临城。滕县警备总队长杜兆麟闻得这个消息，急忙赶到临城，想报告驻防于该地的陆军六旅一团一营营副颜世清。颜世清听说滕县警备总队长来见，不知道甚么事，想正在酣睡中耳。不然，贼将临门，何尚弗知？写得梦梦，可笑。又不便拒绝，只得请见。杜兆麟一见颜世清，略为寒温了几句，便开口说道："有一个很重要消息，不知道营副已经知道没有？"颜世清问是甚么消息，杜兆麟道："据敝队的侦探员报告，抱犊崮土匪，有大队将到临城，兄弟恐怕贵营还不曾知道，特地赶来报告，须设法堵截才好。"颜世清变色道："胡说！正不知是谁胡说？抱犊崮的土匪现被官兵围得水泄不通，哪里能下山？便生着翅膀儿，未见得能飞到这里。若说真有这事，难道就只你有侦探，能够先知道，我便没有侦探，便不能知道了。"一味负气语，总是料其决不能来耳。杜兆麟道："不是如此说，抱犊崮虽则被围，难保没有和他联络的杆匪，再则或有秘密路儿可下山，怎说生了翅膀儿也飞不到这里？这是地方的公事，也是国家的公事，须分不得彼此，或许你没有知道，我先知道的，也许我没知道，你先知道的，大家总该互相通个消息才是。"颜世清怒道："我为甚么要通报你？我也用不着你通报，料你几个警备队儿，干得甚事？敢在我面前吹牛！"杜兆麟见他不懂理，要待发作，却又忍住，因微微冷笑了一声道："我们几个警备队儿，本来没有甚么用，哪里敢和老兄的雄兵作比。滕县有甚么事，都要全仗老兄了。"说着，告辞而去。颜世清也不送客，只气呼呼地坐在一旁，瞧着他走了。又向站岗的兵士，和值日的排长发作道："为甚么让这妄人进来混闹？也不替我当一声儿驾。"

正闹着，忽报有个本村的乡人，又有紧要机密事来报告。颜世清怒道："又有甚么紧要机密事报告了，准定又是造谎，权且叫他进来，说得好时便罢，否则叫他瞧瞧老子的手段。"说着，喝令叫进来。不一会，乡人已到面前站下。颜世清没好气，喝问报告甚么事，那乡下人见了颜世清这样子，早唬矮了半截，半晌说不出话来。颜世清愈加生气，骂道："村狗子！问你怎么不说了？谁和你寻开心吗？"乡下人见军官生气，才吓出一句话来道："抱犊崮的土匪，离这里只有七八里路了。"颜世清听了这话，立刻跳起来，向他当胸就是一拳，骂道："混账忘八蛋！你敢捏造谣言，来扰我的军心，我知道你是杜兆麟指使来的，你仗着杜兆麟的势力，当是我不敢奈何你吗？我偏要把你关起来，办你一个煽惑军心的罪名。"说着，又骂勤务兵，为甚么不给我关起来。几个勤务兵应了一声，赶上前，如狼似虎的抓起这乡下人，先掌了几个嘴，又骂道："忘八羔子！

你敢来诓我们的营副，吃了豹子胆了。”一行骂，一行打的，提到空房间里去关起来了。军阀时代，北军之蛮横，常有此种光景。

这是这日下午的事情，到了晚上十二点钟，北上的特别快车开到临城的附近，一众客人正在酣寝的时候，忽觉有极激烈巨大的砰的一声，火车立刻停止了，有几节车便倒了下来。一众乘客从梦中惊醒，正在骇疑，忽然有拍拍辟辟的枪声，联珠价响起来，一时间把车里的乘客，吓的妇哭儿号，声震四野，男子之中，也有穿着衬衣，跳窗出去，躲在车子底下的，也有扒上车顶上去的，也有躲到床底下去的，一时间乱得天翻地覆。不多一会，枪声稍停，车中跳上了许多土匪，大多衣履破碎，手执军械，把众人的行李乱翻，只要稍值钱的东西，便都老实不客气的代为收藏了。抢劫了一会，所有贵重些的东西，已全入了土匪的袋儿里，方才把一众客人驱逐下车，把中西乘

客分作两行排立，问明姓名、籍贯、年龄，一一记在簿上，又查明客票等级，分别记明，这才宣布道：“敝军军饷不足，暂请诸位捐助，三等客人每人二千元，二等客一万元，头等客三万元，西人每名五万元，请各位写信回家，备款来赎。”说完，便赶着众人教他们跟着同走。有走不动的，未免还要吃些零碎苦头。原来这些乘客，总计三百多个人，里面却有二十多个西人。

这乱子的消息，传到颜世清耳朵里，只吓得手足无措。此时不知是谁报告，亦曾饱以老拳，治以煽惑军心之罪否？急急令排长带领一排人，去截留乘客。排长不允道：“土匪有几千人，只一排人如何去得？何况这样泼天般大的事情，我也干不了，营副该亲自把这两连人全带了去才好。”颜世清怒道：“你说甚么话？你敢不依？你敢不去吗？”那排长见营副发怒，不敢多说，只得

退下来，抱着满肚皮的不愿意，带着本排兵士，慢吞吞地到了肇事地点，下令散开。其时土匪刚好押解着三百多肉票，向东缓缓而行，见了官兵，也不开枪。官兵见了土匪，也不追赶。盖此时匪之视兵，几如无物，兵之视匪，有若同行矣。不一时，驻扎韩庄的陆军第六旅听了这个警报，派了大队士兵，前来邀击，这才和土匪开战起来。土匪带了肉票，一路上且战且走。官兵是紧紧追赶，倒也夺下了肉票不少。那些土匪一直奔逃到一座山顶，山顶外面有大石围绕，极易防守，这时土匪已经精疲力尽，只得坐下休息，并叫中西肉票也列坐于围石之中。一面，各人都拿出掳来的赃物，陈列着，请肉票代为作价。

却说肉票当中有一个名叫顾克瑶的，和一个西人名叫亨利的，两人最为顽皮，见了这些东西，随口乱说，并无半句实话。有一个土匪，拿出一枚大钻戒，请亨利评价，亨利看那钻戒，原来是穆安素的，因操着英语，做着手势道："这东西毫无价值，只值二三角钱。"土匪不懂，只顾看着他发怔。顾克瑶替他解释了一会，土匪方才领悟，甚是丧气道："我想一枚金戒，也至少值三五块钱，这样一颗亮晶晶有亮光的东西，至少也值上八块十块，不料倒这么不值钱。"说着，没精打采地戴在指上，又叹了一口气。另一个土匪笑道："你的是黄铜戒指，自然不值钱，这原是自己运气不好，何必叹气。"殆俗语所谓"运去黄金减色"欤？说着，又回头问顾克瑶道："客人！土匪谓所绑之票曰客人。你是懂得外国话的，可代我们问问这位外国古董客人，评评我们这些东西，可不是我这手表顶值钱吗？"顾克瑶向亨利传译了，只听得亨利又做着手势，叽哩咕噜地说了一阵。顾克瑶向土匪笑道："他说呢，这些东西，统都是没价值的。你的手表，虽则比他们的东西略贵，也不过值五块钱。"众人听了，都十分扫兴，纷纷把东西捡了起来，口里却叽咕道：“难为这些客人，都带着这么值钱的东西，也算我们晦气。”

又一个站着的土匪道：“得咧得咧，我们不提这话罢。”说着，又走近一步，指着亨利旁边的穆安素，向顾克瑶道：“听说这胖大的洋人，是一个外国督军。中国有督军，外国亦必有督军，此辈心中固应有此想也。你懂得洋鬼子话，可知道他是不是？”顾克瑶笑道：“他是外国的巡阅使呢。”有督军则又必有巡阅使，无巡阅使何以安插太上督军乎？顾君之言是也。说着，又指着密勒氏评论报的主笔鲍惠尔道：“这位就是他的秘书长。你贵姓？”那土匪道：“我姓郭，叫郭其才。”说着，向穆安素和鲍惠尔打量了一番，露出很佩服，又带着些踌躇满志的样子。一会儿，又向顾克瑶道：“请你和外国督军说，叫他赶快写信给官兵，警戒他们，叫他们不要再攻击，若不是这样的话，我必得把外国人全数杀了，也不当甚么外国督军、西洋巡阅咧。”中国之最贵者，督军巡阅也，外国又中国之所畏也，然则外国督军，外国巡阅，非世界至高无上之大人欤？土匪乃得而生杀之，则土匪权威，又非世界至高无极者乎？一笑。说到外国人的样子，虽则很像凛凛乎不可轻犯，然而一听到一个“杀”字，却也和我们中国人一样的害怕，所以顾克瑶替郭其才一传译，外国人就顿时恐慌起来，立刻便推鲍惠尔起草写信。想因他是报馆主笔喜欢掉文之故。同一动笔，平时臧否人物，指摘时政，何等威风，今日又何等丧气。又经顾克瑶译为华文，大约说道：

被难旅客，除华人外，有属英、美、法、意、墨诸国之侨民四十余人。全书中，此句最是重要，盖此次劫车，如无西人，则仅一普通劫案耳，政府必不注意，官兵亦必不肯用心追击也。盖衮衮诸公之斗大眼睛中，惟有外国人乃屹然如山耳，我数百小民之性命，自诸公视之，直细若毫芒，岂足回其一盼哉？警告官兵，弗追击太亟，致不利于被掳者之生命。

郭其才拿了这信，便差了个小喽啰送去，果然有好几小时不曾攻击。匪众正在欢喜，不料下午又开起火来。郭其才依旧来找顾克瑶道："官兵只停了几小时，不曾攻击，现在为甚么又开火了？你快叫外国巡阅再着秘书长写信去，倘官兵仍不停止攻击，我立刻便将所有外国人全数送到火线上去，让他们尝几颗子弹的滋味，将来外国人死了，这杀外国人的责任，是要官兵负的。"妙哉郭其才。单推外人而不及华人，非有爱于华人而不令吃几颗子弹也，盖官兵目中，初未尝有几百老百姓的性命在意中，土匪知之深，故独挟外国人以自重。盖政府怕外国人者也，如外国人被戕，必责在役之官兵，在役之官兵畏责，必不敢攻击矣。顾克瑶依言转达，书备好后，仍由郭其才差匪专送。

顾克瑶见书虽送去，不过暂顾目前，自己不知何日才能回家，心中十分烦闷，因在山边徬徨散步，暂解愁怀。忽见有一个八九岁的女孩，衣履不全，坐在石崖旁边，情致楚楚，十分可怜，禁不住上前问她的姓名。那女孩见有人问她，便哭起来道："我姓许，叫许凤宝，我跟我的母亲从上海到天津去，那天强盗把我的母亲抢去，把我丢下，我舍不得母亲，跟强盗到这里来寻我的母亲，又不知道母亲在哪里。"真是可怜。一行说，一行哭，十分凄楚，听得的人，都代为流泪。众人正在安慰她，忽然一个外国人叫做佛利门的，走将过来，因不懂中国话，疑心众人在这里欺哄孩子。顾克瑶看出他的意思，便把详细情形告诉了他，佛利门点头道："这孩子可怜得很，我带她到维利亚夫人那里去，暂时住着再说罢。"说着，便和顾克瑶两人带了许凤宝，同到维利亚夫人那里，给与她衣服鞋履。那许凤宝年幼心热，见顾克瑶等这般待她，十分感激，便赶着他们很亲热的叫着叔叔，这话按下不提。

却说这天晚上，兵匪又复开火，当时天昏地黑，狂风怒号，不一时，鸡卵一般的雹，纷纷从天上落将下来，打着人痛不可当，更兼大雨交加，淋得众人如落汤鸡一般，十分苦楚。郭其才等知道这地不可久居，便带着一众肉票，渡过山顶，奔了十多里路，转入山边一个村庄中躲避。一面叫老百姓土匪称不做强盗之居民为老百姓。打酒烧火，煎高粱饼，煮绿豆汤，分给各人充饥。那饼的质地既糙，味道又坏，十分难吃。一住两日，都是如此，甚是苦楚。顾克瑶觅个空，诈作出恭的样子，步出庄门，想乘机脱逃。刚走了几步，便遇着一中年村妇，忽然转到一个念头，便站住问道："从这里去可有土匪？"那妇人向

他打量了一番说道："先生是这次遭难的客人，要想脱逃吗？"顾克瑶道："正是呢，你想可得脱身？"那妇人摇头道："难难难，我劝先生还是除了这念头罢。从这里去，哪里没土匪！你这一去，不但逃不出，倘然遇见凶恶些的土匪，恐怕连性命也没咧。"山东此时，可称之谓匪世界。顾克瑶听了这话，十分丧气，只得死了这条心，慢吞吞地踱将回来。刚想坐下，忽听说官兵来攻，郭其才等又命带着肉票往山里奔逃。顾克瑶一路颠蹶着，拚命地跑，倒是那外国巡阅，十分写意，坐着一把椅子，四个土匪抬着走，好似赛会中的尊神。假外国巡阅，在土匪中尚如此受用，真督军下了台，宜其在租界中快活也。

奔了半日，方才又到一座山上。顾克瑶和穆安素、佛利门、亨利、鲍惠尔等，都住在一个破庙里，只有穆安素一人睡在破榻上面，其余的人尽皆席地而睡。那亨利十分顽皮，时

时和郭其才说笑，有时又伸着拇指，恭维郭其才是中国第一流人，因此郭其才也很喜欢他，时常和顾克瑶说：“亨利这人，很老实可靠，不同别的洋鬼子一样，倒很难得。”被亨利戴上高帽子了。土匪原来也喜戴高帽。顾克瑶也笑着附和而已。

一天，郭其才特地宰了一头牛，大飨西宾。顾克瑶等因要做通事，所以得陪末座。英语有此大用处，无怪学者之众也。那牛肉因只在破锅中滚了一转，尚不甚熟，所以味道也不甚好，可是在这时候，已不啻吃到山珍海味了。彼此带吃带说之间，顾克瑶因想探问他们内中情形，便问他们的大首领叫甚么名字，怎样出身，郭其才喝了一口酒，竖起一个拇指来道：“论起我们的大当家，却真是个顶天立地的奇男子，他既不是穷无所归，然后来做土匪，也不是真在这里发财，才来干这门营生。多只因想报仇雪恨，和贪官污吏做对，所以才来落草。我们这大当家，姓孙名美瑶，号玉峰，今年只有二十五岁，本省山东峄县人，有兄弟五个，孙当家最小，所以乡人都称做孙五。他有个哥哥，名叫美珠，号明甫，也是我们以前的大当家，本是毛思忠部下的营长，毛思忠的军队解散以后，他也退伍回家。这也是他有了几个钱不好，信然哉，有了钱真是不好也。谩藏诲盗，古人先言之矣。因为有了几个钱，便把当地的军队警察看得眼红，时时带着大队人，到他家去敲诈，指他们是匪党。这么一门好好的世家财主，不上几月，便把七八顷良田，都断送在这些军警手中了。我读此而不暇为孙氏悲，何也？如此者不止一家也。现在的孙当家的大哥，这口气，几乎气得成病，当即召集了四位弟弟，向他们说道：‘我们做着安分良民，反而要受官兵的侵逼欺凌，倒不如索性落草，还可和做官的反抗。左右我们的田产已光，将来的日子也未见得过得去。做了强盗，或者反能图个出身，建些功业，不知诸位兄弟的意思如何？’众人初时都默然不答。他们的大哥重又说道：‘我不过这样和兄弟商量，万一有不愿意的，也不妨直说，我也决不勉强。’他这般声明过以后，二、三、四三位兄弟才都说：‘不愿意落草，愿意出外谋生。’他们大哥不禁叹了口气道：‘想不到许多兄弟中，竟没有一个人和我志气相同的，也罢！我只当父母生我只有一个，我也不敢累你们，你们各自营生去罢。’此反激语也，然着眼不在老五一人。这句话，却激动了我们这位孙大当家，他年纪虽小，按孙美瑶此时，年仅弱冠。志气却高，当强盗有何志气，然在强盗口中，自不得不如此说也。立刻一拍胸膛，也是强盗样子。上前说道：‘大哥！诸位哥哥都愿别做营生，我却情愿跟哥哥落草，万死亦所不惧。’虽是强盗老口吻，然其志亦壮。初时不说，已在踌躇之中，经美珠说话一激，就直逼出来矣。他大哥听了他这几句话，顿时大喜，说道：‘我有这样一个英雄的兄

弟，已经够了，比着别人，虽有十个八个兄弟，紧要时却没一个的，不知胜过多少咧。’半若为自己解嘲，半似为慰藉美瑶，而实乃是反映三弟也，美珠亦善辞令。当下变卖余产，得了四五千元，把房屋完全烧掉，亦具破釜沉舟之心。一面又拿出五百块钱，给他的妻子崔氏道：‘你是名门之女，总不肯随着我去的，我现在给你五百块钱，嫁不嫁，悉听你自己的便。总之，此生倘不得志，休想再见了。’做得决绝，颇有丈夫气概。把这些事情做好以后，便把剩下的几千元，仿着宋江的大兴梁山，招兵买马，两月之内，便招集了四千多人，占据豹子谷为老巢。那时兄弟已在他老大哥的部下，彼此公推他老大哥为大都督。现在的大当家，和周当家天伦为左右副都督，就是兄弟和褚当家思振等，也都做了各路司令。”不胜荣耀之至。说着，举起一杯酒来，一饮而空，大有顾盼自豪之概。

顾克瑶笑道："后来呢？为甚么又让给现在的孙大当家做总司令了？"郭其才慢慢放下杯子，微微叹了口气道："真所谓大丈夫视死如归，死生也算不得一件大事。"顾克瑶忙又接口道："想是你这位老大哥死了。"郭其才又突然兴奋起来道："是啊！他在去年战死以后，我们因见兄弟们已有八千多人，枪枝也已有六千，便改名为建国自治军，推现在的孙大当家为总司令，周当家为副司令，誓与故去的孙大当家复仇，所以去年这里一带地方闹得最凶，谁想到官兵竟认起真来，把个抱犊崮围得水泄不通，这倒也是我们始料所不及的呢。"此语由表面观之，乃是讦其现在剿治之认真，而骨子里，却包含着以前之放纵也。众西人不知道他们叽哩咕噜的说甚么，我们见西人说话，以为叽哩咕噜，西人见我们说话，亦以我为叽哩咕噜也。都拉着顾克瑶询问，顾克瑶摇了摇头，也不回答，便笑着问郭其才道："你们孙大当家，有了这么大的势力，大概也不怕谁了，为甚么这次被围在抱犊崮，竟一筹莫展呢？"郭其才笑道："那是我们的总柜，所以不愿放弃。不然，带起弟兄们一走，他们也未见得能怎样奈何我们咧。"顾克瑶问怎样叫做总柜，郭其才道："你不知道我们绿林中的规矩，所以不懂了。我们这里的规矩和胡匪不同，胡匪做着生意，便立时分散走开，等到钱用完了，便再干一下子，我们的规矩就不是这样。兄弟们无论得一点什么，都须交柜，交柜者就是把财物交给首领，外面称做杆首，我们自己有时却自己称做为掌柜。柜有大小，小柜有得多时，须送交大柜，大柜有得多时，须送交总柜。抱犊崮就是我们总柜所在的地方，你懂了吗？"顾克瑶笑道："我懂得咧。你们首领里面，除却孙大当家以外，你老兄大概也算重要的了。但是我看你也不像干这门营生的人，定然也因着甚么事，出于不得已，才投到这里来的。”郭其才听了这话，突然跳将起来，眼睛里几乎爆出火来。众人都吓了一跳，都疑心顾克瑶言语冒失，触犯了郭其才了。正是：

虎窟清谈提往事，亡家旧恨忽伤心。

未知顾克瑶是否有性命之忧，且看下文分解。

兵，外所以御侮，内所以平乱也。今中国之兵，外不足以御侮矣，内亦能平乱否耶？方其未乱也，则务扰之使为乱，方其无匪也，则务迫之使为匪。及其乱生而匪炽，则借其事以为利，如捕之养盗然，使之劫而分润其所得，仿佛兵之所以养也。匪来，则委其事若弗知，使得大掠而去，又岂但不能平乱已哉？然则颜世清之不知匪之来劫也，果不知耶？抑熟知之而故为弗知者耶？观其派兵而弗击，吾思过半矣。呜乎！

第一百四十五回　避追剿肉票受累
因外交官匪议和

却说郭其才听了顾克瑶的话，一时引起旧恨，不禁咬牙切齿，愤怒万分，突然跳起来，把胸膛一拍道："说起这件事来，真气死我也。诸位不曾知道，我父亲是滕县的大绅士，生平最恶土匪，创办警备队，征剿十分出力，因此引起了土匪的仇视。在大前年的元旦，乘着我父亲不曾防备，纠集三四百人，杀入敝村，把我一家十七人全行杀死，只剩我一人在外，不曾被害。我报官请求缉捕，当地官兵不但不为缉捕，而且骂我不识时务。山东匪世界也，在匪世界中，而欲与匪为仇，岂非不识时务？诸位想想！这时家中只有我独自一个，如何不想报仇？东奔西走，务要请他们缉捕。他们不曾缉捕之前，先要赏号，我急于报仇，就不惜立刻把家产卖尽，拿来犒赏官兵。谁知白忙了一场，到头还是毫无着落。这时我仇既报不成，家产又都光了，想要低头下去，也是生活为难，我这才无可如何，投奔已故的孙大当家部下，充个头目，于今也总算做到了土匪中的大首领，可是杀父之仇，不知何日方能报得咧。”实迫处此情形，虽与孙美瑶不同，而同因官兵之逼迫则相似也。顾克瑶等几个中国人听了这些话，都感叹不已。

在这山中住了两日，又搬到龙门关白庄，郭其才在途中和顾克瑶、亨利等人说道：“这几天苦了你们，现在给你们找到了一个好地方了，那里的房子又大又好，比外国的洋房更不知道要好上多少倍呢？”众人听了，都不知道是怎样一个好去处，都巴不得立刻到了，好休息一下子。到了白庄以后，郭其才和他们一处走着，到了一所大庙门口，郭其才便踱将进去，穆安素、佛利门、鲍惠尔、亨利、顾克瑶等也跟了进去。郭其才指着庙里，向顾克瑶笑道：“你看！这庙宇多么大，多么敞朗，就是外国人住的大洋房，恐怕也赶不上咧。”此殆俗语所谓“小鬼不曾见过大馒头”乎？众人一看，只见屋虽高大，却因年久失修，破坏不堪，六七尊佛像，也是金落粉残，现出一种萧索气象，除此以外，就只有几垛墙壁了，不觉哑然失笑。其实可笑。郭其才也笑道：“如何？我说的话不错吗？”亨利道：“好是好，可惜没有床铺，一样还要席地而睡。”郭其才听了顾克瑶的传译，忙道：“有有有，还不曾办到呢！等一会就可送来了。”正说着，只见一个小喽啰带着一个黑汉子寻将进来，郭其才问甚么事，那小喽啰道：“奉孙总司令的命令，把这姓郭的也并入八连，听当家的发落。”郭其才道：“知道了，就叫他住在这里罢。”顾克瑶看那姓郭的，手面俱极粗黑，下颌的胡子也足有寸许长，穿着破旧的短袄，神气竟和土匪一般无二，不禁暗暗称奇，为下文潜逃张本。因上前和他拉拉手，问他的名字、籍贯、职业。那黑汉道：“我本地人，名叫鸿逵，就是这次津浦车车上的车手。”郭其才道：“你能够写字吗？”郭鸿逵道：“懂得些。

普通文件也还能写。”郭其才大喜道：“我正少一个书记，你就住在这里，替我当个书记罢。”郭鸿逵领诺。

不一时，小喽啰们送进许多高粱梗来，铺作床垫，又搬进一只破锅，放在阶沿上。鲍惠尔笑道：“我在村中时，恐怕山间没有茶壶，顺手牵羊，在庄家带了一只洋铁茶壶在此，诸君看还适用吗？”说着，果然掏出一只洋铁茶壶来，众皆大笑。亨利道：“我虽没有这么的茶壶，却有四只茶杯在这里，正好配对。”他一面说，一面果然也掏出四只茶杯来。郭鸿逵笑道：“你们这些东西，都不及我在山下拾得的破洋铁罐用途更广。”说着，拿出一只破洋铁罐来。众都问何用，郭鸿逵道：“用途多咧。平时可以贮清水，要吃饭时可以煮饭，要吃茶时可以燉开水，质地既轻，水容易滚，又省柴火，岂不是用途更广吗？”废物之用如此，在平时何能想到，甚矣忧患之不可不经也。众人听了，俱又大笑。

顾克瑶等在这破庙里住了数日，忽见一个小喽啰领着一个小女孩进来，众人看时，正是许凤宝，顾克瑶问她来做甚么，凤宝道：“今朝有个外国先生外国先生未知比外国巡阅如何？要到上海去，他们都叫带了我去呢。我怕妈妈在这里，找不到我，叔叔看见她，请告诉她一声，说我回上海去了，叫她别挂念。”真是孩子话，然而我奇其天真。顾克瑶诧异道：“我又不认识你妈妈，叫我和谁说去？”许凤宝呆了一呆，郭鸿逵也笑起来了。顾克瑶忙又抚摩着她的头，安慰了几句，方才依依不舍地迟回而去。

鲍惠尔等见了这情形，都问顾克瑶甚么事，顾克瑶说了一遍，众人疑道：“不知是谁下山去了？为甚么我们竟没知道？”顾克瑶道：“你们要知道谁下山去，也容易，只问郭其才便知道了。”说话时，恰好郭其才进来，顾克瑶便问他道：“听说有个外国人下山去了，那人叫甚么名字？怎么可以随便下去的？”郭其才笑道：“他立誓在一星期内回山，才准他下山去的呢，怎说随便可以下去？那是个法国人，名字叫做甚么斐而倍，我也记不清楚了。”顾克瑶便把这话传译给穆安素等人听。穆安素道：“我正想发一个电报给罗马意政府，催他们向中国政府严重交涉，只可惜没人能带下山去拍发。密斯脱顾能向郭匪商量，准我们这里也派一个人下去吗？”佛利门、鲍惠尔也忙道：“我们也很想和外面通个消息呢。无论如何，总要要求郭匪，派个人下去才好。”顾克瑶因回头和郭其才道：“这几位外国客人都想和外面通个信，派个人下山去，干完了事情便回山，不知道可不可以？”郭其才想了一想道：“事情是可以的。但是下山去的人须由我指定，不能由他们自己随意派的。”顾克瑶把这意思向穆安素等说明。穆安素等都道：“只要能够和外面通信就得了，谁下去我们可以不管。”众人写好了信和电报，再请顾克瑶和郭其才接洽。郭其才便指定顾克瑶和亨利一同下去，又再三吩咐明日务必回山。

亨利在路上和顾克瑶说道：“明天我们无论如何，必须回山去，不可失信于匪。”顾克瑶听了这话，一声不响，自己思量道：“土匪并不是讲甚么信义的，就失信于他们，也并没有甚么要紧。假使我的回去能够使被难的同胞得益，倒也不去管他，可是我看土匪的情形，对于外人，因想假以要挟政府，所以十分重视，至于对我们本国人，少一个多一个，并不十分希罕，我何必多此一举呢。至于亨利他是个外国人，一方面，有外交团竭力营救，一方面，中国政府因怕此案迁延不决，酿成国际上之重大交涉，不惜纡尊降贵，向土匪求和，所以外国人的释放，不过迟早问题，亨利回山，可保必无危险，像我们这些中国人，百十条性命，哪里值得政府的一顾？将来能否回家，尚属问题，我假如回山，真个是自投罗网的了。亨利所以定要我回去，无非为着我能说外国话，我假如走了，他们就要感着不便咧。……”他一面想，一面胡乱答应亨利，到了山下以后，各种事情办妥当以后，亨利屡次催促顾克瑶回山，顾克瑶委决不下，去和几家报馆里的记者商议。那些记者都以为并无返山的必要，顾克瑶便决定南旋，先由枣庄乘车到临城，在临城车站买了张特别快车的票子，正在候车，忽见有两个人匆匆忙忙的赶来，向车站上的人乱问。车站上的人用手向自己一指，那两个人便向自己这边走来。顾克瑶正在怀疑，那两人已到了面前，打了个招呼道：“这位就是顾克瑶先生吗？”顾克瑶一看，那两人并不认识，因请问他们尊姓。一个中材的道：“我姓史，是交通部派来的代表。”顾克瑶问他有甚么事，姓史的道：“我们部长因听说顾先生已经南旋，所以赶派我们赶来，劝顾先生回去。”顾克瑶道：“我已经下山，还要回去做甚么？难道苦没有受够，还要再去找些添头吗？”姓史的笑道：“并非如此说，现在政府和土匪正在交涉之中，假使失信于他，一定要影响外交，无论如何，总要请顾先生保持信用，顾全大局。”倒也亏他说得婉转。顾克瑶正色道：“政府于国有铁道上，不能尽保护人民的生命财产安全的责任，以至出了这件空前劫案，国家威信早已扫地无余，还靠我区区一个国民的力量，来弥补大局吗？”姓史的再三道歉，非促顾克瑶立刻回山不可。顾克瑶推却不得，只好回枣庄，和亨利一同回山。

恰好这天江宁交涉员温世珍和总统府顾问安迪生也要进山商量条件，彼此便一路同行。进山以后，郭其才见顾克瑶喜得握住他的手笑道：“你两位真是信义之人，我想你假如不回来，这里便缺少一个翻译了，岂不糟糕？”几几乎做了不是信义之人，一笑。顾克瑶笑了一笑，也不回答。温世珍请郭其才介绍和孙美瑶商议释放外人条件，只提释放外人，果如顾君之语。彼此商议了好多时，还无结果。安迪生道：“照这样讨论，很不易接近，不如双方早些各派正式代表，速谋解决方好。”孙美瑶道：“这件事我个人也未便擅主，须等召集各地头目，各派代表，开会讨论，才好改派正式代表商议条件。”安迪生催他早些进行，孙美瑶答应在两日内召集。

温、安两人去后，顾克瑶把这消息去报告穆安素等，大家欢喜。正说话间忽见郭其才匆匆进来，叫众人赶紧预备搬场，众人吃了一惊。顾克瑶道：“刚才双方商量的条件，不是已很接近了吗？为甚么又要搬？”郭其才道：“他们要我们释放外人，必须先解抱犊崮的围，现在抱犊崮的兵依旧紧紧的围得水泄不

通，谁相信他们是诚意的。”一面说，一面催他们快走。众人只得遵命搬到北庄。

顾克瑶知道必有变卦，因装做不甚经意地和郭其才谈及条件问题。据郭其才的意思，必须官兵先撤抱犊崮之围，退兵三十里外，再将所有土匪编为国军，给发枪械，方可议和。倘官兵敢放一枪打我们，我们就杀一外国人，看他们怎样？顾克瑶探得他的意思，便和郭鸿逵去悄悄商议道：“匪首的态度十分强硬，看来这和议一时必不能成功，我们不知何日方能出险，倒不如现在私下逃走了罢。”郭鸿逵道：“除此以外，也没第二个办法了，好在他们对我两个素来不甚注意，更兼我的样子又很像土匪，或者可以逃得出罢。”两人议定，便悄悄地步出庄门。顾克瑶走在前面，郭鸿逵把蒲帽遮下些，压住眉心，掮着一根木棍，在后面紧紧跟着，装做监视的样子。两人很随

便大踏步往前趱路，偶然给几个土匪看见，也误认郭鸿逵是自己队中人，绝不盘诘。走了半个钟头，已不见土匪的踪迹，方使出全身气力，往前狂奔，意急心慌，也不知跌了几个觔斗，一连奔跑了四个钟头，方才跑出山外，两人换过一口气来，休息了三五分钟，方才慢慢的走。

到了中兴煤矿公司的车站上，恰巧遇见那天催他回山的交通部代表，那姓史的见了顾克瑶，忙着贺喜道："顾先生！恭喜脱险了。做事情要这样有头有尾，方不愧是个大丈夫。"顾克瑶道："倘然不幸而至于有头无尾，你又有甚么说？"姓史的嘿然。彼此又说了些别的话，姓史的方作别而去。报告总长大人去矣。顾克瑶两人到了枣庄，就有气概轩昂的军官来寻他们，说总长叫他们去问话。顾克瑶和郭鸿逵就跟着那军官，到了一部辉煌宏丽的蓝色座车里面，只见坐着约有十多个人，都气度昂然，有不可一世之概。可惜只能在车子里称雄。顾克瑶、郭鸿逵两人暗暗估量，大概就是什么总长等等，现在政治舞台上的重要人物了。他俩一面想，一面向他们行了一鞠躬礼。那些人把手往旁边一伸，也不站起来，只向顾克瑶点了点头道："你就是顾君吗？请坐下谈谈！"顾克瑶遵命坐下，郭鸿逵就站在顾克瑶的背后。那些人把山中的情形和匪首的态度问了一个详细，也算难为他们能这样的费心。方令退出。真好威风的总长大人。顾克瑶到了临城，要搭津浦车南下，不怕再被俘耶？郭鸿逵住在济南，两人将要分手，想起共患难的情形，十分依依不舍，彼此大哭而别，此一哭，倒是真情。按下不提。

却说顾克瑶所见的十几个人，都是这时官匪交涉中的重要人物，就是田中玉、吴毓麟、杨以德、张树元、刘懋政、安迪生、陈调元、温世珍、钱锡霖、何锋钰、冯国勋这一批人。当顾克瑶出去以后，又商量一会招抚的办法。田中玉道："委任状我都已吩咐他们预备好了，明天可教丁振之、郭胜泰再去一趟，顺便把委任状带给他们，他们才不该再闹什么了。"众人都各无话。次日丁振之、郭胜泰二人带了委任状进山，到了匪巢里面，只见孙美瑶、郭其才、褚思振等都高高坐着，并不理睬，也不说话。丁振之就把委任状交给褚思振，褚思振把委任状向旁边一丢，气忿忿地说道："兵也没有退，一纸空文，有什么用？老实说句话，你们非将军队退尽，决不能开议，今天可回去对田督说，限三天之内把兵退尽，否则就请田督下哀的美敦书，彼此宣战好咧。"丁振之、郭胜泰说不得话，只得把这情形回禀田中玉。田中玉大怒道："他妈的！我怕他吗？既这么说，我就剿他一个畅快。"众人劝阻再商量，田中玉犹自怒气不息。

1352. 这消息传入滕、峄两县的绅士的耳朵中，恐怕兵匪开战，累及平民，十分着急，当有刘子干、徐莲泉、金醒臣、梁子瀛、田冠五、刘玉德、陈家斗、陈正荣等二十多个人，开会讨论补救办法，或云此所谓皇帝不急急杀太监，然唯太监处处吃亏，乃不得不急耳。决定推刘玉德、陈家斗、陈正荣三个人为代表，入山和土匪商议就抚办法。谁知土匪依旧十分强硬，刘玉德等再三解释，褚思振才说："外国人已答应给款千万，所有的人编成四混成旅，预先发饷六个月，明天由外人派代表向官厅交涉，用不着你们来说。"刘玉德等没法，只得又去见官厅方面的人物。其时田中玉已经免职，山东督军已派郑士琦代理，所以刘玉德等便向郑士琦接洽。郑士琦道："他们既然这样强硬，不必再和他说甚么招抚了。"刘玉德听了这话，吓了一大跳，忙道："打仗不要紧，岂不又苦了我们滕、峄两县的百姓？总求督理设法收抚才好。”可谓哀鸣。郑士琦笑道：“也并非我要剿，实在那些土匪太刁诈可恶了。看在两县百姓脸上，暂时缓几天，你们试再说说看罢！”刘玉德等只得又进山去和匪首商议，这样闹了好多天，条件方才渐渐有些接近。最后由安迪生、陈调元两人入山交涉，孙美瑶等恐怕被剿，不敢再硬，只要求剿匪的主力军旅长吴长植入山一会。吴长植因恐谈判再决裂，遂也慨然答应入山，又商量了多天，方才决定编为一旅，以孙美瑶为旅长，周天伦、郭其才两人为团长，先放西票，后释华票，一件惊天动地的劫案方才解决。然而外交团到底还向中国政府提出了许多要求，中国政府对他道歉以外，还要赔偿损失。孙美瑶后来也仍被山东军队枪决，一场大案子，不过晦气百姓受些损失，国家丢个面子而已，说来岂不可叹？正是：

官家剿匪寻常事，百姓遭兵大可哀。

欲知后事如何，且看下回分解。

各国之为政也，为人民谋利益，于外人则损焉。我华侨在日、在菲、在南洋、在美，固尝受当地军警之虐杀，士民之攻击，匪徒之架劫矣，我国对之除一纸抗议空文而外，未尝见各国有何赔偿与保障，盖其保护本国人之利益，尝盛于保护外人也。我国则不然，于国人之兵灾匪劫，每视属无睹，倘涉及一二外人，则无有不张皇失措，竭力以营救之者。盖政府之畏外人，常过于国内之人民也。使抱犊崮中无外人，吾恐数百华票，至今犹在匪窟中，吾人且淡焉忘之矣。呜呼！中国之为政者！

第一百四十六回　吴佩孚派兵入四川
熊克武驰军袭大足

却说杨森自兵败退鄂，无日不想回川报仇，吴佩孚也很想联络他收服四川，完成他武力统一的一部分计划，所以暗令长江上游总司令王汝勤，竭力补助他的给养和军械。杨森因此得补充军实，休养士卒，如此数月，实力已经复原，便向吴佩孚献计收川，自己愿为前部。吴佩孚因川中局势稳定，认为时机未至，一面令他待机而动，一面令人暗地运动刘成勋部下的健将邓锡侯、陈国栋和杨森联络，共倒刘成勋。邓锡侯等当时虽不曾完全答应，然而也未免稍事敷衍，双方时有信使往返，因而惹起了刘成勋的疑窦，因猜疑而成为嫌隙。到了十二年二月中，便因防地和军饷问题，双方竟至决裂起来。武人之反复无常，向来如此，而错综变化，无可究诘者，尤莫如四川之武人焉。邓锡侯一面和陈国栋向成都猛攻，一面又电催吴佩孚派杨森迅速入川，解决时局。有前此之助刘成勋猛攻杨森，又有此时之催杨森入川以攻刘成勋，武人反复，固未尝引为异事。吴佩孚认为时机已至，便立即电令杨森入川，攻击川东的但懋辛军，免得但军去攻邓、陈的后路。一面又令卢金山为援川军总指挥，王汝勤为援川军总司令，入川助杨攻刘。

但懋辛原不经战，如何当得起杨、卢的生力军队。几次接触，便由万县而退重庆。杨森克了万县，继续向重庆进展，但懋辛不敢迎战，只是死守，盼望刘成勋打败邓锡侯后，分兵来救。不料刘成勋初时虽然胜利，到底因军心不固，被邓锡侯一个努力反攻，便节节败退，困守成都。邓锡侯等四面攻打，彻夜不绝，两方枪炮并用，劈啪砰轰之声，吓得城内百姓个个胆战心惊，哀求中立派军队刘文辉、陈洪范等出任调停。刘文辉为见好川民起见，当下派代表向两方接洽，请刘成勋自动退出成都，邓锡侯的军队也不曾追击。倒是个两全之法，成民大幸。但懋辛得了这消息，不禁大惊，又闻得敌军新加入赵荣华一旅北军，攻击更猛，料到重庆不能再守，只得放弃，退守泸州，一面派代表向杨森求和。杨森得了重庆，正待休息，所以也不追击，因此四川各方面的战事，忽然沉寂起来。

也是川民灾难未满，忽然潜伏多时的熊克武也在这时候出现起来。他联络了周西成、汤子模、颜德基等军队，开到泸州，助但懋辛反攻杨森。此时邓锡侯已受同派军队的推戴，自任为川军总司令，驻兵成都，想不到熊克武忽然来攻。邓军开出抗御，双方战了一昼夜，却被赖心辉从侧面猛攻，因此支持不住，只得把刚从刘成勋手里夺得的成都，奉送给熊克武。驱刘氏而代之，尚不满两月，即已为人所驱，想来亦复何苦。川东方面，却互有胜负，屡进旅退的不知道牺牲了多少平民。可为长太息。

这时川军的实力派，大可分为三派：第一派便是倾向南政府的熊克武派，占有成都、泸州等地，刘成勋、赖心辉、石青阳、周西成、汤子模、颜德基、但懋辛等，都是熊氏一派的。第二派是受吴佩孚嗾使的杨森派，如邓锡侯、陈国栋、袁祖铭、赵荣华、卢金山、王汝勤以及在川北的刘存厚、田颂尧等，都是这一派的。第三派如刘湘、刘文辉、陈洪范等，虽则号称中立，其实却接近杨森，所以后来也竟加入杨森一派，和熊克武实行宣战了。

熊克武原属老同盟会员，很信仰中山先生，所以在川中用兵的时候，就通款先生，先生便任他为四川讨贼军总司令。那面杨森一派，便也公推刘湘为四川善后督办，以为对抗之计。彼此战争了几个月，还没有得到解决。在七月中旬的时候，杨森曾经吃过一个大败仗，重庆被周西成围困了好几日，后来虽经击退，人心已经十分不安，所以不能大举进攻。至于熊克武一方面，有颜德基、汤子模、周西成各军，在南川、涪陵、垫江一带和邓锡侯相持，也不能长驱直进。杨森方面主持前敌的是袁祖铭，见屡攻不能得手，十分焦急，便改变方针，分三路进攻成都：以杨森和其他川军任左翼，由叙州、嘉定进攻；自己所部的黔军任右翼，分四路由安岳、遂宁、邻水、武胜取道金堂，向成都进攻；以北军卢金山等任中路，在资州以下暂取守势。又恐怕大军进攻后，周西成再来抄攻后路，所以仍命邓锡侯坚拒周西成等，不使东下。为谨慎起见，更令赵荣华守重庆后路，以防意外。战略也可谓精密得巨细无遗了，然而终于战败者，盖智力尚未足为数氏之敌。原来这三路中间，从资、简进攻成都，须经过铜钟、河茶、店子、龙泉驿等险要，十分难攻，所以教卢金山暂取守势。左路仁寿、黄龙溪，右路雅州、金堂，都是平坦大道，进攻甚易，所以杨森自己进攻。到底还是存着私心。

这消息传到成都，熊克武忙召集部下讨论抗御之计。石青阳这时恰在成都，当下向熊克武献计道："敌人三路来攻，声势甚大，不易力敌，不如待我写信给杨森的旅长贺龙，使他倒戈攻杨，杨军回救后路，则此一路可以不忧，仅须专力对付北中两路，便不怕不能取胜了。"亦是一种计划，但犹属侥幸之计。熊克武笑道："此计虽妙，尚未美全。贺龙虽然和你交好，假如竟不听你的话，不肯倒戈，那时杨森得长驱而来，岂不全盘俱败？我现在有一万全之策，一面，只依你所言计划，去游说贺龙，使他倒戈攻杨，他肯听你的话，果然很好；不听你的话，也和我们的计划上，不生甚么影响，岂不更觉妥当？"石青阳问是怎样一个计划，熊克武便把自己的战略向他细细说了一遍。石青阳鼓掌道："此计妙极，我想袁祖铭虽能用兵，此一番，必然又教他倒绷孩儿了。"诚如尊论。计议已定，自去分头进行。

却说杨森带了本部军队，从叙州出发，连克犍为、嘉定等处，浩浩荡荡的，杀奔成都而来，直到合江场，中途并不曾遇到一个敌军，十分惊异。惟恐熊克武有计，不敢再进，只得暂且按兵不动，静待中右两路的消息，再定攻守之计。正扎下营，忽报周西成绕越合江，已从泸州方面向我军后路逆袭，声势甚锐，不日便要来攻打叙州了。杨森得报大惊，急命分兵救应。部下参谋廖光道："周西成莫非是虚张声势，我们如分兵回救，岂不中了他的计策？"杨森道："我也知道他是虚张声势，然而总不能置之不理。假如我们一味前进，他也不妨弄假成真，真个逆袭，那时我军前后受敌，必败无疑，如何可以不回救？"正讨论间，忽然又报："赵荣华屡战屡败，重庆震动，请即回兵救应。"杨森顿足道："完了，我们现在须作速由威远、隆昌退回重庆，如仍去叙州，不但多费时日，而且周西成倘来堵截，未免又要多受损失了。”廖光称是，当下传令全军俱走威远，放弃嘉定，退回重庆去了。一面电知大足方面，教卢金山格外小心。

卢金山因北路袁祖铭军节节胜利，毫不在意，每日只在司令部中，征花侑酒，打牌消遣。一天晚上，正和幕僚中人吃得醉醺醺的在那里打牌，忽然有人报说：“熊克武已率领大队来攻，现在将到三驱场了。”卢金山怒道：“袁总指挥现在金堂一带，节节胜利，熊克武哪里还有工夫到这面来？这话分明是敌人故意编出来的谣言，你如何敢代为散布，扰乱我的军心？吩咐捆起来。”幕僚代为讨饶，方才叱退。如此安得不败。以后别人有了甚么消息，惟恐触怒获罪，都不敢禀报。如此安得不败。卢金山打牌打到天色微明，酒意已解，人也困倦了，正待散场睡觉，忽听得枪炮声一阵阵地自远而近，不觉大惊，急忙追问，

这枪炮声是甚么地方来的？已经迟了。众人不敢直说，都面面相觑，推做不知。其积威可想，治军如此，安得不败。卢金山怒道：“你们干的甚么事？问你的话，为甚么都不做声了？”其中有一个幕僚道：“听说熊克武只派了些小部队来袭，不知是真是假。”至此犹不敢实说，积威可想，如此治军，焉得不败？卢金山急教传值日营长问话，值日营长来到，卢金山见了他，十分生气道：“敌人来攻城，如何不通报我？想是你不要这颗脑袋了。”值日营长道：“报告总指挥，昨晚已经报告，因总指挥正在看牌，不曾理会，并非没有通报。”卢金山更怒道：“你敢笑我好赌误公吗？吩咐捆起来，让我打退了敌人，恐怕难了。再和你算账。”这账恐怕不易算清。幕僚们再三谏阻，卢金山只是不听，传令遣下营长职务，由营副代理。

全营士兵知道了这件事，十分不平，卢金山如何知道，当

下传令把所有军队，全数开拔出城御敌。出城只三四里，便和熊军接触，略略战了一两个小时，熊军忽然退去。卢金山回顾幕僚道："如何！我说川军极不耐战，果然一战就败了。"我亦曰：卢金山不善用兵，果然一战就败了。幕僚忙道："他们听了大帅的威名，早已吓走了，哪里还敢对敌？"卢金山大喜，传令尽量追击，追了十多里路，熊军忽然大队反攻过来，枪炮并发，势头非常猛烈。卢金山虽然无谋，却也是直军中一员战将，见了这情形，便令部下拼死抵抗。无奈熊军甚众，炮火又烈，战了二三个时辰，忽然左角上枪炮大震，熊军又从西南侧面攻击过来。卢军虽勇，因无心作战，刚撤换营长的一营人便退了下来，熊军便乘着此处阵线单薄，奋勇冲击，向卢军后面包抄过来。卢军抵敌不住，顿时大败。刚到得大足城边时，忽然城内又枪炮齐发，原来熊军别动队已入了城，正在扫除卢军的少数留守部队咧。卢金山不敢入城，带领少数残军，向北绕过城垣，逃奔
重庆去了。果然一战就败了。

却说袁祖铭的北路，开到遂宁时，只遇见少数敌军，不曾一战，便已退出。袁祖铭兵不血刃地得了遂宁，也不休息，连夜便向射洪进展。不料防守射洪的熊军依然甚少，仍复望风而退。如此一直到了中江，仍不见熊军大队。袁祖铭十分狐疑，猜不出他的主力军在哪一方面。部下也有疑心熊克武已退出成都的，也有疑心别有埋伏，诱我们进攻，却来两面夹击的。袁祖铭都不做理会。想了半天，忽然大悟道："是了！熊克武素称善能用兵，一定见我黔军气锐，不敢力敌，却用全力去压退中路，使我有后顾之忧，不敢不退，但是这算计如何瞒得过我？"却也瞒了几天。部下的将士道："倘然中路果然败退，我们倒也不能不退了。"应下文。袁祖铭道："卢金山素称勇悍，至少也

必能守个十天半月，熊克武轻易如何败得他。我今绕道而进，攻下金堂后，只一天便可直攻成都，那时他根据地已经摇动，还能专顾中路吗?”部下称是。

袁祖铭正待下令进兵，忽报金堂现有大队敌军防守，工程极其完固，听是刘成勋的部队。袁祖铭击桌而起道：“现在除却猛攻金堂而外，更没有他计。无论金堂守御如何坚固，我也务必攻克他了。”当下传令会集各军，向金堂猛扑。谁知熊军十分镇定，袁军屡次冲锋，都被用炮火和机关枪逼回。袁祖铭焦灼，正要传令死攻，忽报内江、富顺被赖心辉占领，此一段上文所无。贺龙在酆都叛变，归降熊氏。此一段上文所有。忠州的防军也响应贺龙，分兵去攻长寿了。此一段又上文所无。袁祖铭惊道：“如此后方已危，如不急急攻下成都，恐怕全军俱要败绩了。”听了后方吃紧，又不但不肯退，反要进攻，袁氏亦勇。当下传令急攻。所部兵士几番冲锋，都被熊军猛烈的炮火逼退，不但不曾占得一分便宜，而且折了好些兵士，心中气闷，暂令停攻，拟想一条比较妥当的计策，再行攻击。

正在沉吟之时，忽又接到报告，周西成乘邓锡侯回救长寿，后路空虚，回兵向杨森逆袭。此段一半上文所无，一半为上文所有。杨森已率军向威远方面急急退去，此段为上文所有。刘湘部队因被但懋辛牵制，不能活动，南路又完全失败了。此段又上文所无。袁祖铭顿足道：“如此一来，我原定三路齐进的计划，完全失败了。如中路再有意外，则我的后路，也将发生危险，事已如此，不能不先好好的防备了。”当下传令把军队分作三路，缓缓地退下五十里驻扎，以便进退。此时已作退计，不似前此之勇敢矣。熊军也不追赶，过了一日，忽报：“熊克武自己带领大队生力军，袭败了卢金山军，占了大足，此一半是事实，上文所有。卢金山阵亡，所部已完全消灭了。”此一半是谣言，上文所无。以上一段虚一段实，互相错综，一半图省笔，一半却为要文章变化不板也。袁祖铭听了这话，立刻传令退兵，到了岳池、定远、合州一带驻扎，自己赶回重庆，商议战守计划。到得重庆时，只见城内军垒累累，攻城甚急，甚为吃惊，问杨森道：“我在路时，听说周西成三次来袭重庆，却不知详细情形，和现在的胜负怎样？”杨森道：“周西成初在泸州一带，因知道邓锡侯、陈国栋的军队，向下游长寿、酆都一带开拔，便集合了颜德基、汤子模等四团之众，乘虚袭取了南岸铜元局，向城内猛扑。我军丧败之余，屡战不利，长寿方面又胜负未决，看来重庆决不能守。我意欲暂时放弃，因不曾和你商量，所以还不曾决定。”袁祖铭拍案道：“你们未免太不耐战了。区区一周西成也不能击退他，还想平定四川全省，便你们要退，我决计主守。”杨森道：“并非我主张退，实因兵无斗志，要想守也守不住了。”袁祖铭道：“我在前敌时，听说卢师长已经战死，到了遂宁，方知此话不确。他现在还驻防壁山，如何不来助战？”杨森道：“他也主张放弃重庆哩。”袁祖铭冷笑道：“好，你们便都退尽，只剩了我一个，也务必把周西成击退。”说着，便回到自己司令部内，立刻电令前敌各军，即日回到重庆，和周西成激战。

周西成见袁祖铭的军队已回到重庆，知道暂时不能夺取，便全师而退。杨森、邓锡侯、卢金山、赵荣华见周西成果然被袁祖铭打败，十分惭愧，当下公推袁祖铭为前敌总司令，支持一切。袁祖铭也老实不客气，即便就职了。此时袁祖铭大有睥睨一世之概。杨森因战事劳顿，又受了感冒，身子十分不适意，和袁祖铭商量，暂留重庆养病，不问军事。袁祖铭道：“你大部军队，尚在泸州，要在重庆养病，也须先去整顿一下。现在刘文辉虽曾差人去求和，我看来熊克武未必肯依，你须作速回泸州去，提备着些。”正照后文。杨森领诺，当日便回泸州去了。按下不提。

却说熊克武因刘文辉屡次派人来调和，欲要应允他，又因中立派军，都是倾向杨森的，自己未免吃亏，欲待不应允他，又怕冒破坏和平的罪名。寻思多时，忽然得了一计，便对着刘文辉的代表满口答应，教刘文辉只去富顺和赖心辉商议调和办法，自己无所不可。刘文辉得了代表还报，便亲自至富顺和赖心辉商量。赖心辉此时已接到熊克武的密令，一面敷衍刘文辉，一面调集三四师的兵力，向泸州进袭。恰好此时杨森已回泸州，因袁祖铭吩咐提备，所以准备得十分周到，这时一听赖心辉率兵来袭，立即派队应战。两军将要接触，刘文辉、陈洪范两人急急调集了三旅兵力，将双方的战线隔断，当即宣言，

哪一方面先开火，便是哪一方面破坏和平，中立军队便先打他。熊克武见袭取泸州的计划失败，只得改变态度，当即派了两个代表，分头去见刘湘、刘文辉、陈洪范等人，说明此次冲突，实出误会，现在当把军队撤回成都，议和的事情，全听三位主持，鄙人等无不乐从。虽云兵不厌诈，然而也太诈得厉害了。刘湘等不能责难，只得罢了。

熊克武一方面派代表向他们接洽，一方面令赖心辉率军北退，自己赶到内江等候。两人见了面，熊克武便秘密和他讨论军事计划，赖心辉道：“中立各军，本来偏向杨森、袁祖铭一面，如果我们先发动，他们势必联络杨、袁，向我们攻击，岂不是平白地又要增加许多敌人？”熊克武笑道：“话虽是如此说，但是我们先要看准刘湘等几个人，是否能够永久中立，不向我们攻击？他们果然能够永久维持中立，不攻击我们，我们

这样顾虑还有理由，可是在事实上说来，他们无论如何，总有加入敌方之一日，我们何必如此顾虑，失了目下千载难遇的好机会呢。”赖心辉问道：“如何是千载难遇的机会？”熊克武道：“这时正因日本轮宜阳丸有帮助敌人的举动，被周西成劫了宜阳丸，俘了日本船主和北军军官，累得驻扎重庆的卢金山、邓锡侯等各军，十分发急，用全力向涪陵周西成进攻，重庆十分空虚。黔军虽已移防大足，但人数尚不足两师，我们现在如调集三师以上的兵力，暗地往袭，可以一鼓而平，重庆城便在我们掌握之中了。敌人的根据地既失，便使刘湘等帮助敌人，亦何足惧哉？”熊氏战略，确非此中诸子所及。赖心辉大喜道：“果然好计划，事不宜迟，我们便可前进，莫使黔军有了准备，不易攻克。”商议已定，便夤夜进兵，倍道而行。

大足的黔军果然毫无准备，等到发觉时，已被熊军围了四五重，黔军四面受敌，死伤甚众。袁祖铭此时急得五脏生烟，两目生火，督率着部下，拼命的冲突，总不能脱。袁祖铭能料熊之攻泸，而不能料其攻己，岂谓熊无此胆量乎？何明于远而昧于近也？血战了好几日夜，子弹将竭，熊军又愈逼愈紧，袁祖铭把帽子向地下一掷，大呼道：“我黔军素称勇悍善战，今日被熊克武围困在这里，冲突了五日五夜，竟还冲突不出，这黔军的威名何在？”反激得很好。部下将士听得此话，传将开去，都十分气愤，一齐大呼道：“我们誓死须杀出重围，再和敌人见个高下。”一齐喊杀，全军士兵，便如潮水似的涌将出去。熊军的火线虽密，也拦挡不住，竟被他冲出重围，向铜梁败退。

熊军随后紧紧追赶，一点不肯放松，黔军不敢再战，继续放弃铜梁，向壁山退却。熊军也紧紧的追来，袁祖铭教把队伍扎住，向众将士训话道：“祖铭自从和诸位入川以来，战无不胜，从未有过这等大败，不想今天被敌人追得这等狼狈，甚至不敢反攻一阵，黔军的威名，从此扫地无余，我还有甚么面目和诸君相见？诸君只顾向重庆退却，我个人情愿留在壁山，被敌人打死，也见我是个英雄豪杰，不是怕死之辈。”一方说自己不是怕死之辈，明明是说别人是怕死之辈，反激得妙。部下的将士听了这话，又一齐大呼，情愿和敌军拚死。袁祖铭再三相劝，将士不肯，定要作战。袁祖铭道：“你们既然定要作战，可就此散开，杀他一个不提防。”将士们应诺，当即四散排开。等得熊军追到，反突起反攻，熊军也奋勇冲击，两下又死战起来。

熊克武在高阜处望见，忙即传令退却，一面又令赖心辉如此这般。赖心辉领命而去。黔军见熊军退却，十分高兴，立即令军追击，约莫追了十多里。熊军又忽然反攻过来，气势较前更猛。黔军抵敌不住，只得退却。刚退了三四里，忽然后面枪炮大作，赖心辉已从后方攻击过来。袁祖铭大惊，急令拚命冲过时，士兵已死伤甚众。大家都不敢逗留，急急向重庆奔逃。正走之间，忽然前面一彪军队杀来，不觉把袁祖铭吓得胆战心惊。正是：

壁山才得脱重围，又遇敌兵扑面来。
进退两难行不得，而今惭愧济时才。

欲知袁祖铭性命如何，且看下回分解。

军阀在实力膨胀之时，无有不思扩展其势力于原有地盘之外者，况以武力统一为目的者乎？吴佩孚自一战胜皖，再战胜奉，遂谓强大若彼两军阀，犹不足当我一击，则若浙之卢，晋之阎，滇之唐，粤之孙，何能我抗？遂自谓无敌于天下。一方经营湖南，收赵恒惕为己用，一方利用杨森，以发展其势力，欲借川湘之兵，以定西南，其志诚不可谓不壮，其计诚不可谓不雄矣。而不知武力终不可恃，以战胜虎视天下者，终以战败而立足无地。观于杨森、刘湘，以数倍之兵，而卒败于熊克武之手者，已足悟武力之不可卒恃，何必至一逐于鄂，再逐于湘，漂流蜀境，始觉武力政策之非计哉！

第一百四十七回　杨春芳降敌陷泸州
川黔军力竭失重庆

却说袁祖铭正在奔逃之际，忽遇前面又有大队兵士，扑面而来，不觉大惊。急忙探询，方知是刘湘的军队，心中稍宽。两人见面以后，袁祖铭问刘湘何故来此，刘湘道："熊克武虽然答应讲和，未必真心，前次暗袭泸州，便是一个证据。我恐怕他假说退兵，暗地却来袭取重庆，果如所料。所以特地带领本部军队，到重庆来调查东面两军停战议和的情形。听说两军又在大足冲突，因此赶来，但不知何以又有此场血战呢？"袁祖铭把上项事情说了一遍，刘湘大怒道："此人果然毫无信义，便是不肯议和，也不该诈骗我们，他既然蓄意破坏和平，也难怪我助你定川了。兄请暂退重庆休息，让我来对付这厮。"卷入漩涡中了。观此语，可见熊克武如不诈骗调人，刘湘等或不至即行加入战团也。袁祖铭称谢不置。此时老袁亦大坍其台。又道："熊克武善能用兵，而且兵多势锐，兄宜小心，不可轻敌。"刘湘领诺，便命部下掘壕备战，袁祖铭自退回重庆去了。

却说熊克武正在追赶黔军，忽报刘湘率领本部全军，现在前面掘壕备战，急教军队停止前进，一面请赖心辉、但懋辛商议道：“刘湘素称善战，现在又怀怒待我，不可轻敌，须用计胜之！袁祖铭防熊克武，熊克武亦防刘湘。你们两人可领队左右两路包抄，我由正面进攻，刘湘方在盛怒之下，必不防我算计他。盛怒最为坏事，刘湘此次之败，盖即坏在这个“怒”字上。三面夹攻，必然可获大胜。我们能够打败刘湘，刘文辉、陈洪范两人必不敢再动，重庆一城，便在我们掌握中了。”此着可谓莫遗刘、陈。赖心辉、但懋辛俱各赞成，当下分兵去了。

却说刘湘等了两日，见熊克武并不来攻，十分愤怒，传令拔队前进，先向熊军冲击。熊军自然照样回敬，彼此一来一往，炮火和枪弹齐发。双方鏖战多时，赖心辉和但懋辛已从侧面攻击前进。刘湘的兵力既薄，又处于四面包围之中，如何支持得住。便算支持一时，也恐蹈袁祖铭的覆辙，以此不敢恋战，急急败回重庆。袁祖铭见了，彼此愁闷。刘湘问袁祖铭有何计较，袁祖铭道：“为今之计，只有分电杨森、邓锡侯、卢金山等回救，一面请刘文辉、陈洪范、刘存厚等，分别在南北两面活动，敌兵前进既然不能克重兵守护的重庆，后路又须顾到刘存厚的北路和刘文辉的南路，必然不能持久。我们等他士气懈倦时，再行攻之，当可必胜。”袁祖铭非毫不知兵者，何竟作此单方面之算计？其殆以刘湘初加入，不欲使其遽尔灰心，乃出此万不得已之计划，聊以相慰乎？刘湘默然想了一会道：“这战略虽然很好，但在事实上还有许多困难，涪陵方面的邓、卢各军，现在方和周西成激战，如其撤回重庆，周西成必然联合汤子模等，再来攻袭铜元局。杨军现守泸州，地位也极重要，假使回救重庆，赖心辉留在富顺的吕超所部，必然袭攻泸州。泸州倘然失去，则我们犄角之势失去，重庆更危险了。至于刘、陈两人，虽肯帮助我们，宗旨却未决定，现在见我们战败，必然更是犹豫，决不肯轻动。此种人最多，不独刘文辉、陈洪范而已。刘存厚在川北，毫无实力，也靠不住。刘湘亦颇能知兵，观此一席话，于各方面均一一料到，亦可想见。所以你的战略虽好，实行起来，必有阻碍。”岂止？袁祖铭道：“那么怎样办呢？敌军气势甚锐，兵力又厚，我军屡次战败，如何抵抗得住？”袁祖铭此时也急了。刘湘道：“就是如此说。现在实逼处此，除却用你这个战略，来救一救眼前之急，也无别法了。”火烧眉尾，且顾眼下。

正商议间，忽报杨军长率领本部军队从泸州赶到。刘湘和袁祖铭俱各大喜。袁祖铭就把刚才自己两人的议论告诉了他，杨森道：“泸州方面，我现留有杨春芳在那里防守，可以放心，何况还有刘、陈的中立军在富顺一带，把双方的战线已经隔

断，吕超便要攻泸，在事实上也行不过去。此亦就现在局势之常理论之耳。然事常有出于意外者，其将如之何？只有涪陵方面的周西成一路军队，却十分惹厌。”刘湘目视袁祖铭道：“他为甚么要倒戈攻你？”袁祖铭摇头道：“你不要再提这话罢。人有良心，狗不吃屎，现在的人，哪里还有甚么信义？”以国家所设职官，为私人割据争夺之利器，以人民膏血所养之士兵，为割据争夺之工具，上以危累国家，下以残虐百姓，公等所行如此，所谓信义者安在？孟子云：“万乘之国，弑其君者，必千乘之家，千乘之国，弑其君者，必百乘之家。”在上下相交争利之局面中，固必然之现象也。公既误国害民，又何能独责部下以信义。昧于责己，明于责人，至于如此乎？

杨森道：“在眼前的局面看起来，战线愈短愈妙。邓、卢各军，总以调回重庆为上计。”此时欲求一中计而不可得，何处更可得一上计？刘湘道：“邓、卢两军调不调回，在于两可之间，不必多

所讨论，只须拍一电报给他，通知他目下重庆的战事形势，回不回来，还让他斟酌情形，自己决定为妥。我们现有三路军队，用以防守一个重庆，当不至再有闪失。”有袁祖铭之三路攻成都，乃有熊克武的三路攻重庆，有熊克武之三路攻重庆，乃有刘、袁、杨三路之守重庆，更不料攻重庆之部队，于熊、赖、但三路以外，更有周西成、胡若愚、何光烈三路，战局之变化，岂容易捉摸者哉？当下彼此决定，刘湘任中路，对付熊克武，好。袁祖铭任右翼，对付赖心辉，好。杨森任左翼，对付但懋辛。好。如此捉对厮杀，可谓不是冤家不聚头。等得熊克武军队赶到，双方便开起火来，一个是用全力猛攻，有灭此朝食之概，一个是誓死力拒，有与城俱亡之心。激战数日，未分胜负，按下不提。

却说邓锡侯、卢金山等，在涪陵方面和周西成激战，正恨未能得手，忽传熊克武留刘成勋守成都，刘成勋下落在此处补见。自己和赖心辉、但懋辛，率领三师兵力，暗袭重庆。黔军在大足方面，被熊军杀得大败，刘湘来救，也遭损失，现已退守重庆，形势十分吃紧，邓不觉大惊，急请卢金山商议：“涪陵尚未攻克，重庆偏又告警，根据要地，不能不救，烦兄独立对付周军，只要能坚守阵地，不望克城，等我击退熊军，再来助兄猛攻，不怕涪陵不下。未知我兄以为怎样？”卢金山道：“贺某军队，现在彭水、石柱之间，倘然绕道武隆，在涪陵之南。来攻我侧面，那时我兵力既薄，决不能兼顾，如之奈何？”邓锡侯道：“赵荣华现在忠州，贺军决不敢西进，万一你果然守不住，便退守乐温山也好。”在涪陵、重庆之间。卢金山应允。邓锡侯正待退军，忽接刘湘、杨森、袁祖铭三人来电道：

熊军进薄重庆，铭、湘均失利，森于今日申开到，议定誓必坚守。中路阵地白市，由湘防守，南路浮图关，由森防守，北路悦来场，由铭防守。地名在此处补出，为上文所无。兵力相当，想不致再挫。惟闻赵部在忠州，有退守万县之意，不悉确否？如确有其事，乞卢师长电阻。此又上文所无。顺庆方面第五师，自何光烈被监视后，全部已在旅长李伯阶之手，近闻其有南下助熊之意，殊为可忧。此又上文所无。我兄方面战情如何？是否回兵救后，希斟酌敌情而行！

卢金山见了这电报，便道："重庆既有杨、袁、刘三位在那里，兵力已不止三师，用以抵御久战远来的三师熊军，想来总不致再挫，兄似不必急急回救了。"想是不敢独力对付周西成。邓锡侯沉吟道："赵军退守万县，这消息不知道是从哪里来的？如果此说确实，重庆的后路空虚了。"卢金山道："来电原说闻

他有这意思，并非说确有这举动，怕甚么的？"邓锡侯道："话虽如此说，总该拍个电报给他，劝他坚守才是。"卢金山答应。邓锡侯又道："重庆一方面，看来电所说，似已十分吃紧，我无论如何，不能不去。"卢金山道："要退，大家齐退如何？"北军太不耐战。邓锡侯想了一想，只得答应，当下全军悄悄地退回重庆去了。

周西成守了一日，见邓锡侯并不来攻，方知他已回救重庆，便也急急率军追赶，到了重庆南岸铜元局，追个正着，邓锡侯也因铜元局地方重要，不能不守，两军便就此激战起来。此时重庆南有周西成，西有熊克武，都扑攻得十分激烈，虽则守者较逸，也十分吃力。

刘湘、袁祖铭等因战局危险，十分烦闷，这时偏又有两桩不祥消息接踵而来，第一件是泸州失守。若说泸州一地，虽只

有杨春芳一人主持防守，却因和富顺敌人方面，还夹有中立军队，吕超虽勇，决不能学飞将军的自空而下，越过中立军，来攻泸州，所以在杨森一方面看来，总想到一时决不会有失陷之事。不料熊克武料定战局延长，刘文辉等中立军队必将加入敌军，若是能够占领泸州，则南路局面已固，刘文辉必不敢动，此亦势所必然之事。所以使石青阳竭力运动杨春芳倒戈。那杨春芳一则碍于友谊，是宾。二则惑于利益，三则见杨、刘、袁等局势已危，是主。便决定投降吕超，白旗一竖，泸州便入了熊军之手。重庆的左臂既断，形势愈觉危险。刘文辉等又入了两面监视之中，更不敢轻动了。杨春芳之投降吕超，实重庆失守之一大原因。

这消息报到重庆，人心更觉浮动。杨森一面急电宜昌告急，一面请刘湘、袁祖铭、邓锡侯、陈国栋、卢金山等商议道："泸州既失，刘文辉等决不敢再动，我们原是希望坚守几日，等敌军后方发生变化，再行反攻的计划，已经完全失败了。刘存厚、田颂尧又始终未见发动，想来也决无希望了。照这种情形看起来，我们的援救已绝，而在顺庆的第五师，本来接近敌方，所以久不发动者，不过因看不定谁胜谁负，不敢冒昧耳。此种情形，亦和刘文辉仿佛。现在我们被围重庆，胜负之势已决，不久必然也来攻击。俗所谓看顺风行船，打落水狗也。久守于此，必非善策。我意欲暂时放弃，退守夔、万，和赵荣华的意见不谋而合，岂亦所谓英雄所见乎？等宜昌救到，再行反攻，似乎较有把握。"刘湘道："'退'之一字，万万说不得，多守几日，等真个守不住时，再行退却，也不见得会受更大的损失。"城破再逃，亦不为迟，刘湘之言是也。我真不懂近时武人闻风而逃者，系何心理。袁祖铭道："光是死守，也不能说是计之得者。"卢金山抢着道："我也不赞成守。"你老兄自然不赞成。刘湘问道："兄为甚么也不赞成守？"为怕性命出脱耳。卢金山道："现在困守重庆，四面受敌，应付不易，一也；是。离宜昌太远，接济不便，中途有被劫夺之忧，二也；是。如旷日持久，顺庆的李伯阶攻我于北，胡若愚所率滇军攻于南，贺龙截我退路，俱为后文伏线。那时必至欲退无路，势必至全军覆没不止，三也。是。说来又很有道理，我直无以难之。这是困守的三害。假如退守夔、万，却有三利：战线缩短，兼顾便利，一也；现在的战线也未尝不短。接近宜昌，补充迅速，二也；此说似乎有理。敌军补充军实，反因远而不便，反客为主，我得乘其弊而攻之，三也。由渝至万，一苇可杭，也未见得补充不便。有此三利，所以我主张退守。"卢将军还漏说一利，我为补说曰：容易逃到湘北，四也。袁祖铭怒道："你怕战时，便可先退。"袁祖铭尚以谓拒周西成时事乎？可惜现在局势不同了。卢金山也怒道："我好意到这里助你，如何这样无礼？"须不道是奉吴帅之命而来。众人忙都劝解，只有邓锡侯默然，一句话也不说。刘湘问他为甚么不说话？邓锡侯道："今日的局面，并非口舌争胜的时候，要战则战，要守则守，何必多说！"独不说退，已见其不赞成卢之主张。刘湘大笑。笑得奇怪。众人都觉奇怪，忙问他为甚么大笑，邓锡侯未知亦问否？刘湘道："我现在想了一个三全之计，所以欢喜得大笑。"卢金山问怎样一个三全之计，想是要战者战，要守者守，要退者退乎？刘湘道："我今全依了各位主张，战、守、退，三者并用，所以称做三全之计。"陈国栋怀疑道："怎样三者可以并用？"果然可疑。刘湘道："一味死守，固然一时也未至失机，但是假使敌军再有增加，便难应付，不如以战为守。一件事当两件看。趁着李伯阶、胡若愚等没有来攻，拼力齐出，去攻熊军的北路，一路若败，则中南两路阵势摇动，奋力冲击，必然可破。熊军若败，则其余各路俱不足虑了。此是战胜于守。如果战败，便不待胡、李两路来攻，可疾忙退守夔、万，此言战不胜，守不住，再退。岂非全依了各位主张？”其实只是战耳，守尚不用也，更何况于退，所谓全依了各位主张，不过敷衍之语而已，然因此而各军不致意见相左，则敷衍之功正不可没。袁祖铭道：“这战略很好，我们就何妨依此而行。”众人俱各无话。议定，当即分遣部队，以卢金山守铜元局，陈国栋防守后方，邓锡侯牵制住中南两路熊军，只要死守，不要进攻。只要守得住，便是胜算矣。袁祖铭为前锋，杨森、刘湘为左右翼，以全力突攻北路赖心辉。分拨既定，便悄悄出动。

赖心辉正因战事不能立刻得手，有些焦躁，在那里努力督促部下进攻，肉搏了几次，黔军渐有不能支持之势。赖心辉正然高兴，忽觉敌兵炮火突然猛烈起来，一声呼杀，便有大队敢死战士向前冲击，如狂潮怒马，势不可当。赖心辉仗着战胜余威，哪里放在心上，当时亲自督阵，传令奋勇回击。机关枪的子弹，密如雨点一般。黔军冲锋队便像潮水般倒了下来，袁祖铭大怒，亲自上前领队，士兵见了主将如此，个个奋勇，赖心辉也拼死抵抗，双方死战多时，不分胜负。

忽然两旁炮响，杨森、刘湘两路军队，一齐在斜刺里冲杀过来。熊军的阵线几被突破。赖心辉大惊，急急分兵抵御，一面差急足向熊克武求援。熊克武的军队还不曾到，右侧的阵线已被刘湘突破，向北包抄过来。赖心辉只得下令退却。刘湘见熊军已败，心中大喜，急教杨森、袁祖铭追击，自己移兵向南，来攻熊军中路的侧面。刘湘确能用兵，其卒能击败熊氏，非偶然也。

却说杨森、袁祖铭正在追击赖心辉，忽然探马飞报，后方东北角有敌人来攻。杨森、袁祖铭不知是何处军队，心中大为惊疑，急由杨森率兵迎战，原来是顺庆李伯阶的军队来袭。双方前锋接触，便开起火来。袁祖铭因后方发生战事，不敢再追，便将阵线的正面移向西北，和杨森成犄角之势。赖心辉乘势反攻，双方又死战起来。同时熊克武见正面敌军的火线忽弱，知道兵力已减，防线单薄，便传令急攻，希望一战突破敌人阵线。谁知邓锡侯死不肯退，冲了十多次锋，终于不能攻破。邓锡侯亦颇难得。熊克武正在疑讶，忽然赖心辉的警报传来，方知刘湘之计，急教石青阳守住阵地，自己带了两团人来救北路。恰好刘湘来袭击侧面，两人撞个正着，炮火隆隆的又冲突起来。铜元局的周西成听得西北方面的枪炮声甚密，知道正在激战，便也竭力扑攻。六处战事都非常激烈，炮声如雷，几乎震破了重庆人民的耳膜。如此激战了三昼夜，尚且胜负未分。

南面浮图关一方面，因邓锡侯的兵力较弱，但懋辛进攻甚猛，渐觉不支，邓锡侯着急，急教陈国栋指挥中路，自己赶到

浮图关督战。双方激战愈烈，但懋辛见不得手，正在焦灼，忽报后方有大队滇军前来助战，知道胡若愚已来，大喜，急忙差人迎接。两人见了面，胡若愚问起战事，但懋辛便把久攻不下的情形告诉了他。胡若愚道："我现带着精锐万余人在此，料此重庆城不难攻破，贵部久战辛苦，可稍稍休息，让敝军上前攻击。"但懋辛称谢。胡若愚即令滇军上前冲击，邓锡侯指挥的部队，都属久战的疲卒，如何当得住生力的滇军。战了半日，便支持不住，滇军渐渐进逼。

邓锡侯大败，放弃了阵地，急急退走。这时卢金山已被周西成击败，失了铜元局，南面的战事已完全失败。西北各路军队得了这不祥消息，如何还能作战？一齐渐有瓦解之势。刘湘已无力再战，便通知各军，放弃重庆，此方是不得已而退，果然全依了各位战守退的主张，一笑。自己急急退往垫江。在长寿东北。同时袁

祖铭也退往长寿，在重庆东北。邓锡侯、陈国栋也率领残兵，退往邻水去了。杨森和卢金山，各率了自己的残部，先跟袁祖铭退到长寿，住了一日，恐怕熊军来追，正图再退万县，不料守忠州、酆都的赵荣华听说重庆失利，早已退往夔、万，好将军。却被贺龙袭取了酆都。杨森、卢金山因此不敢沿江退走，只好绕垫江梁山小路投奔万县，真是好将军。一面电呈吴佩孚告急。正是：

争雄西土成春梦，好向东君乞救兵。

未知吴佩孚如何应付，且看下回分解。

武人多反复，非其本性然也，为物欲所蔽、利害所诱，虽欲贞一其志，而有所不能焉。是以反复变化，朝从乎秦而暮合乎晋，虽本人亦惟被造化播弄颠倒于利害物欲之中，而不能自知其何以至是，滋可悯也。抑武人固善反复，而惟四川之武人，则为尤甚。如邓锡侯，本逐杨森者也，而至此乃为杨森所用，刘湘，始与刘成勋相暱者也，终乃助杨而攻刘，而其后来之变化反复，虽川中之人，亦有莫知其所以然者。总而言之，为物欲利害所蔽，弗克自拔而已，政见主义云乎哉？爱国保民云乎哉？

第一百四十八回　朱耀华乘虚袭长沙
鲁涤平议和诛袁植

却说吴佩孚自决定武力统一的政策以后，没有一天不想贯彻他的主张。初时因见杨森入川，颇能制胜，心中甚喜，不料如今一败涂地，又来求救，不禁转喜为恼，问帐下谋士张其锽道："杨森这厮，真是不堪造就，我如此帮他的忙，却仍旧不够熊克武的一击，这般无用的人，有甚么用处？只索由他去罢。"吴秀才发急了。张其锽道："我们既然助他在先，现在他失败了，又毫不在意，一些不顾念他，未免使别人寒心；二则怕他无路可走，降了熊克武，未免为虎添翼，增加敌人的力量；三则旁人或许要疑心我们无力援助，在大局上也有妨碍。如今之计，惟有作速令王汝勤入川援助，免得熊克武的势力，更为膨胀。"吴佩孚道："你的意思虽不错，计划却错了。他败一次，我们派一次援兵，这不是他被我们利用，倒是我被他利用了。他利用你，你也利用他，如今的世界，本是一利用的世界。如今我只嘱咐王汝勤，紧守鄂西，不准熊克武的川军越雷池一步便得咧。"不肯多用力量，以疲自己，确是好计较。

张其锽道：“大帅难道对于川战，也和湘战一般的不顾问吗？”吴佩孚笑道：“岂有不问之理？湖南一方面，你还不曾知道，我已派马济任两湖警备司令部参谋长，去代葛应龙管理入湘北军吗？”张其锽道：“既然如此，大帅何不再派王汝勤到四川去？”吴佩孚道：“川、湘的情形不同，川省僻在一隅，非用兵必争之地，湖南居鄂、粤之中，我们如得了湖南，进可以窥取两粤，退一步说，也足以保持武汉，倘然湖南为南方所得，则全局震动矣。”此湖南所以常为南北大战之战场欤？湖南地势之重要，湖南人民之不幸也。张其锽道：“如此说，大帅对于川战，真个完全不管了。”吴佩孚笑道：“川亦重地，哪有不管之理？张先生未知吴将军野心乎？野心未戢，岂有不管之理哉？我目下只教王汝勤给与杨森饷械，令其补充军实，再行反攻，能够胜利，四川我之有也，即使不胜，不过损失些饷械，在实力也毫无影响，岂不胜如再派兵入川吗？”比坐观蚌鹬之争，毫无损失者，已觉差了一点。张其锽大悟道：“大帅用兵，果然神妙不可及。”奉浇麻油一斤。吴佩孚微笑道：“神妙不敢当，不过比别人略能高出一筹耳，然而非兄亦不足知我。”一个炭篓子戴了去了。

正说着，恰好马济来请行期，吴佩孚命人接入，对他说道：“湘战吃紧，吾兄宜赶紧赴任，倘能湖南得手，长驱南下，以抚粤军之背，广东政府不难一鼓荡平也。”军阀所念念不忘者，独一孙中山而已。马济领诺，又请示了许多机宜，即日到湖南去了。原来湖南这次战争，先发生于湘西，因湘西的沅陵镇守使蔡巨猷和前湖南督军、现在广东革命政府旗帜下的谭延闿素来接近，湖南省长赵恒惕眼光中最忌的，就只有谭延闿一人。恐地位不保耳，与吴秀才之忌孙总统，大致仿佛。其时适值有谭延闿回湘、蔡巨猷约期相应之谣，赵恒惕唯恐成为事实，遗祸将来，便作先发制人之计，下令调任蔡巨猷为讲武堂监督，沅陵镇守使一缺裁撤，所部军队由一、二两师长及宝庆镇守使分别收编。蔡巨猷明知是赵恒惕忌他，故有此举，如何肯低头接受，弃了一方之主不做，倒来赵恒惕矮檐下过生活，因此立刻分配军队，宣告独立，委刘序彝为中路司令，田镇藩为北路司令，周朝武为南路司令，实行讨赵。弄假成真了。赵恒惕大怒，即刻要武力讨伐，谁知第一师长宋鹤庚第二师长鲁涤平，都一致反对，主张调和。赵恒惕无可如何，只得暂时按下一腔怒气。气闷杀赵恒惕矣。

这消息传到广东，孙中山见有机会可乘，便委谭延闿为湖南省长，兼湘军总司令职，克日率兵援湘，救湘民于水火之中。谭延闿奉令，便率队赶到湖南衡州就职，组织公署，预备北伐长、岳。赵恒惕闻报，更觉愤怒，当下以谭延闿破坏省宪

为名，自称护宪军总指挥，委陈渠珍、唐荣阳、唐生智、贺耀祖、刘铏、叶开鑫、杨源浚为司令，分兵七路，来攻衡州。谭延闿派兵迎击，双方打了一仗，谭军人少，被赵恒惕夺了衡山。谭军退却，保守衡州，一面派人运动驻防湘潭的中立军团长朱耀华攻赵。

朱耀华素来也恶赵氏阴险，听了谭氏代表的一席话，便即依允，立刻回兵进袭长沙。长沙这时除却几个警察而外，并无防军，因此朱耀华不费吹灰之力地占了长沙。赵氏听说长沙已失，正要退却，谭军已猛烈的反攻过来。赵军军心已乱，抵敌不住，大败而走。赵恒惕率领残部，逃到醴陵，向江西的北军萧安国乞援。请北军入湘，是省宪所许可的吗?

谭军乘势复夺衡山，一面令张辉瓒先入长沙。张辉瓒到了长沙以后，先请任命宋鹤庚的参谋长代理第一军军长，用宋氏

名义，招抚西路贺耀祖、唐生智两旅。贺耀祖得了这个消息，拍电给唐生智商议道：“刘铏和鲁涤平都是中立军队，决不至为谭利用，叶开鑫现率全军，已和赵省长在株洲会合，现已助谭的，只有唐荣阳一人，我军未见得没有复振的希望，不如暂时退却，以图再举。”唐生智复电赞成，遂即由桃源退军常德。刚把军队扎下，忽然又报唐荣阳来攻，部下两个团长大怒，便要接战。唐生智忙阻住道：“长沙失守，士兵已无斗志，倘若恋战，徒受损失，不如全军而退，再作计较。”团长遵命。唐军便向益阳退却，到了中途，又报益阳已被刘序彝占据，只得又绕道退到湘阴。正在忙忙奔走之间，忽见又有一彪军队到来，急忙打探，方知是贺耀祖的军队，两人俱各大喜，当时合兵一处，到湘阴去了。

方鼎英得了这个消息，便与张辉瓒商议办法。张辉瓒道：“这是很容易办的。他俩现在已经势穷力竭，我们派人去接收改编，大概没有什么问题了。”方鼎英道：“这问题虽然容易解决，但是还有一个问题，也是要解决的。谭总司令现因布置军事，无暇到省，宋鹤庚、林支宇等又不肯来，鲁涤平那厮昨天还来电要求我军退出长沙三十里，这件事应该怎样办呢？”张辉瓒道：“这问题也不甚要紧。鲁涤平虽有电报叫我们退出长沙，未见得便来攻击，倒是北军方面，我们要注意些。”方鼎英道：“只要中立军没有问题，北军方面，大概是一时不会来的，现在且丢下再说罢。”

过了一天，派去收编贺、唐两旅的人，被贺、唐赶了回来，方鼎英问他详细情形。那人道：“贺、唐两人听说我去收编，勃然大怒，便准备下令来攻长沙，把我赶出。临走时，他还对我说，教我转告军长，速速反正。不然，他们攻下长沙，不好相见。”方鼎英怒道：“这厮也太倔强，我难道怕他们不成？”正说时，忽然张辉瓒很匆忙地走了进来，方鼎英见他很有些急遽之色，忙问何故？张辉瓒道：“刚才谭总司令有电报来，叫我们支持两日，等东西两路兵到再说，不可便退。”方鼎英诧异道：“奇了！你这话我完全不懂，怎么支持两日，贺、唐的军队还没到哩。”一说东，一说西，各不接头，趣甚。张辉瓒忙道：“你说甚么话？贺、唐，哪个贺、唐？可是要攻长沙吗？”方鼎英更觉诧异道：“贺耀祖、唐生智不听收编，现已出动来攻长沙，你还不知道吗？”迷离惝恍之至。张辉瓒道：“这真奇绝了，我竟毫不知道。”

正说时，朱耀华也走了来，一见张、方两人，便道：“你们知道刘铏率着本部军队，前来攻击我们吗？”突兀之至。张辉瓒道：“我正为着这件事到这里来的，你也知道了吗？”方鼎英

惊疑道：“甚么话？刘铏是中立军队，为甚么要来攻击我们？”张辉瓒道：“说来话长呢，他虽是中立军，实际上比较和赵恒惕接近，又因为听得吴佩孚已命萧耀南派第二十五师和江西的萧安国入湘援赵，恐怕北军一到，湘省的自治要受影响，所以想先来驱逐我们，好阻当北军的南下。”方鼎英道：“照现在的情形说来，长沙已处于四面围困之中了，我们应该要想法应付才好。”张辉瓒道：“我们在省的兵力很薄，分兵抵御，当然是做不到的，现在唯一的战略，只有采用各个击破的计划，先择紧急的一面，打破了他，再回军攻击别的部队，如此，或者还有点希望。此时除此以外，确无别法。要想守是守不住的，你知道东西两路的大军，甚么时候能到？”也料得着。朱耀华道：“论起紧急来，当然要先攻刘铏了，一则他兵近势急，二则易与中路联络，贺、唐一路，只可暂时不顾了。”此时以为专对刘铏，放弃贺、唐

一路耳，孰知西路之外，更有叶开鑫一路哉？方鼎英道："这个战略很对，事不宜迟，我们就出发罢。"议定之后，当即分别预备，出发攻刘。刚到半路，忽然侦察队飞报，赵军叶开鑫所部蒋、刘两团精旅，已乘虚袭入长沙。得之毫不费力，失之亦毫不费力，可谓水里来，火里去，扯个平直，一若冥冥之中，确有主之者。张辉瓒等大惊，不敢再御刘铏，全军退往宁乡去了。

却说谭延闿到衡山以后，因赵恒惕尚在醴陵一带，即继续前进，恰好赵军精锐部队蒋、刘两团已入长沙，留下的只鄂军夏斗寅部，如何当得谭军？所以谭军在一战之后，便连克攸县、醴陵，进迫浏阳。不料叶开鑫部的蒋、刘两团得了长沙后，却把长沙防务交与贺耀祖、唐生智两人，自己仍赶回浏阳作战，击败谭军，夺回醴陵。谭军只得退守株洲，正要反攻，忽然接到刘铏、鲁涤平两人的联名来函，大略说道：

湘省自战，易启外侮，近闻北军将实行入湘，蚌鹬相争，为渔翁者已大有人在。我公爱护桑梓，可不悟乎？涤平等同念民艰，不忍坐视，窃愿两公俯念下悃，化干戈为玉帛，另附和议具体办法七条，务希采纳。至一切细情，已派代表面详，恕不具赘。

一、自九月二十二日下午起，至二十九日止，共一星期，为停战期间。

二、在停战期间内，双方军队各守原防，确定以湘江、渌江为界，彼此不得移动前进。

三、停战期间，由谢、吴、叶、贺各军长官，就近选派全权代表，先行交换意见。

四、指定湘潭县姜畲为双方代表交换意见场所，即由该地防军担任保护，所有代表及随从，不得携带武器。

五、双方代表交换意见后，如认为与事实不甚相远，再由双方会函通电约集和平会议，并继续停战若干日。

六、和平会议办法及地点，由双方代表定之。

七、第一第二两条规定之效力，由吴、谢、叶、贺担负责任，如有违反者以破坏和平论。办法亦颇切实。

谭延闿看过以后，问代表北军入湘的详细情形。代表答道："赵恒惕失长沙时，曾向洛阳吴佩孚乞援，现在吴佩孚已决定派兵入驻岳州，设立两湖警备司令部，自任总司令，萧耀南任副司令，并以湖南人葛应龙为主任，兼军务处长。虽然并没有援湘的名义，实际上却是相机而动，希望窥取全湘，所以萧耀南部的四十九旅，已开到桃林黄沙街，五十旅也将入驻云
1382. 汉，刘佐龙旅开到羊楼司，胡念先旅已到公安、石首，将入常、澧。江西萧安国旅已准备向株、醴进发，局势已十分危急，所以只得议和以图自救了。"持论甚是，惜不能推之国家耳。

谭延闿道："这些事情，我也大略知道一些。谭公岂孤行一意者？但是我已声明仍继赵炎午办法，阻止北军南下。萧耀南也因鄂、湘两省的人民反对派兵，已经表示决不侵湘，吴佩孚的计划，或者不至实现，也未可知。"代表道："吴佩孚岂是讲信义的人？他如要扩展地盘，哪里肯顾到这些不关痛痒的事情？"谭延闿道："这办法上面要谢、吴、贺、叶四人负责，谢、吴当然是我前敌的谢国光和吴剑学了，贺、叶可是贺耀祖和叶开鑫？他两人对于这七条办法，可曾表示过甚么意见没有？"鲁涤平的代表道："已经另派代表去接洽，想来也决无问题。"

谭延闿请他先回，即时便有电复。一面命人去请谢国光、

吴剑学，两人应召而至。谭延闿就把鲁涤平的信给两人观着，谢国光道："我们刚都接了他的电报，据说贺耀祖、叶开鑫已经复电赞成，只要我们答应，便可正式接洽了。我们正要来请总司令的示。"谭延闿道："刘铏前此驱逐长沙的张辉瓒部，明明已经倾向赵军，有他在内，这件却难凭信。"吴剑学笑道："他前星期也为怕人疑他亲赵，特地联合鲁军长，电请赵军离省，让给中立军驻防，以解众疑。刘铏似亦颇具苦心。不料赵军全体反对，因此他又离开长沙，到汉口去了。这封信上虽写着他的名字，恐怕他自己还不曾知道咧。"谭延闿道："既然如此，能够和平解决，更好，只要他们能福国利民，我没有不赞成之理，你们就复电赞成罢。"两人领诺。谢国光道："湘阴方面的唐荣阳部，攻击长沙的刘序彝部，和张辉瓒、朱耀华各团，总司令都要电饬他们停战才好。"谭延闿道："这个自然，不须你说。"

谢国光、吴剑学去后，谭延闿当即电饬各路停战，可谓勇于为善。谢、吴、叶、贺各派代表，交换了一次意见，尚极接近。一星期的限期易过，瞬息已满，鲁涤平又通电继续停战两星期，双方各派全权代表，开正式会议，讨论议和条件。当时举鲁涤平为正主席，刘铏为副主席，议定赵恒惕任总司令，谭任省长，省宪法也加以修正。叶开鑫得了这个报告，不觉大怒道："省宪法是全省人民所议定的，代表如何可以擅定修改？说话未尝不是，但惜此省宪未必真出全民公意耳。我派他做代表，原只能代表我的意见，他倒代表起全省人民，来拟修改省宪了。蔑宪违权，莫此为甚。"此语虽未必全是，然颇足为但知个人不知民众，以一手掩天下目者讽也。当下立时撤回代表，另行改派，再延长停战期限，集会磋议。

鲁涤平见垂成的和议中途又生波折，十分不悦，因和所部团长袁植道："我为湘省三千万人民计，不能不出任艰难，倡导和议，不料偏有许多波折，令人可叹。"袁植道："本来是多此一举，谭氏破坏省宪，罪有应得，赵军屡次战胜，平定全湘，已非意外之事，偏有什么和议出来，要推谭氏来做省长，便是大家赞成，我也不赞成。"一味偏护赵氏，岂得谓之公论？鲁涤平听了默然，袁植也自悔失言，即便告辞而出。鲁涤平亲自起身送他出门，格外比往日恭敬。心有所不忍欤？抑不认其为部将欤？袁植亦很觉诧异。走不多远，忽觉前面有人影一闪，袁植正要叱问，只听得拍的几声，子弹休休的直射前心，不觉啊呀一声，跌倒在地。随从马弁一齐大惊，急忙寻觅凶手时，已经无影无踪。众马弁无可如何，只得把他抬回团部里，急忙叫军医官来诊视时，早已呜呼哀哉。全团将士不知被何人所刺，正在忙乱，忽然军号几声，四面的枪弹如雨点似的洒了过来。全团将

士大惊，正待探问，枪声忽然停止了。接着跑过几个军官来，一声大喝道："缴枪！"众人这时因袁植已死，无人统领指挥，二则知道已处于四面包围之中，决难抵抗，只得一齐缴械，听其遣散，按下不题。

却说刘铏在姜畲忽然听得袁植被刺的消息，不知何故，十分惊讶。次日，忽报鲁涤平令吴剑学部一团和朱耀华团袭占湘潭，解散袁植所部，在姜畲的赵方各代表，已都受监视，不觉大怒道："鲁涤平如何敢欺我？他能助谭，我便不能助赵吗？"全不讲顺逆，一味讲意气之争，也不能说是明智。说着，便起身赴省，去见赵恒惕。赵恒惕议和本非出于诚意，不过因兵力已疲，想借此休息补充而已，军阀在战争中而谈和议者，大率类此。所以一方面虽在讨论磋商，一方面却积极扩充军备，军阀行径，大率如此。把唐生智、贺耀祖、叶开鑫等都升为师长，所部团长，也都升为旅

长，却以军长的空名义，给与宋鹤庚、鲁涤平两人。

这天因马济到湘，正在议论攻谭之事，刚好刘铏赶到，赵恒惕忙问其何故匆匆来省，刘铏就把鲁涤平如此可恶的情形说了一遍，赵恒惕大怒道：“既然如此，我即日便进兵交战，看我能击退谭军否？”马济问现在各路的军事布置，赵恒惕道：“我军主力，现在东路攸、醴、株洲一带，和敌军成对峙之势，北至湘阴，沿湘江一带，都有敌军，我军要防守的地方太多，军力单薄，尚望贵军助我一臂之力。”马济慨然应允，准定即日回岳，调一团人入长沙，代贺耀祖任防守之责，让贺耀祖到株洲去助唐生智。赵恒惕大喜，刘铏之驱谭军离长沙，借口阻止北军入湘也，今北军且入长沙矣，何以独无一言？当即传令各军向谭军总攻击。正是：

只因欲拒门前虎，无奈权亲户后狼。

未知胜负如何，且看下回分解。

鲁涤平之诛袁植也，时论多议鲁处事失当，吾以为是诚管窥蠡测之论也。夫谭之伐赵，赵有可伐之罪，而谭有可伐之权也。何则？赵本属谭，谭民党分子也，不利于野心者之所为，遂利用赵以去谭，谭去而湖南入于军阀之手矣，此赵有可伐之罪者也。中山为创立民国之元勋，而以救国救民为志者也，北伐不成，国不可救，民亦不得救也。赵氏不去，不能贯彻北伐之计划，故谭秉孙令，有伐赵之权也。鲁涤平为谭旧部，附谭而反赵，与情理正谊，皆所应尔，而袁植乃攻谭而附赵，不诛之将何为乎？孟子曰：“不揣其本而齐其末，方寸之木，可使高于岑楼。”若断章取义，责鲁不宜出诸诱杀之途，则吾复何言。

第一百四十九回　救后路衡山失守
争关余外使惊惶

却说谭延闿见和议破裂，又入战争时期，和鲁涤平等定下计划，等湘谭的鲁涤平军准备好后，便和长沙对岸的蔡巨猷军的刘序彝部，以及湘阴、赤竹、株洲各面的军队，齐进以夺长沙。到了赵军下总攻击令的那一天，因鲁军还不曾准备定妥，所以不能一齐发动。

谭延闿自己在株洲方面，指挥谢国光部和从广东带来的湘军，攻击唐生智。战了一日，未见胜负。谭延闿因命谢国光部绕攻唐生智的侧面，以收夹击之效，自己在正面冲击。唐生智自然也督率部下将士，奋勇反攻。

两军正在战得起劲，忽然东面枪炮声大作，子弹如雨点一般的向唐生智军洒来。原来谢国光已从侧面攻到，唐生智大惊，急急分兵抵拒。正面的阵线既薄，抵抗力又弱，谭军进攻愈勇，唐生智虽则竭力抵御，当不起谭军三番五次的肉搏冲锋，看看支持不住，正待溃退，忽然后面一队援军，如风掣电卷的赶到，原来是贺耀祖部。唐生智吃惊道：“你负着防守长沙的重责，如何到这里来？”贺耀祖道：“防守长沙的任务，业已有马济率领一团北军担任，赵总指挥因听说这方面局面紧急，所以派我来助你。”唐生智大喜，请他担任正面，自己去攻侧面的谢国光。贺耀祖应允，便督队向谭军进攻。谭军战斗已久，况且冲锋多次，兵力已疲，如何还能攻破贺耀祖的阵线？因此本来很得势的战事，又渐渐地失势起来。北军不到长沙，贺耀祖不能调至株洲，则唐生智必败，唐生智败，则长沙危，一也。株洲方面战事不得手，则不能抽调刘、邹劲旅，击退蔡巨猷之兵，二也。谭、蔡两军不退，叶开鑫不能攻克湘潭，三也。湘潭不得，唐荣阳决不又反谭助赵，四也。在事实上言之，马济不过助赵以一团兵力担任防守耳，而在战局上，乃有如此重大影响，亦见军事之变化难知，而吴佩孚阻挠义师之罪，实浮于赵也。

勉强支持了两日，谢国光部先被唐生智击败，唐军乘势来包抄谭军后路。谭军恐受包围，只得退却。

贺、唐追击了一阵，忽然接着赵恒惕的密谕，大略说道：

> 闻东路得手，谭、谢俱各败退，甚喜。唯谭军实力，并未全失，湘潭、靖港即蔡巨猷所部军队。敌俱未退，不可远及，重劳后顾，可急令邹振鹏、刘重威两部秘密开省，俟退去蔡军，则湘潭势孤，不难一鼓而下。若得湘潭，东路亦不足忧矣。

贺、唐见了这个密谕，便停止追击，急令邹鹏振、刘重威两部开省。邹、刘遵令回到长沙，来见赵恒惕，恰好赵恒惕和马济在那里议事，见了邹、刘便道：“你们来得很好。这几天湘江的雾很大，明天拂晓，你们可乘雾渡江袭击蔡巨猷军，今天暂时休息罢。”邹鹏振道：“蔡巨猷部在对岸的军队，恐怕也不多罢。”马济道：“你怎的知道？”邹鹏振道：“我们在东路作战，俘获的敌人里面有不少是蔡巨猷部，蔡部开到对岸的本来不多，现在又分兵去助东路，可见留下的也就有限了。只我所不解的，不知道这些军队，是几时开拔过去的？”赵恒惕道：“你还不知道吗？蔡部的开拔到东路，是正在议和的时候哩。”刘重威道：“议和的时候，规定各军不得调动，他如何通得过中立军的驻地？”赵恒惕道：“鲁涤平原是亲谭的，岂有通不过之理？”此亦补笔，不必定看作邹鹏振等未知也。刘重威道：“既然如此，也不必我们两部去，还是分一半去攻湘潭罢。”马济道：“不必。湘潭方面，有叶部开鑫前去也够了，很用不着你们去，你们还是去休息休息，明天拂晓好渡江进攻。”邹鹏振、刘重威应诺，又道：“叶师长何时进兵？”赵恒惕道：“你们一得手，他便立

刻进扑湘潭了。”

刘重威和邹鹏振等退出以后，各自回营布置。到了次日天未明，便集合渡江，马济亲自赶到炮台上来开炮，此时只听得两面的枪声，连续不绝，隔江的炮火也非常激烈。邹鹏振等的兵船，几次三番都被逼退回。马济好生着急，因观察炮火发来的所在，亲自瞄准，放了两炮，又向枪弹最密的所在开了几炮，隔岸的枪炮声便稀疏起来，邹鹏振、刘重威乘势又冲过江去。对岸的蔡军急待抵御时，邹、刘两部早已大半上岸。双方不能再用射击，便各装上刺刀，互相肉搏。邹、刘两部后临大江，不能即退，只得奋勇冲击，此之谓置之死地而复生欤？后队也陆续登陆。人数愈众，进攻愈猛。刘叙彝部人数甚少，如何抵敌得住？不上三四小时，便大败而走。

叶开鑫得报，立刻从易家湾渡江进扑湘潭，在湘潭北面，

和鲁涤平军开起战来。双方战了一昼夜，兀是胜负未分。忽然西北角上枪炮声大作，邹鹏振旅从靖港赶来助战，向鲁军左侧进攻。鲁军人少势薄，又得了东西两路败退的消息，无心恋战，急急弃了湘潭，全军退走，正想率队去会谭军，忽然有大彪军开到，急加探询，方知谭军已来。

鲁涤平大喜，急忙过去谒见谭延闿，动问放弃株洲防线的原因。谭延闿道："我本待反攻，只因接到大元帅的电报，说东江失利，博罗、河源相继失守，令我即日回军讨伐陈逆；再则听说吴佩孚因赵军失利，令沈鸿英从赣边出郴州，截我后路。我军前线已经不甚得手，如再后路被截，势必一败涂地，所以不得不急急回军先救宜章，如东江战事已有转机，我们便可反攻长沙，如东江战事紧急，便可即回广州破敌，似乎比较妥当，贵部和我同行，还是保守衡山？可请兄自己决定。"鲁涤平道："我如防守衡山，则你我兵分力薄，反无势力，不如同救宜章。"谭延闿称善。当下两人合兵到宜章来，赵军便乘势收复了衡山、衡阳。

唐荣阳部听说谭军失败，急又倒戈附赵，并派兵攻击常德蔡军，以赎前此暗袭贺、唐于常德之嫌。赵军之失守长沙也，唐荣阳攻贺、唐于常德以助谭，谭之失衡阳，唐荣阳又攻蔡、刘于常德以助赵，同一攻常德也，其用大异，武人之反复无信义，可胜慨哉！赵恒惕对于蔡巨猷军，向来不甚重视，他惟一的战略，是先行打倒湘南谢谢国光吴吴剑学鲁鲁涤平能战的军队，再行围迫湘西，所以没有把谭军尽行驱逐出湘。对于唐荣阳的举动，也不甚留心，鄙薄之至，唐荣阳亦自惭否？只仍然继续攻谭的工作。

其时郴州已被沈鸿英所袭，广州解来接济谭军的子弹饷械，也尽被沈鸿英截了去，因此谭方用全力夺回郴州，把沈军逐回赣边，一面急急召集鲁涤平、方鼎英、谢国光、吴剑学、朱耀华、刘雪轩等，会议此后应战方法。鲁涤平道："我们此时惟一的要着，就要维持湘南、湘西的联络，要维持湘西、湘南的联络，就不能不守永州、宝庆。郴州、宜章虽然是和粤中来往的要道，却决不可作为根据地，反而和湘西失了联络。"谭延闿道："宝庆已有黄耀祖部在彼防守，似乎一时可保无虞。永州地方，更为重要，不知哪一位愿去负责坚守？"刘雪轩欣然起立道："雪轩愿负此责。"谭延闿道："永州地方，最为重要，永州倘然失去，则和湘西的联络断绝，反攻和呼应，都有种种困难了。"刘雪轩道："总司令放心，雪轩誓死坚守，决不致有些须闪失。"说大话人，往往不能实践。谭延闿道："永州现在还不甚吃紧，暂时由你一人防守，到紧急时，我自调兵助你。"刘雪轩慨然答应，其余各人也都认定防线，专候赵军前来厮杀。

1390. 无奈这时子弹缺乏，粮饷又少，因粤方接济被沈鸿英截留之故也。广州的风声又紧，因此军心不甚坚定。不多时，宝庆、耒阳、祁阳相继失守，刘雪轩见孤城难守，也不向谭氏求救，径集合部属，投降赵军了。可杀。说大话的，原来如此没用。

谭延闿见大势已去，孙大元帅回军救粤的命令又一日数至，便令各军尽都退回粤边。鲁涤平、朱耀华、方鼎英、黄耀祖各部调乐昌，在广东韶关之北。谢国光调仁化，乐昌东。吴剑学部调九峰，乐昌东北，贴近湘边之一乡镇。陈嘉祐和蔡巨猷的一部调星子。粤境连州北，紧贴湘边之一乡镇。一面又电令沅陵蔡巨猷猛力冲出湘南，集合粤边。其时蔡巨猷、唐荣阳反戈附赵，陈渠珍又改变中立态度，派兵分攻辰、沅周朝武部，武人之看风使船，其刁猾处尤过于政客，可恨。形势十分吃紧。蔡巨猷自己在溆浦和贺耀祖相持，虽曾用计击破贺军，无奈大势已失，贺部依然集合反攻，不能挽回大局。周朝武屡被戴斗垣所破，向赵恒惕提出要求改编的条件。赵恒惕因他们不日便可消灭，也拒绝不允。后来到底被击败溃散，这些散兵无处可奔，都流为土匪。自此以后，湘西便成为土匪世界，人民被累不堪。此亦不能不谓为赵恒惕拒绝改编之罪。蔡巨猷不能再守，只得退入洪江，派代表和黔边黔军联络，以谋退步，此时得了谭延闿的命令，便又令陶忠澄、陈嘉祐出武冈，周朝武、刘叙彝出安化，奋勇冲突。赵恒惕哪里容得他冲过？立刻把湘南各重兵，分头包围，不令越过雷池一步。蔡巨猷勉强支持了月余，武冈、安化相继失守，大势更加穷蹙。蔡巨猷见形势已十分危急，便通电下野，当刘叙彝、陶忠澄、周朝武等，电请赵军弗再追击，赵恒惕哪里肯听，依旧派兵猛攻。到本年十二年。十二月三十一日，叶开鑫攻下洪江，蔡巨猷只得逃奔贵州，湘西军事，方算解决。只是变为土匪的败兵，却并无收拾的办法，自己地位保住便罢了，土匪骚扰百姓，和自己有何干涉哉？此事却按下不提。

却说谭延闿因广州的战事紧急，奉孙大元帅的命令，即日率部回广州，讨伐东江的陈逆，便集合所部军官会议。鲁涤平、谢国光、吴剑学、朱耀华、方鼎英、张辉瓒等，都请即日回兵讨贼，只有黄耀祖、汪磊两人默然。谭延闿道："既各位都主张即日回军讨贼，希望即去预备一切，分头回广州破贼。"众皆领诺。黄耀祖起立道："讨贼要紧，边防也要紧，我们如全体开往东江，万一湘军来袭，如何抵御？"众人正要回答，汪磊也起立道："黄团长所说的话，确是很有理由，我们不可不防。磊虽不才，情愿和黄团长紧守粤边，以防意外。"其言甘者，其中必苦。谭延闿道："如此甚好，所有粤边的防守事宜，就请你们担任罢！"议定以后，众皆散去，只有吴剑学一人留在后面，有心人。悄悄向谭延闿道：“我看黄耀祖和汪磊，说话虽然好听，恐怕其中还有秘密，总司令如何准他留守粤边？”谭延闿默然不答。吴剑学固问，谭延闿道：“倘然必定要强迫他同走，他抗不受令，又将怎样办理？”吴剑学道：“立刻派兵缴他的械。”谭延闿道：“这样办就大失算了。他俩既有异心，如何不先做提备？万一攻之不克，兵连祸结，必致耽误东江战事。再则恐怕赵恒惕乘机来攻，更惹出一层外患，岂非失算之至？现在示以坦白，结以恩信，即使他俩果有异心，也决不肯为我们后方之患了。”此等处既仁且智，颇似中山。吴剑学拜服。

次日，大军一齐开拔，向广州进发，在半途便听说黄耀祖、汪磊两人集合部队，投湘南去了，果然不为后方之患。谭延闿唯有太息而已。到得广州时，广州情形已十分严重，谭延闿急急去见中山。中山见了谭氏回来，十分欢喜。谭延闿把湘中的情形大略讲了一番，便问起战事失败的原因。中山叹息道：“此次战事，本来已操胜算，不料石滩之战，刘震寰部忽然哗变，致牵动全局，遭此败衄。假使没有这次变故，惠州也早已攻下了。”致败的原因，至此方才补出。谭延闿道：“已往之事，不必深究，只不知逆军在甚么时候方能击退咧？”中山笑道：“逆军此次作战有两大失计，现在危险时期已过，不出三日，必可反败为胜，再占石滩。”能说必能行，非如徒说大话而不能实行者。谭延闿道：“何谓两大失计？”中山道：“洪兆麟、杨坤如不等林虎进展，便占石龙，以致不能齐进，这是第一失计；既然得了石龙，又不急急前进，让我得整顿部队，布置防守，这是第二失计。当时退到广州的时候，滇军主张放弃广州，我早已料到逆军必不能立即进迫，所以不肯答应，只有李协和能深得我心，劝我坚守，现在樊钟秀既已反戈附义，已到广州，兄又领兵赶到，何愁逆军不退吗？”确有把握之谈，非毫无主见者。谭延闿尚沉吟未答。中山又道：“组庵谭延闿字。不必怀疑，逆军在三日内，我军便不攻击，他必自退。一则进无可取，二则粮食缺乏，香港又不肯运米接济，怎能持久？”谭延闿欣然道：“战事确不足虑了。但在军饷方面，也急宜措置方好。不然，即使东江荡平，而粮饷无着，也决不能完成北伐的工作。”中山道：“关于这一层，我已筹有办法，决计收回海关税权，将粤海关的关余，全数截留，在本月按此时为十二年十一月。五日，我已正式照会北京外交团，要求将这笔关余，应一例拨交本政府。”自是正当办法。中山一面说，一面命人将原文检出，交给谭延闿观看。照会的大意说道：

敝国关税，除拨偿外债外，所余尚多，此项关余，其中一部分为粤省税款，北政府以取自西南者为祸西南，北政府尝取此款以接济西南各省叛军，如陈炯明之类，以祸人民，故曰为祸西南。揆之事理，岂得为平？况当一九一九与一九二〇年间，因广东护法政府之请求，粤海关税余应还抵押外债部分外，尝归本政府取用。今特援前例，要求外交团，此后所有关余，应一律由本政府取用，不得复拨交北政府，否则当用直接处决方法。惟在此期间，当静候两星期，以待答复。

谭延闿看完道：“外交团可曾答复？”中山道：“复文昨天刚由广州的领事团送到。”说着，也叫人检出，送给谭延闿观看。复文的内容，大意是这样：

关余为中国之所有，外交团不过受北京政府之委托，为其保管人，贵处如欲分润，当与北京政府协议，南北方为交战团体，岂有协议可得？复文殊觉滑稽。外交团无直接承诺要求之理。如任何方面果有干涉之举，则外交团为保护海关起见，只有采用相当强迫手段，以为办理。此文完全偏袒北京政府，外交团非有爱于北京政府也，特以南政府为革命政府，如革命成功，则列强即不能复肆侵略，故凡可以妨碍南政府之活动者，无不为之尔。

谭延闿看毕说道："这复文真岂有此理极了。真是岂有此理。我们偏要干涉，看他们如何用强迫手段来办理？"中山道："他们指外交团。现派了许多军舰在广州洋，升火示威哩，我也曾有过宣言，如海关不把关余交给本政府，则本政府当即行撤换税务司，便到万不得已，还可把南方各港辟为自由贸易港，亦称

自由市，一切货物出入，均不须纳税者。以为抵制。言出必行，不畏强御，此时中国唯一人而已。但在这时似乎还不必实行此种计划，且再过几天，等击破陈军以后再说罢。"两人又讨论了一会战事。方才分手。

次日，中山先生令谭延闿、许崇智、樊钟秀等，俱各分头向陈军反攻，又令范石生绕出增城，以断林虎的后路。布置定妥，便各分头进攻。陈军此时粮食不济，本来已有退心，再加各义师进攻甚猛，陈军哪里抵抗得住？战不一日，便纷纷败退。各军分头追击，洪兆麟、杨坤如等屡战屡败，石龙、石滩，相继克复。林虎听说中左两路都败，急忙退却，恰被范石生赶到，大杀了一阵。林虎带领残军逃回增城，和围增城的陈军会合，军势又振，围城如故。不料范石生部蹑踪而来，许崇智部又从石滩来攻，城内被围的军队也乘势冲出，林虎三面受

敌，死伤甚众，又大败而退，相度地势，凭险而守。其胜也忽然，其败也突然。陈炯明见战事着着失败，十分懊丧，急忙拍电到洛阳，向吴佩孚求救，陈氏是时方倚吴佩孚为泰山，而不知吴氏已有冰山易倒之势矣。请吴立即令江西方本仁、湖南唐生智以及沈鸿英军，迅即入粤援助，攻中山之后。正是：

欲摧革命业，更遣虎狼师。

未知吴佩孚是否即令方、唐、沈入粤，方、唐、沈是否肯受命攻粤，且看下回分解。

中山为争关余而致牒于北京使团曰：北京政府，取西南人民所纳之赋税，以祸西南，揆之事理，岂得为平？痛哉言乎！夫帝国主义者，欲 1395.
肆虐于中国，必先求中国时有内乱，不克自拔，乃得长保其侵略与借为要索权利之机会。欲助长中国之内乱，则非妨碍革命势力之进展，及保持军阀之势力不为功。而欲妨碍及保持两者之有效，则财力之为用尚焉。故务必取西南之关余，以纳诸北京政府之手，使得用之以为祸西南，虽盛派舰队，架炮威吓而亦有所不惮也。呜呼！中山以为事理之所不平者，岂知彼帝国主义者，乃方以为必不可变之手腕乎？

第一百五十回　发宣言改组国民党　急北伐缓攻陈炯明

却说陈炯明在广州被中山击败后，只得退守博罗等处，一面向吴佩孚乞救。吴佩孚虽然拥兵甚众，无奈鞭长莫及，不能立刻派队援助，只得电令沈鸿英、方本仁、陆荣廷等，火速入粤。那沈鸿英此时已有归附中山、回桂攻陆的意思，对于吴佩孚的命令，如何肯受？忽而叛中山，忽而顺中山，忽而又叛中山，忽而又欲降中山，沈鸿英之反复，在中国武人中，可谓罕与伦比。至方本仁目光，全在赣督一席，早有取蔡而代之之心。蔡成勋对他，也似防贼一般，十分留意。方本仁既不离开江西，至失了乘势而起的机会。蔡成勋更不能接济子弹饷械，为虎添翼。有了这两种原因，吴佩孚的电令，哪里还能发生效力？三路中又去了一路。陆荣廷在广西，不过占得一部分地方，实力有限，也无暇远征。三路全都没用了。三路援军，没有一路可为陈炯明实际上的援助。还有湖南的唐生智，也曾奉到吴令助攻广东，谁知生智是新派人物，本来反对北军，因时局紧急，自己实力未充，不曾有露骨表示，如今却教他进攻广东，更办不到。这一路也没用了。陈炯明见盼不到救军，只得用离间引诱之法，此公反复小人，应善此等计划。运动杨希闵、刘震寰所部的滇、桂军停止进攻，或竟背叛中山，这一着倒颇有效力。原因中山此时正在全力改组中国国民党，作根本整顿之图，对于东江战事的进行，当然不能十分注意。有了这两层原因，战事便日趋沉寂，仿佛入于停顿之中了。至此将战局暂时搁起，以后本回全写国民党改组事情。

说到中国国民党改组的动机，却在去年民国十二年。秋间，那时有一个名叫高一涵的，在《努力》周报上发表了一篇文字，批评国民党的分子太复杂和组织的不适当，主张加以改组。中山先生见了这个提议，十分满意，便派汪精卫等着手预备。一面在未改组之先，先在广州开一次谈话会，请党员发表意见，并规定在一月二十日，民国十三年。召集第一次全国代表大会。大会代表由各省党员各选举三人，由总理指派三人，其余如党纲党章以及改组手续等，则一切都俟大局决定，并由中山先生发表一篇改组宣言道：

吾党组织，自革命同盟会以至中国国民党，由秘密的团体而为公开的政党，其历史上之经过，垂二十年。其奋斗之生涯，荦荦大者，见于辛亥三月广州之役，同年十月武汉之役，癸丑以往倒袁诸役，丙辰以往护法诸役。党之精英，以个人或团体为主义而捐生命者，不可胜算。当之者摧，撄之者折。其志行之坚，牺牲之大，国中无二。然综十数年已往之成绩，而计效程功，不得不自认为失败。满清鼎革，继有袁氏；洪宪随废，乃生无数专制一方之小朝廷。军阀横行，政客流毒，党人附逆，议员卖身，有如

> 深山蔓草，烧而益生，黄河浊波，激而益溷，使国人遂疑革命不足以致治，吾民族不足以有为，此则目前情形无可为讳者也。窃以中国今日政治不修，经济破产，瓦解土崩之势已兆，贫困剥削之病已深，欲起沉疴，必赖乎有主义有组织有训练之政治团体，本其历史的使命，依民众之热望，为之指导奋斗，而达其所抱政治上之目的。否则民众蠕蠕，不知所向，惟有陷为军阀之牛马，外国经济的帝国主义之牺牲而已。国中政党，言之可羞。朝秦暮楚，宗旨靡定，权利是猎，臣妾可为。凡此派流，不足齿数。而吾党本其三民主义而奋斗者历有年所，中间虽迭更称号，然宗旨主义，未尝或离。顾其所以久而不能成功者，则以组织未备，训练未周之故。夫意志不明，运用不灵，虽有大军，无以取胜。吾党有见于此，本其自知之明，自决之
> 1398. 勇，发为改组之宣言，以示其必要。先由总理委任九人，组织临时中央执行委员会以始其事，行将召集海内外全党代表会议，以资讨论。关于党纲章程之草定，务求主义详明，政策切实，而符民众所渴望，而于组织训练之点，则务使上下逮通，有指臂之用。分子淘汰，去恶留良，吾党奋斗之成功，将系乎此，愿与同志共勉之！

到了一月十九日那天，光开了一次预备会，第二天才开正式的代表大会。会期共是十天，到一月三十日闭会。在开会的那一天，各省代表纷纷出席，议决修改党章，决定政纲，并发表了一篇宣言。那宣言非常之长，共分为中国之现状、国民党之主义、国民党之政纲三大段。现在把中国之现状一段择要摘录，政纲则全部都录在下面。至国民党之主义，则大家都知道

是三民主义了。在这党治之下，大概已经没有不知道的人，在下也不容多费笔墨，来做抄书胥咧。那最前面中国之现状一段的大略道：

中国之革命，发轫于甲午以后，盛于庚子，而成于辛亥，卒颠覆君政。夫革命非能突然发生也，自满洲入据中国以来，民族间不平之气，抑郁已久。海禁既开，列强之帝国主义，如怒潮骤至，武力的掠夺，与经济的压迫，使中国丧失独立，陷于半殖民地之地位。满洲政府既无力以御外侮，而钳制家奴之政策，且行之益厉，适足以侧媚列强。吾党之士，追随本党总理孙先生之后，知非颠覆满洲，无由改造中国，乃奋然而起，为国民前驱，激进不已，以至于辛亥，然后颠覆满洲之举，始告厥成。故知革命之目的，非仅仅在于颠覆满洲而已，乃在于满洲颠覆以后，得从事于改造中国。依当时之趋向，民族方面，由一民族之专横宰制，过渡于诸民族之平等结合；政治方面，由专制制度过渡于民权制度；经济方面，由手工业的生产，过渡于资本制度的生产。循是以进，必能使半殖民地的中国，变而为独立的中国，以屹然于世界。

然而当时之实际，乃适不如所期。革命虽号成功，而革命政府所能实际表现者，仅仅为民族解放主义。曾几何时，已为情势所迫，不得已而与反革命的专制阶级谋妥协。此种妥协，实间接与帝国主义相调和，遂为革命第一次失败之根源。夫当时代表反革命的专制阶级者，实为袁世凯，其所挟持之势力，初非甚强，而革命党人乃不能胜之者，则为当时欲竭力避免国内战争之延长；且尚未能获一有组织，有纪律，能了解本身之职任与目的之政党故也。使当时而有此政党，则必能抵制袁世凯之阴谋，以取得胜利，而必不致为其所乘。夫袁世凯者，北洋军阀之首领，时与列强相勾结，一切反革命的专制阶级，如武人官僚辈，皆依附之以求生存。而革命党人，乃以政权让渡于彼，其致失败，又何待言！

袁世凯既死，革命之事业仍屡遭失败，其结果使国内军阀暴戾恣睢，自为刀俎，而以人民为鱼肉，一切政治上民权主义之建设，皆无可言。不特此也，军阀本身与人民利害相反，不足以自存，故凡为军阀者，莫不与列强之帝国主义发生关系。所谓民国政府，已为军阀所控制。军阀即利用之结欢于列强，以求自固，而列强亦即利用之，资以大借款，充其军费，使中国内乱纠缠不已，以攫取利权，各占势力范围。由此点观测，
1400. 可知中国内乱，实有造于列强。列强在中国利益相冲突，乃假手于军阀，杀吾民以求逞。不特此也，内乱又足以阻滞中国实业之发展，使国内市场，充斥外货。坐是之故，中国之实业，即在中国境内，犹不能与外国资本竞争，其为祸之酷，不止吾国人政治上之生命，为之剥夺，即经济上之生命，亦为之剥夺无余矣。环顾国内，自革命失败以来，中等阶级，频经激变，尤为困苦。小企业家渐趋破产，小手工业者渐致失业，沦为流氓，流为兵匪，农民无力以营本业，至以其土地廉价售人。生活日以昂，租税日以重，如此惨状，触目皆是，犹得不谓已濒绝境乎？由是言之，自辛亥革命以后，以迄于今，中国之情况，不但无进步可言，且有江河日下之势。军阀之专横，列强之侵蚀，日益加厉，令中国深入半殖民地之泥犁地狱，此全国人民所请疾首蹙额，而有识者所以徬徨日夜，急欲为全国人民

求一生路者也。吾国民党则夙以国民革命实行三民主义为中国唯一生路，兹综观中国之现状，益知进行国民革命之不可懈，故再详阐主义，发布政纲，以宣告全国。

政纲的全文道：

吾人于党纲，固悉力以求贯彻，顾以道途之远，工程之巨，诚未敢谓咄嗟有成。而中国之现状，危迫已甚，不能不立谋救济。故吾人所以刻刻不忘者，尤在准备实行政纲，为第一步之救济方法。谨列举具体的要求，作为政纲。凡中国以内，有能认国家利益，高出于一人或一派之利益者，幸相与辨明而公行之。

甲　对外政策。

一　一切不平等条约，如外人租借地，领事裁判权，外人管理关税权，以及外人在中国境内行使一切政治的权 1401.
力侵害中国主权者，皆当取消，重订双方平等互尊主权之条约。

二　凡自愿放弃一切特权之国家，及愿废止破坏中国主权之条约者，中国皆将认为最惠国。

三　中国与列强所订其他条约有损中国之利益者，须重新审定，务以不害双方主权为原则。

四　中国所借外债，当在使中国政治上实业上不受损失之范围内保证并偿还之。

五　庚子赔款，当完全划作教育经费。

六　中国境内不负责任之政府，如贿选窃僭之北京政府，其所借外债，非以增进人民之幸福，乃为维持军阀之地位，俾得行使贿买侵吞盗用。此等债款，中国人民不负偿还之责任。

七　召集各省职业团体（银行界商会等）、社会团体（教育机关等）组织会议，筹备偿还外债之方法，以求脱离因困顿于债务而陷于国际的半殖民地之地位。

乙　对内政策。

一　关于中央及地方之权限，采均权主义。凡事务有全国一致之性质者，划归中央，有因地制宜之性质者，划归地方。不偏于中央集权制，或地方分权制。

二　各省人民得自定宪法，自举省长，但省宪不得与国宪相抵触。省长一方面为本省自治之监督，一方面受中央指挥以处理国家行政事务。

三　确定县为自治单位。自治之县，其人民有直接选举及罢免官吏之权，有直接创制及复决法律之权。

1402. 土地之税收，地价之增益，公地之生产，山林川泽之息，矿产水力之利，皆为地方政府之所有，用以经营地方人民之事业，及应育幼养老济贫救灾卫生等各种公共之需要。各县之天然富源，及大规模之工商事业，本县资力不能发展兴办者，国家当加以协助，其所获纯利，国家与地方均之。

各县对于国家之负担，当以县岁入百分之几为国家之收入，其限度不得少于百分之十，不得超过于百分之五十。

四　实行普通选举制，废除以资产为标准之阶级选举。

五　厘定各种考试制度，以救选举制度之穷。

六　确定人民有集会、结社、言论、出版、居住、信仰之完全自由权。

七　将现时募兵制度，渐改为征兵制度，同时注意改善下级军官及兵士之经济状况，并增进其法律地位，施行军队中之农业教育，及职业教育，严定军官之资格，改革任免军官之方法。

八　严定田赋地税之法定额，禁止一切额外征收，如厘金等类，当一切废绝之。

九　清查户口，整理耕地，调整粮食之产销，以谋民食之均足。

十　改良农村组织，增进农人生活。

十一　制定劳工法，改良劳动者之生活状况，保障劳工团体，并扶助其发展。

十二　于法律上、经济上、教育上、社会上，确认男女平等之原则，助进女权之发展。

十三　励行教育普及，以全力发展儿童本位之教育，1403.
整理学制系统，增高教育经费，并保障其独立。

十四　由国家规定“土地法”、“土地使用法”、“土地征收法”及“地价税法”，私人所有土地，由地主估价，呈报政府，国家就价征税，并于必要时得依报价收买之。

十五　企业之有独占的性质者，及为私人之力所不能办者，如铁道航路等，当由国家经营管理之。

以上所举细目，皆吾人所认为党纲之最小限度，目前救济中国之第一步方法。

一面通过国民政府的组织案，举出汪精卫、胡汉民、廖仲恺等二十四人为执行委员，以主持大会闭会后，一年内党务的进行，另外选出监察委员五人，以监察党内的一切。这次改组的最大变化，就是容纳共产党和共产主义青年团加入本党。但是因为这样一改组，在精神固是焕然一新，而一般老党员如冯自由、谢英伯、刘成勋等，却大为反对，以致引起外面国民党赤化和国民党新旧冲突的谣言。中山因他们违背大会的决定，便是不守党纪，特向中央执行委员会提出控告。冯自由等不敢再强，只得在中央执行委员会出席声剖自己不曾违背党纪情形，事情便算就此解决了。

改组国民党的问题，既经解决，中山便又用全力来对付东西北三江战事。但因财政为难，同时还有一个关余问题，须尽先解决。为这问题，北京外交团虽曾派舰示威，武力胁迫，但中山先生坚持到底，并不曾因而减少反抗，百余年来，中国对外交涉，无不失败，皆因太怕外人，当局者每为外人武力屈服之故。若如中山先生之强毅不屈，据理力争，虽列强亦不能不降心以相从也。进行得更加激烈。外交团没法，只得由美使调停，和平解决。至于东路方面的军事，因蒋绪亮部滇军王秉钧师，受了陈炯明的运动，叛孙降陈，蒋氏军队本不可靠，王师之变，其或蒋氏亦有默契者乎？颇影响进行。西路方面，陈天太部也被粤籍各军缴械。北路方面，高凤桂旅既被诱北归，赵成梁部滇军也被北军诱去两团。从这几点看来，可见中山所部军队内部的团结力，非常缺乏。但是中山先生平生经过的忧患不知多少，如何肯因此灰心？好在此时陈炯明的内部也非常不稳，洪兆麟、林虎均有离陈独立的消息。再有一位桂派旧人沈鸿英，困顿于广东北边，前进不能，退后无路，饷械的接济又缺乏，正在十分苦恼之时，想来想去，只有仍然归降中山，带兵回广西，推翻陆荣廷而代之的一计，以攫得广西地盘为目的，反正便非本心，日后复叛，何足异乎？因此屡次派代表和中山先生接洽投诚。若此所为，只可谓之投机，安得目为投诚？中山因他反复已非一次，不敢信任，恰因蒋介石奉了中山的命令，依照全国代表大会的决议案，在黄埔创办军官学校，这天回来有所禀白，中山便和他商量此事。蒋介石道："沈鸿英反复性成，他的说话，全不可信。但现在四面受敌，大有困兽走险之势，拒之太甚，则糜烂地方，不如答应他投诚，令他依照投诚的条件，克日西征陆荣廷，如此便可抽调西征的军队，去讨伐东江，等东江的战事一定，沈鸿英便再叛变，也不足忧咧。"中山笑道："我的意思，原是这般，你我意见既同，我便这样决定了。"蒋介石去后，中山便答应沈鸿英的代表，准他投诚，但须即日西征，不得在粤境逗留。沈鸿英俱一一遵从，事情定妥后，便拔队向梧州进发，声讨陆荣廷去了。陆荣廷有可讨之罪，而沈鸿英非讨陆之人，所以直书声讨者，重孙中山之命也。

中山见西路军事，已可无虑，便专意对付东江，计分三路出动。中路杨希闵的滇军进攻博罗，刘震寰的桂军则向广九铁 1405.
路进展，谭延闿的湘军进攻龙门。陈炯明因洪兆麟部在闽南与臧致平、杨化昭作战，所部兵力单薄，不敢恋战，稍为抵抗便走，杨希闵便乘势占领博罗，刘震寰军也连克樟木头、淡水各要隘，进占惠州城外的飞鹅岭，湘军也深入河源，把个惠州城困于垓心之中。中山见战事顺手，很想一举破敌，便令杨希闵向惠州突进。刘震寰留一部分军队监视惠州外，其余军队直绕海陆丰，截断惠州的后路。计划自是周密，其如将士之不用命何？不料杨、刘占领各地，已觉心满意足，便顿兵观望，不肯前进，此种军队，真如儿戏。只让湘军孤军深入，向梅县方面进展。谭公自是忠勇。陈炯明却也料定杨、刘不肯再进，便把中左路的得力军队，抽调到北路来攻湘军。林虎又用诱敌之计，把湘军困在垓心。湘军奋勇冲出时，已经被敌军缴去一千多枪械。杨、刘能战，湘军何至于此？陈军乘势前进，经湘军奋勇反攻，勉力堵住。但是中山大包围的计划，未免受了影响，不能进行。幸而陈军力量薄弱，虽得胜利，仍然不能反攻。其后洪兆麟战胜臧、杨，班师回粤，也不肯加入力战，因此双方又成相持之势。

到了九月中，东南战事爆发，卢永祥派代表到广东来请中山北伐，中山因反直同盟的关系，当然答应。并说："曹锟毁法贿选，我久已想出师北伐，便没有子嘉的催促，不久也必实行，何况子嘉屡次来电敦促呢。"卢永祥的代表，欣然而去。原来此时曹锟已是逐去了黄陂，用重金贿赂国会，做了总统，卢永祥因反对贿选，通电讨曹。中山的目的，虽比卢氏更大，但是北伐不成，便不能贯彻救国救民的主张，自然也非讨曹不可，因此一得东南战事发动的消息，便亲自到韶关来指挥北伐事宜。正是：

只因救国怀宏愿，不惜从军受苦辛。

未知曹锟如何贿选，且看下回分解。

民国以来，军阀争雄，如唐代之藩镇，此仆彼起，不可完结，所异者藩镇之势，常亘数十年而不衰，军阀之力，往往盛于藩镇，而一击便破，一破即溃，溃即不能再振，其故何哉？盖军阀之所以成军阀者，非其力之所能，皆由兼并弱小军队而成。此等军队，即所谓杂色部队也。此属皆饥附饱飏之流，既无一定宗旨，更无所谓主义，以无主义无宗旨之军队，所造成之军阀。军阀之势力，尚足恃乎？本回记杨、刘得地以后，顿兵观望，遂令陈逆得乘机蓄养，专攻湘军，因得苟延残喘，贻患多时。此无他，杨、刘非革命基本队伍，只能供利用于一时，不能使作战于永久也。后此蒋氏专征，出师北伐，对于无宗旨主义，专事迎新送旧之杂色部队，概拒收编，而惟恃黄埔亲练之精锐，为战胜攻取之惟一军队，用能奏大功，成大业，革命军之所以统一中国者在此，所以异于军阀者亦如此而已。然使蒋氏稍存私利之心，略现军阀面目，则上行下效，纵有良好部队，正恐未必为用耳。

第一百五十一回　下辣手车站劫印
讲价钱国会争风

却说曹锟自吴佩孚击败奉军，拥黎复位，事实上差不多已成为太上总统，北方和长江一带的武人，除少数属于他系外，几乎尽归部下；中央政令，只要他说一句，政府就不敢不办。一个人到了这般地位，总可志得意满了。无奈曹三的欲望无穷，觉得光做太上总统，究竟都是间接的事情，还不能十分爽快；再则自己有了可以做大总统的力量，可以做大总统的机会，正该乘机干他一下，爬上这最高位置，也好替爷娘挣口气，便在家谱中讣告上面写着也风光得多。更兼门下一般进进出出、倚附为荣的蝇营狗苟之徒，莫不攀龙附凤，做大官，发大财，所以也竭其拍马之功，尽其撺掇之方，想把他捧上最高的位置，自己好从中取利，因此把个曹三捧得神智不清，想做总统之心，更加热烈。以为这般人都是自己的忠实心腹，一切事情，莫不信托他们去办。他们做你的忠实心腹，希图你甚么？论理，黎氏的任期已经快满，不过再挨几个月工夫，让他自己退职，再行好好的办理大选，也未始不可。无奈他的门下，如高凌霨、吴毓麟、王承斌、吴景濂、熊炳琦、王毓芝诸人，好功心急，巴不得曹三立刻做了皇帝，好裂土分封，尽量搜刮，图个下半世快活，哪里还忍耐得几月的光阴？小人无有不急功好利，若此辈其显著者也。无日不哄骗曹三，教他早早下手，赶走了黎氏，便可早日上台。

曹锟受了他们的包围，一点自主的能力也没有，东边献的计策也好，西边说的话儿更对。曹三之无用，于此可见。盖曹本粗人，毫无知识，未尝有为恶之能力，造成其罪恶者，皆此一批希图攀龙附凤之走狗也。吁可慨哉！见他们如此说，便满口答应，教他们便宜行事，斟酌进行。其中惟吴佩孚一人，对于他们这种急进办法，甚不满意，却怕触了恩主老帅之怒，不敢多说，惟吩咐自己门下的政客，不得参加而已。吴佩孚之头脑，究比曹三清晰得许多。因此洛派的政客，都没有参加大选运动，无从捞这批外快。津派和保派政客，一则妒忌洛派，二则怕吴佩孚阻止，着实在曹三面前说吴佩孚许多不是。那王承斌更以军人而兼政客，说话比其余的政客更灵，因此保曹锟时居保定。洛吴佩孚时居洛阳。两方渐渐有些隔膜，吴佩孚更不敢多说了。直系之失败由于此次贿选，使吴氏敢言，失败或不致如此之速也。

吴景濂等见洛方已不敢开口，还有甚么讳忌，道德的制裁、良心的责备、国民的反对、外人的诽笑，固皆不在此辈讳避之中。便定下计策，先教张绍曾内阁总辞职，以拆黎之台，使黎不得不知难而退。不料黎元洪看透了他们的计策，见张绍曾辞职，便强邀颜惠庆出来组阁，以遏止张绍曾的野心。熊炳琦等见第一个计划不灵，便又进一步，改用第二个计划，指使北京城内的步军警察总罢岗，涌到黎元洪的公馆里索饷，并且把黎宅的电话，也阻断至六小时之久。黎氏至此，实无办法，只得答应每个机关，先给十万元，其余再尽量筹拨，方才散去。不料这事发生之后，不但受人诽笑，而且因治安关系，引起了外交团的反对。这批人，虽然不怕道德的制裁、良心的责备、国民的反对、旁观的诽笑，而对于洋大人的命令，却十分敬畏，所以外交团照会一到，他们便恭恭敬敬地一体遵从，立刻便命全体军警，照旧复岗。于是这个计划，仍不能把这位黎菩萨迫开北京，因此又步武段祺瑞的老法，拿出钱来，收买些地痞流氓，教他们组织公民团，包围公府，请黎退位。

黎元洪被缠得颠颠倒倒，毫无主意，只得分电曹、吴，声明就任以来，事与愿违之困难，并谓已向国会提出辞职，依法而来，自当依法而去，对于公民团的事件，也要求他们说句公道话。此时之总统，仿佛曹、吴之寄生物。曹锟得了这个电报，询问王毓芝如何办法，毓芝道：“老帅休睬他的话！这明明是捉弄老帅咧。”曹锟道：“瞧这电中语意，也很可怜儿的，怎说是捉弄我咧？”曹三尚不失忠厚。毓芝道：“老帅不用看他别的，只已向国会辞职和依法而来依法而去几句话，够多么滑头。他向国会辞职，不是还等国会通过，方能说依法而去吗？知道现在的国会，甚么时候才能开得成。要是国会一辈子开不成，不是他也一辈子不退位吗？”也说得异常中听，无怪曹三信之也。曹锟道：“既这么，怎样答复他呢？”王毓芝道：“还睬他干吗？他要想老帅说话，老帅偏不要睬他，看他怎样干下去？”曹锟见说得有理，甚么理？殆烧火老太婆脚丫中之理乎？果然依了他话，置之不理。包围公府的公民团，也连日不散。好辣手段。冯玉祥、王怀庆并且在此时递呈辞职，情势愈加险恶。黎氏只得设法召集名流会议，讨论办法。试想中华民国所称为名流的，本不是甚么值钱的东西，大军阀既要驱黎，他们如何敢替黎帮忙？便肯帮忙，又有甚么用？因此议了半天，依旧毫无结果。

到了第二日，索性连水电的供给也断了，黎氏这时知道已非走不可，便决定出京，先预备了几百张空白命令，把总统大小印十五颗，检了出来，五颗交给夫人带往法国医院，十颗留在公府；又发了五道命令，一道是免张绍曾职的，一道是令李根源代理国务总理，一道是任命金永炎为陆军总长，一道是遵照复位宣言，裁撤巡阅使、副巡阅使、检阅使、按：检阅使者，陆军检阅使也，居此职者，惟冯玉祥一人。督军、督理各职。所有全国陆军，完全归陆军部统辖。一道是申明事变情形及个人委曲求全之微意。此等命令，不过一种报复政策，即黎亦自知不能发生效力也。五道命令发表后，当即坐了一点十五分的特别快车，动身赴津。刚到天津车站，要想回到自己公馆里去，不料王承斌已在那里恭候。

黎元洪见了王承斌，先吃了一惊，此时之黎元洪，仿佛逍遥津中，忽见曹操带剑上殿之汉献帝也。王承斌也更不客气，立刻向黎氏要印。黎元洪怒道："我是大总统，你是何人？敢向我索印。"还有气骨，菩萨也发怒，其事之可恶可想。王承斌道："你既是总统，如何不在公府办公，却到这里来？"黎元洪道："我是中国的大总统，在中国的境内，有谁可以干涉？"是是。理直者，其气必壮。王承斌道："我没工夫和你讲理，你只把印交给我，便万事全休。不然，休想……"语气未毕。黎氏怒道："休想甚么？休想活命吗？你敢枪毙我？"似乎比汉献帝硬朗得许多。王承斌笑道："这种事，我也犯不着做。轻之之辞，也可恶。你把印交出便休，不然，休想出得天津车站。就是要到中华民国的任何地方，也是一万个休想休想。"说着，眼看着身边的马弁示意。马弁们会意，便退去了。

去不多久，便拥进几十个丘八太爷来，都是执着枪械，雄赳赳，气昂昂的，站在黎氏面前，怒目而视。黎氏和随从尽皆失色。王承斌突然变色而起，逼近几步道："印在哪里？你拿出来，还是不拿出来？"咄咄逼人，其可恶诚有甚于曹阿瞒者。黎氏默然不答。左右随从忙劝他道："既然如此，总统就把印交给他罢！"先吓软了左右随从。黎元洪依然不做声。王承斌厉声道："快缴出来！谁有这些闲工夫来等你？"咄咄逼人，曹阿瞒之所不为也。左右们忙道："别发怒！印现不在这里。"王承斌道："放在哪里？"左右们回说："在公府中不曾带来。"次吓出印的下落。王承斌道："这话，不说谎吗？"更逼紧一句，斩钉截铁。左右都道："说甚么谎？不信，可以到公府里去搜。"王承斌道："好！如此，且请暂时住在这里，等北京搜出了印，再来送行。"说着，又叫过一个下

级军官来，厉声吩咐道："你带着一连人，替黎总统守卫。何尚称之曰总统？要是有点不妥当，仔细军法。"那下级军官诺诺地应了几声是。王承斌又向黎元洪道了声失陪，方才匆匆走了。

黎元洪走动不得，只得怀怒坐在车站里，过了一小时，方见王承斌匆匆地进来，把一通电报向黎氏面前一丢道："公府里只有十颗印，还有五颗印呢？"黎氏冷笑不答。气极而冷笑也。王承斌又道："明亮些！见机些罢！你不交出这五颗印，如何离得车站？"黎元洪愤然道："好！你拿纸笔来！"王承斌命人拿出纸笔，黎元洪立刻拿起笔来，奋然写了几行字，把笔一丢道："你这还不准我走吗？"可怜。王承斌把那几行字读了一遍，不觉一笑道："好！你原来把印交给夫人带往法国医院了，也用不着拿这条子去要。要是把这条子送得去，一来一往，不是要到明天吗？便算我们不怕烦，谅情你也等不住，还是打电报

通知她罢。”说话轻薄之至，可恨。黎元洪道：“怎样去拿，我不管，这样办，难道还不准我回去？”王承斌道：“不能。我知道你的话是真是谎？有心到这里，就请你多坐一会，让北京取得了印，复电到津，再送你回公馆罢。”一点不肯通融，对曹氏则忠矣，其如良心何？说着，又匆匆地去了。等到复电转来，已是深夜。黎元洪道：“印已完全交出，还不让我走吗？”王承斌笑道：“还有一个电报，请你签字拍发，便可回公馆休息了。”一步紧一步，一丝不漏，凶既凶极，恶亦恶极。黎元洪冷笑一声道：“你竟还用得着我签字发电吗？”亦问得很恶。一面说，一面拿过那电稿来看时，原来上面寥寥的写着几行字道：

北京国务院鉴：本大总统因故离京，此一故字，耐人深思。已向国会辞职，此却是事实。所有大总统职务，依法由国务院摄行。按:《临时约法》规定大总统因故不能执行职务时，以副总统代之。副总统同时缺位时，由国务院摄行其职务，时无副总统，故依法应由国务院摄行。应即遵照！大总统黎寒印。按：黎氏离京为十三日，（十二年六月）被迫补发此电时，已在十四日后半夜，故用寒字。

看毕，自思不签字，总不得脱身，便冷笑一声，毫不迟疑地挪起笔来签了字，把笔一掷，便大踏步走了。王承斌笑道：“怠慢怠慢，后会有期，恕不远送。”一面说，一面吩咐放行。此时无异绑匪。

那电报到京后，高凌霨等便据以通电各省，不过此时就在这一个通电上，又引起了许多纠纷。因为此电署名的是高凌霨、张英华、李鼎新、程克、沈瑞麟、金绍曾、孙多钰等七个人，当此电发出后，就有拥护张绍曾的一派人提出反对，谓国务院是以全体阁员组成的，现在张绍曾尚在天津，并未加入，此电当然无效。若说承认已准张辞，则势不能不连带承认李根源的署理，因此主张迎张绍曾入京。本承认十四日黎电为有效，而又否认其十三日所发之命令，时序已颠倒矣。事实不根据于法理，而又欲借法理以文饰其罪恶，适足以增纠纷，岂不谬哉！

高凌霨正想独掌大权，如何肯允？自不免唆使出一批人来，拒绝张绍曾回京。其余各派也都乘机窃动，各有所图。单就津、保两派中人而论，如张志潭是主张急进选举的，研究系因想谋参议院长，也主张急进。边守靖等则又主张缓进，当时以谓黎氏一走，大局便可决定的，不意反而格外闹得乌烟瘴气，比黎氏未走之前，更为纷乱。黎氏未去之前，各派方合力以驱黎，黎氏既走，则各图得其所欲得之权利矣，焉得不更纷乱？因此虽有人主张欢迎曹三入京，曹三却也不敢冒昧动身。在外交团一方，也很不满津、保各派所为，公文悉废照会而用公函，表示他们不承认摄阁的地位。津、保派之不洽人心如此。甚至请放盐余，也拒绝不肯答应。如此一来，把个财政部急得不亦乐乎。军人议员，又不肯体谅，索军饷，要岁费，比讨债的更凶。高凌霨等无可如何，只得抵借些零星借款，敷衍各方。除此以外，所谓摄政内阁者，简直不办事。中华民国何幸有此政府？在议员一方面，属国民党的，固然不肯留京，便是政学系及超然派的议员，也都别有所图，纷纷离开北京，有去广东、汉口、洛阳等处的，有转赴上海的，同时东三省方面，也撤回满籍议员，不许干涉选政，因此在京的议员，不但不能足大选的五百八十人之数，便连制宪会议，也不能进行。

黎元洪在天津，又通电否认寒日令国务院摄政的电报，甚而把向国会辞职的咨文也撤回，并通告外交团，声明离京情形，又在津继续行使职权，以俟法律解决的理由。一面又任命唐绍仪为国务总理，未到任前，以农商总长李根源兼署。国会议员褚辅成、焦易堂等又率领二百议员，在上海宣言不承认北京国会和政府。上海各团体也宣言否认。奉天、浙江和西南各省，尤其函电纷驰，竭力反对。高凌霨等却毫不在意。笑骂由他笑骂，好官我自为之，此辈脸皮之厚，有过之无不及。或有劝他们稍加注意的，高凌霨便说："黎菩萨十三日以后的命令，已经国会否认，还注意他怎的？国会原是一个猪窠，议员便是一群猪猡，有了武力，不怕猪猡没买处，人数足不足，也和我们何干。六月十六日参众两院联合会，通过十三日以后黎氏命令无效，次日，又有议员丁佛言、郭同等在天津宣言，十六日两院联合会，人数不足三分之二，以半数付表决，系属违法。至于东三省和浙江等各实力派，便要反对，料情都战不过吴大帅，怕他怎的？"燕雀处堂，不知大厦将倾。其余诸人，当然也是一鼻孔出气的，除却争地位权利外，便是竭力运动大选。可是在京的一批猪仔议员，只知要钱，不知其他，有些议员竟说，我们只要有钱，有了钱，叫我选谁便选谁。初时边守靖主张每票五百，议员哪里肯答应，最后由吴景濂向各方疏通，加到每票三千，一众猪仔，方才有些活动。此辈猪仔，自吾人民视之，不值一文，乃竟有价三千以收买之者，可谓嗜痂有癖。

不料京中收买议员，正在讨价还价、斤斤较量之际，同时保定的候补总统曹三爷，却因大选将成，心窝里充满了欢喜快乐。他从娶刘喜奎一事失败之后，另外又结识了一个女伶，叫金牡丹的，当有一班从龙功臣，为讨好凑趣起见，花了三万元，将金牡丹买来送与曹三。

再说以前刘喜奎嫁崔承炽的时候，京内外曾有承炽替曹三出面，代作新郎之言。并且传说喜奎身价是十万元，其实这等说话，确是好事人造作谣诼，全属乌有子虚。个中真相以及各方情事，早在本书中叙得明明白白，读者总该记得。现在事过境迁，本无旧事重提之价值，不道这班议员，为要求增价起见，竟将新近嫁曹的金牡丹和早经嫁崔的刘喜奎一起拉将起来，作个比例，以为我们的身价，便比不上刘喜奎，何至连金牡丹也赶不上。曹老帅有钱讨女伶，怎么没钱办选举？我们当个议员不容易，也是花了本钱来的。曹老帅果然用着我们，我们也不敢希望比刘喜奎，说什么十万八万，至于三万块一票，是万不能少的了。自处于优伶妓妾之例，可丑之极。想诸位猪仔，尚自以为漂亮也。因此把这大选的事情，又搁了起来。

这时又有一事，使高凌霨等十分为难的，原因浙江方面，反直最急，卢永祥竟在天津组织国会议员招待处，运动议员南下，至上海开会。议员赴津报到、南下开会的，非常之多。同

时，在京的议员愈弄愈少，高凌霨、吴景濂等非常着急，定了派军警监视的办法，不准议员离京，因此议员要想南下的，非乔装不可。手段之卑鄙，闻之使人欲呕。其实这时高凌霨等，虽然进行甚力，甚么五百一票，三千一票，喉咙说得怪响，这五百三千的经费，不知出在哪里？曹三既然不肯自己掏腰包，各省答应报效的，也不过是一句空话，哪里抵得实用？因此有人向曹三建议，说老帅功高望重，做总统是本分事，这大选费当然可以列入国家岁出中，作为正式开支。丧心病狂，不复知人间有羞耻事。曹三听了这话，更为得意，弄得各位筹办大选的政客，更不敢向曹三开口要钱，忙不迭的叫苦连天，四处张罗，张罗不成，议借外债。外债被拒，方法愈穷。

于是有那聪明人，想出一个不花本的办法，是不由选举，改为拥戴。偏偏势力最大的吴佩孚，因拥黎出于直派，不便

过于反复，对于此次政变，始终不肯领衔。吴氏尚有人心，胜王承斌万万矣。最后还是由边守靖等竭力张罗费用，一面决定先行制宪，中秋大选，但从事实上说来，议员南下的愈弄愈多，在上海的已有四百多人，在京的反居少数，万不能继续集会。因此温世霖等又主张和广东孙中山先生合作，一正一副，以图吸引南下的议员，由孙洪伊电征中山的同意。中山是何等伟大的人物，除却拥护《约法》而外，怎肯参加这种卑鄙的举动？当即复电谢绝，声明护法而外、他非所知的意思。高凌霨到了这时候，真个束手无策了。

不料在这将成僵局的时候，忽然齐燮元授意吴大头，谓自己可出资百万，办理大选，但有三个条件：一、选自己为副总统；二、齐兼苏、皖、赣巡阅使；三、以陈调元为山东督军，并须先行发表，始能交款。试想曹三既未入京，大选尚未举办，怎能发表？所以这笔款子，到头还是不能实收。在这时候，最着急的，莫过于吴景濂，跟着东奔西走，一直忙到九月底，方由边守靖筹到了大批现款，一面又向国会议员讲好，每票五千元。南下的议员，因在南方没有甚么利益，听说北京有五千元可拿，又复纷纷回到北京，因此在十月五日，按：在十二年。勉强凑足人数，选出曹锟为大总统。十月八日止，制成了一百四十一条宪法，从此所谓国会议员，都被人人骂做猪仔，所得不过五千元的代价，比到刘喜奎十万之说，果然天差地远，就要和金牡丹的三万相比，也只抵到六分之一。人说这批议员，坍尽了我们须眉之台，我却说大批猪仔，丢足了我们人类的脸。思想起来，兀的教人可怜可笑，可叹可恨。正是：

选举精神会扫地，金钱魔力可回天。

堪怜丢尽须眉脸，不及优伶价卖钱。

未知曹锟何日就职，且看下回分解。

俗谚有云：“吃了五谷想六谷，做了皇帝想登仙。”人类欲望之无穷，大抵然矣。曹锟自胜奉而后，中央政治之措置，率可以意裁夺。黎之总统，殆偶像而已。曹之为曹，岂尚不可以已哉？乃必欲求得最高位置，不惜以卑陋无聊之手段，逼当时所拥立之黎民去位而代之。复以重金为饵，诱纳国会于污流之中，欲望之无餍如此，不重可叹哉？若王承斌者，始则拥黎复职，既则截车夺印，不恤笑骂，其诚所以为曹乎？观二次直奉战后，入新华宫劝曹退位者，又谁也？呜呼！人心如此，吾不暇责王而为曹哀矣。

第一百五十二回　大打武议长争总理
小报复政客失阁席

却说曹总统贿选成功后，到双十节入京就职那一天，满路上都铺着黄沙，专制时代帝王所用之礼。步哨从车站一直放到总统府，行人车辆，都不准自由来往。欢迎的要人，一个个乘着汽车，中间夹着一辆曹锟坐的黄色汽车，两旁站着几对卫队，前面坐着两个马弁，后面也背坐着一个马弁，都执着实弹的木壳枪，枪口朝着外面，仿佛就要开放的样子。一路上好不威风热闹，和黎元洪入京时大不相同。又点黎氏入京。相形之下，使人慨然。就职之后，便下了一道谋和平统一的命令。那命令的原文道：

国于天地，所贵能群，惟宏就一之规，斯有和平之治。历稽往牒，异代同符。共和建国，十有二年，而南北睽张，纠纷屡启，始因政见之牴迕，终至兵祸之缠连。哀我国民，无辜受累，甚非所以强国保民之道也。不知何人使国不能强，民不能保也，出诸斯人之口，令吾欲呕。本大总统束发从戎，何不曰束须贸丝乎？即以保护国家为志。兹者谬膺大任，自愧德薄，深惧弗胜，甚欲开诚布公，与海内贤豪更始，共谋和平之盛业，渐入统一之鸿途，巩固邦基，期成民治。着由国务院迅与各省切实筹商，务期各抒伟筹，永祛误惑，庶统一早日实现，即国宪于以奠安。兼使邦人君子，共念本大总统爱护国家，老着脸皮说谎话。蕲望郅治之意。此令。

其次便是裁撤直隶督军，原系曹自兼。特派王承斌兼督理直隶军务善后事宜，以酬其夺印之功。隔了半个多月，又特派他兼任直、鲁、豫巡阅副使，真是连升三级，荣耀非凡。军人中除王承斌之外，如吴佩孚则升任为直、鲁、豫巡阅使，原系曹三自兼，吴为副使，免去了两湖巡阅使，也并没便宜。齐燮元为苏、皖、赣巡
1420. 阅使，齐原江苏督军。萧耀南为两湖巡阅使，原系吴佩孚兼。杜锡珪为海军总司令，一切位置定妥，军人的酬庸总算办得个四平八稳。只有政治人才，却不易安排。因为奔走大选的政客，非常之多，光是想做总理的，也有高凌霨、吴景濂、张绍曾、颜惠庆等四人之多。津、保派政客，在大选没有成功以前，第一个约定的是张绍曾，因那时张为国务总理，最早拆黎元洪的台，再则又叫他不反对，摄政内阁，所以这新总统就职后的第一位总理，就约定了他。两件都是大功，不能不约定他。后来又因高凌霨维持北京的功劳很大，所以又把第一任总理约了他。确是大功，又不能不约定他。但是那时最重要的，莫过于财政和外交，能够支持这两面的，除却颜惠庆外，又没有别人，所以第三个又约了他。确是要事，更不能不约定他。若在大选方面说起来，假使没有吴景濂，便也不易成功，所以又不能不把这把交椅约定给吴景

濂，使他好格外卖力。确是非常重要，更不能不将这把交椅许他。上述四个人各有理由，乃见权利之不易支配也。四人都有了预约券，自然加倍用力，不肯落后，在着大选没有成功以前，各做各的事，倒还没有什么冲突，及大选成功以后，究竟谁应照约做总理，就大费周折了。小人之离合，大都以利害为归，在利益无冲突之时，或能合作，若在权利冲突之时，则不易措置矣。

从曹三一方面说起来，约不约，本来毫无问题，约者所以骗骗猪头三者也。于信义何有哉？只要看谁的能力大，就给谁做总理，谁的能力小，谁就没份。这四人里面，吴大头有几百猪仔罗汉给他撑腰，自然不易轻侮。这一个能力，大有做总理的资格。高凌霨呢，内阁还在他的手中，也还有相当的能力。这位也有做总理的资格。颜惠庆虽没有如他两人的凭借，然而在外交和财政上面，曹三确实还不能轻易撂下他。这位又有做总理的资格。只有张绍曾一个人，似乎没有甚么大不了的能力，因此算来算去，只有他可以先牺牲，便先向他疏通，请他暂时退后。你想他当时牺牲了现成总理，希望些什么？如今吃了颗空心汤团，一场瞎巴结，反成全了别人的地位，如何气得过？但权力现在别人手里，没法抵抗，只得以不署名于摄政内阁总辞职为要挟。凡内阁总辞职，须全体阁员署名，而以总理为尤要。在实际上，张虽并未参加摄政，而在名义上，则张犹为国务总理，张如不署名，则总辞职之辞呈，将无效，故张得以为要挟耳。曹三派人疏通了几次，毫无结果，惹得曹三发恨，便也不顾一切的，发表高凌霨代阁的命令。张内阁复活的消息，便从此消灭了。

高凌霨既得了这代阁的命令，能力愈增，大有和吴、颜争长之势，可是洛阳的吴佩孚、南京的齐燮元、团河的冯玉祥，都主张请颜惠庆做第一任的总理，以排斥吴景濂。吴景濂久已怀着总理一席非我莫属的念头，而今竟被别人夺去，不觉又气又恨，一面大放其国会决不通过的空气，以显自己的能力，一面又向王承斌求援。王承斌当时因自己曾一口答应过他，免不得代他力争，并请曹锐进京和曹三强硬交涉。可是这般一做，倒反引起了曹三厌恶之心，发生了许多阻碍。那曹三除却派王毓芝赴津示意外，又把个王承斌连升三级，使他得点实利，免得再替吴大头帮忙，因此吴大头的总理梦，反倒近于天亮了。吴景濂当大骂曹三忘恩。在颜惠庆本人，虽也很想过一过总理的瘾，但怕国会不予通过，反而坍台，因此不敢争执，情愿退让。从表面言之，仿佛淡于荣利，而颜非其人也，盖其所以不敢争，由于情弱耳。所以四个人中，只剩了吴、高两个，尚在大斗其法。

吴景濂既以国会的势力恐吓高凌霨，高凌霨便也利用取消国会的空气以恐吓议员，使他们不敢助吴，并且即用以其人之
1422. 道，还治其身之法，利用反对吴景濂的议员，运动改选议长以倒吴。在十月二十六日按：是时尚为十二年。那一天，众议院开临时会的时候，就有陈纯修提出依据院法，改选议长的意见，便把个吴景濂吓得不敢开会。太不经吓。曹三既然厌恶吴景濂，不愿意给他做总理，又恐怕高凌霨不能通过于国会，因此找出一个接近颜惠庆的孙宝琦来做试验品，提出国会，征求同意。吴景濂得了这个咨文，自不免通告议员，定于十一月五日投孙阁同意票，而吴派议员便在前一日议定了办法。到第二天开会，反对吴派的议员便指斥吴景濂任期已满，依法应即改选，不能再当主席，大发其通知书。吴派的议员哪里肯让？始则舌战，既而动武，终至痰盂墨盒乱飞，混战一阵而散。经了这次争执以后，反对派时时集会讨论倒吴办法和惩戒老吴的意见，并拟在众院自由开会，把个吴景濂吓得无办法，只得紧锁院门，防

他们去自由集会；又恐怕他们强行开锁，不敢把钥匙交给院警，每天都紧紧地系在裤带上，一面又倩人疏通，以期和平了结。

不料反对派由保派的王毓芝组合为宪政党，已成反吴的大团结，吴氏的疏通，如何有效？吴景濂没了办法，请王承斌补助款项，也想组织一个大政党，和他们对抗，这事还不曾成功，曹三催投孙阁同意票的公文又来。吴景濂不得不再召集会议，在议席上仍免不了争执，由争执而相打。吴景濂竟令院警和本派的议员拳师江聪，打得反吴派头破血流，并且把反对派的中坚分子加以拘禁，一面又关起大门，强迫议员投同意票。恰好检察厅得了报告，派检察官来验伤，吴景濂因他验得不如己意，竟把检察官一同拘禁起来。这议长的威风，可谓摆得十足了。散会以后，反对派的议员一面公函国务院，请撤换卫队，一面向检察厅起诉。高凌霨就趁此大下辣手，把众议院的警卫队强迫撤换。吴景濂失了这个武器，已经胆寒，更兼检察厅方面，也以妨碍公务、毁坏文书提起公诉，因此把吴大头吓得不敢在北京居住，忙忙带着众院印信，逃到天津去了。

高凌霨到了这时，已算大功告成，不料千虑一失，在十三年元旦，突然发表了一道众议院议员改选的命令，激起了多数议员的反感，要打破他们的饭碗，如何不激起反感？弄成大家联合倒阁的运动。孙宝琦署阁的同意案，便在众议院通过。高凌霨本来料定孙阁决不能通过，可以延长自己寿命，不料轻轻一道命令，竟掀翻了自己的内阁，促成了孙宝琦的总理，免不得出诸总辞职的一途，和吴大头同一扫兴下台。孙宝琦既被任为总理，阁员方面，则以程克长内务、王克敏长财政、吴毓麟长交通、顾维钧长外交、颜惠庆长农商、陆锦长陆军、李鼎新长海军、范源廉长教育、王宠惠长司法，除却王宠惠、范源廉外，大抵都是保派或和保派有关系的人物。只有一个运筹帏幄之中的张志潭，却毫无所得。原来张志潭本已拟定农商，不料阁员名单进呈给曹三看的时候，却被李彦青一笔抹了，因此名落孙山，不能荣膺大部。

至于李彦青为甚么要和张志潭作对？说来却有一段绝妙的笑史。原来李彦青的封翁李老太爷，原是张志潭府中的老厨役，本书早曾说过，读者诸君，大概还能记忆。曹三既然宠幸李彦青，就职之后，优给了他一个平市官钱局督办，李老太爷更是养尊处优，十分适意。可是有时想起旧主张老太太，却还眷念不忘，便和李彦青说："要到张公馆去拜望拜望，看看张老太太可还清健？"此等处颇极厚道，读者慎弗以其为李彦青之父而笑之也。李彦青虽则是弥子瑕一流人物，待他父亲，却很孝顺，此等人偏知孝顺父亲，亦是奇事。此是李彦青好处，不可一笔抹杀。见父亲执意要去，

便命备好汽车，又叫两个马弁，小心伏侍。李老太爷坐了汽车，带了马弁，威威风风的来到张公馆门口停下车。

李老太爷便自己走上前，请门上通报，说要见张大人。门上的见了李老太爷这门气派，不知是甚么人，不敢怠慢，便站起来道："您老可有名片没有？"李老太爷道："名片吗？这个我可不曾带。不好再用往日的名片。好在我本是这边人，老太太和大人都是知道的，只请你通知一声，说有一个往年的老厨子要见便了。"不说李大人彦青的老太爷，而说一个往年的老厨子，只能说真诚实本色，不可笑其粗蠢。门上的道："大人已经出去了。"何不早说？管门人往往有此恶习，可恨。李老太爷道："大人既然出去，就见见老太太罢，好在老太太也是时常见面的，又不生疏，我好久不见她，也想念的紧，你只替我回说，本府里往年的老厨子，要见见老太太，问问安。"门上的见他口口声声说自己是厨子，又见他

带着马弁，坐着汽车，好生诧异，暗想世上哪里有这么阔的厨子。可知现任曹大总统，还是推车卖布的呢。一面想，一面请他坐着，自己便到里面去通报。

张老太太听说有如此这般一个人要见他，猜不出是甚么人，哪里敢请见。一面命门上把李老太爷请在会客室里坐候，一面急忙命人去找张志潭回来。可巧张志潭正在甘石桥俱乐部打牌，只因风头不好，不到三圈牌，已经输了一底，恰好这副牌十分出色，中风碰出，手里发财一磕，八万一磕，四五六七万各一张，是一副三番的大牌，已经等张听和，正在又担心又得意之时，忽见家中的马弁气呼呼地赶将进来，倒把众人都吃了一惊，忙问甚么事，马弁气吁吁地道："公馆里有要紧事，老太太特地差小人来寻大人赶快回去。"张志潭忙问道："有甚么要紧事？"不料这马弁是个蠢汉，只知道老太太叫他来找张志潭，却不知找他甚么事，只得回说："这我不知道，不过老太太催得十分紧，叫大人即刻就去呢。"张志潭见他说得如此要紧，不知道出了甚么事，只得托人代碰，自己坐着汽车，匆匆地回到家里。一径跑到上房，问老太太甚么事，老太太道："有个老厨子要见你呢。……"刚说了一句，那张志潭见催他回来，是为着这般一件没要紧的事，心中十分生气，因在老太太面前不敢发作，便也不等老太太说完底下的话，立刻翻身回到厅上，叫过马弁来，大骂道："混账王八！甚么事情，也不问问明白，便急急催我回来，要是一个厨子我也见他，将来乌龟王八都来见我，我还了得。……"大骂了一顿，便气忿忿地回到甘石桥去了。好赌人行径，往往如此，张志潭其亦好赌者欤？

李老太爷正在会客室中等得不耐烦，忽听得张志潭这般大骂，心中也很生气，不得不气。带去的两个马弁便来扶他起来道：

“老太爷，我们回去罢！他们不见我们了。”李老太爷一声不作，慢慢地站了起来，走到门口，又对门上的道：“我今日到这里来，并没甚么事儿，不过来望望老太太，问问安罢了。老太太既然不见我，我就回去了，请你代我转致一声罢。”忠厚之至。说完，便坐了汽车回来。

这时李彦青还在公馆里，因曹锟的马弁打电话来喊他去替曹锟洗足，正要起身，恰好李老太爷回来。撞巧之至，可谓张志潭官星无气。李彦青见了父亲回来，免不得又坐下陪父亲谈几句天，见父亲的面上带着不豫之色，说起话来也是没甚兴致，暗暗诧异，因搭讪问道：“老太爷今天到张公馆去，张大人可看待得好吗？”李老太爷被他这么一问，一时倒回答不出。同去的马弁其时也在旁边，因心中气闷，便禁不住代答道：“他们不见老太爷呢。”李彦青诧异道：“呵！他们为甚么不见？”马弁

道：“他们不但不见，还骂我们呢。”李彦青更觉骇疑道：“呵！他们还骂我们，他们怎么骂的？你快给我说。”马弁正要告诉，忽然电铃大震起来，李彦青便自己过去接听，方知是公府中马弁打来的。李彦青问他甚么事，只听那马弁道：“督办！快些来！总统的洗脚水要冷了。”按：李彦青时为平市官钱局督办，总统的洗脚水要冷了，却叫督办，可笑。李彦青答道：“我知道了，立刻就来了。”说完，便又把听筒挂好，叫马弁把张公馆里所骂的话说出来。那马弁积了满肚皮的闷气，正想借此发泄，便一五一十地说了出来。李彦青听毕，不禁大怒道：“我父亲好意望望他们，他们竟敢这般无理，要是我不报此恨，给外人知道了，不要笑我太无能力吗？”一面说，一面又安慰了他父亲几句。因恐曹三等得心焦，不敢再耽搁，便匆匆的到公府里来。

曹三等了好久，本来有些气急，比及见了他，一股怒气，

又不知消化到哪里去了。等李彦青把脚洗好，才问他何故迟来？李彦青乘机说道：“我听说总统叫，恨不得立刻赶来，不料家父忽然得了急病，因此缓了一步。”曹三道：“甚么急病？不请个大夫瞧瞧吗？”李彦青做出愁闷的样子道：“病呢，也不算甚么急病，因为今天家父到张志潭公馆里，望望他老太太，不料张志潭听说是我的父亲，不但不肯见，而且还骂了许多不堪听的话，还句句联带着总统，因此把他气昏了，一时痰迷了心呢。”曹三生气道：“说什么话？你的父亲，他还敢这样怠慢？谁不知道你是我跟前的人，他敢骂你，不就是瞧不起我吗？居然是同床共命，贴心贴骨之语。那还了得，过几天让我来惩戒他。”正说着，孙宝琦送进阁员的名单来，曹三也不暇细看，想是认不完这些字。便交给李彦青道：“你斟酌着看罢。”李彦青一看，见张志潭也在内，便一笔勾去。可怜张志潭枉自奔走了数月，用尽了娘肚皮里的气力，只因得罪了一位老厨子，便把一个已经到手的农商总长，轻轻送掉。正是：

轻轻送掉农商部，枉自奔波作马牛。

欲知后事如何，且看下回分解。

孟子有言：“上下交征利而国危”，观于本回所记，岂不信然哉？曹氏欲为总统，既不惜雇用流氓，重金贿选，以偿其欲望矣，在其下者，效其所为，以争总理，固意中事也，而曹乃厌吴之所为而欲去之，亦可谓不恕之甚者矣。呜呼！求总统者如是，求总理者如是，国事前途，尚可问乎？

第一百五十三回　宴中兴孙美瑶授首
窜豫东老洋人伏诛

却说曹锟贿选成功，正在兴头，不料奉、浙和西南各省，都已通电反对，兵革之祸，大有一触即发之势，因此直系大将吴佩孚十分注意，凡由各省来洛的人员，无不详细询问各该省情形，以便应付。吴氏亦大不易。

一日，忽报马济回洛，吴佩孚立教传见，询问湖南情形。马济道："赵氏势力已经巩固，南军一时决难发展，军事方面，已不足忧，但有一层，大帅须加注意的，就是国民党改组和组织国民政府的事情，南方进行得非常努力，万一实现，为害不小。"马济倒有些见识。吴佩孚道："关于这两件事的消息，我已得到不少，但是详细情形，还不曾知道，你可能说给我听吗？"不先决定其能否为害，却先询详情，态度亦好。马济道："孙氏因中华革命党分子太杂，全没有活动能力，组织的情形又和时代不适合，所以决心改组。加之俄国的代表越飞，到南方和他会晤后，他又决定和苏联携手。现在听说，俄国又派了一个人到广东来，那人的名字我倒忘记了。”说着，低头思想。吴佩孚也跟着想了一会，忽然道：“可是叫鲍罗廷吗？这人的名字，倒听得久了。”不从马济口中说出，反是吴佩孚想出，奇诡。马济恍然道：“正是正是。那人到了广东以后，又决定了几种方针：一种是容纳共产党员和共产主义青年团加入国民党；此条本列第三，马济却改作第一，见其主意独多。一种是国民党的组织，采用共产党的组织，略加变通；此条本为第一。一种是虽以三民主义为党纲，而特别注意与共产主义相通的民生主义。此条本为第二。并听得说中山已派廖仲恺到上海和各省支部接洽改组的事情，看来实现之期，也不远了。”伏线。吴佩孚道：“这是国民党改组的情形了。还有国民政府的事情呢？”马济道：“他所以要组织国民政府，动机就在争夺广东关税的一件事情。因为这次交涉的失败，全在没有得到各国承认的地位，因此想联络反直各派，组织一个较有力量的政府，再要求各国承认。听说现在也分派代表，到各处分头接洽去了。”吴佩孚笑道：“这两件事，你看以为如何？”故意问一句，自矜聪明。刚愎之人，往往如此。马济道：“以我之见，似乎不可忽视。”吴佩孚笑道：“秀才造反，三年不成，吴秀才自己忘了自己是秀才了，却看三年之后，果然如何？所谓党员者，无事则聚，有事则散，孙中山想靠着这批人来成他的功业，真可谓秀才计较了。”比你的秀才计较如何？马济道：“虽然如此，大帅也不可不防，他现在北联奉张，东联浙卢，势力也正未可轻侮呢。”吴佩孚之见识，未必不如马济，但以屡胜而骄，故其刚愎之性，乃随日俱炽耳。吴佩孚笑道：“决可无虑。奉张是盗匪一流人，只能勾结匪军罢了。老洋人部队业已击溃，只有孙美瑶一人尚属可虑，此外我们直系部队，尽是可靠的干城，哪里还怕他们进攻不成？”志矜气骄，至于如此，宜其败也。马济道：“不错。他在湖南听说老洋人受了奉张运动，给大帅知道，想调集江苏、山东、安徽、河南、陕西五省的一部分大军，以四万人去包围他，预备一举解决。不料事机不密，被他逃入宝丰、鲁山、南阳一带山中，据险顽抗。后来张督率领五万大军，包围痛剿，他又突围而出，谋窜鄂边，又被鄂军截回了。情形是这样吗？”吴佩孚叹道：“匪军原是最靠不住的。譬如山东的孙美瑶，自从劫车得官以后，土匪闹得更凶了。杀人放火，劫教堂，掳外人，来要求改编的不知多少，究竟他们是羡慕孙美瑶，所以起来效尤，还是妒嫉孙美瑶，借此和他捣蛋，都不能确定。不过无论他们是妒嫉，或是效尤，实在已到非杀孙不可的时候了。”此言之是非，极难评断。盖此种局面，虽由孙美瑶而起，究竟非孙美瑶自身所造成，不杀无以戢乱，杀之实非其罪也。马济道：“孙美瑶自改编后，很能认真剿匪，当初既已赦他的罪，又订约给他做官，现在恐怕杀之无名。”此言似较中理，盖孙既能认真剿匪，

则其赎罪之心已甚切，固不必杀也。吴佩孚道：“不杀他，等他受了奉张运动，发生变乱时，要杀他恐怕不能了。”原来如此，使人恍然。马济默然。吴佩孚又道：“这件事，我已决定，无论如何，总不能如老洋人似的养痈遗患了。”马济道：“既然如此，大帅何不写一封信给郑督，郑士琦时任山东督理。叫他相机而行就是了？”吴佩孚笑道：“此言正合吾意。”当下便写了一封信给郑士琦，大略道：

山东自收编匪军后，而匪祸益烈，非杀孙不足以绝匪望。否则临城巨案，恐将屡见，而不可复遏。此言不为无见，然要在警备得宜，亦何忧土匪？身为军事长官，不能戢祸定乱，而欲杀一免罪自效之人，以戢匪患，上之失信于列国，下之使匪党作困兽之斗，其计岂不左哉？老洋人部以不早图，至遗今日之患，一误何可再

误？望一切注意及之！

郑士琦得了吴佩孚这道命令，和幕僚商议。幕僚道：“剿孙一节，现有吴团长可章在那里，只教他处处留意，察看动静，如有机会，再图未迟。”郑士琦然其言，便密电吴可章，教他察看孙美瑶的动静。这吴可章本是郑士琦所部第五师第十七团长，自从孙美瑶改编后，郑士琦就委他为孙旅的执法营务处长，教他监督该旅，办理一切。吴可章因是上级机关委来监督一切的，对于孙美瑶种种行为，不免随时防范。孙美瑶又是少年气盛的人，自己现为旅长，吴可章无论如何，总是自己的僚佐，也不肯退让，尤其是孙美瑶部下的人，向来跟他们头领胡闹惯了的，怎禁得平地里忽然弄出一个隔壁上司来？再则也替孙美瑶不服气儿，于是早一句、晚一句的，在孙美瑶面前，絮聒出许多是非来。孙美瑶愤怒益甚，时时想除去吴可章。吴可章见他行为日渐骄横，只得随时禀报省中，请示办法。孙美瑶之死，颇有疑吴可章专擅者，其实吴氏安有专杀之权？专杀之后，郑督又安得不惩办乎？本书所言，确是实情，足为信史。郑士琦得了他的密电，便密嘱他乘时解决。既已投诚，又萌故态，孙美瑶也该受其罪。

这次，孙氏因剿匪，得枪十七枝，不行呈请，居然自己留了下来。吴可章认为孙氏措置失宜，强逼他交出。此公倒是硬汉。孙氏大怒，坚决不肯交出。双方愈闹愈僵，几至武力解决。吴可章便把此事始末星夜电禀郑氏，说孙旅全军即将哗变，请即派大军防卫。郑士琦得了这电，急令衮州镇守使张培荣，率领本部全旅军队，前往相机处理。这事办得极其秘密，孙美瑶一点也没有知道。这时地方上的绅士听说吴可章的军队要和孙旅发生冲突，十分恐慌，人民可怜。少不得联合各公团，出来调解。

一天风云，居然消歇，等得张培荣到时，事情已经了结。张培荣因得了郑士琦的授意，不好就此丢开，暗约吴可章赴行营商议，询问孙美瑶究竟可靠得住，吴可章便把孙美瑶如何骄横、如何不法、如何不遵命令情状，诉说一遍。又道："这个姑且不必问他，既有吴大帅的命令，他叫我们怎样办，我们就该怎样办。违了他的命令，也是不妥的。"在军阀手下办事，也是为难。张培荣道："据你的意见，要怎样办才是？"吴可章道："督理既派镇守使来，当然要请镇守使主持一切，我如何敢擅作主张？"张培荣默然想了一会道："我明天就假替你们调停为名，请他到中兴公司赴宴，就此把他拿下杀了如何？"吴可章道："这计甚妙，但是一面还要请镇守使分配部队，防止他部下哗变才妥。"张培荣称是。

次日布置妥帖，便差人去请孙美瑶赴宴。孙美瑶不知就

里，带了十一个随从，欣然而来。可谓死到临头尚不知。张培荣接入，两人笑着谈了几句剿匪的事情，张培荣先喝退自己的左右，孙美瑶以为有什么秘密事和他商量，便也命自己的随从退出外面去。半晌，不见张培荣开口，正待动问，忽见张培荣突然变色，厉声问道：颜色变得非常之快，大和做戏相类。"郑督屡次令你入山剿匪，你何以不去？"孙美瑶这时还不知自己生命已经十分危险，忙答道："怎说不去？实在因兵太少，不能包围他们，所以屡次被他们漏网。"此语也许是实情。张培荣拍案喝声拿下。孙美瑶大惊，急想去拔自己的手枪时，背后早已窜过八九个彪形大汉，将他两臂捉住，挪翻在地，用麻绳将他捆了起来。孙美瑶大呼无罪。张培荣道："你架劫外人，要挟政府，架劫华人，并不提起，可见若辈胸中无人民久矣，为之一叹。何得自称无罪？"孙美瑶道："那是过去之事，政府既已赦我之罪，将我改编为

国军，如何失信于我？”却忘了自己投诚后种种不法行为。张培荣道：“你既知赦你之罪，便当知恩图报，如何又敢暗通胡匪，指东三省。阴谋颠覆政府？”孙美瑶道：“证据何在？”张培荣道：“事实昭昭，在人耳目，何必要什么证据？”孙美瑶大声长叹道：“我杀人多矣，一死何足惜？但是君等军符在握，要杀一个人，也是极平常之事，正不必借这莫须有的事情，来诬陷我耳。”张培荣不答，实在也不必回答了。喝命牵出斩讫。孙美瑶引颈就刑，毫无惧容，钢刀亮处，一颗人头早已滚落地上，这是民国十二年十二月十九日事也。

孙美瑶受诛后，随从十一人也尽都被杀。一连卫队，如时已被吴可章解散。那周天伦、郭其才两团人得了这个消息，也并没甚么举动。可见原是乌合的人马。隔了两日，方由张培荣下令，悉行缴械，给资遣散。这些人，也有回籍营生的，也有因谋生不易，仍去做土匪的。山东的匪祸，因此更觉闹得厉害了。这是后话，按下不提。

却说张培荣解决了孙美瑶，便分别电请郑士琦和吴佩孚。那吴佩孚正因老洋人攻陷鄂西郧西县，杀人四千余，以活人掷入河流，作桥而渡，很引起舆论的攻击，颇为焦急，听说孙美瑶已经解决，倒也少了一桩心事。那老洋人初时想冲入四川，和熊克武联络，共斗直军，因被鄂军截击，回窜陕西，又被陕军围困于商、洛之间，战了许久时候不能发展，只得又回窜鄂边，想由援川的直军后路冲入四川，土匪竟做含有政治意味的事情，奇绝。一路上焚掠惨杀，十分残酷。如此行为，安得不死？郧西、枣阳等县，相继攻陷，直逼襄阳。襄阳镇守使张联升，因兵力不曾集中，不能抗御，只得闭城固拒，一面向督军萧耀南告急。萧耀南一面派兵救援，一面又电请河南派兵堵截。那老洋人虽有两万之众，却因子弹不足的缘故，不能持久，正在着急，忽报赵杰派人来见。老洋人的催命鬼来了。老洋人忙教传入，问他详细的情形。来人道：“赵帅说：子弹尚有二十余万，现在豫东，但是不能运到这里来，如贵军要用，可以自己回去搬取。”老洋人大喜，打发他去讫，一面忙集合部下将领商议，主张即日窜回豫东。众皆默然。老洋人又道：“现在大敌当前，最重要的便是子弹，子弹没有，如何用兵？所以我主张即日回河南去。”部将丁保成道：“这话虽是实情，但是弟兄们奔走数十日，苦战月余，如何还有能力回去？”老洋人大怒道：“别人都没闲话，偏你有许多噜嗦，分明是有意怠慢我的军心。不办你，如何警戒得别人？”说着，便喝左右拿下。众将领都代为讨饶，说了半天，老洋人的怒气方才稍平，命人放了丁保成。丁保成道了谢，忍着一肚皮闷气，和余人各率所部，又向河南窜了回去。

这一遭，所过地方的人民，都因被老洋人杀怕，听说老洋人又窜了回来，都吓得躲避一空，不但乡村之间，人烟顿绝，便是大小城镇，也都剩了几所空屋，就要找寻一粒米、一颗麦也没有。这批土匪，沿路上得不到一些口粮，忍饥挨饿，还要趱路，见了官军，还要厮杀，其苦不堪。因饿而病、因病而死的，不计其数。惨杀的报应，可称是自杀自。小喽啰的怨声固然不绝，便是头领们，也十分不安，只有老洋人一人，因他是个大头领，一路上有轿坐，有马骑，两条腿既不吃苦，饿了又决不会少他的吃食，肚皮里也总不至闹甚饥荒，本身既然舒服，不但不知道体恤部下，而且无日不催促前进，更激起兵士们许多反感。

这日，到了京汉路线上，因探得有护路官军驻扎，便叫部下准备厮杀。将士们听了这命令，都不禁口出怨言道：“跑来跑去的，不知走了多少路，每天又找不到吃，还叫我们厮杀。……”可是口里虽这样说着，又不敢不准备。谁料那些护路军队，听说老洋人率领大队土匪来到，都吓得不敢出头。好货。如此军队，还有人豢养他们，奇绝。又恐土匪劫车，酿成临城第二，自己担不起这罪过，便竭力劝阻来往车辆，在远处停止，让开很辽远的地方，不扎一兵，好让土匪通过。奇闻趣闻，阅之使人可笑可恨。土匪见此情形，莫不大喜，威威武武地穿过了京汉路，向东遄行。这时一路上虽然无人可杀，无物可劫，不过还有许多搬不动的房子，却大可一烧，因此老洋人所过的地方，莫不变成一片焦土。但是一个人最重要的就是饮食，饮食一缺，无论你有怎样大的通天本领，也便成了强弩之末，毫无用处。匪军虽然骁悍，却因一路上得不到饮食，早已饿得东倒西歪，只因逼于军令，不能不走。若在平时，大概一个个都要躺到地上去了。闲话少提。

却说匪军到了郏县时，都已饿到不能再走，好在城内军民人等早已逃走一空，不必厮杀，便可入城驻扎。老洋人赶路性急，见天时尚早，不准驻扎，传令放起一把火，向前开拔。必须放火，不知是何心肝？那些匪军，见了屋宇，早已乱纷纷的钻进里面，也有一横身便倒下休息的，也有东寻西觅，想找些食物来充饥的，一时哪里肯走？老洋人传了三四次命令，还不曾集合。老洋人焦躁，把几个大首领叫到面前大骂了一顿。还说：“如果再不遵令，便先要把他们几个枪毙。”他们不敢声辩，便按着大虫吃小虫为老例，照样吩咐小头目，谁不遵令，便要枪毙谁。小头目只得又用这方法去吓小喽啰，那些小喽啰十分怨恨，又不敢不走，只得随令集合，乱哄哄的开拔。写得全无纪律，确是匪军样子。

刚到城外，忽然丁保成部下有个小头目和小喽啰争吵相打起来，又是老洋人两个催命鬼。事情被老洋人知道了，立刻传去讯问。原来那小喽啰在一家天花板上老鼠窝中捉了三五只不曾开眼睛的小老鼠，可谓掘鼠而食。欢喜得了不得，急忙偷着拆了几块天花板，把他拿来烧烤。只因赶紧开拔，不曾耽搁多时，还只烤了个半生半熟。当时那小喽啰把几只半熟的烤老鼠，暗暗放在袋里，再把几块烧着的天花板，向板壁上一靠，那板壁便也烈烘烘的着了，火势顿时冒穿屋顶。这时里面一定有许多烤焦老鼠，可惜没人去受用，一笑。

小喽啰没有可携带的东西，便拔脚走了。这时因袋里有了几只半熟的烤老鼠，仿佛穷儿暴富一般，十分得意，到得城外，觉得肚子里咕隆东咕隆东的实在响得厉害，便忍不住抓出

一只来，想送到肚子里去，吓走了这咕隆东的叫声。刚咬了一口，那一阵阵的香气，早把众人都诱得回转头来望他。也有向他讨吃的，但是不曾到手。讨的人生气，便去怂恿小头目向他去要。小头目也正在饿得发慌，听了这话，如何不中意？果不其然，立刻便向他去要这烤鼠。那小喽啰如何肯与？一个一定要，一个一定不肯，两人便争吵起来。恰好他这一部，是保卫老洋人的，离老洋人很近，因此给他听见了，立刻传去，问明情由，不觉大怒，责小头目不该强要小喽啰的东西，立刻传令斩首。他要吃半熟烤小老鼠吃不成，老洋人却叫他吃板刀面，一笑。那些小喽啰一则都在妒嫉有小老鼠吃的小喽啰，二则小头目的事情都是自己怂恿出来，因此都觉心里不服，都来丁保成处，请丁保成去告饶。丁保成想起旧恨，便乘势说道：“你们的话，他哪里肯听？如肯听时，也不教你们饿着去拼死赶路了。老实说一

句：他心里哪里当你们是人，简直连畜生也不如呢。杀掉一两个，算些甚么？你们要我去说，不是嫌他杀了一个不够，再教我去凑成一对吗？”众人听了这话，都生气鼓噪道：“我们为他吃了许多苦，他如何敢这样刻薄我？你既不敢去，让我们自己去说。他敢再刻薄我们，不客气，先杀了他。”丁保成故意拦阻道：“这如何使得？你们这样去，不是去讨死吗？”

众人愈怒，更不说甚么，一声鼓噪，拥到老洋人面前，要求赦免小头目。老洋人见了他们混闹情形，一时大怒道：“你们是甚么人？也敢来说这话。再如此胡闹时，一并拿去杀头。”众人大怒，一齐大叫道：“先杀了这狗男女再说，先杀了这狗男女再说。”呼声未绝，早有几个性急的人向老洋人砰砰几声，几颗子弹，直向老洋人奔来。老洋人只啊呀了一声，那身子早已穿了几个窟窿，呜呼哀哉！一道灵魂，奔向黄泉路上，找孙美瑶做伴去了。众人见已肇祸，便要一哄而散。丁保成急忙止住道：“你们如此一散，便各没命了，不如全都随着我去投降官军，仍旧让他改编，倒还不失好汉子的行为。”众人听了，一齐乐从。其余各部，听说老洋人已死，立刻散了大半。没有散的，便都跟着丁保成来投降官军。张福来一面命人妥为安置，一面申报洛阳吴佩孚。吴佩孚大喜，竭力奖励了几句，一面令将匪军给资遣散。正是：

莫言一鼠微，能杀积年匪。
鄂豫诸将帅，闻之应愧死。

欲知后事如何，且看下回分解。

孙美瑶山东积匪也，劫车要挟，其计既狡，其罪尤重，痛剿而杀之，则上不损国威，下不遗民害，岂非计之上哉？乃重以外人之故，屈节求和，不但赦其罪也，又从而官之，赏非其功矣。既已赦之，则不得复杀也。况孙既能尽力剿匪，是谓有功之人，法当益其赏，今乃诬以莫须有，从而杀之，又杀非其罪矣。赏罚之颠倒如此，政治之窳败，可胜言哉？虽然，中华民国之政刑，大抵如此，区区孙美瑶，何足论耶？

第一百五十四回　养交涉遗误佛郎案
巧解释轻回战将心

却说吴佩孚因老洋人已死，豫境内已无反动势力，便专意计划江、浙、四川、广东各方面的发展。正在冥思苦索，忽见张其锽和白坚武连翩而入，手里拿着些文书，放在吴佩孚的写字桌上。吴佩孚看上面的一页写道：

《江浙和平公约》。

一、两省人民，因江、浙军民长官，同有保境安民之表示，但尚无具体之公约，特仿前清东南互保成案，请双方订约签字，脱离军事漩涡。

二、两省军民长官，对于两省境内保持和平，凡足以引起军事行动之政治运动，双方须避免之。

三、两省辖境，军队换防之事，足以引起人之惊疑者，须防止之。两省以外客军，如有侵入两省或通过事情，由当事之省，负防止之责任，为精神上之互助。

四、两省当局，应将此约通告各领事，对于外侨任保护之责。凡租界内足以引起军事行动之政治问题，及为保境安民之障碍者，均一律避免之。

五、此项草约，经江、浙两省军民长官之同意签字后，由两省绅商宣布之。

吴佩孚道：“这是八月二十日订立的《江浙和平公约》，好记性。过去得很久了，还拿来做甚么？”白坚武道：“近来浙、皖也订立了和平公约，所以顺便带这个来给大帅参考的。”吴佩孚道：“浙皖和约的原文，也在这里么？”二人点头说是。他一面问，一面早已把《江浙和平公约》拿过一边，发见了《浙皖和平公约》。吴佩孚看那公约上面写道：

1440. 一、皖、浙两省，因时局不靖，谣言纷起，两省军民长官同有保境安民之表示，但尚无具体之公约，仍不足以镇定人心，爰请两省军民长官，俯从民意，仿照《江浙和平公约》成案，签订公约，保持两省和平。

二、皖、浙两省辖境毗连之处，所属军队，各仍驻原防，保卫地方，免生误会。

三、皖、浙两省长官负责，不令客军侵入，或驻扎两省区域，防止引起纠纷。

四、此项公约，经皖、浙两省军民长官之同意，签字盖印后，由两省绅商公证宣布，以昭郑重。

吴佩孚看完，点头道：“很好。浙江方面，果然能够和平解决，在我的计划上，反比较的有利。”张其锽道：“话虽如此，人心难测，到底还要准备才好。”吴佩孚点头，想了一会，忽然说道：“别的都不打紧，只有财政上真没办法了。光是关税，又不够用。”语意未完。白坚武道：“法国公使命汇理银行扣留盐余这回事情，偏又凑在这时候，要是这笔款子能够放还，倒还可抵得一批正用。”吴佩孚听了这话，忽然回过头来，向张其锽道：“这件事情，说起来，却不能不怪颜骏人颜惠庆字。太颟顸了。”颜氏良心不坏，而办事毫无识力，谥之曰“颟顸”，可谓确当不移。张其锽愕然不解。吴佩孚诧异道：“你还不知道这件事的始末原由吗？”不是张其锽不知道，究是作者恐读者不知道耳。

张其锽道：“法使所以扣留盐余，不是为着要求我国以金佛郎偿还庚子赔款吗？但是这件事和骏人有甚么相干？”此乃作者代读者问耳，非张其锽真有此问也。吴佩孚笑道：“原来你真没知道金佛郎案的内容么？这件事的起因，远在前年六月，十一年六月二十一日。法使傅乐猷因为本国的佛郎价格低落，公函外部，请此后付给庚款，改用美国金元，并不曾说什么金佛郎。这种请求，本来可以立刻驳回的，不料这位颜老先生也并不考量，爽爽快快地便转达财部。真是颟顸。华府会议时，王宠惠大发牢骚，顾维钧亦觉棘手，独施肇基抱乐观，与颜如一鼻孔出气，可发一笑。直等到法使自己懊悔抛弃国币而用美国的金元，未免太不留国家颜面，自己撤回，才又转达财部，岂不可笑？”张其锽笑道：“这位老先生真太糊涂了。这种事情，如何考量也不考量，便马马虎虎，会替他转达财部的。难道他得了法使甚么好处不成？好在是他，平日还算廉洁，要是不然，我真要疑心他受贿了。”颜但昏聩耳，受贿之事，可必其无。白坚武笑道：“谁都知道，中国的外交家是怕外国人，这种小小的事情，岂有不奉承之理？”设无南方对峙，国民监督，中国四万万人民，恐将被外交家所断送，岂但奉承小事？张其锽道：“但这是金元问题，并不是金佛郎问题，这事情又是怎么变过来的?”吴佩孚道:“说起这话来，却更可气可笑。法使当时撤回的时候，原已预备混赖，所以在撤回的原文上说，对于该问题深加研究之后，以为历来关于该项账目所用之币，实无变易之必要，是以特将关于以金元代金佛郎之提议，即此撤回。这几句话，便轻轻把金元案移到金佛郎案身上去了。我国人旧称外人曰洋鬼子，其殆谓其刁狡如鬼乎?观此事刁狡不讲信义，岂复类人?偏这位颜老先生又是一味马马虎虎的，不即据理驳回，所以酿成了这次交涉，岂非胡闹?”张其锽笑道:“颜骏老是老实人，哪里知道别人在几个字眼儿上算计他的。”吴佩孚、白坚武俱各微微一笑。微微一笑，笑颜之无用，堪当此“老实人”三字之美号也。张其锽吸着了一支卷烟，呆看吴佩孚翻阅公事，白坚武坐在旁边，如有所思的，静静儿的也不说话。

1442. 半晌，张其锽喷了口烟，把卷烟头丢在痰盂里道:“让我来算一算，现在中国欠法国的赔款，还有三万九千一百多万佛郎，若是折合规元，只要五千万元就够了，若是换金佛郎，一元只有三佛郎不到，若是折合起来算，啊呀，了不得，还要一亿五千万光景呢。假使承认了，岂不要吃亏一万万元。更有意、比等国，若再援例要求，那可不得了了。”真是不得了了。白坚武笑道:“好在还没承认呢，你着甚么忙?”张其锽道:“虽没承认，承认之期，恐怕也不远了。”白坚武笑问:“你怎么知道不远?”是故意问，不是真问。张其锽道:“我前日听说中法银行里的董事买办们，说起几句。老实说，这些董事买办，也就是我们贵国的政治上的大人先生，他们听得法使要等中国承认，方准中法复业，还不上劲进行，好从中捞摸些油水吗?他们可不像我们这么呆，以前教育界里的人，反对得很厉害，现在这些大人先生们，已经和法使商量好了，每年划出一百万金佛郎，作为中、法间教育费。教育界有了实利，恐怕也不来多话了。”白坚武方要回答，吴佩孚突然回头问张其锽道：“你这话可真？”张其锽道：“本来早已秘密办好的，大约是从今年起，关平银一两，折合三佛郎七十生丁，不照纸佛郎的价格算，也不承认金佛郎之名。后来因为吴大头要倒阁，利用金佛郎案子攻击老高，老高才慌了，教外部驳回的。这不过一时的局面，长久下去，怎有个不承认的？恐怕不出今年，这案子必然解决咧。”吴佩孚把笔向桌上一放，很生气道：“这真是胡闹极了。要是这案子一承认，中央不是又要减少许多收入了吗？照现在的样子，军费还嫌不够，你看他单单注意军费。再经得起这般折耗吗？”白坚武忙走近一步，在吴佩孚耳边，低低说了几句。吴佩孚轻轻哼了一声，便依旧批阅公事，不再说话了。葫芦提得妙。

张其锽心疑，怔怔地看着白坚武，白坚武只是向他笑着摇头。张其锽不便再问，只好闷在心头，刚想出去时，吴佩孚忽然又拿起一个电报，交给张其锽道：“你看！齐抚万这人，多么不漂亮，这电报究竟是甚么意思？”张其锽慌忙接过观看，白坚武也过来同看，那原电的内容，大略道：

> 浙卢之联奉反直，为国人所共知，长予优容，终为直害，故燮元主张急加剪除者，为此也。我兄既标尊段之名，复定联卢之计，诚恐段不可尊，卢不得联，终至贻误大局，消灭直系，此燮元所忧心悄悄、不敢暂忘者也。子产云：“栋折榱崩，侨将压焉。”我兄国家之栋，燮元倘有所见，敢不尽言。倘必欲联卢，请先去弟，以贯彻我兄之计。弟在，不但为兄联卢之阻力，且弟亦不忍见直系之终

灭也。君必欲灭卢，窃恐卢虽可灭，而直系亦终不能不破耳。

张其锽看完，把电报仍旧放在吴佩孚的桌子上，道："抚万齐燮元字。也未免太多心了。"白坚武道："他倒不是多心，恐怕是为着已在口中的食品，被大帅搁上了，咽不下嘴去，有些抱怨哩。"便不被大帅搁住，轻易也不见得就吞得下。吴佩孚道："这件事，他实在太不谅解我了。同是直派的人，他的实力扩张，就是直系实力的扩张，难道我还去妨碍他！看他只知有直系，不知有国家。至于我，本来抱着武力统一的主张，岂有不想削平东南之理？先说本心要削平。只为东北奉张，西南各省，都未定妥，所以不愿再结怨于浙卢，多树一个敌人。次说不欲即时动武的本心，是主。再则国民因我们频年动武，都疑我黩武，不替人民造福，所以我又立定主张，比奉、粤为烂肉，不可不除，比东南为肌肤，不可

不护。这却一半是好听说话。三则上海为全国商务中心，外商云集，万一发生交涉，外交上必受重大损失，所以不能不重加考量。这几句，又是实在原因。抚万不谅我的苦衷，倒反疑心我妒嫉他，岂不可叹？"张其锽道："现在东南的问题，还不只抚万一人哩。福建方面，馨远也不是跃跃欲动吗？"白坚武道："假使抚万不动，料他也决不敢动。"料杀孙传芳也。张其锽道："现在大帅主张怎么办？"吴佩孚道："你先照我刚才所说的话，复一个电报给他，再派吴毓麟去替我解释一番罢。"

张其锽领命草好了一个电报，恰巧吴毓麟匆匆地进来，白坚武见他很有些着紧的样子，便问他甚么事，吴毓麟道："有一样东西，要送给大帅看。"吴佩孚听了这话，忙回头问甚么东西，吴毓麟不慌不忙地掏出几张信笺，上面都写满了字，递给吴佩孚。吴佩孚看道：

自辛亥革命，以至于今日，所获得者，仅中华民国之名。国家利益方面，既未能使中国进于国际平等地位，国民利益方面，则政治经济，荦荦诸端，无所进步，而分崩离析之祸，且与日俱深。穷其至此之由，与所以救济之道，诚今日当务之急也。夫革命之目的，在于实行三民主义，而三民主义之实行，必有其方法与步骤。三民主义能影响及于人民，俾人民蒙其幸福与否，端在其实行之方法与步骤如何。

文有见于此，故于辛亥革命以前，一方面提倡三民
主义，一方面规定实行主义之方法与步骤，分革命建设为
军政、训政、宪政三时期，期于循序渐进以完成革命之
工作。辛亥革命以前，每起一次革命，即以主义与建设
程序，宣布于天下，以期同志暨国民之相与了解。辛亥
之役，数月以内，即推倒四千余年之君主专制政体，暨 1445.
二百六十余年之满洲征服阶级。其破坏之力，不可谓不
巨。然至于今日，三民主义之实行，犹茫乎未有端绪者，
则以破坏之后，初未尝依预定之程序以为建设也。盖不经
军政时期，则反革命之势力，无由扫荡，而革命之主义，
亦无由宣传于群众，以得其同情与信仰。不经训政时期，
则大多数之人民，久经束缚，虽骤被解放，初不瞭知其
活动之方式，非墨守其放弃责任之故习，即为人利用，陷
于反革命而不自知。前者之大病，在革命之破坏，不能了
彻，后者之大病，在革命之建设，不能进行。

辛亥之役，汲汲于制定《临时约法》，以为可以奠民国之基础，而不知乃适得其反。论者见《临时约法》施行之后，不能有益于民国，甚至并《临时约法》之本身效力，

亦已消失无余，则纷纷然议《临时约法》之未善，且斤斤然从事于宪法之制定，以为借可救《临时约法》之穷。曾不知症结所在，非由于《临时约法》之未善，乃由于未经军政、训政两时期而即入于宪政。试观元年《临时约法》颁布以后，反革命之势力，不惟不因以消灭，反得凭借之以肆其恶，终且取《临时约法》而毁之。而大多数人民，对于《临时约法》，初未曾计及其于本身利害何若。闻有毁法者，不加怒，闻有护法者，亦不加喜，可知未经军政、训政两时期，《临时约法》决不能发生效力。夫元年以后，所恃以维持民国者惟有《临时约法》，而《临时约法》之无效如此，则纲纪荡然，祸乱相寻，又何足怪？本政府有鉴于此，以为今后之革命，当赓续辛亥未完之绪，而力矫其失，而今后之革命，不但当用力于破坏，尤当用力于
1446. 建设，且当规定其不可逾越之程序。

爰本此意，制定国民政府《建国大纲》二十五条，以为今后革命之典型。《建国大纲》第一条至第四条，宣布革命之主义及其内容。第五条以下，则为实行之方法与步骤。其在第六、七两条标明军政时期之宗旨，务扫除反革命之势力，宣传革命之主义。其在第八至第十八条，标明训政时期之宗旨，务指导人民从事于革命建设进行。先以县为自治之单位，于一县之内，努力于除旧布新，以深植人民权利之基本，然后扩而充之，以及于省，如是则可谓自治，始为真正之人民自治，异于伪托自治之名，以行其割据之实者。而地方自治已成，则国家组织，始臻完密，人民亦可本其地方上之政治训练，以与闻国政矣。其在第十九条以下，则由训政递嬗于宪政所必备之条件与程序。

综括言之，则《建国大纲》者，以扫除障碍为开始，以完成建设为归依。所谓本末先后，秩然不紊者也。夫革命为非常之破坏，故不可无非常之建设以继之。积十三年痛苦之经验，当知所谓人民权利，与人民幸福，当务其实，不当徒袭其名。倘能依《建国大纲》以行，则军政时代，已能肃清反侧，训政时代，已能扶植民治，虽无宪政之名，而人民所得权利与幸福，已非借宪法而行专政者，所可同日而语。且由此以至宪政时期，所历者皆为坦途，无颠蹶之虑。为民国计，为国民计，莫善于此。本政府郑重宣布，今后革命势力所及之地，凡秉承本政府之号令者，即当以实行《建国大纲》为惟一之职任。兹将《建国大纲》二十五条并列如下：

一、国民政府本革命之三民主义，五权宪法，以建设中华民国。 **1447.**

二、建设之首要在民生，故对于全国人民之食、衣、住、行四大需要，政府当与人民协力，共谋农业之发展以足民食，共谋织造之发展以裕民衣，建筑大计划之各式屋舍以乐民居，修治道路运河，以利民行。

三、其次为民权，故对于人民之政治知识能力，政府当训导之，以行使其选举权，行使其罢官权，行使其创制权，行使其复决权。

四、其三为民族，故对于国内之弱小民族，政府当扶植之，使之能自决、自治。对于国外之侵略强权，政府当抵御之。并同时修改各国条约，以恢复我国际平等，国家独立。

五、建设之程序，分为三期：一曰军政时期，二曰训政时期，三曰宪政时期。

六、在军政时期，一切制度悉隶于军政之下，政府一面用兵力以扫除国内之障碍，一面宣传主义以开化全国之人心，而促进国家之统一。

七、凡一省完全底定之日，则为训政开始之时，而军政停止之日。

八、在训政时期，政府当派曾经训练考试合格之员，到各县协助人民筹备自治。其程度以全县人口调查清楚，全县土地测量完竣，全县警卫办理妥善，四境纵横之道路修筑成功，而其人民曾受四权使用之训练，而完毕其国民之义务，誓行革命之主义者，得选举县官，以执行一县之政事，得选举议员，以议立一县之法律，始成为一完全自治之县。

1448. 九、一完全自治之县，其国民有直接选举官员之权，有直接罢免官员之权，有直接创制法律之权，有直接复决法律之权。

十、每县开创自治之时，必须先规定全县私有土地之价，其法由地主自报之。地方政府则照价征税，并可随时照价收买。自此次报价之后，若土地因政治之改良，社会之进步，而增价者，则其利益当为全县人民所共享，而原主不得而私之。

十一、土地之岁收，地价之增益，公地之生产，山林川泽之息，矿产水力之利，旨为地方政府之所有，而用以经营地方人民之事业，及育幼、养老、济贫、救灾、医病，与夫种种公共之需。

十二、各县之天然富源，与极大规模之工商事业，本县之资力，不能发展与兴办，而须外资乃能经营者，当由中央政府为之协助。而所获之纯利，中央与地方政府，各占其半。

十三、各县对于中央政府之负担，当以每县之岁收百分之几为中央岁费，每年由国民代表定之。其限度不得少于百分之十，不得加于百分之五十。

十四、每县地方自治政府成立之后，得选国民代表一员，以组织代表会，参预中央政事。

十五、凡候选及任命官员，无论中央与地方，皆须经中央考试、铨定资格者乃可。

十六、凡一省全数之县，皆达完全自治者，则为宪政开始时期。国民代表会得选举省长，为本省自治之监督。至于该省内之国家行政，则省长受中央之指挥。

十七、在此时期，中央与省之权限，采均权制度。凡 1449.
事务有全国一致之性质者，划归中央，有因地制宜之性质者，划归地方，不偏于中央集权，或地方分权。

十八、县为自治之单位，省立于中央与县之间，以收联络之效。

十九、在宪政开始时期，中央政府当完全设立五院，以试行五权之法。其序列如下：曰行政院，曰立法院，曰司法院，曰考试院，曰监察院。

二十、行政院暂设如下各部：一内政部，二外交部，三军政部，四财政部，五农矿部，六工商部，七教育部，八交通部。

二十一、宪法未颁布以前，各院长皆归总统任免而督率之。

二十二、宪法草案，当本于《建国大纲》，及训政宪政两时期之成绩，由立法院议订，随时宣传于民众，以备到时采择施行。

二十三、全国有过半数省份达至宪政开始时期，即全省之地方自治完全成立时期，则开国民大会决定宪法而颁布之。

二十四、宪法颁布之后，中央统治权则归于国民大会行使之。即国民大会对于中央政府官员，有选举权，有罢免权；对于中央法律，有创制权，有复决权。

二十五、宪法颁布之日，即为宪政告成之时，而全国国民则依宪法行全国大选举，国民政府则于选举完毕之后三个月解职，而授政于民选之政府，是为建国之大功告成。

1450. 吴佩孚看完道：“这东西，你从哪里得来的？”吴毓麟道：“我有个香港朋友，用电报拍给我的，我怕大帅还不曾知道，因此急急的抄了，送给大帅看。”吴佩孚道：“前此也听善堂约略说过，点前回马济。但那时还不过一句空话，现在可已经实行了吗？”吴毓麟道：“这个原电，并不曾说清楚，我也不敢悬揣，以我的猜度，只怕还在进行中罢。”如此关连上文，天衣无缝。吴佩孚道：“这却不去管他，我现在要派你到南京去一趟，你愿意吗？”吴毓麟笑道：“大帅肯派我做事，就是看得起我，哪有不去的道理？只不知有甚么事要做？”吴佩孚便将齐燮元的来电，给他看了一遍，一面又将自己的意思说给他听。吴毓麟笑道：“他现想做副总统哩。论理，这地位谁敢和大帅争夺，论功劳名誉，谁赶得上大帅。二则全国的人心，也只属望大帅一人，他也要和大帅争夺，岂不是笑话？”马屁拍得十足，而言词十分平淡，不由秀才不入彀中。吴佩孚忍不住也一笑，果然入了彀中。说道："我也不想做甚么副总统。他要做，自己做去就得了，我和他争些甚么。前几日，有人竭力向我游说，想是几个议员。说怎样怎样崇拜我，此次非选举我为副座不可，我当时就回答他们说：你们要选举副座，是你们的职权，可见确是几个议员。很可以依法做去，不必来征求我甚么同意。敷衍话。至于我自己，资格本领，都够不上，也不想做。绝其献媚之路，敷衍之意甚显。老实说一句，现够得上当选资格的，也只有卢永祥一人。明是推崇一卢永祥，暗地里是骂尽齐燮元一批人。但是该选举哪个，也是国会的专有权，我也不愿多话。总而言之，我在原则上总推重国会，国会倘然要选举副座，我决不反对就是咧。"全是敷衍之语。

吴毓麟拍手笑道："怪道他们在北京都兴高采烈的，说大帅推重国会呢，原来还有这么一回事咧。大帅虽然推崇卢子嘉，但以我的目光看来，子嘉资格虽老，倘以有功于国为标准，却和大帅不可同日语。平心而论，没有卢永祥，在国家并没甚么影响，没有大帅，只怕好好一个中国，便有大帅，在中国也不见得好好。要乱得土匪窝似的，早经外人灭亡了呢。这帽子比灰篓更高了。大帅有了这样的功劳地位，反存退让之心，可见度量的宏大，便一千个子嘉，卢永祥字。一万个抚万，也赶不上了。"肉麻之至。吴佩孚笑道："太过誉了，不敢当，不敢当。"其辞若伪谦，而实深喜之也。吴毓麟道："但是照我的愚见，大帅不可过谦，失了全国人民属望之心。"吴佩孚笑而不答，笑而不答者，笑吴毓麟之不识风头也。倒弄得吴毓麟怀疑不解，因又改口道："万一大帅定要让给子嘉，我此次到南京去，就劝抚万休了这条心，免得将来又多增一件纠纷咧。"却也试探得不着痕迹。吴佩孚微笑道："你就再许给他又打甚紧，谁该做副总统，谁不该做副总统，难道我们一两个人，自己可以支配的吗？”此情理中话也，出之以微笑，则尚有深意存焉。说着，又回顾张其锽、白坚武道：“你看！这话对吗？”白坚武、张其锽正听得出神，忽见吴佩孚问他，忙笑回道：“大帅的话，怎的有差？如果一两个人可以支配，还配称做民主国家吗？”此时也不见得可称为民主国家。虽不直接支配，也逃不了间接支配。吴毓麟听了这话，不知理会处，只得也笑了一笑，忙道：“既如此说，我怎么可以答应他呢？”吴佩孚笑道：“你答应了他，岂不容易讲话吗？”众人听了，都笑起来。当下吴佩孚又教了他许多说话，吴毓麟一一领命。

次日便带了吴佩孚亲笔手书，到南京来见齐燮元。那时齐燮元正因吴佩孚阻碍他并吞浙江，十分怨恨，一见吴毓麟，便大发牢骚。吴毓麟再三解释，齐燮元的怒气稍解，才问吴帅有甚么话，吴毓麟先拿出吴佩孚的信来，齐燮元看那信道：

复电计达。浙卢非不可讨，但以东南为财赋之区，又为外商辐辏之地，万一发生战争，必致影响外交，务希我兄相忍为国，俟有机可图，讨之未晚。其余一切下情，俱请代表转达。

齐燮元看完，冷笑道：“子玉这话，说得太好听了，委实叫我难信。”好话不信，想以为当今军阀中无此好人耳。吴毓麟道：“这是实情，并非虚话，抚帅切弗误会！”齐燮元道：“如何是实情？”吴毓麟道：“若在从前时候，外交上的事件，自有中央负责，不但玉帅可以不管，就是抚帅也无费心之必要。政府里外交办得好，不必说，假如我们认为不满意时，还可攻击责备。现在可大不同了，首当其冲的大总统，就是我们的老帅，老帅的地位动摇，我们全部的势力随之牵动。在这时候，不但我们自己不要招些国际交涉，就是别人要制造这种交涉，抚帅、玉帅也还要禁止他呢。果然不错，果然动听，我们怕曹锟发生国际交涉耳，岂怕中国政府发生国际交涉哉？我临动身的时候，玉帅再三和我说，抚帅是个绝顶聪明的人物，这种地方，并非见不到，只因和浙江太贴紧，眼看着浙江反对我们的现象，深恐遗害将来，所以想忍痛一击，不比我们离北京近，离浙江远，只知道外交上困难的情形，不知道浙江跋扈形状，到底怎样，还得让抚帅斟酌，抚帅自能见得到的。”此一段言语，真乃妙绝，虽随何复生，陆贾再世，不能过也，宜乎抚万之怒气全释矣。说着，又走近几步，悄悄地笑道：“还有一件事，也要和抚帅商量的，就是现在的副座问题，我在洛阳时，曾用话试探玉帅，看玉帅的意思，虽然也有些活动，妙妙。如言其毫无此意，齐氏反不肯信矣。但如抚帅也要进行，他不但决不竞争，而且情愿替抚帅拉拢。抚帅雄才大略，物望攸归，此事既有可图，自应从速努力。如抚帅有命，定当晋京效劳。”又妙。不但替吴氏解释也，而且替自己浇上麻油矣。齐燮元此时颜色本已十分和平，听他这样说，便道：“这个，我如何可以越过玉帅前面去的，还是请玉帅进行罢。”尚不深信也。吴毓麟笑道：“有好多人都这样劝他呢。可是他却志不在此，一句也不肯听。我看他既有此盛意，抚帅倒不要推却，使他过意不去。再则别人不知抚帅谦让真心，倒说有心和他生分了。”又妙又妙，使他深信不疑，不至再推托。齐燮元笑道：一笑字，已解释许多误会。“这样说，我倒不好再说了。吾兄回洛时，请代为致意玉帅，彼此知己，决不因小事生分。浙江的事情，也全听他主持，只要他有命令，我决没有第二句话。”大功告成了。吴毓麟笑道：“玉帅不过贡献些意见罢了。一切事情，当然还要抚帅主持。”齐燮元大笑。吴毓麟回洛以后，齐燮元便把攻浙的念头完全打消了。正是：

副选欲酬贪鄙志，称雄暂按虎狼心。

未知后事如何，且看下回分解。

齐燮元坐镇南京，不必如洛吴之驰驱于戎马之中，而其地位日隆，乃与洛吴相埒，为直系三大势力之一（吴佩孚、冯玉祥、齐燮元），亦可谓天之骄子矣。乃又欲鲸吞浙江，以扩展其武力，又欲当选副座，以增高其地位，野心之大，可为盛矣。洛吴既察知其隐而故作联卢之计，以妨碍其进行，齐既愤激而欲出于辞职，吴又饵之以副座，始得保江、浙之和平。齐之贪鄙粗陋，令人失笑，然吴氏所为，亦非根本办法，故不久而江浙之战，仍不能免。世亦安有交不以诚，而能持之久远也哉？

第一百五十五回　识巧计刘湘告大捷
设阴谋孙督出奇兵

却说吴毓麟回到洛阳，把南京的情形，向吴佩孚说了一遍。吴佩孚大加奖励。吴毓麟见左右无人，悄悄地问道："听说民国八年运到中国的那批军火，已经给人以四百八十万的代价买去，大帅可曾知道？"又突然发生惊人之事。吴佩孚佯作惊讶之状道："你听哪个说的，我不信。故意把问句颠倒，装得真像。那批军火，不是有公使团监视着吗？急切如何出卖？"装得像。吴毓麟道："大帅果然不曾知道吗？"吴佩孚道："知道……我还问你？"吴毓麟低头想了想，笑道："既然大帅不知道，我也不用说了。"意中固已深知此事为吴氏所为矣。吴佩孚道："你不必说这消息从哪里来，却说对于这件事的意见如何？"问得妙。吴毓麟道："以我的愚见，倘然此项军火为大帅所得，则大可以为统一国家的一助，倘然被别人买去，则未免增长乱源咧。"回答得更妙。吴佩孚大笑，在他背上拍了两下道："可儿，可儿，你知道这批军火是哪个买的？"吴毓麟熟视道："远在千里，近在目前，想来眼前已在洛阳军队中了。”吴佩孚又大笑，因低声说道：“果如我兄所料，这批军火确是我所买进，正预备拿一部分去接济杨森呢。”瞒不住，只得实说，其实此时已无人不知，正不必瞒也。吴毓麟道：“杨子惠杨森字。屡次败溃，接济他又有何益？”吴佩孚笑而不答。吴毓麟也不往下再说，因又转变辞锋道：“听说孙馨远把兵力集中延平，不知道是袭浙，还是图赣？”吴佩孚道：“浙江并无动静，江西督理蔡成勋，已经来过两次电报，请中央制止他窥赣，但我料馨远虽然机诈，似乎尚不至做如此没心肝的事情，想来必然还有别的用意。”知孙氏者其子玉乎？彼此又说了几句闲话，吴毓麟辞去。

吴佩孚命人去请张其锽和杨森的代表，张其锽先到，吴佩孚便告诉他接济杨森军械的事情。张其锽想了想，并不说什么话。吴佩孚道：“你怎么不表示意见？”张其锽笑道：“这也

不必再说了，不接济他，等熊克武冲出了四川，仍要用大军去抵御。接济他，立刻便有损失。但是归根说起来，损失总不能免，与其等川军来攻湘北而损失，倒不如现在仅损失些军械，而仍为我用的好得多了。”此即《战国策》均之谓也，吾宁失三城而悔，毋危咸阳而悔之意。吴佩孚听了这话，也不禁为之粲然。正在说话，杨森的代表已来，吴佩孚便当面允他接济军械，叫他们赶紧反攻的话。杨森的代表一一领诺，当日便电知杨森。杨森欢喜，复电称谢，电末请即将军械运川，以备反攻。吴佩孚命海军派舰运了来福枪三千枝，子弹百万发，野炮十尊，补助杨森。杨森得了这批军火，一面整顿部队，一面又分出一部分子弹，去接济刘湘、袁祖铭等，连合反攻。

这时杨森新得军火，枪械既精，兵势自盛，熊军久战之后，力气两竭，不能抵御，竟一战而败。胡若愚见熊克武战

败，不愿把自家的兵去代别人牺牲，也不战而退。刘湘、杨森，袁祖铭等入了重庆，开会讨论，刘湘道：“敌军中赖心辉、刘成勋等，勇悍难敌，好在他们并非熊克武的嫡系，所以服从他的命令者，不过逼于环境罢咧。我们现在最好一方追击熊军，一方通电主张和平解决川局，仅认熊克武、但懋辛的第一军为仇敌，对于熊军的友车，如刘成勋、赖心辉各部，都表示可以和平解决。刘、赖见熊克武要败，恐怕自己的势力跟着消灭，当在栗栗危惧之中，见我方肯与合作，必不肯再替熊氏出力，那时熊氏以一军当我们三四军之众，便有天大的本领，也不怕他不一败涂地咧。”杨森、袁祖铭均各称善，一面追击熊克武，一面通电主张和平解决。如此且战且和的战略，亦系从来所未有之战局。

其时刘存厚在北部也大为活动，熊克武左支右绌，屡次战败，心中焦灼，急急召集刘成勋、赖心辉、但懋辛等在南驿开军事会议，商量挽救战局的危机。熊克武先把最近的局势报告了一番，再征求他们的战守意见。但懋辛先起立发言道：“现在的局势我们已四面受敌，守是万万守不住了，不如拚命反攻，决一死战，幸而战胜，还可戡定全川。假使死守，则四面援兵已绝，日子一久，必致坐困待毙咧。”但懋辛此时亦十分着急。熊克武听了这话，点头道：“此言深得我心。”因又熟视刘、赖两人道：“兄弟意见如何？”两人不肯说话，其心已变。刘、赖两人面面相觑，半晌，赖心辉方起立道：刘成勋不说，而赖心辉说，此赖之所终能一战也。“现在局势危急，必须战守并进，方才妥帖，倘使全力作战，得胜固佳，万一相持日久，敌人绝我后路，岂不危险？”熊克武道：“兄的意思，该守哪里？”赖心辉道：“成都为我们根据地方，要守，非守成都不可。”自为之计则得矣，其如大局何？熊克武道："派哪个负责坚守？"刘成勋、赖心辉齐声答应，情愿负责。不愿参加前敌，果中刘湘之计。熊克武道："哪个担任前敌？"一面说，一面注视刘、赖。刘、赖低头默然，半晌不说。但懋辛奋然而起道："前敌的事情交给我罢。"不得不担任，亦地位使然。熊克武嗟叹点头道："很好，我自己也帮着你。"无聊语，亦冷落可怜。

散会后，刘、赖辞去。熊克武谓但懋辛道："他们两人变了心了，我们不先设法破敌，打一个大胜仗，决不能挽回他们两人的心肠咧。"洞达世故之言。但懋辛默然太息，一言不发。颓丧如画。熊克武怕他灰心，忙又安慰他道："你也不用太着急了。胜败兵家之常，我兵稍挫，尚有可为，眼前兵力，至少还有一万多人，更兼刘、赖、胡若愚。等，虽然不肯作战，有他们摆个空架子，敌军究竟也不能不分兵防守。可和我们对敌的，也

不过一两万人，我们正可用计胜他。"熊君到底不弱。但懋辛忙道："你已想出了好计策吗？请问怎样破敌？"心急之至。熊克武笑道："你别忙！妙计在此。"说着，悄悄对他说道："如此如此，好么？"但懋辛大喜道："好计好计。刘湘便能用兵，也不怕他不着我们的道儿。"当下传令调集各路军队，一齐撤退，扬言放弃各地，死守成都，集中兵力，缩短战线，以备反攻。

这消息传入刘湘那边，急忙召集袁祖铭、杨森、邓锡侯等人商议。杨森笑道："熊克武素称善能用兵，这种战略，真比儿戏还不如了。"刘湘笑道："子惠兄何以见得？"笑得妙，笑其不能知熊克武也。杨森道："现在的战局，是敌人在我军围攻之中，倘能扩大战线，还可支持，倘然局处一隅，岂非束手待擒？"别人早比你先知道了。刘湘又笑道："那么，据子惠兄的意思，该当如何应付？"索性故意再问一句，妙甚。杨森道："据兄弟的意见，可急

派大队尾追，围攻成都，不出半月，定可攻下，全省战局可定了。”刘湘笑对袁、邓诸人道：“各位的意见如何？”还不说破，妙甚。袁祖铭道：“熊氏素善战守，这次退守成都，恐怕还有别的计较，以弟所见，宁可把细些，不要冒昧前进，反而中了他的狡计。”也只知道一半。刘湘又看着邓锡侯，想启口问时，邓锡侯早已起立说道：“老熊不是好相识，宁可仔细些好。”刘湘大笑道：“以我之见，还是即刻进兵为上策。”奇极奇极。袁祖铭惊讶道：“兄怎么也这样说？”我也为之吃惊。杨森道：“果然如你们这般胆小，省局何时可定，不但示人不武，而且何面见玉帅呢？”老杨可谓知恩报恩。袁祖铭怒道：“怎么说我胆小？你既然胆大，就去试试看罢。”杨森也怒道：“你料我不敢去吗？看我攻破成都，生擒熊克武给你看。”慢些说大话。刘湘见他们动气，连忙解劝道：“好好！算了罢。说说笑话，怎么就动了气？老实说一句罢，料事是袁君不错，战略还得要依子惠。”邓锡侯道：“这是何说？”刘湘笑道：“这是显而易见的。熊克武素称知兵，如何肯出此下策？我料他号称退守成都，暗地必然是把大军集中潼川，等我们去攻成都，却绕我们背后，袭我后路，使我们首尾不能呼应，必然大败，他却好乘势袭占重庆。熊克武之计，在刘湘口中说出。我们现在表面上只装做不知，径向成都进攻，到了半路，却分出大队，去袭潼川，敌军不提防我去袭，必然一鼓可破，这便叫做将计就计，诸公以为何如？”袁祖铭、杨森等都大服。议定之后，袁祖铭和杨森各带本部军队，向成都进攻，暗地却派邓锡侯替出他们两人，星夜袭攻潼川。

熊克武在潼川听说杨、袁领兵攻打成都，暗暗得计，正待打点出兵，去袭他后路，不料半夜中间，忽然侦探飞报，杨森、袁祖铭领着大队来攻，不觉大惊，急忙下紧急集合令，出城迎敌，走不上三五里路，前锋已经接触。熊军一则不曾防备，军心慌乱，二则屡败之余，军心不固，战到天明，杨、袁大队用全力压迫，熊军抵挡不住，大败而走。杨、袁乘势追击，熊军慌不择路，抛枪弃械，四散奔逃。熊克武急急逃回成都，和刘、赖商议抵敌之策，正待集合反攻，忽然东北面枪炮声大作，杨、袁大军已经追到。熊克武急令赖心辉出城迎战，赖心辉虽则不甚愿意，又不好意思不往，军心如此，焉得不败？快快地领兵出城，只战了两三个钟头，便抵御不住，败进城来。刘成勋便建议放弃成都，熊克武知道大势已去，长叹一声，传令各军一齐退出成都。但懋辛在路上向熊克武建议道："刘湘和杨、袁等都在前方，东南后路空虚，我军不如径袭重庆，以为根据之地。敌军倘然大队回救，我军以逸待劳，可操胜算。"熊克武寻思除此以外，已无别计，便率领各军，径向重庆前进。

刚到中途，忽然前面一彪军队拦住，原来是邓锡侯奉了刘湘的命令，在此堵截。熊克武大怒，传令猛扑。两军开火激战了半日，邓军先占好了地势，熊军进攻不易，更兼远来辛苦，不能久战，邓军乘势冲击，又复大败而退，到了中途扎驻，熊克武请刘、赖、但、石、陈诸人到自己营中，向众作别道："克武本图为国家宣劳，为人民立功，平定全川，响应中山，不料事与愿违，累遭败北，此皆我不能将兵之罪，决不能说是诸位不善作战之罪。现在大势已去，决难挽回，与其死战以困川民，不如暂时降顺以待时机。克武一息尚存，不忘国家，总有卷土重来之日。现在请把各军军权，交还诸位，望诸位善自图之！"其词不亢不随，颇见身分。众人听了这话，都觉十分感慨，竭力安慰。熊克武笑而不言。众人散后，次日早晨，正待出发，熊克武早已率所部军队退入黔边去了。盖熊氏此时，早已料定刘、赖不能一致行动矣。

刘成勋道："锦帆熊克武字。已经单独行动，我们此后应当如何？"赖心辉道："此时除了依锦帆的话，暂时降顺，也无第二个方法了。"但懋辛默然无语。良久，方握着赖心辉的手道："我们也分别了吧。"奇绝。赖心辉惊讶道："这是甚么缘故？"但懋辛道："兄等都可与敌军讲和，惟有我决不能和敌人合作，而且有我在此，和议决不成功，反害了诸公的大事，我也只有追踪熊公，率军入黔，以图再举的一策，其余更无别议了。"刘、赖再三挽留，但懋辛都不肯听，第二天便也率部退走，追会熊克武的军队去了。

刘成勋和赖心辉只得派人与刘湘去议和，刘湘大喜，当即允准，一面和袁祖铭等连名电致洛阳，报告战事经过情形。吴佩孚见川战已定，四川全省已入掌握，十分高兴，论功行赏，拟定刘存厚为四川督理，刘存厚有何功劳？不过以其资格较老，与自己又接近耳。田颂尧为帮办，邓锡侯为省长，刘湘为川藏边防督防，袁祖铭为川滇边防督防，杨森为川东护军使，写好名单，送到北京内阁。内阁见是吴帅拟定的，自然没有话说，当时便在阁议席下通过。不料杨森自谓功不可当，早以省长自居，纷纷调换全省行政人员，一面发电报告情形。曹锟恐怕此令一下，又要发生纠纷，便把命令搁了下来，不曾发表。吴佩孚苦心经营，牺牲多少军械军粮，杀害多少无辜人民，所得的一点战功，还是一个了而不了的局面，这却按下不提。

却说川中用兵之日，正闽、赣交讧之时，上回书中曾说孙传芳屯兵延平，蔡成勋连电告急，因作者只有一支笔，难写双方事，所以搁到如今，现在就趁着四川战事结果，抽出一点空闲来，向读者报告一番。原来孙传芳素以机变著名，自从得了福建地盘以后，积极训练军队，补充军实，一年以来，势力日见强大，数日以前，把军队集中延平，一时布满了疑云。也有说他谋浙的，也有说他侵赣的，累得浙江调兵遣将，忙乱非常。蔡成勋发电求救，神魂无主；就是福建的人民，也不知他葫芦内卖什么药。那王永泉也是个阴谋专家，见了他这种举动，十分猜疑，他的兄弟王永彝也再四嘱咐王永泉小心。这天王永泉正在公馆中和一班姨太们调笑取乐，忽然孙传芳微服来访，王永泉不知何故，吃了一惊，急忙整一整衣服，出去迎将进来，同到会客室里坐下。孙传芳笑问在公馆中乐否，王永泉笑道："彼此心照不宣。"孙传芳也大笑，因把座位移近一步，低声说道："弟已决定本月二十七日十三年二月。出发，福建的事情，此后全仗老兄一人维持了。惟军饷一项，务请老兄竭力帮忙百万之数，并在弟出发以前，筹集四五十万，使弟可以支应开拔费用。彼此都是为国家办事，亏他有脸皮说得出。务请竭力，不要推却。"王永泉道："兄可把所有各部军队，全都带了去吗？"问得恶，亦把细。孙传芳道："这时还不能定。大概李生春、卢香亭两旅，可以暂留，助兄镇守省城，其余各部，非全都开拔不可，否则恐怕不够调遣。"说得不着痕迹。王永泉欣然答应。孙传芳大喜，又再三拜托，方才辞去。

王永彝听得这事，便问王永泉道："不知道他抱着甚么意思，怎么肯轻易放弃福州？"王永泉笑道："福建事权不一，他外被群雄所困，内又见扼于我，伸展不得自由，所以想往外发展咧。"人言王永泉多阴谋善机变，然而到底不能识透孙传芳之机变，则亦虚有其名而已。次日，王永泉令财政厅尽量搜罗，凑集了四十万现款，解给孙传芳。到了二十六日，王永泉亲到孙传芳那里接洽移交各事。尚在梦中，读者将以为王氏必在此时发生危险，不知在事实上决无此理也。盖果然可以如此解决，则两人相处甚久，何遂无类此之机会哉？孙传芳择最紧要的事情，都接洽了，渐渐谈到攻浙的事件。王永泉道：“听说仙霞岭一带，卢永祥只派夏兆麟一旅人防守，兵力很单，只是仙霞岭地势险要，进攻不易，我兄还须谨慎才好。”不催其出发，反劝其谨慎，恶极。孙传芳微笑道：“我也不一定图浙，如有机会，攻赣岂不也是一样？”王永泉道：“蔡成勋虽然没用，然而军力尚厚，我兄所带的，虽然都是精锐，但以人数而论，恐还不足以操胜算。”更恶更恶。其意盖在怂恿其将李、卢两旅一同带去。孙传芳听了这话，踌躇了一会，装得很像。方才说道：“我兄所说的话，十分有理，但是另外又没有兵可添，奈何？”妙妙。看他撇开李、卢，毫不在意。王永泉也踌躇不答。王永泉倒是真的踌躇。孙传芳忽然笑道：“方法有一个在这里了。贵部李团素称骁勇，现在城外，何不借给兄弟，助我一臂之力？”王永泉慨然答应。不由他不答应。

第二天，孙传芳发出布告和训令，大概说“自己赴延平校阅军队，所有督理军务善后事宜，都由帮办王永泉代理”云云。一面整队出发。王永泉亲自出城送行，并命李团随往。孙传芳挽着王永泉的手，再三恳其源源接济。装得极像。王永泉满口允诺，送了几十里路，方才珍重而别。路上王永彝又问王永泉道：“哥哥如何教李团随往？他是哥哥部下的精锐，如何替别人去效力？”王永泉笑道：“你哪里知道我的意思？馨远素多机变，他的说话，至少也要打个三折，如何可以尽信？我要派人去侦探，又嫌不便，现在他借我的李团同行，我正可教李团在前方监视，乐得做个顺风人情。”人谓王永泉多机变，果然名不虚传。王永彝道：“你可和他说过。”王永泉笑道：“孩子话，岂有不嘱咐他之理?”说着话，回到福州，便到督理公署里去办公。

光阴易过，忽忽已是一个星期，这天正是三月四日，王永泉忽然接到孙传芳一个电报，请饬李、卢两旅开赴延平。王永彝又不解是何用意，王永泉笑道:“这是馨远听得浙、赣增兵边境，恐怕兵力不够调遣，所以又调李、卢到前敌去咧。”因令人去请李生春和卢香亭，李、卢应召而来，王永泉便把那电报给他们看，李、卢齐声道:“我们也刚接到馨帅叫我伪开拔的电报，正想来禀督理。居然称之曰督理，使他不疑，妙甚。明天早晨，便好开拔，只是开拔费用，还请督理转饬财政厅，立刻筹拨才好。”又索开拔费，使其不疑，妙甚。王永泉应允，立刻便打电话知照财政厅，筹拨四万。两人欣然道谢而去。

次晨，李、卢领了开拔费，各自率领全旅军队，出城而去。王永泉笑对王永彝道:“现在我眼前可清净了。”慢着，大不清净的要来了。当下便电泉州所部旅长杨化昭，速带所部开拔入省，守卫省城，以防意外。也可谓把细之极，其如孙氏机变更甚何?

又隔了一日，是三月六日。忽然接到了周荫人的万急电报，不知是甚么事，正在惊讶，立刻命人译了出来，谁知是宣布他的罪状，并限他在三小时内退出福州的哀的美敦书，不觉大怒，立刻命秘书复电痛骂。这谓之斗电报。一面传知洪山桥兵工厂中的驻军，加紧戒备，另外又赶调就近驻军，急来救应。

讲到洪山桥的驻军，本来也有一旅多人，自从被孙传芳借去一团，便只剩了一团多人，兵力十分单薄，可见孙传芳计划之周到。此时得了王永泉的命令，十分惊疑，正在布置，忽然报称卢香亭、李生春以后队作前队，来攻兵工厂了。王军慌忙出动抵御，卢、李两旅，早已扑到营前，王军军心大乱，不敢恋战，俱各抛枪弃械，四散奔逃，兵工厂当时便为卢香亭军所占。

王永泉的救军还未到，卢、李两军，又攻进城来。仓卒之间，调遣不灵，所部尽被缴械。王永泉和兄弟王永彝带领残部急忙逃出福州，向泉州路上奔逃。正走之间，忽然又一彪军马到了。王永泉大惊探询，却是自己所部，得了命令，特来救应。王永泉大喜，合兵而行。到了峡兜，捕了许多船只，正在渡江之际，忽然两只大军舰，自下流疾驶而来，浪高丈许，把所有的船只尽皆打翻，兵士纷纷落水。王永泉大惊，急急逃过江时，所部三千多人，已大半落水，不曾落水的，也都被海军缴械。原来卢香亭攻进福州时，便即关照海军，请即派舰到峡兜堵截，所以王永泉又吃了这个大亏。他俩在峡兜逃出性命，只得百余残卒，也都衣械不全，急急向泉州奔逃。刚刚过了仙游，忽然前面尘头大起，又是一大队兵士到了。王永泉不知道是何处军队，不觉又是大惊。正是：

福无双至非虚语，祸不单行果又来。

未知王永泉性命如何，且看下回分解。

王永泉以机诈起家，雄踞福建者数年，督其地者，莫敢撄其锋，终亦败于孙传芳之机诈，天道好还，不其信哉！当王之讨李厚基也，与臧致平、许崇智合谋，团结甚坚，迨许去闽归粤，则又一变而降孙传芳，及孙传芳谋之，则又以攻臧者，再变而为附臧，饥附饱扬，其反复固不殊温侯。然一蹶不可复振，心劳不免日拙，于国既多贻害，于己又宁有得哉？

第一百五十六回　失厦门臧杨败北　进仙霞万姓哀鸣

却说王永泉、王永彝正在奔逃之间，忽然前面又有一军拦住去路，这路军队不是别人，正是部下的旅长杨化昭，率领本部全军，前来救应。王永泉大喜，当即传令扎下，防堵北来追兵，自己和王永彝、杨化昭回到泉州，召集各旅旅长开紧急军事会议，讨论反攻计划。杨化昭竭力主张联络臧致平，再图反攻。王永泉想来别无他法，只得如此决定了，想已忘却围攻厦门时矣。即日派代表去和臧致平接洽。那臧致平自从去年被围，洪兆麟等回粤以后，一面用金钱联络海军，使其不愿再动，一面运动各属民军，围攻泉州，王永泉不得不把围厦的军队调回救援，因此厦门得以解围，如今竭力补充整顿，兵力已大有可观，屡想攻克漳州，回复去年的旧观。无奈这时民军中最有势力的张毅，受了孙传芳联络，已由北京任为第一师长，兼厦门镇守使，无日不想窥取厦门。王献臣本来是宿世冤家，还有一位赖世璜，自由赣粤入闽，也和张毅、王献臣联络成一派，专和厦门做对，此等亦皆反复无常之武人。因此臧致平不能如愿。如今见王永泉派人前来联络，一口便允，绝不提往日围厦之事。代表还报，王永泉极为得意，便部署军队，准备反攻。

再讲卢香亭、李生春两人入了福州，急电周荫人入省主持。电报发出不久，周荫人已翩然到省。卢香亭急忙问他延平方面的情形，周荫人笑道："昨日三月五日。馨帅探得水口方面，王永泉有大批军械运过，立刻派谢鸿勋暗地截留，一面又派孟昭月把带去的李团缴械，都做得十分秘密，所以省中没有知道。补前文所未写，十分细到，不然，李团何遂一去无下落耶？现在馨帅有令，命我在省中主持一切，你们两人可急把分驻闽北一带王军残部扫除干净，好请馨帅来省，替出我去攻打泉州。"李生春道："馨帅仍在延平吗？"周荫人道："他暂时不能来省，须等闽北王部肃清，方才可以来呢。"卢、李两人应诺，当即分遣部队，把王永泉留在闽北的残部全都肃清，电省告捷。周荫人得了报告，电请孙传芳来省，自己率队南下，去攻泉州。

王永泉在泉州得此消息，正待派兵迎击，忽然又报张毅、赖世璜奉了孙传芳的电令，率部来攻。王永泉急令所部旅长高义，率队防御，正在支配兵力之间，又见王永彝匆匆进来，见了这几条命令，便夹手夺过，掷于地下道："哥哥还在睡梦之中吗？高义久已和张毅有了接洽，如何还派他去？现在军事形势，已十分危险，哥哥还留恋在这里做甚么？万一哥哥必定要和他们死拼，做兄弟的可耐不住，便要辞了哥哥，到上海去咧。"王永泉听了这话，不觉长叹一声，掷笔而起，传令命杨化昭入内，对他说道："我决意到上海去了，所有的军队，都请你代为统带，候臧致平来改编。高义不必叫他到前敌去，可留他守泉州罢。"杨化昭再三劝慰，王永泉笑道：不哭而笑，非真能笑也，哭不出来耳。“我在福建的势力不可谓不厚，然而数日之间，一败涂地，可见这事情已非人力所能挽回，分明是有天意在内，此是从项公“天亡我也”一句化来。我便有本领战胜敌人，决战不胜天意。明明是人谋之不臧，偏要推说天意，将自欺欺天乎？人言王永泉多机诈，果然。我待不走怎的？”杨化昭见他去意已决，便慨然答应。王永泉便把这意思又吩咐了各旅长一番，然后电致臧致平，请其来泉改编。事情办妥以后，便和兄弟王永彝潜行动身，到上海去了。

臧致平得了王永泉的电报，电令杨化昭放弃泉州，退守同安。杨化昭遵令全部开到同安，只留高义在泉州防守。这时高义的态度十分暧昧，所以杨化昭不曾教他同退。不数日，臧致平自己也到同安，恰好周荫人会合张毅、王献臣、赖世璜各部，来攻同安，臧、杨合力抵御，大战多日，不分胜负。

1468. 卢香亭向周荫人献计道：“如此苦战，不易得胜，不如仍运动海军攻他们之后，一面令漳州方面的驻军，袭击江东、水头一带，断他和厦门的联络。臧、杨进退无路，必然成擒了。”周荫人然其计，当下派人暗地去运动海军和漳州的民军，同攻厦门。海军因两次攻击厦门，都未得手，现在见周荫人又来约他，生恐仍旧未能得手，大家讨论了一会，忽然思得一计，假意拒绝周荫人的请求，反向他索取截击峡兜时所许的利益。彼此在假意争执之时，暗暗地集合舰队，载着陆战队，星夜去袭厦门。此时臧军全体都在同安，留守厦门的不过是些少部队，忽见海军来袭，抵敌不住，急忙电请臧致平分兵回救。

臧致平大惊，立刻便派刘长胜率领本部军队，回去救援。刘长胜遵令，急急开拔，刚到灌口，前面已有军队截击。刘长胜大惊，赶即派人查明，却是漳州的民军，即令向前冲击。无奈民军甚多，冲突不过，反而损失了不少军士。民军乘势反攻，刘长胜大败，刘长胜变作刘长败矣，一笑。退到洋宅，作急报知臧致平。臧致平得此消息，拍案而起道："刘长胜如此无用，大事去矣。"因急召杨化昭吩咐道："厦门驻军单薄，已半日不得消息，此时必已失守，你可率领所部军队，急急前去击破漳州民军，乘势占领漳州，以备退步。"此时计到退步，殆已知不能抵御北军乎？

杨化昭遵令，急忙领兵赶到灌口相近，已和漳州的民军接触。杨化昭大怒，更不放枪射击，立即传令肉搏冲锋。大队兵士，一齐大喊一声，便如潮水一般冲将过去。写得杨化昭勇悍之极。民军虽称勇悍，从来不曾见过这种战法，支持不住，大败而走。杨化昭略略追了数里路，便收兵扎住，打探厦门曾否失守。不多时，探员回报，厦门已入海军之手。杨化昭长叹一声，传令进攻漳州。漳州的民军被杨化昭追赶，急急奔逃，刚
才过了长泰，将到安东，长泰城南之一小市镇。忽然前面有大军阻住，前锋相迫，交绥起来。原来这支军队却是何成浚所部，他因探得漳州空虚，业已袭击占领，派兵来攻漳州民军的后路。杨化昭也赶到，两面夹攻，民军大溃，四散奔走，枪械弃了一地。杨化昭和何成浚见了面，大约谈了几句，杨化昭便要回军仍赴前敌，何成浚留守漳州，布置一切。

杨化昭刚到坂头，长泰城东之乡镇。臧致平已因兵少，败了下来。杨化昭上前猛力反攻了一阵，方才把周荫人的军队击退。臧致平对杨化昭道："漳州既被我军占领，此时也只有退守长泰，让我整理队伍，才能反攻咧。"杨化昭称是。臧致平便令杨化昭、刘长胜守住长泰，自己率领残部，回到漳州，整理了几日，散走的溃兵渐渐又来聚集，军势复振。何成浚因是生力

军队，情愿开到长泰去作战。这时臧军前线虽然减少了臧致平自己的部队，却增加何成浚的生力军队，因和周荫人又成了相持之局。

周荫人见不能取胜，又想起去年与粤军夹攻的情形，回应一百二十三回。便派代表往潮、惠和洪兆麟商议，请其派兵北上，攻臧、杨之背。洪兆麟因臧致平占了漳州，也恐他往南发展来攻自己的背面，造成和中山系军队夹攻自己的局面，立即应允通电声讨臧、杨，臧、杨有何罪？可供声讨，不过与自己不利耳。率兵北上。好在这时东江的战局，已在停顿之中，滇、桂、黔、粤各军，时有内讧，不能直捣潮、惠，暂时抽调军队，谅还无妨，便拔队向漳州进攻。臧致平腹背受敌，支持不住，又和何、杨等退出漳州，冲过龙岩，占了汀州。周荫人等乘着战胜之威，又率队进迫汀州。臧、杨等都知汀州决不能守，因和何成浚商议道："汀州孤城，万不能坚守，浙江卢子嘉和我们素有接洽，不如冲过江西，从玉山入浙，不知我兄可肯同行？"何成浚寻思了一会，方道："我想到广东去投中山先生，拟即率队由江西入粤，不知两兄以为何如？"杨化昭道："人各有志，既兄志在投奔中山，我们也不敢相强，好在中山与子嘉，都在反直团体之内，何分彼此。"议定之后，便即拔队离汀，何成浚由会昌转入广东去了。

蔡成勋听说臧、杨入赣，便派人接洽改编。臧致平笑道："蔡成勋何物，岂是用我之人？"蔡成勋一庸材耳，宜乎为臧氏所轻。当时严词拒绝。使者道："两君现在势穷力竭，前无去路，后有追兵，如不归顺蔡督，更待何往？倘蔡督派兵兜截，两君虽欲归顺，也不可得咧。"臧致平笑道："我们人数虽只有五六千之众，然而转战千里，孙传芳竭全省之力来兜截我们，也被我们冲过，何怕什么蔡督？是实事，不是吹牛。蔡督如讲交情，不来拦阻我们，让我们通过到浙江去，我们当然感激不尽，将来总有报答之时。此是讲情理，见自己不是一味恃蛮者。倘必欲相厄，那时实迫处此，只好请蔡督莫怪了。”此是威之以硬，见自己是不怕兜截者。使者见他态度如此决绝，知道多说无用，怏怏而去。臧致平令全军一齐前进，走了一日，忽报前面有蔡军阻止前进。臧致平大怒道：“蔡成勋太不量力，如何敢来阻我？”当下便令杨化昭为前锋，向蔡军猛冲。讲到江西军，在东南各省中，原属最阘茸的军队，自来不耐战斗，如今遇见这位惯玩肉搏的杨化昭，如何抵抗得住？一交绥，便即四散败走。不经战。杨化昭见蔡军很少，十分奇异，叫过捉住的俘虏来问，方知他们是因派来运送军械，并非派来堵截的。杨化昭听了这话，大喜道：“我们正缺械弹，想不到竟有人送来。”当令把夺下的械弹，分发给兵士配用。

这消息报到南昌，江西省城。蔡成勋禁不住大怒道：“臧、杨太无礼义了。我好意接洽改编他们，不愿意也还罢了，如何又劫夺我的军械？此仇不报，有何面目见人？”当即调集大队陆军，在建昌、金谿方面堵截。臧、杨军前卫探得这事，便来向臧致平请示。臧致平得了此报，急和杨化昭商议道：“江西的地势，我们不熟，如敌人用抄袭之法，我们必中其计，现在不如分作三路，你任中锋，教刘长胜担任左翼，我自己任右翼，你如冲得过固好，冲不过，你可稍退，让我们左右两翼，攻击他的侧面，取三面包围之势，定可战胜。即使不能胜，也决不致被他抄袭了。”杨化昭应诺。三人分兵讫，杨化昭中锋先进，在新丰司地方和蔡军接触。蔡军还没见杨军的影子，便枪炮齐发，乱轰一阵。可发一笑。杨化昭却安然处之，并不还击。等到两军相距甚近，方令开枪。才是惯家作用。不一时，愈战愈近，相距不过十余密达，杨化昭便令上刺刀冲锋。又玩肉搏的老调儿了，此公真是狠货。兵士齐声大喊，奋勇向蔡军猛扑。蔡军起初还忙不迭的开枪，并乱用机关枪扫射，等到杨军冲过了十字火线，相距只有三四密达的光景，早已丢了枪械，纷纷奔逃。杨化昭哪里肯舍？竭力追击，追击蔡军枪械委弃了一地。臧致平、刘长胜又从左右杀来，杀得蔡军更无逃处，溃散得几不成军。臧、杨冲过了建昌、金豁，由江浒、胡坊、河口、广信、玉山，退入浙江的常山。

浙江人民听说臧、杨的军队入境，恐怕引起战事，一齐电请卢永祥派军防堵。卢永祥哪里肯听？臧、杨轻蔡而重卢，亦知卢氏必能重视彼等也。浙江绅商都借口饷项困难，情愿集资遣散，一面推代表去见卢永祥。卢永祥道："我心上何尝不知道浙江财政困难，不能再供给军队的饷项，但我本与臧、杨有约，他今穷而归我，我如拒绝他，或者解散他，不但有乘人于危之嫌，良心上也如何过得去？"绅董们再三劝解，卢永祥总不肯听，绅董只得快快而出。卢永祥当即派人赴衢州常山改编臧、杨军队为一混成旅，并定名为浙江边防军，以臧致平为司令，杨化昭为旅长。

从此直派方面因攻浙联浙的主张不同，曾造成洛阳、南京两大实力派的意见大冲突。这时齐燮元便拿着这事去责备吴佩孚，吴佩孚也觉得有些说不过去，便即电致卢永祥，请其即将臧、杨两部遣散，一面电令苏、皖、赣、闽四省监视浙军的行动。浙江各团体也因一时盛传四省攻浙，解决臧、杨的风声一天紧于一天，都纷纷吁请卢永祥解散臧、杨部队。这种电报，一时如云蒸霞蔚而起。现在把浙江省议会发给卢永祥的一个电报，录在下面，也见当时浙江人民反对之烈了。原电的内容，大意道：

> 臧、杨入浙，全省人民莫不惊惶失措。度以事理，揆以环境，其不可不另筹解决之理有四，敢为督办陈之。浙江虽为财赋之区，而历年供应浩繁，军费重积，频年以来，渐入窘境，国省各税所入，以应原有各军，已有竭蹶之虑，何能再增负担？一也。臧、杨以不容于闽，见逐于赣，始改就浙江。闽、赣皆与浙省为邻，万一进兵致讨，必致牵动大局，二也。前此《和平公约》及督办历次宣言，不容客军入境，今收容臧、杨，是实始破坏《和平公约》之咎，三也。浙江陆军，原有一、二两师，益以第四、第十，已达四师之数，以固边防，绰有余裕，收容改编，义无可取，四也。务乞俯顺民意，另筹解决之道，浙江三千万人民幸甚。

卢永祥见了这电报，便请省议长沈钧业到公署中去，向他解释道："兄弟自从到浙江以来，多蒙全浙父老兄弟诚意拥戴，兄弟也处处顾及民意，时时顾及地方。老实说，浙江也差不多可说是我第二故乡了。自从废督的潮流一起，兄弟当即适应潮流，自向全省人民辞职，又蒙全省人民付托我以军事善后督办的重任，半年期满之后，又坚留我继续担任，浙民之爱我如此，我岂有不爱浙民之理？兄弟所以定要收编臧、杨者，也是有我一番至理。馥荪兄沈钧业字。试看目今的直系，驱逐总统，公然贿选，是否是全国人民所共同切齿痛恨的？论理我既是中国国民一分子，当然要尽力反对，此言我不可以不反对。便是浙江人民，也并非居在中国版图之外。人同此心，心同此理，也该努力向这条路上去走。此言浙江人民也不可不反对。何况直系本抱着武力统一的主张，即使我们不反对他，他也决不能轻轻放过，当然还要派兵来攻。此言便不反对，也不能免于一战。我们不反对而仍免不了受战事的损失，何如爽爽快快正言反对，也教他们知道民心尚未全死，知所警惕。此言我们乐得反对。我们既处在不能不反对，不可不反对的地位，他们又处在不肯不攻浙的地位，是战事迟早总不能免。试想浙江现在的实力，怎能对付四省十余万的兵力？仅仅增一臧、杨，我尚嫌他太少，浙江人民，怎么反嫌兵多呢？此言不能不收容臧、杨。这番苦心，我又不能明白宣布。一宣布了这层意思，岂不立刻挑动了战事？此言所以不明白宣布之因。馥荪兄！你现为全省人民的代表，务请你代为解释！”一篇话，说得十分透彻。沈钧业原是个忠厚人，听得他如此说，不能

辩驳，也是不敢辩驳。当时喏喏而出。

那齐燮元久已想并吞浙江，扩充自己的实力，可恨此次战事，实完全由齐氏一人引起。此时有口可借，便调集自己所部的第六师全师、黄振魁的第二混成旅、吴恒瓒的第四混成旅、陈调元的第五混成旅、杨春普的第十九师、白宝山的苏军，总计约有四万人的兵力，纷纷向沪宁路和太湖附近一带开动。安徽方面虽然和浙卢并无仇恨，也无野心，只是既同隶直系之下，自不得不派兵助战。江西的蔡成勋，因怕孙传芳压迫的缘故，本来竭力主张和平对浙，这次因臧、杨夺他的军械，又破他堵截之兵，因此迁怒到浙卢身上，也派定杨以来一师人，在玉山边境，乘机窥伺。孙传芳此时已将福建督理的位置让给周荫人，自己只拥了个闽粤边防督办的虚衔，正想竭力向外发展，另外找一个地盘。他的本意虽在江西，却因名义上总算同隶直系之下，不

能不有多少顾忌，所以迟迟未能实行。现在见浙江方面大有可图，便带领孟昭月、卢香亭、谢鸿勋等六个混成旅，分兵三路，窥伺浙江。

浙江方面，防驻衢州的，原为夏兆麟。卢永祥因夏旅系北军精锐，想把他调到北境，攻击江苏，所以驻衢不久，便又令他开驻嘉兴。夏兆麟奉了这调防的命令，当下便令地方上拘集船只，开拔东下。这些民船行驶很慢，衢州上游开到杭州，虽然说是顺水，每天也只能行驶百来里路，所以每天总在县治所在的地方驻泊。从衢州开到龙游，恰好只有一站路，一站路者，九十里也，浙江上游人，多如此称。将晚时分，夏兆麟到了龙游时，自有一批官绅人等，远远在那里迎接，夏兆麟上岸答访，就有当地绅士的领袖张芬，设筵款待。到了半酣时候，夏兆麟忽然动了征花之兴，主人少不得助助兴致，立刻命把沿岸的交白姝，不论船上岸上的，一律叫来。且住，交白姝究是甚么东西？怎么又有船上岸上之别？读者不要性急，且听著书者慢慢道来。

原来衢州上游一带的妓女，并没有甚么长三么二之分，只有一种船妓，碰和吃酒，出局唱戏，一切都和长三相类，不过没有留客过夜的旧例，所以有卖嘴不卖身的谚语。这种船妓，俗名谓之交白姝。至于何所取义，却没人知道。初时交白姝只准在船上居住，不准购屋置产的，到了光复以后，民国成立，这种恶例取消，他们因舟居危险，而且又不舒畅，才有许多搬在岸上居住。至于交白姝之营业方法，则依然犹昔，并不因一搬到岸上而有甚么不同。这龙游地方，原属小县，更兼县城离开水面，还有三四里的旱道，近水一带，只有一个二三百家的市镇，因此船妓的生涯，也并不十分发达。操此业的，总计也不过二十来人。此时听说夏旅长叫局，也有欢喜的，也有害怕的，欢喜的是以为夏旅长叫的局，一定可以多得些赏钱，害怕的是听说夏旅长是个北老，恐怕不易亲近。可是害怕欢喜，其情形虽不一致，至于不敢不来，来而且快的情形则一。所以条子出去不多时，所有的交白妹，便已一齐叫到。夏旅长虽是粗人，却知风月，少不得要赏识几人，替钱江上游留点风流趣史。正是：

惟大英雄能本色，是真名士自风流。

未知夏兆麟究竟看中何人，如何发生趣史，且看下回分解。

臧、杨入浙而东南战事爆发，江、浙之争，其果以此为导火线乎？
1476. 日：否否。卢不附直，虽攻臧、杨而消灭其势力，直亦必出诸一战。纳
臧、杨与不纳臧、杨，于东南战事固无与也。矧臧、杨与卢，同为反直
份子之一，今臧、杨以势蹙而归卢，卢倘拒之出境，其亦何以对初心
乎？更进一步言之，则东南战争，势必不免，与其拒之而自翦其羽翼，
何如改编之以为反直之助也。然则吾人岂可以纳臧、杨为卢咎哉？

第一百五十七回　受贿托倒戈卖省
结去思辞职安民

却说夏兆麟在席散之后，先打了两圈扑克，输了二三十块钱。这时有个妓女叫阿五的，正立在夏兆麟的背后，夏兆麟因鼻子里闻着一阵阵的香气，忍不住回过头来一看，只见阿五中等身材，圆圆的面孔，虽非绝色，却有几分天真可爱，禁不住伸过手去，将她一把搂在怀中。讲这阿五，原是上回所说胆小意怯，畏惧北老之一人，受了这等恩遇，只吓得胆战心惊，不敢说话，又不敢挣扎，一时两颊绯红，手足无措，只把那一对又羞又怕的目光，盯着夏兆麟的面上，灼灼注视。夏兆麟见了这样子，更觉可爱，忍不住抱住她的粉颈，热烈地接了两个吻。短短的胡须，刺着阿五的小吻，痛虽不痛，却痒痒地使她接连打了两个寒噤。众人见了这样子，虽不敢大笑，嗤嗤之声，却已彻耳不绝。夏兆麟也觉得眼目太多，有些不好意思，便两手一松，把一个软洋洋、香喷喷、热烘烘的阿五，如此形容，使人发一大噱。放在地下。阿五这时突然离了他的怀中，倒有些坐立不安起来，蓬着头，只顾看着众人发怔。写得入情入理。夏兆麟不觉微微一笑，便伸手把刚才输剩放在台子上的七十块钱钞票，向她面前移了一移，分明是赏给她的意思。一吻七十元，在一般军阀视之，直细事耳，然在吾辈穷措大闻之，已觉骇人，奇矣。阿五虽然也猜得一二分，却不敢伸手去接，只是看着钞票，看看夏兆麟，又望望众人。众妓见了这情形，也有好笑的，也有妒忌的，也有歆羡的，也有代她着急的。这时又有一个妓女，名叫凤宝的，在妒忌之中，又带着几分歆羡，妒忌人未有不带歆羡者，盖妒忌多由于歆羡而生也。正在无机可乘之时，忽见夏兆麟撮着一根卷烟，还没点火，便忙着走上前，划了根火柴，替他点着，又款款的喊了声老爷。夏兆麟点了点头，便在那七十块钱里，拈出两张拾元钞票，递给凤宝，凤宝连忙接过谢赏。凤宝比阿五乖得多了。夏兆麟又把其余五十块钱票递给阿五，阿五还不敢接，这时旁边有一个绅士，瞧这情形，忙着向阿五道："阿五，你这孩子太不懂了。夏大人赏你的钱，为甚么不谢赏？"阿五见有人关照她，才伸手接过道谢。接得迟了些儿，便少了二十块钱，应呼晦气。此刻时候已迟，夏兆麟不能多耽搁，便告辞而去。张芬等少不得恭恭敬敬地送到船上。

次晨开船到了兰溪，兰溪的官绅少不得也和龙游一般竭诚欢迎。夏兆麟的船还在半路，便已整排儿的站在码头上迎接。他们以为这样虔诚，方能博夏司令的欢心。按是时夏兼任戒严司令。不料这天刚碰在夏司令不高兴头上，船到码头，不但众人请他的筵会拒而不受，甚至请见也一律挡驾。兰溪人可谓触尽霉头。众人再三要求，方允出见。众人一见夏司令出来，在众人意中，固不敢直呼其名也。也有鞠躬的，也有长揖的，整排站着的人，高高下下，圆溜溜黑油油的头颅，七上八下的，一齐乱颠。夏司令嘤的一声，众人便似雷轰般应着。夏司令笑一笑，众人又七张八嘴的恭维。一时乱糟糟的几乎不曾把个夏兆麟缠昏了。旁边几个卫兵，知道司令有厌恶之心，也不等众人说话做个小结束，便一个左手，一个右手，如风也似的扶了进去。岸上整排儿站着的官绅，不见了夏司令的影子，兀自打阵儿高声颂祝，无非是夏司令是一路福星，夏司令全省柱石等等说话。话休烦絮，夏司令如此一站一站的到了杭州，见过卢永祥，卢永祥便令他即日开往嘉兴，夏兆麟即日遵令去了。

臧、杨入浙后，仙霞岭一带便由臧、杨防守，比及苏、皖、赣、闽四省，都把重兵纷纷调向浙边，卢永祥也少不得分调兵防御，令臧、杨开拔北上，防守黄渡，自己所部的第十师和何丰林所部的两混成旅俱在沪宁路一带守护。陈乐山所部的第四师，由长兴、宜兴之间进攻，天目山方面，则指定第十师的一部，防止皖军侵入。南部则由浙军潘国纲所部的第一旅郝 1479.
国玺防守温州、平阳，张载阳所部的第四旅防守处州，潘国纲所部的伍文渊第一旅和张载阳的第三旅、张国威的炮兵团防守仙霞岭和常山，都取守势。第四、第十两师合称第一军，自兼总司令，何丰林的两混成旅及臧、杨部队为第二军，以何丰林为总司令。浙军第一、第二两师为第三军，以第二师长、省长张载阳为总司令，第一师长潘国纲为副司令。

潘国纲、伍文渊、张国威等防地，本来都在余姚、五夫一带，这次得了调守浙边的命令，当即拔队南行。当调遣军队之际，军务厅长范毓灵忽然得了一个消息，急忙来见卢永祥道："仙霞岭一带，督办派哪一部军队去守？"卢永祥道："孙传芳北侵，兵力不厚，军械也不甚齐全，不必用强有力的军队去，只派第一、第二两师的一旅去也足够应付了。至于江西的杨以来师，更是不必担心，只一团人便尽够对付了。”江西兵之无用，几乎通国皆知，用以作战则不足，用以残民则有余，吾人何幸有此军队。范毓灵道：“浙军可靠得住？”卢永祥吃惊道：“你得了甚么消息？可怕是说浙军不稳吗？”范毓灵尚未回答，卢永祥又道：“当时我也曾想到这层，因为浙军是本省部队，恐受了别人的运动，所以我前日已对暄初张载阳字。等说过，此次战争，无论胜败，已决定以浙江交还浙人，现在浙军差不多是替自己作战了，难道还肯带孙传芳进来吗？”子嘉亦是忠厚之人。范毓灵忙道：“两位师长倒都是靠得住的，督办休要错疑，我今日得到一个消息，倒不是指他两人。”卢永祥道：“是哪个？”范毓灵道：“我刚才得到一个极秘密的消息，却是指这个人的。”说着，把声音放低，悄悄的说道：“听说孙传芳派人送了二十万现款给夏超，夏超已嘱咐张国威乘机叛变了呢！是耶非耶？询之浙人，当有知者，吾不敢断。督办应该防备一二才是！”卢永祥怔了一怔，半晌方道：“这话未必的确罢。”子嘉到底是位长者。范毓灵道：“我也希望他不的确，不过有了这消息，我们总该有些防备，莫教牵动大局。”老范比老卢乖得多咧。

卢永祥半晌不语。范毓灵正待解释，恰巧潘国纲进来辞行，并请领军械子弹开拔费等类。卢永祥望着范毓灵委决不下。范毓灵会意，因向潘国纲笑道：“子弹已饬照发，开拔费却一时为难。”潘国纲一怔道：“不知甚么时候才有。”范毓灵道：“且看明天罢！”答得空泛。潘国纲道：“且看的话，又是靠不住的，到底明天可有？”范毓灵道：“这个……你不要着急，多少总该有些罢。”答得空泛。潘国纲道：“军情紧急，饷项是第一要紧的事情，务请范厅长转饬财厅，克日照发。”卢永祥道：“潘师长不必着急，范厅长既如此说，明天总可有了。”潘国纲刚要再说，恰巧陈乐山进来，见了潘国纲，便道："我们这边，已经接触了，你们那边怎样？"潘国纲还不曾回答，陈乐山又道："贵部现在可是暂由伍文渊节制吗？听说大队仍在江山，不曾扼守仙霞岭，不知道是什么缘故？"潘国纲惊疑道："这是什么缘故？……恐怕还是因闽军的前锋尚远，或许是要兼顾江西罢？"潘国纲才力之薄弱，在此数语可见。陈乐山过潘远矣。陈乐山点头道："我说伍旅长是熟谙军情的人，总不该如此大意，万一闽军偷过仙霞岭，那时岂不悔之已晚？"潘国纲忙道："这话很是，我当即刻电令他赶紧扼守仙霞。"恐怕来不及了。卢永祥忙道："这事如何可以这般疏忽？你赶快拍电给他罢！"潘国纲连忙答应，这时他自觉布置未周，有些内惭，坐不住，便辞了出去。

范毓灵望着他出去，方谓陈乐山道："你看老潘为甚么这般言词闪忽？难道有甚么不稳吗？"陈乐山道："我不曾听到这个消息。不过潘的为人，我很知道，看去不过能力薄弱些罢了，要说他有甚么不稳，倒不是这类人。"卢永祥道："你那面既已接触，又赶回来做甚么？"陈乐山做了个手势道："请督办再发十五万块钱，今天可有吗？"范毓灵忙道："有有有，你自到财厅去支领就得咧。"潘无而陈则一索十五万，两面相映，使人暗悟。卢永祥道："你领了钱，就到前线去，不要再耽搁咧。我明天也要到黄渡一带视察阵线去咧。"陈乐山答应，到财厅领了军饷，便到长兴去了。

第二天卢永祥也到沪宁路一带前线，观察了一会，便仍旧回到杭州。两军在沪宁路及宜兴一带激战多日，胜负未分。论兵力，苏齐虽比卢永祥要多一倍，无奈苏军不耐战的多，而能战的少；卢、何的军队却非常勇敢，因此只能扯直，一些分不出高下。至于平阳方面，也是胜负未分。庆元方面，因浙军兵力单薄，被闽军战败，庆元已经失守，不过这一路并非主力，只要东西两路守住，闽军无论如何胜利，也决不敢孤军深入。常山、开化方面，浙军只有第五团一团，江西军虽有一师之众，因浙军素有老虎兵之号，不敢轻进，并不曾接触。这等军队，亏老蔡厚脸派得出来。江山方面，伍文渊正待进扼仙霞岭时，不料孙传芳军已经偷渡过岭，已在二十八都江山县南一市镇。掘壕备战，因此伍文渊不敢前进，只在江山城南的旷野上，掘壕防御。

九月十三那天，孙军忽然来攻，伍文渊急急率部应战，约莫战了一天，左翼渐渐不济。原来浙军的战略，注重中锋，大约有一团之众，右翼有两营人，左翼却只有一营。孙军这次参加战事的，有三混成旅之众，因探得浙军左翼的防线单薄，便只用两团人牵制住中锋和右翼的兵力，却用全力去压迫左翼。

左翼人数甚少，如何支持得住？战了一天，人数已不足一连，一面勉强支撑，一面急急打电话请伍文渊派兵救援。

伍文渊又打电话请潘国纲派兵，潘国纲教他派第二团第一营上去，伍文渊只得又打电话给第二团团长，第二团团长又打电话给第一营营长，第一营营长回道：“我虽愿意去，无奈我四个连长都不愿意去，请团长回复司令，另派别的队伍去罢！”真是放屁，养你们做什么用的？第二团团长急道：“这如何使得？左翼现在十分要紧，怎么禁得再另行派兵？电话去，电话来，一个转折，又要费多少时候，如何还来得及？”营长道：“四个连长不肯去，也叫没法，请团长派第二营或者第三营去罢。”倘第二、第三两营也像贵部一般不肯去，难道就不战了！第二团团长没法，只得回复伍文渊。伍文渊又急急打电话向潘国纲请示，潘国纲急令调第六团去接应。第六团又因不是潘国纲的直辖部队，不肯遵令。命令如此不统一，安得不败？按：六团系张载阳所部。如此几个周折，前线左翼几个残兵，早已被孙军的炮火扫光。孙军乘机占了左翼阵地，向中锋的后面包抄过来。

那些炮兵中有几个士兵，见敌军抄袭过来，急忙向敌军瞄准，想发炮时，却巧被张国威望见，急忙亲自走上炮台去，喝退炮兵，把炮口瞄准自己浙军的前线，接连就是两炮。那些浙军正因自己发炮并没效力，正在惊疑，忽觉炮声发处，自己队伍中的人，就如潮水也似的倒了下去，再加审辨，才知炮弹是后面来的，知道已有内变，便齐喊一声，不听上官节制，纷纷溃退下去。中锋一溃，右翼也不敢再战，立刻跟着败走，连在后方的第六团也被溃兵冲散，跟着奔逃。浙军威名，扫地尽矣。第五团原是防守常山的，听说江山战败，后路已经被截，也不敢再留，急急绕到衢州，跟着溃逃。一天一夜，奔了一百六十七十里，直到龙游，方才休息了三五个钟头，重又撒腿飞跑。浙军威名何在？

此时卢永祥尚在杭州，浙军溃退的第二天，方才接到这个消息，只因电报电话俱已隔绝，得不到详细情形，都说："浙军全体叛变，倒戈北向，反替孙军做了向导。"卢永祥部下的几个高级军官听了这话，一齐大怒，约齐了来见卢永祥道："督办待浙江人总算仁至义尽，不料他们这般无良，下此辣手，他无情，我无义，现在我们也顾不得许多，督办千万不要再讲仁义道德的话！"浙军即叛变，与杭人何与？说得无理之极。卢永祥忙道："你们要怎样呢？"是故意问。众军官道："还有甚么办法！老实说，事已至此，就是我们不干，部下士兵，也要自由行动了。"卢永祥冷笑道："哦！你们原来想这等坏主意，这不是糟蹋浙江，怕还是糟蹋我罢。我治军二十年，部下的兵士，从来不曾白要过民间一草一木，好好的名誉，料不到今天坏在你们手里，你们果然要这样办，请先枪毙了我再说罢！”卢氏治军之严明，在旧式军人中，确实不易多得。众军官听了这话，更觉愤怒，齐声道：“督办待他们如此仁义，他们可有一点好处报答督办？今天督办有别的命令，便是叫我们去死，我们也都情愿，只有这件事，我们只有对督办不住，要抗违一遭了。”说着，起身要走。卢永祥急忙立起身来，喝令站住。

众人只得回头，看他再说些甚么话，只见卢永祥沉着脸，厉声问道：“你们果然要这么办，非这么办不行么？”众人齐声道：“今天非这么办不可！”足见怨愤之极。卢永祥大怒，立刻掣出手枪，向自己心头一拍，厉声说道：“好好！请你们枪毙了我罢，我今天还有脸对人吗？”更说不出别的话，写得气愤之极。众人见卢永祥如此大怒，倒都站住脚，不敢动身了。里面有一两个乖

巧的，反倒上前劝解道：“督办不必动气，既督办不愿意如此办，应该怎样处置，只顾吩咐就得咧。”卢永祥听了这话，才换过一口气来，喘吁吁地说道：“你们若还承认我是上官，今日便要依我三件事。”众人问哪三件事，卢永祥道：“第一件，各军军官，所有眷属，一例在今日送往上海；第二件，各军军官士兵，所欠商家的账项，一例须在今日还清，不准短少半文；第三件，各军官兵，一例在今夜退出杭州，开往上海。”众军官听了这话，都十分不服，却又不敢违抗，大家默然不语，怒气难平。

正在不能解决之时，恰巧张载阳得了这个消息，赶来请示。众人见了他，都眼中出火，纷纷拔出手枪来，要和他火并。卢永祥急忙拦住，众人虽则住手，却都气忿忿地指着张载阳大骂。张载阳却不慌不忙地向着卢永祥一弯腰便跪了下去。

卢永祥慌忙把他扶起道：“暄初如何这样？这件事和你有甚么关系？你又不在前敌，如何知道前线的情形？”卢永祥确不失为仁厚之人。张载阳大哭道：“浙人久受督办恩荫，哪个不想念督办的好处，哪个不想报答。不料浙军软弱，逆贼内乱，恶耗传来，令我肝肠寸裂。我职为总司令，不能节制各军，使他们效忠督办，至有此变，这都是载阳之罪，特来向督办请死。”亦是实情实理之言，但事卢如君，未免大失身分耳。卢永祥亦忍不住流下两点老泪，忙安慰他道：“暄初不必这样，当初我本有言在先，此次战事，无论胜败，必然把浙江还给浙人，浙军之变，不过自己捉弄自己而已，在我并没有什么损失，何必怪你。我现在仍当实践前言，辞去浙江军务善后督办的职务，将浙江交还浙人。暄初是浙江人，此后请好自为之，不要负我交还的一番苦心咧！”张载阳道：“我随督办来，仍随督办去，岂肯贪恋权位，受国人的唾骂？”此时除随卢俱去以外，实亦无术可以自辩。众人听了这话，都道：“很好，暄初兄，你能这样办，我们原谅你，我们并原谅浙江，想不到浙江还有你这么一个好人。”怨愤如画。张载阳听了这话，十分难受，便即设誓道：“张载阳如有一点对不住卢督办的心，将来总须死在敌人之手。”卢永祥忙道：“这何必呢。你一去，浙江教谁维持？”张载阳道：“无论有人维持，没人维持，我无论如何，总须随督办到上海去。”说着，便别了众人，回到省长公署里，令人去请夏处长夏超时任警务处长，兼省会警察厅长。和周总参议来。周凤岐时任警备队总参议。

两人到了省长公署，张载阳先对夏超道：“老兄想这省长一席，现在可以达到目的了，在气头上故有此话。现在我决计跟卢督办走了。这省长的事情，就交给你罢。但是据我想来，孙传芳也不是好对付的人，怕没有像子嘉那样仁厚罢。”夏超听了这话，不觉良心发现，惭愧道："既然省长随督办去，我当然也去，如何说这话？"张载阳笑道："你太谦了，不怒而笑，其鄙之深矣。何必客气。定侯夏超字。兄！你自己不知道，外人是怎样咒骂你？"夏超脸一红道：亏他尚能一红。"外人怎样骂我？我自己想来，也并没甚么可骂之处哩。"你太夸了。张载阳冷笑道："你自己怎得知道？既你问我，我少不得学给你听，你当初因想做都督，不惜和吕戴之吕公望前为浙江都督。火并，结果戴之虽给你撵走，却便宜了杨督。只因你一点野心，便把一个很好的浙江，送给外省人的手中去了。使现在的浙江成为北老殖民地，罪魁祸首，就是你定侯兄。现在你因想谋夺省长的位置，又不惜把人格卖给孙馨远。你须知道，督军省长，不过过眼云烟，二十万的款子，更是容易用完。"语音未完。夏超急忙打断他的话头道："省长怎样骂起我来了？"张载阳冷笑道："怎说我骂你？

你自己问我，我才学给你听呢。妙妙，不意暄初公有此妙语。你以为这样就完了吗？还有呢！"妙妙，不意暄初公有此妙语。周凤岐初时不过静听，此时忙夹着说道："两位却别说闲话，大家谈正经事要紧。"浙人议论谓张国威之倒戈，二团之不战，周亦有嫌疑。张载阳笑道："什么叫正经话？好在我们都是知己朋友，有什么话不可说的？省长的事情，我决意交给定侯兄了。第二师长的事情，请恭选兄周凤岐字。担任了去。此后浙省的事情，全都要仗两位的大力维持，兄弟明天便要随卢督走了。"夏超、周凤岐齐声道："省长既随卢督去，我们如何可以独留？"张载阳笑道："这如何使得！你们也走，浙江岂不是没有人了吗？省城的秩序，还有谁来维持？"妙语妙语。夏超和周凤岐不好再辞，只得答应。意在此耳，何必客气。

次日，张载阳又到督军署中来见卢永祥，其时陈乐山已在那里，彼此见了，心头都有说不出的难过。张载阳问起长、宜情形，陈乐山不曾答应，卢永祥替他代答道："我已令他全部退回嘉兴了，将来还要退守松江。总之我无论如何，决不在浙江境内作战。卢公对浙江人则对得住矣，其如江苏人何？所有在省城里的兵，昨天一夜，也俱给我运完了，我定在今天下午走。暄初兄已决定同行吗？"从容之极。子嘉气度，似亦不易及。张载阳称是。陈乐山忽然问道："暄初兄把省长的事情交给谁？"张载阳道："定侯。"陈乐山见说起夏超，咬牙切齿地道："这反复的逆贼，你怎么还把省长的事情交给他办？我见了他，不用手枪打他两个窟窿，不算姓陈。"张载阳怕他真个做出来，倒竭力劝解了一会。

到了下午，卢永祥令没有走的几个卫兵，先到车站上去等着。张载阳道："督办怎么把兵运完才走？"卢永祥道："我假使先走，你能保这些兵士不胡闹吗？"做好人便做到底，所谓送佛送上西天也。张载阳听了这话，十分感动。临走的时候，卢永祥独坐着一部汽车，也不跟卫兵。陈乐山忙道："现在局势吃紧的时候，督办怎么可以这般大意？"卢永祥笑道："乐山兄太过虑了，难道还有要谋害卢永祥的浙江人吗？"是深信浙江人之语乎？抑自负语也。说着，一径上车走了。众人都十分感动。张载阳、陈乐山等一行人也随后上车，不一刻，夏超、周凤歧等都赶来送行。陈乐山一见了夏超，勃然大怒，立刻拔出手枪，要结果他的性命。张载阳急忙把陈乐山抱住，代为哀求。陈乐山大怒，指着夏超骂道："反贼！嘉帅何负于你，你竟下这般辣手？干此卑鄙的事情？你以为孙传芳来了，你有好处吗？老实说，今天先要你到西天佛国去咧，看你可能享用那二十万作孽钱？"说着，便又挣扎着，夺开张载阳的手，掣出手枪，向夏超就放。亏得张载阳不曾放开握住他右臂的手，慌忙把他的右臂一牵，周凤歧便把他的手枪夺下。陈乐山怒气未息，又指着他大骂道：“反贼！反复的小人，你以为这样一反一复，便可以安居高位吗？只怕总有一天反复到自己身上来呢。你以为孙传芳是将来的大恩主吗？恐怕一转眼间，仍要死在他手里咧。”夏超本来总坐着，不曾开口，到此方才说道：“乐山兄！怎样知道我和孙氏有关系呢？你已找得了证据吗？”陈乐山听了这话，不觉又勃然大怒道：“你还强词夺理，我教你到阎罗殿上讨证据去。”说着，猛然摔开了张载阳、周凤歧，拾起手枪，一枪向夏超放去。张载阳赶紧夺住他的手时，早已砰的一声，一颗子弹，飞出枪口。一个人啊呀一声，应声倒地。正是：

未听军前鼙鼓声，先见同室操戈事。

欲知夏超性命如何，且看下回分解。

平心而论，浙江历任军事长官，均尚比较不坏，所以十七年来，各省糜烂不堪，惟浙江一隅，未被兵燹，西子湖边，几成世外之桃源。虽浙江地势，不宜于用武，究亦不能不归功于各军事长官之能顾大局也。卢氏去浙，浙中各界无不惋惜，即仇敌如孙馨远，亦有“嘉帅老当益壮，治军饶有经历，我侪分居后辈，允宜若萧曹之规随，庶不负嘉帅让浙之心”之语。故终孙氏之任，未有大苛政及民者，亦卢氏感化之功也。惟卢氏知有浙而不知有苏，岂真视浙为故乡、苏为敌国耶？抑何眼光之短浅也哉？

第一百五十八回　假纪律浙民遭劫
真变化卢督下台

却说陈乐山一时发怒，掣出手枪便向夏超开放，幸喜张载阳的手快，早把陈乐山的手扳住，因此枪口一歪，那子弹只射着旁边一个马弁的肩窝，应声倒地。可谓城门失火，殃及池鱼。陈乐山再要开手枪时，卢永祥早已过来拦阻。陈乐山不平道："嘉帅怎的也帮他说话？"卢永祥从容不迫地说道："乐山，你既要杀他，为甚么不叫士兵洗劫杭州？"问得奇绝。陈乐山诧异道："这不是你不肯迁怒杭州人民，要特别成全他们吗？"确是奇异。卢永祥道："你以为这事应不应该这么办？"再问一句，还不说明，妙甚。陈乐山道："论理浙人负我，非我们负浙人，便洗劫了也不算罪过，但是嘉帅不忍罢咧。"卢永祥道："你既知我不忍，为什么要杀定侯？"还要再问，奇甚妙甚。陈乐山道："焚掠商民，谓之刑及无辜，当然应该存不忍之心。至于乱臣贼子，则人人得而诛之，有甚么不忍？"卢永祥道："你难道说我是为着他个人吗？"陈乐山还不曾回答，卢永祥早又继续说道：至此不容他再回答，又妙。“你杀了他，原不要紧，可是他部下现在也有若干保安队，这种保安队，打仗虽不中用，叫他抢劫商民，可就绰然有余了。你杀了定侯，他们没了主帅，岂有不生变抢劫的道理？你既肯体恤我的不忍之心，不肯叫部下抢劫，怎么又要杀定侯，以累及无辜的商民呢？”叠用几个问句，而意思已极明显。张载阳、周凤岐两人也劝道：“既然嘉帅不和他计较，请乐山兄恕了他罢！”陈乐山听了这话，半晌无语，手里的手枪，不觉渐渐地收了回来。

周凤岐见事情已经解决，便起身告辞道：“凤岐为维持省垣治安起见，只得暂留，等负责有人，当再到上海来亲领教诲。”卢永祥微笑道：微笑者，笑其言不由衷也。“这也不必客气。恭选兄只管请便罢。”周凤岐目视夏超，夏超会意，便起身同辞。陈乐山忽然变色阻止道：“恭选尽管请便，定侯兄可对不住，

还屈你送我们到上海去。我们相处了这么久，今天我和嘉帅离开杭州，不知道什么日子再和定侯兄相会，定侯兄难道连送我们到上海这些情分，也没有了不成？”其言硬中带软，软中有硬，定侯此时可谓难受。夏超无奈，只得又坐了下来。陈乐山又向周凤岐等人道：“我们的车子立刻要开了。相见有期，诸位请回罢！”周凤岐等只得告辞而去。

陈乐山立即便命开车。定侯此时，亦危乎殆哉。夏超坐在一旁，不觉变色。此时也有些惧怕了。张载阳心中不忍，再四向陈乐山疏通。陈乐山并不回答，只有微笑而已。不一时，火车已经隆隆开动，夏超着急，向张载阳丢了几个眼色。张载阳忽然得了一计，因急去和卢永祥说道：“定侯如不转去，保安队无人统辖，万一发生变乱，省城必遭糜烂，如之奈何？”卢永祥听了这话，瞿然变色道：“暄初的话不错，万一保安队因不见定侯

而发生变乱，岂不是我害了杭州人民吗？”因急对陈乐山说道：“到了艮山门，快叫停车，让定侯下去罢！”卢永祥能处处以人民为念，宜乎浙人至今思之也。陈乐山见卢永祥有命令，不敢不依，只得教火车到艮山站时略停，好让夏超下车。到了艮山站时，车子停住，陈乐山因向夏超道：“对不住得很，劳你送了这么一程，也不枉我们同事多年，更不枉嘉帅卵翼了你几年了，请从此回去罢！我们相见有期。”说得若嘲若讽，令听者难受。夏超默然，卢永祥、张载阳都催他下去，夏超这才下车，回到公署中，一面发电请孙氏即日来省维持。

那些商民绅董见卢氏已去，知道孙氏必来，乐得做个顺水人情，拍几个马屁，也好叫孙督开心，以后可以得些好处，此中山所以主张打倒土豪劣绅贪官污吏欤？盖贪官污吏土豪劣绅实导军阀残民者也。争先恐后地发电欢迎。所以孙氏后来开口就是浙民欢迎我来的。究之，欢迎者有几人乎？此时潘国纲还不曾晓得省中情形，到了七里垄中，正待整兵再战，忽然听说省局大变，卢氏已走，不觉大惊，知道作战无用，只得收拾残部退往五夫，保守宁、绍去了。少了许多战事，也未始非受卢氏即时出走之赐。

那孙传芳在福建动身时，曾夸下海口说：明年八月十五，请各位到浙江来观潮，想不到果然应了这话。此时见浙江官绅的欢迎电报如雪片而来，怎不欢喜。然则只能说浙江官绅欢迎而来耳，决不能说浙人欢迎而来也。何也，浙江人民固不承认欢迎也。立刻电令进攻衢州的第一支队司令孟昭月，兼程而进。讲到孟昭月的部队，服装军械，都还完全，纪律也还不坏，所以孙传芳叫他担任前锋。临行时，又再三交待孟昭月和别的军官：“卢氏在浙多年，纪律甚好，浙江人民对他的感情也很不错，现在我们既要想在浙江做事，第一要顺人心，你们切须遵守纪律，要比卢永祥的兵更好，莫要胡乱抢劫，坍我的台！”因此孟昭月等都十分谨慎，不敢让士兵们在外妄动，除在福建胡乱捞些外快，到了浙江以后，果然不曾大烧大抢。可是零碎部队，却难免仍有不规则举动。

有些兵士，因衣服单薄，身上寒冷，便背着草荐上岸，宛然和叫化子一般，哪里配得上讲甚么军容。更有几件可笑可恨的事儿，不能不趁便记述一下。一件是衢州乡下，有一家人家正在娶亲，孙军部下有三个散兵，因不敢在城内打劫，便向乡下捞些油水。恰巧听说这家有人娶亲，便老实不客气地跑了进去。那些客人亲族以及帮忙打杂鼓吹等人，见了三尊恶煞降临，不敢逗留，立刻卷堂大散，溜之大吉，逃之夭夭，只剩着新娘一人，蒙着红布，呆坐在床沿上。新郎何以也不管？未免太放弃责任了，一笑。三位太爷先到新房里翻了一阵，把些金银首饰和押

箱银等，都各塞在腰里，再除下了新娘的红巾，觉得品貌实在不错，便老实不客气，把她带到就近山中一个破庙里，爽爽快快的轮奸了三日三夜，还要她丈夫拿出五十块钱来赎回去。真是可恨可杀。她这丈夫也不知哪里晦气，损失财物还可，谁料到已经讨进门来的娘子，还要先让给野男子去受用。如在胡适先生言之，则如被三条毒蛇咬了几口而已，也不打紧，一笑。

一件是出在龙游交白姝的船上。原来那些交白姝因听说北兵到来，早已逃之夭夭，一个不留，只有几个七八十岁的老婆子，还住在船上照看什物。不料这天居然也有一位八太爷光降下来。那位八太爷在船上找花姑娘，北人称妓女为花姑娘。找了半天，只找到了一个鸡皮鹤发的老太婆，一时兽欲冲动，无可发泄，便要借她的老家伙来出出火。那老妇如何肯依，忙道：“阿呀！我的天哪，我老了吓。”那八太爷笑道：“你老了，你几岁？”

老妇道："我今年五十六岁咧。"那八太爷笑道："很好很好，你五十六岁，我五十二，不是很好的一对吗？老怕甚么？好在我又不要你生儿子。"可笑可恨。说着，便动起手来。那老妇原属行家出身，并不是怕羞的人，便杀猪般的大叫起来。好在这里是通商要道，往来的军官很多，恰巧有一个连长经过，听得叫救命之声，急忙赶将进去，才把这尊恶煞吓跑了。

还有一件是出在龙游城里的。这时龙游城内，因大兵过境，所有妇女早已避往乡下，只有一家人家，母女两个，因自己托大，不曾走匿。有劝那妇人小心的，那妇人毫不为意。一天因为家中的米完了，这时男人怕拉夫，女人怕轮奸，左右邻舍都已无人，只得自己出去设法。不料转来时候，就给两位八太爷碰到了。他们见这妇人虽已徐娘半老，却还白嫩可爱，便一直钉梢钉到她家里。不料又看见了她女儿，她女儿这时刚才十八九岁，正是俗语说的，"十八廿三，抵过牡丹"。龙游俗谚。那两个丘八见了这么一个雪白滚壮的少女，如何不动心，便你争我夺的，把母女两个一齐按翻，干将起来。一次已毕，便又更调一个。两个丘八去后，母女俩方才着慌想躲避时，不料那两个丘八又带领了七八个同类来。母女俩避之不及，只好听着他们播弄。一批去了一批来，竟把母女俩弄得腹大如鼓，一齐呜呼哀哉了。不但可笑可恨，而且可杀。

还有兰溪王家码头，有一个女子，已将出嫁，不料孙传芳的贵部到来，这些八太爷都如猎狗似的，东一嗅，西一闻的，寻觅妇女，想不到这位女郎竟被他们嗅着了。第一次进去了三个丘八，那女子知道决不能免，便悉听他们所为。不料三个刚去，四个又来。四个未毕，又来了三个。床面前整排地坐着，莫不跃跃欲试。这女子知道自己必死，诈说要小解，那群野狗子性的混账丘八，见她赤着身子，料情她逃不到哪里去，便暂时放她起来。那女子竟开后门，赤身跳入钱塘江中溺死了。可杀可恨可剐。

这一类事情也不知有多少。总计这一次遇兵，兰溪妇女死得最多，约莫有三四十人，龙游也有十多个，衢州倒不曾听到有奸死的。建德以下，作者虽不曾调查，想来也不在少数。看官们想想，这类军队，还配得上纪律吗？可是孙传芳既处处向人夸口，自己的军队如何好如何好，这些所谓浙江的官绅们，本来只知大帅长、大帅短的拍马屁，哪里还敢说这些事情，只有顺着他的意思，随口恭维几句。那孙传芳真个如同丈八灯台，照不见自己，深信自己的部队，果然纪律严明，比卢永祥的部下更好了。

自从接到省中官绅的欢迎电报，即刻赶到杭州，不料他

刚到的这一天，西湖中忽然发现了一件无大不小的事。西湖十景中雷峰夕照的雷峰塔，忽然平空坍倒，一时议论纷纷，也有说雷峰本名卢妃，该应在卢永祥倒的，也有人说孙传芳不吉利的，孙氏却毫不在意。这时杭州有几家报馆，孙军虽到，他们却仍旧做他拥护卢永祥、攻击直系的评论，各报几乎完全一致，而尤以浙江民报为最激烈。有一家叫杭州报的，因为做了一篇欢迎孙传芳的文章，顿时大受攻击，都骂为婊子式的日报，各处尽皆贴着不要看婊子妓女也。式的杭州报。杭州报的销路，竟因此一落千丈，也可见那时的人心向背了。这些官绅们，偏要借着公团的招牌，伪托人民的公意，欢迎孙氏，孙氏也是不怕肉麻，居然口口声声，说甚么浙人欢迎我来，岂不可笑？非但可笑，而且可丑。

但在这时，却另有一桩小事，很值得记载的。那孙传芳

到了杭州，到督办公署中一看，只见公家的东西，无论器具案卷，不曾少一些，连着案上的纸墨笔砚，以至一切什用之物，也都好好地放着。拿着簿册一对，居然一点不少，真是难得。不觉十分叹服。我也叹服。因回顾诸位侍从道："卢嘉帅军界前辈，年纪这么大了，还能办得这么有精神，有操守，我们比他年纪轻，要是揽不过他，岂不受浙人的笑骂？以后我们务须格外留意才好。"孙氏在浙，其敷衍浙人之功夫，十分周到，如竟言浙江为其第二故乡，又处处抱定大浙江主义，皆其联络浙人之一斑也。推原其故，则大率皆受卢氏之教训者。侍从莫不肃然。孙传芳把事情大略布置了一布置，又和夏超碰了一次头，便到嘉兴去督战了。

这时卢军已退守松江，在那里指挥的是陈乐山部的旅长王宾，陈乐山自己率领夏兆麟旅在黄渡方面，协助杨化昭作战。不料松江的后路明星桥被孙传芳军所袭，王宾死战了一天，等得卢永祥派援兵打通明星桥的交通时，不知如何，王宾竟已弃了松江，逃回上海。卢永祥治军素严，见王宾没有得到命令，便自动退兵，认为不遵调度，即刻要将他枪决。虽经臧致平力保，仍然受了严重的处分，将他免职。

陈乐山因王宾是自己十余年至好，卢永祥并未和他商量，便将他免职，十分不悦。恰巧这日他因回到上海来看他的姨太太金小宝，对她说起此事。金小宝冷笑道："他要杀你的朋友，也不通知你，他的眼睛里，还有你吗？胡说！总司令要杀人，难道还要和部下人商量吗？依我说，你也不必再替他出甚么死力了，乐得刮一票钱，和我同到外国去玩玩，岂不胜在炮火中冒危险？"陈乐山素来最宠爱这位姨太太，凡是她说的话，无有不听从的，这次又正衔恨卢永祥，渐有不服调度之心。

讲到陈乐山娶这位姨太太，中间却也夹着一大段趣史。据闻这位姨太太金小宝，原是上海堂子中人，有名的金刚队中人物。陈乐山爱她已久，正在竭力讨她欢心，想把她藏之金屋的时候，不料上海有一个姓成的阔大少爷，也和他同向一个目标进攻，这其间，两雄不并栖，当然时有争执。金小宝功夫甚好，两面都敷衍得十分到家。可是她在心坎儿上盘算起来，这面虽是师长，名誉金钱两项，却万万敌不过成少爷，因此也情愿跟成而不愿跟陈。不过对着陈氏面上，仍是十分敷衍，总催他赶紧设法。又说她母亲十分爱钱，万一不早为之计，被成少爷运动了去时，自己便也无法抵抗了。陈乐山听了这话，当然非常窝心，便抓出大批宦囊，在金小宝母亲面前，竭力运动。无奈成家的钱比他更多，因此白费了一番心，结果还是被成少爷夺了去。陈乐山如何不气，在着金小宝过门的那一天，几乎气得半死，甚至连饭也吃不下。不料不上一年，成少爷忽然为

甚么事，和金小宝脱离关系。金小宝空床难守，少不得还要找个对头。陈乐山得此消息，立刻托人运动，仍要娶她为妾。金小宝想：他到底是个师长，只要自己运气好些，或者竟由师长而督军，由督军而巡阅，由巡阅而大总统，那时不但自己可以享受总统夫人的荣耀，便是发个几十万几百万的小财，也不算甚么稀罕，因此便决定嫁他。在陈乐山初心，以为佳人已属沙叱利，从此萧郎是路人，对于小宝的一段野心，早已冰消雪冷，谁知居然还有堕欢重拾、破镜再圆的日子，心中如何不喜，立刻在上海寻了一所洋房，挂灯结彩，迎娶新姨太太，而且特别加多仪仗，在成家的四面，兜一个圈子，气气成家，以吐昔日被夺的那口恶气。自从金小宝过门以后，一个英雄，一个美人，真个恩爱缠绵，十分甜蜜。现在陈乐山既然信了枕边情话，对于卢氏益发不服指挥。他部下的旅长夏兆麟，当然也

跟着变心了。

最奇怪的，那杨化昭本属千生万死，奔到浙江，来投卢氏的，到了这时，竟也有些抗命起来。卢氏本是忠厚长者，并不曾知他们都已怀了二心，所以还在希望夺回松江，他一面连电催促广东的孙中山、奉天的张作霖，赶紧实行讨曹，使直系不能专对东南，一面派臧致平反攻松江，何丰林向莘庄进攻。又因黄渡方面战事现在停顿之中，莘庄的形势吃紧，便令陈乐山部开到莘庄助战，不料乐山实行抗命起来。武人之不足靠也如此，一叹。卢永祥见一个忠心耿耿的陈乐山忽然变了样子，还不晓是何缘故，十分诧异。当下想了一个方法，在龙华总司令部，召集各重要军官，开军事会议，决定战守的方针。何丰林、臧致平、陈乐山、朱声广、卢所部第十师之旅长。杨化昭、夏兆麟等一干重要军官，莫不到席。卢永祥报告战情毕，便征求各人对于战局的意见。

臧致平先发言道："我军现在尚有四万余人，集中兵力，来防守上海附近的地方，无论如何，总不至失败。再则子弹方面，兵工厂中现在日夜赶造，决不致有缺少之虑。三则现在孙中山先生已联合唐继尧等，预备北伐，奉方张雨亭也已向直隶动员，直系内失人心，外迫强敌，决不能持久。我军只要坚持到底，不出两三个月，直系内部必然会发生内变，直系未发生内变，自己内部倒已发生内变，事之难料也如此。那时不但浙江可复，便是江苏也在我们掌握之中了。"惜陈乐山、杨化昭诸人不能从其计，否则东南半壁，何至落孙氏之手，以致累起战事哉？何丰林听了这话，也立起道："刚才臧司令所说的话，确是深明大局之谈，我们想到臧司令以数千之众，困守厦门，抗五路数万之众，竟能够维持到一年多之久，他的见识经验，必然在我们之上，因此兄弟主张遵照他所说的办法，坚持到底，诸位以为如何？”陈乐山、杨化昭、朱声广、夏兆麟俱各默然无语。

卢永祥见他们不开口，便又问道：“诸位不说，大概是没有疑义了。”一句话还不曾完，陈乐山突然起立道：“坚持到底不打紧，只不知道可要作战？”也作假糊涂吗？卢永祥诧异道：“你说甚么话？坚持到底，当然是要作战，不作战，如何能坚持？”陈乐山道：“既要作战，不知派谁去？”臧致平插口道：“这何须问得，当然还是我们去，难道教老百姓去不成？”陈乐山冷笑道：“你去，我是不去。”卢永祥、何丰林一齐变色道：“乐山兄，你如何说这话？”陈乐山道：“我的兵也打完了。兵是你的吗？怎么去得？老实说一句，诸位也不要动气，现在这战局，莫要说坚持到底，恐怕要坚持一日也难了。与其死战而多死些官兵，何如老实少战几次，可以多保全几条贱命呢。”也有他的理

由。夏兆麟也跟着起立说道：“奉天军队虽已出动，但是决不是直系的对手，这是谁都看得出来的。至西南方面，更是不济，天天嚷北伐，连个东江的陈炯明也打他不败，还想他们劳师千里的助我作战么？以我之见，也是不战为上。”杨化昭、朱声广也一齐附和，赞成不战。臧致平再三解释，众人都不肯听。卢永祥冷笑一声道：“不论主战主和，都是一个办法，我也没甚么成见，请诸位暂时各回防地，我只要对得住国家人民，对得住诸位就完了。”

众人散去以后，臧致平和何丰林都还不曾走。卢永祥见他们两人的神色也很颓丧，因笑道：“你两位有心事吗？其实这种事也很寻常，大不了我们即刻走路而已。”何丰林叹了一口气道：“还有甚么话？这时除却走之一法，也没别的计划了。”臧致平默然。卢永祥道：“怎么？兄还不曾决定宗旨吗？我是

已很坚决了。无论两位的主张怎样，我决意走了。”说着，便命人请秘书草下野通电。臧致平忙道：“我们三人去则同去，留则同留，哪里有让你独自下野之理？光是我们在这里，还有甚么办法吗？”卢永祥道：“那更好了。”说着，又想了一想道：“那朱声广不知为甚么，也变起心来？”臧致平道：“我是早已听说，小徐现在上海，很想利用我们队伍，出来活动一下，他们大概受了徐树铮的运动要拥护他做领袖呢。不然，乐山等对直系又无好感，何以态度决裂得恁快呢？”此是补笔兼伏笔。安知尚有枕边告状一幕趣剧呢？卢永祥笑了一笑，更不下甚么断语。不一会，秘书把通电稿送来，卢永祥便和何、臧两人盖章拍发，三人便同时下野，假道日本，同到奉天去了。正是：

人情变化浑难测，昨日今朝大不同。

1499.

未知后事如何，且看下回分解。

谋及妇人宜其死，千古奉为至言。陈乐山追随卢氏，耿耿忠心，可贯金石，方其劫夏超于车中，慷慨奋发，何其忠且勇也？逮王宾案作，爱妾陈词，转瞬而态度遽变。虽不至于杀身，而人格丧失，名誉扫地，亦不可谓非爱妾之赐已。

第一百五十九回　石青阳团结西南
孙中山宣言北伐

却说卢永祥、何丰林、臧致平三人下野以后，战局的形势大为变化。奉天和广东都是反曹助卢的，当然各有举动。那广东方面，东江的战事，因双方都已筋疲力尽，成了相持之局。吴佩孚见陈炯明不能得志，命广西的陆荣廷、江西的方本仁，克日攻粤，也俱没有效果。沈鸿英不但不能助阵，反又降了中山先生，回桂攻击陆荣廷，因此吴佩孚方面，不但失了一臂之助，而且增加了一个敌人。沈鸿英之反复，亦民国军阀中所罕见。至于广东方面，因财政困难，北伐的事业又极重要，不能不勉力筹措。

这时财政当局，因拟统一马路旁铺业权与改良马路起见，征办一种铺底捐，凡马路两旁的店铺，依照铺底价值，缴费二成，以作在马路旁营业的代价。此外又有租捐、特种药品捐、珠宝玉石捐、仪仗捐等，各商店一齐团结反对，并接洽以总罢市为对付。一面召集全市商团与附近各乡团，以联防为名，集中广州，向当局警戒。此时广东省长徐绍桢已经去职，但是对于国事，仍然十分当心。他听了这个消息，恐怕影响治安，急忙出任调停。商界方面便提出七个条件：

一、永远取消统一马路业权案。

二、取消租捐。

三、取消特种药品捐。

四、取消其他一切拟办之苛捐。

五、军队出驻市外。

六、交回各江封用之轮船，以利交通。

七、免财政厅长陈其瑗职。

徐绍桢调停了几天，广东省长杨庶堪方才发出布告，取消马路统一业权案。商界方面因没有“永久”两字，不肯承认，非要达到永久取消的目的不可。徐绍桢只得又向两方面竭力磋商，方才由杨庶堪答应增加“永久取消”字样，其他各项杂税也一律取消。这风潮总算这样完结了。那些开到广州市的商团乡团，原是为总罢市的后援而来的，现在见事情解决，便各纷纷回防。这时各团代表又开会设立联防总办事处，不料这一个举动，早已起了野心家利用之心，因前商会会长陈廉伯私向挪威购买大批军械一案，遂酿成各地的大罢市和商团与驻军的冲突，甚而牵动到外交，只看九月一日孙中山先生对外的宣言，就可以知道了。那宣言的原文道：

自广州汇丰银行买办开始公然叛抗我政府后，予即疑彼之叛国行动，有英国之帝国主义为其后盾。但余不欲

深信，因英国工党今方执政，该党于会议中及政纲中，曾
屡次表示同情于被压迫之民族。故予当时常希望此工党政
府，既已握权在手，或能实行其所表示，至少抛弃从前以
祸害耻辱积压于中国之炮舰政策，而在中国创始一国际公
道时代，即相传为英工党政治理想中之原则者。不意八月二十九日，
英总领事致公文于我政府，声称沙面领团“抗议对一无防
御的城市开炮之野蛮举动”。末段数语，则无异宣战。其
文曰：“予现接上级英海军官通告，谓彼已奉香港海军总
司令训令，倘中国当局对城市开炮，所有一切有用之英海
军队，立即行动。”兹我政府拒绝“对一无防御之城市开
炮之野蛮举动”之妄言。须知我政府对于广州全市，或因
不得已而有此举动之处，只有西关郭外之一部，而此处实
为陈廉伯叛党之武装根据地。此项妄言所从出之方面，乃
1502. 包含新嘉坡屠杀事件，及阿立察（印度）、埃及、爱尔兰等
处残杀行为之作者在内，故实为帝国主义热狂之总表现。
他国姑勿论，最近在我国之万县英海军，非欲炮击一无防
御之城市，直至我同胞二人被捕，不经审判，立即枪毙，
以满足帝国主义之凶暴，而始免于一击乎？然则是否因此
种暴举，可以行诸一软弱不统一之国家而无碍，故又欲施
诸别一中国之城市当局欤？惟予觉此项帝国主义的英国之
挑战，其中殆含有更恶之意味。试观十二年来，帝国主义
各强国于外交上、精神上以及种种借款，始终一致的赞助
反革命，则吾人欲观此项帝国主义之行动，为并非企图毁
坏吾之国民党政府，殆不可行。盖今有对我政府之公然叛
抗举动，其领袖为在华英帝国主义最有力机关之一代理
人。我政府谋施对付此次叛抗举动之惟一有力方法，而所

谓英国工党政府者，乃作打倒我政府之恐吓，此是何意味乎？盖帝国主义所欲毁坏之国民党政府，乃我国中惟一努力图保持革命精神之政府，乃惟一抗御反革命之中心，故英国之炮欲对之而发射。从前有一时期为努力推翻满清，今将开始一时期为努力推翻帝国主义之干涉中国扫除完成革命之历史的工作之最大障碍。

这件风潮，后来由范石生、廖行超两人的调停，总算得到一个解决。后来又因被陈廉伯利用，曾经过一次大变，此是后话，按下不提。

却说中山先生因东南东北的战事俱已爆发，时时召集各要人讨论北伐的计划。这一天正在开会之际，忽然传报石青阳来见。原来石青阳自从熊克武失败后，因在四川没有立足之地，不能不到别省去暂住。后来知道熊克武在云南、贵州边境，便也到云南去依唐继尧。那唐继尧本有图川之志，听说石青阳来滇，倒也很表欢迎，立刻请他到省城相会。

石青阳到了省城，唐继尧已派代表来迎，石青阳到了唐继尧的署中，继尧立刻出来，一见青阳，便欢然若旧相识。坐下以后，青阳约略问了些云南现状，又大约把川中所以失败的原因说了一遍。唐继尧叹息道："锦帆兄是我们的老友，我无日不希望他能戡定全川，驱除北方的势力，为我西南各省张目，不料垂成的事业，又复失败，真是可惜！"石青阳笑道："桑榆之收，未必无期，尚须看锦帆的努力耳。"唐继尧也笑道："但能如此方好。"石青阳道："话虽如此，但以我的目光看来，熊君决不能重入四川，恐怕这天府之区，完全要入于吴佩孚的掌握之中咧。"妙妙。石青阳大有说士之风。唐继尧道："何以见得？"石青阳道："吴佩孚素抱武力统一主义，对于四川，早已处心积虑，希望并入他的版图。他现据有全国之半的地盘，实力雄厚，哪个是他敌手？以奉张之强，兵力之厚，不值他的一击，何况区区一旅之众，岂能抗半国之兵。所以我料熊君必不能再入四川，作云南各省的屏蔽，而吴佩孚的必然据有四川地盘，也在意料之中咧。"妙妙。石青阳大有说士之风。唐继尧愕然道："此言恐怕也未必可靠。武力统一，不过是一句话罢咧，实际上怎能做得到呢？"石青阳笑道："我们不必说他做得到做不到，却先把现在的大势来较论一下。吴佩孚现有的地盘，是直隶、山东、河南、陕西、甘肃、江苏、湖北、江西、福建等九省，还有热、察、绥、京兆等特别区域。四川与湖南，实际上也不啻他附庸。与吴为敌的，只有奉张，浙卢，粤孙，和黔、滇等省而已。浙卢现在受了苏、皖、赣、闽四省的监视，自保尚且不暇，哪里还讲得到向外发展？浙卢不能为吴之患一。奉张虽称雄关外，然而一直隶之兵，已足当之，要想入关，也是大难大难。奉张又不足为吴之患二。粤孙东江之乱尚不能平，更无暇北伐。粤孙更不足为吴之患三。吴现在只用河南、湖北、陕西三省的兵力，再加以亲吴的川军，已不止有二十万大兵，以图四川一省，何难一鼓而平？四川不难一鼓而平一。四川平定之后，出一支兵南入贵州，更由湖南出兵西趋，以夹击之势，攻一贫弱的贵州，何愁不能克日戡定？贵州又不足平二。川、黔俱平之后，合击云南，蓂赓兄虽然智勇冠天下，恐怕未必能抗豫、陕、鄂、川、湘、黔六省之兵。云南又不足平三。云南得手而后，由湘出兵，以拊广西之背，云南出兵，以捌广西之腹，广西也必不能抗。广西又不足平四。西南各省既定，一广东何能孤立？孙中山也惟有出国西游，再图机会了。此言广东又不足平五。西南全平之后，解决浙卢，更是不费吹灰之力。浙江又不足平六。那时竭全国之力以东趋，奉张又岂能独免？奉张又不足平七。蓂赓兄，你看这武力统一的计划，能不能够实现？”以上一大篇说词，三层说天下之大势，直已优胜，次论各省之削平，以鼓起滇唐之忧虑，甚妙。

唐继尧默然半晌，又道：“如此说，我兄将如何对付？”不先决自己对付之策，而先问石青阳对付之策，亦妙。盖石青阳如有解决之法，则已亦不必忧矣。石青阳笑道：“我不过一光身而已，并没甚么地盘，还讲甚么对付的方法。能够在国内住一天，便住一天，在四川不能立足，可到别省，别省又不能立足，可去国外。所谓不在其位，不谋其政，何必计较甚么对付。”妙甚，自己之不用计较对付，正是反激唐之不可不力谋对付也。唐继尧想了一会道：“吴佩孚能联合各省的力量，以实行他武力统一的政策，我们各省也何尝不可联络起来以对抗吴氏？”渐渐上了道儿。石青阳笑道：“这也是一个很好的计划。但是言之非艰，行之维艰，结果也不过是一种空气而已。试看这次锦帆在四川失败，谁肯助他一臂之力，当他胜利时，胡若愚还肯卖力，等到一次战败，大家又都袖手旁观，想保全自己的实力了。其实北军方计划各个击破，想保全自己的实力，结果也不过是空想而已。”妙甚妙甚。唐继尧奋然说道：“哪有这话？我今偏要出人意料之外，竭全力来助锦帆重入成都，驱除北方势力。”上了道儿了。石青阳笑道：“兄果有此决心，也非独力能任之事，必须西南各省，大家团结起来，方能成为一种绝大势力呢。果然蓂赓兄这计划能够实现，不说是自己的计划，反说是唐的计划，使他格外努力，妙。不但可以保持西南的力量，而且还可以窥取中原，覆灭曹、吴咧。”又歆之以利。唐继尧道：“我的主张已经决定了，我兄能否助我一臂之力，代我和熊君与贵州刘君接洽，共同组织一个联军，以抗四川的侵略？”

石青阳慨然道："既然蓂赓兄肯做此大义之举，兄弟岂有不帮忙之理？我当即日到贵州，和锦帆兄接洽便了。"唐继尧大喜。

石青阳住了一日，便往贵州和刘显世磋商。刘显世当然也没有不赞成之理。滇、黔两省说妥以后，方来和熊克武说明，熊克武更是喜欢。当下便组织一个川滇黔联军总司令部，以图进占四川，向外发展。这计划告成以后，石青阳便又跑到广东来和孙中山先生接洽。孙中山先生原是只求国家人民有利，不讲私人权利如何的，见他们肯北伐曹、吴，立刻便引为同志，并推唐继尧为副元帅，以便率军北伐，便宜处理一切。这时因东南的形势紧张，所以石青阳又以川滇黔联军总司令代表的名义，来请师期。这时中山已决定北伐，当时便即拟定了一个北伐宣言，原文道：

1506. 国民革命之目的，在造成独立自由之国家，以拥护国家及民众之利益。辛亥之役，推倒君主专制政体暨满洲征服阶级，本已得所借手，以从事于目的之贯彻。假使吾党当时能根据于国家及民众之利益，以肃清反革命势力，则十三年来政治根本，当已确定，国民经济教育荦荦诸端，当已积极进行。革命之目的纵未能完全达到，然不失正鹄，以日跻于光明，则有断然者。

原夫反革命之发生，实继承专制时代之思想，对内牺牲民众利益，对外牺牲国家利益，以保持其过去时代之地位。观于袁世凯之称帝，张勋之复辟，冯国璋、徐世昌之毁法，曹锟、吴佩孚之窃位盗国，十三年来，连续不绝，可知其分子虽有新陈代谢，而其传统思想，则始终如一。此等反革命之恶势力，以北京为巢窝，而流毒被于各省。

间有号称为革命分子，而其根本思想初非根据于国家及民
众之利益者，则往往志操不定，受其吸引，与之同腐，以
酿成今日分崩离析之局，此真可为太息痛恨者矣。反革命
之恶势力所以存在，实由帝国主义卵翼之使然。证之民
国二年之际，袁世凯将欲摧残革命党以遂其帝制自为之
欲，则有五国银行团大借款于此时成立，以二万万五千万
元供其战费。自是厥后，历冯国璋、徐世昌诸人，凡一度
用兵于国内，以摧残异己，则必有一度之大借款，资其挥
霍。及乎最近曹锟、吴佩孚加兵于东南，则久悬不决之金
佛郎案即决定成立。由此种种，可知十三年来之战祸，直
接受自军阀，间接受自帝国主义，明明白白，无可疑者。
今者，浙江友军为反抗曹锟、吴佩孚而战，奉天亦将出于
同样之决心与行动，革命政府已下明令出师北向，与天下
共讨曹锟、吴佩孚诸贼，于此有当郑重为国民告，且为友 1507.
军告者。此战之目的，不仅在覆灭曹、吴，尤在曹、吴覆
灭之后，永无同样继起之人，以继续反革命之恶势力。换
言之，此战之目的不仅在推倒军阀，尤在推倒军阀所赖以
生存之帝国主义。盖必如是，然后反革命之根株乃得永
绝，中国乃能脱离次殖民地之地位，以造成自由独立之国
家也。中国国民党之最终目的，在于三民主义，本党之职
任，即为实行主义而奋斗，故敢谨告于国民及友军曰：吾
人颠覆北洋军阀之后，必将要求现时必需之各种具体条件
之实现，以为实行最终目的三民主义之初步。此次爆发之
国内战争，本党因反对军阀而参加之，其职任首在战胜之
后，以革命政府之权力，扫荡反革命之恶势力，使人民得
解放而谋自治。尤在对外代表国家利益，要求重新审订一

切不平等之条约，即取消此等条约中所定之一切特权，而重订双方平等互尊主权之条约，以消灭帝国主义在中国之势力。盖必先令中国出此不平等之国际地位，然后下列之具体目的，方有实现之可能也。

一、中国跻于国际平等地位以后，国民经济及一切生产力得充分发展。

二、实业之发展，使农村经济得以改良，而劳动农民之生计有改善之可能。

三、生产力之充分发展，使工人阶级之生活状况，得因其团结力之增长，而有改善之机会。

四、农工业之发达，使人民之购买力增高，商业始有繁盛之新机。

五、文化及教育等问题，至此方不落于空谈。以经济
1508. 之发展，使智识能力之需要日增，而国家富力之增殖，可
使文化事业及教育之经费易于筹措。一切智识阶级之失业
问题，失学问题，方有解决之端绪。

六、中国新法律更因不平等条约之废除，而能普及于全国领土，实行于一切租界，然后阴谋破坏之反革命势力，无所凭借。

凡此一切，当能造成巩固之经济基础，以统一全国，实现真正之民权制度，以谋平民群众之幸福。故国民处此战争之时，尤当亟起而反抗军阀，求此最少限度之政纲实现，以为实行三民主义之第一步。中华民国十三年九月十八日。

此外又下了三个命令道：

去岁曹锟骫法行贿，渎乱选举，僭窃名器，自知倒
行逆施，为大义所不容，乃与吴佩孚同恶相济，以卖国所
得，为穷兵黩武之用，借以摧残正类，消除异己，流毒
川、闽，四海同愤。近复嗾其鹰犬，躏突浙江，东南富
庶，横罹锋镝，似此穷凶极戾，诚邦家之大憝，国民之公
仇。比年以来，分崩离析之祸烈矣，探其乱本，皆由此等
狐鼠凭借城社，遂使神州鼎沸，生民丘墟。本大元帅夙以
讨贼戡乱为职志，十年之秋，视师桂林，十一年之夏，出
师江右，所欲为国民剪此蟊贼，不图宵小窃发，师行顿
挫，遂不得不从事扫除内孽，绥缉乱余。今者烽烟虽未靖
于东江，而大战之机，已发于东南，渐及东北，不能不权
其缓急轻重。古人有言：“豺狼当道，安问狐鼠？”故遂刻
日移师北指，与天下共讨曹、吴诸贼。此战酝酿于去岁之
秋，而爆发于今日，各方并举，无所谓南北之分，只有顺 1509.
逆之辨。凡卖国殃民，多行不义者，悉不期而附于曹、吴
诸贼。反之抱持正义，以澄清天下自任者，亦必不期而趋
集于义师旗帜之下。民国存亡，决于此战，其间绝无中立
之地，亦绝无可以旁观之人。凡我各省将帅，平时薄物细
故，悉当弃置，集其精力，从事破贼，露布一到，即当克
期会师。凡我全国人民，应破除苟安姑息之见，激励勇
气，为国牺牲，军民同心，以当大敌，务使曹、吴诸贼，
次第伏法，尽摧军阀，实现民治。十三年来丧乱之局，于
兹敉平，百年治安大计，从此开始。永奠和平，力致富
强，有厚望焉。布告天下，咸使闻知！九月五日。

本大元帅于去岁之春，重莅广州，北望中原，国本未宁，危机四布，而肘腋之地，伏莽纵横，乘隙思逞，始欲

动之以大义，结之以忠信，故倡和平统一之议，以期销弭战祸，扶植民本。不图北方跋扈武人曹锟、吴佩孚等，方欲穷兵黩武，摧锄异己，以遂其僭窃之谋，乃勾结我叛兵，调唆我新附，资以饷械，嗾其变乱，遂使百粤悉罹兵燹，北江群寇，蜂拥而至，东江叛兵，乘时蠢动。西江南路，跳梁亦并进。当此之时，以一隅之地，捪四面之敌，赖诸将士之戮力，人民之同心，兵锋所指，群贼崩溃，广州根本之地，危而复安。在将士劳于征战，喘息不遑，在人民疲于负担，筋力易敝。然革命军不屈不挠之精神，已渐为海内所认识矣。曹、吴诸贼，既不获逞于粤，日暮途远，始窃名器以自娱，于是有骫法行贿，渎乱选举之事。反对之声，遍于全国，正义公理，本足以褫奸宄之魄，然天讨未申，元凶稽戮，转足以坚其盗憎主人之念。湖南讨
1510. 贼军入定湘中，四川讨贼军规复重庆，形势甫展，而大功未就。曹、吴诸贼，乃益无忌惮，既吮血于福建，遂磨牙于浙江，因以有东南之战事。逆料此战事，且将由东南而渐及于东北。

去岁贿选时代所酝酿之大战，至此已一发而不可遏。以全国言，一切变乱之原动力，在于曹、吴，其他小丑，不过依附以求生存，苟能锄去曹、吴，则乱源自息。以广东言，浙江、上海实为广东之藩篱，假使曹、吴得逞于浙江、上海，则广东将有噬脐之祸。故救浙江、上海，亦即以存粤。职此之故，本大元帅已明令诸将，一致北向讨贼，并克日移大本营于韶州，以资统率。当与诸军会师长江，饮马黄河，以定中原。其后方留守之事，责诸有司。去岁以来，百粤人民，供亿军费，负担綦重，用兵之际，

吏治财政，动受牵掣，所以苦吾父老兄弟者甚至。然存正统于将绝，树革命之模型，吾父老子弟所有造于国者亦甚大，当此全国鼎沸之日，吾父老子弟，尤当蹈厉奋发，为民前驱，扫除军阀，实现民治，在此一举，其各勉旃！毋忽。九月五日。

最近数十年来，中国受列强帝国主义之侵略，渐沦于次殖民地，而满洲政府仍牢守其民族之特权阶级，与君主之专制政治，中国人民虽欲自救，其道无由，文乃率导同志，致力革命，以肇建中华民国，尔来十有三年矣。原革命之目的，在实现民有、民治、民享之国家，以独立自由于大地之上，此与帝国主义，如水火之不相容。故帝国主义，遂与军阀互相勾结，以为反动。军阀既有帝国主义为之后援，乃悍然蔑视国民，破坏民国，而无所忌惮。革命党人与之为殊死战，而大多数人民，仍守其不问国事之习，坐视不为之所，于是革命党人，往往势孤而至于蹉跌。十三年来，革命所以未能成功，其端实系于此。广东与革命关系最深，其革命担负亦最重，元年以来，国事未宁，广东人民亦不能得一日之安。九年之冬，粤军返旆，宜若得所借手，以完革命之志事，而曾不须臾，典兵者已为北洋军阀所勾引，遂以有十一年六月之叛乱。至十二年正月，借滇、桂诸军之力，仅得讨平，然除孽犹蜂聚于东江，新附复反侧于肘腋。曹锟、吴佩孚遂乘间抵隙，嗾赣军入寇北江一带。西江南路亦同时啸起，广州一隅，几成坐困。文率诸军，四围冲击，虽所向摧破，莫能为患。然转输供亿，苦我广东父老昆弟至矣。军事既殷，军需自繁，罗掘多方，犹不能给，于是病民之诸捐杂税，繁然并起。其结果人民生活，受其牵掣，物价日腾，生事日艰。夫革命为全国人民之责任，而广东人民所负担为独多，此已足致广东人民之不平矣。而间有骄兵悍将，不修军纪，为暴于民，贪官污吏，托名筹饷，因缘为利，驯致人民生命自由财产，无所保障，交通为之断绝，廛市为之雕败，此尤足令广东人民叹息痛恨，而革命政府所由彷徨夙夜，莫知所措者也。广东人民身受痛苦，对于革命政府，渐形失望，而在商民为尤然。殊不知革命主义为一事，革命进行方法又为一事。革命主义、革命政府始终尽力，以求贯彻，革命进行方法，则革命政府，不惮因应环境以求适宜。广东今日此等现状，乃革命进行方法未善，有以使然，于革命主义无与。若以现状之未善，而谤及于主义之本身，以反对革命政府之存在，则革命政府，为拥护其主
1512. 义计，不得不谋压此等反对企图，而使之消灭。三十余年来，文与诸同志实行革命主义，不恤与举世为敌，微特满洲政府之淫威，不足撄吾怀抱，即举世之讪笑咒诅，以大逆无道等等恶名相加，亦夷然不以为意，此广东人民所尤稔知者也。故为广东人民计，为商民计，莫若拥护革命政府，实行革命主义，同时与革命政府，协商改善革命之进行方法。盖前此大病，在人民守其不问国事之习，不与革命政府合作，而革命政府为存在计，不得不以强力取资于人民，政府与人民之间，遂生隔膜。今者革命政府不恤改弦更张，以求与人民合作，特郑重明白宣布如下：（一）在最短时期内，悉调各军，实行北伐。（二）以广东付之广东人民，实行自治。广州市政厅克日改组，市长付之民选，以为全省自治之先导。（三）现在一切苛捐杂税，悉

数蠲除，由民选官吏另订税则。以上三者，革命政府已决心实行，广东人民，当知关于革命之进行方法，革命政府不难徇人民之意向，从事改组。惟我广东人民对于革命之主义，当以热诚扶助革命政府，使之早日实现，庶几政府人民，同心同德，以当大敌。十三年来未就之绪，于以告成。中华民国实嘉赖之。

各省人民听说中山誓师北伐，都延颈盼望，巴不得革命军早到。正是：

大地干戈无了日，万民端望义师来。

未知后事如何，且看下回分解。

毒蛇螫手，壮士断腕。民国成立，经十余年，而民困益甚者，无他，革命之功，未能彻底，犹之毒蛇噬人，手已螫而腕不忍断，浸假且毒蔓全身，不可救药也。读孙先生北伐宣言及布告，所谓不忍黩武，而不得不用兵之苦衷，胥剖析明白，人民无不爱和平，知北伐之目的端在和平，当无不憬悟奋起，共襄义师者，北伐成功，基于是矣。

第一百六十回　筹军饷恢复捐官法
结内应端赖美人兵

却说吴佩孚在洛阳，除练兵以外就是搜刮军饷，因他料到直、奉再战，决不能免，所以不能不未雨绸缪，先积蓄个数千数百万元，以备一有事情可作为战费。积蓄以为战费，较之积蓄以为私财者何如？所以那时的财长，除却筹措政费军费以外，还须筹一笔预备战费，委实也不易做。至于这时的内阁总理还是孙宝琦，财政总长是王克敏，孙宝琦和王克敏，原有意见，共事少久，意见愈多，纠纷愈甚。双方借端为难，已非一日。如此政府，安望其能建设。讲到两人所以如此冲突的原因，却在孙阁成立之时，王克敏为保定派的中坚人物，高凌霨内阁刚倒的时候，王克敏立刻奔走洛阳，竭力拉拢，自以为内阁总理，无论属之何人，这财政总长一席，总逃不出自己掌握之中。俗话说得好："一朝天子一朝臣"，孙宝琦既做了总理，当然要拉拢他自己相信的人来担任这重要的财揆，才能放心，所以把王克敏维持阳历年关的功劳，完全抹杀不问，竟另外拉拢潘复、赵椿年一类人，教他们担任财政一部。幸而府方的王毓芝、李彦青两人竭力主张，非用王克敏入阁不可，孙宝琦不敢违拗，只得打消原来的主张，仍然用王克敏长财。幸臣之势力，如此可畏。

王克敏知道了这件事，心中如何不气，真是可气。当时向人宣言：“孙阁这等胡闹，不肯用他，便是胡闹。非加以压迫不可。”一个要加以压迫。孙宝琦虽然是个没用的老官僚，对于政争，却也知道诀窍，于是想出一个抵制之法，指使吴景濂派津派。的议员，借金佛郎案，竭力向王克敏攻击。有提弹劾案的，有提查办案的，倒王的风声，真个一天紧似一天。议员们的摇旗呐喊，岂能倒幸臣所维持的财长？这时阁员中，以保派为最多，他们亦有一种团体。这等团体，可称糟团。王克敏和内务程克、交通吴毓麟，完全是保派，外交顾维钧、农商颜惠庆，虽则并非保派，却和保派也有一番渊源。他们见王克敏吃了人家的亏，不免发生兔死狐悲之念，为抵制外力之计，对于孙宝琦，当然也有一种报复 1515.
行为。他们的政策，却舍议员而用本身占有多数的阁员。阁员议员，无非银圆。在阁议席上，对于孙的提案，往往竭力反对，使他不能行使他所定的政策。如此互相倾轧，焉能望其建设？这原是一种制孙死命的计划。不料吴佩孚时时令内阁筹集军饷，王克敏不能不竭力设法，他的惟一方针，只有承认金佛郎案，立刻便可得一注大款子，无奈孙宝琦正借着这个题目，在那里讨好国人，所以不敢明目张胆地胡乱答应。可是除此以外，又无别法。吴佩孚却不管这些，因他们筹饷不力，时时有电报指斥。王克敏和程克、吴毓麟都非常着急。

有一天，程克忽然得了一个筹款的方法，便兴匆匆地跑到王克敏公馆里去商议进行的方法。恰好吴毓麟、颜惠庆、顾维钧和王克敏的妹子七姑太太都在那里。程克和他们都是十分相熟的熟人，也不消客气，爽爽快快地向沙发上一横，向七姑太太笑道："你几时到杭州去？我有一个礼拜不见你了。只道你已经回南，真个牵记得很。"七姑太太白了他一眼道："你牵记我做甚么？便把你这颗心零碎割开来，也牵记不到我呢。"吴毓麟拍手笑道："真的，老程是一部垃圾马车，便把他的坏心磨作齑粉，也不够支配呢。"说得众人都笑起来。王克敏也禁不住嗤的一笑。不怒而笑，其人可知。七姑太太便站起来要打他，吴毓麟忙着躲过，笑着告饶。七姑太太哪里肯听，赶上去就打。吴毓麟翻身就逃，不料一脚绊在痰盂上，把个痰盂滚了三五尺远，恰好那只脚跨上去时，又踏在痰盂上，痰盂一滚，吴毓麟站不住脚，立刻扑的一交，掼在地下，引得众人都大笑起来。七姑太太也忙着回身倒在一张沙发上，掩着口，吃吃地笑个不住。吴毓麟赶着站起来时，裤子上已渍了许多水。王克

敏忙着叫佣人进来收拾。吴毓麟又要了一块手巾，揩了揩手面，再把裤子上的水也揩干了，众人取笑了一会，渐渐又说到正经话上来。

只听颜惠庆说道："我想：要是二五附税能够实行，每年至少可得二千四百万的收入，拿来担保发行一笔巨额的公债，岂不一切问题都解决了？"惠庆此语，系承上而来，可见程克未到前，他们正在议论筹款办法，不假辞句而补出全文，此谓用笔神化，不落痕迹。王克敏皱眉道："这事也不易办呢。在金佛郎案没有解决之前，他们如何肯开会讨论？"束手无策。顾维钧道："非但此也，华府条约明明规定须在该约施行后三个月内，方能召集特别关税会议，现在法国还没批准，哪里说得到实行？"王克敏道："你是熟悉外交情形的，难道还不知道法国所以不肯批准华府条约，就为我们不肯承认金佛郎吗？他既借这个来抵制，在我们不曾承认金

佛郎案以前，如何肯轻易批准？倘然不承认金佛郎案，这二五附税，岂非一万年也不能实行吗？”说着，又顿足道：“我说，这金佛郎案是非承认不可的，偏这孙老头处处为难，借着这个题目来攻击我，使我又不好承认，又不能不承认，真教我为难极了。”此时王克敏之处境，确也为难。众人还不曾回答，程克先插嘴问道：“你们可是在这里谈论筹款的方法吗？我倒想了一个计较，大家不妨讨论讨论，看使得使不得？”王克敏急问甚么方法，当然是他第一个着急。程克笑道：“我说出来，你们不要笑。”众人都希奇道：“这有什么可笑？只要有款可筹，便被人笑骂，打甚么紧。”诚哉诸君之言，当今之世，只要有钱耳，他何必问。程克道：“我今天偶然翻着义赈奖励章程，第二条上说，凡捐助义赈款银一万元以上者，应报由内务部呈请特予优加奖励。我想这一条，大可附会到简任、荐任的上面去，开他一个捐官的门路，倒也是一个源源不绝的生财之道咧。”王克敏忙道：“不错，这倒正是一个绝好的方法，怎说好笑？”颜惠庆道：“这事只怕国人要反对罢。”到底还是他怕招物议。吴毓麟道：“反对倒不必怕，好在我们又不是真个说捐官，在名义上说起来，国人也没有充分的反对理由。便算有人反对，我们不理他又有甚么法子。”大有孤行一意的勇气，可佩之至。顾维钧道：“国人反对不反对，事前哪里料得到，现在何妨先做做看，等国人反对得真厉害时，取消不迟。”此所谓外交家之滑头手段也。王克敏道：“这话很不错，我们不妨先进行进行，看是个怎么样子再说。至于特别关税会议，也须竭力进行才好。”顾维钧道：“这问题我已和各国公使商量过好几次，都没有结果，看来暂时决不能即行召集了，所以我想先开预备会议，预备会议有了结果，便不怕正式会议开不成功了。”七姑太太初时只怔怔地听着，这时也插口道：“这方法倒很好，你们何妨就这样办呢。”颜惠庆道：“这照会应该怎样措辞？”顾维钧想了一会道：“让我自己来起个草，大家斟酌斟酌看。”众人都说：“很好。”王克敏叫人拿过纸笔来，看顾维钧一面想，一面写，做了半天，方才完稿。众人读那原文道：

华会九国关于中国关税税则之条件，原定俟该约施行后三个月内，应由中政府择定地点，定期召集特别会议，议定撤除厘金，增收二五附加税及各种奢侈品亦增加税率，并规定中国海陆各边界关税章程各节。查该约之精神，旨在救济中国财政，但至今已届两载，各签约国尚未完全批准，以致特别会议不能如期召集，中国财政上种种计划，无法进行，内外各债，亦无从整理，为此中政府不得不提议先行召集预备会议之举，为将来特别会议之准备。

众人都说：“很好，就这样罢。”说着，忽见七姑太太看了看手表，说道：“时候到了，再迟火车要赶不上了。”程克吃惊道：“七姑太太今天回南边去吗？”七姑太太点头笑道：“正是，趁今天的特别快车去呢。”一面说，一面叫人预备汽车。程克和王克敏两人亲自送她到车站。吴毓麟和颜惠庆、顾维钧等也都散了，召集特别关税会议的照会，已由外交部送达各国公使。各公使都说要请示本国政府，不肯即时答复。不料各国的训令转来，都是拒绝召集，一场大希望完全落了空，颜惠庆、顾维钧、王克敏等都十分扫兴。真是葡萄牙公使说的：多此一举。那捐官问题，外面的舆论不甚赞成，可是程、王等都因急于要钱，先由内务部上了一个呈文，大略说：

查民国九年改订《义赈奖励章程》第二条，载：凡捐助义赈款银，达一万元以上者，应报由内务部呈请特予优加奖励等语。所谓奖励，即指简、荐实职而言，特原文未经说明，且规定捐数过巨，致捐款者仍多观望。以今视昔，灾情之重，需款之殷，筹款之穷于术，势非更予变通，未由济事。明知国家名器，未可轻予假人，顾兹千万灾民，偏要推在灾民身上，其实灾民所受之实惠，有几许哉？颙望苏息，又不能不勉予通融。为此拟请将民国九年义赈奖励章程，再行修正，以劝义举。是否有当，理合呈请钧座核示祇遵。

曹锟得了这呈文，便批交法制局核议，法制局因舆论上颇为攻击，核定缓议。原文道：

1519.

查内务部修正要点，系将原《章程》第二条之特予优加奖励等语，改为以简任或荐任职存记。在部中修改之意，本欲以优加奖励，鼓舞人民好善之心，然事同于前清之赈捐，流弊甚大，应从缓议。

程克见本人政策，这等骗人方法，也说得上政策，惶恐惶恐。第一次被驳，少不得再行呈请，不过将原文第二条改为应由内务部专案呈请特奖。所谓特奖者，就是以简任或荐任职存记，不过名词上之异同而已。这样一改，立刻指令照准，于是前清的捐官法，便又实行恢复了。

通令下后，自有一班铜臭的人，掏出整万的款子来，报效政府，买一个简、荐衔头，荣宗耀祖，手腕灵些的，更可活动一个实授差使，捞回本钱，得些利息。在政府方面，总算是不费之惠，而且又可得一笔制造灾民的军费，名之曰义赈捐款，而实际乃以制造灾民，岂不可叹？岂非一举两得？这事情在没有发表之前，本来做得十分秘密，不料给孙宝琦晓得后，又大加攻击，以致外面舆论也沸沸扬扬，排斥程克，因此程克和王克敏，更觉对孙不满。

这时正值江、浙战事将要发生，孙宝琦因着浙江同乡的公电，请出任调停，少不得向各方疏通。又自恃洛方处处对他表示保护，若直向吴佩孚说话，也似较有把握。因与幕僚计议，请他拟稿电请吴佩孚制止。那幕僚半晌方说道："我也是浙江人，当然希望江、浙没有战事，但在我的目光看来，这个电报，竟是不必发的好。"又有一件公案。孙宝琦诧异道："这是甚么原故？难道吴玉帅也主张攻浙了吗？"孙慕老此时尚不知耶？可谓

懵懵。幕僚道："事情虽是一种谣传，不能认为十分确实，但所得消息，是极接近王克敏这边的人说出来的，这人又刚从浙江来，他这说话，当然是有几分可靠咧。"孙宝琦忙问是甚么话？那幕僚笑道："话长呢！而且怪肉麻有趣的。慕老孙宝琦字慕韩。既然注意，少不得学给你听。四省攻浙，初时不过一种计划罢咧，现在却已十分确定，不但外面遣兵调将，一切布置妥洽，并且连内应也弄好了。"孙宝琦道："谁是内应？"幕僚道："还有谁？除却夏定侯，怕不容易找到第二个罢。他本来是个内应专家，内应也有专家，怪不得卖官可称政策了。第一次赶走吕戴之，内幕已无人不知，要是没有童保暄，戴之岂不是要大吃其亏吗？吴大帅因此看中了他，想送他。"说到这里，低头想了一会，方道："那传说的人也记不清了，怕是二十万现款，叫他倒子嘉的戈，但是还怕他不答应，急切又找不到向他说话的人，又

是王克敏献计，说自己有个妹子在杭州，教她去说，无有不成功的。”真是好计。

孙宝琦笑道，“定侯是有名的色鬼，这不是用美人计吗？”幕僚笑道：“虽不敢说确是美人计，但从外面看来，多少总有一点关系。”孙宝琦笑道：“吴大帅怕未必肯听他这些鬼计罢。”那幕僚笑道：“怎么不听？人家可已进行得差不多了。那王克敏要巴结吴大帅，少不得写信给他的妹子七姑太太，请她赶紧进行。七姑太太看在哥哥面上，少不得牺牲色相，向定侯献些殷勤。这其间，这其间，果然一拍就合了。”何其容易也？一笑。

孙宝琦道：“这怕是谣言罢。”那幕僚道：“在先我也这般想，更可笑的，还有一件大肉麻事，真叫我学说也学不上来。”孙宝琦急问又是甚么话？幕僚道：“这种话，慕老不能当作真话听的。大概请七姑太太去运动定侯，是一件事实，他们既然接洽这么一件秘密大事，少不得要避避别人的目光，在暗地里
秘密接洽进行，因此引起了别人的疑窦，造出了一大段谣言，不过我也不能不秉着阙疑的主张，向你学说一番。这实是作者之言耳，却借用恰当。据一般谣言说：七姑太太得了乃兄的手书以后，便以定侯为目标，着着进行。七姑太太在西湖中，本已流传不少的风流艳迹，定侯早已十分留心，并且同席过好几次了，只因自己的丰韵不佳，不能动美人的怜爱，因此几次三番，都不能勾引到手。如今见她居然降尊纡贵，玉趾亲临，这一喜，真个非同小可，立刻问长问短，挤眉弄眼的，向她打撞。七姑太太原系有求于他而来，少不得假以词色，有说有笑的，十分敷衍着他。那种温柔和悦的态度，和往日的冷心冷脸，截然如出两人。定侯认为美人垂青，欢喜得手舞脚蹈，早不觉丑态毕露，肉麻得一个不知所云。从此以后，定侯便天天要到西湖去

看七姑太太。七姑太太也不时进城来看定侯，两人竟一天比一天的要好起来。

那天定侯又去看七姑太太，七姑太太见事机已熟，便向他说道：‘你的心倒很平，年年做警务处长，也不想生发生发的，大概做一辈子的警务处长，也就心满意足咧。’这几句话，打动了定侯的心事，便慨然长叹起来。七姑太太又笑道：‘你叹甚么气？难道还不满足吗？我劝你也别三心两意罢。论起你的才干来，固然，休说区区一个警务处长，便做一个督军巡阅，也并非分外。都只因你自己心太平了，不肯做，做到现在，还是一个警务处长，便再过三年五载，恐怕也还是这么一回事儿。既然自己不肯做，还怪谁？唉声叹气，又有甚么用呢？’定侯这时触动心事，禁不住又叹了一口气道：‘哪里是我自甘雌伏，不过没有机会，不能不这般耐守罢咧！’被女将军勾出真心话来了。七姑太太笑道：‘你别吹牛，便有天大的机会到你眼前来，也不见得你会乘机发展呢。’恐其念之不坚，更作反激辞以试探之，可谓妙甚。定侯正色道：‘胡说！你几时看我那般没出息？果真有机会，我难道是呆子，肯死守着小小前程，一点不动吗？’七姑太太笑道：‘如此说，我就给你一个机会，看你敢动不敢动？’定侯以为她说的是笑话，便也笑道：‘好，好，好，姑太太，就请你给我一个机会，看我敢不敢动？’七姑太太笑道：‘你别乱吹，我这法子，不是卖给没出息人的，你真能用，我就讲出来，讲了出来，你要是不能用，不肯用，我这妙计，就算丢在粪窖里。这种天大的损失，谁负责任？’再敲一句，不怕不着实。定侯笑道：‘你别瞎吹！要是你真有好机会给我，我不敢动，罚在你床前跪三千年如何？’七姑太太正色道：‘我不是和你说笑话，真有个极好的机会给你呢！你瞧我虽是女子，可同那批专事胡调、不知大体的下流女子一般身份么？’定侯见她说得十分正经，连忙挨进一步，悄悄说道：‘是了，姑太太，晓得你的厉害了，究是甚么机会，请你说出来，让我斟酌斟酌，看行得行不得？’七姑太太笑道：‘你看！一听说是正经话，便又变成那种浪样儿，甚么斟酌不斟酌，要讲斟酌，仍是游移不定之谈罢了。老实说，我这机会，是必灵必效、无容迟疑的，你若有一丝一毫不信任之心，我就不肯说了。’定侯见她说得这样剪截，不觉又气又笑，因道：‘你别尽闹玩笑，说真是真，说假是假，这样真不像真，假不像假，岂不令人难过？’真是难过。七姑太太笑道：‘你别嚷！我就老实告诉你罢。’因凑过头去，悄悄地说了一阵。她说一句，定侯点一点头，说完了，一口应允道：‘行，行，行！这很行！我有办法，你只管替我回复玉帅，我准定照办罢咧。’七姑太太道：‘你别掉枪花，说过的话儿不应口，我可不依你呢。……’”

那幕僚刚演说到这里，孙宝琦已忍不住笑着插嘴道：“得咧得咧，别说了罢。这种秘密事儿，人家如何听得见？可见这些话，完全是造谣的了，你还是给我拟一个给玉帅的电稿罢。”那幕僚也禁不住笑道：“那原是笑话，但是吴大帅教王克敏写信给七姑太太这件事，实在是千真万确的，就是电请吴大帅制止，也不过是尽尽人事而已。”孙宝琦道：“就是说人事也不可不尽。”那幕僚见孙宝琦固执要拟，当然不敢再说，当下拟了一个电稿，大略道：

东南形势，又日益紧张，人民呼吁无门，流离载道。宝琦顾念桑梓，忧怀莫释，务恳怜悯此凋敝民生，不堪重荷锋镝之苦，实力制止，使战事不至实现。庶东南半壁，犹得保其完肤。民国幸甚！人民幸甚！

这电报拍出以后。过了一个礼拜，方才得了洛阳的复电，大略道：

卢、何抗命，称兵犯苏，甘为戎首，虽佩孚素抱东南完肤之旨，而职责所在，亦岂能含垢忍辱，坏我国家纲纪，不稍振饬？倘卢、何果能悔祸，自戢野心，即日束兵待罪，则佩孚又何求焉？

电报到达的第二天，黄渡、浏河、长兴等处，都已接触，

和平调停的声浪，也就由微而绝了。其时奉天方面，因为响应浙江，已有大举入关之势。吴佩孚方面，也少不得积极备战。直隶的人民，无日不在奔走呼号之中。东南战事实现后十天，奉、直两军，也在朝阳方面接触了。正是：

鼙鼓声声听不断，南方未已北方来。

未知究竟如何结果，且待以后详续。

本回所记，与上回江、浙之战，同时发生，而又互有关系，故为补记之笔。夫民国肇造，首在与民更始，而更始之道，尤莫先于革除秕政。卖官鬻爵，历代之秕政也。满清知之，而蹈其覆辙，毒尽天下，误尽苍

生，不图时至民国，尚欲效其所尤，此真饮鸩止渴之下策，堂堂内阁，赫赫总统，竟敢放胆而行，肆无忌惮，何怪仕途愈滥，奔竞愈多。《传》曰："惟器与名，不可以假人。"名器之不慎如此，国事尚可问乎？虽然，彼总统阁员，果以何项资格，登此高位？盖《语》有之曰："己身不正，而能正人者，未之有也。"